GIUSEPPE
FURNO

DIE
FEUER
VON
MURANO

rütten & loening

GIUSEPPE FURNO

DIE FEUER VON MURANO

EIN VENEDIG-ROMAN

Aus dem Italienischen von
Annette Kopetzki

RL rütten & loening

Die Originalausgabe mit dem Titel
Vetro
erschien 2013 bei Longanesi, Mailand.

MIX
Papier aus verantwor-
tungsvollen Quellen
FSC® C083411

ISBN 978-3-352-00863-4

Rütten & Loening ist eine Marke der Aufbau Verlag GmbH & Co. KG

1. Auflage 2013
© Aufbau Verlag GmbH & Co. KG, Berlin 2013
© Giuseppe Furno, 2011
First published in Italy by Casa Editrice Longanesi
Einbandgestaltung Büro Süd, München
Gesetzt aus der Bembo
durch Greiner & Reichel, Köln
Druck und Binden CPI – Clausen & Bosse, Leck
Printed in Germany

www.aufbau-verlag.de

PROLOG

Vor zwei Jahren im September traf das hundert Meilen östlich von Great Abaco im Bahamas-Archipel entstandene tropische Tiefdruckgebiet Nummer elf, von der warmen Golfströmung nach Norden getragen, auf eine für die Jahreszeit verfrühte arktische Kaltfront. Der Zusammenstoß der beiden Luftmassen erzeugte einen extratropischen Sturm von außergewöhnlicher Stärke, der sich in nordöstlicher Richtung bewegte und die Küste Floridas von Cape Kennedy bis nach Jacksonville streifte.

Das reizende Atlantikstädtchen St. Augustine, Verwaltungssitz des St. Johns County, wurde von einem Hurrikan mit starken Regenfällen heimgesucht. Innerhalb weniger Stunden traten die Flüsse San Sebastian, Matanzas und North River über die Ufer, und der sturmgepeitschte Ozean brach über den Kanal St. Augustine in die Lagune ein, wo er den Rückfluss der riesigen Flutwelle hemmte. Neunzig Prozent der Stadt wurde überschwemmt: Die Gassen wurden zu Kanälen, die Straßen zu Flüssen voller Alligatoren, die mächtige Festung Castillo de San Marcos, die die Lagune beherrscht, wurde zu einer Insel, gegen die Wellen und Blitze tobten, und auf der Bridge of Lions und am Vilano Beach saßen Tausende Touristen fest, die von der Halbinsel Anastasia und dem Küstenstreifen geflohen waren.

Das Ganze dauerte von zwölf Uhr mittags bis zwei Uhr nachmittags, in diesen zwei Stunden fiel mehr Regen als in einem Jahr. Dann drehte der Wind und wehte kräftig vom Festland, die Tore des Ozeans öffneten sich wieder, und bei Sonnenuntergang waren von dem Wasser nur noch seine Spuren an den Gebäuden und ein schlammiger Überzug auf allen Flächen zu sehen.

Dank der Vertrautheit der Einwohner mit den Launen des Wetters und der Lagune, des prompten Einschreitens der Nationalgarde und einer guten Portion Glück gab es keine Opfer, sondern nur Schäden an allem, was vom Wind gerüttelt, ergriffen und weggerissen oder vom Wasser überschwemmt, umschlungen und versenkt worden war. In den folgenden Monaten verwandelten Heerscharen von Zimmerleuten, Tischlern und Malern St. Augustine in eine einzige Baustelle, und langsam strahlten die steinernen Gassen wieder vom Weiß der Häuser im hispanischen Stil, Balkone und Gärten füllten sich mit Blumen, und der extratropische Sturm wurde zu einer Erinnerung, an der im Familienkreis genippt wurde oder die man den Touristen als Zeitgeschichte in Pillenform verabreichte.

An einem sonnigen Tag Ende Dezember kam dann die größte Überraschung ans Licht, die der Sturm und seine Folgen für das Städtchen bereitgehalten hatten: Auf der Baustelle, wo die vom Hochwasser und einem Blitzeinschlag schwer beschädigte nördliche Bastion des Castillo restauriert wurde, ergriff eine Baggerschaufel jene Erdscholle, mit der sich Vergangenheit und Zukunft von St. Augustine verändern sollten. Denn in diesem Kubikmeter Ausschussmaterial, dem Ergebnis jahrhundertelanger Abfallbeseitigung der Festungsküchen, wurden aus einer Tiefe zwischen siebzig und hundertzehn Zentimetern einundsiebzig Scherben aus farblosem, fein bearbeitetem und mit Emaille und Gold verziertem Glas gefunden.

Wir erinnern daran, dass St. Augustine, 1565 von dem spanischen Admiral Don Pedro Menéndez de Avilés mitten im

Gebiet der Timucua-Indianer gegründet, nach derzeitigem Forschungsstand als die älteste europäische Siedlung auf nordamerikanischem Boden gilt. 1586, auf dem Höhepunkt des Krieges zwischen Spanien und England um die Kontrolle über die Neue Welt, wurde St. Augustine von dem englischen Freibeuter Sir Francis Drake geplündert und zerstört. Das wiederaufgebaute Städtchen widerstand den fortwährenden Angriffen der Ureinwohner und der Seeräuber, doch erst 1865, mit dem Ende des Sezessionskriegs und der Wiedereingliederung Floridas in die Vereinigten Staaten, fand St. Augustine endlich Frieden.

Die Entdeckung der einundsiebzig Glasbruchstücke fügte den ohnehin beträchtlichen historischen Schätzen, die bei regelmäßigen Ausgrabungen im Stadtgebiet bereits gesammelt wurden, ein außerordentlich bedeutendes Element hinzu. Sofort richtete sich die Aufmerksamkeit der Forschergruppe von der University of Florida auf die raffinierten Dekorationen aus polychromer Emailmalerei, einem typischen Merkmal mittelalterlicher islamischer Kunst, die großen Einfluss auf die italienische Glasbläserei hatte.

Bei der chemischen Analyse der Bruchstücke wurde zudem Natriumkarbonat gefunden, ein Hinweis auf das Schmelzverfahren mit Sodaasche, wie es typisch ist für die Glashütten im nördlichen Mittelmeerraum und besonders in Venedig und Murano vom 12. bis in die Mitte des 18. Jahrhunderts.

Die durch Verbrennung von Meeresalgen gewonnene Sodaasche wurde als Flussmittel benutzt, um die Schmelztemperaturen des Glasbreis zu senken und das Endprodukt klar und kristallin zu machen. Anders die Technik der spanischen und nordeuropäischen Glasbläser, die dem Brei Pottasche untermischten, gewonnen aus der Verbrennung von Hartholz, und so ein matteres Glas von grau-bläulicher Tönung erhielten.

Ein weiteres Element, das die Gläser von St. Augustine als Originale aus Murano kennzeichnete, war der doppelte Ab-

druck des *pontello*, eines massiven Eisenrohrs, mit dem der Glasbläser die Stücke über dem Feuer bearbeitete. Wenn die erlesenen Dekorationen hinzukamen, für die die Glaskünstler in Murano vom 15. bis zum 18. Jahrhundert berühmt waren, wurden die vom Glasmeister und seiner Mannschaft geschmolzenen Stücke Malern anvertraut, welche die Emailverzierungen kalt auftrugen. Das so dekorierte Stück wurde dann abermals auf der Spitze des Pontello in den Ofen geschoben.

Was dank der Hartnäckigkeit der Forscher herausgefunden wurde, hat das friedliche St. Augustine in einen wimmelnden Ameisenhaufen verwandelt. Ein Hotelzimmer findet nur, wer lange im Voraus bucht. In den Gässchen im reinsten spanischen Kolonialstil drängen sich die Touristen. Sogar der Sightseeing-Train musste seine Fahrten zwischen den neuen Parkplätzen am Stadtrand und dem Castillo de San Marcos vervierfachen. Denn vor allem dieses gewaltige, kantige Bollwerk aus Stein wollen die Touristen besuchen, während sie die Muschel- und Korallenstrände und die Golfplätze, die St. Augustine einst berühmt gemacht haben, links liegenlassen. Im Saal dieser Festung haben die einundsiebzig Bruchstücke aus Glas nämlich zu ihrer ursprünglichen Identität zurückgefunden. Hier kann man eine kostbare *acquereccia*, einen Wasserkrug in Form einer Galeere, und drei glockenförmige Trinkgläser Muraneser Machart aus der Mitte des 16. Jahrhunderts bewundern.

Der Krug zeigt außer geometrischen Mustern und Blumenverzierungen aus Glas am Heck der Galeere eine mythologische Figur, die möglicherweise einen Greif, wahrscheinlicher aber einen vergoldeten Drachen darstellt, dazu die Inschrift: *In Hoc Signo Vinces*. Das am vollständigsten erhaltene Trinkglas trägt neben Dekorationen mit Blumen, Rhomben, Zacken und Bändern aus rotem, weißem und gelbem Lack die teilweise gelöschte weiße Inschrift: *Magister Jacobus*. Das zweite, zum Großteil rekonstruierte Glas ziert eine Galeere mit geblähten Segeln. Vom dritten sind nur der bucklige Boden, der rundum aus-

gestellte Rand und ein großes Stück vom Mittelteil erhalten, auf dem ein Kreuz durchschimmert.

So haben diese Fundstücke und die darauffolgenden Entdeckungen in den Archiven, Museen, öffentlichen Bibliotheken und privaten Sammlungen Venedigs und einem Dutzend anderer Orte auf der Welt die Vergangenheit von St. Augustine untrennbar mit der Vergangenheit Venedigs verbunden – und mit der Geschichte, die hier erzählt werden soll.

FEUER

1

Venedig, 13. September 1569

Alles war in der Zeitspanne eines einzigen Atemzugs geschehen, kurz vor Mitternacht. Von diesem kurzen Moment waren Andrea ein Blitz, das Beben, der Knall, dann der Wind und zuletzt die Hitze und die Flammen in Erinnerung geblieben. Wer weiß, warum, aber im ersten Augenblick hatte er die Explosion dem Ende seiner Geschichte mit Taddea zugeschrieben. Wahrscheinlich hatte der Schlaf die beiden Ereignisse verbunden, die nichts miteinander gemein hatten, außer einer plötzlichen Veränderung.

Das Gefühl war noch lebendig, ja, glühend stark. Andrea hatte sich an diesem Tag von Taddea getrennt, bei Sonnenuntergang. Er erinnerte sich an die rote Sonnenscheibe mitten über dem Rio Foscari, an Taddeas Tränen, während sie sich den Verlobungsring abstreifte und ihm zurückgab, an die Vorhänge aus violetter Seide, das Glucksen des Wassers an den Wänden der Gondel. Mehr erinnerte er nicht. Reue und Sehnsucht waren nachts gekommen, als Andrea sich hingelegt hatte. Reue wegen des Eheversprechens, das er gegeben und bei jeder Begegnung erneuert hatte, in Erwartung wer weiß welcher Entwicklungen. Sehnsucht nach Taddeas zarter, aber sinnlicher Schönheit, ihrem Duft, dem intensiven Geschmack ihrer Küsse. Sie hatten sich getrennt, weil ihre in früher Jugend entstandene Liebe verbraucht war. Für Taddea trug er die Hauptschuld.

»Ich möchte einen Mann an meiner Seite …«, hatte sie einmal während eines Streits gesagt.

Und so wälzte er sich in dieser kühlen Septembernacht im Bett, gequält vom Summen einer Mücke und wirren Gedanken, die auf der Suche nach den Bedeutungen des Wortes »Mann« hierhin und dorthin trieben, als die bleigefassten Fensterscheiben sich plötzlich verfärbten und ein blendend heller Lichtschein in das Zimmer fiel. Andrea öffnete die Augen, unsicher, ob er geträumt hatte, und dachte an ein Spätsommergewitter. Er richtete sich auf, die Arme fest auf die Rosshaarmatratze gestützt.

Ein leises Klingeln ertönte vom Bord am Kopfende seines Bettes: Der Löffel, mit dem er einen Aufguss aus Weißdorn und Honig umgerührt hatte, zitterte am Rand des Glases. Im nächsten Augenblick wurde die leichte Vibration zu einem Beben des ganzen Zimmers, das mit Macht aus der Tiefe aufstieg. Die Erde bebte. Wie der Boden des Campo San Geremia, wenn die Stiere beim Rennen am Gründonnerstag durchgingen. Doch jetzt wankten auch die in die Erde gerammten Eichenholzpfeiler, das Floß aus Bohlen und die darauf gestützten Mauern, die die Herberge aus dem Wasser hoben. Sofort dachte Andrea an ein Erdbeben und an die Erzählungen seines Vaters. Aber er hatte weder Zeit nachzudenken noch aufzustehen. Der Knall, der jetzt folgte, hatte nichts mit dem rollenden, schlingernden Dröhnen des Donners zu tun. Er war trocken und scharf umrissen, eine tönende Kugel, die alles umhüllte und betäubte. Die beiden Fensterflügel flogen gleichzeitig auf wie durch den Hieb eines wütenden Dämons. Der Rückstoß auf dem Mauerbogen drückte die Scheiben aus der Bleifassung, sie platzten und zersplitterten. Andrea spürte den Hagel aus Glasscherben auf seinem nackten Körper und schloss die Augen, während ein glühendheißer Luftstrom, der nichts von einer Naturkraft hatte, im Zimmer zu toben begann, die Gardinen an die Decke peitschte, die Kleider vom Boden aufwirbelte und die Spiegelkommode mit dem Gestell für das Waschbecken umstürzte. Instinktiv erkannte er, dass er Schutz suchen musste. Mit einem Hüftschwung, den er seiner jugendlichen Kraft verdankte, drehte er sich um sich selbst und ließ sich auf den Boden aus Olivenholz fallen. Er spürte einen starken Schmerz im Knie, rollte jedoch weiter über den Boden unter das Bett. Genau in diesem Moment fiel ein großer Brocken Putz von der Decke. Andrea hörte den Aufprall des Rohrgeflechts, das zerplatzte, und sah einen Teil der schweren

Mörtelbrocken in der Matratze versinken, einen anderen auf den Dielen des Fußbodens zerschellen. Ein Deckenbalken löste sich, zusammen mit einer Handvoll Dachziegel. Auch im Kamin an der linken Zimmerwand stürzte etwas herab. Ein Teil des Rauchfangs war heruntergekommen und blies eine schwarze Rauchwolke ins Zimmer. Wie ein Hagelschauer prasselten Gegenstände auf das Dach. Einige fielen durch das Loch, das sich im Dach geöffnet hatte. Andrea sah sie aufprallen und qualmend über den Boden rollen. Es schienen Teile von Ziegelsteinen und Metallsplitter zu sein.

2

So unmittelbar, wie sie gekommen waren, legten sich der Hagelschauer und das Beben. Der heiße Wind wich einer frischen nächtlichen Brise. Stille trat ein, als wäre dies die Pause zwischen der Ouvertüre und dem ersten Akt. Dann begannen die Schreie. Andrea hörte ihnen reglos zu. Es waren Schreie im Inneren des Hauses, gedämpft und erstickt.

Sie kamen aus den unteren Stockwerken. Kinder weinten. Eine Frau rief. Er erkannte die Stimme von Lorenzo, dem Besitzer der Locanda della Torre im Castello-Viertel. Andrea hatte ein Zimmer in diesem Wirtshaus am Zusammenfluss des Rio della Tetta mit dem Rio San Lorenzo genommen.

»Graziosa! Graziosa!«, rief der Mann nach seiner ältesten Tochter.

Jetzt kamen die Schreie von draußen, aus der *calle* San Lorenzo. Sie wurden lauter, häufiger. Jemand lief vorüber.

»Sie sind zu den Sagredo-Häusern gelaufen!«, erklang eine Frauenstimme, den benommenen Zustand der Ungewissheit durchbrechend.

»Weg, lauft weg von hier, ins Rialto, hier geht alles in die Luft!«, bestätigte ein Mann keuchend.

Andrea tastete nach seinem Knie und spürte, dass sich etwas hineingebohrt hatte. Eine Spitze ragte heraus. Er packte sie mit den Fingernägeln und zog, in der Hoffnung, dass sie nicht abbrechen würde. Einen Augenblick später hielt er fluchend eine Glasscherbe zwischen den blutverschmierten Fingern.

Er drückte einen Zipfel des Bettlakens auf die Wunde. Mit der anderen Hand strich er sich über die Haut. Er begann mit dem Gesicht, seine Fingerspitzen glitten über die hohe Stirn, wo die Zeit und die Mühen noch keine Falten hinterlassen hatten, dann spreizte er die Finger zu einem Fächer und untersuchte seine Wangen, strich sich über Hals und Brust bis zu den Leisten und Oberschenkeln, so weit sein Arm in dieser liegenden Position reichte. Da waren keine Glassplitter mehr. Wieder betrachtete er seine Hände und bemerkte, dass das Halbdunkel heller wurde. An der Wand sah er den Schatten des Betstuhls in einem schwachen, gelblichen Licht, das sich zitternd hin und her bewegte, als ginge jemand mit einer brennenden Kerze durch das Zimmer. Aus seiner beengten Lage drehte er sich mühevoll zu dem Rechteck des herausgerissenen Fensters um. Da war die Lichtquelle: Dort draußen hatte sich eine verfrühte Morgenröte über den Nachthimmel gelegt, ein purpurner Schleier, vor dem von Zeit zu Zeit eine Locke aus Flammen aufloderte, begleitet von einer Rauchwolke.

Vom Himmel fielen leichte Gegenstände, funkensprühend wie abgebrannte Feuerwerkskörper oder glühende Blätter von einem nahen Waldbrand. Der Lichtschein wurde stärker, ebenso die Schreie. Und zu diesen Schreien gesellten sich nun wie ein gewaltiger Chor aus flehenden Rufen zum Himmel die Glocken der Feuerwachen. Zuerst läutete die Marangona, die Glocke von San Marco. Erhaben und unverwechselbar. Dann stimmte, weiter entfernt, die Grande von Santa Maria Gloriosa in San Polo mit ihrem abfallenden Ton ein. Zu den beiden auseinanderstrebenden Klängen gesellten sich andere, die Andrea, noch benommen, an ihrer Richtung und ihrem Ton zu erkennen versuchte. Von Norden fiel plötzlich die große Glocke von San Zanipòlo ein, die kaum eine Viertelmeile von der Locanda entfernt lag. Ihr starker, lebhafter Klang gab Andrea den Antrieb zum Handeln. Er zog sich am Bett hoch und war mit einem Sprung auf den Füßen.

Die Wunde am Knie schmerzte pochend. Er warf seine Toga über die Scherben und ging darüber bis zu dem zweibogigen Fenster. Was er sah, ließ ihn erzittern wie der Schlag, den er als Junge bekam, wenn er den Kopf frisch gefangener elektrischer Fische berührte. Er hielt sich an der Säule fest, seine Lippen öffneten sich, sein Atem wurde zu einem mühevollen Hauchen, und seine großen, wasserblauen Augen weiteten sich zu einer Maske, auf der Staunen und Entsetzen einander abwechselten und sich mischten wie Farben auf einer Palette. Denn im Osten, kaum weiter als eine halbe Meile entfernt, erhob sich eine Wand aus Feuer, und hinter den Dächern des Benediktinerinnenklosters, zwischen der Kirche San Francesco della Vigna und dem westlichen Ende des *Arsenale** fehlte ein ganzes Stück Venedig.

3

Der Alte hatte sofort erkannt, dass die wirkliche Gefahr das Feuer sein würde. Nicht das Wasser. Denn das Feuer kannte er, er wusste mit ihm umzugehen und hatte es von Kind an am eigenen Leib gespürt. Darum respektierte er das Feuer. Er blickte sich um, dabei versuchte er, die Augen auf der Höhe des Wasserspiegels zu halten. Seine Stirn brannte. Ein Archipel aus glühenden Inseln umgab ihn. Inseln aus brennendem Öl, die auf dem Wasser schwammen.

* Im Anhang finden Sie Wissenswertes über Venedig im 16. Jahrhundert, ein Glossar zu den wichtigsten italienischen Begriffen sowie einen historischen Stadtplan mit den Hauptorten der Handlung.

Denn mit der Explosion waren die Zisternen aus Terrakotta zur Herstellung des griechischen Feuers, der Mischung aus Öl, Terpentin und Kalk, die für die Brandtöpfe benutzt wurde, zersprungen, und jetzt flossen hunderttausend Pfund dieser Flüssigkeit in die Lagune.

Der Alte tauchte wieder unter Wasser. Er riss sich die Knopfleiste der Tunika vom Hals bis zur Taille auf, schlüpfte aus dem linken, dann aus dem rechten Ärmel und ließ sie auf den Grund sinken. Dann tauchte er auf. Die tropfnassen, wallenden weißen Haare gingen über in einen ebenso weißen Bart, so dicht, dass man die Lippen und die mit Falten bedeckten Wangenknochen nur ahnen konnte. Er schnappte nach Luft und versank wieder bis zu den Augen. Das Meer wurde wärmer, die Feuerinseln schlossen sich zusammen. Er dachte an Öltropfen, die verstreut auf einer Flüssigkeit schwimmen, und an ihre Neigung, sich zu verbinden. Bald würde jeder Durchschlupf sich schließen, und dieser Wasserspiegel, in dessen Mitte er schwamm, würde sich in eine unermessliche Feuerfläche verwandeln.

Er dachte an den Tod. Es geschah selten, dass er an den Tod dachte, trotz seines Alters und seines stürmischen Lebens. Ihm fiel die Belagerung von Rodi ein, die von Brandtöpfen getroffenen, christlichen Soldaten, die er hatte verbrennen sehen. Der stechende Geruch versengten Fleisches, ihre Schreie, das Zappeln, dann die Zuckungen, das Röcheln, das Schweigen, schließlich die Starre, das alles hatte sich ihm unauslöschlich ins Gedächtnis geprägt. Die Toten blieben auf der feuchten, dampfenden Erde liegen, die einen über den anderen, wie Holzscheite im Kamin.

Er musste etwas tun, nicht nur in Erwartung des Endes an der Oberfläche bleiben. Er war nicht zweitausend Meilen gesegelt, hatte Schiffbruch riskiert, Piratenüberfälle abgewehrt und viele Male seine Haut gerettet, bis zu dieser entsetzlichen Explosion, um nun hier zu sterben, wo sein Kopf als Docht brennen würde. Einen Schritt vom Ziel entfernt.

Eine Lohe verbrühte ihm den Nacken. Mit kräftigen Stößen der Arme und Beine drehte sich der geübte Schwimmer um sich selbst. Weniger als zehn Ellen entfernt hatten sich zwei Inseln aus brennendem Öl zischend und rauchend vereint und strebten nun der Halbinsel aus Feuer zu, die an der nördlichen Mauer des Arsenale begann und die Stelle anzeigte, wo das Öl ausfloss. Wieder fühlte er die Glut im Gesicht. Er atmete mehrmals ein und versank erneut im Wasser und in seinem Zorn. Nachdem er ein paar Faden tief untergetaucht war, begann er zu schwimmen, um sich so weit wie möglich von dem großen Feuer zu entfernen, das ihn verschlingen konnte. In dieser Tiefe war das Wasser eiskalt, und die Reflexe der Flammen über dem Wasser ließen das Licht tanzen wie auf einem von Sonnenstrahlen getroffenen Kristallglas. Das farbige Schauspiel wurde begleitet vom unheimlichen Zischen des Öls auf der Oberfläche, wenn es mit dem Wasser in Berührung kam. Ein Geräusch wie das Rollen der Kiesel am Strand beim Zurückfließen einer großen Welle.

Der Alte schwamm durch eine Algenbank, die Algen kitzelten sein Gesicht. Er spürte, wie der Zorn sich in Sehnsucht verwandelte. Als er aufblickte, erschien ihm der Wasserspiegel frei vom Feuer, also packte er das Wasser mit beiden Händen und ließ sich nach oben ziehen. Beim Auftauchen war aus der Sehnsucht ein fester Wille zu überleben geworden. Nicht, um weiterhin Tage und Nächte aneinanderzureihen, denn er hatte genug Dinge im Leben gesehen, sondern um die Aufgabe zu Ende zu bringen, die er sich gestellt hatte. Er hatte geschworen, dass er bis zum Äußersten gehen würde. Für die Menschen, die er geliebt hatte. Damit die Macht nicht in die falschen Hände geriet. Also musste er jetzt überlegen, wie er hier herauskommen sollte, aus diesem vom Feuer umringten Meeresauge, das um ihn herum rasch kleiner wurde, wie die Augen eines schläfrigen Kindes.

Wieder gab es einen Blitz, eine Explosion, das Wachtürmchen

von San Cristoforo öffnete sich zum Himmel wie ein zerfetztes Kanonenrohr und zerbarst in die tausend Teile, aus denen es erbaut war.

4

Andrea stand geblendet am Fenster und starrte auf das schwarze, von Flammen umrahmte Loch. Plötzlich sah er aus dem Augenwinkel einen glühenden Gegenstand vom Himmel fallen, langsam, wegen der Entfernung, dann immer schneller, je näher er kam und je größer er wurde. Es schien, als stürzte das Ding direkt auf ihn zu. Er dachte an einen Brandtopf, von einem Katapult abgeschossen. Vielleicht war es ein Angriff der Türken. Er trat einen Schritt zurück und kauerte sich in der Zimmerecke zusammen. Die Flamme durchquerte sein Blickfeld und traf mit einem lauten dumpfen Krachen auf dem Boden auf.

Andrea schaute aus dem Fenster. Der Meteorit war an der Kalksteinmauer des nahen Gartens zerschellt, die versprengten Teile glühten und rauchten noch immer. Um ein Haar hätte er eine Frau und ihre beiden Kinder getroffen, jetzt betrachteten sie fassungslos das Durcheinander. In der Glut erkannte man Holzbalken, die mit Metallplatten verbunden waren, offenbar Teile einer Dachdeckung, die von der Wucht der Explosion in den Himmel geschleudert worden waren. Derart teure Dächer aus Kupfer oder Blei hatten in Venedig nur der Palazzo Ducale, die Kirche San Marco und wenige reiche Häuser am Canal Grande. Andrea zuckte zusammen, und als er in die Richtung des Arsenale spähte, sah er, dass dessen Mauer nicht mehr existierte, dieses Dachstück also nichts anderes sein konnte als die kupferne Fiale eines seiner Wachtürme.

»Grundgütiger …«, hörte er sich flüstern, als er das vom Feuer erleuchtete Panorama betrachtete. Die Flammen hatten sich ausgebreitet und die Masten und Segel zweier im inneren Becken ankernder Galeeren erfasst. In der Richtung, in die er blickte, hatte die Stadt ihre Geometrie und Architektur völlig verloren, sie erschien wie ein sturmgepeitschtes Meer voller Wellenkämme und planlos entstandener Höhlen und Wasserschluchten. Ein leichter Windhauch trug den süßen, stechenden Geruch von Schießpulver heran, wie nach einem Kanonenfeuer. Andrea wurde bewusst, dass in diesem schwarzen Tal bis vor wenigen Augenblicken die Häuser im Besitz von Bernardo Sagredo gestanden hatten, wo viele Arbeiter des Arsenale wohnten, Handwerker und Bürger, außerdem ein paar Patrizier aus altem Geschlecht. Von all dem existierte nichts mehr. Jenseits des Arsenale, gegenüber den Trümmern seiner einstigen Umfriedungsmauer, waren die Kirche und das Kloster Santa Maria della Celestia der Zisterzienserinnen verschwunden, außerdem eine Handvoll Häuser, die sie wie eine Kette umringt hatten.

In diesem Moment fiel ihm der Brief ein.

»Aus der Celestia wurde ein Brief für Euch gebracht, Avvocato, er liegt oben in Eurem Zimmer am gewohnten Platz«, hatte der *paròn* Lorenzo gesagt. Andrea, der noch unter dem Eindruck der schmerzhaften Trennung von Taddea stand, hatte ihm gedankt und den Brief vergessen.

Mit einem Ruck drehte er sich zum Zimmer um, einen Schritt entfernt stand das Schreibpult, der noch unzerstörte Teller aus blauem Glas, in den die Wirtsleute die Sendschreiben an ihn legten, war leer. Sein Blick ging auf das Durcheinander aus Scherben, Kleidern und Holzstücken auf dem Fußboden, der Brief war zwischen die Tischbeine geflogen. Er hob ihn auf. Das blaue Siegel mit dem aufgeprägten Kreuz war noch intakt. Ein Ritzen mit dem Fingernagel, und der Siegellack sprang splitternd auf. Das Blatt aus festem venezianischem Papier war sorgfältig gefaltet. Andrea öffnete es und ging zurück ans Fenster in das helle Licht des Feuers. In der Mitte des Blattes standen, mit purpurroter Tinte und eleganter, leicht nach links geneigter Handschrift geschrieben, nur zwei Zeilen und eine Unterschrift.

Andrea überflog sie: Die Äbtissin der Celestia, Lucia Vivarini, bat ihn, wegen dringender und vertraulicher Nachrichten in das Kloster zu kommen.

Als wollte er sichergehen, las Andrea die Zeilen noch einmal. Dann schaute er wieder nach draußen, wo alle Sicherheit verloren war. Von diesem Fenster des Dachbodens, dem höchsten Punkt der Locanda direkt unter dem Altan, konnte er die Silhouetten der ersten Helfer erkennen, die begannen, sich an den Trümmern abzumühen, während andere an Bord der brennenden Schiffe kletterten, um die Flammen zu löschen und von den noch unversehrten Schiffen fernzuhalten. Je mehr Helfer herbeiströmten, desto mehr verbanden sich die vereinzelten Schreie zu einem entfernten, diffusen Hintergrundlärm, ähnlich dem Beifall der Menge während des Himmelfahrtsfestes, und dazu kam das Läuten hunderter Glocken, als wollten sie das Unglück segnen.

»Ser Loredan, seid Ihr wohlauf?« Andrea blickte hinunter auf die Straße: Lorenzo, ein beleibter Vierziger, dessen Kleider stets nach Gewürzen rochen, schwenkte eine Laterne. Er trug zwei Säcke auf dem Rücken und hielt seine Tochter Graziosa an der Hand. »Kommt sofort herunter!«, rief er besorgt. »Das Arsenale brennt! Es scheint, dass eine Pulverkammer explodiert ist. Wenn die anderen auch hochgehen, stürzt ganz Castello ein! Ganz Venedig!«

Der Alarm schien Andrea so gleichgültig zu lassen, dass der Wirt sich bekreuzigte und den Warnruf mit deutlicheren Worten wiederholte: »Um Gottes willen, ser Loredan! Wenn Ihr hierbleibt, gibt es keine Rettung für Euch!«

In diesem Moment kam eine Frau im Nachthemd aus der Locanda. Sie hielt ein Kind von etwa drei Jahren im Arm, das in einen Schal gehüllt war, und an der Hand einen Jungen kurz vor dem Jugendalter in einer Tunika, die ihm bis zu den Füßen reichte. Es war Maria, die junge Frau des Wirts, mit den beiden anderen Kindern, Rocco und Bernardino. Humpelnd, denn sie hatte ein Hüftleiden, ging sie zu ihrem Mann und blickte ebenfalls hinauf.

In diesem Moment zeichneten mehrere Explosionen Blitze an den Himmel. Aus dem Heck eines brennenden Schiffes flogen lodernde Pfeile, die an das Feuerwerk einer Karnevalsapparatur erinnerten. Es war das Waffenlager im Achterdeck, das explodierte. Ein nächster, stärkerer Knall, und das ganze Achterkastell löste sich vom Heck und stürzte ins Wasser.

Die Frau packte Lorenzo am Arm. »Gehen wir!«, rief sie laut, damit auch Andrea sie hörte. »Ser Loredan ist erwachsen und kann für sich selbst entscheiden.« Der Griff um den Arm wurde zu einem resoluten Stoß, der den Wirt und seine Kinder auf der Calle in Bewegung setzte.

Dieser Aufbruch war eine Befreiung, dasselbe Gefühl verspürte Andrea jedes Mal, wenn er ein Fest verließ, das allzu höfliche und aufdringliche Hausherren gaben. Er spähte wieder zum Arsenale hin: Die Flammen breiteten sich aus, wurden höher und heller. Sicher hatten sie die Werften für die Galeassen und das nahe Lager des Tauwerks erreicht, denn das Gebäude glühte, und der Rauch war weiß wie von brennenden Stoppelfeldern im August. Die ersten Vorboten dieser Rauchwolke trugen den unverwechselbaren Geruch verbrannten Hanfs heran.

Er dachte an Taddea, deren Familie im *sestiere* San Marco ein Haus besaß, am Campo San Paternian, nicht weit vom Gefahrenherd entfernt. Sicher beobachtete sie gerade den Brand. Vielleicht sorgt sie sich um mich, dachte Andrea. Denn aus dieser Entfernung ließen sich die Grenzen der Zerstörung nicht klar genug erkennen, um Schäden an der Locanda della Torre auszuschließen. Taddea weinend im Arm ihres Vaters, den sie anflehte, sie gehen zu lassen. Andrea wurde bewusst, dass diese Katastrophe und die Gefühle, die sie auslöste, eine unwiederbringliche Gelegenheit boten, sie zu bitten, zu ihm zurückzukehren. Aber wollte er das wirklich?

Sein Blick wanderte zu der dreibogigen Brücke über dem

Rio San Lorenzo, wenige Schritte von der Locanda entfernt. Auf dem höchsten Punkt der Brücke gingen, beleuchtet von einigen Ölfackeln, zwei Männer mit einer Trage. Hinter ihnen zwei weitere. Es waren die ersten Verletzten aus der Umgebung der Explosion. Am Ufer der Locanda angekommen, zögerten die Träger. Andrea konnte ihren aufgeregten Wortwechsel hören.

»Wir bringen sie zum Ospedaletto!«

»Nein, lieber in die Kirche Santa Maria Formosa«, entgegnete ein anderer. »Da ist es sicherer.«

»Ins Ospedaletto, sage ich dir!«, entschied der Erste und ging am Ufer San Lorenzo auf die Locanda zu. Als er näher kam, konnte Andrea die Trage und was sie transportierte, besser erkennen. Es war ein Türflügel, darauf lag ein kleines Mädchen mit blutigen Kleidern, der Kopf war unnatürlich verdreht, während der schlaffe Körper bei jeder Bewegung schaukelte, ein magerer Arm und die schmale Hand hingen herab.

Andrea hatte das deutliche Gefühl, dass sie tot war. Der nächste Verletzte, den er sah, verdrängte diesen Gedanken: es war ein Junge, der weinte und den Mund aufriss, als bekäme er keine Luft. Man hatte ihn auf eine Leiter gelegt, der Kittel, mit dem er zugedeckt war, drohte zur Seite zu rutschen und offenbarte, dass er nackt war. Eine Frau, wahrscheinlich seine Mutter, ging schluchzend an seiner Seite, manchmal zupfte sie den Kittel zurecht.

Das Grüppchen verschwand in der Calle Cappello. Doch schon tauchten weitere Verletzte auf. Andrea wartete nicht länger, eilig kleidete er sich an: Kniebundhosen aus Tuch und eine leichte Bluse, an den Füßen die Stiefel, die er zum Reiten benutzte. Zum Schluss warf er sich einen Ledermantel um. Dann faltete er den Brief zusammen und steckte ihn in die Tasche. Er nahm die Öllampe, doch seinen Degen ließ er zurück. Einen Augenblick später lief er, zwei Stufen auf einmal nehmend, die Treppe hinunter und stürzte aus der Tür der Locanda. Ein letzter Zweifel ließ ihn innehalten. Jetzt musste er sich entscheiden: nach rechts, Richtung Sestiere San Marco zu Taddeas Haus,

oder nach links, der Ungewissheit, vielleicht dem Tod entgegen, über die San-Lorenzo-Brücke zum Arsenale, der Celestia und dem Widerschein der Hölle. Diese Richtung nahm er.

5

Dichter Schneefall hatte eingesetzt. Wie im Winter, wenn der Schirokko sich mit den kalten Luftströmen verbindet, die von den sibirischen Steppen herunterkommen. Asche, weich und leicht wie Schnee. Grauer Schnee, der alles grau färbte und gleichmachte, was zum Himmel blickte: Altane, Dächer, Kamine und Mauervorsprünge, istrischen Kalkstein und Simse, die Oberfläche der Kanäle und die Decks der Boote, die Gassen und die Plätze, die großen Blätter der Pflanzen in den Gärten und die Menschen. Die streunenden Hunde schüttelten sich die Asche aus dem Fell, als kämen sie aus dem Wasser, und versuchten, in die Flocken zu beißen, während sie sich auf die Hinterbeine stellten und mit den Lefzen schnalzten.

Andrea sah eine Menge Fußspuren in der Asche, viele nackt, manche beschuht. Und er sah zwei Männer, grau wie alles ringsum, über eine Hand gebeugt, die aussah wie die Hand einer Statue aus grauem Marmor, aber es war eine menschliche Hand, sauber vom Puls getrennt. Sie war auf den Stufen einer Votivkapelle gelandet, und die beiden musterten sie konzentriert wie Naturwissenschaftler, die eine neue Tierart beobachten. Der eine mit nacktem Oberkörper über den Kniebundhosen versuchte sie mit einem Stock anzuheben, aber die Hand fiel in die Asche zurück und wurde paniert wie ein Stück Aal in Mehl.

Je näher Andrea dem Ort der Explosion kam, desto deutlicher hörte er die Stimme der Flammen: ein Ruf aus Prasseln, Zischen und Knallen wie von feuchtem Holz voller Salpeter, das ins Feuer geworfen wird. Die Flammen loderten so mächtig auf, als wollten sie die Himmelskuppel verbrennen, die mit den dichten Rauchwolken eher das Aussehen einer Höhle hatte. So hoch waren die Flammen, dass man ein Gesicht aus mehr als zwanzig Schritt Entfernung hätte erkennen können, wenn die Asche nicht gewesen wäre, die alle Gesichter wie Masken aus Tonerde bedeckte. Solchen Masken war Andrea auf seinem Weg zu Hunderten begegnet, Masken von Verletzten und von Helfern, denen sich die Verzweiflung der darunterliegenden Gesichtszüge eingeprägt hatte. Augen, Lippen, Zähne und Zunge hoben sich mit leuchtenden Farben von der Asche ab wie in Blei eingefasste Smaragde, Rubine und Diamanten.

Die Verletzten und jene, die die Explosion aus nächster Nähe miterlebt hatten, wirkten apathisch, ihr Blick war starr und leer auf einen vagen Punkt in der Nacht gerichtet. Ob jung oder alt, Frauen oder Männer, viele nur durch ihre Nacktheit zu erkennen, sie ließen sich alle führen, manche stützen, wieder andere schienen ihre Helfer gar fortzuziehen, möglichst weit weg von dem Grauen.

Anders die Helfer, sie schienen von einer Erregung gepackt, die sie zwang, sich fortwährend umzublicken, als fürchteten sie einen Hinterhalt, oder sie wechselten wirre, widersprüchliche Sätze mit denen, die eben erst am Ort des Unglücks angekommen waren.

»Geht in die Celestia! Dort werden starke Arme zum Ausgraben gebraucht!«, sagte ein schmächtiger Mensch im Tonfall des katastrophenerfahrenen Veteranen, während er mühsam eine untersetzte, korpulente Nonne stützte, deren helle Ordenstracht zerrissen und rauchgeschwärzt war.

»Sie sind tot«, jammerte die Nonne. »Sie sind alle tot …«
Andrea ging schnell auf sie und ihren Helfer zu.

»Was sagt Ihr, ehrwürdige Mutter?«, fragte er, um sich dann an den Mann zu wenden: »Sind sie alle tot oder gibt es noch Hoffnung?«

»Tot, tot …«, sagte die Nonne kopfschüttelnd und schien ihren letzten Atemzug auszuhauchen. Ihre Worte wurden vom wider-

sprechenden Ausruf des Helfers übertönt: »Lauft, Signore, in der Kirche gibt es viele Seelen zu retten!«

»Kehrt um, das Arsenal wird gleich in die Luft gehen!«, schrie wiederum ein Mann, der wie ein Pestdoktor gekleidet war, um sich vor Asche und Rauch zu schützen. Er trug einen knöchellangen Umhang, einen breitkrempigen Hut und eine Maske mit einem langen Raubvogelschnabel.

Bei dieser Nachricht, ausgerufen von einem Mann der Wissenschaft, verlangsamten viele, die herbeieilen wollten, ihren Schritt.

»Schweig, Unglücksrabe!«, schrie ein Arsenalotto, ein Arbeiter des Arsenale, der für die öffentliche Ordnung verantwortlich und klare Worte gewohnt war. Er zog den roten Stock, der ihn als Garde auswies, und sagte: »Der Schaden, der entstehen konnte, ist entstanden. Dank der Jungfrau Maria konnten die übrigen Pulvermagazine auf die Inseln gebracht werden. Nur Mut, gehen wir!« Mit diesen Worten trat er festen Schrittes auf das Feuer zu, das die im Bau befindliche Kirche San Francesco della Vigna in schwarzen Rauch hüllte. Er ließ Andrea und die anderen mit dem lähmenden Zweifel zurück, wer von beiden, der Arzt oder der Arbeiter, die Wahrheit gesagt hatte. Und an diesem Scheideweg, wo wie bei einem Turnier die Feiglinge stehenbleiben, die Vorsichtigen abwarten, die Verrückten und die Mutigen loslaufen, war Andrea der Erste, der eine Entscheidung traf und die vom Arsenalotto eingeschlagene Richtung nahm.

6

Die Verwüstung begann hinter dem Campo San Francesco, im Rücken der Kirche und des Campanile. Andrea war innerhalb weniger Minuten dort angekommen, er hatte die Stufen des *ponte* San Francesco mit einem Sprung genommen, Palazzo Gritti gestreift und mit schnellen Schritten die mit Trümmern übersäten Plätze vor der Kirche und der Bruderschaft über-quert.

Die Explosion hatte den oberen Teil des Campanile, der gerade gebaut wurde, abgerissen und das hölzerne Baugerüst in Flammen aufgehen lassen. Noch immer lösten sich Pfähle aus dem Gerüst und stürzten zu Boden, wo sie glosend und rauchend mehrmals aufprallten. Die ebenfalls eingerüstete Fassade der Kirche war nur verschont geblieben, weil sie aus massivem Marmor bestand und vom Körper des Gebäudes abgeschirmt wurde. Doch die Dachziegel und die gerade fertiggestellten Glasfenster waren verschwunden, ihre verstreuten Bruchstücke bedeckten den Kirchplatz wie ein Mosaik. Dennoch war dieser trostlose Ort, der Campo San Francesco, dessen Anlage Sansovino und Palladio so raffiniert entworfen hatten, die erste Insel der Ruhe für jene, die aus der Hölle kamen, und er wimmelte von Frauen, Männern und Kindern. Schon nach kurzer Zeit hatten die Verletzten die beiden Kreuzgänge des Klosters der Minoriten belegt, jetzt wurden sie auf dem Kirchplatz untergebracht. Viele auf improvisierte Liegen gebettet, andere unter Klagen und Seufzern auf die Pflastersteine. Ein Franziskaner mit dem Blick eines Besessenen, die Kutte zerrissen und versengt, als hätte er einen Zweikampf mit dem Teufel hinter sich, spendete einem mit dem Banner von San Marco bedeckten kleinen Körper die letzte Ölung.

»Lasst uns durch!« Eine entschlossene Stimme hinter Andrea hieß ihn beiseitetreten und lenkte ihn von dem traurigen Anblick ab. Zwei Arsenalotti zogen eine Rolle mit einem Hanfseil, das sich langsam abwickelte: eine Ankertrosse.

»Nehmt das hier!« Andrea hatte gerade noch Zeit, zwei schwielige Hände zu erkennen, schon reichte man ihm einen Saum aus dicker Baumwolle, der mit einem Seil verstärkt war. Er hob die Augen: Gemeinsam mit etwa zwanzig Arbeitern des Arsenale und Matrosen hielt er das Rahsegel einer Karacke in der Hand.

»Breitet es ordentlich aus!«, rief der Arsenalotto, der Andrea in die Arbeit hineingezogen hatte. Die Männer lehnten sich nach hinten, und das Segel entfaltete sich zu seiner ganzen Größe. Obwohl Andrea kräftiger und größer war als der Durchschnitt und lange, muskulöse Arme hatte, sah er sich einen Augenblick lang nach vorn gerissen und musste dem Ungleichgewicht bei dieser Art Tauziehen mit seinen Rückenmuskeln und einem Gegendruck der Fersen begegnen. Wie in einem immer wieder geprobten Tanz wurde das Segel endlich genau mittig über dem Tau platziert.

»Baut die Gabelstücke auf!«, befahl der Arsenalotto, der um die vierzig sein mochte und auch ohne Uniform, nur mit der schwarzen Mütze, die ihn auszeichnete, alle Merkmale eines Anführers hatte, vielleicht ein Vorarbeiter oder sogar ein Werkmeister war. Seine Hand war verbunden, und er hatte einen tiefen Schnitt auf der Stirn.

Etwa zehn Männer, fünf auf jeder Seite, ergriffen zwei starke Pfähle mit einer Einkerbung an der Spitze. Sie legten das Tau in die Gabelstücke. »Hochziehen und festmachen!«, befahl der Anführer. In perfektem Zusammenspiel richteten die zehn Männer die beiden Pfähle auf, das Tau spannte sich und wurde fest wie ein Balken. So verwandelte sich das Segel, das bis vor kurzem noch den Wind beherbergt hatte, in ein riesiges Zeltdach, an dem die Asche abglitt.

»Die Verletzten unter das Segel!«, befahl der Anführer in der knappen Art eines Mannes, der das Kommandieren gewohnt ist und weiß, dass man ihm umso weniger zuhört, je mehr Worte er verliert.

Er muss ein Werkmeister sein, der weiß, welche Verantwortung es bedeutet, ein Schiff aus der Erde entstehen zu lassen, dachte Andrea. Und dieser Gedanke verband sich mit dem Bild von den Docks des Arsenale, wo der Werkmeister Kiel und Spanten des zukünftigen Schiffes mit gebogenen Linealen und roter Kreide direkt auf den Boden zeichnet. Wie das Gerippe eines Wals. Vorzeichnen der Wölbung hieß das, und es endete mit einem Fest und einem großen Trinkgelage. Denn von dieser vorgezeichneten Form hing das Glück des Schiffes und seiner Besatzung ab.

»Befeuchtet das Segel!«, rief der Mann jetzt, weil er fürchtete, ein herabstürzender brennender Gegenstand könnte die Baumwolle entzünden. Und wie durch Zauber, als wäre alles schon längst vorbereitet gewesen, schütteten mehrere Werftarbeiter Eimer mit Wasser über dem Tuch aus, die sie einander weiterreichten, denn im Nu hatte sich für das Wasserschöpfen eine Menschenkette bis zum Rio San Francesco gebildet.

Nach dem heftigen Protest der Arsenalotti gegen die Lohnkürzungen, im März vor dem Palazzo Ducale, sah Andrea zum ersten Mal so viele von ihnen in Aktion. Mehrmals hatte er sie beobachtet, wenn sie bei den Sonntagssitzungen des Großen Rates Wache standen, dem Dogen auf seinem Staatsschiff, dem Bucintoro, Geleit gaben, einander Wettrennen mit Booten lieferten und sogar, wenn sie große Feuersbrünste löschen halfen. Doch es war etwas völlig anderes, die Katastrophe zu meistern, die in dieser Nacht ein ganzes Stück des Sestiere Castello ausgelöscht hatte. Die größte Verheerung, die Venedig seit seiner Gründung erlebt hatte. In dieser Nacht hätte ihnen kein Exerzieren, keine Übung und Erfahrung geholfen. Alles, was ringsum geschah, geschah zum ersten Mal.

»Wir brauchen Freiwillige!« Der Aufruf des Anführers der Arsenalotti rüttelte Andrea aus seinen Gedanken. »In der Celestia müssen Menschenleben gerettet werden«, fuhr der Mann in entschlossenem Ton fort, und um seinen Worten mehr Gewicht zu verleihen, war er auf eine Karre mit Backsteinen gestiegen. »Kirche, Kloster und sieben Häuser sind eingestürzt, unter den Trümmern liegen viele Menschen begraben. Wer kommt mit?« Etwa fünfzehn Hände wurden gehoben. Andrea war einer der Ersten. »Gut!«, sagte der Anführer und musterte sie. »Los, folgt mir!«

Andrea ließ einen Teil der Gruppe vorbeiziehen und reihte sich etwa in der Mitte ein. Die Männer transportierten Eimer und Decken. Sie gingen an der Nordwand der Kirche entlang und gelangten zum rückwärtigen Teil, dem alten Obstgarten der Franziskaner: Er war verkohlt und qualmte. Sie gingen schnell, leicht gebückt, schauten sich fortwährend um. Die vom Widerschein des Feuers beleuchteten Gesichter waren angespannt, manch eines ängstlich. Bevor sie um die Ecke bogen, wo der Friedhof begann oder das, was von ihm übrig war, blieb der Werkmeister stehen.

»Ab hier wird es sehr heiß werden«, sagte er. »Meine Arsenalotti wissen, wie man mit dem Feuer und den Trümmern umgeht.« Beim Sprechen musterte er die Gesichter. »Alle anderen tun genau das, was ich tue.« Er fixierte Andrea. »Die Celestia liegt wenige Schritte von den Pulverkammern entfernt. Zwei Magazine mit dreißigtausend Pfund Pulver sind explodiert. Fünf wurden in den vergangenen Tagen geleert. Dort lagen zweihundertvierzigtausend Pfund Schwarzpulver.« Der Mann machte eine Pause, ohne die überflüssige Erklärung hinzuzufügen, was hätte geschehen können, wenn eine solche Menge Sprengstoff von den Flammen erfasst worden wäre. »Es bleiben hunderttausend Pfund in den drei zum Meer gelegenen Waffenlagern. Dort sind unsere Männer dabei, das Pulver zu befeuchten und das Feuer einzudämmen. Auch die Ölvorräte brennen, doch das Öl wird früher oder später versiegen. So ist die Situation. Wer umkehren möchte, tue das jetzt.«

Der Anführer ließ seinen Blick über die Männer schweifen. Mehr würde er nicht sagen, das war klar. Keiner erwiderte etwas. Keiner ging fort. Einige bekreuzigten sich. Er wartete einen Augenblick, dann nickte er leicht, und Andrea sah sein Gesicht eine Sekunde lang vor Stolz aufleuchten.

7

Wehmütig dachte der Alte an die Kraft zurück, die er in seiner Jugend gehabt hatte, als er zum Fisch wurde und zwanzig Faden tief tauchte, um verhakte Anker zu lösen. Als er wegen einer Wette mit Freunden vom Hauptmast der Galeere ins Meer sprang und zweimal unter dem Kiel hindurchschwamm, vom Heck bis zum Bug natürlich. Wenn er noch zwanzig gewesen wäre, hätte er versucht, unter den Flammen hindurchzutauchen, die sich über ihm zusammengeschlossen hatten. Doch jetzt war er über siebzig, seine Lungenkraft und Wendigkeit hatten nachgelassen, er hätte riskiert, mitten im Höllenfeuer aufzutauchen. Nur die Hoffnung, dass das Öl zur Neige ging, ließ ihn durchhalten. Die Schlinge aus knisterndem Feuer zog sich zusammen, die Meeresoberfläche hatte angefangen zu dampfen, die obere Handbreit Wasser kochte. Der Alte wirbelte mit den Armen, damit das kalte Wasser aufstieg, das ihn vom Nabel abwärts umgab. Eine große silberne Meeräsche schoss aus dem Wasser und schlug klatschend, mit dem Bauch voran, etwas entfernt wieder auf. Mehrmals wiederholte sie den Sprung, bis sie am Rand des Feuers angelangt war. Dann tauchte sie ab. Der Alte wollte sich vorstellen, dass die Meeräsche mit der Schicht warmen Wassers spielte, und hoffte, sie würde zurückkommen, damit er wenigstens die Gesellschaft eines zu Späßen aufgelegten Fisches hatte. Er drehte sich und blickte umher, doch die Oberfläche war glatt und glänzte wie ein Silbertablett. Hier und dort dümpelten dunkle Umrisse im Gegenlicht der Flammen: Holzstücke, Seile, Lumpen, eine Flasche, die der Explosion entkommen war.

In diesem Augenblick entdeckte er sein Boot. Es war umgekippt, der flache Kiel zur Seite geneigt. Es sah aus wie der Rücken eines toten, treibenden Wals und war der Feuerfront so nah gekommen, dass der Vordersteven, wo Flämmchen aufflackerten, schon rauchte, anscheinend unschlüssig, ob er brennen oder widerstehen sollte. Dennoch erkannte der Alte dank des

Instinkts und der Erfahrung eines Menschen, der sein Leben außerhalb von Hausmauern verbracht hat, in diesem gespenstischen Anblick den süßen Vorboten der Rettung.

8

Der erste Eindruck, nachdem sie an der Kirche um die Ecke gegangen waren, eine Welle aus glühendheißer Luft, traf Andrea mitten ins Gesicht und lähmte ihn wie eine Böe Schirokko, doch fünfmal heißer als der Augustschirokko. Unwillkürlich schloss er die Augen, ergriff einen Zipfel seines Ledermantels und legte ihn sich über das Gesicht. Die Glutwelle stieg auf und fuhr ihm wie ein Kamm durch die Haare.

Was Andrea vor sich hatte, übertraf alle Vorstellungskraft, alle Voraussicht, die beim Betrachten des Feuers aus der Ferne entstanden war. Direkt vor ihnen ragte von Norden nach Süden über eine Länge von einer Viertelmeile eine Feuerwand auf. Noch vor einer Stunde hatte hier die westliche Umfriedung des Arsenale gestanden, eine drei Ellen starke Mauer aus Stein. Das Prasseln war ohrenbetäubend, es verlieh den flüchtig zuckenden Flammen Körperlichkeit. Ihr Farbspektrum variierte von Blau bis Violett, von Gelb bis Blassrosa, je nach dem Material, das verbrannte.

Von Zeit zu Zeit veränderten sich unter Knallen und Knattern die Farben und Bewegungen der Feuersäulen, sie wurden zusammengedrückt und gekräuselt. Am oberen Saum des Feuerwalls lösten sich Flammenzungen und Funken aus der lodernden Masse, um in einer Höhe von mindestens weiteren hundert Ellen Pirouetten und Sprünge zu vollführen und sogar den Campanile von San Francesco oder das, was von ihm blieb, zu überragen. Bevor sie aber auch noch die Sterne in Brand setzen konnten, nahmen die Lohen eine weißliche Färbung an und verwandelten sich in Asche und Rauch.

Und während dieses majestätische, entsetzliche Schauspiel die Bühne beherrschte wie eine allzu ausgefeilte und überbeleuchtete Theaterkulisse, brachte das, was sich im Vordergrund, zwischen Andreas Beobachtungspunkt und der Feuerwand darbot, Geist und Körper zum Erschauern. Denn dort gab es kein Stadtviertel aus Häusern mehr, kein Kloster mit Kirche und Campanile, keinen Rio, keine Gassen und Brücken, sondern nur noch ein verwüstetes Gelände, wo Hügel aus den Materialien der einstigen Gebäude aufragten: Marmorstücke, Backsteine, istrischer Kalkstein, Dachbalken, Pfeiler, Mörtel und Sand, Türen und Fensterrahmen, Stoffe und Glasscheiben. Durch diese Wüstenei irrten im Gegenlicht menschliche Silhouetten. Ihr Schreien und Rufen, ihr Weinen und ihre Gebete schufen, vermischt mit dem Prasseln der Flammen, eine eigene Welt, die man für die Unterwelt hätte halten können.

Kaum etwas war stehengeblieben. Nur die Apsis der Kirche der Celestia mit dem ganzen Hochaltar, um den sich kniend die Nonnen versammelt hatten, bot wie eine heilige Höhle Schutz vor den Flammen. Andrea war gewiss kein frommer Christ, doch bei diesem Anblick musste er unwillkürlich an ein Wunder denken, denn dort auf dem Hochaltar stand die Statue der Madonna mit dem Kind, die viele verehrten. Dann sah er den Stumpf des Campanile an die Rückwand der Kirche gelehnt, und eine rationale Erklärung gewann die Oberhand über das vermeintliche Wunder: Der Campanile hatte die Apsis vor der Explosion bewahrt, indem er zerberstend die Druckwelle abhielt.

Andrea war, als brenne er vor Erregung, aber er verwechselte wieder einmal eine Sinnesempfindung mit einem Gefühl. Denn Andrea brannte wirklich: Der Ledermantel, mit dem er sich schützen wollte, war glühendheiß und roch versengt, ebenso jene Stellen seiner Hose, die der Hitze des Feuers am nächsten gekommen waren, während seine Stiefel die Spuren kochenden Öls trugen. Er fühlte seinen Kopf erglühen und fuhr mit der Hand darüber. Sogar seine Haare hatten sich gekräuselt wie

Wildschweinborsten. Das war ihm schon einmal als Kind passiert, in der Glasbrennerei Barovier in Murano vor dem Ofen, über dem Feinschmecker wie sein Vater gerne Aale rösteten.

Sofort dachte er daran, sich auszuziehen. Da packte ihn etwas wie eine Klaue am Arm und riss ihn nach hinten. Einen Augenblick später überflutete ihn ein Schwall eiskalten Wassers vom Kopf bis zu den Füßen und sogleich erhob sich eine Dampfwolke vom Boden und aus den erhitzten Kleidern, als wäre er Eisen, das im Wasser gekühlt wurde.

»Wolltet Ihr verbrennen?«

Der Anführer aus dem Arsenale starrte ihn an, einen Eimer in der Hand. Hinter seinem Rücken drängten sich die Freiwilligen in einem Winkel, den die Wand des Campanile mit der Kirchenmauer bildete. Sie gossen sich abwechselnd Wasser über den Kopf, das aus einem Brunnen geschöpft wurde, andere befeuchteten die Decken.

»Danke«, sagte Andrea aufatmend.

»Wusstet Ihr nicht, dass im Feuer leben dasselbe ist wie unter Wasser leben?«, fragte der andere.

Andrea betrachtete ihn, ohne den Sinn seiner Worte zu erfassen.

»Man muss entweder ein Teufel oder ein Fisch sein, meint Ihr nicht?«, erklärte der Mann. »Seid Ihr zufällig ein Teufel?«, und gleichzeitig reichte er ihm die Hand. »Bepo Rosso, Werkmeister der *marangoni*.«

Andrea drückte ihm kräftig die Hand – er hatte sich nicht geirrt.

»Andrea«, er zögerte, »Andrea Loredan.«

Bei diesem Namen schien der Werkmeister überrascht oder vielleicht eingeschüchtert zurückzuweichen.

»Aha!«, rief er aus. »Ihr kamt mir gleich bekannt vor«, er verbeugte sich leicht, »Ser Loredan.«

»Bitte nicht, das ist nicht nötig«, sagte Andrea verlegen.

Der Werkmeister musterte ihn mit fragender Miene, dann

hellte sich sein Gesicht auf und nahm den verschwörerischen Ausdruck des Mitwissers um ein Geheimnis an.

»Geht in Deckung wie die anderen«, sagte er halblaut und begleitete Andrea zur Gruppe. »Durchtränkt Euch gründlich mit Wasser und nehmt eine nasse Decke mit, denn auf dem Weg zur Celestia werden wir wie die Hühner gegrillt.« Dabei reichte er ihm den Eimer.

Andrea nickte lächelnd, hob den Eimer über seinen Kopf und goss sich noch mehr kaltes Wasser über das Gesicht. Er öffnete den Mund und trank in tiefen Zügen, bis er sich erfrischt fühlte. Dann ließ er sich das Wasser am Körper hinabrinnen, auch in die Stiefel. Bis zum letzten Tropfen.

Unterdessen hatten sich die Freiwilligen, in die Decken gewickelt, zu zweit hintereinander aufgestellt. Sie sahen aus wie Mönche bei der Karfreitagsprozession. Bepo Rosso musterte sie prüfend, dann setzte er sich an die Spitze der Truppe.

»Nicht rennen«, sagte er. Er zeigte auf den Rio della Celestia, der hier und da mit den roten Lichtreflexen des Feuers zwischen den Trümmern der Häuser auftauchte, und fuhr fort: »Wir gehen zusammen zum Wasser, füllen die Eimer und gehen Richtung Kirche. Wer uns entgegenkommt, wird in eine Decke gehüllt und mitgenommen. Klar?«

9

Sie zogen los, ließen die Ruinen der Calle Sagredo zur Linken hinter sich und gingen zwischen den herausgerissenen Grabsteinen und den mit Schutt bedeckten Gräbern des Friedhofs von San Francesco hindurch. Vor ihnen lagen die Trümmer einer Reihe Häuser. Bei einem war die Innentreppe stehengeblieben. Dort versuchte ein Mann, einen Türflügel anzuheben. Sein Gesicht war von Brandwunden entstellt, die Haut dunkel und aufgedunsen, als wäre er leprakrank. »Caterina!«, rief er immer wieder verzweifelt zum Boden gewandt, in die Trümmerschicht hinein, die nichts anderes bedecken konnte als den Tod.

»Wen habt Ihr dort unten?«, schrie der Werkmeister, um das laute Prasseln der Flammen zu übertönen.

Der Mann hob die Augen und starrte ihn mit schmerzverzerrter Miene an. »Meine Tochter und meine Mutter«, brachte er mühsam heraus. »Sie schliefen zusammen im Zimmer im Erdgeschoss.« Er bewegte den Kopf, als wollte er Luftblasen erhaschen, und fasste sich an ein Ohr, um sich zu kratzen, doch das Ohr blieb in seinen Fingern hängen. Teilnahmslos betrachtete er es, aber seine Augen standen nicht still, als folgten sie dem Flug eines Insekts. »Auch Luca und Marcantonio sind dort unten«, sagte er.

Der Werkmeister sah, dass sein Nacken und ein Teil des Kopfes schmorten und rauchten. Er versuchte, den Mann in eine nasse Decke zu hüllen. Dieser wich entsetzt zurück und wurde zornig. Er drohte mit erhobenen Fäusten.

Andrea, der dazugekommen war, um zu helfen, erkannte in ihm einen Mann, der in der Münze arbeitete, einen gewissen Cenigo, Vetter von Antonio Milledonne, dem Sekretär des Rates der Zehn. Ein einfacher Bürger und Buchhalter, der ein solcher geblieben wäre, wenn er im vergangenen Jahr nicht in einen Skandal wegen seiner Einstellung bei der Münze verwickelt worden wäre. Die abgewiesenen Konkurrenten hatten ihn beschuldigt, den Platz nicht wegen seiner Verdienste bekommen zu haben, sondern weil Milledonne Druck auf die Mitglieder des Zehnerrates ausgeübt hatte.

Andrea selbst hatte im Namen einer großen Gruppe junger Patrizier die scharfe Kritik von Teilen des Großen Rates an diesem Fall von Nepotismus zum Ausdruck gebracht. Es hatte nichts genützt: Der Skandal war einige Wochen lang in aller Munde gewesen und dann in Vergessenheit geraten. Er erinnerte sich, dass die Misshelligkeiten mit seinem Vater, dem nichts wichtiger war als der liebe Friede, auch anlässlich der Geschichte mit Cenigo entstanden waren und einige Monate später zu dem Streit geführt hatten, der ihn bewogen hatte, den Palazzo zu verlassen.

Als er jetzt die Verzweiflung dieses armen Mannes und seinen zerfallenden Körper sah, vergaß Andrea allen Groll. Aufgrund jenes seltsamen Phänomens, durch das Feinde manchmal zu besten Freunden werden, hätte Andrea sogar alles getan, um Cenigo und seine Familie zu retten, und sollte es ihn das eigene Leben kosten. Mit zwei entschlossenen Sprüngen war er an seiner Seite, um den Mann aufzumuntern und ihm beim Graben zu helfen. Doch die Stimme des Werkmeisters hielt ihn zurück:

»Dieser Mann hat schon Hilfe, Ser Loredan, kommt mit!«, sagte Bepo Rosso. »Dort hinten sind Menschen, die uns wirklich nötig brauchen!« Andrea beeilte sich, dem Werkmeister zu folgen, der mit den anderen Freiwilligen auf das zuging, was von der Kirche der Celestia übrig war. Dort, weniger als vierzig Schritte entfernt, stimmten die Nonnen das Requiem an.

10

Der Alte wusste um das launische Wesen des Feuers. Dem Wasser vertraute er. Auch dem stürmischen. Dem Feuer nicht. Das Feuer war ein Löwe, der erst mit den Klauen zuschlug und sein Opfer dann zerriss. Die Klauen spürte der Alte schon fünf oder sechs Ellen vor dem Boot, obwohl er unter Wasser schwamm. Er hatte gerade noch Zeit, sich die Lungen mit einem Schwall glühender Luft zu füllen und wieder unterzutauchen. Der Umriss des Bootes war eine dunkle Wolke im goldenen Licht des Feuers. Unerreichbar. Der Alte musste Luft holen, aber er wusste, dass er sterben würde, wenn er jetzt auftauchte. Es drängte ihn, umzukehren, doch ihm war klar, dass er es nach der Anstrengung der Kehrtwende nie und nimmer wieder zu seinem Ausgangspunkt schaffen konnte. Er biss die Zähne zusammen und machte zwei Schwimmstöße. Der Schatten des Bootes schien ganz nah, über ihm, aber es war noch weit, unerreichbar. Noch ein Stoß, er zerriss das Wasser wie einen seidenen Schal. Seine Brust bebte. Er stieß alle Luft aus, damit Bewegung in die Lungen kam und er weniger litt. Im nächsten Moment, das spürte er, würde er gegen seinen Willen den ursprünglichen Impulsen des Lebens gehorchen, sein Mund würde sich öffnen, um zu atmen. Dann würde er ertrinken.

Er schloss die Augen, neigte den Kopf und ließ sich nach oben treiben. In dem Moment, in dem seine Lippen sich öffneten und der erste Schwall Wasser ihm in die Kehle drang, hatte er das deutliche Gefühl, dass ihm eine warme Wollmütze aufgesetzt wurde. Er spürte seine Finger an die innere Bootshaut schlagen, ohne Halt zu finden, aber seine Augen sahen wieder. Er war im Bauch des umgekippten Bootes, lebendig, wenn auch kurz vor dem Ertrinken.

Er hustete den Pfropfen Wasser aus der Luftröhre, der auf seine Lungen drückte und sie verschloss. Zappelnd, denn das Meer sog ihn ein wie eine halbleere Flasche ohne Korken. Wieder berührten seine Finger festes Material. Jetzt griffen sie zu. Er zog sich hoch und konnte einen Arm über die Sitzbank des Bootes schieben.

Ein halber, schmerzhafter Atemzug. Ein Auswurf aus Wasser und Schleim. Wieder ein Atemzug, noch mit halber Kraft. Doch fast schon befreiend zwischen erneutem, röchelndem Husten, das all den flüssigen Dreck auswarf. Noch ein Atemzug. Dieser war vollständig. Und mit der Luft kam die Kraft zurück. Der Alte zog sich mit dem anderen Arm hoch, bis er die Sitzbank unter beiden Achseln hatte. Er hätte geweint, wenn er Zeit gehabt hätte.

Beschützt durch den Bauch des umgekippten Bootes fühlte er sich wie eine Schildkröte in ihrem Panzer nach dem Angriff des Löwen. Erschrocken, aber in Sicherheit. Die Luft, die er atmete, war warm, aber es war Luft. Sie war erfüllt von Rauch und dem starken Geruch des Holzes mit dem erhitzten Pech der Kalfaterung.

Er musste umdrehen, denn das Boot konnte im nächsten Moment von den Flammen erfasst werden. Wieder verließ er sich auf seine Erfahrung: Das einzige Licht in diesem Dunkel waren die Reflexe des Feuers, die das Wasser von unten widerspiegelte. Also drehte er dem Vordersteven und dem Feuer den Rücken zu und begann, gestützt auf die Sitzbank, mit den Beinen zu schwimmen wie ein Frosch. So schob er seinen Panzer hinaus auf das rettende dunkle Wasser.

11

Im Halbdunkel der Apsis war die Luft lau, und es war ruhig, sogar das Prasseln der Flammen drang nicht bis hier hinein. Ein Dutzend Nonnen und drei Novizinnen knieten im Halbkreis zu Füßen des Altars unter dem Bild der Muttergottes mit Kind und setzten ihren Gesang fort. Die weißen Kutten ließen sie alle gleich alt erscheinen, nur ein paar Falten um die Augen und Lippen gestatteten es, manch betagtere von den jüngeren zu unterscheiden. Alle hatten weiße Haut, weiß wie ihr Gewand und von wächserner Konsistenz.

Bepo Rosso lauschte reglos dem Requiem und schien seine Selbstsicherheit als Kommandant verloren zu haben, denn er zögerte, das Lied zu unterbrechen, als böte die Heiligkeit des Gesangs Schutz und Rettung, nicht der starke Bau der Apsis. Das Winseln eines Hundes lenkte ihn ab. Und dieses klagende Winseln ließ auch den Gesang verklingen. Das Tier erschien zwischen Marmorblöcken und Backsteinen, die den Campanile gestützt hatten. Es war ein kurzhaariger Mischling. Er kam mit scharrenden Vorderpfoten näher, den Rest seines Körpers oder was davon geblieben war, hinter sich her schleifend. Denn das war kein Körper mehr, sondern ein zerfetztes Etwas aus Hinterbeinen, dem Schwanz und dem Bauch, das den Boden der Kirche mit einem dunklen Streifen Blut bemalte. Von Zeit zu Zeit drehte er den Kopf und wühlte mit den Zähnen in seinem Fell. Wie ein sterbender Fußsoldat, der den anderen und sich selbst beweisen will, dass er noch lebt, schleppte sich der Hund zwischen den Freiwilligen und dem Chor der Nonnen hindurch. Bei Andrea angekommen, kauerte er sich an dessen Seite, wie er es bei seinem Herrchen getan hätte. Er fing an zu zittern und nach Luft zu schnappen. Da ergriff Bepo Rosso einen Stein und näherte sich dem Hund, um ihm den Gnadenstoß zu geben.

»Nein!« Der Schrei einer Novizin ließ den Werkmeister innehalten, bevor der Stein fiel. Die Novizin kniete nieder, bettete den Kopf des Hundes auf ihre Knie und streichelte ihn. Andrea trat einen Schritt zurück, als verdiente diese Geste des Mitleids ihren eigenen sakralen Raum. Dann blickte er zum Werkmeister auf, der in einer Geste unterbrochen worden war, die, obgleich entgegengesetzt, von ebenso viel Mitleid zeugte. Bepo Rosso schien etwas sagen zu wollen, vielleicht eine Entschuldigung. Doch er warf nur den Stein weg. »Wer ist die Äbtissin?«, fragte er die Nonnen, zu seinem Kommandoton zurückfindend.

Diese sahen ihn überrascht an, dann wechselten sie bestürzte Blicke, als gäbe es auf diese Frage keine eindeutige Antwort oder als käme sie ungelegen. Eine sehr alte Nonne erhob sich mühsam, unterstützt von der Novizin neben ihr. »Ich bringe Euch zu ihr«, sagte sie mit heiterer Gelassenheit, als empfinge sie einen unerwarteten Gast am Tor des Klosters. Ihre Worte begleitete sie mit einem Fingerzeig auf eine dunkle Nische, die sich über den Bodenfliesen aus rosa Marmor öffnete. Es war der Eingang zur Krypta. In der kurzen Zeit, die Bepo Rosso benötigte, um dort anzukommen, erteilte er Befehle nach allen Seiten.

»Moretto, Davide, Campolongo und Rocco!«, sagte er, viermal auf die Reihe der Arsenalotti zeigend. »Ihr geht in die Häuser und seht nach, ob dort Lebende geborgen werden können. Ihr drei«, er zeigte auf ein Terzett aus Matrosen, die sich zusammengeschlossen hatten, »bringt die ehrwürdigen Schwestern zum Campo San Francesco. Sofort.«

Während die Angesprochenen sich eilig in Bewegung setzten, erfasste der Werkmeister alle anderen, einschließlich Andrea, mit einem Blick und schrie: »Wenn hier in der Umgebung Verletzte sind, die gehen können, begleitet ihr sie zur San Francesco. Sucht Türen und Torflügel und macht daraus Tragen für die, die nicht gehen können. Die Toten überlasst ihr der Gnade Gottes.« Bepo Rosso berührte das Schwert, das er am Gürtel trug. »Wen ich beim Stehlen erwische, den spieße ich auf!« Stille entstand, gefolgt von einem dumpfen, unverständlichen Gemurmel. Dann liefen alle los.

»Gestattet Ihr, dass ich mit Euch gehe?« Der Werkmeister drehte sich um: Andrea fixierte ihn ungeduldig.

»Natürlich«, sagte Rosso nur und wandte ihm den Rücken zu, um auf den Eingang der Krypta zuzugehen, wo die Nonne, auf jeder Stufe schwankend, schon hinabstieg. Andrea folgte ihm, nachdem er seinen Blick von der Novizin und dem armen Hund in ihrem Schoß gelöst hatte. Seine Zunge hing zwischen den Zähnen heraus, die Augen waren starr, während die junge Frau noch immer seine Schnauze streichelte.

12

Die sechs Stufen aus weißem, istrischem Kalkstein fielen fast senkrecht ab und zwangen den Besucher, den Oberkörper zu drehen, jeden Schritt genau abzuwägen und sich an dem starken Hanfseil festzuhalten, das an drei in der Mauer steckenden Eisenringen befestigt war.

Das Erste, was Andrea wahrnahm, war der Geruch von brennendem Wachs und ein Ansteigen der Temperatur, als käme man in einen Backofen. Er dachte an das Feuer ganz in der Nähe und wunderte sich, dass die Flammen unterirdische Wege gefunden haben mussten, um bis hierher zu gelangen. Als seine Füße den Boden der Krypta berührten, verstand er: In dem Raum mit dem niedrigen, angedeuteten Tonnengewölbe aus Backsteinen brannten unzählige kleine Votivkerzen. Der größte Teil der Lichter war vor einem gläsernen Schrein aufgereiht, dessen metaller Rahmen das Glas auf jeder Seite in viele kleine Quadrate unterteilte und stützte. Im schwachen Kerzenlicht war hinter den Reflexen auf den Glasscheiben der Körper einer Nonne zu sehen. Andrea zuckte zusammen, denn der in einen weißen Schleier gehüllte Körper schien sich in dem flackernden Licht zu bewegen, und als er näher hinschaute, war ihm, als läge in diesem zarten, ebenmäßigen Gesicht wirklich noch ein Anflug von Leben. Er wandte den Blick ab und ließ ihn weiter durch die Krypta schweifen. An der gegenüberliegenden Wand bargen sechs Nischen aus Stein die Körper verstorbener Nonnen, in ihre von Feuchtigkeit, Schimmel und Parasiten zerfressenen Kutten gehüllt. Jede Nonne hatte den Gegenstand neben sich, den sie gemäß der Regel des heiligen Benedikt im Leben benutzt hatte: einen Korb, eine Sichel, eine Bütte, einen Spaten, Steine zum Kornmahlen und eine Sanduhr zur Einteilung des Tages.

Andrea dachte daran, wie oft das Brot aus der Celestia bei ihnen zu Hause auf den Tisch gekommen war, und aus dem Klostergarten hatte man ihnen Artischocken, Äpfel und Kirschen geschickt. Freundlichkeiten, die sein Vater mit regelmäßigen Besuchen vergolten hatte, bei denen er die Nonnen großzügig beschenkte. Als Kind hatte Andrea den Vater oft begleitet. Er erinnerte sich an den Duft nach Gemüse im Refektorium, an die kühle Vorhalle mit der Statue der Madonna, das Lächeln der jungen Nonnen. Wie viele Jahre waren vergangen? Zwanzig? Er fühlte sich schuldig, weil es ihm seitdem kein einziges Mal eingefallen war, aus eigenem Antrieb dorthin zurückzukehren, um diesen frommen Frauen, die im Schweigen und in der Arbeit ihren Lebenssinn fanden, ein Geschenk zu machen. Und Venedig war nicht groß, er hätte keine Berge und Meere überwinden, sondern nur über ein paar Brücken gehen müssen. Taddea hatte oft von der Celestia gesprochen, denn in ihrer frühen

Jugend wäre sie auf väterlichen Druck fast in den Orden eingetreten. Nachdem sie Andrea begegnet war, hatte sie den Wunsch geäußert, in dieser Kirche zu heiraten. Er hatte sie nie nach dem Grund gefragt.

Die Erinnerung an Taddea, die Frau, die er erst vor wenigen Stunden verlassen hatte, ließ Andrea erschauern und drängte ihn, sich zu bewegen. Er tat ein paar Schritte in die Mitte der Krypta, die auf zwei parallelen Säulenreihen aus griechischem Marmor mit würfelförmigen Kapitellen ruhte. Weiter hinten, dort wo die Säulenreihen perspektivisch zusammenliefen, befand sich ein schlichter kleiner Marmoraltar. Zu seinen Füßen standen, über eine Ordensschwester gebeugt, die mit dem Rücken an einem der Altarbögen lehnte, Bepo Rosso, die Nonne, die ihn begleitet hatte, und eine Novizin.

Die sitzende Frau musste Lucia Vivarini sein, die Äbtissin, die ihm den Brief geschickt hatte. Andrea hatte erst einen Schritt getan, als das dunkle Dröhnen einer starken Explosion bis in die Krypta drang und sie erbeben ließ. Putzbrocken fielen von der Decke, und der Staub rieselte aus den Mauerritzen wie Sand in einer Sanduhr. Andrea legte die Arme über den Kopf, kauerte sich nieder und erwartete den Einsturz. Doch mehr geschah nicht. Als das Dröhnen und die Vibration aufhörten, gab Bepo Rosso, der sich mit derselben Befürchtung umgesehen hatte, Andrea ein Zeichen, näher zu kommen.

13

Wenn es einen Weg gab, um diese Hölle zu überleben, dann hatte der Alte ihn wahrscheinlich gefunden. Sein umgekipptes, beinahe unversehrtes Boot zu entdecken war natürlich der erste, entscheidende Schritt gewesen. Es zu benutzen, um durch die Mauern aus Feuer zu dringen, gehörte indes zu jenem großen Repertoire an wichtigen Eingebungen, dank derer er trotz der bösen Absichten seiner Feinde und des ständigen Kampfes mit dem Schicksal alt und grau geworden war.

Darum war er, als er die Mitte des glühenden Tümpels erreicht hatte, unter dem Boot hervorgekommen und hatte die Bootswand befeuchtet als wäre sie der Rücken eines verschwitzten Pferdes. Dann hatte es eine neue, starke Explosion gegeben, und er hatte sich sofort wieder unter seinem Schild versteckt. Das Boot war zwar aus robusten, ein Zoll dicken Mahagoniholzplanken gebaut, doch der Bug war wegen der Nähe der Flammen und der Druckwelle der Explosion in sehr schlechtem Zustand. Denn in jener Nacht, etwa eine Stunde nach Mitternacht, war der Alte wie vereinbart am Ufer der Celestia, dort, wo die Nordwand des Klosters in die Gartenmauer überging und sich bis zum Kanal des Arsenale hinzog, an Bord des von seinem Gehilfen gesteuerten Bootes gegangen. Bei der ersten Explosion, die den größten Teil eines Lagerdaches abgedeckt hatte, hatte er noch versucht, zurück auf die Lagune in Richtung Murano zu gelangen, doch schon nach wenigen Ruderschlägen hatte eine zweite Explosion sie direkt getroffen. Das Boot, dessen Bug der Druckwelle ausgesetzt war wie ein Blatt dem Herbststurm, hatte sich aufgebäumt und überschlagen, was die beiden Insassen vor dem Stoß beschützte. Benommen, taub und mit vernebeltem Blick, hatte der Alte versucht, seinen Gehilfen davon abzuhalten, zur Celestina, dem nächstgelegenen festen Boden zu schwimmen, er hatte ihm zugerufen, er solle zurückkommen, denn hinter der Mauer des Arsenale liegen noch Berge von Schießpulver. Vergebens. Da hatte er sich von ihm getrennt und war dem Ufer von San Francesco della Vigna zu geschwommen. Dann hatte es weitere Explosionen gegeben, das Öl hatte Feuer gefangen, und der Wind hatte zusammen mit der Strömung den Rest besorgt, um diese rettende Tür vor ihm zuzuschlagen.

Doch er war zäh, und jetzt durchquerte er, mit den Beinen paddelnd und das umgekippte Boot mit den Armen vorwärtsschiebend, unter seinem Schild das Feuer. Denn an der Oberfläche brannte zwar das Öl, aber schon einen halben Zoll tiefer herrschte unangefochten das Wasser. Und der Bootsleib, dessen Bordwände gut zwei Handbreit tief im Wasser lagen, ließ das Feuer nicht hinein.

Zum Problem wurden allenfalls die Größe des Flammenwaldes, den er durchqueren musste, und die Widerstandskraft der Schiffshaut über längere Zeit. Der Alte wusste, dass zum Beispiel ein dünnes Blatt Papier, wenn es nass war, glühendem Glas widerstehen, es sogar verformen konnte. Er wusste auch, dass Kalfaterer die feuchte Bootshaut mit Fackeln bearbeiteten, um sie mit Stoppeln, Talg und Pech abzudichten. Und das alte Mahagoniholz dieses Bootes musste schon recht viel Wasser getrunken haben. Was hätte er außerdem tun können? Also blieb er unter seinem Schild, im brennenden Wasser, atmete die schmutzige Luft, die immer wärmer wurde, und hoffte, dass nicht irgendwann eine Flamme zwischen den Planken hervorschießen würde. Wenn er wirklich geglaubt hätte, dass es half, hätte er gebetet, doch er hatte zu viel gesehen, zu viel gelitten. Also tat er das Einzige, was ihm einfiel, wenn die Angst ihn auffraß. Er fing an zu singen.

14

Die Äbtissin hatte die Augen halb geschlossen, ihr Atem ging schnell und unmerklich, ein Faden Blut rann aus ihrem Mundwinkel und hatte einen roten Fleck auf der zerrissenen, rauchgeschwärzten Ordenstracht hinterlassen. Die Novizin stützte ihren Kopf mit einem Arm, mit der anderen Hand benetzte sie ihr von Zeit zu Zeit die Stirn. Eine Stirn voller Falten. Falten furchten auch ihre Wangen, nur die Wangenknochen waren glatt wie Inseln im sturmgepeitschten Meer. Falten zogen sich fächerförmig um die Lippen, die einst schön gewesen sein mussten. Andrea sah die schütteren, weißen Augenbrauen, dann ging sein

Blick an dem faltigen, dünnen Hals hinab, über die fast reglose Brust ohne Atem, bis zu den verkrümmten Händen.

»Nach der Komplet«, sagte die alte Nonne flüsternd, »hat die Äbtissin uns zum Rosenkranzgebet in die Kirche geschickt.« Sie bekreuzigte sich rasch und fügte, an den Werkmeister gewandt, hinzu: »Morgen ist Kreuzerhöhung. Dass wir gerettet sind, verdanken wir ihr und der allerheiligsten Jungfrau und Gottesmutter.«

Der Werkmeister schwieg einige Augenblicke lang respektvoll, dann beugte er sich zur Äbtissin vor, die nicht mehr zu atmen schien. »Ehrwürdige Mutter«, redete er sie leise an. Sie begann wieder zu atmen, kaum wahrnehmbar, und bewegte leicht den Kopf.

»Nach der ersten Explosion ist unsere Schwester aus der Kirche ins Refektorium zurückgekehrt, um die Köchin zu uns zu holen«, erzählte die Nonne weiter. »Dann gab es wieder einen Knall, und die Welt ist eingestürzt …«

»Mutter«, wiederholte Bepo Rosso lauter, der die Nonne gar nicht zu hören schien, so vertieft war er in sein Bemühen, die Äbtissin wieder zu Bewusstsein zu bringen.

»Wir haben sie im großen Kreuzgang gefunden«, fuhr die Nonne fort, »eine Säule hatte ihr die Beine zerschmettert. Wir konnten sie befreien und haben sie hierhergebracht, in Sicherheit.« Sie schüttelte traurig den Kopf.

In diesem Moment fand die Äbtissin die Kraft, die Augen aufzuschlagen. Es war, als öffneten sich zwei Spalten des Himmels. Andrea wurde von diesen Augen gebannt wie von einer uralten Erinnerung, die er nicht zu fassen noch zu deuten wusste. Ein Schrein hatte sich geöffnet. Denn in diesen Augen gab es, wie in kostbaren Steinen, keine Spur des Alters. Auch keine Jugend. In diesen Augen floss keine Zeit, nur Licht. Sie hatten die Farben des Wassers, in ihnen verschmolz das Blau des tiefen Meeres mit dem hellen, fast silbrigen Azur einer Quelle. Solche Reflexe hatte Andrea in einigen sehr wertvollen Edelsteinen gesehen, Aquamarine nannten sie die deutschen Händler, die sie zum letzten Himmelfahrtsfest aus Flandern mitgebracht hatten.

Die Augen bewegten sich: vom Werkmeister hinüber zu der alten Nonne, die sich, von Trauer überwältigt, eine Hand vor den Mund legte, um ihr Schluchzen zu unterdrücken. Die Äbtissin lächelte einen Augenblick lang. Ihre Augen kamen nicht zur Ruhe, jetzt fanden sie Andrea. Sie scheint mich länger anzusehen, dachte er. Aber die müden Lider schlossen sich wieder. Ein schmerzhafter Hustenanfall, ein Röcheln und Blut, das über die Lippen das Kinn hinabfloss und das die Novizin rasch mit einem Tuch abtupfte.

Erneut blickte die Äbtissin Andrea an, und je länger sie ihn fixierte, desto mehr schienen ihre Augen ihn festzuhalten und zu bannen.

»Wir müssen sie zum Ospedaletto bringen«, schaltete sich Bepo Rosso ein.

»Ich suche eine Trage.« Andrea wollte sich erheben, doch da hob die Äbtissin mit großer Anstrengung den Arm und bewegte die Finger, als wollte sie ihn zurückrufen. Eine Geste, die bei allen Staunen hervorrief, außer bei Andrea.

»Mutter Oberin«, sagte er flüsternd. Sie streckte die zitternden Finger nach ihm aus.

»Nehmt ihre Hand«, riet Bepo Rosso mit einem unvermutet zarten Unterton in seiner rauen Stimme.

Andrea zögerte, doch er tat, was ihm der Werkmeister geraten hatte. Er streifte die Hand und spürte sehr deutlich die Kälte des nahenden Todes, doch auch die Anstrengung, die die Frau aufwandte, um ihn zu sich heranzuziehen. Andrea kniete dicht vor ihr nieder.

»Ehrwürdige Mutter«, sagte er und bemühte sich, sie anzulächeln. Die Augen und der ganze obere Teil ihres Gesichts begannen zu leuchten. »Seid unbesorgt«, sagte Andrea, um ihr Hoffnung zu geben. »Wir bringen Euch weg von hier.«

Bei diesen Worten fand der Werkmeister zu seinem Plan zu-

rück. »Loredan, Ihr bleibt bei der ehrwürdigen Mutter, ich gehe eine Trage suchen.« Darauf entfernte er sich.

Ein leises Raunen weckte Andreas Aufmerksamkeit. Die Äbtissin bewegte die Lippen, sie versuchte zu sprechen. Er rückte näher an sie heran. Doch nur ein Hauch kam von diesen Lippen, von krampfartigen Atemzügen unterbrochen, in denen sich kein Wort mitteilte. Plötzlich war ihm, als hätte die Äbtissin seinen Namen geflüstert. Vor Überraschung verschlug es ihm den Atem. Also hatte sie ihn erkannt, und er durfte sie nicht enttäuschen. »Ich bin hier«, sagte er lächelnd.

Mit großer Mühe hob die Äbtissin die andere Hand und ließ ihre Fingerspitzen über seine Wange gleiten. Verwirrt betrachtete er sie. Er verstand nicht und fühlte sich wie ein Gast, der zufällig zu dem äußerst bedeutsamen, heiligen Moment des Sterbens zugelassen wird. Gerne wäre er fortgegangen. Doch sie sprach wieder zu ihm, diesmal verständlich, jedes Wort betonend, als wäre es das letzte.

»Andrea«, hauchte sie, »... suche furchtlos ... in den Edelsteinen des Himmels ... und in der Seele wirst du ... die Wahrheit finden.«

Andrea sah, wie die Hand der Äbtissin auf etwas zeigte. Er drehte sich um: Zehn Schritte entfernt stand der gläserne Schrein zwischen den beiden Marmorsäulen. Da fiel die Hand wieder herab. Die Augen bewegten sich nicht mehr und wurden trübe.

Die Novizin löste sich erschrocken von der Äbtissin. Die alte Nonne bekreuzigte sich abermals und begann, das Requiem zu murmeln. Sie tat es mit der gemessenen Resignation, mit der ein Arzt vor einem soeben verstorbenen Patienten die Instrumente niederlegt.

Andrea ließ die Hand der Äbtissin los. Auch er schlug ein Kreuzzeichen, nicht aus Überzeugung, sondern aus Respekt vor der Toten, den beiden Ordensschwestern und der heiligen Stätte. Er richtete sich auf, tat einen Schritt zurück und ging leicht

gebückt zwischen den beiden Säulenreihen auf den Ausgang zu. Als er an dem Schrein vorbeikam, ließen ihn die geflüsterten Worte der Äbtissin, ihr beharrliches Weisen auf den Schrein innehalten und genauer hinschauen. Was hatte sie ihm sagen wollen? Andrea fuhr mit den Fingerspitzen über eine der Glasscheiben. Das Glas war glatt, kalt und vollkommen durchsichtig. Er erkannte, dass es *cristalìn* war, ein Glas von höchster Qualität, sehr widerstandsfähig und teuer, das von den besten Brennereien in Murano hergestellt wurde. Es war mit unzähligen Pünktchen aus weißem Emaille verziert, die Kringel, Rauten und Spiralen formten. Einige Kratzer an der Innenseite zeigten, wie dünn es war. Diese Entdeckung brachte ihn dazu, sich das Metallgeflecht näher anzuschauen, das den Schrein umgab. Es war nicht nur ein Schutz, wie er gedacht hatte, sondern bildete den tragenden Rahmen, in den die Scheiben aus Cristalìn eingefügt waren. Eine überaus raffinierte Arbeit.

Plötzlich hallte ein naher Schuss in der Krypta wider und lenkte Andreas Aufmerksamkeit auf das, was draußen vor sich ging. Beim zweiten Schuss, an dem er unzweifelhaft eine Arkebuse erkannte, ergriff er das Hanfseil und stürzte nach oben.

15

Zuerst sah Andrea zwei Gestalten, zehn Schritt entfernt, dann roch er den süßlichen Geruch des Schwarzpulvers. Die Nonnen waren verschwunden, auch die Flammensäulen, die zu einem rötlichen Widerschein mit viel Rauch und wenig Glut zusammengefallen waren. Im Osten bereitete sich der Himmel darauf vor, den Tag zu empfangen, ein milchiges Licht umgab den unregelmäßigen Umriss der Apsis, während die Himmelskuppel im Norden noch voller Sterne war.

Andrea ging auf die beiden Gestalten zu. Er erkannte die dunkle Mütze mit der Schleife, dann die Weste und die Kniebundhosen zweier *Fanti da Mar* aus dem Infanteriekorps der Republik Venedig. Sie luden ihre Arkebusen. Der Erste sah Andrea und legte die Waffe auf ihn an. »Halt! Wer seid Ihr?«, schrie er und tat, als sei er zum Schießen bereit.

Unbeeindruckt, denn er wusste, dass noch kein Blei im Lauf war, kam Andrea näher. »Runter mit dem Gewehr, Fante!«, befahl er. »Ich bin Andrea Loredan, dein *capitano*. Ich bin hier, um Hilfe zu leisten.«

»Loredan aus dem Dogengeschlecht?«, fragte der andere ein wenig verängstigt.

»Genau der«, antwortete Andrea knapp.

Die beiden Soldaten nahmen Haltung an.

»Fante Molin di Este Zuàne, dritte Kompanie, erstes Regiment. Zu Befehl, Capitano!«

»Fante Albanexe Martino, dritte Kompanie, erstes Regiment Zara. Zu Befehl, Capitano!«

Andrea stand nun direkt vor ihnen. Sie waren noch sehr jung.

»Auf wen habt ihr geschossen?«

»Auf Diebe, Kirchenräuber. Sie sind von dort hinten gekommen«, murmelte der zweite Fante, indem er auf die Wand der Apsis zeigte und den Kopf ein wenig zwischen den Schultern versteckte.

»Wohin sind sie gelaufen?«, fragte Andrea. Der Kommandoton, den er selten gebrauchte, war ihm nicht unangenehm.

Die beiden Fanti schwiegen, dann zeigte einer auf den mit Trümmern und geborstenen, umgeknickten Bäumen übersäten Garten der Celestia, grau im anbrechenden Morgen und von Rauchschwaden eingehüllt. Tatsächlich, dort hinten, fünfzig oder sechzig Schritt entfernt, stolperten zwei Gestalten durch die Spuren der Verwüstung, flüchteten Richtung Lagune, während eine dritte versuchte, sie einzuholen, doch sie schwankte, als wäre sie betrunken. Plötzlich stürzte sie, fuchtelte einen Augenblick mit den Armen in der Luft und blieb dann reglos zwischen den Steinen liegen.

»Ihr habt ihn getroffen!«, rief Andrea ungläubig aus.

»Unmöglich, Signor Capitano«, erwiderte einer der beiden.

»Er ist gestürzt!«, fuhr Andrea ihn an.

»Wir haben in die Luft geschossen, Capitano.«

»In die Luft!«, bestätigte der andere.

Andrea ließ den Blick über das Trümmerfeld schweifen und fasste dann den Fante ins Auge, der unbefangener zu sein schien. »Himmel Herrgott, ihr habt ihn getroffen!«, schrie er. Dann nahm er sich zusammen und befahl: »Geht nachschauen!«

»Jawohl!«

Mit schnellen, synchronen Gesten luden die beiden Fanti ihre Arkebusen, indem sie das Blei in den Lauf steckten, es mit dem Stab hineindrückten und ihn mit Papier verschlossen. Sie schulterten die Gewehre und eilten, von Stein zu Stein hüpfend, als durchquerten sie eine Furt, in Richtung der Flüchtenden. Andreas Blick folgte ihnen, und als er sich an das schwache Licht des aufziehenden Morgens gewöhnt hatte, sah er in dem verwüsteten Gebiet andere Soldaten und viele Bürger umherirren. Helfer und Überlebende. Einige von ihnen gruben immer noch in den Trümmern, es konnten sowohl Diebe als auch Unglückliche sein, die alles verloren hatten und nun versuchten, sich in irgendeinem geliebten, vertrauten Gegenstand wiederzufinden. Ihr Graben erzeugte ein ganz ähnliches Geräusch wie das, was Andrea in den Mergelgruben der Euganeischen Hügel gehört hatte, wo die Steinmetze den ganzen Tag lang, vom Läuten zur Laudes bis zur Glocke der Komplet arbeiteten wie Termiten, die sich durch Balken aus Erlenholz fraßen.

Sie haben ihn umgebracht, dachte Andrea entsetzt, während die beiden Fanti den Gefallenen fast erreicht hatten und seine Kumpane, mittlerweile am Strand angekommen, von der Rauchwand verschluckt wurden, die sie in Sicherheit brachte.

Andrea sah, wie einer der beiden Fanti sich über den Dieb beugte, und rief: »Nun, wer ist es?«

»Er ist sehr jung!«, war die Antwort.

Andrea schloss verzweifelt die Augen, denn wenn diese jungen Männer ihn an ihrer eigenen Jugend maßen, musste er noch jünger sein als sie. Fast noch ein Kind.

Er schaute sich um, in der Hoffnung, die untersetzte, beruhigende Gestalt von Bepo Rosso zu erblicken, der ihn in diesem Moment hätte unterstützen können. Doch die ersten Brisen des Levante, eines Windes, der am Meer den Sonnenaufgang begleitet, lenkten die weißen Rauchwolken der Brandherde in eine neue Richtung. Die Luft wurde dick, gesättigt mit einer Mischung aus Gerüchen, die das Atmen unerträglich machten. Der Horizont verschloss sich, die Menschen begannen zu husten, und obwohl der Tag unaufhaltsam voranschritt, schien ein Schwarm nächtlicher Schatten erneut zu triumphieren.

Andrea, der gerne zu den beiden Soldaten gegangen wäre, wie sein Gewissen ihm riet und seine Rolle als Capitano verlangte, beschloss dennoch, auf den Werkmeister des Arsenale zu warten. Mittlerweile sah man nur noch ein paar Schritt weit, was angesichts des Todes und so großer Zerstörung fast eine Erleichterung war. Er begann zu husten und versuchte, die Luft durch ein Taschentuch vor dem Mund zu filtern. Doch dieser Pesthauch von verkohlten Stoffen, Hanf, Holz, Farben, Klebern und Fetten, alles Materialien, die ein Schiff ausrüsten, drang unaufhaltsamer und schädlicher in die Lungen als die Höllenluft, die sich beim Erhitzen von Fischleim oder beim Kalfatern der Boote mit Pech entwickelt. In der Ferne hörte Andrea weitere Schüsse. Er wandte sich um, und sein Blick fiel auf den Tabernakel über dem Altar: Das Türchen stand offen. Als er die drei Stufen zum Altar hinaufstieg, sah er einen umgestürzten Kandelaber und das auf den Steinboden gefallene, offene Messbuch. Das Lesepult war verschwunden. Die Explosion konnte es nicht gewesen sein, sie war nicht bis hierher gekommen. Im Tabernakel fehlte der Hostienkelch. Andrea hoffte inständig, die Nonnen hätten ihn weggebracht, doch die umgestürzten Gegenstände zwangen ihn, an Schlimmeres zu denken.

»Ich musste bis ins Arsenale gehen.« Bepo Rossos raue Stimme erklang von links. Der Werkmeister tauchte aus dem Nebel auf, über der Schulter zwei in Stoff gewickelte Holzstangen. Er blieb an der untersten Stufe stehen. »Ich habe diese Pritsche aus einer Galeere geholt. Wie geht es der Mutter Oberin?«

»Sie ist tot«, gab Andrea nur mit abwesender Miene zurück.

Der Werkmeister sah ihn resigniert an. Er ließ die Pritsche von der Schulter gleiten, die Stangen prallten dumpf auf dem Steinboden auf. »Sie ruhe in Frieden«, fügte er hinzu und setzte sich auf die Stufen. Als wäre seine Arbeitsschicht damit beendet, zog er ein Fläschchen aus seiner Weste, riss den Korken mit den Zähnen heraus und reichte es Andrea.

»Es ist Anisschnaps, möchtet Ihr?« Andrea schüttelte verwirrt den Kopf. »Nein, danke«, sagte er hastig. Der Werkmeister sah ihn skeptisch an, trank einen Schluck, schnalzte mit der Zunge und hustete. »Was ist los? Geht es Euch nicht gut, Ser Loredan?«, fragte er, im Versuch, Andreas Verstörung zu deuten.

»Diebe«, sagte Andrea, auf den Tabernakel zeigend. Dabei fiel ein Teil des Gewichts, das ihn bedrückte, von ihm ab. »Sie haben den Kelch mitgenommen und wer weiß was sonst noch.«

»Frevel!« Das war dem Werkmeister etwas zu dramatisch herausgeplatzt, um ehrlich zu wirken. Er blickte Andrea unverwandt an, denn er wartete auf den wahren Grund seiner Verstörung.

»Zwei Fanti haben geschossen«, fügte Andrea zögernd hinzu.

»Gut gemacht!« Rosso nahm einen zweiten Schluck Anisschnaps. Für ihn war ausgemacht, dass sein Gesprächspartner diese Ansicht teilte. »Auch beim Arsenale wurde ein Dieb getötet. Sie kommen überall hervor wie die Ratten bei Hochwasser.«

»Ihr findet das richtig?«, fragte Andrea nur, überrascht von der Brutalität eines Mannes, der ein braver Familienvater zu sein schien.

Bepo Rosso, ein erfahrener, aber impulsiver Mann, erkannte, dass er auf unsicheres Terrain geraten war. Er überlegte auch, dass

es ein Geschenk des Himmels war, einen Patrizier von Loredans Rang unter so dramatischen Umständen kennenzulernen, wo entstehende Kameradschaft, wie im Krieg, meist auch nach dem Konflikt andauert. Dieses Geschenk musste er sich bewahren. Also beschloss er abzuwarten und blickte Andrea demütig wie ein Schüler, der eine Berichtigung durch seinen Lehrer erwartet, in die Augen.

»Gerechtigkeit schafft man nicht mit Gewehren«, sagte Andrea, doch ohne Nachdruck, denn auch er wollte sich einen Weg zu diesem Mann offenhalten, der ihm trotz seiner Ansichten Sicherheit einflößte.

Der Werkmeister ahnte Andreas Absichten und freute sich, ohne es zu zeigen. Im Gegenteil, er setzte eine betrübte Miene auf, und weil er es gewohnt war, Wind von allen Seiten zu bekommen, zwischen Matrosen und Arbeitern, Schiffskapitänen und reichen Reedern zu stehen und wendig zu bleiben wie ein Banner bei umschlagender Brise, fand er sofort die passende Antwort, um aus der Ecke herauszukommen, in die er sich selbst manövriert hatte, ohne sich zu erniedrigen und Andrea misstrauisch zu machen.

»Ich denke genauso wie Ihr, Ser Loredan«, räumte er mit gesenktem Blick ein. »Aber wir sind im Krieg. Und im Krieg gilt, wie Ihr wisst, nur das Gesetz der Waffen.«

»Im Krieg gegen wen?« Andrea hielt seine Verwunderung nicht zurück.

»Gegen den Türken natürlich! Wen denn sonst?«, verlieh der Werkmeister seiner Überzeugung Ausdruck. Und weil er sich nunmehr auf der Siegerseite fühlte, umfasste er mit einer weiten Handbewegung das Bild, das sie vor Augen hatten. »Seht her. Seht doch nur, was diese Teufel angerichtet haben.« Mit diesem Urteil glaubte er die Achtung des jungen Patriziers zurückgewonnen zu haben. Doch er irrte sich.

Andrea ahnte, dass in diesen leichtsinnigen, trügerischen Worten, wie in der langen Welle, die dem heraufziehenden

Sturm vorausgeht, das enthalten war, was der größte Teil der Venezianer, ob Patrizier, Bürger oder das Volk, dachte oder in wenigen Stunden denken würde. Von seinem Standpunkt aus hatte der Werkmeister recht, tatsächlich war der Krieg gegen die Türken schon in dieser Nacht erklärt worden.

Als wollte er Andrea aus seinen düsteren Gedanken wecken, blies ihm der Ostwind ins Gesicht und wehte ihm die Haare vor die Augen. Dann drehte er entschlossen zwei Strich nach Süden und begann, den Rauch im Umkreis von mindestens einer halben Meile wie ein Besen wegzufegen. Auf dem Ruinenfeld, das der Wind freilegte, suchte Andrea nach den beiden Soldaten, und was er sah, ließ ihn aufspringen. Auch der Werkmeister erhob sich, langsamer, weil er mehr Zeit brauchte, um zu verstehen.

16

Die beiden Soldaten kehrten zurück. Sie trugen einen mageren, viel zu kleinen Körper, einer hielt ihn an den Füßen, der andere unter den Armen. Der nach hinten hängende Lockenkopf schaukelte mit den Schritten der Soldaten von einer Seite zur anderen. Es war das Gesicht eines Kindes, eines barfüßigen und zerlumpten Kindes. Was sich dort näherte, war bereits ein kleiner, improvisierter Trauerzug mit einem würdevollen, ernsten Gefolge ohne Tränen, Schreie und Weinen. Ein Geleit aus Männern unterschiedlichen Alters, die nichts mit dem Toten gemein hatten außer dem Mitleid, das man für jene empfindet, die jung sterben. Es waren Zivilisten und Soldaten, Bürger und junge Patrizier. Als Andrea den stolzen Blick des Fante sah, der an der Spitze ging, nahm er sich vor, ihn für dieses Verhalten zu ohrfeigen, aber dazu kam es nicht, denn bevor er handeln konnte, sagte der Fante: »Es ist, wie ich sagte, Capitano …« Andrea blickte ihn fragend an und wartete. »Wir haben ihn nicht getötet. Er hat eine kleine Wunde hier, seht her … es sieht aus wie der Stich eines Stiletts.«

Während Andrea das Kind betrachtete, stiegen die Fanti die Stufen hinauf und legten den Körper am Fuß des Altars nieder, wo sie sich an seiner Seite postierten wie eine Ehrenwache. Der Geleitzug reihte sich zu einem Halbkreis auf. Bepo Rosso nahm seine Mütze ab und bekreuzigte sich, zur menschlichen Regung des Mitleids zurückfindend, die ebenso rasch verfliegt wie sie auf der Welle von Gefühlen wiederkehrt.

Andrea blieb einen Schritt vor dem Leichnam stehen. Er lag so da, wie er abgelegt worden war: die Arme ausgebreitet und die Füße nebeneinander, wie ein vom Kreuz genommener kindlicher Christus. Andrea nahm seinen Mut zusammen und berührte ihn. Er war lauwarm. Das Kind mochte zehn, vielleicht elf Jahre alt sein. Die Spur des tödlichen Stichs war kaum zu sehen, ein kleiner roter Fleck auf der Höhe des Herzens. So etwas hatte Andrea noch nie gesehen, vielleicht rührte er wirklich von einem Stilett her. Die Hände waren blutverschmiert, die Finger schmal, die abgekauten Nägel schwarz. Ein Ohrring im Ohrläppchen. Am Daumen ein Bernsteinring. Andrea wühlte in den Hosentaschen des Jungen. Nichts.

»Signor Capitano.«

Andrea blickte auf. Jetzt fühlte er sich den Fanti gegenüber schuldig, aber er war auch erleichtert, denn sie trugen keine Schuld an diesem Tod. Der eine streckte ihm die Hände entgegen, in jeder lag ein kleiner Berg Hostien.

»Sie waren in seinen Hosentaschen«, erklärte er mit zitternden Händen. Andrea zögerte, nahm die Hostien und wusste nicht, was er damit machen sollte.

»Gebt sie mir, ich tue sie in den Tabernakel«, erbot sich der Werkmeister zartfühlend.

Andrea erkannte, wie passend dieser Vorschlag war, also schob er das Häuflein in die Mitte des Tabernakels und schloss die kleine Tür. Er hatte Hunger, dachte er. Dann kam ihm ein schrecklicher Gedanke: Es werden seine Kumpane gewesen sein, damit sie die Beute nicht teilen mussten.

Doch etwas an dieser Erklärung stimmte nicht. Als er sich umdrehte, fühlte er die Augen des Grüppchens auf sich gerichtet. Es schien, als erwarteten sie angesichts der Umstände eine Ansprache, vielleicht eine Predigt. Auch Bepo Rosso sah ihn an, die Mütze in der Hand, die Augen feucht. Obwohl er das Reden im Gericht gewohnt war, vor Männern, die über das Leben der Angeklagten entschieden, zögerte Andrea, denn er fand keinen Anhaltspunkt, um der Tragik des Geschehens zu begegnen: vom Tod des Kindes zu den vielen anderen Toten und dem Verhängnis, das über diese Welt gekommen war. Dann sah er einige, die ihre Mütze aufbehalten hatten, Arsenalotti wie Patrizier. Und das gab den Anstoß zum Sprechen.

»Entblößen wir unser Haupt«, sagte er, unwillkürlich das *wir* benutzend, um die Verantwortung zu teilen und sich nicht zum Richter aufzuwerfen. »Für diesen Toten und alle anderen.« Die meisten folgten eilig seiner Aufforderung, andere waren langsamer, doch nur, weil sie sich überrascht gewahr wurden, dass sie noch ihre Kopfbedeckung trugen. »Was heute Nacht geschehen ist«, sagte er mit Nachdruck, aber ohne zu übertreiben, »könnte ein entsetzlicher Alptraum sein, wenn ich nicht hier wäre, um inmitten all dieser Ruinen zu euch zu sprechen. Eine solche Zerstörung hat die Stadt noch nie gesehen, weder durch Feuer noch durch Wasser oder Stürme und nicht einmal durch ein Erdbeben. Dieser Tag wird, da bin ich sicher, in den Annalen zukünftiger Zeiten erinnert werden.«

Er hielt einen Augenblick inne, weil hinter dem Rücken der Männer, in dem Lagunenabschnitt zwischen der Kirche San Francesco und der Insel San Cristoforo, eine schnelle Galeere mit den Insignien von San Marco und einer Menge Menschen auf dem Deck nahte. Es war die Regierung der Serenissima, die kam, um die Tragödie mit eigenen Augen zu ermessen.

»Was wir jetzt tun müssen«, hub Andrea wieder an, »ist, so

viele Menschen zu retten, wie gerettet werden können, ohne uns zu fragen, ob diese Gräuel ein Werk der Türken, anderer Kräfte oder des widrigen Schicksals sind. Die Zeit wird kommen, in der wir auch das erfahren und handeln.« Er machte abermals eine Pause, um einen Blick auf die nahende Galeere zu werfen. Er dachte an seinen Vater. Der Doge würde bald hier sein, und vielleicht würden sich ihre Blicke kreuzen. Das durfte nicht geschehen. Er fühlte sich nicht bereit.

»Viva San Marco!«, rief jemand.

»Viva San Marco!«, antworteten alle wie mit einer Stimme.

Andrea verließ den Altar und sagte, zu den Fanti gewandt: »Bringt dieses arme Kind zum Campo San Francesco, jemand wird es wiedererkennen.«

»Jawohl!«, antwortete einer für beide, und sie hoben den Leichnam hoch und stiegen die Stufen hinab. Andreas Blick folgte ihnen.

17

Weniger als eine halbe Meile entfernt ließ sich in diesem Moment der Alte, an das Heck des Bootes gebunden, vom starken Rückfluss der Flut im alabasternen Licht des Morgens auf die Mündung des Lido zutreiben. Er hatte es geschafft. Das Boot hatte dem Feuer widerstanden. Dank des Ostwinds, der den Rauch wegblies, konnte er endlich die saubere Meeresluft atmen. Er trieb auf der rötlichen Spur der aufgehenden Sonne zwischen den Inseln Certosa und Le Vignole. In weiser Voraussicht hatte er sich das Tau, mit dem das Boot festgemacht wurde, unter die Achseln geschlungen und so festgezurrt, dass sein Kopf und ein Teil des Oberkörpers oberhalb des Wasserspiegels blieben, ohne dass er schwimmen musste. Denn er hatte seine ganze Kraft aufgebraucht. Seine Beine spürte er nicht mehr, sie waren steif vor Kälte. Er ließ sich tragen wie ein Verletzter auf einem Karren. Mit dem Unterschied, dass er ohne Stöße und Erschütterungen dahinglitt, ja, fast schien ihm, als stünde er still auf diesem Wasser, als wäre es Eis. Sehnsüchtig dachte er an das Feuer, nicht das wütende, das er eben hinter sich gelassen hatte, sondern die einfache Glut eines Kohlebeckens, die einlullende Wärme eines Backofens.

Er schloss die Augen und hörte das Gurgeln des Wassers an den Bootswänden. Das freute ihn, sein Gehörsinn kehrte zurück. Dann verstummte das Geräusch plötzlich, und das Boot begann, sich um den Bug zu drehen. Jetzt hatte der Alte die deutliche Empfindung, stillzustehen. Tatsächlich, einen Augenblick später spürte er Schlamm unter den Füßen. Ein Büschel Schilfrohr schlug ihm ins Gesicht. Er war auf einem *baro*, einer der vielen kleinen Inseln, die durch das Spiel der Gezeiten und die Veränderung der Wassertiefen auftauchten und wieder versanken. Doch schon glitt das Boot vom schlammigen Ufer weg und entfernte sich drehend, von der Strömung getrieben.

Das darf nicht geschehen, dachte er, und seine Finger versuchten, den Knoten des unter seinen Achseln gespannten Seils zu lösen, während seine Zehenspitzen sich in den Schlamm bohrten, um das Boot anzuhalten. Es gelang ihm, als das Wasser ihm schon bis zur Kehle reichte. Mit letzter Kraft zog er den umgedrehten Bug aus dem Wasser, ehe er sich erschöpft auf den Sand, den Schlamm und die Algen fallen ließ. Er atmete tief. Dann kletterte er auf den höheren Teil der Insel, vor Kälte zitternd und das Seil, das ihn mit seiner Rettung verband, fest in der Hand. Als das Seil sich straffte, warf sich der Alte rücklings zwischen das Schilfrohr auf den grauen, kalten, nassen Sand. Erst jetzt schaute er in den Himmel. Er war blau geworden. Von dem Blau, welches das Glas annimmt, wenn es mit der richtigen Dosis *orpello* brennt, dachte er. Es scheint Meer zu sein und sieht aus wie der Himmel. Aber es ist nur Glas.

In diesem Himmel kreuzten sich plötzlich die grauen Mündungen von vier Arkebusen, die direkt auf sein Gesicht zielten.

Er hatte nicht einmal Zeit, sich zu wundern. Hinter den vier Mündungen tauchten die Gesichter von vier Fanti da Mar auf.

»Rührt Euch nicht, oder Ihr seid tot!«, schrie einer der Soldaten aus Leibeskräften.

Der Alte, der natürlich weder die Kraft noch die geringste Möglichkeit hatte, sich zu bewegen, riss nur die Augen auf und sah die Männer einen nach dem anderen an.

»Auf die Knie!«, schrie der Erste wieder.

Der Alte rührte sich nicht.

»Auf die Knie!«, und er bohrte ihm die Büchse mitten in die Stirn. »Verstehst du, was ich dir sage?« Er war zum vertraulichen Du übergegangen, ein Zeichen, wie erbittert er über die dreiste Weigerung war und dass er bereit war, zu schießen. Zwei der Soldaten, offenbar Gleichgestellte, packten den Alten an den Armen, ohne Befehle abzuwarten, zogen ihn hoch und zwangen ihn, sich hinzuknien. »Wer bist du?«, herrschte ihn der Erste an, immer noch auf ihn zielend.

Der Alte begriff, dass der Tod zurückgekehrt war, um ihn zu besuchen, und mit der Geistesgegenwart, die ihn so oft schon gerettet hatte, krümmte er sich zusammen, schaukelte mit gefalteten Händen und gesenktem Kopf vor und zurück, als wäre er in der Moschee während der Korangebete, und flehte unter Tränen: »*Lütfen beni öldürmeyn! Lütfen beni öldürmeyn!*«

Bei diesen fremdländischen, aber bekannten Worten, wechselten die Fanti da Mar überraschte Blicke. Dann wurde der Erste, der gesprochen hatte, wieder ernst, drehte seine Arkebuse um, ergriff den Lauf mit beiden Händen und versetzte dem Alten mit dem Griff einen heftigen Schlag in den Nacken. Der fiel zur Seite wie ein Sack Getreide, der vom Karren fällt.

»Elender Türkenhund …«, sagte der Soldat. Seine Augen blitzten vor Stolz, weil er den Erzfeind niedergeschlagen hatte.

18

Venedig dehnte sich auf dem geschliffenen Blau der Lagune aus, und die hundert Campanili über den roten Dächern wirkten wie Pfeiler, die den Himmel trugen.

Venedig gibt es noch, dachte Andrea, als er zum Campanile von San Francesco blickte. Ein Sonnenstrahl durchschnitt die Luft und ließ den oberen Teil aufleuchten, wo die von der Explosion weggerissene Spitze fehlte. Darunter, weniger als hundert Schritt von der Apsis der Celestia entfernt, hatte der Bug der Galeere sich in das morastige Ufer gebohrt, und nachdem sie eine Leiter angebracht hatten, waren Matrosen und Arsenalotti eifrig damit beschäftigt, dem Dogen mit der *Signoria* und zahlreichen Mitgliedern des *Pien Collegio* beim Aussteigen zu helfen.

Andrea, der sich seit langem in den Sälen der Regierung Venedigs bewegte, erkannte zwar nicht alle Gesichter, erriet die Identität der Männer jedoch an ihrer Haltung, ihrer Art zu gehen und sich zu Gruppen zusammenzuschließen. Erleichtert wurde das durch die Farben ihrer Gewänder, die je nach dem Amt von Schwarz bis in dunkle Rottöne spielten. Er blieb noch einen Augenblick stehen, weil zwei Arsenalotti seinen Vater, den Dogen, hochgehoben hatten und ans trockene Ufer trugen. Bei diesem Anblick verspürte Andrea Mitleid, fast Rührung. Er hatte seinen Vater nicht so alt und gebrechlich in Erinnerung. Und es war noch nicht lange her, dass er den Palazzo verlassen hatte.

Andrea ließ noch einmal den Blick über die Verwüstung schweifen, die so schwer zu ertragen war. Ein weiterer Sonnenstrahl hatte eine andere Ecke des Campanile erfasst und streifte nun das Dach der Kirche. Ja, eines Tages werden wir uns an den 13. September 1569 erinnern, dachte er. Und ohne länger zu warten, ging er schnellen Schrittes hinter den beiden Fanti her, die sich mit dem toten Kind zwischen den Trümmern entfernten.

WASSER

1

Venedig, 19. Oktober 1569

Pietro Loredan, der vierundachtzigste Doge der *Serenissima Repubblica*, hasste Gewalt und liebte den Geruch von Siegellack mit seinem sauren Grund aus Lärche, der typisch ist für das venezianische Terpentinöl. Vielleicht weil dieser Geruch ihn an die glänzend polierten, duftenden Nussbaumhölzer in der Offiziersmesse seiner Schiffe erinnerte, wohin der menschliche Gestank der Kielräume und Ruderbänke nicht gelangte. Immer wenn er durch die Flure und Säle des Palazzo Ducale schritt, genoss Loredan diesen Duft. Ließ er sich dann auf einem der Dogensessel aus lackiertem Holz nieder, die jeder Ratssaal für ihn bereithielt, strich er gerne mit den Fingerspitzen über die intarsierten Armlehnen, um sodann Zeigefinger und Daumen an die gerade, scharf geschnittene Nase zu führen. Ein tiefer Atemzug, und der Duft des Siegellacks beruhigte und ermutigte ihn.

Denn Spannung hatte sich an diesem Oktobernachmittag im Saal des Rates der Zehn, mit seiner vergoldeten Kassettendecke und den Deckenmalereien zur Verherrlichung der Macht und der Regierung Venedigs, beim Anhören des nüchternen, detaillierten Berichts über die Explosion des Arsenale wahrhaftig aufgebaut. Mindestens ebenso viel, wie Siegellack auf dem Sessel aufgetragen war. Doch obwohl der Doge Loredan unaufhörlich darüberstrich und den Duft einatmete, wollte seine Unruhe nicht abnehmen.

»Unter diesen neunundzwanzig Toten muss ich leider auch …«, hier brach die eintönige Bürokratenstimme des Sekretärs der Zehn, Antonio Milledonne, und zeigte, dass auch er eine Seele besaß, »… muss ich leider auch an die Mutter und die Tochter unseres geschätzten Buchhalters der Münze, Sebastian Cenigo, erinnern, der bei der Explosion ebenfalls schwer verletzt wurde«, Milledonne, ein fast fünfzigjähriger, magerer, bartloser Mann in schwarzer Toga, hielt erneut inne, um sich mit einem Taschentuch über die Stirn zu wischen, »dem die Jungfrau Maria jedoch die Gnade erwies, ihn mit seinen beiden Jungen und der Gattin Lukrezia am Leben zu lassen.«

Jemand räusperte sich unter den Anwesenden, wahrscheinlich der Großkanzler Zuàn Francesco Ottobon, und gab dem erfahrenen Sekretär der Zehn so zu verstehen, dass er sich mit Hinweisen auf die göttliche Macht zurückhalten und seinen Bericht rasch zu Ende bringen solle.

»Zu Ehren und aus Respekt vor diesen Toten, *Vostra Serenità*, hochverehrte Ratsherren«, fuhr Milledonne fort, einen feierlichen, gehobenen Ton anschlagend, »bitte ich die Herrschaften ergebenst um einen Moment stillen Gedenkens.«

Lieber hätte er das Wort »Gebet« benutzt, wenn Ottobons geräusperter Vorwurf ihm nicht geraten hätte, seinen glühenden Papismus tunlichst zu dämpfen. Darum ersetzte er das Wort durch eine unverdächtige, vor dem Dogen wie in der Kirche gleichermaßen übliche Geste: Den rechten Arm auf das Lesepult gestützt, den Kopf gesenkt, beugte er das rechte Knie, bis es den Boden berührte, und verharrte reglos in dieser Position.

Diese Initiative ganz im Stil von Milledonne, eines geschätzten Stammgastes am päpstlichen Hof in Rom, rief eine gewisse Verlegenheit bei den Ratsherren hervor, da ihnen die Provokation natürlich nicht entging. In den jeweiligen Gruppen wurden Blicke gewechselt: der Doge mit seinen sechs Beratern, die drei Häupter der Zehn mit dem Rat, die beiden *Avogadori di Comun* untereinander und weiter zwischen allen anderen, die die hohe Versammlung bildeten, vom Kämmerer bis zu den Schreibern.

Doch schon bald zog das Rascheln eines vergoldeten Mantels aller Aufmerksamkeit auf sich. Der Doge Loredan nahm sich den *corno ducale* und den leinenen *camauro* ab, die die schüttere, hennagefärbte gekräuselte Haartracht des Achtzigjährigen be-

deckten, erhob sich mit einer langsamen, feierlichen Bewegung aus dem Sessel und blickte mit der sanften Miene des guten Menschen, der er immer gewesen war, auf die Versammlung.

Milledonne wurde feuerrot vor Stolz. Nicht nur weil er, ein Bürger, den ersten der Patrizier zum Aufstehen bewogen hatte, sondern auch, weil das gemeinsame Gedenken an die Toten vielleicht dazu beitragen würde, zu einem gewissen patriotischen Geist, einem Gemeinschaftsgefühl zwischen den schwarzen Togen der Zehn und den roten des Doge und seiner Ratsherren zurückzufinden. Er erwartete daher vertrauensvoll, dass der gesamte Rat sich erhob, wie es Protokoll und Anstand geboten, doch leider rührte sich zunächst niemand.

Es waren die Schreiber des Rates, auch sie bürgerlicher Herkunft, in ihrem Verhalten daher frei von politischem Kalkül, jedoch von der Sorge um den Arbeitsplatz geleitet, die sich als Erste erhoben. Und Loredan, der dieses Zeichen des Respekts erwartete, nickte zufrieden. Der Bann war gebrochen. Sofort stand zu seiner Rechten der Ratgeber des Dogen, *Consigliere* Zuàne Mocenigo auf. Er tat es mehr aus Freundschaft zum Dogen denn aus Respekt vor den Opfern. Acht Sitze weiter hinten beendete nun auch Peranzo Sagredo, ein Mitglied der Zehn, das Zögern und schuf, indem er sich erhob, die ersehnte Brücke zwischen den beiden Lagern. Als Antwort darauf erfüllte das Rascheln der Gewänder und Scharren der Sohlen den Saal, während die anderen fünf Consiglieri aufstanden und Stühle und Holzbalken, die aus dem Podest ein Amphitheater machten, vernehmlich knarrten.

Der Letzte, der sich erhob, war Zuàne Mocenigos Bruder Alvise, der »Schwarze Doge«, wie ihn seine Verächter nannten: Er wurde bald zweiundsechzig, hatte große diplomatische Erfahrung an den Höfen halb Europas gesammelt, war Statthalter auf der *terraferma*, Prokurator von San Marco, *Savio Grande*, Savio für Ketzerei mit großem Einfluss auf die Zehn und den Senat. Als auch er sich erhoben hatte, wurde es still im Saal.

Antonio Milledonne senkte den Kopf, nachdem er die Augen über das Rund hatte wandern lassen, um seinen Erfolg bis ins Letzte auszukosten, dann schloss er sie und dankte Gott dafür, dass auch der gefühlloseste unter den Adeligen nachgegeben hatte. Denn dies waren schwierige, stürmische Tage gewesen, in denen harte Worte gefallen waren. Das Unglück des Arsenale hatte das Feuer der Unvereinbarkeiten zwischen dem Rat der Zehn und dem Senat neu entfacht, den beiden wichtigsten Institutionen der Stadt, zwischen denen die Signoria sich wendig und schwankend, je nach Sympathien, bewegte. Denn hier trafen zwei unterschiedliche Regierungsstile aufeinander: der rechtsprechende der Zehn und der vorwiegend politische und verfassungsrechtliche des Senats.

Milledonne war stolz, einer der Sekretäre der Zehn zu sein, zweifellos der treueste, älteste, ehrlichste und gottesfürchtigste. Und an diesem Tag hatte er, um die Forderungen der Zehn zu unterstützen, ein dickes Bündel Dokumente aus dem Geheimarchiv mitgebracht.

Beim Stöbern in den Sendschreiben, die Marino Cavalli, der damalige venezianische Botschafter in Konstantinopel im noch nicht lang vergangenen Mai des Jahres 1560 geschickt hatte, hatte er nämlich eines gefunden, das zum Symbol der Kritik der Zehn an der diplomatischen, verhandlungsbereiten Politik des Senats geworden war. Das chiffrierte Schreiben schilderte den Plan eines Verräters, eines gewissen Zuàn Battista Bossis von der venezianischen Terraferma, Venedig in die Hände der Türken fallen zu lassen. Das sollte in drei Phasen geschehen: Zunächst würden innerhalb weniger Monate mindestens tausend als Händler verkleidete Soldaten in die Stadt strömen, dann sollten das Arsenale in die Luft gesprengt und möglichst viele Schiffe versenkt werden, und zuletzt würden die Türken Venedig mit ihrer Flotte angreifen.

War es nicht genau das, was jetzt geschah? So hatten die Zehn getönt. Und wie viele Türken trieben sich in der Stadt herum,

die nach Belieben spionieren und die Landung ihrer Flotte vorbereiten konnten? Tausend, zweitausend? Wie viele? Für den Rat der Zehn gab es nicht mehr den geringsten Zweifel, das Attentat war ein Teil dieser Strategie. Nach zermürbenden Streitereien und dem Studium geheimer Dokumente, diverser Prognosen und Strategien hatte die Idee vom türkischen Komplott alle überzeugt. Fast alle. Tausend Dukaten wurden dem versprochen, der Informationen über das Attentat liefern konnte, weitere fünfhundert, nebst einer monatlichen Leibrente für alle, die zur Verhaftung der Attentäter beitrugen. Man hatte Galeerensklaven und Kopfgeldjägern die Freiheit versprochen, der Magistrat der sieben Delegierten war einberufen worden, um diese Gnadenerlasse und Amnestien zu unterstützen.

Außerdem gab es das Zypernproblem. Schon bei dem Namen erschauerten die meisten, inzwischen taten nur noch wenige, als gäbe es kein Problem oder verwiesen beschwichtigend auf den von Sultan Selim II. unterzeichneten Friedensvertrag. Dabei hatte der venezianische Botschafter in Konstantinopel, Vettore Bragadin, schon vom Januar 1566 an vor möglichen türkischen Angriffen auf die Insel gewarnt, und das Gleiche hatten seine Nachfolger getan: Soranzo und Barbaro. Es gab einen regen Austausch von verschlüsselten Depeschen zwischen den Geheimdiensten der Serenissima, die die ständige Anwesenheit von türkischen Spionen auf Zypern meldeten.

Und so hatte die Explosion des Arsenale trotz der Wirtschaftskrise und Nahrungsmittelknappheit zu einer allgemeinen Aufrüstung geführt. Unmittelbare Maßnahmen waren die Ausgangssperre ab Mitternacht und die strenge Kontrolle des gesamten Schiffsverkehrs auf venezianischen Gewässern. Hinzu kam eine neue Aushebung von Fanti zur Überwachung und zum Schutz der Stadt, und die Anlage einer Artilleriefront zur Verteidigung der Lagune von Tre Porti bis Chioggia. Von morgens bis abends hörte man unaufhörlich die Kanonenschüsse der *bombardieri* bei ihren Übungen.

2

Pietro Loredan, immer darauf bedacht, seine Umgebung zu beobachten, um die Zeichen des Schicksals und die Seele der Menschen zu deuten, konzentrierte sich auf Alvise Mocenigo. Dieser tat dasselbe, und ihre Blicke kreuzten sich, was dem Savio Grande als ideale Gelegenheit erschien, um den Riss zu kitten. Also deutete er ein melancholisches Lächeln an, wie der feierliche Augenblick gebot.

Loredan, der seit langem auf ein versöhnliches Zeichen wartete, spürte, wie ihm die Rührung in die Augen stieg. Denn Mocenigo hatte sich immer als ein Freund erwiesen, der ihn wertschätzte und für ihn stimmte. Bis vor fünf Monaten, als die beiden einen ebenso heftigen wie unerwarteten Streit darüber gehabt hatten, ob es richtig sei, den *Capitano General da Mar* Girolamo Zane, einen alten Freund Loredans, am Kommando der venezianischen Flotte zu lassen. Mocenigo schätzte Zane nicht, er hätte ihm den kämpferischeren Sebastiano Venier, einen Kandidaten des Rates der Zehn, vorgezogen. Bei der Stichwahl im Großen Rat hatte die politische Fraktion gewonnen, die Zane unterstützte. Nicht weil die adeligen Wähler ihn für besser hielten, im Gegenteil, sie wollten dem Rat der Zehn nur eine Warnung erteilen, dass seine Übermacht zu bröckeln begann. Denn das allgemeine Ressentiment wuchs, schon warfen viele den Zehn vor, ihre ursprüngliche Aufgabe als Justizbehörde, die für die Sicherheit Venedigs verantwortlich war, zu übertreiben, um ein eigenständiges Machtzentrum zu werden, geradezu ein Organ der Regierung, das immer häufiger mit der Mehrheit des Großen Rates in Konflikt geriet, sogar über Fragen der Außenpolitik.

Aufgrund dieses Streits war der Saal der Zehn für den alten Dogen zum feindlichen Gebiet geworden: der einzige der hundertsiebenundneunzig Säle, Salons, Zimmer und Vorzimmer, Gefängniszellen und Kammern, Büros, Kanzleistuben,

Korridore, Archive, Kapellen und Küchen des Palazzo Ducale, in dem er sich zutiefst unwohl fühlte. Wenn er in seinem Sitz aus Kirschbaum mitten auf dem Podest Platz nahm, versuchte er zum Beispiel immer, mit dem Rücken wenigstens eine Spanne Abstand zur Lehne aus rotem Samt zu halten. Denn dahinter gab es eine falsche Holzwand, ein halbkreisförmiges Brett aus Nussbaum, und in diesem Zwischenraum vermutete die blühende Phantasie des Dogen Meuchelmörder, die mit langen, vergifteten Nadeln bewaffnet waren. Oder er verwechselte, wenn er sich in verschwiegenen Ecken seinen Consiglieri anvertraute, einfache Windstöße mit den Atemzügen von Patriziern, die Mocenigo und dem Gericht der Zehn ergeben waren und seine vertraulichen Gespräche belauschten, um daraus Verschwörungspläne zu spinnen. Darum hatte Loredan seine Eingriffe auf das Notwendigste beschränkt, er wahrte die Etikette und gab keine Meinungen von sich.

Denn Loredan war ein ausgezeichneter Kaufmann und praktisch veranlagt, aber auf politische Fehden und Intrigen verstand er sich nicht. Sein von der großen Mehrheit der Adeligen und Kaufleute Venedigs unterstütztes Bestreben war ein ruhiges Mittelmeer dank eines immerwährenden Friedens mit dem Türken. Nur so konnte Venedig blühen und gedeihen. Zu diesem Zweck hatte er freundschaftliche Beziehungen zu Sokollu Mehmet, dem Großwesir von Suleiman I. und seinem Nachfolger, Selim II., geknüpft.

Bei diesem Gedanken lief dem Dogen Loredan ein Schauer über den Rücken. Denn zu der Feindseligkeit, die Mocenigo und der Rat der Zehn ihm seit einigen Monaten entgegenbrachten, kam eine alte Geschichte hinzu, welcher ein aufgeklärter, vernünftiger Mensch wenig Gewicht beigemessen hätte, doch jemandem wie Loredan, der ein Anhänger der Kabbala und der Astrologie war und immer nach Vorzeichen suchte, hatte sie das Leben teilweise ruiniert.

Es war im Juli 1521 geschehen. Er war soeben auf einer der

regelmäßigen sommerlichen Handelsreisen, die er an der Spitze seiner drei großen Galeeren unternahm, aus Candia kommend in Alexandria in Ägypten an Land gegangen, als er erfuhr, dass sein Onkel, der Doge Leonardo Loredan, am 22. Juni gestorben war. Die Nachricht erregte Aufsehen, denn Loredan war im ganzen Mittelmeer bei Moslems, Christen und Juden hoch angesehen. Während eines Empfangs beim osmanischen Statthalter näherte sich Pietro ein sufischer Mystiker, ein verehrter, heiliger Mann, auf dessen Rat man hörte.

»Du wirst der nächste Loredan sein, der König wird«, hatte der Sufi zu ihm gesagt. »Und du wirst an dem Tag gewählt werden, an dem du so viele Jahre gelebt hast, wie es Dogen gab, einschließlich deiner Person. Aber wisse, dass dein Leben von dem Tag an kurz sein wird.«

Pietro, damals noch nicht ganz vierzigjährig und verheiratet mit der schönen Lucrezia Cappello, die ihr erstes Kind erwartete, grübelte eine Weile über die Prophezeiung nach und befreite sich dann davon, indem er sie als Omen für ein langes Leben wertete, da man erst in hohem Alter Doge wird und als Doge stirbt. So hatten die Worte des Sufi fünfundvierzig Jahre in ihm geschlummert, als am Morgen des 4. November 1567 der dreiundachtzigste Doge der Serenissima Repubblica, Girolamo Priuli, auf der Treppe stürzte und sein Gehirn sich mit Blut füllte.

Pietro Loredan, zu jener Zeit der älteste Dogenberater und stellvertretender Doge, übernahm Priulis Aufgaben bis zur Wahl eines Nachfolgers. Da fiel ihm die Prophezeiung wieder ein, denn der zukünftige Doge wäre der vierundachtzigste gewesen, und Loredan war zu dem Zeitpunkt, also wenigstens bis zum 27. November, seinem Geburtstag, vierundachtzig Jahre alt.

Doch trotz der düsteren Vorhersage blieb er ruhigen Muts. Denn ungeachtet des komplizierten Wahlsystems mit mehrfachen Wahlgängen hatte es im Großen Rat schon heimliche Absprachen und Machenschaften zur Genüge gegeben, und nicht weniger als vier wichtige Namen blieben zur Auswahl: Giacomo Miani, Matteo Dandolo, Girolamo Grimani und sein Freund Alvise Mocenigo, der Favorit. Der Kampf zwischen den Titanen zog sich weitere zwei Wochen lang hin. Bei der sechsundsiebzigsten Auszählung warfen die einundvierzig erschöpften Mitglieder des letzten Wahlgangs schließlich nach dem Willen von Mocenigo selbst das Ruder herum, indem sie einen Mann wählten, der von Machtspielchen weit entfernt und über jeden Verdacht erhaben war. Als Pietro Loredan am 26. November erfuhr, er sei zum vierundachtzigsten Dogen der Serenissima erkoren worden, gefror ihm das Blut in den Adern. Er versuchte auf jede erdenkliche Weise, die Wahl abzulehnen, doch je mehr er sich wehrte, je heftiger er beteuerte, er sei ungeeignet, zu alt und zu krank, desto lauter bejubelte ihn das Volk, lobte seine Bescheidenheit und Aufrichtigkeit. Und am Ende hatte Pietro sich dem reißenden Fluss der Feste zu seiner Wahl und dem traditionellen Rundgang um den Brunnen auf der Piazza San Marco hingeben müssen, einem Ereignis, bei dem fünf Venezianer, erdrückt von der Menge, den Tod gefunden hatten, was er natürlich als Bestätigung der düsteren Prophezeiung gedeutet hatte.

Das Gefühl jenes Tages kehrte mit Macht zurück, und Loredan schwankte sichtlich, so dass Vettor Pasqualigo, einer seiner Ratgeber und ein Freund, sich vorbeugte, um ihn zu stützen.

»Es ist nichts«, beruhigte ihn der Doge.

»Ich rate Euch, setzt Euch«, flüsterte der Consigliere ihm ins Ohr, um die Gesundheit seines Dogen besorgt.

»Das tue ich, wenn die anderen es tun«, erklärte dieser brüsk. Und als er bemerkte, dass Alvise Mocenigo ihn besorgt beobachtete, fasste er sich wieder und lächelte ihm zu.

In dieser Atmosphäre der Versöhnung, dieser Stille, die als Gedenken an die Toten entstanden war und sich in ein vorübergehendes Tauwetter zwischen einem alten, verängstigten Dogen und diesem Vertreter der Macht verwandelt hatte, ertönte just in dem Moment, in dem der Sekretär Milledonne Anstalten machte, sich wieder zu erheben, aus ozeanischen Fernen hinter den Fresken und den Vergoldungen der Wände ein Klagelaut. Ein Klagelaut, der ursprünglich ein Schrei gewesen sein musste, gedämpft und verdünnt von den Wänden und Decken des Palazzo, ohne dass der Schmerz darin jedoch gemindert worden wäre.

Die Klage wiederholte sich. Sie kam von unten, anscheinend von der Seite des Palazzo, die auf den Canale San Marco blickte. Dennoch schien keiner im Saal darauf zu achten. Der Doge wegen seiner Schwerhörigkeit, alle anderen, weil sie genau wussten, was dort unten im Halbgeschoss zwischen dem Saal der *Signori di Notte* und den *Pozzi,* einen Schritt von der Porta del Frumento entfernt, geschah.

3

Die Folterkammer hatte einen rechteckigen, langen und schmalen Grundriss, so dass sie eher an einen Korridor gemahnte als an ein Zimmer. Die hohe Decke verstärkte diesen Eindruck, und die von der Zeit geschwärzten Eichenbalken und Paneele sowie das Fehlen von Fenstern machten den Raum düster und eng. Das genaue Gegenteil der mit Fresken verzierten Säle in den oberen Stockwerken, wo Leder, Holz und Gemälde die Wände verkleideten, vergoldetes Stuckwerk glänzte und viel Licht einfiel

Doch die eigentliche Besonderheit war ein über eine Winde geführter daumendicker Strick, der mitten in der Folterkammer von der Decke herabhing. Daran baumelte, nackt und schlaff, der Florentiner. Wenigstens hatten ihn seine Kerkermeister so getauft, da er behauptete, er sei Filippo Tomei aus Florenz, und auch mit dem Akzent jener Gegend sprach.

Im düsteren Licht einer Kerze hing er dort, an den Handgelenken hochgezogen, die Arme hinter dem Rücken, in einer

Haltung also, deren bloßer Anblick quälend war: Die Rippen drückten so heftig gegen die Brust, als wollten sie gleich wie Krummsäbel herausspringen. Beim dritten Reißen am Strick hatte der Florentiner das Bewusstsein verloren, jetzt drehte er sich, das bartlose, magere Gesicht auf die Brust geneigt, langsam um seine eigene Achse wie ein zum Trocknen aufgehängter Stockfisch. Die *zaffi*, Sbirren im Dienst der Zehn unter Leitung des Missièr Grande, hatten ihn um fünf Uhr nachts aus einem Zimmer im zweiten Stock der Campana geholt, einem Wirtshaus in der Nähe des Rialto. Er war in Begleitung eines jungen Mönchleins, eines gewissen Angelo Riccio aus Padua, mit dem er sich in widernatürlichen Handlungen erging.

Die Zehn hatten beschlossen, Bartolomeo Puti zu holen, damit er den Florentiner der Behandlung mit dem Strick unterzog. Das Mönchlein saß derweil in einer der vier Zellen, die sich direkt über der Folterkammer befanden und durch eine Treppe mit ihr verbunden waren. Von diesem winzigen Verlies aus konnte der Frate die Phasen des Verhörs verfolgen, sich den Geliebten unter der Folter vorstellen und so in Erwartung seiner Rückkehr überlegen, ob es besser sei, zu gestehen oder zu schweigen. Puti war ein regelrechter Fachmann darin, die Verhörten zum Sprechen zu bringen: ein Mann um die fünfunddreißig, gottesfürchtig, aber hart zu den Menschen. Der Einzige in Venedig, der imstande war, die Marangona von San Marco allein, aus eigener Kraft zu läuten. Muskeln und Charakter hatte er sich im Arsenale erworben, beim Sägen und Hobeln von Bootswänden. Die Explosion hatte seinen jüngsten Bruder getötet, und auch darum hatten die Zehn ihm diese Aufgabe anvertraut.

»Lasst ihn runter.«

Zuàne Formento, der zweite Sekretär des Rates der Zehn nach Milledonne, erhob sich hinter seinem Schreibtisch und ging zu dem Gefangenen. Mit Armen, jeder so dick wie der Bugspriet eines Schiffes, ließ Puti ihn langsam herab, wobei er ruckartige Bewegungen vermied, damit die Schultergelenke nicht auskugelten. Ein Gehilfe entfernte das dreistufige Podest in der Mitte des Raumes und breitete eine Decke auf dem Boden aus. Der Arsenalotto nahm den Körper und bettete ihn bäuchlings auf das Tuch, das Gesicht zur Seite gedreht, damit er atmen konnte.

»Zu viele Erschütterungen, der stirbt.«

Formento hatte mit lauter Stimme gesprochen, damit das Mönchlein in seiner Zelle ihn hören konnte. Dann beugte er sich über den Gefangenen und hielt ihm einen mit Essig getränkten Schwamm unter die Nase. Der zuckte zusammen, fing an zu husten und zu zucken wie ein Ertrinkender. Dann riss er plötzlich die Augen auf, der Käfig seines Brustkorbs weitete sich mit einem Röcheln, und sein Atem kehrte zurück.

»Wie fühlt Ihr Euch?«, fragte der Sekretär sofort in besorgtem, durchaus nicht ironischem Ton. Denn wäre der Mann gestorben, hätte er trotz des Inquisitionsrituals und obwohl die Verhöre geheim waren, Schwierigkeiten bekommen. Er zog ein Taschentuch heraus und trocknete dem Gefangenen die Stirn. Der starrte ihn mit geweiteten Pupillen an, keuchend wie ein Tier, das den Gnadenstoß erwartet.

Man hörte ein Knarren, und Formento blickte zur Treppe und der darüberliegenden Zelle, gerade rechtzeitig, um, im Halbdunkel verborgen, zwei um die Gitterstäbe geklammerte Hände und ein Gesicht zu erblicken.

»Signor Tomei, glaubt Ihr, es gefällt mir, Euch so zu behandeln?«, sagte der Sekretär. »Versucht mich zu verstehen, es ist meine Pflicht, Euch zu verhören, und Euer Geständnis würde genügen, um diese für alle unangenehme Situation zu beenden.«

»Ich habe nichts getan«, murmelte Tomei zwischen zwei Atemzügen.

Formento lächelte ihn mitleidig an. »Ich weiß, dass Ihr unschuldig seid«, sagte er in einem so schmeichlerischen Ton, dass man ihm eine Neigung zum eigenen Geschlecht hätte unterstellen können. »Aber ich frage Euch noch einmal: Kennt Ihr

Signor Nassì? Josef Nassì, den Herzog von Naxos, ein abtrünniger Marrane, ein Verräter, den man hier in Venedig Giovanni Miches nennt?«

Tomei konnte ein paarmal erschöpft den Kopf schütteln.

»Nein, ich kenne ihn nicht.«

Der Sekretär fuhr ihm mit dem Zeigefinger sanft über den Hals. Vergeblich versuchte der Florentiner, sich der Berührung zu entziehen.

»Warum zeichnet Ihr Galeeren, Galeassen und Koggen? Und macht Skizzen von den Mauern des Arsenale, präzise wie die Pläne eines Baumeisters?«

»Ich bin Maler.«

»Ja, gewiss, Ihr seid ein Künstler.« Der Sekretär stand auf und tat ein paar Schritte durch den Raum, als müsse er über die Behauptung nachdenken. Dann drehte er sich mit neuentbranntem Zorn abrupt um: »Meiner Meinung nach seid Ihr ein Spion im Sold des Türken!«

»Ich bin Florentiner und hasse den Türken ebenso wie Ihr«, erwiderte der andere so entschieden, wie seine liegende und hilflose Position ihm erlaubte.

»Tja«, brummte Formento nachdenklich mit der spöttischen Miene desjenigen, der sich über die Gedanken anderer Menschen lustig macht. Unvermittelt schrie er dem Gefangenen ins Gesicht: »Nicht immer haben die Florentiner die Türken gehasst! Doch egal, wer auch immer Ihr seid, hier in Venedig enden Spione und Sodomiten auf dieselbe Weise: Man hängt sie!«

Tomei schloss die Augen.

»Nein! Um Gottes willen, nein!« Die Stimme kam aus der Zelle über der Folterkammer. »Im Namen Gottes und seiner Liebe!« Die Worte des jungen Mannes gingen in eine Reihe Schluchzer über, die in einem Winseln verebbten.

»Schweigt, Ihr von Gott und den Menschen Verfluchter!

Der Schrei des Sekretärs war mehr als eine einfache Verwünschung. Er war eine Messerklinge, die alle Hoffnung zunichtemachte, in diesem Folterknecht gäbe es irgendein Überbleibsel menschlichen Mitgefühls. Keuchend wechselte er einen finsteren Blick mit Bartolomeo Puti, dann fixierte er wieder Tomei.

»Wir haben Zeugen, die gesehen haben, wie Ihr die Mauern des Arsenale mit Schritten abgemessen habt«, sagte er mit tonloser Stimme.

»Das ist eine Lüge.«

»Wir haben Zeugen, die gesehen haben, wie Ihr auf den Campanile der Celestia gestiegen seid und ein Loch in die zugemauerten Bögen gemacht habt, um das Gelände des Arsenale zu überblicken!«

»Das stimmt nicht!«

»Leugnet Ihr auch, dass Ihr in der Celestia gewesen seid?«

»Nein, das leugne ich nicht«, sagte Tomei, wobei er versuchte, dem Sekretär sein Gesicht zuzuwenden. »Aber ich bin kein Spion. Ich hatte den Auftrag, eine Kapelle der Kirche mit Fresken auszumalen, und genau das habe ich getan, wie Ihr wisst!«

»Ich spreche nicht von den heiligen Fresken, sondern von den Zeichnungen des Arsenale, die wir in Eurem Zimmer in der Campana gefunden haben!«

»Entwurfsskizzen. Ist es etwa verboten, Venedig zu malen?«

»Ohne Bewilligung der Zehn … ja!«, antwortete Formento säuerlich.

»Und das rechtfertigt die Qualen, die Ihr mir zufügt?«

»Es rechtfertigt alles! Antwortet: Wer hat Euch das Geld gegeben, um Euch in der Stadt zu ernähren? Seit über einem Monat haltet Ihr Euch hier auf.«

»Ich führe ein bescheidenes Leben.«

»Ihr habt hundert Dukaten für ein einziges Fest ausgegeben und fünfhundert habt Ihr diesen Ordensschwestern geschenkt!«

»Ist es ein Verbrechen, Almosen zu geben?«

»Fünfhundert Dukaten nennt Ihr ein Almosen? Mit dieser Summe kauft man sich hier ein Haus. Wer hat sie Euch gegeben?«, donnerte der Sekretär Zuàne Formento.

»Ich habe es Euch doch schon gesagt ..., ich habe ein Stück Land verkauft, und das ist der Erlös. Ich habe mich für eine mir erwiesene Gnade bedankt«, sagte er in resigniertem Ton.

»Ihr habt kein Land«, unterbrach ihn der Sekretär verächtlich. »Ihr habt nie Land gehabt, weder Ihr noch Eure Familie. Ihr habt das Land höchstens beackert, als Bauern. Wir haben unsere Informationen.« Er strich sich über den struppigen Bart. Dann beugte er sich vor und fand zu einem ruhigen, fast flehenden Ton zurück: »Ich frage Euch zum letzten Mal, Signor Tomei: Wer hat Euch das Geld gegeben?«

Schweigen.

»Zieh ihn rauf«, sagte Formento wie nebenbei, drehte dem Florentiner den Rücken zu und ging zum Schreibtisch zurück.

Bartolomeo Putis Blick folgte ihm einige Sekunden lang, als erwarte er einen Sinneswandel, doch der Sekretär setzte sich und begann in einem Verzeichnis zu blättern. Also packte Puti den Strick mit beiden Händen, und seine Muskeln blähten sich auf, als würden sie atmen. Der Strick spannte sich, riss die Arme des Gefangenen nach oben, und sein Schrei wurde zu einem Röcheln und Zähneknirschen, als seine Füße sich vom Boden lösten. Er sah aus wie ein Engel, der zum Himmel aufsteigt. Fast unter der Decke angekommen, wo seine Handgelenke schon die Winde berührten, wurde das Röcheln wieder zum Schrei: »Möge Gott Euch vergeben!«

Dann lockerte Puti seinen Griff, und der Gefangene senkte sich um eine gute Armeslänge, bis der Arbeiter aus dem Arsenale den Fall abrupt anhielt. Der Schmerzensschrei erfüllte jeden Winkel des Raumes, schien selbst materielle Konsistenz anzunehmen. Puti dachte an die Augen seines Bruders, sein Lächeln. Wieder ließ er den Strick los, ohne den Fall abzudämpfen. Der Gefangene spürte das Schnalzen der Bänder an seinen Gelenken und eine Lanze, die sich ihm in die Achselhöhle bohrte. Dann spürte er, wie seine Arme sich von den Schultern lösten, sein Körper zerriss. Der Schmerz wurde zu etwas Eigenständigem, zu einem Ding aus der Vergangenheit, das ihm nicht mehr gehörte. Das Letzte, was er wahrnahm, bevor Dunkelheit ihn umfing, war der warme Urin, der an seinen Beinen herablief.

»Bringt ihn weg«, befahl Formento trocken. »Ihn und den Mönch da oben.« Während die beiden Kerkermeister sich beeilten, den bewusstlosen Gefangenen vom Strick zu lösen, blätterte der Sekretär wieder in dem Verzeichnis. Der Florentiner wurde auf das Tuch gelegt, die Kerkermeister hoben es hoch und gingen mühsam, mit kleinen Schritten, zur Tür.

»Weiter mit dem Nächsten«, sagte Formento zu Puti.

Der Folterknecht nickte mit der Trägheit der Riesen, während er das Zimmer durch die gegenüberliegende Tür verließ. Fast sofort kehrte er in Begleitung des Alten zurück. Er hatte ihm eine Hand auf die Schulter gelegt und schob ihn behutsam vorwärts, als wäre er sein Sohn, um den Vater besorgt, den er um mindestens zwei Spannen überragte. Der Alte trug eine Tunika aus grobem, braunem Tuch und Holzschuhe. Eine Bekleidung, die zusammen mit dem weißen Haar, dem Bart und der extremen Magerkeit an einen Propheten denken ließen, der unter das Beil der Inquisition gefallen war. Ihm folgte ein Mann um die sechzig mit Barett und langer, schwarzer Toga, unter deren weitem Halsausschnitt man das weiße Hemd sah. Puti begleitete den Gefangenen bis vor Formentos Schreibtisch. Dann trat er zwei Schritte zurück, und der Mann in der Toga nahm seinen Platz ein. An diesen wandte sich Formento in höflichem Ton.

»Nun, Membré, mein Freund, habt Ihr aus unserem geschätzten Gast etwas Neues herausbekommen?«

Der Mann schüttelte den Kopf. »Alles, was ich erfahren konnte, *Eccellenza*«, sagte er verwundert, »ist, dass er aus Uşak kommt, Teppichhändler ist und wissen will, was aus dem Sekretär geworden ist, der in seinen Diensten stand.«

Formento lachte gekünstelt. »Aha, Signor Mehmet möchte jetzt also die Fragen stellen?« Eine Pause entstand. »Er wird seine

Informationen bekommen. Zuvor jedoch muss er uns sagen, was er am vierzehnten September bei Sonnenaufgang auf einer Sandbank eine Meile vom brennenden Arsenale entfernt zu suchen hatte. Los, fragt ihn das.« Formento setzte eine spöttische Miene auf, lehnte sich zurück und sah den Neuankömmling unverwandt an.

Michele Membré, der venezianisch-zypriotische Dolmetscher, übersetzte, wartete die Antwort ab und wandte sich wieder an Formento: »Er dankte Gott, dass er ihn aus dem Feuer gerettet hatte.«

Der Sekretär ballte die Faust, beherrschte sich, um den Gefangenen nicht ins Gesicht zu schlagen, und seufzte. »Mehmet *bey*!«, sagte er dann mit ironischer Betonung des *bey*, um den unpassenden Gebrauch der höflichen Anrede zu unterstreichen. »Kann es sein, dass Euer Gedächtnis Euch noch immer im Stich lässt?«

Formento gab Membré ein Zeichen, worauf der die Worte des Sekretärs rasch übersetzte. Der Alte lächelte darauf leicht, zuckte mit den Schultern und spulte ebenso rasch einen agglutinierten Satz ab, den der Dolmetscher eilig entwirrte: »Er sagt, alles, was er zu sagen hat, hat er schon gesagt, und er will einen Anwalt, der ihn verteidigt.«

»Sagt ihm, er hat kein Recht auf einen Anwalt!«, erwiderte Formento verärgert. »Sagt ihm, wenn er nicht redet, werden wir ihm Schmerzen zufügen!«

Membré übersetzte. Der Alte lächelte erneut höflich und antwortete.

»Der Gefangene sagt«, hub der Dolmetscher an, »dass es zwecklos ist, einen Krug umzukippen, wenn der Wein schon getrunken ist. Und er wiederholt, dass er nichts zu verbergen und zu sagen hat, er möchte nur etwas über seinen Sekretär erfahren.«

Formento ballte beide Fäuste, die Muskeln seines Kiefers zuckten. Er senkte die Augen auf das Verzeichnis, das vor ihm lag. Er dachte an etwas anderes, trotzdem blätterte er nervös eine Handvoll Seiten um. Dann nahm er die Feder, tunkte sie

in das Tintenfass und schrieb kratzend einen Satz auf das Papier. Schließlich wandte er sich an Bartolomeo Puti.

»Einmal Reißen«, sagte er ruhig.

Das Gesicht des Giganten aus dem Arsenale legte sich in Falten wie ein Lappen, der zusammengeknüllt wird.

»Aber er ist alt …«

»Häng ihn auf!«, befahl der Sekretär.

Puti suchte in den Augen des Dolmetschers nach einem zustimmenden Blick, einem Verbündeten für seinen Einwand, doch Membré starrte ihn nur mit leeren Augen an. Nach einem letzten Zögern ging der Arsenalotto auf den Alten zu, nahm ihn am Arm und führte ihn in die Mitte des Zimmers, wo er den von der Decke hängenden Strick ergriff und ihm die Arme hinter dem Rücken fesselte.

Der Alte kannte diese Folter und hatte sie erwartet. Darum hatte er sich in den zwei Wochen Gefangenschaft darauf vorbereitet, indem er so wenig wie möglich gegessen hatte, um sein Gewicht zu reduzieren. Und er hatte in der Stille seiner Zelle die Muskeln seiner Arme, der Brust und der Schulterblätter gekräftigt, indem er einen der schweren Steine anhob, die als Füße für die Pritsche dienten. Denn nur mit einem leichten und kräftigen Körper ließ diese Folter sich ertragen. Nun war für ihn die Zeit gekommen, das Schicksal herauszufordern, damit er die Aufgabe erfüllen konnte, die er sich gestellt hatte. Er spürte, wie der Strick sich straffte und seine Arme nach oben reißen wollte. Also beugte er Kopf und Oberkörper nach hinten, damit die am Rücken liegenden Handgelenke das Auskugeln der Schultergelenke verhinderten. Er spürte, wie er hochgezogen wurde, schloss die Augen und konzentrierte sich auf seinen Willen, zu überleben.

4

Die *mascaréta* glitt über das Wasser des Canal Grande, angetrieben von kräftigen Ruderschlägen. Seit seinem Auszug aus dem Palazzo hatte Andrea Loredan Geschmack daran gefunden, sein Leben Tag für Tag mit einfachen Mitteln selbst zu gestalten. Zum Beispiel bewegte er sich jetzt wieder, wie früher als Junge, mit seinem eigenen Boot durch Venedig. Und es war eine große Freude für ihn gewesen, die *gondola de casada* mit dem ewigen Katzbuckeln von Tonio, dem Gondoliere seiner Familie, zu verlassen und sich beim Rudern Schwielen an den Händen zu holen.

Andrea hatte die Mascaréta gebraucht gekauft, dreißig Dukaten hatte er dem Zimmermann der Loredan dafür gegeben, dessen kleine Werft im Viertel Dorsoduro direkt hinter San Trovaso lag. Sie war ein robustes, wendiges Boot mit flachem Kiel und symmetrischem Körper mit Planken aus Mahagoni und Rippen aus Lärche, fünfzehn mal drei Fuß. Andrea ruderte so, wie die Fischer in den seichten Gewässern der *barene* es ihn gelehrt hatten: vom Heck aus, aufrecht stehend, leicht nach vorn gebeugt, so dass er mit seinem Körpergewicht gegen die in Riemengabeln aus Wurzelholz liegenden Ruder drücken und sie bei jedem Stoß kreuzen und drehen konnte, wobei die Ruderblätter sich flach aus dem Wasser hoben. Er hatte dieses Boot gekauft, weil es leicht zu führen war, auch für Taddea, und es hatte ein kleines Gaffelsegel aus weinrotem Leinen, das, wenn es Wind von hinten bekam, die Mascaréta so schnell machte wie eine Galeere.

Mit einem exakten Manöver bog Andrea in den Rio delle Fornaci ein, direkt hinter dem Palazzo Dario. Hinter dem Ponte Bastion sah man schon die Mündung auf den Canale della Giudecca. Andrea schätzte, dass er, wenn er das kleine Segel gleich nach der Einfahrt in die Lagune aufziehen würde, mit Hilfe des leichten Windes, der vom Heck her wehte, das Kloster San Giacomo in weniger als einer Viertelstunde erreichen müsste.

Denn dorthin, in das große, vom Orden der Serviten geführte Haus des Gebets auf der Giudecca-Insel hatten sich, nach einem kurzen Aufenthalt in ihren Elternhäusern, die Nonnen der Celestia zurückgezogen. Das freundliche Billet mit einer Antwort auf seine Bitte um Audienz war Andrea an diesem Morgen zugestellt worden. Der Prior selbst hatte es geschrieben, er lud Andrea ein, eine Stunde vor der Vesper in das Kloster zu kommen.

Andrea erhoffte sich von einem Gespräch mit den älteren Ordensschwestern eine Antwort auf die Fragen, die er sich seit jener Nacht stellte: Warum hatte die Äbtissin ihm geschrieben und um seinen Besuch gebeten? Warum hatte sie sich kurz vor ihrem Tod ausgerechnet an ihn gewandt und ihn liebevoll wie eine Mutter behandelt? Und warum galten ihm diese mit so großer Mühe ausgesprochenen Worte, die letzten eines ganzen Lebens, die sie leider nicht hatte beenden können? All diese Fragen wirbelten seither in seinem Kopf herum wie Fieberträume. Wenn es sich um eine Verwechslung gehandelt hatte, konnte er darüber nur Gewissheit erlangen, indem er das Leben der Äbtissin kennenlernte. Vielleicht war Andrea ihr wirklich vor langer Zeit einmal begegnet. Umso mehr wünschte er, diese Vergangenheit zu rekonstruieren.

Seine Neugier war so groß, dass er einen Augenblick lang sogar erwogen hatte, seinem achtzehn Jahre älteren Bruder Alvise, der sich aufgrund seines Alters besser an Andreas Kindheit erinnern musste, von dem Vorfall zu erzählen. Aber Alvise war noch auf See, außerdem hatten die Brüder sich nie besonders gut verstanden, und nach dem Streit mit dem Vater hatte ihre Beziehung sich noch mehr verschlechtert.

Er legte sich in die Riemen und lenkte die Mascaréta in die Mitte des Kanals, um nicht von den Abfällen getroffen zu werden, die von Zeit zu Zeit aus den Fenstern flogen. Er dachte an die Worte der Nonne, an den Begriff der Wahrheit. Und an den der Seele. An die mögliche Bedeutung der Worte »Edelsteine des Himmels«. Vielleicht waren es Wahnvorstellungen kurz vor dem Tod gewesen, doch nichts verwehrte ihm, das Geschehen genau entgegengesetzt zu deuten. Wenn diese Worte einen Sinn gehabt hatten, würde Andrea sich entscheiden müssen: Er konnte Gleichgültigkeit und Vergessen wählen oder dieses spirituelle Testament annehmen und seiner Bedeutung auf den Grund gehen. In den Wochen, die seit der Explosion und der Begegnung vergangen waren, hatte seine Seele fortwährend zwischen den beiden Gefühlen geschwankt, und als er von der neuen Wohnstatt der Nonnen erfuhr, hatte er beschlossen, sich von dem Zweifel zu befreien.

Andrea bewegte die Ruder, und das Boot glitt rasch auf den Canale della Giudecca hinaus. Der Übergang vom Schatten des Rio delle Fornaci in das Licht, ein scharfer Windstoß und ein Schrei weckten ihn aus seinen Gedanken: »Aufgepasst!«

Die Stimme kam von rechts: Eine weiße Gondel fuhr direkt auf ihn zu, und der Mann am Bug hatte schon das Ruder aus der Gabel genommen, um Andreas Boot damit von der Gondel wegzustoßen und den Aufprall zu dämpfen. Instinktiv tauchte Andrea das Ruder ein und drehte die Mascaréta um die eigene Achse ganz nach links, in Fahrtrichtung der schweren Gondel. Das Ruderblatt, fachgerecht benutzt, berührte die Ufermauer und unterstützte das Wendemanöver.

»Ist das eine Art, in den Kanal hineinzufahren?«, empörte sich der Gondoliere, während die beiden Boote sich einander auf eine halbe Spanne näherten.

»Verzeiht, ich habe Euch nicht gesehen.« Doch im Ton seiner nutzlosen Entschuldigung lag weniger Bedauern als Erstaunen. Denn unter dem großen Zeltaufbau aus gelbem Leinen, der den Mittelteil der Gondel einnahm, hatte Andrea eine menschliche Fracht entdeckt. Als Erstes sprangen die Turbane ins Auge, dann die Kleider aus bunter Seide, aber auch einfache Hosen und Hemden, schließlich die Ketten um die Handgelenke. Kein Zweifel, das waren Türken. Nur Männer. Junge und alte saßen eng zusammengedrängt auf den Bänken. Zwei Sbirren, einer am

Heck, einer am Bug, hatten Arkebusen auf sie angelegt. Was Andrea am meisten beeindruckte, war der gleichgültige Gesichtsausdruck der Gefangenen, er erinnerte ihn an die Gleichmut, die manche zum Tode Verurteilten zeigen, kurz bevor sie auf den Richtblock gestoßen werden.

Er hatte von diesen Verhaftungen gehört. Eine geheime Maßnahme des Rates der Zehn. Schon in der Nacht der Explosion waren alle türkischen Bürger festgehalten und verhört worden, und die Verdächtigen hatte man in die San-Nicolò-Kaserne am Lido gebracht. Um die Wahrheit zu sagen, hatte Andrea das zunächst nicht recht glauben wollen, denn er kannte die Interessen, die vom Güteraustausch zwischen Venedig und Konstantinopel abhingen, und wusste, wie diplomatisch und vorsichtig Senat und Signoria mit der Hohen Pforte umgingen. Darum hatte er mit großer Skepsis aufgenommen, was ihm sein Freund Luca Foscari, ein erfahrener Arzt, am gestrigen Tag anvertraut hatte. Unter Berufung auf den Bericht eines Kollegen, dessen Namen er nicht genannt hatte, hatte Luca ihm von zwei Türken erzählt, die, als christliche Pilger verkleidet, einen Tag nach der Explosion auf dem Steg einer Galeere mit dem Ziel Alexandria in Ägypten festgenommen worden waren. Von den Sbirren in das Stadtteilgefängnis von Castello gebracht, hatten die beiden Türken ein erstes Verhör erlitten, bei dem mehr Schläge als Worte gefallen waren, und jener Kollege, der von den Sbirren geholt worden war, hatte die beiden Türken wieder zusammenflicken müssen, wie er es gewöhnlich bei den Prahlhänsen machte, die von den Stieren am Campo San Salvatore auf die Hörner genommen werden. Dann hatte man von den beiden nichts mehr gehört, doch unten an der *riva* degli Schiavoni gab es Leute, die schworen, sie hätten zwei Särge auf einem kleinen Segler gesehen, der nach Poveglia fuhr, wo der Abfall verbrannt wurde. Für Andrea, den Doktor der Jurisprudenz und Gefängnisanwalt, der die Vortrefflichkeit der venezianischen Rechtsprechung mit Inbrunst verteidigte, waren dies lediglich Phantasien von Betrunkenen. Doch jetzt hatte er einen Beweis vor Augen, der wenig Raum zum Spekulieren ließ. Diese Gefangenen waren da, ebenso wie die Gondel und das Wasser, das sie trug. Und als er den letzten der Gruppe betrachtete, der ihm am nächsten war, sah er ein zerschlagenes und blutverschmiertes Gesicht wie das eines besiegten Duellanten am Ponte dei Pugni.

Plötzlich stieß einer der Bootsführer am Heck mehrere laute Pfiffe aus, die sein Gehilfe am Bug ebenso laut erwiderte. Und auf diese prompt in kräftige Ruderschläge verwandelten tönenden Befehle drehte das weiße Boot mit seinem gelben Zeltaufbau zwei Strich und fuhr auf die Mitte des Canale della Giudecca zu. Einen Augenblick lang schien es Andrea, als hätten die Bootsführer den Grund seines Staunens begriffen und sich entfernt, um weitere indiskrete Blicke zu vermeiden.

Er erinnerte sich auch an das, was Bepo Rosso ihm über den Krieg gegen die Türken gesagt hatte, und dachte, dass er wohl recht gehabt hatte. Als er dann den frischen Westwind im Rücken spürte, hisste er das Segel, die Mascaréta neigte sich leicht unter dem Wind und nahm Fahrt auf. Mit Hilfe der Ruder lenkte Andrea das Boot luvwärts an der Gondel mit ihrer Türkenfracht vorbei, genau auf die Insel der Giudecca zu, wo sich schon das gedrungene Profil des Klosters abzeichnete.

5

Assassino, der »Mörder«, und *Visdecazzòn*, der »Hornochse«, waren unzertrennlich. Ihre Spitznamen hatten ihnen die Gefangenen verliehen, die sie per Akklamation zu den gefürchtetsten Wächtern der Pozzi gewählt hatten. Obwohl die Gefangenen sie nie mit diesen Namen ansprachen, wussten die beiden Wächter davon und waren stolz darauf. Der Assassino war ein hochgewachsener, nervöser Mensch und unberechenbar, wenn der Irrsinn ihn packte. Visdecazzòn war sein Gegenteil, klein und gedrungen, maßvoll in jeder Hinsicht, aber imstande, eine zwei Finger dicke Eisenstange zu verbiegen.

Nachdem Mehmet Hasan an diesem Morgen eine »Anhörung mit dem Strick« durchgemacht hatte, brachten die beiden den Gefangenen in die Pozzi zurück, die trostlosesten, unmenschlichsten Zellen des Palazzo, die ausschließlich dem Rat der Zehn unterstanden.

Bei dem bescheidenen Gewicht dieses mageren, verschlissenen Körpers bedeutete es für die beiden kräftigen Kerle keine Mühe, den Alten unter den Achseln zu stützen, daher unterhielten sie sich, während sie mit ihm durch die Loggia im ersten Stock gingen, angeregt über finanzielle Fragen. Sie erwarteten eine großzügige Sonderzulage am Monatsende: wenigstens drei Dukaten pro Kopf, dank derer sie in dieser schweren wirtschaftlichen Krise und im Hinblick auf Weihnachten ein wenig aufatmen konnten. Der Rat der Zehn hatte den acht langjährigen Wärtern der Pozzi schon Mitte des Sommers eine Zulage versprochen, denn die *incerti*, die Schmiergelder, die die Gefangenen für Gefälligkeiten bezahlten, waren in der Krise stark zurückgegangen, während die Lebenshaltungskosten stiegen wie das vom Schirokko angetriebene Hochwasser. Mittlerweile kosteten drei Pfund Brot eine halbe Lira, also zehn Soldi, so viel wie ein Huhn und etwas weniger als ein Kaninchen. Bei dreißig Lire und zwanzig Soldi Lohn im Monat, von denen der Zehnte für die Steuer abging, blieb einer Familie nach Abzug der Miete für das Haus, des Brennstoffs zum Heizen und ein wenig Öl für die Lampen nichts mehr zum Beißen.

Über dieses und anderes sprechend, mit unrealistischen Berechnungen und ebenso sinnlosen Hoffnungen beschäftigt, nahmen die beiden sich Zeit, denn im Grunde war der Weg von der Folterkammer durch die Loggien im ersten Stockwerk bis zu den Treppen der Pozzi ein angenehmer und geschützter Spazierweg, während die faulige Luft, die von unten aufstieg, sobald man das Türchen aus massiver Eiche geöffnet hatte, das zu den

Zellen führte, einem den Atem nahm und den Tag verfluchen ließ, an dem man den Beruf des Gefängniswärters gewählt hatte. Die Gefangenen selbst hatten diese Zellen »Brunnen« getauft, denn in den neunzehn Verliesen, neun ganz unten und zehn darüber, alle aus istrischem Kalkstein und fast alle mit Lärchenholz verkleidet, vermischten sich die Säfte der Erde mit denen der Körper, der Schimmel und die Fäulnis mit Exkrementen, aus Hoffnung wurde Verzweiflung und aus den Schreien Stille.

Unter den Zellen gab es eine, die achte unten, genannt die »Grabkammer«, bei deren bloßer Erwähnung auch der Härteste aller hartgesottenen Veteranen unter den Gefangenen zu beten begann, während die Reichen, Adelige oder Kaufleute, die dorthin verbannt wurden, bereit waren, ihre Schätze bis zur letzten Lira aufzuwenden, um nur ja aus diesem Loch herauszukommen. Die Grabkammer war wirklich ein Grab: acht Fuß lang und sechs Fuß breit, ohne eine einzige Öffnung bis auf das Guckloch in der Tür. Man lebte dort in ständiger Dunkelheit oder bei einem brennenden Öllämpchen, und das Schlimmste war, dass sie unter der Treppe zu den oberen Pozzi lag, also eine abfallende Decke hatte, die den Treppenstufen folgte und von sieben Fuß an der höchsten Stelle bis zum Boden reichte.

Darum stand die Grabkammer oft leer, selbst wenn die Gefängnisse überquollen wie Fässer mit Sardinen in Salzlake. Eine solche Überfülle herrschte derzeit, und Mehmet hatte beschlossen, es sofort zu versuchen, bevor die Zelle von einem anderen Gefangenen besetzt wurde. Nur wenn er dort drinnen landete, in völliger Isolation, würde er sich retten können. Jetzt oder nie. Er hatte keine Wahl. Während er sich stützen ließ, den Kopf auf die Brust gesenkt, und den Schmerz ertrug, den die Folter ihm zugefügt hatte und diese Schritte jetzt erneuerten, atmete er langsam und tief ein, um genug Luft zu haben, die er brauchen würde. Hinter dem Bogen der Loggia tauchte die Treppe der Zensoren auf. Er dachte an die göttliche Barmherzigkeit, daran, dass der Sekretär Formento den beiden Wärtern erlaubt hatte, ihn angesichts seines schwächlichen Zustands ohne die schweren Ketten um Hand- und Fußgelenke wegzubringen. Er konzentrierte sich. Drei Schritte noch folgte er fügsam, dann riss er sich mit einer raschen, entschlossenen Bewegung nach hinten los. Er war frei, und natürlich wartete er die Reaktion der beiden Wächter nicht ab. Schwungvoll drehte er sich um sich selbst und stürzte auf die Treppe zur unteren Loggia zu. Die ersten Bewegungen waren lautlos, weil der Assassino und sein Gefährte glaubten, sie könnten seine Flucht schon auf den ersten Stufen aufhalten. Man hörte nur Fußtrappeln und Keuchen. Mehmet hatte sofort einen Vorsprung von zehn Fuß.

»Halt, du Türkenhund! Halt!«

Im Hof waren Arbeiter, die zwei Bögen direkt unter der Scala dei Giganti abstützten, und eine Gruppe Senatoren machte hier eine Pause während einer Versammlung. Der Alte beschloss, auf die Porta del Frumento zuzulaufen, das nächstgelegene Tor, um alle von seinem Willen zur Flucht zu überzeugen. Wichtig war, seine Absicht deutlich zu machen und für alle sichtbar zu bleiben, damit die Senatoren, wenn die Wächter ihn erreichten und die Stockhiebe regnen würden, einschreiten und den Zorn der Männer besänftigen konnten. Er sah, dass der Hauptmann der Garden die Torflügel schließen ließ, während die Soldaten zu ihren Arkebusen griffen. Näher durfte er nicht kommen. Er drehte sich um, sein Atem wurde kürzer, seine brüllenden Verfolger hatten ihn fast erreicht.

»Haltet den Türken!«, hörte er schreien und sah die Arbeiter vom Gerüst springen und näher kommen. Also lief er direkt auf die Senatoren zu. Der erste Arbeiter verfehlte ihn noch. Doch der zweite packte ihn am Handgelenk, hielt ihn fest und brachte ihn aus dem Gleichgewicht. Zwar entwand er sich, aber die Stöcke der beiden Wärter zischten schon durch die Luft. Noch zwei Schritte, dann spürte er einen heftigen Schlag in den Nacken. Er fiel auf das Pflaster, krümmte sich zusammen, um seinen Kopf zu schützen, und ein Hagel von Stockschlägen, Schreien und Tritten prasselte auf ihn nieder. Dann versank alles in Dunkelheit.

6

Das Ufer San Giacomo des Servitenklosters empfing ankommende Boote sanft, indem es ihre Kiele über den Schlamm gleiten ließ, den die Gezeiten feucht und glitschig hielten. Ein idealer Boden für Pappeln, deren Reihen Kirche und Kloster vor den kalten Nordwinden schützten. Von der Stadt aus zeigte sich zunächst die Kirche. Etwa vierzig Fuß vom Ufer entfernt auf einem Wall aus Kalkstein errichtet, folgte ihr Grundriss der Sonnenachse, das Halbrund der Apsis zeigte nach Süden. Auf diese Weise entzündeten die Sonnenstrahlen vom frühen Morgen an die fünf großen, vertikalen Fenster aus bleigefasstem, buntem Glas und erfüllten die Kirchen mit einem strahlenden Licht, das die Herzen aus dem Schlaf weckte und zum Himmel erhob. Der Glasmeister hatte raffinierte Arbeit geleistet, indem er für den unteren Teil helle Gläser von gelb bis himmelblau und nach oben hin, je höher die Sonne stieg, immer dunklere Töne von Grün über Purpurrot bis zum kräftigen Indigo benutzt hatte, um die mittäglichen Strahlen zu filtern

Es war der Sekretär Zuàne Formento gewesen, der Alvise Mocenigo empfohlen hatte, die Nonnen der Celestia hier auf die Insel der Giudecca umzusiedeln, und dieser hatte die Idee dem Rat der Zehn unterbreitet. Formento wiederum hatte einen Vorschlag des jungen, großzügigen Priors, Gabriele Dardano Veneziano, aufgegriffen, der sich sofort erboten hatte, den unglücklichen, heimatlosen Ordensschwestern eine neue Bleibe zu geben.

Notleidende aufzunehmen war eine der Ordensregeln. Überdies hatten die Patrizierfamilien, aus denen die Nonnen stammten, sich verpflichtet, San Giacomo stattliche Pensionen zu zahlen, um ihre Verwandten wieder loszuwerden, denn die jungen Frauen, von denen viele zum Klosterleben gezwungen worden waren, hatten in den vergangenen zwei Wochen zu ihrem großen Vergnügen die Gefahren und Versuchungen des weltlichen Lebens wiederentdeckt. Das Kloster war außerdem groß, es hatte um die fünfzig Zellen, die kaum mehr genutzt wurden, denn an Mönchen waren nur sechs geblieben, fast alle alt und gebrechlich. Also war den Nonnen der gesamte Westflügel mit eigenem Eingang, Refektorium, Küche, Kapitelsaal, Sprechzimmer, Kapelle, zwanzig Zellen für die regulären Nonnen und fünf für die Novizinnen überlassen worden. Von diesem Flügel aus gelangte man in die Keller und von dort über den Raum für Werkzeuge und Saatgut in den Garten. Die Handvoll Mönche hatten das fruchtbare Grundstück nur unzureichend pflegen können, und so brachten hier eher wilde Brombeerbüsche Früchte als die Orangen-, Zitronen- und Kirschbäume oder die Weinstöcke. Eine wirkliche Sünde, vor allem in dieser wirtschaftlich schwierigen Zeit. Die Ankunft der in der Gartenarbeit erfahrenen Nonnen war also hochwillkommen.

Nachdem Andrea die Mascaréta mit Hilfe der vom Westwind verstärkten Wellen halb aufs Trockene gezogen hatte, vertäute er das Boot mit dem Ankertau am Stamm einer Pappel. Dann ging er durch die Baumreihen, in denen der Wind rauschte, auf das Kloster zu. Der Platz zwischen Kirche und Kloster wurde von einer Schar schreiender Kinder beherrscht, die einander unter Schubsen und Zerren einen Ball aus Lumpen zuspielten. Andrea warf einen Blick auf die Sonne und berechnete im Geiste, dass eine Stunde zur Vesperzeit fehlte, er war pünktlich. Rasch versuchte er, sich die Begründung zurechtzulegen, die er gegenüber dem Prior anführen würde, um seinen Besuch zu erklären, und erkannte, wie schwer das sein würde. Er beschloss, nicht allzu viele Worte zu machen und vor allem um die Erlaubnis zu bitten, die alte Nonne und die Novizin sprechen zu dürfen, mit denen er die letzten Augenblicke im Leben der Äbtissin geteilt hatte.

»Heda, ein wenig Respekt!« Die laut gerufenen Worte übertönten die spitzen Schreie der Kinder, die schlagartig stillstanden. Andrea wandte sich um: Ein Mönch stand, die Fäuste in die Seiten gestützt, auf der Schwelle zur Kirche und musterte die Schar. »Ein wenig Respekt vor den Toten!« Der Mönch war untersetzt, die hochgekrempelten Ärmel seiner Kutte entblößten kräftige Unterarme. An den Füßen trug er Sandalen aus Lederriemen und Ledersohlen. Er mochte um die fünfzig sein, das Gesicht war glatt wie das eines gealterten Jungen, umrahmt von einem lockigen, weißen Schopf dichter Haare, kräftig wie Wildschweinborsten. Am Gürtel seiner Kutte hing ein großer Eisenring mit vielen Schlüsseln verschiedener Form und Größe. Der Frate schien jedes einzelne Kind mit den Augen zu durchbohren. Dann blickte er Andrea an. »Was wünscht Ihr?«, fragte er in demselben mürrischen, groben Ton, mit dem er die Kinder angesprochen hatte.

»Seid gegrüßt, *padre*.« Andrea versuchte, ihn mit einem höflichen Ton zu besänftigen. »Ich bin Andrea Loredan. Padre Dardano erwartet mich.«

»Folgt mir«, sagte der Bruder Pförtner mit einem letzten drohenden Blick auf die Kinder und kehrte Andrea den Rücken zu. In diesem kurzen Augenblick begriff Andrea, dass dieses Kloster, wie alle Klöster, eine eigene Welt mit eigenen Gesetzen und Gravitationskräften war, wo jeder Fremde als ein unvorhergesehenes und daher unwillkommenes Ereignis betrachtet wurde.

7

So hell, wie diese Kirche am Morgen sein musste, so dunkel war sie zur Vesperzeit. Um Haaresbreite wäre Andrea gegen den Frate gestoßen, der zwischen dem Türflügel und dem Weihwasserbecken stehen geblieben war und ihn forschend anblickte.

»Wartet hier.«

Andrea nickte nur und tauchte, um das unangenehme Gefühl der Fremdheit zu überwinden, die Fingerspitzen in das Weihwasser. Er bekreuzigte sich und stellte sich wartend zwischen die erste Säule des Mittelschiffs und die Statue von San Giacomo. Als er sich an das Halbdunkel gewöhnt hatte, erkannte er, was in der Kirche geschah.

Mitten im Hauptschiff, dort, wo es an den heiligen Bereich der Apsis grenzte, stand auf zwei Holzblöcken ein leicht dem Blick des Betrachters zugeneigter Sarg, in dem ein Leichnam lag. Zwei Kerzen schufen einen Kreis aus zitterndem, warmem Licht. Aus seiner Entfernung von etwa zehn Schritt konnte Andrea die Züge der Toten nicht erkennen, aber er vermutete, dass es eine Frau war, wegen der kleinen Körpergröße und weil jetzt alle Nonnen eine nach der anderen aus ihren Bänken kamen und ihr mit einem Kuss oder einer Liebkosung die letzte Ehre erwiesen. Die kalte Luft der Kirche war erfüllt vom Rascheln der Gewänder und dem Scharren von Füßen, untermalt von Seufzern, und das Ganze war in das rhythmische, ununterbrochene Flüstern einer endlosen Reihe von Avemaria gehüllt, in dem die Männerstimmen sich mit denen der Frauen vermischten, obwohl sie getrennte Teile eines einzigen Rosenkranzes blieben. Die Nonnen, die Novizinnen und ein paar fromme Frauen hatten ihre Plätze in den Bänken auf der linken Seite, die wenigen Mönche und eine Handvoll Männer auf der rechten. Erstere liefen zwischen dem Sarg und den Bänken hin und her, Letztere standen unbeweglich wie Basilisken, die Kapuzen tief ins Gesicht gezogen. Neben einem von diesen hatte der Frate Halt gemacht, einem dürren Mann, der ihn um mindestens eine Spanne überragte.

Der Prior, dachte Andrea. Jener wandte sich um, suchte mit Blicken nach Andrea und bedeutete ihm, näher zu kommen. Andrea wählte den diskretesten, dunkelsten Weg durch das rechte Seitenschiff, vorbei an mächtigen Säulen aus Ziegelstein, die die Spitzbögen und das Kreuzgewölbe trugen. Auf diesem kurzen

Weg bemerkte er Einzelheiten der Bestattungsfeier, die ihn zunächst überraschten und dann beunruhigten: Er hatte die im Sarg ruhende Nonne erkannt, obwohl er nur kurze Zeit mit ihr verbracht hatte. Es war die betagte Ordensschwester, die ihn und Bepo Rosso in die Krypta zu der sterbenden Äbtissin geführt hatte. Sie schien zu lächeln, zufrieden und dankbar zwischen ihren Schwestern, die ihr einen letzten Gruß erwiesen. Unter ihnen erkannte Andrea auch die junge Novizin, die die Äbtissin liebevoll in ihren Armen gehalten hatte. Er kreuzte ihren Blick, kurz bevor er vor dem Prior stehen blieb. Die Novizin stand in der dritten Bankreihe und sah ihn verwirrt an.

»Es tut mir leid, Ser Loredan«, flüsterte der Prior, »aber ich kann Euch nicht viel Zeit widmen.«

Andrea wandte seine Augen von der Novizin ab und blickte den Prior an, doch eine plötzliche Befangenheit machte es ihm unmöglich, dem Mann zu antworten. Denn das von der Kapuze verhüllte Gesicht lag ganz im Schatten, und nur manchmal sah man den Lichtreflex der Augen.

»Ich hätte Euch benachrichtigen müssen«, fuhr der Prior fort, Andreas Schweigen als Verärgerung auffassend, »doch es ist alles so plötzlich geschehen.« Er seufzte und erklärte in feierlichem Ton: »Gott, der Allmächtige, gibt und nimmt, weil er um den tieferen Sinn von allem weiß.«

Als Andrea wieder zu der Novizin hinschaute, sah er nicht mehr nur Verwirrung in ihren Augen, sondern nackte Angst.

»Ich bin es, der um Entschuldigung bitten muss, ehrwürdiger Vater«, brachte er heraus. Und schwieg sofort, denn der Frate, der ihn hergebracht hatte, stand noch immer dort und lauschte schamlos.

Der Prior, der die Menschen besser kennen musste als die Heiligen, nahm Andrea beim Arm. »Kommt mit«, sagte er, während er schon aus der Bank herausglitt und auf die Kirchenwand zuging, wo es eine kleine Tür aus massivem Nussbaum gab, neben der der Strang eines Glöckchens hing.

8

Die geräumige Sakristei war mit dunklem Holz getäfelt, das der Zahn der Zeit und Schichten aus Leinöl und Staub geschwärzt hatten. Von Unruhe erfüllt, versuchte Andrea, einen Schritt schneller zu sein als der Prior, denn er hatte bemerkt, dass dieser das Türchen nicht hinter sich geschlossen hatte. Andrea wollte eine Position einnehmen, von der aus er die Novizin im Auge behalten konnte, während der Prior ihr den Rücken zuwandte. Er tat einen halben Schritt nach links, und die Novizin erschien mit den anderen im Viereck der offenen Tür. Als er sich endlich entschloss, dem Prior, der seine Kapuze abgenommen hatte, ins Gesicht zu blicken, zuckte er entsetzt zusammen. Die Pocken hatten es verwüstet und eine Art Maske aus Buckeln und Löchern daraus gemacht, die seine Züge entstellten. Obwohl der Prior in Andreas Alter war oder wenig älter, schien die Haut seiner Wangen und der Stirn wie durch einen bösen Zauber in den Panzer eines Krokodils verwandelt, während die von der Krankheit zerfressene Nase keine Spitze mehr hatte und auf einer Seite keine Nüster mehr. Kaum je hatte Andrea etwas Grauenhafteres gesehen, und nach dem Hals und den Händen zu urteilen, musste die Verwüstung den Mann am ganzen Körper heimgesucht haben. Das eingefallene Gesicht, die Magerkeit des Körpers und seine außergewöhnliche Größe machten den Prior zu einer unheimlichen Gestalt, wären da nicht die Mönchskleidung gewesen, die er trug, und seine Rolle.

»Gestern Abend nach dem Essen«, nahm der Prior, der sich aus Höflichkeit und Respekt vor Andrea über Gebühr zu entschuldigen suchte, den Faden wieder auf, »hat *suor* Clara sich noch mit den anderen zurückgezogen, aber heute Morgen …«, seufzte er, »ist sie gestorben … offenbar an Herzbeschwerden, wie der Arzt aus dem Ospedaletto erklärt hat.«

»Auch das noch, nach allem, was geschehen ist«, brachte Andrea nur verwirrt heraus.

»Euer Besuch ist mir eine Ehre, Ser Loredan«, sagte der Prior, eine Verbeugung andeutend.

»Die Ehre ist ganz auf meiner Seite, Hochwürden.«

»Was kann ich für Euch tun?«, fragte der Prior mit honigsüßer Stimme.

Andrea warf einen Blick durch die Tür und wunderte sich, denn ihm schien, als würde die Novizin ihn nicht mehr nur erschrocken anschauen, sondern auch leicht den Kopf schütteln, wie um ein Nein anzudeuten.

»Nun, Ser Loredan?« Der Prior hatte seinem ehrerbietigen Ton einen Anflug von Unbehagen beigemischt.

Andrea erkannte, dass er sich zu sehr von seinen Gedanken ablenken ließ. Er versuchte, die Situation zu retten und Zeit zu gewinnen: »Ihr seid sehr hilfsbereit gewesen, Padre. Doch ich denke, es ist besser, wenn ich ein andermal wiederkomme«, und dabei zeigte er auf die Tür, hinter der man die Nonnen und den Katafalk mit dem Leichnam sah.

»Mein lieber Sohn, Eure Höflichkeit ist schätzenswert, doch Ihr seid bis hierher zu uns gekommen, und ich werde Euch nicht unverrichteter Dinge gehen lassen. Erklärt Euch mir, und ich werde versuchen, Euch, so gut ich kann, zu helfen.«

Die Beharrlichkeit des Priors verlangte eine Antwort, die Andrea, beunruhigt durch das Verhalten der Novizin, nicht fand.

»Wie Ihr möchtet, Padre Prior«, sagte er schließlich. »Wundert Euch nicht, aber ich bitte Euch, mir ein Gespräch zu bewilligen.«

»Wenn es in meiner Macht steht, wird Euch die Erlaubnis gegeben.«

»Ich bitte Euch um einen Dispens von der Klausur, damit ich mit den ehrwürdigen Müttern der Celestia sprechen kann.«

Der Prior fixierte ihn eine Zeitlang, vielleicht ehrlich überrascht, wenn die Maske seines Gesichts ihm irgendeine Art von Ausdruck gestattet hätte.

»Ist das alles?«

»Ja.«

»Dürfte ich den Grund erfahren?«

»Ich möchte den ehrwürdigen Müttern etwas Gutes tun.«

Der Prior nickte zustimmend. »Ihr seid großherzig, Ser Loredan, wie alle Loredan, doch wenn es nur darum geht, so kann ich Euch Antwort geben.« Der Prior schien ihn einen Augenblick lang prüfend anzusehen. »Viele, darunter Sua Serenità, Euer Vater, haben Hilfe angeboten, und ich habe ihnen das geantwortet, was ich jetzt auch Euch sage: In San Giacomo fehlt es an nichts, das Kloster hat eigenen Boden und Einkünfte, sowohl auf der Giudecca wie auf der Terraferma unter dem Schutz Gottes und der hochverehrten Prokuratoren von San Marco. Wenn Ihr in diesem Moment der Krise, wo Korn den Wert von Gold hat, unbedingt etwas geben wollt, dann ist eine solche Offerte natürlich willkommen.«

Andrea wurde sofort klar, dass er eine Mauer vor sich hatte, die schwer zu überwinden war. Und er hatte keine Zeit, über sprachliche Feinheiten nachzudenken, um sie zu umgehen, ohne lügen zu müssen.

»Das werde ich mit Freude tun«, sagte er darum. »Ihr müsst jedoch wissen, ehrwürdiger Vater, dass es noch einen anderen Grund gibt, warum ich hier bin und um Audienz bitte. Einen sehr persönlichen Grund.«

Der Prior hatte ein solches Anliegen erwartet und wusste recht wohl, dass dies der Kern der Sache war. Doch er gab es nicht zu verstehen, sondern verbarg seine Neugier hinter einem großzügigen Lächeln. »Betrachtet mich als Euren Beichtvater.« Die Augen des Priors leuchteten ehrlich, wenigstens schien es Andrea so. Also beschloss er, sich ihm anzuvertrauen.

»Wisst Ihr, die Frage ist in der Nacht der Explosion des Arsenale entstanden, als ich mit vielen anderen Venezianern zum Kloster der Celestia gelaufen bin. Als wir ankamen, brannte noch alles, und viele waren unter den Trümmern begraben, die Kirche war eingestürzt, aber die Nonnen waren in Sicherheit.«

»Ein Wunder«, bestätigte der Prior mit dem sicheren Tonfall eines Menschen, der das Thema längst besprochen und geklärt hat. »Es war die Gottesmutter, deren steinernes Abbild dort seit jeher verehrt wird.«

Andrea, der nicht an Wunder glaubte, doch die Gewissheiten des Priors nicht in Zweifel ziehen wollte, pflichtete ihm bei: »Ich selbst bin Zeuge, Padre: Das Bildnis der Jungfrau Maria mit ihrem göttlichen Kinde stand dort, unversehrt in der Apsis, hoch und stark zum Schutz der Schwestern.« Instinktiv machte er eine Pause, sein Blick ging durch die Tür zur Novizin, doch ihr Platz war leer.

»Und weiter?«, drängte der Prior, der die Ablenkung bemerkt hatte.

»In jener Nacht«, nahm Andrea seinen Faden wieder auf, »bin ich mit einem Werkmeister des Arsenale in die Krypta hinabgestiegen, denn dorthin hatte man die ehrwürdige Mutter Lucia Vivarini, die Äbtissin, gebracht.«

»Sie hat ihr Leben für die anderen geopfert, die Schwestern haben mir alles erzählt«, bestätigte der Prior.

»So ist es, doch genau dies ist der Punkt, denn Ihr müsst wissen, Padre, dass etwas Besonderes geschehen ist …« Andrea befiel ein letzter Zweifel, ob er fortfahren sollte, doch wie manche Schiffe, die zu schnell auf die Mole zusteuern und dann mit dem Bug dagegenstoßen, fiel es ihm nach einem solchen Anlauf schwer, innezuhalten. Er beschloss nur, nichts von dem Brief zu erzählen, den die Äbtissin ihm geschrieben hatte. »Als ich mich über sie beugte, um ihr zu helfen, hat Suor Lucia meine Hand genommen, mich angelächelt und meinen Namen ausgesprochen. Versteht Ihr?«

Der Prior musterte ihn schweigend, konzentriert wie ein Arzt, der die Symptome einer Krankheit sucht. »Das findet Ihr seltsam?«, fragte er schließlich.

»Es war, als würde sie mich kennen«, versuchte Andrea zu erklären.

»Mein Sohn«, unterbrach ihn der Prior lächelnd, »Ihr seid in Venedig wohlbekannt.«

Überrumpelt dachte Andrea einen Moment über diese Selbstverständlichkeit nach, ehe er erwiderte: »Ich versichere Euch, Padre, dass ihr Verhalten über die Vertraulichkeit hinausging, die viele meiner Familie und mir entgegenbringen.« Diese Präzisierung schien dem Prior etwas von seiner Sicherheit zu nehmen. »Und es gibt noch etwas, das Ihr wissen müsst.« Andrea sah dem Prior in die Augen. »Im letzten Augenblick vor ihrem Tod sprach die Äbtissin zu mir, sie sagte etwas, über das ich seither nachdenke, ohne seine Bedeutung herausfinden zu können. Sie sagte, ich solle die Wahrheit in der Seele suchen …«, die Worte erstarben ihm auf den Lippen, denn eine leichte Veränderung des Lichts hinter dem Rücken des Priors hatte seine Aufmerksamkeit erregt. Auf der Schwelle zur Sakristei, kaum vier Schritte entfernt, stand die Novizin und blickte ihn an, während sie den Kopf schüttelte. In einer langsamen, vorsichtigen, aber unmissverständlichen Bewegung.

»Nun?«, fragte der Prior.

Als Andrea zögerte, wandte der Prior sich um. Die Novizin rührte sich nicht und hielt seinem Blick stand.

»Benötigt Ihr etwas?«, fragte der Mönch mit eiskalter Stimme.

Die junge Frau sah ihn nur an und schien etwas antworten zu wollen. Dann legte sie eine Hand an ihre Stirn, schloss die Augen und drehte sich um sich selbst.

Andrea eilte ihr sofort zu Hilfe, doch er konnte nicht verhindern, dass die Novizin auf den Marmorboden sank. In der Kirche stockte der Rhythmus des Rosenkranzes und wurde zu einem erregten Murmeln, während die ersten Mönche aus ihren Bänken eilten und die junge Frau im Halbkreis umringten. Andrea kniete schon neben ihr, einen Arm unter ihren Hals und den anderen unter ihre Knie schiebend.

»Lasst sie los«, fuhr der Prior ihn an, offenbar fand er es unschicklich, dass Andrea sie in die Arme nehmen wollte. Der be-

achtete ihn jedoch nicht und hob die Novizin vorsichtig vom Boden. Dem Prior blieb nichts anderes übrig, als ihm einen roten Samtsessel zwischen zwei Schränken an der Wand der Sakristei zu zeigen.

Während Andrea mit der Novizin auf den Armen zum Sessel ging, begann sie zu sprechen, ohne die Augen zu öffnen: »Sagt nichts, damit Ihr nicht in Gefahr geratet«, flüsterte sie hastig. »Morgen zur Non am Ufer des Gartens. Ich werde es Euch erklären.« Dann verstummte sie gerade noch rechtzeitig.

»Legt sie auf den Sessel!«

Sofort löste sich ein Terzett aus der im Türrahmen zusammengedrängten Traube aus Köpfen, und drei Nonnen waren bei ihr. Eine stützte ihren Oberkörper, eine wischte ihr mit einem feuchten Tuch über die Stirn. Sie stellte sich weiter ohnmächtig.

»Lassen wir sie in Ruhe«, sagte der Prior, sich zum Kirchenraum umwendend. Mit klopfendem Herzen ging Andrea ihm einen Schritt voraus und trat durch die Tür zwischen den auf beiden Seiten zurückweichenden Ordensleuten hindurch. »Es ist nichts passiert! Fahren wir fort!«, ermahnte sie der Prior mit gedämpfter Stimme.

Die Reihen schlossen sich wieder, die der Mönche in den Bänken rechts, die der Nonnen auf der linken Seite. Der Prior hatte seine Kapuze aufgesetzt, und zu Andreas Erleichterung verschwand sein Gesicht wieder im Nichts ihres Schattens.

»Ich lasse Euch rufen, Ser Loredan, dann werden wir über alles sprechen«, murmelte der Prior aus dieser dunklen Höhle heraus, während er an seinen Platz in der ersten Reihe zurückkehrte.

»Ich kann es kaum erwarten, ehrwürdiger Vater«, log Andrea und verbeugte sich. »Vielen Dank, dass Ihr mir Eure Zeit gewidmet habt.« Er warf einen letzten Blick auf die Sakristei, doch das Türchen war geschlossen worden. In der Nähe stand der Frate, der ihn empfangen hatte, und folgte ihm mit finsterem Blick. Jemand betrat die Kirche, denn ein Strahl rötlichen

Sonnenlichts fiel in das Mittelschiff und streifte den Leichnam. Die Sonne stand schon tief über den Gärten der Giudecca. Andrea wollte nicht in der Stadt ankommen, wenn es dunkelte und die seit dem Tag der Explosion herrschende Ausgangssperre begann, um dann jedem Sbirren oder einer Patrouille der Signori di Notte den Passierschein zeigen zu müssen, den er als Gefängnisanwalt besaß. Also deutete er einen Kniefall und ein Kreuzzeichen an und ging auf das Kirchentor zu.

Auf dem Platz hatte der Westwind, der Sonnenbahn folgend, aufgefrischt, die Pappeln bogen sich und ließen vergilbte Blätter fallen. Während Andrea beobachtete, wie eines dieser Blätter durch die Luft flog, am Ufer entlang zwischen die Boote trudelte, im Wasser landete und sich vollsog, bis es glatt an der Oberfläche klebte und verschwand, ahnte er, dass er in einen Wirbel von Ereignissen geraten war, die er nicht kontrollieren konnte.

9

Als Mehmet Hassan die Augen aufschlug und die Geometrie der Steine wiedererkannte, versuchte er, einen Arm zu heben, um sie zu berühren, doch der Schmerz war zu groß. Also drehte er den Kopf zur Seite, nur ein wenig, denn auch diese Bewegung verursachte ihm Schmerzen. Er sah, dass das Patriarchenkreuz aus Bronze noch immer dort war, unter der neunten Stufe an die Lärchenbretter genagelt, und spürte, wie Rührung in ihm aufstieg. Es gelang ihm, sich die Finger an die Lippen zu führen: Sie waren geschwollen, blutverkrustet und schmerzten. Er fasste an die Pritsche, ließ seine Hand über den Boden gleiten und spürte die glitschige Feuchtigkeit der istrischen Steine. Dann roch er an seiner Hand und erkannte sofort den Geruch nassen Kalksteins. Es gab nur einen Pozzo, der einen Steinboden hatte und unter der Treppe lag: den achten, die Grabkammer, die Strafzelle, wo diejenigen in Isolationshaft gehalten wurden, die gewalttätig waren und Wächter angegriffen hatten, die Fluchenden, die Sodomiten und jene, die »Veilchen kaufen gingen«, wie ein Fluchtversuch im Jargon des Gefängnisses genannt wurde.

Der alte Türke bewegte wieder den Kopf und erblickte das Holzbrett an der Wand mit der Ölleuchte darauf. Es befand sich genau dort, wo es hingehörte: in einer Linie mit dem oberen Rand des winzigen Türchens, zwei Handbreit über dem Guckloch.

Die Rührung trieb ihm Tränen in die Augen. Er spürte eine Träne seine Wange hinunterlaufen bis zum Ohr, dann eine zweite. Er lebte und dankte Gott, dass der ihn bis hierher geführt hatte, auf diesen neuen Pfad, von wo aus er seinen Weg fortsetzen konnte.

10

Die Geheimkanzlei im oberen Mezzanin des Palazzo Ducale war ein großer Saal über zwei Ebenen mit unterschiedlichen Funktionen. Beim Eintreten gelangte man in die obere Ebene, gute sechs Spannen über der zweiten errichtet und von einem großen Dachfenster und vier paarweise übereinanderliegenden kleinen Fensterchen erleuchtet. Hier standen neben dem Schreibtisch des verantwortlichen Aufsehers der Skribenten zwei Tische, an denen die ersten Sekretäre Akten und Dokumente vorwiegend politischer, vertraulicher und geheimer Art protokollierten, welche tagtäglich aus den Ratssitzungen, Versammlungen, den unterschiedlichen *zonte*, und »Triumviraten« der Regierung der Serenissima hereinkamen.

Die zweite Ebene befand sich jenseits einer Balustrade aus Nussbaum, die an den Rand des Fußbodens aus rotem Marmorterrazzo anschloss. Durch ein zweiflügeliges Törchen in der Mitte der Balustrade, ebenfalls aus Nussbaum in Form verschlungener Reblinge, gelangte man über vier Stufen nach unten. In diesem, an allen Seiten mit Schränken verkleideten und von einer heiligen Stille erfüllten Raum, standen Tische in drei Reihen hintereinander, an denen die Schreibsekretäre saßen und Aktenbündel, Urteilssprüche, Briefe und Register verzeichneten, klassifizierten und katalogisierten, wobei sie die unleserlichsten Dokumente mit ihrer Schönschrift transkribierten. Von diesem emsigen Arbeiten hörte man nur das Rascheln der schwarzen Kittel der Skribenten und das Kratzen der Federn, die über die Pergamente tanzten, gelegentlich ein Knarren des Holzes und seltene Huster.

Unangefochtener Herrscher über dieses Reich aus Ordnung und Gedächtnis, guten und weniger guten Beschlüssen, war der Bürger Zuàn Francesco Ottobon. Als einfacher Schreiber in die Kanzlei eingetreten, war Zuàn Francesco höher und höher aufgestiegen, vom Vizenotar zum Notar, vom Dogensekretär zum Sekretär der Zehn, bis er schließlich 1559 den Riesensprung zum Großkanzler gemacht hatte, dem begehrtesten und bestbezahlten Amt, das ein einfacher Bürger anstreben konnte.

Von imposanter Statur, stets in die tadellos gepflegte purpurne Toga gekleidet, mit Adlernase und schmalen, bohrenden Augen, stand Ottobon die Erfahrung, die er in seinem langen, abenteuerlichen Leben gesammelt hatte, ins Gesicht geschrieben. Obwohl er die Schwelle der siebzig erreicht hatte, schien er nicht die geringste Absicht zu haben, das Zepter abzugeben, und er versäumte, vorausgesetzt, Versammlungen und Beratungen erlaubten es ihm, an keinem einzigen Tag, den ordnungsgemäßen Gang der Kanzlei zu überwachen. Der Kanzleien, genauer gesagt. Denn außer der Geheimkanzlei musste, ein Stockwerk tiefer, die Dogenkanzlei und, drang man noch weiter ins Herz des Palazzo vor, auch die Arbeit der beiden Notare kontrolliert werden, denen die Führung der Unteren Kanzlei oblag. Und da Ottobon prinzipiell niemandem traute, legte er selbst als Einer und Dreifaltiger jeden Tag zwischen den Kanzleien etliche Meilen zurück, wofür ihm pro Jahr drei Paar neuer roter Schuhe zustanden, da seine Absätze sich rasend schnell abnutzten.

An diesem Nachmittag im Oktober, während die letzten Sonnenstrahlen die Scheiben der vier Fensterchen an der hinteren Wand in Flammen setzten und die Sekretäre eine hektische Aktivität entfalteten, um Kerzen und Öllampen gegen die Dunkelheit anzuzünden, durchmaß Zuàn Francesco Ottobon mit nervösen Schritten die Längsachse des großen Saals. Und bei diesem vom Fluss düsterer Gedanken angetriebenen Auf und Ab versuchte er den Preis für die verschwenderische Fülle an Lichtquellen zu überschlagen. Er verfluchte den Moment, in dem er beschlossen hatte, dem Rat der Zehn einen Gefallen zu tun, indem er einen Teil der Schreibstube dem Chiffreur Zuàn Francesco Marin und seinen beiden tüchtigsten Schülern überlassen hatte. Dies waren Ferigo Marin, der Sohn von Zuàn Francesco, und Pietro Amadi, ebenfalls Sohn eines großen Chiffreurs, Agostino, der inzwischen alt und fast blind war.

Ottobon quälten die Angst vor einem Feuer angesichts all dieser Flammen und der Preis für Kerzen und Talg, denn wenn das so weiterging, würden die ohnehin mageren Kassenbestände sich mit einer Geschwindigkeit von mindestens zwölf Lire pro Nacht erschöpfen. Das Ganze dauerte nun schon ein paar Tage, denn das große Genie Marin wurde ja einfach nicht fertig mit den Dokumenten, die man in der Reisetruhe des Florentiner Malers Filippo Tomei, sorgfältig in das Futter der Truhe vernäht, gefunden hatte.

Um die Wahrheit zu sagen, war das eigentliche Problem Zuàn Francesco Marin, der mit Ottobon nur den Vornamen gemein hatte. Denn so ordentlich, gewissenhaft und verschwiegen der Kanzler war, so chaotisch, überschäumend und genial im Improvisieren war Marin. Er arbeitete in einem unermesslichen Chaos aus Papieren, Büchern und Listen, Ampullen, Destillierkolben und Tinten, Winkeldreiecken, Linealen, Rechenstäben, Kompassen und Spiegeln, aber auch Schnüren, Pulvern, Diagrammen, Rastern, Chiffrierscheiben, Skytalen, Farben, ja sogar einigen Flöten und mehreren Trommeln, die sich auf den Tischen, den Stühlen, in den Schränken und auf dem Boden türmten. Der Kanzler hatte sich immer gefragt, wie ein so unordentlicher Mensch fremde Chiffren so gut entschlüsseln und die geheimsten Nachrichten entziffern konnte, dass er in ganz Europa um Rat gefragt wurde.

Da Marin Platz und Geheimhaltung brauchte, hatte sich der ursprüngliche Tisch, der mitten im Urkundenarchiv stand und von den Bänken der Skribenten umringt wurde, verdoppelt und dann verdreifacht, den darunterliegenden Bereich erobert und eine ganze Reihe Schreiber entthront. An deren Tischen waren nun die anderen beiden Chiffreure Ferigo und Pietro beschäftigt. Und dieses Terzett, der alte Marin und seine beiden zwanzigjährigen Schüler, bildeten das Beste, dessen Venedig sich derzeit in Sachen Chiffren, Entschlüsselung, Geheimcodes, Symbolschriften und anderen geheimen Verständigungssystemen rühmen konnte. Andauernd diskutierten die drei miteinander, mal leuchtete Hoffnung auf, dann wieder verfielen sie in düsteres Grübeln. Und da sie gewohnt waren, bis zur völligen Erschöpfung zu arbeiten, hatten sie sich sogar Speisen bringen lassen, so dass Schüsseln, Gläser, Besteck und Krüge der ganzen restlichen Unordnung mittlerweile einverleibt waren und benutzt wurden, um Blätter zu beschweren, die Ecken von Pergamenten zu glätten und als Kerzenhalter zu dienen, um noch mehr von diesem verfluchten Licht zu spenden, das nie hell genug zu sein schien.

Während Ottobon so auf und ab ging, hin und her gerissen zwischen Besorgnis und Zorn, verschaffte es ihm einzig Erleichterung, die einundzwanzig Namen der Großkanzler zu lesen, die ihm vorausgegangen und jeder mit eigenem Wappen auf das obere Paneel der Schranktüren gemalt waren. Das tat er oft, wenn er deprimiert war. Er begann im Jahr 1268 bei Corrado de Ducatis, dem ersten Kanzler auf dem ersten Schrank neben dem Fenster, und stieg dann die vier Stufen bis zum Jahr 1551 und Laurentius Rocca auf, dem einundzwanzigsten Großkanzler, seinem Vorgänger. Was hätte er nicht darum gegeben, auf der zweiundzwanzigsten Schranktür *Ioannes Franciscus Othobonus* lesen und sein Wappen bewundern zu können, das er sich schon in Hellblau und Blau vorstellte, mit einem diagonalen Streifen in Weiß, wenn dieses Privileg nur nicht erst *post mortem* gewährt worden wäre.

11

Bepo Rosso hatte sein Testament am Nachmittag verfasst und das Dokument dann in der Wollmütze versteckt, die er im Winter trug. Eine Stunde vor Sonnenuntergang hatte er sein *sandolo* ausgerüstet und das Werkzeug für das Nachtfischen zusammen mit der Laterne eingeladen. Wie immer in der Dämmerung wehte der Wind von Land. Wie immer hatte seine Frau Annina gebratene Polenta und Artischocken in Öl für ihn zubereitet. Er hatte den Passierschein kontrolliert, den er während der Ausgangssperre vorweisen musste, hatte seine Frau geküsst und ihr versichert, bei Tagesanbruch sei er zurück. Er hatte das Boot am Rio della Panada losgemacht, gleich hinter der Kirche Santa Maria Nova, wo er in einem schönen Haus wohnte, das Licht und Luft von allen Seiten bekam. Dreißig Ruderstöße gegen den Wind, dann war der Sandolo in der Lagune. Auf der Höhe der Insel San Cristoforo nach steuerbord, auf das Ufer Santa Giustina zuhaltend, hatte Bepo Rosso das Besansegel gesetzt. Als er an San Pietro vorbeifuhr, war es schon Nacht, die Glocke hatte zur zweiten Stunde geschlagen, und der aufgefrischte Wind brachte das Boot in eine gefährliche Schieflage.

Rosso reffte das Segel, er wusste, dass er gut in der Zeit lag. Im Canale di Sant'Erasmo erwischten ihn ein paar Wellen aus der Hafenmündung, die Reste des Schirokkos vom Morgen. Doch sein Boot war robust, er selbst hatte es mit seinem Sohn Giorgio in anderthalb Jahren Arbeit gebaut. Außerdem kannte er die Lagune und das auf ihr herrschende Kräfteverhältnis von Land, Wind und Wasser in allen Einzelheiten und wusste, dass sich der Wasserspiegel zwischen den Inseln Lazzaretto Nuovo und Sant'Erasmo wieder glätten würde.

Nachtfischen mit der Laterne war Rossos Leidenschaft, darum war seine Frau wegen dieser nächtlichen Ausfahrt nicht misstrauisch geworden. In zwanzig Jahren Ehe hatte sie ihren Mann, einen unermüdlichen Arbeiter ohne Laster oder Schwächen, schätzen gelernt. Nur die vergangenen drei Jahre waren schwer gewesen, voller Streit, Angst und wenig Hoffnungen. Verständlich, denn Rosso selbst war es gewesen, der seinen Sohn im April 1566 gedrängt hatte, als Matrose auf einer großen Galeere anzuheuern, gegen den Willen von Annina. Giorgio war nie zurückgekommen.

Vom Wind getrieben, glitt das Boot schnell über die glatte Oberfläche des Canale Passaora, der Wasserstraße, die an der Nordküste von Sant'Erasmo entlangführt. Unterstützt vom geringen Tiefgang seines Bootes, blieb Bepo Rosso so dicht am Ufer, dass er das Schilfrohr streifte. Er kam an zwei Bootsschuppen vorbei und fuhr weiter, bereit, das Ruder ganz nach Steuerbord zu drehen und mit einer engen Wende in den nächsten Rio einzubiegen, der ihn zur ehemaligen Windmühle bringen würde, auch »Knochenmühle« genannt. Den Namen hatte sie nach einer schrecklichen Sturmflut bekommen, als das Meer alte Grabstellen aufgerissen hatte, über denen die Mühle erbaut worden war. Niemand war dort mehr hingegangen, um Mehl zu kaufen, alle machten einen Bogen um die Mühle. Also war sie von den Besitzern verlassen worden.

Rosso entdeckte den Rio im letzten Moment und nur dank des Mondlichts, das durch einen Spalt im Röhricht einen glitzernden Streifen auf das Wasser warf. Unter vibrierendem Gurgeln durchschnitt der Bug die Wellen. Das Boot glitt nun genau auf dem Widerschein des Mondlichts dahin, weiter hinten erkannte man schon die dunkle Silhouette der Mühle mit ihren in den Himmel gereckten Flügeln. Im Nu war er angelangt, der flache Kiel bahnte sich einen Weg durch das Röhricht, und das Boot hielt rutschend auf dem sandigen Ufer an. Er löste das Fall, das Segel sauste zusammen mit der Rah herab. Zum Schutz vor dem Wind zurrte er alles fest. Dann nahm er das Messer, das er zum Ausnehmen der Fische benutzte, und steckte es sich in den Stiefel. Er wühlte in der Kiste mit dem Angelwerkzeug. Unter der Schachtel mit den Bleien, wo er sie versteckt hatte, fand er die kleine Pistole deutscher Herstellung, steckte sie hinter den Gürtel und bedeckte sie mit seiner Weste. Er drehte die Flamme in der Laterne auf ein Minimum. Dann zog er ein Kistchen aus Kupfer unter der Piek hervor, das mit einem Lederriemen zugebunden war. Er sprang an Land und schleppte das Tau mit dem kleinen Anker bis zur Mühle, damit das Boot von der Flut nicht auf die Lagune hinausgerissen wurde. Im Gegenlicht des Mondes bewegten sich die Windmühlenflügel, wenn sie von einer Bö erfasst wurden, doch sie waren nur noch hölzerne Gerippe ohne Körper.

Bepo Rosso blieb am Fuß des Bauwerks stehen. Seine Hände und Arme zitterten. Er dachte an seinen Sohn und schöpfte wieder Mut. Als er einen tiefen Atemzug nahm, roch er den süßlichen Duft der Lagune, weil von dort der Wind wehte. Er ging an der Mühle vorbei in Richtung des offenen Meeres, das sich hinter dem Lido erstreckte. Das gefürchtete und geliebte weite Meer, das Reichtum und Unglück brachte. Man hörte die Brandung. Man sah die Strömungen bis zum Horizont, denn der Mond hatte eine Straße auf dem Wasser entzündet, und sein Licht hob jede einzelne Welle hervor. Der Horizont bildete ihre Grenze im Guten wie im Bösen, denn dort hinten zeigten sich Hoffnungen und Ängste zuerst.

Der Werkmeister schritt den ganzen Strand ab, bis zum Ufer, wo der helle Schaum der Wellen auf dem Sand verwelkte. Eine

Bö erfasste ihn, und einen Augenblick lang dachte er daran, aufzugeben. Er blieb reglos stehen, wartete, bis der Windstoß vorüber war. Dies konnte eine Falle sein, aber auch die Lösung. Er musste handeln, um es zu erfahren. Als er sich entschieden hatte, drehte er das Licht der Laterne auf, hob sie über seinen Kopf, hielt sie einen Atemzug lang erhoben, dann verbarg er sie hinter seinem Rücken. Er wiederholte die Bewegung zweimal. Dann wartete er. Und tatsächlich, links von dem Mondlichtstreifen, weit hinten im grauen Halbdunkel, das in Schwarz überging, zeigte sich plötzlich ein Lichtpunkt. Verschwand. Tauchte wieder auf. Ein-, zwei-, dreimal. Wieder hob Rosso seine Laterne, und der leuchtende Punkt antwortete im selben Rhythmus. Der Werkmeister drehte die Flamme klein, stellte die Laterne auf den Sand, setzte sich daneben und spähte aufs Meer hinaus.

12

Der Alte hatte die Wasserration benutzt, um sich die Hände, die Lippen und die Nase, dann den Kopf, die Ohren, die Arme, die Fußgelenke und die Füße zu waschen. Als er rein war, hatte er die Decke aus grober Wolle, die jedem Gefangenen zustand, auf dem Steinboden des achten Pozzo ausgebreitet. Er hatte sich die Sandalen ausgezogen und sich zur östlichen Ecke seiner Zelle gewandt. Er hatte die Hände geöffnet, sie in Brusthöhe gehalten und hatte begonnen, auf Arabisch die *al-Fātiha*, die erste Sure des Korans zu sprechen. Die Eintönigkeit des Gebets tröstete ihn.

»Im Namen Allahs, des barmherzigen und gnädigen Gottes …«, rezitierte er auf Arabisch.

Dann hatte er sich verbeugt, war in die Knie gegangen und hatte sich niedergeworfen, um Gott den Schmerz darzubieten, den diese Bewegungen ihm verursachten, denn auch an diesem Tag hatte er die Gewalt der Menschen erlitten.

»Lob sei Gott, dem Herrn der Welten, dem Barmherzigen und Gnädigen, der am Tag des Gerichts regiert.«

Für jemanden, der lange im achten Pozzo gesessen und ihn kennengelernt hatte, war er nicht so fürchterlich, wie man sagte, denn neben ihm lag der neunte, genannt »das Paradies«, der einzige, der ein Fensterchen auf den Bogengang im Hof hatte, durch das an manchen Tagen des Jahres spätnachmittags ein Sonnenstrahl fiel und nachts bei Vollmond ein Widerschein des Mondlichts.

»Dir dienen wir, und Dich rufen wir um Hilfe an.«

Durch das Fensterchen des »Paradieses« drang jeder noch so schwache Laut des Lebens auf dem Hof des Palazzo, die Stunden wurden von der Marangona von San Marco verkündet und von den anderen Glocken der Serenissima in einem vielstimmigen Echo begleitet. Außerdem gab es im Morgengrauen den Schrei der Möwen, den reinen Gesang der Amseln und den heiseren Ruf der Raben, Krähen und Dohlen am Abend. Manchmal auch das Dröhnen des Donners und das Rauschen des Regens, wenn der Westwind wehte und sogar einen Hauch durch das Guckloch des achten Pozzo schickte. Vom Mistral und vom Schirokko kamen nur die wütendsten Böen an, solche, die die Segel zerrissen und die Schiffe sinken ließen.

»Führe uns den geraden Weg, den Weg derer, denen Du Gnade erwiesen hast, nicht derer, die Deinem Zorn verfallen sind.«

So hatte der Alte gelernt, die Stimme jedes Windes wiederzuerkennen. Seine Stimme und viele andere Dinge. Er wusste zum Beispiel, dass der Schirokko das Meer in die Lagune drückt und ihren Wasserspiegel ansteigen lässt. Dann begannen die Kalksteine des Bodens zu riechen, wie Marmor riecht, wenn er vom Regen feucht wird, und sie wechselten ihre Farbe, wurden grau. Wenn das Hochwasser kam, drückte es die Luft durch jeden Spalt. Man musste nur das Gesicht an den Boden legen, um zu spüren, wie diese Lebenskraft aus kühlen, fauligen Lüften aufstieg und durch die Ritzen zwischen den Steinen blies.

Und das war es, was der Alte an diesem windigen Abend tat, indem er sich mit einer neuen Sure vor dem Herrn niederwarf und den Boden mit seinem Gesicht berührte, damit der Wächter keinen Verdacht schöpfte, wenn er durch das Guckloch schaute. Dann ging seine Hand zu einer der Sandalen, die faltigen, noch immer kräftigen Finger tasteten den Rand der Ledersohle ab, die Fingerkuppe traf direkt auf die Spitze, und mit dem Fingernagel zog der Alte eine lange Nadel hervor, eine von der Art, mit denen man Teppiche flickt. Bei der nächsten Bewegung des Gebets begann er dann, wieder auf dem Boden ausgestreckt, mit der Öse den Mörtel zwischen zwei Steinen aufzukratzen. Er war sich sicher: Irgendwo dort unten musste noch immer der Tunnel sein, auch wenn fast dreißig Jahre vergangen und seine Haare weiß geworden waren.

13

Andrea zog die Rudergabeln aus dem Heck der Mascaréta und lehnte sie gegen die Kaimauer, neben die Ruder aus Buchenholz. Er setzte einen Fuß auf die rostzerfressene Eisenstufe und war mit einem Sprung am Ufer. Paròn Lorenzo hatte ihm erlaubt, den Ankerplatz hinter der Herberge am Rio della Tetta zu benutzen, wo die Boote der Lieferanten und der Schornsteinfeger anlegten und ehebrecherische Verbindungen geknüpft wurden. Schwach erhellten zwei Öllampen das Tor auf der Höhe des Wasserspiegels, hinter dem sich ein Vorraum mit sieben Stufen bis zur Eingangstür auftat. Durch sie gelangte man auf der Küchenseite direkt in die Locanda.

Die Explosion des Arsenale hatte den hinteren Teil der Locanda unversehrt gelassen, also war der Betrieb in die Räume auf dieser Seite umgezogen. Auf der anderen hatte man ein Gerüst errichtet, und die Instandsetzungsarbeiten am Dach und an der Fassade hatten begonnen. Andrea, der berühmteste Gast, dem der Wirt auch sein eigenes Bett angeboten hätte, nur um ihn nicht zu verlieren, war in das beste Zimmer im Erdgeschoss verlegt worden, mit einem Fenster zum Garten, der im Sommer von Mittag bis Abend Sonne bekam.

Andrea ließ Rudergabeln und Ruder im Vorraum und öffnete die massive Eichentür. Der Geruch gebratener Zwiebeln schlug ihm entgegen, so einlullend und dicht wie das Stimmengewirr der Gäste im Speiseraum, den man im Hintergrund des Korridors erblickte. Ununterbrochen quoll Rauch unter dem kleinen Bogen hervor, der in die Küche führte, breitete sich im Korridor aus, schwebte zur Decke und erfüllte das ganze Erdgeschoss. Lorenzo und seine Familie waren vollauf beschäftigt: Er servierte an den Tischen, kümmerte sich um den Wein und die Bezahlung; Graziosa, die fünfzehnjährige Tochter, half ihm, bis es zur zweiten Nachtstunde schlug, dann ging sie ins Bett. Am Herd arbeitete Maria mit einer Cousine, die früher Köchin im Ospedaletto gewesen war. Im Grunde war die Explosion ein Segen für die Locanda, denn jeden Abend füllte sie sich mit Arbeitern von der Terraferma, die wegen des Wiederaufbaus in die Stadt geströmt waren.

Als Lorenzo, beladen mit Schüsseln, aus der Küche kam, sah er Andrea und ging auf ihn zu.

»Ich habe mir Sorgen um Euch gemacht«, sagte er bekümmert wie ein Freund. »Ihr dürftet nach Sonnenuntergang nicht mehr durch die Kanäle fahren.« Er schien aufrichtig zu sein.

»Ihr habt recht«, erwiderte Andrea darum höflich. »Ich werde aufpassen. Ich wünsche Euch eine gute Nacht, Paròn Lorenzo«, und damit ging er auf den Korridor zu, der zu den Gästezimmern führte.

»Ser Loredan, einen Moment noch!«

Andrea wandte sich zu dem Wirt um.

»Dort hinten sitzt eine Person, die schon lange auf Euch wartet«, sagte der Mann mit einem zweideutigen Augenzwinkern. »Eine schöne Frau«, beeilte er sich zu präzisieren.

Andrea gab es einen Stich ins Herz. Ob es Taddea war? »Hat sie ihren Namen genannt?«, fragte er, von einer irrationalen Hoffnung gepackt.

»Sie hat mir nur gesagt, es sei dringend.«

14

Die Frau war nicht Taddea. Mit kummervoller Miene saß sie auf dem Rand einer Bank neben einer Waage und zwei Säcken Mehl, versunken in eine Schwermut, deren Ursache wohl ein Trauerfall war, wie ein schwarzes Kleid vermuten ließ. Als sie seine Gegenwart bemerkte, erhob sie sich.

»Eccellenza«, sagte sie leise mit gesenktem Kopf.

Andrea ging auf sie zu. »Signora, ich bitte Euch.« Er lächelte sie an.

Die Unbekannte hob den Kopf, und sofort bemerkte Andrea ihre Schönheit, die der Kummer nicht hatte beeinträchtigen können. Die Augen vor allem, groß, von orientalischem Schnitt, mit blauer Iris, die nach innen in ein Graublau mit gelben Punkten überging. Glänzende Augen wie dunkle Weintrauben, vom Schmerz gezeichnet. Dann die feingeschwungenen, vollen Lippen, die gerade und wohlproportionierte Nase. Sie mochte kaum älter als dreißig sein. Trotz des traurigen Ausdrucks bewahrte sie eine stolze Haltung, einen lebhaften Blick, und ihre ungebändigt über die Schultern fallenden rotblonden Haare ließen ein kühnes Temperament erahnen. Eine Frau, die bereit war zu kämpfen.

»Verzeiht, dass ich Euch belästige.«

»Ihr belästigt mich durchaus nicht. Wer seid Ihr?«

»Ich heiße Sofia, Sofia Ruis, Eccellenza, ich wohne in den alten Häusern der Albaner hinter der Bragola-Kirche«, sagte sie, die Tränen zurückhaltend.

»Was kann ich für Euch tun?«

»Gerechtigkeit, ich will nur Gerechtigkeit«, sagte sie in einem Atemzug.

Andrea blickte sie an, betroffen über diese so verzweifelt ausgesprochenen Worte.

»Ich bin die Mutter von Tonino, dem Jungen, der in der Celestia ermordet wurde.« Die Worte schienen wie Feuer zu brennen.

Unfähig zu einer Antwort, widerstand Andrea dem Impuls, ihr eine tröstende Hand auf die Schulter zu legen.

»Signora … mein aufrichtiges Beileid«, war das Erste, was ihm in den Sinn kam. »Ich war dort, als es geschah.« Er zögerte unbeholfen, als hätte er über dieser traurigen Erinnerung den Gesprächsfaden verloren. »Sagt mir, wie kann ich Euch helfen?«, fügte er hinzu.

Ihre Augen leuchteten auf wie vom Wind belebte Glut.

»Ich bitte Euch nur um Wahrheit und Gerechtigkeit für meinen Sohn.«

Andrea zögerte. Am Abend des Vortages waren einige in den Mord verwickelte Personen verhaftet worden, so lauteten wenigstens die Nachrichten, die aus dem Umfeld des Rates der Zehn durchsickerten.

»Ihr werdet sie bald bekommen, zweifelt nicht daran«, erwiderte Andrea, im Geiste abwägend, ob er sie von der neuesten Entwicklung in Kenntnis setzen sollte. Denn die Untersuchung unterlag als Teil der umfassenderen Ermittlungen zur Explosion des Arsenale nach dem Willen der Zehn strenger Geheimhaltung.

»Ihr müsst wissen, Signora, dass ich mit Eurem tragischen Fall nicht befasst bin, und gewisse Dinge dürfte ich Euch gar nicht sagen. Die Nachricht ist noch nicht offiziell, aber die Signori di Notte al Criminal haben gestern einen jungen Mann festgenommen …«, die Worte erstarben auf seinen Lippen, als die Frau den Kopf schüttelte und ihn mit einem aus Bitterkeit und Resignation gemischten Lächeln anschaute.

»Eccellenza, genau darum bin ich ja hier. Der Junge, den sie

verhaftet haben, hat nichts mit dem Tod meines Tonino zu tun«, sagte sie im Ton absoluter Gewissheit. Andrea sah sie verwirrt an. »Dieser Junge«, sprach sie weiter mit vor Kummer brüchiger Stimme, »ist Gabriele, mein älterer Sohn. Nur er ist mir geblieben.« Sie legte sich eine Hand vor den Mund, um ihr Schluchzen zu unterdrücken, ehe sie die Kraft fand, weiterzureden: »Gestern Nacht ist er zu mir gekommen, bevor er sich den Sbirren stellte, und hat mir alles erzählt …«

In diesem Moment betrat Maria, die Frau des Wirts, mit ihrem hinkenden Gang den Vorratsraum.

»Entschuldigt«, sagte sie eilig, doch ohne eine Spur von Verlegenheit, als wollte sie hervorheben, dass sie hier die Herrin war. »Aber die Gäste wollen Wein und Stockfisch.« Sie drückte sich an der Wand entlang zu einem Dutzend Trockenfische, die an einem Stock hingen. Mit einem Messer schnitt sie einen herunter, und dabei ging ihr Blick zwischen Andrea und der Frau hin und her. Ihre Bewegungen waren langsam, die Neugier hatte deutlich Oberhand über die Eile.

»Kommt mit mir«, sagte Andrea daher zu Sofia. »In meinem Zimmer können wir ungestört sprechen.«

Die junge Frau zögerte kurz, dann ging sie ihm voraus. Die Wirtin folgte ihnen mit den Blicken, während sie sich anschickte, den zweiten Fisch abzuschneiden, diesmal in wütender Eile.

15

Das zitternde, rötliche Licht einer Laterne gelangte kaum durch das winzige Guckloch, um die Umrisse der Zelle, einer der neun unteren Zellen der Pozzi, aus dem Dunkel zu holen. In diesem weichen Halbdunkel ließen die beiden Körper, hell wie der Stein an der gewölbten Decke oder die Lärchenholztafeln, die Fußboden und Wände verkleideten, sich kaum unterscheiden. Filippo Tomei, der Maler aus Florenz, und Angelo Riccio, das Mönchlein aus Padua, schienen ein einziges, formloses Etwas zu bilden, ein Urwesen aus Gliedmaßen und Köpfen. Nackt lagen sie zusammengekauert auf der Pritsche aus groben Balken. Tomei, mit dem Rücken zur Wand, presste sich fest an den Rücken des Geliebten, damit er ihm Trostworte ins Ohr flüstern konnte und beider Körperwärme sich verband, so dass sie etwas weniger froren.

»Ich danke Gott, dass ich dich habe … mein Engel«, sagte der Florentiner mit derselben Zärtlichkeit, mit der er seinem Gefährten über die Haare strich. Im schwachen Licht kondensierte sein Atem zu vielen kleinen Wölkchen. Der andere zitterte und weinte leise.

»Das ist Gottes Strafe für unsere Sünden …« Die Stimme des jungen Mönchs brach in einem Schluchzer. Er zuckte.

»Das ist die Strafe, die uns die Menschen auferlegen.« Tomei küsste ihn auf die Haare. »Ich bitte dich um Vergebung, dass ich dir so viel Leid zugefügt habe.«

»Mein Liebster.« Das Mönchlein drehte sich auf eine Seite, klammerte sich an Tomei und legte die Wange an seine Brust wie ein Kind. »Sie beschuldigen dich entsetzlicher Verbrechen«, fuhr er bewegt fort. »Weil sie nicht wissen, wie viel Liebe du geben kannst.«

Um ein Geständnis zu erpressen, hatte der Rat der Zehn den Gefangenen nicht nur ihre Kleider weggenommen, sondern auch das Öllämpchen in der Zelle und alle Laternen draußen entfernt, bis auf eine, die im Hauptgang stand und mit einem roten Glas abgeschirmt war. Eine Färbung des Lichts, die dem Ort etwas wahrhaft Höllenartiges verlieh. Man hatte auch beschlossen, den beiden das bisschen Solidarität zu entziehen, das oft an Orten entsteht, wo Menschen leiden. Die Zehn hatten alle anderen Zellen bis auf eine räumen lassen, die Gefangenen waren vorübergehend im Dachgeschoss des Palazzo Ducale in den für weniger schwere Vergehen reservierten *Piombi* gelandet. Der Exodus hatte die Pozzi in eine teigige Stille getaucht, die nur vom Trippeln der Ratten, vom rhythmischen Tropfen der zahlreichen Rinnsale und vom Rauschen der Winde unterbrochen wurde, die täglich aus unterschiedlichen Himmelsrichtungen wehten und je nach ihrer Stärke und dem Weg, den sie nahmen, andere Stimmen annahmen.

»Et quaerebam, unde malum … Ich suchte den Ursprung des Bösen …«, flüsterte der junge Mönch, *»… und da ich das Böse in meiner Suche nicht fand …«* Nachdem er diese Worte gesprochen hatte, hob er den Blick flehend zu seinem Gefährten. »Was wollen sie wissen, was ich nicht schon weiß?«

Einen Augenblick lang hörte Tomei auf, ihn zu liebkosen, und über sein Gesicht glitt ein finsterer Ausdruck. »Du kennst Augustinus gut«, sagte er mit einem bitteren Unterton, »also werde ich dir mit seinen Worten antworten: *Wer die Wahrheit kennt, kennt sie, und wer sie kennt, kennt die Ewigkeit.«*

Jetzt war es der junge Mönch, der unwillig reagierte, indem er sich von Tomei löste und ihm in die Augen blickte. »Was verbirgst du vor mir, Filippo?«

Der Florentiner zögerte ein wenig zu lang, und in diesem Schweigen erkannte der andere ein halbes Geständnis. »Nichts«, flüsterte er schließlich in einem Ton, der für den Mönch noch falscher klang. Seine Augen füllten sich mit Tränen.

»Du sagst, du liebst mich. Liebe ist Aufrichtigkeit.«

»Und auch Glauben. Ein Glaubensakt.«

»Verdiene ich dein Vertrauen nicht?«

Tomei schwieg eine Weile.

»Dich könnte ich dasselbe fragen.«

Diese Worte brachten den Frate zur Verzweiflung.

»Ich ertrage es einfach nicht!« Der Aufschrei schien im Innern des zweiten Pozzo stillzustehen, während der junge Mönch sich unvermittelt auf das Stroh am Boden fallen ließ und in der entferntesten Ecke der engen Zelle zusammenkauerte.

»Du behandelst mich wie ein Kind, das die Geheimnisse seines Vaters nicht wissen darf.«

Tomei schüttelte den Kopf und schloss mit einer Miene bekümmerter Zuneigung die Augen. Dann öffnete er sie wieder und ging zu ihm.

»Das tue ich für dich«, flüsterte er ihm ins Ohr. »Um dich zu beschützen«, und er versuchte ihn zu streicheln, aber der Frate krümmte sich noch mehr zusammen.

»Nein«, murmelte er leise schluchzend. »Du lügst, du hast mich immer angelogen!«

Tomei verharrte reglos, unschlüssig, ob er weiter auf ihn eindringen sollte oder sein Herz die Angst selbst überwinden würde. Dann erregte das Guckloch seine Aufmerksamkeit.

»Warte.«

Doch der andere fuhr fort. »Wenn es kein Vertrauen gibt …«

»Still!«, zischte Tomei fast zornig.

Der Frate schwieg und starrte ihn bebend an.

In der Stille hörte man nur den Atem der beiden, dann ließ sich weit entfernt das Echo eines Knarrens vernehmen.

»Sie kommen zurück«, flüsterte Tomei, während er an die einzige, winzige Öffnung trat, die von der Existenz einer Welt außerhalb dieser Zelle zeugte. Er blickte hindurch. »Diese verfluchten …«, knurrte er leise. Das Mönchlein krümmte sich zusammen wie ein von den Rädern eines Karrens überraschter Igel und flüsterte etwas, das wie ein Gebet klang.

Jetzt hörte man deutlich Schritte von Menschen, die die siebzehn Steinstufen zu den Pozzi herunterkamen. Der Riegel vor der massiven Holztür, die in das Untergeschoss führte, knarrte. Der Florentiner wich zurück, während das Guckloch sich mit Licht füllte, dessen Widerschein sich auf den Lärchenbrettern verdoppelte und dann verdreifachte. Die Schritte wurden ohrenbetäubend laut.

Zum ersten Mal erschien Angst auf Tomeis Gesicht. Er fasste sich mit beiden Händen an den Kopf und erzitterte mit geöffnetem Mund in einem stummen Schrei. Vor der Zelle hörten die Schritte auf. Es folgte das Klirren von Schlüsseln und

das Schnalzen des kleinen Riegels. Die Holztür öffnete sich. Sie war drei Fuß hoch und weniger als zwei Fuß breit, wer hereinkommen wollte, musste sich bücken. Das gleißende Licht einer Fackel zwang die beiden Gefangenen, sich die Hände vor die Augen zu legen.

»Guten Abend, ihr Gefangenen!«, rief der Sekretär der Zehn, Zuàne Formento, laut in übertrieben würdevollem Ton, tief gebeugt und angewidert, als würde er einen Stollen der Kanalisation erforschen. Dann herrschte wieder Stille in der Zelle. Tomei spürte die Wärme, die von der Fackel ausging, und das war die einzig angenehme Empfindung seit vielen Stunden.

»Nun?«, schrie Formento.

Wieder verging ein Augenblick der Stille.

»Guten Abend, ehrwürdigster Signor Segretario …«, antwortete das Mönchlein mit weinerlicher Stimme.

»Nun?«, donnerte Formento zu Tomei gewandt, doch der Florentiner sah ihn nur mit herausfordernder Miene an. »Gut, sehr gut. Wir werden auch das berücksichtigen«, sagte der Sekretär verärgert, während er gebückt, fast kniend auf der Schwelle verharrte. »Welch ein unangenehmer Geruch hier drinnen«, dabei zog er ein Taschentuch aus dem Ärmel seiner Toga und hielt es sich unter die Nase. »Ich würde das alles gerne vermeiden, aber ihr zwingt mich ja dazu.« Er schien ehrlich betrübt. Dann wandte er sich zu dem Wächter um, der hinter ihm stand, und zeigte auf das Mönchlein. »Er«, sagte er durch die Nase, einen Schritt zur Seite tretend, um den Wächter vorbeizulassen.

Der Frate riss die Augen auf und schüttelte heftig den Kopf, während er sich mit den Fersen am Boden abstieß, um noch tiefer in die Ecke hineinzukriechen. Der Wächter packte ihn am Arm und hob ihn fast vom Boden, als er ihn, nackt wie er war, nach draußen zerrte.

»Er hat nichts damit zu tun!«, schrie Tomei, sich auf den Kerkermeister stürzend. »Er weiß nichts!«, wiederholte er.

Der Stockhieb des Wächters traf ihn mitten auf die Brust und

ließ ihn röchelnd zusammensacken. Als er den Kopf hob, starrte Formento ihn böse an.

»Was weiß er nicht? Signor Tomei, sagt mir endlich, was Ihr verschweigt, und wir werden wieder Freunde. Beste Freunde.« Im Gegensatz zu seinem Gesichtsausdruck war der Tonfall des Sekretärs freundlich, betont ruhig. Tomei sah ihn nur keuchend an.

»Denkt nach, denkt gut nach.« Formento deutete eine Verbeugung an und drehte dem Florentiner den Rücken zu. Der Wächter warf die Holztür zu und schob den Riegel vor. Ihre Schritte entfernten sich. Tomei ließ sich auf das Stroh fallen, und der Pozzo versank wieder im roten, diffusen Halbdunkel der Hölle.

16

Als die Frau ihren Bericht beendete, hatte die Uhr von San Marco soeben zur dritten Nachtstunde geschlagen, und die Angst war Andrea schmerzhaft in die Nieren gefahren wie der Biss eines streunenden Hundes. Zu viele Dinge waren geschehen, um diese Reihe tragischer, außergewöhnlicher Unglücksfälle weiterhin dem Zufall zuzuschreiben. Die Ereignisse wirbelten in seinem Kopf, und er fühlte sich ohnmächtig inmitten dieses Strudels, wie der Schiffer an den Bocche di Malamocco, der Öffnung zur Lagune zwischen den Landzungen Lido und Pellestrina, wenn die ansteigende Flut sich mit dem Wind verbündet und große Strudel erzeugt, die die Boote mit sich reißen.

Wie jede Mutter es getan hätte, verteidigte Sofia den einzigen Sohn, der ihr geblieben war und der vielleicht die eine oder andere Ordnungswidrigkeit begangen hatte. Doch nach ihrer Rekonstruktion der Tatsachen war die Mordanklage gegen Gabriele Ruis vollkommen haltlos, oder schlimmer, irreführend.

Tatsächlich, um mit dem ersten Teil ihres Berichts zu beginnen, und diese Einzelheit wollte Andrea gleich am nächsten Morgen überprüfen, waren es nicht die Signori di Notte al Criminal gewesen, die Gabriele verhaftet hatten, sondern er selbst hatte sich beim *casón* von San Zuàne in Bragola, dem Gefängnis des Sestiere Castello, in ihre Hände begeben. Er hatte sogar das Beutegut zurückerstattet: einen goldenen Hostienkelch, ein Kruzifix und zwei silberne Kandelaber.

Die Unterschiede im Strafmaß waren beträchtlich, denn auf vorsätzlichen Mord stand die Todesstrafe oder lebenslanger Kerker. Für Kirchenraub wurde man auf Lebenszeit aus Venedig verbannt oder bekam fünf Jahre Galeere. Bei Gabriele kam erschwerend der Brudermord hinzu. Günstig war sein Alter zur Tatzeit: noch nicht vierzehn, also ein *pupillo*, der strafrechtlich nicht wie ein erwachsener Angeklagter behandelt werden durfte. Doch gerade hier lag einer der entscheidenden Punkte, denn der Junge hatte die schicksalhafte Altersgrenze während der Zeit seiner Flucht überschritten, und da das Verbrechen noch nicht aufgeklärt war, hatten die Richter ihn in Erwartung eines Urteils wie einen beliebigen geständigen Täter einsperren lassen.

Sollte er des Mordes schuldig sein, erschien es tatsächlich unerklärlich, wieso der Junge sich gestellt hatte und dafür aus Guastalla jenseits des Pos, einem ausländischen Staat unter der Herrschaft der Gonzaga, wo er praktisch in Sicherheit war, zurückgekehrt war. Dort hätten ihm nur irgendwelche Kopfgeldjäger oder vom Rat der Zehn geschickte Häscher gefährlich werden können. Doch angesichts der herrschenden Geldnot hätte die Serenissima gewiss kein Lösegeld auf den Kopf eines dummen Jungen ausgesetzt.

Und dann der Rest des Berichts. Alles musste überprüft werden, natürlich, doch genau das wäre der Sinn der Ermittlungen, denn diese verfluchte Geschichte hatte viele Tage vor der Explosion des Arsenale begonnen, Ende August, als Gabriele in den seltsamen Vorschlag eingewilligt hatte, den ihm ein Fremder unten an der Riva degli Schiavoni gemacht hatte.

Es war an einem Sonntag geschehen, etwa um die Mittagszeit. Seit das Meer sich seinen Vater geholt hatte, einen erfahrenen Matrosen, der südlich von Candia bei einem Schiffbruch ertrunken war, ging Gabriele manchmal, vor allem an Festtagen, wenn die Albaner und Dalmatiner ihm weniger Konkurrenz machten, zu den Anlegern im Castello-Viertel hinunter, um sich beim Ausladen der Schiffe ein paar Soldi zu verdienen. Als er dort gerade Baumwollballen aufhob und weiterreichte, war dieser Mensch auf ihn zugekommen. Der Mann sprach Venezianisch mit einem merkwürdigen Akzent, sagte, er komme aus Mestre und sei ein Pilger auf der Reise ins Heilige Land. Wenige Worte, keine persönliche Vorstellung. Das Versprechen von zwei Golddukaten, einen sofort, den anderen nach getaner Arbeit. Die sei ohne jedes Risiko, wie einem greisen, tauben Wucherer Kirschen stehlen. Ein Kinderspiel. Er sollte beim Rio dell'Arsenale über die Mauer der Celestia springen, wenn zur Komplet geläutet wurde, durch den Orangenhain bis zu dem einzeln stehenden Baum gehen, einem großen Bovolario, aus dessen biegsamen Zweigen die Zeltaufbauten der Gondeln gemacht werden, dort in einem Hohlraum eine Botschaft hinterlegen und eine andere mitnehmen. Das Spiel würde sich ein paar Mal wiederholen. Das war alles.

Gabriele hatte sofort eingewilligt, denn sie litten Not, und so leicht so viel Geld zu verdienen erschien ihm wie ein Zauber. Ein Händedruck, und er ging glücklich davon. Noch am selben Abend hatte er die erste Botschaft gebracht und in der Osteria del Sartòr zusammen mit seinem Bruder Tonino und Granzo, seinem besten Freund, den ersten Dukaten für Essen und Trinken ausgegeben. Mit dem Rest hatten sie sich alle drei einen Handdienst von Claretta machen lassen, der hinkenden Hure von Castelletto. Die letzten zehn Soldi hatte Gabriele beim Kartenspiel verloren. Aber das war in Ordnung so: Wenn er Geld hatte, verstand er es auszugeben und zu verlieren. Außerdem war ja noch ein zweiter Dukaten im Spiel.

Eine Woche später, gleiche Zeit, gleicher Weg, die gleichen Sprünge, hatte er wieder eine Nachricht abgeholt und gebracht. Der Mann erwartete ihn pünktlich und schweigsam am Ufer der Celestia. Die Botschaft, die Gabriele ihm brachte, überflog er rasch in dessen Gegenwart. Diese Vertraulichkeit nutzend, bat Gabriele ihn um einen Vorschuss. Und der Mann war großzügig, gab ihm einen halben Dukaten. Das nächste Treffen sollte am dreizehnten September stattfinden.

Am Abend jenes schicksalhaften Tages waren Gabriele, sein Bruder Tonino und Granzo in die Osteria delle Tre Rose in San Paternian gegangen. Sie hatten reichlich Wein getrunken, ein Wort gab das andere, und Gabriele hatte die Geschichte von den Botschaften erzählt. Also sprang an diesem Abend Tonino über die Mauer, weil er der Nüchternste war. Gabriele und Granzo wollten vor der Mauer auf ihn warten und schliefen fast sofort ein. Dann hatte es die erste Explosion gegeben, der Himmel erstrahlte hell, und die Pforten der Hölle hatten sich aufgetan. Zuerst war es Gabriele wie ein Albtraum erschienen, wegen des Weins. Doch dieser Traum war glühend heiß, und alles, wirklich alles kam vom Himmel herunter, wie in der Bibel geschrieben steht, wenn der Tempel einstürzt und in der Mitte zerbirst. Steine, Staub und Feuer vom Himmel, und er wusste nicht, was geschehen war. In all dieser Verheerung ringsum hatte er begonnen, nach seinem Bruder zu rufen. Er weinte und rief: »Tonino! Tonino!« Er dachte, der Bruder wäre tot, alle wären tot, er auch. Es gab keine Mauern mehr, über die man springen konnte, auch keine Gärten. Nur Zerstörung. Er fand Granzo, der in einem Kanal schwamm, benommen, aber unversehrt. Sie waren nicht tot, und der Freund erzählte ihm, er sei hundert Fuß hoch über der Stadt geflogen, um dann in den Rio zu stürzen. Das alles klang wie Wahnsinn. Gabriele wollte zurückkehren und Tonino suchen, aber die Flammen waren zu hoch, und man konnte es nur im Wasser aushalten. Sie beschlossen, auf ihn zu warten. Er kam nicht.

Stattdessen waren die Helfer gekommen: Soldaten, Arsenalotti, Bürger, Volk und Patrizier. Und auch die Nonnen waren gerettet und sangen Gott Loblieder. Man brachte sie in Sicherheit. Da dachte Gabriele an ein Wunder und dachte, auch sein Bruder könnte gerettet sein. Dann war der Tag angebrochen, und sie hatten den Tabernakel gesehen. Sie hatten kein Geld mehr, aber da waren der Hostienkelch, ein Kruzifix und zwei silberne Kandelaber, die wollten sie mitnehmen. Doch aus dem Rauch waren plötzlich diese zwei Soldaten hervorgekommen. Hatten angefangen zu schreien und zu schießen. Nichts wie weg, wie verrückt waren er und Granzo über die Steine gelaufen, hatten sich Beine und Arme in den Trümmern aufgeschürft, dann waren sie in den Rio gesprungen. Bis zur Insel San Cristoforo waren sie geschwommen. Von da mit einem gestohlenen Boot zur Terraferma, dann weiter südlich nach Monselice, Ostiglia, durch die Furt des Po und weiter bis nach Guastalla. In der Stadt war gerade Markt, aber keiner wollte ihnen den Kelch abkaufen, weil dann, so sagten die Leute, das Blut Christi über sie kommen würde. Und auf dem Markt sprachen alle von der Explosion in Venedig, die man dreißig Meilen weit gehört hatte, von Aquileia bis nach Padua, von Treviso bis nach Rovigo. Und weil die Gerüchte sich aufgebläht hatten wie der Wind, schworen diese Menschen, dass sie die Stadt völlig zerstört gesehen hätten, nachdem sie zwei Tage und zwei Nächte gebrannt hatte, und dass es die Flotte, die große Armada, nicht mehr gab, und wer nicht verbrannt war, war ertrunken, und sie sagten, man könne über die Lagune gehen, weil dort so viele Tote schwammen.

Gabriele musste weinen. Auch wenn er diese Geschichten nicht glaubte, dachte er doch an Tonino und seine Mutter. Also hatte er beschlossen, zurückzukehren, um Vergebung zu bitten und alles zurückzugeben. Granzo nicht, der musste den Hartgesottenen spielen, und nach einem heftigen Streit sagte er klar und deutlich, dass er nicht am Galgen enden wollte. Er hatte Gabriele die Beute überlassen, ihm den Schwur abgenommen, dass er niemals seinen Namen nennen würde, und dann die Flucht Richtung Gebirge fortgesetzt.

»Das hat mein Sohn den Exzellenzen erzählt. Ich war dabei«, sagte Sofia mit tonloser Stimme. »Ganz genau so, wie ich es jetzt Euch erzählt habe. Und die Exzellenzen haben gesagt, nichts davon sei wahr, denn er und sein Freund seien bloß Diebe und Mörder.«

Sie hatte nicht einmal mehr Kraft zum Weinen. Einen Moment lang war Andrea versucht, ihr zu sagen, dass er selbst zusammen mit den beiden Fanti durch ihre Zeugenaussagen Gabriele und Granzo am stärksten belastet hatte. Andererseits hatte er wirklich zwei Figuren flüchten sehen, wenn auch aus weiter Ferne. Und hinter ihnen lief Tonino, schwankend, offenbar vor kurzem verletzt. Indizien, natürlich noch keine Beweise. Aber sie genügten. Andrea beschloss, ihr diese bittere Wahrheit zu ersparen.

»Giacomo Zon ist ein guter Anwalt«, sagte er, »Ihr werdet sehen, dass er alles aufklärt.«

»Verzeiht meine Offenheit, Eccellenza …«, unterbrach die Frau ihn erregt, »aber wenn Euer ehrenwerter Kollege mir Mut gemacht hätte, wie Ihr es jetzt tut, wäre ich sicher nicht hier, um Euch um Hilfe zu bitten.«

Andrea horchte auf.

»Warum? Was hat er Euch gesagt?«

»Zuerst, was es mich kostet, mit ihm zu sprechen.«

»Was sagt Ihr da?«, entgegnete Andrea ungläubig. »Ihr habt Anrecht auf einen Verteidiger!«

»Ein Recht, das mich zwei Soldi gekostet hat«, erklärte die Frau. »Und es hätte mich sechs gekostet, wenn ich bei Gericht nicht einen Pförtner getroffen hätte, den Trauzeugen meiner Cousine, der ihn kannte.«

Andrea schüttelte den Kopf. »Das sind ernste Dinge, die Ihr da vorbringt. Aber sagt mir, konntet Ihr dann mit Zon sprechen?«, fragte er mit heiserer Stimme.

»Ja.« Sofia zögerte.

»Und?«

»Der Anwalt hat mir gesagt, dass die Situation sehr ernst ist, dass Gabrieles Schicksal am seidenen Faden hängt.«

»Eine übereilte Feststellung«, sagte Andrea bestimmt. »Euer Sohn war zum Tatzeitpunkt noch ein Junge, und er hat sich freiwillig gestellt, darum hat er ein Recht auf Strafmilderung.«

Bei diesen Worten schien Sofia wieder Mut zu fassen.

»Hört mich an, Sofia«, Andrea zögerte. »Darf ich Euch Sofia nennen?«

Sie sah ihn erstaunt an. »Natürlich. So heiße ich.«

»Nun, Sofia, morgen ist mein Besuchstag in den Gefängnissen. Ich werde Gabriele treffen. Ich werde mit ihm und mit dem Avvocato Zon sprechen. Wir werden alles wieder ins Lot bringen.«

»Bekomme ich meinen Sohn zurück?« Ihr Gesicht schien wieder Farbe anzunehmen.

»Es wird eine Zeit brauchen, aber Ihr werdet ihn zurückbekommen, das verspreche ich.«

Die junge Frau strahlte. Sie erhob sich mit einer anmutigen Bewegung, die ihrem Körper die Geschmeidigkeit einer Welle verlieh, murmelte: »Danke!«, und fiel Andrea um den Hals.

Der blieb mit hängenden Armen stehen, unentschlossen, ob es nun unschicklich sei oder nicht, die Umarmung zu erwidern. Dann umarmte er sie. Ihre Taille war schmal, der Rücken verbreiterte sich wohlproportioniert bis zu den runden, starken Schultern. Andrea spürte den Druck ihrer Brüste und löste sich von ihr.

»Nur Mut«, sagte er. »Ich bringe Euch nach Hause.«

17

Einen Augenblick lang, vielleicht auch etwas länger, hatte Angelo Riccio die ganze Wucht der Angst gespürt. Es war geschehen, als der Sekretär Zuàne Formento, nachdem er ein paar Stufen der Treppe zu den oberen Stockwerken des Palazzo hinaufgestiegen war, anhielt, ihm eine enge Öffnung in der Mauer zeigte und sagte: »Bitte sehr, hier entlang.«

Das Mönchlein, in ein leichtes Tuch gehüllt, fühlte die frische Nachtbrise auf der Haut, dann roch er den Geruch der Lagune, und als seine Augen sich an die pechschwarze Finsternis gewöhnt hatten, sah er eine Gondel, die vor- und zurückschaukelte.

Genau in diesem Moment hatte er die Angst gespürt: Es war, als würden sich ihm die Eingeweide umdrehen, während in seinem Kopf unzählige Zikaden zu sirren begannen. Meine Stunde ist gekommen, hatte er gedacht, also darum durfte ich mich nicht ankleiden.

Er hatte Formento angesehen, der ihm zulächelte und ihm mit einer halben Verbeugung und diesem charakteristischen Grinsen eines kranken Hundes den Weg wies. Über ihm blockierte ein mit einem Stock bewaffneter Wächter die Treppe. Hinter ihm einer der Oberaufseher der Pozzi, ein gewisser Zuàne Mori, Zaneto für seine Freunde, von den Gefangenen »Wildschwein« genannt, um die vierzig, rothaarig, mit kräftigem Torso, und so wortkarg, als wäre er stumm.

Riccio hatte überlegt, dass er sich aus dem Fenster stürzen, mit einem Sprung über das Boot setzen und im Wasser verschwinden könnte. Ein Versuch lohnte sich allemal. Besser, als mit einem Sack voller Steine um den Leib zu ertrinken. Dieser Lutheraner, Francesco Spinola, war der nicht vor zwei Jahren so gestorben? Und Giovanni Sambeni da Brescia erst im letzten Jahr? Und Baldo Lupetino, Antonio Rizzetto, Giulio Gherlandi? Eine schwarze Gondel, ein letzter Segen und hinunter ins tiefe

Wasser. Angelos Angst hatte sich in blankes Entsetzen verwandelt, seine Knie waren weich geworden.

Dann war ihm eingefallen: Warum? Warum sollten sie mich beseitigen, wenn ich ihnen noch nützlich sein kann? Einen Augenblick später hatte die Stimme des Sekretärs ihn in die Wirklichkeit zurückgeholt.

»Angelo, genügt Euch die Kälte von heute noch nicht?«

»Ich habe sehr darunter gelitten, ja«, antwortete der Frate.

»Dann beeilt Euch. In der Gondel gibt es ein Kohlebecken, und Ihr werdet dort Kleidung und warmes Essen finden.« Der Sekretär hatte aufrichtig gewirkt. Angelo hatte ihm vertrauen wollen wie das Tier seinem Treiber, und darum saß er jetzt im Warmen, vom Gondelzelt geschützt, in eine saubere Kutte gehüllt, und aß dampfende Polenta.

Das rhythmische Gurgeln des eintauchenden Ruders wurde vom Flüstern des Sekretärs der Zehn übertönt: »Wir haben alle Zeit der Welt, esst in Ruhe.« Formento saß auf einem gepolsterten Stuhl vor einem Tischchen voller Platten und Flaschen und naschte von einem Stiel Weintrauben. An drei Ketten schaukelte mitten im Zelt eine Öllaterne, während die glühenden Kohlen den Raum wärmten und das Licht rot färbten.

»Nein, wir haben keine Zeit. Morgen beim Läuten der Non will ich zurück sein«, flüsterte Riccio. »Wie weit seid Ihr mit der Geheimschrift?«

»Damit beschäftigt sich Milledonne.«

Riccio hörte auf zu kauen und fixierte den Sekretär mit einem angespannten Ausdruck. »Wisst Ihr wenigstens, wie weit die Chiffreure sind?«, fragte er ärgerlich, als wären die Rollen vertauscht.

Formento schien zu zögern. »Sie arbeiten, ich glaube, sie analysieren gerade die Häufigkeiten«, sagte er.

»Weiter sind sie nicht? Wir haben keine Zeit! Die Medici in Florenz werden ungeduldig wegen der Verhaftung von Tomei!«

Formento hörte auf zu essen und räusperte sich. »Jedenfalls

haben wir schon alle Dokumente des Florentiners kopieren lassen, auch die Zeichnungen … Und die Originale haben wir in den doppelten Boden seiner Reisetruhe zurückgelegt«, beeilte er sich zu versichern.

Der Frate sah ihm direkt in die Augen. »Dieser Mann ist schlau. Ich habe den Eindruck, dass er Verdacht schöpft. Wir müssen aufpassen.« Er goss sich Wasser bis zum Rand in ein Glas und leerte es in einem Zug.

»Ihn zu verhaften war ein schwerer Fehler«, hub Riccio wieder an. »Er hätte frei sein müssen, um zu handeln und seine Komplizen zu treffen.«

»Die Zehn fürchteten, dass er fliehen würde.«

»Unsinn! Und der alte Türke, habt Ihr aus dem etwas herausbekommen?«

Formento zuckte mit den Achseln. »Er scheint ehrlich zu sein.«

»Die Ehrlichkeit der Türken ist ihre Kunst zu lügen!«, bemerkte Riccio trocken und biss in einen Apfel.

»In der Dogana da Mar haben sie seine Ankunft verzeichnet: am Samstag, dem dritten September, zur zehnten Stunde, auf der *Nana* in Besitz von Jacomo Nani. Mehmet Hasan, siebzig Jahre, Teppichhändler, Gesundheitszeugnis in Ordnung, er kam aus Uşak mit einer Ladung von hundert Gebetsteppichen. Alles regulär.«

»Mir braucht Ihr solche Sachen nicht zu erzählen«, unterbrach ihn der Frate in verächtlichem Ton. »Ihr wisst genau, dass Händler, nach den Mönchen, die besten Spione sind.«

Sein arrogantes Benehmen ließ Formentos Panzer aus Gutmütigkeit endlich aufspringen. »Gebraucht bitte einen anderen Ton«, bemerkte er kühl.

»Verzeiht mir«, murmelte Riccio sofort. »Ich wollte sagen«, fuhr er fort, »dass es mir sonderbar erscheint, dass der alte Türke in jener Nacht ausgerechnet vor dem Arsenale allein in einem Boot fuhr.«

»Wir haben das überprüft«, erwiderte Formento. »Er kam zurück aus Cannaregio, wo er zwanzig Teppiche an Ser Lorenzo Salomon ausgeliefert hatte, der ein Lager in der Calle Riello in Castello besitzt.«

»Nachts um diese Zeit?«

»Salomon hat es bestätigt: Die Verhandlungen dauerten lange. Ihr wisst, wie die Türken sind – schlimmer als Venezianer und Genueser zusammen«, sagte er mit einem kleinen Lächeln. »Und außerdem war Mehmet nicht allein.«

Riccio blickte ihn fragend an.

»Ein Diener war bei ihm. Wenigstens geht das aus dem Verzeichnis des Criminal über die Gäste in einem der Häuser von Signor Donà in Borgoloco hervor, wo der Türke zwei Zimmer und einen Lagerraum gemietet hatte. Der Diener heißt Sinan.«

»Und wo ist er jetzt?«

»Wahrscheinlich gestorben. Bei der Explosion.«

»Aber der Alte konnte sich retten?«, fragte Riccio zweifelnd.

»Genau das versuchen wir ja zu verstehen. Und Ihr werdet uns helfen«, schloss Formento lächelnd.

»Ich habe schon genug Probleme, ich muss mich nicht auch noch mit dem Türken beschäftigen«, wehrte der andere ab und fügte hinzu: »Bei ihm habt Ihr denselben Fehler begangen: ihn zu isolieren. Er muss in eine Zelle mit anderen, weil man im Gefängnis fraternisiert, und wer fraternisiert, der redet auch.«

Formento schüttelte den Kopf.

»Er ist Türke. Sie würden ihn in der ersten Nacht umbringen.«

»Nicht in die Zellen der einfachen Gefangenen. Ich spreche von ranghohen Personen, von *doctores*, die studiert haben und gereist sind. Die Zellen der Ketzer wären geeignet oder die der Schriftsteller, der Buchhändler, die sich brüsten, sogar den Koran gedruckt zu haben. Bei ihnen würde er vielleicht reden.«

Der Sekretär sah ihn skeptisch an. »Es wird schwierig sein, die Zehn davon zu überzeugen.«

»Schwierig, in Venedig ist alles schwierig!« Missmutig schob Riccio den Vorhang beiseite und spähte hinaus. Der kompakte, dunkle Umriss eines Ufers schien auf dem Wasser zu schwimmen, das aussah wie Wachs. Er wandte sich wieder dem Sekretär zu: »Wir sind fast angekommen«, sagte er. »Habt Ihr alles mitgebracht?«

Formento zuckte kaum merklich zusammen und begann in seinen Ärmeln zu wühlen. Er zog ein gefaltetes Pergament mit Siegel heraus, das er dem Frate gab. »Hier der Passierschein des Dogen mit dem Dispens des Patriarchen Trevisan.« Er suchte weiter und holte ein Ledersäckchen hervor. »Dreißig Dukaten. Gebraucht sie mit Vernunft.« Riccio warf ihm einen flammenden Blick zu und nahm das Säckchen. »Das Brevier«, Formento reichte ihm ein in Leder gebundenes Büchlein, »und was ich Euch außerdem mitgebracht habe …«, er kramte in einem Korb, »hier, seht doch nur, was für ein Schmuckstück!« Mit diesen Worten reichte er dem Frate eine kompakte kleine Pistole. »Eine Terzetta mit kurzem Lauf, leicht und präzise.«

»Nein!«, wehrte der Frate kopfschüttelnd ab.

Der Sekretär zögerte. »Wie Ihr wollt«, sagte er dann, wickelte die Pistole in ein Tuch und legte sie in den Korb zurück, unter die Weintrauben. Dann fragte er: »Wohin schicke ich Euch die Gondel?«

»Nirgendwohin. Ich habe schon selbst vorgesorgt. Wartet am Ausgang der Paglia auf mich, vor Sonnenaufgang.«

Der Sekretär nickte, schob die Vorhänge beiseite und befahl dem Gondoliere, auf das Ufer zuzusteuern.

18

Die im Fischgrätmuster ausgelegten Backsteine der Riva degli Schiavoni, die vom Brackwasser, von Stürmen und Karrenrädern übel zugerichtet waren, wackelten unter jedem Schritt.

Andrea hatte Sofia Ruis nach Hause gebracht. Nachdem er die arme Frau unter tausend Empfehlungen an der Bragola zurückgelassen hatte, war er auf dem Rückweg über die *fondamenta* am Canale San Marco gegangen. Dieses Ufer wurde durch zahlreiche Fackeln und Laternen beleuchtet, um die Anlegeplätze und Lagerhäuser zu kennzeichnen, und von vielen Sbirren und Garden kontrolliert. Wer hingegen zu dieser späten Stunde durch die inneren Calli ging, lief Gefahr, ein Messer an die Kehle gesetzt zu bekommen, auch wenn er ein kräftiger junger Mann wie Andrea war.

Es war eine ruhige Nacht im Frühherbst, die leichte Brise von Osten, die dem Sonnenaufgang vorausging, erfrischte die Luft, kühlte sie aber nicht aus. Hinter San Giorgio leuchtete der Mond, eine große orange Scheibe wie ein frisch aufgeschnittener Kürbis. Er stand tief und warf einen breiten Lichtstreifen aufs Wasser, der von den dunklen, reglosen Silhouetten vieler Schiffe mit ihren Anlegerlaternen bevölkert wurde. Einige waren groß und beeindruckend wie der Palazzo Ducale, mit Rundungen wie die Kuppeln von San Marco. Andere niedrig, lang und schmal wie auf dem Wasser liegende Campanili. Aus allen ragte ein Gewirr aus Masten und Rahen mit Tauen auf, so dass sie an kleine Inseln mit entlaubten Wäldern gemahnten. Es waren Koggen, Galeeren und Karacken, die Venedig im ersten Licht des neuen Tages verlassen würden. Oder andere, die soeben angekommen waren und darauf warteten, ihre Ladung am Kai löschen zu können.

Diese Nacht regte zu heiteren Gedanken an. Andrea aber dachte an Gabriele Ruis, den kaum erwachsenen Jungen, der sein Leben für zwei Dukaten verpfuscht hatte. Nach den zwischen 1523 und 1563 erlassenen Gesetzen reichten die Strafen für Kirchenraub von der Verbannung aus venezianischem Gebiet über die Ruderbank auf einer Galeere bis zum Abhacken der Hände und dem Galgen. Wie auch immer es ausging, er war gebrandmarkt. Nach dem Konzil von Trient wehte auch im freien Venedig ein anderer Wind, nichts war mehr wie früher, und wer in der Kirche gestohlen hatte, wurde wegen der drohenden göttlichen Verdammnis nicht nur im Viertel, sondern oft auch in der Familie auf Distanz gehalten. So beschlossen manche, wegzugehen, um sich als Freiwillige am Ruder zu verdingen. Die erste Heuer war attraktiv, immer über zwanzig Dukaten, und übers Jahr verdiente man noch einmal so viel. Doch meist traf man auf einen gerissenen Kapitän, der einen Teil der Löhne einbehielt, um Meutereien zu vermeiden, und man teilte das Leben an Bord mit Sklaven und Galeerensträflingen, die keinen Spaß verstanden. Außerdem gab es Stürme und Schiffbrüche. Und man musste kämpfen, wenn die Galeere angriff oder angegriffen wurde. Türken, Uskoken oder Piraten aus dem Westen, das war kein Unterschied. Kurzum, viele der Freiwilligen konnten ihr Alter nicht mehr genießen.

Abgesehen von der Sorge um die Zukunft des Jungen, gab es das nicht geringere Problem seiner Verteidigung. So wie sie durch die ersten Maßnahmen des Anwalts Zon eingeleitet war, schien seine Verurteilung schon gewiss. Denn als Gefängnisanwalt hätte er sofort die Strafunmündigkeit des Jungen ins Feld führen und eine Rekonstruktion der Ereignisse verlangen müssen, um darauf eine robuste Verteidigung zu errichten.

Unklare Punkte gab es freilich zuhauf. Zunächst diese Geschichte von den Botschaften und dem geheimnisvollen Auftraggeber. Wer war dieser Pilger auf der Reise ins Heilige Land? Wurde er in Mestre gesucht? Außerdem sprang das Missverhältnis zwischen dem Diebstahl in der Kirche und einem der schändlichsten Verbrechen – dem Brudermord – sofort ins Auge. Während des Ermittlungsverfahrens ließ sich die Vermutung, andere hätten Tonino ermordet, daher durchaus aufrechterhalten. Und war das *visum et repertum* am Leichnam des Kindes durchgeführt worden? Die Verletzung, die Tonino in Höhe des Herzens aufwies, war sehr eigentümlich. Andrea hatte sie gesehen, sie wirkte eher wie ein Insektenstich als ein Stich mit dem

Stilett. Kurzum, Andrea hatte das deutliche Gefühl, dass man in der Atmosphäre des Notstands, die nach der Explosion des Arsenale herrschte, für Gabriele weniger ein ordentliches Untersuchungsverfahren als einen Inquisitionsritus nach Art des Rates der Zehn vorbereitete. Und dabei gab es sehr wenige Garantien für den Angeklagten.

Schon überfielen ihn neue Gedanken, die er bis zu diesem Moment zurückgehalten hatte, überrollten die anderen und verschlangen sie. Diesmal ging es um ihn selbst. Er dachte an das, was an diesem Tag in San Giacomo geschehen war, an die Worte, die die Novizin ihm hatte zuflüstern können, an den plötzlichen Tod der alten Nonne und vor allem an die Einladung von Lucia Vivarini, der Äbtissin, die Begegnung mit der Sterbenden in der Krypta, wo sie ihn erkannt und erwartet hatte, und ihre Worte: »Suche furchtlos, in den Edelsteinen des Himmels und in der Seele wirst du die Wahrheit finden.« Was hatte sie ihm damit sagen wollen?

Andrea fühlte sich in einen Strudel aus unbekannten Zweifeln und Fragen gesogen. Es war, als hätte der große Knall in der Nacht der entsetzlichen Verwüstung die reglose, feuchte Rinde der Stadt durchbohrt, und aus diesem Loch rannen nun saure, faulige Tropfen der Unterwelt und vergifteten die Luft und das Wasser Venedigs. Andrea ahnte, dass die Stadt von diesem Tag an nicht mehr dieselbe sein würde.

Zwei Zaffi, Sbirren in Kittel und Kniehosen, tauchten aus der Calle della Pietà auf und begannen, die armen Teufel, die auf der Straße schliefen, mit Tritten zu vertreiben. Diese erhoben sich jammernd, benommen vom Schlaf und vom Wein. Es waren Männer jeden Alters, vor allem junge Venezianer, aber auch Albaner, Kroaten, Dalmatiner und ein paar Schwarze aus Algerien, wie der Koloss, der sich gerade aufrappelte. Sie waren Träger, die am Kai schliefen, um im Morgengrauen in der ersten Reihe zu stehen und die Schiffe ausladen oder beladen zu können. In Lumpen gewickelt, wachten sie auf, sammelten ihre

Sachen ein und verlagerten sich hundert Fuß weiter. Die Sbirren ließen sie ein paar Stunden schlafen, um dann wieder Tritte auszuteilen.

Während er über den Ponte dei Greci ging, eine der vier Brücken an diesem Ufer, dachte Andrea an die Idee des Rechts und der Gerechtigkeit, für die er viele Jahre lang studiert hatte. Er dachte an die egalitären und rechtsverbindlichen Eigenschaften der Justiz, die Patrizier, Bürger und Leute aus dem Volk, Regierende und Regierte gleichermaßen betrafen. Alle waren vor dem Gesetz gleich: Das Gesetz galt für den Sohn des Dogen ebenso wie für den Sohn eines Schusters.

Dass Venedigs Größe so viele Jahrhunderte überdauert hatte, verdankte die Stadt auch ihrem ausgeprägten Sinn für Gerechtigkeit. Gerechtigkeit beim Prozess, Strafgewissheit. Für alle, ohne Unterschied. Es war wichtig, dass das Volk darauf vertraute. Auch er vertraute darauf, schon immer. Dies war sein Glaube. Darum hatte er an der Universität Padua Recht studiert.

Und er dachte an seinen Vater Pietro, der ihm zur bestandenen Promotion die erste und kostbarste italienische Ausgabe von Platons *Der Staat* geschenkt hatte, in der Übersetzung von Panfilo Florimbene, gedruckt in Venedig. Andrea hatte sie in einem Tag und einer Nacht durchgelesen. Später hatte er sie oft wiedergelesen. Platons Widerlegung der These, dass die wahre Rechtsprechung in der Kunst bestehe, Freunden Vorteile zu verschaffen und Feinden zu schaden, hatte er auswendig gelernt. Wie oft hatte er sie in Korruptionsfällen zitiert! So wie er einen anderen berühmten Aphorismus im Gedächtnis behalten hatte, einen von Tausenden: »Wenn ein Staat aus lauter guten Männern bestände, so würde man sich um das Nichtregieren ebenso streiten wie jetzt um das Regieren ...« Wenn er diesen Satz seinem Vater zitierte, erinnerte der ihn daran, dass er selbst sich stets genau so verhalten hatte. Noch immer hatte Andrea nicht verstanden, ob sein Versuch, die Dogenwürde abzulehnen, seiner Ehrlichkeit oder seinem Wunsch nach einem ruhigen Leben zuzuschreiben war. Von der Prophezeiung des Sufi-Mönchs hatte der Vater ihm nie etwas erzählt.

Er dachte an den römischen Juristen Ulpian, an seine drei Grundregeln, auf die man eine effiziente Justiz aufbauen muss: Ehrlich leben, dem Mitmenschen keinen Schaden zufügen und jedem das geben, was er verdient.

Andrea dachte an seinen Enthusiasmus als frisch promovierter Jurist. Sein Vater war so glücklich über diesen Abschluss gewesen, dass er ein großes Fest im Palazzo am Campo San Pantaleone veranstaltet hatte. Denn er hätte Andrea gerne als Anwalt gesehen, aber als einen Anwalt, der sich mit den Familiengeschäften befasste, nicht als »Anwalt der armen Schlucker«. Auch die ersten Misshelligkeiten mit Taddea waren durch diese Entscheidung entstanden. Im Grunde verstand er beide. Andrea war zusammen mit seinem Bruder Alvise Erbe des wirtschaftlichen Imperiums von Pietro Loredan. Und er hatte monatelang mit seinem Vater gestritten, nachdem im Rat darüber diskutiert worden war, ob Andrea weiter als Gefängnisanwalt arbeiten durfte oder nicht. Denn die Regeln des Dogeneides waren unmissverständlich: Die Söhne und Brüder des Dogen durften keinerlei »bürgerliche und kirchliche Ämter, Aufgaben und Würden« bekleiden und waren sogar vom Stimmrecht im Großen Rat und im Senat ausgeschlossen. Freilich hatte Sebastiano Venier in der Ratssitzung mit seinen rhetorischen Künsten beweisen können, dass Andrea sich, wenn er weiterhin im Sold des Staates mittellose Gefangene verteidigte, ganz sicher nicht bereichern konnte, sondern im Gegenteil vielen Anwälten, die ihre Verpflichtung in ein einträgliches Geschäft verwandelt hatten, ein Vorbild sein würde. Außerdem waren die Gefängnisse überfüllt, und man musste eher noch mehr Anwälte einstellen, anstatt einen zu entlassen.

Später hatte Andrea dann herausgefunden, dass es sein Vater gewesen war, der das Problem der Unvereinbarkeit zwischen Andreas Beruf und seiner Verwandtschaft mit dem Dogen aufgebracht hatte. Er wollte Andrea wieder in seinem Stall haben.

Doch zum endgültigen Bruch war es am 28. Juni dieses Jahres gekommen, als der Rat der Zehn das Anliegen des Apostolischen Nuntius Giovanni Antonio Facchinetti, den Kampf gegen die Ketzerei, aufgegriffen und mit sechsundzwanzig Ja-Stimmen, einer Nein-Stimme und einer Enthaltung das allgemeine Gesetz über die vorbeugende Zensur beim Verkauf von Handschriften, Büchern und ausländischen Publikationen erlassen hatte, das auch die Zollkontrolle wichtiger Schriften vorsah.

Andrea hatte alles versucht, um seinen Vater davon zu überzeugen, sich öffentlich gegen dieses Gesetz auszusprechen, welches die Freiheit der Presse praktisch abschaffte, indem es die Drucker und Verleger dem Inquisitionsgericht auslieferte und damit einen weiteren Grundpfeiler jenes liberalen Klimas demontierte, das man seit jeher in Venedig atmen durfte. Die Ablehnung des Dogen wäre ein maßgebliches Vorbild für die Unsicheren und Ängstlichen gewesen. Nichts zu machen. Das Gesetz war verabschiedet worden. Zum ersten Mal in der Geschichte der Serenissima Repubblica hatten Regierung und Kirche ein Triumvirat aus einem Vertreter der Inquisition, einem Regierungsvertreter und dem Dogensekretär gebildet, das die Übereinstimmung literarischer Texte mit den vom Konzil von Trient festgelegten kanonischen Vorschriften zu prüfen hatte. War die Prüfung durch die Zensoren bestanden, würden die *Riformatori dello Studio* der Universität Padua das endgültige Zeugnis für den freien Verkauf der Bücher ausstellen.

Als sich dann am 9. Juli der *Comandador* Francesco de Simon bei Tagesanbruch auf den Campo San Giacomo di Rialto begab, um vom Podest auf der Statue des Buckligen aus das neue Gesetz zu verkünden, erwarteten ihn Hunderte Venezianer, Adelige und Bürger, stumm, mit einer schwarzen Binde über dem Mund, und mitten unter ihnen in der ersten Reihe Andrea. An dem Tag hatte er die Dogenwohnung im Palazzo verlassen.

An all das dachte Andrea, während er den Ponte dei Greci schon hinter sich gelassen hatte. Noch ein paar Schritte, und er würde rechts über den Campo San Zaccaria, vorbei an der Kirche Santa Maria Formosa und durch die Calle San Lorenzo zur Locanda della Torre gelangen. Ein umständlicher, aber gut beleuchteter Weg, sicherer als andere. Plötzlich war ihm, als hätte sich zwischen den Schatten der Schiffe auf dem Wasser etwas bewegt. Er blieb stehen, spähte angestrengt ins Dunkel, und tatsächlich sah er in der mitunter durch das Schimpfen der Sbirren und den Protest der Arbeiter unterbrochenen Stille die unverwechselbare Silhouette einer Gondel über das Wasser gleiten. Aus Richtung der Insel San Giorgio kommend, überquerte das Boot den Kanal, und nachdem es an drei ankernden Galeeren vorübergefahren war, drehte es nach links ab und folgte der Linie der Ufermauer in Richtung San Marco.

Jetzt hörte Andrea das Schwappen der Bugwellen und die rhythmischen Intervalle der Ruderschläge. Am Heck meinte er einen einzelnen Ruderer zu erkennen, und zwischen den Vorhängen des Gondelzelts leuchtete etwas auf. Um diese Zeit konnte das nur ein heimliches amouröses Stelldichein oder der dringende Besuch eines Arztes sein.

Obwohl die Dunkelheit ihn verbarg, zog er es vor, weiterzugehen, doch als die Gondel sich dem Ufer näherte und in einer Entfernung von weniger als fünf Ellen an ihm vorüberglitt, warf er abermals einen Blick darauf, und was er sah, verwirrte ihn. Der Ruderer war der oberste Aufseher der Gefängniswärter in den Pozzi, den er unter dem Namen Zaneto kannte, und zwischen dem Spalt der Vorhänge sah er ein weiteres bekanntes Gesicht. Andrea versuchte, mit dem Boot Schritt zu halten. Zuàne Formento, der Sekretär der Zehn, dachte er überrascht.

Je länger er hinschaute, desto sicherer wurde er. Rasch steuerte er auf den Ponte del Vin zu und blieb dort stehen, denn weiter hinten wäre er auf die Wachen der Piazza gestoßen, und er wollte nicht angehalten werden und die Gondel aus den Augen verlieren. Er beugte sich über das Brückengeländer und beobachtete das Boot, das rasch auf die Mole der Piazzetta San Marco zufuhr und am Ponte della Paglia in den Rio des Palazzo Ducale einbog. Ihm fiel ein Spruch ein, den das stets zu Spott und Klatsch aufgelegte Volk sang: »Nachts begegne nicht den Segretari, sonst gibt's Tote oder Hiebe.« Ein Gerücht, dem Andrea nie besonderes Gewicht beigemessen hatte.

19

Pietro Loredan wurde von seinen Träumen geweckt. Das geschah immer um dieselbe Zeit: um die achte oder neunte Nachtstunde, je nach der Jahreszeit, der Schwere des Abendessens und dem Quantum Wein, das er getrunken hatte. Und dann hielt die Angst ihn wach bis zum Morgengrauen, wenn der schwache Schimmer die Fenster auf der Ostseite modellierte und das Gewicht auf seiner Seele auflöste wie Wasser eine Salzkrume. Dann nahmen seine Gedanken wieder festere Gestalt an und fügten sich in den Rahmen der Wirklichkeit ein. Die Träume waren immer dieselben, auch die Ängste. Der alte Doge träumte vom jungen Körper Lucrezias, seiner geliebten Frau, und von all den Weisen, in denen er diesen Körper berührt hatte. Er durchlebte sie Nacht für Nacht, intensiv wie damals, und diese starken Gefühlsmomente schichteten sich übereinander, bis sie die Fülle seiner damaligen Liebe erreichten. Je stärker das Gefühl war, desto bitterer war das Erwachen. Gleich darauf begann die Angst.

Auch in dieser Nacht war Pietro aufgewacht, nachdem er Lucrezia geliebt hatte. Noch hatten die Mohren an der Uhrenglocke auf der Piazza San Marco die neunte Stunde nicht zu Ende geschlagen. Er öffnete die Augen und dankte Gott für den Vollmond. Der helle Schein, der durch die Fenster fiel, erfüllte den

Raum und erlaubte ihm, die Deckenbalken mit den goldenen Verzierungen und den Fries aus Putten und Blumen am oberen Rand der Wände zu erkennen. Der Anblick dieser vertrauten Dinge linderte seine Qual. Pietro dachte an das Bett, in dem er lag, dasselbe, das er mit seiner Frau geteilt hatte und das, wie alle anderen Möbel auch, vom Palazzo in der Calle della Frescada in die Dogengemächer gebracht worden war. Er selbst hatte sich dieses Zimmer nach Osten ausgesucht, um die Nacht zu verkürzen. Mit dem linken Arm suchte er unwillkürlich nach Lucrezia, aber er traf nur auf das kalte leinene Laken. Ein Schauer durchlief ihn, und sein Herz bebte so schnell wie das Flügelschwirren eines Spatzes.

Er dachte an Andrea, an das Zimmer nebenan, das der Sohn nun schon vor Monaten verlassen hatte, mit nicht mehr als ein paar philosophischen Büchern, juristischen Traktaten und Kleidern im Gepäck. Pietro war versucht, sich dort an den von Andrea benutzten Tisch zu setzen und auf den Tag zu warten. Er tat es nicht, um nicht noch mehr zu leiden.

Er dachte an Alvise, den Älteren, der von März bis Oktober immer auf See war. Er war Admiral der familieneigenen Galeeren, die für die *muda* fuhren. Beladen mit Handelswaren, segelten die Schiffe die Adria hinauf, sich nah an der Küste zwischen den Tremitischen Inseln und Gargano haltend, denn im Osten, um das Gebiet der freien Festung Senj in Kroatien, dem Herrschaftsbereich der Habsburger, hatten die Uskoken-Piraten ihre Kaperfahrten wieder aufgenommen. Die venezianischen Kriegsgaleeren, die in den Golf geschickt wurden, um den Handelsschiffen Geleit zu geben, waren zu wenige, gemessen an der Anzahl der Flotten, die um diese Jahreszeit zurückkehrten, und bei diesem Gedanken fühlte er die Angst wieder in seiner Brust aufsteigen.

Pietro setzte sich auf, denn wenn er im Bett liegen blieb, würde die Qual zu einer Furie aus wirr übereinandergehäuften, bohrenden, verqueren und furchteinflößenden Gedanken

werden. Seine Fußsohlen trafen fast gleichzeitig auf den kalten Boden, doch er beschloss, auf die mit feinem Gold bestickten Pantoffeln, ein Geschenk des Wesirs Sokollu Mehmet, zu verzichten, denn dieses Gold war fremd und noch kälter als der Marmorterrazzo. Stattdessen holte er den Nachttopf aus getriebenem Kupfer unter dem Bett hervor, hob sein Hemd und befreite sich von dem am Abend getrunkenen Wein, einem likörsüßen Weißen aus den Weinbergen von Otranto, der ihn erhitzte und in seiner Blase brannte.

Den lauwarmen Nachttopf in der Hand, ging er anschließend langsam an eines der drei Fenster, stieß den Fensterflügel auf, und bevor er den Inhalt des Topfes in eines der beiden Abflusslöcher im Fensterbrett schüttete, beugte er sich vor und spähte auf dem Rio nach vorbeifahrenden Booten. Als er sich zur Seite des Ponte della Paglia wandte, bemerkte er die etwa auf halber Höhe des Palazzo ankernde Gondel, dort, wo es einen winzigen Durchgang zur Treppe der Pozzi gab. Seit der Explosion des Arsenale gehörte zu den vom Rat der Zehn erlassenen außergewöhnlichen Sicherheitsmaßnahmen ein striktes Anlegeverbot im Rio di Palazzo vom Ponte della Paglia bis zum Ponte della Canonica, wovon nur das kurze Anlegen der Boote ausgenommen war, die bei Tagesanbruch Obst, Gemüse, Fleisch und Getränke für die Küchen des Dogen im Erdgeschoss brachten. Trotz des Erlasses war dies nicht das erste Mal, dass Pietro Boote an der Fassade sah, darum achtete er nicht besonders darauf. Er kippte den Nachttopf um und bildete sich ein, den fröhlich gurgelnden Aufprall einer Flüssigkeit auf eine andere hören zu können, als wäre sein Gehörsinn noch so gut wie in seiner Jugend. Während dieses vergeblichen Wartens auf das Geräusch sah er, wie der dunkle Umriss der Gondel sich von der Anlegestelle löste.

Pietro Loredan erstarrte vor Staunen: Langsam glitt die Gondel bis unter sein Fenster, dann bewegte sie sich auf die Mitte des Rio zu und richtete den Bug auf die Fassade. Ein Manöver, das er gut kannte, es diente dazu, das Boot um seine eigene Achse zu drehen, so dass Bug und Heck gleichzeitig die Ufer streiften, und es in der richtigen Position vor die Wassertür der Küchen zu bringen. Tatsächlich sah er wenig später durch die Abflusslöcher seines Fensterbretts, wie die Gondel anhielt und zwei Schatten rasch in den Palazzo hineingingen. Die Gondel setzte sich in Richtung Canale di San Marco in Bewegung. Pietros Verwunderung wurde zu Angst. Jemand bewegte sich um diese von Dieben und Mördern genutzte Zeit in den Eingeweiden des Palazzo. Es war eine instinktive Angst, die den Schlamm am Grund aufwühlte und jede vernünftige Reaktion trübte. Wenn er handeln wollte, musste er es sofort tun. Er löste sich vom Fenster, ging barfuß im silbernen Mondlicht auf die nächste Tür zu, die in Andreas Zimmer führte, und verriegelte sie. Dasselbe tat er mit der Tür zum großen Korridor, der sich den Namen Philosophensaal anmaßte. Um aus seinem Zimmer zu gelangen, benutzte der Doge die hinter Stuckwerk und Gesimsen verborgene Dienstbotentür, die in einen schmalen Gang mit einem Fenster zum Rio führte.

Sein Herz pumpte in nervösen Arhythmien, während er zum Ende des Flurs ging und den Riegel vor die Tür aus massiver Eiche legte, hinter der eine Treppe zur Gondelanlegestelle führte. Das dumpfe Geräusch des Eisens, das in die Klammern fiel, hallte durch den Gang. Er fasste sich keuchend an die Brust, stieß Luft aus und sog sie ein. Sein Blick fiel durch eine weitere Tür in den Wappensaal. Dort prangte im zitternden, unheimlichen Licht eines Öllämpchens der Schild der Familie Loredan, halb in Blau, halb in Gold, mit drei Blumen auf jeder Seite, die vom Corno Ducale gekrönt wurden. Das Wappen hing inmitten des blauen Mittelmeers, auf dem sich die braune, zerklüftete Küste Anatoliens und die Flecken der Inseln im Dodekanes, Candia und weiter unten das große Zypern, abzeichneten. Der Anblick des Familienwappens mitten in dem großen Kartenfresko des Geographen Ramusio steigerte die Angst des Dogen ins Unermessliche, er fühlte sich wie eine Zielscheibe vor Armbrustschützen. Als er sich der gemalten Landkarte näherte, fiel sein Blick wie eine Kompassnadel auf Alexandria in Ägypten, und die tödliche Bedeutung der Prophezeiung des Sufi-Mystikers umschlang ihn wie die Tentakel eines Kraken.

Dann sind dies also meine letzten Momente, dachte er nicht ohne Selbstmitleid. Und noch war er nicht ganz in die schwärzeste Finsternis der Verzweiflung gestürzt, als das Türchen aus intarsiertem Holz direkt unterhalb der spanischen Küste bei Granada aufgerissen wurde und ein mit Arkebuse bewaffneter Mann ihm entgegenstürzte. Pietro blieb mitten im Saal stehen, einen entsetzten Ausdruck im Gesicht.

»Vostra Serenità, was geht hier vor?«, rief der Mann aufgeregt. Und schon kamen hinter seinem Rücken mehr Männer aus der Tür, Gewehre, Schwerter und Armbrüste in den Händen. Manche, die sich in der Eile nicht hatten ankleiden können, waren noch damit beschäftigt, die Schnallen ihrer Hosen zu schließen und die Schleifen ihrer Hemden zu binden, sie trugen den Schlaf und die Verwirrung wegen des plötzlichen Alarms im Gesicht geschrieben.

»Zaccaria, sei gesegnet!«, brachte der Doge mit ersterbender Stimme heraus. Der Mann verbeugte sich vor ihm. »Jemand ist von der Tür zum Rio in den Palazzo eingedrungen!«

Der Mann blickte den Dogen erstaunt an, als könnte er die Nachricht nicht glauben, und schien noch etwas fragen zu wollen, doch er war Soldat, Hauptmann der Scudieri, und seine Aufgabe war es, zu handeln.

»Bico, Luca, Antonazzo!«, befahl er den ersten drei von sieben Männern, die herbeigeeilt waren, »zur Tür des Rio!« Die drei stürzten auf den Dienstbotengang zu, aus dem der Doge soeben gekommen war. »Agustin und Vido … dorthin mit den Arkebusen!« Die beiden jungen kräftigen Burschen postierten sich mit gezücktem Gewehr vor der Sala degli Scarlatti. »Ihr zwei bleibt hier bei Seiner Durchlaucht!«

Im Nu hatte Pietro Loredan die Wachen an seiner Seite, die sich mit gezogenem Schwert, den Rücken zum Dogen, nach allen Seiten umblickten. Einen Augenblick später ertönte im Saal nebenan, oder besser von der Tür, die auf die Treppe führte, ein Geräusch. Erst ein fernes, dumpfes Stampfen, dann wurde es lauter und zu deutlich erkennbaren Schritten.

Der Hauptmann der Wachen machte zwei der drei Bewaffneten, die den hinteren Teil des Flurs bewachten, ein Zeichen herzukommen. Flink und leise stellten die beiden sich neben ihre Kameraden an die Porta degli Scarlatti und hoben die Armbrüste auf das schwarze Rechteck der gegenüberliegenden Tür.

Pietro Loredan begann im Geiste zu beten: *Pater noster, qui es in coelis* ...

Die Schwerter seiner Beschützer hoben sich, die Schützen legten die Arkebusen an, den Blick auf die etwa sechsundzwanzig Fuß entfernte Tür gerichtet. Eine aus dieser Entfernung abgeschossene Bleikugel konnte einen Kopf zerplatzen lassen und zwei übereinanderliegende Eisenplatten durchbohren. Hinter dem Rechteck breitete sich ein Lichtschimmer aus, die Schatten schwankten. Die Männer schienen den Atem anzuhalten. Sogar der Doge unterbrach sein Gebet und zählte im Geist die letzten Schritte mit.

Das Erste, was im Rechteck der Tür erschien, war ein mit Weintrauben gefüllter Korb. Dann die Ärmel eines Kittels und gleich darauf Zaneto. Zwei Schritte hinter ihm trat der Sekretär der Zehn herein, Zuàne Formento. Er hielt eine Laterne in der Hand und blickte sich erstaunt um.

»Was für eine Verschwendung von Lichtern ...«, flüsterte er, doch weiter kam er nicht, denn Zaneto war schlagartig stehen geblieben: Weniger als drei Schritt entfernt starrten sie vier Scudieri an, die Waffen gesenkt, aber noch immer in den Händen.

»Signori, was ist hier los?« Formento sprach als Erster, mit fassungsloser Miene.

»Das frage ich Euch, Segretario!« Der strenge Ton ließ die

Scudieri beiseitetreten. Pietro Loredan tauchte in seinem Morgenmantel aus dem Dunkel der Sala dello Scudo auf und kam, begleitet vom Hauptmann, näher. Formento blickte ihn entgeistert an, stumm vor Staunen.

»Nun?«, drängte der Doge.

Langsam seine Fassung zurückgewinnend, verbeugte der Sekretär sich mit einer Hand auf der Brust. »Serenità, die habe ich für Euch gepflückt, um Euch eine Freude zu machen«, sagte er mit bebender Stimme und aufgerissenen Augen, während er auf den Korb mit Weintrauben zeigte. »In meinem Weinberg in Castello hat die Lese begonnen.«

20

Das Beiboot mit achtzehn Ruderern hatte sich mit dem Kiel in den Sand gebohrt und schwankte bei jeder Welle, die es am Heck erfasste. Die Männer an Bord saßen über die erhobenen Riemen gebeugt, aber sie waren bereit, sofort wieder das Wasser zu peitschen und abzufahren. Bepo Rosso roch ihren Gestank nach Schweiß und Urin.

Der Werkmeister stand am Ufer, das kupferne Kästchen geöffnet in den Händen, einen Schritt vor Ibrahim Bey, dem Dragoman und *müteferrika*, außerdem Offizier im Dienst des türkischen Geheimdienstes. Der Mann um die fünfzig, dessen Bart zu schwarz war, um nicht gefärbt zu sein, trug einen dunklen Turban mit Pfauenfeder, einen wollenen Kasack mit einer Binde um den Bauch und dunkle Hosen in Stiefeln. Er blätterte in einem kleinen Buch. Ein junger Mann in Tunika mit nackten Beinen leuchtete ihm mit einer Fackel. Eine stärkere Welle kam bis zum Ufer hinauf, umspülte die Beine der drei, floss zurück und versickerte im Sand.

Ibrahim Bey gab dem Jungen ein Zeichen, der sich sofort ein ledernes Futteral, das er um den Hals trug, abstreifte und ihm reichte. Der türkische Offizier öffnete es sehr vorsichtig und holte eine kleine fünfeckige Glasplatte heraus, die er so auf das Buch legte, dass der untere Rand der ersten Buchseite und eine Seite des Pentagons zur Deckung kamen. Konzentriert betrachtete er das Ergebnis, vom Werkmeister des Arsenale ängstlich beobachtet.

Bepo Rosso war Ibrahim erst ein Mal begegnet, im Januar 1567, als der hochrangige Abgesandte in offizieller Mission nach Venedig gekommen war, um den Friedensvertrag mit Sultan Selim II. zu ratifizieren. Die Begegnung war kurz und unerwartet gewesen: Der Werkmeister hatte den Türken direkt vor seinem Haus angetroffen, als er gerade im Begriff war, sein Boot an den Ankerringen des Rio della Panada zu vertäuen. Der osmanische Offizier polnischer Herkunft hatte in Padua studiert und sprach fließend Italienisch. Er begrüßte den Werkmeister mit Namen, nannte ihn einen Freund und sagte dann einen Satz, den Rosso sich von dem Tag an jedes Mal wiederholt hatte, wenn ihn Zweifel oder moralische Skrupel plagten.

»Freue dich, *arkadasim*, denn dein Sohn Giorgio lebt und wird bald in dein Haus zurückkehren«, hatte Ibrahim mit einem breiten Lächeln gesagt und ihm einen Brief des Jungen in die Hand gedrückt. Rosso hatte der Atem gestockt, und gerne hätte er ihn mit Fragen bestürmt, wenn der andere nicht abgewehrt hätte, er habe wenig Zeit, denn um diese Begegnung möglich zu machen, habe er sein venezianisches Geleit abschütteln müssen.

»Sei unbesorgt«, hatte der Türke hinzugefügt, »dein Sohn steht unter dem Schutz des Großwesirs Sokollu Mehmet, einem großen Freund Venedigs.«

Da hatte Bepo Rosso, ein praktisch denkender Mann, der wusste, dass man nichts umsonst bekam, erkannt, dass er nun den Grund hören würde, warum der zweitmächtigste Mann des Osmanischen Reiches gerade ihm so viel Aufmerksamkeit schenkte. Und tatsächlich hatte Ibrahim mit der für Levantiner typischen Redegewandtheit, verbunden mit der Eile des-

jenigen, der sich verfolgt weiß, erklärt, dass der Großwesir ihn um einen Gefallen bitten wollte: Er solle ein seltenes, kostbares Buch finden, das in Venedig aufbewahrt wurde. Entsprechende Instruktionen werde er bald erhalten. Mehr hatte Ibrahim nicht gesagt, weil seine venezianischen Begleiter in dem Moment an den Fondamenta aufgetaucht waren und er sich beeilte, seinen wiedergefundenen Stadtführern mit geheuchelt erleichterter Miene entgegenzugehen.

»Sehr gut, Werkmeister Rosso.« Die Worte des Offiziers weckten ihn aus seinen Erinnerungen. »Das Buch hat die richtige Größe, und der Text ist Griechisch«, fuhr er fort. »Unsere Experten werden es übersetzen. Wenn es das ist, was Seine Exzellenz sucht, freue dich, denn noch vor Weihnachten wirst du deinen Sohn umarmen können.«

Der Zweifel in Ibrahims Bemerkung verstimmte Rosso.

»Ich bin ganz sicher, das ist das Buch!«, rief er unwillkürlich aus.

Ibrahim bedachte ihn mit einem ironischen Blick.

»Warum machst du dir dann Sorgen?«, erwiderte er, indem er Bepo das Kupferkästchen aus der Hand nahm und das Buch hineinlegte.

»Ich habe einen hohen Preis gezahlt, um es Euch zu beschaffen.«

»Findest du etwa, dass unsere Entschädigung nicht angemessen ist?«, entgegnete Ibrahim, ohne ihn anzuschauen, während er den Lederriemen um das Kästchen festzog.

»Nein, nein«, antwortete Rosso hastig. »Sie ist mehr als angemessen …«

»Nun?«, fragte der Offizier und sah ihn wieder an.

Dem Werkmeister wurde bewusst, dass er nichts erwidern konnte, obwohl ihm nun, da er das Buch als Tauschpfand nicht mehr besaß, die Angst um das Schicksal seines Sohnes auf dem Herzen und den Lippen lag. Also kniete er nieder, beugte das Haupt und legte seine Hände aneinander: »Ich habe Euch ge-

geben, wonach Ihr suchtet, jetzt bleibt mir nur noch Euer Wort. Ich flehe Euch an, Herr, tut meinem Sohn nichts zuleide.«

»Das Wort ist heilig für mich, Werkmeister Rosso«, entrüstete sich der andere. »Wir sind Freunde unserer Freunde.«

Rosso schloss die Augen.

»Vergebt mir. Im Namen Gottes«, flüsterte er.

»*Allah büyük*«, sagte Ibrahim mit einem leichten Nicken. Dann gab er seinem Diener das Futteral mit dem Glas zurück, drehte sich um und ging, das Kästchen mit seinem kostbaren Inhalt fest unter dem Arm, auf die Fregatte zu.

Der Werkmeister beobachtete, wie der Offizier watend das Schiff erreichte. Der Türke legte das Kästchen hinter die Bootswand und sprang äußerst gelenkig an Bord, indem er sich am Bugspriet festhielt, als schwänge er sich in den Sattel eines Vollblutpferdes. Der Diener löschte die Fackel im Wasser. Ibrahim reichte ihm die Hand, der Junge ergriff sie und wurde an Bord gezogen.

Ein knapper Befehl, die Rücken der Ruderer beugten sich gleichzeitig nach vorn, und achtzehn Ruder senkten sich ins Wasser. Der Schub war so stark, dass das Boot knarrte und sich aus dem Meer zu erheben schien, als wollte es fliegen. Es schob sich zwei Schiffslängen hinaus aufs Meer, das Heck voran in den Wellen, und Rosso hörte mindestens zweimal, wie die Brecher es mit einem dumpfen Aufprall erschütterten. Wieder ein scharfer Befehl, dann drehten sich auf beiden Seiten die Ruderblätter und wendeten das Boot. Als der Bug auf dem Streifen Mondlicht lag und auf das offene Meer zeigte, beugten die Rücken sich wieder über die Riemen, die knarrend ins Wasser tauchten, und die Fregatte entfernte sich schnell.

Bepo Rosso sah sie mit mindestens dreißig Ruderschlägen in der Minute verschwinden, was einer Geschwindigkeit von zehn Knoten entsprach. Er berechnete, dass die Galeere, zu der das Beiboot gehörte und zu der es jetzt zurückkehrte, nicht weiter als fünfzehn Meilen von der Küste entfernt sein konnte. Ein paar Stunden vor Sonnenaufgang würden sie dort sein, und im Morgengrauen wären die Türken weit genug von Venedig entfernt, um keinen Verdacht bei den sie kreuzenden Schiffen zu erregen.

Er dachte wieder an Giorgio, seinen Sohn, an jenen einzigen Brief, den er ihm geschrieben hatte, gewiss nach Diktat. Denn die Handschrift war zwar seine, doch das, was er berichtete, stammte nicht von ihm. Wie hätte er sonst schreiben können, es gehe ihm gut als Galeerensklave an Bord der *Sultana* des Großadmirals Müezzinzade Ali? Rosso dachte an seine Frau Annina. Einen ganzen Tag lang hatte sie geweint, nachdem sie gelesen hatte, dass er lebte, und seither ging sie jeden Morgen eine Kerze vor der Madonna dell'Orto anzünden. Von seinem Pakt mit den Türken hatte Bepo Rosso ihr nichts erzählt.

Als er dem Schiff den Rücken zuwandte und zur Mühle zurückging, dachte Rosso darüber nach, auf welchen Abgrund er sich eingelassen hatte, nur um seinen Sohn zu retten: Er hatte gelogen, gestohlen und betrogen. Bis zur Explosion des Arsenale. Aber das war ein Unfall gewesen. Ein tragischer Unfall.

21

Der Oberaufseher Zaneto stieg mit einer Fackel in der Hand die Steintreppe hinab, die von der *Avogaria* in die Pozzi führte. Im Mezzanin durchquerte er den Korridor bis zu dem Fensterchen auf den Rio, und dort blieb er stehen, um zu lauschen. Seit auf dem anderen Ufer das Haus von Zuàne della Vedova abgerissen worden war, um Platz für die neuen Gefängnisse zu schaffen, erfassten die Bora und der Ostwind die ganze Fassade und drangen brüllend durch jedes Loch, jeden Spalt und alle Fenster von den Anlegeplätzen bis zu den Schornsteinen. In dieser Nacht hatte der Ostwind den Schirokko abgelöst und kam nun in starken Böen, die am verrosteten Gitter des Fensterchens rüttelten.

Zaneto kannte den Palazzo besser als den Körper seiner Frau. Nicht mit den Augen, nein, mit dem Ohr und der Nase. Dies war eine ruhige Nacht. Besser als andere. Das Flügelrascheln einer Fledermaus. Der Geruch vom Meer, der den menschlichen Gestank überlagerte. Er wandte sich nach rechts und blieb vor dem Guckloch der dritten Zelle stehen. Filippo Tomei jammerte leise, wahrscheinlich im Halbschlaf, den er nicht stören wollte. Kein weiteres Stöhnen, Röcheln und Schnarchen, denn das ganze Stockwerk war leer. So hätte er die Gefängnisse gerne immer gehabt.

Er drehte um und stieg weiter die siebzehn Stufen in das Geschoss mit den unteren Zellen hinunter, kontrollierte das Öl in der Wandleuchte und schritt den Korridor bis zum Ende ab, wo sein Blick auf den Salpeter fiel, der weiß wie Raureif auf der Steinmauer blühte. Bei dem Schirokko, der den ganzen Tag geweht hatte, hätte es Hochwasser geben können, dachte er.

Der Alte hatte Zaneto schon vom Anwaltszimmer aus kommen hören. Also hatte er sich auf dem Strohlager ausgestreckt und so getan, als schliefe er. Jetzt hörte er nur den Atem des Wächters vor dem Guckloch. Er wusste, dass der Mann lauschte, darum beschloss er, eine Bewegung zu machen, wie jemand, der träumt. Er wollte vermeiden, dass Zaneto hereinkam, um ihn zu kontrollieren, weil er nichts hörte und einen weiteren Selbstmord befürchtete. In den letzten Monaten hatten sie unter den Gefangenen zugenommen. Er drehte sich auf die Seite, um die Bretter der Pritsche zum Knarren zu bringen. Kurz darauf verriet ihm das Scharren der Sohlen auf den Treppenstufen über seinem Kopf, dass Zaneto gegangen war. Er zählte siebzehn Schritte, so viele wie Stufen, und wartete noch einen Augenblick. Dann drehte er sich wieder um und ließ sich in das weiche Halbdunkel über dem Boden gleiten, bis zu der Stelle, wo er angefangen hatte zu kratzen. Der Mörtel war schon entfernt, jetzt konnte die lange Nadel senkrecht bis zur Öse eindringen. Der Alte war zufrieden. Er steckte die Nadel in das Strohlager, dann tastete er die ausgefranste Webkante seines Kittels ab und begann, einen Faden herauszuziehen. Er zog noch drei weitere Fäden heraus und band ihre Enden zusammen, so dass ein fast sechs Fuß langer Faden entstand. Er fädelte ihn durch die Öse und machte einen Knoten. Dann legte er sich auf den Boden der Zelle, steckte die Nadel in den Zwischenraum und ließ sie langsam hinunter. Das spitze Eisen drang in ganzer Länge ein und sank noch tiefer, am Faden hängend, bis der an sein Ende kam. Der Alte zog ihn noch langsamer, Zoll für Zoll, wieder hoch. Als der Faden zur Hälfte eingeholt war, wurden seine Finger nass. Die Nadel tropfte. Der Alte leckte an seinen nassen Fingern: Das Wasser war salzig. Er lächelte. Der Tunnel verlief genau unter der Zelle, und das gab seiner Hoffnung neue Nahrung.

22

Andrea Loredan kam frühzeitig im Casón von San Zuàne in Bragola im Stadtteil Castello an. Das Gefängnis erstreckte sich über das gesamte Souterrain des schönen Hauses mit Fresken an der Fassade, das Marin Morosini am Campo San Zuàne besaß. Der in Schulden ertrinkende Adelige hatte den unteren Teil seines Palazzo an die Signori di Notte al Criminal vermieten müssen. In das Gefängnis gelangte man über eine enge Seitengasse, deren Name, Calle della Morte, wenig geeignet war, die Stimmung der unglücklichen Insassen zu heben. Dieses strategisch günstig, weniger als hundert Schritt von der Riva degli Schiavoni entfernte Casón war zweifellos das trostloseste und überfüllteste Gefängnis der Stadt, wie alle Orte der Verhaftung und Strafe in der Nähe von Häfen. Denn nach Monaten auf dem Wasser, wo man von allerlei Hirngespinsten verfolgt wird, ist es nicht leicht, mit Kopf und Beinen wieder Tritt zu fassen an Land. Es kann zum Beispiel vorkommen, dass man seine Frau nicht wiedererkennt, andere Gerüche, einen anderen Blick an ihr wahrnimmt. Mancher erkennt seine Söhne kaum wieder, seine Töchter und Geschwister. Das kann passieren. Wenn man dagegen in einem fremden Hafen landet, sitzt man auf glühenden Kohlen, kann es nicht erwarten, wieder in See zu stechen. Dann gärt die Spannung wie Most, und die Wut kann jederzeit explodieren.

Gabriele Ruis kauerte in einer Ecke der Zelle und sah aus wie ein Bündel weggeworfener Kleider. Er war nicht einmal aufgestanden, als das Rasseln der Riegel Hoffnung in den anderen Häftlingen geweckt hatte, die sich nun Kopf an Kopf vor den Gucklöchern drängten und in den Flur hinausbrüllten. »Avvocato! Hört mich an, Avvocato!«, schrie einer, »Wächter, Totò geht es schlecht!«, ein anderer, und: »Bringt ihr die Ration heute nicht?«

»Gabriele!«, rief Andrea auf der Schwelle zu dessen fensterlosem steinernen Gelass. Als der Junge sich nicht rührte, ging der Wächter zu ihm und stach ihn mehrmals mit der Spitze seines Stocks, wie man es mit einer Schlange macht, die sich unter einem Weinstock zusammengerollt hat. Wie eine Viper fuhr auch Gabrieles Arm auf, und seine Hand ergriff das Stockende. Er blieb sitzen, hob aber den Kopf und starrte den Wächter hasserfüllt an. Obwohl der sich mit Gefangenen auskennen musste, schien er doch gebannt wie eine Maus vor der Schlange.

»Schurke!«, rief der Mann, ein knochiger Typ mit eingefallenem Gesicht und breiten Händen schließlich aus, riss den Stock an sich und erhob ihn gegen Gabriele.

»Haltet ein!« Andrea war schnell bei ihm.

Der Wächter bedachte ihn mit einem wütenden Blick. »Ich weiß, wie man diese Hundesöhne behandelt, Avvocato!«, knurrte er.

»Geh raus, oder ich bringe dich vor Gericht.« Andrea skandierte jedes einzelne Wort, sein Ton war entschlossen genug, um jede Erwiderung im Keim zu ersticken. Der Wächter, dem die

Wut aus jeder Pore drang, begnügte sich mit einer Warnung, weil er seinen Arbeitsplatz behalten wollte: »Ich sage das für Euch: Seid auf der Hut vor diesem Hundsfott!« Er wandte sich zum Ausgang. Ein Schritt nach draußen, dann spuckte er auf den Boden. Einen Augenblick lang war Andrea versucht, ihn zurückzurufen. Doch er tat es nicht, weil er Gabriele damit geschadet hätte. Stattdessen nahm er den Schemel und setzte sich vor den Jungen, der den Kopf gesenkt hatte und wieder zum Lumpenbündel geworden war.

»Gestern habe ich mit deiner Mutter gesprochen.«

Gabriele verharrte einige Sekunden lang reglos, dann hob er langsam den Kopf. Seine Augen waren geschwollen und gerötet, zwischen den Augenbrauen klebte geronnenes Blut. Sie haben ihn geschlagen, dachte Andrea.

»Was wollt Ihr?«, knurrte der Junge, der viel älter aussah als vierzehn.

»Ich bin Anwalt, ich möchte dir helfen«, antwortete Andrea lächelnd. Der Junge schwieg und senkte wieder den Kopf. In dem Gestank nach Exkrementen, der in der Zelle schwebte, summten einige Fliegen.

»Brauchst du etwas? Hast du Durst? Geben sie dir deine Ration Zwieback?«, versuchte Andrea, mit ihm in Kontakt zu kommen.

»Ich habe keinen Hunger, ich brauche nichts«, sagte der Junge mit gesenktem Blick.

»Deine Mutter ist überzeugt, dass du unschuldig bist«, fuhr Andrea fort, »aber wenn das so ist, musst du mir helfen.«

Auch dieser Satz schien ihn nicht aus der Reserve zu locken. »Ich habe schon einen Anwalt«, sagte er nur resigniert, ohne die Augen zu heben.

»Na und?«, erwiderte Andrea unbefangen. »Besser zwei als keinen. Meinst du nicht?« Er hatte einen freundlichen, fast amüsierten Ton angeschlagen. Diese Erwiderung und ihr Tonfall zeitigten endlich Wirkung: Gabriele betrachtete ihn mit einem

Anflug von Neugier. Andrea begriff, dass er angebissen hatte. Den günstigen Moment nutzend, setzte er ein wenig Druck ein, um Gabriele zum Sprechen zu bringen.

»Hör mal, ich bin ganz ehrlich zu dir. Deine Lage ist ernst. Heute oder morgen wird entschieden, ob man dir einen regulären Prozess macht oder ob dein Fall dem Rat der Zehn übergeben wird.« Der Junge krümmte sich zusammen und schlang die Arme um die Knie. »Es ist wichtig, dass die Ermittlung in den Händen der Signori di Notte al Criminal und bei den *Giudici del Proprio* bleibt«, erklärte Andrea, doch Gabriele hob den Kopf und unterbrach ihn.

»Was redet Ihr? Was verstehe ich denn von diesen Dingen?« Aus seinen Augen sprühten Funken.

»Ich werde es dir erklären«, sagte Andrea mit dem ruhigen, gewichtigen Ton eines Vaters, der seinem Sohn den rechten Weg aufzeigt. »Wenn man dich vor den Ermittlungsrichter bringt, wirst du einen Prozess nach den normalen Verfahrensregeln bekommen, mit einem Avogador di Comun, mit einem Verteidiger und Zeugen, zu denen auch deine Mutter und deine Verwandten gehören können. Du wirst Gelegenheit haben, deine Version der Ereignisse zu erklären, und über das Urteil wird abgestimmt werden. Wenn die Richter sich nicht einigen, wird der Prozess bei der *Quarantia Criminal* in Berufung gehen. Bei Stimmengleichheit oder nur einer Stimme Mehrheit wirst du nach fünf Abstimmungsgängen für unschuldig erklärt. Das könnte deine Rettung sein, verstehst du?«

Gabriele nickte.

»Gut«, fuhr Andrea fort. »Doch wenn der Prozess dem Rat der Zehn übergeben wird, läuft er nach Inquisitionsritus ab. Weißt du, was das bedeutet?«

Dieses Mal sah der Junge ihn nur benommen an und schüttelte den Kopf.

»Alles ist anders. Die Ermittlung wird geheim sein, ich werde keine Möglichkeit haben, dich zu verteidigen, außer in einem

schriftlichen Memorandum. In Erwartung des Urteils wirst du in den Pozzi landen.«

»Sind die etwa schlimmer als diese Jauchegrube?«, fragte Gabriele, um einen erwachsenen Tonfall bemüht.

»Du wirst dich nach der Bragola zurücksehnen, wenn du dort bist«, sagte Andrea ernst und wartete, damit diese Worte sich glühend in die Seele des Jungen fraßen. Er verstärkte abermals den Druck. »Sie werden die Folter einsetzen«, fügte er hinzu, »und vergiss nicht, dass es immer noch um die Explosion des Arsenale geht. Man könnte dich verdächtigen und beschuldigen. Dann droht dir die Todesstrafe.«

Gabrieles Augen wurden feucht, seine Unterlippe begann zu zittern.

»Was wollt Ihr wissen?«, fragte er mit hauchdünner Stimme.

Andrea wartete nur einen Moment, dann antwortete er: »Alles.«

23

Gabrieles Bericht stimmte mit dem überein, was die Mutter des Jungen gesagt hatte, doch kamen zwei wichtige und eng miteinander verbundene Einzelheiten hinzu. Gabriele hatte nämlich bei seiner Beschreibung des geheimnisvollen Menschen, der ihm die zwei Dukaten angeboten hatte, das Wort Pilger immer wieder durch *forestier* ersetzt, worunter Andrea zunächst einen Venezianer von der Terraferma verstanden hatte. Doch später hatte der Junge ihm erklärt, dass der Alte zwar wie einer vom Festland, aber mit einem besonderen Akzent gesprochen habe. Zunächst habe er wegen gewisser Ausdrücke an jemanden gedacht, der im Norden, vielleicht auf alemannischem Boden gelebt hatte. Dann sei ihm die Idee gekommen, dass er von einer der fernen Inseln der Serenissima stammen könnte, Candia oder Zypern.

Die andere Sonderbarkeit sei, berichtete der Junge, dass es zu der Zeit gar keine Pilgerschiffe auf dem Weg ins Heilige Land gegeben habe. Weil er von morgens bis abends auf den Molen Venedigs war, wusste er, dass es mindestens bis zum nächsten Frühling keine Reisen dorthin geben würde. Nicht nur wegen der Herbststürme, auch wegen der Uskoken-Piraten. So groß war die Sorge der Venezianer, dass die Kosten für die Versicherung von Schiff und Ladung schon seit Anfang August von zwei auf zehn bis zu fünfzehn Prozent ihres Wertes gestiegen waren – untragbar hohe Preise für die Reeder. Das alles habe er dem Alten erklärt, sagte Gabriele, aber er habe den Mann, der seiner Sache so sicher schien, auch nicht verärgern wollen, um den großzügigen Lohn nicht zu verlieren.

Diese Dinge habe er auch schon den Signori di Notte al Criminal und dem Avvocato Zon erzählt, außerdem am gestrigen Abend »zwei Negern«. Andrea war zusammengezuckt, gewiss nicht wegen des respektlosen Ausdrucks, sondern weil das Volk die Patrizier der Zehn in ihren schwarzen Togen als »Neger« bezeichnete. Das bedeutete, dass der Rat der Zehn Interesse an Gabrieles Fall hatte. Die beiden waren zweifellos Inquisitoren gewesen, die Zeugenaussagen für die Ermittlung sammelten, und um den Kirchenraub ging es ihnen gewiss nicht. Genau das hatte Andrea befürchtet. Andererseits schien es unvermeidlich, dass die Zonta, die Kommission der Zehn, die zusammengekommen war, um die Explosion des Arsenale zu untersuchen, diese seltsame Geschichte, die in einem Mord gipfelte und zur gleichen Zeit wenige Schritte von der Explosion entfernt geschehen war, in ihre Untersuchungen einbezog.

In diese Gedanken versunken, ging Andrea über den Campo della Chiesa, an den Absperrungen um den Bereich der Explosion vorbei. An dieser unüberwindlichen Grenze war alle zwanzig Schritt ein mit Hellebarde bewaffneter Arsenalotto postiert. Je länger Andrea nachdachte, desto mehr kam er zu der Überzeugung, dass Gabriele mit dem Tod seines Bruders nichts zu tun hatte. Allein die Brutalität einer solchen Tat, verglichen mit der Banalität des zugrundliegenden Motivs, schien den Beweis zu liefern. Der Diebstahl eines Kelchs, eines Kruzifixes und zweier Kandelaber ließ sich nicht mit einem Brudermord messen. Andrea dachte auf dieser logischen Bahn weiter und zog ein paar weitere Schlüsse. Da der Auftrag, den Gabriele von dem Fremden erhalten hatte, nämlich Briefe in den Klostergarten zu bringen und dort abzuholen, zwangsläufig lange vorher geplant und organisiert worden war, musste etwas Unerwartetes den reibungslosen Ablauf gestört haben. Tonino war von einem Stilett ins Herz getroffen worden. Vermutlich war jemand anderes, ein Fremder, in der Nacht der Explosion in das Kloster eingedrungen. Das führte Andrea sofort auf die Ereignisse seit jener Nacht: von dem Moment, an dem er die Krypta betreten und mit der Äbtissin gesprochen hatte, bis zu dem, was bei der Trauerfeier für die alte Nonne in San Giacomo auf der Giudecca geschehen war: die verzweifelte Pantomime der Novizin, um ihn am Reden zu hindern, ihre überraschenden Worte, mit Todesangst in den Augen geflüstert. Andrea lief ein Schauder über den Rücken. Was war in jener Nacht in der Celestia geschehen? Was geschah jetzt? In wenigen Stunden würde er es erfahren, wenn er, wie verabredet, mit der Novizin sprach. Er hoffte, damit endlich Klarheit zu bekommen, denn zu viel war geschehen, um es allein dem Zufall zuzuschreiben. In Andreas Geist ballten die dramatischen Ereignisse sich zu einer einzigen Geschichte zusammen, die sich um einen undefinierbaren Punkt zwischen dem Arsenale und dem Kloster der Celestia drehte.

Wie eine Hand, die die Ruderpinne herumschwenkt, ließ diese Überlegung Andreas Blick nach rechts gehen und führte ihn über den Campo della Confraternità hinaus, der an der Längsseite von der Kirche San Francesco beherrscht wurde. Dort hinten, jenseits des Friedhofs, erstreckte sich wie ein umgebrochener, zum Pflügen vorbereiteter Boden das Gebiet der Explosion, wo einst die Sagredo-Häuser, die Kirche und das Kloster der

Celestia gestanden hatten. Er wandte sich nach links zur Ecke des Palazzo Gritti. Genau hierhin, unter das in Marmor gemeißelte Wappen der Familie und die Jahreszahl MDXXV, hatten die beiden Fanti Tonino gebracht, damit er identifiziert wurde. Und hier, wo die Helfer die Toten aufgereiht hatten, hatte Sofia ihren Sohn erkannt.

Andrea dachte an den Schmerz der Mutter. Und er dachte an das Versprechen, Gabriele zu retten, das er ihr gegeben hatte. Er musste sehr aufmerksam vorgehen, jedes erdenkliche Element sammeln, das Gabrieles Version Glaubwürdigkeit verleihen und ihn zusammen mit seinem Freund Granzo von der Anschuldigung des Mordes an Tonino befreien konnte. Das hätte Giacomo Zon, sein Kollege als Gefängnisanwalt, sofort tun müssen, aber er hatte es nicht getan. Andrea wollte keinen Fehler machen, er wusste, wie empfindlich Zon war. Vielleicht hatte der Gefängniswärter ihn um diese Zeit schon von Andreas Treffen mit Gabriele informiert, und Andrea konnte sich gut vorstellen, welch einen Reigen von Unterstellungen diese Nachricht auslösen würde.

Er verscheuchte den Gedanken und schritt über den Platz. Vor ihm öffnete sich zwischen der Mauer des Minoritenklosters und der gegenüberliegenden Mauer von Santa Giustina ein beeindruckendes Panorama der Lagune bis zu den Häusern und Kirchtürmen von Murano. Noch zehn Schritte, dann stand er vor dem Eingang des kleinen Kreuzgangs von San Francesco della Vigna, dort, wo die Zisterne und der Brunnen lagen. Vor dem Törchen aus Kernholz standen drei bewaffnete Arsenalotti. Während Andrea sein Beglaubigungsschreiben hervorzog, bedeutete ihm einer der drei, stehen zu bleiben.

»Das Gebiet ist gesperrt, Signore.«

Die Zonta des Rates der Zehn hatte sich dank ihrer ausgezeichneten Beziehungen zu den Franziskanerpatern für zwei Monate und eine Handvoll Dukaten den kleinen Kreuzgang des Klosters übergeben lassen, um ihn in ein Lager zu verwandeln.

»Ich bin Andrea Loredan, Gefängnisanwalt«, sagte er und zeigte den Wachen das Schreiben. »Ich muss mit Luca Foscari sprechen.«

Der Arsenalotto winkte ihn heran, nahm das Beglaubigungsschreiben und überflog es rasch.

»Bitte wartet hier, Ser Loredan.« Er gab Andrea das Schreiben zurück, drehte sich um, öffnete das Tor und verschwand dahinter.

Andrea wartete geduldig, während eine Schirokkobö in die Zweige der einzigen, verkümmerten Pappel auf dem Campo San Francesco fuhr und das Geräusch zischenden Öls erzeugte. Auf dem Kirchplatz waren nur Reste der Explosion gelandet: Steine und Holz, Eisenstangen und Glas, die ihn bis vor wenigen Tagen bedeckt hatten und jetzt nur als vereinzelte Bruchstücke in den Mauerecken zu finden waren.

»Ihr könnt eintreten, Avvocato.« Der Arsenalotto war zurückgekehrt und zeigte auf das Innere des Kreuzgangs.

»Danke«, sagte Andrea und tat einen Schritt auf den Eingang zu.

»Andrea!« Lächelnd war ein junger Mann auf der Schwelle erschienen, der mit seinem Leibesumfang den ganzen Türrahmen füllte. Sein schwarzer Kittel und der breitkrempige Hut ließen seine Gestalt noch massiger erscheinen.

»Ich hoffe, ich störe dich nicht«, sagte Andrea und ging auf ihn zu, um ihn zu umarmen.

»Es ist mir eine Freude, dich zu sehen!« Lucas Ton war herzlich. Er fasste den Freund an den Armen, und als er ihn in den Kreuzgang zog, schien er ihn hochzuheben wie ein riesiger Krake, der seine Beute ergriffen hat und sich nun anschickt, sie in seiner Höhle zu verschlingen.

24

Luca Foscari war Andreas bester Freund. Nicht sein ältester, aber auf jeden Fall sein treuester Freund. Vielleicht weil ihre Freundschaft an der Universität entstanden war, in einem Alter, in dem man sich seine Freunde bewusst aussucht, statt sich, wie in der Kindheit, aufgrund zufälliger Begegnungen zusammenzuschließen.

Kennengelernt hatten sie sich in Padua im ersten Jahr Medizin bei den Vorlesungen von Doktor Fallòppia, einem renommierten Anatomen. Man schrieb das Jahr 1561, und alles verlief nach Wunsch. Doch nach der ersten praktischen Übung, bei der die Säge des berühmten *cirugico* die Schädeldecke eines Hingerichteten öffnete, hatten die Studienwege von Andrea und Luca sich getrennt. Der Freund hatte weiter Leichen seziert und bei dem berühmten Fabrici d'Acquapendente promoviert, während Andrea seinen Doktor in der Rechtswissenschaft gemacht hatte. Er hatte sich fest vorgenommen, die Anwendung der Todesstrafe so weit wie möglich zu reduzieren, mochten die Gefängnisse der Serenissima auch überquellen, und die Rechtsprechung für Arme wie Reiche gleichermaßen unparteiisch zu gestalten. Dieser Weg hatte ihn nach einer Lehrzeit als Anwalt bei den Gerichtshöfen und der Zustimmung des *Segretario alle Voci* zu der sehnlich erwarteten Ernennung zum Pflichtverteidiger für mittellose Gefängnisinsassen geführt.

Auch wenn ihre Laufbahnen sich getrennt hatten, die Freundschaft zu Luca war dennoch eng geblieben, denn beide einte dasselbe Ideal: körperliche und seelische Leiden der Menschen zu lindern.

»Was kann ich für dich tun?« Luca schloss das Törchen mit einem Knall, der zwischen den vier Wänden des kleinen Kreuzgangs widerhallte. Die unverblümte Frage ließ Andrea einige Sekunden lang zögern.

»Ich brauche Informationen«, sagte er mit brüchiger Stimme.

Luca musterte ihn. »Bist du als Freund oder als Anwalt gekommen?«, fragte er dann, die Nase zu einer Art Grinsen rümpfend, das die Falten unter seinen Augen hervorhob.

»Als Freund und auch als Anwalt. Ist das in Ordnung?«

Luca nickte mehrmals und verzog das Gesicht zu einer fast belustigten Grimasse.

»Ich hätte es mir denken können.« Er strich sich über die Stoppeln am Kinn. »Weißt du, dass dieses ganze Material hier auf Befehl der Zehn unter strikte Geheimhaltung fällt? Und dir ist auch klar, dass sie in wenigen Stunden wissen werden, dass du hier gewesen bist?«

»Wirst du es ihnen sagen?«, fragte Andrea ironisch lächelnd.

»Dummkopf«, entgegnete Luca sofort. »Was willst du wissen?«

Andrea warf einen Blick auf das Törchen, hakte Luca unter und schob ihn ein paar Schritte auf einen Bogen des Kreuzgangs zu. »Du hast die Toten vom dreizehnten September obduziert, nicht wahr?«

Luca sah ihn beklommen an, seinen Schnurrbart streichelnd. »Ich und drei Kollegen. Es war furchtbar. Ich träume noch immer von diesen Toten.«

»Hast du Tonino Ruis untersucht, diesen kleinen Jungen …«

»Moment mal«, unterbrach ihn Luca, »das fällt unter das Ermittlungsgeheimnis.«

»Alles hier fällt unter das Ermittlungsgeheimnis. Antworte mir. Hast du ihn untersucht?«, beharrte Andrea.

Luca schwieg eine Weile, dann schüttelte er den Kopf. »Nein. Und ich glaube, er wurde gar nicht obduziert.«

»Gibt es wenigstens den Totenschein der *Provveditori alla Sanità*?«

»Nun, den müsste es geben.«

»Ich brauche ihn.«

»Hol ihn dir doch selbst. Das ist dein Recht, oder?«, stichelte Luca und blickte ihn forschend an. »Erklärst du mir, um was es hier geht?«

»Das werde ich tun. Aber nicht jetzt.«

Luca seufzte. »Na gut, ich sehe mir den Totenschein für dich an. Noch etwas?«

»Wie ist Suor Lucia Vivarini gestorben?«, fragte Andrea.

»Die Äbtissin der Celestia? Warst du nicht dabei?« Luca wirkte erstaunt.

»Ja, aber ich bin kein Arzt.«

Die Erwiderung erschien glaubwürdig.

»Sie ist verblutet. Innere Blutungen durch Quetschung, die Rippen haben die Lunge durchstoßen.«

»So heißt es. Ich möchte deine Meinung wissen. Hast du sie gesehen?«

Der Arzt musterte ihn wieder und kratzte sich am Kinn, wo die schwarzen Stoppeln hartnäckig wucherten. »Ja, ich habe sie gesehen. Aber es war Michele, der sie obduziert hat.«

»Pagiarin?«, fragte Andrea.

Luca nickte nur, er war sichtlich in Nöten.

»Nun? Du warst doch dabei, oder?«, drängte sein Freund.

»Hör mal, damit riskiere ich meinen Ruf und meine Arbeit.« Luca seufzte und schloss die Augen, nur für einen Moment. Dann sah er Andrea an. »Man hat ihr Herz durchbohrt«, sagte er mit düsterer Stimme.

Jetzt war es an Andrea, zu seufzen und sich eine Hand an die Stirn zu legen, als hätte ihn plötzlich eine unendliche Müdigkeit befallen. »Habt ihr herausgefunden, womit?«, presste er hervor.

»Nein. Es war eine merkwürdige Wunde«, sagte der Arzt. »Tief und winzig klein. Wie von einem spitzen Eisen, dünner als ein Spieß. Vielleicht eine Nadel. Kennst du diese langen Nadeln, die die Segelnäherinnen vom Arsenale benutzen?«

Andrea nickte und schloss halb die Augen. So verharrte er, in einen Gedanken versunken, den er seit einiger Zeit mit sich herumtrug, der aber jetzt, nach den Worten seines Freundes, in einer konkreten, entsetzlichen Vermutung Gestalt annahm. Er sah Luca eindringlich an.

»Ich weiß nicht, ob ich phantasiere«, sagte er traurig, »aber ich glaube, dass der arme kleine Tonino Ruis auf dieselbe Weise getötet wurde.« Und während er das sagte, ließ er sich auf das Mäuerchen des Kreuzgangs fallen. Luca setzte sich neben ihn.

25

Angelo Riccio konnte sich glücklich schätzen, denn er hatte es allein dem Zufall zu verdanken, dass er eine Reihe von Ereignissen unversehrt überstanden hatte, womit die Fortführung seines bewegten irdischen Daseins gesichert war.

Der erste und wichtigste Zufall hatte es gewollt, dass der kleine Pfeil aus einer Armbrust, der ihm eine halbe Spanne unterhalb der Leiste vier Finger tief ins Bein gedrungen war, die Oberschenkelarterie um Haaresbreite verfehlt hatte. Zweitens, ebenfalls entscheidendes Ereignis: Trotz der Schmerzen hatte Angelo es mit dem Pfeil im Fleisch bis zum Rio della Croce geschafft, wo sein Boot lag, wie vereinbart, und so war es ihm gelungen, zu verschwinden, bevor der Unbekannte die Armbrust erneut laden konnte. Drittens der nicht unbedeutende Zufall, dass sich um die neunte Stunde ein kräftiger Ostwind erhoben hatte, der das Boot anschob und ihm beim Rudern half. Viertens hatten die Sbirren ihn nicht angehalten, an sich eine Banalität, aber entscheidend unter diesen Umständen. Fünftens und sehr willkommen, hatte der Sekretär der Zehn, Zuàne Formento, trotz seiner Müdigkeit nach der durchwachten Nacht als der präzise Charakter, der er war, an jenem feuchten, windigen Morgen am vereinbarten Ort auf ihn gewartet. Sechstens war Riccio erst ohnmächtig geworden, nachdem er sein Boot an der Anlegestelle des Palazzo vertäut und dem Sekretär alles erzählt hatte. Letzter und entscheidender Punkt: Trotz der Verletzung war dem Mönchlein genug Blut geblieben, um lebend zu demjenigen zu gelangen, der ihn retten würde.

Als er jetzt die Augen wieder aufschlug, läutete eine Glocke ununterbrochen, und jeder Schlag war ein stechender Schmerz in der Leiste. Angelo versuchte zu erkennen, wo er war, und hob den Kopf. Jemand berührte ihn an der Schulter.

»Seid ganz ruhig, Ihr seid in Sicherheit in der Folterkammer.« Formentos Lächeln beschwichtigte seine Angst, aber nicht den Schmerz. »Wir sind fast fertig«, fügte er tröstend hinzu und zeigte ihm den blutverschmierten kleinen Pfeil.

Wir sind fertig?, dachte Riccio noch benommen vom Erwachen, als er wieder einen stechenden Schmerz verspürte. Er blickte sich um und begann, seine Umgebung wahrzunehmen. Er erkannte die Folterkammer und sah sich auf dem Schreibtisch liegen, der von den Inquisitoren während der Verhöre benutzt wurde. Den Grund für die Schmerzen in der Leiste erfuhr er, als er den Kopf hob und den Blick über seinen Körper nach unten wandern ließ: Zaneto, der treueste, diskreteste Wächter der Pozzi, der gestern Nacht auch am Ruder gestanden hatte, hob eine Hand, und zwischen Daumen und Zeigefinger hielt er eine Nadel mit Faden wie ein Schneider, der einen Rock näht.

»Wir nähen Eure Wunde«, erklärte der Sekretär, während der Wächter die Hand senkte. »Eine böse Wunde.«

Einen Augenblick bevor die Nadelspitze in sein Fleisch fuhr, spürte Riccio den Handrücken, der ihm über die Haut strich. Er packte Formentos Arm und biss die Zähne zusammen, als er fühlte, wie die Nadelspitze sich ihren Weg durch seinen Oberschenkel bahnte. Ihm war, als würde sie nie wieder herauskommen. Er stieß ein Röcheln aus, und endlich fand die Nadel ihren Weg. Deutlich spürte Angelo, wie der Faden sich durch sein Fleisch zog, als wäre es das Knopfloch einer Weste. Zanetos Finger bewegten sich flink.

»Nur noch ein Stich«, sagte Formento, während er mit einem feuchten Lappen über Riccios verschwitzte, fiebrige Stirn wischte. »Die Serenissima wird Euch dankbar sein für das, was Ihr tut.«

Kann das meine Schmerzen lindern? Der Gedanke fuhr ihm blitzschnell durch den Kopf und mündete in das einzige Synonym, das Angelo für den Begriff Dankbarkeit kannte: die vom Sekretär versprochenen zehntausend Dukaten. Wieder drang die Nadel in sein Fleisch, doch der Schmerz löste sich im Gedanken an die zweitausend Dukaten auf, die der Frate als Vorschuss erhalten und bereits in Sicherheit gebracht hatte. Er fühlte die Nadel herauskommen, den in Blut getauchten Faden hinter sich herziehend, und überlegte, wie viele Jahrhunderte sein Vater als Bauer gebraucht hätte, um eine solche Summe zusammenzubekommen. Er würde mit diesem Geld fliehen können, weit weg von Venedig, um seine Mönchskutte abzulegen, sich Land und ein Haus zu kaufen und eine liebe Frau zu finden. Er hatte ernsthaft darüber nachgedacht, denn die fleischliche Vereinigung mit Filippo Tomei, die ihn anfangs amüsiert, vielleicht sogar angezogen hatte, begann ihm jetzt sehr lästig zu werden, auch weil er kein Ende absah. Tomei war ein harter Typ, verschlagen, er misstraute jedem und widerstand der Folter. Andererseits hatte Angelo genau gewusst, wie schmutzig und gefährlich diese Arbeit war, als er sie annahm. Mit Sicherheit die gefährlichste seiner rasanten Karriere als Spion.

Wie viel ist mein Leben wert?, überlegte er weiter, während der Wächter den letzten Faden verknotete. Zehntausend Dukaten würden ihn gewisslich reich machen, so reich, dass er sich eine Truppe Haudegen zu seinem Schutz unterhalten konnte. Nur ein hochgestellter Patrizier konnte sich mit zwanzig Jahren solcher Einkünfte brüsten. Das Problem war, wie er es schaffen sollte, diese zehntausend wirklich zu kassieren, denn der Unfall in dieser Nacht war eine Warnung – wie leicht konnte er alles verlieren! Das Leben zuvörderst.

Zu leichtsinnig. Niemals die Gefahren unterschätzen, ermahnte er sich in Gedanken, das darf nicht wieder passieren.

»Wir werden Euch in die Zelle neben Tomei legen.« Formentos Stimme unterbrach die Überlegungen des jungen Mannes.

»Warum?«, fragte er. »Ich sage es Euch noch einmal: Solange ich ihm fernbleibe, verlieren wir nur Zeit. Und wir haben keine Zeit!«

Der Sekretär ging um den Tisch herum, auf den sie Angelo gelegt hatten. »Wir dürfen kein Risiko eingehen«, sagte er. »Wenn er Eure Verletzung sieht, wird er wissen wollen, was passiert ist.«

»Und wenn schon!«, erwiderte Riccio ärgerlich. »Für ihn bin auch ich ein Gefangener. Ich werde ihm sagen, dass ich versucht habe zu fliehen und dass die Wachen auf mich geschossen haben.«

»Das ist es nicht, ich weiß, dass Ihr Euch gut verstellen könnt.« Formento setzte eine besorgte Miene auf. »Aber Ihr seid schwach, Ihr habt Fieber, und soeben habt Ihr im Fieberwahn gesprochen.«

Ein eiskalter Hauch umfing Angelo, und das »Ihr habt gesprochen« ließ all seine Sicherheiten zerbröckeln. Doch es war nur ein Moment.

»Was soll ich schon gesagt haben?« Die Frage kam wohldosiert, ohne besondere Besorgnis im Ton und mit einer Prise natürlicher Neugierde.

»Ihr nanntet mehrmals den Namen einer Frau, Lucia«, sagte der Sekretär, während er ihn mit kaum verhohlener Schärfe musterte. »Ihr habt sie angefleht, nicht aufzubrechen oder etwas Ähnliches.«

Riccio spürte einen Stich im Magen, denn Lucia war das wichtigste, das zentrale Element in seinem Leben, die einzige Frau, die er wirklich geliebt hatte.

»Meine Mutter«, und als er das sagte, senkte er die Lider. Er wusste, dass der Rat der Zehn gründliche Nachforschungen über ihn und seine Familie angestellt und jede Art Informationen eingeholt hatte. »Sie ist tot. Manchmal träume ich von ihr.«

»Ich verstehe«, sagte Formento knapp.

Was verstehst du schon, venezianischer Esel! Der Gedanke kam sofort, unbezwinglich. Angelo hasste die Venezianer dafür, wie sie die Menschen vom Festland behandelten. An diesen Hass hatte man ihn früh gewöhnt, weil seine Vorfahren aus den Euganeischen Hügeln bei den Carraresi gedient hatten, den Herren von Padua, und mit ihnen waren sie unter die Herrschaft Venedigs gefallen. Der Hass war Angelos Kurs. Das Geld sein Schiff.

»Wir dürfen kein Risiko eingehen«, wiederholte Formento. »Wenn es Euch bessergeht, werdet Ihr zu Tomei zurückkehren. Einstweilen könnt Ihr ihn von der Nachbarzelle aus sprechen. Heute hat er immerzu nach Euch gefragt.«

Angelo begriff, dass er sich diesem Befehl nicht widersetzen konnte, außerdem wollte er den Sekretär nicht reizen. »Einverstanden«, sagte er mit einem Kopfnicken. Im Grunde würde ihm ein wenig Ruhe guttun.

26

Der kleine Kreuzgang von San Francesco della Vigna war ein perfektes Quadrat aus achtundzwanzig Rundbögen, sieben auf jeder Seite, aus Ziegelsteinen, die sich elegant über Kapitelle und Marmorsäulen wölbten. Auf diesen friedlichen, sonnigen Innenhof gingen die Fenster der Mönchszellen. Vom Wechsel der Witterung spürten sie nur wenig, doch wenn die Nordwinde in die Lagune fegten, hallte das Geräusch der Wellen zwischen diesen vier Wänden wider.

Das gesamte Gebäude ruhte auf einer vier Spannen hohen Backsteinmauer, die von einer marmornen Stufe gekrönt wurde. Auf diesem Mäuerchen saßen Andrea und Luca nebeneinander, sie sprachen abwechselnd, den Blick starr nach vorn gerichtet, als säße dort ein dritter Gesprächsteilnehmer.

»Dieselbe Waffe. Dieselbe Handschrift«, stellte Luca fest.

»Erst tötet er Lucia Vivarini, dann Tonino Ruis«, bestätigte Andrea.

»Möglich. Aber nicht bewiesen.«

Andrea strich sich über die Stirn. »Braucht man Kraft, um auf diese Weise zu töten?«

»Man braucht vor allem Erfahrung«, sagte Luca trocken. Und da der Freund nichts erwiderte, fühlte er sich verpflichtet, es zu erklären: »Man muss genau die richtige Stelle treffen.« Er stand auf. »Komm, ich zeige dir etwas«, und mit diesen Worten ging er schnellen Schrittes durch den Bogengang. Andrea folgte ihm.

»Gestern habe ich Taddea gesehen«, sagte Luca plötzlich mit geheuchelter Unbefangenheit. »Sie kam mir schmaler vor als sonst.«

Andrea spürte, wie ihm das Herz in der Brust sank, doch er beschloss, den Ball nicht zurückzuspielen, denn er kannte Lucas Neigung, sich einzumischen. Luca hätte alles daran gesetzt, den Riss zu kitten und so sein Gewissen zu beruhigen, weil er selbst uneingestandene Gefühle für Taddea hegte. Andreas Schweigen zwang den Freund, sich umzudrehen.

»Hast du gehört, was ich gesagt habe?«, fragte er erstaunt.

Andrea erwiderte nur seinen Blick. Ihre Schritte hallten durch den Kreuzgang.

»Mehr sagst du nicht?«, schnaubte Luca, als sie um die Ecke bogen.

»Mir geht es auch nicht gut, und ich würde lieber nicht darüber sprechen«, erwiderte Andrea, in der Hoffnung, das Thema damit zu beenden. Aber die Hand, die ihn am Arm packte und zurückhielt, zeigte ihm, dass er sich täuschte.

Luca starrte ihn ungläubig an: »Sie liebt dich! Warum wirfst du alles so einfach weg?« Sein Ton war verzweifelt, als hätte er selbst diese Liebe zerstört.

»Hör mal«, gab Andrea entschieden zurück, »im Moment habe ich nicht die geringste Lust, über Taddea zu sprechen, und als Freund müsstest du meinen Wunsch respektieren!«

Luca hob die Hände, zog den Kopf ein und setzte eine bekümmerte Miene auf. »Einverstanden«, sagte er hastig, »reden wir nicht mehr darüber, ich habe dir sowieso schon gesagt, was ich denke.«

Andrea fühlte sich schuldig und hätte sicher noch eine Erklärung hinzugefügt, wenn Luca sich nicht schon zur inneren Wand des Kreuzgangs umgedreht und eine große Leinwand entrollt hätte, auf der ein menschliches Skelett in natürlicher Größe abgebildet war.

»Erinnerst du dich an die Vorlesungen von Fallòppia?« Er zeigte auf das Skelett. »Hier ist das Brustbein und dahinter liegt das Herz.« Einer seiner Finger imitierte den vermutlichen Stich mit der langen Nadel des Mörders. »Wenn der Stich tödlich sein soll, muss die Nadel hier mit leichter Neigung eindringen, zwischen der vierten und fünften Rippe, eine halbe Spanne weit, bis zum Herzen.« Er brach ab, weil er bemerkte, dass Andrea abgelenkt war.

Tatsächlich starrte sein Freund auf einige große Glaszylinder, die auf einem Tisch an der Wand standen. Im ersten dieser Behälter schwebte, umgeben von einer trüben Flüssigkeit, ein Fuß, die Zehen nach oben, die Ferse am Grund des Behälters. Von Zeit zu Zeit schaukelte dieser auf der Höhe der Fessel abgetrennte Körperteil wie ein Pendel und drehte sich um sich selbst, von einem Rest Eigenleben beseelt wie der vom Körper getrennte Schwanz einer Eidechse.

»Er fängt schon an, sich zu zersetzen«, erklärte Luca. »Es sind die fauligen Ausdünstungen des Fleisches, die ihn bewegen. Wir haben diese Fundstücke in den von Fioravanti erfundenen Balsam eingelegt.« Er ging auf den Glasbehälter zu. »Die Spezieria dell'Orso hat ihn für uns hergestellt.«

Andrea wusste, dass sein Freund in die Fußstapfen von Leonardo Fioravanti getreten war, einem Bologneser Arzt, dem man alchimistische Experimente nach Art des Paracelsus nachsagte. Früher hatte man Fioravanti in Venedig gefeiert, weil er 1562

die verseuchten Böden des Pola-Tals urbar gemacht hatte. Dann hatte das Kollegium der venezianischen Ärzte ihn, wahrscheinlich aus Neid, der Scharlatanerie bezichtigt.

Mit einer vagen, umfassenden Geste zeigte Luca auf einen Tisch, auf dem etwa dreißig Glasbehälter standen. »Wir haben die Identität von drei Männern und zwei Frauen feststellen können, das waren die fünf Verschwundenen, die bei der Zählung bislang fehlten. Und gestern haben mir die Arbeiter, die die Nordmauer des Arsenale instand setzen, die Überreste eines weiteren Menschen gebracht.«

»Der sechste?«, fragte Andrea.

»Von einer sechsten Person zu sprechen erscheint mir übertrieben, sagen wir, es gibt eine überzählige Hand. Denn gestern ist beim Ausheben von Trümmern aus dem Rio della Celestia«, er zeigte auf einen eisernen Dreifuß, auf dem eine große gläserne Schale stand, »das hier zum Vorschein gekommen.«

An der Oberfläche des Balsams schwamm eine schwarzverkrustete, verschrumpelte Hand.

»Die linke Hand …«, Luca griff nach der silbernen Pinzette und hob das tropfende Fundstück auf Augenhöhe, »… eines jungen Mannes. Die Handfläche weist Schwielen auf, und hier, zwischen Mittelfinger und Zeigefinger sind die Knochenglieder deformiert.«

Abscheu erfasste Andrea. »Knochenleiden«, warf er hin, nur um nicht den Eindruck zu erwecken, er habe von seinem kurzen Einblick in die medizinische Kunst alles vergessen.

»Das glaube ich nicht. Ich denke eher an den langjährigen Gebrauch eines leichten, schmalen Werkzeugs, etwas wie ein Pinselstiel.«

»Ein Maler, ein Künstler«, mutmaßte Andrea.

»Oder ein Dekorateur.«

Luca drehte das Stück, um ihm die Finger zu zeigen.

»Vielleicht ein Schreiber.«

»Ja, warum nicht«, sagte Luca, um im Nebel der Vermutungen

Halt zu finden. »Auf jeden Fall ein Linkshänder.« Er drehte die Hand, so dass der Puls sichtbar wurde. »Sie ist am Handgelenk vom Unterarm getrennt wie durch einen Axthieb. Sieh dir den Nagel des kleinen Fingers an. Im Unterschied zu den anderen ist er lang, leicht gebogen und schwarz, wie von geronnenem Blut. Es ist aber Farbe, möglicherweise Tinte.«

Andrea sah ihn nachdenklich an.

»Aber das Interessanteste ist das hier.« Langsam legte der Arzt die Hand in die mit Balsam gefüllte Schale zurück und fischte mit der Pinzette etwas aus einem Glas neben der Schale. »Sieh dir das an.«

Vor Andreas Augen schwebte ein goldener Ring, der an einer Stelle etwas abgeflacht war.

»Den trug er am kleinen Finger. Komm ins Licht, ich zeige dir etwas.«

Luca ging durch eine der vier Öffnungen, die mitten in jedem Gang auf den Innenhof führten. Der Hof hatte eine leichte Neigung, so dass das Regenwasser von der Mitte an die Seiten und dort durch Deckel in die große unterirdische Zisterne fließen konnte. In keiner noch so schweren Dürreperiode hatten die Fratres leere Eimer aus dem Brunnen ziehen müssen.

Luca reichte Andrea ein Vergrößerungsglas mit einem Stiel aus Olivenholz, an dem ein rundes, konvexes, in einen Kupferrahmen eingefasstes Glas befestigt war. Er stützte sich mit dem Ellenbogen auf den Brunnenrand und forderte ihn auf, hindurchzusehen.

»Sieh dir die Innenseite an.«

Andrea kniff das rechte Auge zusammen und spähte mit dem linken durch die Linse.

»Eine Blume, eine Rose«, sagte er.

»Schau genauer hin.«

Andrea betrachtete erneut den Ring durch das Vergrößerungsglas. Nun erkannte er in der Gravur eine Reihe von Zeichen in Indigoblau. Sie sahen wirklich aus wie eine Blume mit acht Blütenblättern, und jedes bestand aus einem griechischen Buchstaben:

$$\alpha\ \beta\ \gamma\ \delta\ \theta\ \eta\ \kappa\ \zeta$$

27

»Vater, vielleicht habe ich etwas gefunden!«

Die helle, hoffnungsvolle Stimme von Ferigo Marin hallte durch die Kanzlei und bewirkte, dass Ottobon sein nervöses Auf und Ab schlagartig unterbrach und die Federn der Skribenten sich hoben. Der erste Kryptograph der Serenissima, Zuàn Francesco Marin, nahm sich die Brille mit dem dicken Holzgestell von der Nase und blickte seinen Sohn mit bestürzter Miene an, wie ein erfahrener Beichtvater, der soeben eine scheußliche Sünde vernommen hat. Der andere junge Schüler, Pietro Amadi, der rechts von Ferigos Tisch arbeitete, reckte schon den Hals über dessen Papiere, um herauszufinden, worum es sich handelte, und sich wenn möglich ein Mosaiksteinchen anzueignen, um nicht als ahnungsloser Tölpel dazustehen.

»Bitte«, rief Ferigo, an den zögernden Vater gewandt, »kommt her und seht selbst.«

Alle Blicke richteten sich auf den alten Mann, der sich nicht entschließen konnte, als bezweifelte er, dass das, was der Sohn herausgefunden hatte, die Mühe der wenigen Schritte lohnte. Dann bewegte er sich mit seinem fließenden, leicht vornüber gebeugten Gang doch auf ihn zu.

»Aha, der kleine Falke hat das Nest für seinen ersten Flug verlassen.« In seinem Ton lag eine Spur Ironie, die Ferigo nicht entging. Der Alte legte die Lippen an das Ohr seines Sohnes und flüsterte drohend: »Aufgepasst, denn ›Land‹ zu schreien, wenn man es mit einer Wolke verwechselt, ist die größte Blamage für einen Matrosen.« Dann fuhr er freundlich und mit lauter Stimme fort: »Gut, nun zeig mir die frohe Botschaft!« Er setzte seine Brille wieder auf und konzentrierte sich auf Ferigos Papiere. Dieser zögerte, als müsste er sein Selbstvertrauen zurückgewinnen.

»Seht her«, sagte er und wies auf einen mehrere Spannen langen Streifen Pergament, auf dem sich Vokale und Konsonanten zu einem Gewirr aus Buchstaben ohne erkennbare Bedeutung aneinanderreihten:

Kbhqgtuwcjqtuwdvymkvbmyhuwfqprnmzlsqakzbdcthjohkctfzltchcg
owneoxnmbxucxbyqjlsagvvxkctfzcgrrwckqtuwmfniifgkvvcgrhmeuiere
cnhmxiocavdhchirhmsqctnnmvfblnzbkvjwyomerdzvhiifwcavynrfbngi
jlotrzztucxcdiwvztnnmvfblnkwblbidpqgkotnlctcsmevbkzdtnymecobr
mhtgcapdineoarnbtcoyhvtxvfibobhmctgzttgfqzvqglzbvhwneoarobbdo
tnlctcsmevdxehqfzbmvjwyomerdzvhi

»Wir wissen, dass das Original dieser Chiffre auf venezianischem Papier der Gebrüder Zanardini geschrieben wurde, und können ein Datum zwischen 1540 und 1550 annehmen. Sie besteht aus dreihundertdreiunddreißig Buchstaben, zweiundfünfzig Vokalen und zweihunderteinundachtzig Konsonanten, einschließlich des k, w, x und y. Warum ich auch das j zu letzteren zähle, werde ich Euch noch erklären.«

»Mach es kurz, mein Sohn«, flüsterte der Vater wieder.

Der junge Kryptologe beeilte sich, ein hauchdünnes Seidenpapier über das Pergament zu legen, auf das er eine Reihe Vokale, Konsonanten und Zahlen geschrieben hatte, die sich nun unter und über den Buchstaben der verschlüsselten Schrift befanden. Er brachte das Dokument ans Licht einer Öllampe und überflog es von links nach rechts, während er mit seiner Erklärung fortfuhr: »Ich habe die Häufigkeiten der Buchstaben berechnet. Das c steht mit 25 Mal an der Spitze, es folgt das t mit 22 Mal, dann das v mit 21 Mal …«, Ferigo fuhr eifrig fort: »… b und n 19 Mal, m 18, und so weiter bis zu den seltensten x und y mit acht Mal, j sechs, s fünf und p drei.«

»Sehr gut.« Sein Vater lächelte ironisch. »Ich sehe, dass du nicht umsonst studiert hast.«

»Hier habe ich die Häufigkeiten der Konsonanten und Vokale aus zwei Abschnitten der *Tagebücher* von Sanudo.« Er zeigte das Pergament erst seinem Vater, dann Pietro. »Bei dreihundertsechzig Buchstaben eines venezianischen Textes sind die häufigsten Buchstaben das a, das e und das i.«

»Mein Junge«, unterbrach ihn Zuàn Francesco, »alles was du sagst, ist Musik für meine Ohren«, er machte eine Pause, »aber komm zum Kern der Sache, denn die Sonne geht bald unter, und ich möchte sie nicht wieder aufgehen sehen, während ich noch immer deiner schönen Vorrede lausche.«

Ich hasse dich. Ferigo war erfüllt von diesem Gedanken, als er sagte: »Ihr habt recht, Vater, ich komme zur Schlussfolgerung.« Er brachte sogar ein Lächeln zustande. Dann nahm er ein Blatt, auf dem er Spalten mit Buchstaben gefüllt hatte. »Ausgehend von den Buchstabenwiederholungen in der verschlüsselten Schrift vermutete ich, dass der Klartext auf Venezianisch geschrieben sei. Ich habe also das c, t und v der Chiffre durch das a, i und e ersetzt, Vokale, die bei Sanudo die häufigsten sind. Ich habe nach möglichen Silben, Doppelbuchstaben, Artikeln und Paarungen gesucht, und etwas schien dabei herauszukommen, aber es war nichts Wichtiges.«

Ferigo zeigte kopfschüttelnd ein zweites Blatt. »Dasselbe habe ich mit dem Florentinischen, mit Abschnitten aus Machiavelli und Guicciardini gemacht. Abgesehen vom völligen Fehlen des x, einer geringeren Häufigkeit des a und einer verdoppelten des i, ist das Ergebnis das Gleiche.«

»Ich vermute, mit Latein und Französisch ging es dir ebenso.« Diese spitze Bemerkung konnte sich der Vater nicht verkneifen.

»Ja«, bestätigte Ferigo, »in diesen Sprachen sind die Vokale häufiger als die Konsonanten, der Prozentsatz variiert, aber das ändert nichts … die Botschaft blieb unverständlich.«

Dann hellte sich das Gesicht des Jungen auf, und allen wurde klar, dass er nun den Kern dieser spekulativen Ausführung enthüllen würde. Tatsächlich griff Ferigo begeistert nach dem dritten Blatt und hielt es dem Vater vor die Augen. »Und jetzt seht Euch das hier an!«

Unterdessen war der Großkanzler Ottobon, der auch von Geheimschriften und Chiffrierschlüsseln etwas verstand, auf der untersten der vier Stufen, die in den Bereich der Kryptographen führten, aufgetaucht und versuchte, der Diskussion unter Eingeweihten zu folgen. Einen Schritt hinter ihm waren auch die beiden Sekretäre stehen geblieben, die soeben mit einer Kiste zu archivierender Akten hereingekommen waren. Auf den Gesichtern der drei Zuhörer lag die lebhafte Hoffnung, es möge endlich die Lösung sein.

Leider ertrug Zuàn Francesco Marin keine Zaungäste. »Ihr wünscht Aufklärung, hochverehrte Signori?«, herrschte er das interessierte Terzett an. Die beiden Sekretäre waren die Ersten, die sich auf dem Absatz umdrehten und verschwanden. Ottobon hielt dem strengen Blick des Chiffreurs einen Augenblick länger stand und schien zum Duell bereit, ehe er seinem Gegner verärgert den Rücken zuwandte und seinen Spaziergang fortsetzte. Zuàn Francesco drehte sich wieder zu seinem Sohn um, äußerst übelgelaunt.

»Wenn zutrifft, was ich denke«, sagte er, »ist das, was du mir jetzt zeigen wirst, ein wüstes Land, das ich vermutlich schon gestern gegen Mittag gesichtet habe …« Der alte Kryptologe betrachtete das Pergament, das Ferigo ihm hartnäckig hinhielt. Er hatte sein ganzes Leben mit diesem Beruf verbracht, begonnen hatte er als Schüler von Giovanni Soro, der jetzt schon fast drei Jahrzehnte tot war. Er überflog die Transposition:

keyqgtuwcjqtuwdvymkvemyywwfqprnmzlsqakzedctyjoykctfzltcycgo
wneoxnmexucxeyqjlsagvvxkctfzcgrrwckqtuwmfniifgkvvcgrymeu…

»Genau wie ich mir gedacht hatte«, rief Zuàn Francesco aus. »Du hast angelsächsische Häufigkeiten benutzt, weil du an all die y, k und w gedacht hast.« Und allein sein resignierter Ton erstickte jeden Enthusiasmus.

Ferigo schickte sich an, seine These zu verteidigen.

»Ja, und sie haben sofort Früchte getragen.«

»Faule, wurmzerfressene Früchte, mein Söhnchen!«

Ferigo überwand den Impuls, die Flinte ins Korn zu werfen. »So hört mich doch wenigstens an!«

»Das wird uns nicht weiterbringen, aber bitte.«

Ferigo zeigte auf den zweiten Buchstaben, das b. »Wenn man den häufigsten Buchstaben b mit dem häufigsten der englischen Sprache, e, ersetzt, wird aus kb ke. Ersetzt man dann das h durch ein y, ergibt sich schon ein Wort: *key*!«

»Schlüssel!«, rief der Vater mit Emphase aus. »Sicher, das ist sehr beeindruckend, aber ebenso falsch!«

»Und das hier?« Ferigo wies auf andere Stellen des chiffrierten Textes. »Ist das auch falsch? Lest selbst … *eve, yet, ay, fye*!« Er sah seinen Vater an. »Das sind Worte: Vorabend, doch, ja, Schande. Und dabei habe ich erst drei Buchstaben ersetzt.«

»Und sie sind alle drei falsch!« Zuàn Francesco blickte ihn streng an und sah, dass die Augen seines Sohnes sich mit Tränen füllten. Also drang er nicht weiter auf ihn ein. Die Lektion, die er ihm gleich erteilen wollte, würde genügen.

»Gut!« Zuàn Francesco rieb sich die Hände, dann begab er sich an seinen Schreibtisch, wo er Schüsseln, Gläser und eine Obstschale beiseiteräumte und ein großes Pergament aus dem Durcheinander hervorzog. Er nahm eine Kerze, hielt sie schräg und ließ Wachs auf zwei Ecken des Papiers tropfen. Dann eilte er, das Blatt in den Händen wie ein Tuch, das zum Trocknen aufgehängt wird, zu einer Schranktür und klebte es daran fest. Er nahm ein Stöckchen und beschrieb einen Kreis um das Pergament, auf das er mit Kohle die 333 Buchstaben des verschlüsselten Textes geschrieben hatte.

»Das hier ist unser fauler Apfel!«, rief er aus, seinen Sohn, dann Pietro und zuletzt die Skribenten und Sekretäre anblickend, als wäre er ein Lehrer am Katheder. »Und das hier …«, er klopfte mit dem Stöckchen auf einige Buchstabengruppen, »sind die Würmer, die ihn haben faulen lassen. Seht her, sie wiederholen sich. Das kann kein Zufall sein.« Zuàn Francesco wandte sich an seine Schüler. »Erinnert euch das an etwas?«

Der Erste, dem die Erleuchtung kam, war Pietro Amadi. »Polyalphabetische Substitution«, sagte er fast flüsternd, als fürchte er den Zorn des Lehrers.

»Erfreulich, da erkennt man den guten Stall. Dein Vater Agostino wäre stolz auf dich«, rief dieser sichtlich zufrieden aus. »Was könnt ihr mir sonst noch über Würmer sagen?« Diesmal blickte er seinen Sohn an, der alles getan hätte, nur um eine Antwort zu geben und mit Pietro mitzuhalten. Und gleich darauf brach es auch schon aus ihm heraus: »Der Schlüssel! Polyalphabetische Substitution mit einer Ersetzungschiffre!«

»Sehr gut.« Der Vater lächelte ihn an. »Wer diesen Text verschlüsselt hat, versteht sich auf sein Fach. Er zwingt uns, Berge zu überwinden, die bis in den Himmel und darüber hinaus reichen.« Er machte eine Pause, und sein Sohn, der den väterlichen Scharfsinn kannte, seufzte in Erwartung auf den Rest der Ausführung. »Das Alphabet mit sechsundzwanzig Buchstaben hat er nur benutzt, um uns in die Irre zu führen. Er hat mehrere Alphabete benutzt … mit multiplen Schlüsseln, nehme ich an … mit Ersetzungschiffre und Algorithmen.« Marin sprach langsam und mit gedämpfter Stimme. »Ich denke an Leon Battista Alberti, an Johannes Trithemus, an diesen Verrückten Zuàne Belaso …«

»Belaso?« Beim Aussprechen dieses Namens zitterte Ferigos Stimme vor Erregung.

»Genau der«, bestätigte der Chiffreur. »Wir müssen all unseren Mut zusammennehmen, denn wir haben es mit etwas Großem zu tun. Wir müssen Neuland entdecken. Los, zurück an die Arbeit!«

Der Kryptologe wandte allen den Rücken zu, setzte sich an seinen Schreibtisch und begann, ein Liebesmadrigal zu trällern.

28

Drei Dinge gab es, die Hieronimo Dalessi, ein junger Arzt mit vielversprechender Karriere, nicht ertragen konnte: Kakerlaken, Latrinengestank und seine Finger an die Hoden der Gefangenen legen zu müssen. Wenn er zu den vorgeschriebenen Untersuchungen in die Pozzi hinabstieg, kleidete er sich darum jedes Mal, als ginge er auf Entenjagd in den Schilfsümpfen von Marano. Unter dem schwarzen Mantel und dem breitkrempigen Hut, dem Erkennungszeichen seines Standes, pflegte er Stiefel aus Rindsleder zu tragen, die ihm bis zur Leiste reichten, damit die Kakerlaken, die in jedem Winkel der Zellen nisteten, ihm nicht an den Beinen hochkrochen. Gegen Flöhe und Läuse trug er seinen Jagdanzug aus gegerbtem Leder, Hemd und Hose, alles fest mit Bändern verschnürt. Weiße Handschuhe, damit er die Parasiten sofort erkennen konnte, und gegen den Gestank der Gefangenen, der stark war wie ein Topf voller Exkremente, zwei mit Rosenwasser getränkte Wattestopfen in den Nasenlöchern – gegen jede Regel seines Berufs, der für eine richtige Diagnose auf Gerüche und Farben angewiesen ist.

Als er an diesem Tag die Untersuchung des alten, aber noch unversehrten Körpers des türkischen Teppichhändlers Mehmet Hasan abgeschlossen hatte, sprach Doktor Dalessi dem ersten Wächter Zaneto jedoch ein aufrichtiges Lob für die Reinlichkeit der Zelle und den guten Allgemeinzustand des Gefangenen aus. Er versprach ihm auch, diese Tatsache dem Rat der Zehn zu melden, dem am guten Ruf seiner Gefängnisse außerordentlich gelegen war, weil es immer klug ist, die Strenge der Strafe mit einer gewissen Humanität der Verbüßung auszugleichen. Zaneto, undurchdringlich und wortkarg wie immer, begnügte sich damit, den rothaarigen Kopf zu neigen und ein rasches »Danke, *dottore*« zu murmeln, obwohl er innerlich jubelte, weil er wusste, dass die Meldung ihm eine Sondervergütung von mindestens fünf Silberdukaten einbringen würde.

Dann krochen beide mit der Selbstverständlichkeit von zwei Schlächtern, die im Kühlraum soeben ein Rinderviertel an den Haken gehängt hatten, ohne den Gefangenen eines weiteren Blicks oder Grußes zu würdigen, auf allen Vieren durch die winzige Zellentür hinaus. Die mit Platten aus gehärtetem Eisen verstärkte Eichentür schloss sich wieder. Der Riegel fuhr rasselnd durch den Ring, der Schlüssel drehte sich dreimal. Der Alte lauschte auf das Scharren der Füße, die die Treppe zu den oberen Pozzi hinaufstiegen. Er wartete, bis die Schritte des Arztes und des Aufsehers verklangen, dann löschte er das Öllämpchen. Zurück blieb der schwache Schimmer, der durch das Guckloch fiel, und der Alte begann zu zittern, von seinen Gefühlen übermannt. Mit verkrampften Bewegungen zog er sich an, streifte sich den Kittel über den nackten Oberkörper, stieg in die Hose und knöpfte sie über seiner schmalen Taille zu. Zuletzt die wollenen Strümpfe und Sandalen. Er wusste, dass er wenig Zeit hatte.

Schnell ging er zum Eimer aus Holz, dessen Dauben wie bei Fässern von zwei Eisenringen zusammengehalten wurden, einer am oberen, der andere am unteren Rand. Ein Klappdeckel, ebenfalls aus Holz, milderte die Ausdünstungen. Wurde er aber aufgeklappt, füllte sich die Zelle mit pestilenzialischen Gerüchen. Der Alte verschob den Strohsack und setzte sich auf eine Ecke der Holzpritsche. Er zog den Eimer zu sich heran, klemmte ihn zwischen Füßen und Waden fest und öffnete ihn. Dann riss er den Deckel aus den Scharnieren, die nun lose am Eimer baumelten. Er löste sie aus ihren Haken und ging mit ihnen zu der Decke, die er für seine Gebete benutzte. Dort kniete er nieder, hob einen Zipfel der Decke und schob die Scharniere in den Spalt zwischen den Steinen, in den er auch die Nadel gesenkt hatte. Er drückte die beiden Eisenstücke einen halben Zoll tief in den Spalt hinein, zögerte, drückte wieder fest auf beide Scharniere. Nichts. Er versuchte es erneut mit mehr Kraft. Der Stein bewegte sich. Jetzt konnte er die Eisenteile noch einen halben Zoll tiefer hineindrücken, erst eines, dann das andere. Er drückte weiter. Der Rand des Steins hob sich, und er konnte ihn mit den Fingerspitzen ergreifen. Erst mit der linken, dann mit der rechten Hand. Er zog mit aller Kraft. Dieser Stein war seine Hoffnung, die einzige Möglichkeit der Rettung. Vielleicht. Er zog stärker. Trauerte seiner Jugend nach. Ihm war, als rissen seine Finger ab, als sprängen die Fingernägel davon wie Fischschuppen. Noch ein kräftiger Ruck, und dieser Teil des Zellenbodens, ein Fuß breit und zwei Fuß lang, öffnete sich wie die Falltür auf einem Schiffsdeck. Mit letzter Kraft konnte der Alte den Stein mit einem der Scharniere in der Öffnung festklemmen, dann fiel er erschöpft rücklings auf die Decke.

29

In den engen Canale della Grazia zwischen dem östlichen Ende der Giudecca und der Insel San Giorgio dringen die Südwinde mit ungeminderter Vehemenz ein und nehmen dort an Kraft zu, wie Wasser zwischen den Steinen eines Wildbachs. An diesem frühen Nachmittag hatte der Schirokko, der am Morgen noch abgeflaut schien, im dreisten Komplott mit der Meeresbrise, eine Mauer aus Luft geschaffen und die Lagune zu kurzen, steilen Wellen aufgepeitscht, gegen die Andreas kräftiges Rudern nichts vermochte. Hüpfend und schlingernd wie ein erschöpfter Kreisel lag die Mascaréta in der Mitte des Kanals, nahm mit jeder Welle einen ganzen Eimer Wasser auf und wurde immer schwerer, so dass Andrea schon bezweifelte, ob er zu dem Treffen mit der Novizin kommen würde.

Als er rechts die im Wiederaufbau befindliche Kirche von San

Zuàne sah, erkannte er, dass er etwa mit einem Zehntel Knoten Geschwindigkeit vorankam und schnell entscheiden musste: entweder umkehren und über den Rio della Croce fahren oder an der Kirchenmauer anlegen und zu Fuß über die Baustelle, das Hospiz und durch die Gärten bis zum Klosterufer gehen. Zu seiner Rechten, entlang der Mauer der Kirche, schien das Wasser ruhiger, tatsächlich sah er dort Boote und Fischer, die ein paar Schleppnetze einzogen. Sonderbar, dachte Andrea, hier zu fischen. Vielleicht hat der Wind vom Lido sie bis hierhin getrieben.

Nach einem Stoß mit dem linken Ruder richtete die Mascaréta ihren Bug auf die Boote und kam, obgleich bei jeder Welle schlingernd, mit mindestens einem halben Knoten voran. Nach etwa zwanzig Ruderschlägen gelangte Andrea in ruhigere Gewässer, und die Stabilität erhöhte die Geschwindigkeit seines Bootes. Jetzt konnte er besser erkennen, was auf den anderen Booten geschah: Etwa ein Dutzend Männer schickten sich an, zwei Taue einzuholen, die ein Mann im Wasser um etwas befestigte. Es gab ein lautes Stimmengewirr und Armeschwenken. Andrea dachte an ein Schleppnetz, das sich in einem Trümmerstück verfangen hatte. Wieder wendete er mit Hilfe des linken Ruders, denn er wollte im Windschatten sicher an den Booten vorbeifahren und dann zwischen ihnen und der Mauer der Kirche San Zuàne über das stille Gewässer weiterkommen.

Genau in dem Moment, in dem er im Abstand von nicht mehr als drei Längen seiner Mascaréta an den Booten vorbeifuhr, sah er das Netz aus dem Wasser kommen. »Zieht! Hochziehen! Langsam!« Die Stimmen der Fischer erklangen wild durcheinander, immer lauter und aufgeregter. Und einen Augenblick bevor der triefende Sack auf das Deck des Fischerboots gehievt wurde, löste sich ein Arm aus dem Netz und baumelte in der Luft.

Den Blick starr auf das Geschehen geheftet, hörte Andrea auf zu rudern und überließ sein Boot dem verbliebenen Schub. Der

Körper war nun in Reichweite der Fischer und wurde von dreien ergriffen, während der Mann im Wasser mit Hilfe seiner Gefährten an Bord geholt wurde.

»Halt fest!«, schrie einer. »Vorsicht, sie ist schwer!«, spornte ein anderer ihn an. »Armes Ding!«

Wahrscheinlich war es nicht einmal Überlegung, die Andrea antrieb, mit dem rechten Ruder vorwärts und dem linken Ruder gegensteuernd seine Mascaréta mitten in diese von den drei Fischerbooten gebildete hufeisenförmige Bucht zu steuern. Es war Instinkt oder etwas Ähnliches. Jedenfalls begann sein Herz beim Rudern unregelmäßig zu schlagen, und die Vorahnung wurde mächtig wie der Wind kurz zuvor. Aus dem nun auf dem Bootsdeck liegenden Bündel kam ein zweiter Arm hervor, den einer der Fischer hilflos bewegte, während sein Kumpan den Oberkörper anhob. Der Kopf kam aus dem Sack und fiel mit seinen langen, offenen Haaren nach hinten.

Jetzt war Andrea zwischen den Booten angekommen. Er zog die Riemen aus den Dollen und legte sie zwischen die Bänke der Mascaréta. Dann hielt er sich am Rand des Fischerkahns fest, um den Schub seines Bootes aufzuhalten. Keiner sprach. Einige bekreuzigten sich rasch. Andrea bat nicht einmal um Erlaubnis, an Bord kommen zu dürfen, wie es unter Seeleuten üblich ist. Er schwang sich auf das Fischerboot, zwei Schritte über das Deck, dann kniete er neben der Toten und hob den leblosen Kopf. Er erkannte sie sofort an der Tiefe der Augen, die ihn angeschaut hatten und jetzt dem Tod ins entsetzliche Gesicht blickten.

30

Der Alte tat mehrere tiefe Atemzüge und genoss die Luft, die nach Schimmel riechend, aber frei aus dem unterirdischen Kanal heraufströmte und die Zelle erfüllte, um sich mit der toten, verpesteten, gefangenen Luft zu vermischen und sie gegen

das Guckloch und die Risse im Türchen zu pressen. Die Luftbewegung erzeugte ein dumpfes Geräusch, als würde der prall gefüllte Blasebalg einer Kirchenorgel, Luft ablassend, den ersten Ton erwarten. Der Alte hätte einen ganzen Tag lang so verharren können. Dann dachte er an die Gefahr, in der er schwebte, denn der Wächter konnte jeden Moment draußen vorbeigehen, und sogar im Dunkeln hätte er diesen ungewöhnlichen, fremden Luftzug, diese Liebkosung der Lagune im Gesicht gespürt. Dann hätte er die Tür geöffnet, zu schnell, um den Stein wieder an seinen Platz zu rücken, und das hätte für den Alten das Ende bedeutet.

Denn »Brüche«, das Graben von Tunneln und die Flucht aus den Pozzi bezahlte man mit dem Leben. Und der Alte hatte in diesem Moment durchaus nicht vor zu fliehen. Der Gedanke gab ihm neue Kraft, er rollte auf die Seite, das Gesicht eine Spanne von der Öffnung entfernt. Er roch die starken Ausdünstungen und hörte das Rascheln tausender Beinchen wie das Rauschen von Kornähren im Wind. Eine Kakerlake kroch mit ruckartigen, umständlichen Bewegungen zwischen den Steinen hervor, erst vorwärts, dann zur Seite, dann rückwärts und wieder nach vorn, dann hielt sie an, schlug mit den Flügeldeckeln und setzte ihren Tanz fort. Der Alte ließ ihr keine Zeit zu weiteren Erkundungen, schob sie zurück in den Spalt, aus dem sie gekommen war, krempelte sich den Hemdsärmel bis zur Achsel auf und versenkte seinen Arm in dem schwarzen Loch. Er begann, die unbekannte Höhle abzutasten, bis seine Hand das Wasser zum Gurgeln brachte und seine Finger an etwas Halt fanden und es umschlossen. Mit unendlicher Vorsicht zog er es hoch, und als der tropfende Arm wieder zum Vorschein kam, ließen sich Dutzende Kakerlaken von diesem Arm fallen, andere blieben daran hängen. Der Alte achtete nicht auf sie, seine ganze Konzentration galt dem triefenden Gegenstand in seiner Hand. Endlich war er oben, er sah aus wie ein Knäuel aus Algen, ein großer Pinienzapfen, ein Bienenstock voller Honig.

Äußerst behutsam legte der Alte den Gegenstand auf die Decke und wickelte ihn darin ein. Er wischte sich die Kakerlaken vom Körper, ohne ihnen weh zu tun, und scheuchte sie, wie den Pionier, der ihnen vorausgegangen war, in die dunkle, feuchte Tiefe zurück, aus der sie gekommen waren. Dann setzte er den Stein mit geschickten Bewegungen zurück in das Loch, schob die Scharniere in die Haken des Deckels, setzte den Eimer wieder zusammen und stellte ihn in die Ecke der Zelle, ans Fußende der Pritsche, seinen gewohnten Ort.

Nun erst zog er die Decke mit ihrem Inhalt an sich und drückte sie in seinen Schoß. Das Zittern schien nachzulassen, es wurde durch das leichte, arhythmische Keuchen abgelöst, das dem Weinen vorausgeht. Seine Augen füllten sich mit Tränen. Schließlich weinte er.

An der untersten Stufe der Treppe zu den Pozzi im Obergeschoss war die achte Zelle so niedrig, dass nur eine dunkle Nische übrig blieb. Dorthin gelangte der prüfende Blick der Wächter nicht, und der Alte wusste das. Er trocknete seine Tränen und kauerte sich in diesen Winkel. Das Weinen wurde zum Seufzen, während seine Hände langsam kreisend den Gegenstand mit der Decke abrieben. Als er damit fertig war, hatte seine Form sich verändert. Befreit von den Verkrustungen jahrelanger Vernachlässigung, war er keine unförmige Kugel mehr, sondern entpuppte sich als eine bauchige, runde Vase mit schlankem Hals: eine *inghistera*. Die Ablagerungen des Schlicks trübten ihre Oberfläche. Vorsichtig rieb der Alte den Bauch der Vase an den rauen Mauersteinen. Ein Reflex blitzte auf, und er lächelte. Er fuhr fort, das Gefäß zu polieren, bis es die Transparenz von Glas annahm. Dann hielt er es mit beiden Händen in das schwache Gegenlicht des Gucklochs. Es enthielt eine feste Masse, die bis zur Hälfte des Halses reichte. Als er die Vase umkippte, schien die dunkle Masse ihre Form zu verändern und sich in viele kleine Gegenstände zu zerteilen. Auch im Halbdunkel sah man, dass die Flasche keinen Verschluss hatte, sondern der Hals selbst am oberen Ende zusammengedrückt, geschmolzen und dadurch versiegelt war. Der Alte kniete nieder und wickelte die Inghistera in seine Decke.

Wie ein Henker, der sein Beil hebt, hob er die gläserne Flasche in die Luft und schlug sie mit dem Hals gegen den Rand der Pritsche. Ein Schlag genügte. Er legte das Tuch mit der Flasche auf den Boden und öffnete es. Der Hals war in der Mitte abgehauen, und Hunderte dunkler Scheiben lagen verstreut auf dem hellen Stoff. Der Alte ergriff eine, erhob sich mühevoll und ging zur Zellentür. Eine Spanne über dem Türchen, etwa auf Brusthöhe, war das Guckloch in die Lärchenholztäfelung gebohrt. Reglos lauschte der Alte auf die Geräusche aus dem Gang, doch er nahm nur einen leichten Windstoß wahr, fernes Stimmengewirr, den Schrei der Möwen und das Tropfen der Abflussrinnen in den oberen Stockwerken. Also hielt er die kleine Scheibe zwischen Zeigefinger und Daumen vor das Licht, drehte sie und betrachtete die Prägung aus Buchstaben und Figuren. Auf der Vorderseite sah er einen vor dem Apostel Markus knienden Dogen und darunter die Inschrift S M VENET ANDREAS GRITTI. Auf der anderen ein Christusbild mit neun Sternen in einem mandelförmigen Rahmen, umgeben von der Inschrift SIT T XPE DAT Q T REGIS ISTE DUCAT.

Der Alte rieb die Münze an dem Lärchenholz. Als er sie erneut ins Licht hielt, hatte sie ihre dunkle Patina verloren, und das Gold ihrer Legierung glänzte. Von diesen Dukaten gab es mindestens zweihundert in der Inghistera, außerdem eine Handvoll Lire und Soldi. Ein kleiner Schatz also, ungefähr vier Jahre Lohn eines Wächters der Pozzi.

Antonio Milledonne, Sekretär der Zehn, hatte eine Weile gebraucht, um Gabriele Dardano Veneziano, den Prior von San Giacomo, zu überreden, den Leichnam der Novizin in den Bereich des Klosters bringen zu dürfen. Darum hatte der Leichnam zwei Stunden lang auf dem Stück Erde vor der Gartenmauer gelegen, von den Sbirren bewacht, damit streunende Hunde ihn nicht verstümmelten. Der Kompromiss wurde eine Stunde vor Sonnenuntergang gefunden, doch zuvor hatten die theologische Weisheit von Augustinus und Thomas von Aquin mit dem Alten und Neuen Testament, ärztliche Meinungen und Befunde mit dem Nachlass und den Verfügungen von Marsilio Carrarese, dem Stifter von Kirche und Kloster im Jahre 1338, in Übereinstimmung gebracht werden müssen.

Denn Dardano vertrat die Ansicht, darin unterstützt von dem Arzt Fausto Pavan, der vom nahen Ospedaletto herbeigeeilt war, dass Anna Tagliapietra, so der Name der Novizin, freiwillig den Tod im Wasser gesucht hatte. Mit anderen Worten, sie hatte Selbstmord begangen. Also durfte dieser Leichnam niemals auf geweihten Boden gelangen. Da Kirche und Kloster mithin ausgeschlossen waren, hatte Milledonne darauf bestanden, die Tote wenigstens im Garten des Klosters unterzubringen, solange man auf die Genehmigung zur Bestattung seitens der Provveditori alla sanità wartete. Doch Dardano zufolge war auch dieser fruchtbare Ort als geweiht zu betrachten, zumal er nicht unter die venezianische Gerichtsbarkeit fiel. Die verfahrene Situation hatte sich erst gelöst, als der Bezirksverwalter, ein gewisser Domenico Bosso, Milledonne eine notarielle Urkunde überreicht hatte, aus der hervorging, dass die südliche Ecke des Gartens in Ufernähe der Familie Mocenigo gehörte und den Mönchen lediglich zur Nutzung überlassen worden war. Erst dann und nachdem er das Plazet des Patriarchen Trevisan erhalten hatte, war der Prior schweren Herzens bereit gewesen, den Leichnam auf den geweihten Boden bringen zu lassen, unter der Bedingung jedoch, dass er in ein schwarzes Leichentuch gehüllt, der Boden des Gartens mit Weihwasser besprengt und die Luft mit dem Duft von Weihrauch gereinigt wurde.

Bei Sonnenuntergang lag Anna, zwanzig Jahre alt, umgeben vom Duft der Zitronenblüten auf einer Leiter mit neun Sprossen, die auf vier Kübeln ruhte. Um indiskrete Blicke auf den wehrlosen Körper zu verhindern, hatte der Sekretär Milledonne ihn hinter bestickten Leinenlaken verbergen lassen, die über einem zwischen den Zitronenbäumen gespannten Seil hingen. Die Untersuchung des Leichnams begann mit der Ankunft der beiden Vertreter der Provveditori alla sanità in Begleitung des Rechtsmediziners Gasparo. Schon tauchten die Schatten der Nacht die Bäume, Mauern und Gesichter in ein dunkles Blau, und im Inneren des Runds aus Laken waren vier Laternen entzündet worden, so dass die Schatten der Männer auf den weißen Tüchern tanzten.

Andrea saß abseits am Rand des Zitronenhains auf einem schiefen Hocker, den Rücken an den Palisadenzaun gelehnt, der diesen Teil vom Rest des Gartens trennte. Er wartete darauf, vom Signore di Notte al Criminal angehört zu werden, der zusammen mit dem Bezirksvorsteher und einem Schreiber im Kapitelsaal die ersten Zeugenaussagen zu dem traurigen Fall sammelte. Es waren keine klaren Gedanken, die Andrea durch den Kopf gingen, eher jähe Gefühlsaufwallungen, die seine schwachen Versuche zunichtemachten, sich am Rand dieses Strudels festzuhalten und nicht zu versinken. Denn ein Strudel war sein Leben geworden, seit er, ohne zu überlegen, zur Celestia gelaufen war, um Hilfe zu leisten. Er dachte an die Äbtissin, an die alte Nonne, die kurz nach ihr gestorben war, und an die im Kapitelsaal versammelte Kommission, die nun versuchte, eine Erklärung für diesen Selbstmord zu finden. Vielleicht waren das alles Mosaiksteine eines einzigen Bildes, in dessen Mittelpunkt die Celestia und ihre Ordensschwestern standen. Früher

oder später würde man ihn zur Zeugenaussage rufen. Ein seltsames Gefühl: Er, Pflichtverteidiger der Gefangenen, der gewohnt war, selbst zu vernehmen, darzulegen und zu verteidigen, würde verhört und vielleicht sogar verdächtigt werden. Er stand vor einem schwerwiegenden Problem, denn wenn er nicht lügen wollte, musste er von dem für diesen Nachmittag vereinbarten Treffen mit der Novizin berichten. Dann würde jedermann, der über gesunden Menschenverstand verfügte, in dieser Aussage sofort einen Widerspruch entdecken, denn wie konnte man an den Selbstmord einer jungen Frau glauben, die ihn tags zuvor noch um ein Treffen gebeten hatte? Und wenn Andrea die Gründe für dieses Treffen erklärte, würde er andere beunruhigende Dinge erwähnen müssen, die ihn seit Tagen quälten: von jener unglaublichen Abfolge von Todesfällen bis hin zu der möglichen Verbindung zwischen dem Tod von Tonino Ruis und dem, was seinem Bruder Gabriele geschehen war, dem geheimnisvollen Fremden und seinem Auftrag an den Jungen, in die Celestia einzudringen. Andrea ließ seinen Spekulationen freien Lauf, denn ein Zufall war so verlässlich wie ein Stab, den ein Gaukler auf seiner Nase balanciert, zwei Zufälle mussten mit derselben Vorsicht behandelt werden, mit der man eine Leiter an einen Feigenbaum lehnt, drei dagegen wurden zu den Beinen eines stabilen Tischchens, auf dem ein Richter einen Haftbefehl unterschreiben konnte. Im Grunde ließ sich sogar die Explosion des Arsenale mit allen anderen Ereignissen verbinden.

»Wie traurig, Euch unter solchen Umständen wiederzusehen«, hatte der Prior honigsüß zu ihm gesagt. »Allerdings auch recht überraschend. Darf ich fragen, warum Ihr hier seid?« Andrea war eine Antwort schuldig geblieben, und dieses Schweigen hatte der Prior als profunder Kenner der menschlichen Seele flugs zu nutzen gewusst: »Ser Loredan, ich hoffe, Ihr versteht mich recht, aber wie kann ich vermeiden, dem Criminal zu berichten, was gestern zwischen Euch und der Novizin vorgefallen ist und wovon ich Zeuge wurde?« Als Andrea Überraschung heuchelte und ihn bat, sich deutlicher auszudrücken, hatte der Prior eine zweideutige, warnende Bemerkung gemacht: »Ich bitte Euch, Signore, wir wissen doch beide, wie gewisse Dinge ablaufen! Das arme Mädchen wird bei Eurem Anblick ohnmächtig. Ihr eilt zu ihr, stützt sie besorgt … liebevoll besorgt, würde ich sagen …«

»Was wollt Ihr damit unterstellen?«

Der Prior hatte ihn mit dem winzigen Rest christlicher Nächstenliebe angesehen, den er mit seinem von den Pocken verwüsteten Gesicht auszudrücken imstande war, und hatte, sofort einen weicheren Ton anschlagend, hinzugefügt: »Ich wollte Euch nicht beleidigen und auch nichts unterstellen. Gott sei mein Zeuge.« Und nach einer kurzen Pause: »Doch es ist etwas Schreckliches geschehen, und abgesehen davon, dass wir für die arme Seele beten, müssen wir um des guten Namens des Klosters und des Friedens unserer Gemeinschaft willen unbedingt herausfinden, warum. Also sage ich mir, dass auch eine enttäuschte Liebe eine junge Frau zu einer so verzweifelten Tat treiben kann …« Darauf hatte dieser Mönch, der die Kunst des Angriffs und der Verteidigung meisterlich beherrschte, Andreas Reaktion nicht abgewartet, sondern sich mit einer Verneigung und einem »Jetzt entschuldigt mich bitte …« verabschiedet, um auf das Kloster zuzueilen, das man hinter der mit Wein umrankten Pergola und dem Artischockenfeld erblickte.

Andrea verscheuchte den Gedanken an die Anschuldigungen des Priors, denn er spürte, dass sie ihn wieder in den Strudel hineinzogen und ihm vernünftiges Nachdenken verwehrten. Um sich abzulenken, beobachtete er, was um ihn herum geschah. Auf der einen Seite des Gartens versammelten sich, den Rosenkranz betend, die Nonnen der Celestia. Hinter den Laken bewegten sich die Schatten. Als er genauer hinsah, bemerkte Andrea, dass die Stickereien auf den Laken die Kreuze des heiligen Jakobus darstellten. Diese Kreuze, die aussahen wie Schwerter mit breitem, verziertem Heft, schienen, von den Laternen

beleuchtet, in dem Nebelschleier, der sich nach dem Sonnen-untergang erhoben hatte, nach allen Seiten heilige Strahlen auszusenden, und mit dieser Beleuchtung schien die weltliche, entweihte Ecke des Gartens zum heiligsten Ort des Klosters auf-gestiegen zu sein. Als sie diese wunderbare Vision gewahrten, die mit zunehmender Dunkelheit noch deutlicher wurde, versam-melten sich alle anderen Anwesenden, auch die Fischer, bekreu-zigten sich, knieten nieder und begannen zu beten.

32

Der Aufseher Zaneto traute nur Visdecazzòn, dem bedachtes-ten seiner Männer. Ihm überließ er darum die Schlüssel und die Verantwortung für die neunzehn Pozzi, wenn Pflichten ihn aus dem Palazzo führten. Visdecazzòn wiederum traute nur seinem Freund, dem Assassino, darum übertrug er ihm, wenn zu jeder vollen Stunde der Kontrollrundgang gemacht werden musste, die unteren Zellen, während er sich die bequemeren im Ober-geschoss vorbehielt.

Mehmet Hasan, der alte Türke, hatte alles gut vorbereitet. Das Patriarchenkreuz aus Bronze hatte er hoch oben, fast an der Decke der Zelle, in einen Spalt zwischen die Lärchenbretter gezwängt. An das Kreuz hatte er ein festes Band aus Wolle ge-knotet, das er aus dem Saum der Decke gerissen und zu einer Schlinge gebunden hatte. Der Kontrollrundgang war pünktlich gekommen, soeben hatte es vier Uhr nachts geschlagen. Als er die Schritte des Assassino vom oberen Stockwerk kommen hör-te, war der Alte auf die Pritsche gestiegen, hatte den Kopf in die Schlinge gesteckt und begonnen, mit geschlossenen Augen, tief einzuatmen. Als er die Sohlen des Wächters auf der Treppe über seiner Zelle hörte, hatte er sich entspannt, seinen Hals dem Stoffstreifen anvertraut und sich fallenlassen.

Die Umklammerung nahm ihm den Atem und ließ seine Gedanken strömen. Er dachte daran, dass er schon zweimal lebend davongekommen war, weil er das Sterben gelernt hatte. Vor fünfzig Jahren in Rodi, als Suleimans Janitscharen die Ritter von San Giovanni angegriffen hatten und er sich zwischen vielen Toten tot gestellt hatte. Das zweite Mal war nicht lang her, auf der Rückkehr aus der Oase von Kufra waren sie von einem Rudel wilder Hunde angegriffen worden. Eines der Dromedare hatten sie zerfleischt, aber die Männer, die wie tot zwischen den Steinen lagen, nicht beachtet.

Mehmet hörte die bedächtigen Schritte des Assassino bis vor seine Tür kommen und das Rascheln der Kleider, als der Mann sich vor das Guckloch beugte. Eine Pause. Dann hektische Bewegungen.

»Toni! Toni!«, hörte er schreien, während der Schlüssel umgedreht und der Riegel zurückgeschoben wurde. Das Türchen flog auf, der Assassino kroch auf allen vieren herein. Der Alte fühlte, wie er an den Beinen gepackt und hochgehoben wurde, gleichzeitig ließen schnelle Schritte die Treppe erzittern. Es war Toni: Visdecazzòn. Im Nu war auch er in der Zelle, um seinem Freund zu helfen, fluchend und den Türken verwünschend, denn ein Selbstmord warf immer ein schlechtes Licht auf die Wächter und konnte sie sogar ihre Stelle kosten. Der Knoten der Schlinge wurde gelockert, und Mehmet hörte das Keuchen der Wächter, die ihn in den Armen hielten und auf die Pritsche legten.

»Los, ruf Dalessi, mach schnell!«, schrie Visdecazzòn.

Füße und Hände flogen, schon war der Assassino draußen. Mehmet spürte, wie der Wächter ihm leichte Ohrfeigen gab, Wasser holte, es ihm über das Gesicht goss und auf seinen Atem lauschte. Das spürte er und hörte die Flüche und alles andere, was geschah, aber er stellte sich weiter tot.

33

Das Erste, was Andrea sah, war das große Lesepult für die Chorbücher in der Mitte des Kapitelsaals und darüber den Kristalllüster mit langen Armen voll frischer Kerzen, der sich leicht schwankend drehte. Das Zweite waren die Fresken an der Decke und dem oberen Viertel der Wände und die Täfelung aus dunklem Holz, die den unteren Teil bedeckte. Zuletzt sah er Zuàne Formento. Der Sekretär hatte sich von einem Chorstuhl erhoben und kam auf ihn zu. Andrea war überrascht, ihn hier zu sehen, er musste durch einen Seiteneingang des Klosters gekommen sein, um jeden Kontakt mit Milledonne, dem anderen Sekretär der Zehn, den er offen verachtete, zu vermeiden.

»Bitte, Ser Loredan«, sagte Formento laut, doch als er nur noch einen Schritt vor ihm stand, senkte er seine Stimme zu einem fast unverständlichen Flüstern: »Ich bin auf Eurer Seite, aber hütet Euch vor dem Criminal.« Der Sekretär quittierte Andreas Erstaunen mit einer leichten Verbeugung und einem höflichen »Kommt mit mir, Avvocato.« Seine Stimme wurde wieder lauter. Er zeigte auf einen Scherenstuhl vor der mittleren Bank, auf der, alle anderen überragend, Alvise Catanio saß, der Signore di Notte al Criminal, den Andrea gut kannte und dessen Strenge und Ehrlichkeit er schätzte. Dennoch war Catanio der Einzige, der sich bei Andreas Eintreten nicht erhoben hatte. Neben ihm stand Domenico Bosso, der Bezirksverwalter, der als einer der Ersten zum Kloster geeilt war und mit dem Andrea an diesem tragischen Nachmittag schon mehrmals hatte sprechen können. In den anderen beiden Mitgliedern dieser Art Untersuchungskommission erkannte er Melchiorre Michiel, einen der *Esecutori contro la bestemmia*, ein bescheidener, zurückhaltender Mann, wohlgelitten vom Patriarchen Venedigs. Der andere rief trotz seiner bekannten Gesichtszüge keine genaue Erinnerung in Andrea hervor. Ein paar Schritte von der Kommission entfernt saß auf dem ersten Platz des seitlichen Chorgestühls ein Protokollant.

»Setzt Euch«, sagte Catanio lakonisch wie immer. Andrea setzte sich und mit ihm die anderen, so dass die Stuhlflächen knarrten. »Nun, Ser Loredan«, fuhr der Signore al Criminal fort, »ein tragisches Schicksal führt uns wieder zusammen«, er zögerte, »Ihr kennt doch alle hier Anwesenden?«

»Nicht alle«, sagte Andrea, sich zu einem der Männer wendend.

»Jacopo Zon, Aufseher über die Klöster«, stellte dieser sich vor. »Es ist mir eine Ehre, Eure Bekanntschaft zu machen, Ser Loredan.«

»Die Ehre ist ganz auf meiner Seite, Ser Zon«, erwiderte Andrea mit leichtem Kopfnicken, und ihm fiel ein, dass es sich um einen Patrizier handeln musste, der im Juni von Nicosia auf Zypern zurückgekehrt war. Rasch überschlug er im Geiste: Von fünf Männern dieser Ermittlungskommission waren vier dem Rat der Zehn ergeben, und nur einer, der Criminal, war fast einstimmig vom Großen Rat gewählt worden. Ein deutliches Ungleichgewicht, nicht zufällig sprach man ja seit langem von der Notwendigkeit einer Korrektur, um die Macht der Zehn einzudämmen.

»Lassen Sie uns fortfahren, hochverehrte Signori«, beendete Catanio die Höflichkeiten brüsk, indem er sich erneut an Andrea wandte. »Wir bitten Euch, uns von Anna Tagliapietra zu sprechen, der armen unglücklichen Seele.«

Diese Frage hatte Andrea natürlich erwartet, denn aufgrund seiner Erfahrungen mit Verhören und Ermittlungen hätte er sie selbst so oder ähnlich formuliert, dem Prinzip folgend, dass die Fragen umso vager ausfielen, je mehr der Ermittler wusste, damit ihm nicht der kleinste Widerspruch entging.

»Ich weiß wenig von ihr«, hub er mit ruhiger, fester Stimme an. »Ich habe die arme Novizin in der Nacht zwischen dem dreizehnten und vierzehnten September kurz nach der Explosion des Arsenale kennengelernt. Sie war in der Krypta der Celestia und stand der sterbenden Äbtissin bei«.

»War dies das erste Mal, dass Ihr sie saht, Ser Loredan?«, fragte der Criminal prompt. Andrea erkannte in der Frage den Nachhall des Verdachts auf eine Beziehung zu der Novizin, den der Prior geäußert hatte.

»Ja, das erste Mal«, antwortete er, und in der nun folgenden Stille hörte er das Kratzen des Gänsekiels, mit dem der Skribent das Verhör protokollierte.

»Und was könnt Ihr uns noch über Anna Tagliapietra sagen?«

Nun nahm Andrea sich Zeit, zu überlegen, denn vor ihm lagen zwei Möglichkeiten: spontan alles zu erzählen oder in mehreren Schritten, Frage für Frage, bis zu der grundsätzlichen und unvermeidbaren Frage zu gelangen, die der Prior ihm schon gestellt hatte und der Criminal früher oder später wiederholen würde: »Warum wart Ihr heute Nachmittag um die neunte kanonische Stunde auf der Giudecca, Ser Loredan?« Eine überzeugende Antwort darauf zu geben, die einen Zufall ausschloss, hätte bedeutet, von der Verabredung mit Anna zu sprechen. Andrea beschloss darum, den Fragefluss sofort einzudämmen, indem er direkt auf den Kern der Sache zielte.

»Ehrenwerte Signori«, sagte er, jeden einzelnen von ihnen ins Auge fassend, »wenn ich mir erlauben darf, und in aller Offenheit gesagt, ich glaube nicht an den Selbstmord von Anna Tagliapietra.«

Nach einigen Sekunden bestürzten Schweigens erhob sich im Kapitelsaal ein gedämpftes Murmeln, während die ehrbaren Männer der Zonta sich zueinander beugten, um diese Aussage zu kommentieren, und der Schreiber, die Feder in der Luft, Andrea verwirrt anschaute, als wäre er so mit seiner Schönschrift beschäftigt gewesen, dass ihm die volle Bedeutung dieser Worte entgangen war.

»Im Namen Gottes!«, rief Jacopo Zon, der Aufseher über die Klöster, schließlich aus. »Wollt Ihr uns das erklären?«

»Was ist das für eine Behauptung?«, echote Michiel, der für Verbrechen gegen die Religion zuständig war.

»Wollt Ihr etwa den Befund der Ärzte in Zweifel ziehen?«, mischte sich Catanio empört ein. »Den Befund von Pavan und unseres Dottor Gasparo und sogar der Vertreter der Gesundheitsbehörde, die einige Erfahrung mit Ertrunkenen haben?«

»Ich möchte es niemandem gegenüber an Respekt mangeln lassen«, antwortete Andrea, die Arme ausbreitend. »Doch einen offiziellen Befund gibt es noch nicht. Man vermutet Ertrinken, doch auch wenn das bewiesen wäre, hätte die Ärmste noch immer gegen ihren Willen im Wasser enden können.«

Wieder erfüllte ein missbilligendes Murmeln den Kapitelsaal. Diesmal wartete Andrea den nächsten Einwand nicht ab, sondern brachte das Stimmengewirr abrupt zum Verstummen: »Entschuldigung, Signori! Ich überlasse es Euch, das zu beurteilen, denn ausgerechnet heute um die neunte kanonische Stunde hätte ich Anna Tagliapietra am Ufer des Gartens treffen sollen!«

Andrea machte eine Pause, um zu sehen, ob die Versammlung durch Schweigen anzeigte, dass sie die Fortsetzung seiner Ausführungen wünschte. Die Versammlung schwieg. »Sie selbst hat mir Ort und Stunde des Treffens vorgeschlagen, weil sie mir von sehr ernsten Dingen erzählen wollte.« Andrea ließ seinen Blick über die erstaunten Mienen schweifen. »Erscheint Euch das nicht sonderbar bei jemandem, der die Absicht hat, seinem Leben ein Ende zu setzen?« Da ein eisiges Schweigen unter den Zuhörern entstanden war und alle einander hilflos anblickten, nach einem Verbündeten für die eigene Meinung suchend, erlöste Andrea sie aus der Verlegenheit, indem er die Zügel des Verhörs an sich nahm. Wie bei einem Plädoyer, bei dem er sein eigener Verteidiger war, erzählte er haarklein alles, was geschehen war: vom Tod der Äbtissin und dem des kleinen Tonino Ruis bis zum mysteriösen Fremden, der dessen Bruder Gabriele bezahlt hatte, damit er in die Celestia eindrang und geheimnisvolle Briefe mitnahm. Er erzählte alles oder fast alles bis in jede Einzelheit, einschließlich seines Besuchs im Kreuzgang von San

196

Francesco della Vigna. Nur über das, was die Äbtissin ihm kurz vor ihrem Tod zugeflüstert hatte, schwieg er.

»Hochverehrte Signori«, schloss Andrea nach seiner flüssigen, mit der professionellen Distanz eines erfahrenen Anwalts gehaltenen Rede, »ich glaube, eine skrupulöse Untersuchung ist nötig, um die Ursachen für den Tod der Tagliapietra zu klären, und darum erlaube ich mir, zu einer sorgfältigen Obduktion des Leichnams zu raten.«

Er schwieg. Die Kerzen des Lüsters waren zu Stummeln heruntergebrannt und erloschen eine nach der anderen, der Skribent hatte den Rest des letzten weißen Blattes vollgeschrieben, und die Mitglieder der Kommission betrachteten Andrea nunmehr mit einer Mischung aus Respekt und Bewunderung. Nur Zuàne Formento, wenigstens schien es Andrea so, wirkte teilnahmslos. Der Signore di Notte al Criminal bat Andrea, seine Zeugenaussage zu unterschreiben.

»Ihr könnt sicher sein, Ser Loredan«, sagte Catanio, während Andrea das Dokument unterschrieb, »jede Einzelheit Eures Berichts wird mit der größten Aufmerksamkeit untersucht werden, das verspreche ich Euch.«

Unwillkürlich ging Andreas Blick wieder zu Formento. Der Sekretär der Zehn schien in sich zusammengesunken. Eine Sekunde lang sah Andrea ihn wieder an Bord der Gondel, in der vorigen Nacht, und fragte sich, was ihn bewogen haben mochte, ihn vor Beginn des Verhörs vor dem Signore di Notte al Criminal zu warnen. Als Formento den Blick bemerkte, deutete er ein Lächeln an, das höflich sein sollte, aber verkrampft war. Es gab keine Zeit für weitere Überlegungen, unter dem Knarren des Chorgestühls erhob sich die Kommission, und zumindest für diesen Tag schien die Vernehmung der Zeugen abgeschlossen. Schon ließ ein Frate den Lüster herunter, um die letzten Flämmchen zu löschen.

34

Der Mond hatte sich hinter dem Lido erhoben, und in seinem Licht erschien dieser Moment weniger trostlos. Alvise Catanio hatte den Fischern für ihre Dienste und den verlorenen Arbeitstag zwei Dukaten gegeben und den Körper von Anna Tagliapietra in eine Kiste aus Tannenholz legen lassen. Der Leichnam war dann mit einem Sandolo auf das Fischerboot gebracht worden, das zehn Ellen vom Ufer entfernt vor Anker lag, wo es genügend Tiefgang hatte. In diesem Moment hatte die Glocke der nahen Kirche Santa Croce zur Komplet geläutet, und vielen war das als ein weiteres heiliges Zeichen erschienen, sie hatten sich bekreuzigt und waren niedergekniet. Nach diesem ergreifenden Moment hatte Andrea sich beim Signore di Notte al Criminal bedankt.

»Ich bin derjenige, der sich bei Euch bedanken muss«, erwiderte Catanio, der die weitere Überführung beaufsichtigte. Er befahl dem Bootsführer und vier Zaffi, den Sarg bis zum Hospital Santi Pietro e Paolo im Sestiere Castello zu begleiten und dort Wache zu stehen. Andreas Rat folgend, sollte der Leichnam der Novizin obduziert werden, um die Todesursache eindeutig festzustellen. Die Entscheidung hatte den Signore di Notte einen heftigen Streit mit dem Vertreter der Gesundheitsbehörde gekostet. Catanio hatte ihn gewonnen, und Andrea konnte sich darüber nur freuen. Denn unter den Anatomen, die in diesem Krankenhaus arbeiteten, war sein Freund Luca Foscari.

Auf den beiden Fischerbooten wurden die Positionslaternen angezündet. Unter rhythmischem Rufen holten die Männer die Anker ein, anschließend hatte der Landwind leichtes Spiel und drückte die Boote Richtung Lido. Am Ufer herrschte Stille, unterbrochen nur durch die Seufzer der Nonnen. Alle hefteten die Augen auf das Boot, das ihre unglückliche Schwester fortbrachte, viele hielten eine Kerze und mussten die Flamme schützen, die der Wind vom Docht reißen wollte. In diesen zuckenden Lichtreflexen, die sich mit dem Mondlicht vereinigten, beobachtete Andrea die Nonnen. Zwei Novizinnen hielten sich an der Hand, eine junge Nonne stützte eine betagte Schwester. Wenn man sie so sah, in diesem Nimbus von Heiligkeit, wurden die Geschichten, die über die Celestia kursierten, zur blasphemischen Verleumdung. Skandale hatte es freilich viele gegeben, seit dem vergangenen Jahrhundert, als Papst Eugenius IV. dem Bischof Giustiniani und dem apostolischen Protonotar Dandalo die moralische Aufsicht über das Kloster anvertraute. Wenig hatte sich seither geändert, denn immer noch prahlten junge venezianische Patrizier mit ihren amourösen Eroberungen in Klöstern. Mehr als ein Kind war aus diesen Begegnungen hervorgegangen.

Auf den Booten wurden die trapezförmigen, rostroten Segel gehisst, die Fischer regulierten die Schoten und riefen sich Abschiedsworte zu. Ein Boot drehte mit dem Heck in den Wind und nahm Kurs auf Chioggia, das andere mit der Toten an Bord scherte langsam nach links aus und glitt mit seitlichem Wind im Mondlicht parallel zum Ufer auf San Giorgio und dann auf das Viertel Castello zu. Es war wie bei einer Beerdigung, die Nonnen begannen, am Ufer neben dem Boot herzulaufen bis zum äußersten Punkt des Rio della Croce, wo der Wind sich fing und stärker wurde. Die Kerzen erloschen, und die Nonnen drängten sich auf diesem letzten Zipfel Strand, ein dunkles Häufchen im Mondlicht. Da erhob sich, hell und laut, das *Stabat Mater* in der Dunkelheit. In diesen Gesang fielen die wenigen verbliebenen Servitenpatres ein: »*Stabat Mater dolorosa iuxta Crucem lacrimosa dum pendebat Filius.*«

Unwillkürlich nahm Andrea in Gedanken die folgende Terzine vorweg: *Cuius animam gementem contristatam et dolentem pertransivit gladius.* Er dachte an seine Mutter und fühlte, wie Rührung ihm die Kehle verschloss, während ihm ihr von Lotto gemaltes Porträt vor Augen stand. Sein Vater hatte es an der hellsten Stelle des Empfangssaals im ersten Stock ihres Hauses am Campo San Pantaleone auf eine Staffelei stellen lassen. Es war so postiert, dass die Sonnenstrahlen, die von Mittag bis Sonnenuntergang durch die große Fensterfront fielen, es mit einem diffusen Licht umgaben, wenn sie von den mit gelber Seide bespannten Wänden zurückgeworfen wurden. Immer wenn Andrea seiner Mutter ein Gesicht geben wollte, dachte er an dieses Gemälde. Lucrezia war schön gewesen, und Andrea, wenigstens sagten das alle, hatte ihre Züge und die feine Melancholie des Ausdrucks geerbt. Auf dem Gemälde hatte Lotto sie, wie aus Bosheit, mit einem unmerklichen Lächeln porträtiert, das von den blauen, eindringlichen Augen auszugehen schien, um auf ihren Lippen zu erlöschen. Der Betrachter wurde dadurch in einen unerträglichen Erwartungszustand versetzt. Schon als Kind hatte Andrea immer gehofft und gebetet, dieser starre Ausdruck möge sich zu einem vollen Lächeln entwickeln, das nur ihm galt. Vielleicht hatte er sich auch darum mit Taddea verbunden, deren Ähnlichkeit mit seiner Mutter so stark war, dass sein Vater bei ihrem Anblick oft in Rührung geriet. Die Sehnsucht versetzte Andrea einen Stich ins Herz, während draußen auf dem Wasser die Bootslaterne, das Schlingern des Schiffes auf der Welle des Canale della Grazia anzeigend, so heftig zu schaukeln begann, dass sie wie ein Leuchtsignal immer wieder hinter den Segeln verschwand.

»Andrea …«

Er drehte sich zu der Stimme um. Eine dunkle Gestalt kam auf ihn zu, sie hielt eine Leuchte in Höhe der Brust, und ein paar Strahlen, die von unten ihr Gesicht trafen, verzerrten die Züge so grässlich, dass Andrea den Mann nur an seiner Stimme erkannte.

»Alles, was wir tun konnten, wurde getan«, sagte Zuàne Formento. »Armes Mädchen, morgen schicke ich einen Boten nach Ponte Nossa zu ihrer Familie.«

Andrea roch den schweren Atem des Sekretärs, der nur einen Schritt vor ihm stehen geblieben war: eine Mischung aus Knoblauch, Fleisch und vor kurzem genossenem Malvasier. Er wich ein wenig zurück, damit die nächste Schwade sich in der Luft verdünnte.

»Was habt Ihr über die Novizin herausfinden können?«, fragte Andrea, um ein Gespräch in Gang zu setzen, das er nach seinen Vorstellungen lenken wollte.

»Wenig … Sie gehört zu einem Zweig der Tagliapietra, der nach Bergamo gezogen ist. Wohlhabende Leute, ihr Vater ist Tuchhändler und besitzt viel Land. Anna ist im vergangenen Juli dank der Bürgschaft ihres Onkels, Ser Tommaso Tagliapietra, in das Kloster aufgenommen worden.«

Andrea musterte den Sekretär, um in den Winkeln dieses Gesichts die Bereitschaft zu entdecken, das Gespräch fortzusetzen. Er wollte auf einige Fragen zu sprechen kommen, die ihm am Herzen lagen.

»Warum habt Ihr mich vor Ser Catanio gewarnt?«

Formento antwortete nicht sofort.

»Weil ich Euch schätze und gern habe. Für mich sind die Loredan wie eine zweite Familie. Und der Beamte vom Criminal schien mir höchst voreingenommen gegen Euch.«

»Meint Ihr? Ich hatte durchaus nicht den Eindruck, im Gegenteil …«

Formento kniff die Lippen zusammen und schüttelte den Kopf. »Ihr hättet ihn nach dem Verhör des Priors hören sollen.«

»Ich bitte Euch, erklärt es mir.«

Der Sekretär wehrte ab. »Ihr wisst, dass ich das nicht darf. Alles steht unter Geheimhaltung.« Das sagte er mit einem scheelen, fast ängstlichen Blick, der vollends deutlich machte, wie gefährdet der Damm dieses Schweigegebots war.

»Ich frage Euch nicht nach Einzelheiten, verehrter Segretario«, Andrea betonte die letzten beiden Worte und wagte einen Ausfall, »sondern nur nach dem Sinn dessen, was der Prior gesagt hat, im Namen unserer Freundschaft.« Er sagte das besonders ungezwungen, bemüht, jede Spur des Ekels zu verwischen, den diese Behauptung in ihm auslöste.

Die Wirkung zeigte sich augenblicklich.

»Ihr schmeichelt mir.« Formento verbeugte sich. »Doch Ihr müsst mir versprechen, dass das, was ich sage, unter uns bleibt. Prior Dardano ist von missgünstigem Wesen, und ich möchte ihn mir nicht zum Feind machen.«

»Ihr habt mein Wort«, versprach Andrea eilig, und der Sekretär wollte gerade beginnen, die Haltung des Priors zu beschreiben, als die Gruppe der Nonnen, die vom Ufer der Croce zurückkehrten, sich ihnen näherte.

»Nicht hier. Kommt mit mir, dann werde ich Euch berichten«, sagte Formento höflich mit leiser Stimme. »Meine Gondel für die Rückkehr nach San Marco erwartet mich.«

35

Zaneto ruderte geschmeidig, links am Heck stehend. Er hielt das Ruder mit beiden Händen und holte mit dem ganzen Körper aus, auf dem linken, vorgestreckten Bein stehend, das rechte, hintere, bildete das Gegengewicht. Unablässig wiegte er sich vor und zurück.

Die Gondel glitt eine halbe Ruderlänge an einer riesigen Karacke vorbei, die vor der Dogana da Mar lag. Von der zweiten Septemberhälfte bis Mitte Oktober kamen fast täglich große Handelsflotten aus dem Osten an, und die Zollbehörde an der Punta della Dogana im Sestiere Dorsoduro war der erste unvermeidliche Kontakt mit venezianischem Boden.

Der wachhabende Matrose auf der Karacke stieß einen Pfiff aus und schwenkte die Laterne. Zaneto antwortete mit zwei Pfiffen, die universale Sprache der Seeleute, die mit leichten Variationen von den Antillen bis zum Chinesischen Meer gesprochen wird.

Andrea, der auf der gepolsterten Bank der Gondel saß, hatte bereits nach der Hälfte der Fahrt von Formento einen detaillierten Bricht über die Verhöre bekommen, die die Zonta unter dem Vorsitz von Alvise Catanio über den Tod der Novizin durchgeführt hatte. So viel Offenherzigkeit von Seiten des Sekretärs weckte in ihm den Verdacht, dass Formento nur sprach, um nichts zu sagen.

Denn recht besehen, hatte Andrea sich das, was er jetzt über den Prior Gabriele Dardano wusste, bereits denken können, und Dardano selbst hatte es ihm angedeutet. Der von vielen als Heiliger angesehene Mann war überzeugt, dass mit Wissen und Stillschweigen der anderen Nonnen der Celestia, für die derartige Abenteuer wahrhaftig nichts Neues waren, zwischen Andrea Loredan und Anna Tagliapietra eine intensive Liebesbeziehung bestanden hatte, die wer weiß wann begonnen und auf diese tragische Weise geendet hatte. Andererseits war es nicht das erste Mal in der Geschichte der Serenissima, dass ein Sohn des Dogen sich in eine Nonne der Celestia verliebte.

Nach Aussage des Priors konnte dies mehrere Ereignisse erklären, die Andrea auf ganz andere Weise darzustellen bestrebt gewesen war. Beginnend damit, dass er nach der Explosion des Arsenale ausgerechnet zur Kirche der Celestia gelaufen war. Der Prior war zu dem Schluss gekommen, dass die Novizin, als sie entdeckt hatte, dass sie die Frucht dieser Beziehung im Schoß trug, Andrea eingeweiht und von ihm eine harsche Abfuhr bekommen hatte. Der tragische Epilog konnte also, Dardano zufolge, nur auf zwei mögliche Ursachen zurückzuführen sein: die Verzweiflung eines armen Mädchens, das alsbald allgemeiner Verachtung ausgesetzt sein würde, oder die verbrecherische Tat eines Ehrenmannes, Sohn von Sua Serenità, dem Dogen, der, als er mit seiner Verantwortung konfrontiert wurde, den bevorstehenden Skandal auf barbarische Weise im Keim erstickt hatte. Darum hatte der Prior die Zonta der Verhörkommission gebeten, eine mögliche Schwangerschaft von Anna Tagliapietra feststellen zu lassen, indem man sie obduzierte.

Über die widersinnige Koinzidenz dieser beiden Bitten, die,

obgleich von ihren so unterschiedlichen Standpunkten aus vorgebracht, Andrea und Dardano verband, hatte Formento gelächelt. Sollte eine Schwangerschaft festgestellt werden, ergebe sich, so der Sekretär, tatsächlich ein Problem für Andrea. Wenn gar, rein hypothetisch gesprochen, das Mädchen von der Hand eines Mörders gestorben war, würde die Lage noch ernster. Aber, beeilte Formento sich zu versichern, die vom Prior angestellten Vermutungen widersprachen allen Zeugenaussagen der Nonnen, denn jede einzelne, von der Novizin bis zur ältesten Ordensfrau, hatte auf die Heilige Schrift geschworen, ihr sei weder durch Hörensagen noch durch persönliche Überprüfung bekannt, dass Anna lasterhafte oder zweideutige Beziehungen zu Männern unterhalten hätte. Im Gegenteil, mehr als eine hatte sich über diesen Verdacht empört und die junge Frau als ein Musterbeispiel der Tugend und Moral dargestellt.

In dem befreienden Elan, der Zuàne Formento erfasst zu haben schien, erklärte der Sekretär emphatisch, er würde vor jeder beliebigen Zonta und jedem Gericht für eine sonnenklare und allüberall bekannte Wahrheit bürgen: die Ehrlichkeit und Großherzigkeit, die Andrea bei jeder privaten oder öffentlichen Gelegenheit stets bewiesen hatte. Diese Beteuerung von Wertschätzung und Freundschaft beruhigten Andrea nicht im mindesten, denn im schwülstigen Ton des Sekretärs nahm Andrea etwas Künstliches, Falsches und Einstudiertes wahr, wie bei den Pantomimen, die betrügerische Verkäufer von Salben und Tränken gegen jedes Leiden veranstalten, wenn sie ihre Helfershelfer im Publikum aufrufen, die bereit sind, Stein und Bein auf wundersame Heilungen zu schwören. Zu guter Letzt senkte Zuàne Formento die Stimme zu einem vertraulichen Flüstern und schickte sich an, genau den schmerzhaften Punkt zu treffen, der Andreas Herz beschwerte.

»Wenn Ihr erlaubt«, sagte der Sekretär und beugte sich vor wie der Beichtvater zur reuigen Seele, »gäbe es da noch etwas anderes, worüber ich mit Euch reden möchte.«

»Sprecht frei heraus.«

»Nehmt es mir nicht übel, ich bitte Euch«, fuhr Formento hartnäckig mit seiner lästigen Vorrede fort, »wenn ich Euren Vater erwähne.« Auf Andreas Gesicht erschienen ein paar Falten. Mehr geschah nicht. »Ihr müsst wissen, gestern Nacht haben Sua Serenità und ich lange miteinander gesprochen«, erklärte der Sekretär. Die Worte hallten misstönend durch Andreas Kopf. »Erlaubt mir, Euch zu sagen, dass Euer Vater ein einsamer Mann ist. Ein verängstigter Mann. Er braucht Zuneigung, die Zuneigung seiner Söhne.« Die Augen des Sekretärs wurden zu schmalen Schlitzen. »Alvise ist immer auf See. Doch Ihr, ich sage es Euch mit dem Herzen auf der Zunge, solltet eine Möglichkeit finden, Euch mit ihm zu versöhnen.«

»Hat er Euch gerufen?«, fragte Andrea nur.

Formento zögerte kurz, als sei er auf einer unerwarteten Stufe gestolpert.

»Nein. Ich bin zu ihm gegangen. Ich hatte Weintrauben gepflückt, in meinem Weinberg in Castello. Sua Serenità mag sie sehr.« Er fügte ein leises Lächeln hinzu, in das Andrea einstimmte.

»Ihr seid ein guter Mensch. Ich danke Euch.«

»Dankt mir nicht. Ich sagte Euch schon, dass ich mich als Familienmitglied empfinde. Eurem Vater geht es nicht gut. Der Kammerdiener, Tonietto, hat mir gesagt, dass er oft blutgetränkte Taschentücher findet …«

»Blut?« Diesmal war Andreas Erstaunen ehrlich.

»Ja. Ich selbst habe ihn die ganze Nacht husten gehört.«

Andrea blickte ihn verwundert an. »Habt Ihr in den Dogengemächern geschlafen?«

Wieder zögerte Formento.

»In Eurem Zimmer, Ser Loredan. So hat Sua Serenità es gewollt, bitte vergebt mir.« Er senkte die Augen, als schäme er sich. »Mit jedem Hustenanfall kommt Auswurf aus Schleim und Blut. Ich habe ihm einen Aufguss aus Brennnesseln und zerstoßenem Salz zubereiten lassen. Dann ging es ihm besser. Er ist eingeschlafen. Aber die Krankheit bleibt.«

Andrea hielt den Moment für gekommen, zu fragen: »Um welche Uhrzeit seid Ihr zu ihm gegangen?«

Formento schien zu schwanken. Eine leichte Bewegung, die Andrea der schaukelnden Gondel zuschreiben wollte.

»Kurz nach dem Abendessen.«

»Und seid Ihr bis zum Morgen bei ihm geblieben?«

Der Sekretär wich zurück wie eine Katze, die dem Krallenhieb ihres Gegners ausweicht.

»Ja, ich bin geblieben, um ihm Gesellschaft zu leisten«, antwortete er schließlich.

Andrea erwog die Tragweite der Lüge, die Zuàne Formento soeben ausgesprochen hatte, denn als er den Sekretär in der Nacht zuvor an der Ponte della Paglia in der Gondel gesehen hatte, die in den Rio di Palazzo einbog, war es weit nach Mitternacht gewesen. Er war versucht, ihn danach zu fragen, aber er tat es nicht.

Während die Gondel, von Zanetos kräftigen Ruderschlägen angetrieben, sich dem frischen Landwind entgegenstellte, der über die Piazza San Marco fegte, hielt Andrea seine Hände über das Kohlebecken, um sich zu wärmen. Was er wissen wollte, hatte er, teilweise wenigstens, erfahren: Zuàne Formento war ein routinierter Lügner. Jetzt wollte Andrea nur noch verstehen, ob dies eine unschuldige Neigung zur Ungenauigkeit, zur harmlosen Geheimnistuerei war, oder ob Formento wenig erbauliche, vielleicht sogar kriminelle Tatsachen verbergen wollte. Jedenfalls wusste Andrea nun mit Gewissheit, dass er dem Segretario Formento nicht trauen durfte.

36

Die Krankenstube der Pozzi war im letzten Teil des Flurs eingerichtet worden, der die oberen Zellen von der Mauer zum Rio di Palazzo trennte. Das Beste an dem Krankenzimmer war das nach Osten gelegene Fenster, das fast den ganzen Vormittag lang Sonne hereinließ. Das Schlechteste, dass durch eben jenes Fenster auch die kalten Nordwinde drangen. So wollte es jedoch eines der Gesetze der medizinischen Kunst, demzufolge Sonnenstrahlen und Kälte das beste Heilmittel gegen die fauligen Ausdünstungen und Dekompensationen des Körpers waren.

In der Krankenstube gab es vier Bettgestelle auf Holzböcken, saubere Decken und ein Kohlebecken, wo ausgezeichneter Essig, auf kleiner Flamme köchelnd, die Luft reinigte.

Während der Assassino Dottor Dalessi holen ging, hatte Visdecazzòn den alten Türken aus dem achten Pozzo gezogen, hatte ihn sich auf die Schulter geladen wie einen Sack Mehl und auf das Bett gelegt, das dem Fenster am nächsten stand. Kurz darauf war der Arzt gekommen und hatte Visdecazzòn von seiner größten Sorge befreit: Das Herz des Gefangenen Mehmet Hasan schlug kräftig und drohte nicht stillzustehen, und auch der Atem, obzwar schwach, hielt diese Seele weiter in ihrem Körper. Visdecazzòn hatte sich beruhigt, jetzt wollte er, dass der Gefangene wieder zu Bewusstsein kam, bevor Zaneto zurückkehrte, darum hatte er aus den Dogenküchen eine starke Essigessenz mit stechendem Geruch geholt, die gegen die Ohnmachten benutzt wurde, welche die Adeligen während der Versammlungen befielen. Und nach einer knappen Viertelstunde war auch der Dolmetscher Michele Membré, den man in der nahen Calle del Carro aus seinem Bett geholt hatte, in der Krankenstube eingetroffen. Als der alte Türke ihn ankommen hörte, hatte er innerlich gejubelt, denn genau das hatte er gehofft. Also hatte er nach mehrmaligem Einatmen essigsaurer Luft die Augen auf geschlagen und, Benommenheit vortäuschend, verwundert die Menschen angeschaut, die ihn besorgt betrachteten. Obwohl er sicher war, dass von den Anwesenden niemand außer Membré seine schnelle türkisch-osmanische Sprechweise verstehen würde, beschloss Mehmet, kein Risiko einzugehen und nur den Dolmetscher hören zu lassen, was er sagte. Er wartete einen Moment und flüsterte etwas, an Membré gewandt. Dieser war gezwungen, an das Bett zu treten und sein Ohr dem Türken zu nähern.

»Ich werde Euch gut bezahlen, wenn Ihr mir helft«, sagte er ohne Umschweife, weil er den Charakter des Dragomans erkannt hatte. Als Membré mit erstaunter Miene zurückwich, fürchtete der Alte einen Augenblick lang, dass er einen Fehler begangen hatte.

»Was hat er gesagt?«, fragte der Wächter, dem die Reaktion des Dolmetschers nicht entgangen war.

Der zögerte, unsicher, welchen Weg er einschlagen sollte.

»Er möchte Wasser trinken«, sagte er schließlich, den Blick auf den Türken geheftet.

37

Wie die einundvierzig Wahlmänner beim Konklave für die Dogenwahl, die bis zu ihrer endgültigen Entscheidung eingeschlossen wurden, um zu diskutieren und abzustimmen, weshalb sie ihre Betten selbst machen, ihren Schinken selbst schneiden mussten und das Leben gewöhnlicher Sterblicher führten, so lebten der amtliche Chiffreur Zuàn Francesco Marin, sein Sohn Ferigo und Pietro Amadi in Verbannung im unteren Teil der Kanzlei. Sie schliefen auf drei Betten, die der Großkanzler Ottobon hinter Wandschirmen aus chinesischem Stoff bereitgestellt hatte, und aßen bescheidene Mahlzeiten an dem Tisch, den die beiden Diener zweimal am Tag auf- und abbauten. Denn Geheimhaltung ist Kontrolle. Kontrolle ist Konzentration, und Konzentration ist Abgeschiedenheit.

Zu dieser späten Stunde, lang nach Mitternacht, lag der Saal im Halbdunkel eines auf kleinster Flamme brennenden Lichts, und das Schnarchen zwischen den Papieren schien den Chiffreur Martin nicht zu stören, während er mit weit geöffneten Augen auf das unermesslich große Meer starrte, das vor ihm lag. Denn der gesamte verschlüsselte Text war auf eine quadratische hölzerne Tafel von je zehn Spannen Seitenlänge geschrieben worden.

Die Tafel ruhte auf einer Malerstaffelei. Im schwachen Licht der Lampe stand Marin davor. Er hatte die fünf Buchstaben des ersten Wurms, *kctfz*, unterstrichen und zählte jetzt die Buchstaben, die ihn von seinem Kumpan trennten. Als die Spitze seiner Feder auf das nächste *k* traf, hielt er inne.

»Fünfunddreißig«, sagte er halblaut in jubilierendem Ton. »Fünfunddreißig«, wiederholte er lauter, auf das unerklärliche Gewirr starrend.

Der Erste, der diese Worte hörte, sich aus den Träumen löste und die Augen öffnete, war der junge Amadi. Durch den Nebel des Erwachens und den feinen Stoff des Paravents sah er seinen Lehrer, vier Schritt entfernt, über die Arbeit gebeugt. Er fühlte sich schuldig, wickelte sich in die Decke und stand auf.

»Fünfunddreißig, sieben, fünf, eins«, sagte Marin, den Blick fest auf die Tafel geheftet, als fürchtete er, ein Teil der verschlüsselten Botschaft könnte sich ablösen und davonmachen. Er nahm ein Blatt, tunkte die Feder in das Tintenfass und schrieb etwas auf.

»Maestro, Ihr seid noch wach?«

Auf das Flüstern seines Schülers drehte Marin sich ruckartig um. Er sah ihn an wie einen Fremden. Dann nahm er das Blatt und zeigte es ihm.

»Fünfunddreißig Buchstaben stehen zwischen den Köpfen dieser beiden Würmer. Und zwischen diesen«, sagte er mit ver-

zückter Miene, auf das Wort *neo* zeigend, das sich an drei Stellen der Chiffre wiederholte, »stehen zweiundvierzig und hundertneunundachtzig, und schau hier, zwischen den beiden *lctcsmev* vierundachtzig und zwischen dem *cav* zweiundvierzig Buchstaben …« Marin ging einem Gedanken nach, der schwer zu bändigen und auszudrücken schien. »Verstehst du, was sie alle vereint?«

Pietros Blick verlor sich im Nichts, er wusste nicht, was er sagen sollte.

»Die Sieben. Es sind alles Zahlen, die durch sieben teilbar sind.« Der alte Chiffreur betonte jedes Wort.

»Ein Chiffrierschlüssel aus sieben Buchstaben?«, wagte Pietro schüchtern.

Diesmal nickte der Alte mit einer Spur Befriedigung. »Genau!«

Sein junger Schüler blickte ihn verblüfft an. »Wie könnt Ihr Euch so sicher sein?«, flüsterte er verlegen.

»Die polyalphabetische Chiffre ist reinste Geometrie, mein lieber Junge!«, deklamierte Marin feierlich. »Sie ist kristallklare Mathematik, der Chiffrierschlüssel wechselt zyklisch und erzeugt Wiederholungen wie die Wochentage, denn nach dem Samstag wird immer ein Sonntag kommen, ob regnerisch oder sonnig, windig oder still, aber immer ein Sonntag. Denn nichts entflieht. Nichts entgeht den Augen desjenigen, der zu sehen weiß.«

Neben Pietro Amadi erschien schlaftrunken Ferigo. »Vater …«, hob er in besorgtem Ton an.

»Ruhe!«

Ferigo spürte einen Hass auf den Vater aufsteigen, aber er schwieg.

»Ihr seht …«, Zuàn Francesco hatte sich wieder zur Tafel umgedreht und zeigte auf die Wiederholungen, »dass sie nicht zufällig sein können. In der alphabetischen Substitution gibt es keinen Zufall. So wie es im Leben keine Zufälle gibt! Versucht

euch einen unendlich großen Gitterrost vorzustellen, auf dem das Endliche liegt, das wir kennen.« Er machte eine Pause, suchte hektisch nach klareren Worten. »Stellt euch eine Lammkeule, ja, eine schöne Lammkeule auf diesem Rost vor.« In seiner Stimme lag die Emphase des Predigers. »Das glühende Eisen zeichnet sich auf der Keule ab, stimmt's?« Die beiden Jungen nickten. »Nun, auch euer Leben ist gezeichnet vom Gitternetz des glühenden Eisens, welches das Schicksal ist. An jedem Kreuzungspunkt geschieht etwas, dort und nur dort, es ist nur dieses eine Ereignis, schön oder böse, wie auch immer. Und unser Leben ist ein unablässiges Fortschreiten von einem Viereck zum anderen. Wie Ameisen sind wir in diesem Gitternetz gefangen. Von wegen Zufall.« Er schwieg, und Stille senkte sich über die Kanzlei.

Ferigo und Pietro hingen an den runden, weit geöffneten Augen ihres Lehrers.

»Entschuldigt, Vater, aber wenn nichts zufällig ist, wie soll man dann die Willensfreiheit verstehen?«, fragte Ferigo, dessen Verwandtschaftsbeziehung zu dem Meister ihm erlaubte, ihn auf einen möglichen Widerspruch hinzuweisen.

»Hohles Geschwätz!«, schnaubte Marin. »Willensfreiheit gibt es nicht. Die einzige Freiheit, die uns gewährt ist, ist die Freiheit eitler Hoffnungen.« Dann schloss er die Augen und verzog das Gesicht, als quälte ihn ein innerer Schmerz. Als er sie wieder öffnete, waren sie feucht. Er hätte weinen wollen, doch er zog nur ein Taschentuch hervor und schnäuzte sich. Dann faltete er es sorgsam zusammen und steckte es in den Ärmel zurück. Als er wieder auf die Tafel zeigte, hatte er seine Fassung zurückgewonnen.

»*K c t f z!*«, rief er aus, jeden Buchstaben mit der Federspitze berührend, »die versteckte Wiederholung derselben Buchstaben.« In rascher Folge klopfte er auf die fünfunddreißig Buchstaben bis zum nächsten *kctfz*. »Ich denke, genau in dieser unförmigen Kritzelei könnte ein Spalt der Chiffre stecken. Und genau dort müssen wir unseren Keil hineintreiben und zuschlagen.« Mit einem feinen Lächeln auf den Lippen wandte er sich wieder zu seinen Schülern um. »Fragen? Nur Mut, ich höre!«

Diesmal meldete sich Pietro Amadi. »Wo fangen wir an?«, stammelte er.

Das Lächeln des Chiffreurs wurde breit. »Bei den Wurzeln natürlich!«, rief er aus, als sei das die selbstverständlichste Antwort der Welt. »Kannst du dir die Wurzeln der Bäume unter der Erde vorstellen?« Ferigo nickte mechanisch. »Gut, wir müssen an den Wurzeln erkennen, welche Pflanze über der Erde wächst. Mit anderen Worten, mein Söhnchen, wir müssen verstehen, aus welchen Buchstaben sich das Schlüsselwort zusammensetzt.«

Der Junge blickte ihn verwirrt an. »Wie macht man das?«

Zuàn Francesco Marin kniff ihn leicht in die Wange. »Wir müssen Maulwürfe werden, alle drei.« Er setzte sich die Brille ab, seine Augen waren von dunklen Ringen gezeichnet. »Ich werde schlafen gehen«, fügte er hinzu und wandte seinen Schülern den Rücken zu.

Ferigo und Pietro sahen ihm nach, bis er hinter dem letzten Wandschirm verschwand. Sie wechselten einen Blick. »Hast du das verstanden?«, flüsterte Pietro. »Nein«, kam die ehrliche Antwort. »Gott sei Dank«, seufzte Pietro lächelnd. »Ich gehe auch schlafen. Gute Nacht.« – »Gute Nacht«, flüsterte Ferigo. Dann wandte er sich zu der Chiffre, fuhr mit den Fingern langsam über alle Buchstaben und lächelte sie an.

38

Schläft man gut, verfliegen die Stunden, während sie beim Wachliegen quälend langsam vergehen. Darum meinte Andrea, als er die Schreie hörte, er sei eben erst eingeschlafen. Aber es tagte schon, und die aufgehende Sonne tauchte Altane, Dachfenster und Glockentürme in ihr rotes Licht.

Erst waren es unverständliche Schreie, er führte sie auf die regelmäßigen Streitereien zwischen der Wirtsfrau Maria, die ungern ihre Geldbörse öffnete und allen Menschen misstraute, und den Lieferanten zurück. Doch als er kurz darauf mehrmals seinen Namen hörte, sprang Andrea, gegen die Benommenheit ankämpfend, aus dem Bett, schlüpfte in seine Hosen, streifte sich das erstbeste Hemd über und lief mit bloßen Füßen aus dem Zimmer. Er eilte durch den Flur, der zum Speiseraum der Osteria führte, und blieb erschrocken stehen: Dort stand Sofia Ruis, die rechte Hand gegen Maria erhoben, als wollte sie die Wirtsfrau ohrfeigen. Diese wiederum hatte das Blasrohr zum Entfachen des Feuers gezückt und versperrte Sofia den Weg, offenbar bereit, ihr das Rohr beim ersten Anzeichen eines Angriffs über den Schädel zu ziehen, obwohl ihre Rivalin sie um eine gute Spanne überragte.

Zwischen den kämpfenden Löwinnen erinnerte Lorenzo an einen der Pfähle, an denen die vertäuten Gondeln zerren. Der arme, hin und her gestoßene Mann versuchte, die verbalen Stichflammen zu löschen, indem er sich, höflich um Vernunft bittend, mal an die eine, mal an die andere wandte. Doch wie Lastenträger am Hafen, die sich um die Arbeit reißen, waren die beiden, nachdem das strittige Thema erschöpft war, zu unsäglichen Beleidigungen übergegangen, und bei der soeben von Maria ausgestoßenen Verwünschung schien Sofia der Atem zu stocken, denn sie hielt abrupt inne. Nun schwieg sogar Maria, erschrocken über ihre eigene Ungeheuerlichkeit. Andrea begriff sofort, dass auf dieses Schweigen der Angriff folgen würde, denn schon riss Sofia die Augen auf, reckte die Schultern und wuchs in die Höhe wie eine Katze, die ihre Jungen verteidigt.

»Was ist hier los?!«, rief Andrea in die Stille.

Ruckartig drehte Sofia sich zu ihm um, Maria etwas langsamer, wegen ihres lahmen Beines. Lorenzo atmete auf. »Ser Loredan, Gott sei's gedankt!«, sagte er, blieb jedoch zwischen den beiden stehen. Unnötigerweise, denn in dieser magischen Pause löste sich der Zwist so schnell auf wie ein Wassertropfen auf glühenden Steinen. Maria entfernte sich, so dass Sofia auf Andrea zustürzen und zu seinen Füßen niederknien konnte.

»Ich flehe Euch an, helft mir!«, rief sie, bevor sie in Tränen ausbrach.

39

Der Weg von der Locanda della Torre bis zum Casón di San Zuàne in Bragola führt über zwei Brücken, zwei Plätze und mehrere Calli.

Francesco d'Angelo, angehender *solecitadòr* und Assistent des Anwalts Loredan, war von einem Boten im Rialto aufgespürt worden, während er gerade vor dem Büro der Kämmerer der Steuerbehörde Schlange stand, um einen der Steuerhinterziehung angeklagten Patrizier frei zu bekommen. Hals über Kopf war er zur Bragola gerannt, und als Andrea und Sofia Ruis beim Casón ankamen, trafen sie den jungen Assistenten direkt vor dem Eingang des Gefängnisses in der Calle della Morte schon in einer lebhaften Diskussion mit dem Hauptmann der Gefängniswächter, einem gewissen Bernardo Grifo. Dieser begrüßte Andrea mit einer Verbeugung, während Sofia ihn mit dem Blick durchbohrte.

»Schleimer! Wo ist mein Sohn? Wohin habt ihr ihn gebracht?« Das Schimpfwort, mit dem das Volk den Hauptmann der Gefängnisse bedachte, traf Grifo, als er sich wieder aufrichtete, und sein massiger Körper straffte sich zu einer kerzengeraden Haltung, als wollte er dem Feind seine Rüstung zeigen.

»Ich erlaube Euch nicht …«, erzürnte sich der Hauptmann.

»Wo ist Gabriele?«, schrie die Ruis ihn verzweifelt an.

»Verrückt! Du bist ja verrückt!«, erwiderte Grifo erregt und griff eher reflexhaft, denn in der Absicht, ihn zu benutzen, nach seinem Stock. Andrea und d'Angelo stellten sich zwischen die beiden. »Seit Tagesanbruch brüllt sie herum wie vom Teufel besessen, dieses Weib!«, ließ der Hauptmann weiter seine Wut ab.

»Seid still, um Himmels willen! Macht nicht alles noch schlimmer«, zischte Andrea Sofia zu, ehe er sich an den Hauptmann wandte: »Ihr müsst sie verstehen, Capitano, Signora Ruis ist sehr mitgenommen. Sie hat schon einen Sohn verloren.«

»Ich weiß, ich weiß«, Grifo sprach nun leiser, dankbar griff er die Gelegenheit auf, sich zu erklären. »Ich habe selbst Kinder, und Gott weiß, wie gern ich dieser armen Mutter helfen würde, aber ich habe meine Befehle.«

Andrea ahnte, dass diese Befehle von hoch oben kommen mussten. »Capitano, Ihr seid ein Mann mit großer Erfahrung«, hub er in vertraulichem Ton an, »Ihr kennt das Gesetz und wisst, dass ich als Gefängnisanwalt das Recht habe, über die Dinge unterrichtet zu werden.«

Grifo wand sich und schien im Erdboden versinken zu wollen. Doch sein Gegenüber fesselte ihn mit einem eindringlichen Blick.

»Ich möchte Euch natürlich nicht in Schwierigkeiten bringen. Also bitte ich Euch nur um ein Ja oder Nein.« Andrea nahm sich Zeit, um näher an den Mann heranzutreten, bis er ihm ins Ohr flüstern konnte: »Im Namen der Gerechtigkeit der Serenissima, sagt mir, ob es die Zehn waren, die den Jungen weggebracht haben.«

Der Hauptmann schloss die Augen wie von einem plötzlichen Licht geblendet, schwankte, schien zu widerstehen, verlor dann doch das Gleichgewicht und streckte die Waffen.

»Ja«, murmelte er tonlos, und als wollte er seine Bereitschaft zur Mithilfe bekräftigen, fügte er aus freien Stücken hinzu, dass er selbst dem Missièr Grande, der mit den Fanti gekommen war, Gabriele zu holen, die Genehmigung zur Verlegung des Jungen überreicht hatte.

Andrea schwieg mit düsterer Miene, denn seine Stellung als

Pflichtverteidiger gestattete ihm keine Einmischungen in das Ermittlungsverfahren des Rates der Zehn, obwohl diese Einschränkung innerhalb des Großen Rates strittig war, wo viele die übermächtigen richterlichen Befugnisse der Zehn nicht akzeptieren wollten: Die Bestätigung des Hauptmanns bedeutete, dass Andrea alle anwaltlichen Vorrechte verlor.

Unwillkürlich ging sein Blick zu Sofia. Sie beobachtete ihn und schien alles erraten zu haben, denn sie legte sich eine Hand vor den Mund und begann zu schluchzen.

40

Im Audienzsaal herrschten Dämmerlicht und Eiseskälte. Die drei Häupter des Rates der Zehn saßen hinter einem Tisch aus Kirschbaum auf drei identischen Stühlen. Über ihren schwarzen Togen trugen sie auf der linken Schulter eine scharlachrote Stola. Etwas weiter weg saßen der Sekretär Milledonne und ein Schreiber.

Mitten auf dem Tisch zwischen zwei Tintenfässern brannte eine lange, dünne Kerze, deren Licht, das einzige im Saal, von einer gläsernen Glocke und den in Silber gefassten, runden Brillengläsern eines der drei Männer reflektiert wurde und verschwommene, zitternde Schatten an die Wände warf. Schwere Vorhänge aus rotem damasziertem Samt bedeckten die beiden Fenster, die sich nach Westen auf den Hof des Palazzo öffneten. Die erloschene Glut im Kamin verstärkte das Gefühl von Kälte, die im Verein mit der Angst den schmächtigen Körper von Gabriele Ruis zittern ließ.

»Bleib hier stehen und warte«, hatte ihm der Missièr Grande befohlen, als er den Gefangenen in den Saal geführt hatte, bis zum Saum des Teppichs mit Blumenmuster, der einen Großteil des Fußbodens bedeckte und fast bis zum Tisch der drei Ratsherren reichte.

Seit mindestens vier Stunden stand Gabriele nun dort und wartete zitternd, während er sich einen Fingernagel nach dem anderen bis aufs Fleisch abbiss. Er hatte die Marangona des Campanile läuten hören, die den Arbeitsbeginn im Arsenale anzeigte, und dann hatte sich ein schmaler Spalt Licht um die Ränder der Vorhänge abgezeichnet. Als die Tür sich endlich öffnete, hatte Gabriele gespürt, wie ihm das Herz in der Brust schwirrte, die Beine eiskalt wurden und in seinem Kopf ein Bienenstock zu summen begann.

»Wie lautet dein Name?«

Zunächst achtete Gabriele nicht auf die Frage, denn die Dramatik dieses Moments war ungeheuerlich, viel zu groß, als dass er, ausgerechnet er, sich angesprochen fühlen konnte.

»Junge, hast du nicht gehört, was der erhabene Segretario dich gefragt hat?« Die warme, väterliche Stimme des Missièr flößte Gabriele genug seelische Kraft ein, um der Wirklichkeit zu begegnen und den bis zum Hals in die schwarze Toga gehüllten Sekretär Antonio Milledonne anzusehen.

»Wie heißt du?«, fragte der Sekretär abermals, während er ihn mit finsterer Miene musterte. Gabriele blieb die Luft weg, er blickte den Missièr, dann die drei und dann wieder den Sekretär an. Alle fünf durchbohrten ihn mit Blicken. Er versuchte zu sprechen, sein Mund bewegte sich ein paarmal, doch kein Hauch kam heraus, er sah aus wie ein sterbender Fisch am Ufer.

»Ist dein Name vielleicht Gabriele? Gabriele Ruis, geboren in Venedig, Sohn des verstorbenen Federico?«, fragte Milledonne ungeduldig.

Wieder zögerte Gabriele, er zitterte so stark, als würde das Stück Fußboden, auf dem er stand, von einem Erdbeben geschüttelt. Dann nickte er, bevor er sprach. »Ja, ja«, hauchte er.

»Dann wiederhole deinen Namen für das Gericht der hochverehrten Häupter des Rates der Zehn, denn so ist es vorgeschrieben.«

Gabriele wandte sich zu dem Triumvirat.

»Nun, mein Sohn?«, drängte ihn einer der drei. Er trug eine Brille und schien sogar ein Lächeln anzudeuten. Ein wenig erleichtert, klammerte Gabriele sich daran fest.

»Ruis Gabriele, geboren in Bragola, in der Corte del Forno, und mein Vater Federico ist tot, versunken mit dem Schiff vor Santa Maura«, sagte er, bemüht, Italienisch zu sprechen.

»Wann bist du geboren?«, fragte der Patrizier nicht unfreundlich. Gabriele fiel in seinen Dialekt.

»Weiß nicht. Ich mein, zur Zeit der Maronen.«

Ein spontanes Lächeln hellte die Mienen der drei Richter auf. »Ja, aber in welchem Monat? September, Oktober oder November?«

Gabriele schüttelte achselzuckend den Kopf. »Oktober, glaub ich …«

»Nun gut, lassen wir das«, bemerkte Pietro Pizzamano, der älteste der Richter, der in der Mitte saß. Der weißbärtige Mann nahm ein Papier, zog die Kerze zu sich heran und las rasch vor, die Worte ineinander verschlingend: »Du bist im Jahre tausendfünfhundertfünfundfünfzig am dreizehnten Tag des Monats Oktober geboren.«

»Ja, wenn Ihr es wisst … warum fragt Ihr mich dann?«, rief Gabriele erstaunt aus, begriff aber noch im selben Augenblick, dass er respektlos gewesen war, und legte sich eine Hand auf den Mund, wie um den soeben entwischten Satz zurückzuhalten. Gleichzeitig erhob sich eine andere Hand, die des Sekretärs Milledonne, der im Begriff war, diesen unverschämten Jungen mit einer Ohrfeige zu strafen.

»Was tut Ihr?« Die Stimme eines der Häupter ließ den Sekretär innehalten. Pizzamano blickte ihn streng an, worauf Milledonne nichts anderes übrigblieb, als eine demütige Verbeugung anzudeuten.

Der neue Standort der Kerze erlaubte Gabriele, die drei Richter und die Wand hinter ihnen, die seine Aufmerksamkeit erregt hatte, genauer zu betrachten. Dort hatte ein Maler auf einem Ge-

mälde ein Schlachtfeld dargestellt und üppig mit Toten, Flammen und Ruinen ausgestattet. In einer Ecke des Bildes geschah etwas Entsetzliches: Ein Wesen mit Wolfsschnauze und grünlichen, krummen Gliedern, Schwanz und ausgefransten Flügeln hatte mit den Krallen das rechte Handgelenk eines nackten jungen Mannes gepackt, der gebeugt auf einem Stein saß, wie um über seine Sünden nachzudenken, während es ihn mit der anderen Krallenhand am Kopf packte, um ihn mit sich zu ziehen.

Als der alte Richter den Jungen in die Betrachtung des Bildes vertieft sah, fiel er wieder in den drohenden Ton des Inquisitors. »Siehst du! Wer nicht die Wahrheit sagt … den nimmt der Teufel mit sich!«

Gabriele löste sich von dem Gemälde und blickte den Mann an, worauf der ihm mit dröhnender Stimme, wohl um seinen letzten Widerstand zu brechen, eine furchtbare Anklage entgegenschleuderte: »Gestehe, Gabriele Ruis, und was du sagst, soll aufgezeichnet werden, damit die Menschen sich erinnern und urteilen können, denn Gott der Herr weiß alles und hat dich schon gerichtet!« Er machte eine Pause, um dem Schreiber Zeit zu geben, die Feder in Tinte zu tauchen. Dann sagte er, jedes Wort betonend: »Hast du Tonino Ruis, deinen jüngeren Bruder, acht Jahre alt, getötet, indem du ihm mit einem spitzen Eisen das Herz durchbohrt hast?«

Gabriele öffnete den Mund, riss die Augen auf und begann den Kopf zu schütteln, erst unmerklich, dann, als erwache er aus dem Traum, der ihn betäubt hatte, immer nachdrücklicher. »Nein«, flüsterte er. »Nein«, sagte er halblaut. »Nein!«, schrie er, und seine Schreie verwandelten sich alsbald in Weinen.

41

Obwohl die Stufen des Ponte della Paglia niedrig und breit waren, war Sofia Ruis in der hitzigen Eile auf ihren Rock getreten und hatte einen Streifen Saum abgerissen, der jetzt hinter ihr her über die Pflastersteine schleifte wie eine Schlange. Der Zwischenfall hatte sie nicht aufhalten können, sondern anscheinend nur noch mehr angestachelt, so dass Andrea und sein Assistent kaum mit ihr Schritt halten konnten.

»Sofia, ich bitte Euch, hört mich an«, versuchte Andrea sie zu besänftigen, wohl wissend, dass seine Worte nichts nützten.

Ohne sich umzudrehen, fuhr sie von der höchsten Stelle der Brücke aus die Menschen an, die um diese Zeit das Ufer und die Arkaden des Palazzo Ducale bevölkerten: »Gerechtigkeit? Von wegen Gerechtigkeit! Ein Kind gefangen zu nehmen! Einen kleinen Jungen! Ihn wie einen Banditen zu behandeln! Schande! Schande über den Dogen und all seine Gerichte!« Manch einer lächelte, andere nickten, wieder andere starrten sie böse an, während sie ihr den Vortritt ließen. Sofia aber war schon weiter und kratzte mit ihren Absätzen über die abwärts führenden Stufen.

Andrea schätzte, dass es von hier bis zur Porta del Frumento, dem Eingang zum Dogenpalast, in dem er die unüberschreitbare Schwelle vor der Katastrophe sah, nur noch etwa dreißig Schritte sein mochten. »Hört mich an, Signora! Ihr müsst mich anhören! So werdet Ihr Eurem Sohn nur schaden!« Der flehende Appell verflog wie ein Windstoß. Da wagte Andrea, sie an einem Arm festzuhalten.

»Lasst mich los!«, fauchte sie mit funkelnden Augen.

»Ich habe Euren Fall genau studiert. Ihr habt das Recht auf Eurer Seite«, fuhr er fort. »Wir werden eine Bittschrift an den Rat der Zehn richten und Gabrieles sofortige Freilassung fordern. Es gibt keine Beweise gegen ihn. Und auch wenn es sie gäbe, verhängt man gegen einen Jungen unter vierzehn Jahren eigentlich keine Strafe!«

»Ich habe kein Vertrauen in Eure Justiz!«

»Wenn Ihr in dieser seelischen Verfassung durch das Tor des Palazzo geht, werde ich nichts mehr für Euch tun können.«

Als einzige Antwort entwand sie sich seinem Griff und begann mit Schulterstößen die Menge zu durchpflügen, die sich in der Galleria del Frumento lärmend um die Stände der Notare, Advokaten und Skribenten drängte, welche für die weniger wohlhabenden oder des Schreibens oder in Rechtsdingen unkundigen Bürger Schriftstücke, Eingaben, Beschwerden und Anzeigen verfassten. Dann verschwand sie durch die Porta del Frumento.

42

Um diese Zeit schien die Sonne die Südfassade des Palazzo in eine riesige Torte zu verwandeln, indem sie den Marmor und die Steine der Bögen, Arkaden, Säulen und Kapitelle wie mit gleißendem Zuckerguss überzog. Der Lichtreflex war so grell, dass Andrea, aus der Galleria del Frumento kommend, stehen bleiben und die Augen mit der Hand abschirmen musste. Francesco d'Angelo, der ihm dicht gefolgt war, stieß fast mit ihm zusammen.

»Ziemliches Problem«, sagte der Solecitadòr, während er sich umblickte.

»Wir müssen sie finden!«, entgegnete Andrea knapp.

Das Problem, von dem d'Angelo sprach, war die Menschenmenge, die sich auf dem Hof drängte und ein brodelndes, alles übertönendes Stimmengewirr erzeugte. Andrea kannte dieses Völkchen sehr gut, das sich während der lauen Stunden des Tages in diesem windgeschützten Hof ausgiebig seinen Hoffnungen und Bitten hingab. Die Frauen waren vor allem Mütter und Ehefrauen von Gefangenen, sie pflegten den Vormittag hier zu verbringen, in der Erwartung, ihre Männer oder Söhne grüßen und während des täglichen Wasserschöpfens ein paar Worte mit ihnen wechseln zu können. Tatsächlich begaben sich die Gefangenen in Vierergruppen, mit Ketten um die Taille, einer Flasche auf dem Rücken und begleitet von einem Wächter, zu den beiden Brunnen im Hof und hielten sich dort so lange wie möglich auf. Dann gab ein Wort das andere in süßen oder bitteren Gesprächen, bis die Wächter mit ihren Stöcken auf die Gefangenen einstachen wie auf Ochsen und sie in die Zellen zurückbrachten, um sie durch neue Gruppen zu ersetzen. Für andere Frauen hingegen, die glücklicheren, wohlhabenderen und gewitzteren, konnte dieser Moment des Tages sogar bedeuten, dass sie, eventuell durch Bestechung eines Wächters, die Erlaubnis erhielten, ins sogenannte Stübchen vorgelassen zu werden und dort ihre Ehemänner zu treffen, um sich nach vielen einsamen Nächten ungestörten Freudenausbrüchen hinzugeben. Andrea bemerkte diese Dinge, und ihm wurde leichter ums Herz, denn in diesen Konzessionen und Schwächen zeigte sich die menschlichere, nachgiebigere Seite der venezianischen Justiz.

»Ich schaue mich hier unten um, dann gehe ich zur Sala della Bussola hinauf und hinunter durch alle Stockwerke von den Räumen der Zehn bis zu den Pozzi. Irgendwo muss sie ja stecken«, sagte Andrea.

Francesco d'Angelo sah ihn an. »Soll ich inzwischen in die Zellen der Signori di Notte gehen?«

»Nein, bleib du hier. Wenn man die Ruis nicht schon in die Frauenzellen gesperrt hat, muss sie früher oder später herauskommen. Halte sie auf. Und wenn es dir nicht gelingt, folge ihr. Pass gut auf, ich bitte dich, Francesco.« Mit diesen Worten entschwand Andrea dem Blick des Hilfsanwalts.

Sein Rundgang brachte natürlich kein Ergebnis, und er hätte ihn rasch beendet, wenn er nicht mindestens zehn Kollegen begegnet und gezwungen gewesen wäre, Höflichkeiten auszutauschen. Alle Anwälte waren in Begleitung ihrer jeweiligen Klienten und warteten darauf, zu den verschiedenen Gerichten des

Palazzo zugelassen zu werden. Andrea passierte den Eingang zu den Pozzi, wich einem Mann aus, der Wasser verkaufte, dann einem anderen von der Compagnia della Carità, der den Gefangenen Öl für ihre Leuchten brachte. Auf der Scala dei Censori nahm er zwei Stufen auf einmal und trat dann auf die zu beiden Seiten hin geöffnete Loggia hinaus, um Atem zu schöpfen. Zwei *terrazzieri* des Palazzo wischten den Fußboden der Loggia spiegelblank und nutzten das Sonnenlicht, um im Marmorterrazzo dunkle Flecken zu erkennen. Aus dem Hof erscholl ungemindert das Stimmengewirr, während sich auf der Seite der Lagune, umrahmt von den Säulen, Bögen und Vierpassöffnungen der Loggia, Masten und Takelage eines vor Anker liegenden gigantischen Handelsschiffes majestätisch gen Himmel reckten.

»Avvocato Loredan …«

Aus seinen Gedanken gerissen, drehte Andrea sich um und erblickte, wenige Schritte entfernt, Michele Membré.

»Guten Tag, Signor Membré …«

»Ich habe auf Euch gewartet«, der Dolmetscher machte eine leichte Verbeugung, »ich muss mit Euch sprechen.«

»Bitte entschuldigt, aber heute passt es nicht.«

»Nur zwei Worte. Es ist dringend.«

Andrea sah sich um, als suchte er einen Fluchtweg vor dieser unerwünschten Begegnung. »Sprecht«, sagte er schließlich knapp.

»Es gibt einen Gefangenen, einen Türken, offenbar in die Explosion des Arsenale verwickelt, der mit Euch reden möchte. Er hat mich darum gebeten, er sagt, er habe von Euch gehört, Ihr sollt tüchtig und ehrlich sein.«

»Wo ist er?«

»In den unteren Pozzi.«

»Bis zum Monatsende fallen die Gefängnisse des Palazzo unter die Zuständigkeit von Avvocato Zon, tut mir leid.« Andrea schickte sich zum Gehen an.

»Avvocato Zon ist nie erschienen. Der Türke ist ein alter

Mann, es geht ihm nicht gut, er hat versucht, sich das Leben zu nehmen.«

Andrea sah ihn bestürzt an. »Wie heißt er?«

»Mehmet Hasan. Er sitzt in der Grabkammer. Man hat ihn auch gefoltert ...«

Andrea schwieg einen Moment. »Gut, ich werde zu ihm gehen«, willigte er schließlich ein.

Er wollte noch etwas hinzufügen, als plötzlich ferne Schreie in wechselnder Lautstärke wie von Windstößen getragen die Loggia erfüllten. Andrea wandte sich in alle Richtungen, um zu erkennen, woher sie kamen. Vom Südflügel kamen sie nicht, aber auch nicht aus dem Hof. Unter dem erstaunten Blick des Dolmetschers ging Andrea nach rechts, hinter die Stützmauer des Treppenhauses bis zur Treppe, die nach oben führte, und dort ertönten die Schreie deutlicher. Sie kamen von einer Frau. Andrea stürzte die Stufen hinauf, er schien zu fliegen. Er durchquerte einen langen, schmalen Saal mit Sitzbänken aus Lärchenholz, der früher zur Torresella, dem alten Gefängnis gehört hatte. Doch die Schreie waren verstummt.

Vor sich hatte er die geschlossenen Flügel einer der beiden Türen zum Saal des Großen Rates, der Korridor rechts von ihm unterteilte sich in eine Flucht aus Mauern und Türen, die vorbei an der Repräsentationstreppe, Goldene Treppe genannt, durch die Sala degli Scarlatti und den Wappensaal mit den Landkarten bis zu den Gemächern des Dogen, seines Vaters, führte.

Die Schreie wiederholten sich als Wehklagen. Sie kamen tatsächlich aus diesem Teil des Palazzo. Andrea zögerte. Seit Monaten hielt er sich von diesen Räumen fern. Dann wurden die Schreie vernehmlicher, und ein Hagel von Beschimpfungen ging dem Auftauchen von Sofia voraus. Zwei Wachen des Dogen, die er aus dieser Entfernung nicht erkannte, hielten die junge Frau unter den Achseln und schleiften sie mit sich wie ein erlegtes Reh.

Der Anblick erzürnte Andrea, er ging auf die Gruppe zu.

Hinter dem Terzett tauchten zwei weitere Wachen auf, während ein paar Männer in Toga, von dem Lärm angelockt, aus dem Saal der Quarantia kamen. »Was ist denn hier los?«, fragte jemand. Andrea achtete nicht darauf, sein Blick war auf Sofia gerichtet, die schimpfend um sich trat, während die Wachen sie mit Mühe festhielten. Jetzt erkannte Andrea Zaccaria, einen der Hauptmänner des Dogen und sein guter Freund. Er drückte mit finsterem Gesicht ein Taschentuch an seine Wange. Auf dem Absatz der Scala d'Oro trafen sie zusammen, begrüßten sich, und zum großen Erstaunen des Hauptmanns sprach Andrea die Frau an. »Signora Ruis!« Andrea heuchelte Verwunderung.

Sofia, rücklings geschleift und halb am Boden liegend, warf den Kopf zurück und versuchte, sich zu erheben. »Zu viert gegen eine Frau!«, schrie sie.

»Sieh nur, was sie mir angetan hat!« Der Hauptmann nahm das Taschentuch von seiner rechten Wange und zeigte vier tiefe Kratzer von der Schläfe bis zum Kinn. »Das Weib ist gefährlich!«

»Zacco, um unserer Freundschaft willen bitte ich dich, sie mir zu übergeben«, sagte Andrea leise und senkte leicht den Kopf. Zaccaria, der diese Bitte am allerwenigsten erwartet hatte, musterte ihn verblüfft, warf einen raschen Blick auf seine Soldaten, sah Sofia an und verzog das Gesicht.

»Lasst sie los«, befahl er seinen Männern. Die beiden Wachen, das Gehorchen gewöhnt, zogen Sofia sofort mit eingespielt synchronen Bewegungen vom Boden hoch und traten einen halben Schritt zur Seite, so dass sie Platz und Bewegungsfreiheit bekam.

Sie schnaubte, rückte ihr Mieder zurecht und schlug mehrmals kräftig auf die Falten ihres weiten Rockes, um ihn wieder in Form zu bringen und den Staub abzuschütteln. Das alles tat sie anscheinend in aller Seelenruhe, als säuberte sie ihre Kleidung vom Ruß aus dem Kamin bei sich zu Hause. Andrea, Zaccaria und die anderen Wachen beobachteten sie, ebenso die Richter der Quarantia, die Diener, die Schreiber und die Notare, die aus der Kanzlei herunterkamen.

»Und? Was gibt's da zu gucken?«, stieß Sofia hervor, einen nach dem anderen anblickend. Doch dann hielt sie vor Erstaunen wie versteinert inne, als Zaccaria und seine Soldaten sich plötzlich verbeugten. Unter dem Rascheln der Togen erfasste die Verbeugung gleich einer Welle nun alle Anwesenden, die Schreiber und Notare, um, leicht abgeschwächt, bei den Richtern zu enden. Nur Andrea war einen Schritt vor ihr starr stehen geblieben. In diesem Moment bemerkte Sofia, dass die Verbeugungen nicht in ihre Richtung zielten, sondern auf einen seitlichen und etwas höher gelegenen Punkt hinter ihr. Sie drehte sich um, und ihre Augen weiteten sich. Dort stand der Doge Pietro Loredan, keine drei Schritte von ihr entfernt auf der Schwelle zur Sala degli Scarlatti und sah sie an.

»Heilige Jungfrau Maria«, flüsterte Sofia, auf die Knie fallend und den Kopf senkend. In dieser Position sah sie nur noch die Stiefelchen aus roter Seide unter dem Saum des Dogengewandes aus scharlachrotem, mit silbernen Blumen besticktem Samt und einen Teil des mit Zobelpelz gefütterten Umhangs. »Andrea«, hörte sie ihn sagen, dann hörte sie Andreas Schritte und sah aus dem Augenwinkel, wie er an ihr vorbeiging.

»Vostra Serenità, mein Vater.« Andrea blieb vor ihm stehen und senkte den Kopf.

Pietro Loredan kostete das intensive Gefühl aus, das dieses Wiedersehen mit seinem Sohn in ihm hervorrief, und gerne hätte er alle anderen von dem so lang erwarteten Moment ausgeschlossen. Die Umstehenden schienen den dringlichen Wunsch des Dogen zu ahnen, zumal sie von den familiären Zwistigkeiten wussten. Beginnend mit den Richtern der Quarantia Criminal, zogen sich alle in ihre Räume zurück. Sogar die Dogenwache wich nach einem Wink des Hauptmanns zurück bis zur Scala d'Oro und blieb dort in Bereitschaft stehen.

Befreit von der Last der Palastetikette und erstarkt durch Andreas Gegenwart, doch außerstande, sofort ein Gespräch mit ihm zu beginnen, wandte der Doge seine Aufmerksamkeit der

jungen Frau zu, die vor ihm kniete. »Unseren Erlöser sollt Ihr auf diese Weise verehren, liebe Tochter, nicht mich.«

Bei dieser Ermahnung hob Sofia den Kopf. Ihr Blick folgte dem Pelzbesatz des Umhangs, hüpfte über die elf goldenen Knöpfe in Blumenform, die ihn schmückten, und erreichte das betagte Antlitz Loredans, das von dem Corno Ducale aus Brokat und der Haube aus weißer Wolle gekrönt wurde. Der Doge wartete, bis die Augen der Frau in den seinen zur Ruhe kamen, und sagte in wohlwollendem Ton: »Signora, ich bitte Euch aufzustehen.«

Die Aufforderung schien sie zu beleben, und Sofia erhob sich.

»Wart Ihr es also, die geschrien hat?« Der Doge lächelte leicht. Sofia zögerte, und weil ihr Mund vor Erregung verschlossen war, begnügte sie sich mit einem heftigen Nicken. Der Doge musterte sie, streckte eine Hand aus und berührte ihr Kinn mit den Fingerspitzen.

»Wie heißt Ihr?«

»Sofia Ruis.«

»Sie hat einen Sohn verloren, Vater«, schaltete Andrea sich ein.

»Man hat ihn getötet!«, brach es aus Sofia heraus. »Und ein anderer Sohn wurde mir genommen«, fügte sie hinzu, indem sie seinen Blick auffing.

»Er wird von den Zehn verhört«, versuchte Andrea zu erklären.

»Er ist unschuldig!«, schrie Sofia.

»Ich klage ihn nicht an!«, erwiderte Andrea entschieden.

»Gewährt mir Eure Hilfe, *Principe Serenissimo*«, flehte Sofia, die hellen, klaren Augen weit geöffnet. Innerlich zitterte sie.

Der Doge hob die Augenbrauen, kniff die Lippen zusammen und wurde ernst. Er blickte erst Sofia, dann Andrea an, dann drehte er ihnen plötzlich den Rücken zu und ging auf die Sala degli Scarlatti zu. Sofia spürte ihren Körper zu Eis werden und biss sich auf die Lippen, um nicht zu schreien. Kopfschüttelnd blickte sie Andrea an, fassungslos und verzweifelt.

»Nun?«

Die Stimme des Dogen ließ sie zusammenzucken. Pietro Loredan hatte die Schwelle zur Sala degli Scarlatti überschritten und sah sie erwartungsvoll an. »Wolltet Ihr nicht meine Hilfe, Tochter? Dann kommt!«

Sofias Gesicht hellte sich auf, und nach einem raschen Blick auf Andrea ging sie auf den Dogen zu.

»Ich warte auf dich«, sagte Pietro Loredan, an seinen Sohn gewandt.

Andrea zögerte. Dann sah er das Lächeln von Sofia und den Blick, mit dem sie ihn bat, sie nicht allein zu lassen.

Als die zweiflügelige Tür aus intarsiertem Nussbaum sich hinter Andrea schloss, stellte Hauptmann Zaccaria zwei Wachen auf, damit die Begegnung von niemandem gestört würde.

43

Nachdem sie den alten Türken unter den Achseln gepackt hatten, stiegen der Assassino und Visdecazzòn mit ihm die enge Treppe der Pozzi hinauf. Stufe für Stufe, über Vorsprünge aus hellem Stein, vorbei an feuchten, mit Salpeter überzogenen Wänden, bis in das Stockwerk der Avogarìa di Comun vor die eisenbeschlagene Tür des Sprechzimmers. Nach zwei Schlägen mit der flachen Hand auf der Höhe des Gucklochs öffnete sich die Tür, und die Gefängniswärter schoben den Gefangenen hinein, direkt in die Arme eines Kollegen.

Mehmet Hasan fühlte sein Blut gefrieren: Hinter der Wache, weniger als fünf Schritte entfernt, starrten ihn, umrahmt von den dunklen Kapuzen ihrer Mäntel, drei weiße, reglose, glänzende Gesichter an. Herr des Jüngsten Gerichts, nimm meine Seele gnädig auf, dachte er unwillkürlich, als er die maskierten Gestalten sah, denn Henker, das wusste er, arbeiteten immer mit einer Maske, um von den Seelen der Toten nicht wiedererkannt zu werden. Dann bemerkte er den Adeligen in schwarzer Toga, der vorgetreten war und den er, geblendet von den Laternen, zunächst nicht wahrgenommen hatte.

»Seht ihn euch genau an, er gehört euch«, sagte Ser Nicolò da Ponte, der für den Verrat von Staatsgeheimnissen zuständige Inquisitor, fast belustigt. Er ging auf die achtzig zu, war hochgewachsen und hielt sich trotz seines Alters kerzengerade. Von dem scharf geschnittenen, faltigen Gesicht fiel ein weißer, glatter Bart auf die Brust und teilte sich dort in zwei Hälften wie zwei Fuchsschwänze. Auf seine Worte hin kamen die drei Gestalten mit den weißen Masken näher.

Zeugen, es sind nur Zeugen, dachte Mehmet und verfolgte das lebhafte Funkeln ihrer Augen, die sich hinter den Löchern der Masken bewegten, während sie näher kamen, Mehmets Gesicht betrachteten und um ihn herumgingen. Dann wechselten die drei Blicke und bewegten stumm die Köpfe in einer Reihe von Gesten zwischen Zustimmung und Verneinung. Ihr Geflüster war unverständlich.

»Bringt ihn weg!« Der Befehl von Nicolò da Ponte wurde sofort ausgeführt. Ohne mit der Wimper zu zucken, packten der Assassino und Visdecazzòn den alten Türken und waren im Nu wieder aus dem Sprechzimmer. Die Tür schloss sich und wurde verriegelt.

Es herrschte Stille, bis sich auf der gegenüberliegenden Seite eine kleine weißlackierte Tür öffnete, die fast mit der verputzten Wand verschmolz, wäre nicht die Maserung des Holzes zu erkennen gewesen. Zaneto erschien und trat beiseite, ihm folgten Alvise Mocenigo, Prokurator von San Marco und Savio für Ketzerei, der Sekretär Milledonne sowie ein Skribent mit Schreibpult und Schemel. Als Letzterer sich in einer Ecke des Zimmers zurechtgesetzt hatte, gab Mocenigo da Ponte ein Zeichen.

»So, Signori«, wandte der Staatsinquisitor sich an die Zeugen, »könnt Ihr uns bestätigen, dass der Mann, den Ihr soeben gesehen habt, wirklich Mehmet Hasan ist?«

Zwei »Nein« und ein »Ja« wurden gleichzeitig ausgesprochen. Da Ponte sah die maskierten Gestalten verwundert an, dann wechselte er einen Blick mit Mocenigo.

»Ich höre, dass es Übereinstimmung zwischen Euch gibt«, fuhr er ironisch fort. »Und tut mir einen Gefallen, nehmt doch diese Masken ab, da Ihr nichts mehr zu befürchten habt.«

Als würde ihnen ihre Vermummung erst in diesem Moment bewusst, beeilten sich die drei, die Masken abzustreifen, behielten aber die Mäntel an. Zwei Männer waren um die vierzig, einer war sehr viel älter. Alle drei blickten den Inquisitor verunsichert an.

»Nun, ist er es oder ist er es nicht?«, fragte da Ponte barsch.

Die drei Zeugen begannen alle gleichzeitig zu sprechen. Der Inquisitor hob die Hände: »Nur einer zur Zeit! Sprecht Ihr, Ser Salomon.«

Der älteste der drei nickte.

»Hochverehrte Messeri, der Alte, den Ihr uns gezeigt habt, das kann ich Euch versichern, ist nicht der Teppichhändler, mit dem ich verhandelt habe, sondern sein Diener. Der echte Mehmet Hasan ist nicht älter als dreißig.«

»Unsinn! Zehn Nächte lang habe ich Mehmet in meinem Haus in Borgoloco beherbergt, und ich bin sicher, er ist es«, sagte Signor Donà, der Besitzer des Hauses, in dem die türkischen Händler sich eingemietet hatten. »Der junge Mann ist sein Diener!« Er zog ein kleines Verzeichnis aus dem Ärmel seines Mantels und händigte es da Ponte aus. »Seht hier, hochverehrte, gnädige Herren, hier stehen seine Unterschrift, der Tag der Ankunft und seine Herkunft. Ich habe dem Alten das schönste und teuerste Zimmer gegeben, dem jungen Mann dagegen eins im Untergeschoss neben dem Teppichlager.«

Der Inquisitor reichte das Verzeichnis an Mocenigo weiter, der die Stelle las, auf die der andere zeigte. Aus den Händen des Prokurators ging das Buch an Milledonne weiter und landete auf dem Tischchen des Schreibers.

»Und Ihr, Bonamin, was sagt Ihr?«, fragte da Ponte den dritten Zeugen.

»Wenn ich mir erlauben darf«, antwortete dieser vorsichtig, »so stimme ich mit Ser Salomon überein, natürlich ohne den Bericht von Signor Donà in Zweifel ziehen zu wollen. Der türkische Händler, von dem ich fünfzig Gebetsteppiche gekauft habe, war sicher nicht älter als dreißig. Und sein Diener ist jener alte Mann, den Ihr uns soeben gezeigt habt.«

»Es mag sein, wie Ihr sagt, verehrte Signori«, hob Donà wieder an, »aber mir will es doch seltsam erscheinen, dass ein Diener im besseren Zimmer schläft und die Geldbörse in Händen hat, um Mittag- und Abendessen und alles, was er braucht, zu bezahlen. Und dass er seinem Padrone befiehlt, ihm die Stiefel zu putzen und die Teppiche ins Boot zu laden.«

Im Verhörzimmer entstand eine so tiefe Stille, dass das Kratzen des Gänsekiels auf dem Papier wie das Geräusch einer Säge klang, die einen Olivenzweig abtrennt.

»*Messer* Salomon«, fragte Mocenigo, »wie oft habt Ihr den jungen Türken getroffen?«

»Nicht öfter als vier Mal.«

»Wurde er immer von seinem alten Diener begleitet?«

»Nein, ich glaube, ein paarmal kam Mehmet allein.«

»Nach dem, was Ihr dem Criminal erklärt habt«, fragte nun da Ponte, »habt Ihr Mehmet Hasan zum letzten Mal am Abend des dreizehnten September gesehen, wenige Stunden vor der Explosion. Bestätigt Ihr das?«

»Ja, er kam in mein Geschäft in Castello, um mir zwanzig Teppiche zu bringen.« Salomon zögerte, dann beeilte er sich, zu erklären: »Es ist alles korrekt, die Teppiche waren in Ragusa in Quarantäne, und ich habe die Zollsteuer bezahlt.«

»Messere, wir sind keine Steuereintreiber, fahrt fort, ich bitte Euch«, unterbrach ihn der Prokurator.

»Verzeiht. Mehmet und sein Diener kamen mit dem Boot, einem Sandolo, eine Stunde vor Sonnenuntergang.«

»Mit einem Boot, nur die beiden?«, stieß da Ponte hervor.

»Ja, niemand war bei ihnen«, antwortete der Mann verwirrt.

Der Inquisitor drehte sich zu Mocenigo um. »Unerhört, unfassbar!«, schnaubte er. »Wir geben tausende von Dukaten aus, um die Boote der Zehn auch nachts patrouillieren zu lassen, und diese beiden Türken fahren ungestört durch Venedig!«

»Verehrter Freund, regt Euch nicht auf«, erwiderte Mocenigo gallig, »Ihr wisst, wie das ist: Es wird nie genug Boote zur Überwachung geben, solange unsere erlauchten Senatoren sie benutzen, um sich ins Theater oder zu ihren Geliebten fahren zu lassen.«

Da Ponte bebte.

»Wir werden im Rat darüber sprechen … darüber sprechen wir noch …«, konnte er nur mühsam herausbringen, als säße ihm eine Nuss in der Kehle. Er räusperte sich und wandte sich wieder an den Zeugen: »Der Alte hat das Boot entladen?«

»Ja, ich glaube, ja.«

»Was heißt, Ihr glaubt es? Habt Ihr es gesehen oder nicht?«

»Um die Wahrheit zu sagen, nein«, antwortete Salomon verlegen, »aber ich stelle mir vor …«

»Ihr sollt Euch nichts vorstellen! Antwortet genau!«, mischte sich Mocenigo ein, jedes Wort betonend.

»Und das Geld, wem gabt Ihr das Geld?«, drängte da Ponte.

»Dem jungen Händler: siebenundvierzig Golddukaten in bar.«

»Er hat Euch einen guten Preis gemacht.« Alvise Mocenigo wechselte einen finsteren Blick mit dem Staatsinquisitor und wandte sich wieder an Salomon.

»Erinnert Ihr Euch, um welche Uhrzeit die beiden Euer Handelshaus verließen?«

Der Mann fuhr sich mit einer zitternden Hand über das Kinn.

»Nach Sonnenuntergang, um die erste, vielleicht die zweite Nachtstunde. Auf dem Sandolo hatten sie eine Laterne … der Alte stand am Bug und hielt die Leuchte, der Junge ruderte am Heck. Das Boot entfernte sich über den Riello, Richtung Vergini.«

»Wartet! Was habt Ihr gesagt?«, unterbrach Mocenigo.

Salomon blickte ihn unsicher an. »Richtung Vergini ...«

»Nein, davor! Was habt Ihr davor gesagt? Wer war am Ruder?«

Der Kaufmann zögerte und verzog fast ängstlich das Gesicht.

»Der junge, es war der junge Türke, der ruderte«, wiederholte er mit hauchdünner Stimme, während Mocenigo und da Ponte sich erneut ansahen.

»Er wird für die Regatta beim Marienfest geübt haben«, kommentierte da Ponte mit deutlich ironischem Unterton. Mocenigo schloss die Augen, wie um seine Gedanken zu verbergen, und nickte nur.

44

Während er hinter seinem Vater herging, erkannte Andrea, wie sehr dieser plötzlich gealtert war. Seine Schritte waren klein geworden, die Sohlen der Stiefelchen schlurften über den Marmorterrazzo, als trüge er Pantoffeln. Es schien, als hätte das Gewicht des Corno Ducale die Oberhand über die Statik seines Körpers gewonnen und böge ihn nach vorn, so dass der Doge gezwungen war, fortwährend voranzueilen, um seine Kopfbedeckung im Gleichgewicht zu halten und zu verhindern, dass sie herunterfiel. Die Arme hingegen baumelten träge wie Ärmel eines aufgehängten Kleides, die vom Wind bewegt werden.

Andrea empfand großes Mitleid mit ihm und sehnte sich danach, ihn einzuholen und unterzuhaken, ihn anzulächeln und mit ihm zu sprechen, und er hätte es sicherlich getan, wenn Tonietto, der Diener, der nun seit vierzig Jahren für ihn sorgte, nicht an seiner Seite gewesen wäre und ein lebhaftes, von vertraulichen Gesten begleitetes Gespräch mit ihm führte.

Also wandte sich Andrea zu Sofia, die neben ihm ging. Er folgte dem zarten Profil ihrer Stirn, der leichten Biegung der Nase, den schön geschwungenen Lippen und der klaren Linie des Kinns. Während sie den Westflügel der Dogengemächer durchquerten, begann die Marangona des Campanile von San Marco den Mittag einzuläuten. In den schweren, fast anmaßenden Klang dieser alles übertönenden Glocke fielen kurz darauf mit ihren unzähligen verschiedenen Stimmen die Glocken der anderen Kirchen ein. Sofia bekreuzigte sich mit raschen, gewohnheitsmäßigen Bewegungen. Auch Tonietto schlug ein Kreuzzeichen, während er dem Dogen vorauseilte und die beiden Türflügel öffnete, die das Vorzimmer vom Audienzsaal der Sala dello Scudo trennten.

Der Saal nahm die ganze Breite dieses Flügels ein, von der östlichen bis zur westlichen Wand, und in beiden hatte er große Fensterfronten. Seinen Namen hatte der »Saal des Schildes« nach dem Wappen des amtierenden Dogen, das in der Mitte der Längswand hing. Andrea nannte ihn den Saal der Landkarten, denn vor dreißig Jahren hatte Giovan Battista Ramusio, ein guter Literat und hervorragender Geograph, den Raum mit großen Karten der am besten bekannten Weltteile ausgemalt.

»Ich werde alles tun, was in meiner Macht steht, um Euch zu helfen.« Die Worte des Dogen erklangen zwischen den letzten Glockenschlägen.

»Danke, Vostra Serenità, danke. Möge die Heilige Jungfrau Euch belohnen für Eure guten Taten«, sagte Sofia mit brechender Stimme und verneigte sich in einem tiefen Knicks. In einer feinfühligen Geste strich Pietro Loredan ihr über die Haare. Unwillkürlich versuchte Andrea sich an die letzte Liebkosung zu erinnern, die er von seinem Vater empfangen hatte. Der Gedanke verlor sich im Nichts.

Sofia erhob sich, jetzt war Andrea an der Reihe. Mit schwerem Herzen ging er auf den Vater zu. Während Sofia dem Dogen ihre tragische Geschichte erzählt hatte, hatte dieser un-

ablässig in Andreas Gesicht geforscht, und seine Augen hatten geglüht vor Verlangen, alles von ihm zu erfahren. Doch nun, als sein Vater ihn ansprach, schlug Andrea seine ganze Verbitterung entgegen: »Bedurfte es dieses unglücklichen Anlasses, damit du zurückkommst?«

»Es tut mir leid, Vater. Wenn es nach mir gegangen wäre, hätte ich Euch nicht gestört.« Sofort bereute er, dass er sich zu diesen unbedachten Worten hatte hinreißen lassen.

Er wollte sich schon entschuldigen, doch während er noch zögerte, fuhr sein Vater fort: »Andrea Dolfin ist zu mir gekommen. Er hat mir von Taddea berichtet. Er war sehr verärgert.«

Diese Einmischung in die Geschichte, die Andrea schon lange bedrückte, traf ins Schwarze und löschte augenblicklich alle Reue aus. »Wenn Dolfin etwas zu sagen hat, soll er zu mir kommen«, bemerkte er nur, ohne eine weitere Erklärung.

»Du hast dich diesem Mädchen versprochen.« Der Ton des Dogen war um eine Oktave gestiegen.

»Ich weiß nicht, was er Euch gesagt hat, aber Taddea und ich haben uns einvernehmlich getrennt.«

»Das sehen die Dolfin anders.«

»Sie interessieren mich nicht. Sie müssen ja nicht heiraten!«, entgegnete Andrea, der dem zurückgehaltenen Ärger nun freien Lauf ließ.

Der Doge runzelte die Stirn, seine Augenbrauen hoben sich, während er die Lippen zusammenkniff in dem unmöglichen Versuch, eine Erwiderung zurückzuhalten. »Es schmerzt mich, mein Sohn, dich so verwirrt zu sehen, ohne dass ich etwas für dich tun kann.« Der Doge lauschte einen Augenblick lang dem Echo seiner Worte, dann drehte er seinem Sohn den Rücken zu und entfernte sich durch den Flur der Philosophen.

Andrea folgte ihm nur mit Blicken, und ihm schien, als wären die Schritte seines Vaters noch kürzer geworden und der Körper würde sich noch mehr nach vorn beugen. Tonietto eilte an Andrea vorbei zu seinem Herrn, dabei warf er ihm einen missbilligenden Blick zu. Mit schwerem Herzen drehte Andrea sich um und bemühte sich, Sofia zu ignorieren, während er an ihr vorbeiging. Er durchquerte die Sala degli Scarlatti und gelangte durch den Flur auf die Scala d'Oro.

Nach ein paar eilig genommenen Stufen erreichte ihn Sofias Stimme: »Wartet!«

Widerwillig blieb er stehen und drehte sich um. Sofia stand reglos auf dem Treppenabsatz.

»Was wollt Ihr noch?«

Sofia legte die Hand auf das Geländer aus brüniertem Eisen und kam die Treppe herunter. Drei Stufen vor Andrea blieb sie stehen. »Seid mir nicht böse«, bat sie mit hauchdünner Stimme.

»Ihr wollt immer alles auf Eure Weise machen«, erwiderte Andrea verdrossen. »Für Euch mag das richtig sein, aber kommt nicht mehr zu mir und fragt mich um Rat. Ich grüße Euch, Signora Ruis.« Nach diesen Worten ging er weiter.

»Ich habe nur um Hilfe gebeten!« Sofia nahm die zehn Stufen, die sie von Andrea trennten, im Flug. »Und der durchlauchtigste Doge hat mir versprochen, dass er mir hilft!«, rief sie erregt, gerade in dem Moment, in dem zwei ältere Edelmänner die Treppe heraufkamen. Andrea neigte leicht den Kopf, die beiden Patrizier erwiderten den Gruß mit einem Nicken und streiften Sofia mit neugierigen Blicken, während sie die Treppe weiter hinaufstiegen. Andrea wartete, bis sie den Treppenabsatz erreicht hatten.

»Ihr wisst nichts von der Rechtsprechung und ihrer Verwaltung. Es gibt Regeln, Regeln und Rituale, die eingehalten werden müssen«, sagte er flüsternd. Sofia blickte ihn mit gerunzelten Brauen an. »Soldaten wissen genau«, fuhr Andrea fort, »dass man sich nicht beim General beschwert, wenn das Essen schlecht ist. Man geht zu seinem Hauptmann!«

»Was habe ich Falsches gesagt?«

»Mein Vater wird jetzt zum Oberhaupt der Zehn gehen und Rechenschaft über das Verfahren gegen Euren Sohn fordern. Er wird die sofortige Einberufung des Rates verlangen, und er

wird sich einmischen. Das steht in seiner Macht, denn der Doge hat die Pflicht, die ordnungsgemäße Anwendung der Gesetze zu überwachen.«

»Genau das will ich auch!«, erklärte Sofia eifrig.

»So versucht doch zu verstehen! Mein Vater wird Gabrieles Minderjährigkeit ins Feld führen, und der Avogador di Comun wird das bestätigen, worauf der Rat Eurem Sohn mildere Haftbedingungen gewähren und Avvocato Zon eine Abmahnung erteilen wird.«

»Das wolle Gott!« Sofias Miene hellte sich auf.

»Nein!«, nahm Andrea ihr die Hoffnung sogleich. »Avvocato Zon ist rachsüchtig und hat großen Einfluss auf die Gefängniswächter: Gabriele wird jeden noch so kleinen Fehler teuer bezahlen müssen. Sie werden die Vorschriften strengstens und ohne Ausnahmen befolgen und ihm das Leben zur Hölle machen.« Je länger Andrea sprach, desto bestürzter wurde Sofias Miene. »Zudem wird diese von oben erfolgte Intervention Gabriele auch bei den Häuptern der Zehn in ein sehr schlechtes Licht rücken. Sie werden Euch jedes Gespräch verweigern.« Jetzt erwiderte die Frau nichts mehr, sondern blickte Andrea nur verstört an, der etwas aus dem Ärmel seines Kittels zog. Es war ein sorgfältig zusammengefaltetes Blatt Papier. »Ich hatte schon den Antrag an Avvocato Zon verfasst, mir die Verteidigung von Gabriele zu übertragen ...« Andrea zerknüllte das Papier. »Alles umsonst. Möge Gott Euch helfen, Euch und Eurem Sohn«, schloss er bitter, wandte Signora Ruis den Rücken zu und stieg die Treppe hinunter, während sie wie erstarrt stehen blieb, an den Handlauf geklammert, um nicht in die Tiefe zu stürzen.

45

Um in die Pozzi hinabzusteigen, hatte Andrea sich die schwarze Toga mit weiten Ärmeln übergezogen, damit seine ungewöhnliche Initiative einen offiziellen Anstrich bekam. Seit zwei Monaten ging er nicht mehr dort hinunter, denn lange vor der Explosion hatten er und der andere Gefängnisanwalt, Giacomo Zon, die vielen städtischen Gefängnisse unter sich aufgeteilt: von den einstigen Getreidespeichern der Tera Nova über die sechs Casóni der Stadtviertel bis zu den Gefängnissen von Rialto und Murano. Also ließ Andrea, vor dem Tor der Avogarìa angekommen, einen Schlüssel am Gitter erklingen und hörte sofort die Schritte des Wächters, der die Treppe heraufkam.

Ein Junge erschien, einer von der letzten Anwerbung neuer Wächter, der sich beeilte, sobald er Andrea erblickte, weil er wusste, dass der Gefängnisanwalt ein Botschafter der Justiz war, dem jede Zelle und jeder Gang zu öffnen waren, damit er alle Bitten und Anliegen der Gefangenen anhören konnte.

»Seid gegrüßt, Eccellenza!«, sagte er übertrieben ehrerbietig, während er den großen Schlüssel im Schloss umdrehte und das Tor aufriss.

»Guten Tag«, antwortete Andrea knapp im verhaltenen Ton eines Menschen, der mit anderen Gedanken beschäftigt ist. Er wartete, bis der Wächter das Tor wieder geschlossen hatte, dann folgte er ihm auf der steilen Treppe, die zu den Pozzi hinunterführte.

Mehrere Gittertüren wurden geöffnet und geschlossen, vor der letzten blieb der Wächter stehen. Dahinter wartete der Assassino, der Dienst in den unteren Pozzi hatte, mit einer Fackel in der Hand. Andrea ging mit ihm die siebzehn Stufen in das Untergeschoss hinab.

»Öffnet«, sagte er, als sie den Eingang zur achten Zelle, der Grabkammer, am Ende der Treppe erreicht hatten. Mit der höflichen Anredeform wahrte er einen gewissen respektvollen Abstand, den die anderen Anwälte Untergebenen nicht gewährten. Seine Stimme, ein tönender Tropfen in der Leere der Pozzi, drang durch das Guckloch und erreichte Mehmet Hasan, der auf dem Strohlager lag. Wie ein Tier in Erwartung der Fütterung postierte er sich sofort vor dem Guckloch. Er begriff, dass dies der Gefängnisanwalt sein musste, im Licht der Fackel konnte er seine schwarze Toga erkennen. »Öffnet, habe ich gesagt«, wiederholte Andrea mit angespannter Stimme.

»Ich habe Befehl, den Gefangenen isoliert zu halten, Messer Loredan«, protestierte der Wächter schwach.

Es war das erste Mal, dass Andrea der Zugang zu einer Zelle verwehrt wurde. »Öffnet diese Tür, Wächter, denn es ist meine Pflicht, mich über jeden Befehl hinwegzusetzen, wer auch immer ihn Euch gegeben hat. Das verlangt die christliche Barmherzigkeit, das schreibt das Gesetz der Serenissima vor, und das werdet Ihr befolgen.«

»Ich muss Bericht darüber erstatten.«

»Erstattet ruhig Bericht, aber jetzt macht auf.«

Der Assassino schien zu zögern, doch dann beugte er den Rücken, nahm die zwei Schlüssel, die an seinem Gürtel hingen und öffnete den doppelten Riegel. Das Türchen öffnete sich knarrend, und das Erste, was Mehmet sah, war die Flamme der Fackel, die die Zelle und das Gesicht des Wärters beleuchtete.

»Schön brav, Besuch ist da!«, fauchte der ihm ins Gesicht wie einem wilden Tier. Nachdem er die Zelle inspiziert hatte, zog der Assassino sich zurück, nahm eine an der Wand hängende Öllampe, brachte den Docht der Flamme an seine Fackel und zündete ihn an.

»Nehmt, Eccellenza, da drinnen ist es dunkel«, sagte er, sich demütig und unterwürfig gebend, während er Andrea die Lampe überreichte. »Ich warte hier, ruft mich, wenn Ihr mich braucht«. Innerlich aber kostete er schon den Moment aus, in dem dieser hassenswerte, arrogante Anwalt den bestialischen Gestank erleben würde, der in der Zelle herrschte.

Andrea nahm die Leuchte und bückte sich, um in die Zelle zu kriechen. Sein erster Atemzug war ein Hustenanfall, begleitet vom Impuls, sofort die Flucht zu ergreifen. Der Assassino unterdrückte ein Lachen. Der zweite Atemzug vermittelte ihm einen präzisen Eindruck von der Qual, die die armen Gefangenen erleiden mussten, die in der Grabkammer und in allen anderen fensterlosen Zellen eingesperrt waren, wo Urin, Fäkalien, Schimmel und Fäulnis sich zu einem pestilenzialischen Gestank verbanden. Beim dritten Atemzug war Andrea in der Zelle, und das Entsetzen wurde schwächer, was die beträchtliche Anpassungsfähigkeit von Geist und Körper beweist. Mehmet Hasan hatte sich vor ihm zu Boden geworfen, als betete er in Richtung Mekka.

»Erhebt Euch«, befahl Andrea in der osmanischen Sprache, die er vom Großkanzler Ottobon gelernt und während eines mehrmonatigen Aufenthaltes in Konstantinopel perfektioniert hatte.

»Ihr sprecht meine Sprache?«, fragte der Türke ungläubig, erhob sich, um sich sofort zu verbeugen und Andreas Hand zu ergreifen. »Ich stehe tief in Eurer Schuld.«

Andrea zog sich zurück, als hätte ein Leprakranker ihn berührt.

»Der Dragoman Membré hat mir gesagt, dass Ihr mich sprechen wollt. Ich bin Andrea Loredan, Gefängnisanwalt.«

Der Türke kniete wieder.

»So ist es, und ich danke Euch. Ich heiße Mehmet Hasan.«

»Dann sprecht, ich höre.«

Mehmet zögerte einen kurzen Moment, dann senkte er seine Stimme zu einem Flüstern.

»Ich bin ein Opfer, Signor Avvocato, kein Henker. Man stellt mir Fragen, man foltert mich, aber ich habe mit dem Feuer im Arsenale nichts zu tun. Das wiederholte ich jedes Mal, aber sie glauben mir nicht. Helft mir!«

Andrea dachte über diese Unschuldsbeteuerung nach, die er schon oft von Gefangenen gehört hatte. Er betrachtete

den flehenden Alten und empfand Mitleid mit ihm. Das war menschlich, aber juristisch falsch. Das Gesetz ist Vorschrift, kein Gefühl, ermahnte er sich angestrengt.

»Ihr seid dem Inquisitionsverfahren der Zehn unterworfen. Hat man Euch das gesagt?«

»Ja.«

»Hat man Euch gefoltert?«

»Mehrmals. Ich wurde gefesselt und gefoltert.«

Andrea behielt seine Missbilligung für sich. Die Vorschrift verbot den Strick bei Kindern, schwangeren Frauen, Wöchnerinnen und alten Menschen.

»Ich werde Euren Fall in der Avogarìa vorbringen. Damit Euch die Folter erspart bleibt und das Urteil innerhalb von zwei Monaten erfolgt, wie es das Gesetz vorsieht. Doch vor dem Rat müsst Ihr Euch selbst verteidigen. Ich kann lediglich ein Memorandum für Euch vorbereiten, das Ihr Euch genau ansehen müsst. Mehr nicht.«

»Das wäre schon viel«, sagte der alte Türke mit einer Verbeugung, dann lächelte er ihn an. »Ihr sagt, dass Ihr Loredan heißt, Ihr tragt den Namen des durchlauchtigsten Dogen. Seid Ihr mit ihm verwandt?«

Andrea sah ihn an, erstaunt über die Freiheit, die der Gefangene sich herausnahm. »Ich bin sein Sohn.«

Der Alte beugte leicht das Haupt zum Zeichen des Respekts. Mehr nicht. Dann musterte er Andrea, als überflöge er einen Text auf seinem Gesicht. »Ihr seid jung«, sagte er schließlich, zufrieden lächelnd, »und habt ehrliche Augen, wie ich gehofft hatte. Ich will Euch vertrauen.« Er drehte sich zum Strohlager um und zog ein Leinensäckchen hervor. »Ich möchte, dass Ihr mein Bürge seid«, sagte er in einem Atemzug, während er die Zipfel zurückschlug und Andrea ein ansehnliches Häufchen Golddukaten zeigte.

Andrea warf einen Blick auf das Geld. Als er zum Sprechen ansetzte, kam Mehmet Hasan ihm zuvor: »Seid unbesorgt, das ist ehrliches Geld, aber an diesem verfluchten Ort kann ich es nicht bei mir behalten, das versteht Ihr, nicht wahr?« Er machte eine Pause. »Ich bitte Euch, es für mich zu verwalten.«

Instinktiv wollte Andrea ablehnen, dann blickte er in diese Augen, und wieder siegte sein Mitgefühl. Er nahm das Geld an sich. »Was soll ich damit tun?«, fragte er.

»Möge Gott Euch beschützen, Ser Loredan.« Mehmet Hasan machte ihm ein Zeichen, näher zu kommen. Dann begann er lebhaft auf ihn einzureden, und während seine Stimme zu einem Hauch wurde, trat ein Ausdruck grenzenlosen Staunens auf Andreas Gesicht.

46

Auf dem Weg zum Krankenhaus Santi Pietro e Paolo war aus Andreas Staunen Verwirrung geworden, als hätte ein Windstoß ihm die nicht nummerierten Seiten eines Manuskripts durcheinandergebracht und er müsste es Seite für Seite erneut lesen, um die Ordnung wiederzufinden.

Was ihn verstörte, waren weniger die hundertzwanzig Golddukaten, die er in einen Lappen gerollt bei sich trug, als der Name der Person, für die sie bestimmt waren: Ermonia Vivarini, Schwester von Lucia, der verstorbenen Äbtissin der Celestia.

Die Straße, über die Andrea seit dem traurigen Tag der Explosion des Arsenale ging, hatte sich mit Zufällen gepflastert, die so schwer wogen wie Mühlsteine, aber den Ereignissen keinen zusammenhängenden Sinn verleihen konnten. Jetzt mischte sich auch noch ein alter türkischer Teppichhändler ein, der von den Zehn verdächtigt wurde, Feuer an die Pulverkammern gelegt zu haben, und erzählte, er schulde der Vivarini, Eigentümerin einer Glasbrennerei in Murano, Geld für eine Lieferung Lampenschirme, Flaschen und Inghistere.

Als Mehmet Hasan diesen Namen ausgesprochen hatte, war

eine Sturzflut von Fragen über Andrea hereingebrochen. Vor allem fragte er sich, warum der Türke ausgerechnet ihn für diese Aufgabe ausgewählt hatte. Nach allem, was geschehen war, genügte der Zufall nicht mehr als Erklärung, ebenso wenig wie die Ehrlichkeit, die Mehmet in seinen Augen entdeckt haben wollte. Je länger er darüber nachdachte, desto tiefer fühlte Andrea sich in eine gegen ihn gesponnene Verschwörung hineingezogen, bei der er durch ein Spiel des Schicksals sowohl Akteur als auch Zuschauer war. Eine Art unbewusstes Gravitationszentrum. Während er so dem Fluss seiner Gedanken nachging, wurde seine Beunruhigung zur Bestürzung.

Das Santi Pietro e Paolo war eines der ältesten Krankenhäuser von Venedig. Manche sagten, es habe schon um das Jahr tausend als Unterkunft und Verpflegungsstelle für die Pilger ins Heilige Land existiert. Andere behaupteten, es sei zwei Jahrhunderte später entstanden, um den Kreuzrittern, die zum Vierten Kreuzzug aufbrachen, als Zuflucht zu dienen, wo sie versorgt wurden und ausruhen konnten. Auf jeden Fall brachte die Stelle, an der es erbaut wurde, an der Calle San Gioacchino hinter dem Arsenale, das Krankenhaus in eine strategisch günstige und geschützte Position für all diejenigen, die sich täglich dem Meer aussetzen mussten. 1368 hatte der Doge Andrea Contarini, soeben gewählt, das Krankenhaus unter seinen Schutz gestellt. Im selben Jahr gestattete ein Gesetzeserlass der Republik, der Venedig die Exkommunikation durch den Papst und den Zorn des Patriarchen eingetragen hatte, dem Kollegium der Chirurgen, an diesem Ort die Sektion menschlicher Körper durchzuführen. So wurde eines der drei Häuser, vom Volk sofort »Schlachthaus der Unglückstoten« getauft, zu einer Art anatomischem Lehrsaal, wo die Leichen derjenigen untersucht wurden, die durch eigene oder fremde Gewalttat aus dem Leben geschieden waren.

Andrea hasste es, das »Schlachthaus« zu betreten, und hätte sein Beruf ihn nicht von Zeit zu Zeit dazu gezwungen, hätte er stets einen großen Bogen um das Gebäude gemacht. Luca Foscari dagegen schien dort zu leben wie in seinem eigenen Haus. Nachdem er sich in Anatomie spezialisiert hatte, war er innerhalb weniger Jahre zum gefragtesten Anatomen Venedigs und der Terraferma geworden.

Prompt wurde Andrea auch jetzt, als er über die Schwelle des Krankenhauses trat, von Angst gepackt. Der Pförtner, ein Zwerg mit einem Riesenkopf und dem Körper eines Kindes, erkannte ihn und kam ihm breit lächelnd entgegen.

»Avvocato serenissimo, wie schön, Euch wiederzusehen!«, sagte er freundlich. »Welcher Tote führt Euch hierher?« Er lachte über die abgeschmackte, an diesem Ort gebräuchliche Bemerkung.

»Einen guten Tag wünsche ich Euch, Taso«, antwortete Andrea. »Ist Dottor Foscari noch im Krankenhaus?«

»Er müsste in der Laterne bei einer Leichenöffnung sein.« Da er Andreas Abneigung gegen das Ausnehmen der Leichen kannte, blitzten seine Augen bei diesen Worten erwartungsvoll auf. Er streckte eine Hand zu dem Tischchen aus, das ihm bis zu den Augen reichte, und schlug ein Register auf. »Ja, er ist heute Morgen sehr früh hereingekommen. Eure hochgeschätzte Unterschrift bitte, Ser Loredan«, und er reichte Andrea das Buch. Dieser kannte das Procedere, darum hatte er die Feder schon in das Tintenfass getaucht. Derweil spießte der Zwerg mit Hilfe eines Rohrs, wie man es zum Anzünden der höchsten Kerzen auf dem Altar benutzt, ein schwarzes Hemd, das in einem Schrank hing, am Kragen auf und reichte es Andrea.

»Bitte sehr, Avvocato.«

»Ich danke Euch«, antwortete Andrea, und während er sich das Hemd überzog, verließ er den hellen, sonnenbeschienenen Eingang, um in einen dunklen, niedrigen Korridor aus roten Ziegelsteinen zu treten, in dem einige Leuchten auf halber Höhe der Wände Licht spendeten. Dieser Korridor trennte den Teil des Krankenhauses, der den Lebenden vorbehalten war, von dem, der die Toten beherbergte. Andrea nahm ihren Geruch

wahr, als er im ersten Pavillon ankam. Hier wurden die Wände kalkweiß, und die Temperatur sank erheblich. Zur Rechten wie zur Linken lagen die verschlossenen Türen der Kühlräume zur Aufbewahrung der Leichen. Die »Laterne« war ein großer Raum, der sich an die tragende Wand des Krankenhauses stützte und einen Teil des Gartens im Innenhof einnahm. Ein Merkmal, das sofort ins Auge sprang, war die Helligkeit der drei übrigen Wände, deren untere Hälfte aus weißem istrischen Kalkstein bestand, an den sich bis hinauf ans Dach reichende Fensterflächen aus Cristalìn anschlossen. Man fühlte sich tatsächlich wie im Inneren einer riesigen Laterne aus facettiertem Glas, wie sie in den Vorhallen der Adelspaläste hingen. In der Mitte dieses Raums stand ein großer Tisch mit einer Fläche aus poliertem Marmor, und darauf lag ein geöffneter Leichnam.

Über diesen Körper beugte sich Luca, in die schwarze Toga der Ärzte gehüllt, mit einer Kappe aus schwarzem Tuch auf dem Kopf. Er sah aus wie ein Geier, der sich am Aas gütlich tut. Mit lauter Stimme kommentierte er seine Arbeit, wie es bei den Vorlesungen an der Universität üblich war.

»Auf die Kehle wurde ganz offensichtlich Druck ausgeübt, der den Kehlkopf nach oben verschoben hat, wodurch die Zunge gegen die Kehle gedrückt wurde …« Er brach ab und hob den Kopf, um Andrea anzuschauen, als hätte er Mühe, ihn wiederzuerkennen. Noch seltsamer war sein Gruß: »Avvocato Loredan«, sagte er distanziert, als grüßte er eine bekannte Person, keinen Freund.

»Avvocato!«

Eine zweite Stimme erklang hinter Andrea und zwang ihn, sich umzudrehen. Der Sekretär der Zehn, Zuàne Formento, saß in dem hölzernen Gestühl, das die gesamte Rückwand des Saals einnahm. Mit seiner schwarzen Kleidung hob er sich kaum von dem dunklen Holz um ihn herum ab.

»Segretario«, erwiderte Andrea nur knapp, leicht den Kopf neigend. Formentos Miene war angespannt. Er stand auf und

kam, begleitet vom Knarren der zwei Stufen des Gestühls, auf ihn zu.

»Willkommen, Avvocato. Wenn Ihr wüsstet, wie recht Ihr hattet.« Die Worte des Sekretärs schwebten in der mit Duftessenzen geschwängerten Luft, die den Leichengestank kaum zu mildern vermochten.

Andrea begriff ihren Sinn nicht sofort, doch als er ihn ahnte, ging sein Blick von Formento wieder zu Luca und weiter zu dem Körper, den der Arzt untersuchte. Es war eine Frau. Die weiße Haut mit dem grünlichen Schimmer des Zersetzungsprozesses war glatt, samtig, jung. Auch die Proportionen des Körpers deuteten auf eine junge Frau hin.

»Arme Tochter, sie musste sogar die Schmach erleiden, nicht in der Kirche geehrt zu werden.« Formento ging an Andrea vorbei und stellte sich neben Luca an den Rand des Seziertisches. Sein Blick auf den Leichnam war von tiefem, ehrlichem Mitleid erfüllt. »Aber das werden wir wiedergutmachen, sie bekommt ein würdiges Begräbnis.«

Andrea trat einen Schritt vor und erkannte Anna Tagliapietra, vor allem an den jetzt weit aufgerissenen, starren Augen, die ein wenig zur Seite gedreht waren.

»Bitte fahrt fort, Dottor Foscari«, sagte Formento, »denn vor dem Avvocato Loredan haben wir keine Geheimnisse, ja, ich hätte ihn sogar rufen lassen, wenn er mir nicht zuvorgekommen wäre.« Während er das sagte, hob er die Augen zu Andrea, und in seinem Blick lag eine Spur Hohn.

»Wie ich schon sagte, ist die Ärmste erdrosselt worden.« Luca beugte sich wieder über den Körper der Novizin und zeigte auf den Hals. »Diese Abschürfungen wurden von den Fingernägeln des Angreifers verursacht. Und diese blutunterlaufenen Flecken vom Druck seiner Hände.« Luca trat einen Schritt zurück, gefolgt von Formento, und zeigte auf den Oberkörper der jungen Frau, der vom Darm bis zum Halsansatz, etwas oberhalb des Brustbeins, aufgeschnitten war und von zwei Trennbögen offen

gehalten wurde. »Der endgültige Beweis, dass die Frau erwürgt und erst dann ins Wasser geworfen wurde«, erklärte Luca in professoralem, distanziertem Ton, »ist das völlige Fehlen von rosa Schleim in der Kehle und der Luftröhre, außerdem gibt es kein Wasser in den Lungen, natürlich auch nicht im Magen und im Verdauungstrakt.« Auf jedes dieser Organe hatte Luca mit dem Zeigefinger gedeutet, jetzt blickte er seine beiden Zuhörer an. »Der Körper weist keine weiteren Verletzungen oder Spuren von Schlägen auf, was mich zu der Vermutung führt, dass es keinen Kampf mit ihrem Mörder gab.«

»Er kannte sie«, bemerkte der Sekretär lakonisch.

»Ich würde sagen, diese Vermutung ist begründet«, bestätigte Luca.

Es wurde still in der Laterne. Formento blickte Andrea eindringlich an, und einige Sekunden lang fühlte Andrea sich von diesen Augen eingesogen, er konnte sich nicht von ihnen lösen. Das hätte er ohnehin nicht getan, um nicht den Eindruck zu erwecken, dieser Blick bezwinge ihn, als sei er für das Unglück verantwortlich. Da der andere nicht aufgab, griff Andrea zur einzigen Möglichkeit, um zu sich befreien.

»Wenn Ihr gestattet, Signor Segretario«, sagte er, »möchte ich dem Dottore ein paar Fragen stellen.«

»Ihr müsst mich nicht bitten, Avvocato, im Gegenteil, ich wäre Euch dankbar«, erwiderte Formento übertrieben entgegenkommend.

»Was könntet Ihr aufgrund Eurer Erfahrung«, fragte Andrea den Freund, um einen formellen Ton bemüht, wie Luca es bei ihm gehalten hatte, »über den Zeitpunkt des Todes sagen?«

Luca breitete die Arme aus, bevor er sprach.

»Schwer zu sagen. Das Wasser verbirgt die Zeichen des Todes und verzögert die Verwesung. Ihr wisst, wie man sagt: ein Tag an der Luft, zwei Tage im Wasser, vier unter der Erde.« Er wies auf einen grünlichen Fleck, der sich auf der rechten Seite des Bauches gebildet hatte. »Seht, hier kann ich mit Gewissheit sagen, dass die Verwesung des Bauchraums begonnen hat und die Totenstarre zurückgeht.« Er hob die Augen zu Andrea. »Wir können vermuten, aber es ist nur eine Vermutung, dass die Novizin seit zwei oder drei Tagen tot ist.«

»Ich erlaube mir festzustellen«, sagte Formento, »und der Anwalt Loredan kann uns das bestätigen, dass Anna vorgestern Abend noch lebte, denn sie war in der Kirche San Giacomo bei den Exequien einer anderen unglücklichen Nonne zugegen. Und da ihre Mitschwestern erklärt und beeidigt haben, dass sie die Novizin bei der abendlichen Beichte und der Totenwache während jener unseligen Nacht gesehen haben, kommt mir bei Euren Worten, Dottore, der Gedanke, dass die verbrecherische Tat am gestrigen Morgen zwischen Morgendämmerung und Sonnenaufgang, zwischen Matutin und Laudes, begangen wurde.«

Der Sekretär hatte flüssig gesprochen, dabei war sein Blick zwischen den beiden Zuhörern hin- und hergegangen, damit ihm nicht das kleinste Anzeichen von Zustimmung oder Zweifel entging. Doch jeder behielt seine Gedanken für sich.

Andrea dachte an Formentos Gondel, die er in der Nacht des Mordes aus der Richtung der Giudecca hatte zurückkehren sehen, während Formento ihm erzählt hatte, er habe die Nacht im Palazzo verbracht, um dem Dogen beizustehen.

Formento dachte an den Rapport der beiden Sbirren, die an den Fondamenta degli Schiavoni Wachdienst machten und den Sohn des Dogen in jener Nacht zweimal gesehen hatten. Er dachte an den Nachtportier der Locanda della Torre, der erklärt hatte, er habe Ser Loredan kurz vor Sonnenaufgang zurückkehren sehen.

Luca, der den Blickwechsel zwischen dem Sekretär der Zehn und Andrea beobachtete, nahm das Duell wahr, das zwischen den beiden stattfand, und hätte gerne gewusst, was sie mit jenem Leichnam verband. Zumal, aber das würde er erst später sagen, dort zwei Tote lagen: Anna Tagliapietra und die unschuldige Seele des Kindes, das die Novizin im Schoß trug.

47

Alvise Mocenigo war kein Mann, der zur Rührung neigte. Doch als er jetzt durch das Mittelschiff der Kirche San Marco schritt, die Augen auf die Kanzel rechts vom Hauptaltar geheftet, die mit ihrem polychromen Marmor, den mit Intarsien geschmückten Säulen und ihrer vieleckigen Form wie die Spitze eines Turms aussah, stieg Rührung in ihm auf, die ihm die Luftröhre verengte und seine Augen mit Tränen trübte.

Sein Seelenzustand hatte nichts mit dem Gang durch diese Kirche zu tun: Er kannte ihre beeindruckende Architektur aus Kuppeln, geraden Linien, Bögen, Fenstern, Säulen und Marmorverzierungen, die das Gold der Mosaike mit unzähligen Reflexen umgab und zu einem Traum vom Paradies machte. Nein, seine Rührung war von einem Gedanken oder vielmehr ebenfalls einem Traumbild hervorgerufen worden: Alvise Mocenigo, seit drei Jahren Prokurator von San Marco *di ultra*, außerdem Savio für Ketzerei, ein ganzes Leben im Dienst der Politik und Diplomatie mit allmählichem Aufstieg über verschiedene Machtpositionen, Sitz für Sitz, und einem langen Aufenthalt im Rat der Zehn, auf den er starken Einfluss hatte, träumte sich auf diese Kanzel hinauf, wo er mit ausgebreiteten Armen und geöffneten Händen im Gewand des Serenissimo der Republik seine Treue als Doge gelobte. Ein Gedanke, der ihm den Atem und den Schlaf raubte. Dabei hatte er es bei der letzten Wahl, bei der Loredan triumphiert hatte, schon fast geschafft, doch einige Freunde und bedeutende Wähler hatten ihn verraten. Die Rührung verschwand, sie wurde von einer Mischung aus Zorn und Hass überschwemmt. Das Bild seines Triumphs verflüchtigte sich unter dem Geräusch seiner Schritte, die durch die beschämende Erinnerung zu einem wütenden Stampfen über die Mosaike des Fußbodens aus Porphyr, Serpentin und orientalischen Steinen geworden waren. Zu dieser kanonischen Stunde, der neunten, war die Kirche leer. Alvise bog nach links und ging zwischen zwei Säulen auf die Bronzetür zu, die in die St.-Isidor-Kapelle führte. Er trat in das Halbdunkel.

Angelo Riccio wartete dort auf ihn, in dieser geschützten, geweihten Nische mit den Überresten des Heiligen, und er hatte zum Dank schon fünf Rosenkränze gebetet, als Mocenigo, neben ihm niederkniend, das Holz der Bank zum Knarren brachte.

»*Dominus vobiscum*«, flüsterte der Frate, den Blick weiter auf das Votivlicht geheftet, das auf dem Altar brannte und die Kapelle mit einem aschfarbenen Licht erfüllte.

»*Et cum spiritu tuo*«, erwiderte Mocenigo, ebenfalls flüsternd. »Ihr wolltet mich sprechen?«, fragte er, die Hände gefaltet und die Augen zum segnenden Christus erhoben.

»Messer Procuratore, die Hand des Herrn hat die Wut des Teufels gebändigt und mich am Leben erhalten, damit ich Euch berichten kann ...« Riccio begann schnell zu sprechen, sein Redefluss schien dem Rhythmus der kleinen Wellen zu folgen, die am Morgen, bevor der Wind auffrischt, an die Strände des Lido schlagen. »Das Böse ist ins Kloster von San Giacomo auf der Giudecca eingedrungen.«

Der Prokurator und Savio für Ketzerei ließ vom tröstlichen Anblick des Christus ab und warf einen eiskalten Blick auf den Frate.

»Ja, Eccellenza«, beeilte sich Riccio zu versichern. »Vorgestern bin ich, wie Ihr so weise empfohlen hattet, in später Nacht zum Kloster gefahren, um dieser von so vielen Unglücken heimgesuchten Gemeinschaft das Sakrament der heiligen Beichte zu bringen ...«

»Über die Fakten bin ich unterrichtet«, unterbrach ihn Mocenigo säuerlich. »Sagt mir, was Ihr wollt.«

Der Frate zögerte, einen Augenblick verspürte er Hass auf diesen Mann, den er schon in Padua zu verabscheuen gelernt hatte, als er dort Statthalter war.

»Hochverehrter Messere«, hub er dann leise an, »bei allem ge-

botenen Respekt, ich glaube, der Weg, den wir verfolgen, führt zu nichts. Marin und seine Chiffreure werden schier verrückt über der Suche nach dem Schlüssel für Tomeis Botschaft, der Gefangene ist aus hartem Holz und wird niemals sprechen, und ich erlaube mir, zu bemerken, dass ich mich in einer grässlich widernatürlichen Situation aufreibe und mein Seelenheil gefährde.«

»Dafür werdet Ihr großzügig bezahlt.«

»Verzeiht, aber Geld ist nicht alles. Und für alles gibt es eine Grenze.«

»Wollt Ihr etwa aufgeben?«

»Um Himmel willen, nein. Das ist nicht meine Art.«

»Also dann?«

»Ich möchte die Spielregeln ändern …«, sagte Riccio und ließ seine Worte in der Stille verklingen. Alvise Mocenigo musterte ihn aufmerksam, er versuchte die Fortsetzung zu erraten.

»Ich verstehe«, sagte er, »Formento hat es mir schon gesagt: Ihr schlagt vor, Tomeis Haft in eine Umquartierung *in loco carceris* zu verwandeln.«

Das Gesicht des Mönchs hellte sich auf: »Genau!«

»Unsinn!«, ließ der andere ihn erstarren.

Riccio zögerte, atmete tief ein und fuhr mit Nachdruck fort: »Messer Procuratore, überlegt einmal. In den Pozzi eingeschlossen, kann der Florentiner mit niemandem Kontakt aufnehmen. Lockern wir die Überwachung, lassen wir ihm Bewegungsfreiheit! Wir haben die besten Sbirren, die besten Spione. Mit denen umgeben wir ihn und warten ab.«

»Der Mann ist gerissen. Er wird uns entwischen.«

»Nicht, wenn wir ihn auf eine Insel im äußeren Bezirk verbannen. Denkt an unser übliches Verfahren mit den türkischen Diplomaten.«

Mocenigo schien den Vorschlag in Betracht zu ziehen, und Riccio glaubte schon, er habe dessen Panzer aus Misstrauen durchbrochen.

»Ein zu großes Wagnis! Florenz ist nicht Konstantinopel, es liegt zu nah und kann leicht eine Flucht für Tomei organisieren. Alle werden uns auslachen, die Medici als Erste!«

Der Mönch schloss die Augen, und sein Gesicht nahm einen Ausdruck tiefsten Bedauerns an. »Dann werde ich Euch klar und deutlich sagen, was ich denke«, fuhr er entschieden fort. »In aller Aufrichtigkeit, ich glaube nicht, dass Filippo Tomei etwas mit der Explosion des Arsenale zu tun hat.

»Was tut Ihr jetzt? Ihr verteidigt ihn?«

»Nein, ich versuche nur, die Logik zu gebrauchen … und ich denke an die politischen Folgen dieser Geschichte.«

»Erklärt, was Ihr meint«, forderte der Prokurator von San Marco ihn auf.

Der Frate, der die Gefahr liebte, beschloss, dass der Moment gekommen war, sich eine gewisse dialektische Freiheit herauszunehmen. »Eccellenza«, begann er, »gewiss kann ein bescheidener Mönch wie ich einem hervorragenden Politiker nicht erklären, was er selbst schon weiß. Von Karl V. wurdet Ihr zum Ritter geschlagen, Seine Heiligkeit Pius IV. hat Euch die Ehre erwiesen, Euch in der Sala Regia im Vatikan zu empfangen, wie die Großen dieser Welt …« Riccio machte eine Pause, um die Wirkung seiner Worte zu überprüfen.

»Ihr seid ein Schurke, Fra Angelo«, lächelte Mocenigo ihn an, »ein sympathischer Schurke wie alle Paduaner. Macht weiter und übertreibt nicht.«

»Ich bitte um Vergebung.« Riccio neigte den Kopf, eine Reue heuchelnd, die er nicht empfand, während sein Herz in Aufruhr geriet und er vor Stolz glühte wie ein Bärendompteur, dem das Tier als Zeichen der Dankbarkeit das Gesicht ableckt.

»Francesco de' Medici würde sich niemals so stark exponieren, wie er es jetzt tut, um so hartnäckig die Freilassung eines seiner Untertanen zu fordern, der im Verdacht steht, mit den Türken zu konspirieren.«

»Gewiss doch!«, unterbrach Mocenigo ihn ironisch. »Die

Medici sind wie die Borgia: Sie würden ihre Seele dem Teufel übergeben, nur um den Untergang der Serenissima zu erleben!«

»Nicht in diesen Zeiten. Seine Heiligkeit Pius IV. würde das niemals zulassen.«

Der Satz, in die Stille gesprochen, wie ein Tropfen flüssiges Blei ins Wasser fällt, war die Synthese einer realen Situation aus hochgeheimen Bündnissen, an denen Mocenigo seit mindestens sechs Jahren arbeitete. Er beschloss, dem Frate auf den Zahn zu fühlen. »Was hat der Papst damit zu tun?«, provozierte er ihn.

Der Mönch hätte fast gelacht, aber er hielt sich zurück, denn ein wildes Tier reizt man einmal, nicht zweimal.

»Eccellenza, Ihr seid Botschafter am Heiligen Stuhl gewesen, und am achten Oktober vierundsechzig hat das laizistische Venedig dank Eurer subtilen politischen und diplomatischen Kunst als erste der großen Mächte das kanonische Regelwerk des Konzils von Trient unterzeichnet. Man sagt, dass Seine Heiligkeit Pius IV. vor Freude geweint hat, als er die Nachricht erhielt. Es ist allein Euer Verdienst, dass das geschehen ist und die Serenissima heute in Rom den Palazzo San Marco besitzt, dieses herrliche Juwel.«

»Ihr schmeichelt mir. Was könnte ein erbärmlicher Sterblicher wie ich in so großen Fragen schon ausrichten …«, wehrte der Prokurator ab.

»Aber genau das ist es, was Ihr getan habt, ich sagte es Euch doch: Ihr habt diese Stadt in den Schoß der Kirche zurückgeführt!«, rief der Frate aus. Alvises Augen begannen zu leuchten. Im Vorgeschmack des Sieges ließ Riccio sich auf die Knie fallen, faltete die Hände und seine Worte wurden zu einem inbrünstigen Gebet: »Und nur gemeinsam mit der Heiligen Mutter Kirche finden wir die Kraft, das Schiff unseres Erlösers über die Grenzen des Meeres und der Zeit hinaus zu tragen, im Kampf gegen den Türken, den ruchlosen Feind des christlichen Namens.«

Wie von seiner Glut angesteckt, kniete nun auch Alvise Mocenigo nieder und faltete die Hände. »All das wird einen ungeheuer hohen Preis haben«, flüsterte er mit geschlossenen Augen.

Da wandte Riccio sich langsam zu ihm um. »Ihr werdet bald zum Fürsten von Venedig gewählt werden«, fuhr er in prophetischem Ton fort, »und dann wird die Heilige Allianz entstehen.« Alvise Mocenigo erwiderte gebannt seinen Blick. Ein leichter Luftzug bewegte die Flamme der Votivleuchte und ließ die Schatten in der Kapelle tanzen. »Wenn Francesco de' Medici sich derart engagiert für die Freilassung Tomeis einsetzt, muss er einen ganz anderen, aber besonders guten Grund dafür haben«, fuhr der Frate fort. »Ich habe den Florentiner kennengelernt. Wenn er von dem bevorstehenden Attentat gewusst hätte, wäre er niemals so naiv gewesen, ganze Tage in der Celestia zu verweilen, um Madonnen und Jesuskinder zu malen und Skizzen vom Arsenale anzufertigen. Niemals! Meiner Meinung nach steckt etwas anderes dahinter: Tomei ist ein passabler Maler, aber in diesem Fall war seine Kunst nur Mittel zum Zweck, ein Vorwand, um in die Celestia zu kommen, ohne Verdacht zu erregen.«

»Ihr wollt mir jetzt doch nicht etwa weismachen, dieser Perverse habe eine Beziehung zu einer der Nonnen?«

»Nein, ganz sicher nicht, das wäre wider seine Natur.«

»Riccio, erklärt jetzt, was Ihr meint. Meine Geduld geht zu Ende.«

»Tomei war in der Celestia, weil er dort etwas suchte. Wahrscheinlich den verschlüsselten Brief, der im Futter seiner Reisetruhe gefunden wurde. Dieser Brief, und das wisst Ihr, Eccellenza, wurde vor vielen Jahren mit Eisengallustinte auf venezianischem Papier geschrieben und zwar von einer kundigen Hand in einer polyalphabetischen Chiffre.«

»Ich verstehe nicht, worauf Ihr hinauswollt.« Der Prokurator wirkte bemüht ärgerlich.

»Filippo Tomei ist kein Chiffreur und kann den Inhalt des Briefes nicht lesen. Wahrscheinlich sollte er ihn nach Florenz an den Hof von Francesco de' Medici bringen, der ausgezeichnete Kryptographen hat. Tomei ist also nur ein einfacher Bote, der für Francesco arbeitet, und da er ihn so großzügig bezahlt hat, weiß Francesco offenbar um die Bedeutung dieser Botschaft. Doch wenn dieses Dokument, sagen wir, vor dreißig Jahren geschrieben wurde, welche Verbindung kann es dann zur derzeitigen Waffentechnik des Arsenale haben? Nein, diese verschlüsselte Botschaft spricht von etwas anderem.«

»Und wovon, Eurer Meinung nach?«

Das war die Frage, die der Mönch erwartet hatte und die er selbst sich stellte, seit er die Unstimmigkeiten und Widersprüche in dieser Geschichte entdeckt hatte. Es war nämlich seltsam, dass der Erzbischof von Florenz, Antonio Altoviti, ausgerechnet ihn, Angelo Riccio, damit beauftragt hatte, herauszufinden, warum Francesco de' Medici jemanden wie Filippo Tomei nach Venedig geschickt hatte. Und denselben Auftrag hatte er einen Monat später vom Rat der Zehn bekommen, durch seinen intrigantesten Sekretär, Zuàne Formento. So hatte Angelo sich in den Dienst zweier Herren begeben und riskierte doppelt so viel, wurde aber auch doppelt bezahlt. Es hatte ihn keine große Mühe gekostet, zum Schatten von Tomei zu werden. Mit Tomei war er in der Celestia angekommen und hatte sich binnen kurzer Zeit in einem Spinnennetz wiedergefunden. Durch die Explosion des Arsenale war die Geschichte zu einem Drama geworden.

»Nun redet schon, Ihr werdet Euch doch ein paar Gedanken darüber gemacht haben«, drängte Mocenigo.

Angelo Riccio lächelte. »Ich sage Euch: Francesco de' Medici ist nie ein Feldherr und ebenso wenig ein Politiker gewesen wie Cosimo, sein Vater. Das war ihm nicht in die Wiege gelegt, auch fehlt ihm die Leidenschaft. Ohnehin bleiben die Pflanzen, die im Schatten eines großen Baumes aufwachsen, immer schwach und verkümmert …«

»Lasst das Philosophieren und kommt zu den Fakten!«

Riccio zog den Kopf ein, neigte ihn zur Seite und schloss halb die Augen. »Drei teure Leidenschaften hat Francesco immerhin von seinem Vater geerbt: die Liebe zum schönen Geschlecht, die Liebe zur Kunst und die zur Alchemie. Was die Kunst betrifft, so sehe ich kaum Verbindungen zur Celestia und zur Welt der Chiffren. Doch eine Beziehung zu Frauen und zur Alchemie könnte es geben.« Mocenigos Gesichtsausdruck wurde aufmerksam. »Nun, Eccellenza«, fuhr Riccio fort, und seine Stimme senkte sich zu einem Flüstern, »alle wissen von der ehebrecherischen Beziehung, die der Medici seit vier Jahren zu der schönen Bianca unterhält, der Tochter unseres unglücklichen Bartolomeo Cappello, die mit diesem Unhold Bonaventuri verheiratet wurde, nachdem er sie geraubt und getäuscht hatte. Doch nicht alle wissen, dass das Mädchen nicht nur eine Schönheit, sondern auch Expertin für Alchemie und die Verwandlung von Metallen ist, und ich habe aus sicherer Quelle erfahren, dass sie schon als kleines Mädchen mit den Geistern der Verstorbenen und wer weiß welchen anderen Gestalten aus der Unterwelt sprach. Wusstet Ihr das?«

Die Frage schien Alvise Mocenigo aufzuwecken. »Einiges ist mir zu Ohren gekommen«, sagte er widerstrebend.

»Und wusstet Ihr, dass Lucia Vivarini, die bei dem Einsturz des Klosters verstorbene Äbtissin, in enger Verbindung zu Bianca stand?«

Die Augen des Prokurators wurden zu schmalen Schlitzen. »Die Cappello hat Venedig vor fünf Jahren verlassen und ist nie mehr zurückgekehrt.«

»Ich spreche von einer brieflichen Beziehung«, erklärte der Frate sofort. Dann zog er ein mehrmals gefaltetes Blatt aus dem Ärmel seiner Kutte und entfaltete es unter Mocenigos Blick. »Dies wurde Ende August am Raticosa-Pass in der Tasche eines Boten von Bianca gefunden, der bei einem Hinterhalt von Briganten zu Tode kam. Seht her.«

Der Prokurator nahm das Blatt aus Pergament, und Erstaunen zeichnete sich auf seinem Gesicht ab. Das Schreiben trug das rote Siegel in Form eines Hutes mit zwei Schleifen, das Wappen von Bianca Cappello. In der Mitte des Blattes reihten sich, in einer winzigen Handschrift geschrieben, Vokale und Konsonanten in einer Chiffre, die der von Zuàne Francesco und seinen Schülern untersuchten sehr ähnlich sah.

»Wer hat Euch das gegeben?«, fragte Mocenigo.

Riccio verbarg sein Zögern hinter einem Lächeln. »Jemand vom Florentiner Hof, der dem Großherzog sehr nahesteht.« Der Mönch beugte den Kopf. »Ihr mögt mir verzeihen, dass ich den Namen, jedenfalls vorerst noch, verschweige.« Der Prokurator warf ihm einen finsteren Blick zu. »Ich habe außerdem erfahren, dass Lucia Vivarini eine große Bibliothek besaß und dass Bianca Cappello davon wusste.«

»Was für eine Art von Bibliothek?«, fragte Mocenigo schroff.

Angelo Riccio zuckte mit den Schultern. »Was man versteckt, ist niemals sauber, Eccellenza. Mir ist jedenfalls der Gedanke gekommen, dass der Florentiner genau diese Bücher suchen könnte. Verbotene, gefährliche Bücher. Bücher, die auf dem Index stehen, und darum erlaube ich mir zu insistieren, Eccellenza: Dieser Mann muss wieder in die Lage versetzt werden, handeln zu können. Das ist wichtig. Wenn er die Bücher findet, werden auch wir sie finden.«

Der Prokurator schloss die Augen, wie er es häufig tat, wenn der Gang seiner Gedanken vor einer Weggabelung zum Stillstand kam. »Ich werde mit dem Rat darüber sprechen.«

»Außerdem gibt es da diesen Türken, Mehmet Hasan. Was nützt es, ihn in diesem einsamen Loch zu halten? Stecken wir ihn zu den anderen Gefangenen, am besten zu den Literaten, die besonders geneigt sind, mit Ungläubigen zu sprechen.«

»Ich werde sehen, was ich für ihn tun kann. Aber allmächtig bin ich nicht«, sagte Mocenigo leise. Ohne noch etwas hinzuzufügen, erhob er sich, beugte vor dem Bildnis Christi das Knie,

bekreuzigte sich und ging auf den großen Bogen zu, der aus der Kapelle führte.

Riccio wartete, bis Mocenigo hinter einer Säule verschwunden war, dann ballte er zufrieden die Fäuste und kostete seinen Sieg aus.

48

»Ihr könnt Euch selbst überzeugen. Seht her.«

Mit einer Chirurgenpinzette hielt Luca ein Stück des Darms von Anna Tagliapietra in die Höhe, während er mit der Spitze des Messers, mit dem er die Gebärmutter aufgeschnitten hatte, auf eine Stelle ihres Körpers zeigte.

Der Erste, der einen Schritt vortrat, war der Sekretär Zuàne Formento. Er reckte den Hals und beugte den Oberkörper vor, als betrachte er eine tiefe Schlucht vom Rand des Abgrunds aus.

»Was Ihr seht«, sagte Luca in respektvoll leisem Ton, »ist ein Fötus von etwa vier Monaten.«

Sichtlich betroffen, verschränkte Formento die Finger vor seinem Gesicht und legte die Stirn darauf.

»Arme Tochter«, murmelte er nur bekümmert. Dann, als sei ihm plötzlich ein Gedanke gekommen, drehte er sich abrupt zu Andrea um und blickte ihn finster an.

»Nur Mut, kommt her und seht Euch das Gemetzel an.« Sein Ton war anklagend, als wollte er Andrea für das Geschehen verantwortlich machen.

Andrea, der angespannt und müde war, nahm den aggressiven Ton des Sekretärs wahr und fühlte Zorn in sich aufsteigen, doch ihm halfen seine Erfahrungen im Gerichtssaal, wo Anklage und Verteidigung einander fortwährend mit Angriffen und Provokationen herausfordern, um zum Plädoyer zu reizen und die gegnerische Seite zu Fehlern zu verleiten. Er beschloss, dem Sekretär nicht zu widersprechen, stellte sich neben ihn und blickte auf die Ansammlung feuchter Eingeweide hinunter. Dann schloss er seufzend die Augen.

»Der Tod hat kein Mitleid«, sagte er aufrichtig erschüttert.

»Bezeugen wir unseren Respekt vor diesen beiden armen Seelen.« Formento bekreuzigte sich und senkte den Kopf. »*De profundis clamavi ad te, Domine: Domine exaudi vocem meam.*«

Seine Stimme wurde zu einem undeutlichen Flüstern, während er die Verse des *De Profundis* betete. Andrea nutzte den Moment, um Luca einen Blick zuzuwerfen, mit dem er sein distanziertes Verhalten erforschen wollte. Der Freund verstand den Blick und antwortete mit einer kaum merklichen Handbewegung, die Andrea bedeutete, zu warten, und flüsterte ihm hastig ins Ohr: »Ich muss dir wichtige Dinge sagen. Du wirst von mir hören, aber pass auf, denn in dieser Geschichte riskiert man sein Leben.«

49

Die Vorzeichnung des Schiffsrumpfes begann mit einem Gebet, zwei Pflöcken, einer Schnur und fünfundzwanzig Schritten. Es hatte zu regnen begonnen, ein feiner Regen, vom Wind herangetragen, der umherwirbelte und sich kräuselte, und vor dem es kein Entrinnen gab. Bepo Rosso hatte das Läuten zum Ende des Arbeitstages abgewartet und war vom Neuen Hafenbecken des Arsenale zum Neuesten Becken hinübergegangen. Er hatte eine der östlichen Anlegestellen ausgesucht, denn im Westen waren die Mauern seit der Explosion abgestützt. Bei diesem Unwetter war außer den Wachen auf den Türmchen niemand mehr auf der Werft. Der Werkmeister versteckte sich trotzdem hinter einem Stapel Holz und der Mauer, um mit seinem Gebet allein zu bleiben.

Die Abwesenheit seines Sohnes schmerzte ihn jedes Mal, wenn er den Bootsrumpf anreißen musste, denn Giorgio sollte eines Tages seinen Platz im Arsenale einnehmen und die erhabene Kunst des Schiffsbaus fortführen.

Er kniete auf dem feuchten Boden nieder und bat Gott um Vergebung. Er bot Gott sein Leben an, bat ihn aber, seinen Sohn zu beschützen und zu erleuchten, und das Leiden von Annina, seiner Frau, zu mildern. Das Gebet wurde zum Gespräch über ernste, schwerwiegende Dinge, über Entscheidungen, die er getroffen hatte und treffen musste, Entscheidungen, bei denen seine Hoffnungen die Reue nicht auszugleichen vermochten. Eines aber wusste Bepo gewiss, und er hatte es der Jungfrau Maria geschworen: An dem Tag, an dem die Türken Giorgio befreiten, würde er, sobald sein Blick dem des Sohnes begegnet war und seine Finger dieses Gesicht, ob tot oder lebendig, gestreichelt hatten, sich freiwillig den Zehn ausliefern und das entsetzliche Verbrechen gestehen, das er begangen hatte. Die Gewissheit, dereinst für seine Schuld zu büßen, gewährte ihm jenen inneren Frieden, den er brauchte, um sein Gebet zu beenden. So bat er den Herrn, seine Arbeit zu erleuchten und ihm die Hand zu führen, damit er ein sicheres, starkes Schiff baute, das Zufluchtsort und Vorhut zugleich für den Sieg über die Feinde und Schutz vor Stürmen und unbekannten Gewässern war.

Er nahm einen Pflock, zog den Holzhammer aus der Ledertasche und schlug den Pflock in die feste, feuchte Erde zu seinen Füßen ein. Dann band er ein Ende der Schnur um den Pflock und zog sich die Schuhe aus, um das Maß nicht zu verfälschen. Er drückte die Ferse seines linken Fußes fest an den Pflock, richtete den Blick nach vorn und zog im Geist eine perfekte gerade Linie. Der erste halbe und ein weiterer halber Schritt bildeten das richtige Maß, und als er einen dritten und vierten tat, fühlte er den Achtersteven unter seinen Füßen entstehen. Er ließ die Schnur abrollen und ging weiter, sorgsam darauf bedacht, eine perfekte Gerade zu zeichnen. Er spürte die Härte des Eichenholzes, die Schärfe des Balkenkiels und sah, dass aus der Sponung wie eilige Frühlingsknospen rechts und links schon die Spanten der Galeere hervorsprossen, die Rippen, die die Bootshaut aus Lärchenholz stützen würden. Und wie Zweige, die die Rippen verbanden, sah er über seinem Kopf eine neben der anderen die Bootsplanken verlaufen, die das Deck tragen würden.

Noch wenige Schritte, dann war er bei der großen Spant in der Mitte des Schiffs. Er blieb stehen. Der Wind heulte zwischen den Masten und der Takelage. Zu seiner Rechten hörte er in der Ferne das Dröhnen des vom Schirokko aufgewühlten Meeres, dessen Spiegel an den Stränden des Lido anstieg. Er stellte sich eine große Welle vor, die die Galeere seitlich erfasste und das Schiff, das er gerade baute, ins Schlingern brachte. Wenn er die Augen schloss, sah er die Matrosen, die die Segel im Zaum hielten, weinten oder beteten. Er dachte an den Druck des Windes auf den Hauptmast, an den Fallwinkel der Takelage, an den Gierschlag, der die Galeere treffen würde, und beschloss, die Bootsmitte um eine Spanne nach vorn zu verlegen.

Er machte einen Knoten in die Schnur und setzte sein Abschreiten und Bauen fort. Schon streifte die Wölbung des Decks seine Haare: hier würde die Galeere ihre maximale Breite von fünfzehn Fuß erreichen. Da war der Hauptmast mit seiner Mastspur, die ihn stützte, weil sie fest im Kielschwein verankert war. Und schon erkannte Bepo Rosso den Vordersteven und den Fockmast, der wichtig ist für das Wenden und um den Kurs wiederzufinden, wenn das Boot besonders heftig ins Schlingern gerät. Rosso dachte an den Rammsporn und die Enterbrücke, auf der die Fanti da Mar ihrem Feind und ihrem Schicksal entgegengingen. Als er an der Achse dieses imaginären und dennoch wirklichen Bugs angekommen war, kniete er nieder, küsste den Boden, wie es das Ritual verlangte, und hieb den zweiten Pflock in die Erde, an dem er das andere Ende der Schnur befestigte. Bald würde es Abend werden, und mehr konnte er an diesem stürmischen Tag nicht tun. Er richtete sich auf, wandte sich zum Heck und stellte sich das schöne, schlanke Schiff vor, das die

Dollborde für die Ruderer zu beiden Seiten verbreiterten und wie einen zum Himmel geöffneten Kelch formten.

In diesem erhabenen Moment aus Imagination und Berechnung brachten ihn zwei dunkle Silhouetten auf die feuchte und windige Erde zurück. Sie kamen aus den Lagern für die Ausrüstung, und angesichts der Menschenleere ringsum konnten sie nur seinetwegen hier sein. Aus einer Entfernung von etwa dreißig Schritt erkannte er Celso Calbo, dem er vor Jahren, als er noch eine kleine Werft besaß, eine flache *topeta* für das Fischen im Sumpf gebaut hatte. Der Mann trug einen schweren Umhang zum Schutz vor dem Regen, darunter sah man die schwarze Toga mit dem weißen Kragen und den weiten, flatternden Ärmeln der Fanti des Rats der Zehn. Den anderen kannte er nicht, doch als sie näher kamen und Rosso die Hose und den schwarzen Kittel sah, wusste er, dass dieser junge Mann ein Lehrling sein musste. Sein Herz klopfte bis zu den Schläfen.

»Ein ekelhafter Tag, um draußen zu arbeiten«, sagte der Fante, als sie in Hörweite waren.

Einen Augenblick durchzuckte Rosso der Impuls, wegzulaufen wie ein Kind, das beim Stehlen von Mispeln erwischt wurde, doch das hätte nichts genützt.

»Signor Calbo, hochverehrter Freund!« Er bemühte sich, höflich zu sein. »Welch eine Freude, Euch zu sehen. Ich hoffe, es geht nicht um Probleme mit dem Boot«, sagte er, wohl wissend, dass der Fante und sein Gehilfe in diesem Aufzug und bei diesem Wetter aus beruflichen Gründen und nicht zum Zeitvertreib gekommen waren.

»Weit gefehlt! Bei jedem Ruderschlag preise ich Euch, ehrenwerter Werkmeister«, erwiderte der andere heiter, »dieses Bötchen ist ein Meisterstück Eurer Kunst.«

Die mit freundlicher Vertraulichkeit ausgesprochenen Worte nahmen Rosso einen Teil seiner Angst. Auch die Tatsache, dass der Fante und sein Gehilfe nicht mit dem Missièr Grande und Soldaten gekommen waren, beruhigte ihn. »Es ist nicht schlecht

geraten, das muss ich zugeben«, sagte er mit einer Spur Stolz. »Die Hölzer waren alt und gut abgelagert.«

Die beiden gaben sich die Hand.

»Ich bin leider gezwungen, Euch zu stören.« Eine leichte Beunruhigung überschattete das Gesicht des Fante. Er zog ein gefaltetes, feuchtes Stück Papier aus seinem Ärmel, welches das Siegel der Zehn mit dem Maul des Löwen von San Marco zwischen einem C und einem X trug. »Eine dringende Vorladung der Häupter der Zehn. Nichts Ernstes«, beeilte sich Calbo zu erklären.

Der Werkmeister versuchte, das Zittern seiner Hand zu unterdrücken, als er das Schreiben an sich nahm, doch es gelang ihm nicht ganz, und ihm schien, als hätte der Fante es bemerkt. Er brach das Siegel und überflog die wenigen Zeilen und die Unterschrift. Es war eine Vorladung in den Dogenpalast, vor die drei Häupter der Zehn, doch ein Grund wurde nicht angegeben.

Bepo Rosso hob den Blick zu dem Beamten.

»Ich danke Euch. Sobald ich kann, werde ich hingehen.«

Der Fante schwieg, doch gerade lang genug, um Atem zu holen. »Verzeiht, *protomaistro*«, sagte er mit einem Hauch Verlegenheit, »doch Ihr müsstet uns jetzt sofort begleiten, man erwartet Euch.«

Rosso fuhr sich mit der Hand über das regennasse Gesicht. Wieder blitzte die Vorstellung, zu flüchten, in ihm auf, aber es war, als hätte er an Essig gerochen. Sie schüttelte ihn und verflog.

»Gewiss«, sagte er halblaut, nahm seine Werkzeugtasche, hängte sie sich über die Schulter, und die beiden nahmen ihn in ihre Mitte.

50

Alvise Loredan hatte das sonnenverbrannte Gesicht mit den Fächern hellerer Falten um die Augenwinkel aller auf See lebenden und arbeitenden Menschen. Anders als Andrea sah Alvise dem Vater überraschend ähnlich: derselbe rötliche, gekräuselte Bart, den die bis über die Schläfen gezogene schwarze Wollmütze kaum zu bändigen vermochte. Auch die Nase hatte er von Pietro: groß, gerade, mit ausgeprägten Nasenlöchern.

An diesem stürmischen Nachmittag um die zwanzigste Stunde, als die dunkle Linie des Lido zwischen den Schaumkronen der Wellen und dem vom Schirokko zerstäubten Wasser aufgetaucht war, hatte Alvise das Steuerruder der *Santa Chiara Capitana* seinem knapp zwanzigjährigen, lernbegierigen Sohn Lunardo abgenommen. Auf dem ganzen Mittelmeer gab es nämlich nur wenige Kapitäne, die den nötigen Mut und das seemännische Können besaßen, um ein Schiff bei Schirokko-Sturm und so rauer See durch die Laguneneinfahrt von Malamocco zu lenken. Und da der Abstand zum Meeresgrund seit einer Stunde weniger als dreißig Faden betrug, lenkte die Adria die Wut, die sie nicht mehr in der Tiefe entladen konnte, nach oben. Die Wellen waren zu steinernen Wänden geworden, und jede einzelne schien sich, wenn sie rund wurde und brach, über dem Admiralsschiff der Flotte Loredan schließen und es für immer begraben zu wollen. So schrecklich war dieses Schauspiel, so ohrenbetäubend der Lärm dieses rollenden Infernos, dieses Meeres ohne Form und Maß, dass viele an Bord begonnen hatten zu beten, indem sie sämtlichen Heiligen des Kalenders Gelübde und Versprechen gaben, und sie hätten, wenn nötig, auch noch den Propheten Mohammed um Hilfe gebeten, nur um ihr Leben zu retten.

Nicht so Alvise. Er stand ungerührt und sicher an der Ruderpinne, die er unter Einsatz seines ganzen robusten Körpers mal nach rechts, mal nach links stemmte, damit die Handelsgaleere mit dem Bug immer nach vorn schaute, sich also auf keinen Fall quer zum Meer legte und von den Wellen erfasst wurde.

Alle halbe Stunde tauchte der Navigationsoffizier Admiral Pietro Sentini, sein getreuer Reisegefährte, an der Luke zum Kartenraum neben dem Ruderhaus auf, die Sanduhr in der einen, den Kompass in der anderen Hand, im Gesicht einen Ausdruck zwischen Verblüffung und Angst, und schrie ihm die neuen Daten für die Anfahrt auf die Mündung von Malamocco zu.

Die *Santa Chiara Capitana* schlug auf dieser Fahrt alle je von Schiffen benötigten Zeiten für die siebzig Seemeilen zwischen Pola und Venedig. Der Admiral hatte an der Schnur, die zwischen seinen Fingern lief, mehrmals bis zu zwölf Knoten gezählt, als sie über die Wellen flogen und das Schiff bebte, scheinbar unentschlossen, ob es auseinanderbrechen oder sich in den Himmel erheben sollte. In diesen Momenten hatte Alvise in höchster Erregung geschrien, und die Kameraden und Ruderer in seiner Nähe, die ihn gehört hatten, hatten noch inbrünstiger gebetet. Dennoch war diese Fahrt keineswegs pure Verrücktheit, sondern gründete auf festen Regeln und präzisen Befehlen, außerdem natürlich auf den Gesetzen des Marktes.

Als der Sturm aufkam, hatte der Kapitän alle Luken im Kielraum verschließen lassen, denn im Fall einer Sturzwelle über Bord hätte das Wasser den Kielraum des Schiffs überschwemmt. Der zweite Befehl ging an den Schiffszimmerer, der die Reling in der Mitte des Schiffes, wo sie am niedrigsten war, mit Lärchenholzbrettern erhöht hatte. Der dritte Befehl an die Ruderer lautete für die ersten zwölf Bänke am Bug, die Riemen aus den Dollen zu nehmen und sie so weit wie möglich in den Seitenraum einzuziehen, so dass nur die Blätter herausragten. Dann mussten die Ruderer sich nach hinten setzen, um den Bug leichter zu machen und das Krängen des Schiffs zu vermeiden, die anderen in den achtzehn Bänken am Heck mussten die Ruder hochhalten wie Libellenflügel und sich bereithalten, das

Boot bei gefährlichem, allein mit dem Steuer nicht kontrollierbarem Schlingern auszubalancieren. Den vierten Befehl hatten die Matrosen an den Segeln erhalten: Die großen Lateinersegel an Fock- und Hauptmast wurden eingezogen und nur das kleine Focksegel gehisst und mit zwei Wanten von der Mastspitze bis zum Heck gesichert, damit es in dieser Hölle an seinem Platz blieb. Nur von diesem Vormastsegel angetrieben, glich die Galeere einem störrischen Pferd, das am Zügel gezogen und gezwungen wird, den Kopf nach vorne zu richten, obwohl es nach rechts und links ausschlägt. Den letzten Befehl hatte der Kapitän sich selbst gegeben: Ungeachtet seiner Müdigkeit und der Kälte musste er das Steuerruder der *Santa Chiara* festhalten und sie so schnell wie möglich nach Venedig zurückzubringen.

Denn im bis zum Rand beladenen Kielraum lagen siebzigtausend Pfund wertvolle, erlesene Waren: Nelkenpfeffer, Ingwer und Muskatnuss, indischer Pfeffer, Zimtstangen, Safran und Rhabarber, und unter diesem Meer aus Gewürzen in Kisten, Säcken und Truhen lagen direkt am Kiel, um das Schiff zu stabilisieren, weitere zwanzigtausend Pfund Barren sodahaltiges Rohglas aus Alexandria in Ägypten, sehnlich erwartet von den Glasbrennern in Murano, die nach der langen Sommerpause das Feuer in ihren Öfen wieder entfacht hatten und nun mit dem Schmelzen beginnen wollten.

Alvise verließ sich auf diesen Sturm aus Südost, um als Erster anzukommen und die Preise diktieren zu können. Schon als sie am Vortag bei Pola an der Reede lagen, umgeben von gut dreißig Handelsgaleeren mit Ziel Venedig, die alle miteinander konkurrierten, hatte er den pastösen gelben Schleier des Sonnenuntergangs beobachtet und die Nacht an Deck verbracht, um den Flug und die Formen der Wolken zu verfolgen, die vor einem großen, roten Mond vorüberzogen. Sein Licht entzündete das Wasser mit den vielen dunklen schlanken oder gedrungenen Silhouetten der Galeeren und Karacken. Dann, drei Stunden vor Sonnenaufgang, war der Landwind abgeflaut, und Alvise hatte

Kalk, istrisches Karstgestein gerochen, das die Feuchtigkeit in der Luft zum Duften brachte. Auch hatte sich ein leichter Nebel erhoben, und die Temperatur war gestiegen. Alles Zeichen, dass ein Schirokko aufkam, stärker denn je.

Dann war ein geflüstertes Versprechen durch die Reihen der erwachenden Männer gelaufen: fünf Soldi für jeden und doppelte Ration an Fleisch und Wein, wenn sie die *Santa Chiara* so leise aus dem Hafen manövrierten, dass die anderen Mannschaften nichts bemerkten. Die Ehre, das Ankertau zu lösen, hatte er seinem Sohn Lunardo überlassen, und sofort war die Galeere langsam mit der Strömung abgedriftet. Dann hatte Alvise den Bug der *Santa Chiara* nach Westen gedreht und einen aberwitzigen Rudertakt befohlen, fünfundzwanzig Schläge in einer Minute. Bei Tagesanbruch hatten sie schon fünfzehn Meilen zurückgelegt, und ein Ostwind hatte sich erhoben, der drehend dem Lauf der Sonne folgte und zunehmend auffrischte.

Eine halbe Stunde später war der Wind schlagartig abgeflaut, die Segel waren in sich zusammengefallen, und die Galeere hatte zu ächzen aufgehört. Das Meer hatte seine Farbe gewechselt und war weiß geworden.

»An die Schoten und an die Riemen, ein Viertel steuerbord!«, hatte Alvise geschrien, dann hatte er sich wieder dem Heck zugewandt: Das Weiß des Meeres erschien jetzt wie eine von Dunst umgebene Schneefläche. Instinktiv hatte Alvise sich an einem dicken Tau festgehalten. »Pass auf, Lunardo, du musst jede Bewegung von *Chiara* vorwegnehmen«, hatte er zu seinem Sohn gesagt. Und der junge Mann hatte die Ruderpinne mit beiden Händen gepackt, ihm zugelächelt und genickt.

Der Schirokko kam mit einem Brüllen, spannte die Takelage, bog die Masten, machte gehärtetes Eisen aus den Schoten und Wanten. Die *Santa Chiara* begann ihren Galopp – das, was Alvise erwartet und sich die ganze Reise über gewünscht hatte, denn in Ragusa war während der Verproviantierung mit Wasser und Nahrung ein Jude auf die Galeere gekommen, David Passi, ein

Kaufmann. Bei sich trug er ein Beglaubigungsschreiben, unterzeichnet von Luigi Buonriccio, dem ersten Sekretär des venezianischen Botschafters in Konstantinopel Marc'Antonio Barbaro, nebst einer verschlüsselten Botschaft, die der Regierung Venedigs so schnell wie möglich zu überbringen war.

Bei ihrem offenen und vertraulichen Gespräch hatte Passi, der gerne mit seinen hochrangigen Bekanntschaften prahlte, Alvise erzählt, dass die Nachricht von der Explosion des Arsenale nach Konstantinopel gelangt war und bei Sultan Selim II. und seinen zwei Ratgebern, den Wesiren Lala Mustafa und Mustafa Piali, die zum Krieg drängten, Jubel ausgelöst hatte. Nach dem, was er selbst in Erfahrung bringen konnte, stammte die Idee zu dem Anschlag sogar von einem *marrano*, Giovanni Miches, einem 1555 aus Venedig verbannten und an Selims Hof gestrandeten Juden.

Und so war Alvise, mit einem verantwortungsvollen Auftrag versehen und das Herz von Sorge beschwert, aus Ragusa abgefahren, hatte sich von der dalmatischen Küste und den Uskoken-Piraten ferngehalten, eine riskante, zermürbende Fahrt nach Pola bewältigt und segelte nun mit der Entschlossenheit desjenigen, der sein Ziel vor Augen sieht und weiß, dass er nicht scheitern darf, nach Hause.

51

Den Saal der Häupter der Zehn als freier Mann zu verlassen war für Bepo Rosso, je mehr Zeit verging, zur größten Hoffnung geworden. Als er eine Stunde zuvor, begleitet von Celso Calbo und seinem Gehilfen, die Sala della Bussola durchquert hatte, hatte er freilich noch das sichere Gefühl gehabt, kurz vor seiner Verhaftung zu stehen. Alles deutete darauf hin. Zuerst der Raum, der vermittels einer Treppe direkt mit den Gefängnissen verbunden war. Dann der Zeitpunkt seiner Vorladung: die

Abenddämmerung. Schließlich die Anwesenheit des finsteren, schweigsamen Avogador und die Tatsache, dass die Häupter der Zehn noch nicht da waren. Es gab einen Notar, der Blatt für Blatt etwas unterzeichnete, was das Protokoll eines vorangegangenen Verhörs zu sein schien. Außerdem wurde diese Stille, die für sich schon bedrückend war, vom unheimlichen Heulen des Windes im Kamin begleitet. Auf jeden Windstoß antwortete das Vibrieren der Fenster, als versuchte jemand, sie von außen zu öffnen. Über allem lag das ferne Grollen eines Gewitters, dessen Wetterleuchten den Horizont erhellte. Kurzum, mit all der Schuld, die er im Herzen trug, war Rossos seelische Verfassung der Resignation eines zum Tode Verurteilten näher als dem Bangen des Angeklagten, der darauf wartet, angehört zu werden.

Nachdem diese Folter eine halbe Stunde angedauert hatte, erschien die Kommission, und die Spannung verflog fast im Nu, als Zuàne Formento lächelnd auf Rosso zukam, dessen Hand in seine Hände nahm und ihm ein aufrichtiges »Danke!« zuflüsterte, weil der Werkmeister pflichtbewusst sofort in den Palazzo gekommen war und geduldig so lange gewartet hatte. Neben dem Sekretär erkannte Rosso Gesichter, die er schon bei vielen Gelegenheiten gesehen hatte: Alvise Catanio, einen der Signori di Notte al Criminal, und Melchiorre Michiel, Wächter über Gotteslästerungen, zusammen mit Pietro Pizzamano, dem einzigen Haupt der Zehn, das bei dem Gespräch zugegen war, ein sehr mächtiger Adeliger und seit Jahren Mitglied im Rat der Zehn.

Also hatte die Kommission, abgesehen von Pizzamano und obwohl sie den Saal der Häupter nutzte, wenig mit dem Gericht der Zehn zu tun, sondern schien aufgrund ihrer Zusammensetzung und des freundlichen Tones eine parallel zum Ermittlungsverfahren des Arsenale gebildete Zonta zu sein.

Gewiss, die Panik tauchte gleich bei der ersten Frage wieder auf, als ausgerechnet Pizzamano ihn aufforderte, in allen Einzelheiten zu berichten, was er vor, während und nach der Explosion des Arsenale gemacht hatte, und ihn ermahnte, er stehe unter Eid und sei an das Staatsgeheimnis gebunden. Rosso begann, seine Version der Ereignisse zu erzählen, wurde jedoch schon bald von Catanio unterbrochen.

»Wir wissen, dass Ihr bei diesem unglücklichen Anlass in Begleitung von Andrea Loredan wart. Könnt Ihr das bestätigen?« Die Erwähnung dieses bedeutsamen Namens überraschte den Werkmeister, doch er bejahte sofort. »Wollt Ihr uns genau sagen, wo Ihr ihm begegnet seid und was Ihr mit ihm gemeinsam unternommen habt, um den vom Unglück Betroffenen Hilfe zu leisten?«

Also erzählte Bepo Rosso haarklein, was in der Nacht vom 13. auf den 14. September von seiner Begegnung mit Andrea auf dem Campo San Francesco della Vigna über die Evakuierung der Nonnen aus der Celestia bis zum Tod der Äbtissin und des jungen Kirchendiebes geschehen war. An den vielen Fragen, die die Kommission ihm von diesem Moment an stellte und die sich immer um denselben Namen drehten, erkannte der Werkmeister, dass im Mittelpunkt der Untersuchung, wie seltsam und unglaublich es auch scheinen mochte, nur eine einzige Person stand: Andrea Loredan. Obwohl er nicht recht begriff, wessen man ihn beschuldigte.

»Sagt uns, Werkmeister Rosso«, fragte Catanio, »habt Ihr während Eures Aufenthalts in der Krypta der Celestia ein besonderes Verhalten des Avvocato Loredan gegenüber einer der Nonnen bemerkt?« Der Werkmeister blickte den Beamten der Polizeibehörde unsicher an. »Ich will mich klarer ausdrücken«, sagte dieser, als er das Zögern bemerkte, »und ich bitte Euch um die größte Ehrlichkeit und Freiheit bei Eurer Antwort, denn Ihr könnt sicher sein, dass alles, was Ihr sagen werdet, in diesem Raum bleibt und hier begraben wird. Habt Ihr also eine gewisse Vertrautheit, sagen wir Verbundenheit, von Messer Loredan mit der armen Novizin Anna Tagliapietra bemerkt?«

Vielleicht steckte die Erklärung für das Ganze genau hinter dieser Frage, die mit der Explosion des Arsenale nicht das Geringste zu tun hatte.

»Meint Ihr eine besondere Aufmerksamkeit?«, versuchte Rosso zu sondieren.

»Wenn Euch das besser gefällt«, kam ihm Catanio zu Hilfe.

»Nein, ich hatte nicht den Eindruck. Ich habe nichts anderes gesehen als die Anteilnahme und das Mitleid, das jener Moment erforderte«, antwortete Rosso recht bestimmt.

»Denkt genau nach«, mischte sich der Wächter über Gotteslästerung ein.

Rosso hob die Arme. »Nein, kein ungebührliches Verhalten. Allenfalls …«, der Werkmeister zögerte.

»Sprecht!«, drängte Pizzamano.

»Allenfalls gegenüber der Äbtissin«, hub Rosso wieder an, um sich sofort zu verbessern. »Ach nein, die Ärmste lag im Sterben, sie suchte Trost!«

»Was Euch überflüssig vorkommen mag, Signor Rosso, kann für uns sehr wichtig sein«, wies Zuàne Formento ihn eilig zurecht. Und Rosso, der die Kommission natürlich weder verärgern noch misstrauisch machen wollte, fuhr fort zu erzählen:

»Nun gut, hochverehrte Signori, kurz bevor diese heilige Frau ihren letzten Atemzug tat, hat sie ihre Hand zu Messer Loredan ausgestreckt, als würde sie ihn kennen …«

»Suor Lucia?« Catanio sah ihn erstaunt an.

»Suor Lucia Vivarini. Ich war es, der Messer Loredan, als ich die Geste dieser armen Frau sah, aufgefordert hat, ihre Hand zu nehmen wie ein Sohn es bei seiner Mutter tut, und die Arme schien mir in dieser Berührung endlich Frieden zu finden.«

»Was ist dann passiert?«, fragte Catanio.

Bepo Rosso überlegte und schüttelte den Kopf. »Das weiß ich nicht. Ich bin eine Trage suchen gegangen, mit der wir Suor Lucia ins Ospedaletto bringen konnten. Als ich zurückkam, tagte es, und die Äbtissin war verstorben.«

»Und Messer Loredan?«

Die Frage schien Bepo Rosso aus unendlich weiten Fernen zu erreichen, denn er wandte sich nicht einmal dem Fragenden zu. Er antwortete nur: »Er war sehr erschüttert.«

»Könnt Ihr Euch das erklären?«

Einen Augenblick lang war der Werkmeister versucht, sich über diese äußerst banale Frage lustig zu machen.

»Wir alle waren erschüttert, Eccellenza«, sagte er jedoch nur, zu Melchiorre Michiel gewandt, der ihn mit einem zweideutigen, unverschämten Lächeln musterte, »angesichts all dieser Toten, dieser Verletzten in Venedig … das dort nur noch eine Ruine war.«

»Aber Ihr werdet Euch über dieses Verhalten doch Gedanken gemacht haben, oder nicht?«, insistierte Michiel säuerlich.

Der Werkmeister hielt seinem Blick stand und wandte sich dann zu Pizzamano, um bei dem betagten Edelmann nach einem Ausweg vor einer Antwort zu suchen, die er nicht geben konnte. Doch das Haupt der Zehn deutete nur ein nutzloses Lächeln an. Rossos Blick glitt weiter hinüber zu Catanio, der erneut in ihn drang: »Signor Rosso, nun antwortet schon, die Frage scheint mir nicht sonderlich schwierig.«

Wieder hob der Werkmeister bedauernd die Arme. »Was soll ich sagen, Euer Hochwohlgeboren … Ja, es ist möglich, dass die Äbtissin Ser Loredan kannte, aber der Avvocato ist ja immerhin eine bekannte Person in Venedig, und er schien mir wirklich erstaunt, als Suor Lucia sich auf diese Weise an ihn wandte.«

»Und nach dem Tod der Äbtissin«, drängte Michiel wieder, »habt Ihr da irgendeine Annäherung, einen Kontakt, was weiß ich, einen Blick zwischen Loredan und Anna Tagliapietra bemerkt?«

»Nein.«

»Seid Ihr ganz sicher?«

»Ja.«

»Es herrschte ein großes Durcheinander, das habt Ihr selbst

gesagt. Wie könnt Ihr so sicher sein, dass es keine weiteren Kontakte zwischen der Novizin und Loredan gab?«

Bepo Rosso erwiderte die Frage des Beamten zunächst mit einem verwirrten Blick. Dann antwortete der an die Auseinandersetzung mit Admirälen, Inspektoren und Mächtigen aller Art gewöhnte Mann entschlossen: »Ich habe Euch das gesagt, was ich gesehen habe!«

»Ihr könnt Euch also nicht sicher sein!«

»Sicherheit gibt es nur bei Gott, Messere.«

»Lästert nicht!«, stieß der andere hervor.

»Durchaus nicht.«

»Werkmeister Rosso, zeigt Respekt!«

Pietro Pizzamano, der höchststehende an Alter und Rang, klatschte dreimal in die Hände, was den verbalen Schlagabtausch abrupt beendete.

»Beruhigt Euch, Signori, überlassen wir die Raufereien den Wirtshäusern.«

Bepo Rosso löste seinen Blick von Melchiorre Michiel und verbeugte sich vor dem alten Ratsherren.

»Ihr habt recht, bitte vergebt mir, hochverehrter Messere.«

Sein Kontrahent tat das Gleiche, doch nur andeutungsweise und ohne die Verbeugung mit Worten zu begleiten.

»Gut«, bemerkte Pizzamano knapp. »Wenn die Signori keine weiteren Fragen an den Werkmeister Rosso haben, können wir die Anhörung beenden.«

Es folgte ein intensiver Austausch von Blicken und beredtem Schweigen.

»Waltet Eures Amtes«, sagte Pizzamano zu dem Notar. Gleich darauf fasste das Mitglied der Zehn sich unwillkürlich an die Stirn und betrachtete sodann seine Fingerspitzen: Sie waren nass. Der nächste Tropfen erwischte ihn an der Nase und glitt wie eine Träne hinab, als ein weiterer schon das Pergament aufweiche, das vor ihm lag, und mitten in einem Wort die Tinte verschwimmen ließ. Jetzt hob Pietro Pizzamano die Augen.

Direkt über seinem Kopf lösten sich aus dem Antlitz der von Gian Battista Ponchino gemalten *Justitia* einer nach dem anderen die Tropfen.

»Du lieber Himmel, die Justitia weint!«, rief Pizzamano aus und bot den Tropfen seinen Handrücken dar.

Zuàne Formento lief zum linken Fenster und öffnete es. Es war, als hätte er es den Winden und Regengüssen der ganzen Welt geöffnet. So übermächtig war die Naturgewalt, die von außen hereindrängte, dass der Fensterflügel aufschlug und ein Windstoß Formento erfasste, ihm die Mütze vom Kopf hob und in den Saal einbrach, wo er Papiere, Wandteppiche und Kleider aufwirbelte. Mit der Luft drang auch das Wasser ein, das Formento von Kopf bis Fuß übergoss wie hohe Wellen die Galionsfigur eines Schiffes. Als der Sekretär, unterstützt von einem Schreiber, den Druck des Sturmes gegen das Fenster gebändigt und es wieder geschlossen hatte, drehte er sich zum Saal um, wo alle ihn erwartungsvoll ansahen.

»Möge die Jungfrau Maria Venedig beschützen, denn einen solchen Sturm hat es seit Jahren nicht gegeben.«

Aus den Tropfen, die in immer schnellerer Folge von der Decke fielen, wurde ein Wasserstrahl, der den Fußboden überschwemmte.

52

Das geheime Mittel, um nicht verrückt zu werden, war die Kontrolle über die Zeit durch regelmäßige Gebete. Auf dem Strohlager der achten Zelle ausgestreckt, lauschte Mehmet Hasan, der alte türkische Teppichhändler, den wechselnden Stimmen des Sturms und wartete auf die vierundzwanzig Glockenschläge zum Sonnenuntergang, dem Zeitpunkt des vierten rituellen Gebets des Tages. Dann würde er sich die Hände, die Lippen und die Nase waschen, darauf den Kopf, die Ohren, die Arme, die Fußgelenke und die Füße. Wenn er rein war, würde er die Decke auf dem Boden ausbreiten und nach Osten, in die Richtung des Schirokko gewandt, die erste Sure des Korans sprechen.

Er schloss die Augen und begann, die Geräusche und Gerüche einzuordnen. Zuerst den Wind, der sich, nach der Vielzahl unterschiedlich hoher und lauter Pfeiftöne zu urteilen, zu einem heftigen Sturm ausgewachsen haben musste. Es war ganz sicher ein warmer, feuchter Schirokko, denn der istrische Kalkstein roch stark, und die Lärchenholzbretter glänzten und schwitzten, während die Luft in der Zelle vom Wind bewegt wurde, der mit den tiefen Tönen einer Querpfeife durch die Spalten im Ausgang blies. Der Alte war zufrieden mit seiner Arbeit: Nach dem Kontrollgang des Wächters hatte er an diesem Morgen fünfzehn Golddukaten, gut verteilt, in der Sohle seiner rechten Sandale vernäht. Weitere fünfzehn steckten in der linken Sohle. In der Inghistera hatte er etwa fünfzig Dukaten gelassen, die er mit dem Lampenöl eingefettet hatte, um sie vor Oxydierung zu schützen. Aus einem Holzsplitter hatte er eine Art Stopfen gebastelt, und der gläserne Behälter ruhte nun wieder unter dem Stein im Zellenboden.

In diesem Moment ertönten, gedämpft durch das Wüten des Sturms, die Schläge zur vierundzwanzigsten Stunde. Mehmet richtete sich auf, setzte sich auf den Rand der Pritsche und stellte die Füße auf den Boden. Sofort spürte er das Wasser. Es stieg leise und unmerklich, wie alles Wasser, das heraufquillt. Es drang durch die Spalten um den Stein und hatte den Boden der Zelle schon einen guten Fingerbreit hoch bedeckt. Er dachte an die Flasche mit dem Geld und wollte den Stein schon wieder herausheben, doch dann überlegte er: Er hatte ihn fest verkeilt, denn er wusste, dass das Hochwasser früher oder später kommen würde. Sorgen bereitete ihm hingegen, dass der Stein sich unter dem Druck des Wassers anheben würde und die Wächter den Stollen entdecken könnten. Oder dass sie in die Zelle kämen, bevor das Wasser im ganzen Palazzo anstieg, den Zufluss um den

Stein herum bemerkten und so den geheimen Gang entdeckten. Sehr besorgt legte er sich wieder auf das Stroh. Mit zunehmendem Alter, dachte er, belegten Ängste jeden unvorhergesehenen Zwischenfall im Alltag, und es fiel ihm immer schwerer, echte von eingebildeten Gefahren zu unterscheiden. Er musste sich beruhigen. Im Grunde war der Stollen seit unzähligen Jahren dort und hatte weder die Wächter noch die Gefangenen je misstrauisch gemacht. Besonders Letztere, die wahrhaftig gute Gründe hatten, aus den Pozzi auszubrechen, waren der eindeutige Beweis für die Güte des Verstecks. Denn wer auf dem Wasser lebt, gewöhnt sich an das Wasser, und ein Kapitän wundert sich nicht, wenn in der Bilge seines Schiffes Wasser steht, eher überrascht ihn, wenn er keines sieht.

53

Um in diesem Sturm heil vom Krankenhaus zur Locanda della Torre zurückzukommen, hatte Andrea, sich dicht an den Häusern haltend, die inneren Calli gewählt, die über den Campo della Tana bis zur Ziehbrücke führten. Seine Seele war in Aufruhr wegen der Dinge, die er über Anna Tagliapietra erfahren hatte. An der Brücke musste er warten, bis ein Dutzend Schiffe in den Schutz des Alten Hafenbeckens geschleppt worden waren. Als der Übergang wieder geöffnet wurde, streifte das Wasser schon den Sockel der Fondamenta della Madonna, und bis zum Höchststand der Flut fehlten noch ein paar Stunden. Es würde ein gewaltiges Hochwasser geben, dachte Andrea, eines von denen, an die in den Annalen erinnert wurde.

Auf der Brücke der Madonna del Carmine, wo der Rio dei Greci zum Rio San Lorenzo wird, erfasste ihn ein Windstoß. Er hielt sich an der Brüstung fest, und als er nach Süden blickte, sah er die Wellen der Lagune bis zur Mitte des Rio kommen und sich dort brechen. Hinter der Brücke, an den Fondamenta San

Lorenzo, fand Andrea sich plötzlich in einer Art Kanonenrohr wieder, durch das Schirokkoböen schossen, die einen Stier umwerfen konnten. Vom Sturm aufgehetzt, leckten erste Flutwellen schon an den Pflastersteinen und zwangen die Menschen, dicht an den Hauswänden zu bleiben.

Wer in seinem Haus war, stand bei geöffnetem Ausgang in den unteren Geschossen und behielt einen Stein, eine Stufe, ein Rohr, einen Ring oder irgendeine andere Stelle des Hauses im Auge, um zu erkennen, ob das Wasser noch höher stieg oder müde wurde und zurückging. In dieser Wartezeit war jedermann vollauf damit beschäftigt, seinen Besitz aus dem Erdgeschoss zu retten: Einrichtungsgegenstände, Haushaltswaren, Wäsche, Nahrungsmittel und Erinnerungen. Gute Nachbarn organisierten schon den gemeinsamen Exodus in die oberen Stockwerke, zumindest für diese Nacht, denn wenn das Wasser einmal eingedrungen war, hinterließ es überall reichlich Schlamm. Andrea ging über die Fondamenta, vom Wind geschoben und bis auf die Knochen durchnässt, halbblind unter den Sturzbächen des Regens. Er sah, dass das Hochwasser die beiden seitlichen Bögen des Ponte San Lorenzo schon fast verschluckt hatte und an ihre Wölbung aus istrischem Stein schwappte. Unter dem großen mittleren Bogen wäre eine Gondel mit Aufbauten kaum mehr hindurchgekommen. Andrea dachte an die Piazza San Marco, an den Dogenpalast, an den gesamten tiefer liegenden Teil der Stadt. Dort musste das Wasser schon mindestens einen halben Arm hoch stehen. Und nichts konnte es aufhalten bei seinem Kommen und Gehen.

Er ließ die Brücke links liegen und stand direkt vor der Locanda della Torre, die mit ihrer roten Mauer die Fondamenta abschloss. Die kleine Eingangstür war von helleren Steinen umrahmt und gekrönt mit dem schmiedeeisernen Zeichen eines Turms. Auf dieser Seite gab es nur ein durch ein Eisengitter geschütztes Fenster im ersten Stock, direkt über der Osteria, wo auch das Schlafzimmer des Wirts Lorenzo und seiner Frau

Maria lag. Der übrige Teil der Locanda erstreckte sich nach links entlang der Calle San Lorenzo. Die Eingangstür schien geschlossen, aber sie war nur angelehnt, ein Gewicht an einer Schnur verhinderte, dass sie aufriss, aber der Spalt erlaubte den Gästen, einzutreten. Andrea drückte sie auf, trat ein und klopfte seine Stiefel auf der Hanfmatte ab. Die Tür schloss sich und ließ den Lärm des Sturms draußen. Andrea erkannte den tröstlichen Duft der *agliata*, einer der Soßen, die jeden Nachmittag zubereitet wurden und die abendlichen Fleischgerichte würzten. Er hörte das Stimmengewirr der Gäste, schüttelte die Tropfen von seinem Mantel und nahm sich die Mütze ab.

Graziosa kam aus der Küche, im Arm ihren Bruder Rocco, den anderen Bruder, Bernardino, fest an der Hand. Als sie Andrea sah, blieb sie im Flur stehen. Kurz darauf tauchte Lorenzo auf der Schwelle zur Küche auf, einen dampfenden Topf in der Hand, und als er den Weg von seiner Tochter versperrt sah, murrte er: »Wirst du dich wohl bewegen, wo wir bald das Wasser im Haus haben werden?« Das Mädchen zögerte noch immer, dann lief sie eilig die Treppe hinauf, Bernardino hinter sich herziehend. Auch die Familie des Wirts zog in den ersten Stock um. Lorenzo wollte ihr folgen, da erblickte er Andrea und hielt unschlüssig inne, den Topf in der Hand.

»Guten Abend, Paròn Lorenzo«, begrüßte ihn Andrea.

Lorenzo besann sich und kam auf ihn zu. »Avvocato, Ihr müsst mir helfen«, sagte er betrübt und stolperte dabei fast über seine Worte.

»Lorenzo!« Marias heisere Stimme ließ den Wirt erstarren. Seine Frau, die mit einem Korb Artischocken im Arm aus der Küche getreten war, kam mit kriegerischem Gebaren hinkend auf die beiden zu.

»Was ist denn los?«, fragte Andrea.

»Was los ist?«, platzte die Frau heraus.

Vergeblich versuchte ihr Mann sie zu besänftigen: »Lass gut sein, ich rede mit ihm.«

»Es ist so, verehrter Avvocato, und ich möchte Euch nicht zu nahe treten, aber diese Frau da ist zurückgekommen, und die will ich hier drin nicht haben!« Nach diesen Worten versetzte sie Lorenzo einen Stoß mit dem Korb, um sich freie Bahn zu verschaffen, und stieg mit ihrer kostbaren Ladung Artischocken erhobenen Hauptes die Treppe hinauf.

»Wollt Ihr es mir endlich erklären?« Andrea wurde ungeduldig.

»Nichts, es ist nichts passiert«, versuchte der Wirt abzuwiegeln, »in der Osteria ist diese Signora, die Ihr kennt.«

Andrea zögerte, dann verstand er, drehte sich auf dem Absatz um und ging eilig auf den Bogen zu, der in den Speisesaal führte.

»Avvocato, soll ich Euer Zimmer für Euch räumen?«, rief Lorenzo ihm hinterher, um sein Ungestüm zu bremsen. »Es gibt Hochwasser!«

Aber Andrea war schon durch den Bogen gegangen. Im Speiseraum saßen ein Dutzend Männer, alles Hilfsarbeiter und Tischler vom Festland, die er kannte, weil sie schon seit über einem Monat in der Locanda einquartiert waren, seit die Wiederaufbauarbeiten begonnen hatten.

Bei Andreas Eintreten breitete sich Stille im Raum aus, die Blicke der Handwerker richteten sich einer nach dem anderen auf ihn. Inmitten all dieser Männer sprangen ihm Sofias Züge in die Augen wie ein einzelnes Segel am Horizont. Die Frau saß auf einer Bank, die Hände zum Feuer im Kamin ausgestreckt. Zu ihrer Linken saß der Solecitadòr Francesco am anderen Ende der Bank und redete mit ihr, während er sich mit Schaufel und Schürhaken an der Glut zu schaffen machte und die Flammen auflodern ließ.

»Salute, Eccellenza«, rief ein junger Arbeiter, das Glas hebend. Sofia hatte sich umgedreht und kam ihm entgegen.

»Bitte verzeiht mir«, brachte sie heraus, während ihre Augen sich trübten. »Ich wollte Gutes tun, aber ich habe nur Unheil angerichtet, wie immer. Sagt mir nur, was ich tun muss, und ich werde es tun.«

»Nichts dürft Ihr tun! Nichts, Signora Ruis!«, entfuhr es Andrea. Doch er senkte seine Stimme sofort wieder, weil alle lauschten. »Kommt mit«, und er zeigte auf die Bank am Kamin, wo Francesco sitzen geblieben war. Sofia fuhr sich mit den Händen über die Augen und seufzte tief auf. Dann setzte sie sich, nervös die Hände aneinander reibend. Andrea nahm Francesco beiseite.

»Ich konnte nicht verhindern, dass sie hierherkommt«, sagte Francesco zerknirscht.

»Nicht so schlimm. Geh jetzt nach Hause, denn das Hochwasser kommt«, sagte Andrea lächelnd.

»Bei diesem Wetter komme ich nicht mal bis zur Anlegestelle der Fähre nach Murano. Ich bleibe hier und übernachte bei meinem Onkel Zuàne am Ponte di Cannaregio. Sein Haus liegt etwas höher.«

Andrea klopfte ihm auf die Schulter, dann setzte er sich zu Sofia. Sie saß zusammengekauert auf der Bank, die Ellenbogen auf die Knie gestützt, das Kinn in die Hände gelegt, und starrte mit von zurückgehaltenen Tränen glänzenden Augen ins Feuer.

»Ihr dürft mich nicht hassen«, flüsterte sie, als Andrea sich neben sie setzte.

»Ich hasse Euch nicht.«

Sie blickte ihn prüfend an, suchte in seinem Gesicht nach einer Bestätigung dieser Worte. Dann sah sie wieder ins Feuer.

»Und wie lange wird dieser Leidensweg dauern?«

»Die Zeit der Justiz ist nicht die Eures Herzens. Und Ihr wolltet ja nicht auf mich hören«, gab er bitter zurück.

»Ich verspreche Euch, ich werde in Zukunft auf Euch hören!«, erwiderte sie flehend.

Andreas erster Impuls war, aufzustehen und ihr zu sagen, sie solle ihn nicht mehr belästigen, sondern sich vom Anwalt Zon helfen lassen, was auch die Wirtin zufriedengestellt hätte. Doch just in dem Moment, als Andrea sich erhob, erschien diese auf der Schwelle und rief in den Saal: »Männer! Wein für alle, die mir Tische und Bänke nach oben bringen!«

Laute Stimmen erhoben sich, und schon zeigten die Beine der von kräftigen Armen gepackten Tische nach oben. Andrea sah, wie sein Assistent, von dieser muskulösen, angeheiterten Schar überwältigt, ihm einen resignierten Blick zuwarf, ein Tischchen ergriff, das ihm gereicht wurde, und sich mitziehen ließ. Maria steuerte derweil gegen die Strömung direkt auf sie zu. Einen Schritt vor Andrea angekommen, sagte sie mit einem falschen Lächeln: »Das Wasser steht an der Tür, Ser Loredan, noch einen Moment, dann haben wir es hier drinnen. Ich habe Euch das Zimmer von Graziosa herrichten lassen. Mein Mann wird Euch helfen, Eure Sachen nach oben zu bringen. Mehr freie Plätze gibt es nicht in der Locanda, also nehmt es mir nicht übel, Avvocato, aber diese Frau muss sofort gehen.«

Nichts wünschte Andrea weniger als einen erneuten Streit zwischen den Frauen.

»Seid so freundlich, Maria«, sagte er, »Signora Ruis kann bei diesem Wetter nicht hinaus. Ich werde sie nach Hause begleiten, sobald der Pegel sinkt.«

»Avvocato, um es ganz klar zu sagen, ich kann Personen, die mir respektlos begegnen, keine Gastfreundschaft erweisen. Diese Signora ist hier unerwünscht.«

»Vergesst doch dieses Hinkebein, Ser Loredan!«, rief Sofia.

»Unverschämtes Weib!« Maria hob drohend die Hand. »Raus aus meinem Haus, du verfluchte Hexe!«

Sofia warf ihr einen verächtlichen Blick zu, drehte sich um und ging auf den Ausgang zu.

»Seid unbesorgt, ich verlasse diese Kloake«, sagte sie und eilte durch den Flur, wo das Wasser schon über die Schwelle drang.

»Kommt zurück! Ihr könnt bei diesem Sturm nicht rausgehen!«, schrie Andrea.

»Signora, da draußen ist Hochwasser!«, rief Francesco, der sie von der ersten Stufe der Treppe aus besorgt beobachtete.

Statt einer Antwort bückte sich Sofia, ergriff den Saum ihres Kleides, hob ihn an und zeigte ihre Beine in weinfarbenen Strümpfen und Unterhosen, die am Knie zusammengeschnürt waren. Dann nahm sie ihre Holzpantinen in die Hand, drehte sich noch einmal zu Francesco um, der sie verdutzt anstarrte, fragte: »Habt Ihr noch nie Beine gesehen?«, und war durch die Tür.

54

Die erste Empfindung war die des eiskalten Wassers, das ihr bis an die Waden reichte, dann wusch der vom Schirokko erwärmte Regen ihr das Gesicht, und der Wind schien sie zurückdrängen zu wollen. Es war viel schlimmer, als sie erwartet oder je zuvor erlebt hatte. Der Gedanke an Umkehr schoss ihr durch den Kopf, aber das wäre wie der schändliche Rückzug eines Fante gewesen, der beim Klang der Trommeln als Freiwilliger in den Krieg zieht und beim ersten Kratzer umkehrt. Sie blickte sich um, doch alles, was sie sehen konnte, waren Wasser, Wellen und weiße Schaumkronen. Die Wogen brachen sich dort, wo einst der Rio di San Lorenzo gewesen war, und rollten an den Hauswänden entlang – das Meer war in die Lagune eingedrungen.

Sofia bückte sich und berührte dieses Wasser mit den Fingerspitzen, als tunkte sie die Hand in das Weihwasserbecken am Eingang einer Kirche. Sie bekreuzigte sich. »*Ave, maris stella*«, begann sie laut zu beten, an den Sturm gewandt, »*Dei Mater alma, atque semper Virgo, felix coeli porta …*« Sie überlegte, welcher Weg der beste sei, und beschloss, den über die Kirchen zu nehmen: San Lorenzo, San Giovanni di Malta, Sant'Antonio und weiter bis zur Bragola. Denn in Kirchen kann man Rettung suchen, es gibt immer einen erhöhten Hauptaltar, außerdem den Chor, die Kanzeln und einen Turm. Sie dachte auch daran, dass sie sich beeilen, dass sie nach Hause laufen musste, um das Wenige, was sie besaß, vor dem Wasser zu retten, vor allem die Sticke-reien, die man bei ihr in Auftrag gegeben hatte und die ihren Lebensunterhalt sicherten, wenn es im Arsenale an Arbeit für die Segelnäherinnen mangelte. Das Ziegelsteinpflaster der Fon-damenta von San Lorenzo lag eine halbe Elle unter Wasser, und durch die von den Böen schraffierte Wasseroberfläche konn-te man nicht einmal mehr den Grund sehen. Doch wenn man dicht an den Hauswänden entlangging, konnte man bis zum Brückengeländer kommen. Das tat sie, ihr Kleid hochhebend, obwohl es vor Nässe troff. Fünfzehn Schritte. Zunächst zaghafte, schwere Schritte, bei denen sie mit der Fußsohle auf das Wasser drückte wie auf die Trauben in der Bütte, dann immer sicherere, mit schleifenden Füßen. Plötzlich sah sie einen Hund im Wasser schwimmen, untertauchen und mit der Schnauze wieder hoch-kommen. In diesem Meer ohne Halt musste er sich verloren fühlen.

»Komm her!«, rief Sofia, »komm her!«, und machte zwei vor-sichtige Schritte auf den Hund zu. »Kooommm!«, rief sie wie-der und versuchte, ihre Stimme sanft klingen zu lassen, doch der Hund trieb mit der Strömung, und sie machte noch einen Schritt auf das Ufer zu, das sie weit entfernt glaubte. Vielleicht war der Schritt zu groß, weil die Rettung des Hundes sie mehr beschäftigte als ihre eigene, denn als sie den Fuß aufsetzen woll-te, spürte sie keinen Boden mehr unter der Sohle. Einen Augen-blick lang versuchte sie, dem Ungleichgewicht zu begegnen, in-dem sie die Arme nach hinten warf, doch es gab keine Umkehr mehr, und sie stürzte. Das kalte Nass umfing sie und schloss sich über ihr. Die Luft wurde zu Wasser. Sie hielt in dem schlam-migen Grün den Atem an, suchte mit den Händen nach einem Halt, nach der Stufe aus Stein. Nichts.

Das Kleid hatte sich um ihre Beine geschlossen wie eine Glo-ckenblume bei Nacht, nur die Arme konnte sie noch bewegen. Ein, zwei Stöße. Sie meinte zu spüren, dass das Wasser leichter wurde, weniger trübe, sah, wie das schlammige Grün sich in

Silber verwandelte. Dann sah sie das Licht, öffnete den Mund und atmete. Sie begann, zur Fassade des nächstgelegenen Hauses zu schwimmen, indem sie sich nur mit den Armen vorwärtszog, noch immer überzeugt, dass es ihr gelingen würde, sich aus dieser Lage zu befreien, endlich einen Halt zu finden. Doch alles, was sie spürte, war das Gewicht ihres Kleides, das sie in die Tiefe zog. Und wieder stieg das Wasser ihr bis ans Kinn, bis in den Mund. Sie blickte zum Himmel und konnte einen letzten Atemzug tun, dann sank sie wieder unter die Oberfläche.

55

In der Locanda della Torre war das Wasser durch den Eingang gedrungen. Schon stand es in der Küche und sammelte sich in der Mitte des Flures, der an dieser Stelle eine Senke hatte, weil die Pfähle, auf der die Locanda ruhte, dort leicht nachgaben. Während die Gäste sich im Obergeschoss einrichteten und die Wirtsleute unten zankten, trat Andrea, gefolgt von Francesco, mit entschlossenen Schritten und finsterer Miene an die Eingangstür. Er war eben im Begriff, sie zu öffnen, als ein Windstoß ihm zuvorkam und sie ihm ins Gesicht schlug. Der die Böe begleitende Wasserschwall war ebenso heftig. Andrea musste sich zu seinem Assistenten umdrehen und schreien, um den Lärm zu übertönen:

»Bleib drinnen!«

»Ich komme mit Euch, es ist gefährlich, allein draußen herumzulaufen!«, erwiderte Francesco energisch, und sie traten in den Sturm hinaus.

»Sie muss über die Brücke gegangen sein«, rief Andrea, »und sie hat bestimmt den Weg über die Kirchen genommen, der ist am sichersten!«

»Auf ihren gesunden Menschenverstand würde ich nicht allzu sehr vertrauen.«

Wahrscheinlich hatte sein Gehilfe recht. Andrea schaute sich

um: Mit Ausnahme der Locanda, deren Fensterläden bei jedem Windstoß vor- und zurückschlugen, waren alle Türen und Fenster, Eingänge und Dachluken verrammelt. Auf dem Rio hatten sich weiter vorn, zur Lagune hin, zwei Gondeln quer gelegt, eine war schon halb versunken.

»Gütiger Himmel!«, rief Francesco aus und löste sich von der Hauswand.

»Wo willst du hin?«, schrie Andrea, doch der junge Mann war schon drei Schritt entfernt, bis zu den Knien im Wasser watend. »Pass auf, dort geht es nach unten!«

Francesco griff nach etwas, was auf dem Wasser schwamm und kehrte zu Andrea zurück. »Seht her!« Er zeigte ihm einen Schuh. »Der gehört Sofia!«

»Was sagst du da?«

»Ja, Avvocato, ich bin ganz sicher, als sie ging, hat sie sich die Schuhe ausgezogen, sie hielt sie in der Hand, ich habe sie genau gesehen!«

Andrea blickte ihn bestürzt an. Jetzt verließ auch er die schützende Wand und ging, die Füße durch das Wasser ziehend, auf die Brücke zu.

»Sofia!«, rief er, nach allen Seiten spähend, »Sofia!«

Francesco folgte ihm und fiel in die Rufe ein: »Signora Ruis!«

Sie riefen weiter, während sie an der engen Calle di Borgoloco vorübergingen, die der Brücke direkt gegenüberlag. Auch diese Gasse hatte sich in einen reißenden Strom verwandelt. Im Hintergrund, in Richtung Palazzo Grimani, trieb ein führerloser Sandolo.

Als Sofia die Luft auf ihrem Gesicht spürte, öffnete sie den Mund, doch Wasser verschloss ihr die Kehle. Sie hustete, verlor dabei kostbare Atemluft. Noch einmal versuchte sie, nach Luft zu schnappen. Vergebens. Sie spürte, dass sie in die Tiefe gezogen wurde, ruderte wild mit den Armen. Noch einmal hob sie das Gesicht zum Himmel und meinte die Wirtin der Locanda an einem vergitterten Fenster zu sehen, die sie beobachtete. Sofia hob die Arme, versuchte zu schreien. Nur ein leise geröcheltes »Hilfe« kam heraus. Maria rührte sich nicht. Sofia versank.

Manchmal können einfache Gesten, wie sich bücken, sich umdrehen, einen Schritt tun oder den Kopf senken, das eigene und das Leben anderer verändern. Das war es, was Andrea an diesem stürmischen Spätnachmittag geschah. Auf der Mitte des Ponte San Lorenzo angekommen, drehte er sich mit sorgenschwerem Herzen zu dem Hund um, der fortwährend bellte. Es war nur ein Augenblick, aber er genügte: Zwischen den Wellen sah er eine Hand mit gespreizten Fingern, die sich zu einer Faust schlossen und dann wieder vom Wasser eingesogen wurden.

»Dort unten!«, schrie er, und Francesco, der die Brücke zum Campo San Lorenzo schon überschritten hatte, hielt sich an der steinernen Brüstung fest und drehte sich um.

»Wo?«

Andrea gab keine Antwort, er hatte seinen Mantel abgeworfen, die Stiefel und den Kittel abgestreift, sich das Hemd vom Leib gerissen. Nur noch mit der Hose bekleidet, schwang er sich über die Eisenstange, die an dieser Stelle die Brüstung aus Stein ersetzte, und sprang ins Wasser, wo er zwischen hölzernen Latten, einem Weidenkorb und vielen Orangen, die auf dem Wasser trieben, verschwand.

Mit angehaltenem Atem blieb Francesco wie gelähmt stehen und wartete darauf, dass Andrea wieder auftauchte. Schon wollte er sich ebenfalls entkleiden und ins Wasser stürzen, da schoss Andrea mit angespannten Muskeln fast bis zur Taille aus dem Wasser empor.

»Hast du sie gesehen?«, schrie er.

Der Solecitadòr schwieg, er vermochte nicht zu antworten. Andrea hieb mit der Faust auf das Wasser, atmete zwei-, dreimal tief ein, hob die Arme, eine Drehung des Rückens, und das Wasser schloss sich wieder über ihm.

Von dem Augenblick an, als Sofia aufhörte zu kämpfen, verspürte sie keinen Schmerz mehr. Eine warme Flüssigkeit strömte aus ihrer Brust, und sie empfand keine Kälte mehr, konnte aber Berührungen noch wahrnehmen, denn sie spürte, dass ihr Rücken auf einer weichen Matratze lag. Der mit grünem Damast an den Wänden verkleidete Raum lag im Halbdunkel. Sie war müde. Ein Händler suchte die schönsten Spitzen aus, die sie geklöppelt hatte. Ein Matrose lächelte sie an und faltete das Großoberbramsegel auf, an dem sie einen Streifen geflickt hatte. Sie war glücklich über ihr gutes Tagwerk. Endlich konnte sie schlafen. Sie nahm die Hand ihres Sohnes Tonino, lächelte ihm zu und schloss die Augen. Dann war da nur noch Dunkelheit.

Während Andrea dicht über den morastigen Grund des Kanals schwamm, gingen ihm die Luft und die Hoffnung aus. Die Sichtweite betrug dort unten zu dieser Abendstunde und bei diesem Wetter höchstens eine halbe Elle, und Steine, Schutt, das halbe Gerippe eines Bootes tauchten urplötzlich auf wie Tiere aus einem dichten Nebel. Er schätzte, dass er jetzt ungefähr an der Stelle sein musste, wo die Hand aus dem Wasser geragt hatte. Er sah einen Schädel, vielleicht von einem Kaninchen oder einer Katze, der auf dem Grund in dieselbe Richtung rollte, in die er schwamm. Die Strömung war günstig, sie kam von Süden, also machte er noch zwei Schwimmstöße.

Von links spürte er den kälteren Strom, der aus dem Rio della Tetta kam. Er hatte kaum noch Luft und wollte gerade auftauchen, als er Sofia sah, die rücklings am Grund lag. Ihre Arme schwebten träge nach oben wie Schlingpflanzen. Rasch umfasste er sie und stemmte die Füße in den schlammigen Grund, doch seine Beine sanken fast bis zu den Knien ein, bevor er Halt fand und sich abstoßen konnte. Sofias weichen, leichten Körper fest umklammernd, stieg er strampelnd nach oben. Es dauerte ewig. Seine Lungen drohten zu platzen. Als er den Kopf aus dem Wasser steckte, schrie er mit letzter Kraft nach seinem Gehilfen.

»Avvocato, Avvocato, hier bin ich!« Francesco war bis an das äußerste Ende der Ufermauer gekommen, hatte sich an ein Fenster der Locanda geklammert und versuchte nun, am Fenstergitter hangelnd, sich zu nähern. Doch in dieser Lage war er keine Hilfe.

»Nicht so!«, schrie Andrea. »Sag Lorenzo, er soll das Bootshaus öffnen! Ich versuche, dorthin zu kommen!«

Er blickte sich um: Eine schlechtere Position hätte er nicht finden können. Genau im Zusammenfluss vom Rio della Tetta mit dem Rio San Lorenzo, gegen die Strömung und den Wind anschwimmend, versuchte er, Sofias Kopf über Wasser zu halten. Kein einziges Boot in Sicht, kein Stück Holz, an dem er sich festhalten konnte. Andrea fühlte, dass ihm die Sinne schwanden. Sofia sank wieder unter Wasser. Er tauchte und ergriff sie. Erst in diesem Moment kam ihm der Gedanke, sie könnte tot sein.

Er hörte Francescos Stimme, der ihn aufforderte, durchzuhalten. Dann hörte er Lorenzo und die Stimmen vieler anderer Menschen. Der Hund bellte und heulte. Als er den Kopf wandte, erblickte er seinen Assistenten mit nacktem Oberkörper, der sich von der Tür zum Rio ins Wasser gleiten ließ.

Eine Welle, nicht hoch, aber vom Schirokko getrieben, traf Andrea, als er gerade Luft holen wollte, und erstickte ihn. Er begann zu husten. Er musste Sofia loslassen oder mit ihr untergehen. Er versuchte sie festzuhalten und nach oben zu drücken, doch sie sank immer wieder in die Tiefe. Schon wollte er aufgeben, da spürte er plötzlich, dass ihr Körper leichter wurde. Eine Hand ergriff sie und zog sie nach oben. Dann war auch er an der Oberfläche. Francesco hatte Sofia gepackt, und ein anderer Mann, in dem Andrea sofort einen der jungen Arbeiter aus der Osteria erkannte, hielt Francesco fest. Beide hatten einen Strick um den Bauch und wurden jetzt vom Bootshaus der Locanda aus von kräftigen Armen zurückgezogen.

56

Der Tag, der keine Sonne gesehen hatte, dunkelte. An Deck der vom Regen gepeitschten und von den Tritten des Meeres gepeinigten *Santa Chiara Capitana* stand Alvise Loredan, das Gesicht in eine Maske aus Salz verwandelt. Mit dem Sturm von achtern hatte der Kapitän die Galeere weniger als eine halbe Meile vor die Küste von San Pietro in Volta manövriert. Nur wenige Seemeilen trennten sie noch von der Porta di Malamocco, und doch war jetzt der schwierigste Teil der Fahrt gekommen, denn vor dem Bug der *Santa Chiara* erstreckte sich, in einen Lärm gehüllt, der eher an das Rollen großer Steine als an Wasser gemahnte, kein stürmisches Meer, sondern eine zerklüftete Ebene aus weißlichem Schaum mit Wellen, die jede Symmetrie und Richtung verloren hatten. Ein einziges Chaos, entstanden aus Untiefen, in dem das Meer seine Kraft sowohl horizontal als auch vertikal entlud und mit seiner Gewalt Dämme einreißen, Häfen und Werften zerstören, ja, die Beschaffenheit ganzer Landstriche verändern konnte.

Alvise betete zu Gott, doch all seine Sinne waren darauf gerichtet, in dieser Wildnis aus Wasser einen Pfad zu entdecken, auf den er den Bug lenken konnte, damit das Schiff darüberglitt, denn es gab kein Zurück mehr. Er musterte das einzige gehisste Segel, die Masten und den kostbaren Windrichtungsanzeiger, einen an den Wanten befestigten Wimpel aus Seide, der letzte von vielen, die der Sturm zerfetzt hatte. Alvise schauderte, und einen Moment lang beneidete er die Matrosen, die sich im Kielraum versammelt hatten, und die unter den Bänken kauernden Ruderer, die zwar Todesangst litten, aber auf ihn und Gottes Schutz vertrauten. Nein, er durfte der Angst nicht nachgeben, dann würde Panik an Bord ausbrechen. Einsamkeit, das Wesen des Kommandos, war das Schicksal der Kapitäne, und noch die kleinste ihrer Unsicherheiten ließ Freunde erschrecken und Feinde spotten.

Plötzlich hörte Alvise ein dumpfes Dröhnen hinter sich. Weniger als eine Zehntelmeile hinter dem Heck hatte sich eine silbrige Hochebene aufgetürmt, die in das Dunkelgrau des Himmels ragte und sich zu beiden Seiten ausdehnte. Es war eine Welle von gigantischen Ausmaßen, die sich über die anderen gelegt hatte und in einer Breite von einer halben Meile auf das Schiff zurollte, als wollte sie das ganze Meer verschlingen. Sie kam näher, doch die *Santa Chiara* war schnell genug, so dass sie schon im nächsten Augenblick einen Vorsprung zu gewinnen schien.

»Ruderer ans Heck, sofort!«, schrie Alvise, und die Ruderer bewegten sich sogleich wie ein Mann, setzten sich auf die Bänke und ergriffen gleichzeitig die Holme. Lunardo sprang aus der Luke.

»Schnell, mein Sohn! Klammere dich an die Ruderpinne wie an den Stamm einer Eiche!«

Der junge Mann eilte an die Seite seines Vaters und packte die Pinne mit beiden Händen. Als er das Dröhnen hinter sich hörte, wollte er sich umdrehen.

»Nein!«, befahl Alvise scharf. »Sieh nach vorn! Dich umzuschauen nützt dir gar nichts, du verlierst nur das Gleichgewicht und den Kurs!«

»Was muss ich tun?«, fragte Lunardo. Die Angst schnürte ihm die Kehle zu.

»Halte *Chiara* gerade auf den Wellen!« Er setzte zu ermutigenden Worten an, da fiel ihm die Botschaft ein, die Passi ihm anvertraut hatte. »Ist das Sendschreiben, das wir dabeihaben, vor Wasser geschützt?«

Lundardo zeigte dem Vater einen kupfernen Behälter, den er an einem Band um den Hals trug.

»Sehr gut!«, sagte dieser nur.

Der Lärm war zum Donner geworden, und langsam hob sich das Heck in die Höhe, als wäre ein Riese aus dem Meer aufgetaucht und hätte das Schiff auf die Schulter genommen.

»Halt dich fest und hab keine Angst!«

Die breiten Abhänge der Welle schoben sich bereits gurgelnd unter das Schiff, während von der höchsten Spitze des Besanmastes eine dichte Gischtwolke herabstürzte, die in der Luft zerstäubte. Und je mehr das Achterschiff sich hob, desto tiefer sank der Bug in eine dunkle Schlucht, in welcher der Rammsporn und ein Teil der Enterbrücke schon verschwunden waren. Zwei graue Berge erhoben sich rechts und links vom Heck, während der Brecher das Achterkastell überspülte und sich über die ersten Ruderbänke ergoss. Alvise sah den Bug nach links driften. Das Schiff begann sich querzustellen. Das durfte nicht passieren, dann würde die *Santa Chiara* umkippen.

»Fünf Ruder nach Steuerbord!«, brüllte der Kapitän. Einen Augenblick später tauchten fünf Ruder auf der rechten Seite ins Wasser, und die langen Stangen, jede von fünf Männern gehalten, bogen sich im Wasser, eine silbrige Sichel und einen Hagel aus Spritzern aufwirbelnd.

Der Druck auf das Steuerruder ließ nach, die *Santa Chiara* drehte und richtete ihren Bug wieder senkrecht auf die Welle aus.

»Ruder heben!«, befahl Alvise, und die Ruder legten sich flach über das Wasser. Doch nun begann die Pinne zu vibrieren und mit ihr das ganze Schiff, das sich leicht neigte und am Bug hob. Der ungeheure Wasserberg, in zwei Hälften geschnitten, verteilte sich unter dem Bauch der *Santa Chiara* und bewegte sich nun mit derselben Geschwindigkeit wie die Galeere. Dabei wurde das Schiff so schnell, dass das Focksegel in sich zusammenfiel. Nun ritten sie buchstäblich auf dem Rücken dieses Wasserungetüms, das sie wohlwollend aufgenommen hatte.

Alvise heftet seinen Blick auf das Feuer des Leuchtturms der Punta Malamocco zu ihrer Rechten, das im Wasserstaub verschwamm und im abendlichen Dunkel kaum zu erkennen war. Links schlugen die Wellen an den steinernen Deich von Pellestrina, der exakt parallel zur Galeere verlief. Dahinter ragte der

mächtige, schwarze Umriss der Festung San Pietro auf. Dorthin wollte Alvise das Schiff bringen, damit sie in diesem Rund aus Sand und Steinen die Nacht verbringen konnten.

Das Heck senkte sich wieder, und die Welle rollte, mit ihrem Kamm winkend, vorüber. Die Galeere fand sich in einem Wellental wieder und schien stillstehen, zurückweichen zu wollen. Auch das Brüllen des Meeres hatte sich abgeschwächt, und der Wind wehte nicht mehr so stark wie zuvor. Alvise drehte sich um und sagte nichts, als auch Lunardo hinter sich blickte.

»Geh unter Deck, Lunardo!«, befahl er.

Denn die nächste Welle, die heranrollte, war so groß, dass sie den Wind abhielt, und im Unterschied zur vorhergehenden brach sie noch nicht, sondern wuchs zusehends.

»Ich bleibe bei dir!«, erwiderte sein Sohn bestimmt.

»Ruderer, an die Arbeit!«, schrie Alvise. »Wir brauchen mehr Fahrt, wir sind zu nah an der Küste! Halt das Steuer fest!«

Er hatte den Befehl an seinen Sohn noch nicht zu Ende gesprochen, da zog er schon die Axt aus ihrer Halterung und hieb, den Stiel mit beiden Händen umklammernd, auf eines der mit alten, zerrissenen Segeln verknoteten Taue ein, die das Schiff am Heck hinter sich herzog und zwar halfen, es auf Kurs zu halten, aber auch seine Geschwindigkeit beträchtlich verringerten. Als das Tau von Bord glitt, ging er zum nächsten über. Genau in dem Moment, da die Welle die *Santa Chiara Capitana* erreichte, verschwand das zweite Tau im Wasser. Das Schiff hob sich wie von einer Hand getragen und nahm Fahrt auf.

»Halt es gerade!«, schrie er Lunardo zu. »Wie ich's dich gelehrt habe!« Alvise hatte keine Zeit mehr, sich an etwas festzuhalten, als die Welle die Navigationslampe überspülte und in das Achterkastell einbrach. Der Kapitän wurde von den Wassermassen erfasst und hochgeschleudert, dann schlug er hart mit dem Rücken auf dem Mitteldeck auf, zwischen den Bänken der Ruderer. Als er wieder zu sich kam, suchte er mit Blicken nach Lunardo. Der stand dort, völlig durchnässt und triefend, aber sicher am Steuer und lenkte die große Galeere wie ein erfahrener Kapitän.

»Geht es Euch gut, Vater?«, rief er.

Ein Stück Zahn und etwas Blut ausspuckend, hob Alvise den Arm. »Gut, mein Junge!« Er betrachtete die Ruderer an den Heckbänken. In triefendnassen Kleidern, die ihnen am Körper klebten, hielten sie die Riemen knapp über dem Wasser, bereit für seine Befehle. Sie waren tüchtig gewesen, die Galeerensträflinge ebenso wie die Freiwilligen. Wieder blickte er zu Lunardo: Der hielt die Ruderstange auf Brusthöhe und manövrierte sie mit leichten Kursänderungen nach rechts und links durch sein Körpergewicht. Lunardo führte das Schiff, endlich war es nicht mehr das Schiff, das ihn führte. Früher oder später musste es geschehen.

»Vater, seht, dort hinten, da ist das Wasser besser!«, schrie er, auf einen Punkt links vom Bug zeigend. Unter Schmerzen klammerte Alvise sich an einem Mast fest und zog sich hoch. Hinter der Festung San Pietro hatte das Meer wieder ein vertrautes Aussehen.

»Ja, genau dorthin müssen wir fahren«, rief Alvise ihm zu. »Das Schiff gehört dir. Du manövrierst, ich helfe den Männern an den Ankern.«

»Ruderer am Bug und mittschiffs bereitmachen, um in Luv auszugleichen!«, befahl Lunardo darauf. »Ruderer am Heck die Ruder heben! Sechs Matrosen an das Focksegel! Alle anderen mittschiffs, bereit zum Gegensteuern! Und lasst uns die Banner hissen!«

Alvise ballte die Faust und reckte sie in die Luft. »Bravo, Lunardo!«, hätte er gerne gerufen, aber er begnügte sich damit, es vor sich hin zu murmeln, während um ihn herum ein hektisches Treiben der Männer einsetzte, die an die Ruderbänke und die Manövrierplätze liefen. Die Schoten begannen zu ächzen, während die *Santa Chiara* nach links scherte, dem Bogen folgend, der sie an die Spitze von Pellestrina brachte. Die Galeere nahm

Fahrt auf, und die Banner von San Marco, die sich unter den Böen entfalteten, stiegen zu den Rahen am Großmast und Besanmast auf, wo sie zu killen begannen.

57

Das Wasser war gestiegen. Mehmet Hasan hatte das Öllämpchen auf das Brett an der Wand gestellt, nun bückte er sich, bis zu den Oberschenkeln im Wasser stehend, ein Bündel mit seinen wenigen Habseligkeiten über der Schulter, und rief durch das Guckloch in der Tür um Hilfe. Sein Atem kondensierte zu weißen Wölkchen.

»*Yardım edin! Yardım edin!*«, schrie er in seiner Sprache.

Der Ausgang war drei Fuß hoch, und wenn der Wasserpegel noch einen Fuß höher stieg, würde auch dieser winzige Spalt zur Außenwelt verschwinden und niemand ihn mehr hören. Vorausgesetzt, es gab dort draußen überhaupt jemanden, der ein Ohr für seine Schreie hatte. Auf dem Tümpel, in den sich die Zelle verwandelt hatte, schwammen die Strohmatratze, der Eimer und ein paar Holzstücke, die für unzählige Kakerlaken zum rettenden Floß geworden waren. Andere, und das war die Mehrzahl, kamen weiter aus den Spalten zwischen den Brettern der Holztäfelung und kletterten die Wand hoch.

»*Allahım bana yardım et!*«

Wenn man viele Tage lang in einer acht mal vier Fuß großen Zelle unter einer Treppe in völliger Isolation eingesperrt sitzt, können einem verrückte Ideen durch den Kopf gehen. Die Idee, die den türkischen Teppichhändler nun schon seit Stunden quälte, war ihm gekommen, als das Wasser in der Zelle stieg, und hatte sich zu einer Folter ausgewachsen. Denn über Mehmets Kopf, in einer Höhe von etwa sechs Fuß, hatte jemand auf das vorletzte Brett der Täfelung unterhalb der Decke das Wort »Hochwasser« geschrieben, eine Kerbe gemacht und das

Datum verzeichnet, 9. März 1543. Und weiter unten, auf der Höhe seiner Augen, gab es ein weiteres Zeichen, gewellt wie die Oberfläche des Meeres, ebenfalls begleitet von einem Datum, 7. Dezember 1564. Senkte man den Blick, gelangte man zum jetzigen Pegel, der nach dieser Liste also bisher die drittschwerste Überschwemmung seit 1540 war, dem Jahr der Erbauung der unteren Pozzi. Mehmets Überlegung war plausibel: In Anbetracht der Geschwindigkeit, mit der das Wasser stieg, würde er, wenn in der nächsten Stunde nicht jemand kam, um ihn herauszuholen, wie eine Ratte in einem gekenterten Schiff enden.

»*Yardım edin! Yardım edin!*«, schrie er lauter. »*Allahım bana yardım et!*«

Tozzetto, ein junger Wärter, der auf der zehnten Stufe der Treppe zu den Pozzi saß und die Hilfeschreie hörte, brach in ein krampfhaftes Gelächter aus, das ihn zwang, einen Bissen ausgezeichneten Stockfischs auszuspucken und sich eine Hand vor den Mund zu halten, um das Lachen zu unterdrücken.

»Hör mal, wie er betet, das Schwein!«, nuschelte er.

Michele, der andere Wärter, fast noch ein Kind, der mit der Weinflasche in der Hand eine Stufe tiefer saß, warf ihm einen ernsten Blick zu: »Du bist ja verrückt. Völlig verrückt. Los, holen wir ihn raus.« Doch von der Albernheit des Gefährten angesteckt, fing auch er an zu lachen.

Eine fette Ratte schwamm bis zur Treppe, um sich auf die erste Stufe zu retten, die aus dem Wasser ragte. Dort sträubte sie ihr Fell, stellte sich auf die Hinterbeine, schnüffelte und beäugte die beiden Jungen. Schnell wie ein Pfeil sauste der Schuh herab, erwischte das Tier voll und stieß es ins Wasser zurück. Schlagartig hörte Michele auf zu lachen. Er stand langsam auf, den Rücken an der vom Salpeter weiß getünchten Steinmauer reibend. Mit ängstlicher Miene starrte er auf einen Punkt hinter Tozzetto. Als Tozzetto den Lichtschein sah, der sich auf der Treppe verbreitete, erstarb auch sein Gelächter.

»*Allahım bana yardım et!*« Die Stimme des Gefangenen schien aus der Unterwelt aufzusteigen.

Tozzetto drehte sich um: Drei Stufen über ihm war der Erste Wächter Zaneto stehen geblieben, eine Fackel in der Hand. Doch was schlimmer war, hinter ihm ragte in seiner roten Toga und dem schwarzen Umhang der Missièr Grande auf und an seiner Seite eine mit Armbrust bewaffnete Wache.

Donner grollte in der Ferne.

Zaneto stieg eine Stufe hinab und versetzte Tozzetto eine schallende Ohrfeige. Der Junge wankte, schien zu fallen, richtete sich aber wieder auf.

»Geh den Gefangenen holen, wie dir befohlen wurde«, sagte der Aufseher streng.

Der junge Wärter ergriff die Schlüssel, die an seinem Gürtel hingen, riss die Leuchte von einem Haken an der Wand und eilte mit Michele die Treppe hinunter. Mit erhobenen Armen kämpften die beiden sich durch das Wasser, das ihnen bis zur Taille reichte, und verschwanden auf der rechten Seite in dem Gang, der zum achten Pozzo führte.

58

Sofia war im ersten Stock der Locanda im Korridor auf zwei nebeneinandergestellte Tische gelegt worden. Man hatte sie von ihrem Mieder befreit, und Dottor Martini aus Borgoloco drückte, die Hände neben ihr Brustbein gelegt, in rhythmischen Stößen auf ihren Brustkorb. Noch immer triefend nass, hielt Andrea bekümmert Sofias Kopf, der über den Tischrand ragte. Er war leicht zur Seite gedreht, ihre Haare bildeten eine rote Sturzflut. Ein wenig abseits an die Wand gelehnt, ließ Francesco, eine Decke über Schultern und nacktem Oberkörper, die beiden nicht aus den Augen.

Eine Öllampe hing von der Decke des Korridors und verbreitete nur in ihrer unmittelbaren Umgebung ein schwaches Licht, der Rest des Raumes war in nächtliche Finsternis gehüllt. Doch in diese schwarzen Ecken drangen in schneller Folge, zusammen mit dem Donner, die Blitze des Gewitters, das Venedig von San Cristoforo bis San Michiel überzog. Bei jedem Blitz sah man auf beiden Seiten des Korridors, dicht aneinandergedrängt, die Umrisse des schweigenden, aber Anteil nehmenden Publikum dieses Dramas. Nur Maria beobachtete teilnahmslos das Schauspiel, an einer Orange riechend, die den Gestank der durchnässten, schwitzenden Männer übertönen sollte. Alles hatte bereits den Anschein einer Totenwache, wenn Dottor Martini nicht mit seinen Wiederbelebungsversuchen fortgefahren wäre.

»Helft mir, sie auf den Bauch zu drehen!«, sagte er zu Francesco. »Und Ihr«, fuhr er, an Andrea gewandt, fort, »haltet ihr Gesicht über dem Boden.«

Martini entblößte ihren Rücken, dann legte er die Hände auf beide Seiten und begann kräftig zu drücken.

Plötzlich ergoss sich ein Schwall Wasser, mit Schleim vermischt, auf den Boden. Beim nächsten Drücken folgte ein zweiter. Sofia atmete, oder besser, sie sog die Luft mit einem Röcheln ein, das wie ein Schrei klang. Dann hustete sie. Und mit dem Husten gab sie noch mehr Flüssigkeit von sich. Sie begann zu stöhnen und mühsam zu atmen. Der folgende Würgreflex fiel mit einem Blitz zusammen, dessen Licht den ganzen Raum erfüllte. Sie hustete und erbrach sich. Dann wurde der Atem regelmäßiger.

»Wo bin ich?«, lallte sie wie betrunken.

Andrea lächelte sie an. »Ihr seid wieder bei uns.« Er nahm ihre Hände und half ihr, sich auf den Rand des Tisches zu setzen.

»Wer seid Ihr?«, murmelte sie.

»Andrea Loredan, Signora.«

Sie musterte ihn, versuchte zu verstehen. Plötzlich riss sie die Augen auf, weil sie bemerkt hatte, dass ihr Oberkörper nur spärlich von der durchnässten und kaputten Bluse bedeckt war.

»Heilige Jungfrau!«, rief sie aus, ihre Brüste mit den Armen bedeckend. »Was habt Ihr mit mir gemacht?«

59

Man hatte ihn von einer Hölle in eine andere gebracht. Der alte Türke spürte, wie der Strick ihm tief in die Handgelenke schnitt, er spürte das Reißen an seinen Schultergelenken und den Schmerz, der wie Samenflüssigkeit seinen Nacken hochstieg und im Kopf explodierte. Einen Augenblick lang war er versucht, sich dem Schmerz auszuliefern. Er öffnete die Augen und sah unter sich das Publikum aus Kerkermeistern, die ihn beobachteten.

»Ich frage dich noch einmal: Wer bist du wirklich?« Die dröhnende Stimme des Sekretärs Antonio Milledonne drang in jeden Winkel der Folterkammer und hallte noch nach, als derselbe Satz vom Dragoman Michele Membré auf Türkisch wiederholt wurde.

Der Alte schloss die Augen und dachte an den langen Weg, den er bis zu diesem Moment zurückgelegt hatte, an das gegebene Versprechen, an das Urteil, das über seinem Haupt schwebte. Er dachte an die Liebe, die man ihm geraubt hatte, um sie zu vernichten. An sein zerstörtes Leben. Er dachte auch, dass der Tod Würde verdiente, vor allem vor den Augen derer, die ihn gefoltert hatten und es immer noch taten. Dann sammelte er ein wenig Kraft, um Kopf und Oberkörper anzuheben, bis er mit dem Nacken den teuflischen Strick berührte, so dass die am Rücken anliegenden Handgelenke bei gekrümmten Armen das Körpergewicht besser tragen konnten. Der Schmerz ließ nach.

Dottor Dalessi brachte seinen Mund an das Ohr von Nicolò da Ponte. »Ich bin strikt dagegen«, flüsterte er ihm mehr aus Pflichtgefühl als aus Überzeugung zu, »wir verletzen die Regeln christlicher Barmherzigkeit und des Rechts.«

»Geht Ihr Euren Pflichten nach, ich erfülle die meinen«, erwiderte der Inquisitor verächtlich. Er klatschte einmal in die Hände, und Zaneto kam näher, eine gläserne Schüssel in den Händen.

»Hol ihn langsam runter«, sagte er zu Puti.

Bartolomeo Puti, der für die Folter zuständige Koloss aus dem Arsenale, spannte die Muskeln an und ließ den Strick herunter, bis die Füße des Türken eine halbe Spanne über dem Boden hingen. Auf dieser Höhe ließ er ihn schweben.

Zaneto hielt die Schüssel dem Gefangenen vor die Augen. Darin lag eine am Handgelenk abgetrennte Hand, verkohlt und schrumpelig, die in einer gelblichen Flüssigkeit schwamm: dem Balsam von Fioravanti.

»Wir wissen, dass dies die Hand von deinem Kumpan ist«, erklärte Milledonne und ließ dem Dolmetscher Zeit für die Übersetzung. »Schau sie dir gut an: Der Fingernagel am kleinen Finger ist verfärbt. Und es gab einen goldenen Ring.« Milledonne trat zwei Schritte vor und stellte sich neben Zaneto. »Diesen Ring«, während er das sagte, hielt er ihn Mehmet unter die Nase. »Erkennst du ihn?«

Der alte Türke erkannte den Ring und erinnerte sich daran, dass Sinan den Nagel seines kleinen Fingers wie einen Federkiel in Tinte zu tauchen pflegte, wenn er Dokumente unterschreiben musste. So hatte er zum ersten Mal Gewissheit über seinen Tod. Er schloss die Augen, um seine Tränen zu verbergen.

»Nun?«, drängte Milledonne. »Erkennst du den Ring?«

Membré übersetzte, doch ohne den drohenden Ton des Sekretärs.

Mehmet schüttelte den Kopf. »*Hayır bilmiyorum* ... nein ... ich kenne nicht ...«, flüsterte er in seiner Sprache und wiederholte es auf Italienisch, um keinen Zweifel zu lassen.

Nicolò da Ponte faltete die Hände auf der Höhe der Brust und neigte den Kopf, das Kinn auf die verschränkten Knöchel stützend. Er atmete tief ein und vernehmlich aus.

»Einmal reißen«, sagte er ruhig.

Stille entstand, gefolgt vom Knarren der hölzernen Winde, während Puti den Gefangenen in die Höhe zog.

»Mehmet Hasan, warum weigerst du dich so hartnäckig?«, brüllte da Ponte wütend. »Gestehe deine Verbrechen, und diese Qual bleibt dir erspart!«

Der Dolmetscher übersetzte. Mehmet hing reglos vier Ellen über dem Boden.

Putis Blick heftete sich auf den Inquisitor. Dieser wartete einen Augenblick, dann nickte er. Der Arsenalotto ließ den Strick schnell herunter, um ihn dann ruckartig anzuhalten.

Der Schrei des Gefangenen war nicht lauter als ein Röcheln, und Dottor Dalessi wandte sich ab, um nicht hinsehen zu müssen. Auch Membré verweigerte sich dem Anblick. Ärgerlich betrachtete Milledonne den Gefangenen. Zaneto drehte ihnen den Rücken zu und entfernte sich mit der Schüssel.

Der alte Türke erreichte den Gipfel des Schmerzes, und weil er sich plötzlich ganz leicht fühlte, meinte er, aus der Welt hinauszufliegen. Er überließ sich diesem Flug, und alles verschwand.

60

Der Schnee begann um die siebte Nachtstunde zu fallen, als die Tramontana den Schirokko in einem letzten, mit Blitzschlägen ausgefochtenen Kampf auch aus den unteren Luftschichten verjagt hatte und zur Alleinherrscherin geworden war. Steif vor Kälte saßen die Chiffrierlehrlinge Ferigo Marin und Pietro Amadi, jeder in zwei Decken gehüllt, dicht am bronzenen Ofen und tranken einen zuckersüßen Aufguss aus Lorbeer, Salbei und Honig. Vor nunmehr fast acht Stunden hatte der amtliche Chiffreur Zuàn Francesco Marin die Geheimkanzlei verlassen, und da sie den streitbaren, jähzornigen Charakter des Mannes kannten, wuchs ihre Sorge, er könnte wegen Majestätsbeleidigung in einer Arrestzelle des Palazzo gelandet sein, oder schlimmer, in der Krankenstube.

Die Angst der beiden jungen Männer, für sich schon berechtigt, wurde vom Feuer ihrer Ungeduld noch erhitzt. Sie konnten es nicht erwarten, Zuàn Francesco das Ergebnis zu zeigen, zu dem sie gelangt waren. Ferigo und Pietro hielt es nicht mehr auf ihren Plätzen, sie standen auf, um nach draußen zu spähen. Nichts. Bemerkungen und Vermutungen über die Verspätung austauschend, kehrten sie zum Ofen zurück, um im Licht der Öllampe das Wort aus sieben Buchstaben zu betrachten, das mit einem Pinsel in die Mitte des an der Wand hängenden Blattes geschrieben war, damit Zuàn Francesco es sofort bemerkte.

»*Inverno*«, las Ferigo begeistert, jeden Buchstaben betonend.

»*Inverno*! Winter!«, schrie Pietro, um sich von dem Wort zu befreien.

»Wir sind wahre Meister!« Ferigo rieb sich die Hände. »Hochgelehrt in der Kunst, geheime Chiffren zu entschlüsseln!« Er schenkte sich von dem Aufguss in der Kupferkanne ein.

»Er wird uns zu festangestellten Chiffreuren ernennen!«

»Wir werden Sua Serenità vorgestellt!«

»Aber wann kommt er nur zurück?« Mit diesen Worten ging Pietro zur Tür, um zu lauschen. Nichts. Also begann die Leier von neuem.

So ging es bis kurz nach Mitternacht, als der Schlaf die beiden Jungen übermannte. Sie waren gerade eingeschlummert, als Zuàn Francesco Marin zurückkehrte, lärmend, wie es seine Art war. Erst ein dumpfes Poltern auf der Treppe, dann ein Schrei: »Pietro! Ferigo! Wo habt ihr euch verkrochen?«

Pietro riss die Augen auf, reglos und benommen in der lauen Wärme des Ofens verharrend.

»Vater!«, rief Ferigo.

»Auch die Jahreszeiten haben den Verstand verloren!«, knurrte der Mann. Er zog an der Schlaufe seines tropfenden Mantels und ließ ihn achtlos auf den Tisch mit den Papieren fallen.

»Nicht!« Ferigo sprang auf, ergriff den Mantel und hob ihn hoch. Darunter lagen beschriebene Blätter, Tabellen, alphabetische Tafeln, Zeichnungen. Kurz, die gesamte Arbeit eines Tages. Zuàn Francesco achtete nicht darauf.

»Wie angenehm warm hier drin«, sagte er, ging, sich die Hände reibend, auf Pietro zu und kniff ihn in die Wange. »So lässt sich's aushalten, wie?« Er sah die Kanne auf dem Ofen und hielt sie sich an die Kehle. Nachdem er sie bis auf den letzten Tropfen geleert hatte, wischte er sich mit dem Handrücken über den Mund. »Große Neuigkeiten, Jungen!«, rief er gestärkt aus, nahm die Mütze ab und legte sie auf die Ofenplatte. »Wir ziehen in die Sala Orba der Dogengemächer im ersten Stock um! Von morgen an sind wir Nachbarn des Herrn Dogen Loredan. Wir werden sogar aus seinen Küchen mit versorgt! Freut ihr euch?«

»Ja, natürlich freuen wir uns«, sagte Ferigo nicht gerade überschwänglich.

»Das scheint mir nicht so!«, brummte Zuàn Francesco. »Los! Redet! Was ist passiert?«

»Wir haben auch eine gute Nachricht, Vater«, wagte sich Ferigo vor, und seine Augen blitzten. »Seht Ihr denn nichts?« Er trat ein wenig zur Seite.

Der Chiffreur sah das Blatt sofort, und seine Augen wurden zu Schlitzen. Er stand auf.

»Inverno«, las er mit seiner warmen, volltönenden Stimme.

»Der Schlüssel aus sieben Buchstaben«, erklärte Ferigo nur. Er nahm das Papier herunter und hielt es dem Vater mit zitternder Hand hin.

Der blickte lange auf das Wort in der Mitte des Blattes. Dann hob er die Augen zu Ferigo und musterte ihn prüfend. Nach einer Weile wanderte sein Blick zu Pietro.

»Wir haben deine Lehren befolgt.« Ferigo nahm all seinen Mut zusammen. »Wir haben die Mehrfachen gruppiert und die Häufigkeiten untersucht, wie wenn man eine durch monoalpha-

betische Substitution generierte Chiffre entschlüsselt, wir haben das große Alphabet mit sechsundzwanzig Buchstaben benutzt, das auch für viele Fremdsprachen taugt ... wir haben uns vom großen Belaso inspirieren lassen ...«

»Schweig, mein Sohn!«

Der Mann riss Ferigo das Blatt aus der Hand und nahm am Kartentisch Platz. Er begann, in dem Haufen Blätter zu wühlen und sie zu ordnen. Jede Geste wurde von Gemurmel und Wortfetzen begleitet:

»Ah, hier. Gut, ja ... aber nein! Wo ist das n? Ach, da ist es ja. Tüchtig. Sehr gut, richtig ... ganz richtig«, murmelte der amtliche Chiffreur, so sehr war er in die Lektüre vertieft, denn unter normalen Umständen hätte er sich nie und nimmer zu einem Lob hinreißen lassen. »Seht ihr? Die Kryptographie ist philosophische Intuition und gleichzeitig reinste Mathematik. Was wie Unordnung erscheint, besitzt immer eine Ordnung. Wir Chiffreure sind die Ordner des scheinbaren Chaos. Wir sind die Pagen, die den Gästen beim Großen Karnevalsball die Masken abnehmen.«

Darauf kommentierte Zuàn Francesco Marin die verschiedenen logischen Teilschritte auf den von seinen Jungen beschriebenen Blättern. Wie ein Lehrsatz des Euklid bewiesen sie, eine gegebene Sprache des Originaltextes vorausgesetzt, dass man, wenn man zunächst die Menge der Buchstaben fand, die den Schlüssel dieses Textes bildeten, sie sodann in mehrere Buchstabengruppen einteilte, die sich aus den Vielfachen jedes Buchstabens dieses Schlüssels ergaben, und jede Gruppe mit der Methode der Häufigkeit von Vokalen und Konsonanten in jener bestimmten Sprache analysierte, schließlich unfehlbar in der Lage war, das Schlüsselwort zu identifizieren. Mit diesem Schlüsselwort und der von Giovan Battista Belaso ersonnenen *Tabula recta* aus sechsundzwanzig Alphabeten war es dann nicht schwer, auf den Klartext zurückzugehen.

Verstohlen beobachtete Ferigo die Miene seines Vaters, die

sich allmählich entspannte und heiter wurde, wie er es selten gesehen hatte. Das war wirklich ein außergewöhnlicher Tag, dachte er, an dem wunderbare Dinge geschehen konnten. Doch als sein Vater die Analyse der Wiederholungen untersuchte, die er und Pietro für den Vokal e, den vierten Buchstaben des Wortes Inverno angestellt hatten, verfinsterte sich sein Gesicht plötzlich, und Ferigo übermannte eine Enttäuschung, als würde er aus einem langgehegten Traum erwachen.

Der Chiffreur schüttelte den Kopf, und die Enttäuschung wurde zur Panik.

»Warum das e?«, fragte der Vater mit strengem Blick.

»Sicher, Vater …« Ferigo nahm das Blatt, auf das er und Pietro den chiffrierten Text übertragen hatten, zusammen mit den Ziffern eins bis sieben als Stellvertreter für die angenommenen sieben Buchstaben des Schlüsselwortes, und hielt es ihm unter die Nase:

k b h q g t w w c j q t u w d v y m k v b m y h w …
1 2 3 4 5 6 7 1 2 3 4 5 6 7 1 2 3 4 5 6 7 1 2 3 4 …

»Schaut, hier«, sagte er, auf einen Punkt zeigend, »an der vierten Stelle haben wir ein q, nach sechs Buchstaben wieder ein q, dann ein m, ein w und wieder ein m …«

»Das sehe ich selbst«, unterbrach ihn der Vater unwirsch. »Komm zum Punkt, wo ist die Analyse der Häufigkeiten?«

Ferigo blieb stumm, und Pietro ergriff die Gelegenheit, um aus dem Wust von Blättern eines herauszuziehen. »Wenn Ihr erlaubt, hier ist die komplette Sequenz des vierten Buchstabens und seiner Vielfachen.« Auf dem Blatt stand:

IV littera

q q m w m z o l w b q v c q i c i m d m m b m i y i z i m
w q c b m h i b t b t q w b c d b m i

304

Pietro kommentierte: »Das m kommt neun Mal vor, das b zusammen mit dem i sieben Mal, das q sechs, das w vier. Die anderen Buchstaben nur noch vereinzelt.«

»Wo ist der Vergleich mit dem Alphabet aus sechsundzwanzig Buchstaben?«

Pietro und Ferigo schwiegen.

Ein krachender Fausthieb auf den Tisch erstickte jedes weitere Wort.

»Ich sage es euch! Ihr habt ihn nicht gemacht! Damit ihr eher fertig wurdet und an euren warmen Ofen zurückkehren konntet!«, höhnte der alte Kryptologe. »Ihr dachtet, dass sich hinter dem m das e verbergen könnte, weil das in der Sprache des erhabenen Dante der häufigste Buchstabe ist. Und als ihr somit bis Inve gekommen wart, dachtet ihr, da das Schlüsselwort sieben Buchstaben hat, dass Inverno die logische Fortsetzung sein müsste. Habe ich recht?«

Er begann, zwischen den Blättern und Zetteln zu suchen, warf jedes in die Luft und war alsbald in ein Schneetreiben aus Papier gehüllt.

»Wo ist die Untersuchung der Häufigkeiten der anderen Buchstaben? Wo ist der Vergleich zwischen unserem Alphabet und denen, die sich aus den Buchstaben der Chiffre ergeben? Zeigt mir die Folgen! Ich will die Intervalle sehen! Wo sind sie?«

»Sie sind nicht da, Vater. Es war genau so, wie Ihr gesagt habt. Vergebt uns.«

In der Geheimkanzlei wurde es still, und das letzte Blatt Papier schwebte langsam auf die Steine des Fußbodens. Zuàn Francesco schloss die Augen, ließ sein Kinn auf die Brust sinken und seufzte. Sein Sohn sammelte die verstreuten Blätter ein.

»So wie ihr es mit den ersten drei Buchstaben des Schlüssels gemacht habt, müsst ihr auch mit den anderen verfahren«, sagte der Meister müde. »Man kann die Regeln nicht mitten im Turnier ändern, das funktioniert nicht.« Er erhob sich und ging zu seinem Bett. »Das Schlüsselwort ist nicht Inverno. Findet den Schlüssel, und wir werden den Rest finden.« Er nahm mehrere Decken, wickelte sich darin ein und legte sich nieder. »Enttäuscht mich nicht noch einmal«, fügte er flehend hinzu. »Und feuert diesen Ofen an, mir ist kalt.« Rasch verschwand sein Kopf unter den Decken.

Ferigo ging zum Ofen, öffnete die Tür und stopfte die Blätter hinein, die er soeben aufgesammelt hatte. Pietro fügte seine Blätter hinzu. Das letzte war das mit der Aufschrift Inverno. Sofort loderte die Flamme auf, die Gesichter der beiden Jungen orange färbend, und auf diese Flamme legte Ferigo ein großes Scheit Olivenholz. Zuàn Francesco schnarchte bereits.

61

Das Zimmer von Graziosa war klein und vollkommen. Ihr Vater Lorenzo, der in sie vernarrt war, hatte ein Vermögen ausgegeben, um es nach ihren Wünschen einzurichten, und so stach es aus der sauberen Gleichförmigkeit der anderen Zimmer der Locanda heraus.

Alles aus Nussbaum, Eiche und Ebenholz, bearbeitet von den Gebrüdern Bonaldi, meisterhaften Tischlern und Intarsiatoren aus Cannaregio. Das Bett mit Baldachin bildete den Mittelpunkt. Vier gedrechselte Säulchen trugen einen Himmel aus rotem Samt mit Troddeln und goldenen Stickereien. In der Mitte des Kopfendes gab es eine Tafel mit Intarsien aus Ebenholz, Kirsche und Mahagoni, die ein Kastell auf einem Felsen unter einem wolkenverhangenen Himmel darstellten. Zwei Schemel aus Eichenholz an den Seiten des Bettes, ein kleiner Tisch, bedeckt mit einem schweren Tuch, davor ein Scherenstuhl, ein Schrank mit zwei Türen und die Truhe mit der Aussteuer vervollständigten die Einrichtung. In die Wand gegenüber vom Bett hatte Lorenzo einen kleinen Kamin aus toskanischem Marmor bauen lassen, dessen Seiten, Rücken und Kohlepfanne mit dicken guss-

eisernen Platten verkleidet waren, um die Wärme im Zimmer zu verbreiten.

Wärme war in dieser Nacht wirklich vonnöten, denn der Schnee fiel in Flocken groß wie Federn, und das Hochwasser wollte nicht sinken. Paròn Lorenzo hatte sein Versprechen gehalten und Andrea das Zimmer seiner Tochter zur Verfügung gestellt. Außerdem hatte der gute Mann Andrea erlaubt, wenigstens in dieser Nacht Francesco und Sofia zu beherbergen. Doch diese Gefälligkeiten waren wie Feuer, das man an eine Pulverkammer legte. Maria hatte geschrien, bis ihr die Stimme versagte, und begonnen, die Truhe mit ihren Sachen zu füllen, als müsste sie zu einer Reise nach China aufbrechen. Lorenzo wiederum war in panischem Schrecken vor ihr niedergekniet, um ihre Abreise zu verhindern, doch sie hatte weiter Theater gespielt und Dottor Martini gebeten, mit dem Boot auf sie zu warten, denn sie würde mit ihm das Haus verlassen, um zu ihrer Schwester am Fondaco San Severo zu ziehen.

Einige Stunden waren seither vergangen, und nachdem der Arzt Sofia ein letztes Mal untersucht hatte, machte er sich auf den Weg. Natürlich ohne Maria, die noch immer mit ihrem Mann im Zimmer nebenan stritt und Andrea wachhielt. Ohnehin hätte in dieser Position, auf dem Scherenstuhl sitzend, den Kopf auf die verschränkten Arme gelegt, nur ein Betrunkener schlafen können.

Vor Andrea stand eine Ölleuchte auf dem Tisch, und daneben lag das Säckchen mit den hundertzwanzig Dukaten, das Mehmet Hasan ihm gegeben hatte. Er berührte es, es war noch feucht. Er löste die Knoten, und der Stoff entfaltete sich. Darin lagen, übereinander gehäuft, die Münzen. Ein kleiner Schatz. Andrea überlegte, wie viel Glück der alte Türke gehabt hatte, dass man das Geld nicht gefunden hatte, denn Geld war in den Gefängnissen mit schweigender Zustimmung der Oberen und zur großen Freude der Wächter schon immer im Umlauf gewesen. Für alle bedeutete der Handel mit Waren und Gefälligkeiten eine willkommene Aufstockung ihres Lohns. Doch so viele Dukaten auf einmal hätten Begehren und gefährliche Phantasien wecken können. Sonderbar, dass der Türke sie noch besaß, denn die erste Durchsuchung nach der Verhaftung war sehr gewissenhaft, die Wächter steckten ihre Finger überall hinein, in die Körper wie in die Kleider. Und auch bei den folgenden Durchsuchungen, die unangekündigt kamen, wurden der Gefangene und die Zelle so gründlich untersucht, dass nichts verborgen blieb.

Andrea nahm einen Dukaten und rieb ihn zwischen Zeigefinger und Daumen, um ihn zu trocknen. Dann brachte er ihn vor die Flamme, die auf niedrigster Stufe stand.

SM VENET PETRUS LANDO

Die Schrift umrahmte das Bild des Dogen Pietro Lando, der vor dem Apostel Markus kniete. Eine dreißig Jahre alte Prägung. Er nahm eine zweite Münze, betrachtete sie. Sie war noch früher geschlagen worden, unter dem Dogen Andrea Gritti. Alle Münzen waren zwischen dreißig und sechzig Jahre alt, und drei Dukaten stammten sogar aus der Zeit vor dem 16. Jahrhundert, als der Doge Leonardo Loredan geherrscht hatte. Doch der größte Teil der Stücke ging auf die Regierungszeit der Dogen Gritti und Lando zwischen 1523 und 1545 zurück. Neuere Münzen waren nicht dabei.

Warum? fragte sich Andrea, und plötzlich fielen ihm die *musine* ein, jene kleinen runden Gefäße mit einem Schlitz, in denen Kinder ihr Geld verwahren. Er erinnerte sich an seine Musina in Form einer Sonne, die er viele Jahre später zufällig auf dem Dachboden seines Elternhauses wiedergefunden hatte, an das erregende Gefühl, als er den Inhalt klimpern hörte, sie zerschlug und die Münzen unversehrt fand. Vielleicht hatte auch der alte Türke seine Musina zerschlagen. Ihm schien, als gehörte diese unerklärliche Tatsache in die Reihe außergewöhnlicher Dinge, die ihm seit der Explosion des Arsenale widerfuhren, und erfüllt von diesem Gedanken, über eine Lösung grübelnd, blickte er hinüber zu Sofia, die ruhig unter einer Steppdecke aus rotem Damast schlief, die Hand an eine Wange geschmiegt. Francesco hatte sich ein Lager auf der Truhe geschaffen, wo er eine Decke ausgebreitet hatte, und auch er war eingeschlafen.

Andrea konzentrierte sich auf den tiefen Heulton, den die Tramontana im Kamin erzeugte, und schloss die Augen. Diese Art Geräusche liebte er, sie waren die Rufe einer natürlichen, schützenden, aber auch unvorhersehbaren Außenwelt. Er legte die Münzen in das Stück Stoff zurück und verband die Ecken fest miteinander. Als er sich mit den Händen auf die Armlehnen des Scherenstuhls stützte, knarrte das Holz. Er stand auf, ging zum Fenster und betrachtete den Schnee, der die Stadt bedeckte.

62

Die *Giardini* des Dogenpalastes an der Seite des Rio di Palazzo waren dank des schöpferischen Genies des Architekten und Werkmeisters Antonio da Ponte in weniger als einem Jahr Arbeit entstanden. Der Rat der Zehn selbst hatte mit einem Beschluss vom 26. November 1568 die Arbeiten eingeleitet, die eine Hälfte der unbenutzten und dank einer doppelten Freitreppe und eines Balkons vor Hochwasser geschützten Bootsremise in einen angenehm geräumigen Platz mit mildem, wohltuendem Klima verwandelten.

Eine kleine Schar berühmter Namen aus dem Kulturleben hatte die Giardini vor zwei Monaten eingeweiht. Zuvörderst der bekannte spanische Schriftsteller Alfonso de Ulloa, seit Jahren in Venedig ansässig, für den sich Philipp II. von Spanien schon im August gegenüber dem Dogen verwendet hatte, freilich ohne eine vorzeitige Beendigung der Haft erwirken zu können.

Es folgten der Literat Francesco Ziletti, ein tüchtiger Drucker und Erbe einer Dynastie venezianischer Verleger und

Buchhändler, und der Notar Vincenzo Bertoldi da Bassano, ein Sammler seltener Bücher und Liebhaber philosophischer Studien. Zu dem Terzett hatten sich später zwei weitere illustre Namen gesellt: der Buchhändler Francesco Rampazetto, Verleger unter anderem der herrlichen *Historia dell'Impresa di Tripoli di Barbaria* des bereits erwähnten de Ulloa, und Gabriel Giolito, ebenfalls Verleger und Buchhändler, außerdem Freund und Bewunderer des spanischen Schriftstellers. Kurzum, schon bald erhielten die Giardini den Namen *Giardini dei Letterati*.

In eben dieses neue, trockene und behagliche Gefängnis mit Wänden aus istrischem Kalkstein, eingerichtet mit Tisch und Schemeln, breiten Pritschen, Rosshaarmatratzen und stets sauberen Decken, wurde, an Leib und Seele Schmerzen leidend, Mehmet Hasan verlegt. Und hier traf der alte Türke am Tag des Sturms Gabriele Ruis wieder.

Es geschah kurz vor Sonnenaufgang. Die in den Rio della Paglia eindringende Tramontana streifte über die Ostfassade des Palazzo und verlieh jeder einzelnen der abertausend Kanten, Simse, Bossen, Bögen und Säulen, aus denen die Fassade bestand, eine Stimme. Der Abriss des Hauses von Zuàne della Vedova am gegenüberliegenden Ufer ließ zwar an schönen Tagen die Sonne fast den ganzen Morgen lang auf die Fassade scheinen, bot aber auch, an schlechten Tagen wie diesen, den kalten Winden freie Bahn. Damit der Schneesturm nicht in ihr Gefängnis drang, hatten die Literaten eine Decke über das Eisengitter des Fensters gehängt. Francesco Ziletti, geschickt im Verhandeln und aus reicher Familie, hatte von einem Wächter für einen Soldo pro Tag zwei kupferne Wärmetöpfe mieten können und für nur sechs Soldi einen Sack mit zwanzig Pfund Kohle gekauft. Nichtsdestoweniger hatte in jener Nacht vor Kälte kein Insasse des Gefängnisses schlafen können. Als man draußen Schluchzer hörte und der Schlüssel in das Schloss des ersten Riegels gesteckt wurde, öffnete darum der, der nur ein Auge geschlossen hatte, beide Augen, und wer wach gewesen war, sprang aus dem Bett. Beim zweiten Riegel und dem zitternden Lichtschimmer einer Fackel, der durch das Guckloch und die Spalten in der Holztäfelung fiel, standen alle fünf Literaten schon vor dem Ausgang. Mehmet jedoch blieb, in seine Wolldecke gewickelt, auf der Pritsche in der Ecke neben dem Fenster liegen, in die er sich selbst verbannt hatte.

Die Tür öffnete sich, und der Wächter krümmte und wand sich, um durch die dreieinhalb Fuß hohe und zwei Fuß breite Öffnung zu kommen. Ein zweiter Wächter zwang, mit der Hand gegen ihren Nacken drückend, eine winzige Gestalt, sich ein wenig zu bücken, um unter dem Türpfosten hindurchzukommen, und stieß sie hinein. Der Türke erkannte Gabriele sofort, obwohl sein Gesicht geschwollen war. Er drehte sich zur anderen Seite, zog die Decke fest um sich und dankte Gott, dass wenigstens dieser Junge noch lebte.

»Hör auf zu flennen wie ein Mädchen!«, schrie der Wächter ihn an. »Sind alles edle Herren hier drin in den Giardini, und es wird dir gut gefallen!« An de Ulloa gewandt, fuhr er mit der Ehrerbietung, die man den Mächtigen schuldet, fort: »Ich vertraue Euch diesen Jungen an, Eccellenza, ich vertraue ihn Euch an wie einem Vater.«

»Die Fürsorge übernehme ich gerne«, antwortete der Spanier mit einer leichten Verbeugung.

Da näherte sich der Wächter dem Schriftsteller und flüsterte: »Beschützt ihn, denn die Gesundheit des Jungen liegt Sua Serenità, dem Dogen, sehr am Herzen.«

»Seid unbesorgt«, antwortete de Ulloa überrascht. »Wie Ihr schon sagtet, sind wir alle Ehrenmänner.«

»Ich spreche nicht von Euch«, der Wächter wies auf Mehmet, »sondern von diesem Türken mit barbarischen Sitten.«

De Ulloa wandte sich einen Augenblick lang zu ihm um. »Das ist nur ein armer alter Mann, unglücklich und ohne Hoffnung wie ich.«

»Vertraut ihm nicht!«, flüsterte der Wächter scharf. Dann

wünschte er allen eine gute Nacht und ging hinaus. Das Türchen wurde zugeknallt, die Riegel schoben sich durch die Ringe, und die Schlüssel wurden herumgedreht. Es blieben das Pfeifen des Windes und Gabrieles Schniefen. Er hatte sich fest in seine Decke eingewickelt und auf dem breiten Stuhl unter dem Fenster zusammengekauert, wo starke Zugluft herrschte.

»Komm her, mein Junge«, sagte der Notar Bertoldi da Bassano. »Willst du krank werden?«

»Hier gibt es einen Wärmetopf, der ist ein unfehlbares Heilmittel«, fügte Ziletti hinzu, eine Handvoll Kohlen auf die Glut werfend.

»Wie heißt du?«, fragte eine andere Stimme.

Doch Gabriele verharrte zusammengekrümmt, ohne den fünfen, die ihn besorgt betrachteten, eine Antwort zu geben. De Ulloa bedeutete ihnen, zu warten, ging auf Gabriele zu und setzte sich neben ihn. Der Türke folgte der Bewegung aus dem Augenwinkel.

»Mein Söhnchen, ich glaube …«, hub der Spanier an.

»Verreck doch, Alter!«, stieß er hervor.

Mehmet, der alles gehört hatte, freute sich darüber: Offenbar hatte der Junge sich nicht verändert. Er wäre gerne aufgestanden, um sich ihm zu erkennen zu geben und ihn zu ermutigen, aber er hielt sich zurück, denn er fürchtete seine Reaktion.

63

Die Rückkehr der Sonne hatte das raue Klima in der Lagune in die Flucht geschlagen. Das Zusammentreffen eines außergewöhnlichen Hochwassers mit dem Schneefall war ein glücklicher Zufall gewesen, denn Calli, Fondamenta, Ufer und jeder begehbare, bis zum Vortag überschwemmte Boden blieben erst einmal sauber, als das Wasser sich zurückgezogen hatte. Noch widerstand der Schnee auf Dächern und Brückengeländern,

Simsen und Bäumen, doch überall tropfte es, und kleine weiße Schollen glitten an den Flächen hinab.

Um der Bequemlichkeit des Dogen willen und auf Anraten des Prokurators Alvise Mocenigo war die Begegnung auf das Läuten zur Terz in der Sala dello Scudo, dem Vorzimmer der Dogengemächer, festgelegt worden. Schon ein paar Stunden vorher hatte Zaccaria, der Anführer der Palastwache, das gesamte Stockwerk von der Dienerschaft räumen lassen und seine Männer auf alle Türen verteilt.

Mocenigo hatte sich um den Rest gekümmert. Die großen Fensterfronten auf den Palasthof, ebenso die Glastüren zur Ostterrasse waren mit Gardinen aus heller Seide verhängt worden, um Licht, aber keine Blicke hereinzulassen. Von den Dogensesseln hatte man den prächtigsten transportablen ausgesucht und ihn direkt gegenüber den großen Landkarten aufgestellt. Um ein ständiges Kommen und Gehen der Diener zu vermeiden, hatte man sogar einen Tisch mit getrocknetem Fleisch, Torten, Gemüse und Obst gedeckt.

Als letzte umsichtige Maßnahme waren die Teilnehmer der Begegnung einer nach dem anderen von Mocenigo selbst ausgesucht worden, um Geheimhaltung zu wahren und Missstimmungen und Verdächtigungen zu vermeiden. Anwesend waren außer dem Dogen Loredan der Consigliere Paolo Tiepolo, das Haupt der Zehn Pietro Pizzamano, der Staatsinquisitor Nicolò da Ponte, der Capitano General da Mar Girolamo Zane, der Großkanzler Zuàn Francesco Ottobon und natürlich der älteste Sohn des Dogen, Alvise.

Die Verlesung des Sendschreibens von Passi durch Alvise dauerte in allgemeiner Stille schon seit einer halben Stunde an. Es ging um die Rolle von Josef Nassì, einem portugiesischen Juden, in Venedig besser bekannt als Giovanni Miches, bei der Vorbereitung der unmittelbar bevorstehenden türkischen Eroberung Zyperns, jener letzten venezianischen und christlichen Bastion im östlichen Mittelmeer. Pietro Loredan hatte mehrmals Blicke mit Alvise Mocenigo gewechselt, der eine militärische Allianz der christlichen Mächte gegen das osmanische Reich befürwortete. Zweifellos ließ die Explosion des Arsenale die Fackel des Krieges auflodern, schien sie doch mit der dahinterstehenden Absicht, die militärische Struktur für die Ausrüstung der venezianischen Kriegsflotte zu zerstören, Teil der Vorbereitungen für einen Angriff auf die Insel zu sein.

»Wann soll diese Eroberung nach Meinung von Signor Passi denn nun stattfinden?«, unterbrach der Doge, der eher zu einer Politik diplomatischer Verhandlungen mit dem Sultan neigte.

»Das kann David Passi nicht näher bestimmen«, antwortete Alvise, den Blick vom Pergament hebend, »doch er glaubt, es könnte im Sommer nächsten Jahres geschehen.«

»Welch ein Unsinn!«, stieß Zane hervor, ein Freund Loredans und Befürworter des diplomatischen Weges. »Zypern wird erst eingenommen, wenn Famagosta und Nikosia fallen! Wir haben den Architekten Savorgnan dort hingeschickt, in zwei Jahren wurden zweihunderttausend Dukaten für diese Festungen ausgegeben!«

»Wenn die Türken wollen, werden sie die beiden Festungen erobern, die Juden von Zypern helfen ihnen schon jetzt«, bemerkte Alvise Mocenigo lakonisch.

»Dieser Passi ist nur der letzte einer ganzen Reihe von Vorgängern«, ließ der Senator Nicolò da Ponte sich vernehmen, »unsere Archive sind voller Dokumente, die uns vor den Verschwörungen der Juden und den türkischen Angriffsplänen warnen. Ist es nicht so, Signor *Cancelliere*?«, fragte er Ottobon.

»So ist es«, bestätigte der Großkanzler.

»Wenn ich recht verstehe, wird Nassì König der von den Türken eroberten Insel werden und seine Glaubensbrüder dort ansiedeln«, sagte Pietro Pizzamano.

»Unsinn!«, höhnte der Dogenberater Tiepolo. »Wie könnt Ihr annehmen, dass Selim seine Armeen in den Dienst der Juden stellen wird?«

»Und dann diese Geschichte von den türkischen Schiffen, die seelenruhig im Golf von Venedig kreuzen, wer hat ihm die nur erzählt?«, schaltete sich erneut Girolamo Zane ein und fuhr, an den Dogensohn gewandt, fort: »Capitano, Ihr seid soeben von See zurückgekehrt. Habt Ihr Schiffe mit dem Halbmond gesehen?«

»Wenn türkische Schiffe auf dem Meer waren, das ich befahren habe, Admiral«, antwortete Alvise bestimmt, »dann werden sie bei dem jungen Holz, aus dem sie gebaut sind, heute schon auf dem Grund liegen, als Nest für die Fische.«

Eine allgemeine Heiterkeit wollte sich ausbreiten, die Zane nicht gefiel.

»Habt Ihr sie gesehen oder nicht?«, fragte er säuerlich.

»Nein, Admiral.«

»Was erzählt Ihr uns dann?« Zanes Ton war aggressiv geworden, und es entstand ein spürbares Unbehagen unter den Anwesenden.

»Laut Passi macht Selim Ernst«, fuhr Alvise fort. »Er hat von der Explosion erfahren und denkt, Venedigs Flotte sei zerstört. Und es gibt Leute, die großes Interesse daran haben, es ihm weiszumachen. Er scheint überzeugt zu sein, dass auch die venezianische Armee von der allgemeinen Krise betroffen ist.«

»Wie ist das möglich?«, mischte sich Pietro Pizzamano ein. »Wie kann er denn so ahnungslos sein? Es gibt mehr türkische Spione in der Stadt als Boote vor Anker liegen, und er weiß nicht, dass unsere Flotte so stark ist wie eh und je?«

Als Pietro Loredan sah, wie besorgt sein Sohn war, schien er zu seiner Rolle als Vater und Fürst zurückzufinden.

»Mach dir keine Sorgen«, flüsterte er ihm zu. »Selim wird jedes Jahr zweihundertfünfzigtausend Dukaten für Zypern in seine Kasse legen können. Auch wenn das alles wahr sein sollte, haben wir bis zum nächsten Sommer genug Zeit, uns mit dem Türken zu einigen, und was das Geld erreicht, werden die Schwerter nicht besorgen müssen.«

»Hoffen wir es, Vater.«

»Davon bin ich voll und ganz überzeugt«, erwiderte der Vater. »Ich bin so glücklich, dass du zurück bist, mein Sohn.«

Lächelnd legte Alvise eine Hand auf die seines Vaters und drückte sie liebevoll.

64

Der Campo della Bragola wie auch die ganze übrige Stadt schien in einen Jahrmarkt verwandelt. An den Hauswänden, vor San Giovanni und sogar vor dem Palazzo Morosini war alles, was das Wasser überflutet und aufgeweicht hatte, zum Trocknen an die Luft und in die Mittagssonne gestellt worden. Decken, Tischtücher, Teppiche, Kissen, Gobelins und Gardinen hingen neben Kisten mit Obst und Gemüse, Broten, Zwieback, Flaschen und Geschirr. Die Neugeborenen schliefen oder weinten in ihren Wiegen. Die Alten warteten, auf Stühlen sitzend, eine Decke über den Knien, auf ein Wort des Trostes von denen, die umhergingen, um Dinge zusammenzutragen. Und da die unteren Stockwerke völlig leergeräumt waren, hatten viele sich um diese Mittagszeit dafür ausgerüstet, draußen zu essen.

Andrea und Sofia überquerten den Platz inmitten von Besteckgeklapper und lauten Rufen nach den Körben, die aus den Obergeschossen herabgelassen wurden. Manch einer hatte an einer ruhigen Stelle des Campo Feuer unter seiner Kohlepfanne angezündet und röstete nun die Fische, die beim Sinken des Pegels zappelnd auf dem Straßenpflaster zurückgeblieben waren.

»*Ave Maria, gratia plena, Dominus tecum, benedicta tu in mulieribus* ...« Sofia betete leise beim Gehen, betrachtete alles ringsum und versuchte sich zu erinnern, ob die Bragola niedriger lag als ihr Haus, denn an den Wänden hier hatte das Hochwasser eine gut fünf Fuß hohe Schlammspur hinterlassen. An der Ecke der

Calle della Crosera hörte sie die Schreie, und als sie das Grüppchen erkannte, fühlte sie sich einer Ohnmacht nahe.

»Seht her! Seide für zehn Dukaten zum Wegwerfen! Und hier zwanzig Dukaten teurer florentinischer Samt erster Güte! Und ich habe Kunden, die auf die Kleider warten!«

Sofia blieb bestürzt stehen, eine Hand auf den Mund gelegt. Dann machte sie Anstalten, umzukehren, ohne ein Wort zu sagen. Andrea konnte sie am Arm festhalten.

»Wohin wollt Ihr? Ich begleite Euch, wir werden alles erklären.«

»Wir werden alles erklären? Was könnte ich denn erklären?«, sagte sie mit brechender Stimme und versuchte sich loszureißen. »Dass ich die Stoffe zum Färben gewässert habe?« Sie schrie fast, und die anderen hörten sie. Alles drehte sich zu ihr um, Stille entstand, die Gruppe teilte sich, und aus diesem Bühnenvorhang trat ein untersetzter Mann mittleren Alters hervor. Er trug einen Umhang aus edlem Damast, der ihm bis zu den Füßen reichte, und hielt Stoffballen auf den Armen.

»Seht her, was für ein Meisterwerk!«, fuhr der Mann Sofia an. »Wo wart Ihr, als das Wasser stieg?«

»Signor Foppa, bitte, vergebt mir.« Sofia ging ihm nun tapfer entgegen. Andrea blieb stehen, seine Anwesenheit hätte die Situation nur verschlimmert, aber er hielt sich bereit, um eventuell einzuschreiten.

»Du Unglücksweib«, brüllte der Mann, »ich bring dich vor Gericht!«

»Untersteht Euch!« Andrea trat vor, um sich zwischen Sofia und den erregten Mann zu stellen.

»Wer seid Ihr denn?«, fragte der, sofort leiser werdend.

»Die Signora trägt keine Schuld an Eurem Unglück«, sagte Andrea, ohne seine Frage zu beantworten.

»Wer dann?«, erwiderte er. »Sie hatte die Stoffe in Kommission!«

»Das rechtfertigt Eure Grobheit nicht.«

»Seid vorsichtig, Messere!«

»Seid Ihr vorsichtig, ich bringe Euch wegen öffentlicher Beleidigung vor die Zehn!«

Andreas Drohung brachte den Mann zum Schweigen, und so blieb er stehen, auf den ausgestreckten Armen die durchnässten, schlammverschmutzten Stoffmassen.

»Nun gut, sagt mir, wie viel Eure Ware wert ist«, wollte Andrea die Diskussion abkürzen und hatte die Börse schon in der Hand.

»Was tut Ihr?« Sofia hielt ihn zurück und wandte sich an den Händler: »Ich werde ohne Lohn sticken, Signor Foppa, so lange, wie Ihr es zu Eurer Entschädigung für richtig haltet.«

»Auf keinen Fall!«, protestierte Andrea entschlossen, und als er sah, dass sie die Augen aufriss und nach Luft schnappte, ergänzte er: »Wollt Ihr für den Rest Eures Lebens für ihn arbeiten?«

»Ihr habt mit dieser Sache nichts zu tun!«, rief sie ärgerlich.

»Ich bitte Euch, fangen wir nicht schon wieder an.«

»Mit Euch kann man ja nicht vernünftig reden.«

»Und das aus Eurem Mund!«, spottete Andrea. »Jedenfalls könnt Ihr denken, was Ihr wollt, dieses Mal wird es auf meine Weise gemacht!« Mit diesen Worten holte er eine Handvoll Golddukaten hervor und ließ sie auf die Stoffe fallen.

Mit weit aufgerissenen Augen verfolgte der Händler den Fall jeder einzelnen Münze, bis er zehn gezählt hatte.

»Mehr habe ich nicht bei mir«, sagte Andrea, als die letzte fiel. »Sagt mir, was ich Euch noch schulde und wo Euer Geschäft ist. Ich lasse Euch das Nötige für den Stoff und die entgangene Arbeit zukommen.«

Der Mann starrte ihn mit offenem Mund an, dann wurde der Ausdruck des Staunens zu einem Lächeln.

»Hätte ich doch immer solche Kunden wie Euch, Messere«, rief er aus. Da schien ihm ein Gedanke zu kommen. »Wer seid Ihr? Ich muss Euch schon einmal gesehen haben, vielleicht habe ich Euch einen Anzug genäht?«

Ein Gemurmel ließ ihn hinter sich blicken. Etwas entfernt standen mehrere Menschen im Halbkreis und beobachteten die Szene verblüfft, sogar besorgt. Es kam dem Mann sonderbar vor, wie sie sich auf Distanz hielten. Er blickte zu Andrea, dann wieder zu der Gruppe und fühlte sich wie ein Fante, der sich aus der Deckung gewagt hat und in die feindlichen Linien geraten ist.

»Habt Ihr Seine Exzellenz denn nicht erkannt?«, fragte eine Frau, eine Verbeugung andeutend.

Der Schneider drehte sich zu Andrea um und riss die Augen auf.

»Das ist Ser Loredan«, sagte eine andere Stimme hinter ihm, »der Sohn Seiner Durchlaucht, des Dogen.«

»Nun, wie viel schulde ich Euch?«, unterbrach sie Andrea.

Der Mann stand schweigend und starr wie ein soeben abgesägter Baumstamm, der gleich fallen wird.

»Nichts, nichts, das ist in Ordnung so«, wehrte er hastig ab.

»Nun antwortet schon, es hat keinerlei Bedeutung, dass ich diesen Namen trage! Wo ist Eure Schneiderei?«, und er sah ihn auffordernd an.

»In der Calle dei Sartori, Eccellenza, neben dem Armenspital.« Der Ton war demütig und leidend, wie der eines Bettlers, der von den Sbirren verhört wird.

»Wie viel schulde ich Euch?«

»Wenn Ihr unbedingt darauf besteht … das macht noch fünf Dukaten, denn die karmesinrote Seide liegt bei acht Dukaten pro Elle.«

»Ihr schuldet mir keine Erklärungen, Signor Foppa«, bemerkte Andrea.

Der Schneider mit seinen triefenden, schlammigen Stoffballen auf dem Arm schwankte ein wenig.

»Darf ich gehen?«, seufzte er flehend.

»Ich wünsche Euch einen guten Tag, Maestro Foppa.«

Als dieser sich von einem Edelmann solchen Ranges Maestro

nennen hörte, begann sein Gesicht zu leuchten, und er erging sich in einer tiefen Verbeugung.

»Auch Euch einen guten Tag, Eccellenza.« Und nachdem er sich aufgerichtet hatte, schüttete er den Segen seiner plötzlichen Dankbarkeit auch über Sofia aus: »Und Ihr, Signora Sofia, mögt mir bitte verzeihen, dass der Zorn Oberhand über meine gute Erziehung gewann. Ich werde Euch neuen Stoff bringen, und Ihr werdet Arbeit für das ganze Jahr haben.«

»Danke, und vergebt auch Ihr mir«, antwortete sie, doch der Schneider war schon in die Calle della Scoazzèra eingebogen.

»Danke«, wiederholte Sofia zu Andrea gewandt.

»Schon gut. Gehen wir lieber die Schäden bei Euch zu Hause ansehen«, und er bewegte sich auf die Gruppe zu, die ihnen den Weg frei machte.

Die Haustür hatte sich durch den Wasserdruck geöffnet, und in dem kleinen, einzigen Raum schienen Besessene gehaust zu haben. Nur das Tischchen und drei hölzerne Betten standen noch. Sie mussten wie Flöße auf dem Wasser geschwommen sein, um sich dann mit sinkendem Pegel wieder vor dem Eingang zu gruppieren. Alles andere, die Anrichte, zwei Stühle, die Truhe und die Schemel, war umgekippt, während die wenigen Habseligkeiten der Näherin auf dem Fußboden verstreut lagen. Es war, als ginge man nach einem Sturm am Lido entlang, wenn der Strand sich außer mit Algen, Muscheln, Krebsen und toten Fischen auch mit Baumstümpfen, Brettern, Fischernetzen, Bootsteilen, Seilen und Tongefäßen füllt.

Starr stand Sofia auf der Schwelle, die Hände vor dem Mund gefaltet, und betrachtete das wüste Durcheinander.

»An die Arbeit!«, rief Andrea, betrat das Haus, ohne ihre Reaktion abzuwarten, und begann, die Stühle aufzurichten.

Wäre es nachts passiert, hätte Filippo Tomei, seines Endes gewiss, auf den siebzehn Stufen der Treppe in den Pozzi angefangen, um seine Seele zu beten. Doch es war ein herrlicher Sonnentag, und die morgendlichen Strahlen, die die Ostfassade weiß färbten, drangen auch durch den Gang an der Riva del Palazzo, um mit ihren Reflexen fast bis zu den zehn Zellen im Zwischengeschoss zu gelangen.

»Filippo, Filippo!«, hatte Angelo geschrien, als er an der verriegelten Tür von Filippos Zelle, der vierten oberen, vorübergegangen war. Filippo war so überrascht gewesen, dass er eine Weile gebraucht hatte, um den Sinn dieser Worte zu erfassen, und als er endlich zum Guckloch gestürzt war, war schon alles vorbei.

Dann waren die beiden Wächter gekommen, der Assassino und Visdecazzòn. Sie hatten die Tür geöffnet, waren aber nicht eingetreten.

»Beeil dich, Florentiner!«, hatte der Assassino befohlen. »Nimm deine Sachen, wir gehen.« Ein Hanfsack war in die Zelle geflogen.

»Wohin gehen wir?«

»Halt den Mund und beeil dich!«

Tomei packte seine wenigen Habseligkeiten zusammen und kroch unter dem dreieinhalb Fuß hohen Türpfosten hindurch

»Los, beweg dich!« Der Wächter stieß ihn grob in den Gang, der zu den Treppen führte.

Es war kalt, der Geruch der vom gestrigen Hochwasser durchfeuchteten Steine und Ziegel stieg aus der Tiefe herauf und vermischte sich mit der wärmeren Luft, die mit der Sonne durch die Fensterchen im Osten kam. Tomeis Blick fiel auf die römischen Ziffern, die über den Türpfosten der Zellen in Stein gemeißelt und schwarz ausgemalt waren. Von der fünften bis zur neunten standen die Ziffern auf dem Kopf, eine Eigenheit, deren Grund er nicht kannte, die jedoch etwas Unheilvolles und Todbringendes hatte, als wollte sie demjenigen, der diese Zellen betrat, ankündigen, dass die Welt dort drinnen eigenen Gesetzen folgte.

An dem schmalen Durchgang zur Riva di Palazzo fühlte der Maler sich von der Sonne und der Angst gleichermaßen durchbohrt. Er spürte eine Klinge in seine Augen dringen und verbarg sein Gesicht in dem Sack.

»Los, mach einen großen Schritt!«, herrschte Visdecazzòn ihn an. Im nächsten Moment merkte er, wie er unter beiden Achseln gepackt und hochgehoben wurde. Es gelang ihm, die tränenden Augen ein wenig zu öffnen, und er sah, dass er mit den Wächtern zu beiden Seiten an Bord eines schwarzen *gondolòn* gebracht wurde, der am Ufer lag.

»Ihr seid vom Glück begünstigt.« Formento erwartete ihn neben dem robusten hölzernen Aufbau mit Fenstern, vor denen die Vorhänge zugezogen waren. »Eure Truhe mit Kleidern und Büchern habe ich schon einladen lassen«, fuhr der Sekretär der Zehn fort, »auch die Staffelei mit den Farben, Pinseln und Leinwänden. Ich hoffe, ich habe nichts vergessen. Bitte, nehmt Platz.«

Der Florentiner wagte einen Blick in die Kabine. Erst sah er das C und das X, die Initialen des Rates der Zehn, golden aufblitzen, dann entdeckte er Angelo Riccio. Auf einer gepolsterten Bank sitzend, lächelte das Mönchlein ihm zu.

»Angelo!«, rief Tomei aus, bückte sich und ließ sich in das Innere der Kabine gleiten.

»Die Zehn waren großzügig mit Euch«, wiederholte Formento mit jener gezwungenen Freundlichkeit, die gleichermaßen Auftakt zu einer brüderlichen Umarmung wie zu einem plötzlichen Dolchstoß sein konnte. »Sie haben beschlossen, Euch an einen angenehmen Ort, eine Stätte des Gebets verlegen zu lassen.«

»Wohin bringt Ihr uns?«, fragte Tomei. Ein Hoffnungsschimmer hatte sich auf seinem Gesicht entzündet.

Der Sekretär lächelte ihn an. »Das werdet Ihr bald sehen, es ist

nicht weit. Ich lasse Euch jetzt mit Eurer Wiedersehensfreude allein«, und mit diesen Worten schloss er die beiden Flügel des Kabinentürchens.

Angelo Riccio wandte sich ab, denn dieses unerwartete Wiedersehen, von Formentos böswilligen und zweideutigen Plänen zwangsweise herbeigeführt, war wie eine Folter für ihn.

»Ist das wirklich wahr, sie verlegen uns?«

Der Frate drehte sich zu Filippo um, der ihn verwirrt und zärtlich ansah. So hatte er ihn noch nie erlebt. Das musste er ausnutzen.

»Es scheint so«, sagte er flüsternd.

Der andere rührte sich nicht. Dann verbarg er sein Gesicht in den Händen und begann zu schluchzen. Leise, unterdrückte Schluchzer, die sich im Zittern seines Körpers fortsetzten. Das ist jetzt also der Moment des Zusammenbruchs, dachte Riccio, denn in all den Tagen, die sie in den Pozzi verbracht hatten, einige zusammen, viele weitere in benachbarten Zellen, hatte er ihn nie weinen gesehen oder gehört. Er spürte, wie das Boot vom Ufer abgestoßen wurde, hörte die Riemen gurgelnd ins Wasser tauchen, während die durch die Lamellen der Kabinentür fallenden Sonnenstrahlen mit ihren Bewegungen die Kurswechsel der großen Gondel verrieten. Er nahm sich zusammen, dachte an das Geld, das er noch bekommen musste, schlang einen Arm um Filippo, drückte ihn an sich und legte seine Lippen an sein Ohr.

»Wenn sie uns befreit haben, bedeutet das, dass sie uns nicht fürchten.« Er gab ihm einen leichten Kuss auf die Wange. »Wenn sie uns nicht fürchten, sind die schwersten Verdächtigungen fallengelassen worden.« Er küsste ihn abermals. »Die der Spionage, der Mittäterschaft bei der Explosion des Arsenale.«

Filippo schien sich zu beruhigen.

»Ich bin kein Spion und auch kein Saboteur. Ich würde niemandem etwas zuleide tun«, sagte Tomei halblaut. »Du glaubst mir doch, oder?«

»Ich habe dir immer geglaubt.«

»Mein Geliebter.« Der Florentiner drückte ihn an sich, streichelte sein Gesicht und begann, ihn leidenschaftlich zu küssen, auf die Lippen, die Augen, das Gesicht. »Wir sind zusammen durch die Hölle gegangen. Ich glaubte, ich könnte dich raushalten, indem ich schwieg … Doch dem war nicht so. Durch meine Schuld …«, Tomei unterbrach sich, die Hände des Mönchs in seinen haltend. »Jetzt musst du es erfahren«, sagte er dann wie aufgrund einer spontanen Seelenregung. »Es darf keine Geheimnisse mehr zwischen uns geben.«

Bei aller Erfahrung, die Angelo Riccio mit dem doppelten Spiel hatte, diese schlichten, feierlichen Worte, auf die er seit Monaten wartete, riefen doch eine starke Gefühlsbewegung in ihm hervor, die ihm zunächst Stiche in den Magen versetzte, um ihm dann in den Kopf zu steigen und ihn zu berauschen wie gewisse weiße Schaumweine, die in der Gegend um Conegliano erzeugt werden.

»Ich bin nach Venedig gekommen, um wichtige Bücher zu retten.«

Das Mönchlein sah ihn verwirrt an.

»Was sagst du? Welche Bücher? Dann bist du gar kein Maler?«, fragte er naiv wie ein Kind.

Filippo lächelte ihn zärtlich an.

»Ich bin Maler«, beruhigte er ihn, »ich bin ein Maler, den wichtige Personen nach Venedig geschickt haben, um kostbare Bücher zu finden und zu retten.«

Jetzt habe ich ihn, dachte Riccio. »Ich verstehe nicht«, log er, Unsicherheit mimend.

Filippo küsste ihn sanft auf die Lippen, dann legte er den Mund an sein Ohr. »Du bist ein Mönch, du müsstest das verstehen«, flüsterte er.

Angelo löste sich abrupt von ihm und blickte ihn entsetzt an. »Bücher auf dem Index?«, stammelte er.

Tomei verharrte einen Moment, dann nickte er unmerklich.

»Hier in Venedig werden sie zu Tausenden beschlagnahmt und verbrannt. In Florenz hat man das schon getan.«

»Das sind verbotene Bücher, Werke des Teufels!« Der Mönch hob absichtlich die Stimme.

»Leise, sprich leise!«, ermahnte ihn Filippo ängstlich.

»Entschuldige«, sagte Angelo mit brechender Stimme, die Hände vor den Mund schlagend und sich zusammenkrümmend.

»Hast du je so ein Buch gelesen?«, fragte Filippo.

Angelo Riccio hatte viele dieser Bücher gelesen, von Aretino bis Boccaccio, von Machiavelli bis Savonarola, bis hin zu den Werken von Erasmus und Luther. Doch er fuhr mit seiner Verstellung fort und verneinte kopfschüttelnd, mit angstgeweiteten Augen. Als Filippo ihn so verstört sah, lächelte er ihn wieder an.

»Ich habe es getan. Sie sind schön, weißt du.«

Der Mönch hielt sich die Ohren zu und schloss die Augen wie ein Kind vor Reden, die es nicht hören will.

Filippo küsste ihn erneut, und als Angelo die Augen wieder öffnete, nahm er seine Hände und zwang ihn, weiter zuzuhören.

»Du wirst von Raimondo Lullo gehört haben.«

Eines von Riccios Talenten war die Schnelligkeit des Denkens. Sie hatte ihn schon öfter gerettet. Von Ramòn Llull, dem katalanischen Philosophen und Theologen, der vor drei Jahrhunderten versucht hatte, Juden und Muselmanen zu bekehren, kannte er die logische Maschine der kombinatorischen Kunst, die viele kannten. Es zu leugnen, hätte Tomei misstrauisch gemacht, es mit allzu großer Überzeugung zu bejahen, ebenfalls. Er wählte einen Mittelweg.

»Eine arme verlorene Seele.« Er bekreuzigte sich.

»Und Henricus Cornelius Agrippa, kennst du den?«

»Sprich den Namen dieses Gottlosen nicht aus!«

»Hast du je etwas von ihm gelesen?«

»Was sagst du da?« Angelo blickte ihn erschrocken an.

Tomei lächelte bitter.

»Du solltest es tun, du würdest entdecken, dass er glaubensstark und voller Mystik ist.«

»Er ist ein Zauberer, ein Scharlatan!«

»Wenn du diese Autoren kennst«, fuhr der Florentiner fort, der Gefallen daran zu finden schien, das Mönchlein zu quälen, »dann wirst du auch Theophrastus Paracelsus kennen.«

»Mehr will ich nicht hören.« Und wieder legte er sich erschrocken die Hände auf die Ohren. Doch insgeheim brachten ihn all diese Namen zum Jubeln, denn sie entschädigten ihn für die moralischen und sexuellen Zumutungen, die er in letzter Zeit hatte erdulden müssen.

Tomei ergriff Angelos Handgelenk, um die Hand vor seinem Ohr wegzuschieben. Für ihn schien es ein aufregendes Spiel geworden zu sein.

»Ich werde dir ein Geheimnis verraten.«

»Ich will's nicht hören! Schweig!« Das Mönchlein versuchte sich dem Drängen des anderen zu entziehen.

»Weißt du, dass Kardinal Altoviti, unser tieffrommer, innig geliebter Antonio Altoviti, Erzbischof von Florenz, der persönlicher Sekretär von Papst Pius III. war, außerdem Unterzeichner der Akten des Konzils von Trient, ein Anhänger von Paracelsus ist und überaus kundig in der Alchemie und hermetischen Philosophie?«

Angelo Riccio wusste das alles, denn auch von Altoviti bekam er Geld und zwar reichlich, aber seine Erregung war so groß, dass er einen Moment lang fürchtete, sich mit seiner Miene, einem Wort, einer unbedachten Bewegung zu verraten. Er beschloss, sich noch entsetzter zusammenzukrümmen, ließ Tränen in seine Augen schießen, wie er es schon als Kind gekonnt hatte, und heftete seinen wässrigen Blick auf Tomei. »Warum sagst du mir das alles?«

Der Florentiner schien plötzlich beunruhigt.

»Ich fühle mich nicht gut«, sagte Riccio mit hauchdünner

Stimme. Er stand auf, ging zur Tür und öffnete schüchtern einen Flügel.

»Eccellenza, Signor Segretario«, sagte er zu Formento, »ich würde gerne etwas frische Luft schnappen.«

»Aber sicher, kommt doch her, bitte.«

Der Frate schlich sich verstohlen aus der Kabine, tat einen Schritt auf den Bug zu, krümmte sich und begann, an die Reling der Gondel geklammert, zu husten und Brechreiz zu mimen. Insgeheim frohlockte er selig, während der Fante die Armbrust hob, aus Angst vor einem Fluchtversuch. Formento machte ihm ein Zeichen, er solle die Waffe senken.

66

Der kalte Nordwind trug den süßen Geruch des Glases heran. Andrea hatte ihn deutlich wahrgenommen, als die Fähre nach Murano, eine Gondel mit zwei Ruderern, die am Portikus am Rio San Canciano abgefahren war, aus dem Schutz des Kanals zwischen den Inseln San Cristoforo und San Michiel herausgekommen und in die kristallklare, sonnige Luft des Canal de Muran eingetaucht war. Der Duft war ganz plötzlich gekommen, hatte nur den Moment eines Atemzuges angehalten und war dann verschwunden, wie ein jäher Windstoß. Das Glas konnte nach Rosen oder Weißdorn riechen, aber auch nach Honig oder Malvasier. Andrea hatte seinem Bruder Alvise davon erzählt, als er ein Kind war, doch der hatte schallend gelacht und ihn freundlich verspottet. Tief gekränkt, hatte Andrea nie mehr davon gesprochen, auch Jahre später mit Taddea nicht. Als er an diesem Tag den Duft einsog und den Atem anhielt, erfüllte es ihn mit kindlicher Freude und Stolz, dass er das Geheimnis für sich behalten hatte.

Zur Glashütte der Vivarini kam man, wenn man an den Fondamenta des Rio Santo Stefano bis über die dritte Brücke und die Kirche hinausging, die dem Rio und dem Campo ihren Namen gab. Auf diesem Zipfel Erde zwischen dem Canal Grande von Murano und Santo Stefano hatte sich vor mindestens zwei Jahrhunderten die Familie Vivarini niedergelassen. Henrici di Padua, der Stammvater, war 1348 vor der schwarzen Pest aus Padua nach Venedig geflüchtet, ohne zu ahnen, dass die Seuche aus Venedig kam. Enrico überlebte, sein Nachfahre Vivarino wurde Glasmacher und hatte drei Söhne, Antonio, Bartolomeo und Berto. Vom Erstgeborenen Antonio stammte Michele ab, der ein sehr berühmter Glasmacher wurde. Im Sommer zwischen August und Mitte Oktober, wenn die Zunftordnung der Glasbrenner vorschrieb, das Feuer in den Öfen zu löschen, und die Glashütten schlossen, ging er mit Erlaubnis des Gastalden der Zunft fort zum Arbeiten in weit entfernten Gegenden. Micheles Söhne waren Marco, Antonio und Bartolomeo. Marco führte die Glashütte weiter, die anderen beiden wurden hervorragende Maler. Antonio hatte zwei Söhne, Alvise und Michele. Alvise wurde, den Lehren des Vaters und Onkels folgend, ebenfalls ein ausgezeichneter Maler und war weithin gefragt, von Venedig die ganze Adria hinunter bis nach Apulien. Er hatte zwei Töchter: Ermonia und Lucia. Die Erste lernte die Kunst der Glasbläserei bei ihrem Onkel Michele, dem Glasmeister und Besitzer der Hütte, und vom Vater die Kunst der Farben und Formen, und wurde so zur Meisterin der Herstellung und Verzierung von Glas, die einzige Glasmeisterin, die Murano je hatte. Lucia ging sehr jung ins Kloster, um ihr Leben mit Beten, Studieren, Arbeiten und barmherzigen Werken zu verbringen, und das alles tat sie gläubig und mit Hingabe bis zur tragischen Nacht der Explosion des Arsenale.

Für Andrea war es nicht leicht gewesen, die Erlaubnis zu einem Besuch Ermonias zu bekommen. Sie war fast achtzig, sehr krank und für ihren launischen, eigenbrötlerischen Charakter bekannt. Die einstmals blühende Glashütte war im Niedergang begriffen. Seit dem Tod ihrer Schwester hatte Ermonia die

Mauer zur Außenwelt noch höher gezogen. Schließlich hatte Francesco d'Angelo, Andreas Gehilfe, dank seines Vaters Vincenzo d'Angelo, einem von Ermonia sehr geschätzten Glasdekorateur und Graveur eine Bresche in der Mauer öffnen können.

Auf der Fahrt an diesem windigen Nachmittag beschloss Andrea, die Fragen, um die es gehen sollte, sorgfältig voneinander zu trennen, um den Geist der alten Glasmacherin nicht zu verwirren. Beginnen würde er mit der Übergabe der hundertzwanzig Dukaten von Mehmet Hasan, die sie sicher erleichtern und in eine wohlwollende Stimmung versetzen würde. Und so hatte er, eingehüllt in den Duft des Glases und den Geruch des Aals, den die Glasbrenner über den Öfen rösteten, nach der Begrüßung den Erinnerungen Ermonias an ihre Schwester Lucia gelauscht und dabei versucht, in dem alten Gesicht der Frau Ähnlichkeiten mit der Äbtissin zu entdecken.

»Meine arme Schwester«, sagte Ermonia mit hauchdünner Stimme, und der Schmerz verschleierte ihre Augen. »Ende Mai an Corpus Domini habe ich sie zum letzten Mal gesehen. Sie war so voller Leben …«

Die zartgliedrige Frau, deren Gesicht die Zeit und die Stürme des Lebens zerknittert hatten, saß auf einem gepolsterten Sessel, den Kopf an zwei dicke Kissen gelehnt, fünf oder sechs Fuß von den Ofenlöchern entfernt, und während sie sprach, verfolgte sie die Bewegungen der Mannschaft aus sechs Glasbrennern, die sich wie in einem Tanz um die Öfen herum bewegten.

Tatsächlich war dieser Ofen, der so alt war wie seine Besitzerin, der uneingeschränkte Herrscher über die Hütte. In der Mitte des Raumes platziert, zehn Fuß hoch und ebenso breit, gemahnte er an eine aus dem Untergrund aufgetauchte Kirchenkuppel. Durch einige Risse und bröckelnde Stellen des Verputzes sah man die Klinkersteine, aus denen er gebaut war. Sie wurden nicht nur durch den Mörtel zusammengehalten, sondern auch durch zwei starke Eisenringe um die Seiten und ein Dutzend mit den Ringen verbolzter Streben, die ihn von der Spitze bis zum Boden überzogen und eine Art Gerippe bildeten, wie jenes, das die Frauen unter ihren Röcken zu tragen pflegten, um diese zu weiten und beim Gehen nicht behindert zu werden.

Dieses gewaltige Tier hatte drei wütende Löcher in seinem Bauch, glühend heiß und blendend hell wie die Sonne, die bei jedem Stoß mit dem Blasebalg, den ein Lehrling bediente, schnaubten und grunzten. Vor dem Ofen arbeiteten, ihre Rohre drehend, die Künstler in der eingespielten Weise zusammen, die aus handwerklicher Erfahrung und der eigenen Intuition rührte, mit der ein jeder die Glaspaste abwechselnd Luft und Feuer aussetzte.

»Lucia hatte einen starken Charakter«, fuhr Ermonia fort, den Blick auf die Ofenlöcher geheftet. »Und sie war eine gute Glasbläserin und Dekorateurin.« Sie wandte sich Andrea zu, der auf einem Schemel neben ihr saß. »Bis sie sechzehn war und ins Kloster eintrat, hat sie hier in der Brennerei gearbeitet. Keiner konnte das heiße Glas färben und bearbeiten wie sie. Nicht einmal Maestro d'Angelo oder ich haben sie je übertroffen.« Sie verstummte und schloss die Augen, wie nach einer übermenschlichen Anstrengung. »Als sie Äbtissin wurde, durfte sie durch Beschluss des Patriarchen Trevisan, mit Erlaubnis des Zunftmeisters und einer Ermächtigung durch den Senat, in einer Ecke des Kreuzgangs ihres Klosters einen kleinen Ofen errichten lassen, um Waisenkinder und Arme das Handwerk zu lehren.«

Ein Lehrling eilte zu ihrem Sessel, in einer Zange eine dünne Stange aus Glas.

»Entschuldigt, Maestra«, der Junge zeigte ihr die Stange, »sagt Ihr mir bitte, ob das gut gekocht ist?«

Mit sicheren, geübten Bewegungen nahm Ermonia ein silbernes Stöckchen, das an einer Kette an der Armlehne des Sessels hing, hielt es zwischen Zeigefinger und Daumen und versetzte der Stange in der Mitte einen einzigen Schlag. Das Glas gab einen hellen Ton von sich und zerbrach nicht.

»Das ist gut«, bestätigte die alte Glasbrennerin. »Tu nur noch ein Quäntchen mehr Weinstein hinein. Rasch, beweg dich!« Der Lehrling verbeugte sich und war mit drei Sprüngen wieder beim Ofen. »Das war einer ihrer Schüler, ich habe ihn bei mir angestellt«, sagte sie, dem Jungen mit einem liebevollen Blick folgend. »Ich bringe ihm bei, wie man Glas verziert, doch es gibt nur noch wenig Arbeit, ich bin alt, die große Kunst ist vorbei, und unsere Glashütte geht zugrunde.«

»Dies mag nicht die Lösung Eurer Probleme sein, Maestra Vivarini, doch es wird Euch sicher helfen.«

Ermonia sah, dass Andrea ihr ein Stoffsäckchen reichte. Nach kurzem Zögern ergriff sie es, legte es sich auf den Schoß, löste die Knoten, und die Goldmünzen breiteten sich zu einer funkelnden Fläche aus. Ihre Augen wurden groß, und einen Moment lang sah Andrea die Augen von Lucia wieder. Ihr Mund öffnete sich, um etwas zu sagen, was sie nicht herausbrachte. Mit diesem Ausdruck schien Ermonia schlagartig ihr Alter zu verlieren, wieder zum kleinen Mädchen zu werden, das überrascht ein langersehntes Geschenk empfängt.

»Es sind hundertzwanzig Dukaten. Ein türkischer Händler schickt sie Euch, Mehmet Hasan.«

Sie blickte ihn an. Aus der Überraschung war Entsetzen geworden.

»Was sagt Ihr da?« Sie konnte nur flüstern.

Überrumpelt von diesem plötzlichen Stimmungswechsel, den er nicht erwartet hatte, zögerte Andrea.

»Mehmet Hasan hat mir gesagt, dass er Euch diesen Betrag schuldet für eine Partie Glas, die Ihr ihm verkauft hattet«, erklärte er vorsichtig.

»Wann seid Ihr ihm begegnet?«

»Vorgestern in den Gefängnissen des Palazzo.«

»Er ist gefangen?«, rief Ermonia mit brüchiger Stimme aus. Andrea nickte. »Er wird von den Zehn verhört.«

»Was hat er getan?«

»Man verdächtigt ihn, das Feuer im Arsenale gelegt zu haben.«

Stille folgte, unterbrochen nur vom Schnauben des Ofens.

»Hat er Euch noch mehr gesagt?«, fragte die alte Glasbrennerin.

»Er hat mich gebeten, ihm zu helfen.«

»Werdet Ihr das tun?«, fragte sie besorgt.

»Natürlich, so es in meiner Macht steht …«

»Ihr müsst tun, was Ihr irgend könnt«, erklärte Ermonia mit wiedergefundener Entschlossenheit. »Ich bezahle«, und schon hatte sie eine Handvoll der Dukaten ergriffen.

Andrea betrachtete sie verwirrt.

»Das ist nicht nötig, ich bin Gefängnisanwalt und werde schon bezahlt.« Er zögerte, musterte sie und fügte hinzu: »Wenn ich mir erlauben darf, ich sehe, dass sein Schicksal Euch am Herzen liegt. Kennt Ihr Mehmet so gut?«

Ein Schatten flog über Ermonias Gesicht.

»Ich kenne ihn, und er ist ein guter Mensch«, sagte sie nur, obwohl ihre Augen einen weit tieferen Gedanken zu verfolgen schienen.

»Mehr könnt Ihr mir nicht sagen?«, drängte Andrea. Sie sah ihn unschlüssig an. »Jede Art Information könnte für seine Verteidigung nützlich sein«, versuchte er sie zu ermutigen.

Ermonia Vivarini schüttelte den Kopf. »Ich habe ihn seit vielen Jahren nicht gesehen und hatte sogar diese Schulden vergessen. Doch wenn er mir das Geld unter diesen Umständen zurückerstattet, dürfte das genügen, um zu beweisen, dass er ein anständiger Mensch ist.«

Andrea war überzeugt, dass die Frau sehr viel mehr wusste, aber er spürte auch, dass sie dieses Thema beenden wollte, und drang nicht weiter in sie, zumal er noch andere wichtige Dinge mit ihr zu bereden hatte.

»Sprechen wir lieber von Euch«, hub Ermonia an, »mein Freund Vincenzo d'Angelo hat mir gesagt, dass Ihr meine Schwester Lucia getroffen habt.«

Andrea nickte und zog ein zerknittertes Papier aus dem Ärmel seines Hemdes. »Das wurde mir am Tag vor der Explosion des Arsenale zugestellt.«

Die Frau betrachtete das Blatt, das Andrea ihr reichte. Ihre Finger, die aussahen wie Olivenbaumwurzeln, näherten sich langsam, als schämten sie sich, dieses Papier zu berühren. Mit der anderen Hand suchte sie zwischen den Falten ihres Gewandes nach ihrer Brille. Die dicken, runden Gläser waren auf ein Zinngestell montiert. Sie nahm den Brief, brachte ihn an ihr Gesicht, als wollte sie daran riechen, und das Blatt zitterte. Mehrmals las sie die zwei Zeilen, dann nahm sie die Brille ab und blickte Andrea an.

»Erzählt mir von ihren letzten Augenblicken«, bat sie mit bewegter Stimme.

Andrea fiel es nicht leicht, jene tragische Nacht zu rekonstruieren, doch er versuchte es, indem er sich an die Abfolge der Ereignisse hielt, von der Explosion bis zu seiner Begegnung mit Lucia in der Krypta unter dem Boden der Kirche, die von den Fängen der Hölle verschont geblieben war.

»Einen Augenblick, bevor sie uns verließ«, schloss er, »hat Eure Schwester zu mir gesprochen.« Er brach ab, denn die Erinnerung rief noch immer eine heftige Gefühlsbewegung in ihm hervor. »Sie hat nur zu mir gesprochen, nicht zu den Schwestern an ihrer Seite, die ihr beistanden. Sie hat meinen Namen gesagt, als sei ich für sie eine bekannte und vertraute Person.«

Einen Augenblick lang schien Ermonia ihn ungläubig zu mustern. »Und das wundert Euch?«

Er zögerte. »Ja, ich weiß, dass ich wegen meines Vaters in der Stadt bekannt bin.«

»Ich bitte Euch, Andrea. Darf auch ich Euch so nennen?«

»Gewiss, es wäre mir eine Ehre«, beeilte er sich zu versichern. Ermonia lächelte. »Ihr müsst wissen, Andrea, dass ich nicht Euren Vater meine, sondern Eure Mutter Lucrezia.«

»Meine Mutter?«, rief er aus.

»Euer Staunen lässt mich vermuten, dass Ihr nicht wisst, dass Lucia die beste Freundin Eurer Mutter war. Sie war es bis zu ihrem Tod.« Die Frau seufzte, als bedrückte sie diese Erklärung. Auf Andreas Stirn bildeten sich kleine Falten. »Sie sind zusammen aufgewachsen und liebten sich wie Schwestern.« Sie machte eine große Geste, um den ganzen Raum zu umfassen. »Diese Glashütte war ihr Reich. Ganze Tage verbrachten sie hier zusammen mit anderen Kindern, alles Kinder von Glasbrennern. Die beiden waren tüchtige Lehrlinge.« Sie zögerte. »Wisst Ihr wenigstens, dass die Familie Cappello ein schönes Haus hier auf Murano besaß?«

»Ja, aber von meiner Mutter weiß ich fast gar nichts«, flüsterte er mit einem leichten Kopfschütteln. Seine Stimme klang bitter. »Sie ist kurz nach meiner Geburt gestorben, und mein Vater und mein Bruder haben mir nur wenig über sie erzählt. Es war ein zu großer Schmerz für sie. Und mit meinen Großeltern mütterlicherseits hat es nie Einvernehmen gegeben.«

»Ja, das verstehe ich«, sagte Ermonia mit betrübter Miene und fuhr dann fort: »Ich werde Euch etwas erzählen. Das Haus gibt es noch, es liegt bei San Cipriano, doch die Cappello haben es verkauft, als Lucrezia starb. Man könnte fast sagen, dass sie mehr in Murano als in Venedig gelebt haben, mit all ihren Kindern und Büchern. Wusstet Ihr, dass Paola, Eure Großmutter mütterlicherseits, eine große Liebhaberin der Philosophie war?«

Andrea schüttelte stumm den Kopf.

»Lucrezia hatte diese Liebe geerbt. Ich sehe sie noch heute vor mir. Wie schön Eure Mutter war. Oft kam sie mit einem Buch in die Glashütte, das sie Lucia zeigen wollte. Dann setzten die beiden Mädchen sich dort hinten hin.« Ermonia wies auf einen Winkel der Hütte, wo ein Sandolo lag. »Auf dieses alte Boot von Onkel Michele. Ich erinnere mich, dass sie im Dezember 1514, als die Lagune zufror, ganze Tage dort saßen und lasen. Ich beneidete sie sehr. Unser Vater Alvise war gestorben, ich arbeitete hier in der Brennerei mit dem Onkel. Mein ganzes Leben lang

habe ich gearbeitet und keine Zeit für die Philosophie gehabt. Kommt, ich will Euch etwas zeigen.«

Die Frau nahm eine gläserne Glocke und klingelte. Der Lehrling kam sofort angelaufen.

»Pierin, hilf mir, ich will diesen Herrn in das kalte Zimmer bringen.« Sie wandte sich zu Andrea. »Kommt mit.« Zusammen mit dem Lehrling half Andrea der Frau, sich aufzurichten, und stützte sie beim Gehen. Es war kein langer Weg bis zur Wand aus roten, von der Zeit glattgeschliffenen und staubbedeckten Backsteinen, wo Pierin, eine brennende Kerze in der Hand, ein zweiflügeliges Tor öffnete, das aussah, als sei es erst vor kurzem angefertigt worden.

Kälte schlug Andrea entgegen, dann ein Geruch, der nichts mehr mit dem Duft des heißen Glases zu tun hatte, sondern an die sehr feuchten, dunklen Böden erinnerte, in welche man in Treviso im Herbst die Radicchio-Pflanzen steckt, um die weißen Rippen hervorzutreiben.

»Zünde sie an, Pierin, zünde alles an!«, sagte die erschöpfte Glasmeisterin und ließ sich auf einen weiteren gepolsterten Sessel fallen.

Die Flamme der einen Kerze vervielfachte sich im Handumdrehen, während aus dem Nichts die kupfernen Arme eines Kronleuchters auftauchten, außerdem Kelche und Kerzenhalter aus Glas. Einen Augenblick später stieg der Kronleuchter, begleitet vom Rasseln der Winde, zur Decke auf und erhellte diesen Teil des Lagers, so dass immer mehr gläserne Formen Gestalt annahmen. Gleich danach, vier Schritte weiter, wiederholte sich dieses Wunder aus Licht in seinen Formen und Bewegungen und noch weitere unzählige Male, bis noch die kleinste Lichtquelle in Leuchtern und Hängelampen, Laternen und Kandelabern lebendig wurde. Nicht einmal im Dogenpalast hatte Andrea je eine solche Pracht gesehen.

»Das ist unsere Geschichte, Andrea«, sagte die alte Glasmacherin und zeigte ihm die beiden Seiten der Glasbläserkunst: eine

335

obere, drohend wie ein umgestürzter Wald, dessen Wurzeln in den Himmel ragen, aus Kronleuchtern, Hängelampen und Glastropfen jeder Form, Größe und Farbe; die andere, am Boden stehend und beruhigend, aus Kelchen, Flaschen, Inghistere und Pokalen, Trinkgläsern und Krügen, Schalen, Vasen und Ampullen. Je länger Andrea seinen Blick umherschweifen ließ, desto mehr neue Formen und Metamorphosen des Glases entdeckte er.

»Als meine Beine mir noch gehorchten«, sagte sie ohne großes Bedauern, »ging ich jeden Tag bei Sonnenaufgang in das kalte Zimmer, um die Meisterwerke meiner Vorfahren zu betrachten und die Zeit zu ermessen. Auch meine Gläser werden nach meinem Tod hier aufgestellt werden, wenn jemand die Güte hat, daran zu denken. Vielleicht wird Pierin sich darum kümmern, nicht wahr, mein Söhnchen?«

Der Lehrling schwieg, seine Augen füllten sich mit Tränen. Ermonia wies Andrea auf eine Stelle an der Decke, wo ungewöhnlich schöne Leuchter von einzigartiger Leichtigkeit und Transparenz hingen, Polyeder in den unterschiedlichsten Formen und Größen. »Diese Leuchter sind Lucias Werk.« Wieder wandte sie sich an den Lehrjungen: »Pierin, zünde den großen an!«

Der Junge, der die Flamme mit einer Hand abgeschirmt hatte, ging mit der Kerze durch den Raum, blieb unter dem Leuchter stehen, löste die Schnur und ließ ihn herab. Einen Augenblick später glomm das Öllämpchen im Inneren des Polyeders auf. Als Pierin sie hochzog, begann die Laterne sich um sich selbst zu drehen und ließ ringsumher Myriaden von Regenbögen aufscheinen.

»Wunderschön.« Andrea konnte es nur leise murmeln, während er unter den Leuchter trat.

»Alles aus Cristalìn, elf Seiten heiß verschmolzen, die zwölfte wurde offen gelassen, um das Licht entzünden zu können.«

Stille senkte sich über die Halle, ab und an ließ eine Tramontanabö ihren Schrei hören, während die feuchten Dochte knisterten.

Schließlich hörte Andrea Ermonias Stimme in seinem Rücken: »In diesen Lichtern steckt alles, was Lucia war, und sehr vieles von Lucrezia: die Kunst der Glasbläserei und die Philosophie.«

Ihre Worte ließen Andrea schwanken und stießen ihn den Hang böser Erinnerungen hinunter. Im Geist sah er zuerst ein brennendes Blatt Papier mit der Zeichnung eines geometrischen Körpers, der dieser Lampe ähnelte, dann viele verbrannte Seiten und Bücher, die sich fliegend in der Luft aufblätterten, um wieder in die Flammen zurückzufallen und, zu Funken und Asche geworden, erneut aufzusteigen.

Er dachte an das nächtliche Feuer auf der Piazzetta zwischen den beiden Säulen der Heiligen Markus und Theodorus im Oktober vergangenen Jahres. Noch immer klang ihm die Klage des inzwischen fünfzigjährigen Marc'Antonio da Canal im Ohr, Mitglied im Rat der Vierzig, der vom Richter zum Gerichteten geworden war und weinend vor seiner brennenden Bibliothek kniete. Andrea sah das höhnische Grinsen des apostolischen Nuntius Facchinetti, der ihn ohne rechte Überzeugung zu beruhigen versuchte. Andrea sah das Volk von Venedig, von den Wachen der Piazza in Schach gehalten. Niemand sprach, die einzigen Geräusche waren ein dumpfes Murmeln in der Menge und das Knistern der Bücher im Feuer. Der Inquisitor hatte den Mann angeklagt, die Anwesenheit Christus in der Eucharistie, die Verehrung der heiligen Bilder, das Fegefeuer und die Vorherrschaft des Papstes über diese Erde zu leugnen. Der Angeklagte hatte sich für unschuldig erklärt. Dann hatte man im Dachboden seines Hauses unter den Bohlen im Altan eine Truhe mit den Büchern gefunden: Bernardino Ochino, Erasmus, Machiavelli, Boccaccio, Savonarola, Pietro Aretino, Johannes Sleidanus, Cicero, Agrippa, Llull. Alles Autoren, deren Bücher auf dem Index standen. Und um ja nichts falsch zu machen, hatten die Wachen auch den Rest der Bibliothek mitgenommen. Zweitausend Bände zu Asche verbrannt, und ganz bestimmt hatte man einen *bragozzo*, eines dieser großen, runden Fischerboote gebraucht, um sie alle bis zur Mole von San Marco zu bringen. Dank des Eingreifens von Alvise Mocenigo, soeben zum Savio für Ketzerei gewählt, und der Unterstützung von Facchinetti war die Inquisition milde mit da Canal verfahren und hatte ihn nur zu vier Jahren Kloster und Buße verurteilt.

Es war nicht die erste Bücherverbrennung, die Andrea erlebte, doch diese war ihm wegen des Streits mit seinem Vater in Erinnerung geblieben. Er erinnerte sich an die Silhouette des Dogen in der Loggia über der Piazzetta, als er im Widerschein dieses nächtlichen Feuers in den Dogenpalast zurückkehrte. »Im Namen Gottes!«, hatte er zum Vater hinaufgerufen. »Früher herrschte in Venedig Gedankenfreiheit!«

»Andrea, was ist mit Euch?«

Ermonias Stimme riss ihn aus diesen Gedanken. Die alte Glasmacherin betrachtete ihn aufmerksam.

»Entschuldigt bitte«, sagte er verstört.

»Ist das die Wirkung, die das Dodekaeder auf Euch hat?«, fragte sie, auf die Leuchte zeigend.

»Wie habt Ihr es genannt?«, fragte Andrea.

»Dodekaeder. Diese Leuchter waren die letzten Arbeiten, die Lucia hier in der Glashütte gemacht hat, bevor sie ins Kloster ging. Sie war sechzehn Jahre alt. Eure Mutter hatte ihr die Idee zu diesen Lampen eingegeben, mit ihrer Platon-Lektüre.« Sie machte eine Pause, um Atem zu holen. »Kennt Ihr Platon?«, fragte sie.

Andrea nickte lächelnd.

»Lucrezia sagte zu mir, diese Leuchter hätten die Form seiner Philosophie.«

»Seine Philosophie umfasst unendlich viele Formen.«

Ermonia zögerte.

»Jede Leuchte hat einen Namen: die mit vier Flächen ist das Tetraeder, und wenn ich mich recht erinnere, symbolisiert es das

338

Feuer, die mit acht Flächen symbolisiert die Luft, die wir atmen, und heißt Oktaeder …«

Andreas Stimme legte sich über die ihre: »Hexaeder, die Erde, Ikosaeder, das Wasser … und das Dodekaeder ist die Substanz von allem, was existiert. So schreibt es Platon im *Timaios* …« Er trat neben Ermonia. »In jener Nacht in der Celestia hat Eure Schwester ihre letzten Worte an mich gerichtet …«, er zögerte. Ermonia nahm seine Hand und lächelte ihn an. »›Suche furchtlos‹, sagte sie zu mir, ›in den Edelsteinen des Himmels und in der Seele wirst du die Wahrheit finden.‹ Könnt Ihr mir helfen, das zu verstehen?«

Die Antwort auf diese unsicher und verlegen ausgesprochenen Worte gab die alte Glasmeisterin mit den Augen. Andrea erkannte sie wieder, es waren Lucias Augen in den Farben des Wassers und des Himmels, der Meerestiefen und der kristallklaren Luft. Diese Augen lächelten ihn an: »Das ist nicht nötig«, flüsterte Ermonia. »Geht Euren Weg weiter«, fügte sie hinzu, und in diesen Worten lag auch die Spur einer Herausforderung.

67

Die Fregatte mit achtzehn Rudern des Rates der Zehn unter dem Kommando von Tommaso Mostacchi fuhr sehr schnell mit mindestens dreißig Ruderschlägen in der Minute aus der Dogana da Mar heraus, um direkt auf die Mole San Marco zuzusteuern. Die Ruderer waren alle jung, gut bezahlt und zeigten sich gern vor Publikum. Wenn es dann auch noch nach Hause ging und man direkt unter dem Löwen anlegte, verdoppelten sich die Erregung und der Feuereifer.

Am Bug hielt sich Beato Bringa an der Bordwand fest. Er war in Leder gekleidet wie die Gamsjäger und trug wie diese zwei sich kreuzende Hakenbüchsen auf dem Rücken und ein Messer im Gürtel. Seine Hände waren die Pranken eines Schmieds, seine Beine steinerne Säulen. Nach dem weiß gesprenkelten Haar und Bart und dem von jahrelanger Vernachlässigung verwitterten Gesicht zu urteilen, musste Bringa mindestens die Hälfte des Lebens hinter sich haben. Ein Eisen umschloss sein Handgelenk, und an dem Eisen hing eine Kette, die in einem anderen Eisen endete. Dieses umschloss ein sehr viel schmaleres Handgelenk, das Nicolò Bozza gehörte, genannt Granzo. Der Junge, gut zwei Spannen kleiner als der Mann, saß eingezwängt zwischen diesem und dem Bug der Fregatte. Seine Haut war gelblich, die Augen quollen hervor, der Kopf war rasiert und seine Kleider zerlumpt. Ein Ohr war verletzt, die Ohrmuschel eingerissen wie bei einer rauflustigen, schmutzigen Straßenkatze, und aus der Nase tropfte gelber Schleim, den er von Zeit zu Zeit mit dem Ärmel seines Hemdes wegwischte. Wenn er je welche besessen hatte, musste er seine Schuhe abgelaufen haben, denn er trug Hanfsäckchen um die Füße, von der Art, die man für ein halbes Maß Mehl benutzt. Er zitterte, vielleicht vor Kälte, sicher vor Angst.

»Werden sie mich aufhängen?«, fragte er Beato Bringa, und seine Stimme bebte.

»Sei schön brav, tu, was man dir sagt, und du wirst sehen, dass niemand dich aufhängt«, beruhigte ihn Beato in wohlwollend väterlichem Tonfall.

Bringa hatte den Jungen nach einer langen Verfolgungsjagd von Guastalla bis zur San-Moderanno-Quelle an der Via Francigena geschnappt, ein paar Meilen, bevor er über den Bardone-Pass entwischen konnte. Granzo war ausgehungert und verängstigt, denn in der Nacht hatten ihn Wölfe angegriffen, und er hatte auf einem Baum ausgeharrt. Im Grunde war es eine Befreiung für ihn gewesen, als er Beato Bringa erblickte, und er war weinend auf die Knie gefallen. Auch für den Kopfgeldjäger war es eine Befreiung gewesen, denn Kinder einzufangen hatte ihm nie behagt – man verdiente wenig und litt Gewissensbisse.

Am Steuer gab Kapitän Mostacchi Befehl, die Ruder senkrecht in die Höhe zu heben, und ließ das Schiff zwischen der *Locanda del Redentore*, der Galeere, auf der die Sträflinge das Rudern lernten, und der *Sole*, einer Galeere der Querini, hindurchgleiten. Er war zufrieden, weil sie nur knapp zwei Stunden von Chioggia bis San Marco gebraucht hatten. Ein Festmacher bremste mit seiner langen, mit einem Haken bewehrten Stange die Fahrt des Boots, zwei Trossen flogen durch die Luft, eine am Bug, eine am Heck. Auf der Anlegebrücke war schon die Garnison aufmarschiert, und der kommandierende Offizier schlug sich nervös mit dem Ordonnanzstock auf die Handfläche.

»Seid Ihr sicher, dass es wirklich dieser Hundesohn war, der mich verraten hat?«, fragte Granzo zum wiederholten Mal.

»Ich hab's dir schon gesagt. Frag mich nicht mehr danach.«

Bringa war im Grunde ein guter Mensch, obwohl er einem Kerl, der ihn beim Spiel betrügen wollte, mit der Faust den Schädel eingeschlagen hatte. Er hatte Glück gehabt, denn die Quarantia Criminal hatte ihm wirklich schon die Schlinge um den Hals gelegt. Es war Alvise Mocenigo gewesen, damals Mitglied des Rates der Zehn, der ihn vor dem Galgen gerettet hatte. Es sei ein Schlag ins Gesicht der Vorsehung, so hatte der Consigliere sich ausgedrückt, der Menschheit ein Talent wie Beato vorzuenthalten. Denn gerade er konnte das vom Himmel gesandte Mittel sein, um Rado Clovich, einen Uskoken-Piraten in seiner Festung in Segna zu erledigen, wo man schon fünf Meuchelmörder hingeschickt hatte, die nicht mehr zurückgekommen waren. So war Bringas Todesurteil in ein *liberar bandit* verwandelt worden, und er war mit der Präzision eines Steuereintreibers und der Skrupellosigkeit eines Menschen, der nichts mehr zu verlieren hat, losgezogen, hatte das Problem gelöst und war zurückgekehrt. Darauf hatten die Zehn ihn zum amtlich bestellten Kopfgeldjäger und Meuchelmörder erhoben. Bringa war nicht nur ein treuer, ergebener Diener, er sah sich auch zeitlebens in der Schuld seines Retters Alvise Mocenigo.

In diesem Moment legte das Boot an, erst stieg Granzo, dann sein Begleiter aus, und sofort wurden die beiden von Wachen umringt. Während die Fregatte mit erhobenen Rudern am Ankerplatz schaukelte, schritt das Grüppchen über die Anlegebrücke und auf den Portikus des Dogenpalastes und die Porta del Frumento zu.

68

Weniger als eine Meile weiter südlich legte ebenfalls ein Boot an, und Filippo Tomei betrat das Ufer der Isola della Grazia, wo das Eremitenkloster des heiligen Hieronymus lag, in dem er von nun an unter Hausarrest stehen sollte.

»Benehmt Euch anständig, Signor Tomei, denn von diesem heiligen Ort fortgejagt zu werden würde Eure endgültige Verdammung bedeuten«, ermahnte ihn Formento, der ebenfalls von Bord gegangen war, um den Mönchen der Bruderschaft den Gefangenen zu übergeben. Er tat einen tiefen Atemzug, begleitet von einer ausholenden Geste, die die Giudecca, San Giorgio und Venedig umfasste.

»Ihr werdet Zeit genug haben, um über Eure Sünden nachzudenken und Gott um Verzeihung zu bitten.«

Tomei schien ihm nicht zuzuhören, er war vollauf damit beschäftigt, zu kontrollieren, ob all seine Sachen aus der Gondel geholt und auf einen Karren geladen wurden. Es war ein Heuwagen, die Stangen wurden von zwei Mönchen gezogen. Ihre Kutten waren aus grobem Hanf, der Überwurf grau, sie trugen Holzschuhe an den Füßen und hatten die Kapuzen tief ins Gesicht gezogen.

Tomei erschrak, als ihnen auf dem Pfad zwischen den Bäumen eine Prozession von Mitbrüdern entgegenkam, angeführt von einem Mönch, der auf Brusthöhe einen Schädel in seinen Händen hielt. Verstört betrachtete er den Totenkopf. Die frommen

Männer umringten den Neuankömmling wie eine große Spinne, die das Opfer mit ihrem Faden umgarnt, und zogen ihn schweigend in ihren Kreis, was seine endgültige Abkehr von der Welt symbolisieren sollte. Tomei hatte nicht einmal mehr Zeit, sich zu verabschieden, ein Blick und ein Wink nur zu Angelo, der ihn vom Boot aus beobachtete. Dann schlossen sich die Reihen der Prozession, die Räder des Karrens drehten sich und hinterließen ihre Spuren im Kies.

Reglos folgte Formento mit Blicken der Schar, während sie in dem Tamarisken-Wäldchen verschwand. Dann drehte er sich um und eilte zur Gondel, als fürchtete er, ebenfalls an diesem Ort zurückgelassen zu werden, und war mit einem Sprung an Bord. »Los!«, rief er dem ersten Ruderer am Bug zu und bedeutete Riccio mit einem Wink, ihm in die Kabine zu folgen. Dort schloss der Sekretär die Türflügel und setzte sich ihm gegenüber. »Nun, hat er Euch etwas gesagt?«, fragte er hoffnungsvoll.

»Nicht mehr als das, was wir schon wissen«, enttäuschte ihn Angelo, den Kopf schüttelnd.

Als Formento ihn mit gerunzelten Brauen fixierte, begann der Frate zu fürchten, dass etwas von seinem Gespräch mit Tomei nach draußen gedrungen sein könnte. Vor Angst stellten sich ihm die Nackenhaare auf, denn nun holte der Sekretär die *Terzetta* aus einem Korb hervor und zielte auf ihn.

»Was habt Ihr? Geht es Euch noch immer schlecht?«

Formentos Anteilnahme ließ einen Großteil von Riccios Angst verfliegen. Der Rest verschwand, als die Pistole aus den Händen des Sekretärs in seine wanderte.

»Dieses Mal bestehe ich darauf, dass Ihr sie bei Euch tragt«, sagte Formento bestimmt.

Angelo zögerte. »Und wenn man sie bei mir entdeckt?« Aber sein Einwand kam nicht sehr überzeugt.

»Ihr werdet aufpassen.« Mit diesen Worten zog Formento ein gefaltetes Pergament aus dem Ärmel seiner Tunika. »Hier, der neue Brief des Patriarchen Trevisan.« Er nahm ein zweites

Papier mit rotem Siegel. »Und dieses Schreiben ist von Seiner Exzellenz Mocenigo, gebt es dem Prior.«

»Gewiss, ich danke Euch.«

Angelo Riccio legte die Briefe in den Stoffsack zu seinen Füßen.

»Wer auf mich geschossen hat, wird es erneut versuchen, und mit Gottes Hilfe ergreifen wir diese Schlange am Schwanz.«

Zuàne Formento nickte wenig überzeugt.

»Ich empfehle Euch, Tomei unter strengster Bewachung zu halten, Segretario«, fügte Riccio hinzu. »Wenn er uns entwischt, ist alles umsonst gewesen. Und gebt diesen Chiffreuren die Sporen, denn das ist der entscheidende Mosaikstein zum Verständnis des ganzen Bildes.«

»Zweifelt nicht daran, mein Freund. Die Hieronymus-Mönche sind auf unserer Seite und sehr zuverlässig. Und der Groß-kanzler Ottobon hat mir versichert, dass er Marin und seine Schüler wie Weintrauben ausquetschen und persönlich die Entschlüsselung überwachen wird.« Formento legte Riccio eine Hand auf die Schulter. »Jetzt gehe ich die Ruderer antreiben, denn wir scheinen nur wenig Fahrt zu machen.«

Nach diesen Worten verließ der Sekretär die Kabine und schloss die Tür sorgfältig hinter sich. Das zufriedene Lächeln auf Riccios Gesicht konnte er nicht mehr sehen.

»Na los, etwas mehr Schwung!«, sagte er zum Ruderer am Heck. Dieser pfiff einmal und zwang die Gondel zu einem schnelleren Rhythmus. Formento wandte sich der Giudecca zu. Die Insel schien mit ihren Gärten, Palisaden, Pergolen, Häusern, Kirchen und Glockentürmen zwischen Meer und Himmel zu schweben. Sein Blick richtete sich auf das Kloster und die Kirche San Giacomo. Dort erwartete sie der Prior, Dardano Veneziano, um Fra Angelo aufzunehmen, der sich für eine Zeit der Buße und des Gebets in die Klostergemeinschaft begeben würde.

69

Die Sala Orba, der »verwaiste Saal«, war der letzte Raum im Stockwerk der Loggien des Palazzo Ducale, eingezwängt zwischen der Apsis der Kirche San Marco, den unteren, weniger repräsentativen Räumen der Dogenwohnung und einem langen Korridor, der in den Saal der Unteren Dogenkanzlei führte. Da der Raum keine Fenster hatte, herrschte dort tiefe Finsternis, und man brauchte ein Licht, wenn man ihn betreten wollte. Diese Besonderheit hatte aus ihm eine bessere Abstellkammer des Ostflügels gemacht, eine Art Abfalllager, vollgestellt mit unbenutzten Möbeln, Vorhängen, Teppichen und abgelegten Akten aus der Kanzlei. Inzwischen war es so weit gekommen, dass jeder nur noch die Tür öffnete und irgendetwas hineinwarf.

Am Tage zuvor jedoch war der Saal zu neuem Leben erwacht, dank des Zornesausbruchs von Zuàn Francesco Marin, dem amtlichen Chiffreur, und weil sein wohlmeinender Gegner, der Großkanzler Zuàn Francesco Ottobon, sich großzügig gezeigt hatte. Eine Mannschaft aus zehn, mit klingender Münze bezahlten Arsenalotti hatte die ganze Nacht gearbeitet, um so viel Platz wie möglich für den »Besessenen« frei zu machen, wie Ottobon den Kryptologen Marin mittlerweile zu nennen pflegte.

Einige Stunden später, als beim festlichen Mittagsgeläut ein intensiver Duft nach Knoblauchsoße aus den Dogenküchen im Untergeschoss aufstieg, beherrschten sieben Leinwände, jede eine Elle hoch und anderthalb Ellen breit, die gesamte Rückwand des Saals, und Ferigo und Pietro arbeiteten darauf mit Kohlestiften. Marin suchte derweil nach einem weiteren Platz für eine seiner zahllosen Lampen.

Auf den Leinwänden erschienen nun sieben erweiterte Alphabete von A bis Z, jedes mit sechsundzwanzig untereinander geschriebenen Buchstaben. Neben vielen dieser Buchstaben erstreckten sich in der Horizontalen mehr oder weniger lange Reihen mit Kreuzen, und auf jeder Leinwand prangte ganz oben ein kursiv geschriebener Titel: *Littera I, Littera II,* und so weiter bis *Littera VII*. Jede Leinwand zeigte die Häufigkeit des Auftretens eines der sieben Buchstaben, aus denen das Schlüsselwort der Geheimschrift gebildet war.

»Gut gemacht!«, rief Zuàn Francesco Marin aus, während er den Oberkörper nach hinten bog und das Ungleichgewicht mit den in die Seiten gestützten Armen ausglich. »Da haben wir nun unsere sieben verschleierten Schönen, alles reizende Damen, die ihr eine nach der anderen entkleiden werdet, damit sie uns ihr Aussehen preisgeben!«

Ferigo und Pietro waren zu beschäftigt, um ihm zuzuhören, während sie Kreuze auf die letzten beiden Leinwände malten und ihre Blicke zwischen diesen und den Papieren in ihrer Hand hin- und hergingen. »Fertig!«, riefen beide gleichzeitig aus.

»Lasst mal sehen.« Beim Näherkommen strich Marin sich die weißen Haare glatt, die zu beiden Seiten seines Schädels aufragten wie die schneebedeckten Dolomiten. »Viva San Marco!«, brach es aus ihm heraus, als er das Alphabet der siebten Leinwand und die Kreuze neben den Buchstaben langsam von oben nach unten abgelesen hatte. »Endlich sind wir am Ziel!« Er ging zu einem großen Tisch an der Wand mit der Eingangstür, auf dem Bücher und allerlei Werkzeuge der Dechiffrierkunst herumlagen. »Da sind sie ja!« Er zog zwei hölzerne Täfelchen hervor und zeigte sie seinen Schülern.

»Dies sind unsere Landkarten! Hier ein auf sechsundzwanzig Buchstaben erweitertes Alphabet mit den Häufigkeiten, wie sie beim großen Dante vorkommen. Er gab Pietro das erste Täfelchen. »Und dies sind die Häufigkeiten aus den Tagebüchern des Marin Sanudo!«

Er nahm Ferigo den Kohlestift aus der Hand, stellte sich vor die erste Leinwand und schrieb ein großes I an den oberen Rand. Dann tat er einen seitlichen Schritt vor die zweite Leinwand und schrieb ein N darüber. Die dritte Leinwand wurde mit einem V gekennzeichnet. Er musterte seine Schüler.

»Drei Buchstaben kennen wir schon. Jetzt enttäuscht mich nicht – wie müssen wir verfahren, um die anderen vier zu finden?«

Einige Augenblicke lang herrschte Schweigen.

»Um der Güte des Allmächtigen willen«, explodierte Marin, »was habt ihr in all diesen Jahren gelernt? Was müsst ihr als Erstes tun, wenn ihr eine Chiffre vor euch habt, die mit dem erweiterten Alphabet operiert?

Ferigo schwieg. Pietro wagte einen Versuch. »Man muss …«, stammelte er.

»Ich muss das Tal der vier Flüsse suchen«, mischte sich Ferigo ein.

»Gott sei Dank! Und was noch?« Der Vater winkte ihn energisch an die Leinwand. Ferigo schöpfte tief Atem wie jemand, der sich zum Tauchen anschickt. »Ich will deine Überlegungen vollständig und laut hören«, ermahnte ihn Marin.

»Ja, Vater.« Ferigo räusperte sich, dann hob er eine der beiden Tafeln. »Hier haben wir die Häufigkeit der Konsonanten und Vokale bei Dante.«

a ++++++++++++++++++++++++
b +++
c +++++++++++
d ++++++
e ++++++++++++++++++++++++++++++++++
f +++
g ++++++
h +++++
i +++
+++++++
j
k
l +++++++++++++
m +++++++++

n ++++++++++++++++++++++++++++

o ++++++++++++++++++++++++++++++++++++++
++++

p ++++++++++++

q ++

r +++++++++++++++

s ++++++++++++++++

t +++++++++++++++++++++++++

u +++++++++++++++++

v ++++

w

x

y

z +

Er zeigte auf die letzten vier Buchstaben. »Das ist das Tal der Buchstaben w, x, y und z zwischen den Bergen des u und des v und denen des a und des b.«

Ferigo hielt die Tafel vor das Alphabet auf der vierten Leinwand.

»In der polyalphabetischen Substitution finden wir dasselbe Tal auf den Buchstaben e, f, g und h. Hier ist sie.«

a

b +++++++

c ++++

d ++

e

f

g

h +

i +++++++

j

k

l +
m ++++++++
n
o +
p
q ++++++
r
s
t ++
u
v ++
w ++++
x
y +
z ++

Der junge Mann machte eine Pause.

»Also?«

»Also muss der vierte Buchstabe des Schlüssels …«, der Junge zögerte unsicher, dann fasste er sich, »… das i sein.« Und mit diesen Worten zeigte er auf den entsprechenden Buchstaben.

Der alte Chiffreur setzte seine Mütze auf und warf sich den Mantel über die Schultern. »Ich mache einen Abstecher in die Küchen, um meine inneren Stimmen zu beruhigen, und wenn ich zurückkomme, möchte ich das Schlüsselwort in seiner ganzen Klarheit und Wahrheit hier geschrieben sehen.«

Darauf öffnete er beide Türflügel, ging hinaus und schloss sie hinter sich. In der Sala Orba hörte man nur das Geräusch zweier Umdrehungen des Schlüssels.

»Er hat uns eingeschlossen!«, rief Pietro entgeistert.

»Tja. Das hat er immer getan, als ich ein Kind war«, sagte Ferigo ergeben. »Aber er wird bald zurück sein«, und mit diesen Worten hatte er sich schon mit der Kohle in der Hand zu einer der Leinwände umgedreht und angefangen zu schreiben.

70

Im Dogenpalast herrschte an diesem Tag ein geschäftiges Treiben. Andrea hatte es schon bemerkt, als er an die Scala dei Censori kam, wo eine Menge Arbeiter die Stufen hinauf- und hinabliefen wie Ameisen, deren Wege sich vor dem Bau kreuzen. Die Hinuntergehenden, deren Hände und Gesichter voller Kalkstaub waren, trugen Bohlen und Balken, verbogene Bleiplatten, Brocken aus Putzgeflecht, Eimer voller Backsteine und Verputz. Jene, die hinaufstiegen, schleppten neue Balken und Bretter, Röhricht, Säcke mit Mörtel, Ziegelsteine und Stroh.

Andrea hatte nach dem Grund für diese Geschäftigkeit gefragt, und als er die Antwort vernommen hatte, war er die Treppe hinaufgeeilt. Im Stockwerk der Loggien war er auf das gestoßen, was er befürchtet hatte. Soeben kam der Anwalt Giacomo Zon, sein betagter Kollege, ein untersetzter, rundlicher Mann in schwarzer Robe und mit einer Mütze auf dem fast kahlen Kopf aus dem kleinen Saal der Gefängnisanwälte, auf dem Arm einen Stapel tropfnasser Dokumente.

»Das Dach ist eingestürzt, hochgeschätzter Kollege«, sagte er und fixierte Andrea mit seinen schlauen Augen. »Ich habe einen Boten schicken lassen, um dich aus der Locanda zu holen, aber er ist allein zurückgekommen.«

»Ich war in Murano«, antwortete Andrea atemlos nach den zwei im Lauf genommenen Treppen. Er streckte die Arme aus. »Gib her, ich trage sie dir!«

Der Anwalt gab ihm den ganzen Packen und ging mit schleifenden Schritten weiter über den spiegelglatten Boden der Loggia in Richtung der Bögen, die sich auf die Lagune und ihre Inseln öffneten. »Wir ziehen um zu den Giudici del Proprio, aber nur so lange, wie die Ausbesserungsarbeiten dauern.«

Andrea folgte ihm in den Flügel des Palazzo, der einige Gerichtshöfe beherbergte. Der Anwalt trat in einen Saal voller

Schränke und Schreibtische. Er schloss die beiden Türflügel hinter Andrea und legte einen Riegel vor die Tür.

»Diese Dachfenster haben schon immer Ärger gemacht«, sagte Zon mit zusammengebissenen Zähnen und nahm Andrea den Aktenstapel aus der Hand. »Das Dach ist nicht für Fensterscheiben, sondern für Bleiplatten gemacht«, fuhr er fort, während er mit hastigen Bewegungen die Bücher von den Registern, die Aktenbündel von den Schriftsätzen und die Urteilsprotokolle von den Prozessaufzeichnungen trennte. Als seine Augen zu Andrea zurückkehrten, glühten sie vor Hass. »Deinetwegen habe ich vor den Zehn eine schlimme Figur gemacht!«, knurrte Zon. »Vor dem Dogen, deinem Vater!« Er verstummte keuchend.

Andrea musterte ihn. Sein Gemütszustand ließ sich an den pulsierenden Schläfenvenen und der Gesichtsfarbe ablesen, die sich den roten Flecken mit schuppiger Haut zwischen den Augenbrauen und an den Nasenflügeln anglich. Was er befürchtet und Sofia angekündigt hatte, war prompt eingetreten. Andrea hob die Arme und wollte etwas erwidern.

»Halt den Mund!« Zons Stimme zitterte vor Wut. »Sie haben mich wegen dieses Gefangenen, Gabriele Ruis, einberufen! Der Doge hat sich eingemischt, wollte wissen, warum ein Junge in so zartem Alter zusammen mit Verbrechern eingesperrt wird und warum ich, ein Gefängnisanwalt, nicht eingeschritten bin, um diesen Irrtum zu korrigieren.« Er riss den Mund auf, schnappte nach Luft. »Keiner von den Zehn hat ein Wort zu meiner Verteidigung gesagt, alle taten höchst verwundert.« Ein Speichelfaden rann ihm aus dem Mundwinkel. »Und gestern hast du dich auch noch in den Fall dieses Türken eingemischt, der in den Pozzi sitzt. Was haben die Zehn gemacht? Sie haben sich das Kreuz abgenommen und es mir auf den Rücken gelegt: ›Nachlässig‹ haben sie mich genannt. Und der Avogador di Comun hat mir dreißig Silbergroschen Bußgeld auferlegt und den Verweis in die Kanzleiakte eintragen lassen!« Er schwankte sichtlich. »Das ist alles deine Schuld, allein deine Schuld!« Keuchend zeigte er auf Andrea wie ein verletzter Raufbold, der das Schwert nicht wegwerfen und sich nicht ergeben will.

»Hör mal, Giacomo«, versuchte Andrea zu erklären.

»Nenn mich nicht so!«

»Gut, Avvocato Zon«, hob Andrea in höflichem, aber bestimmtem Ton an. »Ich habe niemals etwas gegen dich unternommen. Nie.«

Zons Augen weiteten sich, als tobe der innere Druck der Wut sich just an dieser Stelle aus. »Du willst mich wohl für dumm verkaufen!«, explodierte er. »Glaubst du, ich weiß nicht, dass du hier in den Palazzo gekommen bist, zusammen mit dieser verrückten Ruis, und beide seid ihr von deinem durchlauchtigsten Vater empfangen worden?«

»Diese Verrückte, wie du sie nennst, ist eine arme verzweifelte Frau, die schon einen Sohn verloren hat!«, gab Andrea empört zurück.

»Glaubst du, das weiß ich nicht?«, brüllte Zon ihn an. »Aber du, du hast dich eingemischt und alle Regeln übertreten!«

Obgleich mit solch rasender Wut angegriffen, nahm Andrea all seine Geduld zusammen, um nicht unüberlegt zurückzuschlagen, sondern jedes Wort abzuwägen wie ein Botschafter am Verhandlungstisch.

»Ich hätte vorher mit dir sprechen sollen. Nimmst du meine Entschuldigung an, oder müssen wir uns duellieren?«, sagte er und bemühte sich, seinen Worten eine Spur Reue beizumischen, obgleich er innerlich bebte. In diesem Moment klopfte es an die Tür.

»Wartet bitte!«, brüllte Zon, und das Klopfen hörte sofort auf. Er wandte sich wieder zu Andrea.

»Ich habe dich immer geschätzt, Avvocato Loredan.« Seine Stimme hatte den aggressiven Unterton verloren. »Vor zwei Jahren, als dein Vater zum Dogen gewählt wurde und du dich anschicktest, dein Amt niederzulegen, wollte der Rat der Zehn meine Meinung dazu hören.« Er seufzte, als fiele es ihm schwer, weiterzusprechen. »Ich sagte ihnen, dass der eigentliche Gesetzesbruch darin bestehe, für die Verteidigung der Gefangenen auf einen so wertvollen, unbestechlichen Anwalt wie dich zu verzichten. Doch nun lässt du mich bereuen, was ich für dich getan habe«, sagte der Anwalt bitter.

Nun, da sein Gegner den Schild gesenkt hatte, ergriff Andrea die Initiative, um dessen Geste zu unterstützen.

»Ich werde für all deine wirtschaftlichen und moralischen Schäden aufkommen. Ich spreche mit dem Kanzler Ottobon und erkläre ihm, wie es sich wirklich abgespielt hat. Du weißt, dass Eintragungen im Kanzleibuch sich korrigieren lassen, wenn gute Gründe vorliegen. Wir werden das alles wieder in Ordnung bringen.«

Giacomo Zon schwieg und blickte ihn forschend an. Er ließ die Möglichkeit eines Waffenstillstands erahnen, wollte aber nicht den Eindruck erwecken, zu nachgiebig zu sein, um einen höheren Preis herauszuschlagen.

»Eintragungen können gelöscht werden, ja, aber die Spuren bleiben auf dem Papier wie Narben«, rief er so melodramatisch aus, dass es fast komisch klang. Tatsächlich lächelte Andrea insgeheim, doch dann kam ihm der Verdacht, dass Zon um den Frieden schacherte.

»Sag mir, was ich tun soll«, fragte er, um zu erfahren, was Zon im Sinn hatte.

Der schüttelte grimmig den Kopf. »Da ist nur noch wenig zu machen.« Er kratzte sich heftig an dem roten Fleck zwischen seinen Augenbrauen, worauf sich zahllose Hautschüppchen lösten und deutlich sichtbar auf seiner schwarzen Robe verteilten. »Doch ich freue mich, solche Worte von dir zu hören«, fügte er hinzu und trat dicht an Andrea heran. Einen Augenblick lang fürchtete der, umarmt zu werden, wodurch sich jene unzähligen Schuppen toter Haut auf seine Kleidung übertragen hätten. Zum Glück begnügte der andere sich damit, ihm mit einer Hand auf den Arm zu klopfen. »Ich brauche deine Hilfe«, sagte er und betrachtete ihn so entrückt, als stünde er vor einem Heiligenbild. Dann begann er zu sprechen und hörte nicht auf, bis er seinen Wunsch ausgedrückt hatte. Und der war nicht gering: Er wollte, dass Andrea ihn beim Dogen als möglichen Kandidaten für die Ernennung zum Savio für Ketzerei empfahl.

»Der Nuntius Facchinetti ist mein Fürsprecher«, sagte er mit leuchtenden Augen. »Und der Patriarch ist ein alter Freund meiner Familie«, erklärte er tief aufseufzend. »Ich bin jetzt sechzig ...«, seine Erregung steigerte sich sichtlich, »und was könnte ein Adeliger mit meiner juristischen Erfahrung, moralischen Integrität und Frömmigkeit sich mehr wünschen, als während der wenigen Jahre, die ihm bleiben, seinem geliebten Vaterland und der heiligen Mutter Kirche zu dienen?«

Seit sein Vater Pietro auf den Dogenthron gewählt worden war, hatte Andrea Gesuche und Anfragen aller Art hören müssen: von der Fürsprache wegen eines Fischverkaufstandes auf dem Rialto-Markt über die Vergabe eines Auftrags für die Beleuchtung der Brücken von San Marco oder eine Anstellung als Skribent in der Dogenkanzlei bis hin zur Bitte um eine Lizenz als Bootsbauer. Alles Gesuche, die Andrea bis auf ein paar wirklich bemitleidenswerte Fälle immer abgelehnt und offen verurteilt hatte.

Andrea übermannte der Ekel. Wieder dachte er an die sechs Soldi, die dieser Schurke von Sofia verlangt hatte. Er dachte an Gabriele im Gefängnis und an Zons weitverzweigtes Netz getreuer Aufseher und Wächter, das er im Laufe seiner langen Berufstätigkeit in den venezianischen Gefängnissen geknüpft hatte. Da sie von den Pozzi zu den Kerkern im Rialto, von den verschiedenen Casoni bis zu den Polizeistationen und ehemaligen Kornspeichern reichten, gab es keine Zelle, wo Gabriele sicher gewesen wäre, wenn Zon sein Feind war. Er dachte an Sofias Verzweiflung und sah ihre Augen vor sich. Da entschied er.

»Ja, ich werde mit meinem Vater sprechen«, sagte er, und schon während er es aussprach, wusste er, dass er das nicht tun

würde. »Doch du musst etwas Geduld haben. Das sind heikle Angelegenheiten.« Er musste Zeit gewinnen. Gabriele aus dem Gefängnis holen. Vielleicht mit einer Kaution. Oder eine erleichterte Haft für ihn erwirken. Er musste ihn aus dieser Hölle herausbringen.

»Nimm dir alle Zeit, die du brauchst.« Zon zog ein Taschentuch aus dem Ärmel seiner Robe und putzte sich die Nase. Von der Nase ging er zu den Augen über, die sich mit Tränen gefüllt hatten. »Gott segne dich, Andrea. Du weißt nicht, welch ein Geschenk ...«, er konnte nicht weitersprechen.

Andrea wäre gerne weggegangen. Doch ihm blieb nichts anderes übrig, als den Handel zu Ende zu führen.

»Auch ich möchte dich um etwas bitten.«

»Aber sicher doch, sprich dich nur aus.«

Andrea sammelte seine Kräfte, denn das, was er zu sagen im Begriff war, würde eine weitere Verwicklung in diesem Gewirr menschlicher Probleme schaffen.

»Lass mich den Fall von Gabriele Ruis übernehmen.«

Der Anwalt Zon öffnete überrascht den Mund, als hätte er eine ganz andere Bitte erwartet.

»Ist das alles?«

»Und den dieses Türken Mehmet Hasan.«

»So nimm sie dir doch beide, mein Junge!«, rief Zon lächelnd aus. »Für mich sind das nur Scherereien gewesen.«

»Danke.« Andrea erwiderte sein Lächeln und wandte sich schnell zur Tür. »Ich gehe die anderen Akten holen.«

Er hob den Riegel und riss die Türflügel auf. Ein Strom frischer Luft erfasste ihn, der ihm sofort Erleichterung verschaffte.

Francesco d'Angelo, sein Gehilfe, lehnte ein paar Schritte entfernt an der Balustrade der Loggia, und kaum hatte er Andrea gesehen, kam er ihm mit angespannter Miene entgegen. »Sie haben Granzo gefangen«, sagte er.

71

Wenn man seinen nackten jugendlichen Körper sah, konnte man gut verstehen, warum der fünfzehnjährige Nicolò Bozza von Freunden und Feinden Granzo genannt wurde. Genau wie bei einem *granchio*, einem Krebs, bestand auch bei dem Jungen ein völliges Missverhältnis zwischen dem oberen und dem unteren Teil seines Körpers. Denn im Gegensatz zum gut entwickelten Brustkorb, zu dem der große Kopf und die muskulösen, Krebszangen gleichenden Arme passten, hatte er zwei kurze, magere Beinchen, die in ebenso winzigen Füßen endeten.

Neben Granzo stand der Gefängnisarzt Dottor Hieronimo Dalessi, angetan mit der langen schwarzen Robe der ärztlichen Zunft, dem breitkrempigen Hut, Handschuhen aus weißer Wolle und Rosenduftstopfen in den Nasenlöchern. »Stillhalten«, sagte der Arzt mit tonloser Stimme und beendete seine Inspektion. »Würmer«, stellte er ohne besonderen Nachdruck fest. Er zog Granzo hoch und stellte ihn wieder aufrecht auf das Podest. »Der Angeklagte ist von Würmern befallen, aber im Wesentlichen gesund«, sagte er zu den Richtern. »Daher keine Einwände gegen das weitere Vorgehen.«

Die Stille wurde von Murmeln, Flüstern und abgerissenen Worten unterbrochen, die Pizzamano, Pasqualigo und Dolfin, die drei Häupter der Zehn, über die Anwesenheit des Signore di Notte Catanio austauschten. Derweil kratzte die Feder des Notars die Einwilligung von Dottor Dalessi auf das Papier. Dieser stellte sich neben den Notar, der ihm schon die Feder reichte, und setzte eine gekünstelt schwungvolle Unterschrift unter das Dokument.

»Möge der Herr dich erleuchten, Junge«, sagte nun Pietro Pizzamano, »und die Jungfrau Maria dich beschützen.« Er atmete tief ein und fuhr fort. »Wisse, dass die Folter, die wir dir auferlegen werden, weder unser Wille noch unsere Entscheidung ist, sondern allein die erzwungene, böse Frucht deines hartnäckigen

Schweigens. Also fordere ich dich im Namen Gottes auf, bekenne deine Schuld, lass die Wahrheit leuchten, und all das hier wird dir erspart bleiben.«

Der alte Edelmann verstummte, den Blick auf Granzo geheftet. Der Junge stand mit gesenktem Kopf auf dem Podest, starr zu Boden blickend.

»Hast du verstanden, was ich dir gesagt habe?«, drängte Pizzamano.

Granzo rührte sich nicht, gerade so wie ein zwischen den Algen am Strand lauernder Krebs. Das Haupt der Zehn blickte zu Formento hinüber und gab ihm ein Zeichen. Formento zögerte. Als Pizzamano ihm zunickte, gab der Sekretär Bartolomeo Puti einen Wink, worauf der Riese, ohne Zeit zu verlieren, Granzo an einem Handgelenk packte und schon das andere ergreifen wollte. Doch der Junge ließ ihm keine Zeit für sein Vorhaben. Die Augen weit aufgerissen wie eine Wildkatze in der Falle drehte er den Arm herum, und bevor die Finger des Arsenalotto sich zu einem Griff schließen konnten, hatte er sich schon losgerissen und war mit einem großen Sprung mindestens zwei Ellen weit durch die Luft geflogen.

»Bleib stehen, Rotzlümmel«, schrie Puti und stürzte mit der Schwerfälligkeit der Kolosse hinter ihm her, während die anderen verblüfft die außergewöhnliche Verwandlung des Krebses in eine Katze verfolgten. Zuerst versuchte der Junge, den einzigen Ausgang zu erreichen, doch der war verriegelt, und er konnte nicht mehr tun, als lärmend am Schloss zu zerren. Er entwischte zur Seite, doch Putis Hände hoben sich drohend, um schwer wie Karrenstangen auf seine Schultern zu fallen.

»Es ist aus, bleib stehen!«, rief Pietro Pizzamano besorgt.

Granzo blieb stehen. Einen endlosen Moment lang hörte man nur das Keuchen des Gejagten und seines Jägers, dann folgte eine Bewegung, die dem unfreiwilligen Publikum den Atem stocken ließ wie der Flug vom Campanile am Karnevalsdonnerstag: Blitzschnell entwand sich der Junge dem Griff des Ar-

357

senalotto, schlug einen Haken, flog mit einem gewaltigen Satz vom Folterpodest aus regelrecht über Dottor Dalessis Kopf hinweg, ergriff den doppelten Strick, der von der Decke hing, und kletterte daran wendig wie ein Äffchen in die Höhe, bis hinauf zur Winde. Dort oben, mindestens acht Ellen über dem Boden, blieb er hängen, die weit aufgerissenen Augen ins Leere gerichtet.

»Runter, du Strolch!«, brüllte Puti, ergriff den Strick und riss daran.

»Haltet ein!«, schrie Catanio den Folterknecht an. »Der Junge bricht sich den Hals!«

Alles hielt inne, und eine bleierne Stille senkte sich über den Raum. Aller Augen waren auf die im Dunkeln liegende Höhe gerichtet, wo Granzo, der verloren und verzweifelt nur mit einer Hand an dem Balken mit der Winde hing, jeden Augenblick zu fallen drohte.

»Ich bin unschuldig!«, schrie er. »Unschuldig!«

Der Schrei ließ Alvise Catanio aufspringen, und als er das Zögern des Notars sah, dessen Federkiel über dem Papier schwebte, drängte er: »Schreibt! Der Angeklagte erklärt sich für unschuldig.« Dann wandte er sich an Pizzamano: »Wenn ich etwas sagen darf, Ser Pietro«, flüsterte er in vertraulichem Ton, »den Jungen zu erschrecken nützt gar nichts. Lasst uns die anderen wegschicken, und nur wir von der Zonta bleiben.«

Pizzamano warf ihm einen Blick zu und nickte kaum merklich. Rasch wechselte er ein paar Worte mit Pasqualigo und Dolfin, dann teilten die beiden sich die Aufgabe, Dottor Dalessi, den Arsenalotto und die Wächter aus dem Raum zu schicken. Als der Letzte über die Treppe verschwand und die Schritte verklangen, nahm Pizzamano einen der Schemel und stellte ihn vor den Schreibtisch. Dann blickte er wieder zu dem Jungen hinauf.

»Wer unschuldig ist, hängt nicht dort oben wie eine Fledermaus!« Er zeigte auf den Schemel. »Komm runter, dann reden wir.«

Granzo schwieg zunächst.

»Krieg ich den Strick nicht?«

»Nein.« Pizzamano wies mit einer Geste in den Raum. »Siehst du nicht, dass der Mann für den Strick weg ist?«

Granzo schien zu überlegen.

»Versprecht Ihr mir das bei Eurer Ehre?«

»Niemand wird dir etwas zuleide tun. Das verspreche ich dir. Gott sei mein Zeuge.« Der alte Edelmann legte sich eine Hand aufs Herz.

Der Junge wartete noch einen Moment, dann ließ er sich mit der Kraft und Wendigkeit seiner muskulösen Arme und des kräftigen Oberkörpers am Seil hinunter. Knapp über dem Boden angelangt, sprang er ab und kam mit geschlossenen Füßen zum Stehen. Prüfend musterte er die drei Richter, den Signore di Notte al Criminal, den Sekretär und sogar den Notar, um deren ehrliche Absichten zu ergründen. Dann entschloss er sich zu sprechen.

»Oberster Paròn, ich sag Euch die Wahrheit. Gabriele Ruis hat seinen Bruder Tonino umgebracht.«

Die Worte des Jungen schwebten in der Stille, nur die Feder des Notars kratzte auf dem Papier. In der Ferne begann die Glocke von San Marco zu Mittag zu läuten.

»Das ist eine schwere Anschuldigung«, ermahnte ihn das Haupt der Zehn feierlich.

Granzo begann zu zittern, bekreuzigte sich und küsste seine Fingerspitzen.

»Alle Teufel der Hölle sollen mich holen, wenn das nicht wahr ist!«

Pizzamano sah seine beiden Kollegen, den Beamten des Criminal und zuletzt Formento an.

»Gebt ihm eine Decke«, sagte er zu Formento.

Der deutete eine Verneigung an, ging zu einem Schrank aus dunklem Nussbaum, öffnete die Türen und zog eine zusammengefaltete Decke heraus. Er faltete sie auf und legte sie dem

Jungen über die Schultern. Granzo wickelte sich darin ein, noch einmal leicht erzitternd.

»Setz dich und erzähl uns alles von Anfang an«, forderte Pizzamano ihn auf.

Die drei Häupter der Zehn und der Signore di Notte al Criminal setzten sich. Ohne dass es noch weiterer Fragen bedurft hätte, begann Granzo zu erzählen, und die Feder des Notars eilte, Granzos Worten folgend, über das Papier.

72

Der Kohlestift flog über die Leinwand. Die Öllampe in der linken Hand, schrieb Ferigo Marin die letzten Buchstaben. Dann trat er einen Schritt zurück, hob die Lampe und bewunderte sein Werk. Auf einer Leinwand, die zweimal so groß war wie die für die sieben Buchstaben des Schlüsselworts benutzten, hatte er ein Quadrat aus sechsundzwanzig unterschiedlichen Anordnungen desselben Alphabets geschrieben. In jeder Reihe verschob sich das Alphabet um einen Buchstaben nach links, so dass jedem Buchstaben einmal die Ehre zuteil wurde, an der Spitze seiner fünfundzwanzig Kameraden zu stehen.

»Gefällt dir meine Tabula recta?«, fragte er, hochzufrieden mit sich.

Pietro antwortete nicht. Ferigo drehte sich um. Die Sala Orba war in das schwache Licht der Öllampe und einiger Kerzenstummel auf einem Kandelaber getaucht. Der junge Chiffreur nahm die Leuchte und vollführte damit einen Halbkreis in der Luft. Doch keine Spur von Pietro in dem Raum. Nur Möbel, deren Schatten bei jeder Bewegung des Lichts tanzten.

Aus der geisterhaften Stille, die diesen Wald von Möbeln umgab, kam, wenn man genau hinhörte, ein leises Schnarchen. Ferigo schob einen Tisch beiseite und entdeckte Pietro, der selig in einer Truhe schlief, einen heiteren Ausdruck im Gesicht.

Noch einmal überprüfte Ferigo, ob jede Reihe und Spalte die geometrische und alphabetische Ordnung einhielt und korrigierte ein paar Buchstaben mit dem Kohlestift:

```
ABCDEFGHIJKLMNOPQRSTUVWXYZ
BCDEFGHIJKLMNOPQRSTUVWXYZA
CDEFGHIJKLMNOPQRSTUVWXYZAB
DEFGHIJKLMNOPQRSTUVWXYZABC
EFGHIJKLMNOPQRSTUVWXYZABCD
FGHIJKLMNOPQRSTUVWXYZABCDE
GHIJKLMNOPQRSTUVWXYZABCDEF
HIJKLMNOPQRSTUVWXYZABCDEFG
IJKLMNOPQRSTUVWXYZABCDEFGH
JKLMNOPQRSTUVWXYZABCDEFGHI
KLMNOPQRSTUVWXYZABCDEFGHIJ
LMNOPQRSTUVWXYZABCDEFGHIJK
MNOPQRSTUVWXYZABCDEFGHIJKL
NOPQRSTUVWXYZABCDEFGHIJKLM
OPQRSTUVWXYZABCDEFGHIJKLMN
PQRSTUVWXYZABCDEFGHIJKLMNO
QRSTUVWXYZABCDEFGHIJKLMNOP
RSTUVWXYZABCDEFGHIJKLMNOPQ
STUVWXYZABCDEFGHIJKLMNOPQR
TUVWXYZABCDEFGHIJKLMNOPQRS
UVWXYZABCDEFGHIJKLMNOPQRST
VWXYZABCDEFGHIJKLMNOPQRSTU
WXYZABCDEFGHIJKLMNOPQRSTUV
XYZABCDEFGHIJKLMNOPQRSTUVW
YZABCDEFGHIJKLMNOPQRSTUVWX
ZABCDEFGHIJKLMNOPQRSTUVWXY
```

»Wach auf«, sagte er schließlich ebenso freundlich wie wirkungslos. »Wach auf!«, schrie er und versetzte der Truhe einen kräftigen Tritt.

»Was ist los?«, fragte Pietro benommen, wie ein Toter, der wieder zum Leben erwacht.

»*Du* schläfst!«, rief Ferigo beleidigt.

»Einer muss es ja tun«, entgegnete der andere und räkelte sich. »Weißt du, was ich geträumt habe?«

»Das interessiert mich einen Dreck!« Ferigo kehrte zu den Leinwänden zurück. »Mein Vater wird gleich zurückkommen, und dieses Mal müssen wir klar und überzeugend sein. Ich will meinen Posten als Chiffreurlehrling nicht verlieren, weil du so eine Schlafmütze bist«

»Als ob dein Vater uns wegschicken würde!«, erwiderte Pietro, ein Bein aus der Truhe hebend.

»Da sei dir mal nicht zu sicher«, blaffte Ferigo ihn an.

»Dieses Mal haben wir besser gearbeitet«, erwiderte Pietro überzeugt. »Denn wenn das Schlüsselwort nicht richtig wäre, wie hätte ich dann anfangen können, den Text zu entschlüsseln?«

Ferigo starrte ihn überrascht an. »Du hast …« Die Worte erstarben ihm auf den Lippen, während Pietro lächelnd nickte.

»Ich schlief also in der Truhe, träumte, und da …«, lachte er. »Komm mit.« Er nahm dem Freund das Licht und die Kohle aus der Hand und ging auf die große Leinwand zu, auf die Ferigo die Alphabete geschrieben hatte. Vor der Leinwand stellte er die Leuchte am Boden ab, wühlte in den Ärmeln seines Kittels und zog ein Papier hervor. Er faltete es auf, überflog es und begann, römische Ziffern neben einige Buchstaben des ersten vertikalen Alphabets zu schreiben.

A
B
C
D
E
F

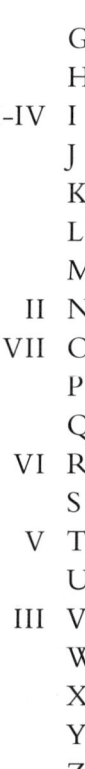

```
      G
      H
I–IV  I
      J
      K
      L
      M
 II   N
VII   O
      P
      Q
 VI   R
      S
  V   T
      U
III   V
      W
      X
      Y
      Z
```

»Das hier ist die Abfolge der Buchstaben des Schlüsselworts, das wir gefunden haben«, hub er in belehrendem Ton an. »Wenn es stimmt, dass die Chiffre mit Hilfe der Tabula recta des Trithemius und der Methode des Belaso über einem Schlüsselwort geschaffen wurde, müssten wir in Anwendung des umgekehrten Prinzips auf den Klartext kommen, wenn wir mit den sieben Alphabeten arbeiten, die das Schlüsselwort erzeugt. Los, probieren wir es aus: Lies mir den verschlüsselten Text vor.« Lächelnd reichte Pietro ihm das Blatt. »Langsam, einen Buchstaben nach dem anderen, dann beginne ich mit der Übersetzung.«

Ferigo hob die Laterne vom Boden auf und hielt sie vor die mit Feder und Tinte geschriebenen Zeilen. Vor Aufregung zitterte seine Hand. Seit fast zwei Monaten arbeiteten sie nun schon an der Botschaft, die im doppelten Boden der Reisetruhe von Filippo Tomei gefunden worden war. Diesem Entschlüsselungsakt wohnte etwas Erhabenes inne, dachte er, während er die erste Zeile überflog. Die Erregung, die er dabei verspürte, hatte große Ähnlichkeit mit dem Gefühl, das ihn noch immer überkam, wenn sich vor seinen Augen ein weibliches Wesen enthüllte.

»Worauf wartest du?« Pietros heisere Stimme brachte ihn in die Wirklichkeit zurück.

Ferigo beeilte sich, den ersten Buchstaben zu lesen: k.

Pietros Kohlestift legte sich auf das i des ersten vertikalen Alphabets der Tabula recta, den ersten Buchstaben des Schlüsselworts. Von dort glitt er nach rechts, blieb auf dem k stehen, um dann entschlossen wieder nach oben bis zum ersten horizontalen Alphabet zu wandern. Dort traf er auf ein s.[*]

»Da haben wir unsere erste Dame ohne Maske!« Er schrieb den Buchstaben in die rechte obere Ecke der Leinwand. »Lies den zweiten Buchstaben!«

Wieder fuhr die Spitze des Kohlestifts am ersten vertikalen Alphabet hinunter und blieb auf dem n stehen, dem zweiten Buchstaben des Schlüsselworts. Es folgte dieselbe Bewegung nach rechts, dann wieder nach oben zum ersten Alphabet, wo ein o erreicht wurde.

»Der zweite Buchstabe«, rief Pietro siegesgewiss aus und schrieb ihn neben das s.

Das v, der dritte Buchstabe des Schlüsselworts, führte zu einem d, und schon bald bildeten die gewonnenen Buchstaben in der oberen Ecke der Leinwand ein Wort: sodann.

»Sodann …«, las Ferigo leise und wiederholte es flüsternd.

»Nun? Was denkst du?« Pietros Frage zerstörte den Zauber dieses Augenblicks. Doch Ferigo war nicht böse, im Gegenteil.

---

[*] Wer die Erläuterungen der Kryptologen nachvollzieht, kommt hier in Wahrheit auf den italienischen Text: *Cominciò* …

»Du bist gut!«, rief er bewundernd aus.

»Wir sind gut!«, verbesserte ihn Pietro begeistert.

»Machen wir weiter?«, fragte Pietro, obwohl er die Antwort schon wusste. Lächelnd fuhren sie fort, die Buchstaben der geheimen Botschaft einen nach dem anderen aus der Tabula recta herauszufiltern, indem sie der vom Schlüsselwort vorgegebenen Ordnung folgte:

Sodannbegannerauffolgendeweisezutrennen…

Während der Klartext Buchstabe für Buchstabe auf der Leinwand Gestalt annahm und zusehends länger wurde, schmolz das letzte Wachs der Kerzen unter einem Aufzucken der Flammen dahin.

…zuerstnahmereinenteildesganzendanachnahmereindoppeldesselben…

Zurück blieben der Schein der Öllampe, Ferigos Flüstern beim Buchstabieren der Lettern und das Kratzen der Kohle auf der Leinwand.

…hieraufeindrittelwelchesanderthalbmalvomzweitenteilunddreimalvomerstenwar…

Dann begann auch das Flämmchen der Lampe schwächer zu werden.

…danneinenviertenwelcherdasdoppeltedeszweitenwardaraufeinenfünftenwelcherdasdreifachedesdrittenwar…

Ferigo kürzte den Docht, bis die Flamme zu einem leuchtenden Pünktchen schrumpfte, das nur noch dazu diente, eine winzige, faustgroße Welt zu erhellen …

…hieraufeinensechstenwelcherachtmaldererstewarundzuletzteine nsiebentenwelcher…

Die letzten Buchstaben kamen in einer Art Wettlauf zwischen der Kunst des Dechiffrierens und der Agonie des Lichts zustande. Einen Augenblick bevor das Flämmchen sich um den Docht schloss, hielt Ferigo eine Ecke des Blattes mit der Chiffre an den ersterbenden Rest Feuer, und die schwache Glut, die entstand, gab Pietro genug Licht zum Schreiben:

…siebenundzwanzigmaldererstewar.

Nun wurde auch dieses Blatt zu Asche, und tiefste Dunkelheit umfing den Saal.

»Wir haben es geschafft! Kannst du dir das vorstellen? Zum ersten Mal schaffen wir es ohne meinen Vater. Das wird ihm nicht gefallen.«

»Im Gegenteil, er wird sich freuen.«

»Hoffentlich …«, seufzte Ferigo. »Wie spät mag es sein?«

»Etwa Vesperzeit, denke ich.«

»Er hat lange zu Mittag gegessen.«

Unter der Tür blitzte eine Klinge aus Licht auf, und ein lauter werdendes Stimmengewirr kündigte an, dass jemand sich näherte.

»Da ist er!« An einem hohen Ton erkannte Ferigo die Stimme seines Vaters.

»Er streitet schon wieder …«

»So ist er eben.«

Ein Schlüssel wurde in das Schloss gesteckt, der Riegel zur Seite geschoben, die Türflügel öffneten sich, und ein gewaltiger Schwall Licht ergoss sich in den Saal, begleitet von der erregten Stimme Zuàn Francesco Marins.

»… unsere Verspätungen sind die Kinder Eurer Versäumnisse, erhabener Cancelliere!«

»Sucht Eure Chiffren und lamentiert weniger, verehrter Cavaliere!«, ermahnte ihn der Großkanzler Ottobon.

»Was ist denn hier los?«, rief Marin aus. »Was soll diese Finsternis?«

»Wir haben keine Kerzen mehr, Vater.« Ferigos Stimme erhob sich unsicher an der Schwelle zu dieser Nacht. »Und auch das Öl in der Leuchte ist alle.«

»Seht Ihr!«, rief Marin, zu Ottobon gewandt, während er in das Dunkel hineintappte. »Sogar an der Beleuchtung spart Ihr, und meine Schüler können nicht arbeiten!«

»Vater …«, versuchte Ferigo ihn zu unterbrechen.

»Schweig!«, befahl er schroff, um sich erneut an den Kanzler zu wenden: »Ihr habt uns in eine Abstellkammer verbannt, zusammen mit wurmstichigen Möbeln!«

»Vater, wir haben den Text!«

Ottobon blieb stehen. »Was hast du gesagt, mein Junge?«

Doch bevor Ferigo antworten konnte, griff der alte Chiffreur abermals an.

»Kümmert Euch nicht um meinen Sohn und sprecht mit mir! Was wolltet Ihr sagen?«

»So beruhigt Euch doch! Habt Ihr denn nicht gehört?«, schrie Ottobon ihm ins Gesicht, dann wandte er sich an Ferigo. »Sprich, sag, was du uns mitteilen wolltest.«

Der Junge sah seinen Vater an. »Wir haben den verschlüsselten Text übersetzt«, brachte er mit hauchdünner Stimme heraus.

»Keine gewagten Behauptungen!« Marin warf ihm einen flammenden Blick zu.

»Schaut selbst, ob das gewagt ist oder nicht, Maestro«, mischte sich Pietro Amadi ein. Und in dem Licht, das den Raum nun erhellte, zeigte er auf die Leinwand.

Der alte Chiffreur schien zu schwanken. Er wühlte im Ärmel seines Umhangs und zog ein hölzernes Brillengestell mit dicken Gläsern hervor.

»Bitte entschuldigt uns einen Moment«, sagte er mit einem

gezwungenen Lächeln zu Ottobon, »es dauert nicht lange, nur eine kleine Familienzusammenkunft.« Er packte seinen Sohn und Pietro am Arm und schleifte sie vor die Leinwand.

»Was ist denn in euch gefahren?«, zischte er beiden ins Ohr, damit der Kanzler ihn nicht hörte. »Ottobon wartet nur auf einen Fehler von mir, um mich rauszuwerfen.«

»Es gibt keinen Fehler, Vater. Wir sind sicher, dass der Text richtig ist«, erwiderte Ferigo flüsternd.

»Was redet ihr da!«, knurrte Marin. »Ihr hattet nicht mal das ganze Schlüsselwort!«

»Mit Hilfe dessen, was Ihr uns beigebracht habt, war es leicht zu finden«, erklärte Pietro versöhnlich.

»Lasst sehen!«

»Hier, bitte sehr.« Ferigo zeigte auf die Folge römischer Ziffern neben den Buchstaben des ersten vertikalen Alphabets. »Sieben Buchstaben, wie Ihr gesagt habt, aber in zwei Worten, seht Ihr …«

»*Invitro*«, las Pietro selbstgewiss, dann trennte er die Worte: »*In vitro*. Sie haben ein lateinisches Wort genommen.«

Marin riss die Augen auf.

»Himmelherrgott! Das ist richtig!«, rief er ungläubig aus und raufte sich die Haare.

73

Die Einladung hatte Andrea bei seiner Rückkehr in die Locanda della Torre vorgefunden. Sie lehnte am Kandelaber auf dem alten Klostertisch.

Um weitere Zerwürfnisse zwischen Lorenzo und Maria zu vermeiden, waren auch die Gespräche zwischen Andrea und dem Wirt vorsichtig geworden. An Höflichkeit hatten sie nicht verloren, doch sie blieben kurz und flüchtig, knappe heimliche Wortwechsel im Flur, auf dem Treppenabsatz, an der Wassertür oder in der Küche. »Ein Bote hat eine Einladung für Euch gebracht, ich habe sie Euch ins Zimmer gelegt.« Lorenzo hatte ihn an der Tür zum Vorratsraum angelächelt und war sofort verschwunden, als er Marias Schritte hörte.

Das Schreiben auf dem Tisch in Graziosas Zimmer, das Andrea noch bewohnte, war sorgfältig gefaltet und versiegelt. In der Mitte prangte unter dem Motto *Et duriora* das Wappen der *Compagnia degli Accesi* mit der Sonne, deren Strahlen einen Diamanten zum Funkeln brachten.

Taddea, war sein erster Gedanke, und sein Herz schlug schneller. Taddea hatte zur Compagnia degli Accesi gehört, als ihr ältester Bruder, Andrea Dolfin, der mit anderen die Gesellschaft gegründet hatte, von 1562 bis 1565 dort Schatzmeister gewesen war. Ein Schnitt mit dem Stilett, und das Siegel brach.

Hochverehrter Avvocato Messer Andrea Loredan.

Es war nicht Taddeas Handschrift, und die drei Zeilen waren mit *Messer Ciacco* signiert, ein Name, der Andrea sofort zum Lachen brachte. Denn mit dem Namen des großen Vielfraßes aus dem sechsten Gesang von Dantes *Inferno* unterschrieb sein Freund Luca Foscari immer, wenn er nur von Andrea erkannt werden wollte. Andrea selbst hatte ihm während ihrer Studienzeit diesen Spitznamen verpasst, der auf Lucas schamlose pantagruelische Völlereien bei jeder Gelegenheit und an jedem Ort anspielte.

Luca lud ihn an diesem Abend ins Theater von San Cassiano im Atrium des Klosters der Carità ein, wo die mittlerweile aufgelöste Compagnia degli Accesi mit dem Segen der Häupter der Zehn Geld für die Armen sammeln wollte, die nach der Explosion des Arsenale ohne Obdach geblieben waren. Man würde die große Vergangenheit der Schauspieltruppe wiederaufleben lassen, mit einer Aufführung »der wahrhaftig trefflichen und unerreicht schönen paduanischen Komödie *La Moscheta* von

Angelo Beolco, genannt Ruzante«. Das Billett besagte auch, dass die Anwesenheit »reizender, anmutiger Damen« willkommen sei.

Natürlich ahnte Andrea den wahren Grund für diese Einladung an einen Ort voller Menschen, wo das Bühnengeschehen Gelächter, Applaus und begeisterte Anteilnahme hervorrufen und jenes ansteckend fröhliche Durcheinander schaffen würde, das es Luca ermöglichte, Andrea die ernsten, ja gefährlichen Dinge mitzuteilen, die der Freund ihm gegenüber angedeutet hatte.

Freilich stellte sich mit dieser Einladung das Problem Taddea. Zumal im Rahmen einer solchen Wohltätigkeitsveranstaltung, bei der die Familie Dolfin eine tragende Rolle spielte. Andrea war sich sicher, dass er ihr begegnen würde oder zumindest ihrem Bruder Andrea, der seit dem Tod des Vaters in der Familie das Sagen hatte.

Dieser Gedanke zog unfreiwillig einen anderen nach sich: den an Sofia. Andrea fühlte sich, als hätte er eine Stufe übersehen und müsste nun mühsam das Gleichgewicht wiederfinden. Er dachte an ihr trauriges Lächeln, ihre vertrauensvollen und verzweifelten Blicke. Ihm war, als könne er den Duft ihrer Haut riechen, der an mit Sonne und Salzluft getränkten Sand erinnerte. So verharrte er, ohne zu atmen, erschrocken über das, was er soeben empfunden hatte. Der Wunsch, sie wiederzusehen, und der Gedanke, sie zu dieser Abendeinladung mitzunehmen, tauchten gleichzeitig auf, doch die knappe Zeit und das Nachdenken darüber, ob das angemessen war, stellten sich ihm in den Weg.

74

Die gewaltige Streitmacht entstand in einem Gebäude mit zwei Geschossen, einhundert Fuß lang und hundert breit, erbaut zwischen dem Alten und dem Neuen Hafenbecken, wenige Schritte vom Land- und dem Wassertor des Arsenale entfernt.

Die ganz aus roten Backsteinen erbaute Werkshalle mit Säulen und Simsen aus istrischem Kalkstein, einem mit Terracottapfannen gedeckten Dach und großen Fensterfronten enthielt im Erdgeschoss die Werkstatt der Mastbauer und Schiffszimmerer und im ersten Stock mit Zwischengeschoss die Arbeitsräume der Segelnäherinnen. Gut sechzig Arsenalotti, Männer und Frauen, schufen mit ihren vereinten Handwerkskünsten jene Masten und Segel, die benötigt wurden, um dem wechselhaften Wüten der Winde Zügel anzulegen und Fusten, Karavellen, Galeeren, Galioten, Koggen, Karacken und Galeonen Fahrt zu verschaffen.

Der Unterwerkmeister der Mastbauer und die Vorarbeiterin der Segelmacherinnen waren die Hohepriester in diesem Tempel der *Forza grande,* denn von ihrem Können hing das Leben der Mannschaften ab. Das begann bei der Auswahl der besten Hölzer, ging weiter mit der Auswahl des robustesten Segeltuchs und seinem Zuschnitt auf den Schablonen bis hin zum Zusammensetzen aller Teile und der Feinarbeit. Denn zwei Knoten Geschwindigkeit mehr, gewonnen durch ein starkes Großsegel, ein exakt zugeschnittenes Besansegel, konnten ein Schiff vor dem Feind retten. Und ein Mast mit einer Rahe von der rechten Größe, deren Härte und Biegsamkeit sich ergänzten, konnte dem schlimmsten Sturm länger standhalten.

Zu dieser Werkstatt, die bei einem bevorstehenden Krieg bis zu dreihundert Menschen Arbeit gab, hatte Sofia immer gehört und gehörte ihr auch weiterhin an, doch nur in Zeiten größten Bedarfs, wegen ihres streitlustigen Charakters, der nicht zur Vermittlung neigte. Marietta Rosso, ihre Meisterin in der Werkstatt

der Segelnäherinnen, hatte sie aus vollster Überzeugung angestellt und immer gegen den Ruf einer Unruhestifterin verteidigt, da sie ihre handwerklichen Talente kannte, und obwohl sie
es mehr als einmal hatte bereuen müssen, ließ sie Sofia arbeiten,
wann immer sie konnte. Auch an diesem Montag, als sie bei Tagesanbruch vom Admiral den Auftrag erhalten hatte, den Bestand an Segeln aufzustocken, hatte sie Sofia rufen lassen.

In Anbetracht ihrer desaströsen wirtschaftlichen Lage hatte
Sofia, als der Lehrling erschien, der sie aufforderte, sofort mit-
zukommen, den Jungen vor Freude umarmt. Dann war sie zum
Arsenale gelaufen und hatte auf dem Weg noch schnell in der
Kirche San Martino zwei Kerzen vor der Madonna der Seeleute
angezündet, eine für Gabriele, die andere für Tonino.

Die Meisterin Marietta, eine drahtige Frau, deren raben-
schwarze Haare von einer weißen Strähne in der Mitte geteilt
wurden, hatte Sofia mit aufrichtiger Zuneigung empfangen.
Nach tausenderlei Ermahnungen hatte sie sie sofort zum Nähen
neben den Schreibtisch geschickt, wo sie selbst saß und von wo
aus sie Sofia kontrollieren konnte. Außerdem befand sich dort
einer der vier großen Keramik-Öfen, die den Raum und die
Herzen erwärmten.

Der große Raum war erfüllt vom Rascheln der Stoffe. Jedes
Gewebe, mit dem die Segeltuchnäherinnen hantierten, Mädchen und Frauen von fünfzehn Jahren aufwärts, erzeugte ein anderes Geräusch. Da gab es das seidige, leichte Tuch aus Viadana,
das sich für schwache bis mittlere Windstärken und die Brisen in
der Lagune eignete. Und es gab das raue, schwere Hanftuch aus
Vercelli, aus dem Segel für starke Winde und Stürme gemacht
wurden.

An einem Großsegel aus dreiundfünfzig Bahnen arbeiteten
normalerweise zehn Frauen. Sie saßen in einer Reihe auf Schemeln, Nadel, Faden mit Wachssalbe und Fingerschutz sowie einen halben, mit Bleiplättchen verstärkten Handschuh, mit dem
sich Druck auf die Öse ausüben ließ, in der nähenden Hand und

auf dem Arm die schon zugeschnittene, schablonierte und nummerierte Bahn. Auf Befehl der Meisterin begannen sie alle gemeinsam mit einem engen Zickzackstich, und die Erfahrenen unter ihnen mussten sich dem Rhythmus der Langsamen anpassen, meist junge Frauen und Anfängerinnen. Denn sie mussten alle gleichzeitig am Rand ankommen, sonst würde das Segel genau dort reißen, wo die Schnellste gearbeitet hatte, hieß es bei den Matrosen. Unten angekommen, arbeiteten die Näherinnen, die nun das ganze Segel auf dem Schoß hatten, mit dem Zickzackstich in umgekehrter Richtung. Wenn eine ausgewechselt wurde, hielt die ganze Reihe an. Wenn es wegen eines dringlichen Bedürfnisses eine Unterbrechung gab, nutzten das auch die anderen. Es gab eine Essenspause, wenn die Glocke zur sechsten Stunde schlug, dann ging das Nähen bis zum Sonnenuntergang in diesem gleichförmigen Takt weiter.

Während der Arbeit war das Sprechen nicht erlaubt, doch Regeln werden bekanntlich manchmal gebrochen, und seit Sofia an diesem Morgen auf ihrem Schemel saß, waren schon viele halblaut gesprochene Worte hin- und hergeflogen. Denn der Tod von Tonino hatte alle Segeltuchnäherinnen, Freundinnen oder Feindinnen, tief betroffen gemacht. Viele von ihnen waren Mütter oder würden es bald sein, und bei der Trauerfeier für alle Toten des Arsenale in der Kirche San Martino hatte es einen Streit zwischen Sofia und Don Perseghin, dem Pfarrer, gegeben, weil Sofia dessen Segen auch für Tonino, der als Kirchenräuber mit den Hostien der heiligen Kommunion in der Tasche gestorben war, haben wollte. Das hätte sie nie erreicht, wenn nicht ausgerechnet ihre ärgste Feindin, die erfahrene Segelnäherin Clara Pozzo, ein Mitglied der Bruderschaft der Gemeinde San Martino, sich nicht offen auf ihre Seite gestellt und alle anderen mitgezogen hätte.

Niemand anders als Clara hatte sich an diesem ersten Arbeitstag neben sie gesetzt, um die Bahnen III und IV zu nähen, und hatte Sofia die Bahnen I und II überlassen, die von der Seite bearbeitet wurden und die bequemsten, bei den Arbeiterinnen beliebtesten Bahnen waren. Clara hatte Sofia viel zu erzählen, banale Dinge, um sie ein wenig zu zerstreuen und Freundschaft mit ihr zu schließen, aber auch ernste Dinge, die sich um die Tragödie des 13. September drehten. Nur von Tonino sprach sie absichtlich nicht.

So hatte Clara zum Beispiel von den zwei neuen jungen Näherinnen erzählt, die vor kurzem eingestellt worden waren und beide, ohne es voneinander zu wissen, eine Liebschaft mit demselben Mastbauer hatten, einem bekannten Schürzenjäger, verheiratet und Vater von drei Kindern. Dann war eine Zuschneiderin an der Reihe, Marta, die ein kleines Mädchen am Busen trug, während sie Hanf zuschnitt. So ging es weiter über Hochzeiten, Verlobungen und Liebschaften, die sich seit jeher zwischen den Segelnäherinnen und den Mastbauern entspannen. Clara hatte einen ganzen Korb voll solcher Geschichten. Doch eigentlich wollte sie von anderen Dingen sprechen.

Und so waren sie zu den ernsten Gesprächen übergegangen. Alles hatte mit dem Anblick der Verwüstung begonnen, der sich durch die Fenster im Westen und Osten in seiner ganzen Tragik bot. Der Glutherd der Explosion dicht bei der Celestia, wo die erste Pulverkammer hinter dem Alten Becken und der Remise für den Bucintoro in die Luft gegangen war, war nur noch ein Haufen Ruinen. Durch die Explosion der Torre San Cristoforo, wo unvorstellbare Mengen an Schießpulver lagerten, hatte die Zerstörung sich bis zur Torre San Francesco fortgesetzt und über die Hälfte der großen Umfriedungsmauer um das Arsenale in Schutt und Asche gelegt.

Sofia verspürte einen Stich im Herzen. Vom Ufer der Lagune, wo die Sagredo-Häuser gestanden hatten, bis zum Kloster der Celestia, an das nur ein Stumpf des Turms und die Apsis der Kirche erinnerten, war alles eine ebene Fläche aus Schutt. Irgendwo in diesem verwüsteten Gelände war ihr Sohn gestorben.

»Und die da oben«, sagte Clara flüsternd, zu Sofia hinübergebeugt, »wollen uns für dumm verkaufen und uns weismachen, dass es der Türke war, der das gemacht hat.« Ihre Augen glühten vor Hass.

Sofia sah sie entsetzt an. »Sie haben doch gesagt, es sei dieser Jude gewesen … Miches, ein Freund der Türken«, gab sie leise zurück.

Clara zögerte, dann schüttelte sie den Kopf. »Nein, das stimmt nicht …«

Am Auftragstisch räusperte sich Marietta vernehmlich und lächelte. Sie wollte die beiden Näherinnen zur Ordnung rufen, ohne dem Tadel zu viel Gewicht zu verleihen. Sofia erwiderte den Blick mit einem zaghaften Lächeln und nähte emsig weiter, doch unterdessen rückte sie unmerklich an Clara heran, indem sie den Schemel fest zwischen die Oberschenkel nahm und bewegte. Clara tat dasselbe, und aus den fünf Fuß Abstand zwischen ihnen wurden drei.

»Im Arsenale redet man von nichts anderem«, fuhr Clara atemlos fort. »Es hat einen großen Diebstahl gegeben. Wusstest du das nicht?«

Sofia verneinte.

»Der Oberschreiber hat's gemerkt, als er das Rechnungsbuch kontrolliert hat. In der Nacht der Explosion sind fünfhundert Golddukaten, vielleicht sogar tausend, aus der Kasse der *Patroni d'Arsenàl*, unten im Palazetto Inferno, verschwunden.«

»Heilige Jungfrau Maria!«, entfuhr es Sofia.

»Es geht noch weiter.« Claras Stimme war zu einem Hauch geworden. »In jener Nacht waren in der Kasse noch weitere dreitausend Dukaten, aber die haben sie nicht angerührt! Kannst du das verstehen?«

»Sie haben sie nicht gesehen.«

»Wie bitte? Die lagen vor ihren Augen, frisch geprägt, schon auf Säckchen verteilt … Nein, die wollten sie nicht sehen.«

»Verrückt, die Diebe waren verrückt!«

»Warte, das ist noch nicht alles. Die Kasse ist nicht aufgebrochen worden und die Tür zum Zimmer der Patroni auch nicht.«

»Hatten sie die Schlüssel?«

Clara zuckte nur mit den Achseln.

»Also unsere Leute? Leute vom Arsenale?«, fragte Sofia ungläubig.

»So heißt es.«

Sofia hob die Augen, weil Marietta sich hinter Clara gestellt hatte.

»Ihr Schnecken! Wer so viel redet, bleibt bei der Arbeit zurück.« Ihr Verweis kam mit lauter Stimme, aber ohne Bosheit. Dann zeigte sie auf Clara. »Du gehst zur zehnten Bahn«, befahl sie und bedeutete der Näherin, die dort arbeitete, mit einem Wink, sich auf Claras Platz zu setzen.

»Ich erzähl's dir später«, konnte diese Sofia noch zuflüstern, bevor sie aufstand und der Anweisung gehorchte.

75

Die Wahrheit lag vermutlich in einem kleinen Stück Blei, eine halbe Unze schwer, das in einem Eichenbalken steckte, in den die beiden Buchstaben C und X geschnitzt waren.

Mit den Strömungen in der Lagune hatte sich der Balken im Rio di Ponte Lungo auf der Giudecca zwischen den Anlegepfählen verkeilt. Ein alter Krebsfischer hatte das große Stück Holz entdeckt, als er seinen Korb mit männlichen Krebsen aus dem Wasser holte, die sich durch das herbstliche Abwerfen ihres Panzers bald in *moleche* verwandeln würden. Er hatte den Balken mit dem Bootshaken bis zur Barena im Westen, hinter den Gärten der Visconti di Milano, ziehen können.

Dort überlegte er nun erfreut, ob er ihn zersägen sollte, um daraus starke Balken für sein Dach zu machen oder Bretter für

bequeme Bänke. Da sah er die eingeritzten Buchstaben und kurz darauf das zwei Zoll tief im Holz steckende Blei. Um Domenico Bosso, den Bezirksverwalter der Giudecca, zu benachrichtigen, brauchte er nicht mal eine halbe Stunde. Und Bosso, der die Initialen des Rates der Zehn erkannte und feststellte, dass in dem Holz etwas steckte, was wie eine Gewehrkugel aussah, postierte zwei Sbirren zur Bewachung des Balkens und machte sich eilends auf den Weg zum Dogenpalast.

Bosso kehrte in Begleitung von Alvise Catanio, Signore di Notte al Criminal, Nicolò da Ponte, Staatsinquisitor, und Andrea Dolfin, einem der drei Häupter der Zehn auf die Giudecca zurück. Bei ihnen waren außerdem zwei Verantwortliche des Arsenale: der Capitano und der Verantwortliche für das Holzlager. Ein Blick genügte, dann gab es keinen Zweifel mehr: Der Balken gehörte zu den Beständen des Arsenale, und nach seiner Form und der Art des Bruchs an beiden Enden musste er Teil eines Dachwerks gewesen und von einer Explosion herausgerissen worden sein. Unschwer ließ sich vermuten, um welche Art Explosion es sich gehandelt hatte. Das Stück Blei, das er enthielt, konnte jeder, der Erfahrung mit Waffen hatte, eindeutig als Kugel einer Arkebuse identifizieren.

Am Nachmittag desselben Tages war der Balken an Bord eines Bootes der Zehn, mit einem Tuch bedeckt wie ein Leichnam, durch das Wassertor des Arsenale gefahren und wurde nun von der Zonta, die wegen der Explosion der Pulverkammern ermittelte, in einem behelfsmäßigen Lagerraum in Augenschein genommen. In diesem Raum waren alle nunmehr nutzlosen Materialien aufgehäuft, Steine, Ziegel, Hölzer, Metalle, Glasscheiben, aus denen vor der Explosion mehrere Lager und Abteilungen des Arsenale bestanden hatten: die Pulvermühle und die Werkstatt zur Herstellung der Brandtöpfe mit dem angeschlossenen Depot für Öle und Brennstoffe, außerdem die Depots für Kohle, Salpeter und Schwefel zur Herstellung verschiedener Arten von Schießpulver. In dieser Halle hatten die

Architekten des Arsenale zusammen mit den Patroni und den Aufsehern über die Geschütze in geduldiger Arbeit die »Geister« dessen rekonstruieren können, was bis zur Katastrophe im September die nördliche Ecke des Arsenale gewesen war.

Und in einen dieser Geister, den ein Schild mit der Aufschrift *Pulverkammer III* kennzeichnete, ließ sich der Balken unmissverständlich zwischen die anderen Bruchstücke der Dachkonstruktion einfügen. Was die ermittelnde Zonta schon befürchtet hatte, enthüllte sich damit in seiner ganzen tragischen Banalität. Wahrscheinlich hatte der Nachtwächter Marco Puti, der Bruder des Folterknechtes Bartolomeo, den schlimmsten Fehler begangen: Feuerwaffen in der Nähe der Pulverkammern oder sogar in ihrem Inneren zu benutzen.

Der Beweis, dass Puti sich in der Pulverkammer III aufgehalten hatte, wurde drei Ellen tief im Erdboden gefunden. Ein unfehlbarer Beweis. Exakt eine Hälfte seines Gesichts, die linke, klebte wie ein Porträt von Carpaccio auf einer dicken Bronzeplatte, dem Deckel einer Lagerkiste mit schwerem Schwarzpulver für Kanonen und Feldschlangen.

Also befragten der alte Nicolò da Ponte, Dolfin und Catanio mehrere Spezialisten, unter denen der Gießermeister Martino Seghezzi herausragte. Nachdem Seghezzi das Projektil so vorsichtig aus dem Balken herausgezogen hatte, dass kein einziges Karat Metall verlorenging, schickte er sich an, den letzten Beweis zu erbringen, nämlich das Blei zu wiegen und so seine Identität ein für allemal festzustellen. Zu diesem Zweck wurde auf einem Tisch mit Marmorplatte eine Präzisionswaage mit zwei Waagschalen bereitgestellt, die das Wiegen unter einer Glasglocke in absoluter Ruhe erlaubte.

Zunächst wurde das Blei auf die übliche Weise gewogen, was 95 einhalb Karat ergab. Der Vergleich mit dem Gewicht der Arkebusen-Kugeln, die den Nachtwächtern zur Verfügung standen, ergab eine Abweichung von einem halben Karat im Verhältnis zu den 96 Karat der nicht explodierten Projektile.

Bei der folgenden ballistischen Prüfung wurde eine ordnungsgemäß geladene Kugel mit einer Arkebuse der Wächter in einen zehn Fuß über dem Boden hängenden Balken aus Eichenholz geschossen, exakt die ursprüngliche Höhe des Daches der Pulverkammer. Durch den Aufprall verlor auch dieses Projektil, nachdem es sich erhitzt und verformt hatte, genau ein halbes Karat Gewicht.

Stille senkte sich über die Versammlung in der Halle. Nicolò da Ponte nahm seine Mütze ab und fuhr sich mit den Fingern über die faltige Stirn und die schlohweißen Haare, als wollte er die Gedanken zurückhalten, die ihm durch den Kopf gingen. Auch alle anderen waren verstummt, denn nach wochenlangen Untersuchungen, Verhören und Vermutungen führte diese Bleikugel aus dem Balken die Ermittler nun unmissverständlich zu einer Reihe recht plausibler Ereignisse, deren Abfolge in dem kleinen Kreis Auserwählter schon jetzt unstrittig war.

An jenem Dienstagvormittag, dem 13. September zur Zeit der Terz, hatte Nicolò Surian, Patron des Arsenale, in Begleitung einer Eskorte von zwanzig Soldaten fünf Säcke mit jeweils tausend Golddukaten direkt aus der Münze geholt und sie in die Kassen des Arsenale gebracht, um am Donnerstag, dem 15. September, dem ersten Arbeitstag nach dem Fest der Kreuzerhöhung, die vorgesehene Auszahlung der Löhne vornehmen zu können. In der Nacht vom 13. auf den 14. September hatte die Explosion stattgefunden, und erst am folgenden, chaotischen Morgen hatte der *Scrivano Grande*, der Schriftführer des Arsenale, bei der Überprüfung der Geldkammer auf eventuelle Schäden zufällig entdeckt, dass dort tausend Dukaten fehlten. Tatsächlich bestätigte ein *portoner*, ein Wächter des Arsenale-Tors zu Land, später, er habe kurz vor Mitternacht eine der Wachen mit gezückter Arkebuse und einer Laterne in der Hand an den Docks des Alten Beckens entlang bis zum Neuen Becken für die Galeassen laufen und hinter der Mauer zur Celestia verschwinden sehen. Alarmiert hatte er beschlossen, die anderen Nachtwächter zu informieren. Doch bevor er in ihr Quartier gelangen konnte, hatte sich die Explosion ereignet.

Diese Wache war, wie sich feststellen ließ, der unerfahrene Neuling Marco Puti gewesen, und seine Verfolgungsjagd hatte bei der dritten Pulverkammer geendet. Nun setzte jenes Projektil die Erzählung fort und fügte ein nicht unerhebliches Detail hinzu: Dort drinnen hatte Puti geschossen, und vielleicht war es zu einem Zweikampf mit dem Dieb gekommen. Von diesem war indes keine Spur gefunden worden, kein Fitzelchen Fleisch, keine Knochen, keine persönlichen Gegenstände und nicht einmal ein einziger Golddukaten von den tausend, die in dem Sack gewesen waren. Diesem sonderbaren Dieb, der die Schlösser einer verstärkten, verriegelten Tür und einer Truhe geöffnet und wieder geschlossen hatte, um sich nur den fünften Teil eines Schatzes zu nehmen, musste es also darüber hinaus gelungen sein, zu fliehen und sich in Sicherheit zu bringen. Doch wohin, in Anbetracht des kurzen Zeitraums zwischen dem Moment, in dem der Portoner Putis Lauf beobachtet hatte, und der Explosion?

Nachdem Andrea Dolfin sich rasch mit Catanio und da Ponte beraten hatte, wandte er sich mit finsterer, nachdenklicher Miene an die gesamte Zonta, um seinem von allen geteilten Ärger Ausdruck zu geben: »Hochverehrte Signori«, begann er halblaut, wobei er auf Seghezzi zuging, »was uns der tüchtige Maestro Seghezzi in aller Klarheit bewiesen hat, muss uns nicht wundern. Es liegt auf der Hand, dass die Bewachung dieses heiligen, unverletzlichen Hauses aller Venezianer leck ist wie ein Boot aus fauligem Holz.« Er blickte den Patron des Arsenale scharf an, und seine Stimme wurde eiskalt. »Es ist offensichtlich, dass die Anordnungen in Sachen Geheimhaltung und Sicherheit, die vor geraumer Zeit vom Rat der Zehn, den hier zu vertreten ich die Ehre habe, an den Ohren derer, die sie hätten hören sollen, wie Eselsfürze vorübergegangen sind.« Dolfin machte eine Pause, und die nun folgenden Worte fielen in ein bleiernes Schweigen. »Capitano Cocco, Ihr, die Ihr so aufmerksam über diesen Ort hättet wachen sollen wie ein Vater über Leib und Leben seiner Kinder – könnt Ihr die Schwere dieser Ereignisse ermessen?«

Der gedrungene Mann mit breitem Gesicht, der ein pompöses Gewand aus Damast und einen schwarzen Umhang trug, senkte die Augen und den Kopf, beugte den Rücken und legte die Hände über der Brust zusammen. Diese Geste der Unterwerfung machte den Eindruck, als erwarte er schon den Schwerthieb im Nacken.

»Hat es Euch an Männern gefehlt?«, drang das Haupt der Zehn weiter in ihn. »Oder mangelte es Euch vielleicht an Erfahrung?«

Der Hauptmann hob den Kopf, zog seinen Degen aus der Scheide und reichte ihn Andrea Dolfin.

»Meine Schuld, Eccellentissimo«, sagte er mit einem kaum verständlichen Flüstern, »soll nicht auf andere fallen.«

»Behaltet Euer Schwert, Capitano, und lasst das Theater! Wir sind nicht hier, um über Euch zu richten. Wenn der Sturm sich gelegt hat, wird eine andere Zonta das Urteil über Euch sprechen, seid dessen gewiss.« Dolfin blickte ihn streng an. Cocco neigte leicht den Kopf und steckte den Degen zurück in die kurze Scheide, die er am Gürtel trug.

»Hört mir aber gut zu«, fügte Dolfin kalt hinzu, »denn wenn ich Euch jetzt einen Befehl erteile, spreche ich im Namen aller Anwesenden.« Er drehte sich zu Catanio und da Ponte um, welche nickten. Dann fuhr er fort, den Angesprochenen mit seinem Blick festnagelnd: »Holt alle Werkmeister, Vorarbeiter, Aufseher und Torwächter, holt die Wachen, die an jenem Tag Dienst hatten, ebenso die Wachen der Türme an den Außenmauern und alle Arbeiter der Nachtschicht, von den Schiffszimmerern bis zu den Kalfaterern, von den Tischlern bis zu den Bäckern, den Köchen und Trägern. Holt auch diese. Überprüft die Hauptbücher und die Erinnerungen eines jeden von ihnen. Zwei oder zwanzigtausend, das ist unbedeutend. Ich will wissen, wann welcher Arbeiter das Tor zu Land und das Tor zu Wasser durchschritten hat, und jede einzelne Bewegung von Menschen und Material in das Arsenale hinein oder aus ihm hinaus erfahren, Kapläne, tote Seelen, Vögel und Fische inbegriffen«, sagte er immer lauter werdend. »Ich will über jede Abwesenheit vom Arbeitsplatz, jeden Verweis und jede Bestrafung informiert werden. Ich will sämtliche Namen und Spitznamen. Wenn auswärtige Arbeiter dabei waren, holt sie her und verhört sie. Ich will den Namen jedes einzelnen Arsenalotto, der in dieser Nacht im Arsenale geschlafen hat, weil er Prügel von seiner Frau bekommen hat oder weil er betrunken oder krank war. Ich will die Namen von Gefangenen und Verrückten und ein ausführliches Verzeichnis der Anwohner und ihrer Familien bis ins dritte Glied, väter- und mütterlicherseits«, schloss er, nun fast schreiend.

Dann wandte Dolfin sich an den Scrivano Grande, der für die Verwaltung zuständig war.

»Und von Euch, Signore, verlange ich dieselbe Mühe: Holt all Eure Männer, von den Lagerverwaltern bis zu den Buchhaltern, von den Archivaren bis zu den Aufsehern über die Ausrüstung und überprüft alle Kassenbücher: die der Tore, der Geldkammer, der Arbeiterschaft und der Munition. Ich will die Namen aller, die von den Geldbewegungen zwischen der Münze und Eurer Kasse Kenntnis hatten. Zusammen mit dem Admiral und dem Capitano überprüft Ihr sodann sämtliche ein- und ausfahrenden Schiffe, einschließlich der in Reparatur und im Bau befindlichen Schiffe.«

Das Haupt der Zehn gönnte sich eine kurze Pause, um dann abschließend zu erklären: »Das alles will ich innerhalb einer Woche, bevor meine Amtszeit als Haupt der Zehn endet.«

Die Forderung rief ein leises, erregtes Murmeln unter den Anwesenden hervor.

»Verlange ich zu viel von Euch?«, fragte Dolfin ironisch. »Nun gut, dann sagen wir fünf Tage. Damit bleibt mir noch Zeit, um alle Aussagen zu lesen, anzuhören und meinem Nachfolger getreulich Bericht zu erstatten.«

76

Die Fröhlichkeit war verschwunden. Eine der vielen Veränderungen, die man an diesem frühen Abend beobachten konnte, während die Arbeiter auf die Ausgänge des Arsenale zugingen. Es war nicht nur die Knappheit an Lebensmitteln, denn dürftige Zeiten hatte es immer wieder gegeben. Es war nicht nur die Erinnerung an die Toten vom September, denn Tote durch Kriege, Brände oder Stürme hatte man schon immer beweint. Es war etwas Tieferes, als hätte die Asche der Feuersbrunst sich drückend auf die Seelen gelegt, so dass sie sich nicht mehr freuen konnten. Nicht nur Sofia empfand so, die mehr als einen Grund zur Traurigkeit hatte, nein, auch wenn sie Clara, Orsola, Benedetta, Donata und die anderen beobachtete, bemerkte sie, dass ihre Schritte müde, ihr Lächeln trüb, ihre Scherzworte träge geworden waren, als hätten unzählige Fadenwurzeln an diesen Körpern einen Nährboden gefunden und einen Kokon um sie gesponnen, der nun ihre Bewegungen behinderte.

Während des streng geregelten Ausgangs aus dem Arsenale – zuerst die weiblichen Arbeiter und die Fanti, junge Lehrlinge, dann alle Männer, beginnend bei den Abteilungen, die dem Ausgang am nächsten lagen – hatte es vor jenem September immer fröhliche Spöttereien gegeben, Rufe, einen Austausch von Scherzen und Blicken. Die Mastbauer und Schiffszimmerer, die ersten am Ausgang, versuchten alles, um mit galanten Worten oder einem kleinen Geschenk die Aufmerksamkeit der Segelnäherinnen auf sich zu lenken.

»Sofia!«, rief eine tiefe Männerstimme.

»Bernardo!« Lächelnd grüßte Sofia den Mann, der keuchte, als wäre er schnell gelaufen oder in höchster Aufregung. Er war von kräftiger Statur, die leuchtenden Augen dunkel, das Gesicht offen, freimütig, umrahmt von einem Meer kastanienbrauner, weiß gesprenkelter Locken, die in einen dichten Bart übergingen. Wenn man genau hinsah, waren Haare und Bart, Wimpern und Augenbrauen nicht vom Alter weiß, sondern mit einer feinen Schicht Sägemehl bestäubt.

»Willkommen zurück. Ich habe dich heute Morgen zu den Segelnäherinnen gehen sehen«, sagte er, an ihre Seite kommend. Sie gingen zusammen weiter.

»Sie haben mich wieder gerufen, zum Glück.«

Am Arm des jungen Mannes hing ein Weidenkorb. Er reichte ihn Sofia.

»Schau, ich bring dir ein bisschen Wärme.«

Sofia blickte hinein. Der Korb war voll kleiner Scheite, sorgfältig gespalten und zu Bündeln verschnürt. Kostbares Feuerholz.

»Danke. Das war doch nicht nötig.«

»Unsinn, das ist eine Kleinigkeit.«

Sofia wollte den Henkel des Korbes ergreifen.

»Lass. Ich trage ihn dir bis zum Ausgang. Die Wachen sind böse geworden.«

Lächelnd ließ sie ihn gewähren.

»Ich wollte bei dir vorbeischauen«, sagte der Mastbauer, der, groß und massiv, selbst an einen Mast erinnerte, »ich hatte mir Sorgen gemacht.« Mehr sagte er nicht, um nicht an offene Wunden zu rühren.

»Gabriele gibt mir die Kraft, weiterzumachen«, antwortete Sofia und senkte die Augen, damit er ihre Tränen nicht sah. Bernardo zögerte, wohl wissend, dass er auf diesem Weg nicht weitergehen konnte.

»Vorwärts! Hierher!« Ein Portoner, der über einen der vielen Ausgänge für die Arbeiter wachte, winkte sie heran. Bernardo stellte den Weidenkorb vor dem Wächter ab, und dieser holte die Holzbündel heraus, um den Korb zu untersuchen.

»Was ist das für ein Zeug?«, fragte der Portoner ungeduldig.

»Siehst du das nicht?«, gab Bernardo im selben Ton zurück. »Alles Scheite fürs Feuer.«

»Verkaufst du die am Rialto?«

»Natürlich! So werde ich reich und dann heirate ich dich!«, erwiderte der Arbeiter lachend.

Der Wächter schlug mit seinem Stock auf den Tisch.

»Vorsicht, du Prahlhans!« Mit einem scheelen Blick auf Bernardo legte er zwei Bündel zurück in den Korb.

»Und die anderen?«, protestierte dieser, auf das Holz weisend, das auf dem Tisch des Wächters lag.

»Die behalte ich.«

Bernardo riss die Augen auf, sein gutmütiges Gesicht verzerrte sich, er presste die Kiefer zusammen und ballte die Fäuste.

»In Ordnung und schönen Dank!« Rasch ergriff Sofia den Korb, packte Bernardo am Arm und zog ihn fort. Der wehrte sich nur so lange wie nötig, um das Feld mit Würde räumen zu können. Der Portoner lachte ihm hinterher, dann wandte er sich wieder den hinausströmenden Arbeitern zu: »Hierher!«, rief er, um die nächste Inspektion vorzunehmen.

»Du wirst noch was erleben, Idiot!«

Sofia versuchte, Bernardos Wut zu dämpfen. »Bist du verrückt? Weißt du, dass der dich ruinieren kann? Er hat mächtige Beschützer!«

Doch als sie aus dem Torhaus an den Fondamenta della Madonna herauskamen, war Bernardo immer noch wütend. »Weißt du, was manche der Torwärter sagen? Dass wir Arsenalotti das Feuer an die Pulverkammern gelegt hätten! Hängen müsste man sie, diese Schandmäuler! Und wusstest du, dass die, die mit ihnen befreundet sind, alles Mögliche aus dem Arsenale herausbringen dürfen? Es gibt Leute, die haben mit dem Kupfer, dem Eisen und dem Blei aus dem Arsenale ein Geschäft eröffnet! Diese Diebe sollten sich schämen!«

»Solche Dinge passieren, da können wir gar nichts machen.«

»Im März sind wir an der Scala dei Giganti protestieren gegangen, und der Messer Doge hat uns angehört.«

»Jaja, Krümel hat man euch gegeben, und ihr armen Vögelchen seid brav ins Nest zurückgekehrt«, reizte ihn Sofia.

»Wir haben den Lohn bekommen, den wir gefordert haben!«, entgegnete Bernardo verstimmt.

Sie sah ihn traurig an. »Hör auf, wir wollen doch jetzt nicht streiten, oder?«

»Nein, wenn es nach mir geht …« Er suchte ihren Blick.

Sofia schauderte, sie stellte den Korb ab und zog ihren Wollschal fester um die Schultern. »Hier erfriert man.« Dann, in liebevollem Ton: »Komm.«

»Wohin?«, fragte Bernardo verwirrt.

Sie packte ihn am Ärmel. »Beug deinen Kopf, Mastbauer«, sagte sie belustigt und zwang ihn, sich zu bücken, um mit flinken, leichten Bewegungen den Holzstaub aus seinem Schopf zu klopfen. »Du bist voller Sägemehl.«

Er stützte seine Hände auf die Knie und ließ sie gewähren.

»Kommenden Sonntag«, sagte er gebückt, »gibt es eine Regatta der Mastmauer gegen die Tischler. Hast du Lust, zu kommen?«, und er versuchte den Kopf zu heben, um ihre Reaktion zu sehen.

»Bleib unten, habe ich dir gesagt.«

Er bückte sich wieder. »Wir fahren zu zweit mit der Mascaréta vom Arsenale bis nach San Servolo und wieder zurück.«

»Wer weiß, vielleicht«, orakelte Sofia.

»Komm schon, du würdest mir eine große Freude machen.«

Sofia wollte gerade antworten, während sie ihm den Staub von den Schultern wischte, da sah sie gegen das klare Licht des Sonnenuntergangs, nicht mehr als zwanzig Schritte entfernt, Andrea. Er lehnte an der hölzernen Brüstung der Paradiso-Brücke und sah zu ihr herüber. Ihr Arm blieb in der Luft hängen, wie der einer hungernden Diebin, die mit dem gestohlenen Brot in der Hand erwischt wird.

»Ich muss gehen«, sagte sie hastig, indem sie sich die Handflächen säuberte.

Bernardo richtete sich auf. »Habe ich etwas Falsches gesagt?«, fragte er verwirrt.

»Aber nein, natürlich nicht. Ich bin nur müde und möchte nach Hause.«

Er schien nicht überzeugt. »Ich begleite dich, wenn du willst«, und schon hatte er den Korb aufgehoben.

»Danke, das ist nicht nötig«, wehrte sie steif ab.

Bernardo hätte gerne noch etwas hinzugefügt, aber Sofia ließ ihm keine Zeit. »Wir sehen uns morgen«, sagte sie mit einem letzten Lächeln.

»Gut, bis morgen.«

Bernardo sah ihr hinterher, wie sie sich in dem rosigen Licht entfernte. Er sah sie in den Schatten des Vordachs treten, unter dem sich die Winde für das Hochziehen der Brücke befand, und auf den Stufen des Ponte Paradiso wieder hervorkommen. Dort eilte ihr ein Mann entgegen.

77

Als sie Andrea auf der Brücke gesehen hatte, war Sofia ein Schrecken in die Glieder gefahren. Sofort hatte sie an Gabriele gedacht und dass ihm etwas Schlimmes geschehen sein musste.

»Habt Ihr Neuigkeiten?«, fragte sie sofort.

Andrea, der ihre Bestürzung sah, lächelte ihr zu und berichtete, dass Gabriele aus den Pozzi in das Gefängnis der Giardini verlegt worden sei, was eine Verbesserung der Haftbedingungen bedeute und darauf hoffen lasse, dass man zu einem regulären Ermittlungsverfahren zurückkehren werde. In dem Fall gebe es die Möglichkeit, täglichen Kontakt zu dem Jungen zu halten und eine solide Verteidigungsstrategie aufzubauen.

»Seht Ihr? Ihr mit Euren Ängsten, dabei müssen wir dem Dogen danken!«, rief Sofia erleichtert und ohne gehässigen Unterton aus.

Andrea lächelte. Von Granzos Verhaftung sagte er nichts, denn dieses Ereignis, über das man vorerst nur tausenderlei Vermutungen anstellen konnte, lag noch zu kurz zurück und wurde von den Zehn geheim gehalten.

Andrea, den der Wunsch nach einem Wiedersehen mit Sofia angetrieben hatte, war schon auf dem Weg zum Arsenale bewusst geworden, dass ihm erneut juristische Erklärungen über Gabrieles Situation bevorstanden, auf die er in diesem Moment gerne verzichtet hätte. Und das Unbehagen über die Zweideutigkeit der Situation war umso größer geworden, je länger er über Gabrieles Fall gegrübelt hatte. Wie verblendet musste er sein, wenn er allen Ernstes glaubte, seine Rolle als Anwalt außer Acht lassen und Sofia näherkommen zu können.

Nachdem die erste Aufregung sich gelegt hatte, kam auch Sofia, während sie Andreas gelehrten juristischen Ausführungen zuhörte, zu der Überzeugung, dass sich hinter diesem Wortschwall etwas anderes verbarg. Zudem wusste sie schon von der Verlegung ihres Sohnes in die Giardini. Der Pförtner des Gerichts der Quarantia, der Trauzeuge ihrer Cousine gewesen war, hatte ihr davon berichtet, doch sie hütete sich, es Andrea zu sagen, um ihn nicht zu enttäuschen. Sie war gerührt, dass er bis zum Arsenale gekommen war und vor dem Tor auf sie gewartet hatte, um ihr die Nachricht zu überbringen.

Als sie nur noch wenige Schritte von ihrem Haus entfernt waren, fand Sofia endlich den Mut, ihn direkt zu fragen: »Gibt es noch etwas anderes, worüber Ihr mit mir sprechen wollt, Avvocato?«

Mit seinem beruflichen Titel angesprochen, fühlte Andrea sich weder imstande, ihr zu antworten noch sie zu belügen, also schwieg er.

»Ich bitte Euch«, flehte sie, »wenn es noch etwas gibt, was Ihr mir über Gabriele sagen müsst, tut es jetzt. Erspart mir dieses Warten.«

Andrea verfluchte sich, dass er sich in diese Lage gebracht hatte. »Nein, nein, seid unbesorgt, ich habe Euch alles gesagt.«

»Seid Ihr sicher?«

»Natürlich! Warum sollte ich Euch etwas verschweigen?« Er fühlte sich wie ein Dummkopf.

Vor ihrer Haustür angelangt, musste Sofia nur gegen die Tür drücken, damit sie sich knarrend öffnete. »Dann bedanke ich mich. Möge Gott Euch beschützen«, sagte sie und stieg die eine Stufe hinauf, die ihr Zimmer von der Straße trennte.

Wie schön sie ist, dachte er, als der Wind ihr Haar zerzauste und das Licht des Sonnenuntergangs in ihren Augen ein Feuer entfachte.

»Euer Verlobter arbeitet im Arsenale?«, fragte Andrea beiläufig und bereute es sogleich.

»Wie bitte?« Sofias Miene verdüsterte sich.

»Nichts, nichts, bitte vergebt mir«, stammelte er und senkte verlegen die Augen. »Ich dachte nur … Ich hatte Euch eben mit diesem Arsenalotto gesehen …«

Sofort entspannten sich Sofias Züge. »Ach, Bernardo?«, sagte sie mit einer Spur Koketterie. »Er ist nicht mein Verlobter.«

»Entschuldigt, ich wollte nicht …« Tödlich verlegen versuchte Andrea, ihrem Blick auszuweichen.

»Bernardo ist ein Freund.«

In diesem Moment erlebte Andrea erneut das intensive Gefühl ihrer ersten Begegnung und empfand wieder jene seltsame Vertrautheit ihrer Züge. Ihm war, als erkenne er Sofias innerstes Wesen, und der Wunsch nach einer rückhaltlosen gegenseitigen Zugehörigkeit überwältigte ihn. Er schwankte und stützte sich mit der Hand gegen die Mauersteine, die Feuchtigkeit ausschwitzten. Bei der kalten Berührung fand er das Gleichgewicht wieder. Er atmete tief ein.

»Fühlt Ihr Euch nicht gut?« Sofia betrachtete ihn besorgt.

Andrea spürte, dass er es jetzt wagen musste. »Bitte wundert Euch nicht, aber ich möchte Euch etwas fragen.«

»Gerne, fragt ruhig.«

»Nun, es ist so … heute Abend …«, begann er unsicher, sichtlich befangen. Dann, in einem Atemzug: »Würdet Ihr heute

Abend mit mir ins Theater gehen?« Da der Damm gebrochen war, fügte er in den Sekunden, die Sofia brauchte, um sich von der Überraschung zu erholen, eilig hinzu: »Die Accesi versammeln sich, um *La Moscheta* von Ruzante aufzuführen. Ein gutes Stück, kennt Ihr es?«

Sofia kannte Ruzante, doch *La Moscheta* nicht. Immerhin war ihr jetzt endlich klar, worauf Andrea die ganze Zeit abgezielt hatte. »Ins Theater mit Euch, Messer Loredan?«, rief sie aus.

»Es wäre mir eine Ehre, Signora Ruis.«

Sie zögerte, hin und her gerissen zwischen dem Gebot der Schicklichkeit und dem Wunsch, ja zu sagen.

»Wie könnte ich denn mit Euch kommen?«

»Seid Ihr heute Abend nicht frei?«, fragte er ein wenig besorgt.

»Das ist es nicht …«

»Dann erwarte ich Euch«, versuchte Andrea es abermals mit siegesgewissem Lächeln.

»Ich danke Euch für die Einladung, aber es geht nicht, denke ich«, erwiderte sie in wenig überzeugtem Ton.

»Warum?«

»Weil …«, sie griff nach dem ersten Einfall, »weil ich morgen vor Tagesanbruch aufstehen muss, ich habe Arbeit in der Segelwerkstatt.« Man hörte, dass es ein Vorwand war.

»Es wird nicht spät werden, das verspreche ich Euch.«

Sofia schüttelte den Kopf. »Nein, ich bitte Euch, ich kann wirklich nicht.« Sie schien das Gespräch beenden zu wollen.

»Ich beuge mich Eurem Wunsch.« Andrea verneigte sich leicht, innerlich glühend. Lieber hätte er sie an die Hand genommen und mit sich gerissen. »Vergebt mir mein Drängen.«

Sie schien verwirrt. »Es war freundlich von Euch, an mich zu denken … Hoffentlich amüsiert Ihr Euch.«

Andrea wich einen halben Schritt zurück, im Versuch, sich aus dieser verbalen Agonie zu lösen.

»Danke Sofia. Auf Wiedersehen.«

Er trat noch zwei Schritte zurück, den Blick auf sie gerich-

tet und lächelte sie an. Dann drehte er sich um und ging auf die Riva degli Schiavoni und das Licht der Lagune zu. Er wollte gerade um die Ecke biegen, als sie seinen Namen rief. Sofort blieb er stehen und wandte sich um. Sie hatte ihn noch nie bei seinem Vornamen genannt.

»Glaubt mir, ich wäre sehr gerne mitgegangen, aber …«, sie stolperte über dieses *aber* und verstummte.

Wenn es ein *aber* gibt, muss es auch einen wirklichen Grund geben, dachte Andrea und kehrte, ohne weiter zu überlegen, mit entschlossenen Schritten zu ihr zurück.

78

Der »Afrikaner« betrat mit der Kleiderpuppe im Arm den Saal, und sofort eilte ihm Maestro Foppa begeistert entgegen.

»Kostbarer Samt, der kostbarste überhaupt!«

Der Lehrling, ein junger Mann aus dem Barbarenland mit muskulösem Körper, rasiertem Schädel und sehr dunkler Haut, der ein Gewand mit farbigen Längsstreifen und Samtpantoffeln an den Füßen trug, stellte die Puppe vor Sofia hin.

»Gedrehtes Seidengarn aus Lucca! Allerbeste Qualität!« Verzückt strich der Schneider über das Kleid aus weinrotem Damast mit Blumenmuster.

Sofia, die stocksteif auf einem Sessel mit breiten, gepolsterten Armlehnen saß, hätte man ebenfalls für eine Puppe halten können. Sie rührte sich nicht, und ihre Augen waren vor Staunen weit geöffnet. Ihr schlichtes Kleid schien im Vergleich zu diesem Luxus aus Lumpen genäht. Mit unmerklichen Kopfbewegungen folgte sie Maestro Foppa, der zwischen den fünf im Halbkreis vor Sofia aufgereihten Kleiderpuppen herumtänzelte. Andrea beobachtete, zufrieden und gerührt neben einem der beiden Fenster des Vorführsaals an der Wand lehnend, die Szene aus einiger Entfernung.

»Seht nur, dieser herrliche Blauton.« Mit honigsüßer Höflichkeit wandte Foppa sich an Sofia. »Er wird all Eure Grazie erstrahlen lassen.« Dann zog er einer Puppe einen leichten Umhang mit Kapuze von den Schultern und legte ihn über das Kleid. »Und passt er nicht vortrefflich zu diesem Überkleid aus reinster Merinowolle?«

Sofia blickte Andrea ratlos an. Er verstand ihre Verlegenheit, beschloss aber, sich nicht einzumischen.

»Es ist Eure Wahl«, sagte er lächelnd.

»Natürlich, Signora«, griff der Schneider ein, der sich in seinem Metier auskannte, »seid Ihr imstande, die Qualität von Stoffen genau zu erkennen, darum kommt her, fühlt, urteilt selbst und wählt aus.« Und mit einer übertriebenen Verbeugung, als stünde er vor einer Königin, wich er zurück, um ihr den Weg frei zu machen.

Nach kurzem Zögern stand Sofia auf, ging zu der Puppe, die sie um eine gute Spanne überragte, und begann sie zu umkreisen und in stummer Begeisterung die Stoffe zu streicheln. Dann untersuchte sie die danebenstehende Puppe, um deren Kleid ebenfalls mit den Augen und den Fingern zu liebkosen. So tat sie es mit allen fünfen.

»Darf ich?«, fragte sie schüchtern.

Maestro Foppa breitete theatralisch die Arme aus und rief lächelnd: »Dürfen? Ihr müsst, verehrte Signora!« Sein Ton war so beflissen unterwürfig, dass Andrea sich abwenden musste, um seine Heiterkeit zu verbergen.

Sofia hatte derweil begonnen, die Kleider unter den fünf Puppen auszutauschen, um Farben und Stoffe zu kombinieren. Einer nahm sie den samtenen Hut ab und setzte ihn einer anderen auf, ein einfarbiges Mieder ersetzte sie durch eines mit aufgestickten Blumen. Schließlich blieb sie bewundernd vor der Puppe stehen, die sie neu eingekleidet hatte. Ein strahlender Blick zu ihrem Kavalier, mehr musste sie nicht erklären.

»Das nehme ich, Maestro Foppa«, sagte Andrea zufrieden.

»Ihr hättet nicht besser wählen können.« Der Schneider verbeugte sich erneut vor Sofia, dann wandte er sich an Andrea. »Wir sind schnell wie der Blitz, verlasst Euch darauf!« Er klatschte zweimal in die Hände, und augenblicklich entstand in dem Saal eine rege Geschäftigkeit, die an die genau abgestimmten Bewegungen bei manchen athletischen Übungen erinnerte. Während der Lehrling aus dem Berberland die ausgeschiedenen vier Puppen wegbrachte, strömten Schneiderinnen und Lehrlinge in den Saal und begannen, Sofia zu umkreisen, um Maß zu nehmen und ihre Proportionen mit Nadeln und Kreide auf die Kleiderpuppe zu übertragen. Nachdem sie der Puppe das Kleid abgestreift hatten, stürzten sich die Schneiderinnen gleich emsigen Bienen auf den Stoff, griffen zu Scheren und Nadeln und schnitten und nähten so sorgfältig und aufmerksam wie Chirurgen am lebenden Körper.

79

Wenn man die beiden so sah, wie sie im diffusen, dunstigen Licht der Dämmerung nebeneinander durch den botanischen Garten zwischen seltenen, kostbaren Heilpflanzen wandelten, hätten Alvise Mocenigo und Giovanni Antonio Facchinetti, Ersterer ein Mann aus dem Umfeld des Dogen, Letzterer engster Vertrauter des Papstes, tatsächlich Geschwister sein können: Der gleiche dunkle Bart, die gleichen skeptisch hochgezogenen Augenbrauen, dazwischen eine so imposante Nase, dass sie den Mund fast zum Verschwinden brachte. Beider Augen waren braun, schmal und länglich geschnitten wie bei den Mongolen und flitzten wissbegierig hin und her wie Kaulquappen im Tümpel, als läsen sie in der Luft einen Text mit Anweisungen zum guten Leben.

Beide waren Machtmenschen, keiner der beiden traute dem anderen, dennoch vereinte sie die Überzeugung, dass sie gemeinsam – wenn auch nicht auf dieselbe Weise – den Lauf der Geschichte ändern konnten. Um dieses Ziel zu erreichen, hatten sie sich durch ihren Umgang mit der höfischen und der staatlichen Diplomatie jahrelang in der Kunst des Ausgleichs und der Geduld geübt. Wenn sie jedoch zuschlugen, trafen beide schnell und präzise wie Giftschlangen: eine Technik der liebenswürdigen Reglosigkeit, auf die ein Zucken folgte, dann ein Biss und das langsame sich Ausbreiten des Giftes

Genau diese Strategien, die der apostolische Nuntius Facchinetti und der Prokurator Mocenigo gründlich studiert und in Abhandlungen dargelegt hatten, schienen sie jetzt in der Luft lesen zu wollen, während sie durch den wunderbaren Garten spazierten, den Loredana Marcello, Alvise Mocenigos Gattin, an der östlichen Spitze der Giudecca angelegt hatte. Und es stand viel auf dem Spiel, denn beim Geben und Nehmen strebte jeder der beiden danach, ein vorteilhaftes Ergebnis für sich herauszuschlagen. Sie gewährten wenig und forderten viel. Auch darin glichen sie sich, trotz entgegengesetzter Interessen.

»Seine Heiligkeit hat ausschließlich lobende Worte für Euch gehabt«, sagte Facchinetti halblaut und begleitete den Satz mit einer unmerklichen Verbeugung.

Mocenigo sah ihn an. »Das freut und beruhigt mich«, erwiderte er lächelnd. Doch sofort fügte er leise hinzu: »Diese Wertschätzung des Heiligen Vaters bleibt bitte unter uns.«

»Selbstverständlich«, versicherte Facchinetti mit gesenktem Blick.

Sie verließen den Laubengang und gelangten zu der hohen, am oberen Rand mit Glasscherben bewehrten Mauer, die den Garten nach Süden begrenzte.

»Wir mussten diese Mauer errichten, um uns vor Dieben zu schützen«, sagte Mocenigo, »jede Nacht kamen sie aus der Lagune, um medizinische Kräuter zu stehlen. Seht Euch diese Vielfalt an: Belladonna, Zahnstocherammei, Holunder, Stephanskraut, Wegwarte …«

»Den Garten zu erhalten dürfte Euch ein Vermögen kosten«, unterbrach ihn der Nuntius.

»Dreihundert Dukaten im Jahr, aber dieses und mehr tue ich für meine Frau«, sagte Mocenigo, die Augen zum Himmel hebend.

»Wie geht es ihr?«, fragte Facchinetti mit geheucheltem Interesse.

»Nicht gut«, antwortete Mocenigo bekümmert. »Folgt mir, ich möchte Euch den neuen Brunnen zeigen.«

Sie schritten über den Kiesweg entlang der Mauer, der Prokurator voran, dahinter der Nuntius.

»Einst gehörte dieses ganze Stück Land Ermolao Barbaro. Auch er hatte einen botanischen Garten angelegt …«

»Patriarch von Aquileia, Philosoph, Botaniker und ein heiliger Mann«, sagte der Nuntius, indem er die Hände faltete und zu Boden blickte.

»Ein etwas leichtsinniger heiliger Mann«, stichelte Mocenigo.

»Männern, die sich nicht kontrollieren lassen, vergibt Venedig nicht«, sagte Facchinetti, einen Köder auswerfend.

»Verleitet mich nicht zu nutzloser Polemik: Beim Konzil von Trient ist Venedig stets auf der Seite Seiner Heiligkeit gewesen. Die erste weltliche Macht, die die tridentinischen Konzilsregeln anerkannt hat. Erscheint Euch das wenig?«

»Ein diplomatisches Meisterwerk Eurer Politik des Gleichgewichts, das bestätige ich natürlich«, erwiderte der Nuntius.

»Ihr wisst genau, dass ich auf Eurer Seite bin«, fuhr Mocenigo geschmeichelt fort. »Pius V. hat meine volle Unterstützung bei der Ernennung von Niccolò Ormaneto zum Bischof von Padua.«

»Werdet Ihr dieses Wunder vollbringen?«, rief Facchinetti begeistert.

»Nicht ich, sondern der Stand der Dinge. Der Doge und der Rat haben sich von David Passis Brief über die Pläne des Türken durchaus beeindrucken lassen. Zunächst haben sie große Worte gemacht, doch als sie dann unter sich waren, wirkten sie sehr besorgt«, konzedierte Mocenigo.

»Diese Nachrichten sind die reine Wahrheit«, sagte der Nuntius und versuchte, Mocenigo mit seinen kurzsichtigen Augen scharf anzublicken.

»Wahr oder falsch, sie haben ihre Wirkung gezeitigt«, dämpfte ihn Mocenigo, sich zu seiner ganzen Größe aufrichtend. »Aber im Senat glauben noch immer viel zu viele an den Frieden. Allen voran dieser Kaufmann Loredan«, fügte er verächtlich hinzu und blieb neben dem Brunnen stehen.

»Es heißt, dass die Venezianer jeden Türken und Juden aufhängen, den sie in der Stadt antreffen. Sie haben offenbar keine Zweifel, was die Verantwortlichen für das Feuer im Arsenale und die Absichten der Osmanen betrifft«, sagte Facchinetti mit geheuchelter Verwunderung.

»Karnevalslärm. Prahlereien. Wenn das Volk hungert, denkt man nicht an den Krieg. Außerdem ist Zypern weit«, tönte Mocenigo und spähte dabei verstohlen nach der Reaktion des anderen. Dann hob er den Deckel des Brunnens, ließ einen Eimer am Seil hinab, wartete einen Moment und zog ihn wieder hoch. Er nahm einen Schöpflöffel, der am Brunnenbogen hing, tauchte ihn in den Eimer und reichte ihn dem Nuntius. »Kostet einmal, wie vorzüglich dieses Wasser schmeckt.«

»Nein, vielen Dank.«

»Fürchtet Ihr etwa, ich könnte Euch vergiften?« Mocenigo spielte den Beleidigten, dann lächelte er und nahm einen tiefen Schluck. »Himmlisch!«, rief er aus, füllte die Kelle erneut und reichte sie dem Nuntius. Facchinetti nahm das Wasser, wenngleich zögernd.

»Gut«, sagte er ohne große Begeisterung und gab die Schöpfkelle zurück. Nach einem resignierten Seufzer kam er auf das Thema zurück: »Der Krieg ist leider gewiss.«

»Sagt das denen, die die Illusion hegen, es gäbe noch Spielraum für Verhandlungen, doch denkt nicht, dass ich mich dar-

über freue.« Mocenigo ließ den Deckel knallend auf die Brunnenöffnung zurückfallen und drehte seinem Gesprächspartner den Rücken zu.

»Wenn der Sultan Selim auf seinen Großwesir Sokollu Mehmet Pascha hörte«, beeilte sich der Nuntius ihm entgegenzukommen, »würde sich vielleicht eine Möglichkeit eröffnen. Die Türken würden Spanien direkt angreifen, um sich ihr Reich zurückzuholen, seht Euch an, was die Morisken in Granada machen.«

»Diese Aussicht scheint Euch nicht zu missfallen«, stichelte Mocenigo.

»Die Spanier hätten nichts anderes verdient. Philipp verliert weiterhin Zeit, und ohne Spanien wird es keine Liga gegen das osmanische Reich geben.«

»König Philipp hat andere Sorgen, die Niederlande brennen lichterloh.«

»Selbst schuld! Einen blutrünstigen Gottesleugner wie diesen Alvarez de Toledo dorthin zu schicken – welch ein Wahnsinn!«, bemerkte Facchinetti bitter. »Hätte Philipp doch auf Seine Heiligkeit gehört!«

»Auch der Papst hat Fehler begangen.«

»Welche denn? Dass er die tridentinische Regel unter diesen ketzerischen Calvinisten verbreiten wollte?«, erwiderte der Nuntius angespannt.

»Nein, sondern dass er Philipp die fünfhunderttausend Dukaten gab, um eine Flotte zum Schutz der tyrrhenischen Küsten zu finanzieren. Ja, wo ist sie denn, diese Flotte?«

Das Gespräch, das in einen aggressiven Schlagabtausch auszuarten drohte, brauchte eine Pause.

»Mit Kritik seid Ihr schnell bei der Hand«, ergriff Facchinetti wieder das Wort. »Doch als der Papst Euch Venezianer um Rat gefragt hat, was habt Ihr da geantwortet?«

»Ich bitte Euch, Eccellenza, Ihr wisst sehr wohl, dass Venedig ein ruhiges Mittelmeer braucht, um zu gedeihen. Wir konnten die Friedensverträge nicht brechen und uns allein zum Wächter über den Türken machen.«

»Wollt Ihr mich für dumm verkaufen?«, schnaubte der Nuntius und blieb zwischen Artischockenpflanzen stehen. »Ihr wisst doch, dass es Mittel und Wege gibt, eine Kriegsgaleere zu maskieren, indem man ein Banner einholt und ein anderes hisst.«

»Rom hatte uns um eine Flotte gebeten, und eine Flotte lässt sich nicht verbergen!«

»Wir haben Euch nur um Schutz gebeten! Nicht darum, Euch mit flatternden Fahnen an der Tibermündung aufzureihen!«

»Wir sind keine Korsaren!«

»Bringt mich nicht dazu, unerfreuliche Dinge zu sagen!«

»Welche denn? Nur Mut, sprecht!«

Ein Blitz zuckte über Facchinettis Gesicht. »Lasst gut sein, der Herrgott will offenbar nicht, dass wir uns heute verstehen«, sagte er verbittert, drehte ihm den Rücken zu und ging weiter, gegen die Artischocken tretend. Doch Mocenigo war keiner, der so leicht aufgab, er eilte dem Nuntius hinterher.

»O nein, das ist zu einfach, erst sticheln und dann Reißaus nehmen! Ihr wisst, dass Venedig eine Stadt des Wassers ist, sogar seine Form gleicht einem Fisch. Und wenn Fische aufs Festland springen, dann zappeln sie, schnappen nach Luft und sterben! Wir treiben Handel mit dem Orient, das haben wir schon immer getan, und die Türken sind unsere Kunden und Zöllner zugleich. Wenn sie unsere Handelsrouten blockieren, ist Venedig tot. Ist das so schwer zu verstehen?« Sein Gesicht war flammendrot angelaufen.

»Es tut mir leid, ich will nicht mit Euch streiten.«

»Ich auch nicht! Doch Ihr müsst die Dinge offen aussprechen, nicht wie ein Propst, der seiner Pfarrgemeinde nur nach dem Mund redet.«

Facchinetti blieb abrupt vor dem Prokurator stehen. Ein Lid war ihm über das Auge gefallen und zitterte deutlich sichtbar, als müsste es eine glühende Träne zerdrücken.

»Wir wissen beide, dass Zypern den Korsaren aus dem Westen, ob es nun Franzosen, Engländer oder Italiener sind, sichere Schlupfwinkel bietet«, sagte er mit leiser, ruhiger Stimme. »Wir wissen beide, dass die westlichen Korsaren türkische Schiffe angreifen und dass kein Muselmann mehr auf dem Seeweg nach Mekka reisen möchte und kein türkischer Händler, keiner ihrer Schatzmeister auf den Hoheitsgewässern dieser Insel segeln will. Und diese Insel ist venezianisches Land.«

»Die Korsaren sind nicht unsere Männer«, sagte Mocenigo, mit einer Schlaufe seiner Weste spielend. Er bückte sich, um eine Brennnessel aus seinem Strumpf zu ziehen.

»Sie gehen in Euren Häfen vor Anker.«

»Sie greifen unsere Galeeren an.«

»Das wollt Ihr Selim weismachen. Auch Rom hat seine Informanten.«

»Zypern ist groß. Die Zyprioten hassen uns, aber wir brauchen ihre Baumwolle, wir brauchen ihr Getreide, ihr Leinen, das Öl, den Zucker, das Salz. Wir halten die Insel, weil wir die Festung Famagosta haben, der Rest ist Feindesland, einschließlich der Küsten und des Meeres, das sie umgibt. Können wir uns die Korsaren also auch zu Feinden machen?« Mocenigo sprach nun gelassener.

»Ihr beherbergt sie nicht nur, Ihr finanziert sie auch.«

»Und wenn es so wäre? Darf ausgerechnet Rom uns moralische Lehren erteilen?«

Einige Augenblicke lang herrschte eisige Kälte. Dann erklärte der Nuntius, jedes Wort sorgfältig betonend: »Der Kaperkrieg der Westländer ist ein Söldnerkrieg gegen die Osmanen. Der Papst hatte Euch lediglich gebeten, die Piratenflotten im südlichen Mittelmeer zwischen Malta und Sizilien zu verstärken.«

»Unmöglich. Wir hätten die Habsburger gegen uns gehabt.«

»Eine Übereinkunft mit Spanien ist möglich.«

Mocenigo schüttelte den Kopf. »Es gilt nicht nur Spanien zu

überzeugen. Ihr sprecht von großen Dingen, als wären sie ein Kinderspiel.«

»Allein kann Venedig es nicht schaffen«, zischte der Nuntius.

»Venedig ist immer allein gewesen.«

»Das überrascht mich nicht. Ihr tut nicht viel, um Euch beliebt zu machen.«

»Das ist der Preis, den man zahlt, wenn man der einzige unabhängig gebliebene Staat auf italienischem Boden ist! Wir sind wie eine Vase aus Cristalìn zwischen vielen Gefäßen aus Stein. Wenn wir seit tausend Jahren überleben, dann nur, weil wir viele Botschafter haben, viel Wasser und wenig Festland, das wir kontrollieren müssen.«

»Von allem werdet ihr immer weniger haben. Mit der Unbeweglichkeit ihrer Diplomatie ist die Serenissima eine Kerze, die leuchtet, aber sich unterdessen verzehrt.«

Alvise Mocenigo erschauderte, er bedeckte sein Gesicht mit der Hand, als hätte ihn eine plötzliche Übelkeit befallen. »Die Spanier wollen, dass Venedig an einem ewigen Krieg mit den Osmanen zugrunde geht«, flüsterte er mit sichtlicher Mühe. »Die Franzosen dagegen fürchten, es könnte sich mit Selim verbünden.«

Facchinetti nickte. »Ja, aber bei diesem Spiel der Kräfte seid Ihr die Schwächeren und werdet untergehen.«

Mocenigo hob ruckartig den Kopf und blickte ihn böse an. »Ihr lehrt mich, dass dies der Lauf der Dinge ist. Lasst mir doch wenigstens eine Illusion!«

Diese Reaktion machte den Nuntius betroffen und augenblicklich streckte auch er die Waffen. Ihm wurde bewusst, dass er zu weit gegangen war.

»Vergebt mir, ich habe mich hinreißen lassen …«

»Ihr habt das Richtige gesagt«, räumte Mocenigo ein.

»Eine heilige Liga kann den Türken aufhalten, so hofft der Papst.«

»Das hoffe auch ich.«

»Warum erzürnen wir uns dann so?«, fragte Facchinetti, die Arme ausbreitend.

»Derzeit geht es um ein anderes, brennendes Problem, kommt mit mir, hier ist der Pfad.«

Die beiden verließen das Artischockenfeld und gingen auf das Haus zu. Mocenigo zeigte dem Nuntius ein Bäumchen an der Mauer der Villa. »Seht her, Eccellenza, ein kostbarer Keuschbaum. Meine Frau hat ihn auf Anraten ihres Lehrers in Botanik, Maestro Guilandino, von den Ufern des Flusses Archelaos kommen lassen.« Sie blieben vor dem Baum stehen. »Mit einer einzigen seiner Früchte, getrocknet und zu Pulver gemahlen, kann man die Hitze eines ganzen Trupps Janitscharen kühlen und aus der zügellosesten Hure ein züchtiges Weib machen.«

»Der Mönchspfeffer.« Der Prälat lächelte maliziös. »Ja, die göttliche Vorsehung hat der Natur alle Antworten überlassen.« Voll Bewunderung rieb er die in der Kälte verwelkten kleinen Blätter zwischen zwei Fingern. »Und dem freien Willen die Entscheidung, sich ihrer zu bedienen. Sagt mir, welches Problem Euch plagt.«

Alvise Mocenigo knickte einen trockenen Ast ab. »In Venedig geht der Groll um. Die Buchhändler fühlen sich verraten, eine gewisse Freiheit der Presse hatte die Regierung ihnen bisher immer gewährt.«

»Freiheit kann ein gefährliches Prinzip sein, Messer Procuratore.«

»Auch sie zu verweigern kann Risiken bergen.«

Der Nuntius sah in prüfend an. »Es dünkt mich seltsam, ausgerechnet Euch so sprechen zu hören.«

»Ich mache mir Sorgen, das gebe ich zu: draußen die Türken, im Inneren die Ketzer.«

»Seht Ihr denn nicht, dass es sich um ein und dasselbe Übel handelt?«, ereiferte sich Facchinetti. »Dies sind Zeiten, da der Staat gesund und stark sein muss, also rettet der Kampf gegen die Ketzerei den Staat. Wer kein guter Christ ist, kann kein guter

Bürger sein, und wenn das Kreuz fällt, fällt auch der Thron. Seht Euch an, was in Frankreich mit den Hugenotten geschieht. Das ist das Ergebnis der Toleranz.«

»Denkt Ihr, ich sei nicht Eurer Meinung?« Auch Mocenigo hob die Stimme. »Seit zwei Jahren diene ich der heiligen Sache als Savio für Ketzerei! Aber die Stadt kocht wie ein Topf mit siedendem Wasser, von den unteren bis in die oberen Stände! Die Juden murren, denn sie haben die Verbrennung von achttausend ihrer heiligen Bücher im vergangenen Jahr nicht verwunden. Und die Hinrichtungen von Baldo Lupetino, Bartolomeo Bartocci, von Carnesecchi, Spinola und den anderen, von denen man weiß, aber über die man nicht spricht, haben viele empört. Dieser Ketzer Andrea da Ponte schickt aus Genf ununterbrochen Aufrufe zur Gedankenfreiheit. Und jetzt kommt noch das Problem Teofilo Panarelli hinzu.«

»Nun, Panarelli hatte seine venezianischen Freunde verführt. Da Panarelli verschwunden ist, sind auch seine Schüler verschwunden!«

»Verschwunden? Und was sagt Ihr zu der Buchhandlung von Andrea Arrivabene?«

»Alte Geschichten.«

»Alte Geschichten? Ganz Venedig ist verseucht mit den Büchern, die er importiert hat!«

»Finden wir sie und verbrennen sie«, gab Facchinetti ungerührt zurück. Mocenigo bebte wie ein am Hanfseil zerrender Stier. »Die Inquisition arbeitet erfolgreich, in Venedig und überall. Ich habe vielversprechende Informationen von den Inquisitoren über die bevorstehende Verhaftung einer Schar Ketzer in Viadana.«

»Bei Euch würde sogar ein Heiliger die Geduld verlieren, Eccellenza!«, platzte Mocenigo heraus. »Mir geht es nur um Venedig. Der Rat der Zehn hat beschlossen, dass für alles ein Zensurvermerk erforderlich ist, und dem Inquisitor gestattet, den Zollinspektionen eingeführter Bücher beizuwohnen. Die vene-

zianischen Buchhändler fühlen sich von der Kirche geknebelt. Das alles ist eine Frage der Methoden und des Maßes. Venedig ist nicht Rom, und Seine Heiligkeit muss das verstehen!«

Facchinetti, der sich bis jetzt zurückgehalten hatte, riss die Augen auf und zeigte die Zähne. »Der Heilige Vater versteht und segnet, daran solltet Ihr nicht zweifeln, lieber Freund!«, sagte er, die Hände auf der Brust zur Faust ballend. »Doch diese gar so bittere Medizin wird das Übel heilen, das Venedig befallen hat!«

»Von welchem Übel sprecht Ihr?«

Der Nuntius schloss die Augen und trat einen Schritt zurück, wie eine Schlange, die sich aufbäumt, um im nächsten Moment vorzuschnellen. Tatsächlich zuckte er mit Schultern und Kopf nach vorn. »Dass Ihr Euch Gottes nur entsinnt, wenn sein Strafgericht über Euch kommt!«, erklärte er entschlossen.

»Das nun wieder!«, erregte sich der Prokurator. »Venedig hat mehr Kirchen als Rom! Und es gibt keinen Tag, an dem der Allerhöchste nicht angerufen würde!« Er wollte fortfahren, als er den Blick des Nuntius bemerkte, der sich auf einen Punkt hinter ihm richtete. Mocenigo wandte sich um. Auf der Schwelle der Tür zum Garten stand eine Frau um die fünfzig mit schönen, feinen Zügen. Sie hielt eine Laterne in der Hand und war in ein helles Gewand gehüllt, was ihr das Aussehen einer Tempelpriesterin verlieh. Besorgt beobachtete sie die beiden Männer.

»Loredana, meine Liebe.« Alvise ging ihr entgegen.

»Es wird bald Nacht, ich bringe Euch die hier«, sagte sie lächelnd und reichte ihrem Mann die Laterne.

»Danke. Habt Ihr der Dienerschaft frei gegeben?«

»Ja, ich selbst werde Euch das Abendessen servieren«, sagte sie, »wenn es zur Komplet läutet.«

»Wir werden pünktlich sein, ich verspreche es Euch.«

Sie beugte sich vor und streifte sein Gesicht mit den Lippen. »Streitet nicht. Ich fürchte diesen Mann, er kann Euch schaden«, sagte sie flüsternd.

Mocenigo lächelte sie zärtlich an. »Seit Jahren diskutiere ich

mit ihm, und hier bin ich, meine Liebe, noch immer lebendig.«
Er kehrte zum Nuntius zurück. »Kommt, Eccellenza, vor dem
Abendessen möchte ich Euch die Pflanzen aus afrikanischen
Landen zeigen, die Maestro Guilandino meiner Frau geschenkt
hat.« Mit diesen Worten hakte er Facchinetti unter, hielt die
Laterne vor sich über den Weg, und während sie das Gespräch
wieder aufnahmen, entfernten sie sich in den dunkelsten Teil des
Gartens. Ihre Stimmen verklangen im schwindenden Licht der
Dämmerung.

80

Zwei junge Männer der Truppe degli Accesi, das Wams aus ro-
ter und gelber Seide, das linke Hosenbein dunkelblau, das rech-
te gelb, rot und blau gestreift, sorgten für die Beleuchtung des
Bühnenbildes der *Moscheta* von Ruzante. Anmutig zogen sie die
Hängelampen mit den gläsernen Kugeln in die Höhe, in denen
Flämmchen brannten, und langsam kamen die Einzelheiten der
Bühne zum Vorschein. Nun wurde das Stimmengewirr in den
Rängen von bewundernden Ooohs und Aaahs übertönt.

In dem schnellen, künstlichen Sonnenaufgang auf der Bühne
nahm der Ausschnitt eines Stadtviertels Gestalt an. Es wurde
von einer halb aus Pflastersteinen, halb aus Treppenstufen beste-
henden Gasse durchquert. Sie schlängelte sich ansteigend zwischen den Fassaden niedriger Häuser mit Portikus hindurch,
dessen Bögen noch über den Horizont hinauszuragen schienen.
Im Vordergrund gab es eine echte Tür unter einer Pergola aus
Efeu, und unter einem geschlossenen Fenster verliehen ein Kar-
renrad, ein hölzerner Käfig mit zwei ausgestopften Hühnern,
eine üppige Garbe Getreide, zwei Heugabeln und eine Sichel
der Szene eine gewisse Lebensechtheit. An diesen Hof grenzten
drei weitere kleine Häuschen, deren bescheidene Innenräume
man von außen erahnen konnte.

Diese ganze Welt aus Stoff und Holz war wie ein Flaschenschiff umgeben vom Gewölbe des Atriums der Carità. In diesem großzügigen Raum des Klosters hatte der meisterhafte Palladio fünf Jahre zuvor im Auftrag der Compagnia degli Accesi die hölzerne Struktur – Bühne und Ränge – des Theaters errichtet. Man hatte es San Cassiano genannt, nach dem Campo in der Nähe, und eigentlich hätte es nur für die Zeit des Karnevals stehenbleiben sollen. Doch das Theater erzielte gute Einkünfte, die Nonnen waren zufrieden, und der Patriarch Trevisan hatte die unbegrenzte Fortsetzung des Schauspielbetriebs erlaubt. Denn wenn die Schauspieler bezahlt waren, flossen die Überschüsse in die Mensa für die Armen und in den Fonds zur Erhaltung des Palazzos des Patriarchen auf der Insel San Pietro. Was in Krisenzeiten nicht zu verachten war.

So war der halbrunde Zuschauerraum des Theaters auch an diesem Abend schon eine halbe Stunde vor Beginn gut gefüllt. Das Publikum war nach Ständen aufgeteilt: Die venezianischen Adeligen mit Einkommen von über fünfhundert Dukaten saßen in den ersten Rängen, hinter ihnen besetzten die wohlhabenden Bürger von den Regierungsbeamten bis zu den Kaufleuten, unter denen auch manch ein verarmter Adliger saß, den Mittelteil des Parketts bis zum obersten Rang. Auch die Seitenränge, drei auf jeder Seite bis zur Vorbühne, waren voll besetzt. Diese Ränge mit Bögen und Säulen, die direkt in das Bühnenbild überzugehen schienen, waren besonders vornehmen Adelsfamilien vorbehalten.

Die gesellschaftlichen Unterschiede wurden nicht nur durch die Kleidung markiert – vorwiegend dunkel, nur gelegentlich zum leuchtenden Purpur tendierend bei den Patriziern, außerdem hier und da ein schüchternes Geschmeide am Hals der Damen, entschieden bunter bei den Bürgern –, sondern auch durch das lässige, laute Gerede einiger vor allem junger Adeliger, die oft ins Theater gingen und sich daher ungezwungen und ein wenig vulgär verhielten. Blickte man in die höheren Ränge, sank die Lautstärke mit dem sozialen Status bis zur völligen Stille bei den Menschen, die nur selten Theaterbesuche machten und daher vor Ehrfurcht und Staunen verstummten.

Dennoch gab es inmitten dieser ausgeprägten Unterschiede, unabhängig von Besitz und Stand, eine allen gemeinsame Bewegung, regelmäßig wie der Rhythmus der Wellen am Strand. Eine Drehbewegung des Kopfes, die jeder Neuankömmling unter dem Eingangsbogen hervorrief, und sei es der Verkäufer gebratener Polenta. Bei der Ankunft einfacher Leute wurde die Bewegung nicht von Kommentaren begleitet, doch wenn hochstehende und bekannte Persönlichkeiten eintraten, rief ihr Erscheinen allenthalben vernehmliches Raunen, Rascheln und Zublinzeln hervor.

Ihrerseits blieben die Neuankömmlinge, nach besten Kräften und unter Wahrung der strengen Gesetze gegen übertriebenen Luxus herausgeputzt, eine Weile auf der Schwelle stehen, um sich zur Schau zu stellen und bewundern zu lassen. Zu diesem Verweilen berechtigte sie, dass sie nach Freunden und freien Plätzen Ausschau halten mussten. Die Vornehmsten unten den Vornehmen, die Mächtigsten unter den Mächtigen, die Eitelsten unter den Eitlen taten freilich so, als schirmten sie sich vor den Blicken ab, als scheuten sie das Aufsehen, wohl wissend, dass die Kameraden der Accesi, die nur darauf warteten, sie zu empfangen, ihnen bald entgegeneilen würden, um sie in allen Ehren zu begrüßen, womit sie Anlass zu noch mehr Neugierde und Kommentaren geben würden.

Eben das war es, was zu seinem Leidwesen auch Andrea geschah. Nicht dass er eine besonders auffällige Kleidung gewählt hätte, im Gegenteil, er hatte die dunkle Jacke, das Hemd und die Kniebundhosen mit schwarzen Strümpfen anbehalten, in denen er Sofia abgeholt hatte. Über diesem Anzug trug er zum Schutz den langen Mantel und einen Hut aus dunkler Wolle, die Krempe tief in die Stirn gezogen. Sofia, eingehüllt in ihren Mantel aus dunkelroter Seide mit Kapuze, den Andrea ihr zusammen mit dem Kleid gekauft hatte, stand ihm in nichts nach. Tatsächlich war auf dem Weg zum Theater alles glattgegangen, obwohl es auf dem Campo San Cassiano von Venezianern wimmelte, alle Fenster, Balkone und Altane mit Teppichen geschmückt und der Platz mit Kerzen festlich erleuchtet war.

Bis dort war es einfach gewesen, niemand hatte das Paar bemerkt, das dicht beieinander blieb, während es sich vom Menschenstrom treiben ließ. Auch danach hätte es keine Probleme geben müssen, denn Andrea hatte sich bis in die Vorhalle des Klosters hinein von dem Strom umgeben lassen. Am Eingang hatte er im Gedränge nur zeigen müssen, dass er keine Waffen unter dem Mantel trug, ein flüchtiger Blick der Wachen auf die Einladung, zwanzig Golddukaten für die Opfer der Explosion, und sie waren eingetreten.

Doch genau dort, auf der Schwelle zur Vorbühne ereignete sich das, was Andrea nicht vorhergesehen hatte.

»O heiligste, himmlische Jungfrau!«, flüsterte Sofia und hinderte ihren Kavalier am Weitergehen, indem sie seinen Arm ergriff.

»Was habt Ihr?«

Andrea sah sie an. Sofort bemerkte er in ihrem von der Kapuze halb verdeckten Gesicht die vor Staunen weit geöffneten Augen.

»Eine ganze Stadt in einem Haus!«, brachte sie heraus, und hingerissen von dem außergewöhnlichen Bühnenbild, in dem Padua sich durch geschickte perspektivische Zeichnung förmlich bis zum Horizont erstreckte, streifte sie sich in einer unwillkürlichen Geste die Kapuze ab, als könne sie so besser sehen.

Es war, als würde ein warmer Sonnenstrahl durch Unwetterwolken brechen und auf die Männer in Sofias Nähe fallen, worauf diese sich dankbar der Lichtquelle zuwandten. Sofia bewunderte staunend die magische Szenerie, ohne die ebenso bewundernden Blicke zu bemerken, die sie selbst auf sich zog, und das männliche Publikum hatte, geblendet von so viel Schönheit, nur Augen für sie. Natürlich blieb dies Schauspiel weder Andrea noch den neben ihren Männern sitzenden adeligen Damen verborgen, welche nun ebenfalls hinsahen, einige mit strenger Miene, andere überrascht und bewundernd.

Schön war Sofia wirklich: Die im Nacken zusammengebundenen Haare hoben jedes Detail ihrer anmutigen und gleichzeitig ungekünstelten Gesichtszüge hervor, während das prächtige Kleid den perfekten Körper, die Harmonie seiner Formen und Bewegungen hervorhob. Von Blicken ging das Publikum nun zu Bemerkungen über, und die leise gehauchten Worte wurden zu einem Wind, der noch mehr Männer und eifersüchtige Gattinnen ergriff.

Binnen kurzem wurde Sofia zur eigentlichen Attraktion, und nachdem die erste Verwunderung abgeklungen war, wandten die Blicke sich, teils neugierig, teils neidisch, unvermeidlich dem glücklichen Kavalier zu. Die Ersten, die ihn erkannten, entfachten ein Feuer, das sich rasch ausbreitete. Aus den Kommentaren wurde ein anschwellendes Stimmengewirr, in den ersten Reihen lächelte man, während das Augenzwinkern nun von grüßendem Winken abgelöst wurde, welches Andrea erwidern musste, so dass auch Sofia den allgemeinen Aufruhr endlich bemerkte.

»Sie grüßen uns, was soll ich machen?«, fragte sie erschrocken, während sie ihren Blick über die vielen Menschen schweifen ließ, die sie willkommen hießen.

»Erwidert den Gruß«, flüsterte Andrea ihr zu, sein Widerstreben hinter einem Lächeln verbergend.

Nach kurzem Zögern folgte Sofia gehorsam dem Rat und wedelte lebhaft mit der Hand wie ein kleines Mädchen am Fenster.

»So nicht«, gebot er ihr zwischen zusammengebissenen Zähnen, »leichtes Nicken mit dem Kopf und ein Lächeln.«

Sofia riss sich zusammen und passte sich der Verhaltensregel an.

»Andrea!«

Die warme, freundliche Stimme war Andrea vertraut. Fünf oder sechs Schritte entfernt, sprang Luca Foscari mit hoch aufflatterndem Umhang aus purpurroter Seide von der Bühne auf die Terrakottafliesen und kam ihnen entgegen. Er hatte zu diesem Anlass das Gewand des Dritten Priors der Accesi angelegt, der er bis zur Auflösung der Compagnia gewesen war. Unter dem Umhang trug er ein golddurchwirktes, mit einem feinen Blumenmuster besticktes Hemd, während ein roter und ein dunkelblauer Strumpf seine Beine bedeckten. An den Füßen leichte, ebenfalls dunkelblaue Babuschen.

»Willkommen!« Schon bei diesen Worten war sein Blick an Sofia hängengeblieben.

»Ich freue mich, dich zu sehen.«

Die beiden Freunde umfassten einander nach römischer Art an den Unterarmen, wie sie es seit ihren Kindertagen gewohnt waren. Dann wandte Luca sich wieder Sofia zu, und Andrea beeilte sich, sie einander vorzustellen.

»Signora, das ist Luca Foscari, ein guter Freund von mir.«

Lächelnd deutete sie eine Verbeugung an.

»Ich bitte Euch, Signora«, wehrte der Arzt überrascht ab,

»Luca, das ist Signora Sofia Ruis«, murmelte Andrea verlegen. »Wollen wir uns setzen?«

»Natürlich, kommt mit«, sagte Luca, auf die Logen weisend. Er ließ Sofia den Vortritt. »Hier entlang bitte, Signora. Die *Moscheta* wird gleich beginnen.« Als Sofia, die voranging, einen Schritt entfernt war, flüsterte er Andrea zu: »Bist du verrückt, mit ihr ausgerechnet hierher zu kommen?«

»Ein wenig Zerstreuung wird ihr guttun«, sagte Andrea, und in seinen Augen glomm ein besonderes Licht. Luca erstarrte. Doch er nahm sich zusammen und folgte den beiden.

81

Der Schlaf brachte die Freiheit und wurde erwartet wie ein brüderlicher Freund. Der Schlaf brachte die Stille. Es war leichter, zusammen mit den Zellengenossen einzuschlafen, wenn sich Beziehungen des Vertrauens und gegenseitigen Respekts herausgebildet hatten. Denn im Schlaf ist man nackt und wehrlos.

Für die Schlaflosen dagegen war das Warten eine Qual aus den vielen Schlafgeräuschen der anderen. Das Schnarchen vor allem, dann die Bewegungen und Seufzer, das Wimmern und Reden im Schlaf, das die Träume hervorrufen. Die Leibeswinde, laut, stinkend, unerträglich. Das Husten, unvermeidlich in der abgestandenen, ungesunden Luft der Gefängnisse.

An diesem Abend war die Situation in den Gardini dei Letterati besonders schwierig, wegen des üppigen Abendessens mit viel Wein, das Ser Piero Pasqualigo allen Gefangenen und Wächtern offeriert hatte. Obwohl der Adelige wegen Steuerhinterziehung im Trona-Gefängnis einsaß, war es ihm nach monatelangen Verhandlungen gelungen, einem Geschäftsmann aus Treviso einen ganzen Palazzo am Canal Grande zu verkaufen. Und da er gegenüber denen, die ihm schmeichelten, ebenso großzügig war wie geizig gegenüber dem Fiskus, hatte er bei den besten Osterien um San Marco ein großes Festmahl für das Völkchen der Gefängnisse bestellt. Den ganzen Abend lang konnte man aus den Zellen der Mula, Liona, Valiera und Mocina, über die Frauengefängnisse bis hin zu den Kerkern Gradonia und Catolda Trinksprüche und Hochrufe auf Ser Pasqualigo hören. An dem Gelage hatten auch die Literaten teilgenommen, der Schriftsteller de Ulloa und seine vom Unglück verfolgten Freunde, die Buchhändler und Verleger. Sie hatten gesungen, getanzt und bis spät in die Nacht Karten gespielt. Und die Wächter, sogar der Assassino und Visdecazzòn, hatten an diesem Abend die Zügel gelockert und selbst ziemlich viel getrunken, um beide Augen zuzudrücken – im Schlaf natürlich.

Die Einzigen, die sich von der allgemeinen Ausgelassenheit ferngehalten hatten, waren Gabriele Ruis und Mehmet Hasan. Nicht, weil sie keinen Hunger gehabt hätten oder ein Gläschen Wein nicht auch ihnen geschmeckt hätte. Und zumindest bei dem Jungen hatten de Ulloa und die anderen alles versucht, um ihn mit ihrer Fröhlichkeit anzustecken. Doch nein, nichts hatte gefruchtet. Denn das Problem an diesem Abend war ein ganz anderes, mit Traurigkeit oder Unwohlsein hatte es nichts zu tun. Das Problem war in dem Moment entstanden, als Gabrieles Blick auf das schmerzverzerrte Gesicht von Mehmet Hasan gefallen war, jenen zurückhaltenden, schweigsamen Gefangenen, der im äußersten, kalten Winkel der Giardini ein einsames, abgeschiedenes Leben führte. Es war am Morgen passiert, während der Visite von Dottor Dalessi. Der Arzt hatte sich besonders eingehend mit dem Türken beschäftigt, um seinen Schmerz in den Schultergelenken zu lindern, der vom Reißen der Folter herrührte. Denn im Grunde hatte Dalessi dieser am Strick hängende Alte zutiefst leidgetan. Darum hatte er eine seiner Arzneien für ihn zubereitet, eine Mischung aus Leinöl, Lärchenharz und Rosmarin, die er jetzt schon zum zweiten Mal für die Dauer einer Sanduhr auf Mehmets Schultern verrieb. Da der Balsam warm aufgetragen werden musste, hatte Dalessi Gabriele gebeten, eine brennende Kerze unter das Töpfchen zu halten. Dadurch war der Junge in die Nähe des Türken gekommen und hatte sein Gesicht sehen können. Erst war es nur ein Gefühl, ein flüchtiger Eindruck der Vertrautheit, dem Gabriele kein Gewicht beigemessen hatte, auch weil der Doktor ein paar Scherze gemacht hatte, um ihm ein Lächeln zu entlocken. Doch als Mehmet sich ins Licht gedreht und ihn erneut angeschaut hatte, war das Gefühl zur Gewissheit geworden. Da hatte der Gedanke, diesen Mann schon einmal gesehen zu haben, sich in seinem Kopf festgesetzt und war den ganzen Tag nicht mehr verschwunden. Doch wo um alles in der Welt mochte er einem türkischen Teppichhändler begegnet sein? Mögliche Orte gab es viele, vielleicht an der Riva degli Schiavoni, beim Ausladen einer Handelsgaleere. Doch so weit er auch zurückdachte, er erinnerte sich nicht, jemals Teppiche getragen zu haben. Dann vielleicht auf einem Markt oder in der Osteria?

Ein Spiel mit Blicken hatte begonnen, zunächst wenige flüchtige Blicke, verstohlen, jäh und schlecht verborgen, dann immer häufiger und offener. Die Beharrlichkeit seiner Blicke hatte bewirkt, dass sie von der anderen Seite erwidert wurden. Um die Mittagszeit war es Gabriele während eines solchen Blickwechsels sogar vorgekommen, als antworte der Türke mit einem Lächeln. Mit diesem Lächeln und seiner Absichtlichkeit wuchs Gabrieles Gewissheit, diesen Mann schon einmal gesehen zu haben, und er kam noch einen Schritt weiter, als diese Erinnerung sich mit einem traurigen Ereignis verband. Denn unwillkürlich fiel ihm die Explosion der Celestia ein, und ihm war, als erlebte er noch einmal deren furchtbare Gewalt. Da hatte er das Bild des Mannes urplötzlich klar vor Augen, und vor Aufregung, dass er ihn wiedererkannt hatte, kippte er rücklings von der Bank. Er wollte schreien vor Staunen oder vor Entsetzen, doch der Aufprall mit dem Rücken gegen die kalte Wand ließ ihn nach Luft schnappen und erstickte seinen Schrei. Ja, wie ungewöhnlich und unmöglich es auch scheinen mochte, dieser Türke war der alte Pilger auf dem Weg ins Heilige Land, der Gabriele bezahlt hatte, damit er über die Mauer des Klosters der Celestia stieg und Botschaften hin- und herbrachte. Zwar waren die Haare länger, auch der Bart, er war abgemagert, und die Falten waren in seinem Gesicht tiefer. Doch er war es, kein Zweifel. Gabriele musste ihn sich nur in dem armseligen Gewand mit Kapuze vorstellen, um erneut das listige Funkeln in seinen Augen zu sehen, wenn er lächelte. Nachdem er nun Gewissheit erlangt hatte, begann er über die Sache nachzudenken und einen Grund für diese unglaubliche Verwandlung zu suchen. Als er ihn nicht fand, zweifelte er wieder an seiner Gewissheit. Ach was, von wegen Pilger und Christ, dieser Mann war ein Türke, ein schmutziger, erbärmlicher türkischer Händler, der in Ungnade gefallen war wie Gabriele. Der Junge hatte sich gerade in dieser Überzeugung eingerichtet, da blickte Mehmet ihn wieder an und schien ihm abermals zuzulächeln, als würde er ihn gleich ansprechen oder hätte den brennenden Wunsch, es zu tun. Wieder packte ihn der Zweifel, bewog ihn zur Sinnesänderung, ja, dies war der Mann, den er getroffen hatte, und mit sich selbst grollend, weil er es nicht über sich brachte, aufzustehen und zu ihm zu gehen, um das Problem mit einer unschuldigen Frage zu lösen, drehte Gabriele sich zur anderen Seite und versuchte, ihn nicht mehr anzusehen.

So war es bis zum Abend weitergegangen, auch noch während des fröhlichen Gelages, bis die Zellengenossen in den tiefen Schlaf der Betrunkenen gefallen waren. Während alle ausgestreckt auf Strohmatratzen oder den Bohlen des Fußbodens schnarchten, tat Hasan das, was Gabriele erwartet hatte: Er gab ihm ein Zeichen, näher zu kommen. Ohne lange zu überlegen, ohne etwas anderes zu wollen als Klarheit, ging Gabriele zu ihm.

Der Türke lächelte ihn an, wegen der Schmerzen konnte er sich nicht bewegen, aber er zeigte Gabriele eine kleine hölzerne Schachtel auf dem Bord.

»*Onu alabilirsin*«, sagte er mit kaum vernehmlicher Stimme.

Das ist seine Stimme, dachte Gabriele, er will, dass ich die Schachtel nehme. Er nahm den Gegenstand vorsichtig mit beiden Händen und gab ihn dem Alten. Mehmet öffnete den Deckel, zog ein winziges Ding heraus und reichte es Gabriele. Es war ein Schmetterling mit ausgebreiteten Flügeln.

»*Şeker, Şeker*!« Der Alte bedeutete ihm mit einem Zeichen, das Stück zu essen.

Gabriele sah es sich genauer an: Es war aus Zucker, ein perfekter, hübscher Schmetterling aus Rohrzucker. Der Junge fand es schade, so etwas Schönes zu essen, und schüttelte den Kopf.

Mehmet lächelte, holte etwas aus der Schachtel, was wie eine Sonnenblume aussah, und steckte es sich in den Mund. Beim Kauen erhellte sich sein Gesicht vor Begeisterung.

»*Hadiye bu Şekeri*«, forderte er den Jungen erneut auf.

Gabriele brachte das Zuckerstück an seine Lippen und leckte mit der Zungenspitze daran. Es war sehr süß, schmolz sofort und berauschte ihn. Schon bot der alte Türke ihm den Kopf eines Pferdes an: »*At*.«

Gabriele kannte dieses Wort, weil sein Vater ihm oft von der Schönheit der türkischen Pferde erzählt hatte. »Pferd«, wiederholte er, nahm den kleinen Kopf aus Zucker und ließ ihn sich genüsslich langsam auf der Zunge zergehen. Er spürte seine Kräfte und Lebensfreude zurückkehren.

Dann labten sie sich gemeinsam an dem Zuckerkonfekt, das schon bald zur Neige ging. Es blieben ein letzter Stern und eine Frage.

Der Alte reichte Gabriele das Zuckerstückchen, doch der zögerte, es zu nehmen. Er blickte umher, um sicherzugehen, dass alle schliefen, und beugte sich zu dem Mann vor. »Ich weiß, wer Ihr seid«, flüsterte er ihm mit verschwörerischer Miene zu.

Der Alte runzelte die Stirn, lächelte ihn an und bedeutete ihm, er solle den Zuckerstern nehmen: »*Yildiz*.«

Gabriele nahm ihn, legte ihn sich auf die Zunge und schloss die Augen vor Wonne. Als er sie wieder öffnete, versuchte er es noch einmal: »Warum redet Ihr so mit mir? Warum spielt Ihr einen Türken?«

Gabriele wartete auf eine Antwort, doch als Erwiderung bekam er nur ein Lächeln, und wieder erfüllte ihn die Unsicherheit, ob er sich geirrt hatte.

In diesem Moment wurde der Schlüssel in das Schloss des Riegels gesteckt und begann sich zu drehen. Das Licht einer Fackel erhellte die Giardini, und einer der Gefangenen öffnete ein Auge, während ein anderer, jäh aus dem Schlaf gerissen, sich aufrichtete. Begleitet von einem Wächter stürmten zwei Fanti der

Zehn, jeder mit einer Büchse auf dem Rücken, durch die große Zelle direkt auf Mehmet zu.

»Aus dem Weg, Junge!«, befahl einer der beiden, und Gabriele wich erschrocken auf allen vieren, wie ein Krebs rückwärts über den Boden kriechend, zurück. Die Fanti packten den Alten unter den Achseln und zogen ihn hoch, was ihn vor Schmerz aufschreien ließ. Ohne ein Wort zu sagen, schleiften sie ihn hinaus. Die Tür wurde wieder geschlossen, und in den Giardini blieb nichts zurück als der Rauchgeruch der Fackel und die Verwunderung all jener, die aufgewacht waren.

82

»Wo mögen meine Hühner bloß hingelaufen sein, Mutter?«

Der Auftritt der Betía war der Moment, auf den das Publikum gewartet hatte, und sie wurde mit rauschendem Applaus und Lachsalven empfangen. Die Hauptfigur der Komödie war rückwärts aus der Tür eines Hauses getreten, gebückt, mit wehendem Rock. Sie rief nach ihren Hühnern, ohne zu bemerken, dass ihr Nachbar Menato auf ihren breiten Hintern starrte.

Sofia, die in der ersten Loge auf der Seite der Vorbühne saß, die Arme auf die hölzerne Brüstung gestützt, lachte schallend. Sie lachte weiter, bis ihr die Tränen kamen, als Betía sich umdrehte und sich als verkleideter männlicher Schauspieler entpuppte.

Präzise wie eine zuschnappende Mausefalle rief Betía mit jedem ihrer Worte unbändige Heiterkeit beim Publikum hervor, deren Wellen auch bei den Damen neben Sofia und den jungen Edelmännern neben Luca und Andrea die schwachen Dämme des Anstands brechen ließen. Letztere bildeten in dem Grüppchen der Loge und in der ganzen begeisterten Zuschauermenge die eigentliche Anomalie, denn ihre Mienen waren angespannt und sorgenvoll. Luca beugte sich zu Andreas Ohr.

»Der Mann, der die Äbtissin Vivarini umgebracht hat, ist auch der Mörder von Tonino Ruis«, sagte er. »Die tödlichen Verletzungen sind identisch, man hat mit einem spitzen Eisen, einer großen Nadel, etwa eine Spanne lang, auf der Höhe des Herzens zugestochen.«

Andrea blickte ihn an, dann fragte er: »Stand das im Totenschein der Provveditori alla sanità?«

»Ja, es hat dort gestanden, wurde aber gelöscht. Geheimhaltungsbefehl der Zehn.«

Bestürzt fragte Andrea: »Wie hast du dann …?«

»Sie haben vergessen, das darunterliegende Blatt zu entfernen«, erklärte Luca. »Die Feder hat auf dieses Papier durchgedrückt, als ich mit dem Kohlestift darüber gegangen bin, ist der Satz zum Vorschein gekommen, aber ich hatte furchtbare Angst, es war sehr gefährlich.«

»Ich danke dir dafür.«

»Noch einmal tue ich so was nicht, vergiss es. Ich möchte in Ruhe und Frieden leben.«

In diesem Moment drehte Sofia sich zu ihnen um, und ihr strahlender Ausdruck schien sofort zu erlöschen, als sie Andreas beunruhigten Blick sah. Er machte ihr ein Zeichen, bemühte sich zu lächeln. Sie wollte ihm glauben, erwiderte das Lächeln und wandte sich wieder der Komödie zu.

»Sie ist wirklich schön«, bemerkte Luca flüsternd, »und für eine Frau aus dem Volk trägt sie ein verflucht kostbares Kleid.« Andrea zögerte, hustete. Luca musterte den Freund zweifelnd, dann wurde sein Ton schärfer. »Jedenfalls scheint es mir sehr unvorsichtig, sie hierher zu bringen.« Er wies auf die Logen an der gegenüberliegenden Seite. »Hast du nicht gesehen, wer da ist?«

Andreas Blick fiel zuerst auf einen Cavaliere im prächtigen Gewand der Accesi. Er war von kräftiger Statur, der unverwechselbare schwarze Haarschopf und der dunkle Bart ließen keinen Zweifel: Andrea Dolfin, ehemaliger Schatzmeister der Accesi und Taddeas älterer Bruder. Seine beiden halbwüchsigen Söhne,

Daniel und Benetto, saßen neben ihm und schienen sich köstlich zu amüsieren.

»Als ihr angekommen seid, sprach ich gerade mit den Dolfin«, sagte Luca.

Im Schatten der Loge sah Andrea einige weibliche Gestalten, aber es war zu dunkel, um Taddea zu erkennen. »Ist sie auch da?«, fragte er nur.

»Natürlich«, antwortete Luca sofort. »Seit Wochen sprecht ihr nicht mehr miteinander, meinst du nicht, dass …?« Er konnte den Satz nicht beenden.

»Signori, wenn Ihr so viel zu besprechen habt, warum tut Ihr das nicht draußen?«

Beide drehten sich um. Der junge Mann, der neben ihnen saß, ebenfalls im Gewand der Accesi, sah sie ärgerlich an.

»Entschuldige, Domenego«, sagte Luca eilig. Er wechselte einen Blick des Einverständnisses mit Andrea, und ohne dass es noch eines Wortes bedurft hätte, erhoben sich beide so leise wie möglich und verließen die Loge. Draußen kamen die Stimmen der Schauspieler, auch der Applaus und das Gelächter gedämpft an.

»Was hast du sonst noch entdeckt?«, drängte Andrea.

Luca schloss halb die Augen, und winzige Falten zeichneten sich in seinen Augenwinkeln ab. »Lass die Hände von dieser Geschichte, bitte hör auf mich!«, sagte er und sah Andrea eindringlich an. »Vergiss, was in der Celestia und im Kloster San Giacomo geschehen ist. Vergiss diese Toten. Zieh dich aus der Sache raus.«

»Was redest du da?«

Luca seufzte. »Ich werde es dir anders sagen: Ich will nicht, dass du die nächste Leiche bist, bei der ich eine Autopsie durchführen muss. Ist das klar?« Andrea sah den Freund nur stumm an. »Und um noch deutlicher zu werden, erzähle ich dir, dass jene alte Nonne, die erste Tote im Kloster San Giacomo, vergiftet wurde.

»Suor Clara?«

Luca nickte. »Genau die. Leonardo Fioravanti und ich haben die Sektion gemacht. Das Herz war gesund, sie hatte keine inneren Blutungen, auch keine schwarzen Steine in der Leber oder in den Lungen. Aber ihre Gliedmaßen waren verspannt, von Krämpfen deformiert, die Augen aus den Höhlen getreten. Fioravanti kennt sich gut aus mit der Wirkung bestimmter Pflanzen. Seiner Meinung nach, und ich pflichte ihm bei, wurde Suor Clara mit Teufelskraut vergiftet.«

»Und die Provveditori alla sanità?«

Luca schüttelte den Kopf. »Sie haben einen natürlichen Tod aufgrund von Herzbeschwerden bescheinigt, aber die Zehn wissen von der Vergiftung, der Sekretär Formento war dabei, als wir den Leichnam geöffnet haben.«

»Es ist also im Kloster San Giacomo passiert, wie bei der Novizin«, stellte Andrea fest. »Der Mörder von Lucia Vivarini und Tonino Ruis«, fuhr er fort, »könnte auch Schwester Clara und Anna Tagliapietra umgebracht haben, weil sie etwas wussten oder gesehen hatten.«

»Vier Tote können kein Zufall sein und sollten dir zeigen, in welcher Gefahr du schwebst.«

»Wenn es eine Verbindung gibt, ist es absurd, zu glauben, dass Gabriele Ruis, ein dreizehnjähriger Junge, dieses Gemetzel angerichtet hätte. Außerdem saß er schon im Gefängnis, als Schwester Clara und die Novizin getötet wurden.«

»Andrea, du bist Anwalt, kein Inquisitor. Überlass das den Zehn!«

»Ich bin Gabrieles Verteidiger.«

»Es wird wohl einen Weg geben, die Verteidigung einem anderen Anwalt zu übertragen.«

»Ich habe Giacomo Zon um den Fall gebeten und ihn bekommen«, sagte Andrea.

Luca sah ihn verblüfft an, dann schüttelte er den Kopf. »Du bist verrückt! Es scheint dir Spaß zu machen, dich in Schwierig-

keiten zu bringen, aber aus diesen Schwierigkeiten hier kommt man nur noch in einem Sarg heraus, Andrea!«

»Ich habe Signora Ruis versprochen, ihr zu helfen.«

»Dann geht es also um die Ehre!«

»Um die Gerechtigkeit«, erwiderte Andrea trocken, »nur um Gerechtigkeit.«

Wieder schüttelte Luca den Kopf. »Du bist ein Träumer! Du gehst mit einer Schleuder in den Krieg und wirst beim ersten Büchsenschuss fallen!«

Andrea musterte ihn finster, als erwartete er eine Fortsetzung. Sie ließ nicht auf sich warten.

»Ich sage dir noch etwas. Ich glaube, dass der Sekretär Formento dich verdächtigt.« Lucas Ton war gleichmütig, scheinbar ohne Gefühl. »Er hat es mir zwar nicht ausdrücklich gesagt, aber er vermutet, dass du eine Liebesbeziehung mit der Novizin gehabt und sie geschwängert hast.«

»Ja, und wahrscheinlich auch, dass ich sie umgebracht habe. Dazu noch Schwester Clara, und weil ich gerade dabei war, auch das arme Kind und Lucia Vivarini! Ihr habt mich entdeckt: Ich bin das Ungeheuer!«

»Formento ist gefährlich, er findet Gehör und Zustimmung bei einer intriganten, moralisch verkommenen Gruppe aus dem Adel. Womöglich deckt er jemanden, der dir schaden will.«

»Glaubst du wirklich, ich wüsste nicht, wer meine Freunde und wer meine Feinde sind? Formento habe ich nie vertraut.«

Luca lächelte. »Und wem vertraust du? Sag mir, wie viele Freunde du hast, auf die du wirklich zählen kannst.«

Andrea schwieg eine Weile, als dächte er über eine Aufzählung nach, die doch sehr schnell gemacht war.

»Auf dich ganz sicher. Oder irre ich mich?«

»Natürlich nicht, und ich danke dir.«

»Dann ist da noch Francesco d'Angelo.«

»Das wären zwei. Und weiter? Mit deinem Vater bist du zerstritten, dein Bruder Alvise ist ein Fremder für dich, du hast mit Taddea gebrochen, und im Großen Rat ertragen sie dich nicht.«

»Bist du fertig?« Verletzt versuchte Andrea, ihn aufzuhalten.

»Von den Gerichten ganz zu schweigen! Du hast dir sogar unter den Anwälten Feinde gemacht, mischt dich überall ein, willst alles immer ganz genau klären.«

»Das Gesetz besteht aus Regeln, nicht aus Interpretationen!«

»Du klingst wie Sebastiano Venier.«

»Gäbe es doch tausend wie ihn!«

»Er ist eine Nervensäge!«

Andrea schüttelte den Kopf und sah den Freund enttäuscht an. In diesem Augenblick erhob sich im Theater, alles übertönend, der tosende Beifall der Zuschauer, der auf die beiden streitenden Freunde wie eine kalte Dusche wirkte.

»Es tut mir leid«, sagte Luca aufrichtig, als der Lärm nachließ.

»Sei unbesorgt.« Andrea lächelte ihn an. »Ich weiß, dass du es für mich tust.«

»In der Stadt herrscht eine üble Stimmung. Die Explosion des Arsenale, all diese Toten … Jetzt beschuldigen sie sogar schon die Juden.« Luca senkte beschämt die Augen.

»Genau darum muss man die Wahrheit herausfinden.«

»Aber nicht allein.«

Die beiden blickten sich stumm an, dann berührte Andrea freundschaftlich Lucas Arm. »Was meinst du, sollen wir wieder hineingehen? Es ist nicht nett, Damen so lange allein zu lassen.«

Luca nickte lächelnd.

»Nutzen wir die Gunst der Stunde! Wer weiß, ob die Zehn morgen noch eine Aufführung dieses Gotteslästerers Ruzante erlauben …«, und mit diesen Worten hakte Andrea ihn unter.

83

Die Boote des Zehnerrates, zwei große, von Rudern am Bug und am Heck bewegte Gondoloni, glitten eine halbe Meile vor der Südspitze der Insel San Giorgio Maggiore zwischen Nebelbänken über das ruhige Wasser. Bald würden sie in den tiefen Canale dell'Orfano zwischen den Inseln San Servolo und San Clemente gelangen, wo die Gezeiten starke Strömungen erzeugten. Der Sack voller Steine lag bereit, zwei Fanti maßen die Länge des doppelt geflochtenen Hanfseils, mit dem sie dem Gefangenen den Sack um den Bauch binden würden.

In der Ferne läutete eine Glocke, und in dem von zwei Positionsleuchten schwach erhellten Dunkel ging der Blick des Alten zum anderen Boot, wo ein Frate seinen Totendienst vorbereitete. Nachdem er die Stola geküsst hatte, legte er sie sich um den Hals, nahm ein Kruzifix, schwang es wie ein Schwert und legte es sich auf die Knie. Nicht weit von ihm saß der Missièr Grande auf der Sitzbank, finster starrte er Mehmet an, als wollte er ihm sagen, dass nun andere an der Reihe waren und es keine Berufungsmöglichkeit mehr für ihn gab.

Der nackte, ausgezehrte Alte versuchte, die hinter dem Rücken gefesselten Arme zu bewegen. Er spürte den Schmerz, der ihm wie eine Klinge in die Schultern drang, und glühende Ringe schienen sich um seine Handgelenke zu spannen, dort, wo der Strick sich in die Wunden der Folter bohrte.

Einen Moment lang überlegte er, ob er sich selbst das Leben nehmen sollte. Er hätte sich nur vom Bootsrand fallen lassen müssen, die eiserne Kette an seinen Fußgelenken hätte ihn in die Tiefe gezogen. Dann hätte er seinen Henkern wenigstens eine ungemütliche Nacht bereitet, sie hätten den Meeresgrund nach ihm absuchen müssen, denn trotz der Kette wäre seine Leiche, aufgedunsen von den fauligen Gasen, die alles tote Fleisch ausdünstet, nach wenigen Tagen wieder aufgetaucht und hätte allen die von den Zehn gewollte, grausame Marter offenbart. Die

Vorstellung, selbst den Zeitpunkt seines Todes wählen zu können, begann ihm zu gefallen, und schon berechnete er die Entfernung zwischen sich und dem Henker, »Vollstrecker der Gerechtigkeit« genannt, der mit einer Kapuze über dem Gesicht vor ihm mitten im Boot saß. Doch der hätte den Alten im Nu festhalten können, während ihm wegen der Schmerzen, der Fesseln, seiner menschlichen Bindungen und seines Alters die nötige Behändigkeit fehlte.

Nein, er würde es nicht schaffen. Seine Augen suchten weiter, bis zur Bank am Heck, wo Formento saß und gebratene Polenta aß, gierig und gleichgültig gegenüber dem Schicksal anderer. Der Alte dachte an seine Seele. Welchen Platz mochte sie in der großen Weltseele einnehmen, die alles umfasst? Hass verspürte er nicht. Höchstens Bedauern, dass er seine Peiniger hatte gewähren lassen. Er hätte früher fliehen sollen. Doch dann war das Hochwasser gekommen, die Verlegung in die Giardini und alles andere. Nachträgliche Reue war nutzlos. Er dachte wieder darüber nach, wie er dem Tod entgehen konnte.

Ich müsste alles gestehen, dachte er. Und dann? Das Urteil hatten die Zehn schon gefällt. Vor dreißig Jahren. Also hätte er nur etwas Unvermeidliches aufgeschoben. Andererseits hätte ein so sinnloser Tod das Scheitern seines Lebens besiegelt und das gebrochene Versprechen.

Aus dem Nebel tauchte dicht neben der Gondel eine Gruppe Anlegepfähle mit einer Laterne auf, sie markierte das linke Ufer des Kanals.

»Bringt die Boote nebeneinander!«

Bei dem Befehl des Missièr Grande hielten die Ruderer inne, dann trieben einige Schläge des Ruders am Heck die Boote aufeinander zu, bis sie nur noch sechs Fuß voneinander entfernt waren.

Der Alte hob die Augen zum Himmel, und in einem Spalt zwischen zwei Nebelschwaden sah er nach etlichen Tagen die Sterne wieder. Viele waren es, unzählige Sterne aus hellem Silber.

Eilig, bevor eine neue Nebelbank wieder alles verdeckte, suchte er zwischen Westen und Norden nach dem Sheliak, dem Sternbild Leier. Er fand es, leuchtend und zuverlässig, dasselbe Sternbild, das er in den Nächten in Uşhak hatte sehen können. Gleich darunter erkannte er den Al-ta'ir. Er lächelte, weil er an seine grenzenlose Liebe dachte, die ihn immer begleitet hatte. Als er versuchte, den Kopf zu heben, um bis zum Zenit des Himmels zu blicken, durchfuhr ihn schneidend der Schmerz. Doch er sah Caph, den Stern der Tagundnachtgleiche im Frühling, und verband ihn mit dem Polarstern, der die Kälte brachte. Die wahre Kälte, die er in sich trug. Er spürte, wie an dem Strick um seinen Leib gerissen wurde, und sah die beiden Fanti, die den Strick festzogen, an dem der Sack mit Steinen befestigt war.

»*Dies irae, dies illa, solvet saeclum in favilla*«, begann der Frate die an das jüngste Gericht gemahnende Totenmesse zu beten, indem er das Kruzifix mit der Rechten hob und es zu dem Verurteilten hinstreckte. »*Teste David cum Sibylla. Quantus tremor est futurus.*«

Das Boot begann zu schlingern, während die beiden Ruderer es neben dem anderen hielten.

»*Quando iudex est venturus, cuncta stricte discussurus!*«

Ein dickes Brett wurde durch die Luft geschwenkt, um dann mit einem dumpfen Schlag auf den Rand des anderen Bootes zu fallen. Das war der Steg, auf den der Alte steigen musste, um zu sterben. Wenn es noch eine Möglichkeit gab, musste er es jetzt versuchen.

»*Tuba mirum spargens sonum per sepulcra regionum, coget omnes ante thronum.*«

Formento erhob sich, dabei warf er das letzte Stück Polenta ins Wasser, und sofort stürzte sich ein Schwarm Meeräschen auf den unverhofften Brocken. Man hörte ihre Flossen das Wasser peitschen und die Mäuler zuschnappen. Ein rasches Zucken, dann herrschte Stille.

Ist es möglich, dass alles so endet? dachte der Alte.

»*Mors stupebit et natura, cum resurget creatura, iudicanti responsura ...*«, flüsternd stimmte der Sekretär der Zehn ein und bekreuzigte sich. Dann sah er den Missièr Grande an und rief mit lauter Stimme: »Tut Eure Pflicht!«

»*Liber scriptus proferetur, in quo totum continetur, unde mundus iudicetur.*«

Die beiden Fanti traten vor, die Planken der großen Gondel ächzten. Der Alte fühlte, wie er hochgezogen wurde, es war, als zerrissen seine Schultern. Man stützte ihn, während der Henker die Knoten des Stricks um den Bauch des Verurteilten kontrollierte und seine Finger dann bis zu dem Sack voller Steine glitten, um zu überprüfen, ob der schwere Ballast fest mit dem Körper verbunden war.

»*Iudex ergo cum sedebit, quidquid latet apparebit, nil inultum remanebit.*«

Dann ergriff er den Sack mit beiden Händen, hob ihn hoch, überprüfte das Gewicht, und seine Erfahrung sagte ihm, dass es genügte. Er legte den Sack auf den Steg, kletterte hinterher und schleifte ihn in die Mitte der Planke. Das Holz bog sich unter seinen Füßen, und die Boote gerieten ins Schwanken. Der Henker beeilte sich, zurück ins Boot zu springen, denn es war nicht leicht, dort oben im Gleichgewicht zu bleiben.

Jetzt war der Alte an der Reihe, bevor die Gondeln auseinanderdrifteten und der Steg ins Wasser fiel. Der Henker griff ihn an den Armen und hielt sich hinter ihm, damit er ihm nicht in die Augen sehen musste.

Der Alte spürte, wie er gepackt wurde. Eine unendliche Müdigkeit hatte sich seiner Seele bemächtigt. Im Grunde war das Sterben ein erträglicher Schmerz, die langersehnte Freiheit, eine einfache Bewegung. Es würde genügen, sich fallen zu lassen und ein wenig zu warten, dann würde er sie wiedersehen, und sie würde ihn mit einem Lächeln empfangen. Er sah, wie der Frate im anderen Boot das Kruzifix gegen ihn ausstreckte.

»*Rex tremendae maiestatis qui salvandos salvas gratis, salva me fons pietatis* ...«, deklamierte der Priester, wie es seine Pflicht war.

Ich muss weiterleben, dachte der Alte, als er sich am Rand des Abgrunds sah und zu seinem alten Hass zurückfand.

»Ich bin Venezianer!«, schrie er im venezianischen Dialekt mit der ganzen Kraft, die ihm geblieben war, die Stimme des Frate übertönend. »Um der Herrlichkeit und Liebe Jesu willen, ich bin Venezianer!«, schrie er, um sich noch lebendig zu fühlen. »Um der Herrlichkeit und Liebe Unseres Vaters und der Jungfrau Maria willen, seid meiner armen Seele gnädig! Es lebe San Marco!«

Der Frate verstummte und ließ das Kruzifix langsam sinken.

»Der Türke ist Venezianer!«, rief der Henker.

»Ja! Ich bin Venezianer und Christ!«, schrie der Alte erneut.

»Halt! Im Namen Gottes!«, schrie der Priester, während er den Sekretär anblickte und das Kreuz gegen ihn schwang.

Formento fuhr sich mit der Hand über den Bart und sagte nichts. Er schien nicht überrascht, als hätte er etwas Derartiges erwartet. Er drehte sich zum Missièr Grande um. Der Mann in der schwarzen Toga blickte ihn an und schien zu lächeln.

»Bring den Verurteilten zurück!«, befahl Formento dem Henker, der sofort gehorchte und auch den Sack mit Steinen vom Steg herunterzog. Bei dieser Bewegung fing das Boot heftig an zu schlingern, und der Alte fiel am Boden der Gondel auf die Knie.

»Du bist also Venezianer und Christ?«, knurrte Formento ihn an.

»Ja, Eccellenza, Signore, bitte vergebt mir! Ich heiße Jacomo Dragan, Sohn von Tommaso, Glasmacher aus Murano, geflohen und zum Türken geworden, um mich vor Ungerechtigkeit zu retten!«, keuchte der Alte mühsam.

»Und das soll ich dir glauben?«

Der Alte faltete die Hände. »Es ist die Wahrheit!«

»Du bist ein türkischer Spion!«

»Vergebt mir, Signore, ich bin kein Spion, nur Schuldner!« Und er warf sich, die Hände vor dem Gesicht, völlige Unterwerfung vortäuschend, zu Formentos Füßen nieder.

»Erbarmen, Signor Secretario, Erbarmen mit diesem Mann und gewährt ihm die Gunst des Zweifelsfalls!«, rief der Frate aus.

Formento schien zu zögern, dann befahl er: »Die Boote nebeneinander!«

Einen Augenblick später wurde der Steg entfernt, und die Gondeln streiften sich. Formento begab sich zum Bug. Auch der Missièr Grande ging zum Bug.

»Ich gestehe Euch, dass ich einen Moment lang gefürchtet hatte, es würde nicht funktionieren. Eurem Genius gebührt alle Ehre«, sagte der Missièr mit leiser Stimme.

»Das haben wir diesem Jungen zu verdanken, wenn er den Mann nicht enttarnt hätte, hätte er uns unser ganzes Leben lang verspottet.«

»Er hat eine Belohnung verdient und Ihr auch, Signor Segretario.«

»Ich würde mich freuen, wenn ich den Erfolg mit Euch teilen könnte, Messere.« Formento lächelte. »Ich würde sagen, uns bleibt nichts anderes übrig, als zurückzukehren.«

Die beiden trennten sich.

»Die Exekution ist aufgehoben!«, erklärte der Sekretär mit lauter Stimme.

»Wir kehren in den Palazzo zurück!«, schloss sich der Missièr Grande an.

»Danke, Dank sei Euch, hochverehrte Exzellenzen!« Das Weinen brach dem Gefangenen die Stimme, während er sich erneut niederwarf. »Gott möge es Euch vergelten, jetzt und immerdar!« Er schluchzte.

Genau in dem Moment, in dem die Gondeln ihren Bug auf San Marco richteten, wurde der dichte Nebel in das Licht eines

Blitzes getaucht. Gleich darauf zerriss ein dumpfer Donner die Luft, und sein Nachhall glitt über das Wasser, um an den Inseln abzuprallen.

»Von der Festung San Nicolò am Lido wird geschossen!«, rief der Missièr Grande.

Alle drehten sich nach Osten, wo die Blitze aufeinander folgten, und niemand achtete mehr auf den Alten, der, in einem Winkel des Bootes zusammengekauert, das Blitzen beobachtete. Auf sein faltiges Gesicht trat der Schatten eines Lächelns.

84

»Irgendein lumpiges Gewerbe mit Hungerlohn könnte das schönste Gewerbe der Welt sein …«

Beifall, ohrenbetäubend wie ein Hagelschauer auf Glas, begleitet von Gelächter und stampfenden Füßen, umgab den Auftritt eines jungen Mannes, der hinter einem Bühnenbild aus Bäumen und Büschen hervorkam. Er trug einen halben Helm auf dem Kopf und stiefelte waffenstarrend, mit Schwertern, Arkebusen und Dolchen behangen, unter lautem Scheppern wie ein Topfverkäufer am Himmelfahrtsfest über die Bühne. Er ließ die Waffen klirrend vor seine Füße fallen und setzte sich erschöpft auf eine Truhe.

»Dass die Deutschen und Franzosen der Teufel hole! Grad jetzt, wo ich mich in ein Mädchen von nebenan verliebt hab und kurz davor war, mir meine Zugabe abzuholen …«

Sofia lachte mit Tränen in den Augen. Andrea, der mit Luca in die Loge zurückgekommen war, beobachtete eher sie als das Geschehen, denn der Lichtkreis über der Bühne hob ihr Profil hervor und umgab es mit einem geheimnisvollen Schein. Ihre Lippen schienen aufzuleuchten, wenn sie sich öffneten, und ihre Haare schwangen, in Kupfertönen schimmernd, bei jedem Beben des Körpers. Andreas Blick glitt an dem Kleid herab, das

Maestro Foppa ihr auf den Leib geschneidert zu haben schien, damit es jede ihrer Bewegungen unterstrich. Als er der Biegung ihres Rückens folgte, von den Schultern bis zur Taille, schwindelte ihm. Er schloss die Augen und stützte beide Hände auf die Rückenlehne des Vordersitzes. Die Berührung mit dem Holz gab ihm sein Gleichgewicht wieder. Er atmete tief ein. Als er sich Luca zuwandte, sah er, dass der Freund ihn beobachtete.

»Fühlst du dich nicht gut?«, fragte er flüsternd.

Im ersten Augenblick begriff Andrea nicht einmal die Frage, sondern starrte ihn nur verblüfft an, so dass Luca sich bemüßigt fühlte, hinzuzusetzen: »Du bist blass wie mit Kreide bemalt.«

Als hätte sie die Gefühlsregung bemerkt, drehte auch Sofia sich um, und ihr Lachen wurde zu einem strahlenden, innigen Lächeln.

Schon beugte sich Luca zu ihm hinüber, und seine Lippen streiften Andreas Ohr. »Wenn meine Erfahrung mich nicht trügt, scheint diese Frau von dir sehr eingenommen zu sein.«

In diesem erwartungsvollen Moment wurde die dunstige Luft im Theater San Cassiano plötzlich mit der Wucht eines Donnerhalls vom ersten Schlag der Marangona, der großen Glocke von San Marco, erschüttert. Augenblicklich erstarrte jede Bewegung, alles verstummte und hielt den Atem an. Der Schauspieler brachte kein Wort mehr heraus, und der Lärm im Publikum erstarb wie ein erlöschendes Flämmchen.

Das Trägheitsmoment der großen Glocke war so stark, dass man alle Finger an einer Hand abzählen konnte, bevor der nächste Schlag folgte, und so lang war die Stille zwischen zwei Schlägen, dass man sogar zweifeln konnte, ob man recht gehört hatte. Doch in dieser Nacht kam der zweite Schlag pünktlich und ließ das Holz im Zuschauerraum vibrieren.

»Die Feuerwachen!«, rief Sofia bestürzt.

»Feuer! Feuer!«, fingen viele an zu schreien.

Jeder Venezianer kannte die Bedeutung dieser Glockenklänge, die sich von Torcello bis Malamocco über die ganze Lagune

ausbreiteten. Sie regelten das Kommen und Gehen der Arbeiter im Arsenale und unterteilten zusammen mit den anderen Glocken die Stunden des Tages von Sonnenaufgang bis -untergang. Hörte man die Glocke jedoch in der Nacht, sprangen die Menschen aus dem Bett, liefen auf die Calli oder zu den Fenstern, kletterten auf die Altane und schauten zu den Dachluken heraus, um den Horizont nach Flammen oder dem roten, vibrierenden Schein eines Feuers abzusuchen. Zuletzt war das in der Nacht vom dreizehnten auf den vierzehnten September passiert.

Der dritte Schlag kam früher als erwartet, er war deutlich schwächer und eine halbe Oktave höher. Es war eine andere Glocke, die *Trottiera*, die nur erklang, um die Patrizier zur Sitzung des Großen Rates zusammenzurufen. Als auch der nächste Schlag der Marangona folgte, erfasste eine Panikwelle das Theater, die sich in aufgeregten Rufen Luft machte.

»Die Türken! Die Türken!«

»Wir müssen fort von hier«, sagte Andrea mit angespannter Miene und im überraschten Tonfall eines Menschen, der nicht wirklich glaubt, was er sagt.

»Bewahrt Ruhe!«, versuchte der Schauspieler, der den Soldaten Tonin spielte, den Menschen von der Bühne aus zuzurufen. Zwecklos. Die Menge wälzte sich schon die Stufen hinunter, viele stürzten, andere fielen über die am Boden Liegenden, alles drängte auf die Ausgänge zu. Eine hölzerne Wand gab unter dem Druck nach, eine andere aus Tuch wurde aus dem Boden gerissen und zerfetzt. Schmerzensschreie mischten sich mit Flüchen, während die Marangona und die Trottiera wie ein zweifaches Metronom Alarm schlugen.

85

Von den Fondamenta del Carbon bis zur Piazza San Marco sind
es, wenn man die Abkürzung durch die Calle dei Fabbri nimmt,
ein paar hundert Schritte. Man überquert den Rio delle Procuratie auf einer schwankenden Holzbrücke, tritt durch den
Säulengang aus istrischem Kalkstein an der Längsseite der Prokuratien und gelangt auf die Piazza. Ein Weg, den ein junger
Mensch in normalen Zeiten in wenigen Minuten zurückgelegt
hätte. Doch jetzt sollten Andrea, Luca und Sofia fast eine Viertelstunde benötigen, denn während im Sestiere San Paolo nur
eine kleine Menge zu den Anlegeplätzen der Boote drängte, um
sich auf die Terraferma bringen zu lassen, war der Menschenfluss
im Viertel San Marco mächtig angeschwollen und strebte in
die entgegengesetzte Richtung: die halbe Bevölkerung Venedigs
hatte sich in die Calli ergossen und eilte zur Piazza. In dem lärmenden Chaos fiel sofort auf, dass merklich weniger Frauen auf
der Straße waren, aber eine große Menge Freiwilliger strömte auf die Calle dei Fabbri, junge und alte Männer, die alle zur
Piazza San Marco wollten. Wer in diesen Strom geriet, konnte
sich nur noch mitziehen lassen. Im gleichförmigen, unumkehr-
baren Vorandrängen erhitzten sich die Gemüter gegenseitig, der
Rauch aus den Schmieden vermengte sich mit dem Nebel und
die rötlichen Blitze ihrer Öfen mit dem Schein der Fackeln.

»Es wird nicht leicht werden, nach Hause zurückzukehren!«,
schrie Andrea Sofia und Luca zu. »Ich muss zu meiner Kompanie der Fanti!«

»Ich werde Signora Ruis begleiten«, bot sich Luca an und
bahnte sich mit den Ellenbogen einen Weg durch die Menge.

»Das ist nicht nötig, ich komme schon allein zurecht!«, entgegnete Sofia bestimmt, das Kleid fest an sich raffend, das in jedem
Moment zu zerreißen drohte.

»Achtung!«

Andrea fühlte sich am Arm gepackt, Luca hielt ihn zurück

und wies mit dem Kopf auf einen Trupp Soldaten, der in Zweierreihen im Laufschritt aus einer Seitengasse kam.

Sofort erkannte Andrea die Kampfuniform der *schiavoni*, dalmatische und istrische Soldaten, die der Serenissima treu ergeben waren. Sie trugen den Pelzkolpak auf dem Kopf, eine Jacke, ein rotes Wams und enganliegende Hosen mit einer blauen Schärpe um die Taille, an der das Schwert hing. Unter den neugierigen Blicken der Umstehenden, marschierten die Soldaten direkt auf die Prokuratien zu.

»Viva San Marco!«, schrie jemand.

»Via San Marco!«, erklang ein vielstimmiges Echo.

Nach der Anzahl ihrer etwa hundert Fackeln zu urteilen, musste es eine ganze Kompanie sein. Die Männer rochen nach Urin, Schweiß und Knoblauch. Andrea erkannte einige Offiziere, die, den Befehlsstab schwenkend, neben der Truppe herliefen und die Reihen unter fortwährenden Drehungen und Sprüngen vor und zurück kontrollierten, als sähen sie in der perfekten Aufstellung der Truppe eine erste Bedingung für den Sieg.

»Wenn die überseeischen Regimenter aufmarschieren, muss die Lage ernst sein«, rief Luca aus.

»Das könnt Ihr laut sagen, so nah waren sie noch nie«, sagte ein Mann mit weißem Bart und einem jungen, faltenlosen Gesicht. »Es wurden türkische Schiffe gesichtet, zehn Meilen östlich von hier.« Er hatte einen Bogen in der Hand und trug einen mit Pfeilen gespickten Köcher über der Schulter. Vermutlich ein Jäger, der Füchse, Marder und Ratten erlegte. Einer, der Gärten und Hühnerhöfe von Raubtieren befreite. Geduldig wie alle anderen, wartete er den Durchzug der Truppe ab. Andrea betrachtete ihn, betroffen von dieser Mitteilung, die der Mann unaufgefordert und sehr bestimmt abgegeben hatte.

»Sie sind schlau«, fuhr der Unbekannte beflissen fort, als bereite ihm die Sache Vergnügen. »Sie haben den Nebel auf hoher See abgewartet. Mit dem Ostwind und ihren Ruderern sind sie in zwei Stunden am Lido.«

»Woher wisst Ihr das alles?«

»Auf Murano spricht man von nichts anderem«, sagte er geheimnisvoll und wies mit dieser Bemerkung alle Verantwortung von sich.

Wie um seinen Worten Nachdruck zu verleihen, begannen die Sechzigpfundkanonen der Festung San Nicolò zu donnern. In ihr Dröhnen mischte sich der Glockenklang.

Mit den beiden letzten Schiavoni verschwand die Kompanie. Als würde die Schleuse eines Kanals geöffnet, füllte sich die Calle dei Fabbri sofort wieder mit dem Menschenstrom. Der Unbekannte wurde von der Menge verschluckt. Eine scharfe Biegung nach links, eine nach rechts, dann überquerten Andrea, Sofia und Luca, umgeben von der Menge, die Brücke über den Rio delle Procuratie. Nach zwanzig schnellen Schritten erschien im Nebel die dunkle, massige Fassade des Gebäudes, in dem die Prokuratoren von San Marco arbeiteten, und das die gesamte Nordseite der Piazza San Marco einnahm. Der mächtige, dreiflügelige Bau aus mehreren Stockwerken und Mezzaninen dämpfte sogar den Klang der Glocken. Im nächsten Moment wurden alle drei, wie von den sich drehenden Rollen einer Presse ergriffen, mit der Menge in den schmalen Durchgang hineingezogen, der durch die Prokuratien hindurch zur Piazza führte. Man hörte die Schmerzensschreie von Männern, die gegen die Mauern gequetscht wurden. Man hörte Schreie von Leuten, die aus purer Lust am Chaos schrien.

Andrea wurde gegen eine der Säulen des Portikus katapultiert. Instinktiv streckte er die Arme vor und konnte den Aufprall mildern, dann glitt er über die marmorne Oberfläche bis zur Rückseite der Säule und drückte sich mit dem Rücken an den kalten, feuchten Stein, um nicht vom Strom fortgerissen zu werden. Er sah Luca und Sofia in der Menge untertauchen. Es war zwecklos, sie zu rufen, unmöglich, zu ihnen zu gelangen. Staunend blickte er sich um. Noch nie hatte er etwas Ähnliches gesehen oder gehört. Die ganze Piazza San Marco, vom Säulengang der Prokuratien im Norden bis zur Mole im Süden, hatte sich in eine Art riesigen Kasernenhof verwandelt, wo Truppen und unzählige Freiwillige zusammenströmten. Tausende Fackeln, Öllaternen, Lämpchen und Talgkerzen, sogar Kandelaber und Kirchenleuchter bildeten eine strahlende, qualmende Fläche, die in den Nebelschwaden mal deutlicher hervortrat, mal verschwamm. Aus jedem Mund, der sprechen konnte, kamen Rufe, und alle verbanden sich zu einem ohrenbetäubenden, unverständlichen Lärm. Auf der etwas erhobenen Stelle, an der er sich befand, etwa in der Mitte des Säulengangs der Prokuratien, reichte Andreas Blickfeld von der Kirche San Geminiano an der Westseite des Platzes bis zur Kirche San Basso im Osten, neben der Basilika San Marco, und zu einer der beiden Säulen an der Mole sowie dem Campanile, der einen Großteil des Dogenpalastes verdeckte und nur die Porta della Carta und ein Stück der Westfassade frei ließ.

Andrea dachte an seinen Vater, und der Wunsch, ihm in einem so schweren Moment nahe zu sein, stritt mit einem heftigen Widerwillen und dem Impuls, den Platz sofort wieder zu verlassen. Er begann, nach den rotblauen Uniformen der Fanti da Mar Ausschau zu halten, der Truppe, der er angehörte. Dann spähte er wieder angestrengt auf die Stelle, wo Sofia mit Luca verschwunden war, aber er sah nur ein Meer von Köpfen.

86

Pietro Loredan schwankte ein paarmal vor und zurück, dann lehnte er sich mit dem Rücken gegen die Säule an der Ecke des Balkons auf der Vorderseite des Dogenpalastes, die auf die Mole und die Lagune blickte. Er atmete tief ein, füllte seine Lunge mit Luft und stieß einen Teil mit zwei Hustern wieder aus. Das bestickte Taschentuch, das er aus dem Ärmel seiner Toga zog und an seine Lippen legte, befleckte sich mit Blut. Er spürte die feuchte Kälte des Marmors, die den Hermelinumhang, den goldenen Mantel und die Toga aus Samt durchdrungen hatte und ihm nun von den Schulterblättern bis ins Gesäß den Rücken hinunterfuhr.

Er hatte den Saal des Großen Rats verlassen müssen, in dem sich gut tausend Patrizier, die Serenissima Signoria und der Rat der Zehn versammelt hatten, um die dringend nötigen militärischen Maßnahmen zur Verteidigung Venedigs zu beschließen, und war auf den Balkon hinausgetreten, weil er dort drinnen keine Luft mehr bekam und sich einer Ohnmacht nahe fühlte.

»Vater, bitte kommt zurück in die Ratsversammlung.«

Der Doge wandte sich zu der großen Fenstertür aus verbleitem Glas um. Sein Sohn Alvise stand halb auf der Schwelle und halb auf den Marmorfliesen des Balkons, unschlüssig, ob er einen weiteren Schritt nach vorn machen oder in den Saal zurückkehren sollte, aus dem diffuses Stimmengewirr ertönte.

»Hab ein bisschen Mitleid, wenigstens du«, sagte der Doge. »Dort drinnen erstickt man. Um diesen großen Saal zu beleuchten, haben sie mehr Kerzen und Öllampen entzündet, als die Gläubigen in der Madonna dell'Orto brennen lassen.«

Alvise trug die schwarze Toga des Adels, mit einer Schärpe um den Bauch. Er trat zwei Schritte vor.

»Hört Ihr denn nicht, wie sie streiten?«, fragte er, durch den Türspalt auf den Saal weisend. »Zane und Venier beschuldigen sich gegenseitig. Ihr kennt Venier, ich möchte nicht, dass er zu Taten übergeht. Ihr müsst wieder hereinkommen!« Alvise machte noch einen Schritt auf seinen Vater zu, um seinen Worten Nachdruck zu verleihen.

»Was soll ich denn tun? Glaubst du wirklich, meine Anwesenheit könnte die Gemüter besänftigen?«, versuchte der Doge seinen Sohn zu beschwichtigen.

»Venier will die Handelsgaleeren beschlagnahmen, sie mit Fanti beladen und in den Kampf gegen die Türken schicken!«

Das Gesicht des Dogen verzog sich wie das eines angreifenden Raubtiers, die Falten wurden tiefer, die Nase flacher, und die Augen verengten sich zu schmalen Schlitzen.

»Venier kann gar nichts beschließen!«, zischte er grimmig. »Mein Capitano Generale da Mar ist Gerolamo Zane! Er macht die Vorschläge, und der Große Rat stimmt ab!«

»Ja, aber wir werden verlieren. Zane mangelt es an Durchsetzungsvermögen. Viele sind auf Veniers Seite, Alvise Mocenigo an erster Stelle, das habt Ihr selbst gesehen!« Alivse hob den rechten Arm und zeigte mit dem Finger auf den Horizont hinter dem Meer. »Sie glauben, wir müssten uns mit allem, was wir haben, dort hinten den Türken entgegenstellen, ohne zu wissen, auf was wir stoßen!«

Pietro Loredan sah seinen Sohn an. »Wenn eine Mehrheit der Ratsversammlung beschließt, die Handelsschiffe loszuschicken, wird auch unsere Flotte dabei sein.«

»Vater, aber …!«

»Die Loredan ziehen sich nicht zurück, wenn die Republik ruft!«

»Eine Schlacht kann die *Santa Chiara* nicht überstehen«, sagte Alvise angespannt, »dann werden wir sie verlieren!«

»Warum? Sie ist ein starkes, gut bewaffnetes Schiff!«

Alvise schwankte sichtlich, die väterliche Erklärung traf ihn wie eine Kanonenkugel, die sich in das Achterkastell eines Schiffes bohrt.

»Ich muss Euch etwas sagen.« Er zögerte. »Auf der letzten Reise habe ich die Kanonen ausladen lassen.«

Der Doge starrte seinen Sohn an, als müsste er nach dieser unerwarteten Drehung der Kompassnadel den richtigen Kurs wiederfinden.

»Was hast du getan?«, flüsterte er fassungslos.

»Ich habe alle Waffen ausladen lassen, von den schweren Bugkanonen im Mittelgang bis zu den drehbaren Kanonen, und ich habe sie noch nicht wieder an Bord bringen lassen.«

Pietro musterte den Sohn wie jemand, der sein Gegenüber nicht erkennt.

»So wurde die Galeere leichter, darum konnte ich den Sturm überstehen, bin fünf Tage vor unseren Konkurrenten angekommen, und jetzt können wir die Preise bestimmen!«, sagte Alvise, fest davon überzeugt, die Erklärung würde das Risiko rechtfertigen, das er eingegangen war. »Stellt Euch vor, wir haben schon die ganze Ladung indischen Pfeffer verkauft. Der Safran ist bereits von den Deutschen vorbestellt, Zimt und Rhabarber von den Florentinern. Um den Ingwer, die Muskatnuss und den Safran haben die Leute sich förmlich geschlagen!« Er hatte in einem einzigen Atemzug gesprochen, als guter Kaufmann, der den Interessen seines Hauses dient, und jetzt blickte er den Vater erwartungsvoll an, weil er mit Lobesworten rechnete.

»Ist dir klar, was du riskiert hast?« Die Worte des Dogen fielen schwer wie Bleitropfen auf Alvises Begeisterung. »Wo die Uskoken auf dem istrischen Meer kreuzen und die westlischen Piraten die Ägäis unsicher machen, wo Kara Hogia bis in die nördliche Adria hinaufgekommen ist!«

»Habe ich je eines Eurer Schiffe verloren?«, entgegnete Alvise verstimmt.

»Die Schiffe kümmern mich nicht. Du bist der, um den ich mir Sorgen mache!«

»Einer Galeere Geschwindigkeit zu verleihen ist ihre Rettung!«, erwiderte Alvise überzeugt. »Wir sind Kaufleute, keine Soldaten, unsere Schiffe sind nicht für Seeschlachten bestimmt, sondern wir brauchen schnelle Boote, gute Segel und starke Ruderer.«

»Dies ist nicht der rechte Moment, sich zu streiten«, erklärte der Doge. Sein Ton wurde versöhnlicher. »Wie viel Zeit brauchst du, um die Galeere wieder zu bewaffnen?«

Alvise zögerte. »Fünf Stunden für die Kanonen.«

»Das ist zu lang.« Der Doge schüttelte den Kopf. »Wenn sie die Handelsgaleeren einsetzen, wirst du Arkebusenschützen

und Fanti an Bord nehmen.« Seine Miene verdüsterte sich. »Ich habe vergeblich nach Andrea suchen lassen. Weißt du etwas von ihm?«

»Ich habe ihn seit fünf Monaten nicht gesehen, das wisst Ihr.« Alvise Stimme hatte einen bitteren Ton.

»Dein Bruder macht mir Sorgen«, sagte der Doge zitternd, und fast hätte er sich an seinem Sohn festgehalten. »Ich werde mit Zane sprechen, er soll Andreas Kompanie auf unsere *Santa Chiara Capitana* schicken. Steh ihm bei, Andrea hat wenig Erfahrung mit Waffen.«

»Wie Ihr wünscht, Vater«, sagte Alvise widerstrebend. Er wandte sich gen Osten. Die Blitze der Kanonenschüsse erleuchteten die niedrige Wolkendecke, die über die Stadt jagte und die Kreuze der höchsten Campanili streifte.

Pietro packte den Sohn am Arm und zwang ihn, sich umzudrehen. »Er ist dein Bruder, das darfst du nie vergessen!«

Alvise machte ein Gesicht, als müsse er eine bittere Wahrheit verdauen. Dann nickte er leicht mit dem Kopf.

87

Durch das Mittelschiff der Dogenkirche San Marco hallten viele Stimmen, die den Rosenkranz beteten. In allen Kandelabern, Leuchtern und Lüstern, Laternen und Öllampen vom Hochaltar bis den zu Seitenschiffen brannten Kerzen. Die unzähligen Flammen reflektierten sich in den vergoldeten Mosaiken, und ihre Wärme vermischte sich mit dem Weihrauch in der Luft zu einer kostbaren Essenz.

Luca und Sofia gingen durch den Mittelgang zwischen den Sitzreihen, die vom Querschiff bis zum Eingangsbogen reichten. Als die Frauen auf der rechten und die Männer auf der linken Seite die beiden vorübergehen sahen, rückten sie auseinander, damit kein Platz mehr für die Neuankömmlinge blieb. Denn

viele hatten, während sie weiterbeteten, erst mit überraschter, dann mit kritischer Miene den Gang dieser schönen, prächtig gekleideten Edeldame mit ihrem ebenfalls adeligen Begleiter in dem grellbunten, fröhlichen Gewand der Accesi verfolgt. Diese Strenggläubigen, Leute aus dem Volk und dem Bürgertum, die in der Basilika zusammengekommen waren, um die Muttergottes um Hilfe gegen den türkischen Aggressor anzuflehen, waren nämlich überzeugt, dass ein solches Unglück vom allmächtigen Gott als Strafe für den lasterhaften Lebenswandel der Venezianer gesandt war. Luca und Sofia mussten ihnen in diesem Moment als Inkarnation des Lasters erscheinen.

»*Mater Christi ora pro nobis. Mater divinae gratiae, ora pro nobis.*« Vom unteren Rang der Kanzel sprach Luigi Diedo, Primicerius der Kapelle, feierlich die an die Jungfrau Maria gerichteten Litaneien.

Luca wies auf einen freien Platz auf der steinernen Bank am Fuß des letzten Seitenbogens. Sofia raffte ihr weites Kleid und setzte sich, Luca wartete ab, bis die Aufmerksamkeit ihrer Nachbarn sich wieder dem Gebet zuwandte, dann beugte er sich zu Sofia herunter. »Dies ist der sicherste Platz in Venedig«, flüsterte er im Rhythmus der Litanei, den Blick auf den Primicerius gerichtet. »Ich muss ins Krankenhaus, ich bin dorthin abkommandiert. Kann ich noch etwas für Euch tun?«

Sofia antwortete nicht. Ihre Augen waren auf die Öllampe geheftet, die fast direkt über ihrem Kopf hing und um die ein großer Nachtfalter flatterte. In diesem Moment streifte das Insekt die Flamme, geriet ins Trudeln und fiel Sofia vor die Füße, die erstarrte.

»Was habt Ihr?«

Erst als der Falter wieder aufflog und sein tödliches Spiel mit dem Feuer fortsetzte, antwortete sie.

»Ein schwarzer Schmetterling.«

Luca sah sie verständnislos an. »Die Kirche ist voll davon.«

Sofia ließ ihren Blick über die Lichter schweifen, die rings-

umher brannten. Jede Flamme zog einen oder mehrere dieser Falter an, die sie wie besessen umkreisten und immer wieder streiften, um dann zu Boden zu stürzen und kurz darauf wieder aufzufliegen.

»Sie dürften nicht hier sein. Das ist ein böses Omen«, flüsterte sie.

Ein Ausdruck des Unbehagens flog über Lucas Gesicht. »Glaubt Ihr etwa an solche vermeintlichen Vorzeichen, Signora?«

Sie sah ihn verwundert an. »Wie, Ihr denn nicht?«

Luca zögerte. »Das sind nur Schmetterlinge, die vom Licht angezogen werden«, sagte er schließlich im nachsichtigen Ton und mit der leicht überheblichen Miene, mit der Erwachsene auf kindliche Phantastereien reagieren. »Bleibt hier, und Ihr werdet sehen, dass Euch kein Leid geschieht.« Dann stand er auf und verbeugte sich. »Es war mir eine Ehre, Eure Bekanntschaft zu machen, Signora.«

Sofia nickte nur, sie schien gekränkt. Luca winkte ihr kurz zu und verschwand im Seitenschiff, während Sofia ihre Aufmerksamkeit wieder auf die Schmetterlinge richtete, die um die Flammen tanzten.

88

Als Andrea den Saal des Großen Rats betrat, war ihm, als beugte er sich über den Rand eines Bottichs, in dem der Most gärt. Diese Luft war nicht nur stickig, sondern erstickend, gesättigt mit einem Spektrum an Essenzen, das von Kerzenwachs und heißem Öl bis zum Geruch des Atems aus tausend Mündern reichte, die vor kurzem zu Abend gespeist hatten. Und während die Togen, nicht gewechselt oder hastig übergestreift, noch die Spuren der am Morgen benutzten Duftwässer trugen, dünsteten die vom Streit und der Wärme im Saal erhitzten Körper, die sie bekleideten, einen säuerlichen Schweißgeruch aus, den kein Parfüm mehr überdecken konnte.

Dieses Gemisch unterschiedlicher Gerüche hatte Andrea beim Eintreten wie eine Welle überspült. Die nächste Sinneswahrnehmung, die ihn überwältigte, war das, was er nun sah und hörte: Von den mehr als tausend anwesenden Patriziern saßen nur wenige auf ihren Plätzen, die meisten drängten sich um das Podest des Dogen, und die Bankreihen, wo die Ratsherren hätten sitzen, zuhören und gegebenenfalls höflich das Wort ergreifen sollen, waren leer. So erinnerten diese schwarzen Bahnen, die den immensen Saal der Länge nach durchschnitten, an dunkle Ackerfurchen in der trockenen Erde der letzten Augusttage.

Die beiden Eingänge in den Saal des Großen Rats flankierten die Dogentribüne, auf welcher der Doge und seine sechs Consiglieri unter dem Fresko der Krönung Mariä von Guariento saßen. Im Gegensatz zu Kirchentüren, die am hinteren Ende des Kirchenschiffs liegen, weshalb man auch nach dem Beginn des Gottesdienstes, ohne aufzufallen, im Rücken der Gläubigen eintreten kann, waren diese beiden Türen absichtlich so angelegt, dass die Zuspätkommenden oder, schlimmer, diejenigen, die die Versammlung vorzeitig verlassen wollten, an den Pranger gestellt wurden.

In genau dieser heiklen Lage befand sich Andrea, nur achtete in dem herrschenden Chaos niemand auf ihn. Er blickte zum Dogenthron hinauf, doch der war leer. Auf dem Podest standen nur noch der Großkanzler Ottobon und die Consiglieri Zuàne Mocenigo, Matteo Dandolo und Giacomo Miani, ein wenig vorgebeugt, um die wirren Schreie zu verstehen, die aus der vor dem Podest zusammengedrängten Menge aufstiegen. Ein ungewohnter und besorgniserregender Anblick waren die vier mit Arkebusen bewaffneten Arsenalotti, die sich zwischen dem brüllenden Haufen und den vier Dogenberatern postiert hatten, als müssten sie diese beschützen. Doch wenn man genau hinsah, ragten in diesem Archipel aus Schreien und Wortgefechten, zwischen den Köpfen, flachen Hüten und roten und schwarzen Togen hier und da die Hellebarden und Gewehre anderer Soldaten heraus. Der Anblick von Waffen in diesem Tempel des Wortes, einem neutralen und geweihten Ort, erschütterte Andrea so wie damals, als er, ein kleiner Junge, einmal Flüche in der Kirche gehört hatte.

Im Auge des Sturms erkannte er den Gran Savio Grimani, der hitzig mit dem Capitano Generale da Mar Girolamo Zane diskutierte. Letzterer, puterrot im Gesicht, warf dem alten Sebastiano Venier flammende Blicke zu, der sie ebenso zornglühend erwiderte, doch überdies zu Zane hindrängte, als wollte er ihn körperlich angreifen. Nur mit Mühe konnten ihn Admiral Barbarigo und der Sekretär der Zehn, Antonio Milledonne, zurückhalten. In diesem Moment erblickte er seinen Vater und seinen Bruder Alvise.

Sie gingen an der Wand des Saals entlang, wo eine Art Korridor von Streit und Disput frei geblieben war. Alivse fasste seinen Vater unter dem Arm und half ihm, die erste der fünf Stufen des großen Podests hinaufzusteigen, an dessen Seiten sich zwei hohe Tribünen aus Lärchenholz erhoben, auf denen die Redner zu der Versammlung sprechen konnten. Sofort bildeten der Großkanzler Ottobon und die Ratgeber Mocenigo, Dandolo und Miani einen Kreis um den Dogen, als wollten sie ihn beschützen, während Alvise ihnen den Vater anvertraute, indem er einen Schritt zurücktrat.

Der Doge setzte sich nicht, sondern ließ seinen Blick über das Meer von Menschen schweifen, die sich lautstark gegeneinander erzürnten. Plötzlich zog er Ottobon zu sich heran und sprach in dessen Ohr, um sich in dem Getöse verständlich zu machen, das, etwas abgeschwächt, nun dem tiefen Brausen des Meeres glich. Als der Doge zu Ende gesprochen hatte, nickte Ottobon, eilte die Stufen hinab und verließ den Saal. Es brauchte nicht mehr als drei tiefe Atemzüge, da erschien der Großkanzler wieder mit einer Arkebuse in der Hand und erklomm, von keinem einzigen der streitenden Patrizier wahrgenommen, die Stufen des Podests. Einen Schritt vor dem Dogen angekommen, verbeugte er sich unter den bestürzten Blicken der drei Ratgeber und überreichte ihm die Waffe. Der Doge richtete die Waffe auf die Saaldecke voller vergoldeter Sterne auf blauem Grund. Ottobon bohrte sich die Zeigefinger in die Ohren, Mocenigo, Dandolo und Miani folgten seinem Beispiel.

Es war nur ein blinder Schuss, doch darum nicht weniger heftig. So stark war der Rückstoß der Büchse, dass der Doge das Gleichgewicht verlor. Nur das prompte Eingreifen von Dandolo und Miani verhinderte einen gefährlichen Sturz, während der Knall zwischen den Ecken und Wänden des Saals hin und her geworfen wurde und die Rauchwolke aus dem Lauf des Gewehrs zum besternten Himmel aufstieg. Je weiter sich der Rauch ausbreitete, desto stiller wurde es im Saal.

In dieser Stille hörte man wieder das Dröhnen der Kanonen am Lido, das die Fenster erzittern ließ und sich düster auf die verstummte Menge senkte, die den Dogen anstarrte. Dieser rückte sich den Corno Ducale auf dem Kopf zurecht, streckte den Oberkörper vor und gab sich einen Ruck, um sich aus der Umklammerung der Consiglieri zu befreien und wieder eine würdevolle Haltung einzunehmen.

»War das nötig?«, rief er, während er Ottobon die Arkebuse zurückgab und auch seine Ratgeber mit einem strafenden Blick bedachte. Keiner hatte den Mut, etwas zu erwidern. Dann wandte er sich an den Großen Rat.

»Lasst die Schilder sinken und erhebt Eure Herzen!«, sagte er mit lauter, fester Stimme. »Ihr werdet nie aufhören, mich zu erstaunen, verehrte Mitbürger!« Er schaute, langsam den Kopf drehend, über das ganze Rund der Menge, als würde er jeden einzelnen ins Auge fassen. »Ihr seid imstande, über die Grenzen der Welt hinauszublicken und euch dann, wie jetzt, zu zerstreiten und den Kopf in einen Eimer voller Mist zu stecken, während

Ihr darauf wartet, dass San Marco brennt.« Er war auf Einspruch gefasst, doch man hörte nur den fernen Kanonendonner.

In diesem Moment fiel Pietro Loredans Blick auf Andrea. Endlich sehe ich dich, dachte er, und einen Moment lang schien seine von den Ereignissen bedrückte Seele Frieden zu finden. Andrea war zu weit entfernt, aber Pietro hatte den deutlichen Eindruck, dass er ihn mit einem feinseligen Ausdruck fixierte. Es bekümmerte ihn nicht allzu sehr, im Gegenteil, er fühlte sich erleichtert durch Andreas Anwesenheit. Also beschloss er, Macht zu demonstrieren, zog mit einer absichtsvoll theatralischen Geste den silbernen Rosenkranz, den Pius V. ihm geschenkt hatte, aus seinem Gewand und schwenkte ihn vor Ottobons Augen. Der Kanzler hielt noch immer die Arkebuse im Arm wie eine Amme ein Neugeborenes.

»Leg das Gewehr weg, Zuàne, und nimm das hier«, forderte er ihn freundlich auf. »Jetzt betest du den Rosenkranz hier neben mir. Wenn du fertig bist, klatscht du in die Hände.«

Ottobon winkte einem der Arsenalotti, worauf der, über die Stufen springend, als wären es glühende Kohlen, die Waffe an sich nahm.

Loredan wandte sich wieder an den Großen Rat. »Ich warne Euch, durchlauchtigste Messeri«, sagte er mit einer Stimme, in der nicht der leiseste Hauch von Ironie zu erkennen war, »Ihr wisst, dass ich kein Mann des Krieges bin, doch in Kriegszeiten habe ich die Befehlsgewalt, und ich bin gewillt, sie in Gänze auszuüben!«

In der Versammlung erhob sich ein tausendstimmiges Flüstern aus den Fragen und Antworten eines Patriziats, das seit fast dreißig Jahren keinen Krieg mehr erlebt hatte. Loredan ließ den Älteren Zeit, ihren jüngeren Kollegen Erklärungen zu geben. Dann hob er einen Arm. Die Stimmen verklangen, während die Kanonen wieder lauter ertönten.

»Nehmt also Platz, wie Sitte und Tradition es vorschreiben, und tragt dann klar und deutlich vor, welche Maßnahmen Ihr für richtig haltet. Wir haben wenig Zeit, um zu disputieren und Beschlüsse zu fassen, und noch weniger, um zu handeln. Wenn der Großkanzler Ottobon seinen Rosenkranz beendet hat, werde ich auf der Grundlage dessen, was Ihr mir dargelegt habt, meine Ratschlüsse fassen. Für das Wohl von San Marco und mit Hilfe Gottes, des Allmächtigen.«

Pietro Loredan war heiter wie schon seit langer Zeit nicht mehr. Er ließ den Blick über die Sitze schweifen. Andrea saß an seinem Platz, und jetzt schien es Pietro trotz der Entfernung, als könne er seinen Sohn lächeln sehen.

89

Bepo Rosso hatte seine ganze Ausrüstung auf dem ungemachten Ehebett ausgebreitet und betrachtete prüfend jedes Stück: den kleinen Metallhelm, die Muskete, das Horn mit Schießpulver, das Säckchen für Bleikugeln, die Zündschnüre, zwei Pistolen, ein Schwert, das Stilett, zwei Dolche. Währenddessen zog Annina, seine Frau, die Lederriemen seines metallenen Brustpanzers fest.

Der Werkmeister schnürte seinen Hosengürtel zu, nahm das Stilett und das Schwert. »Verriegle die Fenster mit den Querbalken und die Tür mit dem großen Pfahl.« Er steckte das Stilett in die Scheide auf der rechten Seite und das Schwert an die andere Seite. »Bleib im Nordzimmer unter dem tragenden Bogen, halte einen Eimer Wasser und eine feuchte Decke bereit.«

»Ja«, sagte sie leise und schloss die letzte Schnalle. Mit dem erfahrenen Blick einer waffenkundigen Frau überprüfte sie das feste Anliegen des Schutzpanzers am Brustkorb.

»Ich lasse dir die beiden Pistolen da, sie sind geladen.« Der Mann nahm den Helm aus ihrer Hand und setzte ihn sich auf den Kopf, fädelte den Lederriemen durch die Schlaufe, kontrollierte den Sitz des Helms und zog den Riemen fest. »Wenn

es wirklich die Türken sind, werden sie von Venedig nur Blei und Feuer kennenlernen.« Er nahm die zwei Dolche und steckte sie in die dafür vorgesehenen Taschen an den Fersen seiner Stiefel.

»Auf einer dieser Galeeren könnte unser Sohn sein«, sagte Annina bekümmert.

Er streichelte sie sanft. »Wenn er dort ist, werde ich ihn finden. Hab keine Angst.«

90

»Vier Strich Steuerbord.« Am Bug der *Santa Chiara Capitana* gab Alvise den Befehl in festem Ton, aber sehr leise, und ohne die Heckleuchte der vor ihm fahrenden *Sole* von Vincenzo Querini aus den Augen zu lassen. Denn immer wenn Nebelschwaden vorüberzogen, wurde das Licht schwächer, bis es fast verschwand. Der geflüsterte Befehl wanderte unter den Matrosen von Mund zu Mund und erreichte zuletzt den Steuermann am Achterkastell.

Andrea, der neben seinem Bruder stand, weitete den Gurt seines metallenen Brustpanzers um ein Loch, um besser atmen zu können. Die eiskalte, feuchte Nachtluft vermochte nichts gegen die Übelkeit auszurichten, die ihn quälte, seit das Schiff den Anlegeplatz verlassen hatte.

Die große Handelsgaleere hatte wenige Knoten Fahrt, sie segelte nur mit dem dreieckigen Großsegel durch Nebel und Wind. Mit dem Bug voran stampfte sie gegen die lange Dünung. Die gesamte Artillerie am Lido, von der Festung San Nicolò bis San Pietro in Malamocco, hatte das Schießen eingestellt, um die Schiffe, die gegen den Feind fuhren, nicht zu treffen.

Es hatte schließlich doch nicht länger gedauert als ein Rosenkranzgebet. Nachdem der Doge den Großen Rat angehört und einen Kommandanten hatte verhaften lassen, der sein Schiff nicht hergeben wollte, hatte er seine Machtbefugnisse genutzt. Etwa eine Stunde nach Sonnenaufgang gingen an der Küstenlinie von Tre Porti bis Chioggia zehntausend Mann in Stellung, darunter die Infanteriegarde der Schiavoni und Freiwillige von der Terraferma, während eine große Flotte durch die Mündungen des Lido aufs Meer fuhr. In dieser Flotte verbanden sich das kämpferische Wesen von Sebastiano Venier mit dem Pragmatismus Gerolamo Zanes und der geheimnisvollen Fähigkeit des venezianischen Seefahrervolks, in so kurzer Zeit viele Schiffe auszurüsten.

An vorderster Front segelten, über eine Länge von etwa drei Meilen zu einem Halbmond aufgereiht, in Sichtweite ihrer Positionsleuchten, die fünfundzwanzig schlanken Galeeren des Geschwaders der Lagune. Im Abstand von jeweils etwa einer halben Meile folgten drei Handelsgaleeren voller Soldaten, von Fanti da Mar bis zu Arsenalotti. Insgesamt sechstausend Männer waren an Bord gegangen, und sie unterteilten sich in Matrosen, Ruderer, Schützen und Fanti, die auf das Entern und den Zweikampf spezialisiert waren.

Die *Santa Chiara Capitana* segelte in der Mitte der Schlachtreihe, durch die unter normalen Umständen nicht einmal eine auf den Wellen sitzende Möwe hätte hindurchschwimmen können. Das Problem war der Nebel, der sich trotz des Windes noch immer zwischen Lagune und Meer drehte wie eine Katze, die die richtige Stellung sucht, um sich am Feuer zusammenzurollen.

Die beiden Brüder spähten auf das Meer oder auf das, was sie eher ahnten als erkannten. Sie standen auf dem robusten Podest aus Eichenholz an der äußersten Bugspitze. Vor ihnen ragten die hölzerne Galionsfigur der *Santa Chiara* und der Rammsporn auf, dahinter gab es nichts als die schwarze, ölige Fläche der Adria. Die einzigen Orientierungspunkte waren der gespenstische Schein des Lichts in der Ferne und das Klatschen der Wellen gegen die Schiffswände.

»Bei diesem Nebel ist es besser, ein wenig abzustechen, damit wir nicht zu sehr im Windschatten von Querinis *Sole* liegen«, sagte Alvise im Tonfall des guten Lehrers, der seinem Schüler die Geheimnisse seines Fachs verrät. Andrea spürte die ruckartige Bewegung, mit der die Galeere durch das Drehen des Steuerruders nach rechts ausscherte. Zum Stampfen kam jetzt das Schlingern des Schiffes hinzu, weil es die Welle leicht schräg nahm, und das Knarren der Planken verband sich mit dem Knirschen der unter Druck stehenden Takelage. Die zunehmende Geschwindigkeit machte sich deutlich bemerkbar, das Schiff neigte sich um einige Grade nach rechts, und die Adria begann, den Schiffsrand freundlich zu streicheln.

»Dreieinhalb Knoten, Kapitän«, verkündete eine Stimme aus der Tiefe, sie gehörte Pietro Sentini, dem Steuermann.

»Weiter so.« Der zweite Befehl von Alvise hielt die Galeere auf dem neuen Kurs.

Andrea drehte sich zu seinem Bruder um. Sein Anblick gab ihm seit jeher ein Gefühl der Sicherheit, das sich erst im nächsten Moment, wenn Andrea versuchte, sich Alvise zu nähern und mit ihm zu sprechen, in tief empfundenes Unbehagen verwandelte.

»In der Gegend um Istrien muss es einen Nordoststurm gegeben haben«, sagte Alvise, immer noch mit leiser Stimme, wobei er sich breitbeiniger hinstellte und an einer der sechs Wanten aus zwei Zoll dickem Hanf festhielt, die schräg bis zur Spitze des Bugmastes hinaufliefen und ihn leicht vorgeneigt festhielten. Aus der Ferne kam ein rhythmisches, metallisches Hämmern, das noch zur Welt der Menschen mit festem Boden unter den Füßen gehörte. »Sie spannen die Kette zwischen den Festungen San Nicolò und Sant'Andrea, um die Hafeneinfahrt zu sperren«, belehrte Alvise, der jedes Geräusch der Seefahrerwelt kannte, ihn abermals. »Das bedeutet, dass unser letztes Schiff aus dem Hafen gefahren ist. Und es gibt kein Zurück mehr.«

Andrea wurde bewusst, dass sein Bruder ihn, ohne es zu zeigen,

sehr aufmerksam beobachtete. Sein fortgesetztes, der Übelkeit geschuldetes Schweigen würde von Alvise sicher bald als Feindseligkeit gedeutet werden.

»Unser Vater hat heute Mut bewiesen, als er seine Entscheidungen durchgesetzt hat«, sagte er, den Blick nach vorn gerichtet und bemüht, das Zittern in seiner Stimme zu unterdrücken.

»Denkst du etwa, er hätte keinen?«, erwiderte Alvise prompt, und in seiner Stimme lag ein angriffslustiger Unterton, den Andrea nicht erwartet hatte. Er schwieg eine Weile überrascht und unschlüssig.

»Das meinte ich nicht«, erklärte er dann ruhig, auf den Dialog statt auf Streit setzend. »Aber er ist immer ein stiller Mensch gewesen, dem Kommandieren abgeneigt. Erinnerst du dich nicht? Er wollte nicht einmal zum Dogen gewählt werden.«

In Erwartung, dass beider Sicht auf diese unzweifelhafte Tatsache übereinstimmte, wandte Andrea sich zu Alvise, doch der spähte stumm vor sich hin, scheinbar nur darauf konzentriert, dem vom Bug geteilten Wasser zu lauschen und die Aromen der Nacht in vollen Zügen einzuatmen. Andrea, der diese Stille als peinlich und ein wenig demütigend empfand, hätte sie gern unterbrochen, um eine Erklärung zu fordern. Gerade als er dazu ansetzte, breitete sich der rötliche Widerschein der am Mast hängenden Warnleuchte auf dem Brustpanzer aus, den auch Alvise angelegt hatte. Plötzlich erschien Andrea dieser Widerschein wie Blut. Blut, das an den metallenen Kurven der Rüstung über die Tuchhosen herabströmte und sie bis in die Stiefel durchtränkte. Er sah Alvise nach Luft schnappen, am Hals von einem Pfeil durchbohrt. Andrea versuchte, die entsetzliche Vision zu verscheuchen, indem er sich auf die Hände seines Bruders konzentrierte: Mit sicherem Griff umfingen sie die Taue. Beruhigt schloss er die Augen. Dann betrachtete er seine eigenen Hände. Sie zitterten. Er klammerte sich an das erste Seil in seiner Nähe, presste den feuchten, geflochtenen Hanf, doch das Zittern beruhigte sich nicht. Nun griff es auf den ganzen Körper über, begleitete die Übelkeit, verstärkte sie noch und wurde wieder von ihr verstärkt. Andrea fühlte sich wie betrunken, ihm war, als stürzte er ohne irgendeinen Halt, der ihn auf die Erde zurückbrachte, ins Nichts.

Wieder sah er zu seinem Bruder hin. Der folgte selbstsicher seinem Kurs. Also suchte Andrea am Heck nach Schutz vor seiner Qual. Im Unterdeck erkannte er im diffusen Licht der rot gedämpften Öllampen die gekrümmten Rücken der Ruderer. Die Männer hockten auf den Ruderbänken und hielten die Riemen hoch über dem Wasser, bereit, sie beim ersten Befehl des Kapitäns oder wenn der Wind abflaute, sofort zum Manöver einzutauchen. Über ihren Köpfen standen die Fanti da Mar auf dem Mittelsteg der Galeere verteilt. Sie klammerten sich an das starke Tau, das vom Heck bis zum Bug gespannt war, jeder in seinen Brustpanzer gezwängt, den Helm auf dem Kopf, einen kleinen Schild am Unterarm, die Arkebuse auf dem Rücken und das Schwert an der Seite. Unter diesen Jungen erkannte Andrea die beiden Fanti wieder, denen er am Morgen nach der Explosion in der Celestia begegnet war, Molin di Este Zuàne und Martino Albanexe. Sie blickten unverwandt zu Andrea hin, eifrig wie Kinder, die die Aufmerksamkeit ihres Vaters erregen wollen. Er meinte sogar, sie lächeln zu sehen.

Ich bin ihr Hauptmann, fiel Andrea plötzlich ein. Ich bin ihr Hauptmann, wiederholte er in Gedanken, während er die Truppe betrachtete. Wie eine jähe Böe des kalten Nevarino aus dem Norden, der Bäume ausreißt und Segel zerfetzt, presste ihm dieser Gedanke das Herz zusammen und verwandelte die Angst in Entsetzen. Er musste sich beruhigen.

Er drehte sich wieder nach vorne um. Nicht nach rechts zu seinem Bruder, nicht nach links gegen den Wind, sondern geradeaus, zu dem breiigen Nebel, aus dem im nächsten Augenblick ein osmanischer Bug hervorbrechen konnte. Er betrachtete die doppelt verstärkte Enterbrücke aus Eichenholz, die Alvise und er von Tischlern am Rammsporn hatten befestigen lassen.

Von diesem Steg aus, der gerade breit genug war für einen Mann, würden er und seine Fanti Pfeilen und Büchsenschüssen entgegengehen, wenn sie das feindliche Schiff enterten. Er musste der Erste sein. Ein Kreuzzeichen, denn man kehrte nicht um. Der erste, der schwerste Schritt. Wie das erste Weinen oder das letzte Röcheln. Andrea spürte, wie sein Entsetzen zur Panik wurde, das Zittern zu einem Schwächeanfall und die Übelkeit zu einem Würgreflex, der ihm die Speiseröhre hochstieg. Er musste dringend urinieren.

»Unser Vater hat mich heute nach dir gefragt«, sagte Alvise unvermutet mit dem bitteren Ton desjenigen, der sein Zaudern beendet und sagt, was er seit langem auf dem Herzen hat. Diese Worte hatten die Macht, Andrea von seiner Qual abzulenken. Er blickte den Bruder an. Der beobachtete ihn. Wahrscheinlich schon seit einer Weile.

»Er hat dich gern. Er macht sich Sorgen«, fuhr Alvise fort.

Wirkungsvoller als jedes alchemistische Gebräu brachten Alvises Worte den Brechreiz, der Andrea die Kehle hinaufstieg, in Form trockener Huster zum Verschwinden und verwandelten sein Entsetzen in die Erwartung, den Rest dessen zu hören, was Alvise offenbar nur schwer über die Lippen kam.

»Ich habe ihm etwas versprochen«, sagte er langsam, als koste es ihn Mühe. »Ich habe ihm versprochen, dass ich an deiner Seite bin, wenn wir entern.«

»Was wirst du tun?«, fragte Andrea ihn verwundert.

»Ich habe es dir schon gesagt, ich werde an deiner Seite kämpfen und versuchen, zu verhindern, dass du getötet wirst.«

Im ersten Moment vermochten diese Worte, wie ein Hobel, der über rohes Holz fährt, alle Ecken und Kanten der Verbitterung aus Andreas Seele zu tilgen. Mit diesem Satz verkehrte Alvise ins Gegenteil, was Andrea immer von ihm gedacht hatte: dass der Bruder ihn mit der ganzen feindseligen Energie hasste, zu der ein Mensch fähig war. Eine ungeheure Energie, ausgesandt von einem glühenden Splitter, der seit langer Zeit in ihm steckte wie das nicht beseitigte Blei eines Projektils. An der Last dieses Hasses trug Andrea seit dem Tod ihrer Mutter Lucrezia, für den er seinem Bruder die Schuld gab. Jetzt lösten diese Worte den alten Bann, hoben den schweren Stein und ließen dem Strom der Gefühle freie Bahn. Andrea war gerührt, doch zwischen zwei Männern, die in die Schlacht zogen, erschien ihm dieses Gefühl unpassend. Also beschloss er, alle Gefühlsäußerungen auf ihre Rückkehr in die Lagune zu verschieben, wenn es sie noch stärker verbinden würde, dass sie gemeinsam mit heiler Haut davongekommen waren.

»Ich danke dir«, sagte er nur, indem er versuchte, seiner Stimme Würde und Festigkeit zu verleihen. »Doch du musst an das Schiff denken, nicht an mich. Denn nur wenn du es geschickt manövrierst, wirst du mein Leben und das meiner Fanti schützen.«

Einen Moment lang schien Alvise über diese Feststellung und über das Gesetz der »drei Hände« nachzudenken, das jeder gute Kapitän kannte und sich vor dem Entern des feindlichen Schiffes ins Gedächtnis rief: eine schnelle Hand am Ruder, eine sichere Hand am Schwert, Gottes Hand über dem, der entert. Doch Alvise war nicht der Mensch, der ein gegebenes Versprechen zurückzog. »Sei unbesorgt«, sagte er, »ich habe einen guten Steuermann, er weiß, was er zu tun hat.«

Andrea wollte auf diese so typische Bemerkung gerade etwas entgegnen, als sein Bruder sich mit einer brüsken Bewegung den Zeigefinger an die Lippen legte.

»Still!«, befahl er flüsternd mit angespannter Miene. »Riechst du das auch?«

»Was?«, fragte Andrea erstaunt. Doch er bekam keine Antwort, Alvise hatte begonnen, mit kurzen, synkopischen Atemzügen zu schnuppern, dabei blähte er die Nüstern und bewegte den Kopf in alle Richtungen wie ein Spürhund, wenn er die Beute wittert.

»Vielleicht ist es so weit«, flüsterte er und blickte Andrea mit leeren, fiebrigen Augen an. Er beugte sich vom Podest hinunter zu einem der Matrosen auf dem Unterdeck, der ein rotes Band um die Stirn trug und dessen Narben vom fortwährenden Kampf mit dem Meer und den Mannschaften zeugten.

»Bootsmann, absolute Stille!«, zischte Alvise ihm zu. »Schick Bettin rauf. Sofort!«

»Zu Befehl!«, sagte der Bootsmann und eilte schon mit gebeugtem Rücken, als laste ein Sack Korn auf seinen Schultern, über den Mittelsteg. Direkt hinter dem Hauptmast blieb er stehen.

»He, Breitnase, geh zum Kapitän!«, fauchte er dem ersten Ruderer auf der Bank leise ins Gesicht.

»Ich heiße Bettin«, sagte der. Er bestand nur aus Muskeln und Sehnen, die nackten Arme waren tätowiert. Mit hasserfülltem Blick sprang der Ruderer auf, eine Sekunde lang schien er zu einem Prankenhieb auszuholen. Doch er begnügte sich mit einem Blick und war nach wenigen Sätzen auf dem Podest.

»Sag mir, ob du etwas riechst«, befahl Alvise knapp, da der Ruderer an diese Aufgabe gewöhnt schien. Der hielt sich an den Trossen fest und beugte sich weit vor, über die Galionsfigur der *Santa Chiara* und über den Rand der Galeere, wo nur noch der Wind war. Dann sog er die Luft ein, erst mit einem kurzen Schnappen, dann, die Augen schließend, immer tiefer.

»Ja, Paròn, da ist was«, sagte er leise, zwischen Worten und Atemzügen wechselnd. »Eine Meile entfernt, vielleicht weniger«, fuhr er fort. »Gestank nach Tod. Verbranntes Holz.« Der Ruderer sah seinen Kapitän finster an, und der erwiderte den Blick, dann zog er einen Soldo aus der Tasche und gab ihn Bettin.

»Geh zurück an deinen Platz.«

Erfreut verschwand der Mann so rasch, wie er aufgetaucht war. Alvise wandte sich an Andrea. »Bereiten wir uns vor.«

Andrea spürte, wie ihm das Blut in den Kopf schoss, und war darauf gefasst, dass Panik und Übelkeit sich seiner erneut bemächtigen würden. Doch das geschah nicht. Im Gegenteil, er

empfand Kraft und Tatendrang, denn ihm wurde bewusst, dass er Teil einer Mannschaft war. Seiner Mannschaft. Von dieser neuen Energie beseelt, nickte er Alvise zu und streifte dessen Arm. Dann klammerte er sich an ein Tau und ließ sich daran zu seinen Soldaten hinab.

91

Der amtliche Chiffreur Zuàn Francesco Marin war durchaus nicht der Mensch, der eine Stellung räumte. Da er die Sala d'Orba für sich erobert hatte, rüstete er sich jetzt, dem türkischen Angreifer Widerstand bis zum Äußersten zu leisten. Aus der Waffenkammer des Palazzos hatte er sich ein halbes Arsenal aushändigen lassen, zwei kleine *manesche*, leichte, schnell zu ladende Armbrüste, und eine Kiste mit hundert Pfeilen. Ferigo und Pietro wollten nicht hintanstehen und hatten zwei Arkebusen ausgesucht. Ihr Plan sah eine klare Aufgabenverteilung vor: Pietro, ein ausgezeichneter Schütze, sollte das Feuer auf den ersten Feind eröffnen, der am Ende der Loggia auftauchte, und Ferigo, im Laden sehr geschickt, würde den Freund stets mit einer schussbereiten Waffe versorgen.

Ungeachtet dieses ungewohnt kriegerischen Geistes der Chiffreure hatte der Hauptmann zur Verteidigung des Flügels vier Garden abgestellt, und das war sicher auch gut so, denn der alte Kryptograph und seine beiden Lehrlinge hatten trotz der drohenden Gefahr nicht die Absicht, ihre eigentliche Arbeit zu unterbrechen. Der Großkanzler Ottobon hatte nämlich von Angelo Riccio ein neues Dokument zum Entschlüsseln erhalten, das unter Eingeweihten die »Raticosa-Chiffre« hieß, weil es dem Boten von Bianca Cappello am Raticosa-Pass abgenommen worden war.

Kurz vor der allgemeinen Mobilmachung war Marin das Schreiben ausgehändigt worden. Diese neue Aufgabe kam nun zur alten hinzu, welche gelöst zu sein schien, es aber mitnichten war. Denn nachdem der Schlüssel »in vitro« gefunden und der Klartext entziffert worden war, öffnete sich durch die Lektüre des Textes ein neuer, viel steinigerer Weg, ähnlich wie bei Wanderungen durchs Gebirge, wenn man nach jedem Aufstieg hofft, dass nun der Abstieg beginnt, stattdessen aber nur vor einem noch höheren Gipfel steht. Nachdem die Sätze geordnet waren, hatte sich die verschlüsselte Botschaft zunächst problemlos lesen lassen:

Sodann begann er auf folgende Weise zu trennen zuerst nahm er einen Teil des Ganzen danach nahm er ein Doppel desselben hierauf ein Drittel welches anderthalbmal vom zweiten Teil und dreimal vom ersten war dann einen vierten welcher das Doppelte des zweiten war darauf einen fünften welcher das Dreifache des dritten war hierauf einen sechsten welcher achtmal der erste war und zuletzt einen siebenten welcher siebenundzwanzigmal der erste war.

Nach weiterer Klärung und Analyse des Textes war die mathematische Folge deutlich geworden, mit der ein mysteriöses Subjekt »er« wie ein Schöpfergott von einem ebenso mysteriösen »Ganzen« sieben Teile entnommen hatte, die durch mathematische Beziehungen eng miteinander verbunden waren und in Zahlen übersetzt Folgendes ergaben: er nahm einen Teil des Ganzen = 1; ein Doppel desselben = 2; ein Drittel, welches anderthalbmal vom zweiten und dreimal vom ersten Teil war = 3; dann einen vierten, welcher das Doppelte des zweiten war = 4; dann einen fünften, welcher das Dreifache des dritten war = 9; einen sechsten, welcher achtmal der erste war = 8; und zuletzt einen siebten, welcher siebenundzwanzigmal der erste war = 27.

Zuàn Francesco hatte auf eine der beiden weißen Leinwände mit Kohle die beiden Worte IN VITRO und die Zahlenfolge 1, 2, 3, 4, 9, 8, 27 geschrieben, um sodann mit seinen beiden Schülern alles zu erwägen, was man in Sachen kryptographische

Systeme irgend einbeziehen konnte. Sie waren zu dem Schluss gekommen, dass der Klartext nichts anderes sein konnte als eine weitere Chiffre, die einer weiteren Operation der Entschlüsselung harrte. Außerdem gab es noch die beiden Worte »in vitro«, und auch was sie betraf, waren Marin und die Seinen mittlerweile überzeugt, dass sie ihre Funktion als Schlüssel keineswegs erschöpft hatten, sondern ihren kryptographischen Wert, wenngleich in anderer Form, für weiteren Gebrauch unverändert beibehielten. Denn in vitro konnte je nach grammatischem Bezug drei Bedeutungen haben: *im* Glas, also in seinem Inneren, oder *unter* Glas, also von ihm beschützt, oder zuletzt *auf* Glas, auf seiner Oberfläche.

92

Die Schreie und Salven der Arkebusen kamen urplötzlich aus den nebligen Tiefen der Luvseite, und Alvise Loredan begriff, dass die *Sole* oder eine andere Galeere in der Nähe den ersten Kontakt mit dem Türken hatte. Er wartete darum auf das Geräusch von splitterndem Holz, das sich beim Entern krachend ineinander bohrte. Nichts geschah. Nur die Schreie dauerten an, ab und an fiel ein Schuss, und seine Erfahrung sagte ihm, dass das türkische Schiff die Verteidigungslinie durchbrochen haben musste und jetzt, nach dem zunehmend penetranten Geruch zu urteilen, direkt auf sie zukam.

»Riemen raus, Großsegel runter«, sagte Alvise halblaut, und der Befehl wurde wiederholt, bis das Manöver einsetzte.

Die aus den Bordöffnungen der *Santa Chiara* hervorkommenden Ruder machten ein knallendes Geräusch, hinzu kam das Rascheln des großen Segels, das über der Mitte des Decks herabgelassen wurde. Ein Dutzend Matrosen beeilte sich, es an der Rahe zu befestigen, um es wieder auf Halbmast zu setzen und den Durchgang frei zu machen. Das Klatschen der Wellen wurde leiser, ein Zeichen, dass die Galeere an Geschwindigkeit verlor.

»Schützen an der linken Bordwand bereit«, befahl Alvise, und am Ende jeder Ruderbank auf der Luvseite stellte sich ein Schütze in Schießposition auf, um in dieses Nichts aus Nebel zu zielen, das langsam eine graue Färbung annahm. Die Gewehrläufe ragten parallel zu den Riemen aus der Bordwand, so dass das Schiff an einer Flanke aussah wie von einer doppelten Dornenkrone bekränzt. Ein Wink von Alvise genügte, damit Andrea sich an seine Soldaten wandte.

»Fanti zu mir«, sagte er leise und eilte, gefolgt von seinen Soldaten, vom Mittschiff rasch zum Bug mit dem Rammsporn.

Alvise sog witternd die Luft ein. »Das ist der Geruch von Schießpulver«, flüsterte er, »doch diese Stille und der Gestank nach Tod sind sehr merkwürdig. Sie erinnern mich an das Ende einer Schlacht, wenn es nur noch Tote und Verletzte gibt.« Während er das sagte, spähte er auf den Punkt in der Nebelwand, aus dem der Wind kam.

Die *Santa Chiara* stand inzwischen vollkommen still, an Bord hörte man nur noch das Knarren von Holz und das Pfeifen des Nordostwinds in den Wanten. In diesem Moment ertönte im Dunkel luvwärts neben dem Schiff ein leises Plätschern.

»Sie kommen direkt auf uns zu!«

Der Schrei kam von mittschiffs, Alvise drehte sich um, und seine Augen weiteten sich. Andrea, der sich ebenfalls umgewandt hatte, wich sogar einen Schritt zurück, denn im grauen Halbdunkel zeichnete sich eine dunkle Silhouette ab, die langsam die Form eines Wachturms annahm und um das Doppelte über die Bordwand der *Santa Chiara* hinauswuchs.

»Riemen steuerbord mit dem Kurs, backbord dagegen. Steuer ganz nach links!« Während der Kapitän die Befehle brüllte, war sein Blick starr auf den Rammsporn geheftet, der sich, aus dem Nebel hervorstoßend, zum Himmel aufrichtete. Das Banner mit

dem osmanischen Halbmond kam in Sicht, dann der Fockmast mit zerfetztem Segel, die wirr verknäulten Trossen, verbranntes Holz und die langen, unbewegten Ruder parallel zum Meer. Alvise grübelte nicht lange über den Grund dieses verheerenden Anblicks nach, denn die Kollision stand unmittelbar bevor.

In diesen Minuten, in denen wirres Geschrei erklang, das Wasser von den Rudern aufgewühlt wurde, der Bootsmann die Ruderer antrieb und der Steuermann sich mit voller Kraft auf die Ruderpinne warf, begann die Galeere sich langsam zu drehen.

Alivse dachte nur daran, seine Männer zu retten: »Links die Ruder hoch und alles aus dem Heck!«

Auf der Seite, gegen die der Bug des Türkenschiffs prallen würde, hoben sich die Ruder aus dem Wasser und blieben kerzengerade wie Lanzen in der Luft stehen. Die Männer verließen die Ruderbänke und drängten sich auf dem Mittelsteg. Dann stieß der türkische Bug auf der Höhe des Besanmasts gegen die Ruder, und die Luft wurde von Schreien und dem Krachen berstenden Holzes erfüllt. Die zweiunddreißig Fuß langen, gut zwei Spannen dicken Holme, die jeder so viel wogen wie ein kräftiger Mann, brachen wie Reisig, während der Rammsporn zwischen die Takellage fuhr und sie zerriss wie Baumwollfäden.

»Haltet euch fest!«, schrie Alvise.

Der türkische Bug stieß gegen die seitliche Verstrebung, die als Stütze für die Ruder über die Bordwand hinausragte, und riss sie auf. Durch den Stoß neigte die *Santa Chiara* sich auf die rechte Seite, die verbliebenen Ruderer kamen aus dem Rhythmus, und nur wer sich festhalten konnte, kam unversehrt davon. Viele rollten über das Unterdeck, fielen übereinander, ein paar Männer stürzten ins Wasser. Zum Glück hörte das Schlingern bald auf und verebbte in einer seitlichen Drehbewegung der Galeere, bis die Flanken beider Schiffe nebeneinanderlagen. Immer noch zerbarsten Ruder, die so immerhin die Wucht des Aufpralls dämmten.

»Bereit zum Entern!«, befahl Alvise, und auf dem Backbordsteg, mittschiffs bis zum Heck, machten die Matrosen sich bereit, die an Seilen befestigten kleinen Anker auszuwerfen, mit denen sie das Schiff festhaken und neben ihrer Galeere halten würden.

»Fanti bereit!«, rief nun auch Andrea, und ihm schien, als gehörte ihm seine Stimme nicht.

Der hohe Wachturm, dem der herannahende Bug der türkischen Galeere eben noch geglichen hatte, bekam nun, da das Schiff seine Flanke darbot, eine Größe, die der wahrhaftig nicht kleinen *Santa Chiara* ähnlicher war. Außer diesem Größenausgleich zwischen den Gegnern erlaubten die veränderte Perspektive und die Nähe nun auch einen genaueren Blick auf das Deck des feindlichen Schiffes, auf dem, in seltsamer Ordnung aufgereiht, einige Körper lagen.

»Sie sind alle tot!«, rief Andrea aus, derweil die Enterhaken schon durch die Luft flogen und sich in die Wanten und die Bordwände bohrten. In diesem Moment setzte der Gesang ein. Zuerst eine Stimme, dann eine zweite und noch eine. Sie schienen aus der Tiefe der Unterwelt zu kommen.

»*Adoro te devote, latens Deitas. Quae sub his figuris vere latitas: tibi se cor meum totum subiicit, quia, te contemplans totum deficit …*«

Einer der Matrosen, der Enterhaken geworfen hatte, ließ, den Blick starr nach oben gerichtet und einen entsetzten Ausdruck im Gesicht, das Seil fallen, als wäre es der Schwanz des Teufels. Darauf hoben auch die in der Nähe stehenden Schützen und Ruderer die Augen. Als Alvise und Andrea den Blicken folgten, stockte ihnen der Atem. Im grauen Licht des anbrechenden Tages sahen sie an dem großen Kreuz, das die drei Heckleuchten trug, einen Mann hängen. Es war ein Türke, nach seiner Kleidung zu urteilen, und er war an das Holz genagelt wie Christus, der Erlöser: die Arme ausgebreitet, die Füße geschlossen, das Haupt auf die Brust geneigt. Unter dem großen Kreuz hingen noch zwei Gekreuzigte, wie die Verbrecher im Evangelium, an

Kreuze aus Schiffsplanken genagelt. Über den ganzen Mittelsteg verteilt lagen, wie zum Trocknen ausgelegte Felle, mit ausgebreiteten Armen und geschlossenen Füßen weitere Tote.

»Um der göttlichen Gnade willen, tut uns kein Leid an, denn wir haben schon Qualen über jedes menschliche Maß hinaus erlitten!«

Das Flehen stieg aus dem Grund der Galeere auf, von einer jungen Stimme mit starkem süditalienischen Akzent gesprochen, und der Gesang erstarb.

»Wer seid ihr?! Zeigt euch!«, schrie Alvise.

»Wir sind Rudersklaven, Herr«, antwortete die Stimme, »und können uns wegen der Ketten nicht bewegen!«

Alvise wechselte einen skeptischen Blick mit Andrea. »Das könnte eine Falle sein …«, flüsterte er dem Bruder zu, dann wandte er sich wieder an die Stimme. »Was ist passiert?«

»Die Uskoken! Es war vor Unije. Sie haben uns angegriffen. Das ist schon viele Tage her. Sechs schnelle Schiffe, zweihundert Mann … Sie haben die Türken abgeschlachtet und nur uns verschont, die griechischen und spanischen Ruderer, zwei Malteser und mich, der ich aus Neapel bin. Etwa dreißig von uns sind noch am Leben. Die Piraten haben uns Zwieback, Wasser und einen Kompass dagelassen. Dafür mussten wir nach Westen rudern und dieses Schiff mit den Ungläubigen dem durchlauchtigsten Dogen als Geschenk bringen.«

»Was sagst du da? Wo ist der Rest der türkischen Flotte?«

»Welche Flotte, Signore? Es gibt nur diese eine Galeere.«

»Du lügst. Es sind viele Schiffe gesehen worden!«

»Signore, das ist die Wahrheit, Gott sei mein Zeuge. Bei uns war nur ein Beiboot mit achtzehn Rudern, aber die haben sich die Uskoken genommen. Ich habe einen Brief vom Anführer dieser Piraten bei mir, den ich dem Dogen aushändigen soll.«

Wieder wechselten die Brüder einen Blick.

»Ich gehe nachschauen«, sagte Andrea entschlossen, und schon war er hinübergesprungen, den Schild und das Schwert in der

Hand, während der Bug der *Santa Chiara* das Heck der anderen Galeere berührte.

»Bleib stehen!«, hörte er Alvise schreien, als seine Füße auf dem Achterdeck des Feindes auftrafen, neben den Kreuzen. Wenn dies eine Falle war, würde er es jetzt sofort erfahren. Er wartete. Nichts geschah. Er fühlte sich stark: Seine Fanti folgten ihm.

»Wo bist du, Ruderer?«, rief er in den dunkeln Bauch des Schiffes.

»Hier unten, Signore!«

Andreas spähte in die Tiefe, konnte in dem finstern Schiffsrumpf jedoch nichts erkennen.

Unterdessen hatten sich viele Stimmen erhoben, und alle übertönte die seines Bruders, der Befehle nach rechts und links erteilte, der Trompeter begann zu blasen, auch hörte man nun laute Klagen und Rufe auf Griechisch, Spanisch und Maltesisch. Dann stürzte Alvise mit gezücktem Schwert an seine Seite, und mit ihm sprangen in rascher Folge ein Dutzend Arkebusenschützen und mit Laternen bewaffnete Matrosen an Deck. Alvise sagte nichts. Er sah den Bruder nur stumm an, und Zorn lag in seinen Augen.

93

Die *Sole* von Vincenzo Querini hatte gewendet und den Kurs zurück eingeschlagen. Die Segel waren gerefft, nur mit Ruderkraft fuhr sie dem Trompetenschall entgegen, zu dem das Hämmern von Eisen auf Eisen hinzugekommen war.

Kerzengerade auf der Enterbrücke stehend, lauschte Bepo Rosso in seiner Rolle als Hauptmann am Bug auf die Trompetensignale und spähte in den verfluchten Nebel, der die Galeere trotz des Windes noch immer fest umfangen hielt. Neben ihm rief der für das Loten verantwortliche Matrose die Wassertiefe aus: »Sechs Faden.« Sie waren wieder am Rand der Untiefe angelangt, in der Nähe des Leuchtturms von Pietra, ein paar Meilen östlich von der Mündung des Lido. Der Ruf wiederholte sich, dann erschien das Schiff. Zuerst ein dunkler Umriss, der die vertikalen Linien der Masten und Wanten offenbarte. Wenige Sekunden später war die wirkliche Entfernung erkennbar, die sie von der türkischen Galeere trennte.

»Laterne zwei Strich backbord!«, schrie Rosso. Sofort spürte er, dass die Männer am Heck das Ruder herumrissen. Die Sicht wurde besser durch die vielen Lichter, die an Bord brannten. Rosso erkannte die osmanischen Banner, er sah den Trompeter, die Uniformen der Fanti da Mar, die Schützen und die venezianischen Matrosen.

»Unsere Leute sind an Bord!«, rief er.

»Ruder halten, niemand schießt!« Auf den Befehl des Kapitäns senkten sich die hundert Läufe der Arkebusen, und die Ruder hoben sich. Die *Sole* glitt mit dem verbliebenen Fahrtschwung voran, mindestens zwei Knoten schnell, und richtete ihren Sporn auf den Bug, der leer zu sein schien. Bepo Rosso hielt sich an der starken Klüverleiter aus Hanf fest und wartete.

Der Aufprall war so stark, dass der Sporn sich mit seiner ganzen Länge in den Ankerraum bohrte, die viertausend Pfund schwere Stegkanone wegfegte und den Fuß des Fockmastes glatt durchschlug. Die beiden Schiffe verkeilten sich so stark ineinander, dass die Enterbrücke des einen die Fortsetzung des anderen schien und Bepo Rosso nur über ein paar zersplitterte Balken klettern und sich einen Weg zwischen der verhedderten Takelage bahnen musste, um an Bord des feindlichen Schiffes zu gelangen.

Er sah sofort, dass die *Santa Chiara* von Loredan an der gegenüberliegenden Schiffsseite auf ganzer Länge an der osmanischen Galeere anlag. Von den Wellen bewegt, kratzten die zerbrochenen Ruder an der Bordwand wie die Zähne eines Riesenkammes. Der Gestank war unerträglich. Er hörte die

Schritte seiner Kameraden, der Bugmannschaft der *Sole*, und drehte sich um.

»Ihr wartet hier und haltet die Augen auf!«, rief Rosso ihnen in seinem gewohnten Befehlston zu. Die zwanzig Matrosen, die die Autorität eines Werkmeisters des Arsenale niemals in Frage gestellt hätten, rührten sich nicht mehr vom Fleck.

Rosso lief indes mit gezücktem Degen rasch über den Mittelsteg bis zum Hauptmast der türkischen Galeere und blieb dort stehen, mit bestürzter Miene an das Holz geklammert. Vor ihm war der Steg übersät mit Leichen, die jemand mit blasphemischer Sorgfalt dort aufgereiht hatte: die Arme ausgebreitet, die Füße geschlossen, und an den Kopf des Ersten schlossen sich die Füße des nächsten an. So ging es weiter bis zum Besanmast unter dem Achterkastell. Fünfzehn Leichen waren dort aufgereiht wie die Perlen eines Rosenkranzes.

Er beugte sich über den Ersten. Der Mann trug den Kasack aus Tuch, die Kniebundhosen und den Turban der türkischen Ruderer. In dem schwachen Licht wirkte er jung, der Schädel war bis auf einen Zopf am Hinterkopf kahlgeschoren, die Augen von Möwen ausgehackt. Füße und Hände waren mit großen Kupfernägeln, wie man sie zum verbinden der Bootshaut benutzt, an die Planken genagelt. Er war also in jener tragischen Haltung gekreuzigt, bei der Christen niederknien und Muselmanen zum Schwert greifen.

Ein Windstoß trug die Ausdünstungen der Toten herbei, und Rosso spürte, wie der Gestank ihm die Kehle zuschnürte. Er hustete und bedeckte sich die Nase mit dem Hemdsärmel. Sein Blick fiel auf die großen Lachen getrockneten Bluts, die die Umrisse der Körper wie Schatten umgaben.

Sie haben sie gekreuzigt und dann verbluten lassen, dachte er entsetzt. Fast hätte er ein Kreuzzeichen geschlagen und gebetet, doch dann fiel ihm sein Sohn Giorgio ein, und der alte Hass und die Hoffnung kehrten zurück. Er richtete sich auf, blickte umher und sah, dass die Fanti der *Santa Chiara* Schöpfkellen voll Wasser und großzügige Portionen Zwieback an die Ruderer austeilten, die noch immer auf den Bänken saßen. Andere hatten begonnen, die Ringe der Ketten an ihren Fußgelenken zu zerschlagen. Mit einem Sprung vom Mittelsteg war Rosso an Deck und von dort im Unterdeck, wo er durch die Bänke auf die Fanti zuging.

»Viva San Marco!«, grüßte der Werkmeister.

»Viva San Marco!«, antwortete der Fante und unterbrach das Schlagen auf die Kettenglieder.

»Waren Venezianer am Ruder?«

Der Fante blickte ihn an. »Alles Griechen, ein paar Spanier, Malteser und ein Neapolitaner.«

»Wo finde ich den Neapolitaner?«, fragte Rosso.

»Dort hinten.« Der Fante zeigte auf das Achterkastell.

Rosso sah ein Grüppchen Männer zu Füßen zweier Kreuze. Dahinter hing noch ein Körper an den Laternenmast genagelt, der alles überragte.

»Das waren diese uskokischen Teufel«, fuhr der Fante fort und hämmerte wieder auf die Kette ein, um den Sklaven zu befreien, einen kräftigen Mann mit kahlgeschorenem Schädel. Auf seinen Rücken war ein dunkles Kreuz tätowiert. »Was mich betrifft, so haben sie recht getan!«, sagte der Fante im Ton des Bürgers, der zufrieden zuschaut, wie ein Dieb gehängt wird.

Ohne ihn einer Antwort zu würdigen, ging Rosso zum Heck, zwischen den halbtoten Ruderern hindurch, die sich mit der Gier des zurückkehrenden Lebens an das Wasser und das Brot klammerten. Rosso kletterte, umgeben vom Gestank des Todes, die Leiter zum Oberdeck hoch. Der Erste, den er erkannte, war Andrea Loredan. Er hatte sich den Helm abgenommen und half, den toten Türken vom Kreuz zu nehmen.

»Ser Loredan …«

»Werkmeister Rosso!«, grüßte der Angesprochene überrascht. Sie gaben sich die Hand.

»Das Schicksal will, dass wir uns immer dort begegnen, wo der Tod gewütet hat.«

»Ja, leider«, bestätigte Rosso.

»Dieses Geschenk machen uns die Uskoken«, bemerkte Andrea bitter. »Sie haben einen Brief an den Dogen geschrieben und eine heilige Allianz gegen den Türken angeboten.«

Der Blick des Werkmeisters ging zu dem Körper des Unglücklichen, den zwei Fanti soeben auf eine grüne Fahne mit goldenem Halbmond betteten. Auch an ihm hatten die Möwen ihren Hunger gestillt, dennoch nahm Rosso etwas Vertrautes in diesem verwüsteten Gesicht wahr.

»Man hat mir gesagt, ein neapolitanischer Ruderer sei an Bord«, sagte er gedankenverloren. Andrea war überrascht über diese plötzliche Wendung des Gesprächs.

»Ja, dort ist er«, und er zeigte auf eine Gestalt, die, in eine Decke gehüllt, in einer Ecke der Brücke kauerte.

»Wenn Ihr gestattet, möchte ich gerne mit ihm sprechen. Er könnte etwas von meinem Sohn Giorgio wissen.«

»Natürlich, geht nur zu ihm.«

Der Werkmeister ging zu dem Mann und hockte sich neben ihm nieder. »Mein Freund, ich habe einen Sohn, der seit drei Jahren bei den Türken am Ruder sitzt, er heißt Giorgio. Giorgio Rosso. Vielleicht kennst du ihn?«

Der Mann dachte nach, kratzte sich am Kopf, am Hals und schüttelte schließlich den Kopf. »Venezianern bin ich zwar begegnet, aber niemandem mit diesem Namen. Tut mir leid«, sagte er fast beschämt.

»Er müsste an Bord der *Sultana* des Großadmirals Müezzinzade Ali sein«, beharrte Rosso.

Der Mann versank wieder in Schweigen und schien in seinen Erinnerungen zu wühlen. »Nein, und es tut mir wirklich leid, wie ich schon sagte.« Als er den Kummer auf dem Gesicht des Werkmeisters sah, versuchte er, seine Aussage zu mildern. »Ihr müsst wissen, dass ich erst seit einem Jahr Rudersklave bin, und wir sind mit diesem Schiff sehr weit nach Osten gefahren, bis in indische Gewässer.«

Der Werkmeister schlug seufzend die Augen nieder. Darauf legte ihm der Neapolitaner eine Hand auf den Arm. »Seid nicht bekümmert, türkische Kommandanten behandeln die Ruderer gut.« Er blickte verstohlen umher, als wolle er sich vergewissern, dass niemand sie belauschte. »Besser als andere. Ich kenne Venezianer, die gegen Lohn auf osmanische Schiffe gegangen sind. Man isst und verdient anständig, glaubt mir.«

Rossi erkannte die guten Absichten des Mannes und bedankte sich mit einem Lächeln. Einen Schritt entfernt, legten zwei Fanti den Körper des zweiten, vom Kreuz genommenen Türken neben den ersten auf ein Fahnentuch, und die pestilenzialischen Ausdünstungen des verwesenden Fleisches erfüllte die Luft ringsum.

»Er forderte Gehorsam und Disziplin«, murmelte der Neapolitaner, den Blick auf die Leiche geheftet. »Aber er hat uns gut behandelt. Mit mir sprach er Italienisch, er sprach es gerne, er hatte in Padua studiert. So einen Tod hat er nicht verdient, der arme Ibrahim Bey.«

Bei diesem Namen fühlte sich Bepo Rosso von den Flammen der Hölle umlodert, und er schwankte, als würde das Schiff von einer großen Welle erfasst.

»Ibrahim Bey?«, fragte er mit heiserer Stimme.

Der Ruderer sah ihn erstaunt an.

»Ja, so nannten sie ihn, aber er war kein geborener Türke. Er war Konvertit, ein Pole, in Wirklichkeit hieß er Joachim Strasz.«

Der Werkmeister musterte das erstarrte Gesicht, das aus Leder oder verkohltem Holz zu sein schien. Obwohl die Augen fehlten, die von Möwen herausgerissen waren, erkannte er es jetzt. Es war umgeben von einer Art grauem Lumpen, einst ein dichter, schwarz gefärbter Bart, Ibrahims ganzer Stolz.

»Er war ein wichtiger Mann am Hof des Sultans«, erklärte der Neapolitaner. »Offenbar ein Botschafter. Andere sagen, er sei ein Spion gewesen.«

Von seinen Gefühlen überwältigt, bat Bepo Rosso den Ruderer mit brüchiger Stimme, von den letzten Tagen im Leben des Ibrahim Bey zu erzählen. Verwundert berichtete der Neapolitaner, dass die türkische Galeere, die *Güzel Kadım,* laut ihrer Mission bis in die Lagune von Venedig fahren sollte. Eines Nachts hatte sich das Schiff mit Ruderkraft und Wind in den Segeln Venedig bis auf wenige Meilen genähert. Die Galeere hatte ein Beiboot im Geleit, und mit diesem war Ibrahim an Land gegangen, um etwas zu holen und zurückzukehren, bevor es tagte. Mehr wusste er nicht. Sie seien sofort wieder umgekehrt, mit vollen Segeln Richtung Osten, doch vor Unije hätten die Uskoken sie angegriffen, und den Rest der Geschichte hätte er ja vor Augen.

Der Werkmeister erhob sich wie vom Donner gerührt und schwankte mit verstörter Miene auf die Treppe zu. Der Ruderer folgte ihm mit verwundertem Blick und kratzte sich wieder am Kopf. Auch Andrea bemerkte, dass mit Rosso etwas nicht stimmte.

»Werkmeister, fühlt Ihr Euch nicht gut?«, rief er ihn an.

»Doch, doch«, erwiderte dieser und kletterte die steile Treppe hinunter, hin und her gerissen zwischen dem Gedanken an das, was er jetzt sofort suchen musste, und der Wunschvorstellung, dies alles möge nur ein schrecklicher Traum sein. Er achtete nicht auf die nächsten zwei Galeeren von San Marco, die jetzt vorsichtig am Heck und am Bug heranfuhren und das osmanische Schiff umringten wie hungrige Wölfe ein gerissenes Schaf. Auch nicht auf die Soldaten, die an Bord kamen, und auf die Laternen, die gelöscht wurden, weil der Tag anbrach. Ohne zu überlegen, begann er sofort zu suchen. Von Schiffen verstand er etwas, er baute sie. Er begann im Heck, bei der Kapitänskabine unter dem Steuerdeck. Die Uskoken, die »Diebe des Meeres«, hatten darin das Unterste zuoberst gekehrt, der Raum sah aus, als hätte ein schwerer Sturm die Galeere geschüttelt. Alles hatten sie mitgenommen, sogar das Bett und den Kartentisch mit

Portolanen, Seekarten, Kompassen, Astrolabien und Sanduhren. Rosso schaute unter die Wandbeplankung. Beim Hinausgehen stieß er achtlos gegen einen Soldaten, der nur aus Respekt vor Rossos Dienstgrad nicht reagierte. Dort, gleich vor dem Besanmast, war die Kielraumluke, Rosso hielt sich am Rand fest und sprang hinein, ohne die Leiter zu benutzen. Auf dem Boden aufgekommen, stand er bis zur Hüfte im Wasser. Licht gab es dort unten nur durch die geöffneten Luken, und die Luft war zum Pesthauch der Unterwelt geworden. Auf dem Wasser schwammen Balken, Seile, Stoffe, abertausende kleiner Holzstücke, zwei aufgedunsene Ziegen, verfaulte Hühner, gerupft, gelb und rund wie Kürbisse, verschimmelte Zitronen, Orangen und Datteln, und Papiere und Pergamente bedeckten die Wasseroberfläche. Er dachte an das kupferne Kästchen. Es war wasserdicht, denn es hatte ursprünglich dazu gedient, Schießpulver zu enthalten, also musste es schwimmen. Er blickte umher, aber er sah es nicht.

Während er sich einen Weg durch den Brei bahnte, der bei jeder Bewegung des Schiffs hin und her schwappte, begann er leise zu beten. Er stolperte und stand wieder auf. Hinter der Proviantkammer kam er in den großen mittleren Raum, der Pilger nach Mekka oder die Handelsware beherbergen konnte. Dort, in der Mitte des Raums, wurzelte auch der Fuß des Hauptmasts in der Mastspur. Dutzende Pfeile hatten sich in den Mast gebohrt, zwischen den Pfeilen, halb unter Wasser, hing ein türkischer Soldat, dem ein Schwert durch den Bauch gefahren war, das ihn an das Holz nagelte. Beim Näherkommen meinte Rosso, Leben in dem Körper zu sehen, es schien, als bebte er unter der Haut. Aber es waren nur Ratten, die ihn ausweideten. Ein Brechreiz überkam Rosso, er ging schnell weiter. In den Schottwänden, Spanten und Mittschiffsbalken steckten noch mehr Pfeile. Hier unten musste es einen erbitterten Kampf gegeben haben. Fast am Bug angekommen, sah er das Gefängnis: ein enges, dunkles Loch zwischen dem Ankerkettenraum und dem

Bugrad, wo die Bootshaut einen halben Fuß dick war. Das Gefängnis war mit einer eisernen Gittertür verschlossen.

Rosso schleppte sich durchs Wasser voran, klammerte sich an die Stäbe und versuchte, die Tür, die ein robustes Schloss hatte, zu bewegen, doch vergebens. Als seine Augen sich an das Halbdunkel gewöhnt hatten, erblickte er die Leichen zweier türkischer Bogenschützen, die rücklings auf dem Wasser schwammen, ihre Köcher waren leer. Offenbar hatten sie sich in einem letzten, verzweifelten Akt des Widerstands hier eingeschlossen.

Dann sah er es und spürte, wie seine Brust sich zusammenzog und ihm der Atem stockte: Der Grund für alles, was geschehen war, schwamm dort leicht geneigt, ein Schiff im Schiff, das den Bewegungen des Leckwassers folgte. Rosso fühlte sich einer Ohnmacht nahe, er umklammerte das Gitter noch fester. Er dachte an die Toten ringsum und an jene, die ihnen vorausgegangen waren. Er dachte daran, sich umzubringen in diesem Schiff, das zum Friedhof geworden war. Es wäre ein gerechter Tod für seine Freveltaten gewesen. Dann dachte er an Giorgio und an den Gott, zu dem er gebetet hatte und der ihm jetzt half, den rechten Weg zu finden, um sich nicht aufzugeben. Er fasste wieder Mut und sah sich um. Ein zerbrochenes Ruder schlug an die Bordwand. Er griff danach, aber es war zu breit, um damit zwischen den Stäben hindurchzukommen. Er suchte weiter. Da, ein dünnes Seil aus Baumwolle, gut zehn Ellen lang. Mit geschickten Händen knüpfte er es zu einer Schlinge. Wieder am Gitter, wägte Rosso den Wurf ab: Präzise musste er sein, quer zu dem mit einem Ledergurt verschlossenen Kupferkästchen. Er musste aufpassen, dass das Seil bei einem so schwachen Zugriff nicht abglitt und es sehr behutsam zu sich heranziehen. Das Kästchen begann sich der Gittertür des Gefängnisses zu nähern, es glitt am Kopf eines der beiden Toten vorbei, und er konnte es, durch die Stäbe greifend, festhalten. Erleichtert schloss er die Augen.

Doch es war zwecklos, das Kästchen herausholen zu wollen: Es war zu breit für das Gitter. Also öffnete er die Schnalle, löste den Gurt und brach sich die Fingernägel ab beim Versuch, den Deckel abzuheben. Der Deckel klemmte. Rosso tauchte den rechten Arm in das faulige Wasser, mit der Linken umfasste er das Kästchen. Als er den Arm herauszog, hielt er seinen Dolch in der Hand. Er benutzte die Spitze, um den Deckel aufzubrechen. Das kleine Buch war noch da, unversehrt, trocken, zusammen mit anderen kostbaren Gegenständen, die jemand hineingelegt hatte.

In diesem Moment ließ sich hinter seinem Rücken eine Gestalt durch eine der Decksluken herab. Der Werkmeister war zu beschäftigt, um es zu bemerken. Er nahm das Buch und verbarg es rasch unter seinem Kittel. Dann zog er eine Bernsteinkette aus dem Kästchen und betrachtete sie. Sie musste sehr wertvoll sein.

»Wisst Ihr, dass auf Plünderungen bei Schiffbruch der Galgen steht?« Erschrocken drehte Rosso sich um. Der Matrose kam auf ihn zu, die Arkebuse auf ihn gerichtet. »Und ich sehe, dass Ihr Tote beraubt.«

»Was sagst du da, mein Freund?«

»Ich sage, was ich sehe, Signore«, fuhr der Mann ungerührt fort. »Hebt die Arme und dreht Euch zur Tür um!«

Der Werkmeister zögerte, er schien etwas erwidern zu wollen.

»Hände hoch, habe ich gesagt!« Der Matrose legte drohend die Büchse an.

Rosso hob die Arme. Der andere kam, weiter auf ihn zielend, bis an die Tür und erblickte das schwimmende, geöffnete Kupferkästchen.

»Ihr stehlt nicht, nein?« Vorsichtig, die angelegte Arkebuse in der Linken, zog er die Kette heraus, bewunderte sie einen Augenblick lang und steckte sie sich in die Westentasche. Dann nahm er ein Säckchen aus Samt und spähte hinein. Es war mit Goldmünzen gefüllt. Auch das Säckchen wanderte in seine

Tasche. Dasselbe geschah mit zwei goldenen Armreifen und einer Handvoll Ringe.

»Unter Dieben wird man sich doch einigen, oder?«, sagte der Matrose in anbiederndem Ton.

»Ich bin kein Dieb.«

»Los, raus mit dem, was Ihr Euch unter die Weste gesteckt habt!«

Der Werkmeister spürte, wie sich das Ende des Gewehrlaufs gegen seine Brust drückte. Lügen wäre zwecklos, dachte er. »Ich habe nur genommen, was mir gehörte«, sagte er, »ein Buch.«

»Dann zeigt es mir.« Wieder drückte die Arkebuse gegen sein Fleisch. Die Finger des Werkmeisters glitten zwischen seinen Kittel und das Unterhemd, pressten das Leder des Einbands, zogen das Büchlein heraus und hielten es hoch. Der Matrose beugte sich vor, ergriff es und blätterte mit einer Hand darin. »Es muss sehr wertvoll sein, wenn es solche Juwelen als Gefährten hatte«, sagte er listig. »In welcher Sprache ist es geschrieben?«

»Griechisch.«

Während der Mann die Seiten aufwirbeln ließ, verwandelte sich Bepo Rossos Gesicht. Seine Augen richteten sich schräg nach oben, ein Blick, der an die heiligen Gemälde betender Märtyrer erinnerte. Seine Lider begannen zu flattern, und mit ihnen erbebte der ganze Körper, während das Blut sich staute, sein Gesicht rot anlief und die Adern hervortraten. Er sah wirklich so aus, als lade er alles Böse der Welt auf seine Schultern. Jener entsetzlichen Welt, die ihm Giorgio genommen hatte. Er dachte an die Augen seines Sohnes, er sah sein Lächeln, hörte seine Stimme und fühlte seine Umarmung.

Jetzt würde ihm dieser Matrose die einzige Möglichkeit nehmen, Giorgio zu retten und zu rächen. Zwischen Gedanke und Tat verging keine Sekunde, gab es keinen Seufzer oder Atemzug. Alles geschah instinktiv, mit Entschlossenheit und natürlicher Leichtigkeit. Von der Drehung des Körpers sah der Matrose nur den Abschluss der Bewegung, als die linke Hand des

Werkmeisters den Lauf der Arkebuse bereits weggestoßen hatte. Der Matrose konnte nicht mehr auf den Abzug drücken, denn der andere hatte ihm mit der Rechten die Waffe entrissen und drückte ihm mit der Linken schon den Hals zu.

Natürlich reagierte der Matrose, denn Seeleute sind das Kämpfen gewohnt. Er zog sein Stilett und führte einen horizontalen Hieb, der Rossos Kittel und Unterhemd zerschnitt und ihm die Brust von einer Seite zur anderen ritzte. Mehr konnte er nicht tun, denn jetzt schlug Rosso seinen Kopf gegen die Gitterstäbe, einmal, dreimal, unendlich viele Male. Er hörte erst auf, als seine Finger sich feucht anfühlten, als er Blut aus dem Mund des Matrosen rinnen sah und sein Körper nachgiebig und schwer wurde. Er lud ihn sich auf die Schulter. Das Buch holte er aus dem Wasser, es war nass, aber noch ganz, und steckte es sich in die Tasche wie das Brevier nach dem Gebet.

Als er aus der Luke am Bug auf Deck kletterte, war es Tag geworden. Schwankend überquerte er unter den bestürzten Blicken der Männer den ganzen Mittelsteg bis zum Heck und legte den Körper des Matrosen vorsichtig am Fuß des Besanmastes ab. Andrea und Alvise Loredan waren unterdessen aus dem Achterkastell gekommen, ihnen folgte das halbe Offizierskorps. Entsetzt blickte Andrea den Werkmeister an, dann beugte er sich über den Matrosen und suchte nach seinem Herzschlag.

»Ist er tot?«, fragte er besorgt.

»Ich habe ihn überrascht, als er Tote beraubte, er hat mich angegriffen, ich habe mich verteidigt«, antwortete Bepo Rosso keuchend. Das Blut sickerte durch seinen Kittel. »Das geraubte Gut steckt noch in seiner Tasche.«

Nach kurzem Zögern griff Andrea in die Tasche und zog die Juwelen und das Säckchen mit Münzen hervor. Er zeigte es Alvise und den Männern, die sie umstanden. Alle schwiegen. Angesichts dieses Beweises, der dem Bericht des Werkmeisters Glaubwürdigkeit verlieh, löste sich die Spannung in vielen geflüsterten Bemerkungen auf.

»Helft dem Werkmeister!«, befahl Alvise mit fester Stimme.

Sofort waren zwei Fanti bei Rosso, fassten ihn unter den Achseln und stützten ihn.

94

Es war einer jener kalten Herbstmorgen, an denen die Serenissima auf einer Glasplatte zu liegen scheint. Vom Deck der türkischen Galeere *Güzel Kadım* aus glitt Andreas Blick über die dunkle Linie, die sich ohne Unterbrechung von der Mole San Marco über die Schiavoni bis zur Kirche Sant'Antonio di Castello am Ufer entlangzog: Die ganze Stadt hatte sich versammelt, um die Rückkehr des Löwen mit der Beute zwischen den Zähnen zu erleben. Sofia steht dort und schaut zu, dachte er. Die Vorstellung wärmte ihm das Herz und verscheuchte die Schrecken der Nacht.

Nach der Nacht der großen Angst läuteten die Glocken nun wieder festlich, während der regelmäßige Takt der Ruderschläge auf der *Sole* den eintönig glatten Wasserspiegel aufrührte und dem symphonischen Geläut einen Rhythmus vorgab.

In Anbetracht des Ernstes der Ereignisse hatten die Gesundheitsbeamten, nachdem sie das türkische Schiff inspiziert, die Überlebenden zur Quarantäne ins Neue Lazarett geschickt und die Toten auf die Insel Certosa verfrachtet hatten, der Bitte des Rates der Zehn entsprochen und die Unterbringung der *Güzel* in der abgetrennten Zone des Arsenale hinter dem Alten Becken bei den explodierten Pulverkammern bewilligt. Dorthin wurde sie jetzt von der *Sole* gezogen, ihr folgten die übel zugerichtete *Santa Chiara Capitana* und zwei weitere Galeeren.

Der Rest der Flotte war in fächerförmiger Anordnung wieder hinausgefahren, um den Golf von der Punta della Maestra bis Rovigno d'Istria nach osmanischen Schiffen abzusuchen, an deren Anwesenheit im Grunde aber keiner mehr glaubte.

Die Brückenarme des Ponte Paradiso waren hochgezogen worden und zeigten in den Himmel, während die hölzernen, mit Eisen verstärkten Flügel des großen Wassertors begonnen hatten, sich um die Angeln in den Türmen auf beiden Seiten zu drehen. Mit seemännischem Geschick fuhr der Hafenlotse der *Sole* nur mit wenigen Ruderern am Bug genau in der Mitte des Rio, wobei die Ruderblätter nur knapp zwei Ellen Abstand von den Fondamenta rechts und links hatten. Zwei hundert Fuß lange Trossen, die am Heck der Galeere, direkt unter dem Banner des Löwen angebracht waren, schleppten, im Rhythmus des Ruderns mal gestrafft, mal erschlaffend, die *Güzel*. An Bord befanden sich außer Andrea und seinen Fanti der tote Matrose, der Werkmeister Bepo Rosso und ein anderer, für das Manöver der Einfahrt verantwortlicher Lotse.

Von den Fondamenta gegenüber dem Arsenale aus, wenige Schritte vom Eingangstor zu Land entfernt, suchte Annina mit Blicken nach ihrem Mann. Erst auf der *Sole*, auf der er ihres Wissens eingeschifft war, dann, als sie ihn dort nicht entdeckte, zwischen all den Männern, die sich am Schanzkleid des türkischen Schiffes zeigten, um Freunde und Verwandte von der Sorge zu befreien. Auf der Enterbrücke am Bug erkannte sie ihn sofort. Die beiden waren seit vielen Jahren verheiratet, und er wusste, wo Annina ihn bei jeder Ausfahrt und Rückkehr erwartete. Er sah sie, hob einen Arm, lächelte ihr zu und blies einen Kuss von seiner Hand in ihre Richtung. Sie tat das Gleiche. Das war ihre Weise, sich zu grüßen, schon seit jeher.

Ellenbogenstöße nach rechts und links austeilend, umgeben von Verwünschungen ihrer Nachbarn, Viva-San-Marco-Rufen und Beifallsbekundungen, kämpfte Sofia sich durch die Menge am gegenüberliegenden Ufer, der Fondamenta della Madonna, und versuchte, mit den einfahrenden Schiffen auf dem Rio dell'Arsenale Schritt zu halten. Sie spähte nach Andrea aus und hatte schon alle Decks und Aufbauten der *Santa Chiara* abgesucht, ihn aber nicht entdeckt. Böse Vorahnungen lasteten auf ihrer Seele. Diese verfluchten Nachtfalter, die Todesboten, die die ganze Nacht lang durch die Kirche geflattert waren, verstärkten ihre Befürchtungen.

Wie viele Paternoster, Ave-Maria und Gloria hatte sie gebetet! Doch die Angst war gewachsen, als sie die zerbrochenen Ruder der *Santa Chiara* erblickt und an der linken Bordwand zum Heck hin den zerstörten Strebebalken gesehen hatte. Denn sie verstand etwas von Schiffen, und ihr war klar, dass dies ein gewaltiger Stoß mit dem Rammsporn gewesen war. Dann hatte sie gesehen, wie die venezianischen Fanti auf der *Güzel* die osmanische Flagge einholten und den Löwen hissten. Und Beifall hatte sich erhoben.

Darum hatte sie begonnen, sich durch die Menschenmenge zu drängeln und zu stoßen, um die bereits passierte türkische Galeere zu erreichen, und sie hatte es fast geschafft, bis an das Schiff zu gelangen, bevor es durch das Wassertor fuhr. Sie wollte sich unbedingt von dieser Last auf ihrem Herzen befreien. Da ließ ein Windstoß wie eine Fügung des Schicksals die Standarte mit dem vergoldeten Löwen aufflattern, und endlich entdeckte sie Andrea auf dem Achterkastell. Sie erkannte ihn sofort, obwohl er ihr in der Rüstung seltsam, fast wie ein Fremder erschien. Er sah wohlbehalten aus und blickte umher, als suchte er jemand. Fast hätte sie ihn gerufen, aber mitten in dieser Menge erschien ihr das unpassend. Also begnügte sie sich damit, sich weiter drängelnd und Beschimpfungen erntend, auf den Eingang des Arsenale zuzubewegen, wo ein Kordon von Torhütern und Arsenalotti jeden anhielt.

Als die *Güzel* durch das Wassertor fuhr, streifte die rechte Bordwand leicht das Gitter. Andrea beugte den Kopf ein wenig vor, drehte sich zur *Santa Chiara* um und gab seinem Bruder Alvise einen Wink, der ihn erwiderte. Dann ging sein Blick nach unten zu den Fondamenta della Madonna an die Stelle, an der er tags zuvor Sofia aus dem Arsenale hatte kommen sehen.

Er erkannte sie sofort, sie war ein Teil der Menge und doch einzig für ihn. Er sah, dass sie ihm zulächelte. Einen Augenblick lang war er versucht, ihr zuzuwinken, vielleicht auch zu rufen. Doch er lächelte sie nur an, und dieses Lächeln kam aus tiefstem Herzen.

ERDE

1

Valle dei Sette Morti, 28. Januar 1570

Im klaren, windstillen Morgen schienen die Berge in der Luft zu schweben, und ihr Spiegelbild im schwarzen Wasser, das dickflüssig wirkte wie Pech, war in mehrere Farbstreifen unterteilt: der untere hellblau, der obere weiß, schneebedeckt bis zu den Gipfeln, auf denen das Rosa der ersten Sonnenstrahlen schimmerte. Im Osten variierten die Farbtöne von Weiß bis Indigo, und die Lagune lag verlassen da.

Ein weißer Schleier gefrorenen Raureifs bedeckte das Boot, es sah aus wie mit Zuckerguss überzogen. Nur das Plätschern des Wassers und die rhythmischen, energischen Ruderschläge waren zu hören. Eine halbe Meile vor dem Bug lag der Schilfwald, aus dem kahle Pappeln ragten. Das war die Barena. Land, endlich.

2

Während des Läutens zur Matutin hatte Egidio Panizzaio, der Herr über die Gefängnisse des Dogenpalastes, ein gottesfürchtiger Mann und guter Familienvater, in den Dogenküchen vergeblich nach Gabriele Ruis gesucht, der dort als Gehilfe arbeitete. In Erwartung eines Urteilsspruchs und um Gabriele vom Leben in der Zelle fernzuhalten, hatten die Richter ihn dort untergebracht. Als der gute Egidio Gabriele nicht fand, war er unruhig geworden, denn in der finsteren, bösen Welt der Gefängnisse konnte alles Mögliche passieren. Aufgeregt hatte er sich an den Strang der Glocke in der Hofecke gehängt und Sturm geläutet, so dass die Frühaufsteher unter den Stadtherren, die schon bei der Arbeit waren, an die Fenster und Loggien geeilt waren.

Als sie den Alarm hörten, rissen die Wärter, wie es Vorschrift war, die Türen zu allen Zellen, Kämmerchen, Gängen und Fluren der Gefängnisse auf, während der Hauptmann der Piazza den Dogenpalast vom Ponte della Paglia bis zur Porta della Carta umstellen ließ und sich auf dem Rio del Palazzo bis zum Rio Canonica die Boote der Zehn aufreihten. Außerdem stiegen bewaffnete Männer auf die Dächer, und der Missièr ließ Verstärkung aus dem Arsenale kommen. Zwei Stunden lang wurde der ganze Palazzo von oben bis unten und in den hintersten Winkeln, wo es gerade noch Luft und Platz für einen Jungen gab, durchsucht.

Man fand kein herausgerissenes Gitter, kein zerbrochenes oder offenstehendes Fenster, kein Seil, das irgendwo herabhing. Die Wachen an den Toren und auf der Piazza hatten Stein und Bein geschworen, dass sie ihren Platz nie verlassen hatten. Als man alle Gefangenen zum Appell rief, kam die Wahrheit ans Licht, und sie war niederschmetternd für alle, die in jener Nacht Wachdienst gehabt hatten: Außer Gabriele Ruis fehlten Nicolò Bozza, genannt Granzo, und der alte Glasmeister Jacomo Dragan, der sich als Türke ausgegeben hatte.

3

Ein paar Tage lang hatte das Weihnachtsfest die Herzen erwärmt, Sorgen und Ängste in den Hintergrund gerückt. In den Calli wurden die Nischen, in den Häusern die kleinen Altäre beleuchtet und geschmückt. In den Kirchen waren die Krippen mit den großen Figuren aus Holz und Ton aufgebaut worden, und ihr mit Felsen, Wüsten und Palmen bemalter Hintergrund ließ die einfachen Menschen von jenen unbekannten heiligen Ländern träumen. Die Frauen hatten Mandelgebäck und Süßspeisen zubereitet, die Gassen waren erfüllt vom Duft der Gewürze und von begeistertem Kindergeschrei, und auf San

Nicolò am Lido hatte unter großer Beteiligung des Adels, der Bürger und des Volkes der erste Wettkampf der Armbrustschützen stattgefunden.

Doch die Festlichkeiten hatten ein jähes Ende genommen, als in der zweiten Januarwoche aus Konstantinopel ein chiffriertes Sendschreiben von Marc'Antonio Barbaro, dem Botschafter der Serenissima, eingetroffen war. Der vom erfahrenen Zuàn Francesco Marin entschlüsselte Klartext bestätigte, dass es Kriegsvorbereitungen der türkischen Armee gab, wie von dem jüdischen Händler David Passi angekündigt.

An jenem eiskalten Wintermorgen stand Andrea Loredan, in einen warmen Hausmantel gehüllt, am Fenster seines wieder hergerichteten Zimmers direkt unter dem Dach der Locanda della Torre und beobachtete die rote Sonne, die hinter den Rauchsäulen des Arsenale aufstieg. Einen Moment lang erschauerte er bei dem Gedanken, dass die majestätische Fabrik erneut brennen könnte. Aber der Rauch stieg von überwachten Feuern auf: den Kohlebecken der Werkstätten, dem Feuer, über dem Pech und Teer erhitzt wurden, den Schmelztiegeln zum Schmieden von Kanonenrohren und Eisenteilen für Schiffe, und diese Flammen wurden von den Arbeitern nach Belieben gelenkt wie Ochsen unter dem Joch. Denn in diesem heiligen Bauch aus Wasser, Steinen und Eisen entstanden alle Teile eines Schiffes.

Andreas Gedanken gingen zu Sofia, und sein Blick suchte das große Haus der Segelnäherinnen. Zwischen dem Rauch entdeckte er hinter dem Alten Hafenbecken die breiten Fensterfronten. Er dachte daran, wie hart diese Arbeit aus unzähligen Nadelstichen und Geduld, schweren Stoffen, Fäden und Seufzern war.

Seit dem 21. Januar hallte das Arsenale wider vom Lärm der Arbeit. Immer mehr starke Arme und geschickte Hände wurden gesucht und angestellt, aus den zweitausend Arbeitern waren dreitausend geworden. So hatte es der Senat beschlossen,

denn bis Mitte Februar, zum Abschluss des Karnevals, der nicht einmal eröffnet worden war, sollten dreißig Kriegsgaleeren zu Wasser gelassen werden. Weitere dreißig Galeeren dann bis zum Monatsende. Vierzig Schiffe wurden bis Mitte März erwartet. Ein titanisches Unternehmen. Drei Arbeitsschichten von je acht Stunden rüsteten im Licht der Sonne oder bei Laternenlicht pro Tag zwei Kriegsschiffe aus. Man begann mit dem rohen Rumpf, der im Dock auf dem Trockenen lag, in den vielen Docks rings um das Neue und das Neueste Hafenbecken, in denen diese noch unvollständige Flotte wie ein Heer von Schmetterlingspuppen schlief, die nur darauf warteten, aus ihrem Kokon zu schlüpfen.

4

Wer die Legende von der *Valle dei Sette Morti* kannte, fuhr nicht gerne durch diesen Abschnitt des Sumpfgebiets, denn die Toten forderten immer ein Leben als Zoll. Doch an diesem Morgen wären Jacomo, Gabriele und Granzo sogar durch die Hölle gefahren, nur um den Vorsprung zu halten, den sie vor den Sbirren der Serenissima hatten.

Das flache Boot schob sich zwischen das Schilf und kam zum Stehen. Die beiden Jungen sprangen an Land und hielten es fest, während Jacomo dem Ruderer, einem jungen, untersetzten Mann mit kräftigen Muskeln, der es gewohnt war, sich das Leben mit seiner Arme Arbeit zu verdienen, die Hand schüttelte. Er hatte die vor Kälte erstarrte Gruppe unter dem Ponte di Canonica hinter San Marco abgeholt. Fast die ganze Nacht hatte er gerudert wie der Schnellste bei einer Regatta.

Jacomo gab ihm fünfzig Dukaten, zusätzlich zu den hundert, die er schon von Ermonia Vivarini bekommen hatte. Nach dem Wenigen, was er erzählte, war er früher Fischer gewesen und hatte der Serenissima ein Fünftel seines Fangs abgeben müssen.

Dann hatte er mit dem Schmuggeln begonnen, und es war ihm besser gegangen, er hatte sogar heiraten können. Gefahren gehörten inzwischen zu seinem Alltag. Sie hatten ihn abfahren und rasch auf Chioggia zusteuern sehen.

5

Man rüstete also zum Krieg, das sagten jedenfalls die Tatsachen. Trotzdem behaupteten einige, vor allem die Kaufleute, die auf diesem Meer arbeiteten und dort Ruhe haben wollten, dass so offensichtliche Vorbereitungen lediglich theatralisches Säbelrasseln seien, damit der Türke gewarnt war, so wie manche Tiere ihr Gefieder aufplustern oder die Zähne zeigen, um ihre Feinde einzuschüchtern.

Während ernste Probleme die Republik bedrückten, quälte Andrea sich an diesem in Rot getauchten Morgen mit anderen Kümmernissen, privaten Sorgen, scheinbar ohne Zusammenhang mit dem Krieg. Für Andrea gingen sie allerdings auf die Explosion des Arsenale zurück, dieses Ereignis, das sein Leben und das Venedigs durcheinandergebracht hatte. Denn wie eine Kompassnadel, die hartnäckig nach Norden zeigt, tauchte seit diesem tragischen Vorfall bei jeder neuen Enthüllung immer wieder der Name Loredan auf. Sogar durch die Enttarnung des angeblichen türkischen Händlers Mehmet Hasan, der sich als der einstmals berühmte Glasbläser Jacomo Dragan und als gebürtiger Venezianer entpuppt hatte, war eine außergewöhnliche Verbindung von Schicksalen ans Licht gekommen.

Die Büchse der Pandora hatte sich nach dem Geständnis geöffnet, das der Glasmeister, kurz vor seiner Hinrichtung durch Ertränken im Canale dell'Orfano, dem Sekretär Formento und dem Missièr Grande nur gemacht hatte, um seine Haut zu retten. Nachdem die große Angst vor dem vermeintlichen Überfall der Türken verflogen war, hatte die Aufmerksamkeit des

Rats der Zehn sich auf den Alten konzentriert, von dem Gabriele Ruis nach seiner Verlegung in das Gefängnis der Giardini behauptet hatte, er habe in ihm den Pilger auf dem Weg ins Heilige Land erkannt, der ihn für Botschafterdienste ins Kloster der Celestia bezahlt hatte.

Als Gabriele Zweifel gekommen waren, hatte er sich dem Notar Bertoldi anvertraut, der ihm von all seinen Zellengenossen als der fachkundigste in juristischen Dingen erschienen war. Der Notar hatte, in der Hoffnung, dem Jungen damit zu helfen, sofort mit dem Aufseher der Wärter gesprochen, und der wiederum hatte den Sekretär der Zehn Zuàne Formento informiert. Dieser, schließlich, hatte die Idee gehabt, Mehmet mit Erlaubnis von Andrea Dolfin, dem Haupt der Zehn, und mit Hilfe des Missièr Grande der inszenierten Hinrichtung zu unterziehen.

Für Andrea, den Pflichtverteidiger von Gabriele und Mehmet Hasan, war die Angelegenheit damit natürlich verwickelter geworden, denn nach der Überprüfung der wahren Identität des Türken hatte sich zwar einerseits Gabrieles Position im Gerichtsverfahren beträchtlich verbessert, andererseits stand Dragan, alias Hasan, nun wesentlich schlechter da. Die Anklage reichte von Spionage für die Osmanen bis zu schwerwiegenden Verbrechen, die vor dreißig Jahren begangen und nie gebüßt worden waren. Das erste und die Ursache aller folgenden war der Diebstahl eines kostbaren Schmuckstücks ausgerechnet im Hause Loredan. Jacomo Dragan, damals vierzig, hatte den Auftrag erhalten, die künstlerisch gestalteten Fensterscheiben im Palazzo der Familie Loredan zu erneuern, und hatte bei dieser Gelegenheit eine Smaragdkette im Wert von fünftausend Dukaten gestohlen, die später bei einer Durchsuchung der Brennerei del Drago in Murano in einer Kiste mit Ausschussmaterial und Glasscherben gefunden wurde. Andrea hatte geschäumt vor Wut, aber Jacomo hatte sich als Opfer einer Verschwörung bezeichnet. Die als ungerecht empfundene Verurteilung, Grund für seine Flucht aus den Gefängnissen des Dogenpalastes, hatte dann das Exil in den osmanischen Ländern nach sich gezogen. Doch mit diesen Straftaten, die nun zur Anklage eines Komplotts mit den Türken hinzukamen, lief Dragan ernstlich Gefahr, zwischen den beiden Säulen der Piazzetta aufgeknüpft zu werden.

Wie hatte das nur geschehen können? Warum hatte Dragan ihm so schwerwiegende Dinge verheimlicht? Wie konnte er glauben, dass nicht auch seine ganze Vergangenheit ans Licht kommen würde, sobald er seine wahre Identität preisgab? Andrea bebte wieder vor Zorn, wenn er an das erste, entwaffnende Lächeln zurückdachte, mit dem der alte Glasmeister, gerade dem Tod durch Ertrinken entronnen, ihn um Entschuldigung gebeten hatte, während er ihm eine seiner vielen Lügen auftischte: Seine »Vergesslichkeit« erkläre sich damit, dass er, als er vor dreißig Jahren ohne die Erlaubnis der Regierung und des Gastalden der Zunft seine Glashütte in Murano verließ, gegen die Zunftordnung verstoßen und die strengen Gesetze gebrochen hatte, die verboten, die Geheimnisse der Glasbläserkunst über die Landesgrenzen zu tragen.

6

Als Sofia in all dem Weiß der Tuchbahnen die schwarzen Kleider zweier Fanti der Zehn erblickte, fühlte sie, wie ein Schwindel ihr vom Kopf hinunter in den Rücken fuhr. Die beiden sprachen mit Marietta, der Segelmeisterin, und diese zeigte bei ihrer Antwort auf Sofia. Dann bedeutete sie ihr, näher zu kommen, und Sofia stach sich vor Aufregung in den Finger. Das war ihr noch nie passiert. Sie beeilte sich.

»Signora Ruis, Ihr müsst mit uns in den Palazzo kommen«, sagte einer der Fanti in strengem, barschem Ton.

»Ist etwas mit meinem Sohn?«, fragte sie voller Angst.

Die Fanti wechselten einen Blick, denn es war verboten, den Einbestellten Erklärungen zu geben.

»Kommt mit, und Ihr werdet es erfahren.«

»Nein! Ich will es jetzt sofort wissen!«, schrie sie verzweifelt, worauf die ganze Werkstatt innehielt, um zu verstehen, was da vor sich ging. Alle Frauen sahen zu ihr hin.

Die Fanti wechselten einen zweiten, mitleidigen Blick.

»Euer Sohn ist verschwunden«, sagte einer.

Sofias Herz krampfte sich zusammen.

»Er scheint geflohen zu sein«, fügte der andere hinzu.

Sofia verlor den Boden unter den Füßen, vor ihren Augen zuckten Blitze, dann spürte sie nichts mehr. Als sie wieder zu sich kam, strich Marietta ihr über die Stirn. Alle Segelnäherinnen umringten sie und betrachteten sie besorgt. Mit der Erinnerung an das, was man ihr gesagt hatte, kehrte der Schmerz zurück, es war wie ein Sprung in eiskaltes Wasser. Sie klammerte sich an Marietta, zog sich hoch und durchquerte, ohne ein Wort zu sagen, die Werkstatt in Begleitung der beiden Fanti.

7

Der Architekt und Werkmeister Antonio da Ponte hatte Andrea Loredan, den Anwalt der drei geflüchteten Gefangenen, bei der Durchsuchung der Gefängnisse an seiner Seite haben wollen, und nach einer gründlichen Überprüfung der Giardini waren sie nun in den von allen Insassen geräumten Pozzi angekommen.

Der Architekt hatte befohlen, mehrere mit Wasser gefüllte Eimer zu bringen. Beginnend bei der ersten Zelle zum Rio di Palazzo waren Öllampen und Fackeln entzündet worden, so dass in den Verliesen der helle Tag zu erstrahlen schien. Dann hatte da Ponte das Wasser auf dem Boden ausgießen lassen. Alle hatten beobachtet, was dann geschah, und wo es aufgrund natürlicher Ursachen oder menschlicher Eingriffen einen Hohlraum gab, war das Wasser gurgelnd versickert und der Boden rasch getrocknet. An solchen Stellen waren die Arbeiter ans

Werk gegangen, hatten Klingen zwischen die Steine gestemmt und überprüft, was darunter war. Schon in den ersten fünf Zellen hatten sie begonnene und abgebrochene Fluchttunnel, ein Häufchen schwarz angelaufener Münzen und drei verrostete Messer gefunden.

So kamen sie zur achten Zelle, der Grabkammer. In dem Loch unter der Treppe war nicht genug Platz für alle, nur Andrea, der Architekt und ein Maurer gingen hinein. Der erste Eimer wurde ausgeleert, das Wasser schäumte auf dem Boden wie in einem Topf über dem Feuer. Der Maurer setzte den Pickel an, und der Stein ließ sich leicht lösen. Er nahm den zweiten Stein hoch: Da unten lag der Tunnel, von Kakerlaken und Ratten bewohnt und seit langem vergessen. Der Gestank von Fäulnis und Exkrementen erfüllte den halb unter Wasser stehenden Gang, an dessen Ende das blendend helle Tageslicht strahlte. Eine perfekte Arbeit. Eine riskante Flucht.

Am Ausgang auf den Rio sahen sie das verbogene verrostete Gitter. Kein Zweifel: die Gefangenen waren hier durchgekommen, und um diese Zeit mussten sie schon ziemlich weit weg sein.

Angesichts dieser bitteren Wahrheit fühlte Andrea sich abermals von Jacomo Dragan verraten. Er konnte diesen Mann unmöglich weiter verteidigen. Schon hatte er beschlossen, die Avogarìa darüber zu unterrichten, als die Erinnerung an das, was am Tag vor Weihnachten zwischen seinem Vater und Jacomo Dragan vorgefallen war, allen Zorn verfliegen ließ.

Dem Gefangenen waren die Ketten abgenommen worden, man hatte ihn gewaschen, parfümiert und von Kopf bis Fuß neu eingekleidet, mit dunklem Hemd und Umhang, Kniebundhosen, Strümpfen und Leinenschuhen. Es waren Kleider schlichter Machart, die durch den Kontrast die würdevolle Haltung des Alten noch unterstrichen. Als er in den großen Saal der Leibwache des Dogen trat, hatten zwei Soldaten ihn darum für einen bedeutenden Gast gehalten, waren in Habachtstellung gegangen und hatten das Gewehr präsentiert, um von Zaccaria sofort mit einem bösen »Was tut ihr?« angeherrscht zu werden. Pietro Loredan war, begleitet von Tonietto, pünktlich in der Sala degli Scudieri erschienen, und dieses Mal hatten alle zur Begrüßung Haltung angenommen. Alle außer Jacomo, er hatte den Dogen nur stumm fixiert und gewartet.

Andrea hatte den Kanzler Ottobon gebeten, in diesem besonderen Fall als Notar und, zusammen mit Hauptmann Zaccaria, als Zeuge zu fungieren. Nun wiederholte er sich im Geist die protokollarische Frage, die er seinem Vater stellen würde: Serenissimo Principe, erkennt Ihr in diesem Mann den Glasmeister Jacomo Dragan, Sohn des Tommaso?

Er hatte die Frage nicht stellen müssen, denn die beiden alten Männer, die mit ihren Falten und weißen Haaren Altersgenossen zu sein schienen, hatten einander sofort mit Blicken ergriffen und sich ohne jeden Zweifel und Rückhalt als Feinde angestarrt.

»Ja, das ist Jacomo Dragan, ein tüchtiger Glasarbeiter«, hatte der Doge mit fester Stimme ausgerufen. »Schuldig, in meinem Haus ein kostbares Schmuckstück gestohlen zu haben.«

Dann war geschehen, was niemand erwartet hatte. Mit jugendlicher Heftigkeit und einer Unbefangenheit, die von vertrautem Umgang zeugte, hatte der Gefangene dem Dogen entgegnet: »Das haben die Richter gesagt. Aber Ihr wisst, dass ich unschuldig bin!«

Unter den bestürzten Blicken der Anwesenden war Pietro Loredan zornesrot geworden und hatte, in der klaren Absicht, Dragan eine Ohrfeige zu versetzen, die Hand erhoben. Bebend hatte er sich zurückgehalten, hatte ihm den Rücken gekehrt und war hinausgegangen.

Sie marschierten einer hinter dem anderen über den schlammigen Pfad im Röhricht. Zwischen Januar und Februar, wenn der Frost den Regen auf den Bergen und über der Ebene in Schnee und Eis verwandelte, stand das Wasser am niedrigsten. Diese Zeit hatte Jacomo abgewartet, die beste, um einen Ausbruch durch den Abflusskanal des achten Pozzo zu versuchen. Denn hatte man die beiden Steine im Boden erst einmal herausgenommen, war in den dunklen Schlauch gekrochen und hatte sie wieder eingesetzt, gab es nur eine einzige Möglichkeit, dort lebend wieder herauszukommen: weitergehen. Jacomo wollte allein fliehen, aber mit Hilfe von Gabriele, dem Küchenjungen, der die beiden Steine wieder einsetzen, den Pozzo schließen und den Mund halten sollte. Jacomo wollte ihn nicht mitnehmen, es wäre ein zu großes Risiko für diesen Jungen gewesen, dem die Richter nicht mehr als ein paar Monate Gefängnis geben würden. Aber Gabriele hatte sich geweigert, hatte gedroht, alles zu verraten und die Flucht scheitern zu lassen. Schlimmer noch, bei der nächtlichen Verabredung war Granzo aufgetaucht, mit der gleichen Drohung. Sie waren zu dritt geflohen. Und das war ein Glück gewesen.

Sonst wäre ich jetzt tot, dachte Jacomo, denn das verfluchte Gitter wollte nicht nachgeben, und die Flut stieg. Granzo, der Letzte, der sich in den Stollen hinabgelassen hatte, war inmitten von Kakerlaken und Ratten durch den Tunnel zurückgekrochen, um die Steine anzuheben und wieder in den achten Pozzo zu klettern. Er hatte das Patriarchenkreuz von der Wand gerissen, war wieder in den Stollen geschlüpft, hatte die Steine an ihren Platz zurückgerückt, um die Flucht zu verbergen, und war durch das eiskalte, um eine halbe Spanne gestiegene Wasser bis zu der Stelle gekommen, wo sie auf ihn warteten. Während die Flut weiter stieg, hatten sie das Kreuz als Hebel benutzt: ein halbstündiger Kampf, ehe das Gitter endlich nachgab.

Andrea Loredan hatte Sofia in dem leeren Raum neben dem Saal des Großen Rates treffen wollen, der im Winter der wärmste Raum des Palazzo war, da die Sonne durch seine zwei großen Fenster fiel. Nun stand sie neben einem der Fenster, ihre Miene war verzweifelt.

»Sofia, gleich wird der Rat Euch verhören«, brachte er mit Mühe heraus, gegen den Wunsch ankämpfend, sie an sich zu drücken, sie von allem Leid zu befreien. »Sagt mir die Wahrheit. Wusstet Ihr von Gabrieles Flucht?«

»Nein«, sagte sie und wiederholte noch einmal heftig: »Nein!« Die Frage hatte sie verletzt.

Andrea spürte sein Herz beben, weil er an ihr gezweifelt hatte. »Es ist wichtig, dass ich Gewissheit darüber habe. Gabriele ist gerade vierzehn Jahre alt, und wir werden beweisen, dass er von den beiden anderen zur Flucht verleitet wurde.«

»So ist es, Ihr müsst mir glauben!« Sofias Augen glänzten erregt, unwillkürlich ergriff sie Andreas Hand. »Dieser Granzo ist ein Verbrecher, von dem grässlichen Alten ganz zu schweigen! Sie waren es!«, stieß sie hervor.

Andrea konnte nicht anders, mit dem Impuls eines Menschen, der das Gleichgewicht verloren hat und sich aufzufangen sucht, zog er Sofia an sich und umarmte sie. Sofort verspürte er die Wonne des körperlichen Kontaktes, gleichzeitig Verlegenheit über die ungebührliche Geste. Er lockerte seinen Griff und wollte sich lösen, da fühlte er, dass Sofia ihn festhielt. Der Drang, sie zu küssen, wurde mit jeder dieser Begegnungen größer.

In diesem Moment ertönte ein Glöckchen, und gleich darauf erschien Francesco d'Angelo, Andreas Gehilfe. »Die Versammlung beginnt«, verkündete er mit verlegener Miene.

Das Licht eines strahlenden Tages fiel schräg durch die vier Fenster im Osten des Saales, in dem der Rat der Zehn sich zu versammeln pflegte. An der außergewöhnlichen und streng geheimen Sitzung des *Consiglio Criminale* nahmen außer dem Sekretär Formento zwei der Zehn, nämlich Andrea Dolfin und Pietro Pizzamano, der Dogenberater Zuàne Mocenigo, der Avogador di Comun Giacomo Soranzo und der Kanzler Ottobon in der Rolle des Protokollführers teil. Man hatte etwa zwei Dutzend Zeugen verhört, darunter den Werkmeister und Architekten Antonio da Ponte, Signora Sofia Ruis und den Leiter der Gefängnisse Signor Egidio Panizzaio, dessen gutes Herz ihn zu seinem Unglück bewogen hatte, Gabrieles Tutor und Bürge zu sein.

Dass diese Flucht kein Werk des Heiligen Geistes war, hätte auch der Patriarch Trevisan unterschrieben. Die beiden großen, je drei Pfund schweren Schlösser, die die Riegel vor dem achten Pozzo versperrten, musste wohl oder übel jemand von außen wieder vorgelegt haben.

Visdecazzòn und der Assassino, die letzten zwei Zeugen des ersten Verhörtages, standen leicht nach vorn geneigt vor der Kommission und wussten nicht mehr, auf was sie noch schwören sollten: Als sie den Gefangenen Righetto bei Tagesanbruch aus der Krankenstation in seine Zelle, den achten Pozzo, zurückgebracht hatten, seien die Schlösser noch versperrt und die Riegel in den Ringen gewesen.

In dem Saal hörte man jetzt nur noch das leise Pfeifen des Windes in den Fensterrahmen. Auch Righettos Verhalten erscheine verdächtig, hatten die Richter mehrmals betont. Denn Zufälle gab es nicht im Leben der Gefangenen. Zufälle konnte man kaufen, das ja, und der Preis stieg bei erhöhtem Risiko. Immerhin hatte es außer der Einlieferung Righettos in die Krankenstation in jener Nacht auch noch eine »zufällige« Rauferei im Valiera-Gefängnis gegeben, die die Wächter und Garden des

Palazzo eine ganze Stunde lang beschäftigt hatte. Kurzum, wenn jemand bestraft werden musste, hätte man alle bestrafen müssen, denn alle wussten Bescheid, und alle schwiegen sich über diese Flucht aus. Aber Bestrafung war riskant, denn die Gemüter waren angespannt, die Gefängnisse überfüllt, und eine Nichtigkeit genügte, damit ein Aufstand losbrach.

Salomonisch hatte das Collegio entschieden, bis zu weiteren Nachforschungen und dem entsprechenden Bericht an die Zehn keine disziplinarischen Maßnahmen zu ergreifen, und sich damit begnügt, Bekanntmachungen und Aufrufe von der Statue des Buckligen von Rialto bis nach San Marco und an jeder Fähre anzubringen. Tausend Dukaten Kopfgeld wurden ausgesetzt und die Jagd auf die Flüchtigen in der Stadt, der Lagune und auf der Terraferma eröffnet. Man machte also, um das Gesicht zu wahren, ein großes Aufheben um eine sehr geringe Hoffnung, denn mit so vielen Stunden Vorsprung, kräftigen Herzen und schnellen Beinen mussten die drei Ausbrecher Venedig schon viele Meilen hinter sich gelassen haben.

11

Das Malergerüst bedeckte die westliche Ecke des Kreuzgangs im Kloster San Girolamo di Fiesole auf der Isola della Grazia. Den ganzen Morgen über bis zur Mittagsstunde tauchten die Sonnenstrahlen, die vom Hofpflaster reflektiert wurden, diese Ecke in ein starkes natürliches Licht.

Filippo Tomei hatte sich auf die Malerei geworfen, um über seinem Gefangenen-Eremitendasein nicht den Verstand zu verlieren, und er hatte sich diese Ecke wegen des Lichts und der Wärme ausgesucht. Nachdem er den Untergrund der Lünette mit Putz vorbereitet und mit Kohle eine Skizze des Freskos gezeichnet hatte, brachte Tomei nun seit einigen Tagen Kalkputz auf, den er bemalte, solange er feucht war.

Die Stimmen kamen unerwartet, begleitet von heftigem Fuß-
getrappel, dessen Rhythmus und Fröhlichkeit zu den Stimmen
passten. An diesem heiligen Ort, wo Stille die Regel war, erkannte Tomei den Seelenzustand der Mönche inzwischen am
mehr oder weniger heftigen Rascheln der Kutten, an der Art
und Weise, sich ins Skapulier zu hüllen, am Auftreten der Füße,
bloß oder in Holzschuhen, mal trocken und eilig, mal matt und
schlurfend. Diese Gruppe aber, die den Kreuzgang betreten hatte und nun auf ihn zukam, zeugte von recht großer Ausgelassenheit, zu viel vielleicht, da die Ordensregel Mäßigkeit in allen
Bekundungen des Seelenlebens vorschrieb.

Tomei ahnte den Grund, als er sah, wie sich die grauen Kutten
der Ordensbrüder um die grellen gelbroten Gewänder zweier
portadori de vin drängten. Die Weinträger schoben einen Karren, auf dem sich vier Fässchen befanden, gut mit Füllmaterial
gepolstert und mit Seilen festgezurrt. Von seinem Gerüst aus
konnte er die Prozession beobachten, die allgemeine Heiterkeit bis in alle Einzelheiten erfassen und urteilen, ohne beurteilt
zu werden. Einer der jüngsten Mönche, fast noch ein Knabe,
kletterte sogar auf das Gerüst, um dem Maler zu erklären, dass
der Wein das Geschenk eines hohen Herrn von der Terraferma
zum Dank für einen Gnadenerweis sei. Und einer der beiden
Träger hob die Augen und zwinkerte Tomei zu, womit er die
Bestätigung erhielt, dass die Botschafter endlich angekommen
waren.

Der Florentiner wartete, bis die Gruppe in dem Raum verschwand, der zu den Küchen führte, und das Durcheinander
nachließ. Er hatte wenig Zeit. Aus der Kiste mit den Farbpig-
menten zog er einen kleinen Glaszylinder. Er sprang vom Gerüst, packte es an den beiden Längspfeilern und verschob es bis
vor den Ausgang, so dass dieser versperrt war. Dann rührte er
mit dem Pinsel ein wenig Farbe in einer Tasse an. Kurz darauf hörte er die Räder des Karrens über die Fugen im Pflaster hüpfen, sie waren jetzt frei vom Gewicht der Fässer. Einen

Augenblick später erschienen die beiden Portadori, nur noch von einem der Mönche begleitet, während die anderen sicher schon vom Nektar des Lebens kosteten. Filippo tat, als drückte er gegen die Streben, um das sperrige Gerüst aus dem Weg zu räumen.

»Ich helfe Euch, Signore!«, rief der Portador, der ihm zugezwinkert hatte, und ohne auf eine Antwort zu warten, war er schon bei Tomei. Der Austausch von Botschaften von Hand zu Hand war ein Kinderspiel, und beim »Ich danke Euch!« stand das Gerüst schon wieder dicht an der Wand.

Das plumpe, dickbauchige Fischerboot segelte mit halbem Wind von steuerbord durch den Canale dell'Orfano. Der grüne Rumpf krängte, und die große weiße Möwe, mit der der Bug geschmückt war, schien über die Wellenbärte zu gleiten. An Deck rollten zwei Fischer das Netz zusammen. Ein Matrose stand an der Ruderpinne, ein anderer an der Bugspitze bewachte das Segel. Auch an diesem Morgen führte Frate Angelo Riccio das Kommando über die Männer, die der Sekretär Formento ihm für die Überwachung von Filippo Tomei geschickt hatte. Von der leichten Übelkeit des Festlandbewohners gepackt, wickelte der Frate sich in den Umhang, der seine Kutte bedeckte, und gab dem Steuermann ein Zeichen.

Eine der Regeln, die jeder Matrose kennt, besagt, dass wenn sich zwei Boote begegnen, dasjenige Boot ausweichen muss, das an der Luvseite des anderen segelt. Dieser Regel folgend, manövrierte das schmale, lange Boot der Portadori de vin, indem es nach links steuerte, um am Fischerboot vorbeizufahren. Doch es schien fast, als stünde dort ein unerfahrener Steuermann am Ruder, denn das Fischerboot drehte bei diesem Manöver nach rechts und richtete seinen Bug auf die rechte Bordwand des anderen Bootes in einem offensichtlichen Rammversuch. Während es diese wegen seiner schwereren Tonnage erzwungene langsame Bewegung vollführte, sprang der Matrose am Bug mit einem Tau in der Hand auf das andere Boot, und ihm folgten wendig und schnell die Fischer.

All das vollzog sich als lautloser Tanz folgenschwerer Handlungen, bei dem Angreifer und Angegriffene ihre jeweiligen Rollen und Schicksale schon kennen und sich ihnen stumm fügen: Ein Fischer zog eine Armbrust unter dem Kittel hervor, die Weinträger versuchten, ihre Schwerter zu zücken. Einer wurde von dem Pfeil aus der kleinen Armbrust durchbohrt und krümmte sich, röchelnd vor Schmerzen, auf dem Deck zusammen. Der andere wurde mit Tritten und Hieben überwältigt und mit einem Messer an der Kehle in Schach gehalten. Während die Segel herabfielen und die beiden Boote sich aneinander schmiegten, begannen die Fischer mit der Durchsuchung der Weinträger und des Bootes.

»Wo ist die verschlüsselte Botschaft?«, brüllte Angelo Riccio vom Bugspriet aus. Er wollte die Sache schnell hinter sich bringen. Auf sein Zeichen versetzte einer der Fischer dem Portador einen Fausthieb auf der Höhe des Ohres. Doch der schwieg. Riccio schwankte ein wenig, während er dem geschlagenen Mann zuzwinkerte. »Schneidet ihm einen Finger ab«, sagte er.

Einer der Fischer ergriff den Arm des Portador, verdrehte ihn, und flink wie ein Bauer, der einen Rebstock beschneidet, hatte er ihm mit einer Zange den kleinen Finger abgetrennt. Die Schreie des Portador wurden zu einem erstickten Röcheln.

»Nun?«, drängte Riccio.

Schweigen.

»Noch einen!«, befahl er in ärgerlichem Ton.

»Nein, bitte nicht!«, flehte der Unglückliche. »Was Ihr sucht, ist in der Riemengabel, der Riemengabel am Heck …«

Der Wind strich über die Lagune und zerteilte sie in unzählige, voranströmende Streifen, während die Inseln dunkel wie Schorf über der glatten, vereisten Fläche auffragten. Weit und breit war kein anderes Boot zu sehen. Ein Fischer zog die Riemengabel aus der Bordwand, holte einen Zapfen aus Messing

heraus und öffnete ihn am unteren Ende. Zum Vorschein kam ein winziger Glaszylinder, den er Angelo Riccio reichte. Der Frate entfernte den Stopfen aus Kork und zog eine Schriftrolle heraus, einen mindestens eine Elle langen und einen Daumen breiten Streifen Papier. Er entrollte ihn in der Luft – das Papier war vollkommen weiß. Riccio lächelte.

12

Zwischen den hellgelben Schilfbüscheln tauchten die schrägen Dächer zweier Casoni auf. Wo diese Fischerhäuser standen, war das Erdreich fest, die Schollen wurden von den Wurzeln der Pappeln und Akazien zusammengehalten. Jacomo prüfte die Ausrichtung der Häuser, er wusste, dass die große Tür mit dem Vorhof sich immer nach Südosten öffnete, der wärmsten und geschütztesten Seite, während die Rückseite des Hauses, eine Mauer aus sehr dicht geflochtenem Schilfrohr ohne jede Öffnung, vor dem kalten Nordwestwind schützte. Er blickte in die Sonne. Sie gingen in die richtige Richtung. Kindergeschrei war zu hören. An einer Wäscheleine hingen fünf kleine und zwei große Hemdkittel. Im Windschatten gingen sie weiter. Der Geruch von Feuer und Suppe wehte heran. Der Duft einer Familie.

»Ich habe Hunger«, sagte Gabriele wie ein kleines Tier, das nur aus Instinkt und Geruchssinn besteht.

»Weitergehen!«, befahl Jacomo. Es tat ihm ein bisschen leid, aber er musste die Disziplin aufrechterhalten. Anhalten und ausruhen würden sie erst bei Sonnenuntergang, am Rand des Sumpfes, noch weit vor der Brenta. Dort würden sie den Tag abwarten, denn diese Gegend der Terraferma war mit ihren Seen, Tümpeln und Kanälen durchdrungen vom Wasser. Wenig genügte, um darin steckenzubleiben.

Jacomo wühlte in seinem Bündel und holte eine Handvoll Münzen aus Zucker hervor. »Nimm, versüß dir den Mund.«

Gabrieles Augen wurden groß und leuchteten auf, seine Lippen öffneten sich. Er nahm ein paar Stück. Sofort kam Granzo dazu, und er war noch gieriger.

Gegen Härte wusste Jacomo sich inzwischen mit der Süßigkeit seiner Gebilde zu wehren, die ihre Formen dem Glasblasen und ihre Substanz einfachem Zucker verdankten. Die ersten waren für die Literaten bestimmt gewesen. Aus der wöchentlichen Ration Rohrzucker, die auf einem Kupferteller erhitzt wurde, konnte Jacomo Sterne, Tiere, Münzen und sogar Vasen formen, als wären sie aus Glas. Groß war das allgemeine Erstaunen gewesen, und sein Ruhm hatte sich von den Wächtern bis zu den Hauptmännern, von den Schreibern bis zu den Staatsbeamten verbreitet. Visdecazzòn war wild nach der Nascherei, Gabriele hatte immer einen Vorrat in der Tasche. Nachdem Egidio Panizzaio seine Kinder damit glücklich gemacht hatte, öffneten sich für Jacomo Dragan einmal in der Woche die Türen zu den Küchen des Palazzo. Dort hatte der Meister die Geheimnisse dieser arabischen und orientalischen Kunst in kleinen Portionen mit dem verblüfften Koch geteilt. Auf den Ruhm waren Vertrauen und Wohlwollen gefolgt. Genau das, was Jacomo sich erwerben wollte. Tagnetto, der alte Gefangene, der die Nachtleuchten in den Amtsräumen der besonders naschhaften *Conservatori alle Leggi* mit Öl füllte, hatte einen ganzen Korb voller Zuckerstücke bekommen, und Jacomo hatte außerdem zehn Dukaten hineingelegt, damit ihm der achte Pozzo geöffnet und dann wieder verschlossen würde. Zehn Dukaten hatte er Abraam gegeben, genannt Righetto, der im achten Pozzo saß, damit er sich in aller Eile auf die Krankenstube bringen ließ. Das einträchtige Schweigen der ganzen Gruppe hatte den Rest besorgt.

Filippo Tomei verschloss die Zellentür mit dem eisernen Riegel. Dann hüllte er sich in seinen Pelz und hängte die Wolldecke vor die hölzerne Tür, um jeden Spalt zu bedecken, durch den man in die Zelle spähen konnte. Er schloss den Fensterladen und zündete die Kohle im Ofen an. Diesen Ofen hatte er teuer bezahlt. Ein wahrer Luxus, der gegen die Ordensregel verstieß, ihm aber mit Dispens des Priors aus Gesundheitsgründen gewährt worden war. Die von den Portadori de vin überbrachte Botschaft lag, in einen Darm gewickelt, noch immer in dem Glas mit dem grünen Farbpulver. Tomei säuberte die Hülle von dem Pulver und zog vorsichtig an dem Bändchen, mit dem sie verschlossen war. Das Blatt Papier war vollkommen weiß. Er stellte die Ölleuchte neben den Ofen und prüfte mit der Hand, ob die Hitze der Glut nicht zu stark war. Dann breitete er das Blatt darüber aus und wartete einige Sekunden. Die Buchstaben erschienen fast im Nu: Wenige Zeilen in einer winzigen Handschrift bedeckten die rechte untere Ecke des Papiers. Filippo Tomei zog eine Augenlinse heraus und las:

Das Haus von Merkur erwartet Euch. Handelt schnell.
Hütet Euch vor Riccio aus Padua, einem niederträchtigen
Mönch und abgefeimten Spion, der jetzt im Sold des
Erzbischofs Altoviti und der Serenissima steht, doch
beide verrät, da er sofort bereit ist, dem zu dienen, der
besser zahlt. Möge Gott Euch helfen.

Tomei neigte das Papier zum Licht und las die Botschaft erneut. Dann faltete er das Blatt zusammen und legte es in die Glut. Ein Flämmchen züngelte auf, und das Papier fing Feuer. Als die Flamme erstarb und das Papier zu Asche geworden war, zog er den Pelzmantel fester um sich und spuckte einen Kloß Wut aus seiner Seele. Unterdessen ließ der Wind seine Stimme hören.

Ein eiskalter Wind hatte sich erhoben. Als die Sitzung des Consiglio Criminale beendet war, hatte Andrea sich von Sofia verabschiedet und Francesco d'Angelo den Auftrag gegeben, ihn
beim üblichen Samstagsbesuch der Rialto-Gefängnisse zu vertreten, um sich die Klagen der Gefangenen und die Fälle neuer
Klienten anzuhören.

Dann war er in Richtung Campo San Pantaleone gegangen,
dem letzten Zipfel des Sestiere Dorsoduro. Er wollte Venedig
zu Fuß durchqueren, denn viele Kanäle waren zugefroren, und
die Wasserwege waren schlecht passierbar. Außerdem entwirrte
sich beim Gehen über festen Boden, mochte er aus Erde, Gras
oder Stein bestehen, das Knäuel seiner Gedanken und Sorgen
und löste sich in viele einzelne, wie zum Trocknen ausgespannte
Seile. Bei San Samuele hatte Andrea die Fähre über den Canal
Grande genommen, dann die Calle San Barnaba eingeschlagen
und war nach etwa hundert Schritten in nördlicher Richtung
über den Campo Santa Margherita mit seinen Fischständen gegangen, wo die Möwen sich mit Schnabelhieben und Geschrei
um die Reste des Fangs stritten.

Als hinter dem Glockenturm von Santa Margherita der Palazzo Loredan auftauchte, begann Andreas Herz zu rasen. Die
rot verputzte Westfassade mit dem breiten Balkon, die über drei
Stockwerke von rechteckigen Fenstern mit Einzelbögen durchbrochen wurde, leuchtete in der Sonne auf, und inmitten dieses
rötlichen Funkelns verliehen vor allem die Tragbalken, die Fens-
tersimse und die Säulchen aus weißem istrischem Stein dem
Gebäude perspektivische Tiefe.

Sein Vater Pietro Loredan hatte es für achtundzwanzigtau-
send Dukaten von der Familie Signolo gekauft. Das war 1539,
und Lucrezia, Andreas Mutter, hatte die Renovierung und Einrichtung mit Leidenschaft verfolgt. Alles im Haus erzählte von
ihr, das Mobiliar, der Hausrat, die Tapisserien aus Brokat und

die Wandteppiche, die Fresken in ihren Lieblingsfarben Gold und Weiß, Gold und Rosa, Gold und Hellgrün, die Orientteppiche und kunstvollen Fensterscheiben, bis zu den blankpolierten Fußböden. Als sie starb, hatte Pietro in seinem Gram den Palazzo dem ältesten Sohn Alvise überlassen und war zu seinen Geschwistern in das Haus in der Calle della Frescada zurückgekehrt, das etwa hundert Schritt vom Campo San Pantaleone entfernt lag.

Andrea ging über die Brücke des Rio und hielt sich am Geländer fest, um nicht auf dem Eis auszurutschen. In der Mitte blieb er stehen. Hier hatte er seit seiner Geburt gelebt, doch jetzt war ihm, als habe er alle Erinnerungen verdrängt. Er betrachtete die Fenster. An die Farben des damals von Jacomo Dragan geschaffenen Glases erinnerte er sich genau, aber die dargestellten Motive hatte er vergessen. Eines der Fenster war leicht geöffnet und reflektierte einen Lichtblitz, in dem man die dunklen Linien der Bleifassung erkennen konnte, die die Glasplatten zusammenhielt. Andrea überlegte, wie er seinen Bruder auf das Thema ansprechen sollte, um die Mauer des »Ich erinnere mich nicht« zu überwinden, die Alvise seit je her errichtet hatte und die jede Frage nach den lange zurückliegenden Ereignissen zwecklos machte. In Gedanken verband Andrea seinen Bruder mit seinem Vater und in gewisser Weise auch mit Jacomo Dragan. Alle drei waren Zeugen jener Ereignisse, die das Leben des Glasmeisters erschüttert hatten. Je länger Andrea darüber nachdachte, wie er das Gespräch mit Alvise wieder anknüpfen konnte, desto stärker empfand er den Wunsch, es ganz aufzugeben. Also beschloss er, auf jede Strategie zu verzichten.

Wie groß die Familie seines Bruders Alvise Loredan war, erkannte man schon an dem gewaltigen, von zwölf Stühlen umgebenen Esstisch, der einen Großteil des Speisezimmers im ersten Stock einnahm.

Die zehn Schwangerschaften hatten Elenas Schönheit nicht

gemindert, ihr Körper war wohlproportioniert, die Züge nobel und anmutig mit leicht gebogener Nase und kleinen Ohren wie aus Alabaster. Ihre im Nacken zusammengebundenen Haare schmückte an diesem Tag ein Perlenreif. Das Abenteuer, so viele Kinder großzuziehen, hatte ihr nichts von ihrem streitbaren Naturell und ihrer scharfen Zunge genommen. Alvise Loredan hatte sie 1541 geheiratet, und im Laufe von siebenundzwanzig Jahren waren acht Jungen und zwei Mädchen geboren worden, so dass der Älteste fünfundzwanzig Jahre älter war als sein jüngster Bruder. Elena betrachtete Andrea als ihr elftes, ungeratenes Kind, das vom Vater sofort verstoßen worden war, denn kurz nach der Geburt im Jahr 1542 war Lucrezia gestorben, und Pietro hatte den Sohn, »die Ursache seines unendlichen Schmerzes«, der Schwiegertochter anvertraut.

Darum empfing Elena ihn auch dieses Mal auf dem Absatz der Treppe zum ersten Stock mit gutmütiger Strenge. »Du hast dich also endlich einmal an uns erinnert«, sagte sie, die Arme zum Willkommen ausbreitend. »Dein Bruder ist oben, im Dachboden der fernen Gegenden«, fügte sie hinzu, weil sie die Gründe ahnte, die Andrea nach Hause zurückführten.

Der Palazzo wurde leichter, je höher man stieg, die Mauern verjüngten sich von einer Elle zu einer Spanne. So wurden die Zwischenwände aus Backstein im ersten Stock weiter oben zu hölzernen, mit Seide und Brokat verkleideten Paneelen. Und die Treppen gingen von Stein in Eiche über.

Andrea klopfte. Hinter der Eingangstür zum Dachboden aus blau bemaltem Holz lagen Träume und Hoffnungen. Schritte. Die Tür öffnete sich, und die am Dach verankerte Galerie, die vom frühen Morgen bis zum Sonnenuntergang im Sonnenlicht lag, wurde vom Tabakduft eingehüllt. Piero, Alvises Erstgeborener, stand reglos auf der Schwelle, zu mehr als einem erstaunten Blick war er nicht fähig. Dann fiel er dem Onkel, der sein Bruder hätte sein können, plötzlich ungestüm um den Hals. Piero

war stark wie ein Stier, er hatte das Gesicht seines Vaters und Großvaters und das gleiche fuchsrote Haar am ganzen Körper. Während Andrea noch den Druck und zwei Schläge auf seinem Rücken spürte, tauchte hinter seinem Neffen Alvise auf, dicht gefolgt von Lunardo, dem dritten Sohn, zwanzig Jahre alt.

Alvise nahm die Pfeife aus rotem Stein und Kirschholz aus dem Mund, die ihm der Kapitän einer portugiesischen Galeone geschenkt hatte, und begrüßte ihn: »Willkommen, Bruder!« Diese Herzlichkeit hatte Andrea nicht erwartet. »Lasst uns allein«, sagte Alvise zu seinen Söhnen.

Piero und Lunardo wechselten einen Blick mit ihrem Onkel und verließen den Dachboden. Ihre Schritte knarrten auf der hölzernen Treppe, bis sie ihre Füße auf den Stein im ersten Stockwerk aufsetzten.

In dieser Zeit hatte Andrea Gelegenheit, sich umzusehen, um wieder mit dem Ort vertraut zu werden, vor dem er sich als kleiner Junge stets gefürchtet, in dem er aber als Heranwachsender zu träumen gelernt hatte. Es war der einzige Raum im ganzen Palazzo, der vom Geschmack und den Eingriffen Lucrezias nicht verwandelt worden war. Ganz mit dunklem Holz ausgekleidet, wirkte er wie das Achterkastell einer Karacke. Die Decke bestand ebenfalls aus Trägern, Pfeilern und Balken wie die Decke eines großen dickbauchigen Schiffes. Ringsum fünf Fenster mit Scheiben aus verbleitem Cristalìn. Jede freie Fläche im Dachboden war bedeckt mit Büchern, Portolanen, Pergamenten, Inselkarten, Sanduhren, nautischen Karten, Planigloben, Sternenkarten, nautischen Instrumenten aus Holz und Messing wie Zirkel, Astrolabien, Kompasse und ein Jakobsstab zur Messung des Längengrades, außerdem fanden sich Teile einer Schiffsausrüstung: Taue, Poller, Strickleitern, Türgriffe, eine Schautafel mit Seemannsknoten, die Hälfte eines Galeerenruders und ein Teil eines Heckfrieses mit Intarsien. Zwei bekannte Gegenstände ließen Andrea erschauern, wie früher: ein altes Stück Holz, auf dem die Inschrift PANDORA zu lesen war, und ein Zipfel roten Tuches mit einem Teil des Markuslöwen, der das Schwert zückte. Das war von der *Pandora* geblieben, dem Schiff, auf dem vor siebzig Jahren, am 12. August 1499, vor der Isola di Sapienza sein Vorfahr Andrea Loredan im Kampf gegen eine osmanische Flotte gefallen war. Ihm zu Ehren hatte Andrea seinen Namen, und er trug schwer an diesem Gewicht.

»Sieh mal, wie herrlich!« Alvises Stimme lenkte Andrea von den Gefühlen der Schuld und Unzulänglichkeit ab, die ihn bei der Erinnerung an die jährlich in der Kirche San Zanipolò gefeierten Heldentaten des Ahnen stets peinigten. Er ging zu seinem Bruder, der sich über einen der Tische an den Fenstern beugte und auf eine Landkarte in Form von Schmetterlingsflügeln oder zwei symmetrisch angeordneten Herzen zeigte.

»Sie wurde in Leuven von De Kremer gezeichnet, diesem ketzerischen Genie. Dreihundert Dukaten hat sie mich gekostet und fünfzig habe ich dem Boten geben müssen, der sie mir gebracht hat.«

Andrea betrachtete das Gitter aus gebogenen Linien, die die beiden Teile der Karte durchzogen. Auf der linken Seite erkannte er sofort den Golf von Venedig und die Grenzen des Mittelmeers, oben im Norden war Grönland eingezeichnet. Sein Blick wanderte nach unten, nach Afrika, von der Berberei bis nach Biafra, um dann in Richtung Osten bis nach Hindustan und China zu gehen. Im Westen gab es hinter dem Westlichen Ozean die Insel Hispaniola und den Kontinent, den manche Amerika nannten, andere die indischen Inseln, wieder andere die Neue Welt. Andrea sah, dass die südlichen Teile von Amerika, Afrika und Asien fast mit dem endlosen Eisgebiet verschmolzen, von dem viele sprachen, das aber nur wenige gesehen hatten.

»Etwas Besseres für die Seefahrt gibt es nicht, und dies ist das erste Exemplar, das in Venedig angekommen ist!« Er packte Andrea am Arm. »Wir können nicht länger warten, lieber Bruder! Die Kosten für den Unterhalt der Galeeren sind unerträglich gestiegen, und die Mannschaften werden immer schlechter.

Außerdem die Türken. Sie versperren uns alle Wege nach Osten. Hör mir zu, ich meine es ernst: Ich will unsere Schiffe aus dem Mittelmeer herausfahren lassen, nach Westen, denn dort liegt der ganze Reichtum!« Erregt zeigte er wieder auf die Karte: »Wenn wir in unserem kleinen Golf eingeschlossen bleiben, werden wir sterben.« Alvise setzte einen Finger in die Mitte des Westlichen Ozeans.

»Dort sind schon die anderen, Alvise«, gab Andrea zu bedenken. In seinem Einwand lagen ein leiser vorwurfsvoller Ton und eine Menge Resignation.

Alvises Gesicht zuckte. »Mit Franzosen, Portugiesen, Spaniern und Genuesern kann man sich verständigen, sie sind Christen und Händler wie wir«, erwiderte er bestimmt.

»Du irrst dich, sie hassen Venedig mehr als die Türken.«

»Ich spreche nicht von Venedig! Ich spreche von uns! Uns Loredan!«, rief Alvise aus. Andrea begriff, dass er auf ungeschickte Weise ein Thema berührt hatte, mit dem der Bruder sich offenbar seit langem quälte. »Ich will Schiffe kaufen, die für den Ozean tauglich sind, und dann werden wir losfahren! Ein Handelsabkommen wird sich finden!«, sagte Alvise mit rauer Stimme.

Er entrollte ein Blatt Papier, das zwischen den anderen gelegen hatte, und zeigte auf die Zeichnung eines schlanken Dreimasters mit ansteigendem Deck, einem nicht sehr großen Achterkastell und einem hohen Bug, der in einem schräg aufragenden, mit einem Segel besetzten Bugspriet endete.

»Die englischen Galeonen kosten ein Drittel weniger als unsere Karacken und eigneten sich besser für die hohen, weichen Wellen des Westlichen Ozeans. Und der klare, starke Wind, der von Osten nach Westen weht, trägt ein Schiff in weniger als dreißig Tagen von Afrika nach Amerika.« Alvises Augen leuchteten wieder begeistert. »Wir müssen Matrosen und Steuermänner für die Navigation im Großen Meer ausbilden, und hier müssen wir Lagerhäuser finden«, er wies auf die westliche Küste Afrikas, gleich unterhalb von Gibraltar. »In Tanger, bei den

Portugiesen, die dort herrschen. Wir werden ihnen Zoll zahlen und unsere Waren nach Amerika bringen. Dann werden wir mit neuen Waren für die Serenissima und das ganze Mittelmeer zurückkommen. Verstehst du? Wir können unser Glück machen!« Alvise nahm Andreas Arme und zwang ihn, ihm in die Augen zu blicken. »Ich möchte dich so gern an meiner Seite haben, Bruder!« Es klang wie eine ehrliche Bitte.

Einen so herzlichen, direkten und aufrichtigen Vorschlag hatte Andrea ganz und gar nicht erwartet. Er wollte ihn nicht enttäuschen, ihm aber auch nichts vormachen. »Ich danke dir. Aber in diesem Gewerbe braucht man seemännisches Können, über das ich nicht verfüge.«

»Dein Feingefühl am Steuerruder oder deine Fähigkeit, zu befehlen, brauche ich nicht, ich habe schon fünf Söhne, die auf dem Meer großgeworden sind. Nein, das, worum ich dich bitte, ist, die Gesellschaft mit deiner Ehrlichkeit zu leiten und sie vor Dieben und Wucherern zu schützen.«

»Dein Vertrauen ehrt mich, Alvise, aber dieses Unternehmen ist zu groß, wie könnte ich dir zustimmen?« In Andreas Stimme lag Bedauern.

Alvise sah ihn enttäuscht an. So war er: Seine Stimmung wechselte wie ein jäh umschlagender Wind. Er steckte sich die Pfeife zwischen die Lippen und zog mehrmals schnell und geräuschvoll daran. Im Pfeifenkopf pulsierte die rote Glut des würzigen amerikanischen Tabaks, und in der Luft blähten sich Rauchwolken auf.

»Ich hatte deinen Besuch nicht erwartet. Darf ich den Grund erfahren?« Schon dieser Frage hatte er einen gereizten Ton unterlegt. Andrea durfte nicht länger warten.

»Ich brauche Hilfe und bin gezwungen, auf ein Thema zurückzukommen, das dir nicht behagt.«

»Keine langen Vorreden, sprich.«

Andrea blickte starr vor sich hin, bemüht, nicht im gleichen Ton zu antworten, denn dann hätte es sofort Streit gegeben.

»Ich muss dich um mehr Informationen über diesen Glasbläser Jacomo Dragan bitten.«

»Du bist ein Dickkopf.«

»Dragan ist letzte Nacht aus dem Gefängnis geflohen.« Die beiden Brüder blickten sich an. »Dieses Mal droht ihm der Strang, wenn sie ihn finden.«

»Überlass ihn seinem Schicksal«, erwiderte Alvise verächtlich.

»Was sagst du da?«

»Du bist und bleibst der gute Samariter.«

Andrea steuerte direkt auf sein Ziel zu. »Ich möchte erreichen, dass der Prozess wegen des Juwelendiebstahls wieder aufgenommen wird.«

Alvises Gesicht verdüsterte sich. »Ich habe dir schon alles gesagt, was ich weiß.«

»Meiner Meinung nach war die Ermittlung damals oberflächlich. Wenn es mir gelingt, auch nur einen Zweifel zu säen, kann man versuchen, das Verfahren neu zu eröffnen.«

»Was willst du von mir?«, fragte Alvise mürrisch.

»Du musst dich erinnern, wie lange Dragan sich in diesem Haus aufgehalten hat, das ist wichtig.« Er machte eine weit ausholende Handbewegung. »Dragan muss viel gearbeitet haben, der Palazzo hat eine Menge Fenster mit Scheiben in den unterschiedlichsten Formen und Farben, und auf anderen gibt es Gravuren. Wie viel Zeit hat er gebraucht, um diese Arbeiten zu vollenden?«

Alvise schüttelte den Kopf.

»Das ist dreißig Jahre her, wie soll ich mich da erinnern?«, sagte er ärgerlich.

»Ich frage dich nicht nach dem genauen Datum.«

»Sieh dir doch den Vertrag an!«

»Das hätte ich ja getan, aber es gibt nicht den kleinsten Nachweis mehr über diese Geschichte! Mein Gehilfe und ich haben zwei Wochen lang die Archive des Dogenpalastes durchsucht. Ottobon behauptet, alles sei bei dem großen Brand '56 ver-

lorengegangen.« Er schwieg eine Weile. »Willst du den Alten am Galgen hängen sehen?«, fragte er dann betrübt.

Sie beäugten einander stumm in dem eigenartigen Licht, das der Luft materielle Konsistenz zu verleihen schien.

»Dragan war mindestens ein Jahr hier«, antwortete Alvise leise, und Andreas Züge entspannten sich.

»Ein Jahr. Und während dieser Zeit werden außer den Glasmachern wohl auch Maurer, Tischler und Fußbodenleger hier gewesen sein. Eine große Baustelle, nicht wahr?«

Alvise dachte kurz nach. »Unsere Mutter Lucrezia war sehr tüchtig«, und in seinen Augen blitzte Stolz auf, der gleich darauf in einem traurigen Ausdruck verflog. »Sie hatte alles gut geplant, dem Werkmeister hatte sie den Auftrag gegeben, zunächst den Ostflügel im ersten Stock fertigzustellen, damit wir dort einziehen konnten. Außerdem gab es schon einige Räume unter dem Dach für die Dienerschaft.«

»Also war nicht nur Dragan im Palazzo, als der Diebstahl begangen wurde, sondern auch andere Handwerker?«

Auf Alvises Stirn zeichneten sich zwei Falten ab. »Na und?«, entgegnete er angespannt.

»Das könnte Raum für neue Vermutungen geben, meinst du nicht?«

»Das Schmuckstück wurde in seiner Glashütte gefunden, und dieser Mann war der Einzige, der die Erlaubnis hatte, jeden Raum und jeden Winkel des Palazzo zu betreten. Unser Vater kannte ihn gut, er vertraute ihm und musste teuer dafür bezahlen!«

»Man könnte Dragan hereingelegt haben, wie er behauptet.«

»Blödsinn!«, brauste Alvise auf.

Andrea nickte fast unmerklich. Etwas in der jähen Erregung seines Bruders kam ihm seltsam vor. »Schon gut, reg dich nicht auf. Sag, erinnerst du dich an den Namen von irgendeinem der Gehilfen, die mit Jacomo Dragan arbeiteten?«

Alvise dachte eine Weile nach. »Ja, einer hieß d'Angelo.«

Andrea staunte. »Wie, etwa Vincenzo, der Vater meines Assistenten?«

»Ja, der.« Alvise strich mit den Fingern über die Fensterscheiben. An den Rändern waren kunstvoll Delphine, Galeeren, Seepferdchen und Friesmuster eingraviert. »Das alles ist seine Kunst, er ist der beste Graveur …« Als er sich umdrehte, ruhte Andreas Blick auf ihm.

»Und was für ein Mensch war er?«

Alvise zuckte mit den Schultern. »Ein Streithammel. Einmal wurden er und Dragan handgreiflich, und d'Angelo gab die Arbeit auf. Frag mich nicht, warum, denn ich weiß es nicht.«

Beide verharrten eine Weile stumm.

»Jetzt entschuldige mich bitte, aber ich muss mit meinen Söhnen weiterarbeiten«, sagte Alvise und öffnete die Tür. Andrea wartete nicht länger, trat über die Schwelle und reichte ihm die Hand. »Danke«, sagte er. Alvise zögerte, dann nahm er die Hand und drückte sie.

15

Wie der Stab einer Sonnenuhr fiel der Schatten des Glockenturms von San Giovanni in Bragola diagonal, von Südosten nach Nordwesten, über den Campo, und seine Spitze zeigte auf eine Stelle links vom Palazzo Morosini, wo die enge Calle della Morte begann.

Aus der Calle della Malvasia kommend, wo der Weinladen lag, war Sofia in Richtung Campo della Bragola gegangen und hatte das böse Omen dieses Schattens sofort bemerkt. Sie hatte sich bekreuzigt und mit den Seelen der unschuldig hingerichteten Angeklagten gesprochen, die noch immer in die Calle della Morte kamen und dort wehklagten. Soweit sie sich erinnerte, war der Blitz dreimal in die Kamine des Palazzo Morosini eingeschlagen, die Steine hatten sich über den ganzen Campo verstreut, und alle sagten, dass der Zorn dieser Toten immer im Juli Unwetter hervorrief. Sofia wollte nicht weiter darüber nachdenken und beschleunigte ihren Schritt.

Die Kirche war leer, die Messe hatte noch nicht begonnen. Die Kapelle von San Giovanni Elemosinario, dem Patriarchen von Alessandria, war die zweite von rechts und so schlicht, wie dieser heilige Mann es gewünscht hatte. Sofia zog ein paar Steinchen aus dem Umschlag ihres Ärmels, legte sie auf die Kniebank und kniete darauf. Mit dem stärker werdenden Schmerz erfasste sie eine starke Gefühlsbewegung, sie spürte die unendliche Liebe, die aus ihrem Herzen strömte, außerhalb ihres Körpers.

Mein geliebter Sohn. Der Gedanke drängte aus ihr heraus und floss auf dem Strom dieser Liebe. Sie musste nicht lange warten.

Mutter. Toninos Ruf war nicht Sprache, sondern Stoff ohne Form.

Sofia genügte es, ihn in ihrer Nähe zu spüren, fließend und lebendig in der Essenz, mit der der Schöpfer den Himmel und die Erde geschmückt hatte, dem einzigen Element, das alles umfasst, verbindet und unterscheidet, und so wurde auch ihr Gedanke zur bloßen Materie, sie musste keine Worte mehr aussprechen, keine Pausen mehr machen beim Wechsel der Gefühle. Wie nun seit Monaten jeden Tag schloss sie die Augen und ließ sich in ihn, in Tonino, übergehen. Es war eine Verlagerung der Seele, sie weitete sich in der anderen Seele, ohne Raum zu beanspruchen. Ein Körper, der sich öffnet, um einen anderen, nicht vorstellbaren Körper in sich aufzunehmen, doch ohne Bewegung und Schmerz.

Kurze Zeit später nahm Sofia das Rascheln eines über den Boden streifenden Hirsebesens und das grüne Schwingen von Caterinas Rock wahr, der Haushälterin von Don Zuànino, dem Pfarrer der Bragola. Sie hatte sie erwartet.

»Ich hab die geweihte Kerze und das heilige Öl, das alle erlöst ...«, raunte die Haushälterin, eine magere, schmächtige Frau mit großen, maskulinen Händen.

»Bist du sicher, dass es wirkt?«, flüsterte Sofia schüchtern.

Caterina, die eine Ecke der Altarstufen in der Kapelle fegte, ging zwei Schritte zurück, blickte sich misstrauisch um und zog einen Kerzenstummel und eine rote Schleife aus ihrer Schürzentasche, die sofort in Sofias Hände übergingen. »Gebrauch sie, wie ich es dir gezeigt habe«, sagte die Frau.

Sofia legte zwei Lire auf den Fußboden, Caterina fegte die Münzen mit dem Besen hinter eine der Säulen und hob sie dort auf. Sofia faltete die Hände, und während sie Gott um Hilfe für Gabriele bat, den anderen unglücklichen Sohn, drückte sie ihre Knie auf die Steine und begann das Vaterunser zu beten.

16

Der Nordwind klang wie ein Sturm über Klippen, und man hörte ihn am Rand des Schilfwalds ersterben. Die Kälte erreichte sie trotzdem. Sie hatten die Nacht abgewartet, zitternd und den Himmel betrachtend, in ihre eiskalten, klammen Decken gehüllt, die steif geworden waren wie Pergament. Jacomo hatte von der Tiefe des Himmels erzählt und von den ewigen, unendlichen Dingen, die in ihm sind, und Gabriele und Granzo hatten die Kälte etwas weniger gespürt, denn solche Worte hatten sie noch nie gehört. So einen Himmel sah man nur außerhalb der Stadt, in ihr genügte ein Flämmchen vor einem Heiligenbild, die Laterne einer Brücke oder der unschuldige Schein einer Kerze, um die Augen zu verschleiern und sie zwischen den irdischen Dingen festzuhalten.

»Wie groß ist der Himmel, größer als das Meer?«, fragte Gabriele.

»Sehr viel größer«, antwortete Jacomo. »Denn der Himmel enthält das Meer und auch die Erde. Auch die Sonne und den Mond.«

»Auch die Sterne?«, fragte Granzo fast eingeschüchtert.

»Auch die Sterne«, sagte Jacomo. »Und alles in diesem Himmel bewegt sich.«

Ein langes Schweigen folgte.

»Aber die Sterne bewegen sich sehr langsam«, sagte Gabriele.

»Sie sind weit weg, wie Schiffe am Horizont«, versuchte Jacomo zu erklären.

»Wenn sich aber alles bewegt, auch die Erde«, hub Gabriele wieder an, »warum fallen wir dann nicht herunter?«

»Dummkopf, schau her!«, sagte Granzo scharf, hob einen Stein auf und ließ ihn fallen. »Wir haben Gewicht. Unsere Füße wiegen und kleben wie die Steine an der Erde.«

»Und was ist dann mit den Vögeln?«, erwiderte Gabriele beleidigt.

»Die sind leicht, die haben Federn!«

»Fliegen sie denn nie auf den Mond?«

»Natürlich fliegen sie dahin!«, bestimmte Granzo.

17

Im Spiel der Kräfte wiederholen sich manche Bewegungen: Eingeschlossen in seiner Zelle im ersten Stock des Klosters San Giacomo auf der Giudecca, brachte Angelo Riccio die Schriftrolle an die Leuchte, prüfte die Hitze mit der Hand, und als er die geeignete Stelle gefunden hatte, setzte er den Papierstreifen der Hitze aus. Er liebte diesen Augenblick, in dem er Intelligenz statt Gewalt gebrauchen konnte. Vielleicht weil er sich immer schon mit Chiffren und Kodizes beschäftigt hatte und nur wegen eines kleinen Fehlers bei der schriftlichen Prüfung nicht als Chiffreur der Serenissima angenommen worden war. Der hauptamtliche Chiffreur Zuàn Francesco Marin hatte ihn für ungeeignet befunden. Seither hasste Riccio ihn. Ob Marin sich wohl an ihn erinnerte?

Langsam breitete sich auf dem gesamten Papierstreifen eine

einzige Zeile aus deutlich voneinander getrennten, in scheinbar sinnloser Abfolge aneinandergereihten Buchstaben aus. An der Farbe der Tinte, braunrot wie geronnenes Blut, erkannte der Frate, dass Tomei einfachen Zitronensaft benutzt hatte. Blieb nur noch, den Text zu entschlüsseln, denn jede Kunst hat ihre eigenen inneren Gesetze, denen sie folgt, so wie die Zeit dem Takt der Stunden, Tage, Monate und Jahre folgt. Jede Kunst hat ihre genauen Regeln, die entdeckt, weitergegeben und manchmal aufgeschrieben werden. Nachdem er viele Seiten überflogen hatte, war es für Angelo Riccio ein Leichtes gewesen, das Modell zu finden, das hier passte. Diese Chiffre war eine Skytale, die geniale Chiffreure wie der alte Marin als ein Kinderspiel bezeichneten. Er musste sich nur einen Stock mit dem richtigen Durchmesser basteln. Denn wenn man einen Papierstreifen spiralförmig um einen Stock wickelte und die Botschaft längs des Stabes darauf schrieb, erschien auf dem abgewickelten Streifen nichts als eine Reihe unverständlicher Buchstaben. Nur wenn man ihn wieder um einen Stab mit genau dem gleichen Durchmesser wickelte, reihten die Buchstaben sich in der richtigen Abfolge auf, und der Text wurde verständlich. Frate Angelo nahm eine Kerze und wickelte den Papierstreifen darum, doch was für erfahrene Chiffreure ein leichtes Spiel hätte sein können, wurde für ihn der Auftakt zu einer schlaflosen Nacht. Schließlich gesellten die Buchstaben sich langsam zueinander:

Ich bin Gefangener in einem Bienenstock, aber ich habe Honig bekommen und bin im Begriff zu fliegen – ich werde Euch bald Nachricht geben – Euer Abelard.

18

Gian Giacomo da Trin verkaufte Bücher an der Rialto-Brücke, und im Rialto hatte man ihn vor der Kirche San Giacometto bis zur ersten Frühmesse im Büßergewand mit einer Kerze in der Hand auf den Pflastersteinen knien lassen. So lautete das Urteil des Heiligen Offiziums. So war es von den drei Savi für Ketzerei und auch von der Regierung bestätigt worden. Zur großen Erleichterung des Inquisitors Schellino und des Nuntius Facchinetti, die an diese Methoden glaubten. Bei dem Buchhändler hatten sie damit begonnen, Aretino und Machiavelli zu verbrennen.

Um den Sonntag zu heiligen, waren weitere tausend Bücher auf diese Weise vernichtet worden, darunter viele der ketzerischen Gelehrten Ochino, Agrippa, Brucioli, Camerarius und Dolet. Die Fanti des Heiligen Offiziums hoben sie schaufelweise von einem Karren, als wären es Kohlestücke, und warfen sie ins Feuer. Die Christen aber, die heilig und gesegnet aus der Messe kamen, schrien, als sie den knienden Mann sahen, dass man auch ihn den Flammen übergeben solle. Und alle fühlten sich verbundener und wohliger, während sich die Klinkersteine auf dem Campo durch das große Feuer spalteten und noch einmal gebrannt wurden. Der dunkle Schatten ließ sich nie mehr vom Pflaster tilgen.

19

Direkt unter der *Krönung Mariä* von Guariento war die höchste Macht versammelt. Das Gericht des Dogen, die Festung der Träume, das Ziel eines jeden Patriziers, der das Empyreum der Politik erreichen wollte, bestand aus dieser vierunddreißig Fuß breiten und vierundzwanzig Fuß tiefen Tribüne zwischen den beiden Eingangstüren des Saals des Großen Rates. Man betrat sie über vier Stufen, die fast die ganze Vorderseite einnahmen. Zu beiden Seiten begrenzten sie etwa sieben Fuß hohe hölzerne Gestelle wie Mauern. Es waren mächtige Aufbauten mit Sitzen, die von Säulchen und Nischen geschmückt wurden. Über eine Innentreppe gelangten die Redner auf das von einem Geländer umgebene Dach, und von dort trugen sie der ehrwürdigen Versammlung die Fragen vor, die zur Abstimmung standen.

An diesem Tag hatte die Versammlung des Großen Rates wegen der Kälte erst lange nach Mittag begonnen, und sie war sehr turbulent gewesen. Andrea hatte sofort bemerkt, dass sein Vater fehlte. An dessen Stelle saß der älteste Dogenberater Niccolò Gritti in einem Umhang aus scharlachrotem Samt auf der Tribüne. Der Großkanzler Ottobon hatte sich von der Höhe der rechten Kanzel aus nach Kräften bemüht, mit Geklingel Ruhe herzustellen. Dann hatte er die Versammlung eröffnet und Andrea Dolfin, einem der drei Häupter der Zehn, das Wort erteilt. Der Consigliere hatte sofort die Flucht von Jacomo Dragan und den beiden jungen Gefangenen angesprochen. Der Werkmeister des Palazzo, Antonio da Ponte, sollte den Auftrag zur Erneuerung der Fußböden und Mauern sowie zur Herstellung von Türen, Gittertüren und Fenstergittern, die sich nicht aufbrechen ließen, bekommen. Der Vorschlag war in erster Abstimmung angenommen worden. Ebenfalls gebilligt wurden die Geldstrafen für die Wächter, Aufseher, Hauptmänner und Garden des Palazzo, die in jener Nacht Dienst gehabt hatten. Alle Gefangenen wurden mit zwei Tagen bei Wasser und Zwieback bestraft.

Dann war Andrea Dolfin zur Verlesung des Sendschreibens von Marc'Antonio Barbaro, Botschafter der Republik Venedig in Konstantinopel, übergegangen, das zwar alle vom Hörensagen, die meisten Mitglieder des Großen Rates jedoch noch nicht in den Einzelheiten kannten. Eine weitere halbe Stunde war mit der Aufzählung der Waffen und Truppenbewegungen von Venedig in die Seegebiete, von Istrien bis nach Zypern, vergangen. Und während der Consigliere die Menge an Kanonen, Feldschlangen, Steinschleudern, Kugeln, Musketen, Falkonetten, Arkebusen, Drehbassen, Piken, Brustharnischen, Schaufeln, Eimern, Fässern mit grobem und feinem Schießpulver, Salpeter, Kohlepulver, Blei, Zündschnüren und anderer im Krieg unentbehrlicher Dinge, einschließlich der Verlegung von dreihundert Fanti nach Zypern, abspulte, wich die mühsam eroberte Stille allmählich hundert neuen Wortgefechten, Sticheleien und Streitereien zwischen den Patriziern, die diesen Krieg für unvermeidbar hielten, und jenen, die stattdessen auf diplomatische Verhandlungen setzten, um ihn zu vermeiden. Als Dolfin zum Abschluss seiner Aufzählung erklärte, dass sich die anfänglichen Kosten auf schätzungsweise mindestens zweihunderttausend Dukaten belaufen würden, hatte Nicolò da Ponte geschrien: »Das ist ja Wahnsinn!«, und ein Pandämonium war ausgebrochen, wo alle brüllten, jeder gegen jeden wütete und keiner mehr auf seinem Platz blieb.

Andrea, der auf seinem Stuhl in einer der letzten Reihen saß, konnte dank der erhöhten Lage dieser Bank das ganze erbärmliche Schauspiel verfolgen. Er beobachtete das Verhalten der Ratsmitglieder, die in derartigen Situationen, wenn der Instinkt die Oberhand über Moral, Schamgefühl und Würde gewinnt, ihre wahre Natur offenbaren. Arme mit bebenden Fäusten fuhren durch die Luft, man hörte Schreie, manche drückten die Köpfe gegeneinander wie Stiere und brüllten dem Gegenüber ihre Meinung ins Gesicht. Es bildeten sich Grüppchen, und man nahm Partei, indem man sich zu dem gesellte, der am lautesten schrie, oder sich dorthin flüchtete, wo friedlicher diskutiert wurde. Und es gab jene, die verloren und bekümmert auf ihren Plätzen saßen. So stützte auch der Vizedoge Gritti die Ellenbogen auf die Armlehnen des Dogenthrons und verbarg das Gesicht in der offenen Hand, machtlos seiner Rolle als Repräsentant ausgeliefert.

Andrea suchte mit Blicken nach Alvise Mocenigo und fand ihn gleichmütig, die Arme vor der Brust verschränkt, auf seinem Platz in einer Sitzreihe gegenüber von Andrea. Der dritte Mann, den er in der Menge erkannte, war Andrea Dolfin auf der linken Kanzel der Tribüne. Von hier aus versuchte er, sich beim Avogador di Comun Nicolò Venier Gehör zu verschaffen, der in der Nische der rechten Kanzel saß. Dann sah Andrea, wie Dolfin sich umdrehte und ihn direkt ansah. In seinem Blick lag ein starker, unbezwinglicher Hass. Andrea dachte daran, wie geschickt Dolfin sich immer wieder zu einem der drei Häupter ernennen ließ, indem er die dreißig Tage Amtsgewalt in reibungslosem Wechsel auf die vorgeschriebene Sperrzeit von dreißig Tagen folgen ließ. Da er am 23. Juni 1569 für ein Jahr in den Rat der Zehn gewählt worden war, würde Andrea ihn noch weitere vier Monate gegen sich haben und mindestens zwei davon als Haupt. Er dachte an Taddea. Dolfins Hass war mit seiner Trennung von ihr entstanden.

Der allgemeine Aufruhr wuchs, wenn das überhaupt noch möglich war, und an einer Seite des Saals hatte sich ein Grüppchen Adeliger zusammengerottet, unter denen man die Kriegsbefürworter Girolamo Grimani und Zuàne Mocenigo erkannte, und da sich alle so sehr aufregten, musste jemand in der Mitte des Haufens, Andrea Badoer und Lorenzo da Mula vielleicht, handgreiflich geworden sein. Andrea dachte an die Unbefangenheit, mit der ein bestimmter Teil der Mitglieder des Großen Rates, darunter sogar Senatoren, in einer Ecke der Piazzetta von morgens bis abends ausschließlich damit beschäftigt war, mit Worten, Umarmungen und der Überzeugungskraft von Marktschreiern Verbündete zu gewinnen. Manchmal versprachen sie auch Vergünstigungen, ja, sie gingen sogar so weit, sich die Wahl in einträgliche oder ehrenvolle Ämter zu kaufen. Der Wert von Taten wurde also vom Wert des Geldes und der Macht abgelöst. Dabei starb die Moral und mit ihr die Gerechtigkeit, denn wer bereit war, sich persönlichen Erfolg durch Betrug zu verschaffen, neigte dazu, ihn mit denselben Mitteln zu erhalten.

Andrea sah, dass die Palastgarden einschritten, um das Handgemenge zu beenden, während der Großkanzler Ottobon auf die Kanzel gestiegen war und klingelnd zur Ruhe und zum Respekt vor dem Ort aufforderte, an dem man sich befand. Am Rand des Gewimmels entdeckte Andrea seinen Bruder Alvise, seit jeher ein erklärter Gegner des Krieges, obwohl stets bereit, die Fäuste zu gebrauchen, der sich drängelnd und schubsend einen Weg bahnte. Zwischen das erregte Grüppchen und den Rest des Saales stellten sich nun die Arsenalotti, kräftige, großgewachsene Männer, und sie kreuzten ihre Stöcke und Hellebarden, um die gegnerischen Parteien mit dieser beweglichen Schranke voneinander fernzuhalten. Isoliert und verstört, verstummten die erregten Patrizier, und dieses Sinken des Geräuschpegels übertrug sich rasch auf den ganzen Saal, so dass urplötzlich Stille herrschte. Die jäh umgeschlagene Stimmung traf Ottobon überraschend, denn gerade, als die Stille eintrat, schrie er aus vollem Halse: »Schämt ihr euch denn nicht, ehrwürdige Herren?« Der Schrei kam ihm aus dem Herzen und rief sofort ein gegen ihn, den einfachen Bürger, gerichtetes Bündnis kritischer Blicke der ganzen Versammlung hervor.

20

Nichts fürchtete der amtliche Chiffreur Zuàn Francesco Marin mehr als das Wasser und das Alter, weil beide ungewiss und unbeständig waren und dazu neigten, sich permanent zu verändern. Einen Kanal zu überqueren, einen Rio hinaufzufahren oder einen Arm der Lagune zu überwinden kam für ihn einem Abstieg in die schlimmste aller Unterwelten gleich, wo es von Seeungeheuern, trügerischen Strudeln und unvorhersehbaren, wütenden Winden mit turmhohen Wellen nur so wimmelte. Ebenso konnte eine Erkältung, ein Gliederreißen, ein neuer Fleck auf der Haut das unmittelbar bevorstehende Ende der Tage bedeuten, die ihm der Schöpfer auf dieser Erde gewährt hatte. Kurzum, der amtliche Chiffreur Zuàn Francesco Marin hatte eine irrsinnige Angst vor dem Wasser und dem Tod und versuchte, aus täglichen Vorahnungen und Zeichen die Ratschläge herauszulesen, die Gott ihm sandte, damit er stets den sichersten Weg wählte und die Fallen des Unbekannten umging. Im Grunde war auch das eine Art Entschlüsseln der geheimen Botschaften des Lebens, ein Versuch, auf die bestmögliche Weise zu leben. Manchmal war ihm, als sei er nur einen Schritt vom Verstehen des Zusammenhangs zwischen der sichtbaren und der intelligiblen Welt entfernt. Dann würden aus Koinzidenzen, Analogien, Zufällen und scheinbar unbedeutenden Geschehnissen die präzisen Linien seines persönlichen Schicksals werden. Doch immer wenn er diese Ahnung in eine logische, fassbare Überlegung verwandeln wollte, war es, als würde er versuchen, eine Handvoll Meerwasser zu ergreifen, um seine genaue Farbe zu bestimmen, denn alles löste sich auf, und von seinem Bemühen blieb nichts als die feuchte Spur dieses Versuchs.

Als er an diesem frostigen Morgen unter dem Zelt der Fähre nach Mestre und der Terraferma saß, gewahrte er auf der Höhe der Insel San Secundo etwas, was er niemals hätte erblicken wollen: Etwa hundert Fuß vom Bug der Fähre entfernt, kreuzte sie ein Boot mit einem an Deck festgezurrten Sarg, neben dem zwei Priester standen. Marin begann, die Kombination der Elemente Toter, Wasser, Boot und Priester auszuarbeiten, und hatte das deutliche Gefühl, dass in dieser Zusammenstellung etwas Unheilvolles steckte. Denn die Priester wirkten eher wie Metzger, die ein Kalb ins Schlachthaus brachten, derweil sie sich höflich eine Flasche mit einem berauschenden Getränk reichten, von der sie große Schlucke nahmen, und in ihre rauen Stimmen mischte sich Gelächter und Zungenschnalzen von einer so blasphemischen Dreistigkeit, dass sogar die beiden Ruderer der Fähre, von Standes wegen eigentlich üble Gotteslästerer, sich genötigt sahen, ein Kreuzzeichen zu schlagen.

Gleich einer Chiffre wurde dieses schamlose Schauspiel von

dem alten Kryptologen als Vorbote eines drohenden Unglücks gedeutet, waren diese Priester doch nichts anderes als Dämonen, die die Seele eines Sünders fortschafften. Einen Augenblick lang überkam ihn das dringende Bedürfnis, zu seinen Chiffren und seinen Schülern zurückzukehren, weit weg vom Wasser und der Bosheit. Dann dachte er an seine liebe Ermonia. Er durfte sie nicht verraten. Diese Gewissheit gab ihm die Kraft, alle Gedanken an das Boot, den Toten und die blasphemischen Priester zu verscheuchen und weiterzufahren.

21

»Madonna Lucrezia war sehr traurig über dieses Verbrechen.« Mit finsterer Miene drückte Tonietto, der Kammerdiener, den Rücken an die Stuhllehne. Im Kamin prasselten die Flammen. »Sie stand Eurem Vater immer nah und zweifelte keinen Augenblick daran, dass dieser unselige Dieb schuldig war!«

In dem verrauchten, rötlichen Halbdunkel des offenen Feuers lehnte Andrea mit dem Rücken am Kamin und beobachtete Tonietto. So hatte er es immer gehalten in den zwei Jahren, die er im Palazzo gelebt hatte: wenn er sich jemandem anvertrauen wollte, ging er hinunter in das winzige Zimmer, das Tonietto im Stockwerk der Loggien direkt unter den Dogengemächern bewohnte. Hier setzte er sich auf die Stufe neben dem Kamin und fing an zu sprechen.

Tonietto war ein schmächtiger, aber starker Mann aus den Bergen bei Belluno, mit Händen, die so groß waren wie sein Herz weit und einem Gesicht wie aus einem Holzschnitt. Seit vierzig Jahren diente er den Loredan und hatte nie geheiratet, um seiner Pflicht auf die beste Weise nachzukommen. Wer ihn nicht kannte, behandelte ihn als einfachen Kammerdiener, darunter litt er schweigend. Wer Umgang mit ihm hatte, achtete ihn wie einen Haushofmeister, denn jedes seiner Wort hatte beim Dogen Gewicht. Für Andrea bot er etwas Kostbares, was er bei seinem Vater immer vermisst hatte: die Möglichkeit zum Gespräch, das Gefühl, zu einer Familie zu gehören. Lucrezia hatte ihn eingestellt, und für Lucrezia hätte Tonino sein Leben gegeben.

Andrea seufzte und rückte etwas zur Seite, denn das Feuer verbrannte ihm fast den Rücken. »Stellt Euch trotzdem einen kurzen Moment lang etwas vor«, sagte er, von seiner Sache überzeugt und sicher, dass man ihm zuhörte. »Stellt Euch einen großen Künstler vor, sagen wir Veronese zum Beispiel, auf der Höhe seines Ruhms und wohlgelitten, reich genug, um durch Rialto zu gehen und die schönsten Juwelen zu kaufen, ohne nach dem Preis zu fragen. Stellt Euch diesen Künstler vor, der im Begriff ist, das Haus eines reichen Kunden, von dem er bald einen üppigen Lohn erhalten wird, mit Fresken auszuschmücken. Erscheint es Euch möglich, dass er denjenigen bestiehlt, der ihn ohnehin schon so reich macht?«

Tonietto zupfte an einer weißen Augenbraue, wie immer, wenn er nervös war. Dann faltete er die Hände über der Brust. »Was uns unmöglich erscheint, kann bei einem kranken Geist möglich sein. Es waren die Tatsachen, die den Glasmacher Dragan verurteilten, vor dreißig Jahren so wie heute. Genügt Euch seine neuerliche Flucht nicht?«

Andrea schüttelte den Kopf. »Dragan hat immer erklärt, dass er unschuldig sei.«

»Das Diebesgut wurde in seinem Haus gefunden.«

»Das ist es ja gerade, es ist viel zu einfach«, entgegnete Andrea bestimmt. »Dragan ist aufgrund von Vermutungen verurteilt worden, aber jeder hätte das Schmuckstück in seiner Glashütte verstecken können. Das ist doch offensichtlich!«

Toniettos Miene verzerrte sich wie im Schmerz, und er bewegte Kopf und Oberkörper, als arbeite er sich aus einem Loch im Sand heraus. »Ihr meint, er könnte einem Racheakt zum Opfer gefallen sein?«

»Ich sage nur, dass die Richter, die ihn verurteilt haben, vorschnell waren.«

Tonietto musterte ihn. »Wie, Ihr zweifelt an der Kunst der Rechtsprechung?«

»Es ist eine menschliche Kunst, und sie kann irren. Erinnert Ihr Euch an das, was zwischen meinem Vater und Dragan vorgefallen ist?«

Schweigen.

»Sprecht aufrichtig mit mir, Tonietto«, bat Andrea. »Verschweigt Ihr mir etwas von diesem Ereignis?«

Kreidebleich hob der andere die Hände. »Gott sei mein Zeuge, wie könnte ich Euch betrügen, der Ihr wie ein Sohn für mich seid?«

Andrea senkte die Augen und schwieg, dann blickte er ihn wieder an. »Ich weiß, dass auch Ihr sehr unter dieser traurigen Geschichte gelitten habt.« Es war ein ehrlicher Versuch, die Spannung zu mildern. »Ich sage nur, dass die Gerechtigkeit eine empfindliche Pflanze ist, die gepflegt und überwacht werden muss. Jeder von uns sollte sich dafür verantwortlich fühlen, so gut er kann.«

Tonietto wurde zu einem Einsiedlerkrebs, der sich in seinem Muschelgehäuse verkriecht. »Ja, das stimmt«, sagte er bitter. »Aber tut mir einen Gefallen: Lasst Euren Vater aus dieser Sache heraus.«

»Warum hasst er Dragan so sehr?«, fragte Andrea. »Selbst wenn der ein Dieb wäre, wieso sollte er ihn dreißig Jahre lang unvermindert so sehr hassen?«

Toniettos Blick schien sich in fernen Zeiten zu verlieren. »Schmerzliche Ereignisse sollten in der Vergangenheit bleiben, denn die Zeit schwächt zwar den Zorn ab, aber sie kann den Hass auch reifen lassen.«

In Toniettos Bitte erkannte Andrea die große Zuneigung, die Treue zu seinem Vater und den Wunsch, ihn zu beschützen. Er beschloss, den Diener nicht weiter zu bedrängen und kam auf etwas anderes zu sprechen, das ihn bedrückte: »Heute war der Doge wieder nicht bei der Versammlung des Großen Rates. Wie geht es ihm?«

Toniettos Stimmung wechselte, er veränderte seine Haltung, löste die Schultern von der Stuhllehne und beugte sich vor, die Hände zwischen die Knie gelegt. Seine Züge entspannten sich, wurden gütig und mild.

»Ich wünschte, ich könnte Euch Grund zu Hoffnung geben, aber dem ist nicht so. Er hatte eine schlaflose Nacht«, sagte er sehr leise voller Mitgefühl. »Lieber Andrea, Ihr solltet Eure Entscheidung überdenken«, fügte er seufzend hinzu. »Kommt zurück in den Palazzo, Ihr würdet ihn glücklich machen und auch Euch selbst etwas Gutes tun, denn die Alten verlassen uns, und wir bleiben zurück mit unserem Bedauern über all die Dinge, die wir nicht mehr sagen konnten.«

Andrea erkannte darin den Kern des Schmerzes, und dass Tonietto mit diesem einen Satz alles gesagt hatte. An diese Erkenntnis knüpfte sich ein sonderbarer Gedanke. Er erinnerte sich daran, wie ihm Tonietto, ein großer Geschichtenerzähler, als er ein kleiner Junge war, vom Wald von Cansiglio erzählt hatte. Im Sommer ging Tonietto mit seinem Vater, einem Holzfäller, in den »Wald der Ruder von San Marco«, zehn Meilen südöstlichen von Belluno. Das Fällen der Buchen, aus denen die Ruder gemacht wurden, war eine Kunst, denn eine fallende Buche durfte nicht auf den Boden krachen, sondern musste langsam niedersinken, sonst zerrissen die Fasern, die dem Ruder Biegsamkeit und Widerstandskraft verliehen. Darum versammelten sich die Holzfäller um den Baum, bevor sie eine Buche schnitten, als wollten sie ihn streicheln, und sie prüften den Boden, der weich sein musste, ohne Steine. Dann wanden sie viele Seile um den Baum, damit sie ihn langsam und ruhig hinuntergleiten lassen konnten. Andrea dachte an den Baum und an seinen Vater. Er spürte das dringende Bedürfnis, ihn zu umarmen, ihn an sich zu drücken, ihn nicht im Stich zu lassen in seiner Einsamkeit.

»Kann ich ihn sehen?«, fragte er, als wäre er ein Besucher.

Toniettos Lächeln ließ nicht auf sich warten. »Dies ist Euer Haus, geht nur zu ihm«, sagte er erleichtert und sprang mit jugendlichem Elan vom Stuhl auf. »Vielleicht ist er wach!« Als wollte er den Waffenstillstand besiegeln, reichte er Andrea die Hand, um ihm beim Aufstehen zu helfen.

Andrea strebte schon der Treppe zur Dogenwohnung zu, doch der Diener rief ihn zurück und zeigte auf eine kleine Tür aus Nussbaum mit ausgekehlten Rhomben.

»Ist er dort?«, fragte Andrea erstaunt.

»In dem Zimmer über den Küchen, dort ruht er sich gerne aus«, antwortete Tonietto nickend. »So ist er in meiner Nähe und hat es wärmer.«

Andrea zögerte, dann ging er zu der Tür und betrat den länglichen, warmen Korridor. Was tue ich?, dachte er, als er vor dem Raum anhielt, in dem sein Vater ausruhte. Vorsichtig hob er den Türhaken und öffnete. Auf halber Höhe an der Wand, unter einem Kachelmosaik und einer Gipsbüste der Jungfrau Maria, brannte eine kleine Öllampe. Ihr schwacher Lichtschein umgab das schlichte Bett und das spärliche Mobiliar. Andrea sah den Kopf seines Vaters, der Arm lag über dem Aufschlag des Bettlakens. Er rührte sich nicht, und zum ersten Mal bemerkte Andrea, wie sehr er Großvater Alvise ähnelte, der mit über neunzig Jahren gestorben war und zu dem Andrea sich immer sehr hingezogen gefühlt hatte. Dann fiel ihm ein, was er während seines kurzen Medizinstudiums in Padua gelernt hatte: »Unmittelbar vor dem Tod«, hatte Fallòppia, der Anatomieprofessor, gelehrt, »lässt sich das außergewöhnliche Phänomen beobachten, dass die Menschen wieder ihren Eltern gleichen, in den Zügen um die Augen, die Nase, den Mund und die Wangenknochen, in der Form der Hände und Füße. Denn das Sterben trocknet die Körper aus und bringt ihre ursprünglichen Formen zurück.«

Andrea spürte, wie ihm die kalte Angst den Rücken hinunter-

kroch. »Vater«, flüsterte er unwillkürlich, die Augen auf den Alten geheftet, der tot zu sein schien. Dann hörte er einen Atemzug, nein, einen Seufzer, der zum Wimmern wurde, gefolgt von einer Bewegung des Arms und der Beine. Andrea spitzte die Ohren und lauschte dem Atem, der mal schnell ging, mal unterbrochen wurde und den ein leichtes Röcheln einleitete und abschloss. Er trat näher an das Bett. Er schlief friedlich, dieser Vater. Sein Vater.

Eine Welle der Zärtlichkeit überflutete Andrea und verwandelte die Überlegung, hierher zurückzukehren, in einen Entschluss. Einen Augenblick lang war er versucht, den Dogen zu wecken, um mit ihm zu sprechen und sich zu erklären. Er tat es nicht, um diesen Schlaf, der den Schmerz linderte, nicht zu unterbrechen. Er zog nur sorgfältig das Laken bis zur Brust hoch und strich ihm mit den Fingern über den Kopf. Dann ging er auf Zehenspitzen hinaus. In diesem Augenblick schlug sein Vater die Augen auf, die von einem Lächeln zu leuchten schienen, und die heitere Regung übertrug sich auf sein Gesicht. Er rief nicht nach Andrea, lauschte nur dem leisen Knarren der Tür, die sich schloss.

22

Seit über einem Jahr fraß die Krankheit Ermonia Vivarini auf. Angefangen hatte es am großen Zeh, er war dunkel geworden, dann faulig und hatte die anderen Zehen angesteckt. Als Leonardo Fioravanti, Arzt und Chirurg, Bologneser von Geburt und hochberühmt, für manche ein Irrer, für andere ein Genie, den Fuß gesehen und gerochen hatte, hatte er den Sonnenuntergang nicht abgewartet, sondern sich gleich ans Schneiden gemacht. Noch am selben Abend hatte Ermonia einen Fuß weniger, aber eine Spanne Lebenszeit mehr. Fioravanti hatte die Wunde in seinen berühmten Balsam getaucht und eine Kur verschrieben, bis die Blutung aufhörte. Er hatte Ermonia auch gesagt, dass die Krankheit sich mit der Sommerhitze wieder bemerkbar machen werde. Und wirklich, als die ersten heißen Tage kamen, kehrte die schwarze Fäulnis zurück, um Ermonias Fleisch zu zerfressen. Eine zweite Amputation hätte ihr alter Körper jedoch nicht überstanden, und so war das Ende nah, in Reichweite für die Augen und Gedanken.

Ermonia war stark, sie war eine Kämpferin. Eine Vivarini. Ihre Schwester Lucia war im September gestorben, und sie wusste, dass sie selbst noch ein paar Monate weiterleben musste, um das zu Ende zu bringen, was Lucias Aufgabe gewesen war. Darum wurden, als die ersten Fröste kamen, die Heizöfen im Haus nicht angefeuert, und wenn sie in der Glashütte war, versuchte sie, mehr Zeit im kalten Zimmer zu verbringen als an den Brennöfen, denn die Kälte verlangsamte den Prozess der Gangräne ein wenig.

In diesen kalten Lagerraum voller Eis, Glas und Erinnerungen kam Pierin, der Geselle, ging zu dem gepolsterten Sessel, in dem Ermonia immer saß, und sagte ihr, der Gast sei angekommen.

»Lass ihn eintreten«, hauchte sie müde, aus einer Art Benommenheit erwachend, und ihr Atem kondensierte zu Wölkchen um ihr Gesicht. Kurz darauf öffneten sich die beiden hölzernen Flügel der Tür zum Lager, und auf der Schwelle tauchte, begleitet von Pierin und den Geräuschen der Glasbrennerei, der amtliche Chiffreur Zuàn Francesco Marin auf.

Im Halbdunkel der Lichtreflexe auf den Gläsern entdeckte er sie sofort und ging mit einem bangen Ausdruck im Gesicht auf sie zu. Auch Ermonia hatte sein Kommen gehört und bewegte die Augen, während die Falten um ihre Mundwinkel sich vertieften. Vielleicht lächelte sie ihm zu.

»Meine liebste Freundin«, flüsterte Marin, nahm ihre Hand zwischen seine und setzte sich neben sie auf einen Schemel.

Ermonias Züge entspannten sich, sie legte die andere Hand auf die des Chiffreurs. »Ich hege keinen Groll mehr gegen den

Tod, ich warte auf ihn, mehr nicht.« Sie lächelte. »Wie ich auf dich gewartet habe.«

Zuàn Francesco streichelte ihre Hand. »Du hast recht«, sagte er eilig. »Ich habe viele Stunden Fahrt hinter mir. Es sind gefährliche Zeiten. Ich bin aufs Festland gefahren, nach Marghera auf den Viehmarkt und von dort aus nach Tessera, um in Sant'Anna um Gnade zu bitten. Dort habe ich für dich und für uns alle, die Wächter, gebetet. Von Tessera habe ich die Fähre nach Murano genommen, und kein Spion der Serenissima ist mir gefolgt.« Er schlug den Kragen hoch und wickelte sich fest in seinen Umhang, als müsse er sich vor einer eiskalten Tramontanaböe schützen.

»Erzähl mir von ihm«, rief die alte Glasmeisterin ungeduldig aus.

»Er hat es geschafft.«

Ermonias Gesicht leuchtete auf, lächelnd schloss sie die Augen und ließ sich in den großen, gepolsterten Sessel sinken. »Dem Himmel sei Dank«, flüsterte sie, dann hob sie die Augen zu Pierin, der zwei Schritte entfernt stehen geblieben war. »Geh zur Tür, mein Söhnchen, und lass niemanden herein.«

»Sofort, Signora Maestra!« Der Lehrling drehte sich um und lief zur Tür, ganz von seiner Aufgabe erfüllt.

Ermonias Blick kehrte zu Marin zurück. »Ist alles gut gegangen?« fragte sie besorgt.

»Sie sind zu dritt geflohen, Jacomo und zwei andere.«

Ermonia runzelte die Stirn.

»Sei unbesorgt, Jacomo kennt die beiden Jungen, und jetzt sind sie schon weit weg.«

Doch sie blieb nachdenklich, schüttelte den Kopf. »Möge die Selige Jungfrau sie beschützen. Wir leben in finsteren Zeiten«, sagte sie mit einem kummervollen Seufzer. »Kein Tag, an dem nicht traurige Nachrichten kommen. Jetzt fangen sie wieder an, im Namen des Glaubens Bücher zu verbrennen.«

Marin nickte seufzend. »Die Inquisitoren haben bei den Juden

hart zugeschlagen. Achttausend Bücher sind schon zu Asche verbrannt: vom Talmud und der Midrasch bis zu Einführungen in die Liturgie und der Kabbala. Die Esecutori contro la bestemmia haben den Verleger Cavalli verhört, offenbar auch Griffio, Bevilacqua und Giustinian, die hebräische Bücher gedruckt haben, und Valgrisi verdächtigen sie ebenfalls, ganz zu schweigen von Ziletti, Rampazetto und Giolito, den Ärmsten, die noch im Gefängnis sitzen, zusammen mit de Ulloa und dem Notar Bertoldi, und es ist kein Ende abzusehen.«

»Man hat mir gesagt, dass die Savi für Ketzerei wieder mit den Inquisitoren zusammenarbeiten.«

Statt einer Antwort fuhr sich der alte Chiffreur mit der Hand übers Gesicht, als wollte er die Angst fortwischen.

»Hör zu«, flüsterte Ermonia, und es schien, als hauchte sie ihre Seele aus: »Seit Tagen denke ich darüber nach, und ich weiß, dass ich damit den Wunsch meiner armen Schwester Lucia ausdrücke: Ich glaube, der Moment ist gekommen, mit Andrea zu sprechen.«

Der Chiffreur runzelte die Brauen. »Das ist eine schwerwiegende Entscheidung.« Er versuchte, seine Bedenken mit einem Lächeln zu versüßen. »Wir müssten die Meinung der anderen hören.«

»Ja. Aber mach schnell«, sagte Ermonia mit Nachdruck in der Stimme, sie schien eine Spur ihrer alten Kraft wiedergefunden zu haben. »Wenn Andrea hierherkommt«, fuhr sie fort, dem Chiffreur in die Augen blickend, »stellt er mir viele Fragen über Jacomo, und jedes Mal geht er voller Zweifel fort und lässt mich mit meiner Reue zurück.«

»Hast du ihm von Lucrezia erzählt?«

»Sehr wenig.«

Zuàn Francesco nahm die Hände der Frau und umschloss sie mit seinen, als wollten sie zusammen beten. So verharrten sie für die Dauer eines langen, tiefen Atemzuges.

»Ich werde mit den anderen Wächtern sprechen.«

Ermonia deutete ein Lächeln an. »Wie läuft es mit Ottobon?«, fragte sie.

»Die Komödie hat ihren Vorrat an Themen erschöpft und wird allmählich zur Farce. Ich muss vorsichtig sein: Alle sitzen mir im Nacken, eine Winzigkeit würde genügen, damit sie mich durch einen anderen Chiffreur ersetzen.«

Die alte Glasmeisterin machte ein sorgenvolles Gesicht.

»Wollen wir anfangen?«, fragte sie.

»Natürlich.«

»Hilf mir bitte, bring mich dorthin.« Ermonia zeigte auf einen großen Tisch aus Massivholz, in dessen Mitte eine kleine Leuchte stand.

Marin stützte sie auf dem Weg zum Tisch und half ihr, sich auf einen Schemel zu setzen. Vor ihm stand ein perfektes Dodekaeder mit einem Durchmesser von anderthalb Spannen. Er bestand aus zwölf fünfeckigen Glasscheiben aus reinstem Cristalìn, die von einem feinen Bleirahmen zusammengehalten wurden. Ringsumher lagen, über den Tisch verstreut, die Werkzeuge der Kunst.

Marin setzte sich neben sie.

»Den *Timaios*«, sagte Ermonia.

Der Chiffreur zog ein winziges Bändchen im Vigesimoquart-Format aus dem Ärmel seines Gewandes und reichte es ihr. Sie streichelte es voll Bewunderung.

23

In der horizontalen Gleichförmigkeit der Ebene, wo das Wasser die Erde noch immer ergriff und durchdrang, zeigte sich die Dimension des Raums nur in den gen Himmel gerichteten Linien der Bäume, der Kirchtürme, der Mauern und Wachtürme eines Dorfes und der Hügel, denen diese flache Gegend die Majestät von hohen, schroffen Bergen zu verleihen schien.

Jacomo und Gabriele hatten das schlichte, ärmliche Aussehen von Bettelmönchen angenommen, sie trugen Kutten, in der Taille mit einem Strick zusammengebunden, Umhänge aus grober Wolle und an den Füßen Sandalen mit Holzsohlen. Auf dem Weg, der nach Ponte Longo führt und die Brenta überquert, kamen sie zügig voran. Von Granzo hatten sie sich auf der Höhe von Tognana getrennt, denn weiter zu dritt über diese freie Ebene zu marschieren, wo sie von den Garden der Serenissima schon von weitem zu erkennen waren, wäre ein großer Fehler gewesen. Also hatte Jacomo beschlossen, den Weg zum Gebirge einzuschlagen, über Bovolenta bis hinauf nach Battaglia. Hinter der Brücke über den Kanal gab es warme Wasserquellen, wo Menschen, die am Steinleiden erkrankt waren, hinkamen. Dort wollten sie wieder auf Granzo stoßen. Die Entscheidung hatte zwar die ständigen Streitereien zwischen den beiden Jungen beendet, Gabriele aber auch sofort in Sorge versetzt, denn er hielt Granzo für einen gemeinen Verräter.

24

Die Spiegelbilder der beiden weißen Engel am Bug folgten fügsam den Bewegungen des grauen Wassers, und das schräg unter der Wasseroberfläche verschwindende Ankertau straffte sich, wenn es beim Schaukeln des Schiffs auftauchte, überzogen mit Algen, die tropfend herabhingen wie die Haare einer ertrunkenen Frau. Die mit Papierblumen, Zweigen und Teppichen geschmückte Ehrenbarke lag im Canale di Sant'Erasmo vor dem Lazzaretto nuovo und wartete darauf, den türkischen Botschafter Mahmut Bey an Bord nehmen zu können.

Bepo Rosso, der wie immer bei diesen Anlässen das Kommando auf der Barke hatte, trug die schwarze Toga mit Pelzbesatz am Hals und den Ärmeln, das schwarze Barett und hohe Lederstiefel mit silbernen Schnallen.

Endlich kam der Türke aus dem Lazzaretto. Er trug einen hohen roten Turban, einen bodenlangen goldenen Kaftan und marschierte an der Spitze eines Schwarms von Menschen, die man aus dieser Entfernung kaum erkennen konnte. Erregt gestikulierend redete der Botschafter auf die Personen in seiner unmittelbaren Nähe ein, die unter ständigen Verbeugungen hüpfend hinter ihm hereilten und offenbar versuchten, ihn zu beruhigen. Er wirkte wie einer der wilden Ziegenböcke, die im Gebirge gefangen und dann im Pferch freigelassen werden, wo sie unaufhörlich um sich treten und mit den Hörnern ins Nichts stoßen, als würden sie von einem Wespenschwarm angegriffen, bis sie erschöpft in einer Ecke zusammenbrechen. Dieses Benehmen war durchaus verständlich für einen so wichtigen Botschafter, der einen Empfang mit allen Ehren erwartet hatte und stattdessen zu zwei Wochen Quarantäne im Lazzaretto gezwungen worden war.

Der Werkmeister erwartete Mahmut Bey an Deck der Barke vor der Stelling und begrüßte ihn ehrerbietig, indem er die Hacken zusammenschlug und ausrief: »Willkommen an Bord, Eure Exzellenz, Herr Botschafter!« Er verbeugte sich jedoch nicht, damit der Angesprochene ihm ins Gesicht sehen konnte. Auch die acht Ruderer begrüßten ihn, dabei hielten sie die langen Riemen aus Buchenholz mit roten und gelben Streifen senkrecht, das Ruderblatt nach oben gerichtet.

Rosso vertraute diesen acht jungen Männern aus dem Arsenale, sie waren seine Marangoni beim Zimmern der Schiffe. Er hatte einige ihrer Kinder über das Taufbecken gehalten, bei einem war er Trauzeuge gewesen. Alle waren ausgezeichnete Arbeiter, denen Rosso eine Stellung im Arsenale verschafft hatte. Den Fanti da Mar hingegen, die Dudelsack spielten und trommelten, vertraute er nicht. Einer unter ihnen war zweifellos der Spion, den die Zonta der Explosion auf ihn angesetzt hatte und der an ihm klebte wie ein Schatten. Schon vor längerer Zeit hatte der Werkmeister begriffen, dass man ihn überwachte. Er hatte es an blitzschnellen Bewegungen in den Ecken der Calli erkannt, an allzu starren Blicken von Unbekannten und an dem Verkaufsstand, den ein Scharlatan, der Wunderpulver feilbot, vor ein paar Tagen direkt gegenüber von seinem Haus aufgebaut hatte. Er musste vorsichtig sein. Sehr vorsichtig.

»Ruder bereitmachen!«, befahl er, und mit einer geschmeidigen, geübten Bewegung legten seine acht Ruderer, vier an jeder Bordwand, das Gesicht zum Bug gewandt, die Ruder in die Dollen. Mahmut Bey und sein Begleiter Claude du Bourg nahmen Platz auf dem Diwan am Heck unter einem Aufbau, der sie vor Wind und Wasser schützte. Neben die beiden setzten sich der französische Botschafter Arnaud du Ferrier und der Senator Nicolò da Ponte. Zwei Diener brachten silberne Kelche mit Wasser zum Händewaschen, und ein dritter servierte Konfekt, Marzipan und Malvasier.

Andererseits, wessen können sie mich schon verdächtigen, dachte Rosso, ich habe mich gewiss nicht selbst in dieses Ehrengeleit befohlen, das ich ohnehin seit jeher für alle Exzellenzen und Eminenzen organisiere.

»Anker lichten!«, befahl er mit lauter Stimme.

Seitlich von der Tramontana angeschoben, entfernte sich die Barke von der Brücke. Rosso bewegte die Ruderpinne leicht und korrigierte den Kurs. In diesem Moment sah er, dass Mahmut Bey ihn beobachtete, und ihm war sogar, als deute er ein Lächeln an, auf das Rosso mit einem Neigen des Kopfes antwortete.

Ob er der neue Gesandte ist, den ich treffen soll? dachte er weiter, während der Türke wieder mit da Ponte plauderte. Er schickte ein frommes, hoffnungsvolles Bittgebet zur Jungfrau Maria, damit sie ihm die Antwort wies und ihm half, diesen gefährlichen Kontakt, von dem das Leben seines Sohnes Giorgio abhing, richtig zu nutzen.

Um pünktlich zu dem Treffen mit Andrea zu erscheinen, hatte Francesco d'Angelo, sein rühriger Assistent, sich an die äußerste Ecke der Mole, beim Ponte della Paglia, genau an der Mündung des Rio del Palazzo, auf die erste der Stufen gesetzt, die zum Kanal hin abfielen. Dort, auf dem immer feuchten Stein, saß er und erfreute sich an dem Anblick, der sich ihm bot. Denn der Wind hatte die Luft, das Land und das Wasser blankgeputzt wie Silber, so dass der Canal Grande im Westen mit dem Himmel zu verschmelzen schien und die Fassaden der Kornspeicher von San Marco mit ihren roten Backsteinen und Zinnen in den weißen Stein der Münze und der beiden Säulen mit San Teodoro und dem Markuslöwen übergingen, zu deren Füßen die letzten Spieler einander beim Kartenspiel herausforderten. Am anderen Ufer des Canal Grande verschmolzen das hakenförmige Viertel Dorsoduro und der Turm der Dogana da Mar mit den zinnengekrönten Lagerhäusern, und weiter hinten, genau auf einer Linie mit dem flammenden Himmel, tauchte die Silhouette der hohen Abtei San Gregorio in das Meer der Häuser ein und bildete das Ende des Panoramas. Auf den Wassern des Kanals erschien von Zeit zu Zeit ein Boot, andere, die vor Anker lagen oder am Ufer vertäut waren, bildeten ein undurchdringliches Gewirr von Masten und Bordwänden. Während Francesco sich an diesem herrlichen Anblick nicht sattsehen konnte, vergaß er den Grund, warum er hier saß.

»Francesco!«

Er drehte sich um. Am Fuß der Brücke stand Andrea und betrachtete ihn verwundert.

»Avvocato, endlich!«, rief der Solecitadòr und sprang auf die Füße. »Ihr müsst sofort zum Rialto-Gefängnis, dorthin hat man vor zwei Tagen einen Steuerhinterzieher gebracht, seither weint und klagt er ununterbrochen und sagt Dinge, die Ihr unbedingt hören solltet!«

Als Andrea in Begleitung seines Assistenten eintrat, kauerte Fausto Memo, dreißig Jahre alt, im letzten Sonnenstrahl, der seine Zelle erreichte, und ließ sich von ihm umhüllen. Er wirkte wie einer jener dressierten Bären, die während des Himmelfahrtsfestes auf dem Jahrmarkt tanzen und zwischen zwei Aufführungen verängstigt, den Kopf zwischen die Tatzen gesteckt, in ihrem Käfig hocken. In der muffigen, schimmligen Zelle roch es immerhin nicht nach Exkrementen, denn Memo rührte seit zwei Tagen weder Wasser noch Speisen an.

»Signor Memo«, sagte Francesco.

»Signor Memo!«, musste Andrea lauter wiederholen.

Der Mann war dickleibig, hatte ein rundes Gesicht und große Kalbsaugen, Haare und Bart glichen einem Haufen frisch geschorener Wolle, die Fingernägel waren bis aufs Nagelbett abgebissen. Langsam drehte er den Kopf und sah Andrea mit so wässrigen Augen an, dass dieser ihn für betrunken hielt.

»Signor Memo, ich bin der Anwalt, der Euch verteidigen wird. Ich heiße Andrea Loredan.«

Der Gefangene blickte ihn nur unverwandt an und begann stumm zu weinen.

»Berichtet dem Anwalt, was Ihr mir gesagt habt, Signor Memo«, forderte d'Angelo ihn auf.

Der Mann schüttelte den Kopf. »Ich wollte den Zins bezahlen, Messer Avvocato, ich wollte ihn wirklich bezahlen«, flüsterte er mit schwacher Stimme. »Ich bin schuldig, ich bin selbst schuld an meiner Dummheit, denn ich war reich und wurde arm.«

»Wollt Ihr mir bitte alles von Anfang an erzählen?«, bat Andrea.

Der Gefangene nahm, wenngleich mit langsamen Bewegungen, Haltung an und setzte sich aufrecht hin, den Rücken an die Steinwand gelehnt. Er trug die Kleidung, mit der man ihn verhaftet hatte: eine einstmals elegante samtene Bluse, lange dun-

kelgrüne, ungeschickt geflickte Hosen und flache Lederschuhe, die durch sein übermäßiges Gewicht und das langjährige Tragen verformt waren.

Andrea hatte Zeit genug, das Ledersäckchen mit dem kleinen Notizbuch, einem Tintenfass und dem Gänsekiel aus dem Ärmel seiner Toga zu holen. Bei den ersten Worten des Mannes begann er zu schreiben, und allmählich wurde die Lage des Unglücklichen klar. Er war Makler, verkaufte Häuser und Grundstücke und hatte sich in Redouten und Spielhallen ruiniert, wo er mit Münzen um sich geworfen hatte, als wären es Bohnen. Sein Weg hatte ihn von der eleganten Redoute von San Moisè, aus der schon viele verarmt herausgekommen waren, über die Spielhallen des Sestiere bis in die Hinterzimmer von Bordellen geführt. In wenig mehr als einem Jahr hatte Memo fast zweitausend Golddukaten, das Haus seiner Familie, die Liebe seiner Frau und jede Selbstachtung verloren. Nachdem er einmal diesen Weg eingeschlagen hatte, der mit dem täglichen Verlieren beim Glücksspiel gepflastert ist, den Spieler aber mit der hartnäckigen Illusion eines baldigen, gewissen Sieges täuscht, war Fausto Memo in den Händen von Wucherern gelandet. Mit denen aber ist nicht zu spaßen: Wenn du verlierst und nicht zahlst, fangen sie an, dir Stück für Stück ein Körperteil nach dem anderen abzuschneiden, und sie töten dich nur deshalb nicht, um dir selbst diesen entsetzlichen Schritt zu überlassen.

So hatte Memo bei seinen letzten zwei Verkäufen, dem eines Grundstücks in der Contrada San Bernardo auf Murano und eines Hauses am Rio Pizzo in Burano, der Staatskasse keine Steuern bezahlt, sondern das Geld seinen Gläubigen gegeben. Und da das Pech wie gewisse Raupen ist, die eine hinter der anderen kriechen, hatte das Amt der Savi über den Zehnten ausgerechnet diese beiden Verkäufe einer Steuerprüfung unterzogen.

Beim Lesen der Akte staunte Andrea nicht wenig, als er entdeckte, dass der Käufer dieses »geräumigen Hauses mit großem Hof auf der Insel Burano im Viertel San Martino in der Calle,

wo das Eis für die Fische verkauft wird« ein junger Mann von zwanzig Jahren war, ein gewisser Simone Simoncin, der »Fischer« von Beruf war. Denn es war höchst sonderbar, dass ein Fischer sich ein Haus von diesem Wert kaufen konnte. Er hätte mehrere Boote und Verkaufsstände in den Vierteln Rialto oder San Marco besitzen müssen. Andrea wusste, dass die Fischer in der Lagune zwar recht anständig lebten, aber nicht mehr als vier oder fünf Dukaten im Monat verdienten. Andererseits waren das die Löhne: ein tüchtiger Maurer verdiente etwa siebzig Dukaten im Jahr, ein Lehrling im Arsenale bekam siebenundzwanzig.

»Signor Memo«, schaltete sich erneut Francesco ein, »erzählt dem Anwalt die Geschichte von der Nonne, dem Fischer und dem Geld.«

Der Makler reagierte langsam, er fuhr sich mit den Fingern über das Gesicht, trocknete seine Augen und seufzte so tief auf, dass es ihn von Kopf bis Fuß schüttelte. Nach dieser Einleitung blickte er Andrea an.

»Genau so war's, Avvocato«, sagte er, zu einer gewissen Verve zurückfindend. »Ich hab's mit eigenen Augen gesehen, es war kaum zu glauben.« Er begann zu erzählen, nun lebhaft wie ein Schauspieler: »Also, die sitzen da am Küchentisch, auf der einen Seite der Verkäufer, auf der anderen der Käufer, Simone Simoncin. Im Hintergrund steht eine fette, grinsende Nonne und Simoncins Frau, die damit beschäftigt ist, zwei tobende Bälger ruhig zu halten. Als es ans Bezahlen geht, greift der in Lumpen gekleidete Fischer einen Ledersack, stellt ihn vor den Verkäufer und sagt: ›Zählt!‹« Dabei mimte Memo die Bewegung mit der rechten Hand. »Der holt die Dukaten raus, die funkeln wie Sterne, und fängt an, sie zu zählen. Vierhundertsechzig!«, rief Memo mit glänzenden Augen. »So viel Geld auf einen Haufen hatte ich noch nie gesehen! Nicht mal auf den Spieltischen im San Moisè! Eine halbe Stunde hat er gebraucht, um sie zu zählen und noch mal zu zählen!« Er fiel in sich zusammen und schwieg.

»Bitte, Signor Memo, erzählt auch den Rest«, drängte Francesco.

Der Makler zögerte, er schien überrascht, dass an seinem Bericht etwas fehlte.

»Ach ja!«, erinnerte er sich und nahm den Faden wieder auf. »Als ich um meine Maklergebühr bitte, guckt dieser Fischer Simoncin mich böse an, weil er kein Geld mehr hat, und da passiert etwas Merkwürdiges, etwas, was mir in zehn Jahren Arbeit, das schwör ich, noch nie passiert ist. Die Nonne zieht den Geldbeutel heraus und zählt vor meinen Augen noch mal dreiundzwanzig Dukaten auf den Tisch, frisch geprägt wie die anderen. Dann umarmt sie Simoncin, streichelt die Frau und die Kinder und geht.«

Andrea blickte Francesco fragend an, denn so seltsame Dinge hatte er noch nie gehört.

»Was ist dann passiert, erzählt, wie es weitergeht«, forderte Francesco den Makler auf.

»Ich sag Euch, diese Nonne kam nicht aus einer reichen Familie wie viele von denen.« Seine Worte tropften nacheinander in die Stille. »Sie roch nach Knoblauch und Herdfeuer, sprach wenig und schlecht, hatte Verbrühungen auf dem Handrücken und den schleppenden Gang von Leuten, die viel auf den Beinen sind.« Er machte eine Pause, um Atem zu holen. »Und sie konnte nicht lesen, denn den Vertrag hat sie sich umgekehrt vor die Augen gehalten und so getan, als würde sie lesen, und darum ist sie obendrein eine Lügnerin.«

Eine eisige Stille legte sich über die Zelle, während durch das vergitterte Fenster das »Ohee!« eines Gondoliere ertönte, der in den Kanal einbog, und man hörte das Gurgeln des Wassers, die fernen Rufe der Verkäufer vom Rialto und das Geräusch von Eisenstangen, die am gegenüberliegenden Ufer aus Booten geladen wurden.

»Was für eine Ordenstracht trug sie? Sprecht, das ist wichtig!«, rief Francesco aus.

»Nun«, hub der Makler wieder an, »diese Nonne trug ein ganz besonderes Gewand, das wir in Venedig sehr gut kennen! Sie trug die weiße Kutte mit dem blauen Saum jener bedauernswerten Schwestern, denen der große Knall vom Arsenale die Kirche und das Kloster zerstört hat ... Sie war eine Nonne der Celestia.«

Andrea schwankte leicht. Von zweihundertdrei Kirchen und Klöstern in der Stadt und der Lagune, angefangen bei der Kathedrale San Pietro in Castello bis zur Santa Maria Assunta auf der fernen Insel Torcello, musste er immer wieder auf die Kirche Santa Maria der Celestia stoßen. Wieder spürte er den nahen Abgrund, das Gefühl der Leere und des Fallens, das ihn schon als Kind überkommen hatte, wenn er einen Stein in einen Brunnen warf und auf den Aufprall wartete, der ihm zeigte, wie tief der Brunnen war. Jetzt war ihm, als fiele er selbst in die Tiefe wie dieser Stein. Wie in seinen Träumen.

27

Immer wieder staunte Alvise Mocenigo, wenn er beim Liebesakt jedes Mal aufs Neue entdeckte, wie schön Loredana war und welch einen unendlichen Frieden von den Mühen der Welt ihm diese Liebe schenkte. Sie hatten einander sofort verstanden, als Alvise sich vor dem Abendessen Loredana genähert und ihr zugeflüstert hatte: »Warum lässt du unser Zimmer nicht aufwärmen?«

Loredana hatte ihn mit jenem Hauch Begehren angelächelt, der ihre Lippen feucht werden und ihre Augen glänzen ließ. Kurze Zeit später hatte Alvise gesehen, wie sie dem Hausmädchen Anordnungen gab. Mehr als der beste Malvasier oder ein Sud aus Alraun hatten diese Vorbereitungen seine Lust gesteigert. Dann konnten die beiden endlich nach oben, in den angenehm warmen Raum gehen, dessen glühendes Herz der Kamin mit den gusseisernen Seitenwänden bildete.

Erregt wie bei der ersten Begegnung, drehten sie den Schlüssel zweimal in der Tür und schlossen die Fensterläden vor den beschlagenen Scheiben. Loredana wollte das Licht nicht löschen. Sie schwiegen, denn beide kannten dieses Ritual auswendig, obwohl es ihnen immer wieder neu erschien. Sie ließ sich von ihm ausziehen, so wie es ihr gefiel: Zuerst nahm Alvise ihr den Umhang und den kurzen Schleier ab, der mit einer Nadel im Haar befestigt war, dann löste er die weiten Ärmel der Bluse und schob sie hoch, so dass ihre Arme bloßlagen, die er mit seinen Lippen streifte. Der vertraute Duft berauschte ihn. Als er ihr die erste Schleife des Mieders gelöst hatte, machte sie etwas, was ihm seit über siebenunddreißig Jahren, seit sie geheiratet hatten, den Atem nahm und seinen Herzschlag stocken ließ: Loredana lockerte den Ausschnitt des Mieders, nahm eine Brust in ihre Hand und zog sie heraus, dann tat sie dasselbe mit der anderen Brust. Alvise war einen Schritt zurückgetreten und bewunderte seine Geliebte, die durch seine Blicke in schamhafte Verwirrung geriet, während die aufblühenden Brustwarzen gleichzeitig ihre Lust verrieten. Dann griff diese herrliche Frau hinter ihren Rücken und knüpfte Mieder und Rock bis zur Taille auf, das Kleid glitt an ihr herab auf den Boden und ließ sie im Hemd und bauschigen Unterhosen stehen. Alvise trat zu ihr, kniete mit ausgebreiteten Armen nieder, nahm eine Brustwarze leicht zwischen die Lippen und fuhr mit der Zungenspitze darüber. Loredana bebte vor Lust, seufzte leise und schloss die Augen. Er küsste die andere Brust und hielt Loredana fest, während er sich auszog. Sie liebten sich, ohne sich zu verstecken. Sie betrachteten einander, während sie sich liebten und ihre Körper aneinander rieben, die nicht mehr jung waren, aber beiden wunderschön erschienen. Schließlich sanken sie in das Leinen, die Seide und die weichen Kissen des Bettes, sie an ihn geschmiegt, den Kopf auf seiner Brust.

So blieben sie liegen, Alvise streichelte sie. Dann fand Loredana den Mut, den sie brauchte, um mit ihm zu sprechen.

»Alvise, mein Mann«, hauchte sie, »wirst du mir jemals zürnen?«

Seine Hand hörte auf, die Locken zu streicheln, die an ihren Schläfen herabfielen.

»Warum sollte ich das tun, Liebste?«

Loredanas schmale Finger legten sich auf seine Hand.

»Die Angst verschließt mir die Seele.«

Alvise hob den Kopf, versuchte sie anzusehen.

»Sprich, sag mir, was los ist.«

Sie zögerte, drehte sich auf den Rücken, sah zur Decke, dann wandte sie das Gesicht ihrem Mann zu und begegnete seinem besorgten Blick.

»Es vergeht kein Tag mehr, ohne dass mich jemand auf der Calle anhält. Es sind die Frauen der Buchhändler und Literaten, die im Gefängnis sitzen, die Söhne ruinierter Verleger, die Männer selbst, die über wirtschaftlichen Schaden und Armut klagen, und alle bitten mich um dasselbe: Ich soll mich bei dir für sie verwenden, damit ihr Leid ein Ende hat.«

Alvise blickte sie stumm an, sein Kopf fiel aufs Kissen zurück, sein Blick irrte zwischen den Balken und Brettern der geschnitzten, mit Blumen verzierten Decke umher.

»Müssen wir jetzt darüber sprechen?«, fragte er ernst. »Glaube nicht, es sei leicht für mich …« Er seufzte.

»Darum spreche ich ja mit dir, denn ich sehe die Last deiner Sorgen, ich höre, wie du nachts aufstehst.« Ihre Augen waren tränenverschleiert. »Ich habe dich in die Bibliothek hinuntergehen sehen, du hast die Bücher gestreichelt und mit grenzenloser Zärtlichkeit betrachtet.« Alvise schob brüsk das Laken beiseite und setzte sich auf den Bettrand, den nackten Rücken seiner Frau zugewandt. Er griff nach dem gefütterten Hausmantel, warf ihn sich über die Schultern und stand auf.

Loredana beobachtete ihn mit sorgenvollen Blicken. Auch sie zog ein seidenes Gewand an, ging zu ihm ans Feuer und schmiegte sich an ihn.

»Was geschieht mit uns, Alvise? Für uns sind Bücher immer Lehrer, Geschwister und Freunde gewesen, mit denen man diskutieren, streiten, einverstanden oder nicht einverstanden sein konnte. Aber Angst haben wir nie vor ihnen gehabt. Wir haben sie beschützt. Gepflegt. Warum zerstören wir sie jetzt?«

»Wir haben keine andere Wahl, im Moment«, antwortete er finster, ins Feuer starrend. »Aber auch das geht vorbei.«

Sie löste sich von ihm und sah ihn an. »Du hast dich zum Savio für Ketzerei wählen lassen.«

»Ich musste.«

»Warum willst du diesen Ungeheuern von der Inquisition die Hand zur Unterstützung reichen?« Loredan weinte, ihre Stimme brach.

Alvise drehte sich zu seiner Frau um. »Komm her.« Er drückte sie an sich. »Es gibt einen Grund, ich kann dir jetzt nicht alles erklären, aber wenn ich mich nicht hätte wählen lassen, wäre der Schaden sehr viel größer.«

Sie schob ihn ein wenig von sich weg, um ihn ansehen zu können.

»Als Savio bin ich Nachfolger dieses blindwütigen Lorenzo da Mula geworden, der dem Papst und dem Nuntius Facchinetti so gut gefällt. Er hat für die Verurteilung der Ketzer Spinola und Sambeni gekämpft und hat auch den armen Fedele Vico auf dem Gewissen, der unter der Folter gestorben ist.« Alvise zog ein weißes Taschentuch aus dem Ärmel des Hausmantels und trocknete die Tränen seiner Frau. »Mein Liebling, ich tue, was irgend möglich ist, um die Situation unter Kontrolle zu halten. Ich habe weitere Todesurteile verhindert, aber ich kann die steigende Flut nicht aufhalten. Andererseits glauben die Leute, die Hungersnot sei der Zorn Gottes, und jetzt kommen auch noch die Stürme und der Frost dazu, ich kann mich an keinen härteren Winter erinnern. Außerdem gibt es den Krieg gegen den Türken. Das Volk betet, die Menschen gehen in die Kirche, und je mehr Kerzen sie anzünden, desto mehr Bücher brennen,

desto mehr Seelen und Körper sterben. Venedig braucht eine Heilige Allianz.«

Eine angespannte Stille entstand, in der das Prasseln und Glühen der Scheite zur düsteren Passionsmusik wurde.

»Du aber, meine treue Gefährtin, verlass mich nicht, denn allein werde ich diese Last aus Leid und schweren Entscheidungen nicht tragen können.«

Loredana blickte ihren Mann voller Liebe an und umarmte ihn fest.

28

Ein Dutzend im Abstand von einer Spanne aufgereihte Kerzen bildete auf dem Steinfußboden einen leuchtenden Kreis. Im Inneren des Kreises stand ein zur Hälfte mit Wasser gefülltes Kupferbecken.

»Mir scheint es nicht recht, solche Sachen zu machen.« Bernardo, ein Mann, der an das Arbeiten mit Holz und an den Umgang mit konkreten Dingen gewöhnt war, protestierte eingeschüchtert.

»Du kannst ebenso gut gehen«, erwiderte Sofia, ohne sich umzudrehen, und streifte sich eine Schnur mit einem Anhänger aus Stein vom Hals. Der kleine dreieckige Stein, der an ein Efeublatt erinnerte, war scharf zugeschliffen wie eine Pfeilspitze. Sofia küsste ihn, tauchte die Spitze in das Wasser und murmelte etwas Unverständliches.

»Lass die Sbirren und Gerichte ihre Arbeit tun, hör auf mich, Sofia! Wer mit dem Teufel spielt, endet in seinen Klauen!«, warnte der Arsenalotto.

»Nimm das Becken und halt es hoch«, sagte sie nur.

Er zögerte einen kurzen Moment, dann tat er, was Sofia befohlen hatte, und hob das Becken bis auf die Höhe seiner Brust. Sofia zündete den Stummel der geweihten Kerze an und hielt sie schräg über das Becken. Die Wachstränen begannen lautlos zu tropfen und sich flach auf dem Wasser auszubreiten. Sie hatten die Form von drei- oder vierblättrigem Klee, von festen Schneeflocken, und sie drehten sich gegen den Uhrzeigersinn auf dem Wasser.

Dabei verbanden sich diese Sterne aus Wachs wie ein auf dem Wasser schwebendes Mosaik zu seltsamen Formen. Eine erschien wie eine Madonna mit einem zu ihren Füßen zusammengerollten Hund. Ein weiterer Wachstropfen schloss sich an das Gebilde und klärte dessen Form: es war ein Kind. Sofia verstand sofort, dass Gabriele lebte und auf die Terraferma ging.

»*Esto mihi in Deum protectorem et in locum refugii …*«, betete sie.

Bernardo schüttelte den Kopf und wich ein wenig zurück, als würde ihm bei diesem Anblick schwindelig.

»Siehst du es nicht?«, fragte Sofia fast grimmig.

»Was sagst du … Was soll ich sehen?« Er klang verängstigt.

»Gabriele, ich bin hier«, hauchte sie, dann schloss sie die Augen, dachte an die Figur aus Wachs und ließ sich von ihrer Liebe davontragen. Sie rief ihren Sohn und versuchte, ihn mit der geistigen Kraft, die sie aus sich herausströmen sah, schützend zu umhüllen. Als sie die Augen öffnete, fielen Blutstropfen ins Wasser und lösten sich zwischen dem Wachs auf. Sie blickte Bernardo an, er war bleich geworden, Blut tropfte ihm aus der Nase. Er hatte Angst. Sie löschte die Kerze und nahm ihm das Becken ab, um es auf den Boden zu stellen. Dann zog sie einen Hocker zu sich heran.

»Setz dich.«

Er ließ sich schwer auf den Schemel fallen. Sie stellte sich hinter ihn und zwang ihn mit einem leichten Druck ihrer Hände, den Kopf nach hinten zu neigen. Dann zog sie das schwarze Tuch von ihrem Kopf und stillte das Blut.

»Entschuldige bitte«, sagte sie, denn sie fühlte sich verantwortlich.

Bernardo, den Kopf an ihren weichen Körper gelehnt, lächelte sie an und nahm ihre Hand.

»Lassen wir die Zaubereien«, sagte er betrübt. »Denn das Urteil Gottes fehlt niemals beim Appell.«

Als Sofia diesen großen, starken Mann so sprechen hörte, streichelte sie ihm gerührt übers Haar.

Bernardo erschauerte. »Komm schon, Sofia«, sagte er, »lass mich nicht länger leiden … Du könntest einen rechtschaffenen Mann im Haus gebrauchen.« Und um dem Moment mehr Feierlichkeit zu verleihen, setze er sich aufrecht hin.

Sofia aber, die für diese Art Anliegen durchaus nicht empfänglich war, zwang Bernardo nur, sich, den Kopf in den Nacken gelegt, wieder bei ihr anzulehnen. »Bleib so, rechtschaffener Mann, das ist besser«, sagte sie sanft, und vorerst genügte ihm diese Reaktion.

Da klopfte es an die Tür.

»Himmel!« Sofia schien schlagartig zu erwachen. Sie sprang so schnell auf, dass Bernardo beinahe auf dem Boden gelandet wäre.

»Schnell, hilf mir!«, flüsterte sie, während sie das Becken hinter der Tür versteckte. Bernardo half ihr, den Rest beiseitezuschaffen. »Wer ist da?«, fragte sie unterdessen laut und ging auf die Tür zu.

»Avvocato Loredan!«, hörte man hinter der Tür sagen.

Sofia schob die Riegel zurück, und die Tür öffnete sich.

»Ich wollte Euch nicht erschrecken«, murmelte Andrea, und in der Kälte bildete sein Atem Wölkchen um sein Gesicht.

»Was wollt Ihr?«

»Ist das eine Zeit, Besuche zu machen?«, knurrte Bernardo mit bösem Blick auf Andrea.

»Schweig!«, herrschte Sofia ihn an.

»Es ist spät, ich weiß«, sagte Andrea tonlos. »Aber ich wollte Euch dies hier geben und mit Euch sprechen.« Er zog ein zusammengefaltetes Papier mit dem Siegel des Markuslöwen aus dem Ärmel seiner Toga und reichte es ihr.

Rasch nahm ihm Bernardo das Papier aus den Händen. Sofia, die so ein Benehmen nicht duldete, riss es an sich und gab es Andrea zurück.

»Lest es mir vor, bitte, das Lesen ist mir nie gut gelungen …«, und sie warf Bernardo einen bösen Blick zu. Der zuckte mit den breiten Schultern und ging hinaus, wobei er den Anwalt mit einem Blick wie ein Faustschlag bedachte.

Andrea sah ihm hinterher, wie er dicht an der Wand des Müllabladeplatzes entlangstreifte und schnellen Schrittes auf die Calle Erizzo zuging. Als er sich wieder zu Sofia umdrehte, lächelte sie. »Bernardo ist ein guter Mann, aber er ist aus Holz wie seine Masten.«

Beide schwiegen eine Weile.

»Ich bin schon einmal so unbesonnen gewesen, Euch zu stören«, sagte Andrea dann, während er ihr das Papier zurückgab. »Dies ist eine Vorladung für die Anhörung in der Quarantia Criminal. Es wird die letzte am morgigen Tag sein, den Vorsitz führt Francesco Priuli, ein herzensguter Mann, wie Ihr sehen werdet, er wird Euch zuhören und alles tun, was in seiner Macht steht, damit Gabriele ein gnädiges Urteil bekommt, trotz der Flucht.«

Sofia ergriff das Blatt so vorsichtig, als wäre es aus hauchdünnem Glas, legte es sich ans Herz und blickte Andrea an. Ohne zu überlegen, nahm er ihre Hand und drückte sie zwischen seinen Händen. Sie ließ ihn gewähren, dann erschauerte sie und zog die Hand zurück.

»Verzeiht mir. Ich musste Euch stören, denn ich wollte Euch um allergrößte Vorsicht bitten.« Sofia sah ihn fragend an. »Morgen haben wir in der Quarantia den Avogador di Comun Nicolò Venier gegen uns. Er ist ein harter, schwieriger Richter, mit dem ich schon oft zusammengestoßen bin.«

Andrea machte eine Pause, weil er nach den richtigen Worten suchte. »Auch wenn ich noch so überzeugend bin und es mir gelingt, all seine Attacken abzuwehren, ist doch nicht ausgeschlossen, dass Gabriele nicht den vollen Freispruch erhält, auf den wir hoffen.«

»Sie werden ihn verurteilen«, flüsterte Sofia mit verlorenem Blick.

»Das könnte passieren«, gab Andrea zu, »aber auch wenn es so kommt, dürft Ihr nicht verzweifeln und müsst ruhig und geduldig bleiben. Darum bitte ich Euch, Sofia! Wir werden einen Aufschub beantragen, das ist Euer Recht, und der Rat wird es Euch gewähren. So ein Aufschub ist wichtig, denn meistens besänftigt er die Gemüter und gestattet den Richtern, über die menschliche Seite des Falls nachzudenken.« Mit Nachdruck fragte er: »Versprecht Ihr mir das?« Sofia atmete tief ein und nickte. Darauf entspannten sich Andreas Züge. »Das ist es, was ich von Euch hören wollte. Jetzt lasse ich Euch allein.«

Sie fand ihr Lächeln wieder. »Was Ihr für mich tut, ist ein großes Geschenk«, erklärte sie ehrlich.

»Ich tue das, was ich kann. Wie gern würde ich Euch von allem Leid befreien. Gute Nacht, Sofia.« Ohne zu warten, drehte er sich um und ging in Richtung Riva degli Schiavoni davon, denn um diese Zeit war das der sicherste Rückweg in die Locanda della Torre.

Sofia beobachtete ihn, während er sich das Schultertuch vor das Gesicht zog, um sich vor der Kälte zu schützen. Wenn er sich umdreht und mir zum Abschied winkt ..., dachte sie und geriet sofort in Sorge, denn nachdem er die letzte Laterne, die die Straßenecke beleuchtete, hinter sich gelassen hatte, tauchte seine Gestalt in die Dunkelheit ein.

Andrea ging an dem schwarzen Abgrund des Mülllagers vorbei, das in der kalten, windstillen Luft nur schwache Gerüche aussandte. Wenn sie an der Tür stehen geblieben ist und wartet ..., dachte er im selben Moment, in dem er den Mut fand, sich im letzten Lichtschein umzudrehen.

Sofia stand noch immer auf der Schwelle. Er machte ihr ein Zeichen, auf das sie antwortete. Und obwohl es ein Abschied

war, wurde beiden nach so viel Kummer bei diesem Gruß warm ums Herz. Andrea nahm seinen Weg wieder auf und ging um die Ecke. Sofia wartete, bis er verschwunden war, dann kehrte sie ins Haus zurück, schloss die Tür und verriegelte sie, sorgsam bedacht, nicht das geringste Geräusch zu machen. Auch das Fenster wurde leise geschlossen.

In der mit Dunkelheit und Stille erfüllten Calle bewegte sich etwas hinter der Mauer des Mülllagers, aber es waren keine Ratten oder streunende Katzen, sondern zwei in Mäntel eingewickelte Gestalten mit schwarzen Mützen, die auf Sofias Haus zueilten. Es waren Sbirren. Sie kamen bis ans Fensterbrett und erspähten im Halbdunkel zwölf nebeneinander aufgereihte, mit Salz gefüllte halbe Nussschalen.

»Sie hat für den Heiligen Paulus Nüsse und Salz aufgestellt«, flüsterte einer.

»Das scheint mir keine große Sünde zu sein, in der Stadt machen das viele, um die Ernte vorherzusagen«, murmelte der andere. »Meine Frau auch.«

So ließen sie alles, wie es war, und entfernten sich. In der Calle gab es keine Geräusche und Bewegungen mehr. Nur den Wind.

29

Um die sechste Nachtstunde wurde das Eingangstor der Locanda della Torre zur Straße verriegelt, ebenso das Gitter der Wassertür. Wer später kam, musste mit dem Türklopfer in Form eines Stierkopfes gegen die Tür schlagen. Das tat Andrea und wartete einige Augenblicke, bis er das Knarren hörte und der Türflügel sich einen hellen Lichtspalt weit öffnete, um dann rasch aufgerissen zu werden. Der afrikanische Laufbursche, eine kleine Laterne in der Hand, verbeugte sich und ließ ihn eintreten.

»Guten Abend, hochwerter Herr«, sagte er leise in einem

mit seiner Heimatsprache durchmischten Venezianisch. Andrea steckte ihm einen Soldo in die Hand, worauf er sich abermals verbeugte. Die Tür schloss sich knarrend, und er begleitete Andrea bis zur Treppe, wo er ihm die Leuchte und den Schlüssel aushändigte.

Andrea ging hinauf in sein Zimmer unter dem Altan. Schon beim Eintreten spürte er die angenehme Wärme. Er stellte die Leuchte auf den Tisch und blickte sich um. Die Fensterläden war geschlossen worden, und auf einem Dreifuß stand ein großes kupfernes Kohlebecken. Diese Aufmerksamkeit überraschte ihn. Er trat näher, die Kohle glühte. Dann sah er die Erhebung unter der Bettdecke. Dieselbe freundliche Hand hatte einen Bettwärmer zwischen die Decken gesteckt. Doch was ihn wirklich verblüffte, war das Sträußchen Zyklamen in einem Glas am Kopfende des Bettes. Das war noch nie vorgekommen.

In der Gaststätte war der Abend ruhig verlaufen, die üblichen Gäste und Kunden. Darum hatte Graziosa früher in ihr Zimmer hinaufgehen können. Sie hatte sich gewaschen und mit Enzian parfümiert. Nun wartete sie in ihrem mit Goldfäden bestickten Hausmantel aus Leinen und dem wollenen Mieder auf Andrea und vertraute darauf, dass die Jungfrau des Rosenkranzes in ihrer großen Weisheit alles zum Guten wenden würde. Als sie ihren Vater im Nebenzimmer schnarchen hörte, war sie sich des Beistands der Jungfrau gewiss. Ihre Mutter wälzte sich schnaubend im Bett und machte »Pst … pst!«, damit er aufhörte. Mit dieser Leier fuhr sie bis zur völligen Erschöpfung fort, so dass der befreiende Schlaf schließlich kam und Lorenzo selig weiterschnarchen konnte. Dann hörte Graziosa das Knarren des Tores und Andreas Schritte, die sie unter tausend anderen erkannt hätte. Sie zählte die Stufen. Als sie hörte, wie die Tür geöffnet und geschlossen wurde, wickelte sie den Überrock fest um sich und schlüpfte aus ihrem Zimmer. Sie kannte jede Stufe, jeden Schritt und wusste, wie man das Knarren der Bohlen vermied.

Vor seiner Tür blieb sie stehen und hörte ihn hin und her gehen. Jetzt musste sie nur noch den Mut finden, anzuklopfen. Sie löste die erste Schleife ihres Überrocks, so dass ihr üppiger Busen sichtbar wurde. Sie knotete ihre Haare im Nacken zusammen, entblößte den weichen, biegsamen Hals. Plötzlich zuckte sie zusammen: Hinter ihr, keine drei Schritte von ihr entfernt, in der dunklen Ecke des Flurs, stand ein Schatten. Dieser Schatten bewegte sich, kam näher und trat in den schwachen Lichtkegel. Es war Maria, ihre Mutter, und sie glühte vor Zorn.

»Du Hure!«, fauchte sie Graziosa an und zog sie an einem Ohr mit sich die Treppe hinunter.

Einen Augenblick später öffnete sich die Tür, und Andrea spähte verwirrt in die Dunkelheit, erst in die eine, dann in die andere Richtung. Niemand war zu sehen. Als er die Tür wieder schließen wollte, entdeckte er die Schleife auf dem Boden. Er hob sie auf und roch daran. Sie duftete nach Enzian.

30

Für Filippo Tomei war es nicht schwer gewesen, den letzten Steinbrocken zu lockern und die zwei Gitterstäbe des kleinen Fensters herauszureißen. Das Seil war aus Stofffetzen geknüpft, die er während der Monate der Klausur stückweise gestohlen hatte. Zuerst ließ er das Bündel mit den warmen Kleidern, die Ziegenhäute, einen Schlauch und die Armbrust hinunter, denn mit Kleidern und Gepäck wäre er niemals durch diesen engen Spalt gekommen. Er warf noch einen Blick in die Zelle, natürlich nicht aus Wehmut, sondern um zu prüfen, ob er nichts vergessen hatte, denn zurück würde er nicht mehr können. Bekleidet nur mit Hemd, Kniehosen und Stiefeln stieg er auf den Tisch unter dem Fensterchen, ergriff das an einem Balken befestigte Seil, schlüpfte mit den Füßen voran durch die Öffnung und ließ sich hinab. Er sank etwa zwanzig Fuß tief durch die

Kälte, die seine Hände zu Marmor und seinen Körper zu Stein erstarren ließ. Dann knisterte das gefrorene Gras unter seinen Stiefeln.

Der Frost hatte die Stille gebracht. Die schattenlose Stille einer erstarrten Welt, die sich verbarg, um zu überleben. Tomei löste das Bündel vom Seil, drückte es an seine Brust. Dort, wenige Schritte entfernt, war der Wald. Er musste sich bewegen, um nicht zu erfrieren.

Wenn Gott will, werde ich leben. Er setzte sich mit großen Schritten in Bewegung, im milchigen Halbdunkel nach Steinen und festem Boden suchend, denn das Gras knackte unter seinen Füßen wie trockenes Holz. Als er bei den Bäumen ankam, war sein Körper schwer wie Blei, und er hatte Angst, dass ihm das Blut gefrieren würde. Er umwickelte seine Beine mit den Ziegenhäuten, zog zwei wollene Kittel übereinander an und setzte sich die Mütze eines Steuermannes auf, die sein Gesicht bis zum Kinn bedeckte und nur zwei Löcher für die Augen frei ließ. Zuletzt streifte er Halbhandschuhe über, die die ersten Fingerglieder frei ließen. Danach fühlte er sich besser. Er nahm die Armbrust in die rechte Hand und wickelte den Mantel fest um seinen Körper. Jetzt musste er fünfzig Schritt durch den Wald gehen, bis ans Nordufer. Diesen Weg hatte er unzählige Male geübt, er hätte ihn mit geschlossenen Augen zurücklegen können. Eis bedeckte das Ufer so weit, wie die Flut reichte. Er hob den Blick nach oben: Die Himmelskuppel war mit Sternen übersät, deren Licht das Land und das umgebende Wasser hervorhob, das eine wurde im Sternenlicht zu dunklen, bewegten Flecken, das andere zu einer milchweißen Ödnis. Dort hinten lag die Giudecca, von der ihn zweihundert Fuß und ein Kanal trennten, den man durchschwimmen konnte. Zwischen Ende Januar und den ganzen Februar hindurch, wenn der Wasserstand bei Flut so niedrig war wie im ganzen Jahr nicht wieder, wagten die Fischer, auf der Jagd nach Krabben, Venusmuscheln, Austern und Krebsen, zu Fuß in diesen fruchtbaren Abschnitt der Lagune vorzudringen.

Tomei blies den Schlauch aus Haut auf, der ihn tragen sollte. Er ließ sich über das Eis gleiten, bis das Gefälle des Bodens in die ebene Fläche der zugefrorenen Lagune überging. Hier tat er einen Schritt, um die Dichte der Eisschicht zu prüfen. Sie hielt, und er begann zu gehen. Kleine Schritte, bis zum Rand der großen Scholle, wo das Eis dünner wurde und nachzugeben begann. Weiter vorn war das eiskalte Wasser, das ihm bis zur Taille reichen würde. Er musste vermeiden, im Wasser umzufallen, er wäre sofort erfroren. Darum ging er vorsichtig weiter, tauchte ein Bein hinein, dann das andere. Die Ziegenhäute hielten das Wasser ab, trotzdem spürte er, wie die Kälte seine Beine umklammerte und das Fleisch betäubte. Er beschloss, zu urinieren. Eine lauwarme Liebkosung wärmte ihn von den Leisten bis zu den Waden, der Dampf hüllte ihn ein und verflog in der Luft. Jetzt musste er sich beeilen. Schritt für Schritt über den Schlick auf dem Grund, der durch die Kälte hart geworden war.

31

Gabrieles Zweifel und Ängste hatten sich alle im Morgengrauen zerstreut, als sie hinter Battaglia die Brücke über den Kanal genommen hatten und bei den warmen Quellen angekommen waren. In den Nebelschwaden, die einem schon auf hundert Schritt die Sicht nahmen, ging ein Bettelmönch mit ausgestreckter Hand umher und bat die Menschen, die das Wunderwasser tranken, das die Steine im Leib auflöste, um Almosen. Und alle oder fast alle kratzen in ihrem Geldbeutel, um eine passende Münze für diesen Novizen zu finden, der ihnen dankte, sie segnete und mit guten Wünschen für eine rasche Genesung bedachte. Darum war Granzo, als Jacomo ihn am Arm packte und fortzog, böse geworden, denn in nur einer halben Stunde hatte er fast zwei Lire zusammenbekommen, genug Geld, um in einer Osteria ein Huhn essen zu gehen.

Der letzte Fluss war der Rio delle Valli, danach war das Land vom Wasser befreit. Über die Quellen führte eine hölzerne Brücke. Dort begann einer der Wege zur Hohen Einsiedelei. Jacomo hatte ihn vor dreißig Jahren mit dem Karren zurückgelegt, auf dem er Glas transportierte. Dies waren die letzten drei Meilen ihrer Wanderung. Er hatte diesen Weg ausgesucht, um sich von der Bezirksverwaltung in Torreglia fernzuhalten, wo es zu viele Fanti und Kontrollen gab. Granzo und Gabriele marschierten inzwischen aus Gewohnheit, und die Erschöpfung war so groß, dass sie nicht einmal mehr stritten. Eine Wohltat für Jacomos Ohren. Zwischen Wäldern und schneebedeckten Bergen tauchte in der Ferne die Einsiedelei auf. Auf dem Weg begegneten ihnen nur Schäfer und zwei Karren, beladen mit Steinen aus den Brüchen, die bei Bataja am Kanal verschifft wurden. Das Läuten zur Terz empfing sie, als sie den steilen Maultierpfad hinauf zur Einsiedelei einschlugen. Sobald man aus dem Wald trat, erschien sie mit ihren kleinen Häusern, der Kirche und dem Glockenturm. Beim letzten Mal hatte Jacomo sie im Bau gesehen. Die Mauern ließen sie wie eine Festung erscheinen, wie eine uneinnehmbare Burg.

Eine bessere Wahl hätten sie nicht treffen können, dachte Jacomo, und sein Herz schlug schneller.

Zwischen zwei Mauern stieg die Treppe aus grauem Granit direkt zur Kirche auf, ihre breiten, flachen Stufen waren für Maultiere geeignet und bequem für alte Menschen. Aber die Treppe war vereist und hatte kein Geländer. Das Kirchentor mit zwei Flügeln aus massivem Holz wurde von einem Portikus geschützt. In einer Nische hob die Marmorstatue des heiligen Benedikt, der das Buch mit den dreiundsiebzig Ordensregeln im Schoß trug, die rechte Hand zum Segen, doch sie schien auch zu warnen.

Keuchend kamen sie oben an. Jacomo ergriff die Kette der Türglocke und zog einmal daran. Hintern den Mauern ertönte gleich darauf der gedämpfte Glockenklang. Schritte hörte man nicht, nur das Knirschen des Türschlosses, das Schleifen des Riegels, ein leises Quietschen, dann öffnete sich der Türflügel. Der Pförtnermönch trug eine weiße Kutte, die fast zu leuchten schien.

»Wir suchen Unterschlupf, ehrwürdiger Bruder«, sagte Jacomo, während er ein Büchlein und einen Kohlestift aus dem Ärmel seines Gewandes zog. Die Seiten des kleinen Buches waren mit Aufzeichnungen bedeckt. Er fand ein leeres Blatt und schrieb:

$$\alpha \; \beta \; \gamma \; \delta \; \theta \; \eta \; \kappa \; \zeta$$

Das Büchlein auf der Handfläche haltend, malte er mit sicheren Bewegungen die Buchstaben. Dann riss er die Seite heraus und reichte sie dem Mönch. »Bitte gebt dies dem Abt.«

Der Mönch nahm das Blatt an sich und schloss das Tor. Eine lange Zeit verging. Umgeben vom weißen Gewölk ihres eigenen Atems zogen Gabriele und Granzo ihre Kleider fest um sich, rieben sich die Arme und vollführten füßestampfend einen bibbernden Tanz. Dann öffnete das Tor sich wieder, der Pförtner erschien, doch nur, um sofort zurückzutreten und einen alten, hochgewachsenen Mönch vorzulassen, dessen Augen hinter den runden Brillengläsern vor Staunen geweitet waren. In der Hand hielt er Jacomos Zettel. Die beiden Männer sahen sich an. Dann schlossen sie einander in die Arme.

32

Bei jedem Windstoß seufzte der Ofen aus Keramik, und durch die Ritzen der gusseisernen Klappe leuchtete rot die Glut auf. Trotzdem blieb es bitterkalt in der Kapelle San Teodoro hinter der Apsis des Markusdoms. Maria, die Wirtin der Locanda della Torre, die die Anzeige erstattet hatte, kramte in dem Stoffsack auf ihren Knien und zog ein helles Tuch heraus, in das etwas eingewickelt war.

»Möge Gott mir vergeben. Möge diese arme Seele mir vergeben«, murmelte sie, erregt keuchend, mit gesenktem Blick. Sie legte das Bündel auf den Rand des großen Tisches, zog das schwarze Band auf, das es zusammenhielt, und schlug die Zipfel des Tuches zurück. Mitten auf dem ausgebreiteten Stofffetzen lagen zwei Stöckchen von gelblicher Farbe, die aus einem Fuß Entfernung wie das verkümmerte obere Ende eines Bambusrohrs erschienen, aber es waren menschliche Knochen und zwar die Glieder eines Zeige- und eines Mittelfingers.

Aurelio Schellino, Dominikanerpater und Inquisitor von Venedig, der oberste Richter des Heiligen Offiziums, stand als Erster auf und beugte sich, hochrot vor Entsetzen, mit einer langsamen, beherrschten Bewegung zu den Knochen vor. So stand er über die gegenüberliegende Seite des Tisches gebückt, die Handknöchel auf das Eichenholz gestützt, die Arme als Pfeiler benutzend, damit sie das Gewicht seines ganzen Oberkörpers trugen. Wie eine jener Riesenschlangen, die auf den westindischen Inseln leben, begann er den Kopf zu wiegen, während seine Augen zwischen den Fingerknochen und Maria hin und hergingen.

»Seid Ihr sicher? Das war in Eure Matratze eingenäht?«, fragte der Ordensmann düster mit scheelem Blick auf Maria. Die nickte nur eifrig, ihr fehlten die Worte für eine Antwort.

Gleich darauf erhoben sich der alte Giulio Contarini, der päpstliche Nuntius Giovanni Antonio Facchinetti und der Auditor des Patriarchen Trevisan, ein junger Propst, der frisch aus dem Priesterseminar zu kommen schien. Auch sie nahmen die makabren Beweisstücke in Augenschein.

»Gebraucht Eure Zunge, *donna* Maria, bloßes Nicken zählt nicht vor Gericht!«, ermahnte sie Schellino, während am Schreibtisch ein Notar wartete, der die Feder in seiner Hand eine halbe Spanne über dem Papier schweben ließ.

Die Angesprochene riss die Augen auf und öffnete den Mund. Sie sah aus, als würde sie gewürgt. Ein Röcheln kam aus ihrem Mund, dann stieß sie eine Handvoll Worte hervor: »Sie waren in meiner Matratze, Eccellenza, das schwöre ich! Dieses Weib hat sie da hineingetan!«

»Seid vorsichtig, denn auf Verleumdung stehen ebenso viele Jahre Gefängnis wie auf Hexerei!«, erwiderte Contarini, der weltliche Mitarbeiter des Gerichts, der es vorzog, mit seinem offiziellen Titel Savio für Ketzerei angesprochen zu werden.

Maria schnappte wieder nach Luft, dann begann sie, den Verband abzuwickeln, der ihre linke Hand bedeckte. »Seit dieses Weib mich verwünscht hat, bin ich zweimal die Treppe heruntergefallen, und mir sind drei Hühner gestorben!« Sie zeigte dem Richter ihre Hand. »Auch meine Finger sterben ab, ich kann ja nicht mal mehr den Rosenkranz halten!« Tatsächlich waren ihr Zeige- und der Mittelfinger angeschwollen und versengt.

Alvise Mocenigo, der neben Melchiorre Michiel saß, verrückte geräuschvoll seinen Scherenstuhl, erhob sich und ging auf Maria zu. Die stützte sich auf die Tischkante, und mit einem kleinen Sprung stand sie aufrecht. »Zeigt mir Eure Hand«, bat Mocenigo mit majestätischer Sanftmut. Maria zögerte eingeschüchtert, dann gehorchte sie, plötzlich geschmeichelt. Wie ein barmherziger Samariter nahm Alvise behutsam ihre Hand und fuhr mit dem Zeigefinger über die verletzten Glieder. »Leidet Ihr sehr?«

»Es sind Höllenqualen, hochehrwürdiger Herr.«

»Sagt uns, was glaubt Ihr: Hat diese Frau, Sofia Ruis, Euch auf Wunsch eines anderen verflucht oder weil sie Euch hasst?«

Maria wurde von einem Zittern erfasst, das sich bis auf Mocenigos Hände übertrug. »Die ist die Magd des Teufels!«, sagte sie, hastig ein Kreuzzeichen schlagend und eine Verbeugung andeutend. »Sie wird von Luzifer geführt! Er hat ihr die Seele geraubt!« Und um ihren Worten Nachdruck zu verleihen, schlug sie sich mehrmals auf die Brust. »Von der ersten Begeg-

nung an hat sie all ihre Zauberkünste gegen mich eingesetzt!«
Sie riss die Augen auf. »Überall erzählt sie herum, dass ich sie
im Rio hab ertrinken lassen, ohne einen Finger zu rühren!
Fragt meinen Mann! Fragt alle, die in der Bragola wohnen, ob
dieses Weib eine Hexe ist! Alle wissen, dass sie nachts Knochen
vom jüdischen Friedhof am Lido holen geht! Dass ihre Söhne
geweihte Hostien für sie stehlen mussten, mit denen sie sich
alle Männer gefügig gemacht hat!« Sie beugte den Kopf und
holte Luft. »Und diesen armen Jungen hat sie auch verhext!«
Ein schmerzvolles Röcheln. »Diesen anständigen jungen Mann,
Messer Andrea, der uns mit seiner Anwesenheit in der Locanda
beehrt.« Marias Seele bebte wie ihr Körper, weil sie sich herausgenommen hatte, Andrea vor diesen Signori einfach mit seinem
Vornamen zu nennen. Sie wandte sich ab und barg das Gesicht
in den Händen, so dass der letzte Satz kaum verständlich herauskam: »Zwingt mich nicht, mehr zu sagen, mehr kann ich nicht
sagen!«

Dass die Sache ernst war, um die es an diesem Tag im Heiligen
Offizium ging, zeigte schon die Versammlung des Hohen Gerichts selbst, bei der gewöhnlich, mit Ausnahme des Inquisitors,
nur die Vertreter der Amtsinhaber anwesend waren. Der Nuntius Facchinetti zum Beispiel begnügte sich gerne damit, seinem
Auditor, dem gutmütigen alten Fra Alvise Scortica, dieses Geschäft zu überlassen. Und alle drei Savi für Ketzerei sah man
äußerst selten versammelt.

»Im Gegenteil, Ihr müsst uns alles sagen, Donna Maria. Aus
Liebe zur Wahrheit und Gerechtigkeit«, ermahnte sie Mocenigo.

Er wechselte einen Blick mit dem Dominikaner, dann sah er
Facchinetti an und gab ihm einen kaum merklichen Wink mit
dem Kopf. Der Nuntius atmete vernehmlich ein.

»Jawohl, gewisse Dinge zu verschweigen führt auf jeden Fall
zur Exkommunikation«, stieß er in einem Atemzug hervor.
»Seine Heiligkeit verfolgt mit großer Aufmerksamkeit, was in
dieser Stadt geschieht, in dieser kranken Stadt.« Einen Augen-

blick lang schien er den letzten Halbsatz verschlucken zu wollen, doch Mocenigo beruhigte ihn mit einem Kopfnicken.

Maria hatte eine Hand an ihre Stirn gelegt und verkrallte die Fingern in ihren Haaren. »Ser Loredan hat keine Schuld! Er hat keine Schuld!«, sagte sie und setzte heftig nach: »Ein Verhexter ist wie ein ungetauftes Kind! Gott verdammt es nicht, sondern nimmt es im Limbus auf!« Sie ließ sich auf den Stuhl fallen und verbarg die kranken Finger in dem Tuch. »Seit Monaten schon ist seine Exzellenz nicht mehr er selbst!«

»Seit wann genau?«, erkundigte sich Schellino.

Glühender Hass sprühte aus ihren Augen. »Seit die da ihn in der Locanda aufgesucht hat!«

»Unter *die da* versteht Ihr Signora Ruis?«, fragte der Inquisitor.

»Ja, sie!«

Und nachdem sie ihren Blick über jeden einzelnen der Richter hatte gleiten lassen, fühlte sie sich aufgenommen in den Kreis dieser Erhabenen, in deren Händen das Schicksal anderer Menschen lag. Zum ersten Mal betrachtete sie das Leben von oben, fühlte sich leicht und im Einklang mit sich selbst. Also begann sie, die Geschichte von Sofia Ruis zu erzählen, und verflocht sie mit der von Andrea Loredan. Dabei fügte sie den Tatsachen viel Eigenes hinzu. Das Heilige Offizium lauschte. Der Inquisitor musste nicht drängen, wie gewöhnlich. Nur der Notar bat von Zeit zu Zeit um eine Pause, damit er die Worte getreulich protokollieren konnte.

Dann war Graziosa an der Reihe, ihre älteste Tochter.

33

Der Raum war in einen Nebelschleier gehüllt, der alle Umrisse verschwimmen ließ. Man sah die nächstgelegene Wand, weiter nicht. Dann zeichnete sich eine langsam näher kommende, dunkle Gestalt im Dunst ab. Es war eine junge Frau mit mongolischen

Zügen, die einen Kasack aus blauer Seide und weite Hosen aus dem gleichen Stoff trug. Ihr Gesicht war fein gezeichnet, die schwarzen Haare waren im Nacken zu einem Knoten gebunden. Sie ging mit bloßen Füßen und trug ein Tablett mit einer Schüssel, in der eine rötliche Flüssigkeit dampfte. Am Rand einer großen, in den Steinfußboden eingelassenen Marmorwanne blieb sie stehen. Aus dieser Wanne stieg der dichte Dunst auf, der den Raum erfüllte. In der Wanne lag, bis zum Hals im Wasser, ein Mann, reglos wie ein Toter. Der Kopf war auf ein Kissen gebettet, das Gesicht mit einem feuchten Tuch bedeckt, das sich eng an die Züge schmiegte.

»Wie fühlt Ihr Euch?« Ein alter Mann mit einem ernsten Gesicht voller Falten und dichtem weißem Haar hatte gesprochen. Er saß auf einem gepolsterten Ledersessel.

Der Mann in der Wanne bewegte leicht den Kopf, das Tuch auf seinem Gesicht hob sich über seinem Mund im Rhythmus der Worte: »Meine Hände und Füße schmerzen«, sagte er in leidendem Ton.

»Schmerz ist etwas Gutes, denn das Fleisch lebt. Trinkt diesen Blaubeeraufguss«, sagte der Alte und gab der jungen Frau einen Wink. Sie kniete nieder, stellte das Tablett ab und nahm dem Mann sehr vorsichtig das Tuch vom Gesicht. Filippo Tomei war entstellt, die Augen schmale Schlitze im geschundenen, blauvioletten Fleisch. Die Dienerin flößte ihm den Aufguss ein. Nach einer Weile hielt er ihre Hand zurück, und das Mädchen blickte zum Alten auf.

»Die Kälte brennt wie das Feuer«, sagte Zuàndomenico de' Fabii, ein Wissenschaftler und ausgezeichneter Kenner der Alchemie, überaus gelehrt in den philosophischen, astrologischen und medizinischen Künsten, der viele Sprachen des Morgen- und des Abendlandes beherrschte. »Wenn die Kälte sich des Körpers bemächtigt hat, muss Wärme in kleinen Dosen zugeführt werden.« Er fügte ein paar Worte in der mongolischen Sprache hinzu.

34

Bei jedem Windstoß, der das Wasser des Canal Grande kräuselte und glättete, schepperte das heftig an seiner Stange hin- und herschaukelnde kreisrunde Metallschild des *Storion*. Aus den weit geöffneten Fenstern der Osteria drang dichter Rauch, dazu ein unverständliches Stimmengewirr, das gelegentlich von Gelächter und Händeklatschen übertönt wurde. Ganz offensichtlich waren die Kümmernisse der Welt außerhalb dieser Mauern geblieben. Ging man jedoch zwischen dem munteren Treiben an den Tischen der Händler vom Rialto und der Zöllner der Dogana da Terra hindurch, stieß man auf einen Tisch, der in einer ruhigeren Ecke bei der Küche gedeckt worden war. Hier wurde nicht gelacht, das Gespräch bestand aus wenigen Worten und langen Pausen.

Francesco d'Angelo war wie immer sehr geschickt gewesen und hatte seinen Vater zu einem Gespräch mit Avvocato Loredan überreden können. Darum saß Vincenzo d'Angelo, Glasmeister und berühmter Dekorateur von Gläsern und Spiegeln, jetzt vor einem Eintopf mit Bohnen und Schweinefleisch und gab, von Zeit zu Zeit am schweren Rotwein nippend, einsilbige Antworten auf Andreas Fragen.

Er hatte sich zusammen mit seinem älteren Sohn in der Osteria einquartiert, wie er es immer am Vorabend einer Reise auf die Terraferma tat. Denn er wollte bei seinen mit einer Diamantspitze verzierten Kristallen sein, während sie von der Zollbehörde inspiziert wurden, und dann sofort aufbrechen. Die Reise ging mit einem Ruderboot den Canal Grande entlang, dann über die Lagune nach San Giuliano auf dem Festland, wo die Karren warteten, mit denen sie weiterfahren würden. Eine lange, gefährliche Reise auf der Via Ungarica über die schneebedeckten Alpen bis nach Deutschland. Eine Reise, die Maestro d'Angelo vorverlegt hatte, mitten in die Winterzeit, um der Konkurrenz zuvorzukommen und sein Glas zu einträglichen Preisen zu verkaufen.

»Ja, wir kannten uns alle. Ich war der jüngste der Bande«, erzählte Vincenzo mit einem Hauch Bedauern in der Stimme. »Jacomo war zwölf, sieben Jahre älter als ich. Wir spielten in der Glashütte seines Vaters Tommaso.« Er sprach langsam, ein wenig melancholisch in seinen Erinnerungen kramend. »In Murano war jeder von uns Mitglied einer Bande, die sich mit anderen verbündete und feindliche Banden bekämpfte. Jede Bande trug den Namen eines Glases, und ihre Fahne hatte dessen Farbe. Wir waren die vom ›Bergkristall‹, Verbündete der ›Himmelblauen Glasur‹, und wir kämpften gegen die vom ›Glänzenden Silber‹ und vom ›Herrlichen Grün‹. Das waren schöne, unbeschwerte Zeiten.«

»Und meine Mutter?«, fragte Andrea.

Vincenzo nickte. »Lucrezia war die wichtigste Beraterin der Bande und die Braut von Jacomo, dem Bandenchef.«

Andrea sah ihn erstaunt an.

»Nur im Spiel natürlich.« Der Glasmeister lächelte. »Jeder hatte einen Titel, aber ich bin immer nur ein einfaches Mitglied gewesen. Ich war zu klein, viel zu klein.«

»Und Lucia Vivarini?«

Der Maestro zögerte.

»Wenn ich mich nicht täusche, war sie die zweite Beraterin und hätte Jacomo gerne geheiratet. Sie war sehr eifersüchtig auf Lucrezia, aber auch eng mit ihr befreundet. Die beiden waren unzertrennlich. Unsere Bande – das waren fünf oder sechs sehr intensive Jahre«, seufzte er, nahm den Krug mit Wein, schenkte Andrea ein, füllte sein eigenes Glas und reichte den Krug dann seinem Sohn Francesco weiter.

»Auf den ›Bergkristall‹!« Er hob das Glas. Auch Andrea erhob sein Glas und prostete seinem Gehilfen Francesco und dem älteren Sohn von Vincenzo zu, der ebenfalls das Gewerbe der Glasbläser ergriffen hatte und Andrea hieß.

Dieser Trinkspruch schien das verfrühte Ende des Gesprächs zu bedeuten, zumal Andrea den deutlichen Eindruck gewonnen hatte, dass d'Angelo sich auf die lang vergangene Zeit seiner Kindheit konzentrierte, um nicht von Zeiten der jüngeren Vergangenheit sprechen zu müssen. Denn als Andrea ihn nach der Arbeit im Palazzo Loredan am Campo San Pantaleone und nach seiner Zusammenarbeit mit Jacomo Dragan gefragt hatte, war die Miene des Meisters sofort düster geworden, und die Pausen zwischen den Sätzen hatten sich zu einem zähen Schweigen ausgeweitet. Doch Francesco, der das verschlossene Wesen seines Vaters kannte, hatte mit Geschick etwas über diese Zeit aus ihm herausholen können, und nach dem Wenigen, was Vincenzo ihm gesagt hatte, musste die Freundschaft mit Dragan wegen eines Streites über die Dekoration der Fenster im Palazzo Loredan zerbrochen sein. Vincenzo d'Angelo betrachtete sich nämlich als Erfinder und alleiniger Träger aller Rechte an der Kunst der Dekoration von Cristalìn durch die neue Graviertechnik mit Diamantspitzen. Dieses Privileg hatte Jacomo ihm streitig gemacht, indem er behauptete, diese Kunst genauso gut zu beherrschen wie Vincenzo. Der Konflikt war bis vor den Gastalden der Glasmacherzunft gekommen.

Also hätte der Streit, auf den Alvise angespielt hatte, durchaus d'Angelos Zorn erregen und ihn dazu bringen können, den Diebstahl der Juwelen zu inszenieren und den Verdacht auf Jacomo zu lenken, um ihn zu ruinieren. Denn als Dragan verschwand, war Vincenzo d'Angelo tatsächlich das Exklusivrecht auf diese Kunst zugesprochen worden. Nach sieben Jahren Bittgesuchen an die Autoritäten auf allen Ebenen, vom Gastalden bis zum Dogen, hatte der Senat von Venedig ihm das lang ersehnte Patent für die Dauer von zehn Jahren bewilligt. Nachdem diese vergangen waren und er keine Verlängerung erhalten hatte, war eine schwierige Zeit für d'Angelo angebrochen, in der die Konkurrenz ihn nicht nur in der Technik der Glasgravur, sondern auch bei den Preisen schlug, so dass er zu jenen Reisen mitten im Winter gezwungen war, um auf dem ausländischen Markt der Erste zu sein.

»Früher wart Ihr und Dragan also befreundet?«

Vincenzo schlug die Augen nieder. Als er den Blick hob, hatte seine Miene sich wieder verhärtet. »Kindheitsfreundschaften sind wie Saisonfrüchte. Wenn du sie nicht pflückst, fallen sie früher oder später zu Boden«, antwortete er leise, mit einem Seitenblick auf Andrea.

Andrea schwieg, dann suchte er Francescos Blick. Er bedauerte, dass er diesen wunden Punkt berührt hatte. Wenn die Reaktion so aussah, stand fest, dass das Gespräch hiermit beendet war. Schließlich konnte er Vincenzo nicht rundheraus fragen, ob er gegen Jacomo intrigiert hatte. Also beschloss er, sich damit zufriedenzugeben und auf das zurückzukommen, was ihn viel mehr interessierte: die Äbtissin Lucia Vivarini und die Celestia.

»Darf ich Euch nach Lucia fragen? Wann habt Ihr sie zum letzten Mal gesehen?«

Maestro d'Angelo nahm sich Zeit für die Antwort, indem er einen Kanten Brot in die Suppe tauchte, ihn kaute und mit einem Schluck Wein hinunterspülte. Dann antwortete er präzise: »Vor drei Jahren, an Corpus Domini.«

»Habt Ihr sie in der Celestia besucht?«

»Wir sind uns bei der Prozession begegnet.« Er zögerte, und ein Schatten von Traurigkeit flog über sein Gesicht. »Die arme Lucia und ihre Mitschwestern waren verzweifelt. In der Nacht zuvor waren Diebe in die Kirche eingedrungen und hatten alle Lampen mitgenommen, sogar die Votivleuchten.«

»Ein großer Verlust?«

»Eher ein sentimentaler Verlust«, erwiderte Vincenzo. »Diese Lampen hatte sie selbst vor dreißig Jahren in der Glashütte von Ermonia hergestellt und ihrem Kloster geschenkt.«

»Erinnert Ihr Euch noch, Vater?«, mischte sich der ältere Sohn Andrea ein. »Wir haben ihnen dann neue Lampen geschenkt.«

Vincenzo nickte. »Ja. Lucia hat sich sehr darüber gefreut, wir hatten versucht, die Lampen genauso zu machen wie die gestohlenen.«

Andrea warf seinem Assistenten einen Blick zu, dann wandte er sich wieder an den Glasbläser. »Könnt Ihr mir noch mehr darüber sagen?«

Vincenzo zuckte mit den Achseln. »Die Diebe wurden nie gefasst, zwei Arbeiter, die am Dach der Kirche zu tun gehabt hatten, gerieten in Verdacht, aber sie wurden später freigesprochen. Die Gläser waren ohnehin nicht viel wert.«

»Wurden nur die Lampen gestohlen?«, fragte Andrea erstaunt.

»Soweit ich mich erinnere, nur die.«

»Keine Kandelaber, Kelche, Gold, Silber, nichts anderes?«

»Nichts anderes«, bestätigte der Glasmeister.

35

Hätte der Großkanzler Ottobon ihnen nicht den besten Archivar des Palazzo zur Verfügung gestellt, wären der Anwalt Loredan und sein Assistent bei ihrem Vorhaben kläglich gescheitert. Der Dachboden über dem Sitzungssaal des Rates der Zehn ähnelte einem Stadtviertel Venedigs: eine zentrale Calle lief von der Eingangstür bis zur gegenüberliegenden Wand und wurde von gut zwanzig Schränken gesäumt, zwischen denen sich rechts und links kleinere Gassen öffneten, die zu weiteren Schränken, Truhen und Kisten führten, alle vollgestopft mit Schriftstücken, Büchern, Akten und Prozessunterlagen, Anzeigen, Streitsachen und Berichten, kurzum sämtlichen Dokumenten, die sich in den letzten hundert Jahren im Rat der Zehn angesammelt hatten. Hier und dort warnten Schilder davor, wegen der Feuergefahr Kerzen und Leuchten mit offener Flamme zu benutzen. Dies war das Archiv der Zehn, auch das Depot genannt. Und jenes magere, flinke Männchen, das für diese Arbeit wie geboren schien, war, kaum hatte es die Bitte vernommen, Dokumente über das Kloster Santa Maria della Celestia einsehen zu dürfen, blitzschnell wie eine Schlange zwischen Steinen in diesem Labyrinth verschwunden, hatte sich zwischen Schränken und Kisten hindurchgewunden und war kurze Zeit später mit Aktenordnern voller Papiere auf beiden Armen zurückgekehrt.

Was Vincenzo d'Angelo erzählt hatte, fanden sie in diesen Ordnern in Form von Zeugenaussagen und Zeichnungen gesammelt. Der Diebstahl hatte tatsächlich in der Nacht vom 28. auf den 29. Mai im Jahr 1567 an Corpus Domini stattgefunden. Aus der Kirche Santa Maria della Celestia waren sämtliche gläsernen Leuchter, Lampen, Laternen und Votivlichter gestohlen worden, insgesamt fünfundvierzig Stück. Ein aufsehenerregender Raub, freilich nicht wegen des Wertes der Beute, der sich auf geschätzte achtundzwanzig Dukaten und fünf Lire belief, sondern wegen der Schwierigkeit und Dauer des Unternehmens. Denn die Lampen, Laternen und Leuchter hatten alle zehn Fuß hoch an der Decke gehangen, und ohne Seile, um sie herabzulassen, waren sie nur über eine Leiter zu erreichen. Am Boden musste dann das Öl ausgegossen, die Lampen zerlegt und die Gläser mit Stroh umwickelt in Körbe oder Kisten verpackt werden.

Francesco zeigte Andrea den Bericht der Signori di Notte. Man hatte errechnet, dass die Kirchenräuber über eine Stunde gebraucht haben mussten, denn schon um alle Lampen mit einer auf ein langes Rohr gesteckten Kerze anzuzünden, benötigte eine Nonne mindestens eine halbe Stunde. Abgesehen von dem Lampenöl, das die Diebe auf dem Kirchenboden ausgegossen hatten, waren keine weiteren Spuren gefunden worden, nur eine hölzerne Leiter, die hinter dem Hochaltar lag. Kein Fenster war zerschlagen worden, kein Schloss aufgebrochen, kein Riegel aus den Angeln gerissen, es gab weder ein Loch in der Mauer noch im Fußboden oder im Dach.

Die Ermittler hatten auch den Wert der Gegenstände geschätzt, die die Diebe nicht angerührt hatten. Außer dem Kirchengerät für die Messfeier gab es allein rund um das heilige, wundertätige Bildnis der Jungfrau mit dem Kind Votivgaben aus

Gold, Silber und Edelsteinen im Wert von mindestens dreißigtausend Dukaten. Einige versuchten eine Erklärung: Die Diebe hatten sie aus Angst vor dem göttlichen Zorn nicht angerührt. Andere hielten dagegen, Gott sei kein Wirt, der genau abrechne, sondern ein Richter, der aufgrund von Taten urteile, und wer in einer Kirche stehle, egal, ob einen Soldo oder einen goldenen Kelch, war und blieb ein Kirchenräuber.

Andrea fragte sich: Warum ein so großes Risiko, so viel Mühe für nur achtundzwanzig Dukaten, den Durchschnittslohn eines Maurers für vier Monate Arbeit?

»Lest das hier, Avvocato.« Francesco blätterte in einem Aktenordner und zog drei Papiere heraus. »Alle Zeugenaussagen sind in wenigen Protokollen zusammengefasst. Die Nonnen berichten, dass sie in jener Nacht am Bett der Köchin des Klosters, Suor Benedetta, gewacht haben.«

Andrea überflog rasch die Aufzeichnungen. Zehn Nonnen und vier Novizinnen hatten die ganze Nacht lang am Bett von Suor Benedetta gebetet und versucht, die Bauchschmerzen zu lindern, die sie quälten. Die Aussagen stimmten überein: Von kurz nach Mitternacht bis zur Laudes hatte die Nonne sich die Seele aus dem Leib gespuckt, mehrmals die Augen verdreht, und ihr Atem wie auch der Puls waren zeitweilig verschwunden, um dann wiederzukehren. Darum hatte man an eine Vergiftung gedacht. Die Äbtissin Vivarini war die ganze Zeit bei ihr gewesen. Von der nahen Kirche San Francesco della Vigna war Fra Nicola Basaiti herbeigeeilt, ein Fachmann für die Behandlung von Vergiftungen. Und tatsächlich hatte Suor Benedetta um die Terz dank eines Wunders oder menschlicher Kunst gelächelt, all ihren Mitschwestern gedankt und war aufgestanden, um an der Prozession zu Corpus Domini teilzunehmen. Als die Nonnen sich in die Kirche begaben, um der Jungfrau Maria und dem Herrgott zu danken, waren sie auf dem Öl ausgerutscht, das die Diebe auf dem Kirchenboden ausgegossen hatten, und hatten so den Diebstahl entdeckt.

Andrea steckte die Blätter in den Ordner zurück, stützte die Ellenbogen auf den Tisch und die Stirn in die Hand. Sein Solecitadòr hielt ihm ein Papier vor die Augen, auf dem mit Tinte die gestohlenen Leuchter, Laternen und Lampen gezeichnet waren. Andrea zog sein Notizbüchlein aus dem Ärmel und blätterte darin. Auf einer Seite hatte er ein vollendetes Dodekaeder gezeichnet, eine Form, die auch einige der gestohlenen Lampen hatten.

»Was hältst du davon, wenn wir uns einmal mit dieser Suor Benedetta unterhalten?«

Francesco schien einen Augenblick darüber nachzudenken. Dann nickte er eifrig.

36

»*In nomine dei aeterni*. Amen. Im eintausendfünfhundertsiebzigsten Jahr nach Christi Geburt, am dreißigsten Tag des Monats Januar …«

Der Notar Baldassare Fiume las Ermonia Vivarini noch einmal das Testament vor, das er soeben mit schwarzer Tinte auf Pergament geschrieben hatte. In der Glasbrennerei hörte man außer der schwachen Stimme des Notars nur den tiefen Atem der Öfen und das leise Schluchzen von Pierin, dem Lehrjungen.

»Entschuldigt bitte, Notaio«, sagte die mitten im Raum auf ihrem Sessel sitzende Glasmeisterin mit hauchdünner Stimme. Dann wandte sie sich an den Jungen. »Pierin, warum weinst du? Ich bin ja noch nicht tot!«

Pierin schniefte, und während er sich die Tränen trocknete, brachte er heraus: »Das überkommt mich so, bitte entschuldigt, Maestra.«

»Komm her«, sagte sie gerührt.

Der Lehrjunge ließ sich das nicht zweimal sagen. Sie drückte ihn an sich und bat den Notar, die Verlesung des Testaments fortzusetzen.

»Ich, Ermonia Vivarini, Tochter des verstorbenen Alvise, Glasmeisterin zu Murano, Besitzerin einer Hütte bei der Kirche Santo Stefano, im Stand göttlicher Gnade, ernenne den ehrwürdigen Fra Cipriano D'Este zum Vollstrecker meines Testamentes …«

Die Verlesung ging weiter, begleitet vom Schnaufen der Öfen und den wiederkehrenden Schluchzern des Jungen. Nachdrücklich betonte der Notar den Namen des »vortrefflichen Glasmeisters Jacomo Dragan, Sohn des verstorbenen Tommaso«, dem Ermonia ihre gesamten Güter vermachte, die Brennerei mit allen darin enthaltenen Werken aus Glas.

37

Das Sprechzimmer von San Giacomo auf der Giudecca war ein Raum mit Ziegelsteinmauern und einem Kuppelgewölbe, das auf einer Säule in der Mitte ruhte. Sie war ebenfalls aus Stein, während die Wände mit rosa Marmor verkleidet waren. Dort drinnen schien es noch kälter zu sein als draußen, der Atem kondensierte zu dichten Wölkchen.

Francesco d'Angelo rieb sich fröstelnd die Hände. Es war schon eine gute Weile her, dass er sich angemeldet und der Schwester Pförtnerin erklärt hatte, er würde gerne die Köchin sprechen, um ihr eine großzügige Gabe zu überreichen, das gute Öl von Santa Maura und ein Fässchen Weißwein aus Vicenza.

Hinter einer kleinen dunklen Tür hörte er das trockene Geräusch eines sich drehenden Holzrades. Es wurde still, dann schnarrte ein Riegel. Eine junge Novizin in Haube, Kutte und Arbeitsschürze schob einen Karren in den Raum. Francesco kramte in seinem Gedächtnis nach der Beschreibung, die der Makler von der Nonne gegeben hatte, verglich sie mit der Novizin, und ihm war sofort klar, dass sie es nicht sein konnte. Er war enttäuscht.

»Gelobt sei Jesus Christus«, sagte die Novizin und wies mit ausdrucksloser Miene auf den Karren, ohne eine Antwort abzuwarten: »Hierauf könnt Ihr Eure Gaben laden, und Gott segne Euch«, fügte sie in demselben gleichgültigen Ton hinzu.

Francesco stellte den Wein und das Öl in den Karren. »Ich vertraute auf die Jungfrau Maria, und mir wurde Gnade zuteil«, warf er hin, um Zeit zum Nachdenken zu gewinnen und diesen Gaben ein wenig Sinn zu verleihen.

Die Novizin schloss die Augen und neigte den Kopf zum Zeichen der Zustimmung, dann ergriff sie die beiden Stangen so energisch, dass der Karren ein wenig schwankte.

»Ich hätte der Mutter Köchin sehr gerne einen Gruß entboten«, erklärte Francesco hastig, denn wenn das Türchen sich einmal geschlossen hatte, würde alles sehr viel schwieriger werden.

Die Novizin war gerade stehen geblieben, um die schmale Tür zu schließen. »Ich bedaure«, sagte sie, »die Köchin ist sehr beschäftigt, außerdem darf ich Euch nicht hineinlassen.«

Die brüske Antwort war wie ein heftiger Schwall kalten Wassers, sie weckte Francescos Erfindungsgeist und gab ihm eine Idee ein: »Um Himmels willen, nein!«, wehrte er fast empört ab und fügte sofort hinzu: »Ich bitte Euch nur um einen Gefallen. Richtet dieser heiligen Frau aus, dass Ihr Patensohn immer für sie betet, denn niemals wird er vergessen, was sie ihm Gutes getan hat!«

Die Novizin musterte ihn aufmerksam, als überlege sie, was zu tun sei, dann antwortete sie mit einem lakonischen: »Das werde ich tun.«

Francesco sah sie fortgehen. Sein erster Impuls war, ihr zu folgen. Aber das durfte er nicht. Er wartete das Geräusch des Schlosses und das Rollen des Rades ab. Dann verscheuchte er seine Sorge und ging, erneut auf seine Intuition vertrauend, nach draußen.

Der von Kindergeschrei erfüllte Campo vor der Kirche San Giacomo hatte sich mit seiner Eisschicht in ein Paradies für all jene verwandelt, die die Gabe und das Alter besaßen, sich mit wenig zu vergnügen. Die Kleinen hatten das Spiel begonnen, mit Schubsen und Hieben machten sie sich gegenseitig das Recht streitig, auf einer zerbeulten Wanne über das Eis zu rutschen. Francesco überquerte vorsichtig den Platz.

»Wartet, Signore!«

Er war schon fast bei den Pappeln angekommen, da ließ die Stimme ihn schlagartig stehen bleiben. Langsam drehte er sich um, als fürchtete er, einer Täuschung zu erliegen. Doch zwanzig Schritt entfernt stand eine Nonne auf der Schwelle des Klosters, die den gesamten Türrahmen ausfüllte. Als Francesco näher kam, bemerkte er die heitere Miene in dem alterslosen Gesicht einer vor Gesundheit strotzenden, wohlgenährten Frau, die, nach ihrer Gesichtsfarbe zu urteilen, oft von heißen Dämpfen in kalte Räume überzuwechseln schien. Wenige Schritte fehlten, rasch warf er einen Blick auf ihre Hände und bemerkte die charakteristischen Verbrühungen desjenigen, der sein Leben vor dem Herdfeuer verbringt. Er bemerkte auch, dass sie ihn verwirrt ansah. Er beschloss, ihr zuvorzukommen und breitete die Arme aus.

»Liebste Mutter! Meine Wohltäterin!«, rief er aus und ging lächelnd auf sie zu. Beide machten einen Schritt voreinander Halt. Sie erschien höchst verwundert.

»Wer seid Ihr?«

Francesco roch den Rauch des Herdfeuers, der von ihr ausging, und fühlte sich bereit, alles auf eine Karte zu setzen.

»Suor Eufemia, erinnert Ihr Euch denn nicht? Ich bin Francesco, das Kind, das Ihr am Drehbrett der Celestia gefunden habt!« Mit diesen Worten ging er in die Knie, ergriff ihre Hand und küsste sie.

Sie zog die Hand zurück. »Francesco? Welches Kind?«, hörte er sie murmeln. »Außerdem heiße ich Benedetta.« Sie schien befremdet.

Francesco sprang auf die Füße, riss überrascht die Augen auf und starrte sie an. »Ihr seid nicht Suor Eufemia?« Er hielt den Atem an.

»Das bin ich nicht. Und in der Celestia gibt es keine einzige Schwester mit dem Namen.«

Er war wie vom Donner gerührt. Dann faltete er die Hände und stammelte tief beschämt: »Mutter, vergebt mir … Ich dachte, ich hätte Euch endlich wiedergefunden, nach so langer Zeit … Euch, die Heilige, die mich gerettet hat …«

»Tut mir leid«, und jetzt schien auch sie peinlich berührt. »Ich gebe Euch die Gaben zurück«, erklärte sie hastig mit enttäuschtem Ton.

Francesco begriff, dass er sich jetzt verabschieden musste. Er schlug ein Kreuzzeichen und zog sich unter unaufhörlichen Verbeugungen zurück. »Auf keinen Fall! Behaltet alles, denn Euch etwas Gutes zu tun bedeutet, allen heiligen Frauen auf dieser Erde Gutes zu erweisen. Bitte vergebt mir, Suor Benedetta.«

Andrea wartete im Boot bei den Fondamenta neben dem Ponte Lungo, denn er war im Kloster San Giacomo bekannt und wollte keinen unnötigen Verdacht wecken. Wegen des Eises an diesem Morgen war es recht schwierig und teuer gewesen, von San Marco auf die Giudecca überzusetzen.

Francesco strahlte, obwohl er sich an dem als Handlauf gespannten Seil festhalten musste und jeden Augenblick zu stürzen drohte. Keuchend blieb er auf dem Kai stehen.

»Nun, wie ist es gelaufen?«, fragte Andrea hoffnungsvoll.

»Die Köchin! Ich habe sie getroffen. Es ist genau die, die der Makler beschrieben hat, und sie heißt Benedetta!«

Andrea schien wie von einer schweren Bürde befreit. Er reichte dem Solecitadòr die Hand und zog ihn an Bord. »Bravo!«, sagte mit aufrichtiger Bewunderung, dann bat er den Bootsführer, sie nach San Marco zurückzubringen. Der sprang in den Bug, löste das Tau, stieß das Boot mit einem Ruder vom Ufer ab und begann, zwischen den Eisschollen hindurchzufahren, die am Bootsrumpf scheuerten.

Der Ponte Lungo bestand ganz aus Holz und öffnete sich in der Mitte, wenn Schiffe mit hohen Masten hindurchfuhren. Die Brücke verband die alte Giudecca mit dem neuen Ostteil und war wirklich sehr lang, nur die Rialto-Brücke war länger.

Fra Doro, der Pförtner von San Giacomo, war von Natur aus misstrauisch. Er hatte einen jungen Mann mit Suor Benedetta sprechen sehen und war ihm ein gutes Stück Weg gefolgt. Jetzt sah er, hinter einer Hausecke versteckt, die Gondel unter der Brücke hindurchfahren, an Bord der Unbekannte und Avvocato Andrea Loredan, den er gut kannte. Er wartete, bis die Gondel in den Kanal der Giudecca Richtung Zattere fuhr. Fra Doro war nicht nur misstrauisch, er besaß auch eine schnelle Auffassungsgabe, denn Misstrauen und geistige Gewandtheit treffen häufig in einem Charakter zusammen. Der Frate erkannte, dass dies eine heimliche Fahrt war. Er drehte sich um. Wenige Schritte hinter ihm nahm die Fähre gerade Passagiere an Bord und würde bald voll sein. Rasch fasste er einen Entschluss.

38

Im Saal der Drei Häupter der Zehn, im zweiten Stock des Ostflügels des Dogenpalastes, hatten Arbeiter die Türen lackiert, und die Luft war geschwängert von einem starken Terpentingeruch, der Richtern und Zeugen Kopfschmerzen bereitete und ihre Augen tränen ließ. Der Rat der Zehn, aus dem die Zonta hervorgegangen war, die wegen des Todes von Anna Tagliapietra ermittelte, hatte angesichts der heiklen Untersuchungen einstimmig beschlossen, dass die Sitzung in diesem Saal stattfinden sollte, und zwar erst nach dem Läuten zur Non, wenn der tägliche Besucherstrom im Dogenpalast verebbte. Dem Missièr Grande war die Kontrolle über die Sala della Bussola übertragen worden, und drei seiner Fanti regelten den Zustrom durch den Eingang, indem sie jeden abwiesen, der nicht zu den Einberufenen gehörte.

Um den Gang der Ermittlungen zu beschleunigen und zugleich möglichst geheim zu halten, hatte der Rat die Zonta außerdem auf drei Mitglieder beschränkt und den Patriziern Alvise Catanio, Melchiorre Michiel und Jacopo Zon die schwierige Aufgabe übertragen, die Steinchen des Mosaiks im Mordfall Tagliapietra zusammenzusetzen. Um höchste Diskretion zu garantieren, wurde der Sekretär Formento mit den Pflichten des Notars und Protokollanten betraut.

Als an diesem Nachmittag der Zeuge Giustino Segalin, von Beruf Gondoliere, verhört wurde, war die Atmosphäre zwischen den Holzgerüsten der Maler, die den Raum in eine Baustelle verwandelten, noch ungemütlicher geworden, freilich nicht wegen des Terpentins.

Hinter ihrem breiten Schreibtisch mit dem Markuslöwen in Gold auf dem vorderen Paneel erschienen die drei Richter wie Statuen aus Holz, so konzentriert folgten sie den Worten des Mannes, der vor ihnen stand. Sein weißer Schnurrbart war beeindruckend, das Gesicht von Wind und Sonne gegerbt, und seine zu einem Pferdeschwanz gebundenen weißen Haare fuhren bei jeder Kopfbewegung über die breiten, starken Schultern eines Menschen, der von Kindesbeinen an gerudert hat.

Es sei nämlich so gewesen, versuchte Segalin sich zu rechtfertigen, dass er anfangs wirklich nicht gewusst habe, wer die beiden jungen Leute waren, die er zum Casone San Giacomo gebracht hatte. Es war ein Liebespaar wie viele andere, die auf den ruhigen Gewässern im Osten der Lagune eine Zeitlang ungestört sein wollten. Sie hatten ihn gut bezahlt, das ja, sie waren freundlich gewesen, und er hatte natürlich nicht nachgeschaut, was sie unter dem Zeltdach der Gondel trieben. Mindestens dreimal hatte er sie gefahren, zwischen Ostern und Sommer 1569 war das gewesen.

»Und immer Sonntagnachmittags?«, fragte Catanio.

»Immer!«, beeilte sich Segalin zu antworten.

Der Signore di Notte wandte sich mit erwartungsvoller Miene zu Jacopo Zon um, dem Provveditore, der über die Klöster wachte, während Formento mit seinem Gänsekiel über die Seiten kratzte.

»Ja, denn die Novizinnen der Celestia haben Sonntags Ausgang«, sagte der Provveditore, einem Gedankengang folgend, der diesen Tatsachen entsprang.

»Und wann habt Ihr erfahren, dass der junge Mann Ser Loredan war?«

Der Gondoliere hob die Arme. »Ich erinnere mich, als wäre es gestern gewesen. Es war am Vorabend der Festa della Sensa, ebenfalls an einem Sonntag, ich hatte die beiden gerade bei der Kirche Santa Giustina im Sestiere Castello abgesetzt, da sagte mir einer, der die Boote festmacht, er heißt Pellegrino: ›Gib was zu Trinken aus!‹ ›Gern, aber warum?‹, frag ich. ›Deine Herrschaften haben dich doch gut bezahlt, oder?‹ ›Ich kann mich nicht beklagen, Gott sei Dank.‹ Und als er mich zögern sieht, sagt er: ›Ja, weißt du denn nicht, wer der junge Mann ist, den du gefahren hast?‹ ›Nein, wer ist das?‹, frag ich. ›Das ist der Sohn des Serenissimo, des Dogen Loredan!‹« Der Gondoliere fuhr sich mit der Hand über die Stirn bis zu den Haaren und strich sie glatt. »Nun, um es kurz zu machen, Pellegrinos Neffe, Pietro heißt er, hat den jungen Mann erkannt, weil er einmal bei der Dogenwahl die Kugel gezogen hat. Ist das Leben nicht sonderbar?«

Keiner der drei Richter hatte etwas zu entgegnen, denn sie hatten den Bootsanleger Pellegrino bereits verhört, und er hatte haargenau die gleiche Version der Geschichte erzählt.

Es klopfte. Alle drei hoben den Blick zur Tür.

»Kommt herein!«, befahl Melchiorre Michiel, der Esecutore contro la bestemmia. Ein Fante ging unter den Gerüsten hindurch durch den Saal und blieb vor den Richtern stehen, wo er

sich verbeugte und etwas sagte. Die Richter wechselten ein paar Worte, dann ging der Fante rasch wieder hinaus.

»Ihr könnt gehen, Segalin. Eure Informationen waren nützlich«, beschied Catanio dem Zeugen eilig. Der starrte ihn unsicher an und rührte sich nicht.

»Geht ruhig!«, bestätigte Michiel.

Segalin verbeugte sich, dankte und machte ein paar Schritte rückwärts.

»Nicht in die Richtung! Dort hinaus!«, herrschte der Esecutore ihn an, mit dem Finger auf eine zweite Tür zeigend. Formento eilte hinter seinem Tisch hervor und nahm den ebenso kräftigen wie verwirrten Mann am Arm, um ihn hinauszuführen. Kaum hatte die Tür sich hinter ihm geschlossen, erschien in der zweiten, direkt gegenüberliegenden Tür erneut der Fante, trat beiseite und machte einer verschleierten Edeldame Platz. Sie trug ein weites, prächtiges, leise raschelndes Kleid, dem das dunkle, fast ins Schwarz spielende Blau eine gewisse Strenge verlieh. Ihr folgte, aufmerksam um sie bemüht, Andrea Dolfin.

»Komm, meine Liebe«, sagte der Patrizier, während er mit dem Gebaren des Hausherrn einen Stuhl ergriff und ihn vor den Tisch der drei Richter stellte. Diese hatten sich, einem gemeinsamen Impuls gehorchend, unterdessen erhoben und traten vor, um der Dame mit einem dreifachen Handkuss ihre Ehrerbietung zu erweisen. Der Fante stellte einen zweiten Stuhl neben den ihren und verließ den Saal. Zuàne Formento kehrte, seitwärts gehend wie ein Krebs, an seinen Schreibtisch zurück und wartete, bis alle sich gesetzt hatten. Dies geschah unter Flüstern, Rascheln der Togen und Kleider und Knarren von Holz.

»Donna Taddea«, hub Catanio an, der sich mit seiner Eröffnung jedes Verhörs zum Vorsitzenden dieser kleinen Zonta aufgeschwungen hatte, ohne dazu ernannt worden zu sein. »Eure Liebenswürdigkeit, unserer Einladung zu folgen, ehrt und ermuntert uns. Möge jede unserer Handlungen den Lebenden

Gerechtigkeit widerfahren lassen und den Toten zu ewiger Ruhe verhelfen.«

»Darauf hat meine Schwester lange gewartet«, rief Dolfin aus. »Obwohl es sie Leid und Kummer kostet.«

Stille trat ein.

39

Eine eiskalte Tramontana pfiff durch die engen, verwinkelten Gassen der Merceria, fand im Bogen unter der Torre dell'Orologio eine Art Gewehrlauf, durch den sie ihre Böen schoss, um die Vorübergehenden zurückzudrängen und, ohne Ansehen des Standes, ihre Kleider durcheinanderzuwirbeln.

Andrea Loredan und sein Assistent Francesco d'Angelo kämpften gegen den Wind, vornübergebeugt, die Sohlen fest auf die roten, glatten Backsteine der Calle gedrückt, die zur engen Abzweigung nach San Bartolomeo führte, wo die Tramontana noch wütender tobte. Hinter dieser Kirche und ihrem Campanile lagen Rialto und der Canal Grande. Auf dem Weg hatte Andrea mit Francesco noch einmal jede Einzelheit der Geschichte besprochen, die der Makler Memo erzählt hatte. Nun planten sie, den Bericht des Maklers sofort in Gegenwart eines Notars zu Protokoll geben zu lassen, um ihn dann dem Senator Nicolò da Ponte vorzulegen, dem die Ermittlungen zur Explosion des Arsenale unterstanden. Denn die Zehn mussten den jungen Fischer Simone Simoncin wenigstens einmal fragen, wo er die vierhundertsechzig Dukaten aufgetrieben hatte, um sich ein Haus zu kaufen. Außerdem sollten sie sich nach seinem Verwandtschaftsgrad mit Suor Benedetta erkundigen. In den letzten Jahren hatten die Diebstähle in den Kirchen Venedigs sich nämlich verdreifacht und waren so geschickt ausgeführt, dass man versucht war, an eine Bande von Dieben zu glauben, die, wahre Künstler auf ihrem Gebiet, wie körperlose Geister in die

Kirchen eindringen konnten, ohne Türen aufzubrechen oder Fenster zu zerschlagen.

Ob es nun Geister oder Künstler waren, ein gewisses Risiko gingen sie ein, denn auf Kirchenraub stand der Strang. Auch darum hätten erfahrene Diebe niemals nur wertlose Lampen mitgenommen. Der Diebstahl in der Celestia musste also einen anderen Grund gehabt haben. Und vom Raub in Kirchen bis zum Diebstahl im Arsenale war es nur ein kleiner Schritt. Andrea wusste, wann eine Untersuchung in die richtige Richtung lief, dann nämlich, wenn er sich zwischen den Fakten wie auf einem unmerklich geneigten Boden bewegte, der das Gehen leicht macht und die Zeit abkürzt.

So waren sie am Palazzo dei *Camerlenghi* im Rialto angekommen, wo der Hauptmann der Wachmannschaften sie empfing. Die Bitte des Anwalts, den Gefangenen Fausto Memo wegen dringender Mitteilungen sprechen zu dürfen, wurde sofort erfüllt.

Das Gesicht hinter der Kapuze verborgen, die Arme in die Ärmel seiner Kutte gesteckt, beobachtete Fra Doro, wie die beiden in den Palazzo gingen, dann ließ er sich von dem Menschenstrom bis zum Säulengang vor der Ruga degli Orefici treiben, wo die Goldschmiede ihre Werkstätten hatten. Hier wartete er eine Weile und ging dann denselben Weg bis zum Palazzo zurück, wo vor den Türen der Zellen, die zum Campo lagen, und vor den starken Gittern der Verliese an den Fondamenta des Kanals immer viele Verwandte und Freunde der Gefangenen standen. Das war ein schlechter Brauch in allen Gefängnissen, den die Wachen jedoch tolerierten, weil sie dabei gute Trinkgelder verdienten. Schließlich war es auch eine Möglichkeit, den Venezianern vor Augen zu führen, was mit denen geschah, die die Gesetze der Serenissima übertraten.

Der Frate hielt sich hinter den Besuchern an den Türen, während er, die Gucklöcher inspizierend, eine Runde um den

Palazzo machte, die an der Längsseite vor der Kirche San Giacometto begann und dann an der kurzen Seite am Canal Grande weiterging. Er spähte unbefangen in die Zellen und erhaschte Fetzen vertraulicher Gespräche, zärtlicher Worte, Weinen und Klagen, Gelächter und Flüche, Schreie oder Stille. So kam er an das erste Gitterfenster hinter der Ecke des Palazzo an der Biegung des Kanals, von wo aus man wieder die Rialto-Brücke sah. Vor diesem verrosteten Gitter stand niemand. Der Frate ging langsam daran vorbei und spähte verstohlen in die Zelle. Sofort erkannte er die dunkle Toga von Avvocato Loredan, dann sah er Francesco, den jungen Mann, der die Gaben im Kloster abliefert hatte. Die dritte Gestalt, den Gefangenen, der im Halbdunkel stand, konnte er nicht mehr rechtzeitig in Augenschein nehmen. Er beschloss, noch einmal zurückzukehren, wartete aber zunächst, um keinen Verdacht zu erregen. Vor dem nächsten Gitterfenster weinten eine Frau und ein kleines Mädchen, beide gut gekleidet, Bürgerinnen einer wohlhabenden Schicht. Sie erblickten den Frate und beugten den Kopf zum Zeichen des Respekts. Fra Doro streckte seine Hände zu ihnen aus und segnete sie. Dann stand er reglos am Ufer, ließ zwei Boote vorüberfahren, bis er zu dem Gitter zurückkehrte. Er versuchte, die richtige Position einzunehmen, um einen besseren Blick in die Zelle zu erhaschen, ohne selbst gesehen zu werden. Die unbekannte Gestalt stand zwischen den beiden Anwälten. Der Frate betrachtete den großen, feisten Mann mit einem runden Gesicht und großen Augen, schwarzen Haaren und Bart. Sofort hatte er das Gefühl, ihn schon einmal gesehen zu haben. Er prägte sich das Gesicht ein und machte die Runde um den Palazzo in der Gegenrichtung bis zur Kirche San Giacometto.

Die Verbindung dieses Gesichts mit der Erinnerung an den Makler traf ihn unerwartet und ließ ihn schwanken. Rasch lenkte er seinen Schritt zur Kirche San Giacometto, denn er fürchtete, seine Züge könnten die starke seelische Erschütterung widerspiegeln und allen sein Geheimnis preisgeben. In der ersten

Bank kniete er nieder, faltete die Hände und stützte die Stirn darauf. Er versuchte das Gewirr seiner Gedanken zu ordnen, die die Angst aufgescheucht hatte wie einen Schwarm Spatzen. Den Gedanken an einen Zufall verwarf er sofort. Seine Angst wurde zur Panik, und er bedauerte zutiefst, dass es ihm an jenem Tag nicht gelungen war, Benedetta von der Fahrt nach Burano abzubringen.

40

»Das verstehen wir«, antwortete Catanio in einem betrübten Flüsterton und senkte die Augen, dann den Kopf. Der Schleier über Taddeas Gesicht schien zu zittern. Darunter sah man das Licht in ihren Augen, mehr sah man nicht. Die drei Richter steckten die Köpfe zusammen und besprachen sich rasch.

»Wenn Ihr mir also die Frage gestattet, Donna Taddea«, ergriff der Signore di Notte wieder höflich das Wort, »so möchte ich Euch bitten, uns den Grund zu nennen, warum Eure Verlobung mit Andrea Loredan nach so vielen Jahren gelöst wurde.«

Taddea, die bis zu diesem Augenblick reglos auf dem Stuhl gesessen hatte, die Hände im Schoß, den Oberkörper gestrafft, bewegte sich jetzt ein wenig und verschränkte die Finger. Dolfin streckte einen Arm aus und umschloss ihre Hände mit seiner, um ihr Mut zu machen.

»Die Signori fragen mich nach dem Grund«, sagte sie mit leiser Stimme, ohne den Kopf zu bewegen. »Es gibt keinen wirklichen Grund, und eben das ist der Grund.«

Eine verlegene, verwirrte Stille trat ein.

»Meine Schwester möchte sagen …«

Rasch wandte die junge Frau sich zu ihrem Bruder um. »Ich bitte dich!«, unterbrach sie ihn, dann blickte sie wieder zu den Richtern. »Wahr ist …«, sie zögerte, »dass es zwischen uns keine Liebe mehr gab.«

Die Stille wurde noch größer. Sogar der Sekretär Formento vermied es, mit der Feder auf dem Papier zu kratzen.

»Darf ich Euch fragen, wie das geschah?«, fragte Jacopo Zon, der Aufseher über die Klöster.

Taddea seufzte leicht, dann ergriff sie den unteren Zipfel des Schleiers, hob ihn hoch und legte ihn seitlich über ihren Kopf. Zum Vorschein kamen schmale Lippen, fein gezeichnet wie auch die anmutige, gerade Nase zwischen zarten, geschwungenen Augenbrauen. Darunter aber glänzten große Augen vom Goldbraun des Bernsteins mit länglich geschnittenen Lidern, denen die fast blonden Wimpern Schwerelosigkeit verliehen. Auf das von hellen Locken umrahmte, sanfte Gesicht trat ungewollt ein melancholisches Lächeln.

»So wie es allen geschieht, die sich einst gern hatten, Eccellenza. Wir haben einander *addio* gesagt, einfach nur Addio, an einem Septembernachmittag, während die Sonne hinter der Ca’ Foscari unterging.«

Wieder folgte Schweigen. Dann räusperte sich der Provveditore Zon.

»Habt bitte Geduld, Donna Taddea«, sagte er aufrichtig bekümmert. »Was ich wissen möchte, ist, ob es vor diesem schmerzhaften Abschied offensichtliche Zeichen gegeben hat, Streit, Unverständnis, etwas, was Euch begreifen ließ, dass das Ende bevorstand?«

Taddea drehte sich kurz zu ihrem Bruder um. Der lächelte ihr aufmunternd zu.

»Andrea hat mir immer großen Respekt und Zuneigung erwiesen, und so habe ich es bei ihm getan.«

»Wie konnte es dann geschehen?«

Sie zögerte. »Es war so, dass uns bewusst wurde, ich weiß nicht, wann, aber wir haben es beide so empfunden, dass unser Leben weitergehen konnte, ohne dass einer den anderen vermissen würde. Es gab Zuneigung, Gewöhnung aneinander, aber die Liebe war vorbei.«

»Ihr mögt verzeihen«, schaltete sich Michiel ein, »aber um genau zu sein, wer von Euch beiden sprach das Problem als Erster an?«

Die Frau bedachte den Esecutore contro la bestemmia mit einem leicht verärgerten Blick.

»Es ist alles in beiderseitiger Übereinstimmung geschehen!«

»Ja, aber jemand wird doch zuerst davon gesprochen haben, wenigstens geschieht es normalerweise so.«

Taddea schüttelte den Kopf, die Locken schaukelten.

Ihr Bruder sah sie nachsichtig und mitleidig an. »Nur zu, du kannst es sagen, erinnerst du dich noch, als du weinend nach Hause kamst?«

Taddea blickte zu ihrem Bruder auf, ihre Augen glänzten. Dann wandte sie sich wieder an die Richter. »Andrea hat als Erster davon gesprochen.«

»Und Ihr?«, fragte Alvise Catanio.

Stille.

»Zunächst habe ich sehr gelitten, aber dann …« Die Worte erstarben auf ihren Lippen.

»Was geschah dann?«, beharrte der Signore di Notte.

In ihrem Blick auf Catanio lag Groll. »Mir wurde bewusst, dass er recht hatte«, antwortete sie knapp.

In der Stille schien Formentos kratzende Feder die Worte in Stein zu meißeln, und Taddea drehte sich abrupt zu dem Sekretär um.

»Ist es denn wirklich nötig, das alles aufzuschreiben?«, rief sie verzweifelt aus.

»Das ist die Vorschrift, Schwester«, antwortete Dolfin. »Es sind vertrauliche Protokolle, die im Geheimarchiv bleiben werden.«

Sie blickten einander an wie Gegner.

»Erinnert Ihr Euch auch noch, wann das geschah, verehrte Taddea?« Catanios Stimme zwang sie, wieder zur Zonta hinzusehen.

»Erscheint Euch das wichtig?«

»Ja, ich bitte darum, wenn Ihr Euch erinnert.«

Taddea senkte wie beschämt den Kopf.

»Im August des vergangenen Jahres. An den Tag erinnere ich mich nicht.«

Es folgte ein bedeutungsvoller Blickwechsel zwischen den Richtern, als würden die soeben vernommenen Worte ein Urteil bestätigen. Taddea entgingen diese Blicke nicht.

»Andrea ist ein ehrbarer Mensch!«, rief sie aus. »Ich weiß, was man herumerzählt, aber das sind alles Verleumdungen!« Sie schrie fast.

»Bitte!«, ermahnte sie der Bruder.

»Nein!«, fuhr sie noch entschlossener fort. »Ich bin viele Jahre lang mit ihm verlobt gewesen und kenne ihn gut. Andrea hat niemals jemandem etwas Böses getan! Er hat dieses arme Mädchen nicht getötet! Ich bin mir ganz sicher!« Ihre Stimme brach. Sie erhob sich abrupt, warf jedem der Anwesenden einen flammenden Blick zu, drehte sich um und verließ den Saal.

»Taddea!«, versuchte Dolfin sie zurückzurufen, doch sie war schon an der Tür, durch die sie hereingekommen war. An den Protokollanten Formento gewandt, zischte das Haupt der Zehn: »Von diesem Ausbruch will ich keine Spur, Segretario!« Dieser erhob sich und stand stramm wie ein Rekrut vor seinem Hauptmann. Dolfin durchbohrte die drei Mitglieder der Zonta, die ebenfalls aufgestanden waren, mit Blicken, dann schritt er eilig auf die Tür zu, durch die seine Schwester gegangen war.

41

Als der Chiffrierlehrling Pietro Amadi den Namen las, dachte er zuerst an einen Scherz.

Es geschah in der Sala Orba im ersten Stock des Dogenpalastes. Es geschah in vollkommener Einsamkeit während der Essenspause, auf die der amtliche Chiffreur Zuàn Francesco Marin und sein Sohn Ferigo ungern verzichteten.

Während ein penetranter, heimtückischer Geruch nach Knoblauchsoße aus den Küchen aufstieg, hatte sich der Name in der letzten Phase der polyalphabetischen Entschlüsselung anhand der Tabula recta des Trithemius und des Schlüsselworts langsam herausgeschält. Ein Erfolg, der ihm die Ernennung zum Hilfschiffreur einbringen konnte. Und es war ausgerechnet Zuàn Francesco gewesen, der ihm die Aufgabe anvertraut hatte, »den Chiffrierschlüssel zu finden und mit diesem Schlüssel unter Anwendung der Tabula recta die unbekannten Zeichen zu dechiffrieren«.

Auch darum dachte der Schüler, als er den Namen las, sofort an einen Scherz seines mürrischen, manchmal jedoch zu Späßen aufgelegten Lehrers. Auch dieses Mal war die Suche nach dem Chiffrierschlüssel eine epische Unternehmung mit zahlreichen Irrtümern und Erleuchtungen, Momenten der Verzweiflung wie der Begeisterung gewesen. Zunächst mussten die »alphabetischen Würmer« im verschlüsselten Text gefunden werden, um darauf zur Analyse der Buchstabenhäufigkeiten überzugehen, bis der vollständige Schlüssel gefunden war, der den Klartext enthüllen würde. Und es war ein kompliziert gegliederter Schlüssel, der nach einem Rätsel klang:

Die Kunst, nach der die Welt sich sehnt und die sie allzeit sucht.

Weitere sechs Tage Schinderei waren nötig gewesen, um zur Entschlüsselung des Raticosa-Papiers zu gelangen. Tage, die Pietro einsam verbracht hatte, wie große Schauspieler, die dazu neigen, Distanz zum Rest der Truppe zu halten, um herauszuragen und mehr Bewunderung zu erregen. Der Text lautete:

Hochwürdige, teure Mutter Lucia,
im Namen der Freundschaft, die uns verbindet, bitte ich Euch,

meine Offerte anzunehmen, damit das erhalten bleibt, was unse-
re geliebte Lucrezia schuf und zum ewigen Andenken hinterließ.
Durch vertrauliche Kunde weiß ich gewiss, dass Menschen mit
bösen Absichten nach Venedig gekommen sind und diese Bücher
suchen. Andere werden aus Konstantinopel, ja von den Ufern des
Arno kommen, denn das Böse nistet sogar unter den Zügen eines
frommen Erzbischofs und in den Absichten der hochmütigen Hei-
ligen Römischen Kirche. Gegen solche Feinde ist die ehrbare Ge-
sellschaft mittlerweile machtlos. Vertraut Euch daher, geliebte Mut-
ter, furchtlos meiner Behandlung in der Person des zuverlässigen,
erfahrenen Menschen an, den ich Euch binnen kurzem schicken
werde, und erlaubt, dass diese heiligen Texte im Schrein der schö-
nen Flora in Sicherheit gebracht werden, um in die Welt zurück-
zukehren, wenn der Sturm vorüber ist. Wenn Ihr es für zweck-
dienlich haltet, werde ich den Großprior von diesem Vorhaben
unterrichten …

Und dann war jener überraschende Name gefolgt, den Pietro
in der Ahnungslosigkeit eines Menschen geschrieben hatte, der
vor eine derart unerwartete Tatsache gestellt wird, dass er Zeit
braucht, sie in sich aufzunehmen, bevor er erstaunt reagieren
kann:

… Zuàn Francesco Marin …

So hatte der Chiffrierlehrling geschrieben. Und hatte mit dem
nächsten Satz weitergemacht wie ein Mühlrad, das seelenlos und
ohne Moral das ins Wasser gefallene Kind zerfetzt:

… welcher der Bannerträger der Wächter bleibt …

Als er endlich am Ende jener Trägheit angekommen war, in die
der Geist sich flüchtet, wenn ihm etwas widerstrebt, hatte er die
Ungeheuerlichkeit des soeben entschlüsselten Satzes begriffen

und war, die Feder über dem Blatt, erstarrt. Er hatte den Text wieder gelesen. Und abermals gelesen. Er hatte an einen Scherz gedacht. Er hatte gelächelt und herzlich gelacht, sich in der leeren Sala Orba umgeblickt und auf Geräusche gehorcht, weil er überzeugt war, dass die beiden Marin sich in einer Ecke auf seine Kosten amüsierten. Dann war er schlagartig ernst geworden.

42

Der Saal der Quarantia al Criminal im Piano Nobile des Dogenpalastes erhielt Licht durch zwei nach Osten liegende breite Fensterfronten mit verbleiten Scheiben. Aufgrund dieser Lage wechselten an schönen Tagen mit steigender Sonne die Farben des großen Raums: vom vorherrschenden Purpur am Vormittag, das der Widerschein des Fußbodens in venezianischem Rot erzeugte, tauchte er mittags durch die Reflexe des Holzes und der Vergoldungen in ein Scharlachrot, um nachmittags ins Rostrote zu spielen, das sich gelb verschleierte, wenn die Sitzungen bis in den Abend andauerten und die Saaldiener Leuchter und Kerzen entzündeten.

Erst als die Verhandlung an diesem Nachmittag beendet war und der Präsident Gian Francesco Priuli sich mit den anderen Mitgliedern der Quarantia zum Urteilsspruch vom Stuhl erhob, bemerkte Andrea, dass sein Barett und die Toga schweißgetränkt waren. Soweit er sich erinnerte, war ihm das noch nie passiert. Dabei war sein Plädoyer nicht einmal besonders lang gewesen, sicher hatte er weniger als eine halbe Stunde gesprochen. Eindringlich ja, das war es gewesen: Denn einen Angeklagten in Abwesenheit zu verteidigen war immer eine schwierige Aufgabe. Noch härter wurde sie, wenn dieser Angeklagte überdies aus den Gefängnissen des Palazzo geflohen war.

Sofia war zuerst ruhig und beherrscht erschienen. Sie glaubte fest an den Freispruch. Von Zeit zu Zeit hatte sie Andrea sogar ein Lächeln und tröstende Gesten gesandt. Dieses Verhalten, das den Anwalt und seinen Solecitadòr erstaunt hatte, beruhte zum Teil auf Seelenstärke, zum Teil auf ihrem unverbrüchlichen Glauben an die Wunderkräfte des Tauföls. Denn von den drei Ölen, die der Patriarch am Gründonnerstag segnete, dem Chrisam für die Priesterweihe, dem Salböl für das Sterbesakrament und dem Öl für die Taufe, war das Tauföl, nach dem, was ihr Caterina, die Haushälterin des Priesters der Bragola, gesagt hatte, das wirkungsvollste, um einen vollständigen Freispruch für Gabriele zu garantieren, indem es die bösen Absichten und den persönlichen Groll bekämpfte, den einer der Richter gegen ihn hegen mochte. Am Nachmittag hatte Sofia sich nämlich mit Hilfe des Saaldieners, der Trauzeuge ihrer Cousine gewesen war, an der Tür zum Sitzungssaal postiert, und als die Richter in den Saal strömten, hatte sie ihre Finger an der mit Tauföl getränkten Schleife gerieben und mindestens zwanzig Richter, einschließlich des Vorsitzenden Priuli und zweier Häupter der Zehn mit den öligen Fingerspitzen berühren können. Beim Avogador di Comun war es ihr jedoch nicht gelungen, und das machte sie unruhig.

Denn diese Verhandlung in Abwesenheit des Angeklagten würde über Gabrieles Schicksal entscheiden. Der Prozess, der behutsam und im Geist christlicher Nächstenliebe begonnen hatte, war härter im Ton geworden, als Andrea mit Bezug auf zwei frühere Freisprüche für Minderjährige in den Jahren 1537 und 1542 Freispruch gefordert hatte, da Gabriele Ruis zum Zeitpunkt der mutmaßlichen Vergehen noch nicht vierzehn gewesen war. Der Avogador di Comun Nicolò Venier dagegen hatte zehn Jahre Haft gefordert. An dieser Stelle hatte Sofia dem Richter mit einem Schrei das Wort abgeschnitten und sich zu einer ebenso leidenschaftlichen wie unangebrachten Verteidigung ihres Sohnes hinreißen lassen, während sie bis zum Podest der Häupter vordrang, so dass der Vorsitzende Richter gezwungen gewesen war, sie aus dem Saal entfernen zu lassen, um sie wieder hereinzubitten, als sie sich beruhigt hatte.

»Im Namen Gottes und der Seligen Jungfrau Maria«, hub der Vorsitzende Priuli hochtönend an, und sofort hörte man das Kratzen der Federn der zwei Notare, die sich anschickten, den Urteilsspruch zu protokollieren.

Andrea beugte sich über den Tisch zu Sofia vor, die auf ihrem Stuhl kauerte. Die Frau hielt die Arme an den Körper gepresst und zitterte. Sie rührte ihn in diesem eleganten Kleid, das fürs Theater passte, einer Gerichtsverhandlung aber unangemessen war.

»Sofia«, flüsterte er, »denkt an Euer Versprechen, wenn es keinen Freispruch gibt.«

Sofia nickte ihm zu und lehnte sich zurück. Ein paar Schritte weiter fixierte der Avogador Nicolò Venier auf seinem Platz zwischen der Verteidigung und dem Schreibtisch der Protokollanten mit finsterer Miene den Vorsitzenden, als beträfe dieses Urteil nur ihn.

»Wir, Gian Francesco Priuli, Vorsitzender Richter, und das Hohe Gericht, bestehend aus Gherardo Sagredo, Antonio Diedo und Vincenzo da Mosto«, fuhr Priuli mit der Verlesung eines Papiers fort, flankiert von den Häuptern der Quarantia in ihren roten Togen, »sowie der gesamte hier versammelte Rat haben, nachdem die Glocke schlug und der Name Gottes und der Jungfrau Maria gepriesen wurde, Urteil gesprochen. Folgendes beschließen und verkünden wir …«, sprach der Vorsitzende weiter, doch dann legte er das Blatt zur Seite und wandte sich in liebenswürdigem Ton an Sofia: »Signora Ruis, bitte hört Ihr im Namen und stellvertretend für Euren abwesenden Sohn das Urteil an.«

Die Frau seufzte, blickte zu Andrea hin.

»Folgendes beschließen und verkünden wir: Ruis Gabriele, Sohn des verstorbenen Federico, geboren in Venedig im Viertel Bragola in der Corte del Forno«, er spulte die Worte ab, als wollte er sich möglichst schnell davon befreien, »gegen den ein Verfahren des Rates der Zehn angestrengt und sodann von dieser Quarantia fortgesetzt wurde, wegen des Mordes an seinem Bruder Tonino, ein entsetzliches, abscheuliches Verbrechen, welches Gott in seinen Geboten ausdrücklich verdammt hat, in Anbetracht der Minderjährigkeit des Angeklagten zum Zeitpunkt der Tat, in Anbetracht der Zeugenaussagen, in Anbetracht der Tatsache, dass dieses Verbrechen ohne Beweise nur als mutmaßliche, präsumtive Tat vor Gericht kam, in Anbetracht der Rekonstruktion des Geschehens seitens der Verteidigung und der Aussage, die der Angeklagte seinerzeit abgelegt hat, und weil ein echter, begründeter Beweis für das entsetzliche Verbrechen fehlt …«, Gian Francesco Priuli musste Luft holen, und in dieser Pause trat eine Stille ein, wie man sie nur des Nachts beim Durchqueren eines verschneiten Tals erlebt. »… und da es keinen Grund für die Aufrechterhaltung der Anklage gibt, sprechen wir den genannten Ruis Gabriele frei.«

Sofia brach in Tränen aus, und blickte sich verstört im Saal um.

»Von der Mordanklage ist er freigesprochen«, sagte Andrea freundlich und hätte diese Mutter gerne umarmt, wenn seine Rolle es ihm nicht verwehrt hätte. Er wandte sich dem Avogador di Comun zu. Venier ehrte ihn mit einem Lächeln und einem Nicken des Kopfes. Doch als Andreas Blick auf seine Hände fiel, sah er, dass sie zur Faust geballt waren und die Fingernägel sich in die Handflächen bohrten, als würde er Zitronen ausdrücken.

»Was das andere Delikt betrifft, den Kirchenraub«, fuhr der Vorsitzende fort, »welcher weit schwerer wiegt als jeder normale Diebstahl und hart bestraft wird, so besteht in Anbetracht der unter feierlichem Eid gemachten Aussagen der ehrwürdigen Schwestern der Celestia sowie mit Rücksicht auf die außergewöhnlichen Umstände, nämlich der von der Explosion des

Arsenale verursachten Zerstörung, welche die Grenze zwischen geweihtem Boden und profanem Gebiet verwischte, außerdem unter Berücksichtigung der Minderjährigkeit des Angeklagten und des glühenden Eifers, mit dem er gestand und das Diebesgut zurückerstattete, eine Milderung der Umstände, die er dann jedoch durch seine Flucht aus dem Gefängnis zunichtemachte …« Priuli hielt abermals inne, hob die Augen vom Papier und warf einen mitleidigen Blick auf Sofia, die begriff und sich eine Hand auf den Mund legte. »Wir verurteilen den abwesenden Ruis Gabriele zu zwei Jahren Gefängnis im Palazzo Ducale unter erleichterten Haftbedingungen, welche gesondert verlesen werden. Außerdem verurteilen wir Signora Ruis zur Zahlung von hundert Dukaten Verfahrensgebühr und Wiedergutmachung des von ihrem Sohn angerichteten Schadens, um des Friedens und der Aufhebung jeder weiteren Anklage willen.«

Der Vorsitzende Priuli schwieg, ließ das Blatt sinken und blickte Sofia an, wie um Anerkennung heischend, und seine ernste, feierliche Miene löste sich zusehends auf, je länger er auf eine Reaktion der Zustimmung, vielleicht sogar Dankbarkeit für ein Urteil wartete, das, gemessen am Tatbestand, nicht milder hätte ausfallen können.

Andrea begriff diesen Wunsch sofort und beugte sich zu Sofia vor. »Der Vorsitzende beobachtet Euch, gebt ihm wenigstens ein Zeichen der Dankbarkeit«, flüsterte er. Doch schon an Sofias energischer Kopfbewegung erkannte er, dass sie alles andere als Dankbarkeit empfand.

»Nicht mal, wenn ich tot umfallen müsste!«, fauchte sie ihm ins Gesicht und sah zum Avogador di Comun hin, der mit einem der Häupter sprach. »Ihr habt dafür gesorgt, dass mein Kind verurteilt wird!« Ihre Stimme wurde lauter, ein Schrei: »Aber ich verfluche dich, du eitles Großmaul!«

Der Avogador drehte sich um und durchbohrte Sofia mit seinen Blicken.

»Das kann ich Euch nicht erlauben! Bittet den Avogador

um Entschuldigung!«, rief der Vorsitzende, und vor Empörung kippte seine Stimme ins Falsett.

Andrea nahm sie beim Arm: »Entschuldigt Euch! Ihr wollt doch nicht selbst zum Unglück Eures Sohnes werden?«

Sofia bebte. Dann drehte sie sich entschlossen um und ging auf die Tür der Quarantia Criminal zu.

43

Die Kalfaterer machten sich über die Gehäuse der Galeeren her. Bewaffnet mit Hämmerchen, Meißeln, Pinseln, gerolltem Werg und flüssigem Pech schwärzten sie die Bordwände und stopften das Werg gewaltsam zwischen die Nähte der Bootshautplanken und in jeden Spalt, durch den Wasser dringen konnte. Unterdessen bearbeiteten die Schiffszimmerer das Innere, rüsteten es mit Schotten, Pieken, Tischen, Bänken und Schränken aus. Die Schmiede gossen Nägel und Kanonen, Anker und Ketten. Dann glitten die Schiffe in das Wasser des Neuen und des Neuesten Hafenbeckens. Hier kam der Moment für die Masten und Rahen, die Wanten und die Takelage, das Tauwerk und die Spieren, die diese künstlichen, aber starken Wälder aus Eichen, Buchen und Tannen aufrecht hielten. Dann krochen die Tischler aus dem Schiffsbauch und nahmen sich das Deck vor, bauten den Rahmen, das Dollbord und die Geschützpforten, um zu den Ruderbänken überzugehen, die sie mit Sitzen und Fußstützen ausstatteten. Das Achterkastell wurde vervollständigt, bis hin zur Laterne.

Die solcherart ausgerüsteten Galeeren glitten, von Tauen gehalten, über das Wasser des überdachten Kanals zwischen den Hafenbecken und wurden zuletzt mit allem versehen, was noch fehlte: Taue und Segel, Ruder und Kanonen, Arkebusen, Armbrüste, Schießpulver, Kugeln, Blei, Zündschnüre, Brustpanzer, Helme und schweres Tuch, Decken und Bettwäsche, Werkzeug und Material zum Flicken, Nahrungsvorräte jeder Art bis zum Schiffszwieback. Dann kamen die Kalfaterer noch einmal an Bord, um die Decks mit einer Schicht Pech zu bestreichen, die die Schiffe gegen Regen und Wellen abdichtete.

Bepo Rosso sah die Galeere in der Vielfalt ihrer Teile, ohne das Ganze aus dem Blick zu verlieren. Das tat er am Ende des Tages, bei Sonnenuntergang, wenn die Arbeitsschichten wechselten und die Laternen angezündet wurden. Er stieg über das Gerüst, auf dem am Steuerruder und am Achterkastell gearbeitet wurde, in das Schiff. Auf dem menschenleeren Schiff streckte er sich auf der Höhe des ersten Spantbalkens achtern auf dem Deck aus, schmiegte die Wange an das duftende Holz und betrachtete mit angehaltenem Atem den Laufsteg, der schnurgerade bis zum Bug lief. Wenn das Schiff richtig gebaut war, musste das Deck einen acht Finger breiten Deckssprung am Hauptmast haben und eine Harmonie seiner Linien, die nicht einfach rechtes Maß, sondern Schönheit war. Der Werkmeister wusste, dass das Leben an Bord von der Schönheit des Schiffes abhing. Wenn es das Auge erfreute wie eine Statue von Buonarotti oder ein Gemälde von Tintoretto oder Lotto würde es sich mit dem Wind und dem Meer vermählen, ihnen dienen und von ihrer Gewalt verschont bleiben. Von den fünf Galeeren, die er im Bau hatte, war die in der Werft Nummer vier im Westen die schönste. Er hatte sich in sie verliebt und betrachtete beglückt die Spanten, die durch die Luke am Heck zu sehen waren, als ein Geräusch von Schritten ihn ablenkte und beunruhigte. Er beschloss, stumm liegenzubleiben, in der Hoffnung, dass der Störer dieses intimen Moments nach einer am Boden vergessenen Werkzeugkiste greifen und wieder gehen würde. Doch die Schritte wurden schleppend, es war das Geräusch von Sohlen, die die Treppenstufen heraufkamen. Das Ohr an die Planken gepresst, erkannte der Werkmeister die Richtung, aus der das Geräusch kam, direkt vom Quarterdeck, ganz in seiner Nähe. Er ergab sich, nahm sogar eine erwartungsvolle Haltung an, indem er sich gerade auf das Deck setzte und in die Richtung der Schritte blickte. Dort kam das Gesicht von Celso Calbo zum Vorschein, dem Fante der Zehn, und Rosso spürte ein Flügelschwirren anstelle seines Herzschlags.

In dem behelfsmäßigen Lagerraum war eine neue Welt entstanden. Das Tag und Nacht von den Wachen des Arsenale geschützte große Lagerhaus, in dem drei Galeeren nebeneinander hätten liegen können, enthielt, in sichtbarer Form ausgebreitet, die ganze Tragödie des 13. September.

Als Bepo Rosso mit Celso Calbo durch das Osttor des Lagers trat, erkannte er das sofort, denn auf den Boden war der Grundriss des Arsenale gezeichnet, die Anordnung der Abteilungen und ihre Proportionen waren exakt wiedergegeben. Auf dieser Fläche lagen hier und dort Gegenstände, ragten Mauerzüge und Dachteile in natürlicher Größe auf, außerdem gab es hölzerne Umrisse von Schiffen und Gipsfiguren, eine Spanne groß, die Menschen darstellten. Kurz, es schien, als hätte ein launischer Gott die Maßstäbe umgekehrt, indem er unbedeutenden Details majestätische Größe und komplizierten Gebilden Bedeutungslosigkeit verlieh. Genau in der Mitte der Südwand des Lagers war eine Tribüne aus Holzbalken und Brettern errichtet, und von ihren Plätzen auf dieser Tribüne überblickten Andrea Dolfin, Nicolò da Ponte und Alvise Catanio einsam das Panorama.

»Ihr müsst uns vergeben, Werkmeister Rosso«, rief Dolfin mit seiner tiefen, rauen Stimme, die unangenehm in den Ohren kratzte. Um die Angst zu verbergen, die ihn bedrängte, fiel Rosso nichts Besseres ein, als stehen zu bleiben, sich zu verbeugen und pathetisch auszurufen: »Ich bin hier um Ihro hochwohlgeborenen Exzellenzen zu dienen!«

»Von dem, was Ihr hier seht und was wir jetzt besprechen werden«, mischte sich der Senator Nicolò da Ponte ein, »dürft Ihr zu niemandem ein Wort sagen. Wir fordern Euch auf, dies bei der Jungfrau Maria feierlich zu schwören.«

Dass er die Geheimhaltung des Treffens und nicht die Wahrheit seiner Aussagen beeiden sollte, wie jeder Verhörte, milderte Rossos Anspannung ein wenig. Er legte sich die rechte Hand aufs Herz und tat den Schwur.

Alvise Catanio, Signore di Notte al Criminal, stieg von der Tribüne und stellte sich neben den Werkmeister. »Kommt mit mir, wir haben nur ein paar Fragen, dann könnt Ihr wieder an Eure Arbeit gehen.«

Er bewegte sich auf eine Ecke der Lagerhalle zu. Als Rosso ihn so festen Schrittes gehen sah, hatte er den deutlichen Eindruck, dass dies ein bereits erprobtes Ritual war, und seine Aufregung wuchs erneut. Die beiden machten vor einem langen, schmalen Tisch halt, auf dem Dutzende Gegenstände ausgestellt waren: Waffen, Münzen, Kopfbedeckungen, Schuhe und Kleider nach osmanischer Art, zerfetzte Bücher, eine Brille, ein holzgeschnitztes Pferdchen. Obwohl das Metall oxidiert und mit einer grünen Schicht bedeckt war, erkannte der Werkmeister unter diesen Dingen sein Kupferkästchen sofort wieder, und das Blut stieg ihm in den Kopf.

»Dieses ganze Zeug war an Bord der *Güzel Kadım,* und das hier …«, er nahm das Kästchen und reichte es Rosso, »… haben wir im Gefängnis der Galeere unten am Bug gefunden, zwischen den Leichen zweier Schützen.«

Rosso nahm das Kästchen, drehte es hin und her und heuchelte Überraschung.

»Habt Ihr das schon einmal gesehen?«, fragte der Signore di Notte.

Der Werkmeister nahm sich Zeit, es zu betrachten, wie jemand, der Luft holt, bevor er ins Wasser springt. Er kratzte mit dem Nagel über den Deckel und hielt das Bild des Markuslöwen ans Licht.

»Ein Kästchen für Schießpulver«, sagte er, seine Verwunderung sorgsam dosierend, denn die Kunst des Lügens, so hatte er gelernt, beruht immer auf dem rechten Maß.

»Richtig, öffnet es«, forderte Catanio ihn freundlich auf.

Der Werkmeister nestelte absichtlich ein wenig ungeschickt an dem Riemen, damit seine Vertrautheit sich nicht offenbarte, und öffnete es. Es war leer, das Innere glänzte.

»Jetzt sagt mir«, fuhr Catanio fort, »als Ihr in jener unseligen Nacht im Kielraum der *Güzel Kadım* einen unserer Matrosen beim Stehlen überrascht habt, nahm er die Juwelen aus diesem Kästchen?«

Wieder vermied es Rosso, sofort zu antworten.

»Möglich. Im Kielraum stand das Wasser mindestens drei Fuß hoch, und dieser Unglücksmensch, Gott sei seiner Seele gnädig, stand vor dem Gitter des Gefängnisses und steckte sich die Juwelen in die Tasche. Ja, er könnte sie aus diesem Kästchen genommen haben.«

»Gut«, rief Catanio aus und nahm einen zweiten Gegenstand vom Tisch. »Jetzt seht Euch das an.« Catanio hielt ein viereckiges Tuch aus gelbem Samt auf der Handfläche, in dessen Mitte ein Angelhaken lag.

Rosso erkannte ihn, es war einer von seinen Angelhaken, den er sich aus den gebrauchten Nadeln der Segelnäherinnen gemacht hatte.

»Ein Angelhaken?« Er versuchte, erstaunt zu klingen.

»Seht ihn Euch genau an«, Catanio reichte ihm ein Vergrößerungsglas.

Der Werkmeister nahm den Haken zwischen Daumen und Zeigefinger und betrachtete ihn durch das Glas: Ja, es gab keinen Zweifel, das war einer der letzten Haken, die er gemacht hatte. Er musste in einem Spalt des Kästchens steckengeblieben sein, dort, wo die Seiten mit dem Boden verbunden und mit Pech bestrichen waren, um die Nähte wasserdicht zu machen.

»Angelt Ihr?«, fragte Catanio.

Jetzt zu lügen wäre ein Fehler, überlegte Rosso schnell.

»Das war meine Leidenschaft, Eccellenza, meine und die meines Sohnes«, antwortete er, ein bitteres Lächeln hinzufügend.

»Doch seit er nicht mehr da ist, gehe ich nicht mehr angeln.« Bei diesen Worten fuhr er sich mit der Hand über die Stirn und ließ sie über die Augen sinken.

Alle kannten die traurige Geschichte von Giorgio Rosso. Und alle wussten von der Reue, die seinen Vater quälte. Denn er war es gewesen, der die Muda für seinen Sohn ausgesucht hatte: eine sichere Fahrt, eine ausgezeichnete seemännische Schulung auf einer Flotte aus drei großen Galeeren mit erfahrenen Mannschaften und militärischem Geleit bis Alexandria in Ägypten, Rückkehr Mitte September mit einer Ladung Pfeffer, Zimt, Ingwer, Baumwolle und Barren Rohglas. Doch das Schiff war spurlos verschwunden. Es gab nur verworrene Berichte: Manche sprachen von Schiffbruch, andere von Meuterei. Durch zwei venezianische Spione auf einer Mission in Konstantinopel war dann die Wahrheit ans Licht gekommen: Kara Hodja Bey, ein Renegat aus Albanien, ehemaliger Dominikanermönch, dann Piratenkapitän, der im Dienst von Sultan Selim II. in der Adria kreuzte, hatte das Schiff gekapert. Es hatte ein Massaker gegeben, doch eine Handvoll Männer hatte sich retten können, darunter Giorgio.

»Nur Mut, Werkmeister Rosso! San Marco lässt seine Kinder nicht im Stich!« Die tönende Stimme von Nicolò da Ponte riss Bepo Rosso aus seinen besorgten Gedanken und lenkte seinen Blick zur Tribüne, wo der Staatsinquisitor sich, an die Brüstung geklammert, weit vorbeugte.

»Ihr werdet mir vergeben, wenn ich Euch mit einer weiteren Frage behellige.« Catanio kam wieder näher, und als der Werkmeister seinen Blick kreuzte, fügte er hinzu: »Eure Hilfe wird uns sehr nützlich sein.«

Eine Weile musterten sie sich stumm.

»Woher stammt dieser Angelhaken Eurer Meinung nach?«

Rosso wusste, dass viele unterschiedliche Fragen der schlüpfrigste Boden waren, wenn man glaubhaft lügen wollte. Denn je mehr Fragen man beantworten musste, desto größer wurde die

Gefahr, sich zu widersprechen, vor allem in den nachfolgenden Verhören, bei denen das Gedächtnis versagen konnte, zumal der Druck sich verstärkte und die Widerstandskraft abnahm. Eine erfolgversprechende Methode, dem zu begegnen, war, bei unbedeutenden, leicht zu erinnernden Dingen die Wahrheit zu sagen und bei den wesentlichen Fragen zu lügen. Und Catanios Frage gehörte zweifellos zu den unbedeutenden Details.

»Ich würde sagen, sie ist aus einer Nadel für das Nähen von Segeln gemacht«, sagte er.

»Das dachten wir auch.« Der Signore di Notte lächelte leicht. »Könnte er denn aus unserem geheiligten Arsenale stammen?«

Rosso wog den Haken noch einmal in der Hand und biss hinein, wie es ein Trödler gemacht hätte, um Dukatengold zu überprüfen.

»Hochwertiges Eisen, gehärtet, eine Schmelzung aus dem Arsenale.«

Catanio nickte zufrieden. »Und sagt uns, Rosso … habt Ihr jemals Angelhaken aus Nadeln zum Segelnähen hergestellt?«

Bepo Rosso mimte Erstaunen. »Natürlich!«, antwortete er. »Wie alle, die im Arsenale arbeiten und angeln gehen!« Er gab noch ein empörtes Schnauben dazu, denn duldsames Verhalten passt nicht gut zum Lügen. »Messer Catanio, sprecht offen mit mir, verdächtigt Ihr mich?«

»Redet keinen Unsinn!«, entgegnete der Signore di Notte bestimmt. »Wir stellen Euch diese Fragen, weil Eure Erfahrung eine große Hilfe für uns ist, um zu verstehen und Beweise zu sammeln.« Catanio wirkte aufrichtig betrübt.

Rosso spürte, dass er log und neigte ergeben den Kopf: »Vergebt mir.«

»Schon gut, es ist nichts. Doch sagt mir, wurde dieser Haken Eurer Ansicht nach erst vor kurzem hergestellt?«

Der Werkmeister nahm den Haken erneut in Augenschein. »Das Eisen ist nicht verrostet«, erklärte er, während er ihn durch das Vergrößerungsglas betrachtete. »Weder gibt es Spuren eines

Köders an der Spitze noch Reste von Schnüren am Stiel. Man sieht nur eine dünne Schicht Pech. Ja, das ist ein neuer Haken und fachkundig aufbewahrt.«

»Sehr gut, Werkmeister Rosso.« Catanio strahlte, als er Rosso den Haken und das Glas abnahm. »Das ist alles, was wir hören wollten, kehrt nun ruhig in Eure Werften zurück.« Bepo Rosso blickte ihn verblüfft an, denn die Erwartung, dass sie ihn verhaften würden, hatte sich wie ein Umhang auf ihn gesenkt, und er hatte sich bereits daran gewöhnt. »Ihr könnt gehen«, erklärte der Signore di Notte.

Für Rosso war es, als würde er jäh aufwachen. Er deutete eine Verbeugung an, drehte sich auf dem Absatz um, wie bei Soldaten üblich, und ging steif, mit beherrschtem Schritt auf den Ausgang zu. An der Tribüne angekommen, verbeugte er sich auch in diese Richtung. Celso Calbo, der ihn schon an der Tür erwartete, öffnete ihm den kleinen Verschlag im großen Tor, grüßte und ließ ihn gehen.

Unterdessen war Catanio zur Tribüne zurückgekehrt und setzte sich, begleitet vom Knarren des Holzes, das unter seinem Gewicht ächzte, neben Andrea Dolfin und Nicolò da Ponte. »Ein Angler also«, sagte er halblaut, im Tonfall vertrauliches Einverständnis voraussetzend.

Nicolò da Ponte kräuselte die Lippen, nahm sein Barett ab und ließ es auf die Bank fallen. »Es gibt mindestens dreihundert Angler unter unseren Arbeitern im Arsenale, außerdem ist dieser Angelhaken womöglich zufällig in das Kästchen geraten«, gab er zu bedenken.

»Der Werkmeister Rosso hätte allerdings gute Gründe, Geheimnisse mit den Türken auszutauschen«, schaltete sich Dolfin ein. Er blickte Catanio an. »Messere, ist er Euch, die Ihr Urteilsvermögen in diesen Dingen besitzt, ehrlich erschienen?«

»Ich würde Euch gerne mit ja antworten, aber ich weiß nur eines gewiss: In seinem Blick lag mitunter ein seltsames Flackern.«

»Gemach, Signori, gemach!«, mahnte da Ponte. »Ich habe auch Unschuldige vor dem Richter zittern und schwanken gesehen. Wir brauchen Fakten! Sichere und unanfechtbare Fakten, bevor wir Leute aus dem Arsenale verhören!«

»Fakten?« Dolfin wandte sich überrascht zum Senator um. »Die *Güzel Kadın* hat zehn Meilen vor Venedig Anker gelassen, und das ist ein sicheres, unanfechtbares Faktum, Messer da Ponte! Die Flunken der Anker waren voller Algen aus der Adria, und alle Ruderer haben erklärt, dass man in jener Nacht das Feuer eines Leuchtturms sah, dass Ibrahim Bey in diese Richtung aufs Land zugefahren ist und dass in seinem Beiboot nur Türken am Ruder saßen. Warum wohl? Und als dieser Spion auf die Galeere zurückkam, hatte er das Kupferkästchen bei sich. Der griechische Ruderer, der ihm geholfen hat, an Bord zu gehen, ist sich ganz sicher. Ich glaube nicht, dass in diesem Kästchen Angelhaken waren, nein, ich denke eher an Zeichnungen, vermutlich Entwürfe unserer großen Galeassen mit der genauen Anzahl und Verteilung der Kanonen, verehrter Messere.«

»Mäßigt Euren Ton, Dolfin!«, stieß der alte Senator hervor. »Ich bin nicht Euer Feind und habe Eure Meinung immer mit dem allergrößten Respekt angehört. Also ersuche ich Euch, es ebenso zu halten!«

»Ich bitte um Vergebung, Messere, aber ich muss es noch einmal betonen: Rosso war der Erste, der in den Kielraum der *Harika* hinabgestiegen ist, nachdem sie geentert wurde. Er könnte den Matrosen auch getötet haben, weil der ihn dabei überrascht hatte, wie er sich die Papiere aus dem Kästchen zurückholte. Solange sein Sohn in türkischer Hand ist, bleibt Werkmeister Rosso der erpressbarste Mensch des Arsenale. Das werdet Ihr doch wohl einräumen, oder?«

Der Senator seufzte und ordnete schweigend seine Gedanken. »Dass die *Güzel Kadın* ein Schiff von Spionen war, steht für mich außer Frage, doch damit enden meine Gewissheiten, denn ein Kupferkästchen und ein Angelhaken tragen keine Unterschrift ihres Besitzers, und bevor ich einen Mann als Verräter kreuzige, würde ich gerne persönlich mit Gott sprechen, um seine Einwilligung zu bekommen!«

Wie in dem Intervall, bevor die nächste Welle sich am Ufer bricht, entstand nun Stille im Raum, denn keiner hatte ein Interesse an Auseinandersetzungen. Einen betagten Senator von diesem Kaliber gegen sich zu haben war für Andrea Dolfin, als hätte er den gesamten Senat gegen sich, und der Rat der Zehn wurde von einem guten Teil des Senats, des Großen Rats und fast der Gesamtheit der Richter ohnehin schon widerwillig geduldet. Für Nicolò da Ponte wiederum konnte es im Hinblick auf eine zukünftige Kandidatur als Doge sehr nachteilig sein, einen fest im Rat der Zehn und seinen Erlassen verankerten jungen Mann wie Dolfin, der obendrein im Dienst von Alvise Mocenigo stand, gegen sich zu haben. Denn Dolfin würde sicher zu den Wählern gehören.

»Ich empfehle fortzufahren«, sagte Catanio im versöhnlichen Ton desjenigen, der einen nutzlosen Streit anhören musste und die Parteien zur Vernunft bringen will. »Wenn wir alle einverstanden sind, würde ich vorschlagen, in Anbetracht der späten Stunde mit den Segelnäherinnen fortzufahren und das Problem des Diebstahls aus den Kassen des Arsenale auf morgen zu verschieben.«

Sowohl da Ponte als auch Dolfin schienen in dem Vorschlag ein willkommenes Friedensangebot zu sehen, und so befahl Alvise Catanio dem Fante Celso Calbo, die erste Segelnäherin eintreten zu lassen.

»Mariani Marietta«, rief Calbo mit lauter Stimme von der Tür aus, und wenig später betrat die Segelmeisterin die Lagerhalle. Doch sie zögerte, weiterzugehen, vor Staunen über die Größe und ungewohnte Leere eines Raumes, den sie immer bis in den hintersten Winkel mit Schiffsteilen angefüllt gesehen hatte.

44

Sein Plan war, den Großkanzler in seinem Amtszimmer im Mezzanin des Dachgeschosses aufzusuchen, doch er würde die Dienstbotentreppe nehmen, die von den Pozzi über die Avogarìa bis hinauf ins Archiv der Zehn oberhalb des Dachwerks führte. Tatsächlich war Ottobon dort, wo Pietro Amadi ihn sich vorgestellt hatte, in dem länglichen, engen Zimmer, wo trotz der Holztäfelung immer eine Eiseskälte herrschte. Pietro sah ihn von der Seite in seinem purpurroten, pelzgefütterten Mantel zwischen den zwei Flügeln der Schranktür neben der Tür des Segretario alle Voci stehen. Seine Adlernase, die Pietro noch nie aufgefallen war, krümmte sich über dem dichten Schnurrbart, während die breite, fliehende Stirn und die kurzen Haare, die im Nacken länger waren, den ganzen Kopf wie von einem stürmischen Wind verzerrt erscheinen ließen.

Pietro verharrte auf der Schwelle, er zauderte plötzlich. Der Schritt, den zu tun er sich anschickte, war schwerwiegend und konnte die Karriere des amtlichen Chiffreurs Zuàn Francesco Marin zerstören. Doch Pietro hatte keine Wahl, denn seine eigene wollte er durch Schweigen auf keinen Fall gefährden.

Eine der Fußbodenbohlen, die in der von Windstößen erfüllten Stille unter seinem Fuß knarrte, befreite ihn aus seiner Verlegenheit. Ottobon bewegte den Kopf, und aus dem kantigen Profil wurde ein pausbäckiges, durch den fächerförmigen, graumelierten Bart noch breiter wirkendes Gesicht mit überraschter Miene.

»Messer Amadi, welche gute Nachricht lässt Euch bis hier hinauf in die Berge steigen?«

Der Chiffreur zögerte einen Augenblick zu lang. Ottobon ließ das Verzeichnis auf dem Bord im Schrank liegen und kam auf ihn zu.

»Ich sehe, dass Ihr besorgt seid, was ist passiert?«

»Nichts, Eccellenza, lediglich ein Zweifel, den ich nur Euch

unterbreiten möchte«, antwortete Pietro halblaut, und sein Atem kondensierte zu einer weißen Wolke.

Der Kanzler, der einen halben Schritt vor ihm stehen geblieben war, machte eine ausladende, wohlwollende Bewegung mit den Armen, die ihn aufforderte, einzutreten. Dann spähte er vor der Tür nach rechts und links, ergriff die Klinke aus Messing in Form eines Löwen und schloss die Tür. Während Pietro vor dem winzigen Schreibtisch stehend wartete, durchquerte Ottobon mit vier Schritten das ganze Zimmer und schloss die andere Tür. Lampen mussten nicht entzündet werden, denn an der Westseite fiel das Sonnenlicht hell strahlend durch ein Fenster, umrahmte alle Gegenstände und ließ sie funkeln.

Ottobon wies auf einen Stuhl aus intarsiertem Holz mit hoher Lehne und einem Kissen aus rotem Samt auf der Sitzfläche.

»Ich danke Euch«, sagte Pietro erleichtert, als fiele ein Gewicht von ihm ab. Er setzte sich und reichte Ottobon das Blatt mit der Transkription.

»Vielleicht ist es nur eine Kleinigkeit, aber heute Morgen habe ich diesen Text entschlüsselt, Eccellenza.«

Die Miene des Kanzlers verfinsterte sich. Er nahm das Blatt, dann blickte er den Chiffreur streng an.

»Ihr habt dieses Papier aus der Sala Orba herausgebracht?« Der Ton war besorgt.

»Ja, Eccellenza.«

»Ihr kennt die Regeln?«

Pietro zog den Kopf zwischen die Schultern. »Ich konnte nicht anders.« Sein Gesicht war aschfahl geworden. »Wenn Ihr es lest, werdet Ihr verstehen«, fügte er ängstlich hinzu. »Verurteilt mich erst dann, wenn ich Unrecht getan habe.«

Ottobons Augen wurden zu schmalen Schlitzen, dann senkte er den Kopf und begann zu lesen. Was darauf geschah, so schnell wie ein Pfau seinen schillernden Schwanz zu einem Rad öffnet und wieder schließt, war eine Verwandlung des Lesenden, dessen Haut, vor Wut gespannt, mit gesträubten Härchen, sich unter dem Staunen glättete, während die vom Schnurrbart halb verdeckten Lippen sich öffneten, erst die Zähne, dann die Zunge bloßlegten, und die Augen sich weiteten, zu schwarzen Kugeln wurden und jede Richtung des Blicks verloren.

So verharrte er eine unbestimmbare Zeit, zu lang vielleicht, gemessen am Umfang der Botschaft. Unterdessen hatte das Papier zu zittern begonnen, denn das Zittern der Finger hatte sich darauf übertragen, ja, Pietro kam es so vor, als würde der Kanzler selbst, groß und breit wie er war, am ganzen Leib erbeben. Schließlich legte Ottobon das Blatt auf den Tisch, hob die Augen zu Pietro und schien ein anderer Mensch zu sein. Er war nicht wütend, eher verwirrt, vielleicht erschrocken.

»Hat jemand das gelesen, was ich soeben gelesen habe?« Er skandierte die Worte eines nach dem anderen mit tonloser Stimme.

Der junge Chiffreur fühlte, wie ihm die Angst die Kehle zuschnürte, denn wenn dies die Reaktion eines Mannes von so großem Einfluss und Wissen war, musste das Schreckensszenario, das von dieser Botschaft ausging, noch viel fürchterlicher sein, als er es sich ausgemalt hatte.

»Nein, niemand hat es gelesen, Eccellenza, niemand. Das schwöre ich Euch«, flüsterte er.

Ottobon fasste sich langsam, sein Gesichtsausdruck wurde wieder hart und verschlossen.

45

Die letzte Fähre zurück zur Giudecca hatte er verpasst, aber es war Fra Doro gelungen, sich an Bord eines mit Kohle beladenen Lastkahns nehmen zu lassen, der ihn von den Zattere alli Saloni an der Punta della Dogana bis zu den Fondamenta von San Giacomo gebracht hatte. So war er beim Läuten zur Komplet eingetroffen.

Seit Stunden wartete der Prior Gabriele Dardano auf ihn, in seiner Zelle zwischen Betschemel und Fenster zum Kreuzgang hin- und hereilend. Er hatte zu Gott gebetet, dass sein Verdacht auf einem bloßen Zufall beruhen möge, doch je länger er sich in diese finsteren, von den glühenden Kohlen des Wartens erhitzten Gedanken verstrickte und von Seiten des Allmächtigen nur Schweigen empfing, desto ängstlicher war er geworden. Als er dann das Knarren des Tores hörte und den kräftigen Stoß erkannte, mit dem nur Fra Doro den Torflügel schloss, stellte er sich vor seine Zellentür, um zu vermeiden, dass sein vertrauter Mitarbeiter anklopfte.

Fra Doro, seinerseits in noch schwärzere Gedanken versunken, durchquerte langsam den Kreuzgang und stieg ebenso langsam die Treppe hinauf. Er fürchtete den Prior, weniger seinetwegen als wegen Benedetta. Er musste überzeugend wirken, sehr überzeugend, und dem Prior das, was er gesehen hatte, so schildern, dass nicht der geringste Verdacht auf sie fiel. Als er durch den Korridor ging, hielt er sich dicht an der Wand, wo die Holzbohlen des Bodens nicht knarrend nachgaben, damit er nicht gehört wurde und Zeit gewann. Doch im Halbdunkel, das nur ein kleines Licht vor der Statue des heiligen Jakobus milderte, erblickte er den Schatten des Priors, der ihn vor seiner Zelle erwartete.

Sie begannen ihre Unterhaltung, und Dardano hörte vom Betschemel aus zu, ohne den Frate zu unterbrechen. Er hielt das Gesicht in den Händen verborgen, als wäre er in Bußgebete versunken. Fra Doro erzählte eine von den wirklichen Ereignissen stark abweichende Version. Er sei dem jungen Mann gefolgt, der die Gaben gebracht hatte, und der habe beim Palazzo Ducale Andrea Loredan getroffen. Dann seien die beiden, in ein lebhaftes Gespräch vertieft, an den Schiavoni entlang bis zur hölzernen Brücke von Ca' de Dio und zum Neubau des Hospizes gegangen, um dann auf demselben Weg bis zur Mole zurückzukehren und sich zu verabschieden.

»Und was denkst du darüber?«, fragte der Prior mit heiserer

Stimme, immer noch kniend, das Gesicht in den Händen verborgen.

»Fra Doro nahm sich einen Atemzug lang Zeit, um den Aufbau der großen Lüge, die er erzählte, neu zu ordnen.

»Dieser junge Mann war sehr vertraut mit dem Avvocato, fast als wäre er sein Diener. Wenigstens schien es mir so, nach ihren Gesten zu urteilen.«

Dardano hob die Finger zur Stirn und schloss gedankenversunken die Augen. »Warum hat er Gaben ins Kloster gebracht?«, fragte er mit einem Blick auf den Frate. »Sprich mit Suor Benedetta, versuch herauszubekommen, was er zu ihr gesagt hat, ob er seine barmherzige Tat erklärt hat.«

»Ja, Meister Gabriele.«

Der Pior erhob sich von der Kniebank, ging auf den Frate zu, blieb vor ihm stehen und legte ihm eine Hand auf die Schulter. Er überragte den Mönch um mindestens eine Spanne.

»Wir müssen wachsam sein. Dieser Loredan ist gefährlich, und wir haben keinerlei Kontrolle über ihn.«

Fra Doro begnügte sich mit einem Kopfnicken.

»Und dieser Spion, Frate Angelo?«

Der Prior erbebte und riss die Augen auf. »Sprich diesen Namen nicht aus!«, stieß er halblaut zwischen den Zähnen hervor. »Einmal ist er schon davongekommen. Aber auch seine Zeit wird kommen. Jetzt geh, lass mich allein.«

Fra Doro verbeugte sich und wich rückwärts in Richtung Tür zurück. Er musste den Raum sehr gut kennen, denn als er an der Tür angekommen war, drehte er sich um, als hätte er sie gesehen, und ging geräuschlos hinaus.

Gabriele Dardano legte das Ohr an das Türblatt, um den sich entfernenden Schritten zu lauschen. Dann nahm er eine dicke Eisenstange und klemmte sie quer zwischen die beiden Türpfosten. Er ging zu der Holzverkleidung aus Nussbaum an der hinteren Zellenwand und löste, sich mit einem Kandelaber Licht verschaffend, an deren oberem Rand einen Haken aus einem

Halter. Dann zog er die Holzwand zu sich heran, die sich zu drehen begann und eine mit einem Gittertor verschlossene Öffnung in der Mauer freilegte. Mit der freien Hand steckte der Prior einen Schlüssel ins Schloss des Gitters, es gab einen Ruck, und das Tor bewegte sich geräuschlos. Der dunkle Vorraum ging in Stufen über, die sich zwischen Backsteinmauern spiralförmig in die Höhe schraubten. Der Treppenschacht war so eng, dass der Prior mit seitlich geneigtem Oberkörper aufsteigen musste, während er den Kandelaber vor sich hertrug.

Er kam auf dem Dachboden heraus, wo die schrägen Sparren und die am First von einem starken Balken gehaltenen Dachziegel freilagen. Mit einem Kerzenstummel des Kandelabers zündete er eine Laterne an, die von der Decke hing. Gelbliches Licht erfüllte den Raum und ließ sichtbar werden, was sich dort, unter den Dachschrägen, auf Teppichen orientalischer Machart wie in einem Basar türmte: Kruzifixe, Kelche, Hostienteller, Tabletts, Schüsseln, Weihrauchkessel, Monstranzen, Fläschchen, Kerzenständer und Kandelaber, Kristallvasen mit versilberten oder vergoldeten Füßen, Aspergille, intarsierte und dicht mit Edelsteinen besetzte Bischofsstäbe, Glocken, Rosenkränze, Lesepulte für den Altar, Schreine und Reliquienbehälter, kunstvolle gläserne Votivleuchten und Kristallleuchter. Alles funkelte und prunkte im Glanz eines heiligen Schatzes.

Auch Bücher jeder Dicke und Größe lagen dort ordentlich aufgestapelt. In einem von ihnen war eine Terzetta versteckt. Gabriele Dardano zog die Pistole aus dem Buch, betrachtete sie mit versonnener Miene und legte sie vorsichtig zurück in den Hohlraum zwischen den Seiten. Dann schloss er das Buch und steckte es sich unter den Arm. Am Rand dieser geheimen Schatzkammer angelangt, stellte er die Laterne ab und drehte sich noch einmal bewundernd zu den Kostbarkeiten um.

»Um deiner Glorie willen, o schmerzensreiche Jungfrau, haben sie uns hungern lassen, haben sie uns gedemütigt und verlacht. Aber wir werden auferstehen.«

Mit feierlichen Bewegungen schlug er ein Kreuzzeichen. Dann löschte er die Laterne und verschwand in dem Durchgang.

46

Es war nicht leicht gewesen, die Zeilen zusammenzubringen, mehrmals hatte Don Zuànino, der Pfarrer der Bragola, seufzend neu ansetzen müssen. Sofia verstand zwar nichts von Briefen, aber die Bedeutung von Worten, die kannte sie, natürlich nicht alle, aber doch die wichtigsten. Und so hatten die beiden, in der Sakristei eingeschlossen, lange debattiert, ob es besser sei »Eccellenza« oder »Euer Hochwohlgeboren«, »Hochverehrter Herr« oder einfach »Signor Avvocato« zu schreiben, und nachdem eine Anrede gefunden und auch der Rest zu Papier gebracht war, hatte der Priester noch einmal vorlesen müssen, und Sofia hatte sofort bemerkt, dass der Brief eher wie ein Bittgesuch an den Hauptmann der Sbirren klang als ein Dankesbrief an den Anwalt, den sie verraten und beleidigt hatte. Ohne preiszugeben, was sie im Innersten bewegte, hatte Sofia um ein paar Veränderungen gebeten, und Don Zuànino hatte sich, wenngleich seufzend, dazu bequemt. Die Sache wäre bis in die Nacht weitergegangen, wenn Caterina, seine Haushälterin, nicht gekommen wäre und ihn zu einer letzten Ölung gerufen hätte.

Auf dem Weg von der Bragola zur Locanda della Torre rief Sofia sich mit klopfendem Herzen Wort für Wort den Brief in Erinnerung, den Andrea bald lesen würde:

Hochverehrter Signor Avvocato, mögen der Allmächtige Gott und die Selige Jungfrau Maria Euch segnen und Euch die Erfüllung all Eurer Wünsche gewähren, auf dass Euch das Gute zurückgegeben

werde, welches Ihr dieser armen verzweifelten Mutter stets erwie-
sen habt. Zu diesem Zweck flehe ich Euch an, mir dafür zu ver-
geben, wie ich mich im Gericht verhalten habe, und mich immerdar
in Eurer Gunst zu bewahren. Sofia.

Mehrmals hatte sie zwischen zwei Schritten den Wunsch verspürt, den Brief zu zerreißen und alles aufzugeben. Mal war sie
überzeugt, dass die Worte ihre tiefen Gefühle auch nicht an-
nähernd wiedergaben, mal erschien ihr, dass sie sie nur allzu
deutlich offenbarten. Was sie einerseits bekümmerte, andererseits tröstete, war vor allem jenes schlichte »Sofia« am Schluss,
das Don Zuànino gerne mit dem Nachnamen begleitet hätte, sie
aber genau so, als ein einziges Wort gewollt hatte. Und so war sie
weitergegangen, außerstande, sich ihrem Schicksal zu entziehen,
und an der Locanda angekommen.

Sie hatte keine Lust auf einen Streit, darum wartete sie geduldig, bis Maria ins Haus ging und es Graziosa überließ, Kissen-
bezüge und Bettlaken von den langen Leinen zu nehmen, die
sich quer durch den Garten zogen. Zwischen der vom Wind
geschüttelten Wäsche hatte Graziosa die Frau plötzlich vor sich.
Sofia streckte ihr schon den Brief entgegen, als wollte sie nur ja
schnell wieder verschwinden.

»Für seine Exzellenz, den Avvocato Loredan, könntet Ihr den
bitte überbringen? Ich wäre Euch dankbar«, flüsterte sie mit
einem gezwungenen Lächeln.

In dem Moment, in dem Graziosa den Brief nahm, hatte Sofia
ihr schon den Rücken zugedreht und eilte mit schnellen Schritten davon.

47

In dieser Nacht voller Wünsche und Ängste entzündete Fra Doro, der Abmachung folgend, die Öllampe hinter seinem Zellenfenster im Kloster San Giacomo della Giudecca. Suor Benedetta sah das Licht, ihr Herz freute sich, und sie antwortete auf die gleiche Weise. Alsdann löschte der Bruder Pförtner das Licht, und die Nonne tat es ihm nach.

Sie trafen sich wie immer in der Küche, einem zweistöckigen Vorbau, der an den Südflügel des Klosters grenzte. Das Aufstehen während der Nacht war für die Nonnen der Celestia ohnehin Pflicht, da sie sich, getreu der Ordensregel des heiligen Benedikt folgend, vom ersten November bis Ostern um die achte Nachtstunde zur Virgil in der Kirche versammelten. Der Gottesdienst nahm mit Versen, Psalmen, Lesungen, gesungenen Responsorien, dem Kyrie Eleison, Gloria und Halleluja mindestens zwei Stunden der Nacht in Anspruch. Außer den Schwerkranken war nur Suor Benedetta davon befreit, denn um diese Zeit, noch vor der Morgendämmerung begann sie, das Brot für ihre Mitschwestern und für das Refektorium der Servitenpatres in den Ofen zu schieben.

Somit stand der Wille Gottes nach langen Jahren der Entbehrung nun eindeutig auf der Seite von Fra Doro und seiner Beta, wie er sie in intimen Stunden zu nennen pflegte. Denn die Servitenpatres, die sich, gemäß der Regel des Augustinus, der Askese und dem Gebet weihten, besaßen zu diesem Zwecke alle Freiheiten. Hatte Augustinus nicht gesagt: »Nie soll es geschehen, dass jemand, wenn er auch außerhalb der festgelegten Zeiten beten will und die Möglichkeit dazu hat, daran gehindert werde.«

Wie gewohnt zogen sich Isidoro und Benedetta hinter den großen Ofen zurück, wo dank der lauen Wärme, die die Mauern fortwährend aussandten, ein gutes Dutzend auf einem Brett liegender Hefeklumpen aufgehen konnte. Hier erwartete Benedetta ihn voller Leidenschaft. Er umarmte sie und streichelte ihr Haar, doch ohne Anteilnahme. Er war verstört.

»Beta, meine Liebste, hör mir zu«, sagte er ernst, und der Schrecken trocknete ihr Begehren aus. Er erzählte vom Makler, von Loredan, von dem Jungen, der ihr die Gaben gebracht hatte, von allem, was an diesem Tag geschehen war. Und je mehr er erzählte, desto mehr welkte Benedetta dahin. Ja, der Frate gelangte nach einiger Überlegung sogar zu der Vermutung, dass eine böse Verschwörung am Werk sei, die alles zerstören werde, was die beiden im Lauf ihres Lebens für ihr einziges großes Glück hatten tun können: für Simone.

Als sie das hörte, brach Benedetta in den Armen von Fra Doro in Tränen aus, denn wenn die ermittelnde Zonta diesen Faden einmal zu fassen bekam, würde sie ihn Schritt für Schritt verfolgen, bis sie die Raubzüge in Kirchen und das Geschäft mit gestohlener Sakralkunst entdecken würde, das Prior Dardano aufgebaut hatte, und dann würden alle mit hineingerissen, die bei dem gotteslästerlichen Treiben mitgemacht hatten, angefangen bei ihrem Isidoro. Wenn die Zonta das Knäuel dann weiter abwickelte, würde sie bei ihr ankommen, bei der fatalen Nacht des 13. September, als sie kurz vor der Explosion das winzige Büchlein gestohlen hatte, das die Äbtissin Vivarini in einem Hohlraum des großen Baums mitten im Garten der Celestia versteckt hatte. Dieses verfluchte, dumme Buch, nach dem alle suchten, und für das dieser Mann, dieser Venezianer, ihr ganze fünfhundert Golddukaten gezahlt hatte.

Benedetta war untröstlich wegen der Fehler, die sie in ihrem Leichtsinn gemacht hatte. Panik überkam sie, und sie gab sich den schrecklichsten Vorahnungen hin: Die Zonta würde sie auch des Mordes an der Äbtissin Lucia Vivarini und an dem Jungen beschuldigen, ihr gar noch die Ermordung dieser Novizin anlasten. Wo sie mit diesen Toten doch gar nichts zu tun hatte. Sie war höchstens eine Diebin, keine Mörderin. Doch gerade als sie sich davon zu überzeugen versuchte, überfiel sie das

Bild der unter Krämpfen sterbenden Clara, worauf erneut Tränen der Verzweiflung flossen. Denn dieses Luder, ja, die hatte sie vergiften müssen, aber nur damit die ständigen Erpressungsversuche aufhörten, nachdem die alte Nonne ihre Umtriebe entdeckt hatte.

Alle Zärtlichkeiten und Beschwichtigungen von Isidoro nützten nichts: Es gebe keinen Beweis für ihre Schuld, versicherte er, und auf den bloßen Verdacht könne sich keine Verurteilung stützen. Das Gesetz war eindeutig: »Es dürfen keine Urteile gesprochen werden, bis der Allmächtige Gott kommen wird, um das Verborgene sichtbar zu machen, das Dunkel zu erhellen und die in den Herzen verschlossenen Absichten zu enthüllen.« Weise Worte, tröstende Worte.

In einer Sache habe Benedetta freilich recht. Die Aussage des Maklers konnte die Pforten zum Jüngsten Gericht öffnen. Das musste verhindern werden, denn wenn ein Haus brennt, muss man den Mut und die Entschlusskraft haben, die Nachbarhäuser einzureißen, damit das Feuer sich nicht im ganzen Viertel ausbreitet.

»Was soll ich tun?«, fragte Suor Benedetta bekümmert.

Fra Doro sah sie an, trocknete ihre Wangen und lächelte sie mit inniger Zärtlichkeit an. »Weine nicht, meine Liebste, wir werden alles in Ordnung bringen.« Und er drückte sie an sich.

48

An Werktagen war die Osteria della Torre abends nicht nur von Rauch und Stimmen erfüllt, sondern auch von den Ausdünstungen müder Menschen. In seiner gewohnten Ecke nicht weit vom Feuer, neben dem halb geöffneten Fenster, das die drückende Luft etwas erfrischte, saß Andrea, gedankenversunken in Kladden und Aufzeichnungen eines harten, schwierigen Tages blätternd. Auch an Sofia dachte er, an das, was geschehen war, daran, wie die verfahrene Situation zu retten war. Er dachte an Pietro, seinen Vater. Und dieser Gedanke verhedderte sich mit allem anderen.

Das Geräusch einer Schüssel, die auf seinen Tisch gestellt wurde, holte ihn in die Wirklichkeit der Locanda zurück. Graziosa sah ihn an. »Die Artischocken, Avvocato«, sagte sie leise, mit sinnlichem Unterton.

In der kurzen Zeitspanne, die Andrea brauchte, um seine Papiere beiseitezuräumen, entdeckte er, dass Graziosa sich verändert hatte. Zunächst sah er das Kleid, das eher festlich als zum Arbeiten geeignet war und das keine Küchenschürze abwertete. Dann sah er den tiefen, quadratischen Ausschnitt, der eher zu einer Kurtisane als zu einem jungen Mädchen passte.

Das Mädchen bückte sich, um einen Korb mit Hirsebrot abzustellen. Sie tat es, als würde sie einem König ein kostbares Geschenk zu Füßen legen. Dabei beugte sie den Oberkörper weit hinunter und bot zusammen mit dem Brotkorb ihre wohlgeformten Brüste dar. Andrea bemerkte, dass sie ihre Haare zu einem von einer roten Schleife gehaltenen Knoten aufgesteckt hatte, der ihren biegsamen, schlanken Hals betonte.

»Wünscht Ihr noch etwas Pfeffer, Avvocato?«, fragte Graziosa.

»Nein, ich danke Euch«, antwortete er. Sie schien auch einen Hauch Puder aufgetragen zu haben, sie hatte ihre Augenbrauen gezupft, die Wimpern schwarz geschminkt und sich mit Enzianessenz parfümiert. Kurzum, an diesem Abend war sie zur Frau geworden. Sie schenkte Andrea ein süßes Lächeln.

»Graziosa!« Marias ärgerliche Stimme zwang auch Andrea, sich umzudrehen. Die Frau stand in der Tür und starrte ihre Tochter zornerfüllt an.

Den Rücken an die Küchenwand gelehnt, hielt Graziosa die Hände vor das tränenüberströmte Gesicht. Auf ihrer Wange zeichnete sich Marias Ohrfeige ab.

»Schäm dich!«

In der Nähe, an eine der Säulen geklammert, stand Lorenzo. »Graziosa, meine Tochter«, sagte er betrübt, doch in nachgiebigem Ton. Das Mädchen hob die Augen zum Vater und bedachte ihn mit einem bösen Blick. »Deine Mutter hat recht.«

Als Graziosa leise aufschrie, hob Maria die Hand, um sie erneut zu ohrfeigen, und das Mädchen verbarg das Gesicht in den Händen.

»Wenn ich noch einmal sehe, wie du um ihn herumschleichst, prügel ich dich windelweich!«

»Nein, Maria! Graziosa wird es nicht wieder tun«, erwiderte Lorenzo mit ungewohnter Entschlossenheit.

Seine Frau blickte ihn zornig an. »Immer auf ihrer Seite!«, keifte sie und ging aus der Küche. Lorenzos Lider flatterten, dann folgte er ihr.

Allein in der Küche, zog Graziosa das zusammengefaltete Blatt aus ihrem Mieder, faltete es auf und betrachtete die mit Tinte und Feder geschriebenen Zeilen. Sie konnte nicht lesen, aber der Inhalt interessierte sie sowieso nicht. Den Brief hatte ihr dieses liederliche Weib Sofia gegeben, das genügte. Sie ging zum Kamin, legte das Blatt in die Glut und wartete auf das Auflodern der Flamme. Dann überlegte sie, welchen Gegenstand sie noch in der Matratze ihrer Mutter verstecken könnte, und als ihr eine Idee kam, schöpfte sie wieder Hoffnung: Sie würde ein Tüchlein mit ihrem Menstruationsblut hineintun.

49

Neben die Wanne war ein Teppich gelegt worden und auf den Teppich eine große, gesteppte Decke. Ringsumher standen kupferne Wärmetöpfe. Mitten auf der Decke lag Filippo Tomei in einer hellen Tunika, seine Füße sahen aus wie mit karamellisiertem Zucker bestrichen, das Farbspektrum reichte von Rot bis zum Violett der Zehen. Dies waren die Folgen der Erfrierungen. Die junge Orientalin trug einen Stoffhandschuh, mit dem sie ihn salbte.

»Der Euch sprechen wollte, ist eingetroffen«, verkündete Zuàndomenico de' Fabii und zeigte auf eine langsam näher kommende Gestalt, die sich im Dunst abzeichnete.

»Ihr habt viele harte Prüfungen bestanden und Mut bewiesen. Ich beglückwünsche Euch, Signor Tomei.« Der amtliche Chiffreur Zuàn Francesco Marin blieb am Rand des Beckens stehen und sah Tomei mit aufrichtiger Bewunderung an.

»Maestro Marin …«, hauchte Tomei mühevoll.

»Ich lasse Euch allein.« De' Fabii ging mit dem Mädchen aus dem Raum.

Marin setzte sich vor den Florentiner. Im Schoß hielt er einen hölzernen Schrein. »Eure Hilfe wird entscheidend sein, denn wenn man in einer belagerten Festung überleben will, muss man Ausfälle machen, Fallen in den Tunneln stellen, die der Feind unter den Mauern gräbt, und vor allem sehr mutig sein.« Langsam löste er die Häkchen des Schreins, hob den Deckel ab und holte die Cristalìnlampe in Form eines Dodekaeders heraus. »Das ist der Dodekaeder.« Er reichte ihn Tomei, der das Glas mit größter Behutsamkeit entgegennahm. Marin versenkte erneut die Hände in dem Schrein und zog ein winziges Büchlein hervor. »Und das ist das Buch, ebenso klein wie mächtig. Behandelt es vorsichtig und macht einen guten Gebrauch davon.«

»Zweifelt nicht daran, Maestro«, sagte Filippo Tomei.

»Jetzt zeige ich Euch, wie man beides benutzt.«

50

Ein weißes Meer hätte so ausgesehen. Die Euganeischen Hügel hatten sich in Inseln verwandelt, die pyramidenförmig aus der dichten Nebeldecke über der Ebene ragten. Die Sonne stand noch unterhalb des Horizonts, doch langsam aufsteigend warf sie ihr Licht auf diesen Nebelschleier und ließ ihn glitzern wie Bergkristall.

Der Karren erwartete die Mönche am Ende der Treppe auf der schmalen, weißen Straße, die steil abfiel, die Weinberge durchquerte, bei einer Gruppe Zypressen ankam, um dann nach rechts abzubiegen und zwischen Eichen und Kastanien zu verschwinden.

Granzo reiste ab, er begleitete zwei Mönche, die in der Kunst bewandert waren, Wälder zu pflegen und zu erhalten. Er sollte den Mitbrüdern der Gemeinschaft der Kamaldulenser im Wald von Casentino, etwa fünfundzwanzig Meilen östlich von Florenz, zur Hand gehen. Deren Einsiedelei trug noch Spuren der Persönlichkeit von Frate Paolo Giustiniani, dem Begründer der Kamaldulenser Druckerei und geistigem Urheber der Brücke aus brüderlicher Zusammenarbeit zwischen dem Kloster in der Toskana, der Bibliothek San Michiel auf Murano und der paduanischen Hohen Einsiedelei. Der Entschluss des Abtes, Granzo dorthin zu schicken, ging auf Jacomos Vorschlag zurück. Der Junge würde das Forsthandwerk lernen, außerdem in der Klosterdruckerei die Druckerkunst. Für Gabriele war diese Abreise eine Befreiung, denn obwohl er Granzo, den er einmal für seinen Freund gehalten hatte, täglich sah, hatte er ihm nie getraut.

»Nur zu, gebt euch die Hand«, sagte Jacomo, um die ständige Spannung zwischen den beiden zu mildern.

Granzo war der Erste, der sich zu Gabriele umdrehte, doch der wartete noch einen Moment, bevor er reagierte. Sie sahen sich an. Granzo streckte ihm seine geöffnete Hand hin. Ein letztes Zögern, dann schlug Gabriele ein. Sie schüttelten sich kraftlos die Hände.

»Was ist das für ein lasches Getue?«, rief Jacomo aus.

Die Jungen wiederholten den Händedruck mit mehr Kraft. Dann klammerte Granzo sich an das Seil über den Baumstümpfen auf dem Karren. Die beiden Mönche umarmten den Abt und versprachen ihm ihre Rückkehr im Herbst, zur Kastanien-

ernte. Einer der beiden ergriff die Zügel des Maultiers, der andere half Granzo, den Karren auf dem steilen Weg nach unten zu bremsen. Sie setzten sich in Bewegung, und die Glocke läutete zum letzten Gruß für die, die aufbrachen, und zum Gebet für jene, die blieben.

51

Fra Doro kam im Rialto an, als es zur Matutin läutete, das erste Geläut des neuen Tages. Die Cesendelli, kleine gläserne Votivlampen, brannten noch, und im Nebel, den der milchige Schimmer der Morgendämmerung erhellte, tauchten die Umrisse der Brücke auf. Er hatte schon vielen Gefangenen die Beichte abgenommen, in San Marco, im Rialto, in den Kornspeichern und in den Gefängnissen der Sestieri, und kannte die Prozedur. Er musste zusammen mit den frommen Bruderschaften für die armen Gefangenen eintreten, denn allein zu gehen, vorausgesetzt, es wäre ihm gelungen, hätte bedeutet, den Kopf in die Schlinge des Henkers zu stecken. Also blieb er stehen, versteckt in dem engen Durchgang zwischen der Apsis von San Giacometto und dem Palazzo dei Camerlenghi, und horchte auf die Geräusche zu Wasser und zu Land: Boote, die an den einander gegenüberliegenden Fondamenta del Vin und del Ferro Waren abluden; Rufe der Bootsführer, die in die große Schleife des Canal Grande hineinfuhren; das Stimmengewirr der Händler und Kaufleute, die auf der nahen Rialto-Brücke ihre Arbeit aufnahmen.

Die Mitglieder der Bruderschaften kamen immer alle zusammen an, einer brachte Öl für die Leuchten der Gefangenen, ein anderer warmes Brot und frisch gebackenen Zwieback oder Wasser, direkt vom Boot des Wasserverkäufers, aber auch Wein, Salben und Aufgüsse für die kranken Häftlinge, grobe Decken, saubere Wäsche und neue Strohmatratzen. Montag und Mittwoch waren gute Tage, da kamen viele milde Gaben an. Nach diesem Werk der Barmherzigkeit würde jeder der frommen Brüder mit reinerer Seele zu seinen Aufgaben und seinen Sünden zurückkehren, in der Gewissheit, sich das Paradies erworben zu haben.

Fra Doro betete zu Gott, dass sie noch vor Tagesanbruch auftauchten, denn bei Licht würde es gefährlicher werden. Sein Gebet wurde fast sofort erhört, und das fasste er als ein Zeichen des göttlichen Segens für seinen Plan auf. Es war eine große Gruppe der Bruderschaft vom Rosenkranz, die aus Rialto kam. Alle waren Laienbrüder, ein weiterer Beweis für göttliches Wohlwollen. Er legte sich die violette Stola der Buße um, zupfte seine Kutte und den Überwurf zurecht und tastete nach dem Knäuel Seidengarn, das er unter dem Skapulier verbarg. Es war weich und schnitt nicht ins Fleisch. Das hatte er vom Henker der Zehn gelernt. Er zog das Brevier und das Aspersorium mit Weihwasser hervor, wartete, bis die Männer der Bruderschaft vorüberzogen und schloss sich ihnen an. Wenige Augenblicke später stand er vor der ersten Zelle des Rialto-Gefängnisses, um den armen Gefangenen das Sakrament der Beichte zu spenden.

52

»Gut, wir können fortfahren«, sagte Zuàndomenico de' Fabii, der Mann der Wissenschaft, und fügte ein paar Worte auf Mongolisch hinzu.

Die junge Orientalin nahm ein Rasiermesser, schärfte es am Lederband und begann, Filippo Tomei, der auf einem Stuhl saß, die Haare zu scheren.

»Bianca war in großer Sorge um Euch, lieber Filippo, weil sie keine Nachrichten mehr bekam.« Während der Alte sprach, betrachtete er Filippos geschwollene Zehen. »Schmerzt es hier?«, fragte er und berührte sie.

»Ich spüre gar nichts.«

Der Alte sah ihn ernst an. »Ich werde Eure Füße und Beine mit heilendem Balsam bestreichen, und Ihr werdet wollene Strümpfe tragen, wenn Ihr neben dem Feuer schlaft. Ihr braucht Wärme. Eure Venen, die kleinen Gefäße, die bis zu den Extremitäten reichen, müssen sich wieder öffnen und das Blut hindurchfließen lassen.«

»Tut alles, was Ihr tun müsst, Maestro, aber erhaltet mir meine Beine. Ich muss meine Mission fortsetzen.«

Der Alte blickte ihn an. »Das werde ich tun.« Er sprach ein paar Worte mit der Dienerin, die aufmerksam zuhörte. Sie verbeugte sich und rasierte Filippo den Bart.

53

An nebligen Tagen schienen die Fassade der Kirche San Michiel, die nahe Emiliani-Kapelle und das Portal des Klosters, die alle aus demselben weißen Stein erbaut waren, sich majestätisch von den sie umgebenden Gebäuden aus Backstein abzugrenzen. Doch Andrea beachtete das erhabene Schauspiel nicht, denn seit der Abfahrt plagte ihn eine starke Übelkeit, die ihm jeden Wunsch nach einer Begegnung mit dem Abt Cipriano D'Este nahm. Am Morgen hatte Francesco ihm das Billet übereicht, mit dem der Leiter des Kamaldulenserklosters San Michiel ihn zu einer dringenden Unterredung bat. Also hatte Andrea seinem Assistenten die anwaltlichen Verpflichtungen des Tages anvertraut und war aufgebrochen, obwohl die Ähnlichkeit mit jener anderen, vor einigen Monaten von der Äbtissin Lucia Vivarini erhaltenen Einladung böse Vorahnungen in ihm geweckt hatte, die ihn nun unschlüssig an der Mole verharren ließen.

»Ser Loredan!«

Die Stimme lenkte seinen Blick in Richtung Kirche, und vor dem weißen Stein erblickte er einen ebenfalls in Weiß gekleideten Mönch, der ihm zuwinkte. Derart unmissverständlich angesprochen, konnte Andrea nicht länger zögern und ging auf den Mann zu.

Die Klosterbibliothek erreichte man über den kleinen Kreuzgang hinter dem Kapitelsaal. Auf dem Weg durch den stillen Hof, wo hier und dort die kahlen, krummen Äste von Feigenbäumen aufragten, erfasste man mit einem Blick den ganzen Reichtum des Gebäudes, an dem jedes Detail kunstvoll ausgearbeitet war. Andrea bemerkte die bleigefassten, farbigen Fensterscheiben, die bemalten Türen, kostbaren griechischen Marmor, die hängenden Cesendelli, die bei Bedarf jeden Bogen, jede Wand beleuchteten. Das Kloster wurde von den höchsten Namen des venezianischen Adels bevölkert, Familien, die bereitwillig viele hundert Dukaten im Jahr für den Unterhalt aller Söhne nach dem Zweitgeborenen bezahlten, damit sie von der Erbfolge ausgeschlossen und die Vermögen nicht zerstreut wurden.

Auch Andreas Begleiter, der junge Kamaldulenser, der einen mit Marderpelz gefütterten Überwurf, eine weiße Kutte aus weicher Wolle und zierliche Schuhen mit silbernen Knöpfen trug, respektierte zwar die von der Ordensregel gebotene Form der Bekleidung, verriet sie jedoch durch die Kostbarkeit der Stoffe.

Der Abt Cipriano D'Este erwartete ihn reglos und ernst unter dem Bogengang, und im selben Moment, da Andrea ihn erblickte, blieb sein Begleiter stehen. Andrea spürte nur den leichten Luftzug, mit dem er sich entfernte.

»Andrea!« Der Abt hob lächelnd die ausgebreiteten Arme. Andrea verbeugte sich, dann umarmten sie sich in der Stille und tauschten Wangenküsse aus.

Die Bibliothek betrat man durch eine kleine Tür. Dahinter folgte ein kurzer, enger Flur mit hellem Verputz, und schon von hier aus blickten einen die Rücken der in rotes, grünes,

schwarzes und gelbes Maroquinleder gebundenen Bücher in den Formaten Folio, Quart, Oktav oder Duodez auf den Regalen vom anderen Ende des Gangs an.

Die Wirkung war auch dieses Mal wieder atemberaubend, und obwohl Andrea den Ort kannte, erfasste ihn ein leichter Schwindel. Der um diese Zeit menschenleere Saal hatte die Ausmaße einer großen Stadtteilkirche, die langen Wände lagen nach Osten und Westen, jede mit vier großen Fenstern aus Opalglas. An der Eingangswand und der Rückwand standen auf Borden, die über gut zehn Armlängen vom Boden bis zur Decke reichten, Tausende von Büchern und Manuskripten, Aktenbündeln und Holzkisten für lose Blätter, Pergamente und Inkunabeln. Auch die Längswände waren über die gesamte obere Hälfte bis zur Balkendecke mit Büchern bedeckt. Eine von Eisenpfählen und Säulen getragene Galerie, die rund um den Saal lief, teilte die Mühen des Aufstiegs in zwei Hälften, während dazwischen ein System aus Leitern, Trittbrettern und Schemeln jedes Buch, Manuskript, Blatt oder Pergament erreichbar machte.

Das netzartige Schattengeflecht auf dem Opalglas verriet, dass die großen Fenster durch starke Gitter geschützt waren. In der Mitte des Saals konnten an großen, in zwei parallelen Reihen aufgestellten Tischen gut zwanzig Benutzer gleichzeitig Bücher konsultieren. Was den Besucher beim Eintreten jedoch am meisten beeindruckte, waren die beiden gigantischen, an den Längswänden angebrachten hölzernen Räder. Sie sahen aus wie Wasserräder einer Mühle, doch bei jedem drehten sich statt der Schaufeln etwa zwanzig Buchstützen im genau austarierten Abstand voneinander. Vor fünf Jahren hatte der Baumeister Agostino Ramelli, ein begnadeter Schöpfer von Wundermaschinen, diese Räder erdacht, gebaut und eingeweiht. Eine Berührung genügte, schon setzte sich der Mechanismus in Bewegung und gestattete dem Leser, mit bis zu fünfzehn Büchern gleichzeitig zu arbeiten. Die Räder waren dergestalt angebracht, dass das vom Opalglas gestreute Sonnenlicht in gleichbleibender und ausreichender Stärke auf die Buchseiten fiel: am Vormittag im Osten und im Westen am Nachmittag, der vom heiligen Benedikt gelehrten Zeiteinteilung gemäß.

In diesem Moment wurde Andrea bewusst, wie ungewöhnlich diese Begegnung in der Bibliothek war, wo ein Sprechverbot herrschte. Wahrscheinlich wollte der Abt ihm Bücher zeigen, doch nach zwei Schritten erwies sich diese Vermutung als falsch, denn Fra Cipriano hielt ihn am Arm zurück und flüsterte ihm ins Ohr: »Gott segne Euch, wir sehen uns später«, und ohne noch ein Wort zu sagen, wandte er Andrea den Rücken zu, ging durch den schmalen Gang zur Tür und verriegelte sie. Das Rasseln des Riegels und das Schnappen des Schlosses waren gewohnte Geräusche in den Gefängnissen Venedigs, doch sie an diesem heiligen Ort zu hören, verstörte Andrea. Er fühlte sich wie ein Verhafteter, den man soeben eingesperrt hatte. Was hatte das alles zu bedeuten?

Die Antwort kam prompt: Das große Bücherrad an der rechten Wand machte eine halbe Drehung. Andrea spürte, wie ihm die Aufregung kalt über den Rücken fuhr. Jemand saß versteckt an diesem Leseapparat, doch man sah einen Fuß, einen Zipfel der schwarzen Tunika und die Finger einer Hand auf dem Rad, die es in Bewegung setzten. Andrea wartete nicht länger, vorsichtig ging er auf das Rad zu, Abstand haltend wie vor einer gefährlichen Klippe, deren Bedrohung er erkannt hatte. Das Rad blieb stehen und Andrea mit ihm. Zuàn Francesco Marin, der amtliche Chiffreur, ein ebenso cholerischer wie intelligenter Mann, saß dort auf einem Stuhl, die Ellenbogen auf die Armlehnen gestützt, und musterte ihn.

»Wundert Euch nicht, Ser Loredan«, sagte er, unbefangen wie ein gewohnheitsmäßiger Gotteslästerer, in die Stille hinein. Er nahm seine Augengläser mit einem Gestell aus Olivenholz ab und fuhr fort: »Zum Wundern werdet Ihr nämlich noch genug Zeit haben. Bleibt ruhig stehen, wenn Ihr wollt, andernfalls setzt Euch, denn ich habe sehr viel mit Euch zu besprechen.« Und

mit diesen Worten im Ton eines Lehrers, der zu seinem Schüler spricht, wies er auf den Stuhl am nächsten Schreibtisch.

54

Die rote Schnur hatte Sofia fünf Lire gekostet und das geweihte Knochenpulver noch einmal fünf. Fast einen halben Monatslohn als Segeltuchnäherin. Caterina, die Haushälterin des Pfarrers, war ihr auf der Riva degli Schiavoni entgegengekommen und hatte ihr mit einem Korb Artischocken die magischen, wundertätigen Dinge überreicht. Die Schnur sollte dazu dienen, Andrea nicht zu verlieren. Das Pulver, um Gabriele vor allen Dämonen zu schützen. Die beiden Frauen hatten eine große Runde gemacht, und Caterina hatte ihr erklärt, wie man die Dinge benutzte. Bei dem Pulver war es einfach: ein wenig auf ein Kleidungsstück des Jungen gestreut, jeden Freitag zur neunten Stunde, der Todesstunde Jesu, das genügte. Der Gebrauch der Schnur war schwieriger, denn die rechte Hand des geliebten Mannes musste gemessen und mit Knoten in der Schnur markiert werden, diese musste sodann bei Mondlicht in die Luft geworfen und ihre Position beim Fallen gedeutet werden. Caterina würde Sofia helfen. Die Frauen hatten sich weit von ihrem Viertel entfernt getrennt, an der Ca' di Dio, um böses Gerede zu vermeiden.

Als Sofia allein war, erschütterte sie eine heftige Gefühlsregung, teils war es Freude, teils Reue. Auf der Brücke über den Rio dei Greci kamen ihr die Tränen. Vergeblich der Versuch, sie zurückzuhalten, sie füllten ihr schon die Augen. Die Brücke war für zerstreute und betrunkene Menschen sehr gefährlich, denn die Stufen waren nur angedeutet, und die Ränder nicht höher als eine Handbreit. Sofia blieb in der Mitte stehen, trocknete sich die Tränen mit dem Ärmel und versuchte, den Dogenpalast zu erspähen. Doch der Dunst war noch dicht, und der Blick reichte nur bis zu den Fondamenta am Ufer.

Ich habe ihn wie einen Diener behandelt, dabei wollte er mir nur helfen, dachte sie tief bekümmert, und ihr Herz tat einen so heftigen Sprung, dass sie schwankte. Ein Lastenträger packte sie am Arm, um sie zu stützen.

Die Berührung war wie ein Schwall eiskalten Wassers. Sofia warf dem Mann einen Blick zu, zog sich die Kapuze ihres Umhangs über den Kopf und ging weiter. Sie kramte in dem Korb: Da war die Schnur, unter einer Artischocke, und unter einem Blatt das Säckchen. An diese Kraft musste sie glauben. Sie schöpfte Hoffnung, ihre Beine gehorchten wieder. Doch ihr drehte sich der Kopf von einem Gedankenwirbel aus möglichen Erfolgen und Katastrophen, die einander abwechselten. Sie ging nach links zur Nische der Muttergottes an der Ecke der Scoazzera, wo das rote Lichtchen brannte, bekreuzigte sich und betete ein Avemaria. Das Amen konnte sie nicht mehr sprechen. Sie konnte nicht handeln, nicht denken, jemand packte sie hart an den Schultern, und ein Stofffetzen verschnürte ihr den Mund. Sie versuchte, sich zu entwinden, sie wollte schreien, aber es war nur Winseln und hilfloses Zappeln. Dann senkte sich ein dunkles Tuch von Kopf bis Fuß über sie, und der Nebel wich völliger Dunkelheit. Sie hörte Schritte, eiliges Flüstern. Das Tuch wurde um ihren Körper festgeschnürt. Ohne sich bewegen zu können, stürzte sie zu Boden wie ein gefällter Baum. Sie erwartete den Gnadenstoß, doch man packte sie wieder an Schultern und Füßen und schleifte sie weg. Sie hörte das Klatschen des Wassers und malte sich aus, dass man sie ertränken würde. »Vorsichtig, seid vorsichtig!«, hörte sie dagegen sagen. Man legte sie auf den harten Boden eines Bootes. Sie spürte den Abstoß vom Ufer, hörte das Ruder ins Wasser tauchen, das Gurgeln und die Stille ringsum. Ihr fehlte Luft zum Atmen. Sie begann zu beten.

55

»Zuerst nahm er einen Teil des Ganzen, danach nahm er ein Doppel desselben, hierauf ein Drittel, welches anderthalbmal vom zweiten Teil und dreimal vom ersten war, dann einen vierten, welcher das Doppelte des zweiten war, darauf einen fünften, welcher das Dreifache des dritten war, hierauf einen sechsten, welcher achtmal der erste war, und zuletzt einen siebenten, welcher siebenundzwanzigmal der erste war.«

Marin hörte auf zu lesen, nahm seine Augengläser ab und blickte wieder Andrea an.

»Das ist ein Passus aus Platons *Timaios* in der Übersetzung aus dem Griechischen von Sebastiano Erizzo. Ein seltener Band von 1558. Eure Mutter Lucrezia liebte die Philosophie. Sie hielt die Philosophie für die Grundlage aller anderen Wissenschaften.«

Der alte Chiffreur lehnte sich im Stuhl zurück, der knarrte.

»Ich habe Euch hierher kommen lassen, weil unsere Begegnung im Palazzo unbesonnen wäre. Das, worüber ich mit Euch sprechen möchte, ist für viele eine Geißel Gottes.«

Die nun folgende Stille gab Andrea Zeit, über Marin nachzudenken. Obwohl er keinen Umgang mit ihm hatte, empfand er eine tiefe Sympathie für ihn. Denn Marin gehörte zu den wenigen unter den rund achthundert Regierungsbeamten mit Machtpositionen in einer Behörde, einem Rat, einem Gericht oder einer Zonta, die nicht lobten, liebedienerten oder Ehrerbietung zeigten, nur um Gefallen zu erregen. Dazu war er schlicht nicht fähig. Andererseits war er stets bereit, seine eigenen Ideen für das Wohl der Serenissima zu verteidigen.

»Wir brauchen Euch, Andrea«, hub Marin wieder an, jedes Wort betonend. »Wir brauchen Eure Ehrlichkeit, Euer Gerechtigkeitsempfinden, die Kraft Eures jugendlichen Alters. Von den Unseren sind wenige geblieben, und wir sind alt.« Trauer überschattete sein Gesicht. »Lucia Vivarini hat uns verlassen. Ermonia stirbt. Von anderen habe ich jede Spur verloren. Die einen sind ins Ausland geflohen, andere sitzen im Gefängnis, wieder andere haben sich für das Schweigen der Klausur entschieden.«

Andrea sah ihn verwirrt an. »Wovon sprecht Ihr, Marin? Von einem Konventikel?«

Zuàn Francesco faltete die Hände wie zum Gebet. Er nahm einen tiefen Atemzug. »Ich werde Euch von etwas weit Größerem berichten als einem Konventikel, und wenn Ihr es erfahren habt, wird Euer Leben sich ändern. Seid Ihr bereit?«

Wieder sah Andrea ihn erstaunt an. »Habe ich etwa die Wahl?«

Die Stirn des Chiffreurs überzog sich mit Falten. »Ihr könntet höchstens beschließen, den Moment hinauszuschieben.«

Andrea verzog das Gesicht. »Das Warten hat schon zu lange gedauert.«

Der Chiffreur schien zufrieden. Er zog ein Ledersäckchen aus dem Ärmel und reichte es Andrea.

»Erst einmal gehört Euch das hier«, sagte er, während Andrea zögerte, es anzunehmen. »So hat immer alles angefangen. Nur zu, macht es auf.«

Es enthielt einen goldenen Ring, der an einer Stelle leicht abgeflacht war. Andrea war, als hätte er diesen Ring schon einmal gesehen.

»Könnt Ihr die Gravur lesen?«

Das Flüstern des Chiffreurs traf Andrea unmittelbar in die Magengrube. Auf dem flachen Teil des Rings erkannte man deutlich eine Blume mit acht Blütenblättern in Form der griechischen Buchstaben α β γ δ θ η κ ζ.

»Woher habt Ihr den?«, fragte Andrea mit belegter Stimme, denn er erkannte den Ring, den sein Freund Luca Foscari ihm im Kreuzgang von San Francesco della Vigna gezeigt hatte. Sofort dachte er an die Explosion des Arsenale.

»Er gehörte Eurer Mutter«, antwortete Marin ernst.

Andrea zuckte zusammen, als hielte er glühendes Metall zwischen den Fingern. »Diesen Ring habe ich am Finger eines der

Toten vom Arsenale gesehen! Und das weiß ich gewiss, weil ich mir die Buchstaben notiert habe!«

Die Miene des Chiffreurs verhärtete sich ein wenig. »Dass Ihr ihn gesehen habt, wundert mich nicht. Ich weiß, dass einer gefunden wurde. Aber das schließt die Vielzahl nicht aus, meint Ihr nicht?« Er zog sich einen Ring vom Daumen und zeigte ihn Andrea. Der Ring glich dem anderen aufs Haar. »Jeder Wächter besitzt einen. Wir selbst gießen sie aus diesem edlen Metall, das so leicht zu bearbeiten ist«, erklärte er, während er sich den Ring wieder an den Finger steckte. »Was Ihr Buchstaben nennt, sind antike ionische Zahlen: eins, zwei, drei, vier, neun, acht und siebenundzwanzig, und sie sind die mathematische Umsetzung der Folge, die ich Euch soeben aus dem Timaios vorlas. Das fünfte Elemente, die Essenz der Schöpfung.« Er brach ab, denn Andrea starrte ihn verwirrt an. »Ihr habt recht, das ist einer meiner Fehler. Ich möchte aufklären, stattdessen stifte ich Verwirrung. Fangen wir noch einmal von vorn an, bei Eurer Mutter und bei dem Bund der Wächter. Habt Ihr je davon gehört?«

Andrea schüttelte den Kopf.

»Es war Lucrezia, die die Idee hatte, vor vielen Jahren, fünfzehnhundertsiebzehn. Die Compagnie della Calza wetteiferten miteinander, wer die prächtigsten Feste und die besten Theatervorstellungen ausrichten konnte. Dafür flossen Ströme von Geld. Es gab viele solche Gesellschaften junger Adeliger, die der Ewigen, der Unsterblichen, der Gärtner und andere. Sie waren durch die Farbe ihrer Strümpfe leicht voneinander zu unterscheiden, daher der Name. Lucrezia fiel der Name der Wächter ein, weil es unser Ziel war, zu beschützen. Ihre Idee gefiel allen, und so nannten wir uns der Bund der Wächter. Was als Spiel begonnen hatte, wurde unsere Philosophie, und bei uns gab es keinen Strumpf als Erkennungszeichen, kein Fest, keine Theatermaschine. Jeder von uns begann Bücher zu sammeln. Es ging darum, viele Bibliotheken zu schaffen, die zusammen eine sehr große Bibliothek wie diese bilden sollten: die Bibliothek der Wächter.«

Andrea sah sich in dem Raum um.

»Das alles ist das Werk meiner Mutter?«, fragte er, in den Anblick versunken.

»Ich würde sagen, ohne Lucrezia wäre es nicht möglich gewesen.« Marin gab dem Rad einen Stoß, und mit leisem Rauschen vollführte es eine Drehung, worauf ein schweres Buch zum Vorschein kam, mit einem Einband aus gelbem Maroquinleder, von den Flecken der Zeit gemasert. Marin schlug es auf, die Seiten raschelten.

»Seht her, wie wunderbar: die griechische Ausgabe der Werke Platons, vor sechzig Jahren als Folioband von Aldo Manuzio herausgegeben.«

Andrea trat einen Schritt näher und beugte sich über das Buch. Andächtig streichelte er eine Seite. Sie war in den charakteristischen Typen der Aldinen gedruckt.

»Zeitweise besaßen wir bis zu dreihunderttausend Bücher, außerdem zehntausend Handschriften und Hunderte von Inkunabeln. Überall wurden sie gesammelt: in Venedig, Rom, Basel und Genf, in Konstantinopel und Alexandria.« Marin hob den Blick zu Andrea, und seine Miene verdüsterte sich. »Alles ging gut, bis zum Jahr siebenunddreißig, als der Rat der Zehn die Esecutori contro la bestemmia ins Leben rief.«

Beim Aussprechen des Namens der Behörde gegen Gotteslästerung spannte sich Marins Kiefer an, und Andrea begann zu ahnen, welche Richtung dieses Gespräch nehmen würde.

»Sie behaupteten, Gott zu ehren, ihn nicht zu beleidigen, würde der Republik Wohlstand und Heil garantieren – reinster Aberglaube!«, bemerkte er bissig. »Sie begannen, die Fluchenden zu verfolgen. Dann bekamen sie das Recht, gegen die Glücksspieler und Kirchenräuber vorzugehen. Im Jahr dreiundvierzig mischten sich die Esecutori in den Buchdruck und das Buchgeschäft ein. Kleinigkeiten, gewiss, im Vergleich zu dem, was in Rom und Florenz geschah. Sie bestraften einige Buchhändler, die Texte der Abtrünnigen Ochino, Vermigli und Curione

verkauften. Es gab Sanktionen und Beschlagnahmungen. Mehr nicht. Die Bücherverbrennungen kamen erst später.«

Die an diesem Ort übliche Stille kehrte zurück. Ein ferner Donner ließ die Fensterscheiben erzittern.

»Ihr scheint wirklich großes Vertrauen in mich zu haben, da Ihr mir diese Dinge erzählt, denn ich könnte ja auch nicht mit Euch einverstanden sein, Ser Marin. Falsche Poeten bringen das Volk auf den Weg des Irrtums, davor warnte schon Platon.«

Zwar teilte Andrea die Ansichten des Chiffreurs, doch dessen Vertraulichkeit war ihm suspekt, und er verspürte ein starkes Bedürfnis, ihn zu provozieren.

»Ihr solltet den größten Philosophen nicht banalisieren«, rief Marin mit Nachdruck aus. »Natürlich könntet Ihr mich beim Heiligen Offizium anzeigen.« Er lächelte. »Aber das werdet Ihr nicht tun, denn Ihr habt Lucrezias Blut, das Blut des Freigeistes wie wir alle, und Ihr habt Euch Sokrates Aufforderung zu eigen gemacht: *Lasst uns zusammen sehen und nachdenken.*«

»Ehrlichkeit gegen Ehrlichkeit, Messere«, hielt Andrea dagegen. »Es fällt mir sehr schwer, Euch zu glauben.«

»Und ich könnte Euch erwidern, dass der Grund, der uns Wächter bewog, Bücher zu sammeln, eben jenes Bedürfnis war, den Irrtum ebenso zu würdigen wie die Wahrheit. Nicht die Wahrheit haben wir in Büchern gesucht, sondern die Freiheit. Die Freiheit, einen Gedanken, eine Idee auszudrücken.«

Andrea spürte eine Welle der Rührung in sich aufsteigen, kaum konnte er den Impuls bändigen, ihn zu umarmen. Doch er hielt sich zurück, um die Darlegung der Fakten nicht zu beeinflussen.

56

Die Kälte war Stein. Die Kälte war Luft. Die Kälte war Sofias Körper selbst. Sie zitterte, in die Mauerecke gekauert, die Beine vor die Brust gezogen, den Kopf auf den Knien, die Haare über dem zu Lumpen zerfetzten Kleid gelöst. Ihre Seele zitterte in der Angst vor dem Nichts, das sie umgab.

Die ganze Fahrt über war sie hellwach geblieben, reglos und stumm in dem Sack, in dem man sie verschnürt hatte. Sie hatte nichts sehen können, aber umso besser gehört. Man hatte sie auf einem recht großen Boot transportiert, nach den langsamen Bewegungen zu urteilen, ohne Schlingern, und den zwei Ruderern.

Sie hatte die Ruderschläge und den Nachhall des plätschernden Wassers unter Brückenbögen und an Ufermauern verfolgt und sich eine Vorstellung von dem Weg gemacht, den das Boot vollzog. Als die Hammerschläge aus den Schmieden des Arsenale erklangen, hatte sie begriffen, dass sie in Richtung San Domenico fuhren. Es folgten das halbe Beidrehen an der Einfahrt in den Rio und das zweifache Echo des Wassers an den Fondamenta zu beiden Seiten. Sie hatte auf den Widerhall unter dem Brückenbogen von San Domenico gewartet, wo die Patres der Inquisition an jedem 29. April, dem Todestag der heiligen Katharina, unter großem Zulauf des Volkes die vom Index verbotenen Bücher verbrannten. Dann war die Wende gekommen, und gleich darauf das Gegensteuern und die Geräusche am Anleger. Man hatte sie wieder gepackt, hochgehoben, wie ein erlegtes Reh davongetragen. Das letzte Geräusch der Außenwelt war eine Glocke gewesen. Dann der Gestank nach Fäulnis. Die Dunkelheit. Man hatte sie von dem Sack befreit und dort gelassen, in diesem Gefängnis ohne Fenster, wo die Kälte das einzig Gewisse war.

Der Hauptmann des Heiligen Offiziums, Guido Chiesa, war ein erfahrener Ermittler. Er hatte viele Informationen über die Segeltuchnäherin Sofia Ruis eingeholt und wusste, dass sie, um

ihren Lohn vom Arsenale aufzustocken, zu Hause Schneider-
arbeiten machte. Also war er noch am selben Tag, an dem Sofia
im Gefängnis des Heiligen Gerichts eingesperrt worden war,
zusammen mit einem seiner Sbirren in zivilen Bürgerkleidern
mit einem Stück Stoff in der Hand in das Haus der Frau im
Viertel Bragola gegangen. Er hatte an die Tür geklopft, während sein Gefährte das Schloss aufgebrochen und die Tür geöffnet hatte. Eilig durchsuchten sie den einzigen, kleinen Raum,
rissen alles heraus und stießen auf eine Kiste aus nachgedunkel-
tem Pinienholz. Darin gab es scheinbar nichts Verdächtiges, nur
Tücher, Laken und Decken. Chiesa überprüfte das Äußere und
begriff sofort. Als er leicht gegen den Boden drückte, glitt der
untere Teil der Kiste zur Seite.

In diesem doppelten Boden gab es schwarze Kerzen, Schnüre,
ein kleines Tierskelett, vielleicht von einer Katze, außerdem die
spitzen Steine, die von Blitzen des Teufels herrühren. In einer
Ampulle war ein Tropfen Öl, sicher in irgendeiner Kirche gestohlen. Dann fanden sie *quinterni*, kleine Hefte aus fünf gefalteten Bogen voll seltsamer Zeichnungen von menschlichen und
geometrischen Formen, Buchstaben, Zahlen, außerdem glück-
bringende Karten mit Bildchen gegen das Böse, und dazu Nägel, Hanffasern, einen Barren Blei und zwei Darmsäckchen mit
dunklem Pulver.

57

Marin setzte den Mechanismus erneut in Gang und hielt das
Rad nach einer Vierteldrehung an. Das aufgeschlagene Buch,
ein Folioband, der die gesamte Stütze bedeckte, zeigte zwei mit
arabischen Schriftzeichen bedeckte Seiten.

»Was sagt Ihr zu diesem Wunder, gedruckt von unserem Wächter Alessandro Paganini? Dieser Koran war sein ganzer Stolz
und sein Untergang. Seht Euch die Buchstaben an, sie sehen aus

wie vom Schreiber mit der Feder gemalt, aber es sind wirklich Druckbuchstaben.«

Staunend beugte sich Andrea über das, was tatsächlich wie eine Handschrift aussah. Noch nie hatte er etwas so Vollkommenes und Gefährliches gesehen.

»Ein Buch, das auf dem Index steht!«, rief er mit einem entsetzten Blick auf den Chiffreur aus.

»Natürlich. Auch den Türken ist es verhasst, da es mechanisch gedruckt und nicht von Hand kopiert wurde. Sie suchen ebenfalls nach allen vorhandenen Exemplaren, um sie zu verbrennen. Aber wir haben noch mehr interessante Bücher, die fürs Feuer bestimmt sind.« Und während er dies nicht ohne Schadenfreude sagte, versetzte er dem Rad einen leichten Stoß in die Gegenrichtung. »Hier der *Dialogo della Sacra Scrittura* von Ortensio Lando.« Er drehte weiter. »Die *Colloquia familiaria* von Erasmus, und dies hier ist der so sehr gefürchtete *Catechismo* des Ochino.« Das Wort »gefürchtet« sprach Marin mit einem ironischen Unterton aus. Dann wurde er wieder ernst.

»Im Dezember 1545 begann in Trient das Konzil, und vier Monate später, ich erinnere mich, als wäre es heute, am Ende der vierten Sitzung, wurde der erste Kirchenbann gegen gefährliche Bücher mit profanen, vulgären, märchenhaften, eitlen, teuflischen, frevlerischen, zauberischen und verleumderischen Inhalten verhängt.« Marin hatte all das in einem einzigen Atemzug ausgestoßen. »Und unser über alles geliebter, erlauchter Markuslöwe schüttelte sich noch mehr kostbare Tropfen der Freiheit aus dem Fell: Im Frühling siebenundvierzig wurden die drei Savi für Ketzerei geboren, und sie begannen, Bücher zu konfiszieren, zu verbrennen und machten Ketzern den Prozess, alles zur größten Zufriedenheit des damaligen Nuntius Giovanni Della Casa und mit dem Segen von Papst Paul III.« Zuàn Francesco seufzte. »Der erste unserer Brüder, der verhört wurde, war Antonio«, er zögerte, als schäme er sich, auch den Nachnamen auszusprechen. Doch dann fuhr er fort: »Antonio Brucioli, ein Sprachforscher und glänzender Philosoph, ein Aristoteliker, ebenso gelehrt wie arm, der vor drei Jahren im Elend starb. Die Inquisitoren fanden drei Kisten mit verbotenen Büchern bei ihm, darunter Luther, Melanchthon, Erasmus, Andreas Osiander und seine *Dialoge* und *Kommentare*. Im Juli 1548 verbrannte man seine Bibliothek auf der Piazza San Marco. An dem Tag verlor Antonio den Verstand. Und wir fingen an, die Bücher zu verstecken. Einen Teil davon hier.«

Andrea trat einen Schritt zurück.

»Ist es wirklich wahr, was Ihr mir erzählt und zeigt? An diesem heiligen Ort sind die Bücher versteckt?«

»Warum nicht? Wo wären sie besser geschützt als hier, wo hundert Bände zwischen hunderttausend verschwinden, hier, in diesem Kloster, das den großen Geographen Fra Mauro beherbergte, dem Luzifer die ganze Welt zeigte, in die Wolken gemalt, worauf er sie auf Papier abzeichnete, um Schiffen den rechten Kurs zu weisen?«

»Ihr macht mich gegen meinen Willen zum Mitwisser der Ketzerei!«

»Unsinn!«, stieß der Chiffreur hervor, hielt sich am Rad fest und stand auf. »Ich habe Euch in der Nacht, als die Bibliothek da Canal verbrannt wurde, gegen Euren Vater Pietro wüten hören! Und wie Ihr die Ungerechtigkeit verdammt und die Gedankenfreiheit im freien Venedig beschworen habt! Oder habe ich etwa geträumt?«

Andrea schwieg, denn er wusste nichts zu erwidern.

»Also?«, drängte Marin und kam, wie es seine Gewohnheit war, seinem Gegenüber so nahe, dass ihre Gesichter sich fast berührten. »Hat sich etwas geändert seit jener mutigen Verteidigungsrede, die Euch große Ehre machte?«

»Wenn ich einen Dieb vor Gericht verteidige, Signore, dann verteidige ich nicht seinen Diebstahl, sondern seine Würde und ein gerechtes Urteil!«

»Ich meine nichts anderes!«, schnaubte Marin und ging zu

dem ersten, mit Büchern vollgestopften Regal. Er zog eines heraus und blätterte die Seiten vor Andreas Augen auf. »Was wir retten wollen, ist diese einfache Bewegung: die Freiheit, ein Buch durchzublättern, wovon auch immer es handelt! Die Freiheit zu lesen!« Seine Worte tanzten in der Luft, um von den Bücherwänden sofort verschluckt zu werden.

Erneut versuchte Andrea, ihn zu provozieren. »Ihr dramatisiert. In Venedig herrscht Freiheit, und es gibt Gesetze, die sie garantieren. Die Fehler, die mit hebräischen Büchern gemacht wurden, die Irrtümer bei Brucioli, da Canal und anderen werden sich nicht wiederholen.«

»Habt Ihr denn nicht bemerkt, dass die Gefängnisse im Palazzo zur Herberge für Buchhändler, Verleger und Andersgläubige geworden sind?«, fragte der Chiffreur bitter.

»Einzelfälle. Das Gericht wird sie alle freisprechen.«

»Es tut mir sehr leid, aber ich sehe, dass auch die klarsten Geister wie der Eure, Ser Loredan, nicht davor gefeit sind, trüb zu werden wie Fenster im Winter und sich ans Stillschweigen gewöhnen. Aber ich warne Euch, wenn man die Gesetze der Freiheit einmal verletzt, die unsere Väter geschaffen haben, gewöhnt man sich rasch an ihr Verschwinden, und dann fallen auch die Regeln eine nach der anderen, bis das Ufer ausdünnt, der Damm bricht und Felder und Dörfer überschwemmt werden. Es gibt strenge Gesetze zum Schutz der Dämme und Ufer, aber keines, das die Bücher schützt und die Freiheit, sie zu drucken und zu lesen.«

Jetzt fühlte Andrea sich zu Unrecht angegriffen, denn Stillschweigen hatte er nie bewahrt, und dafür hatte er bezahlen müssen. Es drängte ihn zu einer Erwiderung. Dann betrachtete er den Ring, der seiner Mutter gehört hatte. Er dachte an die Worte von Lucia Vivarini.

»Erzählt mir von Lucrezia«, bat er.

Zuàn Francesco Marin verbeugte sich leicht. »Ich werde Euch alles sagen, was ich weiß und woran ich mich erinnere.« Dann

zögerte er. »Aber Ihr müsst noch ein wenig Geduld haben, denn zuvor muss ich Euch von einem anderen Menschen sprechen, einem anderen Wächter, ohne den alles weitere Erzählen unvollständig wäre. Ja, um Zeit zu gewinnen und mich nicht zu wiederholen, frage ich Euch rundheraus: Was wisst Ihr von Jacomo Dragan?«

Im ersten Moment schien die Überraschung Andrea davonzutragen wie eine Welle, dann fasste er sich, denn darin hatte er mittlerweile Übung.

»Was ein Anwalt wissen kann, also fast nichts. Oder anders: Ich glaube, er ist ein großer Lügner«, sagte er resigniert.

»In gewissem Sinn habt Ihr nicht unrecht.« Marin lächelte.

58

Der Saal des Pien Collegio war von einem Murmeln erfüllt, zu dem sich von Zeit zu Zeit das Pfeifen des Windes und das laute Knacken der Holzscheite im großen, mit Marmor verkleideten Kamin gesellten. Tramontanaböen suchten ihren Weg und pressten sich durch die Spalten der Türen, so dass die bleigefassten Scheiben der fünf großen Fenster an der Westseite erzitterten und wie streunende Katzen fauchten. Die Winde schienen diesen engen Durchschlupf für ungenügend zu befinden, denn nun warfen sie sich auf den Kamin, wo sie die Glut rot aufleuchten ließen und dem Feuer neue Kraft verliehen, um sich dann, endlich frei, den Rauchabzug hinaufzuwinden.

Auf dem Holzpodest, das sich über die hintere Wand und zwei Abschnitte der Seitenwände hinzog, saßen die sechs Dogenberater, die drei Häupter der Quarantia, die sechs Savi Grandi, die fünf Savi für die Terraferma und die fünf für die Seefahrt. Mit anderen Worten, der Ganze Rat war vollzählig versammelt. Nur der Doge fehlte, er wurde vom ältesten Dogenratgeber Gritti vertreten. Alvise Mocenigo saß in seiner Eigenschaft als

Prokurator von San Marco bescheiden auf einem Platz am äußersten Ende der Sitzreihe, nahe bei dem kleinen Thron, der für Arnaud du Ferrier, den französischen Botschafter bei der Serenissima, reserviert war.

In dieser morgendlichen Sitzung des Pien Collegio verlas der Sekretär Milledonne das Sendschreiben von König Karl IX., für dessen Zustellung der Bote die sechshundert Meilen zwischen Paris und Venedig in nur zwanzig Tagen zurückgelegt hatte. Der Brief begann mit einem Grußwort, das keine wichtige Persönlichkeit ausließ und sich im Lob der Freundschaft, der Wertschätzung und des Respekts erging, die Frankreich und die Republik Venedig in der Vorherrschaft »über das Mittelmeer, diesen großen himmlischen Palast« verbanden.

Leider konterkarierte die eintönige Bürokratenstimme des Sekretärs Milledonne diese glänzende Einführung und den ehrfurchtsvollen Ton, der die Venezianer wohlwollend stimmen sollte. Was die Franzosen wirklich interessierte, war in den wenigen, sehr diplomatisch formulierten Zeilen zusammengefasst, die nun folgten. Man bat die Signoria, Mahmut Bey, den hochverehrten Gesandten des Sultans Selim, und Signor du Bourg als Gäste in der Stadt aufzunehmen, bis ein spezieller Geleitbrief eintraf, den die französische Regierung nach Avignon schicken würde. Du Bourg würde sich dort hinbegeben müssen, um ihn abzuholen. Nachdem die Verlesung beendet war, berichtete der Botschafter du Ferrier, Karl IX. sei fest entschlossen, die Reise des Türken und du Bourgs nach Frankreich zu verhindern, und forderte die Venezianer auf, selbst die beste Methode zur Erreichung dieses Ziels zu finden.

»Ihr könnt mit diesem Bey und seinem Freund machen, was Ihr wollt. Jedoch ohne Gewaltanwendung«, schloss du Ferrier diplomatisch.

»Wenn ich mir erlauben darf, Herr Botschafter«, setzte Alvise Mocenigo ebenso höflich hinzu: »Ohne Gewaltanwendung und mit nicht geringem Nutzen für beide.«

Du Ferrier neigte lächelnd den Kopf: »Das scheint mir eine weise und ausgewogene Schlussfolgerung zu sein.«

Nachdem dies gesagt war, bat der Botschafter die Versammlung, das Schreiben vernichten zu dürfen, wie es bei dieser Art Dokumenten üblich war, und nachdem Milledonne umgehend die Erlaubnis erteilt hatte, wurde das Papier in die Flammen im Kamin geworfen.

Sodann begleitete man du Ferrier aus dem Saal. Und sofort brach das Chaos aus. Das Pien Collegio war in zwei Lager gespalten. Die einen vertraten den Weg der Verhandlungen mit dem Osmanischen Reich und wollten Frankreich keinesfalls die schmutzige Arbeit abnehmen, die anderen, die Kriegspartei, beabsichtigte, den Dragoman und Müteferrika Mahumt Bey und den *Monsieur l'Ambassadeur Extraordinaire*, wie Claude du Bourg sich zu bezeichnen beliebte, mit einem luxuriösen Hausarrest unschädlich zu machen.

So beschloss das Pien Collegio, das Ganze noch am selbigen Tag im Senat erneut zu diskutieren, um den Plan zur Billigung den hochverehrten Senatoren zu unterbreiten.

Alvise Mocenigo grämte sich insgeheim über so viel »Zeitverschwendung«, obwohl es ganz seiner politischen Strategie entsprach, die Notwendigkeit solcher Diskussionen und gemeinsamen Beschlüsse als Erster zu erkennen und sich ihrer zu bedienen. Im Geiste bereitete er unterdessen den nächsten Schritt vor: die Verhaftung des Türken und des Franzosen.

59

Der Abt Cipriano D'Este verabschiedete Andrea, der im Heck des Fährboots nach Venedig saß und sich in den Mantel wickelte, während der Wind den Nebel über die Lagune fortblies. Der kräftige Luftstrom aus dem Norden hatte die Sicht auf verschneite Gipfel und Höhenkämme freigegeben, deren Bogen sich von der sanften Hochebene bei Asiago über die Ausläufer des Monte Grappa bis zu den Bergen von Belluno und Carnia erstreckte. Inmitten dieser Felsen sah man sogar das Seraval-Tal, von wo der Weg nach Österreich und Bayern führte.

Der Abt dankte Gott dafür, dass dies alles sein Wille gewesen war, warf einen letzten Blick auf die Gondel, die nach San Cristoforo und den Fondamenta Nuove abfuhr, und kehrte ins Kloster zurück.

Zuàn Francesco Marin wartete im Kreuzgang auf ihn. Sie gingen zusammen an der sonnenbeschienenen, windgeschützten Seite auf und ab.

»Er wirkte verärgert«, sagte der Abt.

»Das war er.«

»Hat er alles erfahren?«

»Ich habe ihm vieles gesagt. Nicht alles.«

»Wird er uns helfen?«

»Ich bin nicht sicher. Ich hoffe es.«

Der Abt hob seufzend die Augen zum Himmel.

»Möge Gott ihn erleuchten und beschützen, denn die Gefahr ist groß.«

60

Taub für den Rat des ersten Ruderers, sich unter das schützende Zeltdach zu begeben, saß Andrea auf der Bank am Heck der Gondel und versuchte, seinen Groll zu zerstreuen, indem er darüber nachdachte, warum Jacomo Dragan ihm einen Gutteil seiner Vergangenheit verschwiegen hatte.

Zuàn Francesco Marin hatte Andrea ausdrücklich darum gebeten, das von Lucia Vivarini begonnene Werk fortzuführen: die Rettung der Bücher, die Lucrezia gesammelt hatte. Der Chiffreur hatte ihm freigestellt, sich dafür oder dagegen zu entscheiden, aber er hatte ihn zu Stillverschweigen verpflichtet, bevor er ihm alles erzählte und weder die Schwierigkeiten noch die Gefahren verschwieg, denen Andrea bei der Suche nach den Büchern begegnen würde. Gefährlich sei dies Unternehmen, sagte er, weil er einen Zusammenhang vermute, der, wenn er sich bewahrheitete, den Toten der Celestia und vielleicht auch der Explosion des Arsenale einen Sinn geben würde, freilich einen entsetzlichen Sinn.

Denn der alte Marin versah ja nicht nur das Amt des Großpriors dessen, was vom Bund der Wächter übrig geblieben war. Dank seiner Stellung als Chiffreur, der fortwährend mit den Geheimnissen anderer und der Regierung Venedigs zu tun hatte, stand er auch in einer Art Mastkorb an der Spitze des Hauptmastes, von wo aus er den ganzen Horizont überblicken und Dinge sehen konnte, die andere niemals oder erst später zu Gesicht bekamen. Und so hatte er mit seinen Erklärungen dort begonnen, wo alles angefangen hatte: Andreas Begegnung mit der Äbtissin Lucia Vivarini in jener tragischen Nacht des 13. September.

Was Marin aus den knappen Worten, die Lucia vor ihrem Tod gesprochen hatte, als ihren Letzten Willen deutete, bestätigte die wenigen Informationen, die Andrea schon von Ermonia bekommen hatte, und fügte etwas hinzu, das Andrea verblüffte: Lucrezia hatte Lucia auf dem Sterbebett den Auftrag erteilt, ihre Bibliothek zu schützen. Und von den zehntausend Büchern, die sie umfasste, standen über dreihundert auf dem Tridentinischen Index von 1564. Darunter das Gesamtwerk des Erasmus, *Das Dekameron* von Boccaccio, *Der Esel* von Niccolò Machiavelli, die *Kurtisanengespräche* von Pietro Aretino, *Vom rechten Handeln, Briefe an die Familie* und die *Reden De officiis,* die *Epistulae ad familiares* und die *Orationes* von Cicero sowie die *Ußlegung des Commeten,* eine kostbare Handschrift von Paracelsus über die Erscheinung eines Kometen im Jahr 1531. Eine andere, noch kostbarere Handschrift war das Handbuch, das Jacomo Dragan Lucrezia mit der Bitte, es zu verstecken, überlassen hatte. In diesen Aufzeichnungen waren alle Geheimnisse der Glasma-cherkunst, die in der Familie Dragan erdacht und weitergegeben worden waren, genau beschrieben: wie man die Odaasche für die *fritta* gewann, den ursprünglichen Brei, aus dem das Glas und das *Cristalìn* entstanden, wie das Kaliumsalz verwendet wurde, Rezepte zum Färben und Verzieren des Glases, wie man Glasuren und Farben warm und kalt auftrug, der Gebrauch des Pon-tello, des Blasrohrs, und alle anderen Geheimnisse und Kniffe dieser himmlischen, großartigen Kunst. Doch dieses Buch drang auch über die Tatsachen hinaus in das Reich der Legende vor, denn auf seinen Seiten fanden sich, jedenfalls nach Marins Wor-ten, außerdem die wichtigsten alchemistischen Gesetze über die »Verwandlung von Metallen«, das »Elixier des langen Lebens« und die Fähigkeit, seine eigene Seele wieder mit der Substanz des Universums zu vereinen, um so wieder zu »Göttern, zu Göt-tersöhnen« zu werden. Hier hatte der Chiffreur innegehalten, denn auf dieses Gebiet wollte er sich nicht wagen, es machte ihm Angst.

Um durch die Pforten dieses stürmischen Windes zu gelangen und über das Wasser der Lagune von San Michiel bis zur Kirche Santa Caterina zu fahren, hatten die beiden Ruderer über eine halbe Stunde gebraucht. Nach einer energischen Wende genos-sen sie jetzt den Lohn der Mühe, glitten rasch, mit einem schrä-gen Kurs auf das Kloster der Jesuitenpatres am östlichsten Zip-fel des Sestiere Cannareggio zu. Denn der Wind drückte gegen die Bootswand, bauschte das Zelt wie ein Segel und neigte die Gondel stark zur Seite. Einen Augenblick lang dachte Andrea, sie würde umkippen und instinktiv rutschte er schnell auf die Windseite, während die anderen Passagiere, zwei junge Leute und ein Alter, besorgt zum Heck blickten.

»Ganz ruhig, Signori!«

Andrea wandte sich zu der Stimme um. Auf das vordere Ru-der kam jetzt alles an, der Mann tauchte in einer schnellen Fol-ge von Stößen das Ruder ein, so dass die Gondel sich mit dem

Heck in den Wind drehte. Das Boot richtete sich wieder auf und glitt auf die Mauer des Klosters zu, die zusammen mit der Kirche eine geräumige Bucht bildete, in deren Schutz sich schon mehrere Boote geflüchtet hatten. Von hier bis zum Sotoportego des Fährboots am Rio Santi Apostoli war es eine leichte, schnelle Fahrt. Plötzlich erblickte Andrea in dieser Bucht seinen Solecitadòr Francesco d'Angelo, der am Ufer stand und durch heftiges Winken der Arme Andreas Aufmerksamkeit zu erregen versuchte.

61

Um zu verhindern, dass die Neugierigen sich auf dem schmalen Uferweg des Palazzo dei Camerlenghi an der Biegung des Canal Grande drängten, hatten die Fanti ein Tuch vor das vergitterte Fenster gehängt, und einer von ihnen stand dort bewaffnet Wache.

Niedergeschlagen hatte Andrea sich auf eine Bank im Gang fallen lassen, zwei Schritte von der Zellentür entfernt. Neben ihm saß sein Gehilfe, außerstande, das so offensichtlich tragische Ereignis zu kommentieren. Nach dem, was sie verstanden hatten, war es Maximo gewesen, der Barbier, der den toten Makler entdeckt hatte, »schon ziemlich kalt«, wie er präzisierte. Lorenzo Dolfin, der erste Camerlengo, der eine halbe Stunde vor dem Läuten zur Terz im Palazzo angekommen war, hatte den Hauptmann Baseggio vorgefunden, wie er, sich die Haare raufend, vor dem Erhängten stand und zwei Wächter anbrüllte, die er beim Kartenspiel erwischt hatte, während sie auf diesen verzweifelten Menschen hätten aufpassen müssen. Da Dolfin allein war, hatte er sein Recht auf die volle Befehlsgewalt ausgeübt und seinerseits dem Hauptmann eine Standpauke gehalten, die man bis ans gegenüberliegende Ufer des Canal Grande gehört hatte.

Als dann Andrea hinzugekommen war, hatte Dolfins Zorn sich gegen ihn gerichtet und noch einmal gesteigert, denn auf der Suche nach einem Sündenbock hatte der Camerlengo in dem Anwalt sofort das geeignete Opfer erkannt, das er beschuldigen konnte, den Gefangenen vernachlässigt zu haben. Dann waren auch Andrea Dolfin und Formento in die Zelle gekommen, und vor dem armen Toten, den noch keiner vom Strang genommen hatte, weil man auf den Arzt und die Gesundheitsbeamten wartete, war ein heftiger Streit ausgebrochen.

Mitten im Wortgefecht war Andrea aus der Zelle gegangen und hatte sich verzweifelt auf die Bank fallen lassen. Er sah voraus, dass die Diskussion bald in einen aggressiven Kampf bar jeder Vernunft ausarten würde. Francesco war ihm gefolgt.

»Wenn die Gemüter sich beruhigen«, seufzte Andrea, »werden wir etwas mehr über diesen Tod herausfinden müssen.«

»Ganz Eurer Meinung, denn der Makler Memo schien mir durchaus nicht entschlossen, seinem Leben ein Ende zu setzen.«

Andrea lehnte den Kopf an die Backsteinwand, schloss die Augen und seufzte. Aus der Zelle drangen die erregten Stimmen der Streithälse, während der Gang, die anderen Zellen und die Zimmer der Wächter und Schreiber von Stille umgeben waren. Diese Stille ist es, die von menschlichem Mitgefühl zeugt, dachte Andrea. Als er die Augen zur Tür am Anfang des Korridors hob, sah er eine Frau. Sie war jung, mittelgroß und trug Schwarz. Sie war schwanger. Verloren blickte sie sich um. Ein Fante ging zu ihr und sprach mit ihr. Andrea sah, wie er in seine Richtung zeigte. Einen Augenblick später stand die Frau vor ihm. Andrea erhob sich.

»Ich bin die Frau von Fausto Memo«, sagte sie, mühsam ihre Tränen zurückhaltend.

»Mein herzliches Beileid, Signora. Ich bin Avvocato Loredan. Ich hätte Ihren Mann verteidigen sollen.« Er musterte sie. Ihr blasses Gesicht war voller Anmut, obwohl sie erschöpft und verzweifelt wirkte.

»Fausto war kein Verbrecher.« Mehr brachte sie nicht heraus, dann schlug sie sich die Hand vor den Mund und brach in Schluchzen aus.

»Ich weiß«, sagte Andrea mit einem hilflosen Blick zu Francesco.

»Ich möchte ihn sehen«, bat sie, als sie sich wieder etwas gefasst hatte.

»Ich bringe Euch zu ihm«, sagte Andrea, obwohl er ihr den Anblick gern erspart hätte.

Nach wenigen Schritten waren sie vor der Tür der Zelle. »Messeri, bitte!«, sagte Andrea mit lauter Stimme, und augenblicklich verstummten die Streitenden, während alle Blicke sich auf die Frau richteten.

Kleider raschelten, als man zurückwich, um sie eintreten zu lassen. Die Frau blieb einen Schritt vor ihrem Mann stehen. Sein Körper war schlaff, die Arme hingen seitlich herab, die Hände waren geöffnet, die Beine gebeugt, die Füße am Boden. Er sah aus wie eine an einem Nagel aufgehängte Tunika, und was ihn an dem verrosteten Gitter festhielt, war ein dickes Knäuel Seidengarn, das ihm den Hals tödlich streckte.

Die Frau strich mit den Fingern über sein Gesicht, dann kippte ihr Kopf nach hinten, und sie fiel in Ohnmacht.

62

Die zwei Küchenräume des Dogenpalastes erstreckten sich vor allem in die Vertikale. Höhe war die angemessene Form ihrer Bestimmung, denn der aus Töpfen und Pfannen aufsteigende Dampf streifte nur die Köpfe des Koches, des Unterkochs und der Küchenjungen, ohne jemanden zu Tränen oder zum Husten zu reizen, um dann seinen Weg durch die Fenster und Rauchfänge zu nehmen. Außerdem konnten kostbare, geräucherte, gewürzte und lang haltbare Speisen dort oben auf Borden, an Haken oder in Nischen vor heißhungrigen Mäulern in Sicherheit gebracht werden. Und so wurde ein Großteil der Küchenarbeit auf Leitern verrichtet, über die man zu den Lebensmitteln und dem aufgehängten Kochgeschirr, Töpfen und Pfannen gelangte.

Obwohl die Atmosphäre in der Küche an diesem Tag besonders einladend war, hatte Großkanzler Ottobon, der mit Pietro Amadi am Tisch saß, nicht den geringsten Appetit.

»Was ich Euch jetzt sagen werde«, hub er flüsternd an, »werdet Ihr in Eurem Herzen verschließen, so wahr Euch Gott und die Jungfrau Maria helfen.«

»Das schwöre ich«, antwortete Pietro feierlich.

»Ich habe Messer Mocenigo eingeweiht und ihm den entschlüsselten Text gezeigt. Ein Treffen mit den Häuptern der Zehn hat stattgefunden.« Der Kanzler sprach leise, die Augen starr auf den Chiffreur gerichtet. Er machte eine Pause und warf einen Blick auf den Koch, der mit dem Rücken zu ihnen gebückt über dem Feuer stand und mit dem Spieß hantierte. Dann blickte er wieder Pietro an. »Aber wir brauchen Eure Hilfe«, fügte er ernst hinzu.

»Was kann ich tun?«

»Viel, sehr viel.« Ottobon betonte jedes Wort. »Und um das zu erreichen, jetzt passt gut auf, dürft Ihr eben gar nichts tun, außer Marins Zorn zu ertragen.«

Der Chiffreur sah ihn verwirrt an. Zum ersten Mal bei dieser Begegnung lächelte der Kanzler, zog ein zusammengefaltetes Papier, das Pietro gut kannte, aus dem Ärmel seiner purpurnen Toga und gab es ihm zurück.

»Fangt von neuem an, die Raticosa-Chiffre zu entschlüsseln und nehmt Euch Zeit dafür.«

Der junge Chiffreur schnappte nach Luft.

»Wie soll ich das machen? Er wird es merken!«

»Dann findet einen Weg!«, befahl Ottobon. »Mocenigo und die Zehn haben Zeit gefordert, um zu verstehen, worum es sich handelt und wie weit Marin darin verwickelt ist.«

»Der Meister wird mich fortjagen!«

»Da irrt Ihr! Die Abteilung Chiffren untersteht dem Rat der Zehn. Ihr steht unter ihrem Schutz. Außerdem bin ich da.«

Pietro starrte ihn finster an. Doch Ottobon gewahrte eine Spur Stolz in seiner Miene.

»Ihr kennt ihn: Marin wird mich elendig schikanieren.«

»Das bezweifle ich nicht. Aber Ihr werdet Eure Pflicht getan haben.«

Pietro Amadi fuhr sich mit der Hand über das Kinn, und der unrasierte Bart kratzte. Nachdenklich verharrte er einige Augenblicke. Dann rollte er das Blatt mit der von ihm entschlüsselten Chiffre zusammen, führte eine Ecke an die Kerze und ließ, den Blick unverwandt auf Ottobon gerichtet, das Papier in einer leeren Schüssel verbrennen. Darauf erhob er sich. »Wenn Ihr gestattet, Eccellenza, gehe ich wieder an meine Arbeit«, sagte er mit einer Verbeugung, »sonst kennt der Meister keine Gnade.«

Ottobon hob beide Hände. »Arbeitet langsam. Wenn es Probleme gibt, egal welche, kommt Ihr zu mir. Und dessen seid gewiss, Ihr werdet eine sehr gute Belohnung erhalten.«

Der Chiffreur verbeugte sich abermals, drehte sich um und ging zufrieden davon. Der Kanzler verspürte Erleichterung. Er kramte in der Schale mit Früchten, nahm zwei Nüsse heraus und knackte sie zwischen den Handflächen. Vielleicht war das noch keine Lösung, aber wenigstens würde er mit dieser Strategie ein paar Tage Zeit gewinnen. Er steckte sich eine Nuss in den Mund und begann zu kauen.

63

Orsetta, so hieß die junge Witwe des Maklers, wohnte im Viertel San Polo. Andrea und sein Assistent hatten sie mit einer Gondel, die die Camerlenghi zur Verfügung gestellt hatten, nach

Hause gebracht und blieben noch eine Weile bei ihr, um der armen Frau ihr Mitgefühl zu zeigen.

Durch die beiden Fenster des Raumes fiel ein schmaler Sonnenstrahl, und auf der anderen Seite des Kanals erhob sich majestätisch die Fassade der Basilika der Frari mit ihren dunklen Mauern und dem hellen Stein der Rosetten, des Portals und der Giebel.

Orsetta war auf einen Stuhl gesunken, gestützt von zwei alten Frauen, Nachbarinnen, die sich rührend um sie bemühten.

»Wenn ich etwas für Euch tun kann, Signora Memo, müsst Ihr es mir nur sagen.«

Ein schwaches Lächeln kehrte auf ihr Gesicht zurück.

»Ich danke Euch, Ser Loredan, ich brauche nichts. Und was könnte mir denn fehlen«, sie hob den Blick zu den beiden Frauen, »mit diesen Engeln an meiner Seite?«

Sie schwiegen einen Moment.

»Messere«, sagte die Witwe dann, an Andrea gewandt. »Einen Gefallen könntet Ihr mir doch tun, der meinen Schmerz ein wenig lindern würde.«

»Habt keine Bedenken, sprecht es aus.«

»Armer Fausto«, seufzte sie mit feuchten Augen. »Beim letzten Mal, als ich eingewilligt hatte, ihn zu empfangen, hatte er mir Blumen gebracht. Er flehte mich an, zu ihm zurückzukehren, und fast hätte ich nachgegeben …« Sie war kurz davor, erneut in Tränen auszubrechen, konnte sich aber wieder fassen, trocknete ihre Augen und zeigte auf einen großen, blau bemalten Schrank mit vergoldeten Reliefs. »Dort befindet sich eine kleine Holzkiste. Nehmt sie heraus, bitte.«

Andrea ging zu dem Möbel, öffnete es und erblickte das Kistchen zwischen Vasen und Töpfen. Er nahm es an sich, schloss den Schrank und kehrte zu der jungen Frau zurück.

»Öffnet es«, flüsterte Orsetta.

Andrea hob den mit Perlmutt intarsierten Deckel. Im Inneren glänzten einige Münzen.

»Das sind zehn Golddukaten«, erklärte sie. »Fausto brachte sie mir zusammen mit den Blumen. Sie stammten aus seinem letzten Geschäft, dem Verkauf eines Hauses in Burano. Dieses Geld möchte ich den Signori vom Rialto geben, für die Steuern, die Fausto nicht bezahlt hat, und ihm so wenigstens seine Ehrbarkeit zurückgeben. Er war kein Dieb, wie ich Euch schon sagte. Er war verzweifelt, mein armer Mann ...« Die Schluchzer erstickten ihre Worte, während die Nachbarinnen sie fest an sich drückten und streichelten.

Nun herrschte Stille, während derer ein rascher Blickwechsel zwischen Andrea und Francesco stattfand. Da waren die zehn Golddukaten, makellos und funkelnd, als kämen sie frisch aus der Münze. Andrea holte einen heraus und betrachtete ihn:

SM VENET PETRUS LOREDANO

lautete die Inschrift auf einem Halbkreis um das Bild des Dogen, der vor dem Apostel Markus niederkniete.

64

Die Leitern waren lang und schmal, gut geeignet, um bei der Oktoberernte in die Olivenbäume hinaufzuklettern. Der Abt hatte die jüngsten Mönche auf die Leitern geschickt, denn wer von dort oben herunterfiel, konnte sich den Hals brechen. Gabriele war besonders geschickt und flink, das Problem war nur, dass er nicht lesen konnte, also begnügte er sich damit, die Leiter bis zur Hälfte hinaufzusteigen und die Bücher zu ergreifen, die die Mönche ihm von oben reichten.

Die Bibliothek der Hohen Einsiedelei füllte zwei ganze Stockwerke im Gebäude des Scholastikats und lag nach Südsüdwest, damit das Sonnenlicht die Lektüre so lange wie möglich unterstützte. An diesem Tag herrschte dort jedoch keine andächtige Stille, denn die Mönche auf den Leitern an den hohen Bücherregalen riefen abwechseln die Titel der Bücher aus, die sie in der Hand hielten. Und auf diese Rufe hin wiederholten ihre Mitbrüder, mal sofort, mal nach einer Pause, die nötig war, um in den Listen nachzuschauen, die Titel und setzten ein Ja oder ein Nein hinzu. Lautete die Antwort Ja, stieg der Mönch auf der Leiter ein paar Sprossen tiefer und reichte das Buch Gabriele, der gewandt auf den Boden sprang und es in eine alte Kiste legte, um beim nächsten Ruf schon wieder auf der Leiter zu stehen. Ein Dutzend solcher Kisten waren bereits gefüllt worden: alle mit Werken von Autoren, die auf dem Tridentinischen Index standen.

»Leider werden wir mindestens zehntausend opfern müssen«, sagte Jacomo in düsterem Ton zum Abt. »Das ist ungefähr die Anzahl Bücher, die sie suchen.«

»Gräme dich nicht, Jacomo, denn alles, was zerstört wird, werden wir hundert- und tausendmal vervielfachen!«, sagte der Abt mit heiterer Miene.

65

In Erwartung der Glocke zur *drionona*, die das Ende der Mittagspause anzeigte, herrschte völlige Stille in der Münze, und nur noch die Hitze der Schmelztiegel kündete von der Arbeit des Prägens.

Girolamo Bembo, Vorarbeiter bei den Goldmünzen, ein paar Jahre älter als Andrea und sein ehemaliger Kamerad bei den Fanti da Mar, schien verärgert über diesen unerwarteten Besuch während der Arbeitspause. Obendrein wurde die Pause zur Mühsal, weil er mit schnellen Trippelschritten die drei Treppen zu den Werkstätten hinaufsteigen musste, die sich auf die Loggia im Innenhof öffneten.

Aus einem hölzernen Napf essend, saß Marasca, der älteste,

kunstfertigste Prägemeister, auf einer der Bänke der Münzschläger, einer Art Truhe, auf der die Arbeiter mit Hammer und Punze Münzen aus den Platten schlugen. Der Meister trug eine Kappe aus braunem Leder und eine Schürze aus dickem, vom Gebrauch abgeschabtem Leder. In der warmen Luft, die sich auf dieser höher gelegenen Ebene staute, saßen ringsumher gut zwanzig Arbeiter auf Bänken und verzehrten ihre Mahlzeit. Das Klappern der Löffel in den Näpfen und das Schmatzen, das von gesundem Appetit zeugte, untermalten diese Mittagspause.

»Maestro Marasca«, hub Bembo schon an, als er noch drei, vier Schritte entfernt war. »Bitte vergebt mir, Messer Loredan möchte Euch eine Münze zeigen, um etwas über die Prägung zu erfahren.«

Der Alte, der eine dicke, rote Trinkernase hatte, richtete seine hellblauen Augen auf die Personen, die für ihn, zumindest nach seiner grimmigen Miene zu urteilen, höchst unwillkommene Störenfriede zu sein schienen. »Redet, Messere«, sagte er barsch, während er den Napf zwischen Werkzeugen auf der Bank abstellte, wo er den ganzen Vormittag lang Münzen geschlagen hatte.

»Habt ein wenig Geduld, Maestro«, bat Andrea. »Ich weiß, dass dies eine sehr unpassende Zeit für Besuche ist.« Er zeigte ihm die Goldmünze. »Könnt Ihr mir sagen, wann diese Dukate geprägt wurde?«

Ohne aufzustehen, holte Maestro Marasca aus einem Beutel, den er um die Schulter trug, eine große Brille mit dicken runden Gläsern. Er säuberte sie mit einem Tuch, setzte sie sich auf die Nase und nahm die Münze in Augenschein: die Vorderseite, die Rückseite, den Rand und die aufgeprägten Bilder. Dann entnahm er dem Beutel einen Zirkel und maß die Dicke und den Umfang der Münze. Er rieb sie zwischen den Fingern, betrachtete sie noch einmal und gab sie Andrea zurück.

»Die ist vom letzten August, da haben wir dreißigtausend von diesen Zechinen geschlagen, Messere. Gute Prägung.«

Andrea drückte die Münze in seine Handfläche und wagte es, noch eine Frage zu stellen.

»Könntet Ihr mir auch sagen, ob sie zu den Münzen gehört, die in der Nacht der Explosion aus dem Arsenale gestohlen wurden?«

Marasca durchfuhr ein Schauder, er blickte Girolamo Bembo an wie ein Soldat, der auf die Einwilligung seines Hauptmanns wartet.

»Nur zu, antwortet dem Messer Loredan!«, forderte der Vorarbeiter ihn auf.

Der Prägemeister zögerte noch.

»Ja, es ist eine von denen«, sagte er dann.

Schweigend legten Andrea und Francesco d'Angelo die etwa achtzig Schritte von der Münze bis zur Porta del Frumento des Dogenpalastes zurück. Jeder versuchte die Bedeutung und die Folgen dessen zu erfassen, was sie soeben gehört hatten.

»Glaubt Ihr, dass dieser arme Teufel sich aus Verzweiflung erhängt hat?«, fragte der Solecitadòr.

»Das halte ich für unwahrscheinlich.« Francesco seufzte tief.

»Denkt Ihr, dass man ihn umgebracht hat, damit er nicht als Zeuge aussagt?«

Eine Weile schwiegen beide.

»Das könnte ein Grund sein.«

»Haltet Ihr es für möglich, dass dieser junge Fischer von Burano und die Nonne aus der Celestia die Kassen des Arsenale ausgeraubt haben?« Die Worte erstarben Francesco auf den Lippen, und ihn schwindelte wegen der Ungeheuerlichkeit seiner Vermutung. Wieder folgte ein längeres Schweigen.

»Ich habe das seltsame Gefühl, über den Rand eines Abgrunds zu blicken«, gestand Francesco.

Andrea, der sich schon seit Monaten schwankend an diesem Rand bewegte, nickte.

»Ich verstehe«, sagte er nur, und zum ersten Mal verspürte

er den Wunsch, Francesco all seine Zweifel, seine Sorgen, alles, was ihm seit der Explosion des Arsenale bis zu diesem Moment widerfahren war, anzuvertrauen. Er tat es nicht.

»Immerhin«, fuhr sein Gehilfe etwas zuversichtlicher fort, »gibt es eine Zonta für die Ermittlungen, auf die Attentäter ist ein Kopfgeld ausgesetzt, außerdem gibt es Straferlass und eine großzügige Leibrente für den, der sie einfängt. Wenn sich die gestohlenen Dukaten wiederfinden, wird die Zonta Suor Benedetta und diesem jungen Fischer wohl ein paar Fragen stellen müssen, meint Ihr nicht auch?«

Andrea schüttelte den Kopf. »Ich weiß gar nicht, ob es in diesen Zeiten überhaupt noch etwas nützt, die Wahrheit zu kennen«, sagte er geheimnisvoll.

Francesco sah ihn verwirrt an.

66

Fra Aurelio Schellino liebte die Welt und all ihre Geschöpfe, mit Ausnahme von Malern, Dichtern, Sodomiten, Hexen, Ketzern, Türken und Franziskanern. Schriftstellern misstraute er grundsätzlich. Seine Mitbrüder, die Dominikaner des Klosters San Domenico in Castello, hatte er im Verdacht, vom Glauben abgefallen und Anhänger Luthers zu sein. An diesem Ort, wie auch in der ganzen Stadt Venedig hatte er sich so viele Feinde gemacht, dass er, aus Angst, vergiftet zu werden, inzwischen nicht mehr im Refektorium aß, sondern sich in seiner Zelle Speisen kochte, deren Zutaten er selbst eingekauft hatte, auf weit entfernten und immer wieder wechselnden Märkten.

Papst Pius V. hatte ihn im Juli 1569 von Brescia nach Venedig versetzt, damit er der Gegenreformation dieser kranken Stadt neue Kraft verlieh. Und er hatte es fertiggebracht, innerhalb von sechs Monaten zum Schrecken von Buchhändlern und Verlegern zu werden, ja, wenn man ihn in seiner weißen

Kutte und dem schwarzen Umhang auf den Campi, Campielli und Calli näher kommen sah, schlossen die Läden eilig ihre Pforten.

»Hast du je Figürchen aus Wachs oder Brot gemacht, um arme Christenmenschen zu verhexen?« Aurelio Schellino sprach mit starkem Brescianer Akzent, und seine Stimme dröhnte zwischen den Wänden im Erdgeschoss des Klosters San Domenico in Castello.

Sofia, die vor ihm stand, ertrug seinen bohrenden Blick mit Würde, obwohl die Kälte, die durch das vergitterte Fenster drang, ihr ins Fleisch schnitt. Sei verflucht, weißer und schwarzer räudiger Hund!, dachte sie.

»Aus Wachs mache ich Kerzen!«, sagte sie und versuchte dabei, nicht zu zittern, um ihrem Inquisitor keine Genugtuung zu verschaffen. »Und wenn ich Brot hätte, würde ich es meinen Söhnen zu essen geben!«

Schellino schloss die Augen, legte die gefalteten Hände vor seinen Lippen und verharrte so, das Gesicht leicht vorgeneigt, unter der schwarzen Kapuze des Umhangs, unter dem die weiße Kutte hervorschaute. Er wusste, dass er eine harte Nuss zu knacken hatte, und kämpfte gegen die unkluge Versuchung an, diese Frau foltern zu lassen.

Hinter ihm saßen die anderen Mitglieder des Gerichts des Heiligen Offiziums, von denen die meisten an diesem Tag wegen der Kälte nur in Gestalt ihrer Vertreter anwesend waren. Zu ihnen gehörten der Auditor des Nuntius, Pater Alvise Scortica, und der Vikar des Patriarchen Trevisan, ein junger, erst kürzlich ernannter Propst. Von den drei Savi für Ketzerei war nur der Procuratore Giulio Contarini dabei, ein dem Papst zutiefst ergebener und vom Nuntius Facchinetti sehr geschätzter Mann. Außerdem zwei weitere Amtspersonen der Dominikaner und ein weltlicher Notar als Protokollant.

»Hast du je einen Zauber ausgesprochen?«, seufzte der Dominikaner.

»Einen Zauber? Was weiß ich von einem Zauber?«, erwiderte Sofia entschlossen. Diese Antwort hörte man oft in dem Raum.

Schellino gab dem Hauptmann Guido Chiesa, der in einer Ecke stand, einen Wink. Der Mann kam mit sicherem Schritt näher, legte ein zusammengeknotetes Stoffbündel in die Mitte des Tisches, knüpfte es auf und schlug die Zipfel auseinander.

»Sind das deine Schändlichkeiten?«, fragte er Sofia, auf die schwarzen Kerzen, die Schnüre, das Tierskelett, die spitzen Steine, die Ampulle mit Öl und alles andere weisend.

»Nein!«, sagte sie erschauernd.

»Sie wurden in deinem Haus gefunden.«

»In meinem Haus sind Sachen, die mir nicht gehören.«

Der Inquisitor blickte sie an. »Und warum?«

Sofia zögerte einen Augenblick. »Sie gehören der Frau, die vorher dort wohnte.«

»Wer ist das?«

»Ich weiß nur ihren Namen. Sie heißt Elena.«

Schellino verschränkte die Finger und ließ die Knöchel knacken.

»Sie heißt Elena, ach ja? Kannst du sie als Zeugin holen lassen?«

»Sie hat mir das Haus überlassen und ist abgefahren.«

Schellino schüttelte den Kopf. »Du lügst. Du zahlst die Miete für dieses Haus! Zwanzig Dukaten im Jahr, an Messer Melchiorre Michiel!«

Sofia biss sich auf die Lippe, und ihr Blick schien sich in der Ferne zu verlieren.

»Ja, und? Vorher wohnte dort diese Elena!«

»Du stehst unter Eid und schwörst einen Meineid. Schäme dich!«

»Das ist die Wahrheit!«

»Die Wahrheit der Teufelin, die du bist! Hast du schon einmal Satan angerufen?«

»Nein!«

»Und Friedhöfe geschändet?«

»Was sagt Ihr da?«

»Und Gebete rückwärts aufgesagt?«

»Ich bin fromm und gehe in die Kirche!«

»Und Bücher des Teufels, besitzt du welche?«

»Ich kann ja gar nicht lesen!«, sagte sie entschieden.

»Hast du Wachs oder Blei ins Wasser tropfen lassen?«

»Allmächtiger Gott und Heilige Jungfrau Maria!«

»Fluche nicht!«

Stille entstand.

»Hast du ein Verhältnis mit Messer Andrea Loredan?«

»Er ist mein Anwalt!«

»Hast du verbotene Praktiken mit ihm getrieben? Hast du ihm mit deinen Hexereien geholfen, die Seele einer armen Novizin zu verdammen?«

»Ich verstehe Euch nicht.«

»Hast du mit ihm Unzucht getrieben?«

»Bist du verrückt?«, fauchte Sofia ihn mit aufgerissenen Augen zornerfüllt an, das letzte bisschen Respekt verlierend, das sie sich bewahrt hatte.

Auf die Beleidigung folgte ein fassungsloses »Oh!« aus der Runde der Zuhörer, wenigstens schien es Schellino so. Der Dominikaner ließ den Blick über die Richter, Mitbrüder und Amtspersonen schweifen, als suchte er bei ihnen nach einem würdevollen Ausweg aus dieser Lage. Doch er sah nur große Verblüffung, und das verletzte ihn sehr. Der Anflug eines Lächelns gar, auf dem Gesicht eines seiner beiden Mitbrüder von San Domenico, erschien ihm wie blanker Hohn. Also dachte er an seine Hand und wählte die Linke, denn bei dem Zorn, der in seinem Herzen loderte, hätte er mit der Rechten zu stark zugeschlagen. Mit gespreizten Fingern versetzte er Sofia eine Ohrfeige mitten ins Gesicht.

Sie schwankte, wäre fast gefallen, doch eher wegen der Überraschung als durch die Wucht des Schlages. Als sie sich wieder aufrichtete, ähnelten ihre Augen denen einer Wildkatze, so dass Schellino in Verwirrung geriet und fast zurückwich. Er hatte begriffen, was sie tun würde, aber es war zu spät. Sofia stürzte sich mit vorgestreckten Armen auf ihn und begann, ihn zu schlagen und zu kratzen.

Fast sofort wurde sie vom Hauptmann Chiesa und einem Sbirren festgehalten.

Schellino blickte sie verstört und erschrocken an. »Bringt sie weg«, zischte er mit einem wütenden Flüstern. »Sperrt sie ein. Dieses Weib ist der Teufel, der Teufel persönlich. *Vade retro satana*!«

67

Der Disput, der sich am Morgen im Pien Collegio entzündet hatte, war im Senat, um neue Stimmen vermehrt und mit größerer Heftigkeit, wieder entflammt. Denn auch durch sein Verhalten gegenüber den Repräsentanten des Sultans Selim konnte Venedig seine Chance verspielen, Verhandlungen über Zypern zu eröffnen oder endgültig zu schließen. Außerdem hatte der Türke, wie Nicolò da Ponte bemerkte, darum gebeten, die Tradition des höflichen Empfangs zu respektieren, den man allen ausländischen Botschaftern bereitete. Dabei handelte es sich um eine Stadtbesichtigung von den Drapperie bis nach San Marco, wo der Campanile bestiegen und die Dogenkapelle sowie die Schatzkammer besucht wurden, um dann weiter zum Arsenale zu fahren. Und dies, erklärte da Ponte, wäre eine ausgezeichnete Möglichkeit, Mahmut Bey zu zeigen, dass die Explosion mitnichten eine ganze Flotte und erst recht nicht die Werkstätten zerstört hatte, sondern dass die Wiederaufrüstung höchst zügig vonstattenging. Das würde den Illusionen des Sultans bezüglich eines leichten Sieges ganz gewiss einen erheblichen Dämpfer versetzen. Doch an dieser Stelle war das Stimmengewirr losgebrochen.

Als Nicolò da Ponte mit zorniger Miene den Saal verließ, folgten viele Senatoren, die die Strategie der Verhandlungen mit Konstantinopel befürworteten, seinem Beispiel. In dieser Menschenflut entdeckte ihn Andrea Loredan, der sich gerade mühevoll in dem Strom entgegengesetzter Richtung zu bewegen versuchte. Es drängte ihn, da Ponte sofort anzusprechen, doch er tat es nicht, um keinen Verdacht zu erregen, sondern wartete im Schutz der Treppe zur Scala d'Oro auf ihn.

»*Senatore!*«, rief er ihm halblaut zu, an seine Seite tretend.

»Andrea!«, antwortete der Patrizier ein wenig überrascht.

»Verzeiht, Messere, ich muss mit Euch über vertrauliche, wichtige Dinge sprechen.«

Mit der Leutseligkeit des seiner selbst gewissen Menschen, der seine Sympathien und Neigungen nicht verstecken muss, legte der Senator Andrea die Hand auf die Schulter.

»Gerne, kommt mit.«

Statt gemeinsam mit den anderen hinunterzugehen, setzten die beiden ihren Weg zur Sala des Anticollegio fort, dem Vorzimmer der Signoria, dessen Fenster sich nach Westen öffneten.

Nachdem Andrea ihn über den Tod des Maklers in Kenntnis gesetzt, dessen unterzeichnete Erklärung und die soeben zurückerstatteten Golddukaten vorgezeigt hatte, nachdem er von dem merkwürdigen Diebstahl der Leuchter in der Celestia und von der wiedererkannten Köchin des Klosters berichtet hatte, nahm das Gesicht des Senators Nicolò da Ponte die erstarrten Züge fassungslosen Staunens an.

»Zum Teufel auch, mein Sohn!«, rief er aus. »Gleich morgen werde ich die Zonta der Ermittlungen zusammenrufen!«

Vom befreienden, ehrlichen Enthusiasmus da Pontes mitgerissen, fühlte auch Andrea sich wie neugeboren, zumal dessen Unterstützung entscheidend war, um die Ermittlungen durch die gefährlichen Strömungen und möglichen Stürme dieses neuen, unerforschten Meeres zu navigieren. Denn wenn der Diebstahl

aus den Kassen des Arsenale bewiesen werden konnte, und alles sprach dafür, würde die Partei der Kriegsbefürworter, die sich auf die Annahme eines jüdisch-türkischen Komplotts stützte, einen tödlichen Rückschlag erleiden.

Andreas Eindruck von den Ermittlungen war nämlich der, dass die Zonta sich nach monatelanger Arbeit wie eine rücklaufende Brandung bewegte, die in den Ecken der Kaimauern Holzstücke, Flaschen und alte Netze zurücklässt. So hatte auch die Zonta eine ungeheure Menge an Zeugenaussagen und Beweismaterial angesammelt, um sie verfaulen zu lassen, ohne irgendwelche Schlussfolgerungen daraus zu ziehen. Andererseits gab es die These, dass der Jude Miches das Attentat für seinen Freund Selim verübt hatte. Daran glaubte zwar niemand mehr, aber es war und blieb die Erklärung, die offiziell vertreten wurde.

68

Eine Stunde vor der Vesper entzündete Fra Angelo Riccio die Leuchte, in der Wachholderöl brannte, überprüfte seine Pistole und ging in die Kirche hinunter, um die Beichte abzunehmen. Diese Beichten vor der Messe waren ein Hoffnungsquell für ihn, und jedes Mal betete er zum Himmel, die richtige möge endlich kommen. Mönchische Regel und Vorsicht verpflichteten zum Schweigen, und das Schweigen verband sich trefflich mit der Verschwiegenheit, die nach den blutigen Ereignissen vom letzten September die ganze religiöse Gemeinschaft von San Giacomo auf der Giudecca angesteckt zu haben schien. So betrat Riccio, während die Mönche das *Qui habitat* psalmodierten, den neuen Beichtstuhl aus Mahagoni, den einige als »Schrank« bezeichneten, und regulierte das Flämmchen der Leuchte, damit sie die von giftigen Ausdünstungen des Atems erfüllte Luft reinigte. Außerdem linderte sie die Kälte. Beim ersten Knarren der

Kniebank öffnete Riccio das Fensterchen im Beichtstuhl und begann, sich die Sünden anzuhören, um Ratschläge zu geben und Bußen aufzuerlegen.

»*In nomine patris et filii et spiritus sancti*«, sagte er, schlug ein Kreuzzeichen und näherte sein Gesicht dem Gitter.

»*Confiteor Deo omnipotenti, beatae Mariae semper Virgini, beato Michaeli Archangelo.*« Während das von einer männlichen Stimme geflüsterte Confiteor rasch über gut die Hälfte der Verse abgespult wurde, versuchte Riccio, wie immer, herauszufinden, wen er vor sich hatte.

»Ich danke Gott, dass ich dich habe, mein Engel.«

Jetzt ließ die Stimme ihn erschauern, und seine Hand tastete nach der Pistole.

»Filippo …«, flüsterte Riccio.

»Ich bin geflohen.«

»Geflohen?« Riccio heuchelte Verwunderung. »Sie werden dich töten. Du bist verrückt!«, fügte er ängstlich hinzu.

»Nicht wenn du mir hilfst. Und wir werden uns beide in Sicherheit bringen. Jetzt sag mir: Kannst du hier heraus?«

Angelo Riccio schwieg, dann sagte er bewegt: »Man gestattet mir, auf der Giudecca spazierenzugehen, aber verlassen darf ich sie nicht.«

»Kennst du die Bucht hinter San Biagio?«, flüsterte Tomei.

»Den Schiffsfriedhof?«

»Genau den. Dort treffen wir uns morgen vor Sonnenuntergang.«

Angelo Riccio fuhr sich mit der Hand über die Stirn. Er schwitzte, und gewiss nicht, weil es heiß war.

»Ja, ich werde da sein«, flüsterte er.

»Ich habe den Schlüssel, der zu den Büchern führt«, warf Tomei vorbeugend hin.

Riccios Mund öffnete sich vor Staunen. Einen Augenblick später hörte er, wie Filippo aufstand, dann das Geräusch seiner Schritte. Mit zwei Fingern schob er den Vorhang des Beicht-

stuhls zur Seite und konnte den Florentiner sehen. Sein Schädel war kahlgeschoren. Hinkend durchquerte er das Mittelschiff und verließ die Kirche, ohne vor dem Altar niederzuknien. Im selben Moment, in dem die Gestalt vom Dunkel verschluckt wurde und erneutes Knarren anzeigte, dass jemand sich auf die Bank des Beichtstuhls gekniet hatte, stellte sich das Glücksgefühl ein. Bald würde er durch diesen Triumph für all sein Leiden, alle Opfer entschädigt werden.

69

Die Wache öffnete das kleine Tor der Porta del Frumento. Andrea und Francesco traten hinaus auf den Portikus, wo noch immer die Tische und kleinen Läden der Notare, Zahnzieher, Anwälte, Schreiber und Verkäufer von Wasser und gebratener Polenta standen, obwohl der Rat der Zehn angeordnet hatte, die Stände zu entfernen.

»Ich begleite dich zur Fähre nach Murano«, sagte Andrea.

»Danke, aber es ist spät und das Wetter ist schlecht. Ich übernachte bei meinem Onkel in Cannaregio.«

Andrea fühlte sich schuldig: diese Ausnahmen wurden langsam zur Gewohnheit, doch er wusste auch, dass Francesco gerade wegen seiner Hingabe an die Arbeit bald ein tüchtiger Anwalt sein würde. »Dann begleite ich dich eben bis nach Rialto«, sagte er.

Sie gingen los. Die menschenleere Piazza San Marco wurde von Laternen und Cesendelli erhellt, die seit der Explosion des Arsenale von den Prokuratien bis zur Mole verteilt worden waren. Die Merceria hinter dem Uhrenturm aber lag im Dunkeln, dort waren die einzigen Lichtquellen die Kerzen vor den Ädikulä mit Heiligenbildern. Die beiden sprachen über die Anzeige, die Andrea am nächsten Tag der Zonta vorlegen würde, zusammen mit der vom Notar der Camerlenghi beglaubigten

Zeugenaussage des Maklers Fausto Memo. Sie hatten bis spät in die Nacht gearbeitet, um die tragischen Ereignisse detailliert zu schildern: fünf dicht beschriebene Seiten. Und jetzt spielten sie beim Gehen abwechselnd die Rolle des Anklägers und Verteidigers, um die Punkte, auf die sich die Anklage stützte, hieb- und stichfest zu machen. Es gab mehr als genug, um ein Ermittlungsverfahren gegen Simone Simoncin, von Beruf Fischer, und Suor Benedetta, Köchin in der Celestia, einzuleiten.

Denn auch bei den außergewöhnlichsten, ungeheuerlichsten und verheerendsten Ereignissen wie Massakern oder Kriegen musste das Motiv für ein Verbrechen fast immer in einem einfachen, manchmal sogar unschuldigen Wunsch der menschlichen Seele gesucht werden. Das Verbrechen, dachte Andrea, lässt sich mit dem Feuer vergleichen, das anfangs immer nur ein Flämmchen ist, aber wächst, wenn es Nahrung findet, und das Haus, einen Häuserblock, ein Viertel und schließlich die ganze Stadt verbrennen kann.

70

Die Benediktinerinnen auf der Insel San Servolo hatten Sofia mit der ganzen mütterlichen Liebe aufgenommen, die im dreiundfünfzigsten Kapitel der Benediktinerregel vorgeschrieben wird: Die Äbtissin hatte sich verneigt und vor ihr zu Boden geworfen, dann war sie mit ihr in der Kapelle niedergekniet, hatte den Vers gebetet: »Wir gedenken deiner Gnade, o Gott, inmitten deines Tempels«, ihr die Hände gewaschen und sie geküsst. Kurz darauf war Sofia, von Fieberschauern geschüttelt, in Ohnmacht gefallen.

Als sie die Augen aufschlug, sah sie besorgte Frauengesichter um sich, die im Nichts zu schweben schienen, und sie fühlte Hände, die sie streichelten oder es versuchten, schüchterne und zarte Hände, die sich zurückzogen und wieder vorwagten. Sofia zitterte. Sie fühlte die Kälte des Fiebers und ein Gewicht, das sie bedrückte. Sie tastete mit den Fingern: Fünf oder sechs Decken aus grober, kratzender Wolle lagen auf ihr. Man hatte sie in einer Ecke des Raumes, wo die Umrisse im Halbdunkel verschwammen, auf ein Strohlager gebettet. Sie konnte die Augen nicht offen halten. Ihre Lider brannten und scheuerten, als wäre Sand darunter. Sie berührte ihren Körper. Wie viel Zeit war vergangen? Ihr Kleid war trocken, aber es fühlte sich rau an. Sie erschauerte: es war nicht ihr Kleid, sondern eine Kutte, eng um den Hals geschlossen und mit langen Ärmeln. Sie zog einen Arm unter dem Gewicht der Decken hervor.

»Mein Kleid …«, rief sie flehend ins Nichts.

Sie blickte sich um, verstand nicht, erinnerte sich nicht. Sie versuchte aufzustehen und spürte Hände, die sie zurückhielten. Kraftlos fiel sie auf ihr Lager zurück. Diese Frauen ringsum trugen alle die gleiche Kutte. Eine von ihnen, jung, mit zerzaustem Haar, blass und schön, starrte sie an und weinte lautlos. Eine andere, die älter zu sein schien, lächelte ihr zu. Sie streichelte Sofia und flüsterte ihr sanft ins Ohr: »Schlaf, schlaf, mein Liebling. Der Schutzengel beschützt deine Seele.« Dann küsste sie sich dreimal die Finger und zeichnete Sofia dreimal ein Kreuz auf die Stirn. Sofia dachte, hoffte wenigstens, dass sie nicht im Sterben lag, da sie doch diesen Satz gehört hatte. Dann dachte sie an die Liebkosungen ihrer Mutter. Getröstet schloss sie unter einem erneuten Fieberschauer die Augen und ließ sich in den Schlaf gleiten.

71

Die Gondel lud Francesco d'Angelo an der Anlegestelle San Geremia ab. Der Solecitadòr bezahlte die Fahrt, klemmte sich seine Ledermappe unter den Arm und sprang auf die Bohlen des kleinen Landestegs. Auf der Fähre war nur ein weiterer Passagier, ein junger Mann, der Stöckchen mit gebratener Polenta verkaufte. Sie wurden auf einer kupfernen Schale mit glühenden Kohlen im doppelten Boden warmgehalten. Der intensive Duft erinnerte Francesco an seinen Onkel Giovanni, der verrückt nach Polenta war. Also kaufte er zwei Pfund für einen Soldo. Er ging an den verlassenen Fondamenta von Cannaregio entlang und kam am Campanile der Kirche vorbei. Vor ihm lag die hölzerne Brücke mit zwei Armen, die hochgezogen wurden, damit Schiffe mit hohen Masten passieren konnten. An dieser Stelle wurde der Backsteinboden enger, und auf der linken Seite öffnete sich eine Reihe schmaler Calli, die zum Campo San Geremia führten, wo die berühmte Stierjagd stattfand. Die Schritte hörte Francesco erst im letzten Moment, er hatte gerade noch Zeit, einen Schatten zu sehen, dann traf ihn ein heftiger Schlag im Nacken, er spürte, wie seine Beine nachgaben. Dann nichts mehr.

Der Polentaverkäufer hängte den winzigen Hocker, den er als Schlagstock benutzt hatte, wieder an seinen Schulterriemen, beugte sich über Francesco, packte ihn an den Armen und schleifte ihn in die erste der engen Gassen. Er nahm ihm den Geldbeutel ab und ließ ihn dort liegen. Dann kehrte er noch einmal zurück, nahm die Ledermappe, legte sie in seine Polentaschale, deckte sie mit einem Tuch zu und verschwand auf dem Campo.

72

Es musste schnell gehen, sie fingen schon nach der Matutin an zu arbeiten, als die Nacht noch lange nicht weichen wollte. Im Licht der Laternen wurden die Truhen eine nach der anderen mit Seilen umwunden und mittels einer Winde aus einem Fenster der Bibliothek zu Boden gelassen. Dort stapelten sie sich, um auf die Sänfte geladen zu werden, mit der an jedem 21. März die

Statue des heiligen Benedikt in einer Prozession nach Torreglia getragen wurde. Zwei Mönche ergriffen die Stangen der Sänfte, während zwei andere ihnen auf der Straße bis zum vierten Haus leuchteten.

In diesem Haus wohnte Fra Fedele, der Eremit, der nach Meinung einiger Mitbrüder älter als hundert Jahre sein musste. Über den Büchern und der Druckerschwärze hatte er das Augenlicht verloren, denn von Kindesbeinen an hatte er in der Druckerei gearbeitet, seit jener Zeit, als die Druckkunst sich von Subiaco bis Rom, von Neapel bis L'Aquila auch auf italienischem Boden zu verbreiten begann. Fra Fedele war hocherfreut gewesen, all diesen verdächtigen und schändlichen, skandalösen und verdammten Büchern, »verboten sowohl in der vortrefflichen Stadt Venedig als auch im ganzen ruhmreichen venezianischen Herrschaftsgebiet auf dem Meere wie auf dem Lande«, einen Zufluchtsort bieten zu können.

So stand Fra Fedele jetzt, nachdem er in dem Keller hinter seinem Haus ein Refugium für die Bücher gefunden hatte, im Durchgangszimmer zum Keller, wo sich die Truhen stapelten, und griff von Zeit zu Zeit eines der Bücher heraus, roch daran, betastete es, streichelte es und erkannte das Papier, die Tinte und das Jahr seiner Veröffentlichung. Bei manchen erkannte er sogar Verfasser und Titel.

Als sie fertig waren, befahl der Abt, die Tür zuzumauern und mit Mörtel zu verputzen, damit das gleichmäßige Aussehen der Wand das Versteck unsichtbar machte. Jacomo zeigte Gabriele, wie man die Kelle benutzte, um den Verputz zu glätten.

73

Es war der Straßenkehrer des Viertels, der Francesco d'Angelo fand, denn im dichten Nebel wäre er um Haaresbreite mit seinem Karren über den Kopf des Solecitadòrs gefahren. Zunächst hatte er ihn für einen Betrunkenen gehalten, dann für einen Toten. Gerade als er den Bezirksvorsteher und den Totengräber holen wollte, bewegte sich Francesco und jammerte. Da lief der Straßenkehrer zum Pfarrer von San Geremia, der den Armen segnete. Sie betteten Francesco auf den Karren und schoben ihn im Laufschritt in die Calle del Vergola, zum Haus der Brüder Nicolò und Marco Cigrini, von denen der eine Notar und der andere ein tüchtiger Arzt war.

Sie legten Francesco in einem Zimmerchen im Erdgeschoss, das von der Dienerschaft benutzt wurde, auf eine Matratze, und der Doktor begann ihn zu verarzten. Es war ein Schlag mit einem Knüppel gewesen, kein Zweifel: der Schädel hatte eine klaffende Wunde, und der junge Mann wäre gewiss verblutet, wenn die Kälte das Blut nicht gestillt hätte. Sorgen bereiteten dem Arzt die Schäden, die der Schlag im Gehirn angerichtet haben konnte. Doch Doktor Cigrini leistete gute Arbeit, denn nach zwei Stunden schlug Francesco die Augen auf und blickte das Grüppchen Unbekannter an, die ihn umringten.

»Signore, wie fühlt Ihr Euch?«, fragte der Doktor sofort, um dem jungen Mann mit Trost und Hilfe beizustehen, denn die Schmerzen, die solche Verletzungen bereiten, waren ihm wohlbekannt.

Francesco starrte ihn reglos an.

»Versteht Ihr, was ich sage?«

»Der Ärmste«, sagte der Pfarrer bekümmert und machte ein Kreuzzeichen.

»Seht doch!«, rief der Straßenkehrer plötzlich aus.

Francesco versuchte sich aufzurichten.

»Was war das?«, fragte er benommen.

»Bleibt liegen, ich bitte Euch!« Der Doktor zwang ihn sanft, sich wieder hinzulegen.

Francesco blickte sich verwirrt um. »Wo ist meine Mappe, wo ist sie?«

Doch keiner konnte ihm darauf eine Antwort geben.

Fra Doro war bei den Zattere ausgestiegen, noch bevor die Sonne aufging. Er hatte sich von einem Kohleschlepper hinüberfahren lassen, der das Lager von San Trovaso füllen sollte. Eine kurze Überfahrt durch Nebel und Wind. Als er auf dem Campo Santa Margarita angekommen war, brannten die Laternen des Marktes noch, doch der Nebel färbte sich langsam grau.

Pünktlich wie immer erwartete ihn Malbigat, der Polentaverkäufer, am Rand der Fischstände des Campo, wo der Schein der Laternen hinfiel und die Möwen kreischten und tief flogen, um nach den Resten zu schnappen, die die Fischverkäufer ihnen hinwarfen. Der junge Mann saß auf seinem winzigen Hocker vor einem kupfernen Kohlebecken. Der Frate wartete, bis er einen Kunden bedient hatte. Das Geld hielt er schon bereit.

»Zwei Scheiben Polenta«, sagte er zu dem Verkäufer.

Der nahm ein trockenes Maisblatt als Unterlage und legte drei Stöckchen mit dampfender Polenta darauf.

»Zwei für Euch, Padre, und einer kommt von mir.«

Fra Doro steckte ihm zehn Golddukaten in die Hand. Der andere warf einen raschen Blick darauf, dann tat er sie in seinen Beutel. Nachdem er sich steif erhoben hatte, zog er die Ledermappe unter seinem Umhang hervor, während der Frate seinen Priestermantel wie einen Flügel öffnete und über der Tasche rasch wieder schloss.

»Es war ein Kinderspiel«, sagte der Verkäufer lächelnd.

»Gott segne Euch, Malbigat«, antwortete der Frate.

»Stets Euer Diener und Amen«, scherzte der andere.

Fra Doro entfernte sich in Richtung der Kirche Santa Margarita und warf den Möwen die Polenta hin. Zuerst erschien der quadratische Campanile aus hellem Stein, der die Calle zu versperren schien, dann die vergoldete Kuppel. Die kleine Tür stand offen, gleich würde die Morgenmesse beginnen. Fra Doro ging hinein. Er tauchte die Finger in das Weihwasserbecken, beugte das Knie und bekreuzigte sich. Der Küster zündete gerade mit Hilfe eines langen Stabes und eines Kerzenstummels die Leuchten auf dem Hochaltar an. Er sah den Frate und neigte den Kopf zum Gruß. Fra Doro ging zur ersten Kapelle, wo ein Schemel und eine Kniebank standen. Er setzte sich und wartete auf die Gläubigen, deren Beichte er hören würde. Derweil zog er die Ledermappe unter dem Mantel hervor, öffnete sie, holte einige Papiere heraus, untersuchte sie und fand die Zeugenaussage des Maklers Fausto Memo und das von Francesco und Andrea handgeschriebene Konzept ihrer Anzeige. Bevor er mit der Lektüre der Dokumente begann, dankte er dem Himmel, dass ihm die große Gabe, lesen und schreiben zu können, verliehen wurde.

75

Dass die Berufung zu guten Taten zum Wesen eines Benediktiners gehörte, erkannte man genau, wenn man die Isola San Servolo betrachtete: Die Kirche und das Kloster, an der nach Norden gelegenen, kurzen Seite erbaut, beanspruchten nur ein Zehntel des Bodens, während sich der Garten, die Weinstöcke und Obstbäume bis zum äußersten Südzipfel der Insel ausdehnten. Diese Aufteilung war vor vier Jahrhunderten zusammen mit der Insel entstanden, als die Barena von den Mönchen des Benediktinerordens urbar gemacht und befestigt worden war.

Als Sofia an diesem Morgen die Augen öffnete, fand sie sich in einer Welt, die sie nicht wiedererkannte. Zuerst erblickte sie die Decke, doch die Höhe des weiß verputzten Gewölbes konnte sie nicht bestimmen. Dann hob sie ein wenig den Kopf und sah, als sie umherblickte, die leeren Betten und drei große, hohe Fenster mit starken Gittern davor. Sie wähnte sich im Schlafsaal des Hospizes für arme Frauen in der Ca' di Dio, das zwei Schritt von ihrem Haus entfernt an der Riva degli Schiavoni lag. Sie horchte auf ein Geräusch, irgendeines, von diesem immer sehr belebten Ufer, doch es herrschte völlige Stille. Hinter einem Fenster sah sie eine Baumkrone und überlegte, ob es Bäume in der Ca' di Dio gab. Nein, meinte sie sich zu erinnern, dort gab es höchstens Schiffsmasten. Dann fiel ihr ein, dass das Hospiz geschlossen war, weil es umgebaut wurde. Sie versuchte einen Arm zu heben, und ein Schauder durchfuhr sie: Ihr Arm gehorchte nicht, oder besser, er wurde von etwas festgehalten. Dasselbe geschah mit dem anderen Arm. Sie trat mit den Füßen. Doch auch ihre Beine wurden an den Knöcheln festgehalten. Sie versuchte, den Kopf so weit wie möglich zu heben, doch die Decken hinderten sie daran, zu erkennen, was sie fesselte. Wahrscheinlich waren es Stricke, denn sie fühlten sich rau an. Dann erinnerte sie sich an die Gesichter der Frauen in der Nacht, die Ankunft auf der Insel, den Dominikaner Schellino, die Inquisition.

Sie sah, dass ihr Bett nicht in einer Reihe mit den anderen stand, sondern an der gegenüberliegenden Wand. Ein schwerer Gegenstand drückte ihr auf die Brust. Sie hob den Kopf, bewegte den Oberkörper und sah, dass dieser Gegenstand ein Kruzifix war. Panik überkam sie, sie begann zu schreien und sich zu winden. Doch die Fesseln ihrer Hand- und Fußgelenke waren fest und schnitten ins Fleisch.

Die Äbtissin erschien auf der Schwelle des Schlafsaals und blieb dort stehen. Einen Augenblick später war sie von Nonnen umringt. Alle kamen gleichzeitig auf Sofia zu. Sofia bemerkte sie erst, als sie an ihrem Bett waren. Sie hörte auf zu schreien und starrte keuchend und verstört die Frauen an, die sich in einem Grüppchen ans Fußende des Bettes stellten.

»Heilige Mütter!«, sagte sie, »ich flehe Euch an, helft mir!«

Die Äbtissin löste sich aus der Gruppe und stellte sich neben Sofia, auf dem Gesicht ein sanftes, liebenswürdiges Lächeln. Dann nahm sie ihr das Kruzifix von der Brust, küsste es und zeigte es ihr.

»Erkennst du deinen Gott?«, fragte sie strahlend.

Sofia sah sie verwundert an.

»Mutter, bitte befreit mich! Ich flehe Euch an!«, sagte sie, während ihre Augen sich mit Tränen füllten.

»Wenn ich es täte, würde ich dir übel wollen, meine Tochter.«

»Im Namen der Jungfrau Maria, habt Erbarmen mit mir!«

Die Äbtissin lächelte wieder zärtlich und streichelte sie.

»Wenn Gott es von mir fordern würde, gäbe ich mein Leben für dich, aber ich kann die Stricke nicht lösen, ehe deine Seele nicht ganz rein ist.« Nach diesen Worten trat sie drei Schritte zurück und gesellte sich wieder zu ihren Schwestern.

Da fing Sofia an, keuchend zu atmen, zu zappeln und zu schreien. Und je lauter ihre Schreie wurden, desto lauter wurde das Gebet und füllte den ganzen Raum.

76

Dies war das erste Mal, dass Francesco d'Angelo sich verspätete. Andrea wartete in der Sala della Bussola auf ihn, und der Raum quoll schon über vor Menschen, die sich anschickten, durch die Türen in die Gerichtssäle zu gehen. Anwälte und zum Verhör Vorgeladene warteten dort zusammen mit Richtern und Zeugen. Auch einige Frauen waren dabei. Ein Mann, dem eine Kiste über der Schulter hing, verkaufte Wasser und Veilchenpastillen gegen üblen Atem.

Andrea hatte die Locanda della Torre an diesem Morgen zeitig verlassen. Die Gedanken wirbelten ihm durch den Kopf wie Papierkreisel im Wind und vermischten sich dabei, bis jeder einzelne Gedanke unkenntlich wurde. Erst langsam gelang es Andrea, sie wieder voneinander zu trennen und zu klären.

Er beschloss, so bald wie möglich zu Sofia in die Bragola zu gehen, und wenn er sie dort nicht finden würde, an ihren Arbeitsplatz im Arsenale. Er musste sie zur Vernunft bringen und überzeugen, dass es unerlässlich war, dem Avogador Venier ihre

Bitte um Entschuldigung und ihr tief empfundenes Bedauern auszudrücken, ob es nun ehrlich gemeint war oder nicht. Denn diesen Mann gegen sich zu haben würde alle Hoffnung auf Gnade für Gabriele zunichtemachen. Dann war da die Bitte von Zuàn Francesco Marin, die nicht nur ihn, sondern vor allem seine Mutter und ihre Welt aus Büchern betraf. Andrea wusste noch immer nicht, wie er sich zu dieser Bitte stellen sollte. Denn die Begegnung in San Michiel, in dieser heiligen Bibliothek der erlauchtesten Geister, der mit Verlässlichkeit gepaarte Mystizismus des Abtes Cipriano D'Este und die große Meisterschaft Marins auf dem Gebiet der Chiffren bürgten für die Wahrheit der ganzen Geschichte.

Dies war der Hintergrunddonner des spekulativen Gewitters in Andreas Kopf, während er die unerklärliche Verspätung Francescos und die in der Bussola zusammengedrängte lärmende Menge vor Augen hatte: Adelige, Bürger und Menschen aus dem Volk, die dort stehend warteten und lautstark ihre Angst vor der bevorstehenden Unterredung im Gericht abzuschütteln versuchten. Andrea kannte diesen Lärm, der sich an jedem Werktag des Jahres bei der Öffnung der Ämter wiederholte. In der Menge entdeckte er Nicolò da Ponte. Der Senator saß auf einem Nussbaumstuhl, im Gespräch mit dem Sekretär Milledonne. Andrea hätte zu ihm gehen müssen, doch durch die Verspätung seines Solecitadòr gewann er Zeit. Er blieb an der gegenüberliegenden Wand neben dem Tisch mit dem Protokollbuch stehen, den Rücken zur Menge gewandt, damit er nicht erkannt wurde.

Warum kommt Francesco nicht?, sorgte er sich wieder, schon an der Schwelle zu den düstersten Befürchtungen.

»Avvocato, Avvocato Loredan!«

Andrea drehte sich um. Leider kam Milledonne direkt auf ihn zu. Andrea zögerte einen Moment, dann ging er ihm entgegen.

»Wir warten auf Euch! Kommt Ihr nicht?«, fragte der Sekretär leicht verwundert.

Der Saal der drei Häupter der Zehn war nicht benutzbar, weil Arbeiter an diesem Tag dort einen anderen Teil der Decke abstützten. Also gingen Andrea, da Ponte und Milledonne in den angrenzenden kleinen Saal der Inquisitoren. An der Tür ließ Andrea dem Senator den Vortritt, doch als er selbst hindurchgehen sollte, blieb er abrupt stehen, so dass Milledonne fast über ihn gefallen wäre. Denn was eine Versammlung mit nur wenigen Teilnehmern hätte sein sollen, hatte sich erheblich ausgeweitet, und grob geschätzt mussten in dem kleinen Raum mindestens fünfzehn Menschen sitzen. Diese Anzahl war der erste bestürzende Eindruck, dann versetzten Rang und Namen der Anwesenden Andrea einen Hieb, als hätte ihn ein Windstoß der Bora getroffen. Denn außer Nicolò da Ponte und Alvise Catanio waren alle anderen ergebene Gefolgsleute oder Anhänger des Procuratore und Savio für Ketzerei Alvise Mocenigo und besetzten entscheidende Ämter in der Regierung Venedigs.

»Bitte, Avvocato, tretet näher!«

Das war die Stimme von Senator da Ponte, der zusammen mit Tommaso Contarini und Hieronimo Grimani am Tisch der Untersuchungsrichter Platz genommen hatte.

Andrea blickte ihn an. In dieser Aufforderung erkannte er sofort eine Veränderung des Tons, die ihm Unbehagen bereitete. Warum hatte da Ponte ihm nichts von diesem großen Interesse an dem Verfahren gesagt? Er musste reagieren, und während er vortrat, hörte er, wie der Sekretär Milledonne hinter seinem Rücken die Tür schloss. Andrea verbeugte sich vor den Patriziern, die vor ihm saßen.

»Hochverehrte Signori«, sagte er halblaut.

Es folgten das Rascheln von Kleidern, das Knarren von Holz und ein allgemeines Neigen der Köpfe. Andrea ließ den Blick über die Anwesenden schweifen. Die drei Häupter der Zehn Andrea Dolfin, Vettor Pasqualigo und Pietro Pizzamano waren da; ferner zwei der einflussreichsten Ratgeber der Zehn, Lorenzo da Mula und Vincenzo Morosini; zwei Savi für Ketzerei,

Giulio Contarini und Melchiorre Michiel; zwei Esecutori contro la bestemmia, Paolo Corner und Pietro Sanudo; der für Klöster zuständige Provveditore Jacopo Zon und schließlich Zuàne Mocenigo, der Bruder von Alvise und Dogenratgeber. Nur einer fehlte, ausgerechnet er: Alvise Mocenigo, der schwarze Doge.

»Setzt Euch bitte, Avvocato Loredan!«, forderte da Ponte ihn in festem Ton auf und wies auf den Scherenstuhl, der so isoliert vor den Zuhörern stand, dass er eher wie der Zeugenstand wirkte. Andrea setzte sich.

»Ich bitte Euch«, hub der Senator an, »wärt Ihr so freundlich, den hochverehrten Signori zu erzählen, was Ihr mir gestern erzählt habt?«

Andrea beugte den Kopf leicht in Richtung da Ponte, räusperte sich und versuchte, während er die Ereignisse, dem Konzept seines Memorandums folgend, berichtete, den Blick niemals auf einer bestimmten Person verweilen zu lassen, wie er es im Gericht gewöhnlich auch tat.

77

Der Dragoman und Müteferrika Mahmut Bey hatte zu diesem Anlass die feinsten Kleider seiner Garderobe angelegt: einen bodenlangen Kaftan aus rotem Samt, mit Zobelpelz gefüttert und in der Taille von einem breiten Band aus silberdurchwirkter Seide zusammengehalten, ein schwarzer, mit Silber durchwobener Kasack, unter dem weite, an den Fußgelenken geschnürte Hosen aus Seide hervorschauten. An den Füßen trug er Babuschen aus schwarzem Leder, das an der Spitze aufgerollt und mit silbernen Friesen verziert war. Ein hoher weißer Turban mit einer Pfauenfeder vervollständigte die Festbekleidung. Mahmut hatte einen Diener zu seiner Begleitung angefordert, der ihm einen gelben Schirm über den Kopf halten musste, zum Schutz gegen die Tauben, vor denen ihm graute. An seiner Seite ging, in einem violetten Gewand, der blutjunge Adelige Nicoletto Contarini, jüngst zu einem der *Savi agli Ordini* ernannt. Es war sein erster Ausgang mit einem derart hochrangigen Gast. Nicoletto hatte bei dem gelehrten Dolmetscher Michele Membré Türkisch studiert und Mahmut, der flüssig Venezianisch sprach, gebeten, sich seiner Muttersprache zu bedienen, weil er seine erworbenen Sprachkenntnisse auf die Probe stellen wollte.

Hinter ihnen spazierte, mit Kasack und Barchenthosen, Barett und Stiefeln ebenfalls fein herausgeputzt, Beato Bringa, der Vertrauensmann von Alvise Mocenigo, höchst geschickt im Waffengebrauch, unschlagbar im Kampf, der Verbrecherjagd und heiklen Missionen jeder Art. Mahmut selbst, der sich freute, einen ganz Tag für sich allein zu haben, hatte darum gebeten, die Zahl der Begleiter auf ein Minimum zu reduzieren, und sogar Claude du Bourg durfte ihm heute nicht folgen. Denn Mahmut hielt ihn für einen unerträglichen Aufschneider, eitel und leicht verrückt.

Bepo Rosso hatte sich zwei Arbeitsschichten hintereinander aufgebürdet, um diesen einen Ruhetag zu haben.

Von der Calle della Panada, wo er wohnte, bis zum Markt im Rialto war es ein kurzer Weg, und schon vor der Glocke zur dritten Stunde wanderten Bepo und Annina über die Drapperie, die von den vielen Stoffen in eine farbenfrohe Szenerie verwandelten wurden.

Bepo beobachtete Annina, die stehen geblieben war, um eine im Wind flatternde Stoffbahn aus Seide zu streicheln, und er wunderte sich, wie schön sie noch war: Ein kostbares Kunstwerk an seiner Seite, das er verehrte, das ihm aber fremd und weit entfernt erschien. Er überlegte, dass ihre Ehe an dem Tag geendet hatte, als Giorgio nicht mehr zurückgekommen war. Er hätte sie nicht täuschen dürfen, sondern hätte ihr den wahren Grund erklären müssen, warum er sie an diesen Ort gebracht hatte. Doch so wie die Dinge standen, hätte er damit alles nur schlimmer gemacht. Ihm blieb nichts anderes zu tun, als sich Mahmut Bey zu nähern und ihm das Büchlein auf Griechisch zu übergeben, zusammen mit einem Brief an den Großwesir Sokollu Mehmet Pascha, seinen Herrn. Er hatte ihn auf Pergament geschrieben und jedes Wort genau abgewogen:

Erhabenster, durchlauchtigster, hochverehrter Herr und Erster Minister Sokollu Mehmet Pascha, demütig knie ich vor Euch nieder und werfe mich vor Eure himmlischen Füße, im Vertrauen auf Eure Weisheit und Großherzigkeit und Euren Edelmut, und wende mich mit dieser Bitte als trauernder, verzweifelter Vater an Euch, einen gerechten und großzügigen Vater, um Eure Gnade für meinen armen Sohn zu erflehen, der den Namen Giorgio Rosso trägt und unser Haus in Venedig vor nunmehr vier Jahren verlassen hat, um nie mehr wiederzukehren. Mein Leben lang werde ich Euch dankbar sein.

Euer untertäniger Diener
Bepo Rosso

78

Es sah aus wie eine Schaukel, doch mit dem von Kindern so geliebten Spielgerät hatte es wahrlich nichts zu tun. In eine weiße Baumwollkutte gekleidet, einen Ledergürtel um den Kopf, der ihr den Mund verschloss, an Hand- und Fußgelenken gefesselt, saß Sofia weinend auf einer Art Thron aus Eisenstangen, der mit vier Ketten, die in einem Ring zusammenliefen, an einem Seil hing. Das Seil wiederum lief ein wenig schräg bis zur Mitte des Kreuzgewölbes, rollte sich dort um eine starke Winde und kehrte nach unten zurück in die Hände eines kräftigen Jungen, der am Rand eines viereckigen Beckens voll Wasser stand, das mitten im Raum aus dem Boden gehauen war. Zwei Öllampen verliehen dem fensterlosen Raum die Anmutung einer Katakombe.

Die Äbtissin und eine betagte Nonne, beide mit einer brennenden Kerze in der Hand, hörten einem Priester zu. Es war nur ein Flüstern, wie zwischen Beichtvater und Sünder, und es endete, als er ihre Stirnen mit geweihtem Öl salbte. Dann ging der Priester zu dem Jungen und wiederholte das Ritual. Zuletzt trat er zu Sofia, hielt ihr das Kruzifix hin und begann, aus der Bibel zu lesen: »*Und sie kamen auf die andere Seite des Meeres in das Gebiet der Gerasener. Und als er aus dem Boot stieg, kam ihm sofort aus den Grabmälern ein Mann mit einem unreinen Geist entgegen. Der hatte seine Behausung in den Grabmälern. Man konnte ihn nicht bändigen, nicht einmal mit Fesseln ...*«

Der Priester blickte zu dem Jungen hin und neigte leicht den Kopf. Dieser ergriff das Seil mit beiden Händen und zog es zu sich. Die Ketten spannten sich, der Thron erhob sich vom Boden. Sofia begann, zwei Spannen über der klaren Wasseroberfläche zu schaukeln, und ihr Wimmern wurde zu einem wütenden Röcheln, dabei wand sie sich in den Fesseln, riss die Augen auf und spreizte die Finger im fruchtlosen Versuch, sich zu befreien. Der Priester las unterdessen weiter: »*Schon oft hatte man ihn an Händen und Füßen gefesselt, aber er hatte die Ketten gesprengt und die Fesseln zerrissen; niemand konnte ihn bezwingen. Bei Tag und Nacht schrie er unaufhörlich in den Grabhöhlen und auf den Bergen und schlug sich mit Steinen.*« Wieder machte er dem Jungen ein Zeichen, und der begann, den Thron langsam herabzulassen.

Schaukelnd peitschten seine Beine aus Metall die Wasseroberfläche und wühlten sie auf. Dann kamen Sofias zappelnde Füße hinzu. Die Adern an ihrem Hals traten hervor, ihr Röcheln schwoll zu Schreien an. Das Schaukeln wurde schwächer, während der Junge den Thron schneller sinken ließ. Die beiden Nonnen bekreuzigten sich gleichzeitig. Der Priester fuhr fort:

»*Als er Jesus von weitem sah, lief er zu ihm hin, warf sich vor ihm nieder und schrie laut: Was habe ich mit dir zu tun, Jesus, Sohn des höchsten Gottes? Ich beschwöre dich bei Gott, quäle mich nicht!*«

Der Priester verstummte und blickte Sofia an, die den Kopf heftig hin und her bewegte, während das Wasser ihr bis zum Bauch, dann bis zum Hals stieg, ihre Schultern überspülte und ihre Haare sich auf dem eiskalten Kristall ausbreiteten. Das Gesicht in die Höhe gerichtet, suchte sie ein letztes Mal Luft zu schnappen, dann versank sie. Es blieben ein Schatten in der Tiefe und das Vibrieren der Ketten und des Seils, wie wenn ein großer Thunfisch mit Haken und Seil gefangen wird.

»*Vade retro Satana!*«, schrie der Priester, das Kruzifix über das Wasser haltend. »*Vade retro Satana!*«, wiederholte er und schwenkte das Kruzifix in einem Halbkreis durch die Luft, als sollte es den Weg ihres Verschwindens markieren. Die Ketten hörten auf zu zittern, das Seil schwankte nicht mehr.

»Zieh sie hoch!«

Wieder packten die Hände des Jungen das Seil, seine Arme rissen es herunter, die Winde quietschte und Sofia tauchte wieder auf, triefend wie ein soeben aus dem Brunnen hochgezogener Eimer. Die Kutte klebte an ihrem Körper, der jede Bewegung und alles Leben verloren zu haben schien, wären nicht ihre weit aufgerissenen Augen gewesen, deren Blick suchend hierhin und dorthin schoss. Der Junge hielt das Gewicht mit dem rechten Arm, ergriff mit dem linken den Thron und zog ihn zu sich heran, um ihn am Rand des Beckens herabzulassen. Rasch löste er die Schnalle des Ledergürtels, der Sofias Mund zuschnürte. Sie schluckte, hustete, stieß ein Röcheln aus und übergab sich weinend. Der Priester hielt ihr das Kruzifix entgegen und sprach in festem Ton: »Verlass diese Frau, unreiner Geist! Verlass diese Frau, unreiner Geist!« Die beiden Nonnen stimmten ein: »Denn dieser Körper gehört Gott, dem Allmächtigen Herrn!«

Sofia atmete mühsam, blickte den Priester an und spuckte ihm ins Gesicht.

Der hob nur die Hand, dann zog er ein Taschentuch hervor und trocknete sich das Gesicht.

Der Junge zog wieder am Seil und ließ Sofia über dem Wasser schweben. Der Thron senkte sich.

79

Unbesorgt um die Kontrollen, begannen die Händler in der Drapperia, die Preise zu erhöhen, während sie gleichzeitig die Venezianer beruhigten: die neuen Zahlen seien für Fremde bestimmt, die alsbald eintreffen würden. So war ein großes Stück Stoff aus Ziegenhaar vor Anninas Augen von zehn auf zwanzig Dukaten gestiegen und ein Tuch aus Brokat von fünfundachtzig auf hundertfünf.

Alle taten das Gleiche, sie wischten die Preistäfelchen aus und schrieben mit Kreide eilig neue Zahlen darauf, wohl wissend, dass sie, wenn es ans Verhandeln ging, den Käufer in ihren Laden führen und ihn dort in eine unaufhörliche Leier verwickeln würden, die mit Stückgröße, Gewicht und Menge spielte, um zuletzt gute zwanzig oder sogar dreißig Prozent Rabatt zu gewähren und so die Konkurrenten aus dem Feld zu schlagen.

Bepo Rosso wusste, dass diese Sotoporteghi der ideale Ort für die Begegnung waren: Die überdachten Durchgänge waren vor neugierigen Blicken geschützt, und wenn es ihm gelang, den Türken in eines dieser engen Geschäfte zu lotsen, würde sich ihm eine Gelegenheit bieten, der Überwachung durch die Begleiter zu entgehen. Er durfte aber nichts falsch machen. Er hatte nur diese eine Gelegenheit. Und mit ihr stand das Leben seines Sohns auf dem Spiel. Er beschloss, auch seine Frau einzusetzen, um weniger aufzufallen und das Treffen zufällig erscheinen zu lassen. Im Grunde hatte er sie ja deswegen mitgenommen.

»Annina«, sagte er leise, »siehst du diesen Türken? Er ist der Würdenträger, den ich am Lazzaretto abgeholt habe. Er weiß alles über unseren Sohn. Bleib immer dicht hinter mir, sprich ihn nicht an und halte die Augen gesenkt.«

Mahmut hatte ein mit Goldfäden besticktes Seidentuch erstanden und zeigte es stolz dem jungen Contarini.

»Ausgezeichnete Wahl!«, lobte der Adelige, in der Hoffnung, diesen sterbenslangweiligen Einkaufsbummel bald beenden zu können.

Der Ladenbesitzer verbeugte sich vor dem Würdenträger und überhäufte ihn mit Schmeicheleien, um ihn an sich zu binden wie ein Boot an den Steg. »Beehrt mein Geschäft, hochwerter Herr, kommt, schaut, probiert und bewundert, alles ist von bester Qualität zum guten Preis!« Mit einem tiefen Bückling wies er auf das Innere seines Ladens voller Stoffe und Spiegel, die dessen Fülle und Größe vervielfachten.

Beato Bringa hielt beide zurück und überprüfte das Innere. Dort stand nur eine Frau, die Stoffe auswählte. Er gab den Eingang frei und postierte sich als Wache vor der Tür. Contarini blieb bei ihm, er hatte nicht die geringste Lust, hineinzugehen.

Alles spielte sich in einem Reigen aus bunten Stoffen ab, die der Händler dem türkischen Diplomaten unablässig vorführte. Bepo Rosso kam mit einem Tuch aus schwarzem Samt, das er wie eine Stola über der Schulter trug, aus dem Hinterzimmer des Ladens, und während er es Annina zeigte, wandte er sich mit einer Verbeugung an Mahmut.

»*Allah büyük*«, sagte er, sorgsam achtgebend, dass von draußen niemand seine Bewegungen beobachtete. Und schon ging seine Hand zum Ärmel, wo er das Buch und den Brief verwahrte.

Mahmut wandte den Blick von den Stoffen ab und zögerte, denn er erkannte den Mann nicht. Er neigte leicht den Kopf und sah, dass der Werkmeister ihm etwas hinstreckte.

»Eccellenza, die Zeit ist knapp …«, flüsterte Rosso hastig. »Ich bin der Vater von Giorgio Rosso, Gefangener auf den Schiffen

Eures Herrn, des Sultans. Seine Freiheit hängt von diesem Buch ab, auf das der Großwesir Sokollu Mehmet seit langem wartet. Ich vertraue es Euch zusammen mit diesem Brief an, Signore. Um der göttlichen Größe und Güte willen, bringt es Seiner Exzellenz, dem Großwesir, und verwendet Euch für mich.«

Der Türke zögerte noch immer, dann nahm er Brief und Buch, steckte sie in seine aus Goldfäden gewebte Tasche und wandte sich wieder dem Werkmeister zu.

»Sagt mir noch einmal den Namen Eures Sohnes«, bat er leise.

»Giorgio Rosso«, antwortete Bepo flüsternd.

Auf Mahmuts Gesicht trat Verwunderung, die beim Werkmeister eine heiße Welle der Bestürzung auslöste.

»Wisst Ihr etwas? Ist mein Sohn wohlauf?«, flehte er mit brechender Stimme.

Die Antwort konnte er nicht mehr hören, denn er bemerkte, dass der Stoffhändler ihn anstarrte. Auch Mahmut hatte es gesehen. Er drückte die Tasche an sich und verließ den Laden mit erlesenen Seidenstoffen im Wert von sechzig Dukaten und Damast, der noch einmal vierzig kostete.

Nicoletto Contarini zückte Papier und Feder und füllte die Quittung aus, mit welcher der Stoffhändler sich den Betrag beim Ufficio delle Rason Vecchie abholen konnte. Während Contarini schrieb, flüsterte der Händler ihm fast lautlos zu: »Messer Contarini, ich habe genau gesehen, dass der Türke von diesem Mann dort etwas erhalten hat«, und dabei wies er auf Bepo Rosso, der seiner Frau gerade den Samtstoff zeigte.

»Dafür stehe ich in Eurer Schuld«, antwortete Contarini und übergab dem Händler die Quittung.

Wie wirkungsvoll eine Erzählung ist, hängt nicht nur von der klaren Schilderung der Ereignisse ab, sondern auch von der Fähigkeit des Redners, sich sofort das Wohlwollen seiner Zuhörer zu erwerben. Und das war für Andrea an diesem Morgen alles andere als einfach. Die Tatsachen, von denen er durch seine Arbeit als Pflichtverteidiger armer Gefangener zufällig Kenntnis erlangt hatte, gehörten in den Zuständigkeitsbereich zweier von der Regierung Venedigs eingerichteter Zonte: jener, die wegen der Explosion des Arsenale ermittelte, und jener, die versuchte, dem Mörder der Novizin Anna Tagliapietra einen Namen zu geben. Überdies war unter den Zuhörern Andrea Dolfin, der ihn wegen des Todes des Maklers Fausto Memo hart angegriffen hatte und nach der aufgelösten Verlobung Andreas mit seiner Schwester keinen Hehl mehr aus seiner Abneigung gegen den Anwalt machte.

Instinktiv und aus Erfahrung hatte Andrea mit demütigen, leisen Tönen begonnen, als wäre er ein einfacher Zeuge, der zufällig am Tatort vorbeigekommen war. Zunächst hatte er seinen Kummer über die tragische Tat dieses armen Mannes ausgedrückt und aufrichtig bedauert, dass er sie nicht hatte verhindern können. Mit diesem Punkt hatte er sich länger beschäftigt und dabei mehrmals zu Dolfin hinübergeblickt, der ebenfalls ein Zeuge dieses Geschehens war. Nach und nach hatte er dann die Aufmerksamkeit der Anwesenden von dem traurigen Vorfall zu dem Bericht hingelenkt, den der Makler zu Protokoll gegeben hatte. Dabei hatte er sich gehütet, Schlussfolgerungen zu ziehen, und nur die reinen Fakten referiert: Ein junger, mittelloser Fischer kauft ein Haus und bezahlt mit klingender Münze in Golddukaten. Eine Nonne der Celestia wohnt dem Verkauf bei und bezahlt den Makler ebenfalls in bar. Dann werden die Dukaten wiedergefunden, die der Makler seiner Frau gegeben hat, und es stellt sich heraus, dass sie zu derselben Prägung gehören wie die Münzen, die in der Nacht der Explosion aus dem Arsenale gestohlen wurden. Während dieser Ausführungen hatte Andrea häufig den Blick des Senators da Ponte gesucht, und fast immer hatte da Ponte nicht ihn, sondern die verblüffte, gebannte Zuhörerschaft betrachtet, und seine amüsierte Miene zeigte, dass er diese Verblüffung genoss. Da dämmerte es Andrea, dass es ein kluger, wohlüberlegter Schachzug gewesen war, so viele Regierungsvertreter zusammenzurufen. An dem erstaunten Schweigen unmittelbar nach seinem Bericht, bevor die Consiglieri und Richter ihre Eindrücke austauschten, erkannte Andrea das außergewöhnliche strategische und politische Geschick von Nicolò da Ponte, das vielleicht nur noch dem von Alvise Mocenigo gleichkam. Denn nun, nachdem diese Fakten einem solchem Publikum berichtet worden waren, würde man sie schwerlich ignorieren oder verwässern können wie ein unehrlicher Wirt seinen Wein. Bei einem Streit muss der Zweifel unter den Feinden gesät werden, nicht unter Freunden, wie da Ponte und Catanio.

Im allgemeinen Stimmengewirr traf Dolfins Blick auf Andrea, er schien kurz davor, etwas zu erwidern. Wahrscheinlich hätte er es getan, doch ein Klopfen an der Tür lenkte ihn ab und ließ die Stimmen verebben. Alle blickten auf die Tür, die sich öffnete. Es war der außerordentliche Notar der Zehn, Zuàn Paolo Dardani.

»Ich bitte um Vergebung, verehrte Messeri, aber Ihr sollt von diesem schwerwiegenden Ereignis erfahren«, und während er einen Schritt zurücktrat, erschien eine sonderbare Gestalt auf der Schwelle. Sie trug einen dunklen Umhang, Hemd und Kniebundhosen, wie Sekretäre, Fanti und Anwaltsgehilfen sie tragen, hatte aber eine Art Turban nach türkischer Art auf dem Kopf. Es war ein Verband.

»Francesco!«, konnte Andrea Loredan nur murmeln.

Begleitet von Beato Bringa gingen Mahmut Bey und Nicoletto Contarini in Richtung Rialto-Brücke, um den Kanal zu überqueren und zu den Mercerie zu gelangen, gemäß dem festgelegten Programm, das für diesen Tag einen Spaziergang bis nach San Marco und den Aufstieg auf den Glockenturm vorsah, wo bei Panoramablick eine kleine Erfrischung aus Süßigkeiten und Malvasier gereicht werden sollte. An der Mole wartete dann die Gondel, um Mahmut nach Murano zu bringen und vor Sonnenuntergang zurückzukehren.

Auf der Brücke folgte ihnen eine Schar Bettler, die eine jämmerliche, eintönige Litanei anstimmten. Zu ihnen gesellte sich eine große Menge Neugieriger, die meisten mit guten Absichten, doch von Zeit zu Zeit erhoben sich die Rufe der üblichen Aufwiegler: »Dreckskerl! Türkenhund!« Auf die Rufe folgte lautes Gelächter, und es war nicht leicht für den jungen Contarini, diese Frechheiten mit einem Wortschwall zu übertönen, damit sie nicht an Mahmuts Ohren gelangten. Auf der Brücke ließen die unzähligen Füße das hölzerne Bauwerk erbeben und widerhallen wie die Trommeln am Himmelfahrtstag.

Auch Bepo Rosso und Annina hatten sich unter die bunte Menge gemischt, sie gingen Arm in Arm hinter dem Türken her wie hinter einem Schutzheiligen und wären ihm zu Fuß bis nach Konstantinopel gefolgt.

Alles geschah in wenigen Sekunden. Einer der Bettler, ein junger Mann von zwanzig Jahren zückte blitzschnell ein Messer und schnitt im allgemeinen Durcheinander den Schulterriemen von Mahmuts Tasche durch. Er riss die Tasche an sich, und weg war er, während schon jemand schrie: »Haltet den Dieb! Haltet ihn!« Bepo Rosso, der die Szene von nahem verfolgte, sah den Mann schnell an sich vorbeilaufen und in der Menge verschwinden.

»Geh nach Hause, Annina«, sagte Bepo und machte sich, ohne

ihre Antwort abzuwarten, an die Verfolgung des Diebes. Von der Menge hin und her gestoßen, folgte seine Frau ihm mit Blicken, bis sie ihn zwischen den bunten Girlanden der Stoffe verschwinden sah.

82

Zuàn Francesco Ottobon, der im linken Seitenschiff der Krypta von San Marco kniete, wurde von einer mächtigen Rührung ergriffen und fühlte sich in Verbindung mit der Wesenheit, die alles umfasst und vereint. Er hörte sie im Tedeum, gesungen von den Diakonen der Schola Cantorum, die den Altar umringten und von Don Gioseffo Zarlino, dem Leiter der Dogenkapelle, dirigiert wurden. Er sah sie im Schleier aus Weihrauch, der das blendende Weiß der fünfzig Säulen aus griechischem Marmor und das dunkle Rot der Backsteine des Kreuzgewölbes dämpfte. Er erkannte sie in der Gemeinschaft der auf den Patriarchen Giovanni Trevisan gerichteten Blicke, während dieser, unterstützt vom jungen Primicerius Luigi Diedo und einer beträchtlichen Menge Ministranten und Messdiener, die feierliche Messe zelebrierte.

In dieser Krypta, die den Ernst des Ritus unterstrich, indem sie die Menschen an ihre Angst vor dem Tod gemahnte, musste Ottobon an seine Mutter denken. Sie fehlte ihm, und er rief sie um ihren Schutz an. Auch an seinen Vater dachte er, er spürte, wie stolz er auf seinen Sohn war und meinte ihn sogar flüstern zu hören: »Über alles geliebter Sohn.« Da stiegen ihm Tränen in die Augen. Er unterdrückte sie, denn Zuàn Francesco Marin saß direkt hinter ihm, so nah, dass er es bemerken könnte. Gleich nach dem feierlichen Segen würde die *Via Crucis* beginnen, und die Gläubigen, die die große Krypta füllten, würden die Prozession entlang der Kreuzwegstationen aufnehmen. Dann würde der Großkanzler Ottobon sich endlich dem amtlichen

Chiffreur Marin nähern und ihm den Grund für diese höchst ungewöhnliche, unerwartete und riskante Begegnung nennen können. Denn das Risiko, das Marin einging, war groß, und das Überleben dessen, was von dem Bund der Wächter blieb, stand auf dem Spiel, nachdem die Raticosa-Chiffre von seinem übereifrigen, talentierten Schüler Pietro Amadi entziffert worden war.

83

Die süßlich nach Blut, Fleisch und Innereien riechenden Schwaden aus dem öffentlichen Schlachthaus erfassten Bepo bei den Beccarie, und als sich dieser Geruch mit dem besonderen Moment verband, überkam ihn die Lust zu töten. Er sah den Dieb nach rechts in die Calle del Campanile einbiegen. In diesem Viertel aus hohen Häusern und engen, verwinkelten Gassen durfte er ihn nicht aus den Augen verlieren, er musste die Sache schnell erledigen. Er rannte los, der andere ebenfalls. In der Calle Miani, einer engen Straße, die am Rio di San Cassiano endete, saß er endlich in der Falle. Rosso kam näher, der Mann blieb stehen. Hinter ihm war nur noch Wasser.

»Was willst du von mir?«, knurrte der Bettler. »Geh nach Haus, das ist besser!«

Der Werkmeister achtete nicht auf die Worte, sondern näherte sich. Der Mann zog sein Messer.

»Ich hab dir gesagt, du sollst abhauen. Los, verschwinde!«

Bepo Rosso zog seine Weste aus und wickelte sie sich um den linken Arm, dann ging er auf ihn zu. Der Bettler versuchte den ersten Messerstich, den der Werkmeister mit dem Arm abwehrte. Er konnte den Mann am Handgelenk packen und ihm den Arm verdrehen, während der ihn mit Faustschlägen und Tritten traktierte. Rosso verspürte keinen Schmerz. Er schlug die Hand gegen die Mauer, das Messer fiel zu Boden. Mit einem Kopfstoß brachte er den Mann zu Fall, der zu jammern begann, sich die Hände vors Gesicht hielt und sich am Boden um sich selbst drehte wie ein lahmer Hund. Bepo ergriff die mit Gold bestickte Tasche, wühlte darin, zog das Büchlein heraus und steckte es in die Innentasche seines Hemdes.

»Halt!«

Zwei weitere Bettler waren aus einer engen Seitengasse hervorgekommen und gingen auf ihn zu. Einer zielte mit einer Flinte auf ihn.

»Wir sind Fanti der Zehn!«, sagte er wütend. »Was hast du mit unserem Kameraden gemacht?« Er zeigte auf den am Boden liegenden jungen Mann, der wimmerte.

Da erkannte Bepo die Falle. Es waren verkleidete Sbirren, alle drei. Nun gab es nichts mehr zu erklären und kaum eine Alternative: Dort war der Kanal, hier waren sie. Das Buch hatte er in der Tasche. Er setzte zum Lauf an. Der jüngere der beiden Fanti warf sich mit ausgebreiteten Armen auf ihn, um ihn festzuhalten. Die Faust des Werkmeisters traf ihn zwischen die Augen, und er blieb benommen stehen. Der andere packte ihn, aber Bepo wand sich aus seinem Griff und versetzte ihm einen Tritt in die Leiste. Endlich frei, fing er an zu laufen. Er hörte den Schuss. Fühlte den Schmerz in der Schulter. Er lief weiter.

84

Francescos Eintreten in den kleinen Saal der Inquisitori und sein Bericht vom Überfall und dem Diebstahl der Mappe mit den Dokumenten waren entscheidend für den Sieg des Senators Nicolò da Ponte über jene Kräfte, die stets dazu neigen, alles versanden zu lassen, nachdem die Zeugen gehört wurden. So aber hatten die Häupter der Zehn Vettor Pasqualigo und Pietro Pizzamano mit entschiedener Unterstützung der beiden Dogenratgeber da Mula und Sanudo sowie dem stummen, zähneknirschenden Einverständnis von Dolfin sofort beschlossen, eine Sitzung des Rats der Zehn einzuberufen.

Über diese Dinge sprachen Andrea und Francesco, nachdem sie den Saal verlassen hatten und die Scala dei Censori hinuntergingen. Was bis zum gestrigen Tag noch zur Sphäre des bloßen Verdachts gehörte, wurde mit dem Überfall und dem Diebstahl der Papiere zu einer Gewissheit, die nur Böswillige noch bezweifeln konnten. Der Besuch des Solecitadòrs bei Suor Benedetta musste, trotz der scheinbaren Unschuld der Ordensfrau, nicht nur sie, sondern auch ihre Bundesgenossen alarmiert haben. Der Mensch, der Francesco mit so ungewöhnlicher Brutalität mitten in der Nacht überfallen hatte, konnte keinesfalls diese dicke, ungelenke Schwester gewesen sein, die ja kaum mehr zu gehen vermochte. Francesco hatte nichts bemerkt, nur diesen schweren Schlag auf den Kopf. Es konnte ein Polentaverkäufer gewesen sein, der mit ihm auf dem Fährboot gewesen war. Oder jeder andere. Wie im Fall des Maklers. Daraus erwuchs die Befürchtung, dass derartige Unglücksfälle bald alle armen unschuldigen Menschen treffen konnten, die in dem Memorandum erwähnt wurden. Sämtliche Zeugen aus dem Weg zu räumen war wahrscheinlich ein erster Teil des wahnsinnigen Plans der Verbrecher. Auch aus diesem Grund war durch die exekutive Gewalt der Häupter der Zehn und der Inquisitoren Befehl an den Missièr Grande ergangen, noch vor der Sitzung der Zehn unverzüglich einen gewissen Simone Simoncin zu verhaften, von Beruf Fischer, »wohnhaft in Burano, im Viertel San Martino, in der Calle, wo das Eis für die Fische verkauft wird«. Denn irgendwo musste man schließlich beginnen, und die Verhaftung eines Fischers war vom juristischen Standpunkt aus sehr viel einfacher als die Arrestation einer Ordensschwester.

Der Anwalt Loredan und sein Solecitadòr kamen in den Innenhof des Dogenpalasts und wollten gerade einen anderen Aspekt des Problems diskutieren, als Schreie ihre Aufmerksamkeit auf die Porta del Frumento lenkten. Mehrere mit Hellebarden,

Schwertern und Arkebusen bewaffnete Wachen, die einen Mann hinter sich herschleiften, kamen aus dem Bogengang heraus und schleuderten den armen Mann brutal auf den Steinboden. Mitnichten eingeschüchtert, stieß er unverständliche Schreie aus und ging wieder gegen die Bewaffneten los, was zur Folge hatte, dass das Grüppchen sich innerhalb weniger Sekunden wie ein Igel um den Unglücklichen zusammenschloss.

»Komm!«, sagte Andrea, denn der Mann kam ihm bekannt vor. Er trug die Arbeitskleidung der Arsenalotti und war überdurchschnittlich groß. Als Andrea näher kam, erkannte er ihn, es war Bernardo, der Freund von Sofia.

»Schämt euch! Die Waffen auf einen Venezianer zu richten!«, schrie Bernardo. »Schwachköpfe und Irre, das seid ihr!«

»Was tut Ihr?«, rief Andrea ihm aus zehn Schritt Entfernung zu.

Bernardo drehte sich um. »Heilige Jungfrau Maria! Messer Loredan!« Die Miene des Arsenalotto hellte sich auf, und ohne die Palastwachen zu beachten, bestürmte er Andrea. »Es ist ein Unglück! Ein furchtbares Unglück!«

Andrea blickte Bernardo an, verlor aber auch die Wachen nicht aus den Augen. Derbe Beleidigungen, die einen Mailänder oder einen Sizilianer zum Duell herausgefordert hätten, waren in Venedig an der Tagesordnung und hatten keinerlei Konsequenzen, doch so etwas öffentlich und mit Soldaten zu veranstalten, konnte einen teuer zu stehen kommen.

»Sofia! Sofia!«, rief Bernardo. »Was für ein Unglück!«

Andrea fühlte, wie ihm das Blut heiß in den Kopf schoss.

»Was ist passiert?«, unterbrach er ihn.

Bernardo breitete verzweifelt die Arme aus. »Sie ist verschwunden. Bei der Arbeit war sie nicht. Ich bin sie zu Hause suchen gegangen. Ihr müsstet es sehen, Avvocato. Dort drinnen ist das Unterste zuoberst gekehrt, als stünde die Welt auf dem Kopf!« Er ließ die Arme sinken und erschlaffte.

Andrea hatte die Wachen beschwichtigen können, indem er für Bernardo bürgte, und damit war der Streit beigelegt. Dann waren Bernardo und er zur Bragola geeilt, Francesco mit ihnen. Vergeblich hatte Andrea seinen Assistenten beschworen, er solle nach Murano zurückkehren und sich ausruhen, Francesco dachte nicht im Traum daran, sondern zog sich sogar, um seine Absichten zu bekräftigen, den Turban aus Binden vom Kopf und warf ihn in einen Abfalleimer am Weg. Die Wunde war deutlich zu sehen.

Vor Sofias Haus hatten sich viele Menschen aus dem Viertel versammelt, denn nach dem großen Aufruhr, den Bernardo auch dort verursacht hatte, indem er überall nach ihr fragte, hatten sich diese Fragen von Haus zu Haus weiterverbreitet, und mit den Fragen waren die Antworten gekommen.

»Habt Ihr diese beiden Signori schon einmal gesehen?«, fragte Andrea die Nachbarin, eine ausgemergelte schwarzgekleidete Alte. Nein, die hatte sie noch nie gesehen. Endlich sah er Francesco in Begleitung von Hauptmann Grifo und einem seiner Wachmänner aus dem nahen Stadtteilgefängnis im Palazzo Morosini ankommen. Sie begrüßten einander, und Andrea erzählte von Sofias Verschwinden, um Bernardo, der in seiner verständlichen Erregung alles erklären und zu allem etwas sagen wollte, ein wenig zu bremsen.

»Sicher ist, dass sie das Schloss aufgebrochen haben«, sagte Andrea, auf den verbogenen Riegel zeigend.

Der Hauptmann warf ihm stumm einen Blick zu, öffnete die Tür und sah das Chaos in der Wohnung. Vorsichtig trat er ein.

»Bleib draußen und lass niemanden herein«, befahl er dem Wachmann. »Ihr kommt mit, Avvocato.«

Sie sahen sich um. Was gab es in dieser ärmlichen Behausung schon zu stehlen?

»Ich möchte Euch helfen, Messer Loredan«, sagte Grifo. »Aber meine Arbeit ist mir lieb und teuer.«

»Ihr habt mein Wort.«

Der Hauptmann zögerte noch einen Moment, dann sagte er entschlossen: »Die von San Domenico haben sie weggebracht. Man verdächtigt sie der Hexerei.«

Fassungslos blieb Andrea an diesen Worten hängen.

85

Damit es schneller ging, hatte man den Tisch in einen der Pferdeställe im Erdgeschoss des Palazzo Ducale gestellt. An diesem Ort, wo nur noch Futterkrippen, Querstangen und Stallgeruch vom einstigen Gebrauch kündeten, hatte man ein großes Kohlebecken entzündet, um es wärmer zu haben.

Der Beutel von Mahmut Bey, eine aus Gold gewirkte Tasche mit durchschnittenem Schulterriemen, lag geöffnet mitten auf dem Tisch. Von den Personen in dem Raum waren fünf mit den Gegenständen aus dem Beutel beschäftigt. Zuàn Formento blätterte in einem Koran, der Dragoman Michele Membré diktierte einem Schreiber den übersetzten Inhalt eines auf Türkisch geschriebenen Briefs und Beato Bringa überprüfte mit einem Vergrößerungsglas die Zeichnungen auf einem Seidentüchlein. Etwas entfernt untersuchte der Arzt Hieronimo Dalessi den jüngsten der drei »Bettler«, den Bepo Rosso verprügelt hatte. Der junge Mann erzählte vom Kampf mit dem Werkmeister, sprach aber unter großen Mühen, als müsste er gleich ein paar Zähne ausspucken. Neben ihm standen die anderen als Bettler verkleideten Fanti. Derjenige, der geschossen hatte, beteuerte immer wieder, er habe Rosso getroffen. Alvise Mocenigo aber, der neben einer der Laternen stand, las kopfschüttelnd den Brief des Werkmeisters an den Großwesir Sokollu.

Bepo Rosso lag auf dem großen Bett. Das Blei war in die linke Schulter gedrungen, der Knochen hatte es aufgehalten. Erst hatte das Blut das Laken durchtränkt, jetzt sonderte die Wunde nur noch Serum ab. Rosso verdrehte den Kopf, betrachtete sie und strich mit den Fingern darüber. Er tat es vollkommen gleichgültig, als gehörte die Wunde einem anderen. »Mach schnell«, sagte er zu Annina, die über das Feuer gebückt stand. Die Klinge eines Dolches über die Flammen haltend, drehte sie sich zu ihrem Mann um. Bepo lächelte ihr zu. »Tu, was du tun musst. Hab keine Angst.«

Annina betrachtete die glühende Klinge und trat ans Bett. Dann legte sie sie auf die Wunde, die zu zischen begann. Bepo schloss die Augen, verzog das Gesicht und ballte die Fäuste. Noch zweimal berührte sie die Wunde schnell hintereinander mit der Klinge, die sich schon als dunkle Spur abzeichnete. Sie kontrollierte, ob alles gut versengt war, dann begann sie, mit der Spitze darin zu bohren, als holte sie Kerne aus einem Apfel. Die kleine Bleikugel fiel ihr in die Hand. Sie zeigte sie Bepo, der nur schwach nicken konnte. Annina legte den Dolch in einen Eimer Wasser, holte einen Baumwollstopfen aus einem Glas voll Essig und benetzte die blutende Fleischwunde.

»Jetzt näh sie zu«, murmelte Bepo mit letzter Kraft, »als wäre sie ein altes Segel nach dem Sturm.«

Anninas Augen waren voller Tränen. Sie holte eine gebogene Nadel, an der ein Faden hing, aus dem Essigglas. Sie sah ihren Mann an, hob die Nadel und begann zu nähen.

Er biss die Zähne zusammen, kein Klagelaut kam über seine Lippen.

Andrea wusste, dass er sich beeilen musste. Wenigstens war es
ihm gelungen, Bernardo nach Hause zu bringen. Er wohnte
gleich neben den Sagredo-Häusern, die durch die Explosion des
Arsenale zerstört worden waren. Auch seine bescheidene Wohnstatt hatte Spuren der Verwüstung davongetragen. Es war keineswegs leicht gewesen, ihn zu beruhigen, Bernardo war von
Natur aus misstrauisch, und Andrea hatte ihm versprochen, dass
er ihm bis zum Abend Nachrichten von Sofia bringen würde,
ob es nun gute oder schlechte waren.

Bei seiner Rückkehr in die Bragola hatte er Francesco alles
erzählt. Dem Bericht des Hauptmanns Grifo zufolge war Sofia
Ruis nach San Domenico gebracht und wahrscheinlich in eine
der Zellen gesperrt worden, über die der Inquisitor im Gästehaus
des Klosters verfügte. Als Gefängnisanwalt hatte Andrea, gemäß
den Vereinbarungen zwischen Venedig und Rom, keinen juristischen Zugriff auf die Gefängnisse des Heiligen Offiziums. Nur
die drei Savi für Ketzerei durften an den Arbeiten des kirchlichen Gerichts teilnehmen und hatten ein Mitspracherecht. Im
Geist ging Andrea die Namen der Patrizier durch, die dieses Amt
bekleideten, aber Melchiorre Michiel und Giulio Contarini, beide über siebzig, hatten ihren Frieden mit Gott gemacht und waren zu papsttreu, um gerichtliche Kämpfe gegen die Kirche und
die Ehre Gottes zu unterstützen. Blieb Alvise Mocenigo, und allein der Gedanke, ihn sprechen zu müssen, bereitete Andrea tie-
fes Unbehagen. Trotzdem musste er es versuchen.

Bei den Schiavoni angekommen, gab Andrea einem Gondoliere drei Lire, damit er Francesco nach Hause brachte, der dieses Mal nur schwach protestierte, denn er hatte Kopfschmerzen
und schwankte vor Müdigkeit. Als Andrea ihn wegfahren sah,
wurde ihm bewusst, wie groß seine Zuneigung zu seinem Mitarbeiter war. Er musste unbedingt versuchen, die Wahrheit herauszufinden.

Nichts von dem, was hundertfünfundachtzig Fuß tiefer geschah, gelangte bis auf die Attika des Campanile. Die Luft war nur erfüllt vom Kreischen der Möwen, empört über das Eindringen der Menschen in Höhen, die allein ihnen gebührten. Zu fünft waren sie nach dem letzten Schlag zur Mittagsstunde hinaufgestiegen: Mahmut Bey, Ser Nicoletto Contarini, der Hauptmann der Wache an der Piazza San Marco, der diensthabende Glöckner und sein Stellvertreter. Der Aufstieg über die sechsunddreißig Stufenrampen zum Glockenraum war kräftezehrend und langsam gewesen. Mahmut schwankte wie ein Pendel zwischen schwärzestem Zorn und blanker Angst hin und her, je nachdem, ob er den Diebstahl einem geschickten Straßenräuber oder einer Inszenierung durch Agenten der Serenissima zuschrieb. Denn es war doch ziemlich merkwürdig, dass er, kurz nachdem er das Buch und den Brief dieses Venezianers erhalten hatte, beraubt wurde. Wie auch immer, die Briefe an Karl IX., die ihm der Großwesir Sokollu Mehmet Pascha anvertraut hatte, trug er ins Zobelfutter seines Kaftans eingenäht bei sich. Er dachte an die Risiken seiner Mission. Sokollu hatte ihm gesagt: »Sie werden alles daransetzen, Eure Reise nach Paris zu verhindern.« Denn diese Sendschreiben enthielten einen sorgfältig ausgearbeiteten Plan, um dem Spanien Philipps II. einen tödlichen Streich zu versetzen. Im Mittelpunkt stand das Bündnis mit Frankreich, das Spanien den Krieg erklären sollte, indem es den Aufstand der Morisken im ehemaligen Kalifat Granada unterstützte. Als Gegenleistung würde Konstantinopel dem katholischen Herrscherhaus der Valois im Kampf um die Einheit Frankreichs gegen die Hugenotten und andere, von den Engländern bezahlte protestantische Kräfte beistehen. Dies war die militärische Seite, aber Sokollu schlug Karl auch die Verheiratung seiner Schwester Margarete mit Johann Sigismund Zápolya vor, dem Woiwoden von Transsylvanien, dem die Türken Unterstützung bei seinen Absichten garantieren, den polnischen Königsthron zu erobern.

Mahmut war schon auf viele Minarette gestiegen, doch auf dieser steilen Treppe zur Attika des Campanile erfasste ihn ein derart starker Schwindel, dass er sich an der hölzernen Brüstung festklammern musste. Eilig fasste der Glöckner ihn am Arm. All die Mühe und Angst wurden jedoch mit dem Ausblick von jenem kühnen Balkon oberhalb des Glockenraums belohnt, den der Architekt Bartolomeo Bon vor sechzig Jahren entworfen hatte, nachdem ein Blitz Satans die Spitze des Turms gespalten hatte wie das Beil den Hals eines Stieres. Dort, vor diesen zornigen Möwen, die im starken Aufwind reglos über der Piazzetta schwebten, vergaß Mahmut alle Mühen des Geistes und des Körpers und ließ sich ebenfalls in das herrliche Bild gleiten, das ihn auf allen Seiten umgab.

»Seht, Eccellenza, dort hinten, das Meer!«, rief Contarini, auf den blauen Streifen hinter dem Lido weisend. Mahmut folgte dem Fingerzeig und öffnete seine Augen für den Atem Gottes: Unter ihm erstreckte sich der Golf von Venedig weit über die Inseln und den Lido hinaus.

»Das ist Fusina!«, fuhr Contarini mit seiner Erklärung fort, auf das große Stück Land zu seiner Rechten zeigend. »Und seht Ihr diese blauen Pyramiden dort hinten? Das sind die Euganeischen Hügel.«

Während alle den Blick noch im Halbkreis schweifen ließen, stieg Beato Bringa, der aktives Eingreifen gewohnt war, rasch die Treppen des Turms hinauf, in der Hand die aus Gold gewirkte, in all ihren Teilen reparierte und wieder zusammengenähte Tasche.

»Eccellenza, Signore, wir haben sie gefunden und den Dieb gefasst!«, rief er, keuchend und von der Sonne geblendet, aus und schwenkte die Tasche.

Mahmut zeigte sich erfreut und dankbar. Er überprüfte, ob nichts fehlte, und alles war da, sogar das Geld. Nur das Buch und

der Brief waren verschwunden. Aber über dieses Manko konnte er sich natürlich nicht beklagen.

89

Seit dem Erdbeben von 1511 hatte die Kirche San Domenico in Castello sich immer weiter nach rechts geneigt und um etwa drei Fuß vom Campanile getrennt. Zwar konnte diese Neigung, von außen gesehen, nur Fremde beeindrucken, doch im Inneren beunruhigten die schiefen Flächen und Ebenen sogar jene Dominikanerpatres, die aus dem ehrwürdigen und insgesamt etwas schiefen Venedig stammten. Darum pflegte der zelebrierende Pater jeden Sonntag am Ende der Messe nach dem Segen dem Herrgott dafür zu danken, dass die Kirche noch stand.

Padre Aurelio Schellino, in Brescia geboren, vertraute eher seinem gesunden Menschenverstand als Gebeten und der göttlichen Gnade und wohnte der Messe darum an der äußersten linken Ecke der Kirche bei, einen Schritt vom Seiteneingang entfernt und bereit, beim leisesten Nachgeben und Knirschen zu fliehen. Durch diesen Eingang kam, während des Schweigens, das auf den Segen folgte, Andrea in Begleitung eines Dominikaners. Der Anwalt näherte sich dem Inquisitor, begrüßte ihn und fragte, ob er mit ihm über Signora Sofia Ruis sprechen könne.

Jedes Wort von Schellinos Antwort war in Stein gemeißelt. »Die Kirche zu betreten, verehrter Avvocato, wird niemandem verwehrt, und ich kann mit Euch über alles sprechen, was Ihr wollt, außer über die von Euch erwähnte Signora. Ich sage Euch nur, dass sie besessen ist.«

Da Andrea den Ruf des Mannes kannte, hatte er eine solche Antwort erwartet. Immerhin hatte er jetzt die Bestätigung, dass Sofia unter Schellinos Gerichtsbarkeit stand. In dem nun folgenden Schweigen empfand Andrea die ganze Ohnmacht der Vernunft im Angesicht der Macht. Er dachte an die Worte des

Chiffreurs Marin über Gerechtigkeit und Gedankenfreiheit und fühlte den übermächtigen Wunsch, diesen Ort so schnell wie möglich zu verlassen. Um Sofias willen nahm er sich zusammen und versuchte, die Situation zu entschärfen.

»Verzeiht mir, ehrwürdiger Pater, doch vom menschlichen Standpunkt aus verdient das Schicksal der Signora Ruis wirklich alles christliche Erbarmen.«

Schellino wandte sich zu ihm um, seine Strenge schien etwas gemildert.

»Seid unbesorgt. Ich habe diese arme Seele in die Obhut der Schwestern von San Servolo gegeben. Das Amt, dem zu dienen ich in aller Demut die Ehre habe, begreift die Vergebung als sein Ziel und die Reue als Mittel zu dessen Erreichung.«

Andrea verspürte den heftigen Wunsch, ihn zu ohrfeigen. Er begnügte sich damit, die Augen zu schließen. »Ihr habt recht, und ich danke Euch ehrwürdigster Padre«, flüsterte er, scheinbar zerknirscht.

In diesem Augenblick hörte man in der schiefen Kirche einen konfusen, noch fernen Lärm, der sie schon bald ganz erfüllte und die Aufmerksamkeit der anderen Mönche des Predigerordens und des Priesters am Altar weckte.

Dass die Situation ernst war, erkannte Andrea sofort, als er auf den Kirchplatz hinaustrat und die Menschenmenge sah, die über die Fondamenta di Sant'Anna auf die Kirche zumarschierte. An der Spitze des Zuges ging Bernardo, ihm zur Seite, heftig auf ihn einredend, der Pfarrer der Bragola, Don Zuànino, der offenbar versuchte, ihn zur Vernunft zu bringen. Mit jedem Schritt gesellte sich jemand aus den Calli zu der Gruppe, bis daraus eine kleine Schicksalsgemeinschaft wurde, deren Anführer Bernardo war.

Die Spitze dessen, was sich zu einem lärmenden Umzug ausgewachsen hatte, bog nach rechts ab auf die Brücke über den Rio Sant'Anna. Bernardo ging an der Kirche vorbei und blieb

vor dem Eingang zum Kloster stehen. Dort stieg er die drei Stufen zur Tür hinauf und wandte sich an die Menge.

»Wartet Bernardo! Macht keine Dummheiten!« Andrea bahnte sich einen Weg durch die Menge und stieg auf die erste Stufe. »So werdet ihr Sofia nur schaden!«

»Schweigt!«

»Sie werden Euch nicht hereinlassen! Hier herrschen die kirchliche Rechtsprechung und Immunität! Wir werden uns an unsere Savi für Ketzerei wenden!«

Bernardo rümpfte die Nase und sah ihn scheel an. »Redet nicht so geschwollen daher!«

»Rom dem Papst! Venedig den Venezianern!«, ertönten wieder Schreie aus der Gruppe.

Was dann geschah oder zumindest so in den Akten der Quarantia Criminal protokolliert wurde, dauerte eine halbe Stunde und führte nur durch ein Wunder nicht zu Toten und weiteren Verletzten. Andrea Loredan konnte nicht mehr tun, als sich zwischen Don Zuànino und die von Bernardo angeführte Schar der Arsenalotti zu stellen, als sie begannen, den Priester wüst zu beschimpfen.

Fra Schellino, der aus dem Kloster gekommen war, um Bannflüche gegen die Aufrührer auszustoßen, rettete sich nur dank einer körperlichen Gewandtheit, die keiner bei ihm vermutet hätte. Schon zwei Jahre zuvor, noch als Inquisitor in Brescia, war er nur knapp der tobenden Menge entkommen, indem er sich in den Palazzo della Loggia geflüchtet hatte. Dieses Mal musste er während seiner Flucht einem Arsenalotto, der ihn an seinen Umhang gepackt hatte, das Kleidungsstück überlassen, um im Schnelllauf das Krankenhaus San Bartolammo zu erreichen, es durch die Hintertür wieder zu verlassen und zu verschwinden.

Darauf entlud sich die Wut der Menge gegen das Kloster, und während Steinwürfe jedes der Fenster zerschmetterten, die auf die Calle gingen, bewaffneten sich Bernardo und weitere zehn Männer mit zwei Galeerenrudern. Mit Rammstößen sprengten sie das Eingangstor und strömten ins Innere. Der Lärm rief noch mehr Neugierige aus den umliegenden Calli und Campi herbei, so dass es in dieser Ecke vom Stadtviertel Castello binnen kurzer Zeit aussah wie in einer belagerten Stadt. Im allgemeinen Durcheinander tat Andrea gut daran, Don Zuànino in Sicherheit zu bringen. Er begleitete ihn zum Paludo di Sant'Antonio, der Südspitze von Castello, in das Hospiz für arme Seeleute, und kam gerade noch rechtzeitig zurück, um zu sehen, wie rings um San Domenico Fanti da Mar aufmarschierten und drei Boote der Zehn mit Hauptmännern und Sbirren ankamen. In seiner Eigenschaft als Anwalt konnte er bis zum Ausgang des Klosters vordringen, wo Bernardo gerade in Ketten von vier Sbirren herausgezerrt wurde.

»Macht Ihr meinen Anwalt?«, rief der Arsenalotto ihm dreist zu. Sein Hemd war zerrissen, das Gesicht zerschlagen, ein Held, der sich nicht einmal vor dem Henker beugt.

»Großartig, was Ihr erreicht habt!«, erwiderte Andrea, dem Bernardos prahlerisches Auftreten zuwider war.

»Und Ihr, was habt Ihr gemacht? Wenigstens wissen wir jetzt, dass Sofia wirklich in diesem Scheißgefängnis gewesen ist und man sie gestern weggebracht hat!«, konnte der Arsenalotto ihm noch zurufen, bevor er auf ein Boot der Zehn verfrachtet wurde. Doch auch das wusste Andrea bereits.

90

Der erste Schlag weckte ihn. Der zweite machte Bepo klar, dass sie gekommen waren. Unter Schmerzen setzte er sich auf. Durch das Fenster fiel das rötliche Licht des ausgehenden Tages. Die Wunde pulsierte, als klopfte ihm ein Antreiber in der Galeere den Rhythmus des Ruderns auf die Schulter.

»Die Sbirren sind da!« Annina stürzte ins Zimmer.

»Geh aufmachen.«

Sie starrte ihn erschrocken und unschlüssig an.

»Geh!«, wiederholte er und stand auf.

Annina beeilte sich.

»Ich komme!«, hörte er sie rufen, während sie die Treppe hinunterlief.

Bepo packte das Bett und schob es zur Seite. Dann steckte er die Spitze des Dolches zwischen die Bohlen am Boden, drückte und hob eine der Bohlen an. Darunter war eine Aushöhlung, und sie war voller Golddukaten, die glänzten, als kämen sie frisch aus der Münze.

»Was wollt Ihr?«, hörte er Annina unten fragen.

»Wir suchen den Werkmeister Rosso.«

»Meinem Mann geht es nicht gut!«, sagte sie bestimmt.

»Lasst uns herein!«, kam die ebenso bestimmte Antwort.

Bepo wühlte in der weiten Tasche seiner Hose, zog das Büchlein heraus und legte es zu den Münzen. Er fügte die Bohle wieder ein, drückte sie mit der Ferse fest und schob das Bett darüber. Schwere Tritte erklangen auf der Treppe. Er ging zum Fenster und wartete dort, die rote Sonne im Gesicht und den Rücken zur Tür. Deutlich hörte er, wie Schwerter aus der Scheide gezogen wurden. Er beschloss, sich umzudrehen, aber langsam, wie auf den Zuruf eines Freundes. Was er sah, erstaunte ihn nicht: Zwei Sbirren und der Hauptmann in schwarzer Dienstuniform standen reglos mit gezückten Schwertern in der Tür und blickten ihn streng an.

91

An der Sitzung des Senats nahmen alle teil, außer dem Dogen Pietro Loredan. Das lange Sendschreiben des Botschafters Barbaro wurde von einem der Sekretäre des Senats, Jacopo Ragazzoni, verlesen. Im Kern kündigte es die Ankunft eines neuen, von Sultan Selim II. gesandten Emissärs an, eines *Chaus* namens

Cubat, der ein hochrangiger Botschafter, Mitglied des Hofes des Sultans und bereits wohlbekannt war, da er sich Ende 1567 schon einmal über längere Zeit in Venedig aufgehalten hatte. Barbaro hatte Kenntnis vom vollständigen Wortlaut der Briefe erlangt, die Cubat mit sich führte. Darin ging es um die offizielle, endgültige Forderung, das Königreich Zypern an die Osmanen abzutreten. Andernfalls würde es Krieg geben.

Mit diesem Befehl wurde die im Großen Rat noch ungelöste Frage der Aufrüstung natürlich abermals brennend aktuell.

Erbost über das ständige Aufschieben einer Entscheidung, hatte Alvise Mocenigo sich einen letzten Schachzug vorbehalten: Wenn die Partei, die für Verhandlung mit dem Türken eintrat, auch hier im Senat überwog, würden seine Getreuen in der Signoria angesichts des Ernstes der Lage das Problem direkt vor den Rat der Zehn bringen, der im Notfall exekutive Gewalt hatte und dessen Mehrheit Mocenigo auf seiner Seite wusste.

Die Diskussion war in vollem Gange, als Andrea Frizier, ein anderer hochangesehener Sekretär, plötzlich vor dreihundert Senatoren auf die Tribüne stieg und dem Vizedogen Nicolò Gritti etwas zuflüsterte. Stille senkte sich über den Saal, und Mocenigo begriff sofort, dass etwas Ernstes passiert sein musste, was bedeutete, dass die Entscheidung auch dieses Mal wieder aufgeschoben werden würde. Er irrte sich nicht: der alte Gritti, der mit seiner Stimmgewalt nicht geizte, erhob sich und informierte die Versammlung über die Unruhen, die im Kloster San Domenico ausgebrochen waren, und dass es Verhaftungen gegeben hatte. Die Nachricht löste stürmische Reaktionen aus, sehr zu Mocenigos Missvergnügen. Denn wenn die Arsenalotti im Spiel waren, gab es immer Probleme, wie auch beim Aufstand im vergangenen März, und so war es seit jeher gewesen.

Als dann Andrea Loredan in seiner Funktion als Gefängnisanwalt den Senat betrat, um das Wort bat und, nachdem er es trotz Murren aus einigen Reihen erhalten hatte, berichtete, was der venezianischen Bürgerin Sofia Ruis widerfahren war, die der Inquisitor Schellino ohne Prozess hatte entführen und einsperren lassen, entfachte er damit erneut die jahrelange Debatte zwischen der Republik und dem Heiligen Stuhl über die Entscheidungsbefugnisse des Inquisitors des Heiligen Offiziums in Fragen der Regierung Venedigs. Im Saal entbrannte ein hitziger Streit zwischen den Papsttreuen unter der Führung von Lorenzo da Mula, Giulio Contarini und Andrea Barbarigo und den Antiklerikalen, an denen Spitze drei so renommierte Redner wie Giovanni Donà, Nicolò da Ponte und Sebastiano Venier standen. Und wieder wären die gegnerischen Parteien handgreiflich geworden, wenn die Fanti, Wachen, Dogenknappen und sogar die Pförtner sich nicht eingemischt und eine unüberwindliche Schranke errichtet hätten.

Inmitten dieses Durcheinanders, während Fäuste geschwungen und derbe Schimpfworte gewechselt wurden, schlich sich Alvise Mocenigo heimlich an Andreas Seite und zischte ihm mit gezwungenem Lächeln zu: »Venedig hat andere Sorgen als die Wahnvorstellungen dieser armen Frau.«

»Um ehrlich zu sein, Messere, dachte ich immer, es sei die erste Pflicht eines Savio für Ketzerei, die Willkür des Inquisitors zu überwachen! Venedig ist zur Geisel des Papstes geworden!«, gab Andrea in bitterem Ton zurück.

Der dichte Bart des Savio zitterte leicht, und seine Nasenlöcher weiteten sich, er schien noch etwas hinzufügen zu wollen, doch er verstummte, weil die zwei Flügel der Tür sich öffneten und der Doge Loredan auf der Schwelle erschien, begleitet von seinem Sohn Alvise.

Das allgemeine Geschrei verringerte sich auf wenige Brandherde, dann erstarb es ganz. Obwohl Vorsicht es nicht angeraten erscheinen ließ, ging Andrea seinem Vater entgegen, verbeugte sich leicht und stellte sich an seine Seite. Nicolò Gritti und der Sekretär Frizier folgten seinem Beispiel. Langsam erklomm der Doge die Tribüne, Stufe um Stufe, begleitet von quälender Stille. Er setzte sich auf den Thron, und sein mühsames Atmen erfüllte die Luft und bewegte die Herzen. Andrea und Alvise stiegen von der Tribüne hinab und setzten sich auf ihre Stühle.

»Eure Kämpfe«, begann Pietro Loredan, an den gesamten Senat gewandt, »hallten durch den ganzen Palazzo und nötigten mich, hinaufzukommen. Was ist also der Grund für so viel Zwietracht?«, fragte er mit müder und betrübter Stimme.

Die Antwort war ein dumpfes Stimmengewirr. Der Doge blickte wartend auf die Menge. Keiner rührte sich, um seine Frage zu beantworten. Da trat der erste Dogenratgeber Gritti zu ihm und begann die Situation zu erklären. Andrea blickte zu Alvise Mocenigo, der diese leise Unterredung sichtlich verärgert beobachtete, weil er wusste, dass Gritti dem Dogen eng verbunden war. Pietro Loredan warf einen Blick auf Mocenigo und seinen Sohn Andrea, faltete die Hände und senkte die Augen. Als die rasche Zusammenfassung der Ereignisse beendet war, rief er Francesco Pisani zu sich, den Avogador di Comun, einen gebildeten Mann, Liebhaber der Philosophie, und bat ihn um seine Meinung. Ohne Umschweife sprach der Avogador den Aufstand der Arsenalotti und dessen Ursache an. Seine Ausführungen waren höflich und ausgewogen, er schloss mit der Ermahnung, wie wichtig es sei, Eintracht in der Familie, also zwischen allen Venezianern herzustellen, bevor so schwerwiegende Probleme wie der Krieg oder Frieden mit dem Türken besprochen wurden. Darum schlage er vor, dem Kloster San Servolo sofort einen Besuch abzustatten, um die Geschichte von Sofia Ruis zu klären. Als Antwort kam nur Gemurmel, kein Protest oder Streitereien, und Andrea begriff, dass der Senat dafür stimmen würde.

92

Der Bootsfriedhof von San Biagio lag hinter der Westspitze der Giudecca. Dort, auf diesem schwankenden, schlammigen Boden wurden alte Boote abgewrackt, und mit der Zeit hatte sich eine ganze Insel aus Holzgerippen und gestrandeten, umgekippten Bootsrümpfen mit schiefen, gebrochenen Masten gebildet. Inmitten all dieser verbogenen, zerbrochenen, abgeschliffenen und halb im Schlamm versunkenen Hölzer wuchsen andere, lebendige Hölzer aus dem Boden: Schilfrohre, Büsche oder kleine Bäume, die ihre Toten aufzunehmen schienen, sie umarmten und beschützten. Auf einem seiner täglichen Spaziergänge hatte Angelo Riccio das Kloster San Giacomo hinter sich gelassen, war über die Fondamenta in Richtung Sant'Eufemia gegangen und hinter San Biagio an den Rand des Bootsfriedhofs gelangt. Dort setzte er sich und schaute in Richtung Padua. Er hatte sich noch nie auf diesen Friedhof gewagt und hätte es auch heute gerne vermieden. Die Pistole, die er in der Hand hielt, nahm ihm ein wenig von seiner Angst. Die Vorstellung, dass dies die entscheidende Begegnung mit Tomei werden würde, erleichterte ihn, aber sie garantierte ihm nicht, dass er am Leben blieb. Andererseits gab es bei dem Gewerbe des Spions, das er sich ausgesucht hatte, keine Sicherheiten: Wie bei Künstlern hing alles von Talent und Übung ab. Es war reine Kunst, mit hohem Risiko und ebenso hohem Lohn. Eine ständige, tägliche Herausforderung, wo der richtige Moment, aus dem Spiel auszusteigen und zu verschwinden, den Unterschied zwischen Leben und Tod ausmachte.

Er sah sich um. Die Vorstellung, Tomei umarmen, küssen und noch immer den Verliebten spielen zu müssen, war ihm unerträglich. Aber die Aussicht, alles bei dieser letzten Begegnung zu verlieren, war noch weit unangenehmer.

»Angelo!«

Riccio drehte sich zur Mitte des Bootsfriedhofs um und sah

Tomei. Er stand auf dem Heck eines Kahns und schwenkte beide Arme.

In das Boot stieg man von der Mitte aus. Der Raum unter Deck war vom dunstigen Licht einer Laterne erfüllt, die Kälte war hier weniger grimmig. Die gefürchtete Umarmung fand in dem Moment statt, in dem Angelo seinen Fuß auf die Bohlen der Wegerung setzte.

»Mein über alles Geliebter!«, hauchte Tomei, und während er ihn an sich drückte, wunderte er sich, wie natürlich ihm die Zärtlichkeit noch immer geriet.

Riccio wiederum versuchte, obwohl sie eng umarmt stehenblieben, den Arm fest an den Körper gedrückt zu halten, denn unter seiner Achsel war die Pistole versteckt. Der Kuss war leicht, auch die Liebkosungen. Riccio sah, dass Tomei sich dort unten eingerichtet hatte. Ein alter gusseiserner Ofen, der zum Kochen und Heizen benutzt wurde, glühte am Fuß des Mastes. Auf einer der Holzbänke, auf denen die Fischer schliefen, lagen ein paar Decken.

»Es lebt sich nicht schlecht hier, wenn die Ratten nicht wären. Aber morgen sind wir weit weg«, sagte Tomei. »Wenn du mit mir kommen willst, natürlich«, fügte er hinzu.

Riccio tat, als wundere er sich. »Aber sicher komme ich mit!«

Der Florentiner lächelte ihm zu und zeigte auf den Tisch, wo die Laterne brannte. »Was ich suchte, ist dort auf dem Tisch.«

Die Lampe weckte Angelos Aufmerksamkeit. Sie war ein perfektes Dodekaeder von anderthalb Spannen Durchmesser und bestand aus zwölf, von einem dünnen Bleirahmen zusammengehaltenen Glasscheiben. Im Inneren brannte eine Kerze. Er trat näher, hörte, dass Tomei ihm folgte. Beim letzten Gespräch mit dem Erzbischof Altoviti in Florenz hatte der Prälat ihm erklärt, dass die Chiffre, mit der man an das Versteck der Bücher gelangte, aus einem gläsernen Gegenstand, einem kleinen Buch auf Griechisch und einer Zahlenfolge bestand. Neben der Lampe lag ein handliches Bändchen. Riccio ließ sich nicht anmerken, dass er verstanden hatte, was er sah, das wäre ein Fehler gewesen. Er nahm das Buch. Es hatte einen festen Einband aus Pergament. Er schlug es auf. Auf der ersten Seite stand, in griechischen Buchstaben gedruckt:

PLATON
TIMAIOS

Angelo Riccio blickte zu Tomei auf.

»Was bedeutet das?«, fragte er unsicher.

»Setzen wir uns«, sagte der Florentiner.

Sie setzten sich an den Tisch. Tomei nahm ihm das Buch aus der Hand.

»Du wirst mich nicht verraten, nicht wahr, Angelo?«

Riccio wartete nur einen Moment, um die nötige Überraschung zu heucheln, die eine ehrliche Antwort begleitet. »Wie kannst du das nur denken?«, entgegnete er seufzend.

Tomei schien zu lächeln. Er zeigte ihm ein Blatt, auf dem geschrieben stand:

$$\alpha \, \beta \, \gamma \, \delta \, \theta \, \eta \, \kappa \, \zeta$$

»Dies ist eine Folge ionischer Zahlen: eins, zwei, drei, vier, neun, acht, siebenundzwanzig«, erklärte er. »Sie entsprechen den Seiten in diesem *Timaios*. Und jetzt schau her.« Tomei zeigte Riccio winzige römische Ziffern, die am Rand von sieben der zwölf Seiten der Lampe eingeritzt waren. »Dieselben Zahlen«, sagte er. Dann nahm er die Kerze aus der Lampe und gab sie Riccio: »Halte sie in dieser Höhe.«

Der Frate hielt sie eine Handbreit über dem Tisch. Tomei öffnete den *Timaios* auf der ersten Seite und legte sie an die erste Seite der Lampe, so dass der untere Seitenrand mit dem unteren Rand der Glasscheibe genau zur Deckung kam.

»Siehst du, das ist das erste Gitter«, sagte Tomei aufgeregt. »Komm näher mit der Kerze und schreib die Buchstaben auf, die von den in das Glas geritzten Kreisen markiert werden.«

Angelo Riccio tat, was ihm gesagt wurde. Er brauchte nicht lange, um die angezeigten griechischen Buchstaben zu finden, und begann, sie aufzuschreiben.

93

Seit langer Zeit schon stand Pietro Loredan nicht mehr aus dem Bett auf, außer für die dringlichsten Bedürfnisse. Die Ereignisse dieses Tages hatten ihn sehr ermüdet. So hatte er beschlossen, liegenzubleiben und über den Tod nachzudenken. Er wollte bereit sein, wenn der Tod kam, und hatte lange mit Lucrezia darüber gesprochen. Um sie besser zu sehen, hatte er Tonietto gebeten, das von Lorenzo Lotto gemalte Porträt seiner Gattin an sein Bett zu bringen und auf einen Stuhl ohne Armlehnen zu stellen. Und je länger er sich dem imaginären Zwiegespräch hingab, desto überzeugter war, dass Lucrezia wirklich dort neben ihm saß.

Mehr als der Tod selbst, erklärte er ihr, ängstige ihn der Schmerz, den er ihm bereiten würde, ein Schmerz, den er schon jetzt fühlte, wenn die schwarzen Steine in seinem Körper ihm den Atem nahmen und seine Eingeweide zerrissen, so dass er Blut spucken musste. Eine seiner größten Sorgen war, würdelos zu sterben, dem Urteil der Lebenden und seiner geliebten Toten ausgesetzt. Vor allem ihrem, Lucrezias Urteil. Deutlich spürte er die Liebkosung seiner Frau auf der linken Wange. Und er fühlte, wie seine Hand genommen wurde. Gerührt dankte er ihr.

Andrea hatte lange nicht mehr mit seinem Vater gesprochen, doch an diesem Nachmittag ging er zu ihm, um ihm zu danken. Er fand ihn neben dem Porträt von Lucrezia, als hätte sich die alte Ehe erneuert. Auch er war gerührt.

Draußen, vor der mit Frühlingsblumen bemalten Tür, freute sich Tonietto, dass er den Sohn endlich neben dem Vater sah.

»Ein großer Künstler, der größte von allen«, sagte Pietro, auf das Gemälde zeigend. »Lorenzo beschrieb mittels der Körper die Seele, und darum wurde er nicht verstanden.« Er erzählte Andrea von seiner Freundschaft mit Lorenzo Lotto, davon, wie er versucht habe, ihm zu helfen und ihn dazu zu bewegen, dass er von Loreto, wo er sich als Oblat in ein Kloster zurückgezogen hatte, nach Venedig zurückkehrte. Sie hatten einander Briefe geschrieben. Er hatte ihm Geld geschickt. Lorenzo hatte versprochen zu kommen, aber dann war er dort geblieben.

»Beim Erwachsenwerden lernt man zu leben. Doch wenn man altert, sollte man das Sterben lernen. Wie er es tat«, murmelte Pietro bitter.

Andrea verstand, dass er im Grunde von sich selbst sprach, und hörte ihm schweigend zu.

»Lorenzo ist arm gestorben, er hat die Kutte getragen und die Eitelkeit der Welt verachtet«, fuhr sein Vater fort. »Das ist das ganze Geheimnis: rechtzeitig alles aufzugeben, was man besitzt.« Er verscheuchte die Bitterkeit mit einer Handbewegung und setzte die schelmische Miene eines kleinen Jungen auf. »Man berichtet mir, dass es Leute gibt, die singen: Ein Hoch dem Hungerdogen auf dem Thron, er sorgt für unsere Brotration.« Er deutete das Tänzchen an. »Auch das Volk will, dass ich abtrete, wenn der Tod mich nicht dazu zwingt!« Pietro Loredan, ein Mann des offenen Worts, schien das jedoch zu belustigen. »Denk nur, mein Sohn, sie haben mir sogar angeboten, mich an den Lido nach Forte San Nicolò zu verlegen! Um deiner Gesundheit willen, haben sie gesagt, denn da ist gute Luft. Wo die Bombardieri den ganzen Tag lang mit ihren Kanonen schießen! Die Wahrheit ist, dass sie mich loswerden wollen, weil ich gegen den Krieg bin!« Sein Ton wurde kämpferisch. »Ich werde diesen Palazzo nur auf der Bahre der Totengräber verlassen, und das nur, um Alvise *Motzenigo* keinen Gefallen zu tun!« Andrea lachte über dieses Wortspiel. »Ich habe gehört, dass du in den Palazzo zurückkehren wirst, mein lieber Sohn«, und bei diesen Worten reichte er ihm die Hand. Andrea ergriff sie. Pietro klammerte sich daran und zog sich hoch, um sich schwach an Andreas Arm zu drücken.

Bevor Andrea die Umarmung erwidern konnte, löste sein Vater sich und drehte ihm den Rücken zu, um sich auf den gepolsterten Stuhl zu setzen, den Tonietto ihm hinhielt. Als Andrea die verschwörerische Miene des Dieners sah, begriff er, woher die Nachricht von seiner Rückkehr stammte. Er widersprach ihr nicht.

Den Rücken an die ebenfalls dick gepolsterte Lehne des Stuhls gelehnt, musterte Pietro seinen Sohn, der ihm nachdenklich erschien. »Nun? Was ist los, schon wieder ein Unglück?«, fragte er, ihn schief anblickend.

»Ich wollte Euch danken für das, was Ihr im Senat getan habt, Vater.«

Pietro sah ihn ernst an. »Habe ich recht oder unrecht gehabt?«

»Ihr wart ganz und gar im Recht.«

Der Doge schien darüber nachzudenken und nickte. »Täusche dich nicht, mein Sohn, die sagen Ja, aber sie wissen schon, was sie tun werden. Dieser Frau zu helfen wird nicht leicht für dich.« Er musterte ihn erneut. »Bist du verliebt in sie?«

»Ja, Vater«, antwortete Andrea ehrlich.

»Andrea! Andrea! Was täte ich nicht, nur um dich endlich glücklich zu sehen! Aber du beharrst ja darauf, dir das Leben schwer zu machen«, er deutete ein Lächeln an. »Sie heißt Sofia, nicht wahr?« In seiner Stimme schwangen Zärtlichkeit und Zustimmung mit. Andrea nickte lächelnd. »Auch mich dauert dieses Mädchen sehr und angesichts des Unglücks, das sie getroffen hat …«, er zeigte auf den Schreibtisch. »Nimm Papier, Feder und Tinte, denn, *ad Gloriam Dei*, es passiert nicht alle Tage, dass man jemandem helfen kann, der wirklich Hilfe braucht.«

Andrea reichte ihm das Papier mit seinem Dogenwappen und

dem von San Marco und sah ihn die Feder in das Tintenfass tauchen.

»Da du so ein tüchtiger Anwalt bist«, fuhr sein Vater fort, »diktiere mir doch einen schönen Brief an diese heiligen Nonnen, damit sie sich für Sofia einsetzen.«

Andrea konnte es kaum glauben, und er hätte seinen Vater umarmt, wenn Tonietto nicht ausgerechnet in diesem Moment wieder hereingekommen wäre, ein Tablett mit Aufgüssen, Keksen und Gläsern in der Hand. Sie schrieben den Brief gemeinsam, den Pietro mit seinem Siegel unterzeichnete.

94

Annina war es nicht gewohnt, bis nach San Marco zu gehen, denn ihr Leben hatte sich immer rings um die Panada im Viertel Santa Maria Nova abgespielt, wo sie wohnte. Sonst kam sie höchstens bis zum Paradiso am Arsenale, um Bepo zu verabschieden, wenn er aufs Meer fuhr. An diesem Nachmittag jedoch war sie, als die Sonne hinter der Dogana da Mar versank und ihre Strahlen eine rote Scheibe aus dem Wasser der Bucht herausschnitten, bis zu den Gefängnissen im Palazzo Ducale gegangen, um ihren Mann zu suchen.

Trotz der Beschwichtigungsversuche des Dogen erschien der Palazzo wie eine belagerte Festung. Überall, von den äußeren Bogengängen bis in den Innenhof waren mit Flinten und Hellebarden bewaffnete Wachen postiert und ihnen standen etwa hundert Arsenalotti gegenüber, ebenfalls bewaffnet, wenn auch nur mit Stöcken. Eine spürbare Spannung lag in der Luft, denn die Schar der Verwandten und Freunde der Verhafteten gehörte zur gleichen sozialen Schicht wie jene, die sie in Schach hielten, und von Zeit zu Zeit flogen böse Worte hin und her. Unverhohlen zeigten die Arsenalotti ihren Groll gegen die amtlichen Wachen, denn sie selbst hatten sich zum Schutz der Belagerer aufgereiht, die sich darauf vorbereiteten, die Nacht dort zu verbringen, indem sie Feuer in improvisierten Glutbecken entzündeten, Strohlager und Decken, Brote, Käse und Weinflaschen herbeiholten.

Erschrocken und verwirrt durchquerte Annina dieses Heerlager, um zum Dienstzimmer des stellvertretenden Hauptmanns in dem Flügel des Palazzo zu gelangen, der zur Bucht lag. Auch dort war die Lage chaotisch, denn viele Menschen drängten in den kleinen Raum, wo sie auf den Richter warteten, der Nachrichten bringen sollte.

Der stellvertretende Hauptmann war sehr freundlich, doch bei einer raschen Überprüfung der Namen der Verhafteten fand sich keine Spur von Bepo Rosso.

»Das ist doch besser so, meint Ihr nicht?«, bemerkte er, als er sah, wie bestürzt Annina auf diese Nachricht reagierte.

»Ich sage es Euch noch einmal. Ein Hauptmann der Zehn mit seinen Fanti hat ihn weggebracht!«, beharrte sie.

Darauf beriet der Hauptmann sich mit seinem Schreiber und dieser mit einem Wachmann, der wiederum in das Mezzanin hinaufstieg und kurz darauf in Begleitung eines Adeligen mit strengem Aussehen und in schwarzer Toga zurückkam.

»Sprecht mit mir, Signora, ich bin Ser Catanio, Beamter der Signori di Notte. Ich werde versuchen, Euch Eure Angst zu nehmen.«

Mit Tränen und Ängsten waren die Steine der Zellen getränkt, welche die Signori di Notte al Criminal im Erdgeschoss und Mezzanin der südwestlichen Ecke des Palazzo benutzten. In eine Decke gehüllt, saß Annina auf einem Schemel in der Krankenstube. Drei Schritte vor ihr lag Bepo Rosso, ihr Mann, mit nacktem Oberkörper auf einer Pritsche. Doktor Hieronimo Dalessi beugte sich über ihn, um seine Schulter zu behandeln, und nach dem verzerrten Gesicht des Werkmeisters zu urteilen, musste die Operation sehr schmerzhaft sein.

»Fertig, Ihr könnt aufstehen«, sagte der Arzt. »Ihr müsst die Wunde sauber halten und Luft daran lassen. Mindestens zehn Tage werdet ihr Ruhe auf der Krankenstation haben.«

»Im Arsenale braucht man mich!«, protestierte Rosso, während er sich auf der Pritsche aufsetzte.

»Das kommt nicht in Frage!«, warnte Dalessi.

Bepo warf Annina einen Blick zu, die ihn schüchtern anlächelte.

In diesem Moment kam der Beamte Catanio, gefolgt von zwei Wärtern, in die Krankenstube. »Wie fühlt Ihr Euch?«, fragte er Bepo.

»Ich hatte schon bessere Tage.«

Catanio betrachtete die Wunde. Dann wandte er sich an die Frau. »Ein Wärter wird Euch nach Hause bringen, Signora.« Als er ihre entsetzte Miene sah, fügte er hinzu: »Euer Gemahl wird nachkommen, sobald wir fertig sind.« Dem Werkmeister befahl er: »Kommt mit, Rosso, wir müssen Euch einige Fragen stellen.«

Das hatte Bepo erwartet, er nickte nur. Im Vorbeigehen flüsterte er Annina zu: »Sei unbesorgt, wir sehen uns wieder, bevor es Nacht wird.« Doch schon während er es sagte, wusste er, dass es nicht stimmte.

Nur zwanzig Schritt entfernt, in einer Zelle im Mezzanin, brüsteten die zehn verhafteten Arsenalotti sich mit ihrem Bravourstück, bei dem sie den Inquisitor Schellino in die Flucht geschlagen, einen zu Tode erschrockenen Priester verfolgt und Chaos in einem Kloster angerichtet hatten. Und auch ihre Haft, aus der man sie am nächsten Tag befreien würde, davon waren sie überzeugt, wurde mit heroischen Gefühlen ertragen, denn sie empfanden sich als Kämpfer für die Befreiung der Republik Venedig aus den Tentakeln Roms. Nur Bernardo, der auf einer Bank saß, die Ellenbogen auf die Knie gestützt und das Kinn in den Händen, schwieg finster.

Das alles war so schön, dass Frate Angelo Riccio fürchtete, der Zauber könnte beim Erwachen enden. Nach einem Jahr voller Demütigungen, Hoffnungen und Enttäuschungen kniete er nun schon zum zweiten Mal in kurzer Zeit in der Kapelle Sant'Isidoro im linken Seitschiff des Markusdoms. Die abgeschiedene Kapelle war ein Ort seelischer Einkehr, geeignet für stilles Gebet und für himmlische wie irdische Vertraulichkeiten. Riccio durfte sie nur für Treffen von allergrößter Wichtigkeit benutzen.

Während der Wartezeit hatte Frate Angelico fast schon einen kompletten Rosenkranz gebetet und die Dinge, die er sagen und fragen wollte, nach zunehmender Wichtigkeit geordnet. Darum hörte er in dieser großen Kirche, in der gerade das Ende des Vespergottesdienstes gefeiert wurde, die näher kommenden Schritte nicht. Erst im letzten Moment sah er die dunkle Gestalt, die neben ihm niederkniete, den Kopf senkte und die Hände faltete.

»Ich höre«, flüsterte der Sekretär Zuàne Formento.

Riccio, der darauf gehofft hatte, die frohe Kunde Alvise Mocenigo überbringen zu können, schwieg einen Augenblick enttäuscht. Doch er nahm sich zusammen und verzichtete darauf, Formento um eine Erklärung zu bitten. Er hätte Formento beleidigt, mehr wäre dabei nicht herausgekommen.

»Ich weiß, wo die Bücher versteckt sind«, vertraute er ihm ohne Umschweife an. »Morgen bei Sonnenaufgang werde ich aufbrechen.«

»Sehr erfreulich«, frohlockte der Sekretär, »nach Tomeis Flucht war Messer Mocenigo höchst verärgert über Euch.«

»Ein Risiko, das wir eingehen mussten«, bemerkte Riccio kühl, berauscht von seinem Erfolg.

»Was benötigt Ihr?«, fragte Formento.

Die Liste kannte Riccio auswendig: Beglaubigungsschreiben und Passierscheine für den Statthalter, das Heilige Offizium und den Inquisitor von Padua, den Gastalden von Torreglia;

die schnellste Fregatte der Zehn, die des Hauptmanns Tommaso Mostacchi, und tausend Dukaten für die Ausgaben. Um den Transport der Bücher nach Venedig und alles andere würde er sich kümmern. Und dann waren da noch die zehntausend Dukaten in Diamanten, die die Serenissima ihm für seine Dienste zahlen musste.

Formentos einziger Einwand galt den tausend Dukaten für die Ausgaben, das sei zu viel für die mageren Kassen der Zehn, und in so kurzer Zeit könne er nur fünfhundert auftreiben. Angelo Riccio, der tausend gefordert hatte, um die Hälfte zu bekommen, protestierte ein wenig und willigte bald ein. Gegen die Diamanten hatte der Sekretär nichts einzuwenden, denn das war die übliche Bezahlung für Spione, Vertrauensmänner, Verleumder, gedungene Mörder und Verräter. Die kostbare Ware war leicht zu transportieren und zu verkaufen, sie war vor den regelmäßigen Geldentwertungen geschützt und entging jeder Kontrolle durch Räte, Gerichte und andere Organe der Stadt. »Ihr werdet nach der Lieferung bezahlt«, bestätigte Formento nur lakonisch.

Riccio erschien dieses Versprechen ausreichend, und so ging er zum letzten Punkt über, der entscheidend war, um die ganze Operation zu einem glücklichen Ende zu bringen: die Gefangennahme Tomeis. Er erklärte dem Sekretär, dass auf keinen Fall Fehler gemacht werden durften. Er und der Florentiner würden sich morgen Schlag zwölf auf dem Bootsfriedhof der Giudecca treffen. Diesen Haufen verrottendes Holz zu umzingeln dürfte nicht schwierig sein. Tomei versteckte sich in einem großen abgewrackten Lastkahn mitten auf dem Friedhof.

»Betrachtet ihn bereits als Insassen der Pozzi«, lächelte Formento.

Mehr gab es nicht zu sagen, der Sekretär verließ ihn. Angelo Riccio versenkte sich ins Gebet, die Augen zu Christus erhoben, der zwischen den Heiligen Markus und Isidor saß. Er widerstand eine Weile, dann musste er sie senken.

Von den fünfzig Mastbaumeistern und ihren zweiundsechzig Gesellen fehlte keiner. Und alle Segelnäherinnen waren da. Mit Schiffszimmerern, Kalfaterern, Rudermachern und Trägern waren sie mindestens tausend an der Zahl, und außer bei den Schmieden und Seilern ruhte die Arbeit im Arsenale an diesem Tag. Die Schreie hatten den Innenhof und die Portiken des Palazzo erfüllt und waren über die Treppen und Vorzimmer in sämtliche Säle vom Erdgeschoss bis zum Dachboden gedrungen. Nach einem gehörigen Rüffel seitens der Zehn hatte man darum bei Sonnenuntergang beschlossen, alle gefangenen Arsenalotti freizulassen. Denn beim letzten Mal hatte es wegen eines solchen Protestes einen Toten gegeben, und das Arsenale hatte fast eine Woche lang stillgestanden.

Als der erste freigelassene Arsenalotto im Hof erschien, brach ein derartiger Lärm los, dass die Fensterscheiben vibrierten, und der Mann wurde hochgehoben, um im Triumphzug über die Köpfe seiner Kameraden hinweggetragen zu werden. Das Schauspiel wiederholte sich noch achtmal. Nur einer fehlte, das Opfer, das die Republik forderte, um ihr Gesicht nicht ganz zu verlieren: Bernardo. Obwohl Andrea sich für ihn einsetzte, war nichts zu machen. Dieser Aufwiegler und Streithammel, der bei Protesten immer in der ersten Reihe zu finden war, musste bestraft werden. Hundert Dukaten, das war die Kaution für seine Freilassung. Sofort begann eine Kollekte unter seinen Kameraden, und nach nicht mal einer halben Stunde lagen die Münzen vollzählig in Francesco d'Angelos Mütze. Die letzten fünfzehn Dukaten steuerte Andrea bei. Nachdem dieses Kräftemessen beendet war, gingen die Arsenalotti nach Hause. Sie strömten durch die Porta del Frumento, zurück blieben ihr Geschrei und der Aufruhr. An diesem Tag schlossen sich Torflügel aus Massivholz und Bronze lange vor dem Läuten zur zweiten Nachtstunde.

»Ich danke Euch, Avvocato Loredan«, sagte Bernardo, während die beiden auf den Ponte della Paglia zugingen.

»Seid vorsichtig, macht keine Dummheiten mehr, denn die Richter werden nicht so gnädig mit Euch sein.«

Der Arsenalotto nahm seinen Arm. »Und Sofia?«, fragte er besorgt.

Andrea schwieg, nach einer Antwort suchend, die ihnen beiden eine konkrete Hoffnung gab.

»Ich muss es schaffen, sie ins Krankenhaus Santi Pietro e Paolo bringen zu lassen. Oder in die Krankenstube der Frauen hier im Palazzo. Alles hängt vom Gesundheitszeugnis ab, das ich von Dottor Foscari bekommen kann, und von der Unterstützung der Zonta, die Sofia morgen untersuchen wird. Ich werde dabei sein.«

»Gebt Ihr mir Nachricht?«, bat Bernardo vertrauensvoll.

Andrea spürte, wie unangenehm es ihm war, gegen seinen Willen antworten zu müssen.

»Ich werde Euch benachrichtigten, verlasst Euch darauf.«

Der Arsenalotto verbeugte sich lächelnd. »Euer Schuldner, Eccellenza.«

»Ihr werdet Euch erkenntlich zeigen können«, lächelte Andrea.

Sie gingen an den Cesendelli auf der Brücke vorüber und wurden von der Dunkelheit verschluckt.

97

Sofia hatte das Kruzifix von der Zellenwand nehmen können und begonnen, wie mit einem Hammer damit gegen die Tür zu schlagen. Dabei schrie sie, das Gesicht dicht an den Türspalt gepresst. Es waren keine Beleidigungen, denn ihre Schreie bestanden nicht aus Sätzen. Es waren Klageschreie, und dabei hämmerte sie mit dem Christus gegen das Eisen. Seit Stunden ging das schon so, und aus den Nachbarzellen ertönten ebenfalls Schreie, wütende, verzweifelte Beschimpfungen.

»Ruhe!«, »Still!«, »Hexe, räudige Hündin!«, schrien die im Untergeschoss von San Servolo eingeschlossenen Frauen. Sie verstummten erst, als von der Treppe zum Garten nicht mehr nur die Tramontanaböen, sondern Schritte zu hören waren und ein Lichtschein die Steine mit Schatten und Reflexen färbte. Die Kapuze des Skapuliers auf dem Kopf, das Kruzifix in einer Hand, kam die Äbtissin, gefolgt von zwei Nonnen mit Laternen, auf dem ersten Treppenabsatz um die Ecke. Die Mienen der Frauen waren angespannt. Sie hielten kurze Stöcke in der Hand. Mit schnellen Schritten gingen sie durch den Korridor und blieben vor der letzten Zelle stehen. Eine der Ordensfrauen steckte den Schlüssel ins Schloss und drehte ihn um. Sofia hörte auf zu hämmern und zu schreien. Die drei gingen hinein. Kein Wort fiel. Nur die Geräusche eines Handgemenges, dumpfe Schläge. Dann nichts mehr.

98

Granzo war kurz vor Sonnenaufgang geflohen, als sie gerade die Brücke über die Fossa Bandezza überquert hatten. Es war leicht gewesen, die beiden Mönche zu täuschen. »Ich muss ein großes Geschäft machen!«, hatte er gerufen, und sie hatten ihn zum Kanal hinuntergehen lassen, wo er sich im Röhricht verstecken konnte. Wie eine Schlange war er zwischen dem Schilfrohr davongeschlichen. Dann war er zum Hasen geworden und eine gute Stunde am Ufer entlanggelaufen. Erschöpft und frei kam er in Lendenara an, etwa neun Meilen westlich von Rovigo. Vor den Mauern fand ein Markt statt. Er schaute sich eine Vorführung mit einem tanzenden Bären an, dann bekam er Hunger nach dem langen Lauf und mit all den schönen Sachen auf den Marktkarren. Und da sagten die Leute, es herrsche Hungersnot.

Von wegen Hungersnot. Er entdeckte einen Stand mit Käse. Der Käse aus Piacenza hatte es ihm besonders angetan. Die Alte zu übertölpeln, die Ecken aus den Laiben schnitt und sie der Größe nach ordnete, war sicher eine Kleinigkeit. Und er tat, was er schon immer aus Not getan hatte. Er ging an den Stand, streckte seine langen Krebsarme aus, griff mit der rechten Hand nach einem Stück, um es zu probieren, und schob währenddessen mit der an den Bauch gepressten Linken eine schöne Ecke in den Ärmel seiner Kutte.

»Du diebischer Mönch!«, schrie die Alte sofort, denn sie war durchaus nicht dumm. Den Schrei hörten zwei Sbirren, die Granzo wegen der Menschenmenge um den Tanzbären nicht gesehen hatte. Den Käse zurückgeben und weinend um Vergebung bitten funktionierte auf Märkten und Messen nicht, denn reumütige Diebe sah man hier viele jeden Tag, also fing er an zu laufen, so schnell er konnte, um möglichst viel Wegs zwischen sich, die Käsefrau und die Sbirren zu legen. Wegen eines Stücks Käse würden sie sicher nicht auf ihn schießen. Aber genau das taten die Verfluchten, kaum dass sie aus dem Markt heraus waren. Granzo hörte die Schüsse und das Pfeifen der Bleikugeln, die sausend die feuchte Luft durchschnitten. Er machte zwanzig große Sprünge und schien zu fliegen. Da war ein Wäldchen aus Weißdorn, er schlüpfte hinein. Lief mindestens noch eine Meile weiter. Dann beschloss er, dass er die beiden abgehängt hatte. Er lachte keuchend und biss in den Käse.

99

Bei Tagesanbruch hatte sich ein Laken aus grauem Nebel über die Stadt gesenkt, das lang anhaltenden Nieselregen und bleiernes Wetter ankündigte. Die Dogengondel fuhr von einer *brìcola* zur anderen, der Ruderer am Heck erhöhte oder verringerte die Anzahl der Schläge, um das Boot auf Kurs zu halten, und der Ruderer am Bug ruderte schwach, er schob mehr, als dass er steuerte und rief bei jedem fünften Ruderschlag: »Ohe! Ohe!« Im Canale del Lazzaretto herrschte viel Verkehr, den Bug entgegenkommender Boote sah man erst im letzten Moment, und das undurchdringliche Grau war durchsetzt mit den Rufen der Bootsführer.

Andrea, der eingezwängt zwischen dem Avogador Francesco Pisani und dem Provveditore für die Klöster, Bembo, unter dem Zelt saß, ließ sich von den unaufhörlichen theologisch-politischen Diskussionen des Senators Lorenzo da Mula mit seinem Gegner Nicolò da Ponte einlullen und beobachtete dabei, wie Luca Foscari einige Ampullen mit Essenzen überprüfte, die er aus einer Ledertasche geholt hatte. Er hob die Stopfen ab, roch daran, schloss sie wieder und stellte sie zurück. Auf der linken Seite tönten Glockenschläge durch den Nebel.

»Das ist San Servolo!«, rief der Bugruderer aus und steuerte den Bug auf den Glockenklang zu, ohne mit seinen Warnrufen für andere, kreuzende Boote aufzuhören. Kurz darauf tauchte die Mauer des Benediktinerinnenklosters auf. Um den Weg anzuzeigen, hatten die Nonnen ein Dutzend römische Fackeln im Abstand von drei Fuß hintereinander aufgestellt. Sie führten bis zum Eingangstor. Dort wartete die Äbtissin mit fünf Schwestern.

Also hat jemand sie vorgewarnt, dachte Andrea.

Die Senatoren verbeugten sich: da Ponte steif, da Mula ehrerbietig. Auch der Provveditore, der Avogador Pisani und Luca verbeugten sich, Letzterer ein wenig schief, weil er seine Tasche trug. Andrea, der nach ihnen über die Schwelle trat, blieb stehen, den Blick auf den Gang gerichtet, der schnurgerade ins Innere des Klosters führte.

Sie gingen unter den Arkaden mit Tonnengewölbe und fensterlosen Backsteinwänden hindurch, zwischen denen Eiseskälte und Stille herrschten. Am Ende der Treppe öffnete sich eine Galerie mit einer zweiflügeligen Tür, darüber eine Inschrift in Gold: DE TACITURNITATE.

Die Schwester Pförtnerin öffnete das Vorhängeschloss und schob den Riegel beiseite. Die Tür öffnete sich. Der Gesang hub an, als die Delegation den großen Schlafsaal betrat, wo sie von winterlicher Strenge in die milde Wärme des Frühsommers geriet. Sofort durchdrang alle ein Gefühl von Frieden und Wohlbehagen.

»Dies sind meine armen Kranken!«, sagte die Äbtissin liebevoll mit einer weiten Armbewegung. Sie umfasste den ganzen Saal und ein gutes Dutzend Frauen in weißen Gewändern mit einem Kruzifix um den Hals und Wollbabuschen an den Füßen, die zusammen mit ebenso vielen Nonnen das Tedeum anstimmten.

Andrea versuchte sofort, Sofia zu erspähen. Es drängte ihn, in den Saal hineinzugehen, an der Delegation vorbei, die stehen blieb, um den Gesang nicht zu stören. Aber er hielt sich zurück, weil es Usus und Etikette war, die hierarchische Rangordnung zu respektieren. Diese Regel zu brechen wäre unhöflich gewesen, auch gegenüber dem, der auf seiner Seite war, wie da Ponte. Er betrachtete das Feuer im Kamin an der hinteren Wand, er sah die Betten, ein Dutzend: sie waren akkurat gemacht, die Decke unter das Kopfkissen und ringsherum säuberlich unter die Matratze gesteckt. In den Ecken lagen einige spiegelnd glänzende, kupferne Bettwärmer auf dem Fußboden. Um einen so weiträumigen Saal auf diese sommerliche Temperatur zu erwärmen, durften die Nonnen mit Geld nicht geizen, überlegte Andrea. Dann entdeckte er einige fehlende Fensterscheiben, die durch mit Pech bestrichene Stoffbahnen ersetzt waren. Diese Nachlässigkeit wunderte ihn, obwohl das Psalmodieren des Tedeum die Seelen ergriff und den Ort heiligte.

Andrea spürte, wie Angst in ihm aufstieg und ihn überschwemmte, denn unter den Gesichtern, die er musterte, fand er Sofia nicht. An diesem Morgen hatte er noch vor Sonnenaufgang Luca vor seiner Haustür abgeholt, um den Weg zur Mole von San Marco, wo sie die anderen treffen sollten, mit ihm gemeinsam zurückzulegen. Da Luca als ein tüchtiger Arzt galt und sein Wort bei den Richtern nicht ohne Einfluss war, würde es genügen, wenn er eine Bescheinigung über Sofias schlechten Gesundheitszustand ausstellte und erklärte, dass es notwendig sei, sie an einem besser ausgestatteten Ort zu behandeln. Doch jetzt, da er diese reinliche Umgebung und die Liebe sah, mit der die Nonnen die kranken Frauen gesundpflegten, erschien es ihm absurd, so etwas zu behaupten. Und in Lucas Blick lag genau der gleiche Gedanke.

»Erkennt Ihr Signora Ruis?«

Andrea wandte sich zu dem Flüstern um. Nicolò da Ponte sah ihn besorgt und verständnisvoll an. Das erleichterte Andrea. Er verneinte kopfschüttelnd.

»Sucht sie!«, forderte der Senator ihn auf. Er schien noch besorgter als Andrea.

Andrea beschloss, zum Kamin auf der anderen Seite des Saals zu gehen. Er setzte sich langsam in Bewegung, hinter sich hörte er das leise Murmeln der Gäste, die lobenden Worte, die die Äbtissin von den Adeligen bekam. Beim Gehen betrachtete er die Betten, schlichte Holzgestelle. Es waren etwa fünfzehn, jedes hatte einen Eimer, ein Wandbrett und ein Kruzifix. Doch Sofia war nicht da. Er sah die doppelten Gitter vor den Fenstern, wie bei jedem Gefängnis. Der Fußboden aus Backstein in Fischgrätmuster war blank gewienert. Es war alles perfekt.

Zu perfekt, dachte Andrea, als er den großen Kamin erreicht hatte, in dem ein gewaltiges Feuer brannte, das Luft ansog und Wellen heißer Luft aussandte. Etwas war sonderbar an diesem Kamin. Andrea nahm den Schürhaken und wühlte in der Glut. Die Hitze war unerträglich, er musste einen Schritt zurückgehen. Sein Blick fiel auf die gusseiserne Platte, die die Wand verkleidete: Sie war nagelneu, eben aus der Gießerei gekommen. So auch die Kaminwände und die Steine, sie trugen keinerlei Spuren von Ruß, der in einem solchen Reich des Feuers unvermeidlich an den Wänden klebt. Dennoch schien der Kamin

nicht eben erst erbaut, denn es gab keine frischen Fugen an den Wänden, und die Steine, die seinen Sockel bildeten, waren die gleichen wie die des Fußbodens. Da begriff Andrea, dass der Kamin niemals benutzt wurde, und erkannte, dass alles, was er sah und hörte, falsch sein musste: reine Inszenierung nur für diesen besonderen Tag. Er bemerkte, dass Nicolò da Ponte ihn beobachtete und kehrte zu ihm zurück, begnügte sich aber mit einem leichten Kopfschütteln.

Der Senator nahm sich die Zeit, einen Schluck Likör zu trinken. Dann wandte er sich an die Äbtissin. »Sagt mir, ehrwürdige Mutter, sind all Eure Schützlinge hier versammelt?«

Bei diesen Worten verdüsterte sich die Miene der Äbtissin, sie fing an zu stottern und warf hilfesuchende Blicke zu da Mula, dem Provveditore für die Klöster, ja sogar zu ihren Mitschwestern.

Das Zimmer war warm. Auch hier brannte ein Feuer im kleinen Kamin, alles war ordentlich und sauber. Die junge Nonne, die neben dem Bett saß, erhob sich und ging auf die Mutter Oberin zu, die in der Tür stand. Dann sah sie die vielen adeligen Herren hinter ihr und schien zu zögern.

»Wie geht es ihr?«, fragte die Äbtissin besorgt.

»Sie ist gerade eingeschlafen«, antwortete die Nonne mit einem ängstlichen Blick auf die Gäste.

»Seht Ihr, den besessenen Seelen widmen wir die gleiche christliche Liebe. Wenn Ihr eintreten wollt, bitte sehr, doch hier vermag die Medizin recht wenig«, sagte die Äbtissin, an die Delegation gewandt.

»Mir genügt, was ich sehe«, erklärte Lorenzo da Mula im überzeugten, zufriedenen Ton. »Und ich glaube, dass auch meine verehrten Kollegen Eure christliche Liebe zu schätzen wissen.«

Andrea, der aus dieser Entfernung und wegen des Halbdunkels nicht einmal erkennen konnte, wer in dem Bett lag, blickte da Ponte an, der jedoch seinen Kampfgeist verloren zu haben schien. Auch Luca schwieg, obwohl er sich von den Worten der Äbtissin direkt angesprochen fühlen musste. Der Avogador Pisani und der Provveditore Bembo schienen, beruhigt durch das, was sie sahen, sogar umkehren zu wollen.

Andrea spürte, dass er handeln musste. »Ich möchte bitte eintreten«, sagte er höflich, und ohne zu zögern, schritt er durch die Tür ins Zimmer und ging bis an das Bett.

Anfangs erkannte er sie nicht. Man hatte ihr den Kopf geschoren wie einem Galeerensträfling, sie lag mit einer Wange auf dem Kissen, die andere bedeckte sie mit ihrer Hand. Die Lippen waren leicht geöffnet, die Decke bis zu ihren Schultern hochgezogen. Er spürte ihren Atem, folgte den Linien ihres Profils, und sie erschien ihm unschuldig wie ein Kind. Dann bemerkte er die Kratzer auf der Stirn, die blauen Flecke und eine Verletzung am Handgelenk. Er drehte sich zu Luca um und winkte ihn ans Bett. Der Freund zögerte kurz, dann kam er zu ihm.

»Sieh dir das an«, flüsterte Andrea fassungslos.

»Leuchte mir.«

Andrea hielt den Kandelaber dicht vor ihr Gesicht.

»Großer Gott, wie haben sie sie zugerichtet«, murmelte der Arzt leise, während er die Verletzung am Handgelenk und die Schwellungen im Gesicht betrachtete. »Offenbar wurde sie mit einem Strick gefesselt.«

»Genauso ist es.«

Andrea und Luca drehten sich gleichzeitig um. Einen Schritt hinter ihnen stand die Äbtissin.

»Zu ihrem eigenen Besten«, sagte sie feierlich und ernst. »Es sind zügellose Seelen, besessen von den Geistern der Hölle.«

Jäher Zorn packte Andrea. »Was redet Ihr da?«

»Bleib ruhig!«, warnte ihn Luca.

»Ihr hättet sie sehen sollen, wie sie sich den Körper zerkratzte, Messere! Wie sie sich gegen die Mauern warf!« Der Ton der Nonne war auf einmal sehr heftig.

Nun trat da Ponte ins Zimmer, gefolgt von den anderen.

»Was ist hier los?«, fragte er, seine schallende Stimme ein wenig dämpfend.

»Seht her, Senatore.« Andrea trat einen Schritt zurück, um ihm Platz zu machen. »Sie ist gefoltert worden!«

»Wie könnt Ihr so etwas behaupten! Das ist eine Verleumdung!«, erregte sich sofort die Äbtissin.

»Bitte schreit nicht«, sagte Luca.

Sofia bewegte die Hand, den Arm. Ihre Lider zuckten, sie öffnete ein wenig die Augen. Erst blieb sie reglos, starrte ins Leere, dann drehte sie den Kopf und bemerkte die Anwesenden. Sie zeigte keinerlei überraschte Reaktion, ihr Blick schweifte nur über jeden einzelnen, als beobachtete sie die Gruppe hinter einem Fenster. Dann traf ihr Blick auf Andrea und blieb stehen.

»Signori, wenn Ihr gestattet«, sagte Luca, an die Umstehenden gewandt, »möchte ich Signora Ruis untersuchen.«

Stille entstand, alle sahen einander an.

»Gewiss doch.« Da Ponte war der Erste, der sich vorwagte.

»Seid vorsichtig!«, ermahnte ihn da Mula. Und während die beiden Senatoren ihr unablässiges Duell mit einem stummen Blickwechsel fortsetzten, verließen sie als Erste den Raum, gefolgt von der Äbtissin und den anderen hohen Herren.

Zurück blieb Andrea, der tat, was er schon im ersten Moment hätte tun wollen: Er kniete neben Sofia nieder und nahm ihre Hand. »Habt keine Angst, ich werde Euch nicht im Stich lassen«, sagte er und spürte, wie sie sich sofort an seine Hände klammerte und ihn zu sich zog. Er näherte sich ein wenig. Unter großen Mühen hob Sofia den Kopf und sprach.

»Gabriele, habt Ihr Nachrichten von meinem Gabriele?«

Andrea stockte der Atem. »Nein, Sofia, leider nicht.« Er kam noch näher, bis seine Lippen fast ihr Gesicht berührten. »Aber das ist gut, es heißt, dass er weit weg ist, dass er in Sicherheit ist.«

Jetzt war sie es, die zögerte. »Bringt mich weg von hier«, flüsterte sie angestrengt. »Sie töten mich.« Dann fiel ihr Kopf zurück auf das Kissen.

»Loredan!«

An der Tür stand Lorenzo da Mula und beobachtete ihn beunruhigt.

»Geh!«, murmelte Luca, der Sofias Flehen gehört hatte. Andrea sah den Freund an. »Du machst alles nur schlimmer, geh jetzt!«, mahnte Luca.

Andrea warf einen letzten Blick auf Sofia, strich ihr über das Gesicht und löste sich von ihr.

100

Simone Simoncin, zwanzig Jahre alt, Fischer, holten sie noch vor Sonnenaufgang in Murano aus dem schönen Haus, das er sich im Viertel San Martino gekauft hatte. Der Signore di Notte Alvise Catanio kam mit vier Sbirren an Bord einer Fregatte der Zehn. Wegen der Kälte schlief die Familie Simoncin zusammen in einem Bett, Vater, Mutter und die zwei Kinder. Als die Sbirren klopften, dachte Simoncin, er habe die Glocke überhört und verschlafen, und das sei sein Fischerkamerad, der ihn abholen kam. Er öffnete, und flugs ergriffen sie ihn, noch bevor er die Tür wieder schließen oder fliehen konnte. Nicht einmal Schuhe konnte er sich anziehen, die Eisen schlossen sich um seine Handgelenkte, und weg war er, unter den Schreien seiner Frau und dem Weinen der Kinder.

Sie brachten ihn in das Verhörzimmerchen unter einem Treppenabsatz in den Gefängnissen des Dogenpalastes, die zur Mole hin lagen. Das Verhör war scharf, die Schreie fürchterlich. Auf die Fragen nach seiner Lebensgeschichte hatte Simoncin ohne Zögern geantwortet: sein Vater Giuseppe sei Holzfäller, seine Mutter Angiolina Wäscherin. Bescheidene, rechtschaffene Leute von der Terraferma, aus Feltre.

Alvise Catanio wusste das schon, und er wusste noch mehr: Simone war nicht das eigene Kind von Giuseppe und Angiolina, sondern ein Findelkind, ausgesetzt auf der Kinderklappe des Klosters Santa Maria della Celestia.

Der Beamte hatte sich gefragt, warum eine Nonne der Celestia diesen Findling so liebgewonnen hatte, dass sie ihn auch später noch wie eine Mutter umsorgte und ihm fortwährend alles Geld, über das sie verfügen durfte, zukommen ließ, ja, das Kind sogar mindestens zweimal im Jahr besuchte. Als die Ermittlungen fortschritten, hatte Catanio entdeckt, dass Suor Benedetta dieses Kind acht Jahre zuvor, als es herangewachsen war, wieder in die Nähe von Venedig gebracht hatte, indem sie es ihrem Vetter anvertraute, einem Fischer aus Burano, der den Jungen das Fischerhandwerk lehrte und ihm ein Dach über dem Kopf gab. Und nach weiteren Fragen war eine Geschichte herausgekommen, die in der Celestia viele glaubten: Simone war in Wahrheit Benedettas eigenes Kind, und der Vater war ein Frate von San Giacomo auf der Giudecca. Doch von all dem hatte der Fischer nichts gesagt.

Nachdem die erste Salve an Fragen abgefeuert war, folgte eine unvermeidliche Frage: woher hatte Simone die vierhundertsechzig Golddukaten für den Erwerb des Hauses?

»Ich spare schon mein ganzes Leben, ehrwürdigster Messer!«, antwortete er hastig.

Eine solche Antwort hatte Catanio erwartet. Er nickte und machte jemandem ein Zeichen.

Als nach dem Mittagsläuten Puti die Folterkammer betrat, schwanden dem Fischer Simone Simoncin die Sinne, und man musste ihm Essig unter die Nase halten. In dem engen, rechteckigen Raum von zwanzig mal sieben Fuß waren viele versammelt. Catanio natürlich, mit Notar und Skribent, außerdem Andrea Dolfin und Nicolò da Ponte. Dottor Dalessi stand zum Eingreifen bereit.

»Woher hast du das Geld für dieses Haus genommen?«, fragte Dolfin erneut.

»Die Ersparnisse eines ganzen Lebens«, wiederholte der junge Mann erschöpft, doch inzwischen schien er es selbst nicht mehr zu glauben.

Catanio gab Befehl, Simoncin an den Strick zu fesseln. Puti führte ihn aus, stumm und präzise wie immer. Simoncin musste auf das Bänkchen steigen, und der Arsenalotto band ihm den Strick um die auf den Rücken gelegten Handgelenke.

Catanio holte ein Papier hervor und las vor, was der Fischer Simone Simoncin in seinem Leben, nämlich in acht Jahren Arbeit, davon vier als Lehrling, verdient haben konnte: etwa zweihundertfünfzig Dukaten, sicher eher weniger als mehr. Simone schrie, das sei nicht wahr. Catanio ließ ihn hochziehen und in der Luft schweben, worauf der Fischer sofort um Gnade flehte und alles erzählte: die Großzügigkeit von Suor Benedetta; der Schwur, den er ablegen musste, niemandem von ihrem wunderbaren Geschenk, dem Haus auf Burano, zu erzählen. Dann brach er in Tränen aus.

101

Die Luft, die Erde und das Wasser hatten ihre eigenen Rhythmen, ihre eigenen Harmonien, und ein aufmerksamer Maler kannte sie so gut wie ein Matrose oder ein Bauer. Filippo Tomei wusste, dass die zarte Dichte von Nebelschwaden dem Ungestüm des Windes nicht lange standhält und dass sie fortgeweht werden würden. Bis zu diesem Moment jedoch war der Nebel, der die Lagune einhüllte, für ihn wie gerufen gekommen. Tomei hatte die Nacht auf einem Frachtkahn verbracht, einer mit Artischocken beladenen *caorlina*, die bei den Gärten von Ponte Lungo auf der Giudecca vertäut lag. Er hatte sich als Matrose verkleidet, trug ein wollenes Hemd und Hosen aus Barchent. Die Mannschaft bestand aus vier Männern, alle aus derselben Familie, zuverlässige Leute, die Gemüse von Venedig nach Chioggia brachten. Zuàndomenico de' Fabii hatte die Fahrt für ihn organisiert. Die Caorlina würde bald ablegen, sobald die Sicht fünf oder sechs Armlängen betrug. Tomei schrieb die Botschaft zu Ende, faltete das Blatt zweimal, versiegelte es und schrieb in Schönschrift den Namen des Adressaten darauf: *Hochverehrter Signor Segretario Zuàne Formento.* Dann gab er es einem Jungen, zusammen mit zwei Lire. Er sagte dem Jungen, er solle das Mittagsläuten abwarten und die Botschaft dann auf den Bootsfriedhof bringen, wo jemand ihn bei dem großen abgewrackten Kahn erwarte. Gerade hatte er dem Jungen den Brief gegeben, da befahl der Kapitän, die Anker zu lichten und den Bug auf die Durchfahrt zu richten, die die Giudecca mit dem Canale dell'Orfano verband.

Der Junge war pünktlich. Beim ersten Mittagsläuten war er losgelaufen. Auf diesem Bootsfriedhof spielte er manchmal mit seinen Freunden, und er kannte den alten Kahn in der Mitte. Den schwarzgekleideten Mann sah er sofort, als er mit zwei anderen am Heck des Kahns auftauchte. Der Junge blieb ein paar Schritte entfernt stehen, denn nun fürchtete er sich. Das mussten Leute aus dem Palazzo sein, Sbirren oder Fanti. Sie gefielen ihm nicht.

Zuàne Formento hatte den Kahn inspiziert, aber von Tomei keine Spur gefunden. Er begriff sofort, dass dieser Junge zu ihm wollte. »Suchst du jemanden?«, rief er ihm aus zwanzig Schritt Entfernung zu.

»Ich habe eine Botschaft«, antwortete der Junge.

»Komm her, hab keine Angst!«, rief Formento.

Der Junge, der ihm misstraute und auf keinen Fall näher kommen wollte, legte das Papier auf die Planken eines Bötchens. »Ich lasse sie Euch hier, Messere!« Dann nahm er die Beine in die Hand.

Formento gab Zaneto, dem Hauptmann der Wärter in den Pozzi, ein Zeichen, und der ging den Brief holen.

»Für Euch, Signore.«

Formento öffnete das Papier. Als er den Brief gelesen, wieder zusammengefaltet und in der Tasche seiner Toga verstaut hatte, hatten sich seine Züge verhärtet. »Zurück in den Palazzo«, befahl er und ging zur Brücke, wo eine Gondel wartete.

102

Der Anwalt Giacomo Zon hatte Andrea an der Tür des Vorzimmers zur Avogarìa in den Loggien des Palazzo abgefangen. Diese Geschichte zog sich nun schon seit ewig hin, an jedem zweiten Tag wiederholte sich die Quälerei, und immer begann sie mit den Worten: »Hast du mit Ihrer Durchlaucht, deinem Vater, gesprochen?« Andrea gab immer die gleiche Antwort: »Du musst Geduld haben, Giacomo, meinem Vater geht es nicht gut.«

Anders als sonst hatte Zon an diesem Tag jedoch nicht mit dem üblichen »Nun gut, versuch es, sobald du kannst« geantwortet, denn ihm schien, als sei der Doge seit einigen Tagen wieder leidlich in Form. Darum hatte er Andrea mit Klagen bestürmt, die Zeit gehe dahin und der Moment sei günstig für die papsttreue Fraktion im Pien Collegio. Er hatte sich mit der Unterstützung gebrüstet, die ihm der Nuntius Facchinetti gewähre und vom Kreis gefaselt, der sich durch ein einziges Wort der Wertschätzung und Zustimmung des Dogen schließen könne. Seine Augen glänzten vor Rührung.

Andrea hielt es nicht mehr aus, denn all seine Sorgen und Gedanken waren in diesem Augenblick auf das gerichtet, was wenige Schritte weiter im Saal der Avogarìa vor sich ging, wo sich seit über zwei Stunden die Delegation beriet, die San Servolo besichtigt hatte und über Sofias Schicksal entscheiden sollte. Zwei Stunden waren zu viel. Es ging um ein Menschenleben, und für Andrea war der politische Aspekt der Sache zweitrangig im Vergleich zum ärztlichen, den Luca Foscari vertrat. Andrea bezweifelte nicht, dass der Freund sein Wort halten würde.

»Hörst du mir überhaupt zu?!« Zons Stimme war schlagartig scharf geworden, und Andrea verfluchte den Tag, an dem er Zon versprochen hatte, sich beim Dogen für seine Kandidatur zum Savio für Ketzerei zu verwenden.

In diesem Moment öffnete sich die Tür der Avogarìa. Als Erster kam Senator Nicolò da Ponte mit finsterer Miene heraus. Er sah Andrea, schüttelte den Kopf und sagte leise in bitterem Ton: »Es hat nicht funktioniert, ich bedaure.« Als er da Mula ankommen sah, zog er es vor, sich eilig zu entfernen. Es musste einen heftigen Streit gegeben haben. Da Mula blieb auf der Schwelle stehen, als er Andrea warten sah, dann hakte er den durch die Tür kommenden Provveditore über die Klöster unter und steuerte mit ihm auf die Scala d'Oro zu. Die Letzten waren Francesco Pisani und Luca Foscari.

Luca blieb stehen, um Bericht zu erstatten. »Bei vier Abstimmungen wurde keine Mehrheit erreicht«, sagte er aufrichtig beschämt.

»Wie ist das möglich? Nur da Mula war dagegen!«, rief Andrea erregt aus.

»So war es nicht, es gab weitere Gegenstimmen.«

»Wer?«, fragte Andrea barsch.

Luca zögerte. Zwei Schritt von Andrea entfernt sah er den Anwalt Zon, der höchst interessiert zu sein schien.

»Frag mich nicht.«

Andrea barg verzweifelt das Gesicht in den Händen.

»Wir können die Sache vor den Großen Rat bringen«, schlug Luca vor.

»Sofia geht es schlecht!«, rief Andrea aus. »Wir dürfen nicht länger warten!«

»Ich habe getan, was ich konnte.« Luca schüttelte enttäuscht den Kopf, während die Glocke von San Marco zum Ende der Mittagspause läutete.

Andrea drängte es, zu gehen. Sein Blick wanderte von seinem Freund zu dem verwirrten Gesicht des Anwalts Zon, der stumm in einer Ecke wartete. Dann wandte er sich zur Scala dei Censori. Er musste etwas für Sofia tun. Aber was? Den Gedanken, mit seinem Vater zu sprechen, verwarf er sofort, denn nach dessen Eingreifen im Senat und dem Brief zugunsten Sofias, den er Andrea anvertraut hatte, blieben dem Dogen nun angesichts des negativen Urteils der Kommission keinerlei Einflussmöglichkeiten mehr. Vielleicht konnte Andrea mit Sebastiano Venier sprechen, doch auch der versuchte in letzter Zeit, sich ruhig zu verhalten, um zu vermeiden, dass man ihn unter dem Vorwand einer Ernennung zum Provveditore irgendeines weit entfernten Gebietes aus Venedig entfernte. Sogar von Corfu war die Rede.

Als Andrea sich beim Verlassen des Dogenpalastes noch einmal umdrehte, empfand er ein erstickendes Gefühl der Ohnmacht, als wären all diese Steine zur beweglichen Masse geworden und würden ihn im nächsten Moment wie eine gigantische Welle überschwemmen. Das war die Macht. Und die Bürokratie hatte ihre Mauern ringsum errichtet, um sie zu schützen: Es gab über hundert Räte, Justizbehörden und Gerichte mit legislativer, exekutiver und rechtsprechender Gewalt, allesamt getragen von der Patrizierklasse, die im Rotationsverfahren die etwa achthundert Regierungsämter bekleidete. Außerdem gab es von Sekretären bis zu Buchhaltern, von Buchprüfern bis zu Notaren ein Heer aus Beamten im Rang von Bürgern, von denen jeder in seinem kleinen Reich uneingeschränkte Macht ausübte und einen Menschen zugrunde richten oder retten konnte.

Die Idee kam ihm urplötzlich, verbunden mit dem befriedigenden Gefühl, ein gerechtes Opfer zu bringen. Er überlegte, dass er nur aus eigener Kraft etwas erreichen konnte. Er und Bernardo. Doch erst musste er die Situation klären, mit dem Arsenalotto darüber sprechen, und es musste schnell gehen, denn am nächsten Tag war Karnevalsdienstag, das letzte große Fest im Karneval und genau der richtige Tag, um Sofia aus der Hölle von San Servolo zu befreien.

103

Loredana Marcello, die Gattin von Alvise Mocenigo, hatte an alles gedacht. Es war mitnichten einfach gewesen, dieses Fest zu Ehren des Dragoman und Müteferrika Mahmut Bey und des *Ambassadeur extraordinaire* Claude du Bourg zu organisieren. Zum Beispiel hatte es fast eine Woche gedauert, bis der Senat, der Rat der Zehn und die Savi des Pien Collegio ihre Einwilligung gegeben hatten, damit die beiden Diplomaten an einem privaten Ort wie dem Haus der Mocenigos auf der Giudecca empfangen und bewirtet werden konnten. Denen, die Mocenigo gutwillig oder in böser Absicht nach dem Grund für so viel Großzügigkeit fragten, antwortete er fast beleidigt, aber mit unverhohlenem Stolz: »Für die heilige, gesegnete Serenissima natürlich!«

Dass dies nicht der einzige Grund war, erkannte man sofort, wenn man Alvise Mocenigo dabei beobachtete, wie er Mahmut Bey und Claude du Bourg empfing, als sie aus dem Boot stiegen. Er gerierte sich ganz und gar als Doge, beginnend mit der Art, wie er, in das purpurfarbene Gewand des Procuratore gehüllt, feierlich einherschritt. Und er trug den majestätischen, selbstgewissen Gesichtsausdruck des Menschen zur Schau, der einen Gutteil seines Lebens damit zugebracht hat, mit den Großen der Welt zu verhandeln. Allen, die ihn so aufgeputzt und vorbereitet sahen, wurde klar, dass Mocenigo der fünfundachtzigste Doge der Republik Venedig sein würde.

Loredana gab dem Maestro der Feuerwerke ein Zeichen, und die Luft füllte sich mit Kanonenschlägen. Der klare Himmel wurde von weißen Pinselstrichen betupft, die sich, vom Wind zerzaust, sofort in die Länge zogen. Und die Musiker feierten den Empfang mit Querpfeifen und Trommeln.

Mahmut Bey fühlte sich geehrt von so viel verschwenderischer Großzügigkeit, ja, in seinem Herzen schwand sogar das Misstrauen gegen diese Venezianer, die ihn nach der langen

Quarantäne im Lazzaretto immer noch ausspionierten und Tag und Nacht überwachten. Er begann lächelnd die Verbeugungen derer zu erwidern, die sich näherten, um ihn ehrerbietig zu begrüßen. Und Claude du Bourg, sein Begleiter, Erfinder und Organisator dieser diplomatischen Reise, die so unerfreulich begonnen hatte, jubelte insgeheim über den unerwarteten Erfolg, während er Arnaud du Ferrier, dem Botschafter Frankreichs in Venedig, triumphierende Blicke voller Genugtuung zuwarf.

»Machiavelli besaß keinerlei moralischen Tugenden«, sagte der Nuntius Facchinetti, einen perlenden Weißwein schlürfend und den Blick starr auf das gerichtet, was sich im Garten abspielte, wo die Gäste sich anschickten, den spektakulären Kraft- und Gleichgewichtsübungen der Herkules-Wettkämpfe beizuwohnen.

»Moralische Tugend ist ein großes Wort, das alles und nichts besagt«, tönte Alvise Mocenigo. »Ist nicht auch die Wölfin, die das Schaf zerfleischt, um ihre Kinder zu ernähren, voll moralischer Tugend?« Alvise neigte sich leicht zu dem Prälaten vor und erhob das Glas, um dem Botschafter du Ferrier zu antworten, der den beiden zuprostete.

Hoffentlich verschluckst du dich, verruchter Calvinist, dachte der Nuntius, während er lächelnd das Glas zu dem Franzosen erhob. Dann wandte er sich Mocenigo zu, um ihm zu antworten. »Bringt die Dinge nicht durcheinander, geschätzter Freund, wir sprechen von Menschen, nicht von Tieren. Von Vernunft, nicht von Instinkt.«

»Der Überlebensinstinkt gehört zu beiden, Eccellenza«, erwiderte Mocenigo ebenso höflich.

Der Nuntius neigte ein wenig den Kopf. »Wohl wahr. Doch Tiere folgen ihm bis aufs Blut. Die Menschen hat Gott Liebe gelehrt.«

Mocenigos Augen wurden zu schmalen Schlitzen. »Es hat

schwerwiegende Zwischenfälle gegeben, die zwei Klöster dieser Stadt betreffen«, sagte er leise.

Facchinetti schien zu erlöschen wie eine Kerze, stellte sein Glas auf dem Tisch ab und verschränkte die Arme. »Ich habe in meinem Leben schon viele Sünden angehört. Sprecht …«, seufzte er.

»Diese sind so ernst, dass es mich schmerzt, Euch davon unterrichten zu müssen.«

»Ich kann einiges ertragen. Zögert nicht.«

Mocenigo musterte ihn, als schätzte er seine Kräfte ab, und ihm schien der Moment für den Angriff gekommen.

»Bluttaten, Diebstahl, Gewalt, Machenschaften von Spionen.«

Der Nuntius wich zurück und blickte sein Gegenüber überrascht an, doch ohne zu übertreiben, denn zu großes Erstaunen wäre nicht nur verlogen, sondern vor allem töricht gewesen.

»Den Sünden der Menschen«, hub er im milden Ton des Predigers an, »steht die erhabene Größe der göttlichen Vergebung gegenüber.«

»Gewiss, Hochwürden«, erwiderte Mocenigo prompt. »Doch auch die Strenge unserer Gerichte.«

Der Prälat kassierte den Treffer, wiegte jedoch leicht den Kopf hin und her. »Sprecht. Worum handelt es sich?«

Mocenigo spannte den Kiefer an. »Wir haben eine Verbindung zwischen der Celestia und San Giacomo auf der Giudecca mit der Explosion des Arsenale und dem Diebstahl der Lohngelder aus den Kassen der Patroni gefunden.«

Ein Applaus, prasselnd wie salzhaltiges Holz, das ins Feuer geworfen wird, lenkte sie ab. Vor der Mauer des großen Gartens hatten Arsenalotti aus vielen nebeneinandergestellten Fässern ein Viereck gebildet und darauf ein großes Eichenbrett gelegt, so dass eine Bühne entstanden war. Gleich würde die erste Gruppe aus sechzehn Männern auf diese Bühne steigen, um eine menschliche Pyramide zu bilden.

Jetzt wurden die Augen des Nuntius zu Schlitzen. »War die Explosion nicht das Werk des Türken?«

Mocenigo seufzte und breitete niedergeschlagen die Arme aus. »Das hätte sie sein sollen. Leider scheint es nicht so zu sein.« Der Nuntius schüttelte den Kopf und gab sich misstrauisch. »Sind das Vermutungen oder Gewissheiten?«

»In einigen Fällen haben wir Beweise. In anderen wird noch ermittelt, aber ich versichere Euch, dass man von Konstantinopel bis London über diese Ereignisse sprechen wird, wenn sie vor Gericht kommen.«

»Der Schaden wäre sehr groß.«

»Davon bin ich überzeugt. In diesen Klöstern gibt es Teufel, die morden und Simonie treiben, und es gibt einen Handel mit kostbaren, aus Kirchen gestohlenen Sakralgegenständen. Sogar der Prior von San Giacomo scheint ein gottloser Verbrecher zu sein.«

»Maestro Dardano?«, fragte der Nuntius fassungslos.

»So hat man mir berichtet«, antwortete Mocenigo ernst. »Und was noch schlimmer ist, auch Avvocato Loredan ermittelt in dieser Geschichte. Loredan ist ein Mann von großer Tugend, gewiss keiner, der schweigen oder Kompromisse akzeptieren wird.«

Die Miene des Nuntius zeigte Bestürzung. »Seine Heiligkeit wird einen Skandal von solchen Ausmaßen keinesfalls dulden, Maestro Dardano und die Servitenpatres haben einflussreiche Beschützer in der römischen Kurie. Das wäre das Ende für die Heilige Liga.«

»Das fürchte ich auch«, bestätigte Mocenigo.

»Wir müssen das unbedingt verhindern. Klärt diese unerfreuliche Situation.«

»Ich werde es versuchen, Hochwürden.«

Sie musterten sich eingehend, um die Vertrauenswürdigkeit des anderen abzuschätzen, und es sah aus, als kreuzten sie die Klingen.

Die erste Figur der Arsenalotti, die die Herkules-Wettkämpfe eingeleitet hatte, wurde mit Applaus bedacht. Vor allem die Frauen klatschten hingerissen, etwas weniger begeistert stimmten

die Männer ein. Die adeligen Damen hatten sich von ihren Tischen erhoben und im Halbkreis um das Quadrat der Arsenalotti gestellt, die andere Hälfte für die Auf- und Abtritte von der Bühne frei lassend.

»Kommt Ihr nicht, Eminenz?«, fragte Mocenigo. »Die Marangoni bereiten die ›Ente‹ vor, eine menschliche Pyramide aus zweiundvierzig Männern und einem Jungen an der Spitze.«

»Geht Ihr, ich werde die Spiele von hier beobachten, wenn Ihr nichts dagegen habt.«

»Wie Ihr wünscht. Ich muss die Honneurs machen.« Mocenigo verabschiedete sich mit einer halben Verbeugung.

104

Die Krapfenverkäufer hatten ihre Stände an der Riva degli Schiavoni aufgebaut, und der Rauch des erhitzten Fetts erfüllte die Straße. Dieser Karneval klang, teils wegen der Explosion des Arsenale, teils wegen der Hungersnot und des drohenden Kriegs gegen die Türken, traurig aus, fast wie eine lästige Pflicht. Hier und dort widerstanden die Stadtteilfeste, die veranstaltet wurden, um die Kinder zum Lachen zu bringen und wenigstens eine Zeitlang von den Sorgen der Eltern zu befreien. In diesem Karneval, der einer vorgezogenen Fastenzeit ähnelte, blieben der Karnevalsdonnerstag und der Dienstag, der den Karneval abschloss, die einzigen Tage, an denen gefeiert wurde. Ohne jeden Protest der Zehn hatte der Senat den langen Reigen aus Festen und Feiern, der sich immerhin vom Rialto bis San Marco und entlang der Schiavoni bis nach Castello hinzog, gefördert und finanziert, um die Spannungen in einer leidgeprüften, erschöpften Stadt zu mildern.

Andrea ging hinaus in die Sonne auf die Mole und folgte in einigem Abstand dem Menschenstrom, der sich zwischen Tierkäfigen, Tanzbären, abgerichteten Papageien und Affen, Bühnen für Scharlatane, Salbenverkäufer, Jongleure, Feuerschlucker, Astrologen und Seiltänzer auf den Ponte della Paglia zu bewegte. Die Menschen hatten sich verwandelt, hinter tausenderlei farbenfrohen Kostümen und Masken versteckt: Harlekine, Schornsteinfeger, Buckelige, Teufel, Türken in Ketten, Vogelfänger, Angeber mit Pferdeköpfen und Spaßvögel mit Eselsohren, Soldaten und Jäger mit unechten Flinten. In diesen Verkleidungen, mit denen man die Rollen tauschen durfte, ohne sich zu schämen, wurden Arme und Reiche, Junge und Alte gleich.

Endlich gelangte Andrea nach Santa Ternita, wo Bernardos Haus lag. Auch dort gab es ein kleines Fest im Innenhof.

»Verehrter Avvocato! Kommt, kommt und trinkt mit uns!«, lud Bernardo ihn herzlich ein.

»Wo können wir reden?«, fragte Andrea den Arsenalotto nur.

Die prächtige Mascaréta für Regatten, eines jener Boote, die leicht über das Wasser gleiten, die der Wind dreht wie Papier, ein einziger Ruderschlag aber wie ein Delfin davonschießen lässt, fuhr über den Rio di Santa Ternita, angetrieben von Bernardo, der sie mit gekreuzten Riemen energisch ruderte.

»Wir müssen Sofia dort herausholen. Morgen, am letzten Tag des Karnevals«, sagte Andrea und begann sofort, Bernardo seinen Plan darzulegen. Eine halbe Stunde nach dem Läuten zur Terz sollte er mit einer schwarzen Gondel hinter San Giorgio Maggiore sein. Er sollte sich den Bart rasieren und die Haare scheren, den schwarzen Mantel und Hut eines Arztes tragen und Lebensmittel und Wasser für fünf Tage besorgen. Außerdem sollte er beim besten Konditor von Castello drei Pfund Marzipan und Konfekt kaufen. Andrea gab ihm zehn Dukaten für die Maskerade und die Süßigkeiten und erklärte, dass Bernardo eine Erlaubnis für ein medizinisches Gutachten über den Gesundheitszustand von Sofia Ruis bei sich haben würde. Gefälscht natürlich. Andrea wies ihn auf die Gefahren hin, aber Bernardo willigte ein, überglücklich, dass er helfen konnte.

105

Loredana hatte ihre schönsten Gemälde und Wandteppiche phantasievoll im Portikus und zwischen den Tischen im Garten verteilt. Darunter waren hervorragende Werke von Lotto, Carpaccio, Tintoretto, Vivarini, Giolfino, Tizian und Bellini. Um den Portikus größer erscheinen zu lassen, hatte sie sein Deckengewölbe mit silberbestickten Seidentüchern dekoriert und gut dreißig Spiegel aus Cristalìn an die Wände gehängt. Mit den Cesendelli, den Laternen aus Reispapier und den Kandelabern, deren Licht unzählige Male reflektiert wurde, erschien all das, was ohnehin schon opulent und üppig war, so atemberaubend prächtig, dass es über alle Kritik erhaben war und nur Bewunderung erregte.

Die Herkules-Wettkämpfe waren mit großer Begeisterung aufgenommen worden, und viele der Gäste hatten nach dem Essen das Haus Mocenigo bereits verlassen.

Mahmut Bey hatte sich, obwohl sein islamischer Glaube es ihm verbot, während der ganzen Mahlzeit am Malwasier und dem Frizzante aus Conegliano ausgiebig gütlich getan. Diesen ausgezeichneten Weinen hatte Dottor Fausto Pavan, ein Fachmann für Gifte und Betäubungsmittel, die rechte Dosis Solanum hinzugefügt, ein etwas schwächeres Schlafmittel als Opium. Derselben Behandlung war Claude du Bourg unterworfen worden, den das Betäubungsmittel in eine hemmungslose Heiterkeit versetzte.

Doktor Pavan ging zu Alvise Mocenigo und flüsterte ihm etwas zu. Darauf trat Mocenigo zum Botschafter du Ferrier, um ihm mitzuteilen, dass die beiden Gäste nunmehr getrennt werden konnten.

»Dieser Unglücksmensch!«, krächzte du Ferrier, als bedaure er den Schlamassel, in den sein Landsmann sich gebracht hatte.

»Habt Ihr etwas gesagt?« Mocenigo tat, als hätte er nichts gehört.

»*Monsieur du Bourg est absolument extravagant!*«, bemerkte du Ferrier ein wenig vorsichtiger.

Mocenigo nickte nur, dabei überwachte er das Grüppchen aus Du Bourg, Mahmut, Andrea Dolfin und dem Nuntius Facchinetti, das von einem Gemälde zum anderen wanderte und den Erläuterungen lauschte, die Ottavio da Magi gab, ein überragender Latinist, Literat, Kunstkenner und Vertrauensmann Alvises.

»Ihr müsst Euch von jetzt an um ihn kümmern, Monsieur l'Ambassadeur.« Mocenigos Ton war honigsüß geworden. »Wenn Du Bourg von der Verhaftung Mahmuts erfährt, wird er Gift und Galle speien.«

Der Botschafter, darin geübt, Konflikte zu entschärfen, überließ es seinem Schweigen, zu demonstrieren, dass Sand noch die stärkste Welle aufzunehmen vermag.

»Alles ist bereit, Ihr könnt unbesorgt sein«, sagte er darauf freundlich. »Du Bourg bleibt zunächst bei mir im Palazzo Michiel, damit wir die Form wahren. Später werde ich ihm raten, Venedig zu verlassen, und Ihr könnt ihn verhaften.«

Nun schwieg auch Mocenigo eine Weile, um nicht den Eindruck zu erwecken, es gäbe einen Disput zwischen ihm und dem Botschafter.

»Ihr müsst verstehen, wir haben schon viel zu viele Probleme«, sagte er ruhig. »Wir werden beide gut behandeln, für Mahmut haben wir einen goldenen Käfig in einem schönen Haus auf der Giudecca vorbereitet.«

»Mein Freund«, sagte du Ferrier konziliant, »handelt nach Eurem Dafürhalten, meine Einwilligung habt Ihr. Der Türke darf nicht in Paris ankommen, das will der König nicht.«

Nun wurde Mocenigos Ton verschwörerisch, und er flüsterte du Ferrier ins Ohr: »*Alors, vite, vite!* Fahren wir fort, und zwar rasch!«

Granzo dachte, er wäre noch einmal davongekommen. Er hatte den Käse aufgegessen und lag unter lauwarmem Stroh in einem Stall. Mit dem Plan, zur Furt des Po zurückzugehen und wieder die Via Francigena einzuschlagen, um über die Berge ans Meer zu gelangen, war er eingeschlafen. Er würde diesen Plan durchführen, denn unter einem Herrn oder schlimmer, in einem Kloster zu leben, hätte er niemals ertragen.

Aus dem Nichts erschien der Lauf einer Arkebuse und hob sich langsam bis zu seinem Gesicht. Dann ein Tritt, und Granzo fand sich in einer bitteren Wirklichkeit wieder: Die beiden Sbirren hatten ihn gefunden.

Die Mascaréta lag an der Anlegestelle des Rio della Tetta auf der Rückseite der Locanda. In Andreas Boot stand eine halbe Handbreit Wasser und neigte es ein wenig zur Seite. Andrea wollte die Mascaréta für den nächsten Tag vorbereiten, damit alles glattging. Zuerst nahm er einen Eimer und begann, das Wasser auszuschöpfen. Eine langwierige Arbeit, die ihm Zeit zum Nachdenken gab. Am morgigen Karnevalsdienstag würden so viele Boote auf der Lagune sein wie Sterne am Himmel. Sein Plan war verrückt, aber der einzig mögliche. Wenn sie Sofia befreit hatten, vorausgesetzt, es gelang ihnen, sollte Bernardo zurückkehren, während Andrea und Sofia an Bord der Mascaréta zu den Marschen von Lizza Fusina fuhren. Von dort gelangte man durch den Sumpf und die Kanäle leicht bis nach Mirano auf der Terraferma, wo die Loredan große Ländereien besaßen. Hier lebte in einem Bauernhaus Moreta, die Amme, die Andrea nach dem Tod von Lucrezia gestillt hatte. Er nannte sie *mammina*, und eine Mutter war sie für ihn geblieben. Moreta lebte allein und hätte alles für ihn getan. Andrea wollte sie bitten, Sofia zu verstecken und zu beschützen. Er würde nach Venedig zurückkehren und sich freiwillig den Signori di Notte stellen, um sein Vergehen zu büßen und Sofia zu verteidigen.

108

Ein großes Stück Putz war im Saal der drei Häupter der Zehn von der Decke gefallen, und die Schreie von Silvioto, dem Maurermeister, hörte man bis zum Senat. Der alte Vorarbeiter zürnte mit seinen Maurern, die die Decke nicht ordentlich abgestützt hatten.

Alvise Mocenigo warf einen letzten Blick auf den »Triumph der Tugend über das Böse«, das Gemälde von Veronese, das ein Stück herunterfallender Putz getroffen hatte. Sein Herz krampfte sich zusammen, denn ausgerechnet das Gesicht der Tugend war betroffen, der jungen Frau, die seiner Loredana so sehr glich. Veronese selbst würde das Bild restaurieren müssen, und Mocenigo überlegte, dass er das notwenige Geld persönlich auftreiben würde, wenn der Schatzmeister nicht dafür aufkommen wollte. Auf jeden Fall konnte die Zusammenkunft nicht in diesem Saal stattfinden.

»Wollen wir zu Euch gehen, Eccellenza?« Überaus höflich wandte sich Mocenigo an den Großkanzler Ottobon, was Andrea Dolfin und dem Senator da Ponte nicht entging.

»Es ist mir eine Ehre, Messer Procuratore.« Der Kanzler verneigte sich und fügte eilig hinzu: »Ihr müsst Euch freilich mit wenig begnügen. Mein Amtszimmer ist klein und kalt.«

»Es ist ein ruhiger Ort«, erklärte Mocenigo bestimmt.

Die anderen zwei widersetzten sich nicht, und so begab sich das Grüppchen von den mit Fresken verzierten und mit Damast und Leder verkleideten Wänden in einen weit bescheideneren Raum, wo die mit Gebirgsessenzen imprägnierten Buchenholz-

wände knarrten. Ottobon beeilte sich, den fehlenden Stuhl aus dem Nebenraum des Segretario alle Voci zu holen, schloss die Tür, und die geheime Versammlung konnte beginnen.

Zunächst berichtete Mocenigo ausführlich von seinem Gespräch mit dem Nuntius Facchinetti über die Ereignisse in den Klöstern Celestia und San Giacomo. Es ging ihm in diesem Moment darum, Nicolò da Pontes Zustimmung zu bekommen, um die Ermittlungen einstellen zu lassen und so einen Skandal zu vermeiden. Er appellierte an da Pontes Einfluss im Senat und an die Freundschaft, die ihn mit den Loredan verband. Da Ponte aber war ein schwieriger Charakter. Kaum hatte Mocenigo angedeutet, wie wichtig es sei, Skandale zu vermeiden, geriet er in Harnisch und setzte zu einer seiner üblichen Invektiven gegen die Kirche und diesen Pius V. an, seinen ärgsten Feind, der ihn als Botschafter abgelehnt hatte, weil er die Kämpfe beim Konzil von Trient nicht vergessen konnte, wo da Ponte als Vertreter der Regierung Venedigs und Verteidiger der politischen Autonomie der Serenissima aufgetreten war.

Mocenigo ließ ihn sich austoben wie ein Sommergewitter, denn er wusste, dass der Senator für die Gründe anderer nicht taub war und sich von vernünftigen Argumenten überzeugen ließ. Er wusste auch, dass unter den unzähligen Ämtern, die da Ponte in der Republik schon bekleidet hatte, nur noch eines fehlte, das ihm den Weg zur letzten Stufe vor der Dogenwürde bahnen konnte: die Ernennung zum Procuratore von San Marco de ultra. Ein Amt, auf das auch Andrea Dolfin hoffte.

Also legte Mocenigo geduldig die Gründe dar, warum er für ein vorübergehendes Aussetzen aller Ermittlungen gegen einzelne Geistliche und die Orden war. Man könne die Untersuchungen wieder aufnehmen, wenn die Bündnisse der Heiligen Liga geschlossen und befestigt waren. Denn die Isolierung Venedigs könne derzeit von den Türken als günstige Gelegenheit für den Krieg angesehen werden.

Da Ponte schien mit seinem Schweigen zuzustimmen. Das

gab Mocenigo die Möglichkeit, das Gespräch auf einen anderen Kriegsschauplatz zu lenken. »Messer Dolfin, seid bitte so gut«, fuhr Mocenigo fort, der bei solchen Gelegenheiten sein Talent bewies, sich als Anführer geschickt seiner vertrauenswürdigen, ergebenen Mitarbeiter zu bedienen »erläutert die Schwere der Vorkommnisse in allen Einzelheiten, damit das, was entschieden wird, zum Wohl der Republik geschieht und ihr nicht schadet.«

Dolfin, der sich seit Tagen auf diesen einzigartigen, unwiederholbaren Moment vorbereitet hatte, setzte eine gewichtige, leise betrübte Miene auf und wechselte im Ton zwischen Empörung, Bitterkeit, Zweifel und Entschlossenheit, um die Anklage als Ergebnis trauriger Evidenz erscheinen zu lassen.

Großkanzler Ottobon wiederum, den diese ungewöhnliche Versammlung ohnehin verwunderte, versuchte zu begreifen, wo die Falle oder das Täuschungsmanöver steckte. Denn nicht immer durfte ein Kanzler, der zwar ein hochrangiger Beamter in der öffentlichen Verwaltung, aber doch ein einfacher Bürger war, an Sitzungen teilnehmen, bei denen wichtige Fragen der inneren Sicherheit diskutiert wurden. Sein erster Gedanke, bei dem er fast ohnmächtig geworden wäre, galt seiner Rolle im Bund der Wächter, und er fürchtete, dass sie entdeckt worden war, mit allem, was daraus folgen würde.

Doch als Dolfin anfing, öfter von Andrea Loredan zu sprechen, je weiter er in die Anklagepunkte vordrang, erkannte Ottobon, dass genau hier der Grund für seine Anwesenheit lag. Wegen seiner brüderlichen Freundschaft und Vertrautheit mit dem Dogen konnte er als Botschafter zwischen dem Gericht, das Andrea beschuldigen wollte, und dem kranken, bekümmerten Vater auftreten. Denn den Sohn des durchlauchtigsten Fürsten der Serenissima zu verhören war nicht nur ein juristischer Akt, sondern auch ein Politikum mit schwerwiegenden, unvorhersehbaren Konsequenzen.

Auch Senator da Ponte hatte die Einladung von Mocenigo überrascht, die ihn direkt vom Fest auf der Giudecca zu diesem außerordentlichen abendlichen Treffen im menschenleeren Palazzo Ducale geführt hatte. Nicolò da Ponte waren die alten Geschichten um den Dogen Francesco Foscari und seinen Sohn Giacomo oder den Dogen Leonardo Loredan und seinen Sohn Lorenzo gut bekannt: tragische Geschichten, die sich allen, ob Adelige, Bürger oder dem Volk, lebhaft ins Gedächtnis geprägt hatten. Als Dolfin dann die Schwere der Anklagen schilderte, die gegen Andrea erhoben wurden, schlug da Ponte in einer unwillkürlichen entsetzten Reaktion die Hände vor das Gesicht. Denn Anna Tagliapietra, die Novizin der Celestia, verführt, geschwängert und ermordet zu haben würde Andrea nicht nur in alle Ewigkeit verdammen, sondern bei sämtlichen juristischen Instanzen mitsamt dem Volkszorn direkt unter das Fallbeil des Henkers bringen.

Der Großkanzler Ottobon hingegen blieb äußerlich ungerührt, obwohl er insgeheim darüber erschrak, dass er alle Gerüchte im Palazzo über ein Manöver, das den Dogen durch Verleumdung seines Sohnes entehren sollte, bislang immer für absurd erklärt hatte. Und das war eine unverzeihliche Nachlässigkeit für einen Kanzler und einen Freund, denn Andrea, den Ottobon seit seiner Kindheit kannte, konnte sich eines solchen Verbrechens keinesfalls schuldig gemacht haben. Er, der Auserwählte, der Sohn von Lucrezia.

Alle hatten gesprochen außer dem Senator Nicolò da Ponte, und jetzt waren alle Blicke auf ihn gerichtet.

»Senatore«, forderte Mocenigo ihn mit einer leichten Verneigung auf, »würdet Ihr, die Ihr kraft Eurer Autorität und Eures Alters weit vertrauter mit den Geschäften des Palazzo seid, uns bitte Eure Meinung wissen lassen?«

Obwohl da Ponte die großen politischen und diplomatischen Fähigkeiten Mocenigos schätzte, vertraute er ihm nicht ganz. Darum begann er, eine mögliche Antwort auf diese Frage, die allzu schmeichlerisch klang, sorgfältig abzuwägen. Dem Mann, der nach Loredans Tod höchstwahrscheinlich Doge werden würde, eine falsche Antwort zu geben, konnte gefährlich sein.

»Messer Procuratore, hochverehrte Signori«, setzte er an, sich erst Mocenigo, dann den beiden anderen zuwendend. »Die Ehre, die Ihr mir erweist, ist so groß, dass sie nur mit der Gewichtigkeit der Antwort verglichen werden kann.« Wieder ließ er den Blick über die drei schweifen, verweilte jedoch nur bei Mocenigo. »Ich denke«, begann er besorgt, »die christliche Nächstenliebe gebietet, dass dem durchlauchtigsten Fürsten, der sehr krank und nunmehr am Ende seines Lebens angelangt ist, derartige Qualen und Entehrungen erspart bleiben. Aber die Rechtsgrundsätze, welche die ruhmreichen Väter dieser heiligen, gesegneten Republik uns hinterlassen haben, sind auch ihr Blut, ihr Lebenssaft und ihre Stärke. Ich bin aufrichtig überzeugt, dass es keine Freiheit ohne Gerechtigkeit gibt, und es gibt keine Gerechtigkeit, wenn einem Fürsten eine andere Behandlung widerfährt als einem Diener. Sollte Andrea Loredan sich also eines solch grauenhaften Verbrechens schuldig gemacht haben, ist es gerecht, wenn er dafür bezahlt, und zwar sofort.«

Stille breitete sich aus.

»Weise Worte, Senatore«, sagte Mocenigo nach einer Weile.

»Sie ermutigen uns sehr«, bestätigte Dolfin.

Als der Senator diese Äußerung hörte, erfasste ihn ein starker Widerwillen, denn er wusste, wie glühend Dolfin Andrea hasste. Was Mocenigo betraf, so wusste er um dessen Neigung, das Wohl und die Sicherheit der venezianischen Republik über jedes Mitgefühl und alle menschliche Güte zu stellen. Eben noch verspürte er das Bedürfnis, etwas hinzuzufügen, da hörte er sich schon sprechen, obwohl ihm die Gefahren wohl bewusst waren.

»Ich möchte hinzufügen, dass es bei der Ausübung des Rechts auf Urteil und Bestrafung großer Vorsicht bedarf, denn noch schlimmer als unwillentlich ungerechte Rechtsprechung ist der bewusst böse, schändliche Gebrauch der Gesetze, um den Mitmenschen Leid zufügen oder sie zugrunde zu richten. Je mächtiger die Waffe ist, desto ehrlicher und tugendhafter muss derjenige sein, der sie zieht.«

Wieder folgte Schweigen.

»Was Ihr da sagt, Signore«, begann Andrea Dolfin, der seine charakteristische Reizbarkeit nicht zügeln konnte, in scharfem Ton, »bedeutet, wohlwollend verstanden, dass wir mindestens unvorsichtig sind!«

»Ich will sagen«, erwiderte da Ponte im gleichen Ton, »dass ich gegen diese Verhaftung bin, wenn es keine absolute Gewissheit gibt.« Er wartete. »Ich bin jedoch für eine Anweisung, die Andrea verpflichtet, die Stadt nicht zu verlassen. Ich kann für ihn bürgen. Andrea ist immer vertrauenswürdig gewesen.«

»Ihr habt recht, Senatore!«, rief Mocenigo aus, um den nutzlosen Streit im Keim zu ersticken. Zu Dolfin gewandt, fragte er: »Was denkt Ihr darüber?«

Unwillig, mit angespanntem Kiefer, antwortete das Haupt der Zehn: »Ich bin einverstanden.«

»Gut!«, rief Mocenigo aus und fügte, da Ponte ansprechend, hinzu: »Und was das Problem der Klöster betrifft, meint Ihr nicht auch, dass es angebracht wäre, jede Art Ermittlungen vorerst einzustellen?«

Das ist sie, die Schlange, die mir die Rechnung präsentiert, dachte da Ponte sofort, aber er dachte auch, dass Mocenigo recht hatte. Und wenn er in diesem Punkt nachgab, würde er ein gewisses Wohlwollen für Andrea herausschlagen. Also nickte er.

»Ja, das erscheint mir weise, wenigstens im Moment«, sagte er.

»Im Moment«, beeilte sich Mocenigo zu versichern.

109

Es war ein besonderer Abend in der Locanda della Torre. Ein Abend, zu dem Andrea eingeladen worden war. Secantin, der junge Arbeiter, der damals mit Francesco d'Angelo in den Rio gesprungen war, um Andrea und Sofia zu retten, heiratete ein Mädchen aus Chioggia, das er in Burano kennengelernt hatte, wo sie die Kunst des Spitzenklöppelns lernte. Die Feierlichkeiten hatten schon am Morgen begonnen, die Tische, an die Wände geschoben, bogen sich unter Speisen, Tellern, Schüsseln, Krügen, Glaskaraffen, Bechern und Besteck. Die Gäste tanzten mit einer Kerze in der Hand zur Musik von Lauten, Flöten und Trommeln. Sie drehten sich paarweise und schlossen sich zu einem Kreis zusammen, um dann wieder zu zweit zu tanzen. Alle vereinte die festliche Kleidung aus schwarzem oder tiefblauem Samt, dazu ein weißes Hemd und Bluse.

Lorenzo, der Wirt, tanzte mit ihnen, im Unterschied zu den anderen in elegantem rotem Samt und einem auffälligen Hemd aus gelber Seide, das farblich zu den Strümpfen und Stoffschuhen passte. In einer Ecke lachte Maria, umringt von einer Schar fröhlicher junger Männer. Graziosa drehte sich anmutig aus dem Tanz mit ihrem Kavalier, und Andrea hatte plötzlich ihre Kerze in einer Hand, in der anderen die Hand des Mädchens. So hatte er zuletzt mit Taddea getanzt, vor langer Zeit. Schon nach einer Umdrehung leerte sich die Tanzfläche, um diesem ungewöhnlichen Paar Platz zu machen. Lorenzo betrachtete seine zur Frau gereifte Tochter und träumte, Maria aber schaute grimmig drein.

Als der Missièr Grande und seine Männer den Raum betraten und sich einen Schritt vom Eingangsbogen entfernt aufstellten, zogen sie alle Blicke auf sich, die Musik begann zu holpern und verstummte, die Tanzenden erstarrten. Andrea sah den bärtigen Carlo Varotto mit schwarzem Barett, einem eleganten roten Anzug aus damasziertem Stoff und einem mit Wolle gefütterten schwarzen Mantel auf sich zukommen. Begleitet wurde er von Celso Calbo im schwarzen Gewand und zwei Sbirren.

Als Erstes dachte Andrea an seinen Vater. »Ist dem Dogen etwas zugestoßen?«, rief er erschrocken aus.

Varotto schüttelte den Kopf und blickte sich verlegen um, gehemmt durch all die Blicke, die auf ihm lagen, dann zog er ein gefaltetes Papier mit dem Siegel der Zehn hervor und überreichte es Andrea. »Wir sind hier, um Euch das zu übergeben, Ser Loredan.«

Andrea, der die Prozedur der Benachrichtigung kannte, spürte, wie ihm ein Schauder vom Nacken durch den ganzen Körper fuhr. Er hatte die Vorladung noch nicht aus den Händen des Missièr entgegengenommen, als ein dumpfer Schlag alle Blicke auf sich zog: zwei Schritt entfernt, lag Graziosa ohnmächtig auf dem Holzboden.

Um in dieser Nacht schlafen zu können, hatte Andrea seine halbe Kleidertruhe geleert und die wärmsten Sachen angezogen. Es gab kein Kohlebecken oder Kaminfeuer, das ihm Erleichterung hätte verschaffen können. Sogar das Wasser in der Waschschüssel war gefroren, und in den neuen Deckenbalken aus Eiche, die nach der Explosion eingesetzt worden waren, flüsterte es wie das Knistern, das im Wald anhebt, wenn er gefriert.

Sofia. Der Gedanke hielt Andrea wach. Als er mit dem Kopf unter dem Kissen hervorkam, traf ihn ein Peitschenhieb eisiger Luft ins Gesicht. Er zündete die Öllampe an und las noch einmal die gerichtliche Vorladung. So unglaublich es auch erscheinen mochte, er sollte wegen des Mordes an Anna Tagliapietra und des Kindes, das sie im Schoß trug, verhört werden. Seine Gedanken flogen schnell. Schon durch die Anweisung, die ihm nur verbot, die Stadt zu verlassen, wurde klar, dass es Zweifel an seiner Schuld gab, und offensichtlich hatten die Zehn keine sicheren Beweise, sonst hätten sie ihn gleich verhaftet. In zwei Wochen sollte er vor Gericht erscheinen. Er hatte Zeit. Allerdings verbot ihm die Vorladung, Venedig zu verlassen. Er faltete das Blatt zusammen und löschte das Licht.

Wenn Sofia in San Servolo bleibt, wird sie sterben. Ihn überlief ein Kälteschauer, und er steckte den Kopf wieder unter das Kissen. Eine Welle der Angst schlug über ihm zusammen. Das war sein letzter Gedanke, bevor der willkommene Schlaf ihn übermannte.

110

Der Karneval hatte dem Palazzo Ducale einen gewaltigen Zustrom an Menschen beschert. Als Simone Simoncin aus den Amtsräumen der Signori di Notte al Criminal kam, in der Hand das Papier, das ihm die Freiheit zurückgab, fand er sich auf dem Innenhof inmitten einer Menge aus Männern und Frauen, Jungen, Mädchen und Kindern, viele von ihnen maskiert. Glücklich und erleichtert ließ er sich in den Strom hineinziehen, im Geiste der seligen Jungfrau Maria dankend, der er viele Gebete gewidmet hatte, und die Gerichtsbarkeit Venedigs segnend, die einen armen Unschuldigen zu erkennen wusste. Er sah den Assassino, der eine Sonderschicht hatte, mit anderen Wärtern an den Fenstern des Gefängnisses stehen. Sie waren damit beschäftigt, Freunde und Verwandte der Gefangenen daran zu hindern, Karnevalsgebäck in die Fenster ihrer Lieben zu werfen, die sich mit ausgebreiteten Armen an den Gittern drängten. Alles hatte sich in ein großes Spiel verwandelt. Ihm war, als würde der Assassino ihn beobachten. Beim Anblick dieses bösartigen Folterknechts schauderte ihm, dennoch hätte er ihn vor Freude umarmen können.

Dann erlaubte er sich eine Leichtfertigkeit, die nur ein Unschuldiger wagen konnte. Bevor er diesen Ort der Folter floh, ging er zu dem Stand, wo Gebäck verschenkt wurde und ließ sich ein Säckchen geben, das er seiner Familie in Burano mitbringen wollte.

Obwohl es ein strahlender Tag war und die Sonne hoch stand, lag der Ostteil des Innenhofs im Schatten, und unter dem Portikus wurde der Schatten zur Eiseskälte. Hier stand Annina, die Augen auf das starke Gitter des Gefängnisses geheftet, denn man hatte ihr erlaubt, mit ihrem Mann Bepo zu sprechen. Er beruhigte sie, die Anschuldigungen seien haltlos, bald, vielleicht sogar schon morgen, am Aschermittwoch, würde man ihm die ersehnte Freiheit zurückgeben. Annina band eine Strickjacke und wollene Hosen an das Seil, das ihr Mann heruntergelassen hatte. Visdecazzòn kontrollierte, ob nichts Verdächtiges dabei war, und nachdem er eine Münze erhalten hatte, gab er seine Erlaubnis. Bepo Rosso zog an dem Seil, und die Kleidungsstücke schwebten in die Höhe, um hinter dem Eisengitter zu verschwinden.

111

An Feiertagen ließ Ermonia sich neben den Ofen bringen und blieb dort bis zum Abend, eingehüllt in die Wärme ihrer Erinnerungen. So auch an diesem Faschingsdienstag. Pierin und Sgorlon hatten ihr geholfen, vom Bett aufzustehen und sich in den gepolsterten Stuhl zu setzen. Tapegio hatte Wasser, die Flasche Wein, Aal und Brot gebracht und auf eine Werkbank gestellt. Wie immer hatte Ermonia kontrolliert, ob die Kleider ihrer drei Arbeiter in Ordnung und ihre Hände sauber waren, vor allem die Fingernägel. Das tat sie sorgsam und liebevoll wie eine Mutter. Sie hatte jedem zwei Lire gegeben, für das Boot nach San Marco und ein Mittagessen in der Osteria. Damit konnten sie den Mädchen Apfellikör anbieten und einen Spaziergang mit ihnen machen, um sich die außergewöhnliche Wiederholung des Flugs vom Campanile anzusehen, der normalerweise nur am Karnevalsdonnerstag stattfand. Ein verwegener Bursche, dem man Flügel an die Schultern geheftet hatte, flog an Seilen von einem Boot bis zur Spitze des Campanile hinauf und von dort zum Palazzo Ducale, um dem Dogen Blumen und Sonette darzubieten.

An diesem Dienstag, dem letzten Tag des Karnevals, waren die drei fröhlich und unbeschwert auf das Fest gegangen. Sie hatte die Jungen lachen und das Törchen zuschlagen gehört. Dann war es still geworden, und gleichzeitig hatte sich der Duft des Glases verbreitet. Ermonia liebte diese Stille und diesen Duft, sie waren immer gleich, an jedem Festtag. Der Ofen schlief, und sie stellte ihn sich gerne wie ein reglos schlafendes Lebewesen vor, das bereit war, wieder zu erwachen und weiterzuarbeiten.

Ihr Blick fiel auf die Blasrohre und Stangen, an denen das Glas bearbeitet wurde. Sauber und der Länge nach geordnet, ruhten sie wie Ritterlanzen vor dem Turnier auf ihren Ständern. Sie nahm eine lange Stange und öffnete damit die Ofenklappe. Ein weiches, helles Flämmchen zuckte in der Luft wie ein vom Wind bewegter Wimpel, und aus dem Ofen drang die tiefe Stimme des Feuers. Denn das Feuer sprach zu Ermonia, und sie hatte gelernt, es zu verstehen. Sie wusste zum Beispiel, dass jede Temperatur ihren eigenen Ton hat und dass das zarte Murmeln zu einem mächtigen Brüllen werden musste, damit das Glas schmolz. Dieses Feuer konnte auch töten wie die Kralle eines wilden Tiers aus Afrika. Denn dort drinnen, im Herzen des Ofens, gab es eine glühende Sonne, und das flüssige Glas lebte darin wie ein Höllenwasser. In der kalten Jahreszeit, wenn der eisige Nordostwind wehte, waren die Gefahren am größten. Niemals bei Bora die Türen des Ofenraums öffnen, das war die erste Lektion, die erfahrene Glasbläser ihren Lehrlingen beibrachten, denn die Kälte würde die Öfen zerspringen lassen. Niemals die Türen des Brennraums und die Ofenklappen gleichzeitig öffnen, dann würden die Öfen brüllen und Feuer spucken. Der Atem des Drachen, so nannte man das.

An diesem Tag war es bitterkalt, doch die Bora wehte nicht, und die Türen waren fest verschlossen. Ermonia nahm eine andere Stange mit einem zugespitzten Ende und steckte die

Scheiben Aal darauf. Dann näherte sie diesen Spieß dem Ofen auf zwei Handbreit, und schon nach wenigen Augenblicken begannen die Scheiben zu zischen. Sie schloss die Klappe ein wenig, um die Hitze zu regulieren. In einer halben Stunde würde der geröstete Aal fertig sein.

In diesem Moment schoss eine bläuliche Lohe aus der Ofenklappe, die den Aal versengte und sich, zu Rauch geworden, in der Luft kräuselte. Ermonia begriff, dass jemand in die Glashütte gekommen war. »Pierin, bist du das?«, fragte sie mit lauter Stimme. »Pierin?« Nichts. Sie hörte Schritte und drehte den Kopf ein wenig. Dort hinten stand Andrea und beobachtete sie. Er trug die Anwaltstoga, den langen Mantel aus Leder, Stiefel und Barett. Eine halbe schwarze Maske hing ihm um den Hals.

»Verzeiht mir, Maestra Ermonia.«

Ihre Miene erstrahlte in einem Lächeln, sie bedeutete ihm, näher zu kommen.

»Kommt her, lieber Andrea.«

Andrea schritt durch den großen Raum und blieb direkt vor ihr stehen.

»Ich weiß, dass Marin mit Euch gesprochen hat«, sagte Ermonia. Andrea nickte.

»Nun, werdet Ihr uns helfen?« Sie sah ihn liebevoll an.

»Ich muss noch mehr wissen, darum bitte ich Euch, aufrichtig zu sein und mir zu vertrauen, Maestra.«

In der Stille hörte man das leise Flüstern des Feuers.

»Ihr habt die Flucht von Jacomo Dragan vorbereitet, nicht wahr?«

»Ist das so wichtig?«

Andrea nickte nur. Ermonia zögerte kurz, dann bejahte sie die Frage.

Andrea seufzte. »Mit Dragan sind auch zwei Jungen geflohen.«

»Ich weiß, das hätte nicht passieren dürfen.«

»Wisst Ihr etwas von ihnen?«

»Sie sind in Sicherheit. Vorerst jedenfalls.«

Andrea schloss die Augen. Als er Ermonia wieder ansah, schien er erleichtert.

»Jetzt stelle ich Euch eine letzte Frage, und als Gegenleistung kann ich Euch nur mein Stillschweigen bieten.«

»Wir hätten Euch nicht all das gesagt, was Ihr jetzt wisst, wenn wir Euch nicht vertrauen würden. Fragt, und ich werde Euch antworten.«

Wieder hörte man nur das Murmeln des Brennofens.

»Wo sind Jacomo und die beiden Jungen?«

Ermonia lächelte. »Setzt Euch. Ich werde Euch alles erklären.«

Andrea nahm einen Schemel und setzte sich neben die alte Glasmeisterin.

112

Nicht einmal die Süßigkeiten aus Marzipan und das Ingwerkonfekt konnten den Groll der Äbtissin gegen Andrea mildern. Denn die Bemerkungen, die der Anwalt bei der letzten Begegnung mit der Zonta über den Gesundheitszustand von Sofia Ruis gemacht hatte, brannten der Ordensfrau noch in der Seele. Im bitterkalten Kapitelsaal, wo das Sonnenlicht durch die bleigefassten Fenster in der Farbe von Eis gefiltert wurde, fand das Duell zwischen Andrea und der Äbtissin statt, die, beide in schwarze Gewänder gehüllt, einander gegenüberstanden. Ein paar Schritte hinter den beiden warteten ihre Sekundanten: auf der einen Seite Bernardo in seiner neuen Rolle als Arzt, die Tasche in der Hand, auf der anderen die vorgesetzte Nonne des Klosters, die den Korb mit Andreas Geschenken trug.

»Warum sollte ich Eurer Bitte entsprechen, Avvocato?«

Eisige Stille entstand im Kapitelsaal. Andrea hatte den Brief seines Vaters in der Tasche, und einen Augenblick lang war er versucht, ihn der Äbtissin zu überreichen. Das persönlich an sie gerichtete Schreiben war eine Übung in diplomatischer Ausgewogenheit zwischen dem Anrecht des Dogen auf das Jus-patronat über die Krankenhäuser und Hospize Venedigs und der Sorge eines Vaters, der auf das Wohl der Söhne und Töch-ter der Serenissima bedacht ist. Darum zollte der Doge den Be-nediktinerinnen von San Servolo seine Anerkennung für ihren undankbaren, heldenhaften Dienst im Geiste christlicher Nächs-tenliebe und Barmherzigkeit.

Wenn die Äbtissin diesen Brief las, würde sie sich der Bitte, eine weitere ärztliche Untersuchung von Signora Ruis zuzulas-sen, kaum entziehen. Und genau hier lag das Problem, denn der Einsatz dieser mächtigen Waffe würde den Dogen zwangsläufig in die Entführung hineinziehen und verheerende Folgen für ihn haben. Das wollte Andrea nicht. Er fühlte sich in einer Sackgas-se, denn wenn er diese Gelegenheit nicht nutzte, würde es keine zweite mehr geben. Er setzte eine resignierte Miene auf und wandte sich an die Äbtissin.

»Ehrwürdige Mutter, steht es mir etwa zu, Euch an jene Worte Jesu erinnern, die eine der wichtigsten Lehren der Benedik-tinerregel sind: *Ich war krank, und ihr habt mich besucht?*« Er schüt-telte den Kopf. »Nein, das würde ich mir nicht erlauben. Daher bitte ich Euch demütig um Vergebung.« Er verbeugte sich und sagte zu Bernardo: »Kommt, Dottore, wir kehren in den Palast zurück. Seine hochverehrte Exzellenz, der Nuntius, wird un-endlich betrübt sein.«

Bernardo zögerte, überrascht von diesem plötzlichen Rück-zug, konnte jedoch nur nicken, ebenfalls unterwürfig den Kopf vor der Äbtissin neigen und Andrea zum Ausgang folgen.

Sie hatten erst wenige Schritte zurückgelegt, als die Ordens-frau plötzlich rief: »Wartet!«

Andrea schloss die Augen, und seine Miene hellte sich auf. Er drehte sich um. Die Äbtissin blickte ihn prüfend an.

Eine gute halbe Stunde musste vergangen sein. Andrea und Ber-nardo begannen, sich Sorgen zu machen. Sie waren allein im

Kapitelsaal zurückgeblieben und hatten eine ungefähre Vorstellung vom Ablauf der Flucht entwickelt: Bernardo würde anfangen, Sofia zu untersuchen, bis die Spannung sich legte. Dann würde Andrea Sofia auf den Arm nehmen und los, im Laufschritt aus dem Kapitelsaal, durch den Kreuzgang, an der Kirche vorbei, aus dem Garten heraus bis zu den Booten, die am Ufer vertäut lagen. Bernardo würde ihre Flucht decken.

Doch jetzt, nachdem sie alle anderen Varianten dieses verzweifelten Plans verworfen und so lange gewartet hatten, fürchteten sie, dass die Äbtissin den Betrug gewittert und nach den Sbirren der Giudecca geschickt haben könnte. Außerdem war inzwischen Mittagessenszeit, aus der Küche kamen Essensgerüche, und hinter der Tür zum Kreuzgang hörte man das Scharren von Schritten und die Gebete der Nonnen, die sich ins Refektorium begaben.

»Signori, entschuldigt.«

Andrea und Bernardo, die vor der Tür zum Kreuzgang standen, drehten sich um: Die Äbtissin kam ihnen aus der gegenüberliegenden Tür entgegen. »Wir haben das arme Mädchen vorbereitet. Ich bitte Euch nur darum, sie nicht zu ermüden, sie ist sehr schwach.« Sie hatte noch nicht zu Ende gesprochen, da erschien, von der Klostervorsteherin und einer Novizin gestützt, Sofia auf der Schwelle. Sie kam mit schlurfenden Schritten näher, ihr Blick war starr, abwesend, als konzentrierte sie sich darauf, nicht aus dem Gleichgewicht zu geraten. Sie trug ein helles Gewand aus Hanf, das ihre Füße in Wollbabuschen unbedeckt ließ. Um den Kopf hatte sie einen Schal, der ihre Schultern bedeckte und bis zu den Hüften herabfiel.

Bernardo wollte ihr entgegengehen, aber Andrea hielt ihn am Arm fest. Sie wechselten einen raschen Blick, und der Arsenalotto verstand sofort, dass er ein distanziertes Verhalten wahren musste.

»Lasst sie sich hinsetzen«, sagte er, wobei er versuchte, seinen Dialekt zu verbergen. »Dort, wo es hell ist«, fügte er hinzu.

Sofia, die eine vertraute Stimme hörte, schien ihre Umgebung bewusster wahrzunehmen und blickte Bernardo an.

»Sofia, sieh mal, wer dich besuchen kommt!«, sagte die Äbtissin im zärtlichen Ton einer Mutter, die mit ihrem kleinen Mädchen spricht. »Messer Loredan, dein Anwalt.«

Langsam wanderte Sofias Blick zu Andrea, während die Nonne sie zu einem der Stühle bei den Fenstern führte.

»Setzt Euch bitte, Signora«, sagte Bernardo.

Sie setzte sich. Der Arsenalotto hatte sich auf seine Rolle vorbereitet, also zog er eine weiße Feder aus seiner Tasche und hielt sie Sofia vor die müden, erloschenen Augen.

»Schaut auf diese Feder«, sagte er.

Sofia blickte ihn verwirrt an.

»Folgt der Bewegung mit den Augen, bitte.« Bernardo bewegte die Feder. Sofia reagierte nicht. Dem Arsenalotto gab es einen Stich ins Herz, er sah Andrea an, dann die Äbtissin. Es war offensichtlich, dass er nicht mehr weiterwusste.

Andrea, der spürte, wie die Spannung wuchs, wartete nicht länger und ging ein paar Schritte auf die beiden zu. Er hoffte, dass die Äbtissin ihm nicht folgen würde.

Jetzt drehte Sofia sich zu Andrea um, und ihre Lippen öffneten sich: »Andrea …«, sagte sie mit hauchdünner Stimme.

Das nur leise gehauchte Wort erregte dennoch die Aufmerksamkeit der beiden Nonnen.

Sofia hatte inzwischen eine Hand gehoben und Andreas Gesicht berührt. »Andrea …«, begann sie wieder und fragte verwirrt: »… bringt Ihr mich fort?«

Alles geschah in wenigen Augenblicken. Andrea sah nur, wie die Miene der Äbtissin sich schlagartig verhärtete. Im selben Moment sah er aus dem Augenwinkel, dass Bernardo sich zwischen ihn und die Nonnen stellte. Also legte er einen Arm hinter Sofias Rücken, den anderen unter ihre Beine und hob sie hoch. Dann stürzte er mit ihr rückwärts zur Tür.

Krachend stieß er gegen die beiden Flügel, die nachgaben.

Der Aufprall war so stark gewesen, dass er sich um sich selbst drehte und beinah das Gleichgewicht verlor.

»Hier entlang, schnell!«, rief Bernardo und packe ihn am Ärmel.

»Sakrileg!«, begann die Äbtissin zu schreien. Aus dem Refektorium kamen die ersten Nonnen. »Läutet Sturm! Läutet Sturm!«

Andrea rannte, Sofia fest an sich gedrückt, und saugte Luft ein wie die Öffnung eines Ofens. Bernardo lief ihm ein paar Schritte voraus und wies den richtigen Weg: Aus dem Kreuzgang kamen sie in den großen Garten im Osten und verschwanden zwischen Artischockenpflanzen und Heilkräutern. In der Luft dröhnten die rasenden Schläge der Sturmglocke. Dann die Schreie.

Aus einem Häuschen hinter dem Obstgarten, das sich wie ein Wachturm in die hohe Palisade um den Garten einfügte, kam ein Junge heraus, der den Nonnen bei schweren Arbeiten half. Kurz danach erschien auch ein Mann mittleren Alters. Der baumlange Junge blieb erstaunt und unsicher stehen. Sein Vater, der eine Mistgabel ergriffen hatte, riss ihn aus seiner Erstarrung.

Die Boote lagen hinter der Öffnung im Palisadenzaun, halb auf dem Sand. Bernardo ergriff den Bug der Mascaréta und zog ihn zu sich. »Schnell, steigt ein!«

Ohne zu zögern, watete Andrea bis zu den Waden ins Wasser, setzte Sofia sanft auf die Wegerung in der Mitte des Bootes, deckte sie mit einer Wolldecke zu und sagte: »Wir bringen dich weg.«

Sie sah ihn nur verwirrt an. Bernardo drehte sich gerade noch rechtzeitig um. »Achtung!«, konnte er nur noch rufen, da packte der Junge, der aus dem Garten gekommen war, Andrea bereits und stieß ihn mit solcher Gewalt zur Seite, dass dieser stolperte und ins Wasser fiel. Dann warf der Junge sich mit Gebrüll und ausgestreckten Armen auf Bernardo. Die beiden prallten gegen-

einander wie Stiere, die Kopf an Kopf die Hörner kreuzen. Sie waren ungefähr gleich groß, keiner konnte über den anderen obsiegen.

In der Öffnung der Palisade erschien nun der Vater mit gezückter Mistgabel, entsetzt keuchend beobachtete er das Geschehen. Bevor er sich auf Bernardo stürzen konnte, um ihn im Rücken zu treffen, ergriff Andrea das Ruder seiner Mascaréta und lenkte den Stoß ab. Der Dreizack aus Eisen bohrte sich in ein Schilfbüschel, doch der Mann zog ihn schnell wieder heraus und schwenkte ihn wütend gegen Andrea. Mistgabel gegen Ruder.

»Hört auf, im Namen Gottes!«

Der Schrei der Äbtissin kam vom Ufer her, wo die Ordensfrau und ihre Mitschwestern sich mit bestürzten Mienen in der Öffnung der Palisade drängten, ohne recht zu wissen, was sie tun sollten, außer beten.

Rasch löste Bernardo das Tau, das die Mascaréta am Anleger hielt, warf es ins Boot, nahm das lange Ruder, das über Bord ragte und ließ es kreisen. Er traf den Mann an der Schläfe, und der Schlag war so gewaltig, dass er drei oder vier Schritt zur Seite geschleudert wurde und mit dem Gesicht voran in den Sand fiel. Bernardo reichte Andrea das Ruder.

»Nimm!«

Beide begannen, die Mascaréta ins Wasser zu schieben. Als es Andrea bis an die Oberschenkel reichte, sprang er ins Boot. Bernardo aber schob das Boot noch weiter hinaus, damit es sofort Wind bekommen konnte. Er sah nicht, was am Ufer geschah. Der Junge, das Gesicht blutverschmiert, trat ein wenig zurück, holte aus und schleuderte die Mistgabel auf Bernardo. Das Werkzeug vollführte einen Halbkreis in der Luft und bohrte sich in Bernardos Oberschenkel, als er sich gerade am Bug hochhievte. Mit einem Schmerzensschrei riss der Arsenalotto die Gabel aus seinem Fleisch und ließ sich ins Boot fallen.

»Los, fahrt!«, schrie er.

Andrea drückte die Ruder entschlossen mit dem Blatt voran ins Wasser. Er spürte, wie sie, sich in der Gabel biegend, das Wasser ergriffen. Das Boot war jetzt schwer beladen und bewegte sich träge wie eine Kuh. Ein Ruderschlag, noch einer. Dann nahm es Fahrt auf und wurde leichter. Andrea machte kürzere, rasch aufeinander folgende Stöße und spürte, dass der Schub der Vorwärtsbewegung über die Trägheit der Masse siegte. Nun war keine Zeit zu verlieren. Schnell ergriff er das Fall und setzte das Segel. Zum Glück gab es genügend Ostwind, das Segel blähte sich bebend auf. Sofort neigte sich das Boot. Andrea stieß das rechte Ruder am Heck ins Wasser und drückte gegen die äußere Seite der Rudergabel. Das Ruder wurde zum Steuer, die Mascaréta fuhr schneller, und das Wasser begann zu gurgeln. Der Wind wurde schärfer. Andrea sah die Nonnen am Ufer aufgereiht, reglos. Das Schilfrohr bog sich im Wind.

»Bernardo!«, rief er.

Bernardo hob den Kopf, sah ihn an und lächelte.

Noch immer läutete die Sturmglocke von San Servolo, und im Gegentakt hatte sich die Glocke von Sant'Antonio in Castello dazugesellt. Andrea hörte die Schläge und überlegte, dass der Alarm sich bald bis nach San Marco ausbreiten würde. Er steuerte direkt auf die Nordspitze des Klosters zu, wo der Palisadenzaun zu einer Steinmauer wurde. Das Manöver war gefährlich, aber er streifte die Spitze nur und ruderte, der Gefahr entronnen, am windgeschützten Ufer entlang, wo das Wasser hellblau wurde. Sie waren im Kanal. Er richtete den Bug auf die Insel Santa Maria di Grazia und öffnete noch einmal das Segel. Sie hatten den Ostwind voll im Rücken.

113

Der Erste, der die beiden Fregatten der Zehn sah, war Bernardo. Er saß auf der Leeseite, das Gesicht zum Heck, den Rücken an die Ruderbank gelehnt, wo der Mast befestigt war. Das verletzte Bein hatte er auf der Wegerung ausgestreckt. Er sah die Fregatten im Canale dell'Orfano, die schwarzen Striche der Ruder, die auf das Wasser schlugen.

»Da sind sie!«, sagte er, auf einen Punkt hinter Andrea zeigend.

Andrea blickte hinter sich. Obwohl die beiden Schiffe, von San Servolo kommend, noch etwa eine Meile entfernt waren, erkannte man sie an dem hohen, gerundeten Bug. Auch die zunehmende Geschwindigkeit ließ sich anhand der synchronen Bewegungen der Ruder erahnen. Er sah sich um: Es gab zwar viele Segel, aber keines war weinrot wie das ihre. Sie brauchten das Segel, um schnell zu sein, aber es war auch ein meilenweit sichtbares Erkennungsmerkmal. Man hatte sie bereits entdeckt. Er schätzte die Geschwindigkeit der Mascaréta auf drei Knoten. Die Fregatten waren mindestens doppelt so schnell. In einer Stunde würden sie sie erreicht haben.

Kapitän Negricchio, am Heck stehend, hielt die Ruderpinne und gab den Takt mit einer Folge von »Oh«-Rufen vor, die die ersten Ruderer rhythmisch wiederholten und in Ruderschläge umsetzten. Auf jeder der neun Bänke saßen zwei Ruderer, alle Rücken beugten sich gleichzeitig und reckten sich vor, um die Ruder zu ziehen. Die Bewegungen waren synchron und perfekt, die Blätter kamen flach aus dem Wasser, um schräg, fast senkrecht wieder einzutauchen, ohne dass Wasser aufspritzte.

Am Bug des Schiffs saßen zwei Männer: der Lotse der Lagune, ein schmächtiger Mann mit Mütze, Kittel und Pelz, der auf das Wasser spähte und mit jähen Armbewegungen nach rechts und links die sandigen Untiefen und allzu dichte Algenbänke anzeigte, der andere war Beato Bringa. Er lud gerade eine Arkebuse, und von Zeit zu Zeit warf er einen Blick nach vorn auf das kleine dunkle Segel, das auf Poveglia zusteuerte.

Bernardo hatte begonnen, das Wasser zu untersuchen. Es war noch immer zu tief, auch für Fregatten befahrbar.

»Haltet direkter auf Malamocco zu«, sagte er, während er sich das Bein massierte, das er nicht mehr spürte.

Andrea warf das Ruder nur leicht herum, um nicht an Fahrt zu verlieren. Er blickte zurück zu ihren Verfolgern. Schon konnte man die Gestalten an Bord erkennen. Er versuchte, noch mehr Wind in das Segel zu bringen, aber es begann zu flattern. Dank der Wendigkeit der Mascaréta konnte er eine Sandbank knapp umschiffen. Er musste aufpassen. Als er ein Ruder ins Wasser tauchte, spürte er, dass es auf Grund stieß.

»Nur zwei Spannen Tiefe!«, sagte er.

»Diesmal überlisten wir sie, diese Schweinehunde!« Bernardo schien aufzuleben. Er klammerte sich an die Bordwand und betrachtete den sandigen Grund, der dicht unterhalb des Kiels vorbeiflog. Er betete, das Boot möge nicht auflaufen, denn er hörte es über den Sand schleifen.

Andrea spürte, wie das Ruder auf Grund stieß, das Boot vibrierte und langsamer wurde.

»Links Gewicht ausgleichen, Bernardo, nach links!«

Der Arsenalotto setzte sich rittlings auf die Bordwand, das verletzte Bein im Boot, das andere im Wasser, und brachte so das vom Wind geneigte Boot wieder ins Gleichgewicht. Sofort hörte es auf, über den Sand zu reiben und wurde schneller. Doch in dieser Position blutete die Wunde wieder.

Andrea sah das Blut und spürte die ungehinderten Bewegungen des Ruders. Der dunkle Grund der Lagune verblasste wieder. Sie hatten die Untiefe hinter sich gelassen.

Die Fregatte von Beato Bringa fuhr im Abstand von dreißig Ellen im Windschatten der anderen. Auch die andere hatte einen erfahrenen Lotsen, der die Bewegungen der Sandbänke kannte und wusste, dass sie sich beim Lido eine Viertelmeile vom Ufer entfernt halbmondförmig anordneten. Als er sah, dass die andere Fregatte dem kleinen Segler in Richtung Küste folgte, wies er Kapitän Negricchio an, den Kurs zu halten und ihm nicht zu folgen. Denn obendrein war die Ebbe gerade auf ihrem Tiefststand.

Darum wunderte er sich nicht, als die andere Fregatte schon bald auflief. Der Bug reckte sich in die Höhe, die Hälfte der Ruder staken in der Luft.

»Geradeaus, geradeaus!«, schrie er dem Kapitän zu.

Der warf das Ruder herum, das Boot neigte sich ein wenig. Bringa klammerte sich an den Bug.

Der erfahrene Lotse beobachtete, wie der Grund sichtbar wurde. »Geradeaus!«

Wieder eine Kurskorrektur, dann begann das Boot, dem Halbmond der Sandbank zu folgen. Der Lotse wusste, dass es am ihrem Ende, vor der nächsten Untiefe, einen Durchschlupf gab.

Bernardo hatte gejubelt, als er sah, wie die Fregatte strandete und die Ruderer ins Wasser stiegen, um sie wieder flottzumachen. Sie würden es schaffen, aber viel Zeit verlieren, sehr viel Zeit.

Jetzt erwartete er, dass es auch der anderen passierte, doch als er die Wende sah, wusste er, dass jemand an Bord war, der die lebendigen, beweglichen Untiefen der Lagune gut kannte. Er sah ihn am Bug mit den Armen fuchteln, um dem Steuermann den Kurs anzuzeigen, und begriff, dass diese Fregatte die Sandbank überwinden würde, denn sie würde durch dieselbe tiefe Wasserstraße fahren wie Andrea und er.

»Hört mich an, Messere«, sagte er zu Andrea. »Haltet das Boot mit dem Bug noch eine Meile in diese Richtung. Vor Malamocco, querschiffs zu Poveglia, wird das Wasser hellblau, dann seid Ihr im richtigen Kanal. Macht eine Dreiviertelwende nach rechts, und wenn der Wind so bleibt, seid Ihr noch heute Abend bei den Bauernhäusern, in Sicherheit.«

»Warum sagt Ihr mir das alles?«

»Tut, was ich Euch gesagt habe. Mit diesem Bein kann ich Euch nicht helfen. Ich bin nur ein Gewicht und mache das Boot langsamer. Ich werde es schon schaffen.«

»Was wollt Ihr tun?«, fragte Andrea erstaunt.

Bernardo lächelte ihm zu, klammerte sich an den Mast und setzte sich auf den Bootsrand. »Bringt Euch in Sicherheit«, sagte er, bevor er sich ins Wasser fallen ließ.

Das Boot schlingerte, dann war es, als hätte sich ein zweites Segel geöffnet. Andrea drehte sich ruckartig zum Heck, sah Bernardo und legte das Ruder um. Er wollte umkehren.

»O Gott, nein!«, schrie Bernardo. »Fahrt geradeaus!«

Andrea zögerte, fuhr fort mit der Wende, aber als er die Fregatte weniger als hundert Fuß entfernt sah, begriff er, dass es kein Zurück gab. Er blickte nach vorn. Ohne Bernardo hatte die Mascaréta begonnen, über das Wasser zu fliegen. Andrea maß mit der Hand den Sonnenstand am Horizont: zehn Finger, wenig mehr als zwei Stunden bis Sonnenuntergang. Im Geiste zählte er sich die schiffbaren Kanäle in der Lagune auf. Er richtete das Segel mit der Schot aus, denn das Boot fuhr mit einer Geschwindigkeit an der Grenze seiner Möglichkeiten, zu beiden Seiten spritzte das Wasser hoch auf. Sofia kauerte am Bug, in ihre Decke gehüllt, der kleine überdeckte Teil der Mascaréta bot einen leidlichen Schutz. Gerne wäre Andrea zu ihr gegangen, hätte sie getröstet, ermutigt. Aber bei dem Wind durfte er das Ruder nicht loslassen. Zum letzten Mal blickte er hinter sich: Die Fregatte schien stillzustehen, über fünfhundert Fuß entfernt. Er dachte an Bernardo.

114

Beim Sonnenuntergang schlug der Ostwind jäh um, wurde zur Bora und verlor all sein Wohlwollen.

Andrea spürte den Schlag im Rücken, sah, wie das Segel sich krümmte und das Fall des Masts sich knirschend spannte, während das Heck der Mascaréta aufragte und der Bug stockte. Das Boot neigte sich leewärts, bis die Segelecke das Wasser berührte. Andrea drückte das Ruder mit beiden Armen, die Füße an die Bootswand gestemmt. Gleich würde das Boot umkippen. Er ließ die Schot los, das Segel öffnete sich ganz, drehte sich einmal um den Mast, dabei riss es das Rückhaltetau am Bug mit sich und stellte sich quer.

Die Mascaréta war halb wieder aufgerichtet, doch der Wind war so stark, dass das Segel, auch wenn es killte, den Mast so sehr schüttelte, dass der sich früher oder später aus der Verankerung reißen und den Kiel auseinanderbrechen lassen würde. Wenn sie hier untergingen, eine Meile nördlich vom Kai von Malamocco, mitten im Canale Fisolo, würden sie sterben. Das wurde ihm bewusst, trotzdem verharrte er am Heck, außerstande, im Toben des Windes eine Entscheidung zu treffen.

Plötzlich peitschte ihn das lose im Wind flatternde Bugtau ins Gesicht und verletzte ihn an der Schläfe. Die Wut riss ihn aus seiner Unschlüssigkeit, als hätte ihm jemand einen Fausthieb versetzt. Er ließ das Ruder los und holte ein Messer vom Bootsboden, mit dem er das Fall durchschnitt, an dem das Segel hing. Das Segel sackte ein wenig zusammen, er packte es, konnte es ganz herabziehen und die Segelstange an den Besanbaum anlegen. Dann schnitt er die Ringe durch, die die Segelränder am Baum hielten. Dabei verletzte er sich wieder im Gesicht und an den Händen, aber es gelang ihm, das ganze Segelwerk ins Boot zu bringen und vom Heck bis zum Bug an der Bootswand festzubinden.

Die Böen der Bora erfassten den Mast und brachten das Boot

wieder zu sehr ins Schwanken. Er konnte auch den Mast herausziehen, legte ihn neben das Segel und befestigte ihn. Doch es gab ein neues Problem: der zunehmende Wind bewegte die Oberfläche der Lagune mit kurzen, steilen Wellen. Wasserhiebe prallten gegen die niedrigen Bootswände, versprühten zu tausend Spritzern und schwappten über den Rand. Das Wasser stand schon bis zur Wegerung im Bauch des Bootes. Andrea beobachtete Sofia: Sie hatte die Augen geöffnet und blickte sich um, erschrocken und verwirrt im Delirium des Fiebers und des wirklichen Chaos, das sie umgab.

»Sofia!«, schrie er und schleppte sich zu ihr. »Sofia!« Er nahm ihre Hand. Sie bewegte die Lippen, wollte sprechen. Eine stärkere Welle überspülte beide und durchnässte sie bis auf die Haut. Er musste etwas tun. Ringsumher zerstäubte das Wasser im goldenen Licht des Sonnenuntergangs, und jeder Windstoß nahm die Form einer Wolke an, die über die Wasseroberfläche jagte und alles zu verschlingen schien. Wenn er Sofia und sich retten wollte, musste er den Bug in den Wind richten. Und dafür gab es nur ein Mittel: den Anker. Dort lag er, in Reichweite, unter der Brücke am Bug, ein vierzig Pfund schwerer Bleibarren an einem Tau von etwa fünfzig Fuß Länge. Das Tau schien in Ordnung zu sein. Er löste etwa zwanzig Windungen für den Anfang. Dann kniete er nieder, nahm das Blei und warf es, gegen das Schlingern und Schütteln ankämpfend, über Bord. Das Tau wickelte sich etwa bis zur Hälfte der Windungen ab, dann hielt es an. Der Anker hatte den Grund des Kanals erreicht, etwa fünfzehn Fuß tief. Sofort spürte Andrea, wie das Tau anzog. Er ließ es zwischen seinen Fingern hindurchgleiten, wie man eine Angelschnur mit einem großen Fisch hält. Dann hielt er es fest, und sofort drehte der Bug sich ruckartig gegen den Wind und die Wellen. Die Verankerung hielt. Er gab noch etwas Tau, die Mascaréta begann schräg zurückzuweichen. Als ihm noch etwa fünf oder sechs Windungen blieben, ein Dutzend Fuß Länge, hielt er das Tau wieder fest und wickelte es rasch zweimal um den Poller am Bug. Dann führte er es unter der Bank durch und band es an der mittleren Bootsrippe fest. Das Schlingern wurde schwächer. Es blieb das starke Stampfen, das mit jeder zweiten Welle eimerweise Wasser ins Boot beförderte. Er musste Sofia vom Bug wegbringen, damit er leichter wurde.

»Sofia!«, schrie er durch das Toben des Windes, eine Hand nach ihr ausstreckend. »Ich muss Euch von dort wegbringen!«

Sie bewegte den Arm, versuchte den Kopf zu heben, sich festzuhalten. Andrea umfing sie mit einem Arm, drückte sie an sich und zog sie zum Heck.

»Ich habe Nachrichten von Eurem Sohn. Gabriele geht es gut«, rief er. »Ich bringe Euch zu ihm!« Er spürte, wie sie zitterte. Bei der nächsten Welle stürzten sie umarmt zu Boden. Er konnte ihren Fall dämpfen, schlug aber hart mit dem Rücken auf die Ruderbank auf. Er zog sie weiter mit sich bis zu der Stelle, wo die Überdeckung zum Heck hin höher wurde. Der Mast mit den Rahen und dem aufgerollten Segel bildeten dort eine Nische, die vor dem Wind und den Spritzern schützte.

Andrea nahm zwei Balken aus dem Deck, die er zwischen die Bootsrippen und das Mastenwerk steckte, so dass das Versteck noch besser geschützt war. Durch die neue Verteilung des Gewichts hob der Bug sich gerade genug, um die Wellen zu durchschneiden und die Spritzer zu beiden Seiten abzulenken. Das Ankertau spannte sich und ächzte. Andrea blickte sich um: das Wasser schien zu rauchen, die Umrisse der Lagune waren verschwunden. Nur der rotgefärbte Himmel war zu sehen, und er war so klar, dass hier und dort schon die ersten Sterne durchbrachen. In der Piek am Heck hatte er den Sack aus gutgefettetem Leder verstaut, den er gewöhnlich mit an Bord nahm. Mit dem Wind im Rücken, wühlte er darin und fühlte, dass die Kleider noch trocken waren. Tastend erkannte er den Wollmantel, zog ihn heraus, wickelte ihn auf und bedeckte Sofia damit. Sie öffnete die Augen, die im Fieber glühten. Er suchte weiter nach Kleidungsstücken und fand einen warmen Kittel. Auch den legte er ihr um. Sofia lächelte, zum ersten Mal seit langer Zeit. Sie machte ihm ein Zeichen. Andrea näherte sich, und sie nahm seine Hand.

»Bleib nah bei mir«, flüsterte sie.

Er streckte sich in dem behelfsmäßigen Schutzraum aus. Es gab wenig Platz, und es war kalt. Sofia zog ihn an sich. Er umarmte sie. So blieben sie, eng umschlungen. Ringsum tobte der Sturm.

115

Als Erstes sah Andrea einen Spalt Licht und spürte Sofias Körper an seinen geschmiegt. Dann hörte er Stimmen und ein leises Plätschern. Er richtete sich auf. Die Boote hatten sich ringsum verteilt. Ein Schauder durchfuhr ihn, aber nicht von der Kälte, obwohl es kalt war und die Mascaréta zu Eis erstarrt. Auf den vier Booten standen etwa ein Dutzend Männer mit Laternen in der Hand. Ihr Atem verwandelte sich in weiße Wolken, die alles umhüllten.

»Wir brauchen Hilfe!«, rief Andrea, der hinter dem hellen Licht nicht mehr erkennen konnte als Schatten.

»Wer seid Ihr?«, fragte eine raue, barsche Männerstimme.

Andrea zögerte, er hielt die Männer für Schmuggler. »Ich heiße Andrea Loredan, ich bin Anwalt«, sagte er unwillkürlich, und sofort erschien ihm die Antwort lächerlich, aber auch unvermeidlich, denn er trug seine Anwaltstoga, und zwar die auffälligste und prächtigste, die er besaß. Tatsächlich lachten die Männer.

»Ruhe!«, befahl die raue Stimme, und alle verstummten. »Ein Loredan aus der Familie des Dogen?«, fragte er.

»Diese Frau hier ist krank, helft uns, um Gottes willen!«

»Ich habe Euch etwas gefragt, Messere.«

Stille, dann antwortete Andrea. »Ja, aus dem Dogengeschlecht.«

Unter den Männern erhob sich ein Gemurmel wie ein Windstoß, und in den Bewegungen der Laternen, die es begleiteten,

konnte Andrea ihre Züge erkennen. Die meisten waren jung, sie trugen mit Fell gefütterte Kasacks, wattierte Hosen, Stiefel und tief in die Stirn gezogene Wollmützen. Er sah die Schleppnetze, die Reusen und die Käfige, mit denen die Fische gefangen und im Wasser gehalten wurden. Die Männer waren *Vallesani*, Fischer in den abgegrenzten Valli der Lagune.

Der Mann, der sich als Anführer gerierte, kam an Bord der Mascaréta. Er beugte sich über Sofia, achtete aber darauf, sie nicht mit der Laterne zu blenden. Dankbar bemerkte Andrea diese Umsicht. Er hatte auch seine sprachliche Fertigkeit bemerkt, die ungewöhnlich für einen Vallesano war. Behutsam schob der Mann die Decke beiseite. Sofia schlief mit leicht geöffneten Lippen. Sie war blass, immer noch schön.

»Was hat sie?«, fragte er.

Andrea betrachtete ihn und sah sein bleiches Gesicht, den dunklen, struppigen Bart.

»Ich habe sie aus dem Kloster San Servolo geholt. Dort hat man sie schlecht behandelt.«

Wieder folgte Stille.

»Seid Ihr einer von diesen schweinischen Kerlen, die sich an unglücklichen, armen Mädchen vergehen?«, fragte der Fischer drohend.

»Was redet Ihr da?«, protestierte Andrea heftig.

»Schick ihn weg, wir wollen keine Schwierigkeiten!«, sagte jemand anders.

Der Mann mit der rauen Stimme legte eine Hand an Sofias Stirn. »Sie hat Fieber«, sagte er. Als er sich aufrichtete, schlingerte das Boot etwas. Er leuchtete Andrea ins Gesicht. Nur einen Augenblick lang. »Gib mir das Seil!«, befahl er schroff.

Im Osten erschien das kalte Weiß eines unbeweglichen Morgengrauens, und das Wasser der Lagune spiegelte einen Himmel, an dem der letzte Stern gleich vom Licht verschluckt werden würde. Andrea kniete neben Sofia auf dem Deck der Mascaréta.

Ein langes Tau verband ihren Bug mit dem Heck eines Sandolos, es spannte und lockerte sich im Rhythmus der Ruderschläge. Die Boote fuhren langsam durch einen Kanal zwischen den Schilfwäldern. Von Zeit zu Zeit öffnete sich rechts und links ein kleiner, gewundener Wasserweg, der sich im dichten Röhricht zu verlieren schien.

Der Fischer am Ruder des Bootes, das die Mascaréta zog, war allein. Stehend bediente er zwei Ruder mit gleichbleibenden Bewegungen im regelmäßigen Takt gegen die Strömung, die ins Meer zurückfloss. Denn wie jedes Lebewesen hat die Lagune ihren Atem. Die anderen Boote folgten in einer Reihe. Trotz des Ankers hatte der Sturm in der Nacht die Mascaréta nach Südwesten gedrückt, in Richtung Chioggia, über den Sumpf von Fodello hinaus, etwa zehn Meilen von Lizza Fusina entfernt.

Die beiden Hütten tauchten urplötzlich auf, fünfzig Schritt, vielleicht weniger entfernt. Sie waren aus Schilfrohr gebaut und darum im Röhricht fast unsichtbar. Nur ihre Unbeweglichkeit unterschied sie vom wogenden Schilf. Dann zeichneten sich die steil abfallenden Dächer ab, die Wände und die dunklen Rechtecke der Türen. Man hörte Kinder laufen, roch Feuer, den Duft von Essen. Die Frauen versammelten sich am Rand der Erhebung, auf der die Hütten standen. Dorthin führte ein schmaler Wasserweg, wo die Boote die Ruder einzogen und sich mit Hilfe von Stangen vorwärtsbewegten, die gegen den Grund gedrückt wurden. Andrea beobachtete das alles und fühlte sich erleichtert. Jemand ergriff vorsichtig sein Handgelenk. Sofia sah ihn an.

»Sofia.« Er beugte sich schützend über sie.

»Der Himmel«, flüsterte sie, als wunderte sie sich darüber.

Andrea streichelte ihr Gesicht, es glühte.

»Wir sind auf der Terraferma.«

Sie sah ihn aufmerksam an, dann lächelte sie.

116

Wenn man genau hinsah, wurden die Zweige der Pappeln um den kleinen Kirchplatz von San Giacomo auf der Giudecca langsam dichter. Sie hatten nämlich jene holzigen, noch gut geschützten Auswüchse angesetzt, wie die wachsenden Hörner eines Zickleins, die sich binnen eines Monats in Knospen und neue Blätter verwandeln würden. Ein Dutzend Fanti der Zehn wärmten sich in der bleichen Sonne, stampften mit den Füßen und rieben sich die Hände zwischen den Fischständen rings um die Pappeln. Mitunter warfen sie einen Blick auf die Nonnen, die hinter den Fenstern im Westen auftauchten, doch die weißen Skapuliere zuckten sofort zurück, wenn sie diese Blicke sahen, entfernten sich, um dann wieder zurückzukehren.

Die Schreie des Priors Gabriele Dardano Veneziano schallten trotz geschlossener Fenster bis auf den Platz. Ein Hauptmann der Fanti hatte sich am Eingang des Klosters postiert und sprach mit dem Sekretär Formento, um von ihm zu erfahren, welche Regeln bei der Durchsuchung befolgt werden mussten. Seine Hauptsorge galt dem möglichen Sakrileg, denn polizeiliche Aktionen in einem Kloster hatte er noch nie durchgeführt.

Die Schreie des Priors verstummten, und augenblicklich stellten sich die Fanti paarweise in einer Reihe auf. Das Törchen öffnete sich, Jacopo Zon erschien, der Provveditore über die Klöster, gefolgt von seinem Kollegen Zuàne Bembo, dem zweiten Sekretär Milledonne und dem papistischen Rat Lorenzo da Mula.

Zon, der diplomatischste der drei Patrizier, schilderte die Lage in entschärfter Form: Der Prior habe sich bereitwillig der Entscheidung der Zehn und dem Willen des Ehrwürdigen Nuntius und des Patriarchen Trevisan gefügt. Eine Durchsuchung der im Kloster anwesenden Personen, egal ob Laien oder Geistliche, und auch des Dienstpersonals werde es nicht geben. Die Kirche und die zwei Kapellen würden nicht durchsucht, auch die von

Prior Dardano benutzten Räume nicht. Die Operation sollte beim Läuten zur Terz beginnen und eine Stunde später beendet sein. Sprechen sei verboten. Fluchen werde mit dreihundert Lire Bußgeld und zwei Jahren Verbannung aus Venedig bestraft. Die Fanti wechselten erstaunte Blicke, denn eine so wohlwollende Durchsuchung hatte es noch nie gegeben. Und so begann das Warten. Bis zur Terz fehlten noch zwei Stunden.

117

Die beiden Hütten waren erst vor kurzem erbaut worden, man hatte das niedrigste Tiefwasser im Jahr genutzt, zwischen Januar und Februar, und das Innere roch stark nach Heu und frisch geschnittenem Schilf. Mitten in dem einzigen, weiten und ovalen Raum brannte auf einer großen Lehmscheibe, die hart wie Stein gebacken war, ein Feuer. Einen Kamin gab es nicht, der Rauch zog, den Luftströmungen folgend, zwischen den Schilfbündeln ab. Über dem Feuer hingen mehrere dicke Metallplatten, die vor den tückischsten Flammen schützen und Funkenflug verhindern sollten.

Salvadego, der Mann mit der rauen Stimme, im Gegensatz zum ersten Eindruck ein freundlicher Mensch, hatte sich angeboten, Sofia und Andrea zu beherbergen. Für Sofia hatten sie ein Bett aus Holzbrettern neben das Feuer gestellt, und die Frauen der Familie umringten sie lebhaft diskutierend. Denn gegen das Fieber gab es zahlreiche Heilmittel: Pfefferkörner, ein Frosch in einem Sack auf der Brust, Aufgüsse aus Lorbeer, Weißwein, Zitrone, Urin und Minze. In diesem anteilnehmenden Stimmengewirr hatte Sofia sich umsorgt und getröstet gefühlt, ihr Vertrauen in die Welt war zurückgekehrt, und sie war mit der Hoffnung eingeschlafen, Gabriele wiederzusehen.

Andrea und Salvadego hatten die Mascaréta in dem kleinen Kanal hinter der Hütte versteckt und sich dann in die Sonne gesetzt, um offen und ehrlich miteinander zu sprechen. Andrea hatte ihm die jüngsten Ereignisse bis zur Befreiung Sofias und seinen Plan, in die Berge bei Padua zu gelangen, erzählt. Dieser so grimmig aussehende Mann hatte eine mitfühlende Seele. Er sagte, der Sumpf mit seinen Marschen sei das beste Versteck, denn hier konnten die großen Schiffe der Zehn mit ihren schweren Kielen nicht eindringen. Für diese Nacht bot er einen guten Schutz. Morgen würden er und seine Familie, wenn die Werkzeuge verstaut waren, nach Candiana auf die Terraferma zurückkehren, mit dem Karren zwei Stunden von hier, in ihre richtigen Häuser aus Stein und Ziegeln, wie er sie nannte. Bei den Hütten würden nur zwei Männer bleiben, um dort zu wachen bis zur Wanderung der Jungfische im Frühling. Dann würde die Familie wieder zusammenkommen, um mit dem Fischfang zu beginnen.

»Von Candiana aus sind es zwölf Meilen bis zu den Bergen«, sagte Salvadego und fuhr mit der Hand durch die Luft in Richtung der Euganeischen Hügel, »und vom Beginn des Hügellands bis zur Einsiedelei sind es noch einmal vier Meilen. Ich kann Euch mit dem Karren bis nach Candiana mitnehmen und Euch dort ein Maultier geben. Danach müsst Ihr selbst weitersehen, doch in einem Tag solltet Ihr am Ziel sein. Das Maultier könnt Ihr bei Balduino, dem Schmied von Galzignan lassen, das ist mein Vetter. Von dort ist der Eremo Alto ganz nah.«

Andrea hätte ihn am liebsten umarmt. Der Mann sah ihn kritisch an. »In dieser Bekleidung kommt Ihr freilich nicht weit. Folgt mir.«

Die Frauen holten eine Weste und saubere Hosen von der Leine. Die Anwaltstoga wurde zerschnitten, um einen gefütterten Umhang für Sofia und eine Art langen Mantel für Andrea daraus zu machen.

118

Salvadego hatte ihnen das Maultier eine halbe Meile vor Candiana gebracht, beim wundertätigen Schrein der Jungfrau vom Rosenkranz. Denn wenn sie mitten im Ort vom Karren auf das Maultier umgestiegen wären, hätte das Aufsehen erregt.

»Macht einen großen Bogen um Candiana.« Er zeigte auf eine Ebene mit Pappeln. »Dort hinten durchquert Ihr den Wald und folgt der Sonne. Am Kanal werdet ihr wieder auf die Landstraße nach Arre stoßen. In Conselve geht Ihr Richtung Battaglia weiter und von dort nach Galzignan. Wenn Euch die Wachen anhalten, sagt Ihr, dass Ihr Eure Frau zu den heißen Quellen bringt, damit sie dort ihr Steinleiden kuriert.«

Jetzt umarmte Andrea ihn wirklich. Salvadego brummte etwas, doch Andrea spürte, dass auch er ihn an sich drückte. Dann wandte dieser raubeinige Mann, der gegeben hatte, ohne eine Gegenleistung zu fordern, sich an Sofia.

»Passt auf Euch auf«, sagte er.

»Ich danke Euch, Signore«, sagte sie. »Möge die Madonna Euch segnen und allzeit beschützen.«

Salvadego bekreuzigte sich, und sie zogen los.

Galzignan erreichten sie, als die Glocke der Trinità das Avemaria läutete und das Tageslicht den Gipfel des Venda und, etwas weiter rechts, den des Eremo mit einem letzten hellen Schein überhauchte. Andrea schätzte, dass die Einsiedelei nur eine knappe Meile entfernt sein konnte, eine halbe Stunde Fußweg. Doch Sofia war erschöpft, und die Nacht würde rasch hereinbrechen. Er fragte einen Schuhmacher nach der Werkstatt des Schmieds. Dort angekommen, band Andrea das Maultier an den Ring in der Mauer und half Sofia, aus dem Sattel zu steigen. Ermattet sank sie in seine Arme.

Balduino stand vor dem Amboss und schlug mit dem Hammer auf eine Karrenachse. Obwohl er ein Schmied war, war er von so kleiner, magerer Statur, dass man ihn außerhalb seiner

Schmiede für einen Knaben gehalten hätte. Nachdem er das Maultier erkannt und ihm sofort einen ruhigen Platz und Futter im Stall verschafft hatte, wollte er Nachrichten von seinem Verwandten und bestürmte Andrea mit Fragen. Er lud sie in sein Haus ein. Die Küche war warm und gemütlich, erfüllt von einem guten Duft nach Brot und Herdfeuer. Rufe von Kindern hallten durch das Haus. Balduinos Frau hieß Giovanna und war in allem das Doppelte von ihm, einschließlich der Stimmgewalt. Andrea stellte Sofia als seine Frau vor und erklärte, sie hätten diese Reise unternommen, um einen Mönch, einen Bekannten, oben in der Einsiedelei zu besuchen. Doch Sofia sei krank geworden, und die Reise habe länger gedauert als geplant. Er fragte auch nach einer Locanda, wo man essen und die Nacht verbringen konnte. Nach wenigen Augenblicken fanden Andrea und Sofia sich am Küchentisch sitzend wieder, in diese Familie aufgenommen wie Freunde.

Nach dem Essen gab Giovanna Sofia einen Seidel voll warmem Rotwein mit drei Löffeln Honig, Zimt und Pfefferminz zu trinken. »In einem Zug!«, befahl sie, während sie den Seidel mit einer Hand hielt und an Sofias Lippen führte. Die Wirkung zeigte sich augenblicklich: erst ein leichtes Schwanken des Kopfes, bei dem ihr fortwährend die Lider über die Augen fielen, ohne dass sie etwas dagegen tun konnte, dann begann der ganze Körper zu schwanken, die Arme legten sich auf den Tisch, und sie bettete ihren Kopf darauf wie eine Katze, die sich am Feuer zusammenrollt. So schlief sie ein, und das Gespräch wurde flüsternd fortgesetzt.

Giovanna, eine praktisch veranlagte, energische Frau, wandte sich an Andrea: »Nimm deine Frau und bring sie ins Bett«, sagte sie und zwinkerte ihm zu, zufrieden mit der Wirkung ihres Trankes.

Andrea zögerte gerade lang genug, um seine Verlegenheit abzuschütteln, dann nahm er Sofia vorsichtig in die Arme und hob sie hoch. Sofia war leicht, von Qualen und Entbehrungen ausgezehrt, und durch die Kleider drang die Hitze ihres fiebrigen Körpers. Das Zimmer war winzig, ebenso das Doppelbett, und die Dachluke ging auf den Wald hinaus, wo der für die Jahreszeit ungewöhnliche Gesang einer Nachtigall erklang. Andrea legte Sofia auf das Bett, deckte sie zu und strich ihr behutsam über ihre Stirn, die sich mit Schweiß zu bedecken begann, ein gutes Zeichen dafür, dass das Fieber sank. Andrea wollte ihren Schlaf nicht stören. Er blies die Kerze aus, legte eine Decke auf die Bohlen des Fußbodens und wickelte sich darin ein. Der melodiöse Gesang der Nachtigall und Sofias leichter Atem waren die einzigen Geräusche in dem Raum. Andrea hörte eine Weile zu, dann siegte die Müdigkeit.

119

Balduino hatte sich schon beim Läuten zur Matutin, als draußen noch dunkle Nacht war, vom Bett erhoben und den Ochsen vor den Karren gespannt. Giovanna hatte eine Flasche warmer Milch mit Honig und Dinkelkekse vorbereitet. Sofia war fieberfrei und gestärkt, dank des Aufgusses und der Nachtruhe. Als es ans Abschiednehmen ging, wurden Andrea und Sofia herzlich umarmt.

Die Schotterstraße schlängelte sich zwischen Nussbäumen, Weingärten und Eichen durch das Tal. Dann überwand sie eine erste Anhöhe mit einer zweifachen S-Kurve und führte hinter einer mit Weinstöcken bepflanzten Ebene in den Kastanienwald am Berg, wo sie für Ochsen und Karren zu eng und steil wurde. Balduino hielt an. Eine Viertelmeile Luftlinie entfernt schien das Kloster der Hohen Einsiedelei über den kahlen Gipfeln zu schweben. Man sah die Mauern, das Gästehaus, die Fassade der Kirche und den Glockenturm. Darüber spannte sich der Himmel. Andrea und Sofia verabschiedeten sich und gingen zu Fuß weiter. Hinter sich hörten sie das Knallen von Balduinos Peitsche, das Knirschen der Steine unter den eisenbeschlagenen Rädern und den schweren Aufschlag der Hufe des Ochsen.

Die Luft im Kastanienwald schien leichter zu sein, frisch wie Quellwasser. Hinter einem Erdrutsch wurde der Weg zum Pfad. Andrea bot Sofia die Hand, um ihr über den lehmigen Spalt des abgerutschten Weges hinwegzuhelfen. Als das Hindernis überwunden war, erwartete er, dass sie seine Hand losließ. Aber das geschah nicht. Wahrscheinlich fürchtete sie, auszurutschen, dachte er. Gerne hätte er sich zu ihr umgedreht, doch er hatte Angst, den Zauber zu brechen. Schließlich lockerte er seinen Griff, überzeugt, sich von ihrer Hand lösen zu müssen. Doch Sofia hielt die seine nur noch fester, und er verstand. Er beschloss, sie anzuschauen. Wie schön sie war in diesen Lichtflecken zwischen den kahlen Bäumen, trotz all dem, was sie durchgemacht hatte. Er lächelte sie an, sie erwiderte sein Lächeln. So hielten sie einander an der Hand und vergaßen die Vergangenheit für eine Weile.

Sie verließen den Pfad, wo eine Gruppe Zypressen den letzten Abschnitt des Wegs markierte, der jetzt steil anstieg. Nur fünfzig Schritte fehlten bis zur Einsiedelei. Um die Mauern herum hatten die Mönche die Bäume gerodet, damit sie möglichen Angreifern keinen Unterschlupf boten und das Kloster nicht bedroht war, wenn Feuer im Wald ausbrach. Auf den gerodeten Boden hatten sie einen Kranz aus Weinstöcken gepflanzt. Hinter den Mauern tauchten die zwanzig kleinen Häuser der Eremiten auf, durch Gärten voneinander getrennt und alle von gleicher Größe und Bauweise, wie die Zelte eines Heerlagers. Sofia spürte, wie ihr die Rührung in die Kehle stieg. Dank dieser flüchtigen, gestohlenen Freiheit würde sie ihren Sohn umarmen können. Sie würde die Flucht mit ihm fortsetzen und vielleicht mit Andrea.

Der Waldweg wurde zum Stein, und der graue Stein jeder einzelnen dieser breiten Stufen brachte Sofia ihrem Sohn näher.

Dort war der Eingang, zehn Schritte entfernt. Sie kamen zum Portikus, Sofia stellte sich vor die Statue des heiligen Benedikt, schlug ein Kreuzzeichen und küsste die Füße des Heiligen.

»Seid Ihr bereit?«, fragte Andrea.

Sofia nickte. Andrea zog an der Kette der Klingel. Einmal, zweimal. Ein Glöckchen läutete entfernt. Sie hörten das Scharren des Riegels, das Knarren des Türflügels. Der Pförtnermönch erschien in seiner lichtweißen Kutte.

»Guten Tag, Padre«, sagte Andrea, sich verneigend. »Ich heiße Andrea Loredan und möchte Euren ehrwürdigen Abt sprechen.«

Der Blick des Mönchs ruhte eine Weile auf Andrea, dann wanderten seine Augen zu Sofia.

»Ihr müsst warten«, sagte er unwirsch. »Aber wisset, dass Frauen keinen Zutritt zur Einsiedelei haben.«

»Wir werden der Regel gehorchen.«

Der Mönch zögerte noch, als wollte er etwas erwidern, dann schloss er die Tür.

Entmutigt kauerte Sofia sich auf einen Stein. Andrea ging zu ihr. »Er wird uns empfangen.« Sie nahm seine Hand und drückte sie.

Sie mussten nicht lange warten, bis das Türchen sich erneut öffnete. Ein Mönch mit einem weißen Bart und offenen Zügen erschien. Er hatte große Hände mit kräftigen Fingern, die das Arbeiten gewohnt waren.

»Mit unendlicher Freude heiße ich Euch willkommen, meine Kinder«, sagte er so natürlich, als empfange er langerwartete Gäste. Andrea verbeugte sich, Sofia kniete nieder. Der Abt strich ihr über den Kopf. »Kommt mit mir.«

Hinter der Klostermauer öffnete sich ein kleiner Innenhof, dort führte eine Treppe zur Kirche hinauf. Ihre Fassade war schlicht, aus hellem Stein und Verputz. Der Abt ging Andrea und Sofia voran. Kein Wort fiel. Nur Schritte waren zu hören.

In dieser strengen, mit weißem Sonnenlicht erfüllten Kirche fühlte Sofia deutlich Gabrieles Anwesenheit. Der Abt, der ihre

Erregung gewahrte, wies auf den Hochaltar, wo eine kleine Gestalt auf einem Gerüst damit beschäftigt war, den Marmor zu polieren. Sofia blickte den Abt fragend an, der nickte lächelnd. »Geht, geht nur«, flüsterte er.

Sie nahm ihren Mut zusammen und lief dann schnell durch das ganze Kirchenschiff.

Gabriele, der oben auf seiner Leiter ihre Schritte hörte, hielt inne, wandte sich um, und Erstaunen malte sich auf sein Gesicht. Er erkannte sie nicht sofort wegen der kurzen Haare, doch als er sie erkannte, warf er den Lappen weg und sprang mit einem Satz vom Gerüst. Die beiden umarmten sich weinend. Küsse und wortlose Zärtlichkeiten folgten, und noch immer klammerte sich Gabriele fest an sie, als wollte er in sie eintauchen.

Andrea nahm eine Bewegung zu seiner Linken wahr und drehte sich um: Vor einer der Votivkapellen stand Jacomo Dragan in der Kutte der Bettelmönche und blickte Andrea unverwandt an.

Der »Weg der Worte« war zweihundert Schritt lang und hinter einer dichten Reihe Zypressen verborgen, die dort angepflanzt waren, um die ungestümen Nordwinde ebenso zu zügeln und zu besänftigen wie ungestüme Worte. Andrea, der mit Dragan aus der Kirche gegangen war, hatte seinen Zorn zurückhalten können, bis sie auf diesem Weg waren, der von Osten nach Westen an der Umfriedungsmauer entlanglief und so die Gemeinschaftsräume des Klosters – Kirche, Kapitelsaal, Refektorium, Haus der Novizen, Sprechzimmer und Gästehaus – mit den zwanzig Häusern verband, in denen die Eremiten lebten.

»Ihr habt Euch als Türke ausgegeben und seid Venezianer!«, griff Andrea ihn an. »Ihr wurdet wegen eines Diebstahls im Haus meines Vaters verurteilt! Ihr habt Euch als Pilger verkleidet! Ihr seid geflohen und habt bei Eurer Flucht zwei Jungen mitgenommen! Das war Wahnsinn! Und jetzt sehe ich Euch in dieser Mönchskutte wieder! Wer seid Ihr wirklich?«

Sie kreuzten zwei ins Gespräch vertiefte Mitbrüder. Vier Verbeugungen wurden gewechselt. Als die beiden sich entfernt hatten, sagte Jacomo: »Dies ist ein heiliger Ort, sprecht leise, bitte.«

»Dragan, wenn man einen Angeklagten verteidigen will, welches Verbrechen er auch immer begangen haben mag, muss man die Wahrheit kennen! Ihr könnt den Untersuchungsrichter anlügen, aber nie dürft Ihr den Anwalt belügen, der Euch verteidigt! Niemals!« Er holte Atem, während er versuchte, im Gesicht des Alten eine Reaktion auf seine Worte zu erspähen.

»Behandelt mich nicht wie einen Schuljungen!«, erwiderte Dragan. »Ich habe dreißig Jahre im Land der Türken gelebt, um einer ungerechten Verurteilung zu entgehen, ich habe eine türkische Frau geheiratet, und mir wurde der Name Mehmet Hasan gegeben, aber ich achte die göttlichen Gebote, ich habe nicht in Eurem Elternhaus gestohlen, und ich trage keine Schuld an der Explosion des Arsenale. Wenn ich Euch ein paar Dinge nicht gesagt habe, hatte ich meine Gründe dafür. Und schweigen bedeutet nicht lügen. Sagt mir lieber, wie habt Ihr mich gefunden?«

Andrea atmete tief ein und schloss die Augen. Als er sie wieder öffnete, war sein Blick ein wenig ruhiger geworden. »Das werde ich Euch sagen, aber erst möchte ich Euch etwas zeigen.« Er zog sich den Ring ab, den er am Zeigefinger trug, legte ihn auf seine Handfläche und hielt ihn Dragan vor die Augen. Es war der goldene Ring der Wächter. »Erkennt ihr den?«

Fast ein wenig furchtsam nahm Jacomo den Ring zwischen Daumen und Zeigefinger, hob ihn hoch, untersuchte die Innenfläche und blickte dann wieder Andrea an. Er war tief verstört.

»Wo habt Ihr den gefunden?« Die Worte lösten sich von seinen Lippen wie Blutstropfen aus einer Wunde.

»Ich habe ihn von Zuàn Francesco Marin bekommen, dem amtlichen Chiffreur des Palazzo. Ich weiß, dass˙ Ihr Euch gut kennt.«

Der alte Glasmeister blickte Andrea durchdringend an. »Hat Marin Euch die Geschichte dieses Rings erzählt?«

Andrea nickte. »Er gehörte meiner Mutter Lucrezia. Und er ist das Wahrzeichen des Bundes der Wächter.«

Beide schwiegen. Jacomo schloss die Augen, wie von einem jähen Schmerz getroffen. Als er wieder zu Andrea aufsah, schien er innerlich aufgewühlt zu sein.

»Hat Marin Euch gesagt, dass ich mich hier verstecke?«

Andrea schüttelt den Kopf.

»Wer dann?« drängte Jacomo.

»Ermonia Vivarini.«

»Warum seid Ihr mit dieser Frau hierhergekommen?«

Jetzt zögerte Andrea. »Sie ist Gabrieles Mutter, Sofia Ruis. Ich habe sie aus dem Kloster San Servolo geholt. Das Gericht des Heiligen Offiziums hatte sie dort eingesperrt.«

Jacomo erschauderte und gab ihm den Ring zurück. »Ihr wollt sagen, dass Ihr sie entführt habt?«

»So ist es. Um sie zu retten.«

Der alte Glasmacher blickte ihn finster an. »Dann seid Ihr also auf der Flucht!«, schloss er.

»Seit drei Tagen.«

Jacomo fuhr sich mit einer Hand durch die weißen Haare und ging weiter. Stumm wanderten sie bis zum Buchenwäldchen, welches das westliche Ende des Zypressenwegs bildete.

»Ihr müsst fort von hier!«, rief Jacomo plötzlich aus, während er um einen Baumstamm herumging und die Zweige mit einer Hand beiseiteschob. »Nehmt Sofia und Gabriele und bringt sie weit weg, nach Lucca, Florenz, Siena. Tut es sofort!«

Andrea stellte sich ihm überrascht und besorgt in den Weg.

»Warum?«

»Tut, was ich Euch sage.«

»Erst erklärt Ihr mir, warum!«

Jacomo blieb wieder stehen und starrte Andrea an. »Granzo habe ich schon weggeschickt. Heute hätte Gabriele aufbrechen müssen.« Er machte eine Pause. »Früher oder später werden die Sbirren der Serenissima hier ankommen!«

»Woher wisst Ihr das?«

Jacomo wollte antworten, doch dann ging er wortlos weiter. Andrea ließ nicht locker.

»Ich habe Euch etwas gefragt!«

»Ich weiß es, das genügt!«

Andrea ballte die Fäuste, um seinen Zorn zurückzuhalten. »O nein! Jetzt behandelt Ihr mich wie einen Schuljungen!« Er wartete, dann fuhr er fort: »Marin und Ermonia haben mir viel über den Bund der Wächter erzählt, und dass Ihr hierhergekommen seid, um die Bücher zu retten. Marin hat mich gebeten, Euch zu helfen, und ich habe beschlossen, es zu tun. So wie ich beschlossen habe, Sofia zu helfen! Ich habe sie zum Eremo gebracht, um Ihr den Sohn wiederzugeben! Dragan, ich will ein für alle Mal die Wahrheit hören!«

»Die Wahrheit?« Jacomos Augen blitzten ironisch auf.

»Ja! Ich will alles wissen! Warum zum Beispiel hasst mein Vater Euch noch immer so sehr? Ich will wissen, was vor dreißig Jahren geschehen ist!«

Stille.

»Ist es wegen des Diebstahls der Juwelen?«, beharrte Andrea.

»Erscheint Euch das wenig? Euer Vater und ich waren Freunde.« Jacomo verstummte und ging weiter.

»Und warum seid Ihr nach Venedig zurückgekehrt und habt den Galgen riskiert?«, bohrte Andrea weiter.

»Lucia Vivarini hat mich gerufen.«

»Wann ist das gewesen?«

»Anfang Juni, ein türkischer Teppichhändler hat mir einen Brief von ihr gebracht. Lucia war sehr besorgt. Jemand suchte nach den Büchern von Lucrezia und war ihnen schon sehr nah gekommen. Ich habe rasch eine Ladung Teppiche besorgt, und Sinan und ich sind losgefahren.«

»Wer ist Sinan?«

Jacomo schloss betrübt die Augen. »Er war mein Neffe, der Sohn des Bruders meiner Frau Yildiz, ein braver Junge, immer fröhlich, ein fleißiger Arbeiter. Er ist bei der Explosion gestorben, und ich konnte noch nicht einmal an die Familie schreiben, um ihnen von seinem Tod zu berichten.«

»Habt Ihr Kinder?«

Er schüttelte den Kopf. »Gott, der Herr, hat uns dieses Geschenk nicht machen wollen.«

»Und habt Ihr Eurer Frau geschrieben?«

Jacomo blieb stehen. »Yildiz ist vor zwei Jahren gestorben.«

Andrea bemerkte, dass seine Verbitterung gegenüber dem Alten langsam verflog. Er zeigte ihm wieder den Ring. »Den gleichen Ring habe ich bei einem der Toten vom Arsenale gesehen. War das seiner?«

Wieder überschattete Kummer Jacomos Gesicht. »Es war meiner.«

»Das war Euer Ring?«, fragte Andrea überrascht.

»Sinan und ich hatten die Kleider getauscht. Er hatte meine und ich seine angezogen. Immer wenn es um Geschäfte ging, habe ich mich als Diener verkleidet, damit es niemandem einfiel, Fragen zu stellen. Und ich habe ihm auch den Ring gegeben.«

»Ihr habt Euch aber auch als Pilger verkleidet?«

»Nur für meine Gänge durch die Stadt.«

»Und Ihr habt Gabriele benutzt, um mit der Äbtissin in Kontakt zu treten?«

»Das konnte ich natürlich nicht persönlich machen. Zu gefährlich.«

Andrea musterte ihn. »Was habt Ihr getan, nachdem Ihr in Venedig angekommen seid?«

Dragan ordnete einen Moment lang seine Erinnerungen.

»Sinan und ich haben mit den Verhandlungen um den Verkauf der Teppichladung begonnen, und ich habe Lucia Vivarini durch Gabriele benachrichtigt.«

»Darf ich Euch fragen, warum Ihr mir das alles nicht gleich erzählt habt?«

Jacomo sah ihm direkt in die Augen.

»Wann hätte ich das denn tun sollen? Im Gericht?«, erwiderte er lakonisch. »Außerdem sind die Wächter zur Geheimhaltung verpflichtet, vergesst das nicht.«

»Wie hätte es denn plangemäß ablaufen sollen?« fragte Andrea. Der Glasmeister versuchte, den Sturm seiner Gefühle zu besänftigen und die nötige Gelassenheit für einen Bericht zurückzugewinnen.

»Wenn alles richtig gelaufen wäre, hätte Lucia mir das Buch und das Glas geben sollen …«

»Wovon sprecht Ihr?«, unterbrach ihn Andrea.

»Hat Marin Euch nichts darüber gesagt?«

»Nein.«

Jacomo musterte ihn, dann entschloss er sich zu reden.

»Der Hinweis auf den Ort, an dem die Bücher von Lucrezia versteckt sind, ist eine Chiffre aus drei Bestandteilen: eine mathematische Zahlenfolge, ein Buch und ein Glas.«

Andrea legte sich eine Hand an die Stirn und glättete mit den Fingerspitzen die wenigen Falten.

»Die Zahlenfolge«, fuhr Dragan fort, »ist auf dem goldenen Ring eingraviert: α β γ δ η κ ζ. Von dem Buch kann ich Euch sagen, dass es sich um Platons *Timaios* handelt. Kennt Ihr es?«

Andrea nickte.

»Ein kleines Buch im Vigesimoquart-Format«, erklärte Dragan. »Ein Probedruck, von dem Alessandro Paganini nur zehn Exemplare herstellte, kein Verkaufserfolg. Einige wurden an Gelehrte und Literaten verschenkt, aber sie zogen die Ausgabe von Aldo Manuzio vor. Ein Exemplar behielt Alessandro selbst, das dritte schenkte er Eurer Mutter, die schon mit dreizehn Jahren aus dem Griechischen übersetzte. Nach ihrem Tod ging es in den Besitz von Lucia Vivarini über.«

Andrea erinnerte sich, was Ermonia und später Marin ihm

von seiner Mutter erzählt hatten. Es stimmte mit Dragans Bericht überein.

»In der Nacht der Explosion hätte Lucia Gabriele Ruis den *Timaios* übergeben sollen, und Gabriele sollte ihn mir bringen.«

»Gabriele war betrunken, an seiner Stelle ging Tonino in die Celestia und wurde umgebracht«, fuhr Andrea fort. »Derjenige, der dieses Kind getötet hat, könnte das Buch mitgenommen haben.«

»Für dieses Buch wurde und wird weiterhin getötet. Ihr müsst wissen, worauf Ihr Euch einlasst«, ergänzte Dragan.

»Und was könnt Ihr mir über das Glas sagen?«, fragte Andrea, um sich von der Angst abzulenken, die ihn packte.

Dragan lächelte. »Es ist der Schlüssel zu allem. Die Seiten des *Timaios*, die durch die Zahlenfolge angegeben werden, müssen durch das Glas gelesen werden, dann wird, was dunkel schien, klar.«

»Ein Gitter zur Entschlüsselung?«, murmelte Andrea.

»Ein Gitter, ein Netz, eine Karte, nennt es, wie Ihr wollt. Fest steht nur, dass ohne diese drei Gegenstände, die zusammen benutzt werden müssen, Lucrezias Bücher dort bleiben werden, wo sie sind.«

Andrea schien es, als kämen Dragan all diese Antworten zu leicht über die Lippen, doch er fuhr fort, nach dem zu forschen, was ihn schon seit einer Weile beschäftigte: »Es gibt noch etwas, was ich Euch fragen wollte: woher hattet Ihr die hundertzwanzig Dukaten, die Ihr mir damals im Gefängnis für Ermonia anvertraut habt?«

»Sie befanden sich in den Pozzi unter einem Stein.«

Andreas Stirn überzog sich mit Falten. »Die Münzen hatten eine Prägung der Zeit der Dogen Gritti und Lando. Das war vor dreißig Jahren!«

»So ist es.«

Andrea sah ihn verblüfft an. »Habt Ihr sie etwa dort hineingetan, als Ihr im Gefängnis saßt?«

»Ich nicht.«

Nach kurzem Zögern fragte Andrea: »Wer dann?«

»Jemand anders«, lautete die lakonische Antwort.

»Darf ich nicht erfahren, wer das war?«

»Und darf ich Euch fragen: Vertraut Ihr mir?«

»Das würde ich gerne.«

»Ihr solltet es tun, denn das, was ich Euch nicht erklären kann, müsst Ihr mir glauben.«

»Wer war es also?«

Jetzt zögerte Jacomo. »Eure Mutter«, flüsterte er dann. »Lucrezia ließ das Geld dort hinterlegen.«

Andrea starrte ihn an. »Warum?«

Jacomo erwiderte seinen Blick. »Weil sie mich retten wollte. Sie wusste, dass ich unschuldig war.«

120

Wasser war auch auf der Terraferma nicht rar, sondern durchzog sie in Form der Brenta, des Bacchiglione und Myriaden von Kanälen und Wasserstraßen, auf denen Menschen und Waren reisen konnten, und dieses Werk kundiger Fachleute für Hydraulik war ein Segen und Quell des Reichtums.

Nach einer sorgenschweren Nacht, die Frate Angelo Riccio im Haus der Kanoniker gegenüber der Kurie verbracht hatte, war er am frühen Morgen in einer sauberen Kutte, einschließlich Skapulier und Umhang mit Reisesack und Pistole, zum Portello im Osten Paduas geeilt, wo die Boote von und nach Venedig anlegten. Hier würde, wie ihm Fra Aurelio Schellino durch einen Boten hatte mitteilen lassen, Schellino selbst mit zehn Dominikanerbrüdern, allesamt erfahrene Leser, so Gott wollte, an Bord eines von den Zehn bezahlten Lastkahns ankommen. Also wanderte Riccio, die Sonne im Gesicht, nervös am Ufer des Kanals auf und ab. Diese Anlegestelle, wo Reisende,

Straßenverkäufer, Hauptmänner und Sbirren zusammenkamen, war ein lebhafter, niemals ruhender Marktplatz. Außerdem standen hier viele Männer diskutierend, streitend und lachend zusammen, deren Stimmung jäh umschlagen konnte. Es waren Leute von der Zunft der Treidler, die sich mit denen von der Zunft der Träger in den Haaren lagen. Erstere, die die Boote an langen Seilen durch die Wasserstraßen zogen, brachen nämlich oft in das Gebiet der anderen ein, deren Arbeit ausschließlich darin bestand, Boote zu beladen und zu entladen. So gab es fortwährend Streit, in den sich auch noch die Anleger einmischten, die stets gern bereit waren, gegen guten Lohn mit anzupacken. Immer wenn Schiffe ankamen und ablegten, erreichte das Geschrei seinen Höhepunkt, um in den Zeiten dazwischen und bei den versöhnenden Saufgelagen abzuflauen, mit jeder neuen Ankunft aber sofort wieder anzuheben.

Darum hörte Riccio zunächst das laute Stimmengewirr an der großen Biegung im Osten, wo das Wasser das Canale Piovego sich mit dem Bacchiglione mischt, dann sah er ein Dutzend Treidler an zwei Seilen auftauchen, und der runde Bug eines Lastkahns kam in Sicht. Dort stand der Inquisitor Schellino, die Kapuze auf den Schultern, und sein schwarzer Umhang über der weißen Kutte wehte in der Morgenbrise. Er hätte ein Missionar sein können, der ans Ufer eines Landes der Wilden kommt und, sobald er von Bord geht, das große Kruzifix errichtet, heroisch und voll der Gnade Gottes, bereit zum Martyrium. Seine zehn Mitbrüder hingegen, denen Schellinos mystischer, gegenreformatorischer Eifer fernlag, ja, die sogar für ein friedliches Zusammenleben mit den Lutheranern eingetreten wären, saßen, in ihre schwarzen Umhänge gehüllt, ermattet auf den Bänken, manch einer schlief sogar, von der langsam schaukelnden Fahrt des Bootes in den Schlaf gewiegt.

Angelo Riccio hob die Hand, er freute sich über die Ankunft der neuen Truppen. Auch der Inquisitor winkte freudig grüßend, denn Venedig für diese dreitätige Dienstreise verlassen zu können war ihm angesichts der zunehmenden Spannungen in der Stadt äußerst willkommen gewesen. Hinter der Kabine des Kahns tauchte eine weitere schwarze Kutte auf, Lorenzo da Mula, der Ratgeber der Zehn, ehemaliger Savio für Ketzerei, und, wie der Nuntius Facchinetti ihn beschrieb, »mit Feuereifer Gottes Ehre dienend«.

Am gegenüberliegenden Ufer saß Filippo Tomei in einer Gondel unter einem großen Zelt und beobachtete, wie freundlich und begeistert Riccio den Inquisitor und da Mula begrüßte. Er dankte dem Himmel, dass die Ereignisse nunmehr dem gleichmäßigen, friedlichen Gang eines Flusses folgten, der als Sturzbach mit tosenden Stromschnellen, Strudeln und Wasserfällen über steile Abgründe begonnen hatte und nun behäbig dem Meer zuströmte, um sich mit diesem zu vereinen. Tomei gab dem Ruderer am Heck ein Zeichen, der mit einem knappen »Ohe!« für seinen Kollegen am Bug die Gondel vom Ufer abstieß und zu rudern begann.

Tomei ließ sich gegen die gepolsterte Lehne fallen und schloss die Augen. In der Tasche hatte er einen Beutel mit hundert Florin und einen von Francesco de' Medici unterzeichneten Passierschein, der einen gewissen Bianco Bianchi, Händler mit Stoffen, gemäß den Vereinbarungen zwischen der Serenissima und dem Großherzogtum ermächtigte, ungehindert Kirchen und Klöster aufzusuchen, um seinen Musterkatalog mit Stoffen für Paramente und die Ausstattung sakraler Räume vorzustellen. Bald würde die Gondel den Piovego verlassen, um in die frischeren, duftenden Gewässer des Bacchiglione zu gleiten, auf dem sie bis nach Bassanello gelangen würde. Von diesem Hafen fuhr stündlich ein Kahn nach Battaglia ab, der langsam von zwei Pferden über den Treidelweg am Ufer gezogen wurde. Tomei berechnete, dass er gegen Abend in der Hohen Einsiedelei ankommen würde, um dem Triumph der Vernunft über den Betrug, des Lichts über die Finsternis beizuwohnen.

121

Die Sbirren hatten Nicolò Bozza, genannt Granzo, in das Gefängnis von Rovigo gebracht. Beim ersten Reißen mit dem Strick hatte er angefangen zu schreien. Beim zweiten war er in Tränen ausgebrochen. Noch vor der dritten Folter hatte er alles gestanden: seinen richtigen Namen, die Flucht aus Venedig zusammen mit Jacomo Dragan und Gabriele Ruis, den Aufenthalt in der Einsiedelei in den Bergen von Padua. Verschwiegen hatte er nur die brüderliche Freundschaft zwischen Dragan und dem Abt der Einsiedelei und den Schutz, den die Mönche ihnen gewährt hatten.

Für den Stadtvikar von Rovigo, Zuànbattista Iancarli, war Granzos Geständnis ein wahres Himmelsgeschenk, denn der Steckbrief mit dem Haftbefehl und dem Kopfgeld von tausend Dukaten für die drei Flüchtigen war just am Vortage durch seine Hände gegangen. Einen der drei Gesuchten bereits geschnappt zu haben konnte eine Belobigung und vielleicht sogar eine Belohnung bedeuten. Wenn es ihm dann auch noch gelang, die anderen beiden zu fassen, würde er gewiss auf einen weit angeseheneren Posten als den des Stadtvikars hoffen können. Beflügelt von diesen Aussichten, hatte er sofort einen Boten mit der guten Nachricht nach Venedig geschickt, hatte, alle Vorsicht wegen eines möglichen Konflikts um territoriale Ansprüche außer Acht lassend, eine halbe Garnison mobilisiert, Granzo auf einen Karren geladen und sich persönlich in die Euganeischen Hügel bei Padua begeben.

122

Sofia war gleich nach dem Essen, das in der Mensa des Gästehauses eingenommen wurde, in Gabrieles Armen eingeschlafen. Der Bruder Pförtner hatte das Problem einer Frau innerhalb der Klostermauern angesprochen, und der Abt hatte ihn, ausgleichend wie immer, daran erinnert, dass die zweite Regel des Benedikt gebot, alle Menschen gleich zu behandeln, und die dreiundfünfzigste Regel für Gäste des Klosters eine Aufnahme vorsah, wie sie Jesus Christus bekommen hätte, »denn wenn die Gäste Hilfe brauchen, soll man sie ihnen im Geist der Nächstenliebe geben«.

Gabriele war bei ihr, streichelte sie noch nach dem Läuten zum Avemaria, als die Sonne hinter den Bergen unterging. Es war das erste Mal, dass seine Mutter in seinen Armen schlief. Nicht einmal nach den härtesten Arbeitstagen im Arsenale hatte sie das getan. Nach dem Avemaria läutete es zur Komplet, während draußen die Nacht hereinbrach.

Im schwachen rötlichen Schein des Votivlichts ging Andrea mitten durch die Kirche, einen Schritt hinter Jacomo. Ihn in einen alten Mönch verwandelt zu sehen, nicht nur durch die Kutte, auch in seinen Bewegungen und seiner Sprechweise besänftigte nach und nach seinen Zorn, der sich in die resignierte Erkenntnis auflöste, dass man diesen eigenartigen Menschen meiden oder ihn akzeptieren musste, wie er war.

Jacomo leuchtete derweil mit der Laterne und öffnete eine kleine Tür, durch die man in den Glockenturm gelangte. Als Andrea ihn die steilen Stufen hinaufstürmen sah wie einen jungen Mann, verwandelte sich seine Resignation in Neugier, die alsbald, nach der Hälfte des Aufstiegs, in ein amüsiertes Wohlwollen überging.

»Da sind wir«, sagte Jacomo und blieb auf dem einzigen Treppenabsatz etwa zwanzig Fuß unterhalb des Glockenraums stehen. Auf dieser Galerie gab es außer der Treppe, die weiter nach oben führte, eine robuste Tür aus Holz und Metall, deren schwerer Riegel einer Gefängniszelle alle Ehre gemacht hätte. Jacomo steckte einen Schlüssel in das Schloss und drehte ihn mehrmals um.

»Ihr müsst wissen, dass kein Fremder dieses Zimmer jemals zu Gesicht bekommen hat«, sagte er. »Darum ist es ein großer Vertrauensbeweis. Ihr werdet hier eine Menge Dinge über die Macht erfahren, die Bücher haben.«

Andrea fand sich im Dachboden der Kirche wieder, einem großen dunklen Raum, wo es für einen solchen Ort ungewöhnlich warm war.

»Bleibt stehen.«

Andrea hob den Kopf, und was er sah, verursachte ihm einen Schwindel: über ihm gab es keine Decke, nur einen großen Ausschnitt des besternten Himmels, und trotz dieser Öffnung herrschte seltsamerweise eine Wärme wie in den Küchen des Dogenpalastes. Das weiße Licht der Laterne wurde rot, als Jacomo eine Glocke aus rotem Glas darüber stülpte. Jetzt war der ganze Raum in diese Farbe getaucht, und als Andrea sich umsah, staunte er abermals. Fenster gab es nicht, an den Wänden hingen große, über und über mit geheimnisvollen Zeichnungen und Zeichen bedeckte Blätter.

»Alles aus reinstem Cristalìn.« Jacomo zeigte auf die Decke, nahm einen Stock und klopfte zweimal an den Himmel. »Der stürmische Wind gestern Nacht hat die Luft so sauber gefegt, wie man es selten erlebt. Schön, nicht wahr?«

Andrea betrachtete nur in stummer Ehrfurcht den majestätischen Sternenhimmel.

»Die Mönche nennen diesen Raum den Kapitelsaal des Himmels. Sie haben ihn genau so gewollt, mit Wänden aus Stein und ohne Fenster, damit der Blick sich nicht in irdischen Dingen verliert. Setzt Euch dorthin.« Jacomo zeigte ihm eine Art schräges Bett, das sich um fünfundvierzig Grad neigte.

Andrea legte sich darauf. Es bestand aus einer weichen, bequemen Matratze und einer Fußstütze. Jacomo ging zu einem seltsamen Gegenstand, der, ebenfalls geneigt, auf ein Gestell montiert war und im rötlichen Licht an eine jener kleinen Schiffskanonen erinnerte, die über die Bootswände geschwenkt werden können. Und tatsächlich war sie wie eine Waffe auf Andreas Gesicht gerichtet.

»Was ist das?«

»Schaut hindurch, und Ihr werdet verstehen.«

Andrea betrachtete den Gegenstand, berührte ihn. Er war quadratisch, im Durchmesser gut vier Finger breit, eine Elle lang, vielleicht etwas mehr und nach seinem Gewicht bei der Schwenkbewegung zu urteilen, musste der mit Samt umkleidete Körper aus Holz sein.

»Wo muss ich hindurchschauen?«

»Am Ende, wo das Glas sitzt.«

Im rötlichen Schein der Laterne erkannte er den Lichtreflex des Glases, es war wirklich wie das Zielen mit einer Arkebuse. Er hob den Kopf und legte das Auge an die Öffnung.

Ihm war, als würde er ins Paradies aufsteigen oder in Meerestiefen stürzen. Seine Sehkraft schien von dieser kleinen Kanone wie in die Milchstraße katapultiert. Sein Atem ging schneller.

»Platon lehrte uns, die Augen zum Himmel zu heben. Aristoteles hat uns wieder auf die Erde blicken lassen«, sagte Jacomo. »Es hat die Zeit Platons gegeben, jetzt scheint Aristoteles herrschen zu müssen, und es ist wirklich bedauerlich, den einen zu verlieren und dafür den anderen vorzufinden.« Als er Andreas Erschütterung sah, zeigte er auf den Gegenstand. »Ich habe es das Sternenauge genannt.«

Andrea legte das Auge wieder an das Glas.

»Das ist wunderbar ...«, flüsterte er, während die Sterne größer wurden und, sich vervielfachend, dem Himmel Tiefe verliehen. »Und das habt Ihr gebaut?«

»Vor vierzig Jahren.«

Andrea blickte Jacomo erstaunt an. »Warum ist ein solches Juwel noch nicht allen bekannt?«

Der Glasmeister schwieg eine Weile.

»Man hat beschlossen, es verborgen zu halten.«

»Man hat beschlossen? Wer?«

»Die Wächter. Eure Mutter Lucrezia, Lucia, Marin, ich selbst und die anderen. Ob richtig oder falsch, wir dachten jedenfalls, es sei zu gefährlich, das Instrument allgemein bekannt zu machen.«

»Aber warum denn nur?«

Jacomo nickte leicht. Dann bückte er sich. »Ich möchte Euch zeigen, was ein Sternenauge vermag«, und mit diesen Worten stellte er sich neben Andrea, musterte den Himmel durch das Glas und drehte es um eine Handbreit. »Hier, seht selbst.« Er machte Platz, und Andrea näherte sich dem Rohr.

»Allmächtiger Gott! Was ist das? Ein kleiner Mond?«

»Das ist die Venus.«

Fassungslos starrte Andrea auf die leuchtende Sichel, die jetzt, inmitten der anderen Sterne, in der Tiefe des unendlichen Himmels zu stehen schien.

»Ich zeige Euch Jupiter.« Er spähte ins Firmament über dem gläsernen Dach. »Ah, da ist er! Ihr müsst Eure Position ein wenig verändern.« Er half Andrea, sich aufzurichten, stellte das Fernrohr ein. »Seht nur, welch eine Pracht«, sagte er.

Andrea schaute hindurch. Noch stärker als die Venus vermittelte dieser Planet den Eindruck einer vertrauten Rundheit, wie Mond und Erde gleichzeitig, und er schien in einer von der Vernunft fassbaren Entfernung zu liegen.

»Welch eine Gefahr könnte ein solches Wunderwerk bergen?«

Jacomo suchte nach den rechten Worten, um es zu erklären: »Ihr habt Venus und Jupiter gesehen, aber ebenso leicht lassen sich damit Dinge auf der Erde beobachten. Von hier, von diesem Campanile aus, haben wir die Segel im Golf von Venedig gesehen, fünfunddreißig Meilen entfernt, und sogar den goldenen Reflex des Erzengels auf der Spitze von San Marco. Stellt Euch vor, welch ein ungeheurer Vorteil es für einen Admiral, einen General wäre, vor der Schlacht die Schiffe, die Truppenstärke und die Kanonen des Feindes zählen und seine Bewegungen schon von weitem verfolgen zu können.« Er machte eine Pause.

»Die Türken suchen die Bücher, die unter anderem lehren, wie man das Sternenauge und viele andere Instrumente baut. Seit langem suchen sie danach, und vor drei Jahren haben sie mit Hilfe von Verbrechern eine der Lampen stehlen können, die Teil der Chiffre sind.«

»Bitte erklärt mir das alles!« Andreas Tonfall war fast flehentlich.

»In diesen Büchern stehen wichtige Dinge geschrieben. Das Sternenauge ist nur eines davon«, sagte Jacomo. »Jemand hat uns verraten und den Türken das Geheimnis von den drei Komponenten der Chiffre enthüllt. Darum haben sie vor drei Jahren in der Nacht vor Corpus Christi eine der Lampen gestohlen.«

Andrea sah Jacomo nachdenklich an. »Natürlich, der Diebstahl der Leuchter …« Dann begann er, etwas in der Tasche seines Hemdes zu suchen, und zog das Büchlein mit seinen Notizen heraus. Es war feucht geworden, ein paar Blätter klebten aneinander. Er suchte nach der Zeichnung. »Seht her, es war eine Lampe ungefähr dieser Form, nicht wahr?«

Jacomo nahm das rote Glas von der Laterne, und helles Licht erfüllte den Raum. Er betrachtete die Zeichnung. Die Tinte war verblasst, doch das Dodekaeder ließ sich noch erkennen.

»Ja, es war ein Dodekaeder.«

Andrea ließ sich auf eine Bank neben dem Tisch fallen und stützte seine Stirn mit der Hand. »Die gleiche Lampe habe ich in der Glashütte von Ermonia Vivarini gesehen.« Er seufzte entmutigt.

»Das ist möglich. Lucia war eine sehr gute Glasmeisterin, sie hat mindestens zwanzig solcher Lampen hergestellt, aber nur drei wurden für das Gitter benutzt. Wenn man ein Licht hineinstellt, blitzen die zwölf Glasscheiben aus Cristalìn in allen Farben des Regenbogens auf, sie sehen wirklich aus wie Edelsteine … Edelsteine des Himmels, so nannte sie Eure Mutter Lucrezia.«

Andrea starrte Dragan an wie vom Donner gerührt.

»Edelsteine des Himmels!«, rief er und sprang auf. »In der

Nacht, der Nacht der Explosion, hat Lucia Vivarini genau diese Worte benutzt! Sie sagte zu mir, ich solle in den Edelsteinen des Himmels suchen, versteht Ihr?«

Jacomo hörte nur schweigend zu.

»Sie sagte, ich solle furchtlos suchen«, fuhr Andrea erregt fort. »In den Edelsteinen und in der Seele werde ich die Wahrheit finden.«

Der alte Glasmeister wartete einen Moment, dann lächelte er Andrea an.

»So ist es, lieber Andrea, der Edelstein ist die Lampe, und die Seele ist die Harmonie, die Platon in Zahlen übersetzt hat, nämlich jene Zahlen, die im Inneren des Rings eingraviert sind: eins, zwei, drei, vier, neun, acht, siebenundzwanzig. Diese Zahlen sind das Herz des *Timaios*, des Buches, das mit der Lampe verbunden werden muss, so dass die Seitenzahlen mit den Zahlen auf den Glasscheiben übereinstimmen. Form und gleichzeitig Substanz.«

Andrea bedeckte sein Gesicht mit der Hand, noch konnte er es nicht fassen, dass er die fehlenden Teile dieses Mosaiks gefunden hatte. »Am Tag vor der Explosion des Arsenale hat die Äbtissin Vivarini mir eine Botschaft geschickt, eine Einladung, sie zu besuchen. Sie wollte mit mir über diese Dinge sprechen. Und bei dem Treffen mit Marin in San Michiel hat er mir den Teil des Timaios vorgelesen, wo Platon schreibt: *Zuerst nahm er einen Teil des Ganzen, danach nahm er ein Doppel desselben, hierauf ein Drittel, welches anderthalbmal vom zweiten Teil und dreimal vom ersten war ...*«

»*... dann einen vierten*«, fuhr Jacomo fort, »*welcher das Doppelte des zweiten war, darauf einen fünften, welcher das Dreifache des dritten war, hierauf einen sechsten, welcher achtmal der erste war und zuletzt einen siebenten, welcher siebenundzwanzigmal der erste war.*«

Sie sahen einander an.

»Alles ist teilbar und alles ist auf die Einheit zurückzuführen«, sagte Jacomo. »So wie jede einzelne Seele für sich existiert und

zugleich Teil der großen Weltseele ist. Einheit in der Verschiedenheit. Das ist das Prinzip von allem und hat uns Wächter, trotz der Besonderheit jedes Einzelnen von uns, immer verbunden. Ein Buch zu retten bedeutet für uns, alle zu retten.«

Andrea ahnte, welch erhabene, große Gedanken er vernahm und blickte wieder in den besternten Himmel, als könne er nur dort oben den richtigen Platz für seine Gedanken finden.

»Ein Edelstein des Himmel«, sagte Jacomo. »Durch das Glas, aus dem er gemacht ist, besitzt er die Ewigkeit der Seele, aber auch ihre Zerbrechlichkeit.«

123

Filippo Tomei hatte sich gehütet, in Battaglia Station zu machen, sondern für fünfzehn Lire einen Karren mit Pferd gemietet und war direkt nach Galzignan weitergefahren. Kurz vor dem Dorf hatte er auf einem Brachfeld das Lager einer Truppe Soldaten gesehen. Die Soldaten hatten wahrscheinlich einen ganzen Tagesmarsch hinter sich, sie ruhten sich an einer der vielen heißen Quellen aus, die in dieser Gegend aus dem Boden kamen. Die Küchenmeister hatten ein Feuer für das Abendessen entfacht, während sich die Soldaten wie Kinder am Wasser vergnügten. Tomei suchte nach den Zelten und fand keine, es musste also eine Truppe auf einem Gewaltmarsch sein, und nach der Pause würde sie eine recht harte Nacht erwarten.

In der nahegelegenen Osteria von Masegne hatte er sich erkundigt: Es waren Soldaten aus Rovigo, und ihre Kommandanten aßen gerade in der Osteria zu Abend. Einer von ihnen fragte den Wirt nach dem besten Weg hinauf zur Einsiedelei. Das war Iancarli, der Stadtvikar.

Filippo ließ sich ein Glas Wein einschenken, bat um etwas Hafer für das Pferd, ließ es seinen Durst an der Tränke stillen, zahlte zehn Soldi und brach auf. Bevor er eine Stunde vor Sonnenuntergang das Dorf verließ, fragte er nach dem Weg zu den Mühlen von Calcina. Nach der letzten Wegbiegung, hinter dem Wald, trieb er das Pferd an.

In weniger als einer halben Stunde hatte er die beiden Mühlen erreicht, die vom Wasser des Gebirgsbachs angetrieben wurden. Zuàn Francesco Marin hatte ihm gesagt, er solle den Karren dort lassen und den Pfad hinauf zur Einsiedelei nehmen. Filippo einigte sich mit dem Müller, schulterte die Truhe mit den Stoffmustern und marschierte los.

Der Pfad begann hinter den Mühlen, führte über ein hölzernes Brückchen und dann direkt in den Wald aus Kastanien, Buchen und Eichen am Nordhang des Berges, wo er in einer ununterbrochenen Reihe von Biegungen anstieg. Im Wald war es bereits Nacht. An jeder Biegung hatten die Mönche eine Kreuzwegstation errichtet, so dass die vierzehn Stationen zu ebenso vielen Pausen zum Atemholen und Beten wurden. Jede Station hatte eine Ädikula mit einem behauenen Stein und einem Votivlicht, das Wanderern und Pilgern die Seele stärkte und den Weg wies.

124

Die Mensa des Gästehauses hatte vier Tische, und um einen saßen der Abt, Andrea und Jacomo. Sofia und Gabriele hatten an einem anderen Tisch Platz genommen. Niemand sonst war zugelassen. Das Essen verlief der Regel gemäß: schweigend und maßvoll. Fleisch bekamen nur Sofia und Gabriele. Von Zeit zu Zeit suchte der Blick der Frau Andreas Augen und ruhte lange in ihnen. Das Fieber war überwunden, ihr Gesicht hatte wieder etwas Farbe bekommen, und nur einige blaue Flecke und die kurzen Haare zeugten noch von dem, was sie durchgemacht hatte.

Als die Glocke des Klostertors um diese ungewöhnliche Zeit

läutete, bekreuzigte sich der Abt, faltete seine Serviette ordentlich zusammen, erhob sich und ging hinaus. Eine unbestimmbare Zeit verging. Irgendwann rückte Jacomo zu Andrea und flüsterte ihm zu: »Macht Euch bereit, denn ich fürchte, sie sind schon hier.« Er hatte noch nicht zu Ende gesprochen, da erschien der Abt wieder auf der Schwelle. »Jacomo, Andrea, kommt«, sagte er.

Filippo Tomei wartete im Sprechzimmer und konnte kein anderes Beglaubigungsschreiben vorweisen als die auswendig gelernte Zahlenfolge α β γ δ η κ ζ, ehrliche Augen und die Nachricht, dass in Kürze ein Sturm über der Einsiedelei losbrechen würde. Die Soldaten aus Rovigo hatte er schon gesehen, und aus Padua würden bald der Inquisitor Aurelio Schellino, der Ratgeber Lorenzo da Mula, Fanti und Soldaten ankommen. Als Andrea den Besucher sprechen hörte und sah, wie ruhig der Abt und Dragan auf seine Ankündigungen reagierten, hatte er das deutliche Gefühl, dass bereits Absprachen stattgefunden hatten, Entscheidungen schon getroffen waren, und er fühlte sich in seiner Ahnungslosigkeit wie ein Fremder, der zufällig ein Gespräch unter Freunden mit anhört. Als der Bruder Pförtner hinzukam und sagte, dass man auf den Berghängen ringsum viele Lichter sehe, wunderte sich niemand außer Andrea.

Sie gingen nach draußen in dieser eiskalten, klaren, mondlosen Nacht. Der Abt, Jacomo, Andrea und Tomei folgten der weißen Spur des Sträßchens, das um die Mauern herumlief. Das Licht der Sterne, das von dem hellen Kalkboden reflektiert wurde, genügte, um nicht zu stolpern. Alle Mönche waren in Alarmbereitschaft: Etwa dreißig Novizen und ältere Brüder hatten sich entlang der Straße postiert, je vierzig Schritt voneinander entfernt. Keiner sprach. Alle hielten das Kreuz in der einen Hand, in der anderen einen kräftigen Hirtenstab. In der Ferne hörte man die Stimmen der Soldaten, die die Berghänge hinaufstiegen, man sah den irrlichternden Schein von Laternen und Fackeln auftauchen und verschwinden, wenn Erhebungen und Klüfte überwunden wurden. Es war eine regelrechte Umzingelung, die jedoch nicht gleichmäßig vorankam, denn an den steilsten Stellen schleppten die Männer sich mühsam voran und fielen zurück.

»Sie werden anhalten, wie sie immer angehalten haben«, flüsterte der Abt gelassen, während ihr Grüppchen die Häuser der Eremiten hinter sich gelassen hatte und auf dem Westhang des Berges weiterging, wo die Soldaten schneller aufstiegen und nur noch eine Viertelmeile entfernt waren. Andrea, der das 1274 vom Zweiten Lyoneser Konzil erlassene Gesetz über die Immunität von Kirchen, Klöstern, Friedhöfen und heiligen Stätten kannte, grübelte dennoch über die seraphische Ruhe nach, die alle ausstrahlten. Er gesellte sich zu Jacomo, um ihn nach dem Grund zu fragen, obwohl er wenig Hoffnung hatte, die Wahrheit zu erfahren.

»Meint Ihr nicht, der Moment sei gekommen, mir einiges zu erklären?«, fragte er leise.

»Seht Ihr denn nicht?« Sein Gegenüber schien sich zu wundern. »Wir sind umzingelt, dies ist eine Belagerung nach allen Regeln der Kunst.«

»Natürlich sehe ich das! Aber Ihr wusstet, dass sie kommen würden, Ihr habt sie erwartet!«

Jacomo schwieg einen Moment lang.

»So ist es, aber was können Belagerte schon anderes tun, als den Feind erwarten und sich vorbereiten?«

Andrea fühlte sich von den schlauen Augen Dragans verspottet.

»Ermonia hat mir gestanden, dass sie Eure Flucht organisiert hat. Dazu haben die hundertzwanzig Dukaten gedient, die ich für Euch in die Glashütte bringen sollte. Und wenn einer flieht, hat er einen guten Vorsprung, nur ein verrückter, ein törichter Mensch bleibt stehen, um auf seine Verfolger zu warten.« Andrea holte Luft und fügte mit bebender Stimme hinzu: »Warum habt Ihr Euch hier versteckt? Wenn die Bücher meiner Mutter in diesem Kloster sind, warum lenkt Ihr dann den Feind hierher?«

Dragan ging weiter, er zögerte nur kurz, bevor er antwortete: »Die Hohe Einsiedelei ist der sicherste Ort, wo wir einen kleinen Teil opfern können, um das Ganze zu retten.«

»Dragan, ich verstehe Euch immer noch nicht, wollt Ihr bitte deutlicher werden?«

Jetzt blieb der Glasmeister stehen. »Wisst Ihr, wie viele Handschriften in der Bibliothek von Alexandria in Ägypten verbrannten?« Er wartete, bevor er die Antwort gab. »Manche sagen fünfhunderttausend. Andere eine Million. Man wird es nie erfahren. Es geht auch nicht um Zahlen, sondern um die Sache selbst: dieses Feuer zerstörte alles, was seit der Zeit Homers gedacht und aufgeschrieben worden war, alle Kunst und Wissenschaft, alle irdische und himmlische Geographie, die von den Seelen und den Körpern berichtet. Wir Wächter haben uns zur Aufgabe gemacht, zu verhindern, dass so etwas noch einmal passiert. Es war Lucrezia, Eure Mutter, die diese Idee hatte und mit all ihren Kräften verwirklichen wollte. Schon als Mädchen. Viele sind ihr gefolgt, weltliche und geistliche Männer aller gesellschaftlichen Ränge und kirchlicher Orden, es gab keine Unterschiede, keiner wurde ausgeschlossen. Das war das Wunder, das Lucrezia vollbrachte. Innerhalb von vierzig Jahren hat der Bund dreihunderttausend Bücher und Handschriften sammeln können, indem sie Kopien anfertigte und vermied, alle Werke an einem einzigen Ort aufzubewahren. Als der Tridentinische Index der verbotenen Bücher veröffentlicht wurde, haben wir unsere Bemühungen vervielfacht, und viele Bücher wurden versteckt. Hier auf diesem Berg kann den Wölfen einiges zum Fraße vorgeworfen werden, damit sie dem Dorf fernbleiben.«

Im kalten Dunkel der Nacht begann Andrea zu verstehen, was Dragan ihm erklärte, indem er es mit den Worten von Zuàn Francesco Marin in der Bibliothek von San Michiel verband.

»Eine Falle. Ihr habt Ihnen eine Falle gestellt …«, sagte er, über diese Entdeckung staunend.

»Ich würde es lieber eine Opfergabe an die Götter der Unterwelt nennen.«

In diesem Augenblick begannen die Glocken der Einsiedelei Sturm zu läuten. Das war zuletzt vor zwei Jahren passiert, als der Wald brannte und dreihundert Männer mit Mistgabeln, Schaufeln und Sensen von Galzignan und weitere zweihundert von Torreglia heraufgekommen waren.

125

Zuànbattista Iancarli, der Stadtvikar von Rovigo, erkannte seinen Fehler, als die Glocken zu läuten begannen, was um diese Zeit in der Nacht ein Hilferuf an die Menschen im Tal und auf den Bergen bedeutete. Dabei fiel ihm auch ein, dass er nicht in Rovigo, seinem Zuständigkeitsgebiet, war und dass er den Bürgermeister von Este, Gerolamo Baduarius, belogen hatte, als er ihm erzählte, er sei unterwegs nach Padua, um die Männer der Garnison auszutauschen. Außerdem hatte er nichts, was ihn ermächtigte, das Kloster zu betreten. Ihm wurde bewusst, dass sein brennender Wunsch, die Ausbrecher zu fangen, um sich vor der Signoria brüsten zu können, ihn in eine sehr üble Lage gebracht hatte, Grund genug für einen diplomatischen Zwischenfall, wenn nicht gar einen Volksaufstand, der in dieser von der Serenissima regierten Gegend unabsehbare Folgen haben konnte.

Kurzum, Zuànbattista wusste, dass diese Glocken seinetwegen läuteten, doch er wollte natürlich weder seinen verfrühten Abschied noch den Verlust aller Ämter riskieren, oder, schlimmer noch, ein paar Jahre im Gefängnis verbringen. Als er sich wieder gefasst hatte, rief er den Hauptmann und den Gendarmen zu sich. Kurz darauf brüllten die beiden seinen Befehl den in der Nähe stehenden Soldaten zu, worauf er sich in zwei gegenüberliegenden Halbkreisen fortpflanzte. Nach wenigen Minuten stand die Umzingelung am Waldrand still. Obwohl das Manöver so prompt erfolgt war, läuteten die Glocken noch immer, ihr Echo vervielfachte sich auf den Bergen und in den Tälern. Entsetzt dachte er, dass dieses Läuten mindestens fünf Meilen weit zu hören sein musste, und wenn er hätte rufen können: »Haltet ein! Im Namen Gottes haltet ein!«, hätte er es getan. Also befahl er den Hauptmann zu sich.

Der Abt sah zwei Laternen, die sich eilig auf das Kloster zubewegten, und zählte fünf Gestalten.

Auch Sofia und Gabriele, die hinter dem Mäuerchen des Gästehauses kauerten, hatten sie gesehen. Als die Gruppe näher kam, erregte eine kleine Gestalt, die zwischen zwei größeren ging, Gabrieles Aufmerksamkeit: Sie hatte lange Arme, einen breiten Brustkorb und magere, kurze Beinchen. Gabriele kannte nur einen mit einer solchen Statur.

»Hundsfott, Hurenbock, elender Verräter! Das ist Granzo, dieses Aas!«

Kurze Zeit später drängte sich das Klingeln des Glöckchens am Klostertor zwischen die schweren Schläge der Glocken. Der Abt gebot dem Bruder Glöckner, mit dem Läuten aufzuhören, und Jacomo, Andrea, Sofia und Gabriele, sich in der Kirche hinter dem Hochaltar zu verstecken. Dann eilte er zum Tor und öffnete das Guckloch.

»Wer seid Ihr?«, fragte er in strengem Ton.

Der Stadtvikar, der einen Sinn für hierarchische Ordnungen hatte, hob die Laterne, so dass sein Gesicht zu sehen war, und versuchte, sich aus dem Schlamassel zu ziehen, ohne die Hosen runterzulassen.

»Ich bin Iancarli, ehrwürdiger Vater, Statthalter von Rovigo, und bitte darum, Eurem heiligen Abt Ereignisse von unerhörter Tragweite mitteilen zu dürfen.«

»Ich bin der Abt, Messer Iancarli, und frage Euch, ob Ihr es für angemessen haltet, meine Kirche so zu belagern?«

Iancarli spürte, wie ihm in der Einsamkeit der Befehlsgewalt, wo es keine Möglichkeit gab, die Verantwortung auf andere abzuschieben, das Blut gefror. Der ausgeprägte Überlebensinstinkt bei Leuten mittleren Ranges, die immer auf dem Grund und Boden anderer nach Abflusskanälen suchen, gab ihm ein, sich ruckartig nach den beiden Soldaten umzudrehen, die Granzo festhielten.

»Bringt diesen Spitzbuben her!«, befahl er.

Die beiden hoben den Jungen in die Höhe.

»Lasst mich runter! Lasst mich runter!« Granzos Jammerrufe verteilten sich wie Korn, das aus vollen Händen nach allen Seiten geworfen wird.

»Dieser Bandit behauptet, Euer Gast gewesen zu sein, barmherziger Vater, und er sagt, dass zwei Gefährten bei ihm waren, ein junger, der andere alt. Ihr müsst wissen, heiliger Vater, dass alle drei gefährliche Mörder sind, auf der Flucht aus den Gefängnissen von San Marco, und wenn Ihr sie noch immer beherbergt, geht Ihr ein großes Risiko für Eure und die Unversehrtheit Eurer heiligen Patres ein!«

Der Erste, der reagierte, war ausgerechnet Granzo. Er ließ sich auf die Knie fallen, faltete die Hände und hob das Gesicht zum Guckloch in der Tür.

»Ich wollt Euch nicht verraten und bitte um Vergebung!«, begann er zu greinen. »Aber sie haben mir so furchtbar viele Schläge gegeben und haben mir mit dem Strick die Arme hinter dem Rücken verdreht und haben mir gedroht, sie werden mich zwischen den Säulen von Marco und Teodoro aufhängen!«

Der Abt gab dem Pförtner einen Wink. Der drehte den Schlüssel herum, und das Tor öffnete sich. Kaum sah Iancarli sich dem streng dreinblickenden Mönch in weißer Kutte gegenüber, warf er sich ihm zu Füßen und bat um Verzeihung. Er sagte, dem Gefangenen sei die Phantasie durchgegangen, schwor, dass man ihn nicht angerührt habe, und auch er selbst habe kein Aufsehen erregen und niemanden erschrecken wollen, sondern nur Gutes beabsichtigt. Sodann las er den Steckbrief vor, einschließlich des auf die drei Flüchtigen ausgesetzten Kopfgeldes.

Der Abt zeigte sich dankbar, erklärte aber, die beiden »Banditen«, wie Iancarli sie nenne, seien schon lang fort. Er beklagte den Übereifer des Statthalters und die nicht wiedergutzumachenden Folgen seiner Handlungsweise. Noch während der Abt sprach, erhob sich ein Stimmengewirr in der Ferne. Auf dem Weg zum Kloster stieg eine Menschenmenge mit Laternen, Knüppeln und Sensen den Berg hinauf.

Damit die Situation nicht eskalierte, ließ der Abt das Zeichen für beendete Gefahr läuten. Dann wartete er auf die Bauern der ersten Dörfer Racola und Casetta. Er beruhigte die Gemüter, indem er den Familienoberhäuptern erklärte, was vorgefallen war. Derweil weinte und jammerte Granzo so sehr, dass alle Mitleid mit ihm bekamen.

Dem Stadtvikar Iancarli und seinen Männern wurde erlaubt, die Nacht auf dem Gebiet des Eremo zu verbringen und zwischen den alten Ställen und dem Holzschuppen zu lagern. Für Granzo konnte der Abt nichts tun, was er bedauerte. Er nahm dem Vikar nur das Versprechen ab, den Jungen mit christlicher Nächstenliebe zu behandeln.

126

Das Kapitel wurde in der Kirche abgehalten, und die ganze Gemeinschaft war versammelt, bis auf ein paar Mönche und Novizen, die auf den Mauern Wache standen. Der Abt wollte Jacomo neben sich, Andrea, Sofia, Gabriele und Filippo Tomei wurde erlaubt, zuzuhören. Zunächst schilderte der Abt die Lage: Die überraschende Ankunft der Soldaten aus Rovigo änderte nichts an dem, was bereits getan und beschlossen war. Am nächsten Tag würden die Inquisitoren eintreffen, wie Tomei berichtet hatte. Mit Gottes Hilfe werde also alles sehr rasch geschehen, und schon bald habe das Kloster wieder Frieden. Jetzt ging es darum, die Gäste in Sicherheit zu bringen, und angesichts der rings um das Kloster lagernden Soldaten schlug der Abt vor, ausnahmsweise den unterirdischen Gang zu öffnen. Dies war der einzige Moment, in dem die Worte des Abts ein leises Gemurmel hervorriefen. Offenen Widerspruch gab es jedoch nicht, das Kapitel stimmte zu. Man beschloss, dass sie in zwei Stunden aufbrechen sollten, während der Vigil, einer Stunde, in der die Sinne sich dem betäubenden Schlaf hingeben und Überfälle, Diebstähle und Fluchten begünstigen.

Andrea und Sofia wechselten Blicke, und das Schweigen wog schwerer als jedes Wort. Sie füllten ihre Bündel mit Proviant für ein paar Tage, Kastanienkuchen, Nüsse, Zwieback, Wasser und Käse. Der Abt hatte die Karten geholt und zeigte Filippo Tomei mit Hilfe von Frate Cristoforo, einem guten Kenner der Umgebung und ihrer Gewässer, den Weg. Sie würden Tomeis Karren nehmen und durch die Täler im Landesinneren nach Westen fahren, bei Vo' di Valbona herauskommen, sich dann nach Süden Richtung Valle Urbana wenden, den Adige an dieser Stelle überqueren und bis nach Stienta zur Fähre über den Po gelangen, der Grenze der Republik Venedig. Am anderen Ufer begann das Herzogtum Ferrara. Dort würde Bruder Cristoforo die Zügel Tomei überlassen und ins Kloster zurückkehren. Der Weg führte direkt nach Bologna, dann über den Raticosa-Pass nach Florenz. Es war eine lange, gefahrvolle Reise bis in die Toskana, aber eine andere Wahl hatten sie nicht.

Jacomo hatte unterdessen das Sternenauge abmontiert, in seine Bestandteile zerlegt und in einer Nische des Campanile versteckt. Der gesamte Kapitelsaal des Himmels war wieder zu einem Teil des Dachbodens geworden. Die Mönche hatten alle in der Bibliothek verbliebenen Bücher und Handschriften sorgfältig kontrolliert, doch man befürchtete, dass der Inquisitor sich nicht damit zufriedengeben und Befehl zu einer gründlichen Durchsuchung geben würde. Alles schien in Ordnung. Es war Zeit, aufzubrechen.

Der Abstieg in den Untergrund begann bei einer Lehne des Chorgestühls mit einem Stück Holz, das der Abt herauszog. Dahinter verbarg sich ein Schloss. Als der Schlüssel umgedreht wurde, drehte sich der Stuhl. Der Abt legte die Führung des Klosters in die Hände seines Stellvertreters und beruhigte ihn, er werde noch vor Sonnenaufgang zurück sein. Vier Laternen wurden angezündet, vier weitere für den Rückweg mitgenommen. Alles war geplant und berechnet. Ein betagter Frate führte die Gruppe mit einem Licht, ein Novize folgte ihm. In der Mitte gingen der Abt und seine fünf Gäste. Andrea und Tomei waren die anderen Laternen anvertraut worden. Gabriele ging neben Sofia, um ihr zu helfen. Den Schluss bildeten ein Novize und Frate Cristoforo. Die versteckte Tür wurde geschlossen, der Schlüssel umgedreht.

Sie befanden sich in einem Hohlraum der Apsiswand. Bevor es weiterging, wandte der Abt sich an seine Gäste und erklärte, dass dieser Gang über viele Treppen, Stollen und mehrere in den weichen, weißen Stein gehauene Räume in die Tiefen des Berges hinabführte. Sie würden auf dem Weg außergewöhnliche und interessante Dinge sehen, über die sie Schweigen bewahren müssten, wie in der Beichte.

Die gutmütigen Augen des Abts ruhten auf Gabriele, der, als er die Ermahnung begriffen hatte, seine zu einem Kreuz zusammengelegten Zeigefinger küsste und feierlich schwor. Andrea entging nicht, dass Jacomo nicht die geringste Gefühlsregung zeigte und sich recht wohl zu fühlen schien, als kenne er diesen Ort sehr genau.

Der Hohlraum endete an einem Tor. Der Abt wählte einen Schlüssel aus und ermahnte die Gruppe, vorsichtig hinabzusteigen, während er das Tor öffnete. Diese erste Treppe aus Ziegel-

steinen führte in Windungen abwärts, so dass das Licht der Laternen mal schwächer wurde, mal aufleuchtete und die Schatten der Hinabgehenden tanzen ließ. Manchmal hörte man den düsteren, furchterregenden Schrei, den der Wind ausstößt, wenn er sich vom unendlichen Raum auf einen winzigen Spalt zusammenpressen muss.

»Kanntet Ihr diesen Ort?«, fragte Andrea leise. Jacomo nickte nur.

Sie gelangten zu einer Eisentür. Von dort kam das Geräusch des Windes. Dieses Mal dauerte es länger, bis die Vorhängeschlösser und Riegel geöffnet waren. Als der Abt den Türflügel bewegte, traf der Windstoß sie jäh mit aller Macht, wirbelte Haare und Kleider auf, und sogar die Flämmchen in den Laternen drohten zu erlöschen. Es war wärmere Luft, wie sie in den Kellergewölben steht, wo Wein gelagert wird und wo eine gleichmäßige Temperatur herrscht, die im Winter als warm und im Sommer als frisch empfunden wird. Der alte Mönch und der Novize ergriffen zu zweit die Eisentür und zogen sie zu sich heran. Mit wütendem Heulen kämpfte der Wind gegen das Schließen des Spalts.

Nun begannen die Treppen, wie der Abt angekündigt hatte. Andrea drückte sich an Jacomos Seite.

»Wie viele Dinge habt Ihr mir noch zu sagen, die mich zum Staunen bringen?«, fragte er verstimmt.

Jacomo schien eine Weile darüber nachzudenken.

»Eine ganze Menge, aber es fehlt die Zeit«, sagte er, während sie weiter hinabstiegen.

»Wir werden doch wohl eine Weile zusammen sein, mindestens bis Florenz.«

Der Alte zögerte, dann schüttelte er den Kopf. »Ihr geht nach Florenz, ich bleibe hier.«

Andrea hätte ihn gern am Arm gepackt, damit er stehen blieb und sich erklärte, aber die Gruppe ging weiter, er konnte es nicht tun.

»Es ist Wahnsinn, hierzubleiben! Man wird Euch nach Venedig zurückbringen! Man wird Euch hängen!«

»Wenn die Aufgabe erfüllt ist, habe ich nichts mehr zu tun.«

Jacomos Schicksalsergebenheit erschien Andrea aufrichtig, und er fand keine Worte für eine Erwiderung. Doch sein Beruf als Anwalt und vor allem die unerklärliche Zuneigung, die er für diesen so lügnerischen und so mutigen Mann empfand, drängten ihn zu einer Reaktion.

»Das verstehe ich nicht, nachdem Ihr immer Eure Unschuld beteuert habt, wollt Ihr nun den Richtern diese letzte Ungerechtigkeit ermöglichen?« Er wartete auf eine Antwort, die nicht kam. »In Florenz werden wir die Verteidigung für einen gerechten Prozess vorbereiten.«

»Danke, aber ich bin alt. Ich habe kein Interesse mehr daran«, sagte Jacomo wie nebenbei.

Andrea wollte dem etwas entgegnen, doch Gabrieles Stimme lenkte ihn genau in dem Moment ab, als die Treppe in eine horizontale Fläche überging.

»Seht doch nur, Mutter, seht die Mauern!«, sagte der Junge staunend und zeigte auf die Wand, die nicht mehr vom Kalkstein weißlich schimmerte, sondern in eine spiegelnde Fläche verwandelt zu sein schien, als wäre sie aus Eis. Die Sinnestäuschung währte einen Augenblick, denn im Licht der Laternen erblickte man nun hinter dieser durchsichtigen Oberfläche unzählige Reihen ordentlich aufgestellter Bücher. Sie standen hinter Glas. Andrea strich mit dem Finger über die Oberfläche. Es waren rechteckige Behältnisse aus Glas, drei Fuß breit und zwei Fuß hoch, in Nischen aufgestellt, die rechts wie links auf Augenhöhe in zwei parallelen Reihen in die Wände dieses langen Ganges gegraben waren.

»Dies ist der unterirdische Weg, von dem ich Euch erzählt habe«, sagte der Abt. »Er ist über zweihundert Jahre alt. Es sind Tunnel, die unsere Ahnen gruben, um den Raubzügen der Briganten und dem Krieg zu entgehen. Wir benutzen sie als Zu-

fluchtsort für die Bücher, seit böse Ideen die Werke in Gefahr bringen.« Der Gang endete mit zwei weiteren Treppen, die in einen nächsten, ebenfalls mit Büchern gefüllten Gang führten.

»Auch diese Behältnisse stammen sicher von euch«, sagte Andrea zu Jacomo.

»Nur teilweise«, antwortete der Glasmeister. »Wir haben sie zu dritt geschaffen, meine Glashütte, die der Vivarini und die der Familie d'Angelo.«

Der Gang war unterdessen breiter geworden, und im Licht der Laternen tauchten zwei Druckerpressen auf, Tische mit Werkzeugen und Lettern, Regale voller Druckplatten.

»Das ist unsere kleine Druckerei«, bestätigte der Abt mit einem Hauch Stolz.

Sie stiegen vier Stufen hinab und gingen durch die nächsten beiden Gänge voller Bücher. Andrea schätzte, dass es mindestens zehntausend sein mussten, und dachte an die mühevolle Arbeit, die nötig gewesen war, um diese Bibliothek zu erbauen und zu erhalten. Der Abt öffnete mehrere Türen. Die Temperatur, die bis jetzt konstant gewesen war, begann zu sinken. Wieder gab es einen Windstoß wie zuvor weiter oben und nach zwanzig Schritten gelangten sie an das nächste Tor. Dann erhob sich ein diffuser Lärm, der langsam anstieg, je näher sie kamen, und in den sich das Rauschen von Wasser mischte. Als der Abt die letzte Tür geöffnet hatte, diesmal aus Holz, war es, als träte man in die Helligkeit des Paradieses. Im Licht vieler Lampen ragte vor ihnen eine Pyramide aus Säcken auf. Gleich dahinter drehte sich mitten in einem großen Raum ein Mühlstein, in den das Korn geschüttet wurde. Andrea, Sofia, Gabriele und Tomei blickten sich verwundert um. Der unterirdische Gang endete im Inneren der Mühle des Klosters, die, so erklärte der Abt, nach der Vorschrift der Ordensregel das Mehl für den täglichen Bedarf erzeugte. Der Rest wurde zu gleichen Teilen an die Armen verteilt und auf dem Markt verkauft. Das große Mühlrad wurde mit dem Wasser des Rio Calcina betrieben, über dem die kleine

Mühle aus Holz und Stein erbaut war. Hier arbeiteten drei Mönche. Ihre Gesichter und Hände waren mit einer Mehlschicht bedeckt, weiß, wie ihre Kutten. Sie verbeugten sich, als sie den Abt sahen, und wunderten sich ein wenig über die Fremden.

Andrea zog Jacomo beiseite und versuchte ein letztes Mal, ihn zu überzeugen. »Kommt mit uns, im Namen Gottes! Ihr seid nicht der Mann, der sich ergibt. Ihr habt Euer Leben mehr als einmal geändert, Ihr könnt es wieder tun!«

Jacomo legte ihm eine Hand auf die Schulter.

»Eure Zuneigung rührt mich, aber ich versichere Euch, dass ich nichts bereue und keine Lust habe zu fliehen. Gabriele zu retten war die letzte Aufgabe, die ich mir gestellt hatte. Lasst mich in Frieden gehen, haltet mich nicht zurück.«

Andrea spürte, dass jedes weitere Wort zwecklos war. Er sah den Alten an. Sie umarmten sich. Dann drehte er sich um. Frate Cristoforo, Tomei und Gabriele waren schon auf das Brückchen über den Rio zugegangen und verschwanden im letzten Seufzer des Abendlichts. Sofia aber stand noch dort und wartete auf ihn. Ein letzter Gruß für den Abt, ein Blick auf Jacomo und die anderen. Dann gingen sie zusammen nach draußen.

Die Luft war kalt und still. Sie ließen das Knarren des Mühlrads, das Knirschen des Getriebes und das Schleifen des Mühlsteins hinter sich. Es blieben das zwischen den Steinen plätschernde Wasser, sein Gurgeln an den grasbewachsenen Ufern, das Geräusch ihrer Schritte und des Karrens auf dem Kies der Straße. Andrea und Sofia fassten einander an der Hand, ohne dass einer dem anderen zuvorgekommen wäre. Der Weg fiel leicht ab, mit der gleichen Neigung wie der Fluss. Der Wald auf der linken Seite war ein dunkler Schatten, der stellenweise in die runden Wipfel großer Steineichen ausbrach. Die Sterne verliehen dem Himmel Körperlichkeit, und die gewellte Silhouette der Berge schien ihn wie ein Rahmen zu stützen. Andrea spürte, wie Sofia sich ihm näherte, um ihn zurückzuhalten, und mit dem

gleichen Wunsch drängte er sich dicht an sie. Er roch ihren Duft. Ihre Lippen waren so nah, dass beider Atem verschmolz. Sie streiften sich und entfernten sich wieder voneinander. Er spürte Sofia zittern und streichelte sie, sie schmiegte sich eng an ihn, ihre Hände drückten gegen seinen Rücken. Sie sahen einander in die Augen. Der Kuss kam spontan wie ein Lächeln oder ein Weinen. Als sie sich voneinander lösten, schienen die Sterne in Sofias Augen gesunken zu sein. Sie glänzten voller Tränen. »Ihr kommt nicht mit mir, nicht wahr?«

Andrea drückte sie wieder an sich, erstaunt über ihre klare Intuition. Sie hatte recht! Es konnte nicht anders sein. Er wusste, wie hartnäckig Venedigs Justiz ihn verfolgen würde. Er war Andrea Loredan, der Sohn des Dogen. Gab es ein besseres Beispiel, um dem Volk, den Bürgern, zu beweisen, dass die Gerichtsbarkeit der Serenissima nur ein einziges Maß für alle kannte? Wenn er festgenommen war, würde Sofias Freiheit ein Teil jenes doppelten Spiels gegenseitigen Nehmens und Gebens werden. Man würde sie und Gabriele in Ruhe lassen.

»Ja, es ist besser, wenn ich bleibe. In Florenz seid Ihr in Sicherheit, und mit Eurem Können als Schneiderin werdet Ihr Euch dort ein neues Leben aufbauen«, sagte Andrea mit vor Rührung brüchiger Stimme.

»Allein die Vorstellung, dass man Euch ein Leid antun könnte …« Sie konnte nicht weitersprechen und drängte sich an ihn.

Andrea nahm sein Ledersäckchen. »Sucht nicht nach mir, Sofia, schickt mir keine Nachrichten, denn dann könnte der Inquisitor Euch finden.« Er gab ihr das Geld. »Es ist nicht viel, aber es wird Euch nützlich sein.«

Sofia wollte es nicht annehmen.

»Bitte nehmt es, dann kann ich beruhigter sein.« Er zog sich den goldenen Ring vom Finger und gab ihn ihr. »Nehmt auch diesen Ring, er ist mein Versprechen für Euch.«

Versonnen betrachtete Sofia den Ring. »Und was kann ich Euch geben? Sie haben mir alles genommen …«, sie hielt einen

Augenblick inne. Dann leuchtete ihr Gesicht auf, sie ergriff den Saum ihres Kleides, riss mit der Unbefangenheit der erfahrenen Schneiderin einen Streifen ab, ging zum Fluss, tauchte den Stoff ins Wasser, wrang ihn aus, küsste ihn dreimal und riss ihn noch einmal der Länge nach in zwei Hälften. Eine behielt sie, die andere band sie Andrea um das Handgelenk.

»Die große Seele, die alles ist und alles durchdringt, wird uns verbunden halten. In diesem Stoff ist mein Versprechen vor den Engeln. Und mein Wesen. Er wird Euch beschützen.«

Andrea lächelte nicht und sagte nichts. Sie umarmten sich. Dann wandte Sofia sich unvermittelt von ihm ab und eilte zu dem Karren, der sie erwartete. Andrea hörte sie weinen, es drängte ihn, ihr nachzulaufen, er blieb stehen und beobachtete, wie ihr Schatten in die Nacht eintauchte. Dann dreht auch er sich um und ging, die Kälte der plötzlichen Trennung spürend, den Weg über die Brücke zurück.

127

Zur ersten kanonischen Stunde, als die Garnison der Soldaten unter dem Kommando des Stadtvikars Zuànbattista Iancarli aufbrach, wie versprochen, versammelten die Mönche sich zur Matutin in der Kirche, und der Abt las die Psalmen eins, zwei und sechs, um Gottes Schutz vor dem bösen Feind zu erflehen. Während des Segens ging die Sonne auf und stieg an der Fassade der Kirche empor, der erste Strahl drang durch die farbigen Gläser der von Jacomo geschaffenen Rosette, breitete sich über die Apsis aus und fiel auf den Hochaltar. Die Mönche sangen das Magnificat, Andrea und Jacomo stimmten in den Gesang ein. Um die dritte Stunde wurde eine Prozession auf der Straße von Torreglia gesichtet. Der Abt befahl seinen Mitbrüdern, den Tag fortzusetzen, wie die Regel des heiligen Benedikt es gebot.

Eine Stunde später erreichte das Geräusch des ersten Karrens, der unter Rufen und Peitschenknallen die Kurve und den steil ansteigenden Weg nahm, die Mauern des Klosters. Die Mönche, die begonnen hatten, die Weinberge umzugraben, erkannten auf dem Kutschbock neben dem Fahrer die wehende schwarze und weiße Kutte eines Dominikaners. Auf dem nächsten Karren, der in kurzem Abstand folgte, hatte Lorenzo da Mula im Purpurmantel des Prokurators Platz genommen. Ihn kannten die Mönche gut, denn er pflegte dem Kloster jedes Jahr während der Karwoche einen Besuch abzustatten, um seine Seele von Sünden zu reinigen. Auf dem dritten Karren saß, in seinen Priestermantel gehüllt, die Kapuze fest um den Kopf gezogen, ein weiterer Mönch. Den Wagen folgten etwa zwanzig Reiter mit den Insignien von Padua und Venedig. Etwa hundert Schritt hinter ihnen eine Abteilung von dreißig Soldaten mit der gekreuzten Oriflamme der Garnison von Padua. Viel weiter hinten erschienen in ungeordneter Folge, vom Aufstieg erschöpft, ein knappes Dutzend Dominikaner. Sie gingen im Zickzack, um den steilen Weg in viele kleine Diagonalen zu zerteilen. Einige gingen tief gebückt, die Hände auf die Knie gestützt, weil sie glaubten, den Beinen so beim Steigen helfen zu können, andere hatten sich auf einen Stein fallen lassen, während die sportlicheren Naturen beim Aufstieg den Rosenkranz beteten und hechelten wie mit Holz beladene Esel. Als der Trupp der Dominikaner die Weinberge erreichte, grüßten sie die arbeitenden Mönche, von denen jedoch nur wenige mit einer sparsamen Kopfbewegung antworteten. Mehr geschah nicht.

Der Abt, sein Stellvertreter, der Pförtner und die ältesten Mönche erwarteten die Prozession unter dem Portikus am Ende der steinernen Treppe. Der Abt ermahnte alle, Stillschweigen zu bewahren und den Ankömmlingen den herzlichen Empfang zu bereiten, der allen Brüdern gebührt. Um mit gutem Beispiel voranzugehen, eilte er da Mula sofort entgegen, als er ihn am

Fuß der Treppe auftauchen sah: »Eccellenza, Messer Procuratore, welch eine Freude, Euch wiederzusehen!«

Angelo Riccio, der sich wegen der Rangordnung und aus taktischen Gründen drei, vier Schritte hinter ihm hielt, um alles beobachten zu können, ohne im Mittelpunkt zu stehen, sah den Prokurator vor dem Abt niederknien, während der Inquisitor, sichtlich verärgert über diese exzessive Ehrerbietung für diesen eingebildeten Mönch, sich mit einer leichten Neigung des Kopfes begnügte. Groß war das Erstaunen des Abtes, als da Mula, nachdem er ihn beiseitegezogen hatte, dem Abt in einer Vorrede aus Entschuldigungen und Rechtfertigungen den Grund für diesen Besuch erklärte: dem Rat der Zehn seien Informationen zugegangen, die er persönlich zwar für Verleumdungen halte, denen zufolge aber in dieser heiligen Einsiedelei, seit langem versteckt, eine große Menge verdächtiger und gefährlicher Bücher und Handschriften lagerten, die im jüngsten, von einer Kommission aus Vätern des Konzils von Trient verfassten *Index Librorum Prohibitorum* aufgelistet seien.

Obwohl der Abt vorbereitet war und zusammen mit Jacomo Dragan alles für die Rettung der Bücher getan hatte, stand ihm bei diesen Worten das Herz still, denn noch nie hatte das Feuer so nah beim Tempel gewütet. Mit Gottes Wille half ihm sein Glauben, und er konnte eine verstörte Miene aufsetzen: Welch ein Dämon mochte den Eremo Alto auf dem Thron der Inquisition gekreuzigt haben?

Nach seiner Vorrede lud da Mula, der in Kirchendingen viel Erfahrung und Spürsinn besaß, das Problem bei Schellino ab, denn er wollte sich der Verantwortung für den grausamsten Teil entziehen. Dem Inquisitor verlieh seine Freundschaft mit Papst Pius V., einem Dominikaner wie er, zusätzlich Sicherheit. Kaltblütig und beflissen wie ein routinierter Schlächter, der seine Hände schon oft in blutige Eingeweide getaucht hat, ging er zwei Schritte auf den Abt zu. Er riss die Augen auf, und es schien, als würden sein Gesicht und der Kropf sich aufblähen, um im nächsten Moment zu explodieren wie ein Brandtopf. In einer Hand hielt er zwei Bücher: den in Rom erschienenen Index von 1559 und jenen, der 1564 auf Anweisung der Konzilsväter in Venedig gedruckt wurde.

Schellino stierte den Abt, der eine gute Spanne größer war als er, unverwandt an, während er die Regeln dieser Begegnung und die Rollen festlegte. Seiner Gewohnheit gemäß, sich erst großzügig zu geben und dann unerbittlich zu sein, versicherte der Inquisitor dem Abt, dass nur Geistliche das Kloster betreten würden und von den Laien nur diejenigen, die der Abt für würdig erachtete. Dann bat er, mit ihm gemeinsam darum beten zu dürfen, dass Gott der Kirche Frieden schenkte, indem er die Seelen wieder miteinander versöhnte. Der Abt konnte nicht umhin, dieser Bitte zu entsprechen.

Angelo Riccio schwamm derweil wie der Korken an der Angelschnur in sicherer Distanz, denn ein Korken ist zum Angeln erforderlich, gleichzeitig aber weit entfernt von den Schrecken, die sich am betrügerischen Haken abspielen. Im Ärmel seiner Kutte hatte er das Blatt mit dem von Filippo Tomei dechiffrierten Satz, den er sich schon seit Tagen auswendig wiederholte: *Im vierten Haus der euganeischen Einsiedelei sind die Buchstaben der Kunst, nach der die Welt sich sehnt und die sie allzeit sucht.*

Er setzte sich jedoch mit den anderen in Bewegung, als der Prokurator da Mula, der Abt und Schellino sich in die Kirche begaben, um zu beten. Ihnen folgten die zehn Dominikaner des Klosters San Domenico in Venedig, ein Hauptmann und drei Soldaten, die Zutritt bekommen hatten. Alle sprachen laut den einundfünfzigsten Psalm: »Gott, sei mir gnädig nach deiner Güte und tilge meine Sünden nach deiner großen Barmherzigkeit. Wasche mich wohl von meiner Missetat und reinige mich von meiner Sünde. ...«

Das Gebet endete, als vom Campanile die Glocke zum Angelus erklang. Auf dem Kirchplatz erbot sich der Abt, den Inquisitor und sein Gefolge sofort in die Bibliothek des Klosters zu führen. Die Antwort auf dieses Angebot waren mehrere Blicke hinüber zu Angelo Riccio. Zum ersten Mal konnte der Frate, der in dieser unmissverständlichen Form in das Geschehen einbezogen wurde, sich nicht mehr hinter seinem Schweigen verstecken.

»Mein gelehrter Meister und teurer Freund«, hub er mit einer Verbeugung vor dem Abt an. »Ich heiße Angelo, gehöre der Kurie Paduas an, und nur die Gerechtigkeit und die Brüderlichkeit der Seele nötigen mich in dieser schwierigen Lage, Euch um Euer Wohlwollen zu bitten …« Er brach ab, um den Grad der Eiseskälte zu ermessen, die in den Augen des Abtes entstand.

»Habt keine Bedenken, sprecht. Ich bin hier, um dienlich, nicht um hinderlich zu sein.«

Es folgte eine Pause.

»Wir wissen um Eure Frömmigkeit, Ehrwürdiger, und indizierte Bücher in Eurer Bibliothek zu suchen wäre gleichbedeutend damit, Euch persönlich und all Eure Patres zu durchsuchen. Nein, darum sind wir nicht hier. Worum ich Euch bitte, ist, mit Eurer Erlaubnis eines der Häuser Eurer Einsiedelei besuchen zu dürfen, und zwar das vierte.«

Erst wich der Abt zurück, dann beugte er, überrascht von der Bitte, leicht das Haupt.

»Aber in diesem Haus kann sich kein einziges Buch befinden, das versichere ich Euch!«, rief er entschieden aus.

»Dessen bin ich gewiss, trotzdem bitte ich Euch, es uns zu zeigen«, sagte Frate Angelo freundlich.

Die Miene des Abtes verhärtete sich für einen Moment. Dann wies er ihnen den Weg.

Fra Fedele reagierte recht unwillig auf die Invasion, und der Abt hatte Mühe, ihn zu beruhigen. »Was denn für Bücher?«, rief er immer wieder aus. »Hier ist noch nie ein Buch hereingekommen!« Man führte ihn in den Garten und setzte ihn in die sonnigste Ecke.

Riccio, der Inquisitor Schellino und da Mula betraten das Haus, wo das Mobiliar auf das Notwendigste beschränkt war: ein Tisch, ein Bett, ein Stuhl, die Betbank, eine Truhe. Kein Licht, kein Buch. Nur ein Kruzifix an der Wand. Besonders unbehaglich war dem Prokurator der Serenissima zumute, der angesichts dieser mönchischen Armut, verbunden mit der Blindheit des armen Frate, zunehmend das Gefühl hatte, den Ort zu entweihen. Darum war er der Erste, der fragende Blicke auf Angelo Riccio richtete, während dieser sich seinerseits fragte, wo hier Bücher versteckt sein konnten, da es weder einen Dachboden noch eine Abstellkammer gab.

Schellino wiederum, der, wenn er einen zu durchsuchenden Ort betrat, als Erstes ein Kreuzzeichen zu schlagen und sich eine violette Stola um den Hals zu legen pflegte, begnügte sich an diesem Tag damit, niederzuknien und zu beten, wobei er sich insgeheim den Vorwurf machte, die Mission in die Euganeischen Hügel zu leichtfertig angenommen zu haben.

Erst dachte Riccio an einen Irrtum. Es gab weitere neunzehn Häuser, alle sahen gleich aus, vielleicht mussten alle überprüft werden. Auch ein möglicher Betrug kam ihm in den Sinn. Es konnte durchaus sein, dass Filippo Tomei etwas über ihn erfahren und ihn auf eine falsche Fährte gelockt hatte. Während er sich umschaute, Vermutungen anstellte und seinen Lohn, die zehntausend Dukaten in Diamanten, schon entschwinden sah, blieb sein Blick an einem ungewöhnlichen Detail hängen: Wenn man aus einem Fenster in der Rückseite des Hauses blickte, bemerkte man einen großen Unterschied zwischen der Innenwand und der Außenwand. Als gäbe es unter dem Haus noch einen Raum. Er ging nach draußen und erhielt die Bestätigung: die Fassade war etwa dreißig Fuß hoch. Im Inneren maß dieselbe Wand jedoch nur zwanzig Fuß. Riccio fragte den Abt nach dem Grund, aber der zuckte nur mit den Achseln, er wusste es nicht. Die ungeklärte Frage belebte Lorenzo da Mula und Aurelio Schellino. Man beschloss, ein kleines Loch in die Mauer zu bohren, und der Bruder Maurer wurde gerufen. Er kam in Begleitung eines Novizen mit Hammer und Stemmeisen. Sie legten eine Matte auf den Backsteinboden und begannen zu hämmern. Der Putz fiel herunter, dann rote Splitter von Backsteinen. Es dauerte fast eine halbe Stunde, bis sie ein Loch geschlagen hatten, durch das ein Stock passte. Als man ihn in das Loch steckte, war sofort klar, dass dahinter etwas war. Binnen einer Stunde wurde aus dem Loch ein breiter Spalt, durch den man einen Arm stecken, eine Laterne darauf abstellen und das Innere mit einem Spiegel erleuchten konnte.

Noch bevor Angelo Riccio Zugriff bekam, roch er den Geruch der Bücher. Auch Schellino, der seine gewaltige Nase an den Spalt hielt, hatte keinen Zweifel und rief aus: »Papier! Da drin ist sehr viel Papier!« Er überließ Riccio die erste tastende Erkundung. Der Frate krempelte sich den Ärmel auf und steckte seinen nackten Arm durch die Öffnung. Sofort erfühlte er an den Dauben und Nägeln eine Kiste, und als er etwas weiter oben tastete, ein Buch.

»Da sind sie«, sagte er laut. Seine zuvor so trübselige Stimmung verwandelte sich in aufrichtiges, begeistertes Staunen. Er konnte den Rücken des Buches ergreifen und es langsam aus dem Versteck ziehen. Der Spalt war etwas zu eng für das Buch, Riccio stemmte sich gegen das Mauerwerk und schürfte sich den Arm ab, nur um den unwiderlegbaren Beweis in Händen zu halten, der ihn in aller Augen rehabilitieren würde. Zum Glück hatte das Buch nur wenige Seiten und war in weiches Pergament gebunden, so dass es zusammengebogen werden konnte und unversehrt herauskam.

Reglos las Riccio den Titel, und die Emotion war so stark und unerwartet, dass ihm Tränen in die Augen stiegen. Denn hinter diesem Titel steckte mit Sicherheit die gerechte Hand Gottes, um ihn voll und ganz für das Misstrauen und die anfängliche Feindseligkeit Schellinos und des Prokurators zu entschädigen:

ÜBER DIE VERWANDLUNG
DER METALLE
von M. Antonio Allegretti

Umgeben von tiefem Schweigen, hielt er das alchemistische Werk mit einer gekonnt theatralischen Geste zwischen Daumen und Zeigefinger, als hätte er das Gewand eines Pestkranken in den Fingern, und reichte es an den Inquisitor weiter. Der las und bekreuzigte sich, um es dann dem Prokurator auszuhändigen, welcher stirnrunzelnd den Abt anschaute. Gleich darauf begannen sie, die Mauer einzureißen. Als die ersten Bücher zum Vorschein kamen, erschienen die Mönche, denen die Lektüre oblag, und die Selektion begann.

Jacomo und Andrea standen versteckt hinter einem Fensterladen im zweiten Stock des Gästehauses und beobachteten das Hin und Her der Soldaten zwischen dem vierten Haus und den drei Karren, die knapp unterhalb der Einsiedelei auf der Straße warteten, wo das Gefälle weniger stark war. Die Bücher wurden direkt in den Kisten weggebracht, jede wegen ihres Gewichts von zwei oder mehr Soldaten getragen. Beim Anblick der Bücher hatte Andrea zunächst gedacht, es seien wirklich die Bücher seiner Mutter. Doch Jacomo hatte ihn beruhigt. Diese Bücher waren zwar wertvoll und bedeutend, aber sie waren das Opfer, um die Inquisition zu beruhigen und Pius V. davon zu überzeugen, dass die Regierung der Serenissima und ganz Venedig guten Willens waren und Buße tun wollten. Schon bald würde es auf der Piazza San Marco den größten Scheiterhaufen ketzerischer, gefährlicher und böser Bücher geben, den die christliche Welt je gesehen hatte. Ein Vorbild für alle.

»Ein inszeniertes Schauspiel ...«, flüsterte Andrea staunend.

»Eine tragische Realität«, berichtigte ihn Jacomo bitter. Doch eine Realität, die der Suche nach der echten Bibliothek Lucrezias ein Ende setzen würde, so hofften sie wenigstens.

Es wurde Zeit, sich vorzubereiten, denn sobald die Karren mit den Büchern abgefahren waren, würden sich die beiden auf denselben Weg machen, um nach Venedig zurückzukehren und ihre Rechnung mit der Justiz der Serenissima abzuschließen.

128

Am Ende hatte der Procuratore Lorenzo da Mula über Schellino gesiegt, der ein Ermittlungsverfahren gegen den Abt und die Gemeinschaft der Hohen Einsiedelei eröffnen wollte. Die Sache war vorerst beigelegt, die Entscheidung an eine Vollversammlung des Heiligen Offiziums und des Rates der Zehn verwiesen. Angelo Riccio war dieser Zwist gleichgültig. Glücklich und noch immer nicht ganz überzeugt, griff der Frate immer wieder zu dem Ledersäckchen mit den Diamanten, das Lorenzo da Mula ihm überreicht hatte. Sie hatten ihr Wort gehalten, diese venezianischen Hunde, und fast tat es ihm leid, dass er sie noch einmal beleidigt hatte. Er lachte in sich hinein und drehte sich zu dem über und über mit Büchern beladenen Karren um, dem die beiden anderen Karren mit ihrer Bücherfracht vorausfuhren. Er hatte sie gezählt: vierzig Kisten mit zehntausend Büchern und dreihundert Handschriften, darunter die kostbaren Bände von Janus Cornarius, Jacobbus Zeglerus, Otho Brunfelsius und das Gesamtwerk des Paracelsus, des Agrippa von Nettesheim und des Erasmus von Rotterdam. Bücher, für die der Erzbischof von Florenz, Antonio Altoviti, ein Fachmann für Alchemie und Destillierkunst, ihm weitere zwanzigtausend Florin zahlen würde. Er würde reich werden. Er würde sich ein Geschäft kaufen, sich zurückziehen und von den Erträgen leben können. Er dachte an Filippo Tomei. Wenn sie ihn auf dem Bootsfriedhof der Giudecca nicht umgebracht hatten, musste er inzwischen wieder in den Pozzi sitzen und auf sein Urteil warten. Er verdankte Filippo viel und hatte fast Sehnsucht nach ihm. Glücklich über seinen Erfolg, fand er zur nötigen Aufmerksamkeit zurück, als er versuchte, die vergangenen Ereignisse zu ordnen. Denn in einer halben Stunde würden sie in Battaglia sein, am Kanal, wo die beiden eigens gemieteten Frachtkähne warteten. Er lächelte: alles auf Rechnung der Zehn. In Battaglia würden Lorenza da Mula und Schellino zu Land weiter nach Padua fahren, um die Nacht in der Stadt zu verbringen und am nächsten Tag in Venedig anzukommen. Riccio aber würde die Bücher mit Hilfe der Soldaten auf die Kähne laden und bei Sonnenuntergang zwischen Handelsbooten die Reise zu Wasser antreten. Dann würde die schützende Nacht hereinbrechen. Er liebte die Nacht.

Alles ging so glatt wie das langsame Fließen des Wassers im Kanal. Bei Sonnenuntergang wurden die beiden Frachtkähne mit den Büchern beladen. Seine eigenen vier Männer hatte Riccio am Pier von Bassanello ausgesucht und im Voraus bezahlt, dreimal so viel wie üblich. Sie stellten keine Fragen. Beim letzten Schlag der Glocken grüßte der Hauptmann der Paduaner den Frate, und sie verabredeten sich für den nächsten Tag in Padua an der Treppe zum Hafen. Die Anker wurden gelichtet, und die von Pferden gezogenen Kähne bewegten sich auf Catajo zu. So legten sie eine Meile zurück, bis die Dämmerung hinter den Bergen erlosch.

Plötzlich schwankte eine Laterne mit einem schönen grünen Licht am Ufer hin und her, und Riccio gab Befehl, anzulegen. Es war eine einsame Stelle am Kanal, aber weiter vorn lag eine Osteria. Man hörte die Musik von Flöten, Lauten und Trommeln. Er gab der Mannschaft und den Reitern Geld, damit sie zu Abend essen konnten. Als er sie zufrieden weggehen sah, dankte er dem allmächtigen Gott. Die grüne Laterne bewegte sich langsam. Sie gehörte zu einem großen Kahn, der vom Segel und der Strömung angetrieben wurde.

»*Dominus vobiscum*«, sagte Riccio.

»*Et cum spiritu tuo*«, antwortete jemand in der Dunkelheit. Aus dem Kahn sprangen vier Männer an Bord, die von ihm gedungenen Leute.

»Schnell, wir haben wenig Zeit!«, drängte Riccio.

Sie begannen, die Bücherkisten auf den großen Kahn umzuladen. Sie arbeiteten schnell, etwa eine halbe Stunde lang entluden sie beide Kähne. Am Ende sprang auch Riccio an Bord. Die Taue wurden gelöst, und die vier Männer, zwei am Bug, zwei am Heck, begannen zu rudern. Wind und Strömung halfen ihnen, das Boot wurde schneller, es fuhr in die entgegengesetzte Richtung, nach Monselice. Hinter ihnen verklang die Musik aus dem Gasthaus. Das stille Wasser des Kanals war das einzige, auf dem Angelo Riccio reisen konnte, ohne dass ihm übel wurde. An den Ufern zogen die ersten Häuser von Battaglia vorbei. Bei dieser Geschwindigkeit würden sie in einer halben Stunde den Canale della Rivella erreichen. Dort gab es ein altes, verlassenes Lagerhaus mit eigenem Anlegesteg und einem großen Bootsschuppen. Alles war bereit, die von Altoviti geschickten Männer erwarteten sie. Ein paar Cesendelli beleuchteten die Ufer, und Riccio beschloss, unter Deck zu gehen. Er wollte nicht gesehen werden, außerdem schlief er seit zwei Tagen nicht, und die Pistole, die er unter der Achsel trug, hatte sein Fleisch wund gerieben.

Der Kielraum war mit den Kisten vollgestopft, doch unter dem Heck gab es Platz und eine Laterne. Er legte das Skapulier ab, öffnete seine Kutte und nahm die Pistole. Dann lehnte er sich auf dem Strohlager zurück und schloss die Augen. Schlafen wollte er nicht.

Plötzlich ein Schuss. Das Boot schwankte, Schreie ertönten. Frate Angelo hatte kaum Zeit, sich zu wundern, als bereits einer seiner Männer durch die Luke in den Kielraum fiel. Mit einem blöden Ausdruck im Gesicht machte der Mann zwei Schritte, dann stürzte er der Länge nach auf die Kisten. Im selben Moment wurde das Halbdunkel von Lichtblitzen erhellt. Auf

Deck öffneten sich mehrere kleine Luken am Heck und am Bug, durch die sie zu sechst oder siebt schreiend und um sich schießend schlüpften, Feuerzungen und Rauchwolken verbreitend. Riccio drückte sich an die Kielwand. Alles dauerte zwei Atemzüge lang, in dem vom Pulverdampf erfüllten Kielraum hörte man außer Schmerzensschreien nur den Befehl von Beato Bringa: »Auf die Knie, Frate! Und zeigt Eure Hände!« Riccio sah den Lauf einer Büchse auf sein Gesicht gerichtet und hob benommen die Arme. Dann Schritte auf Deck. Jemand kam die Leiter herunter. Angelo Riccio sah ihn nur von hinten, aber er erkannte das Gewand und die Haltung. Es war der Sekretär der Zehn. Zuàn Formento starrte ihn an, bleich vor Zorn. Einen Augenblick später versetzte er Riccio einen heftigen Schlag ins Gesicht. Er ließ ihn durchsuchen. Sie brauchten nicht lange, um das Säckchen mit den Diamanten zu finden. Dann befahl er Bringa, ihn wegzuschaffen.

129

Für das große Feuer, wie es sofort genannt wurde, hatte man den Sonnabend ausgesucht, weil der Tag, an dem der Schöpfer ruhte, nachdem er den Himmel, die Erde und alle Lebewesen geschaffen hatte, für Gott und für die Juden heilig ist. Der Sonnabend war auch gewählt worden, um der sonntäglichen Versammlung des Großen Rates nicht ins Gehege zu kommen. Die Entscheidung hatten Alvise Mocenigo und der apostolische Nuntius Giovanni Facchinetti während eines gemeinsamen Mittagessens auf der Giudecca getroffen. Das Pien Collegio hatte sich einstimmig angeschlossen. Der Senat hatte unterschrieben. Die Vorbereitung des Ereignisses war dem Architekten Antonio da Ponte anvertraut, dem der Werkmeister des Arsenale Zuàne di Zaneto zur Seite stand. Die von Alvise Mocenigo mit mathematischer Präzision, praktischem Sinn und politischem Gespür ausgesuchte Stelle für das Feuer lag auf der Piazza, und zwar an dem idealen Mittelpunkt zwischen dem Dom von San Marco und der gegenüberliegenden Kirche San Geminiano zwischen den Prokuratien und dem Ospizio Orseolo am Fuß des Campanile.

Mocenigo hatte die Piazza ausgesucht, weil sie eine vorwiegend sakrale, religiöse Aura besaß, verglichen mit der eher weltlichen Piazzetta, an welcher der Palazzo Ducale und die Bibliothek der Libreria Marciana lagen. Auf diese Weise wollte Mocenigo die Republik Venedig von der religiösen Tragweite einer so schändlichen Tat entlasten und allein die Kirche dafür verantwortlich machen. Bücher vor einer Bibliothek zu verbrennen wäre außerdem allzu blasphemisch und respektlos gewesen.

Zehn Köhler, fünfzig Maurer und hundert Arsenalotti hatten eine Woche lang an der Feuerstelle gearbeitet, um einen fünfzig mal fünfzig Fuß großen Sockel aus einer fünf Fuß hohen Steinmauer zu bauen und die so geschaffene Wanne mit Steinen und Erde zu füllen. Der eigentliche Scheiterhaufen wurde erst Freitagnacht aufgerichtet, aus Angst, ein möglicher Regenguss könnte die Holzscheite, die Rollen mit griechischem Feuer und die Bücher durchnässen.

Als am Sonnabend bei Tagesanbruch alles fertig war, fand der Architekt da Ponte bestätigt, was er von Anfang an befürchtet hatte, nämlich dass die zehntausend Bücher und dreihundert Handschriften zwar einen beachtlichen Stapel bildeten, sich auf der riesigen Piazza aber eher als jämmerliches Häuflein ausnahmen und gewiss nicht wie der apokalyptische Scheiterhaufen wirken würden, der Mocenigo vorgeschwebt hatte. Da Ponte ließ den Procuratore sowie Savio für Ketzerei holen und schilderte ihm das Problem. Mocenigo schritt das Bauwerk der Länge und Breite nach ab und musste feststellen, dass dieses Schauspiel dem Kardinal und Staatssekretär Michele Bonelli, einem Großneffen von Pius V., der extra zu diesem Anlass aus Rom angereist war, dem Nuntius Facchinetti, dem Patriarchen Trevisan, der großen Schar Bischöfe und Prälaten, dem gesamten diplomatischen Korps und den ausländischen Delegationen tatsächlich erbärmlich, wenn nicht lächerlich erscheinen würde. Den Adeligen und Bürgern von Venedig dazu. Ganz zu schweigen vom Volk, das ein so jämmerliches Spektakel noch jahrelang in Gesängen und Tänzen verspotten würde. Die Lösung fiel ihm spontan ein, es war ein Geistesblitz, wie er sich oft in den schwierigsten Momenten einstellt. Er befal da Ponte, eine Handvoll vertrauenswürdiger Männer zu sammeln, sie fürstlich zu entlohnen und unter Anleitung des Großkanzlers Ottobon so viele alte und inzwischen unleserlich gewordene Bücher, Verzeichnisse und Akten wie möglich aus den Abstellkammern, Kellern und Archiven des Dogenpalasts zu holen, was auch sofort geschah.

Um die dritte kanonische Stunde war die Piazza überfüllt, und jetzt reichte der mit mehreren Zentnern Aktenbündel aufgestockte Scheiterhaufen bis zum ersten Stock der Prokuratien. Zum Schutz der Zuschauer umringte ein Kordon aus Arsenalotti die Feuerstätte und hielt das Publikum in gebührendem Abstand. Auch war eine große Anzahl Feuerwachen an den vier Seiten der Piazza, auf dem Campanile und auf jedem Gebäude im Umkreis von hundert Schritten postiert. An allen Fenstern, auf jeder Loggia, jedem Balkon, Altan und Portego standen Menschengruppen in Erwartung des Feuers. Für Kardinal Bonelli war eigens eine Tribüne errichtet worden, direkt vor der Kirche San Geminiano, damit der Blick auf den Brand so bewegend wie möglich für ihn werde, denn den Hintergrund bildeten so die Fassade von San Marco und die drei Fahnenmasten, an denen zu diesem Anlass die Banner Venedigs und des Papstes mit dem Schild aus rotgoldenen Streifen flatterten. Rechts vom Staatssekretär saßen der Patriarch Trevisan und der Inquisitor Schellino, links der Nuntius Facchinetti und Alvise Mocenigo in seiner Eigenschaft als Savio für Ketzerei. Dem Dogen Loredan war ein Thron vor dem mittleren Portal der Kirche vorbehalten. Neben ihm saßen die sechs Ratgeber, die Häupter der Quarantia und der Zehn.

Von der dritten Stunde an war in Venedig für zwei Stunden alles Glockenläuten verboten, mit Ausnahme der beiden Glocken des Campanile. Auf einen Wink des vatikanischen Staatssekretärs begannen sie mit dem Totengeläut, bei dem jeder einzelne Schlag langsam verklingt, bevor der nächste folgt und immer lauter wird, um ebenfalls zu ersterben. Schläge, die so langsam vergehen wie Jahre. Von zwei Glocken in unterschiedlichen Tönen erzeugt. Während dieses Geläuts legten zwei Kanoniere und zwei Arsenalotti in Galauniform Feuer an die vier Seiten des Scheiterhaufens. Vier Flammen aus griechischem Feuer schossen in die Höhe, die Akten begannen knisternd zu brennen. Rauch stieg auf. Dann ergriffen die Flammen die Bücher.

Der Staatssekretär Bonelli neigte den Oberkörper zu Mocenigo und legte seine Lippen an dessen Ohr. »Großartiges Schauspiel«, flüsterte er. »Es wird Seine Heiligkeit glücklich machen und beruhigen.«

Mocenigo nickte leicht. »Möge all dies der Heiligen Allianz dienen, Eminenz, aber beeilen wir uns, denn den Verlust Zyperns könnten die Venezianer sogar verschmerzen, doch wenn wir das östliche Meer preisgeben, habt Ihr die Türken bald in San Pietro, wo sie dann Bücherverbrennungen wie diese veranstalten, aber mit Euren heiligen Schriften.«

Der Staatssekretär beugte sich wieder zu Mocenigo. »Venedig hat den Segen des Papstes. Ihr werdet sehen, das Bündnis kommt zustande.«

Aus einer Ecke der Loggia des Palazzo sah Zuàn Francesco Marin die Flammen und den Rauch, die Menge und die Würdenträger und weinte. Er weinte vor Freude, denn in diesem Feuer lag die Rettung der echten Bibliothek von Lucrezia, nach der fortan keiner mehr suchen würde. Als der neben ihm stehende Chiffrierlehrling Pietro Amadi die Verzweiflung seines Meisters sah, fühlte er sich so verachtenswert, dass er daran dachte, sich zu erhängen wie Judas, nachdem er Jesus verraten hatte. Dann fielen ihm die lobenden Worte des Großkanzlers Ottobon über den wichtigen Dienst ein, den er der Serenissima geleistet habe. Er dachte an die hundert Dukaten, die er als Belohnung bekommen hatte und kam zu dem Schluss, dass er seinem Vaterland nützlicher war, wenn er weiterlebte. Natürlich hatte der Kanzler ihm befohlen, ihr Abkommen geheim zu halten und jeden Versuch einer Entschlüsselung der Raticosa-Chiffre zu verhindern. Diesem Befehl hatte Piero bis jetzt so gewissenhaft gehorcht, dass Ferigo schier verzweifeln wollte.

Die Schläge der Totenglocken hallten bis in die Tiefen der Pozzi. Seit beinahe einem Monat lebte Andrea im »Kämmerchen«, wie der siebte Pozzo verharmlosend genannt wurde. Die Zelle lag an dem langen, engen Gang zwischen der Diensttreppe zu den oberen Zellen und den drei Pozzi an der Kanalseite des Palazzo. Neben der sechsten war sie die geräumigste Zelle im unteren Stockwerk. Wände und Boden waren mit Lärchenholztafeln verkleidet, durch den Gang wehte immer ein Luftzug, und sie grenzte an die Giardini dei Letterati. Auch war sie die trockenste und sauberste Zelle. Vor allem aber hatte man sie für die Ankunft eines so berühmten Gefangenen renoviert und möbliert. Eine große Öllampe erhellte und wärmte den Raum. Die Pritsche mit dem Strohlager und der Decke war durch ein richtiges Bett mit Matratze, Laken, Kissen und Decke ersetzt worden. In einem Winkel gab es hinter einem leuchtendroten Vorhang eine Art Waschraum mit einer Waschschüssel auf einem Gestell, einem Spiegel, einer großen Wanne und einem eleganten Abort in Form eines Schemels aus Holz und Kupfer. Gleich neben der Tür stand an der breitesten Wand ein Tischchen mit zwei Stühlen. Auf dem Tisch befand sich alles, was zum Schreiben nötig war, dazu eine Bibel und drei philosophische Bücher, darunter auch Platons *Der Staat*.

Andrea ließ sich auf den Stuhl fallen. Außer den Geräuschen der Außenwelt drang auch der Geruch des Feuers herein, in dem die Bücher verbrannten. Seit Tagen arbeitete er an den Plädoyers für seine und Jacomo Dragans Verteidigung. Dass die Zehn den Prozess gegen den Glasmeister noch immer nicht eröffnet hatten, konnte man als ein gutes Zeichen deuten. Offensichtlich übte niemand erbitterten Druck auf die Ankläger aus. Und Francesco d'Angelo arbeitete fleißig mit ihm an der Verteidigung.

Das weit aufgerissene Auge Granzos erinnerte an die starren, schwarzen, leeren Augen manch großer Fische auf den Verkaufstischen des Marktes. Wenige Schritte von Andreas Zelle entfernt, saß er in sich zusammengesunken auf einer Bank, das Kinn auf die Fäuste gestützt. Obwohl er der Tür der Giardini zugewandt war, schielte sein aufgerissenes Auge nach links, als beobachtete er etwas, wollte es sich aber nicht anmerken lassen.

Gegenstand dieses verstohlenen Spähens war Alfonso de Ulloa. Der Schriftsteller senkte eine brennende Kerze schräg über ein Blatt Papier, ließ zwei Wachstropfen darauf fallen und heftete das Papier an die Steinmauer des Gefängnisses, bevor das Wachs hart wurde.

»Auf, mein Sohn, erweise uns die Gunst und begebe dich an die schwierige Aufgabe, so wird dir auf ewig Ehre gebühren!«, rief er mit der Emphase des Dichters aus, der versucht, seine Oden auf die Freunde zu singen. Dann zog er eine kleine Münze hervor und zeigte sie dem Jungen. »Und diese kostbare Belohnung!«

Granzo drehte den Kopf in die Blickrichtung seines Auges und erstarrte vor Staunen, so dass sich sein Mund öffnete und ihm die Zunge heraushing wie den Hunden im Sommer. Nicht der Münze galt sein Staunen, sondern der zur Hälfte mit Zetteln bedeckten Wand, gut dreißig an der Zahl, jeder in der Mitte mit einem Vokal beschrieben.

A, E, I, O, U …

Neben diesem Wirrwarr aus Zeichen stand der Notar Bertoldi da Bassano mit einer kleinen Sanduhr, die die Viertelstunden anzeigte, und hielt sich bereit, sie umzudrehen, während hinter ihm der Literat Ziletti, der Buchhändler Rampazzetto und der Verleger Gabriel Giolito in stummer Erwartung wie Zuschauer beim Palio aufgereiht standen.

»Jetzt die Aufgabe, höre gut zu!«, hub de Ulloa wieder mit lauter Stimme an. »Während der Sand einmal hindurchläuft, musst du all diese durcheinander gewürfelten Vokale zu fünf Häuflein ordnen, so dass jedes A bei den As liegt, jedes E bei Es und so weiter, jeder bei seinesgleichen. Hast du verstanden?«

Granzo machte eine seltsame Grimasse, die eher von Langeweile als Verblüffung zeugte, und drehte sich zur Seite. Dort lag Jacomo Dragan auf seiner Pritsche und schien sich an dem literarischen Spiel nicht beteiligen zu wollen.

»Was soll ich bloß mit diesen Verrückten machen?«, flüsterte Granzo ihm bekümmert zu.

»Die Zügel schleifen lassen und vorangehen, wie man es bei Verrückten so macht«, antwortete Jacomo, ohne den Blick vom Kuppelgewölbe der Zelle zu lösen, »denn lesen und schreiben lernen wird dir gewiss nicht schaden.«

Der Junge dachte über den Rat nach, dann wandte er sich ergeben den Literaten zu und stand langsam auf.

»Ich bin bereit, Eccellenze«, sagte er.

Alfonso de Ulloa nickte nur stolz.

»Notaio, Ihr seid an der Reihe!«

Bertoldi drehte die Sanduhr um und rief aus: »Nur zu, mein Sohn, und mach dir alle Ehre, denn die Zeit rennt davon und nie gibt es genug!«

130

Ermonia war beim Aufwachen sehr kalt, aber in ihrer Seele herrschte der Frieden des Menschen, der alles geordnet hat: die Bücher, das Glas, ihren Letzten Willen. Sie musste nur noch den Kopf auf das Kissen zurücklegen, um zu sterben. Es würde ein süßer Traum werden, eine wiedergefundene Umarmung. Sie dachte daran, dass sie die letzte Vivarini war, und empfand die Einsamkeit ihres Daseins.

»Pierin, bring mich nach draußen.«

»Draußen ist es kalt, Signora Maestra.«

»Bring mich nach draußen, sage ich dir.«

Sie schloss die Augen. Ihre Schwester Lucia spielte im Hof hinter der Brennerei. Sie war ein kleines Mädchen in einem fröhlichen Kleid, das sie oft getragen hatte. Ermonia erinnerte sich gut an dieses Kleidchen. Bei ihr war Lucrezia. Die beiden Freundinnen liefen über den Hof. Sie spielten ein Spiel, bei dem sie Minin, dem kleinen weißen Hund mit dichtem Fell, großen Augen und Ohren, den die Eltern Lucrezia geschenkt hatten, ein Stück Holz zuwarfen. Doch plötzlich wurde der Traum böse, denn das Stück Holz landete in Ermonias Händen. Alten Händen voller Falten, Narben und Flecken. Minin lief zu ihr und verlangte bellend, das Spiel fortzusetzen. Natürlich versuchte Ermonia, das Holz zu werfen, doch es wollte sich nicht aus ihren Fingern lösen, als wäre es mit Honig bestrichen. Lucia und Lucrezia wurden traurig.

In dieser mondlosen Nacht bestand der Himmel aus unzähligen Tropfen reinsten Cristalìn, die auf einem großen schwarzen Tuch verteilt waren. Sie versuchte, sich einen Begriff von diesem Himmel zu machen, und wollte die Sterne zählen. Es waren zu viele. Sie betrachtete die Milchstraße, eine lange Brücke, die hinter ihr begann und im Osten verschwamm. Sie dachte an die Nächte, in denen sie mit Lucia, Lucrezia, Jacomo und allen anderen den Himmel bewundert hatte. Sie suchte das Sternbild des Großen Bären und fand an seinem Ende den Polarstern. Sie erkannte Dubhe und Merak, Mizar und Alioth. Viele der Namen, die sie gelernt hatte, während sie den Himmel durch das Sternenauge betrachtete, waren ihr im Gedächtnis geblieben. Es gelang ihr nicht, den Blick bis zu den Sternbildern des Löwen und der Jungfrau zu heben, aber die Zwillinge und den Stier konnte sie sehen. Sie wusste, dass dies alles unendliche Tiefen waren. Sie hatte sie gesehen. Und sie glaubte, dass dort oben am Ende von allem der Frieden war, den sie suchte. Sie dachte an die Weltseele, in die sie zurückkehrte. Also beschloss sie, sich zu beeilen und ließ die Decken zu Boden fallen. Sie spürte ihr Herz stolpern. Noch immer war ihr sehr kalt, aber sie hatte keine Schmerzen. Sie wollte gehen. Lucia und Lucrezia lächelten ihr zu.

LUFT

1

Murano, 6. Oktober 1571

Jacomo kannte die Stimme, den Geruch, den Körper und das empfindliche Naturell des Glases, das mal liebenswert, mal reizbar sein konnte. Er wusste, dass es den Wind fürchtete und unter dem Einfluss der Winde stand: die Bora härtete es, der Libeccio und der Grecale schwächten es, bei Mistral wurde es rau.

Der Schirokko, der es opak macht, wehte nun schon seit dem gestrigen Abend, die Müllabladeplätze stanken, und das Schild mit dem Drachen schaukelte bei jeder Böe. Es würde Hochwasser geben. Und Regen. An diesem Morgen war Jacomo wie jeden Morgen bei Tagesanbruch aus dem Kamaldulenserkloster San Mattia gekommen, wo er seit über einem Jahr in loco carceris lebte, hatte die hölzerne Brücke überquert, die das Inselchen mit Murano verband, und war, nachdem er sich ins Ausgangverzeichnis des Casón von Santo Stefano eingetragen hatte, pünktlich in der Glashütte angelangt, die Ermonia ihm hinterlassen hatte.

Auf Ersuchen des Rats der Zehn hatte der Podestà von Murano, nachdem er die Meinung des Gastalden der Glasbläserzunft und aller Hüttenbesitzer eingeholt hatte, erlaubt, dass die Öfen, die am letzten Julitag für die Sommerpause erloschen, in diesem Jahr früher, nämlich am ersten Oktober, wieder angefacht wurden.

Der Geselle Pierin war immer der Erste, der in die Hütte kam und abends der Letzte, der ging. Er brachte Meister Jacomo eine Eisenstange, mit der er das Glas bearbeiten konnte, und öffnete eine Klappe des größten Schmelzofens. Jacomo tauchte die Stange in den Tiegel und zog einen Klumpen Glaspaste heraus. Er ließ das flüssige Glas an der Luft abtropfen, und aus dem hart werdenden Rinnsal entstand ein durchsichtiges Gebilde, dick wie der Stängel einer Margerite. Jacomo betrachtete es eingehend. Dann brachte er es mit Ermonias Silberstöckchen zum Klingen. Einmal. Zweimal. Der Klang gefiel ihm nicht. Es zerbrach. Schuld war der Schirokko. Also ließ er Piero einen Kürbis bringen. Der Glasmeister schnitt eine große Scheibe heraus, schälte sie und warf sie durch die Klappe in die gelbe, blendend helle Glut. Es folgte eine Art Aufstoßen, wie das Rülpsen eines Betrunkenen, dann entwich Luft, und nach einer Stunde klang das hart gewordene Glas richtig und zerbrach nicht mehr. Dann kam die ganze Mannschaft der Arbeiter an, und um den Ofen begann das geschäftige Treiben. Piero nahm eine hohle Eisenstange, holte aus einer der Klappen des Schmelzofens einen großen Tropfen geschmolzenen Glases und reichte ihn Jacomo an seiner Arbeitsbank weiter. Der hatte wirklich etwas von einem Dirigenten mit seinen Musikern. Denn während er die Kugel aus glühender Glaspaste freihändig auf der Bank herumdrehte und sie dabei aufblies, indem er durch das Rohr pustete, sie gleichzeitig auf der bronzenen Arbeitsfläche glättete und ihr eine gleichmäßige Rundung verlieh, indem er sie in der halbkugelförmigen Vertiefung drehte, verfolgte er nebenbei die Arbeiten zweier Männer, die an der anderen Klappe des Ofens beschäftigt waren. Und auch für die übrigen drei Arbeiter hatte er Augen, eine Geste, ein Zuzwinkern genügte, schon belud der *stizadòr* das Glutbecken mit Holz, um den Hitzegrad stabil zu halten, und die zwei *portantini* ließen die fertiggestellten Stücke abkühlen, indem sie sie in den oberen, lauwarmen Teil des Ofens schoben. Bei diesem fortwährenden Spiel, bei dem sie das Glas wie Jongleure auffingen und einander weiterreichten, wanderte das ursprünglich flüssige Glas von Jacomos Blasrohr zu Pierins Eisenstange, auf der das Stück weiter gedreht wurde, so dass Jacomo dessen Form mit Pinzetten und Scheren bearbeiten und aus einem zylindrischen ein konisches Gebilde machen konnte, das sich teilte und in zwei Kelche verwandelte, oder eine Kugel in eine Richtung zu einem Hals verlängerte und daraus eine Flasche machte. War die gewünschte Form erreicht, kam Jacomo zwischen den Arbeitsbänken hervor, um erneut flüssiges Glas aus dem Ofen zu fischen, aus dessen Tropfen und Fäden, wenn sie gekräuselt, gedreht, gebogen oder verlängert wurden, Ränder und gewellte Bordüren entstanden, Beine, Füße, Henkel, Blätter und Blüten.

Wenn er sich recht erinnerte, wurde er an diesem Tag, dem 6. Oktober, dreiundsiebzig Jahre alt. Alvise Mocenigo, der am 11. Mai 1570 zum Dogen gewählt worden war, hatte Jacomos Bittgesuch, seine letzten Lebensjahre an den Brennöfen der Glashütte verbringen zu dürfen, stattgegeben und aus der Gefängnishaft eine Verbannung in eines der Klöster auf Murano gemacht. Alvise Loredan wiederum, mittlerweile eines der drei Häupter der Zehn, hatte Mocenigo beraten und Jacomo auf den Weg einer eingeschränkten Freiheit geführt. Auf diese Weise konnte er ihn für das Unrecht entschädigen, dass er ihm angetan hatte. Zumindest teilweise. Und Jacomo hatte sich in dieses Schicksal gefügt. Im Grunde konnte ein alter und einsamer Mann wie er sich glücklich schätzen: Im Kloster ging es ihm gut, seinen Unterhalt zahlte die Republik Venedig, und nichts liebte er mehr als die Arbeit des Glasbläsers.

Eines Tages dann, bei Sonnenuntergang, die Arbeiter hatten die Brennerei verlassen, raffte er sich endlich auf. Er löste den Stein aus dem Boden vor dem Muffelofen, in dem das Glas abkühlte, entfernte das bisschen Erde, das sie daraufgehäuft hatten, und da stand sie, die Inghistera, genau an der Stelle, die Lucia Vivarini ihm genannt hatte. Darin war der versiegelte Brief mit Lucrezias Testament:

Im Namen des Ewigen Gottes. Amen. Im Jahr 1542 nach Christi Geburt, am siebten Tag des Monats Mai …

So begann es. Zwei dicht beschriebene Seiten Pergament. Jacomo las sie viele Male. Dann ließ er sich auf den Schemel vor seiner Arbeitsbank fallen. Ihm schwindelte. Er schloss die Augen und legte den Kopf auf die lauwarme Oberfläche. So verharrte er lange Zeit, während der Brennofen sein Flüstern und seine Wärme verbreitete. Schließlich kamen die Tränen.

Zurück im Kloster San Mattia, aß er nicht zu Abend. Nach der Komplet legte der Cellerar den Riegel vor die Tür des Häuschens im Garten, das die Mönche ihm zugewiesen hatten, und hängte das Schloss davor. Es war der Moment, in dem alle Stimmen verstummten und den Geräuschen der Nacht Raum ließen, wie die Regel des heiligen Benedikt gebietet. Jacomo setzte sich an den Tisch neben dem kleinen Kamin, drehte die Flamme seiner Öllampe kleiner, tunkte die Feder ins Tintenfass, und das Geräusch ihres Kratzens auf dem Papier verbreitete sich im Raum. Er schrieb an Andrea, er schrieb vom Schmelzen eines neuen Glases, davon, wie gut die Arbeit in der Hütte jetzt wieder voranging, von all den Aufträgen für Gläser, Tassen, Kelche mit und ohne Stiel, große Vasen und Cristalìn, die sie in der vergangenen Woche bekommen hatten. Er schrieb vom Regen, vom Wind und von einem Streit zwischen den Mönchen. Dann hob er die Feder vom Blatt und dachte an die vielen anderen Dinge, die er Andrea an diesem Abend gerne geschrieben hätte. Das durfte er nicht, er hätte alles verdorben.

2

Kefalonia, Val· d'Alessandria, 7. Oktober 1571

Andrea hatte gelernt, dem Wasser bei seiner unaufhörlichen Begegnung mit der Luft, dem Land und den Lebewesen zuzuhören. Er hatte das nach und nach gelernt, bei jeder Arbeitspause unter der Ruderbank, wenn er das Ohr an die Bootshaut der Galeere legte. Er hatte gehört, wie das Meer sich an entfernten Küsten brach, wie die Fische den Kiel streiften, die Anker auf Grund stießen und wieder gelichtet wurden. Und wie tausend

Ruder auf das Wasser schlugen, wenn die Schiffe noch nicht einmal am Horizont aufgetaucht waren.

Er erkannte die Stärke und Richtung der Winde daran, wie sie die Bäume packten, an der Takelage zerrten, die Segel spannten. Er hörte das Trippeln der Ratten in den Bilgen, das Weinen der Männer, das Flüstern, Seufzen und die Bewegungen der Körper im Schlaf, und auch wenn diese Geräusche von anderen Schiffen kamen, hörte er sie so deutlich, als hätte er sie neben sich wie seinen Gefährten auf der Ruderbank.

In dieser Nacht lauschte er, nachdem er Zwieback und Käse gegessen hatte, in seine Decke gehüllt, den Kopf auf dem Ledersack, unter der ersten Bank am Heck liegend, den Glocken zum Wachwechsel, die mal nah, mal in der Ferne läuteten. Er hörte die vierzehn Ruderer am Bug langsam und regelmäßig rudern, ein schleppender Ruderschlag, der die Brigantine *Donna Velata di Seta* mit wenigen Knoten antrieb und ihm gestattete, in der Nachhut auszuruhen.

Seit zwei Tagen wehte ein starker Schirokko, darum war die Flotte im Schutz von Val d'Alessandria geblieben, der großen Bucht des antiken Sami an der Ostküste der Insel Kefalonia direkt gegenüber von Ithaka. Drei Stunden nach Sonnenuntergang waren sie aus dieser Deckung herausgekommen, und das vom Ostwind aufgewühlte Meer war quer steuerbord auf die Schiffe getroffen, was das Rudern mühsam machte.

Andrea fuhr sich mit der Hand über den geschorenen Schädel und spürte die Stoppeln, die nach der notwendigen Rasur gegen Läuse wieder zu wachsen begannen. Er strich über Sofias Stofffetzen, den er am Handgelenk trug. Seine Handflächen schmerzten, sie waren wund geworden nach dem »Endlosrudern«, wie er und seine Kameraden die zweihundertfünfzig Meilen lange Strecke von Candia bis Guiscardo an der Nordspitze Kefalonias nannten, die hinter ihnen lag. Fünf Tage hatten sie ununterbrochen gerudert. Mit zwei Brigantinen, der *Donna Velata* und der *Albero dai Frutti d'Oro*, waren sie angekommen.

Der Provveditore Generale von Candia, Messer Marino Cavalli, hatte die beiden Brigantinen hierhergeschickt, damit sie zu der gewaltigen Flotte einer noch nie dagewesenen, rein christlichen Allianz aus Spanien, Venedig, Florenz und dem Heiligen Stuhl stießen. Es waren Schiffe und Mannschaften aus Genua und der Toskana, aus den Vizekönigreichen Neapel und Sizilien, aber auch der Herzöge von Urbino, Parma, Savoyen, Rom und des Orden von Malta. Andreas Schiff war die Nordspitze von Kefalonia zugefallen, der anderen Brigantine die Nordspitze von Zakynthos auf der Route nach Korinth. Beide überbrachten dasselbe Sendschreiben: Famagosta, das letzte venezianische Bollwerk auf Zypern, war am 5. August in die Hände der Türken gefallen, zehn Tage später war der Gouverneur Marcantonio Bragadin von Lala Mustafa Pascha bei lebendigem Leib gehäutet worden.

Nach einer langen Wartezeit hatte der Horizont über dem Meer in Richtung Santa Maura sich am 4. Oktober um die Mittagszeit in einen Wald aus näher kommenden Masten verwandelt, und einen Moment lang hatten die Mannschaften der beiden Brigantinen sich verloren geglaubt, weil sie die Schiffe für die türkische Flotte hielten. Dann hatten sie auf vielen der heranrudernden Schiffe die venezianischen Flaggen erkannt. Drei Stunden später hörte Sebastiano Venier, der Admiral der Kriegsflotte, die schrecklichen Nachrichten über Zypern, und die Kommandanten Venier, Don Juan de Austria, Marcantonio Colonna und Giovanni Andrea Doria debattierten einen ganzen Abend lang, ob es richtig war, weiterzumachen. Die spanischen und venezianischen Soldaten und Matrosen aber hatten sich, der ständigen Streitereien überdrüssig, schon verbrüdert, schrien vor Wut und verlangten, in die Schlacht zu ziehen.

Andrea legte ein Ohr an die Bootshaut, spürte das starke Schlingern des Schiffs und hörte, wie zehntausend Ruder auf das Wasser schlugen. Er blickte hoch. Sie fuhren auf den abnehmenden Mond zu, fast parallel zur Milchstraße, das Sternbild Vega im Westen, Altair gleich links und die kleine Kassiopeia in vertikaler Linie. Langsam zog er den Ledersack unter seinem Kopf hervor, zog eine Schnur heraus und machte, wie jede Nacht seit siebzehn Monaten, einen kleinen Knoten hinein. Nur noch zwölf Tage, dann hatte er seine Strafe abgebüßt. Er hatte Glück gehabt. Vielleicht beschützte ihn der Himmel. Vielleicht Sofias Armband. Viele seiner Kameraden waren gestorben, durch Waffen, an Auszehrung, durch Krankheit. Den Letzten hatten sie vor zwei Wochen in einen Sack gesteckt und im tiefen Meer versenkt. Vielleicht stand alles irgendwo geschrieben, wer weiß.

Er dachte an den Prozess, an das Urteil, das ihn hierhergeführt hatte. Natürlich hatte er sich selbst verteidigt. Mit Francesco d'Angelos entscheidender Hilfe. Zur großen Enttäuschung von Andrea Dolfin hatte sich die Anklage des Mordes an der Novizin Anna Tagliapietra dank Taddeas Zeugenaussage und unermüdlicher Verteidigung in einen bloßen Verdacht verwandelt. So war der Prozess von den Zehn an die Quarantia Criminal übergeben worden, und die Anklagepunkte lauteten Meineid, Fälschung, unberechtigtes Verlassen des Wohnorts und Mithilfe bei der Flucht von Sofias Ruis aus San Servolo. Der Avogador di Comun hatte in seiner Anklageschrift fünf Jahre Verbannung auf die Insel Kreta gefordert. Andrea hatte sich in seinem Plädoyer in allen Anklagepunkten für schuldig erklärt, um dann aber, basierend auf einem Gesetz des venezianischen Senats vom 25. März 1545, ein Bittgesuch bei Gericht einzureichen, die Verbannung möge in »das Rudern in Ketten auf Galeeren« verwandelt werden und zwar für einen vom Senat festzusetzenden Zeitraum.

Wie vorauszusehen war, hatte das Bittgesuch großes Aufsehen erregt und den Avogador und die Quarantia zu einer zweitägigen Diskussion gezwungen, bevor sie es schließlich doch dem Senat vorlegten. Denn nicht genug, dass der Prozess gegen Andrea Loredan, den Sohn des Dogen, von allen verfolgt wurde,

hier ging es auch um eine jener heiklen Fragen, die das protes-
tierende Volk bis in den Palazzo Ducale treiben konnten. Die
Gerichtsbarkeit der Serenissima machte zwar keine Ausnahme
bei den Straftaten, bei den Strafen aber durchaus. Natürlich gab
es darüber keine Gesetze, aber Empfehlungen, die die Richter bei der Urteilsverkündung unbedingt zu beachten hatten:
»je nach Rang und Umständen der Person, da es unstatthaft ist,
einen Adeligen zur Galeere, zum Pranger oder zur Peitsche zu
verurteilen, wie bei einem Plebejer üblich.«

Schon seit seiner Studienzeit kämpfte Andrea gegen diese Diskriminierungen beim Strafmaß, und ausgerechnet dieses
eine Mal gewann er. Nach langen Diskussionen hatte die Quarantia Criminal ihn zu achtzehn Monaten am Ruder verurteilt,
freilich »ohne Eisen an den Füßen«, aber mit guten Aussichten,
während der Verbüßung seiner Strafe zu sterben. Denn man
hatte ihn auf die Flotte nach Kreta eingeschifft.

Die Tür zur Heckkabine der *Donna Velata* öffnete sich, und
der Kapitän schlug die Glocke zum Schichtwechsel an den Rudern. Die Gruppe am Heck war an der Reihe. Andrea war zu
ihrem Vormann ernannt worden, dem ersten Ruderer, der den
anderen den Takt vorgab. Er umfasste den Riemen mit beiden
Händen und regulierte dessen Neigung. Seine dreizehn Gefährten taten es ihm nach. Andrea begann, den Rhythmus der Schläge zu zählen. Der Mannschaftsführer gab den Einsatz mit einem
Glockenschlag. Die andere Gruppe schaute schweigend zu. Andrea beugte sich vor, tauchte das Ruder ins Wasser und zog es
zu sich heran. Seine Bewegung vervielfachte sich, und während
der langsame Ruderschlag sich auf das Schiff übertrug, zog die
Mannschaft am Bug die Ruder ein, um sich zur Ruhe zu begeben. Andrea wartete, bis der Mannschaftsführer den neuen
Rhythmus guthieß. Er sah, wie der Mann die Sanduhr umdrehte. Alles in Ordnung. Die Kabinentür schloss sich wieder.

Am Ruder kehrten die Gedanken zurück. Die Gedanken waren Rettung und Verdammnis. Jeder hatte seine eigenen, meist

ähnelten sie einander: das verlorene Leben, verlassene Lieben, Schandtaten, die gerächt werden mussten, Überlebenstechniken, der Gedanke an Flucht. Andrea dachte beim langsamen Rudern an seinen Vater. Wenige Tage nach der Ankunft in Kreta hatte er die Nachricht von seinem Tod erhalten. Marco Querini, sein Befehlshaber, hatte sie ihm überbracht. Andrea fühlte den beißenden Schmerz, als man im Hafen und auf der Galeere schon von nichts anderem sprach. Bei Sonnenuntergang hatte der Kaplan eine Messe im Achterkastell gehalten, sie hatten das Requiem gesungen. Auf den Ruderbänken wurden schon flüsternd Wetten auf den neuen Dogen abgeschlossen: Alvise Mocenigo war der Meistgenannte, Andrea Barbarigo folgte als Hoffnung weniger, und dann waren da noch Nicolò da Ponte, Nicolò Gritti und Lorenzo da Mula.

Andrea spürte, wie der Steuermann leicht nach steuerbord drehte, um die vom Schirokko hervorgerufene lange Dünung mit dem Bug zu nehmen. Er dachte an Sofia, sah ihr verzweifeltes Gesicht vor sich. Er hörte ihre Stimme und stellte sich vor, dass sie in den Bergen nördlich von Bologna unterwegs war. Er sah sie in Florenz, wohin Filippo Tomei sie und Gabriele bringen wollte. Andrea war zweimal in Florenz gewesen, einmal als Junge, ein anderes Mal in Begleitung seines Vaters. Mit dem Karren hatte er von Venedig eine Woche gebraucht. Zu Pferd fünfeinhalb Tage. Schön war Florenz, auch das umgebende Land mit den alles beherrschenden, bedächtigen Rhythmen seines bäuerlichen Lebens, das die Hektik des Kaufmannsdaseins ein wenig besänftigte. In Venedig, auf den Ungewissheiten des Wassers aufgebaut, gab es so etwas nicht. Das sah man auch daran, wie hastig die Menschen durch die Calli eilten.

Er stellte sich Sofia heiter vor. Als geschickte Näherin und Stickerin würde sie im Florenz der Tücher und Wollstoffe mit Tomeis Hilfe sicher eine Arbeit finden. So wollte er sie sich vorstellen. In Wirklichkeit wusste er gar nichts mehr von ihr. Es war zu gefährlich, einander zu schreiben. Alle Briefe wurden von den Kapitänen geöffnet und dann erst verteilt. Er dachte an die vielen Briefe, die er bis zu diesem Tag für seine Kameraden geschrieben oder vorgelesen hatte. Er dachte an die Briefe, die ihm Jacomo Dragan geschickt hatte. Fünf. So viele, wie Flotten mit Waffen und Soldaten in Kreta eingetroffen waren. Andrea bewahrte diese Briefe auf, zusammen mit den dreien von Francesco d'Angelo. Von seinem Bruder Alvise waren zwei angekommen, im nüchternen Stil eines Bordbuchs verfasst, wo sogar die Beerdigung ihres Vaters wie die Einfahrt eines Schiffes in einen unbekannten, fremden Hafen beschrieben war. Ein kalter, detaillierter Bericht von der Begräbnisfeier des Vaters, die wegen des Regens in San Marco abgehalten wurde, von den gemeinen Rufen des Volkes, als der Sarg achtmal vor dem Kirchentor hochgehoben wurde: »Er ist tot! Der Doge mit dem Hirsebrot ist tot!« Dann die Bestattung im Kreuzgang von San Giobbe in Cannaregio.

3

Acheloos, der Sohn des Okeanos und der Tethys, kämpfte mit Herkules um die Hand von Deianeira und verlor.

Sie hatten die ganze Nacht in wechselnden Mannschaften gerudert, um in Petalas Frischwasser zu schöpfen. Der Wind war ihrem Kurs gefolgt, aus dem Schirokko war ein Levante geworden, der das Vorankommen der beiden Brigantinen noch mehr erschwerte. Am Abend zuvor hatte Admiral Marco Querini sich großzügig gezeigt und Zwieback, Bohnen, gepökeltes Schweinefleisch, Käse aus Piacenza, Öl, Zucker und zwei Fässchen Malvasier an die Mannschaften ausgeteilt. Dann hatte er den Brigantinen Befehl gegeben, mit einer Botschaft für den Gouverneur Cavalli nach Candia zurückzurudern. Er hatte mit Andrea gesprochen, ihm seine große Wertschätzung und Zuneigung ausgedrückt und ihm einen persönlichen Brief für Cavalli mitgegeben, in dem er Andrea für seinen Mut und seine Ehrlichkeit lobte und den Gouverneur bat, Andreas Rückkehr nach Venedig zu erleichtern.

Jetzt galt es, Wasservorräte zu holen, denn in Giuscardo und Val d'Alessandria hatte man das vermieden, aus Angst, die Türken könnten die Brunnen vergiftet haben. Trinkwasser war lebensnotwendig, und im Kielraum lagen, in den Ballastsand gebohrt, dreißig große Glaskrüge mit breitem Hals, die zwei Fässer Wasser aufnehmen konnten. Etwa die Wassermenge, die die dreißigköpfige Besatzung für ihre Rückkehr nach Candia benötigte. Glas war der beste Behälter, denn Wasser war ein leicht verderbliches Gut, in den Fässern faulte es und musste abgekocht werden, wenn man sich nicht die Ruhr holen wollte.

So hatte der Steuermann lange vor Sonnenaufgang, als Vromonas, eine der Curzolaren-Inseln, backbord in Sicht kam, nach links gewendet, indem er den Bug in die Bucht von Petalas an der Mündung des Flusses Acheloos lenkte. Der Kapitän kannte diese Küste und wusste, dass der heilige Fluss das beste Wasser hatte, denn es war klar, frisch und heilend. Die Einwohner sagten, es habe Zauberkräfte. Dieselbe Idee schien vielen anderen Kapitänen gekommen zu sein, da der Meeresabschnitt bis zur Insel mit Schiffslichtern gespickt war.

Andrea, der am Ruder saß, drehte sich dorthin, wo der untergehende Mond das Meer berührte. Auf seiner leuchtenden Bahn erschienen die schwarzen Umrisse der Inseln wie Risse in einem hellen Seidenstoff. Der Kapitän hielt den Jakobsstab nach Norden, um ihre Position zu berechnen. Im Süden bereitete der Himmel sich mit jenem schwachen Schimmer, der dem Morgengrauen vorausgeht, auf den Tag vor. Andrea sah zwei graue Silhouetten, das mussten Oxia und Koutsilaris sein, die Inseln der schwarzen Ziegen, durch einen Meeresarm von knapp einer Meile Breite voneinander getrennt.

Der Mannschaftsführer läutete die Glocke und gab den Bugruderern Befehl, sich den Kameraden im Heck zum scharfen, weit ausholenden Ruderschlag anzuschließen. Er erklärte, er wolle die Mündung des Acheloos noch vor den anderen Schiffen erreichen und den Fluss mindestens eine halbe Meile weit hinauffahren, wo das Wasser nicht mehr salzig war. Dann könnten die Männer auch endlich wieder ein Bad in Süßwasser nehmen.

Die vierzehn Riemen tauchten alle gleichzeitig ins Wasser und vereinigten sich mit den Heckrudern. Der Mannschaftsführer schlug den Takt an, Andrea erhöhte langsam die Zahl der Schläge. Die *Donna Velata di Seta* nahm Fahrt auf, und ihr Zwilling, die *Albero dai Frutti d'Oro*, die im Windschatten fuhr, folgte ihr. Schon bald wurde daraus ein Wettrudern mit Gelächter und Spottrufen, das die Mannschaftsführer duldeten, denn ein gesunder Wettbewerb verkürzte die Zeit erheblich.

Eine halbe Stunde später, als die Umrisse aller Inseln der Curzolaren sich deutlich abzeichneten und die Männer keuchten und ihre Muskeln spürten, fuhren die beiden Brigantinen, von denen mal die eine, mal die andere den Bug vorn hatte, zwischen Hügeln, Schilfwäldern und Sumpfgebieten in das kristallklare Gewässer des Acheloos ein. Hinter ihnen war niemand mehr, und von der riesigen Flotte sah man zwischen den Inseln nur die Großmasten langsam näher kommen.

Der Kapitän ging zum Bug, um das Flussbett zu kontrollieren und dem Steuermann ein Zeichen zum Anlegen zu geben. Nach hundert weiteren Ruderschlägen kam der Befehl, die Ruder einzuziehen. Als das Schwanken nachließ, ankerten die Brigantinen. Die Ruder wurden unter den Bänken verstaut, und die erste Mannschaft erhielt die Erlaubnis zum Baden. Nachdrücklich wurde den Männern befohlen, sich im fließenden Wasser weit weg von den Booten zu waschen. Während der Wartezeit hoben Andrea und seine Männer die Decksluken und holten die Glaskrüge aus den Bilgen. Zwei Kameraden, die ins Wasser gesprungen waren, begannen die Krüge mit Flusswasser zu füllen.

Auf beiden Brigantinen bestand die Hälfte der Mannschaft aus Galeerensträflingen, Leuten, die sich schwerer Verbrechen, außer Mord, schuldig gemacht hatten. Wenn man sie jetzt so nackt sah, wie sie beim Baden im eiskalten Wasser Späße machten, sich balgten und schrien, erschienen sie wieder wie unschuldige, sorglose Kinder.

4

Mit dem Erwachsenwerden hatte Granzo das Lächeln, aber nicht sein scharfes Auge verloren, darum hatte Marino Contarini, der Eigner und Kapitän der *Santa Maddalena*, aus dem »Krebs«, seinem alten Spitznamen, einen »Luchs« gemacht.

In dieser Nacht hatte der Steuermann ihn in den »Käfig« geschickt, für die schlimmste Schicht, die am Morgen, zwei Stunden vor Sonnenaufgang, wenn die Kälte auf See und die Angst dich umklammern und sich dir ins Fleisch bohren. Denn an diesem verfluchten Ort, einem runden Brett von zwei Fuß Durchmesser mit einer Brüstung aus Weidengeflecht, das knapp unterhalb der Spitze des Großmasts siebzig Fuß über dem Deck angebracht war, von wo aus die Galeere wie eine Nussschale aussah, musste man sich fest an den Mast klammern, um nicht in die Tiefe zu stürzen. Und in dieser Nacht, wo sie mit Rudern fuhren, der Antreiber mit der Trommel einen scharfen Rhythmus vorgab und der Schirokko eine lange Dünung hinterlassen hatte, wurde jedes Schlingern und Stampfen dort oben im Mastkorb zu einem Flug nach vorn und zur Seite, gefolgt von einem Rückstoß, als würde man von einem Katapult abgeschossen. In dem Käfig hatte Granzo, der Luchs, sich vor Angst in die Hose gemacht, hatte alles ausgekotzt, was er von sich geben konnte, und die Kälte war noch kälter geworden.

Andererseits hatte er keine große Wahl gehabt. Unter Berücksichtigung seines jugendlichen Alters und im Willen, ihn auf den rechten Weg zurückzuführen, indem man ihn einen Beruf lehrte, hatten die Richter ihn vor die Entscheidung gestellt: entweder drei Jahre Kloster in loco carceris oder zwei Jahre Dienst als Schiffsjunge auf einer Galeere. Er hatte ausgelost, und die zweite Möglichkeit war herausgekommen. Unterdessen hatte de Ulloa ihm das Lesen und Schreiben beibringen können, ehe er im Juni 1570 gestorben war.

In der schmalen Meerenge zwischen den Inseln Oxia im Westen und Koutsilaris im Osten wurden die Wellen noch höher, und der Wind frischte auf und streute weiße Wellenkämme über das Meer. Die venezianische *Santa Maddalena* bildete als erstes Schiff der Flotte die Vorhut, da sie diese Küsten am besten kannte. Gleich dahinter fuhren in einer fächerförmigen Anordnung die *Sole* von Vincenzo Querini, die *Santa Caterina* von Marco Cicogna und die *Una Nostra Donna* des Kapitäns Pier Francesco Malipietro. Eine heftige Bö, begleitet von einem starken Schlingern, ließ Granzo im Käfig zusammensinken und ein Avemaria beten. Als er den Kopf wieder hob, sah er im Osten, wo der Horizont sich hell zu färben begann, zwischen den weißen Wellenkämmen eine seltsame Rundung, die sich nicht wieder auflöste wie die anderen Kämme. Er wartete, denn in diesem diffusen Dämmerlicht und bei dem Geschaukel ließ sich ein Segel leicht mit einer Welle verwechseln. Er rieb sich die Augen voll salziger Gischt. Da tauchte ein zweiter winziger Bogen in südlicher Richtung auf. Der nächste. Und noch einer. Es waren Segel. Zehn, vielleicht zwölf Meilen entfernt. Ihm schwanden fast die Kräfte, er fiel zurück auf den Boden des Käfigs. Aber er musste handeln, kroch in den Windschatten des Masts, klammerte sich an den Korb, beugte sich über den Rand, schloss die Augen und schrie aus Leibeskräften:

»Segel! Segel drei Strich links vorm Bug!«

In der Tiefe erhob sich ein Lärmen. Eine Glocke schlug dreimal, und sofort huschte ein Schatten aus dem Achterkastell, lief den Seitensteg entlang, ergriff die Strickleiter und kletterte am

Großmast empor. Granzo sah ihn rasch größer werden, bis er an seiner Seite war. Es war der Steuermann.

»Wo?«, fragte er nur, um dann in die Richtung zu spähen, die Granzo ihm wies. Im lauten Wüten der Elemente erhob sich nun auch vom Mastkorb der *Sole* ein Schrei des Wachpostens. Dann hörte man die Rufe von der *Santa Caterina* und *Nostra Dama*. »Bravo, Luchs, du warst der Erste!« Der Offizier lächelte ihn an. »Das sind Fockmastsegel. Bleib hier oben und zähl sie!«

Nach diesen Worten kletterte er mit Sprüngen die Leiter wieder herab, so schnell, als würde er fallen. Granzo spähte schon wieder nach den Segeln. Er war so stolz auf sich, dass ihm die Tränen kamen.

5

Am Achterkastell der *Sole* stand der Kapitän und Schiffseigner Vincenzo Querini neben dem Steuermann und verfolgte, wie das Schiff mit verzögertem Ruderschlag steuerbord beidrehte, um sich wieder zwischen die dreißig anderen Galeeren des Marqués de Santa Cruz einzureihen. Zwei Offiziere in voller Rüstung und Helm mit Sturmhaube übten das schnelle Hantieren mit der Armbrust und verglichen die Anzahl der Galeeren mit den Zeiten, die ihre Burschen für das Nachladen brauchten. Auf der linken Seite fuhr die gesamte Flotte von Giovanni Andrea Doria mit raschen Ruderschlägen vorbei. Sie bestand aus zweiundfünfzig schlanken Galeeren und zwei Galeassen unter dem Kommando der Gouverneure Guoro und Pisani. Die Schlachtordnung sah vor, dass diese Flotte sich auf dem rechten Flügel nach Süden und zum offenen Meer hin verteilte. Die mit Kanonen schwerbeladenen Galeassen, die gegen den Wind ruderten, lagen freilich noch weit zurück, mehrere Meilen in Richtung Kefalonia.

Querini blickte nach Osten, wo die türkischen Segel am Horizont auftauchten und sich zu einer Barriere vor dem Golf von Patras aufreihten.

Unterstützt vom Oberkanonier leitete Bepo Rosso in seiner Rolle als Hauptmann am Bug die Zurichtung des Decks und die Instruktion seiner Männer, damit alles vorbereitet war und reibungslos verlief. Die auf ein einziehbares Gestell montierte, viertausend Pfund schwere Kanone im Mittelsteg konnte bis zu drei Meilen weite Schüsse abgeben, und bei jedem Schuss betrug ihr Rückstoß auf den Eichenplanken des Stegs mindestens drei Schritt. Die beiden zwanzigpfündigen Kolubrinen zu beiden Seiten der Kanone hatten trotz ihres kleineren Kalibers eine Reichweite von über einer halben Meile. Die vier Steinschleudern, zwei auf jeder Seite, die Kartätschen schossen, sollten kurz vor dem Entern zum Einsatz kommen und möglichst viele Feinde vernichten, damit die Fanti freie Bahn hatten. Bepo hatte vier Ruderbänke zudecken lassen, auf denen seine Fanti hinter den Kanonieren sich vorbereiten konnten. Gerade ließ er Kisten mit Zwieback und Käse, Wasser und Wein hinter dem Fockmast bereitstellen, die unter der Aufsicht des Kochs und des Schreibers an die Kämpfer verteilt werden sollten. Sechzig Fanti unterstanden seinem Kommando, alle knieten auf den beiden Seitenstegen nieder, um den Segen des Kaplans zu empfangen. Rosso hatte sie in drei Truppen zu je zwanzig Mann unterteilt. Die erste Mannschaft sollte eine vollständige Rüstung tragen, weil die Pfeilhagel und Salven der feindlichen Arkebusen sie als Erste treffen würden. Die zweite trug nur den eisernen Brustpanzer und einen halben Helm, sie war mit Arkebusen, Piken und Kurzschwertern bewaffnet. Die dritte sollte das Deck vor Angriffen schützen. Die ersten beiden Mannschaften bestanden nur aus Junggesellen und Freiwilligen. Jene, die eine vollständige Rüstung trugen, liefen doppelt Gefahr, zu sterben, denn wenn sie ins Wasser fielen, würde das Gewicht des Eisenpanzers sie auf den Meeresgrund herabziehen.

»*Und nun, so spricht Jehova, der dich geschaffen, Jakob, und der dich gebildet hat, Israel.*« Der Kaplan begann, den dreiundvierzigsten Psalm zu sprechen. »*Fürchte dich nicht, denn ich habe dich erlöst; ich habe dich bei deinem Namen gerufen, du bist mein. Wenn du durchs Wasser gehst, ich bin bei dir, und durch Ströme, sie werden dich nicht überfluten; wenn du durchs Feuer gehst, wirst du nicht versengt werden, und die Flamme wird dich nicht verbrennen.*«

Bepo Rosso, der hinter dem Kaplan stand, entschied, dass dies der richtige Moment sei. Er öffnete die Luke des Ankerraums und kletterte die Treppe hinunter. Ein paar Ratten verkrochen sich eilig, die Stimme des Kaplans war nicht mehr zu verstehen, sie wurde vom Geräusch der Bugwellen verschluckt.

Direkt an der Schiffswand, zwischen Anlegetauen, Ketten und einem schweren Anker, befand sich sein kleiner Schlafplatz: ein Brett, zwei mal sechs Fuß groß, von einer an Seilen befestigten, rohen Leinwand geschützt, damit er nicht herunterfiel. Er hob das Brett an, streifte seinen Kittel und das Hemd ab und stand mit nacktem Oberkörper da. Er öffnete ein Kästchen aus Metall: Darin lag der *Timaios* in Vigesimoquart, in schwarzen Organza gebunden. Er blätterte in dem Buch, klappte es wieder zu, führte es an seine Lippen und küsste es. Dann legte er den kleinen Band in das Kästchen zurück, nahm Kettenfett aus einem Eimer und strich es sorgfältig über alle Ritzen, um das Behältnis wasserdicht zu machen. Darauf steckte er das Kästchen in einen kleinen Ledersack mit vier Riemen, den er sich auf den Rücken schnallte, die Riemen über Kreuz. Darüber zog er Hemd und Weste.

6

Andrea beugte sich über die Bordwand der Brigantine, ergriff mit einem Kameraden das Netz aus Schiffstauen und holte die letzte, mit Wasser gefüllte Inghistera an Bord. Sie verstauten die Flasche im feuchten Ballastsand im Heck und schlossen die Wegerung wieder mit Brettern. Drei Männer standen noch im flachen Wasser und rieben sich den Dreck mit Bimsstein von der Haut. Der Wind roch nach feuchter, von der Sonne gewärmter Erde, der Dunst über dem Sumpf verflog und öffnete den Vorhang zu einem Tag, der eher sommerlich als herbstlich zu werden versprach. Es war eine jener flüchtigen Pausen, die die Südstürme gewähren. Ein solcher Windstoß süßlicher Luft trug den Lärm heran. Andrea hörte ihn. Der Kapitän hörte ihn und sprang auf das Dach des Deckshauses. Die Männer hörten ihn und schauten sich um. Es schienen Trommeln zu sein, Tausende von Trommeln, alle zu einem einzigen Wirbel vereint. Der Lärm schwoll an, brachte die Luft zum Vibrieren und nahm eine bestimmte Richtung. Auf seinem Beobachtungsposten wandte der Kapitän sich nach Osten, wo ein dichter Schwarm Störche aufgeflogen war. Dort hinten, auf dem fruchtbaren Schwemmland, das der Fluss gebildet hatte, entdeckte er sie, weniger als eine Meile entfernt: eine dunkle Reihe aus galoppierenden Reitern, die sich auf der Ebene über mindestens zwei Meilen Breite erstreckte und fast bis zum linken Ufer des Acheloos reichte.

»Die Türken!«, schrie der Offizier, vom Deckshaus springend. »Die Türken! Schnell weg! Weg von hier!«

Augenblicklich begann auf beiden Brigantinen ein hektisches Treiben. Die Männer sprangen wild durcheinander, als hätten sie glühende Kohlen unter den Füßen. Wer nackt war, blieb nackt. Wer gerade aß, warf alles weg. Zu viert sprangen sie über die Ruderbänke und warfen sich am Bug auf das Ankertau, um es stolpernd und fluchend hochzuziehen. Acht Ruderer der Heckmannschaft, darunter auch Andrea, stießen die Riemen ins Wasser und begannen zu rudern, um denen zu helfen, die noch den Anker lichteten. Andere griffen nach den Arkebusen, die der Steuermann vor der Kabine herausgab. In diesem scheinbaren Chaos, das sich in Wirklichkeit strenger, vielfach erprobter Ausbildung verdankte, verharrten nur die drei Männer verwirrt im Fluss.

»Beeilt euch, um Gottes willen!«, brüllte der Kapitän.

Als sie erkannten, dass das Schiff ablegte, stürzten sie sich ins hoch aufspritzende Wasser und beeilten sich schwimmend oder laufend die Brigantine zu erreichen. Sie ergriffen das Tau und hievten sich an Bord.

Zum Dröhnen der Pferdehufe gesellten sich jetzt die durchdringenden, gellenden Schreie der Reiter.

Entschlossen lenkte der Ruderführer das Schiff auf die Mitte des Flusses zu, fast bis zum rechten Ufer, möglichst weit von den türkischen Reitern entfernt. Beide Mannschaften ruderten mit voller Kraft. Vier Männer bereiteten die Arkebusen vor und postierten sich am Bug, wo der Kapitän stand, der den Ruderführer über die Untiefen des Acheloos lenkte.

Die Schiffe fuhren mit dreißig Ruderschlägen pro Minute, einer Geschwindigkeit von acht Knoten, die zusammen mit der Strömung zehn Knoten ergab. Doch die Pferde galoppierten viermal so schnell und waren schon sehr nah. Andrea, der wie seine Kameraden sitzend, mit dem Rücken zum Bug ruderte, konnte die Reiter genau erkennen. Es waren Sipahi, sie trugen weite rote Hosen, die im Gegenwind flatterten, grüne Langhemden, einen länglichen Helm und an der linken Hüfte eine Pike mit der Oriflamme. Sie ritten ohne Zaumzeug, denn sie hielten ihre knöchernen Bogen in den Händen. Bis zur Flussmündung war es noch eine Viertelmeile. Die Besatzung musste sich auf den Pfeilregen vorbereiten. Und dagegen gab es nur ein Mittel: Der Kapitän gab Order, alle Ruder einzuziehen, nur vier Männer am Heck, darunter Andrea, sollten weiterrudern. Dann befahl er jedem Mann, ein Brett aus der Wegerung zu nehmen und sich bereitzuhalten. Er selbst bewaffnete sich mit dem Deckel der Bugluke. Unter ohrenbetäubendem Geschrei galoppierten die Reiter am Ufer entlang, ohne anzuhalten und ohne Pfeile abzuschießen.

»Auf meinen Befehl!«, sagte der Kapitän, den Blick auf die Türken gerichtet, die sich jetzt mit ihren Pferden am Ufer aufreihten. Es mochten fünfhundert sein. Er sah sie zu den Pfeilen greifen und ihre Kurzbögen mit den zurückgebogenen Enden spannen.

»In Deckung!«, schrie er, und alle Ruderer hoben wie ein Mann die Bretter, als wären es Schilde, während Andrea und sein Rudergefährte in die Kabine stürzten und die anderen beiden Ruderer sich unter den Bänken verkrochen.

Die Luft erfüllte sich mit einem Sausen. Kurz darauf bohrten sich unzählige Pfeile in das Boot, es klang wie Knüppelschläge. Ein paar Männer schrien, sie waren getroffen. Die Pfeile drangen eine halbe Handbreit in die Planken und ließen Holzsplitter auffliegen, die linke Bordwand und die Aufbauten spickten sich mit Pfeilen wie Igelstacheln. Eine zweite Ladung folgte, dann eine dritte. Dies war der Moment, um zurückzuschlagen.

»Feuer!«, befahl der Kapitän, und die vier Schützen eröffneten das Feuer, gefolgt von denen des anderen Schiffs. Die feindliche Linie begann leicht zu schwanken, mehr wegen der scheuenden Pferde als wegen eines tatsächlichen Schadens. Auf diese Entfernung konnten die Arkebusenschüsse wenig ausrichten. Die Türken fingen an zu schreien und sie zu verspotten.

Die Mannschaften bereiteten sich auf einen neuerlichen Pfeilhagel vor. Sie warteten. Einige betend, andere fluchend. Doch die Türken hatten aufgehört zu schreien und sie zu verlachen. Eine Weile warteten sie noch, unter den Brettern kauernd. Dann reckte der Kapitän seinen Kopf und staunte: die Türken waren verschwunden. Er gab Befehl, die Verwundeten in die Kabine zu bringen und weiter zu rudern. So geschah es. Die Brigantinen nahmen Fahrt auf und steuerten aufs offene Meer zu. Als sie die Mündung erreicht hatten, sahen sie, dass die türkischen Reiter sich nach Süden hin auf dem Strand verteilten, während etwa dreißig Galeeren der Heiligen Liga ihren Bug langsam zwischen der Küste und den Inseln Koutsilaris und Oxia vorschoben, um die gefährliche Passage über die Untiefen zu nehmen. Auf offener See, hinter Oxia, schleppten ein paar Schiffe zwei große Galeassen.

»Sie reihen sich in Schlachtordnung auf!«, rief der Kapitän aus. »Das da vorne muss die türkische Flotte sein.« Er sah seine Männer an, und als hätte er ihre Gedanken erraten, fuhr er fort: »Männer, der Befehl von Querini lautete, nach Candia zurückzukehren. Aber ich frage euch: Wollt ihr kämpfen?«

Alle schwiegen.

Dann sagte jemand: »Viva San Marco.«

»Viva San Marco!«, antworteten viele.

7

Sie hatten auf den Matten gebetet, nach Süden gewandt. Als der Großadmiral Müezzinzade Ali Pascha, gefolgt von seinen beiden Söhnen, drei Offizieren und einem Signalgeber aus dem Achterkastell kam, verstummten alle Trommeln, Hörner und Pfeifen an Deck. Es blieb nur das Rauschen des Meeres, das vom Bug der *Sultana* geteilt wurde, das Pfeifen des Ostwinds in der Takelage und das Knattern von gut zwanzig Standarten und Flaggen. Ali, ein Gesicht wie aus Baumrinde, offener Blick, breiter Schnurrbart und gepflegter Backenbart, trug einen Turban mit großer Feder, einen langen, bestickten Überrock, in der Taille mit einem Stoffgürtel gebunden, und Metallpanzer zum Schutz der Schultern und Arme. Langsam schritt er den ganzen Mittelsteg ab, dabei sprach er mit wohltönender, gebieterischer Stimme zu seinen Männern. Im Namen und mit Hilfe Gottes verlangte er Ruhmestaten und Opfer von seinen Janitscharen und Sipahi, während er den christlichen Sklaven die Freiheit versprach und sie an die Gunst erinnerte, die er ihnen stets erwiesen hatte. Die Männer verbeugten sich, küssten sein Gewand und riefen Gott den Allmächtigen an.

Am Bug angelangt, stieg er auf die Enterbrücke und legte die Hände auf die Brüstung. Vor sich hatte er den Rammsporn der Galeere, das Meer und die feindliche Armada. Er blickte zum Archipel der Curzolaren. Hinter der Insel Oxia sah man viele Schiffsmasten aufragen. Kein Zweifel: Die Christen brachten sich auf einer Frontlinie von mindestens vier Meilen in Stellung zur Schlacht. Sie waren viele. Er dachte an seine Gemahlin, an die zärtlichen Küsse, mit denen sie sich getrennt hatten, an ihren Duft, an die Tränen. Er bangte um seine Söhne: Mahmut war noch nicht vierzehn, Ahmed fast siebzehn. Es war ein großer Fehler gewesen, sie mitzunehmen. Er bereute, dass er es getan hatte.

Die Sorge ergriff Besitz von ihm. Er wusste, dass dann die Angst folgen würde. Und sie war das schlimmste Übel für einen *kapudan paşa*, einen Großadmiral. Er dachte daran, dass die türkischen Galeeren noch immer gegen die Christen gewonnen hatten, vor und nach der großen Schlacht bei Preveza im Jahr 1538. Der Gedanke tröstete ihn ganz und gar nicht, seither waren viele, zu viele Jahre vergangen. Er dachte, dass er sich in dieses Unternehmen gestürzt hatte, weil der Sieg ihm gewiss war. Man musste genauer auf den Großwesir Sokollu Mehmet Pascha hören. Sultan Selim war zu arrogant, zu hochmütig. Und diesen Lärm von Trommeln, diese Musik, die Schreie und das Tanzen auf seinen Schiffen, das alles ertrug er nicht. Er überlegte, dass er Stille befehlen würde, und wandte sich an seinen Signalgeber. Der junge Mann sah ihn hoffnungsvoll an. Er wollte ihn nicht enttäuschen.

»Gib Signal«, sagte er. »Halbmondanordnung, die Spitzen eine Meile voraus.«

Der Signalgeber verbeugte sich, dann drehte er die kleinen Spiegel zu den fünfundfünfzig Galeeren unter dem Kommando von Mehmet Schirokko auf der Rechten und begann, mit Hilfe der Sonnenreflexe Zeichen zu geben. Nach kurzer Zeit blitzten über die ganze Linie hinweg bis zu den letzten Schiffen die Ant-

wortlichter auf. Das Gleiche wiederholte sich auf der linken Seite mit den siebenundsechzig Galeeren von Uludsch Ali.

Auch wurde, um die neue Aufstellung zu unterstützen, den einundneunzig Galeeren in der Mitte Befehl gegeben, die Ruder einzuziehen und nur mit wenigen Segeln höchstens drei Knoten zu fahren. Denselben Befehl bekam die Nachhut unter Murat Dragut mit seinen acht Galeeren, fünf Galeotten und achtzehn Fusten. Sodann ließ der Großadmiral den vierzig Fregatten signalisieren, in Richtung Küste und den Untiefen des Acheloos zu rudern. In dieser Anordnung fuhr die Flotte über eine Breite von fast sechs Meilen voran.

Er richtete den Blick wieder auf die Gegner. Zwischen den schmaleren Galeeren, die aus dieser Entfernung fast mit der Wasseroberfläche zu verschmelzen schienen, gab es eine Handvoll sehr viel beeindruckenderer Schiffe: die großen Handelsgaleeren, von denen ihm seine Kundschafter berichtet hatten und die im Arsenale für den Kampf ausgerüstet worden waren. Er erinnerte sich, dass diese Schiffe vor zwei Jahren, im September 1569, als die Pulverkammern explodiert waren, schon in den Werften gelegen hatten. Die Venezianer hatten dafür sogar sechs neue Werften gebaut. Als er sie jetzt eine Meile oder weniger vor dem Rest der Flotte fahren sah, versuchte er zu verstehen, warum diese Schiffe dort waren. Denn die in Igoumenitsa eingeholten Informationen hatten den Berichten seiner Spione nichts Neues hinzugefügt, außer dass diese Galeeren drei Kanonen am Bug und ebenso viele am Heck besaßen. Wenn es sich aber um Lastschiffe mit Soldaten, Waffen und Material handelte, warum wurden sie dann vorausgeschickt? Ein gutgezielter Schuss direkt über der Wasserlinie hätte genügt, um sie zu versenken, ein aufs Deck geworfener Brandtopf mit griechischem Feuer hätte sie in Flammen aufgehen lassen. Ihm kam der Gedanke, dass diese schweren Galeeren womöglich weit mehr Kanonen enthielten, als sie dachten, dass sie schwimmende Festungen waren, wie jene einsamen, mächtigen Bollwerke, die zum Schutz eines Tals, einer

Bucht, einer Hafeneinfahrt errichtet werden. Und er hätte wer weiß was gegeben, um sich in eine Möwe zu verwandeln und diese Schiffe im Flug zu erkunden.

Der Großadmiral hielt den Moment für gekommen, jene Röhre auszuprobieren, die der Sultan persönlich ihm anvertraut hatte. Er machte einem seiner drei Offiziere ein Zeichen, und Hassan Agà Veneziano im grünen Kaftan, roten Hosen und Gürtel, mit hellem Turban und einem Lederpanzer, eilte mit einem rechteckigen, länglichen Holzkästchen herbei. Er öffnete es und überreichte es dem Admiral mit einer Verbeugung. Es enthielt zwei Röhren, die eine etwa eine Spanne lang und drei Finger im Durchmesser, die andere eine halbe Spanne lang, mit etwas kleinerem Durchmesser. Ali nahm die beiden Röhren aus dem Behältnis und betrachtete sie, unschlüssig, was er damit anfangen sollte.

»Mach du!«, gebot er entschlossen und reichte seinem Sohn Ahmed die Röhren.

»Ja, Vater!«

Vorsichtig steckte der Junge eine Röhre in die andere, führte ein Ende an sein rechtes Auge und richtete das Rohr auf die feindlichen Galeeren. Zufrieden gab er es dem Vater zurück. Recht unsicher hielt der Großadmiral es in einer Hand und führte es ebenfalls ans Auge. Doch in diesem Rohr sah man nichts als wirr umherschwankende dunkle Flecken.

»Und wo ist da der große Zauber?«, rief er zornig aus. »Das ist, als würde man die Welt durch Wasser sehen!«

Stille.

»Ihr müsst eine Röhre in der anderen drehen, Vater, ganz langsam, versucht es einmal«, forderte Ahmed ihn geduldig auf.

Zunehmend misstrauisch setzte Ali das Rohr wieder an sein Auge, spähte konzentriert hindurch und begann es zu drehen. Die Flecken schienen heller zu werden und nahmen die vage Form von Schiffen an. Er drehte weiter, sah zwei große Galeeren. Ihre Größe erstaunte ihn. Er schaute mit bloßem Auge

hin. Eine Täuschung: Dort hinten waren sie, aber klein. Wieder blickte er durch das Rohr, doch außer der Schiffsform und einer undeutlichen Bewegung von Rudern konnte er nichts entdecken. Missmutig gab er seinem Sohn das Instrument zurück.

»Meinen eigenen Augen vertraue ich mehr«, sagte er ärgerlich, »als diesem Spielzeug, das zu nichts anderem taugt, als das Volk auf dem Bazar zu betrügen! Dieser Jude Nassì ist ein gerissener Bursche, wir verlieren nur Zeit mit seinen Wunderversprechen!« Er wandte sich an Hassan Agà und die anderen beiden Offiziere: »Bereitet das Schiff zum Kampf vor, damit Gott uns hilft und uns den Sieg schenkt!« Nach diesen Worten beobachtete er wieder das Meer und die langsam am Horizont sich ausbreitenden Schiffe.

8

Der Südwind kam günstig, zwei Strich von achtern, und drehte die Flaggen und Standarten um ihre Masten und Stangen. Ein Lärmen erhob sich unter den Mannschaften der Heiligen Liga, die bis jetzt still gerudert hatten. Viele der Männer, die nicht am Ruder saßen, knieten nieder, bekreuzigten sich und hoben die Augen, um Gott zu danken, der bis zu diesem Moment stumm geblieben war. Denn dieser Wind über dem Meer ergriff die türkischen Schiffe und drehte in die Gegenrichtung. Die Segel wurden gerafft.

Auf den Kastellen der christlichen Schiffe begann ein heftiges Signalfeuer mit Spiegeln, eine Kette aus Lichtblitzen, die in der Mitte der Schlachtreihe, am Heck der *Reale* von Don Juan begann. Auf dieser Galeere wehte, in großer Höhe auf der Raaleik angebracht, eine grüne Flagge. Von hier aus setzten die Blitze sich bis zu den äußersten Enden der Reihe fort und erfassten auch die Vorhut aus den großen Galeeren und die Nachhut unter dem Kommando des Marqués de Santa Cruz. Als die Lichtsignale aufhörten, wurden die Segel gehisst, damit die Männer sich ausruhen konnten. Nur wenige Ruderer unterstützten die Fahrt, um die Galeeren stabil zu halten.

Von der *Capitana di Venezia* aus ließ der Provveditore Marco Querini zwei Taue zur *Donna Velata* und der *Albero dai Frutti d'Oro* hinüberwerfen, und die Männer an den Spillen fingen sie auf. Der Wind von achtern erleichterte das bereits zweimal vergeblich versuchte Manöver, die Verletzten auf die *Capitana* zu bringen und Waffen auf die beiden Brigantinen zu laden. Die wie stachelige Igel mit Pfeilen gespickten Schiffe wurden längsseits bis zu den Seitengalerien am Heck getreidelt, wo sich Treppen befanden, auf denen die Verletzten an Bord der Galeere gebracht werden konnten. Dann bildeten die Männer eine Kette, und in der Gegenrichtung wurden, von Querini großzügig ausgeteilt, Brustpanzer, Schilde, Helme, Piken, Schwerter, Musketen, Zündschnüre und Säcke mit Schießpulver und Blei auf die Brigantinen weitergereicht. Der Kaplan verteilte Kruzifixe und zwei kostbare, vom Papst gesegnete Rosenkränze. Er verlas die Bulle, mit der Papst Pius V. allen, die in der Schlacht sterben würden, einen vollständigen Sündenerlass gewährte, und segnete die Mannschaften. Querini dankte ihnen, er sei stolz über die Entscheidung, die sie getroffen hatten. Den jeweiligen Kapitänen befahl er, in der Nachhut zu warten und sich zum Kampf in den Untiefen vor der Küste und an der Mündung des Acheloos bereitzuhalten, wo man einen Durchbruch des Feindes befürchtete. Die Taue wurden losgelassen, die Brigantinen entfernten sich vom Heck der *Capitana* und ruderten zur angeordneten Position.

Andrea hatte einen Helm aufgesetzt, wie seine Kameraden, er trug das Kurzschwert und hielt Schild und Brustpanzer an seiner Seite bereit. Die Mannschaften ruderten in kurzen Schichten, um nicht zu ermüden, und als die Ruder eingezogen wurden, konnten Andrea und seine Männer sich umsehen. In der Ferne ertönte ein Kanonenschuss. Sie spähten zur türkischen

Flotte, aus deren Mitte die Rauchwolke des Schusses sich erhoben hatte, und warteten darauf, dass die Kugel pfeifend die Luft durchschnitt, suchten mit Blicken nach der Wassersäule beim Aufprall, warteten auf die Schreie der getroffenen Mannschaft. Nichts geschah.

»Sie schießen Salven vom türkischen Flaggschiff!«, rief der Kapitän, der von seiner erhöhten Position aus die mittlerweile vollständige Aufstellung der Flotten überblicken konnte. Er beobachtete, wie der rechte Flügel der Türken schnell voranruderte, die anderen Galeeren überholte und der Flotte den Umriss eines Krummsäbels verlieh.

Es gab einen zweiten, stärkeren Knall aus der Mitte der christlichen Schlachtreihe. Don Juan antwortete auf den ersten Schuss, und jetzt war das Sirren der Kugel deutlich zu hören, und eine Wassersäule erhob sich über der blauen Fläche zwischen den beiden Flotten. Dann folgte die Rauchwolke, stieg, vom Wind getrieben, in die Höhe und färbte die Luft weiß.

Andrea sah, dass sein Rudergefährte sich über die Bordwand gebeugt übergab.

»*Mater Christi, ora pro nobis*«, murmelte jemand. »*Mater divinae gratiae, ora pro nobis …*«, fiel ein anderer ein. »*Mater purissima, ora pro nobis*«, beteten sie gemeinsam.

Andrea holte die kleine Packung Blei und Schießpulver aus dem Säckchen und versuchte mit zitternden Fingern, sie in den Lauf der Muskete zu stecken. Endlich gelang es ihm, und er stopfte nach. Er legte die Waffe auf die Wegerung.

»*Mater Salvatoris, ora pro nobis.*«

Die türkische Kanone donnerte. Die *Real* von Don Juan antwortete mit Kugeln. Dieses Mal war der stechende Salpetergeruch deutlich wahrzunehmen. Ein erneutes Signalgewitter mit Spiegeln setzte ein, die Galeeren am linken Flügel der Liga unter dem Kommando von Agostino Barbarigo beschleunigten den Rhythmus ihrer Ruder und verteilten sich bis zur Küste, um den Türken diesen Weg übers Meer zu versperren.

»Heckruderer, bereithalten!«, rief der Kapitän.

Jeder setzte flüsternd das Gebet fort. Andrea ergriff das Ruder, löste den Haltering und gab, als die Glocke erklang, den Takt vor, in dem sie zu rudern begannen. Die *Donna Velata* gewann an Fahrt, bald war sie Barbarigos Galeeren um drei Schiffslängen voraus. Andreas Angst verflog bei diesem energischen Rudern in Richtung Feind, dessen unaufhörliches Trommelwirbeln, Hörnerklang und Geschrei man zwischen dem Klatschen des aufgewühlten Wassers nun deutlicher unterscheiden konnte. Es erstaunte Andrea selbst, dass diese Fahrt in eine wirkliche, unvermeidliche Schlacht ihn von allem Kummer befreite, statt ihn zu erschrecken. Schon einmal hatte er dieses widersinnige Gefühl des Friedens und der Erleichterung verspürt, als er während eines Einsatzes in Zypern im vergangenen Winter unter dem Kommando von Marco Querini gekämpft hatte. Mit einer bescheidenen Flotte aus zwölf leichten Galeeren und vier Handelsschiffen voller Waffen, Lebensmittelvorräte und Soldaten, die in Candia in See gestochen war, hatte der Provveditore die türkische Belagerung von Famagosta durchbrechen und der Festung Nachschub liefern können. Schon wenige Monate später, am 20. Juni, hatte sich diese Erfahrung wiederholt, als Müezzinzade Ali Candia angegriffen und Querini die Stadt mutig verteidigt hatte.

Man hörte ein lautes Geräusch, es waren die Rahen der dreiundfünfzig Galeeren des linken Flügels, die an den Masten herabglitten. Rasch wurden die Segel zusammengelegt. Andrea wechselte einen Blick mit seinem Kameraden. »Nun geht es los«, sagte er und sah, dass auch in den Augen des anderen ein neues Licht, eine wiedergefundene Hoffnung aufleuchtete.

Unmittelbar darauf begann das Inferno, als eine der beiden Fünfzigpfund-Kolubrinen am Bug der Galeasse *Duoda* donnernde Schüsse abgab. Ihr folgten die beiden Galeassen von Ambrogio und Antonio Bragadin, die eine Drittelmeile vor dem linken Flügel lagen und mit ihren vier Kolubrinen am Bug das

Feuer eröffneten. Das Pfeifen der Geschosse und ihr Aufschlag auf das Holz der Galeeren von Mehmet Schirokko und Caur Ali erfüllten die Luft.

Vom Achterkastell der *Sultana* aus sah Müezzinzade Ali Pascha das Feuer zwischen seinen Schiffen auflodern und Masten brechen, während die Linie auf der rechten Seite sich krümmte, sich auflöste und zu einem wirren Haufen Hölzer wurde. In den Rauchwolken der ersten Schüsse sah er, wie die beiden großen Galeassen ein wenig steuerbord drehten und von der linken Flanke eine rasche Folge weißer Wolken abgaben. Einen Augenblick später hörte er den Donner der Schüsse und sah mehrere seiner Schiffe in Richtung Küste drehen, um die Christen in die Zange zu nehmen. Sie schlingerten stark, die Masten tauchten fast ins Wasser. Es gab eine Explosion, ein Feuerwerk, das Bahnen aus Rauch und Licht in den Himmel schleuderte. Dann kam ein heißer Wind an, glühende Materie, der ungeheure Knall einer explodierenden Pulverkammer auf einer Galeere. Alles was er sich über die Galeassen gedacht hatte, die der Feind als Vorhut einsetzte, war nichts im Vergleich zu dem, was er nun sah. Es übertraf seine schlimmsten Vorahnungen, und während das Leichentuch aus den Rauchwolken der Artillerie und der Brände sich über die Inseln legte, erkannte er, dass er, wenn er siegen wollte, die Entfernungen verringern, an den Kanonen der großen Galeeren vorbeifahren und die Christenschiffe entern musste, um sie zu einem Kampf Mann gegen Mann zu zwingen. Also begann er, schreiend Befehle zu geben, die seine Offiziere wiederholten. Der Rudertakt wurde hektisch, Ali starrte auf die *Reale* von Don Juan, die er wenige Meilen entfernt vor dem Bug hatte, und befahl seinen Steuermännern, direkt auf sie zuzuhalten.

Die *Santa Maddalena* von Marino Contarini hatte sich einen Weg gebahnt, indem sie aus allen Bugkanonen Feuer auf die

Galeeren von Mehmet Schirokko spuckte, doch dann war sie gerammt worden. Im Käfig auf dem Großmast kauernd, das Gesicht in den Händen, zitterte Granzo am ganzen Leib und schrie das Avemaria, damit der Himmel ihn hörte. Siebzig Fuß unter ihm erinnerte das Deck der *Maddalena* an den alten Schlachthof im Rialto, wo Rinder und Kälber geviertelt wurden und der Backsteinboden sich mit Blut tränkte. Nachdem sie das Deck mit Kanonenschüssen aus nächster Nähe, unaufhörlichem Pfeilhagel ihrer Bogenschützen und dem Abwerfen von mindestens zehn Brandtöpfen leergefegt hatten, waren zwei türkische Galeeren an die Flanken von Contarinis Schiff herangefahren. Zweihundert Janitscharen, erfahrene Kämpfer mit dem Kurzschwert, waren an Bord geströmt und auf ebenso viele Venezianer gestoßen: die Fanti unter dem Kommando von Paolo Orsini, die Matrosen und die Ruderer von Marino Contarini. Das Gemetzel hatte begonnen.

Sebastiano Venier hatte seine Rüstung angelegt. Als er sah, dass die von sechs Galeeren geschützte *Sultana* das höllische Sperrfeuer der Galeassen *Duoda* und *Guora* durchbrochen hatte und direkt auf sie zukam, gab er Befehl, die Ruder einzuziehen, die Christen unter den Galeerensträflingen zu befreien und Piken, Schwerter und Messer an sie zu verteilen. Dann versuchte er, seine Armbrust zu laden, doch für einen Fünfundsiebzigjährigen war das ein mühsames Unterfangen. Also rief er Bernardo, den Besten seiner Sträflinge, der drei Jahre am Ruder verbüßte. Der Arsenalotto spannte die Armbrust ohne Mühen, er musste nicht einmal die Winde benutzen. Der Capitano Generale da Mar der venezianischen Flotte befahl Bernardo, neben ihm auf dem Achterdeck zu bleiben, eine Kiste mit Pfeilen stand griffbereit, um zwei weitere Armbruste zu laden.

In der Bugmannschaft der *General de Venetia* konnte sich Angelo Riccio unterdessen endlich am Fußgelenk kratzen, nachdem der Kettenring abgenommen war. Seit seinem letzten

Fluchtversuch hatte er das nicht mehr gekonnt. Zwei Gruppen Matrosen gingen über den Steg und verteilten Waffen an die Galeerensträflinge. Riccio hatte plötzlich ein blitzendes Schwert mit eiserner Klinge in der Hand.

In diesem Moment eröffnete die Stegkanone das Feuer und wurde vom Rückstoß fast bis zum Fockmast zurückgeworfen. Alles verschwand im dichten, weißen Rauch.

Bepo Rosso schwor sich, dass er am Leben bleiben würde. Den Schwur tat er, als der Befehl des Marqués de Santa Cruz kam, dass die *Sole* sich im Verein mit der *Santa Maddalena*, der *Santa Caterina* und der *Nostra Dama* von der Reserve trennen und so schnell wie möglich zur Mündung des Acheloos rudern sollte, um Agostino Barbarigos *Patrona di Venezia* zu Hilfe zu kommen. Bis zum letzten Moment hatte Rosso gehofft, dass die *Sole* in der mittleren Schlachtreihe genau zwischen den Schiffen von Venier, Don Juan und Colonna bleiben würde. Denn eines hatte er sofort erkannt: Die *Sultana* von Müezzinzade Ali steuerte direkt auf die *Real* von Don Juan zu, und wenn sie aufeinandertrafen, würden sich alle Schiffe im mittleren Geschwader so ineinander verkeilen, dass sie eine Insel bildeten, über die er bis zur *Sultana* gelangen konnte. Dort wollte er seinen Sohn Giorgio befreien oder ihn wenigstens beschützen, ihm das Leben retten oder sich sogar selbst von den Türken gefangen nehmen lassen, um das Schicksal seines Sohnes zu teilen. Auch darum hatte er das Buch mitgenommen, diesen *Timaios*. Wenn der Türke schon einmal bereit gewesen war, das Leben seines Sohnes gegen dieses winzige Buch einzutauschen, warum sollte er es nicht immer noch sein? Und wenn das mit dem Buch nicht klappte, überlegte er, gab es immer noch ihn selbst, den Werkmeister des Arsenale, als ausgezeichnetes Lösegeld.

Jetzt aber, wo sie sich mindestens anderthalb Meilen vom Zentrum der Schlachtreihe entfernten, wurde alles viel schwieriger. Nachdem die Galeassen des rechten Flügels unter Giovanni Andrea Doria das Feuer eröffnet hatten, gut zwanzig Galeeren lichterloh brannten und der Rest der christlichen und türkischen Artillerie damit beschäftigt war, sich gegenseitig zu versenken, wurde das Meer in Rauch gehüllt, dicht wie die ärgsten Lagunennebel. Bepo Rosso stand auf der Rambate an der Geschützpforte, das Visier seines Helms war geschlossen, die Brust mit Kettenhemd und Panzer geschützt, er trug Leinenschuhe, um auf den eingefetteten Deckplanken Halt zu finden, und hielt zwei geladene Arkebusen mit kurzem Lauf in den Händen. Sein Blick ging in Richtung der Wand aus Schreien und Schüssen, die der entsetzliche Schlachtlärm von fünfhundert Schiffen, hundertfünfzigtausend Mann und zweitausend Kanonen aufgerichtet hatte. Hinter ihm standen mit schussbereiten Waffen seine Fanti.

Ich muss am Leben bleiben, dachte er. Einen Augenblick später sah er die Flammen. Die Bordwand der Galeere. Ruder, die sich hoben, zerbrachen, den Rammsporn der *Sole*, der über das feindliche Deck ragte. Er sah die Sipahi, die ihre Bögen auf ihn anlegten. Mit der Arkebuse in seiner Rechten feuerte er zurück und schwang sich gleichzeitig auf den Rammsporn. Vor ihm einer der Sipahi, der das Krummschwert hob. Rossi schoss ihm mit seiner zweiten Arkebuse aus nächster Nähe in den Kopf, der zerplatzte. Entschlossen sprang er auf das feindliche Schiff, ließ die Arkebusen fallen und zog das Schwert.

Er war der Erste und kam dank der Rauchwolken und des Überraschungsmoments davon, doch hinter ihm auf der Enterbrücke begannen Janitscharen und Sipahi, seine Fanti abzuschlachten.

Der Kapitän der *Donna Velata* sah drei türkische Fregatten aus der Rauchwand vor der Küste kommen. Die mit Männern beladenen Schiffe hatten dank ihres flachen Kiels die Untiefe passiert und steuerten auf Barbarigos *Patrona* zu, die bereits von zwei türkischen Galeeren angegriffen wurde, versuchten sie vom Heck her einzukreisen und zu rammen. Er musste sie aufhalten, denn wenn das Manöver gelang und die Türken dieses Schiff enterten, würde sich auf dem linken christlichen Flügel eine riesige Lücke auftun, ein Korridor, durch den die fünfzig Galeeren Schirokkos die mittlere Schlachtreihe umzingeln und angreifen konnten, und das würde die Niederlage der Liga bedeuten. Der Kapitän wechselte rasche Signale mit der anderen Brigantine und befahl seinen Ruderern, den Takt zu beschleunigen, und dem Mann am Steuer, Kurs auf die türkischen Fregatten zu nehmen.

Rasch passten Andrea und seine Männer sich dem neuen Rhythmus an. Andrea blickte zur Küste: Auf dem linken Ufer des Acheloos hatten sich die Reiter der Sipahi in einer mindestens zwei Meilen langen, bis zu den Klippen im Osten reichenden, ununterbrochenen Reihe aufgestellt und schossen dichte Pfeilwolken auf die christlichen Schiffe, die ihnen zu nahe kamen. Die Brigantine lag knapp außerhalb der Reichweite der Pfeile, doch von Zeit zu Zeit konnten die stärksten Schützen einen Pfeil bis wenige Fuß vor das Schiff schießen. Man hörte sein trockenes Surren, wenn er sich in das Wasser bohrte, dann tauchte er wieder auf und schwamm an der Oberfläche. Das Meer war mit Pfeilen übersät.

Der Kapitän sah die türkischen Fregatten nach steuerbord wenden und ihren Bug auf die Brigantinen richten. Sie nahmen die Aufforderung zu Kampf an. Dreihundert Schritt fehlten bis zum Zusammenstoß, er sagte es seinen Männern, die mit dem Rücken zum Feind ruderten. Er fragte, ob jemand den Brustpanzer anlegen wollte. Doch keiner wollte ihn, lieber starb man durch einen Pfeil, als vom Gewicht der halben Rüstung auf den Meeresgrund gezogen zu werden. Die beiden ersten Ruderer erhielten jedoch den Befehl, die Ruder einzuziehen, ihre Schilde zu nehmen und die Musketen zum Schuss bereitzuhalten. Die andere Brigantine erhielt dieselben Befehle.

Das befreiende Gefühl, das Andrea verspürt hatte, wurde zur

Lust auf den Kampf, auf die körperliche Überwindung des Feindes, als wären diese Türken eine hohe, unüberwindliche Mauer, eine Kette, die ihn fesselte und zurückhielt. In seinem ganzen Leben hatte er noch nie jemanden gehasst, jetzt überkam ihn das heftige Verlangen, zu töten.

»Noch hundert Schritt! Denkt daran, was diese Hunde in Famagosta getan haben! Rächen wir Bragadin!«, schrie der Kapitän. Gleich darauf bohrte sich ein Pfeil zwei Spannen vor seinem Gesicht in die Schottwand der Kabine. Der Mann hob den Schild aus Metall, der glänzte wie ein Spiegel, und die Sonnenreflexe bildeten einen blendend hellen Lichtkreis.

»Viva San Marco! Bugmannschaft, Ruder einziehen, Musketen anlegen!«, schrie er. Dann griff er zu seinem Gewehr: »Ihr feuert auf mein Kommando! Wir entern! Möge Gott uns helfen!«

Andrea wusste genau, was nun geschehen würde. Sie hatten sich gründlich auf diesen Augenblick vorbereitet. Der Rest lag wirklich in den Händen der göttlichen Vorsehung oder des Schicksals.

»Feuer!«, schrie der Kapitän, als schon mehrere Pfeile auf seinen Schild trafen und daran abprallten. Ein trockener Schuss, Rauch, der Geruch von Schießpulver. »Feuer!«, rief er noch einmal.

Die Schiffsrümpfe stießen gegeneinander. Die Flanken der Schiffe streiften sich, Ruder und Dollen zerbrachen. Die Schreie der Männer vereinigten sich zu einem einzigen Gebrüll, in dem die Reihen sich aufeinander stürzten. Fast gleichzeitig flogen die Anker beider Schiffe durch die Luft und fesselten sie aneinander, indem sie sich in Körpern und Holzbauten verhakten. Alles Gelernte wurde zunichte, denn von diesem Moment an war das Überleben nur noch eine Frage von Instinkt, Kraft, Mut und sehr viel Glück.

Im selben Augenblick, als Andrea das Ruder losließ, um die Muskete aufzuheben, sauste ein Pfeil dicht an ihm vorbei, sein Kamerad wurde durchbohrt und fiel tot zu Boden. Der Kapitän, der auf der Bordwand ausgerutscht war, erhielt, während er zwischen die Schiffe fiel, einen Säbelhieb in die Seite und verschwand im Wasser. Der Rest bestand aus wirrem Drauflosschlagen, erhobenen Klingen und Ertrinkenden. Die dritte türkische Fregatte bohrte ihren Bug mitten in die Flanke der Brigantine und spaltete die Bordwand fast bis zur Wasserlinie. Als Andrea einen Bogenschützen sah, der auf ihn zielte, hob er den Schild und drückte auf den Abzug seiner Muskete. Einen Augenblick lang geschah nichts, dann ertönte der Knall, und der Mann drehte sich im Fallen um sich selbst. Zeit zum Nachladen gab es nicht. Wieder sah Andrea einen Janitscharen, der mit seiner Arkebuse auf ihn anlegte. Er warf sich zur Seite. Ein Schuss, in der Bootswand öffnete sich ein Riss. Andrea fiel auf die Planken neben seinen Kameraden, sah dessen Muskete, die glühende Zündschnur, ergriff die Waffe, drehte sich um sich selbst, und der Himmel wurde schwarz. Er hatte unwillkürlich geschossen. Der Sipahi fiel tot auf ihn. Er wälzte ihn zur Seite, zog sein Kurzschwert und hob den Schild. Zwei Atemzüge, die Zeit, die er brauchte, um die Stellungen zu erkennen, dann warf er sich mit gezückter Klinge ins Gewühl.

Das Kastell der *Santa Maddalena* brannte, ein fetter, beißender Rauch stieg auf, der den Kämpfenden den Atem nahm. Auf dem Mittelsteg widersetzte sich Bepo Rosso mit dem Schwert einem osmanischen Offizier mit drei Federn am weißen Turban. Beide waren müde, ihr Duell war zu einem rhythmischen Schlagabtausch aus Zustechen und Parieren geworden. Ringsumher war das Deck mit zerstückelten, reglosen Körpern übersät, und auf diesen ineinander verschlungenen Toten kämpften Türken und Venezianer Mann gegen Mann. Fausthiebe, Ohrfeigen, Nackenstöße, Bisse, Finger stießen in Augen, Haare und Hoden wurden ausgerissen. Ein Kampf der Leiber und Körpersäfte bis auf den letzten Atemzug.

Granzo oben in seinem Mastkorb hatte keine Gebete mehr,

aber er hatte einen Spalt im Boden entdeckt, durch den er den Kampf beobachten konnte, von dem auch sein Leben abhing. Was er zwischen den Rauchschwaden sehen konnte, war das Gewimmel der aufeinanderprallenden Körper, ein Schauspiel, das alles Grauen verloren hatte, weil es so sonderbar und unglaublich war, dass sein Verstand es nicht begriff. Das Bild, das dem, was er sah, am nächsten kam, war das eines halbverwesten Schweineschenkels, in dem es von weißen Würmern wimmelte, die sein Freund zum Angeln benutzte. Eben in diesem Gewimmel, diesem Übereinanderkriechen, glichen sich jetzt die Kämpfenden und die Würmer. Nach dem, was er sehen und verstehen konnte, hatte es sich auch auf anderen Schiffen ausgebreitet, und die *Santa Maddalena* bildete nunmehr den Mittelpunkt einer großen Insel aus mindestens zehn oder fünfzehn schmalen Galeeren der Venezianer und Türken, die ein unentwirrbares Schicksalsknäuel aus Hass, Blut und Erschöpfung zusammenhielt. Ein Gebilde, über das man gut bewaffnet mühelos hätte spazieren können, wie über ein Stück Festland.

Dank seiner Position in so großer Höhe hatte Granzo nach dem Weinen und Beten auch feststellen können, dass diese schwimmende Insel, vom Mittagswind getrieben, langsam in Richtung Küste abdriftete und der Kiel ihrer Galeere, wie er an den Vibrationen des Mastes erkannte, bereits über die Steine am Meeresgrund schleifte.

Der Mast begann noch stärker zu vibrieren. Granzo versuchte, auf der anderen Seite des Korbes nach unten zu spähen und sah durch die Ritzen des Weidengeflechts einen jungen venezianischen Fante, der die vom Mastkorb herabhängende Strickleiter ergriffen hatte und mit Fußtritten einen Türken abwehrte, der ihn mit dem Messer angriff. Sich an der Strickleiter in die Höhe hangelnd und schwankend, kletterte der Soldat nach oben. Bald würde er am Mastkorb angekommen sein, wo seine Flucht in die Vertikale ein Ende hätte.

Jede geometrische Ordnung der Schlachtreihen war gesprengt, und eine zweite Insel aus Schiffen hatte sich um die *Sultana* gebildet.

Der Großadmiral Müezzinzade Ali selbst hatte den Angriff geführt, die Ruderpinne ergriffen, um seinen Söhnen ein Beispiel zu geben, eine ewige Erinnerung zu hinterlassen und als Märtyrer zu sterben, wie er immer gehofft hatte. Zum letzten Mal betrachtete Ali, der große Seefahrer, die kostbare grüne Flagge mit dem achtundzwanzigtausendneunhundertmal in Gold gestickten Namen Allahs, die der Sultan Selim ihm anvertraut hatte, dann richtete er den Bug seines Flaggschiffs auf die *Generale di Venezia* von Sebastiano Venier. Weniger als eine halbe Schiffslänge fehlte, dann würden die Schiffe zusammenstoßen. Als er die venezianischen Bombardieri Feuer an die Zündlöcher ihrer Kolumbinen legen sah, riss er das Ruder mit aller Kraft backbord herum. Durch die Wucht des plötzlichen Wendemanövers neigte sich die *Sultana* nach rechts und ihre Bordwand tauchte einen Moment lang tief ins Wasser. Ali spürte, wie der Wind der Seitenfahrt ihm über den Rücken strich, doch er hielt das Steuerruder fest und konnte so mit dem Rammsporn den Vordersteven der *Reale* von Don Juan treffen, während sein eigenes Schiff achtern vom Bug der *Generale di Venezia* getroffen wurde. Diese nautische Geschicklichkeitsübung war die Aufforderung zum Kampf. Nun waren die mit Bögen bewaffneten Sipahi und die Janitscharen mit ihren Arkebusen an der Reihe, auf die sich vom Bug die sardischen Schützen und vom Heck die venezianischen Fanti da Mar stürzten. Veniers Schiff verwandelte sich in die vorderste Kampflinie.

Dies war der Moment, in dem Angelo Riccio, seiner Ketten ledig, beschloss, das Durcheinander aus Qualm und Lärm zu nutzen, denn er hatte durchaus nicht vor, sein Leben der tyrannischen Serenissima zu opfern. Bei ihm waren drei andere Galeerensträflinge, Matteo, ebenfalls aus Padua, und zwei Männer aus Brescia. Zusammen krochen sie unter den Ruderbänken bis zur Vorderluke, wo sie sich in der Segelkoje der *Generale* versteckten. Doch dort unten war der Kampf fast noch schwerer zu ertragen, denn zum Klatschen des aufgewühlten Wassers gesellten sich das Krachen berstenden Holzes und der Schlachtlärm. Schließlich ertrug einer der Brescianer es nicht länger und verließ das Versteck, gefolgt von seinem Landsmann, der ihn nicht alleinlassen wollte.

Überzeugt, dass dies die einzige Möglichkeit zum Überleben war, krochen Riccio und Matteo noch tiefer in den Kielraum hinein, hoben ein Brett an und rutschten in der Kälte und Dunkelheit der Bilge zwischen den Bleibarren des Ballasts durch zwei Spannen Salzwasser, das bei jedem Schlingern des Schiffs mitsamt Ratten und aufgeschreckten Kakerlaken nach rechts und links an die Bootswand schwappte. Irgendwann in dieser zeitlosen Spanne hörten die beiden ein gewaltiges Donnern über ihren Köpfen, aufgeregte Schritte von Menschen, die Kisten umkippten und verschoben. Dann begann eine Flüssigkeit durch die Planken zu tropfen, wurde zu Rinnsalen, und ein stechender Geruch nach Terpentinöl und Schwefel verbreitete sich im Kielraum.

»Griechisches Feuer«, murmelte Riccio fassungslos.

Von der Flüssigkeit durchtränkt, sprangen sie unter großem Getöse aus ihrem Versteck und stolperten durch den Kielraum. In der Segelkoje standen zwei Männer vor der Eisentür der Pulverkammer, anscheinend venezianische Fanti in roter Weste und blauen Hosen. Einer hielt einen Schlauch aus Ziegenhaut in der Hand, der andere umfasste eine Eisenstange, die noch zwischen dem Riegel und der Tür des Waffen- und Munitionslagers steckte. Die Männer blickten die beiden an, sagten etwas auf Türkisch und stürzten sich auf die Paduaner. Der Kampf begann.

Andreas Gesicht war blutüberströmt. Er schmeckte den süßlichen Geschmack, ohne zu begreifen, dass es sein Blut war. Er kämpfte am Heck der Brigantine, den Schild in der Linken, das

Kurzschwert in der Rechten. Vor ihm ein Sipahi, mager, nervös, blutjung. Er hielt ein Krummschwert in der einen, ein Messer in der anderen Hand. Fast alle ihre Kameraden waren tot, Türken wie Venezianer. Das Schwerste war, auf den Beinen zu bleiben, wegen des Blutes, auf dem man ausglitt, und der weichen, ineinander verschlungenen, übereinandergehäuften Körper, über die man stolperte. Ein Sturz bedeutete in dieser Situation den Tod. Andrea parierte mit dem Schild einen Schlag und führte instinktiv einen Flankenhieb. Der Türke, der sich für seinen Schlag vorgebeugt hatte, konnte nicht weit genug zurückweichen, und Andreas Schwerthieb traf ihn am Unterarm, knapp oberhalb des Handgelenks und trennte die Hand, die das Messer hielt, mit einem glatten Schnitt ab. Das Duell erstarrte im beiderseitigen Staunen. Entsetzt betrachtete der Junge seinen Armstumpf, aus dem das Blut hervorschoss, Andrea, mit erhobenem Schwert, konnte ihm vor Schreck keinen Gnadenstoß versetzen. Der Türke fiel vor seinen Füßen auf die Knie, ergriff seinen Unterarm, drückte ihn sich an die Brust, starrte Andrea an und flehte: »*Öldür beni! Öldür beni*!« Er wollte getötet werden.

Andrea verharrte, er war kurz davor, den Schlag auszuführen, schon beugte der Junge den Kopf. Es dauerte nur einen Augenblick. Dann riss Andrea seinen Gürtel aus der Hose, wickelte ihn um den Stumpf, zog ihn ein-, zweimal fest an. Er nahm ein Taschentuch, verband die Wunde. Der Junge beobachtete ihn verstört. Andrea packte ihn unter den Achseln und schleifte ihn in die Kabine der Brigantine. Auch dort gab es viel Blut und Tote.

»Bleib hier. Ich werde dir helfen«, sagte er in der Sprache des Türken. Der Junge rührte sich nicht. Andrea ging auf Deck zurück. Am Bug, hinter den Leichen, wurde noch immer mit Schwertern und Dolchen gekämpft. Auch auf der nahen Fregatte und der anderen Brigantine, die mit dem Bug quer zu ihnen lag, ging der Kampf weiter. Durch den Rauch sah man nicht weiter als zehn Schritt, doch so weit der Blick reichte, war das Meer ringsum dicht mit Toten, abgetrennten Körperteilen, Planken, Kisten, Flaschen, zerbrochenen Rudern, weißen Turbanen mit roter Spitze, Tauen und Lumpen bedeckt. Andrea fuhr sich mit der Hand übers Gesicht und sah das Blut. Schlagartig fühlte er sich sehr müde.

»Achtung!«

Er blickte auf, gerade noch rechtzeitig, um zu sehen, wie einer seiner Rudergefährten mit der Muskete auf einen Punkt hinter seinem Rücken schoss. Er drehte sich um. Einen Schritt hinter ihm erhob der junge Sipahi mit wirrem Blick das Schwert gegen Andrea, um ihn zu erschlagen. Er schwankte und stürzte, ein Toter, zwischen die Toten.

Zweimal drang die Messerklinge in den Rücken des Venezianers. Der stieß einen Schrei aus und fiel in die Tiefe. Der Türke kletterte eilig die Strickleiter hinauf, klammerte sich mit den Händen am Rand des Mastkorbs fest und blickte in Granzos zu Tode erschrockenes Gesicht. Einen Augenblick rührte sich keiner. Dann beugte der Mann sich vor, um Granzo zu packen. Der fing an zu schreien und um sich zu schlagen. Der Türke ergriff sein Hemd und zog ihn zu sich heran, um ihn über den Rand des Korbs zu ziehen und herunterzustoßen. Verzweifelt biss Granzo in die Hand, die sein Hemd festhielt, der Türke brüllte und musste seinen Griff lockern. Doch nur einen Augenblick lang, denn jetzt schlug er Granzo zornentbrannt ins Gesicht und packte ihn wieder. Da hörte man eine sehr starke Explosion. Der Großmast vibrierte und begann zu schwanken, ringsumher flogen Bretter und Metallsplitter durch die Luft. Gleich darauf neigte die *Santa Maddalena* sich auf die Seite, und der Türke, der sich mit einer Hand am Korb, mit der anderen an Granzos Hemd festhielt, hing hilflos in der Luft. Granzo, der fühlte, wie er in die Tiefe gezogen wurde, bückte sich, hob die Arme und streifte sich das Hemd ab. Jetzt hing der Türke nur noch an einer Hand. Das Schiff neigte sich weiter, bis der Türke fünfund-

vierzig Fuß in die Tiefe stürzte. Granzo setzte sich rittlings auf den Mast und hielt ihn fest umklammert, während er sich langsam auf das Wasser senkte. Ein sanfter Sprung, und Granzo begann zu schwimmen.

Nicht weit entfernt, versuchte Bepo Rosso wieder aufzutauchen, doch er konnte nur eine Hand aus dem Wasser strecken, denn das Gewicht seiner Rüstung zog ihn hinab. Das Meer war an dieser Stelle nicht tiefer als sechs Fuß, ein großes Pferd hätte sicher den Kopf über der Wasseroberfläche halten können. Rosso schaffte es, sich von seinem Helm zu befreien, dann zerrte er an den Riemen, die seinen Brustpanzer im Rücken schlossen. Den unteren über den Nieren konnte er lösen, doch der andere im Nacken wollte nicht nachgeben. Durch die Anstrengung entfuhr ihm eine ganze Traube Luftblasen. Er suchte nach seinen Messern, doch beide Futterale waren leer. Auch die Scheide seines Schwerts. Er schaute nach oben zur silbernen Oberfläche des Meeres. Sie war ganz nah, doch unerreichbar. So darf ich nicht sterben, dachte er, da kam ihm die Idee, unter sich zu blicken. Er sah ein paar wogende Umrisse. Soldaten, die vom Gewicht ihrer Rüstungen auf dem Grund gehalten wurden. Er bewegte sich auf den Ersten zu, durchsuchte ihn, und seine Lungen verlangten immer dringlicher nach Luft. Nichts. Er suchte beim nächsten. Auch hier kein Messer. Doch da war ein Schwert. Rosso fühlte sich kurz vor der Bewusstlosigkeit. Er nahm das Schwert, bohrte die Klinge zwischen den Riemen und seinen Nacken und drückte zu. Blut strömte aus seinem Rücken, doch der Lederriemen zerriss. Die Rüstung sank auf den Grund wie der Panzer einer Schildkröte. Bepo stieß sich mit den Füßen vom Boden ab und kam mit weit offenem Mund an die Oberfläche. Er atmete tief. Dann begann er zu schwimmen.

Bernardo reichte Sebastiano Venier die Armbrust. Der alte Capitano Generale da Mar, der einen Helm mit Visier und Pantoffeln an den Füßen trug, um nicht auszurutschen, suchte aus der

Höhe des Kastells nach einem Ziel im grauen Rauch, der sich von einer in das Heck seines Schiffs gerammten türkischen Galeere ausbreitete. Er sah eine Gruppe Janitscharen mit Arkebusen auf eine schmale venezianische Galeere zielen, die ihrerseits die Flanke der Türken gerammt hatte. Da schoss er den Pfeil ab, einer der Schützen fiel getroffen zu Boden. Bernardo reichte ihm die zweite Armbrust, und Venier schoss abermals.

Zehn Schritt vom Achterkastell entfernt, versetzte Angelo Riccio in der Segelkoje unter Deck dem bereits zermalmten Kopf des Türken einen letzten Schlag mit der Eisenstange, mit der dieser die Pulverkammer hatte aufbrechen wollen. Im selben Augenblick nahm Matteo, der andere Galeerensträfling, erschöpft die Hände vom Hals seines Gegners und ballte stolz die Fäuste.

»Wir waren tapfer«, sagte er. »Man wird uns eine Medaille verleihen.«

»Das haben wir für uns getan. Nicht für sie«, erwiderte Riccio schroff.

Mehr konnte er nicht sagen, er sah nur, dass der Türke, der hinter seinem Freund lag, den Arm bewegte. Ein Funke blitzte im Halbdunkel auf, gefolgt von einer Stichflamme griechischen Feuers, die den Türken und den Paduaner gleichzeitig ergriff, während eine große Welle aus Licht auf Riccio zurollte, ihn umhüllte und glühend unter sich begrub.

Die Brigantine *Donna Velata* hatte die Hälfte ihrer Männer im Kampf verloren und war leckgeschlagen. Auf der *Albero dai Frutti d'Oro* hatte ein noch schlimmeres Gemetzel stattgefunden, aber das Schiff war unversehrt. Dank des Eingreifens der beiden Schiffe war der Angriff der türkischen Fregatten auf die *Patrona di Venezia* von Agostino Barbarigo gescheitert, die überlebenden Türken hatten sich in Richtung Küste in den Schutz der Sipahi-Reiter zurückgezogen. Damit hatte die mächtige *Capitana di Venezia* von Querini mit ihrer Ladung Fanti und

Soldaten genügend Zeit gewonnen, um sich hinter die *Patrona* zu legen und zurückzuschlagen. Unterdessen rammten die Galeeren *Dio Padre e Santa Trinità* von Giovanni Contarini und die *Seconda Patrona di Venezia* von Antonio Canal das Schiff des türkischen Admirals Schirokko und zerstörten dessen Steuerruder, den Achtersteven und die linke Bordwand. Angekündigt von einer Salve, die den Meeresboden aufwühlte, tauchte zwischen den Rauchschwaden auch die Galeasse des Gouverneurs Ambrogio Bragadin mit ihren vierzig Kanonen auf, deren Schüsse das Meer bis zur Küste leerfegten. Als die zehn Galeeren der Reserve von Santa Cruz hinzukamen, schien die Lage auf dem linken Flügel der Christen bereinigt, obwohl das Gerücht umging, dass dessen Kommandant Agostino Barbarigo mit dem Tode kämpfte, da ein Pfeil ihn im Gesicht getroffen hatte.

Der Wind hatte wieder gedreht und aufgefrischt, er zog die Rauchwolken über dem Wasser in die Länge und erzeugte Seegang. Um die Mannschaften der Brigantinen für ihre Tapferkeit zu belohnen, hatte Marco Querini ihnen den Befehl gegeben, sich leewärts hinter das Geschwader in der Mitte der Schlachtreihe in ruhigere Gewässer zurückzuziehen und dabei so viele Verletzte und Schiffbrüchige wie möglich aufzunehmen. Also ruderten sie los.

Hinter der Rauchwand tobte noch immer der fürchterliche Schlachtenlärm. Etwa ein Dutzend Männer klammerte sich an Balken, Kisten, Flaschen und Planken, um gegen den Wind und die Dünung zu schwimmen, die sie nach Oxia trieb. Um sie herum Hunderte Tote und Wrackteile. Ein paar Glückliche hatten sich sogar auf den herausgerissenen Teil eines Galeerendecks hieven können und schmähten von dort aus einen Armen, der sich an einem Brett festhielt. »Du Hundsfott, Dreckskerl, Scheißtürke!«, schrien sie ihm zu und bewarfen ihn mit allem, was umherschwamm.

Bepo Rosso hatte sich an ein halb unter Wasser schwimmendes Fass geklammert, auch er kämpfte gegen die Strömung. Er blutete aus mehreren Wunden, die Kälte hatte seinen Körper gefühllos gemacht, und er merkte, wie seine Kräfte schwanden. An dieser Stelle floss die eiskalte Süßwasserströmung aus dem Acheloos eine Elle unterhalb der Wasseroberfläche ins Meer. In der kalten Strömung spürte Bepo plötzlich einen Wasserwirbel zwischen seinen Beinen. Er dachte an eine vom Meeresboden aufstrudelnde Wasserader, wie sie in diesem Teil Griechenlands häufig vorkamen, wo die Flüsse Tunnel in die Kalkfelsen graben. Doch die Bewegung wiederholte sich, und dem Werkmeister war, als streifte etwas seine Füße. Als er die aufgewühlte Wasseroberfläche um einen Toten herum sah, wusste er, dass die Haie gekommen waren.

»Heilige Jungfrau Maria, die Haie!«, schrie jemand aus vollem Halse.

»Da sind sie! Da!«, rief ein anderer.

Bepo sah deutlich, wie der Tote sich bewegte, einen Arm hob, sich drehte, dann tauchten zwei dunkle Rückenflossen auf, Wasser spritzte, schäumte, gepeitscht vom Schwanz eines Hais, und der Tote verschwand in der Tiefe.

Als hätte jemand den Startschuss zu einem jener Wettschwimmen gegeben, die sich die Arsenalotti im Sommer im großen Hafenbecken des Arsenale lieferten, versuchten nun alle, sich so weit möglich auf ihre Wrackteile zu hieven und begannen, schreiend mit Beinen und Armen zu strampeln.

Bepo, der als junger Mann die warmen Gewässer Syriens und Ägyptens befahren hatte, wo es sehr viele Haie gab, wusste, dass heftiges Rudern mit Armen und Beinen nur dazu diente, früher angegriffen zu werden, gerade so, wie wenn man vor einem bissigen Hund wegläuft. Also versuchte er, sich auf dem Fass möglichst ruhig zu halten, während der Großteil der Gruppe seine verzweifelte Flucht ohne jede Orientierung fortsetzte und zwischen die Rauchschwaden und die kurzen, hohen Wellen geriet. Kurz darauf schnappte ein Hai nach dem Bein eines Mannes, der wie ein Besessener brüllte, zappelnd um sich schlug und dann verschwand.

Nur der türkische Schiffbrüchige schwamm noch langsam in Sichtweite. Während die Schreie der anderen leiser wurden, drangen aus der Richtung, in der Oxia lag, zunehmend deutlicher die regelmäßigen Schläge einer Glocke durch den Rauch.

»Brüder! Brüder!«, schrie eine Stimme.

Rosso erwiderte den Ruf, und schon bald hörte er das entschlossene Eintauchen der Ruder. Im Nebel erschien der Bug einer Brigantine. Das Schiff steuerte zuerst auf den Türken zu. Die Ruder wurden angehoben, drei Männer beugten sich über Bord. »Das da ist bloß ein Türke!«, rief einer grob. Schweigen. Eine Arkebuse tauchte auf. Sie schossen ihm in den Kopf. Die Ruder tauchten wieder ins Wasser, und das Schiff hielt vor Rosso. Sie packten ihn an den Armen und zogen ihn an Bord. Bepo ließ sich ins Schiff rollen, zwischen die Ruderbänke und die Heckkabine, wo mehrere, in Decken gehüllte Verletzte lagen.

»Steuerbord voraus sind zehn der Unseren, und das Meer ist voller Haie«, sagte er keuchend zum ersten Mann, der sich über ihn beugte. Sofort wurde der Befehl zum Rudern gegeben. Man drückte Bepo eine Flasche Aquavit in die Hand, und er nahm einen tiefen Schluck, der ihn stärkte. Er holte in vollen Zügen Luft. Er lebte und konnte es noch immer schaffen. Sein Blick ging zur Kajüte: Pritschen und Wegerung waren voller Schiffbrüchiger und Verletzter. Er blickte zu den Ruderern. Ihre Kleider waren zerrissen und blutgetränkt. Manch einer war verletzt. Der Vorruderer auf der ersten Bank erregte seine Aufmerksamkeit, er kam ihm bekannt vor, und der Mann musterte ihn.

»Das Schicksal will, dass wir uns immer dort begegnen, wo der Tod wütet.«

Auch die Stimme war Bepo vertraut, jetzt erkannte er ihn. »Andrea Loredan! Ihr seid das!«, rief der Werkmeister aus.

9

Die dreiundzwanzig Kanonen der großen Galeere *Guora* glühten, darum mussten die Bombardieri sie von Zeit zu Zeit mit nassen Lappen kühlen. Der erlauchte Signor Giacomo Guoro, Kommandant des Schiffes, hatte den rechten Flügel der Schlachtreihe verlassen und sich eine Drittelmeile vom Zentrum der Kämpfe entfernt. Jetzt hinderte er mit seinen dreiundzwanzig Stück Artillerie die nächsten türkischen Galeeren daran, unversehrt durch diesen Meeresabschnitt zu gelangen, um der *Sultana* des Großadmirals Müezzinzade Ali beizustehen.

Der Kommandant stand auf dem breiten Kastell am Bug und suchte nach einer Möglichkeit, die Schlacht zu beenden. Damit hätte er sich das Ansehen zurückerobert, das er zu verdienen meinte. Die harsche Kritik, die Giovanni Andrea Doria an ihm geübt hatte, weil es ihm nicht gelungen war, eine Meile vor dem rechten Flügel die Stellung zu halten, hatten ihn mehr verletzt als ein Arkebusenschuss. Darum hatte er den Bug seiner Galeasse auf die Insel aus Schiffen gerichtet, in deren Mitte man die grünen Flaggen und die roten Fahnen der *Sultana* erkannte. Er ließ den Oberkanonier Alessandro Veruzzi rufen und erörterte mit ihm die Möglichkeit, das türkische Flaggschiff mit Salven in die Flanke knapp oberhalb der Wasserlinie zu versenken. Denn die *Guora* hatte zwei Prachtstücke von Kolubrinen zu je sechzig Pfund am Bug, die der berühmte Waffenschmied Sigismondo Alberghetti im Arsenale gegossen hatte. Das waren fünfzehn Fuß lange und zwei Fuß breite Feuermünder, die bis zu vier Meilen weit schießen konnten. Veruzzi hörte sich den Vorschlag an, riet aber entschieden ab. Bei einer Drittelmeile Abstand konnte auch ein einziger falscher Winkelgrad furchtbare Verwüstungen an den Galeeren von Venier, Don Juan und Marcantonio Colonna anrichten, die die *Sultana* umringten. Und auch wenn man näher heranfuhr, konnte man bei diesem Stampfen und Schlingern der Schiffe nicht sicher sein, die *Sultana* zu treffen.

»Dann muss jemand dort hinüber«, sagte Guoro.

Der Artilleriehauptmann sah ihn bestürzt an und wies auf das Meer.

»Wer immer dort hingeht, für den wird es keine Rettung geben, Kommandant.«

Guoros Miene verdüsterte sich. »Wenn wir die *Sultana* entern, ist der Sieg uns gewiss. Das scheint mir Grund genug, es zu versuchen.«

Der Artillerist zeigte auf das Schiff. »Seht doch, die *Sultana* liegt schon im Todeskampf. Männer für ein fast eingenommenes Schiff zu opfern …«

»Jemand wird dort hinübergehen, Signor Veruzzi!«, unterbrach ihn der Kommandant. Der Bombardiere schwieg.

Auf dem unteren Geschützdeck war die Luft glühend heiß und kaum zu atmen, wegen der zehn Kanonen, fünf an jeder Flanke, die immer noch in schneller Folge feuerten. Trotzdem war dieses Deck für die dreihundert Verletzten, die zum Teil von der Brigantine auf das größere Schiff gebracht worden waren, dort unten lagerten, das Paradies, und schon sah man hier und da das Lächeln zurückkehren, während viele sich heroische Geschichten erzählten, denn zwischen dem Gestank nach Schwefel, Salpeter und Schmerz ging bereits ein Vorgefühl des Sieges um.

In dieser Atmosphäre, die nach und nach heiterer wurde, je mehr die Gedanken und Worte der Männer sich von den Kämpfen lösten und den Weg zurück in die Heimat nahmen, erschien Bepo Rosso umso mehr wie eine leidende Seele. Er stand vor einer der Geschützluken in der Bordwand und starrte auf das Gewirr aus Schiffen, zwischen denen die grünen und roten Fahnen der *Sultana* wehten, und zitterte bei jeder Flamme, jeder Rauchsäule, die sich auf dem Deck des türkischen Flaggschiffs erhob.

Der Klang einer Glocke ließ alle verstummen, die Männer drehten sich zur Treppe um. In einem Streifen Sonnenlicht, dem der Rauch Gestalt verlieh, stand auf halber Treppe ein Offizier.

»Alle Männer, die kämpfen können, auf das Oberdeck!«, sagte er mit lauter Stimme. Bei diesen Worten erhob sich erneuter Kanonendonner.

Oben auf dem Achterkastell ließ der Kommandant Guoro seinen Blick über das Deck und die Ruderbänke schweifen. »Hört zu, Männer!«, rief er. »Gott der Allmächtige und die Heilige Jungfrau stehen uns bei, und unser Sieg ist nah!«

Auf dem Deck erhob sich lauter Jubel, dazwischen ein Schrei: »Sieg! Sieg!« Guoro gebot den Männern mit erhobenen Armen Schweigen. Die Schreie erstarben wie vom Wind verweht, und der Artilleriedonner erfüllte wieder die Luft.

»Im Zentrum der Schlacht ist die Lage seit langer Zeit unverändert. Die türkischen Schiffe sind den unseren ebenbürtig, es wird gekämpft und geschossen, doch die Waagschalen bleiben auf gleicher Höhe. Und das ist gefährlich, denn Wasser ist nicht Land, unsere Festungen bestehen aus Holz, sie schwimmen, und wenig genügt, um das zu verlieren, was schon erobert schien.« Er machte eine Pause. »Ich brauche vier Freiwillige, die dort hinübergehen«, er zeigte auf den Wald aus Masten, die Insel aus Schiffen, »und die Rechnung mit der *Sultana* abschließen. Wenn der Himmel entschieden hat, dass der Sieg unser ist, wird Gott diese Männer beschützen! Nun, wer hat genug Mumm für diese Aufgabe?«

Schweigen.

Bepo Rosso war der Erste, der auf das Kastell zuging. Andrea fühlte einen Stich im Herzen, denn bevor der Werkmeister sich in Bewegung setzte, hatte er sich zu ihm umgedreht und ihn angelächelt. Ein seltsames Lächeln, von Kummer und Streitlust verschleiert.

10

Der Befehl lautete, die Mine an der Flanke der *Sultana* anzubringen, Feuer an die Zündschnur zu legen und das Weite zu suchen.

Das Beiboot war am Heck der *Guora* zu Wasser gelassen worden, ein Boot mit flachem Kiel, hohem Bug und Heck, es hatte ein Steuerruder, war schnell und seetüchtig. Nachdem es sich von der Galeere abgestoßen hatte, war es zunächst eine abweichende Route im Halbkreis gefahren, gefolgt von den sorgenvollen Blicken derjenigen, die an Bord geblieben waren. Der Kommandant und Veruzzi befahlen das Deckungsfeuer, und jede Waffe, jedes Feuerrohr der Galeasse spuckte Blei, Eisen und Steine auf die türkischen Schiffe.

Andrea ruderte schnell, mit zwei Rudern und weitausholenden Schlägen. Zwei weitere Ruderer folgten ihm im perfekten Gleichtakt. Bepo Rosso am Steuer nahm die Schirokkodünung leicht von der Seite, er musste fortwährend manövrieren, um Leichen, Balken, Kisten und Wrackteilen auszuweichen, die das Wasser zu einer kompakten Fläche machten. Immer wieder umhüllten sie dichte Rauchwolken. Von Zeit zu Zeit tauchten, wie Kreuzwegstationen, brennende Schiffe aus dem Nebel auf, die Decks voller Männer im Zweikampf, lodernde Vordersteven, der Qualm von Breitseitenschüssen. In der Luft lag eine irre Musik aus dem dumpfen Zischen großer Kaliber und dem hellen Pfeifen des Bleis aus Musketen und Arkebusen, dazu kamen das Heulen der schweren Kugeln, die mit Ketten geworfen wurden, um die Schiffsmasten zu fällen und die Decks zu zerschlagen, das Sausen der Brandtöpfe, die Schüsse aus den Steinschleudern und das Krachen der berstenden Hölzer, die Schreie der Männer, das Blöken der Schafe und die Schreie der Hähne, die in den Ställen der Galeeren vor Angst umkamen. Mehrmals musste der Werkmeister jäh beidrehen, um einem Schiff auszuweichen, doch selbst wenn sie es gestreift hätten, ob es nun ein türkisches, venezianisches oder spanisches Schiff war, auf den Kastellen, Enterbrücken oder an den Dollborden schien niemand auf sie zu achten. Es war, als gehörte die Meeresoberfläche nicht zum Schlachtfeld, sondern werde von einer Art überterritorialer Immunität geschützt, weil alle Parteien das Meer als Grabstätte respektierten.

Mit Gottes Hilfe oder dank eines günstigen Zufalls gelangte das Boot zum Heck der *Sultana* und blieb unterhalb des Ruderdeckrahmens stehen. Die Galeere schlingerte so stark, als wollte sie das kleine Boot im nächsten Moment zerquetschen. Man hörte den Lärm der Kämpfe und des Meeres mit seinem schwappenden, strudelnden Wassern, es roch nach Algen. Rosso wartete nicht länger. Er nahm den Holzhammer und einen dicken Nagel und trieb ihn mit einem einzigen Schlag gut drei Fingerbreit in das Holz, dort wo die Ruderpinne am Schiff anlag. Ein zweiter Nagel. Noch einer. Rosso hängte den mit Schwarzpulver gefüllten Brandtopf an die Nägel. Er zündete nicht, sondern reichte Andrea den Feuerstahl. »Wenn ich nach fünf Vaterunsern nicht zurück bin, zündet Ihr«, sagte er.

»Was habt Ihr vor?«, schrie Andrea.

»Fangt an zu beten«, sagte Rosso nur, stellte einen Fuß auf die Ruderpinne, klammerte sich an den Rahmen, der sich beim Schwanken des Schiffes senkte, und ließ sich in die Höhe tragen. Dann verschwand er unter den Planken des Seitenstegs. Das Ruderdeck war ein Schlachthaus. Zwischen Toten und Verletzten, Schreien und Gebeten kroch er unter den Ruderbänken hindurch. Direkt über ihm wurde auf den Stegen gekämpft, Musketen gegen Bögen, Schwerter gegen Dolche.

Er sah einen Galeerensklaven, der sich unter einen Rudersitz gekauert hatte. Er trug noch Ketten an den Füßen, zitterte und hielt die Arme fest um den Kopf geschlungen. Bepo kroch zu ihm, hob sein Kinn und blickte ihm ins Gesicht.

»Ich suche Giorgio Rosso, einen venezianischen Jungen, der am Ruder sitzt wie du!«

Der Mann blickte ihn entgeistert an.

»Verstehst du, was ich sage?«

Der Sklave zögerte, dann nickte er.

»Also, wo ist er?«

Doch der Mann rührte sich nicht, starrte ihn nur mit weit aufgerissenen Augen an. Bepo rutschte weiter zu einem anderen Galeerensklaven, der gerade den Holzrahmen zersägte, an dem seine Kette befestigt war. Er hatte es fast geschafft.

»Gib her!«

»Gesegnet seist du, Bruder!«

Der Mann reichte ihm die Säge, und Rosso machte sich energisch ans Werk.

»Ich suche meinen Sohn, Giorgio Rosso, er ist am Ruder auf diesem Schiff!«, sagte er.

Der Ruderer riss die Augen auf und starrte ihn fassungslos an, wie der andere zuvor. Rosso nahm das Holz und zerbrach es. Der Mann war frei.

»Sag schon, kennst du ihn?«

Erst jetzt, als er die Augen hob, bemerkte der Werkmeister die bestürzte Miene des Mannes.

»Wer kennt ihn nicht …«, sagte der Galeerensklave mit resigniertem Unterton und hob den Blick zum Bug, wo neben dem Fockmast eine Gruppe Sipahi mit Schwertern den Angriff der venezianischen Fanti da Mar abwehrten. »Geh da hin«, fügte er traurig hinzu.

Andrea hatte begonnen, die Vaterunser zu beten, doch dann hatte er es nicht mehr ausgehalten. Er war auf die gleiche Weise wie Rosso in die Galeere geklettert. Als er durch Blutlachen unter den Ruderbänken hindurch kroch, sah er Bepo Rosso: Er ging langsam über den Mittelsteg, unbewaffnet, mit gesenkten Armen, an den Bordwänden rechts und links von ihm waren Reihen türkischer Schützen mit Bogen und Arkebusen zu sehr damit beschäftig, auf die christlichen Galeeren zu schießen, um ihn zu bemerken.

»Himmel Herrgott!«, flüsterte Andrea.

Rosso war schon am Großmast vorbei, als ein Janitschar sich auf ihn stürzte. Sie rollten über die Planken, das Schwert vibrierte in der Luft. Der Werkmeister hielt das Handgelenk des Soldaten fest und versetzte ihm einen Fausthieb ins Gesicht. Rosso ließ von ihm ab, erhob sich und ging weiter auf den Bug zu, wo die Türken wieder die Oberhand zu haben schienen. Der Janitschar stand auf und schrie etwas, dann warf er sich wieder auf den Werkmeister. Dieses Mal war er nicht allein, Rosso musste sich mit drei Gegnern auseinandersetzen. Alle drei griffen ihn an. Ein Messerstich traf ihn an der Seite. Er schlug zurück. Entschlossen stieg Andrea von den Ruderbänken auf das Deck und griff mit erhobenem Schwert ein. Er stellte sich zwischen die Soldaten und Rosso, der sich die verletzte Seite hielt. Der Kampf begann, aber er währte nicht lang, denn auf den Seitenstegen hatten die Männer das Geschehen bemerkt. Bepo und Andrea sahen sich Rücken an Rücken einem Kreis aus Sipahi gegenüber, die mit Piken und Bogen bewaffnet waren. Ihnen blieb keine Wahl, als dem Tod würdig ins Auge zu sehen.

Da ertönte ein lauter Befehl. Die Piken und Bogen senkten sich. Mit raschen Schritten durchquerte Hassan Agà Veneziano den Kreis aus Soldaten und blieb vor Bepo Rosso stehen. Sie musterten einander. Trotz der türkischen Gewänder, der großen Kopfbedeckung und dem Bart hatte der junge Hassan etwas Vertrautes.

»Vater!« rief Hassan verblüfft aus.

»Du bist es?«, fragte der Werkmeister wie vom Donner gerührt.

»Ja.«

Rossos Ohrfeige traf den Sohn mitten ins Gesicht. Überall erhoben sich die Waffen, doch der junge Mann schrie einen Befehl, und die Sipahi hielten inne. In diesem Moment erschütterte eine gewaltige Explosion das Schiff, und am Heck erhob sich eine dichte Rauchwolke. Die beiden Venezianer auf dem

Boot hatten den Brandtopf gezündet. Von überallher ertönten Schreie, am Achterkastell überwachte Müezzinzade persönlich die Matrosen, die das Feuer löschten.

Hassan gab einen zweiten knappen Befehl auf Türkisch, und während die Hälfte der Soldaten zum Heck lief, packten zwei von ihnen Andrea und Bepo und schleiften sie weg.

Im Kielraum stand das Wasser zwei Spannen hoch, ein Dutzend Männer hantierte mit den Pumpen, um das Wasser abzuschöpfen. Hassan ließ die Gittertür des Gefängnisses öffnen, und die beiden wurden hineingestoßen.

»Ihr seid verletzt, lasst mich Eure Wunde sehen«, sagte Giorgio Rosso zu seinem Vater und versuchte, dessen Seite zu berühren.

Zornig ergriff Bepo sein Handgelenk. »Rühr mich nicht an! Feiger Mörder!«, schrie er ihm mit bebender Stimme ins Gesicht.

»Was wollt Ihr eigentlich?«, sagte der Sohn. »Ich habe Euch ein ganzes Jahr lang geschrieben! Und nie eine Antwort von Euch bekommen!«

»Was redest du da? Keinen einzigen Brief habe ich von dir erhalten!«

»Sie haben Euch meine Briefe nicht gegeben!«, rief Giorgio erbittert aus. »Ihr habt sie nicht bekommen! Aber sie hatten es mir versprochen …«, die Worte erstarben auf seinen Lippen und er breitete die Arme aus, um den Vater zu umarmen.

»Halt! Briefe hin oder her, nimm diese Maskerade ab und lass uns gehen!«

Der junge Mann sah ihn bestürzt an. »Vater, das hier ist meine Uniform! Ich habe geheiratet, ich habe eine Tochter und ein Heim, ich bin Offizier geworden, darf auf eine glänzende Karriere hoffen und glaube an den Islam! Das alles hatte ich Euch geschrieben!«

Rosso schrie auf, streckte die Hand aus und versuchte, seinen Sohn zu packen.

879

»Schäm dich, so mit deinem Vater zu sprechen!«

Hassan Agà erbebte. »Hört auf! Ich bin der, den Ihr jetzt seht!«

Der Werkmeister, an die Arme seines Sohnes geklammert, blickte ihn verstört an. Giorgio Rosso blieb eine Weile stumm, während das von Explosionen geschüttelte Schiff schwankte und sich aufbäumte. Dann blickte er zu Andrea, dem alles, was er hörte und sah, ebenfalls die Sprache verschlagen hatte.

»Hört zu«, sagte Giorgio schließlich. »Ihr steht unter meinem Schutz, bleibt hier unten, und wenn die Schlacht vorüber ist, werde ich einen Weg finden, um Euch zu befreien.« Er hatte mehr zu Andrea gesprochen als zu seinem Vater.

»Es steht schlecht um Euch«, erwiderte Andrea bitter.

»Auch wenn es so wäre, die *Sultana* ist ein robustes Schiff«, sagte Giorgio. »Sie wird nicht untergehen. Tut, was ich Euch sage. Bleibt hier unten!« Er reichte seinem Vater eine Flasche Wasser, doch Rosso rührte sich nicht, als habe er keine Kraft mehr. Andrea nahm sie an seiner Stelle. Das Gitter wurde geschlossen. Giorgio drehte der Zelle den Rücken zu und eilte die Treppe hinauf.

Bepo Rosso sank im Wasser auf die Knie und fing an zu weinen. Andrea versuchte, ihn wieder aufzurichten. Dann ein Donner, eine Explosion, und Feuertropfen aus einem Brandtopf fielen aus einer Luke herab, glühten weiter zischend auf der Wasseroberfläche. Bepo ließ sich vom Gitter wegführen.

»Lasst mich Eure Wunde sehen, setzt Euch.« Andrea half ihm, sich auf die Pritsche zu setzen und hob seine Weste. Die Klinge hatte einen tiefen Schnitt im Bauch hinterlassen. Andrea sah sich suchend um. Dann zog er seinen Kittel aus, riss die Ärmel ab und band sie zusammen.

»Zieht Euer Hemd aus, ich werde Euch verbinden.«

Der verstörte Werkmeister ließ sich das Hemd ausziehen. Auf dem Rücken trug er noch den von Riemen gehaltenen kleinen Metallbehälter mit dem Buch. Andrea warf einen flüchtigen

Blick darauf und konzentrierte sich auf die Wunde, die er mit den Stofffetzen umwickelte.

»Nur Mut, es geht Euch bald besser.«

»Ich war es«, sagte der Werkmeister plötzlich, seinen Gedanken nachgehend. »Das Arsenale, die Explosion des Arsenale … Alles, was passiert ist, ist meine Schuld.« Das Sprechen bereitete ihm Mühe.

Andrea sah ihn bestürzt an, während er den Knoten des Verbandes festzog.

»Schon zu lange trage ich das mit mir herum. Ich habe das Geld aus der Kasse der Patroni des Arsenale im Inferno gestohlen. Dieser Nachtwächter hat mich bis zu den Pulverkammern hinter den Docks der großen Galeeren verfolgt.«

Andrea trat einen Schritt zurück. »Ihr …?«, murmelte er.

»Ich hatte mich in der dritten Pulverkammer versteckt, dass dieser arme Junge immer noch hinter mir her war, hatte ich nicht erwartet. Er ist hereingekommen und hat mich gesehen. Hat auf mich gezielt. Ich habe die Hände gehoben. Bin auf ihn zugegangen. Er hat geschossen. Wir haben gekämpft. Plötzlich waren da Flammen. Ich konnte mich gerade noch rechtzeitig auf die nächste Galeasse retten, dann ist alles explodiert.« Das Gesicht des Werkmeisters verzog sich vor Schmerz, als er sich den Behälter vom Rücken streifte. »Ich brauchte Geld. Für das hier …«

Andrea wurde schwindelig, vielleicht war er ja schon tot und erfuhr die Geheimnisse anderer Seelen. Doch was er hörte, waren Worte, was er sah, waren Gegenstände, und alles passte zusammen.

Der Werkmeister zog das winzige Büchlein aus dem Behälter und reichte es ihm. »Das hatte Sokollu Mehmet für die Freiheit meines Sohnes von mir verlangt! Für seine Freiheit, versteht Ihr?« Er begann zu lachen, dann hustete er und spuckte einen Klumpen Blut aus. »Ich glaube, es handelt sich um einen Chiffrierschlüssel, aber mehr weiß ich nicht …«

Einen Augenblick lang wollte Andrea das Buch nicht aufschlagen. Dann tat er es doch. Auf der ersten Seite stand auf Griechisch:

PLATON
TIMAIOS

Auf der zweiten, am unteren Rand:

In Aedibus Alexandri de Paganinis. Die
XIIII. Mensis Maii, M.D.XIII

Es war das Buch, das Alessandro Paganini Lucrezia geschenkt hatte.

»Wer hat Euch das gegeben?«, fragte Andrea.

Eine schmerzverzerrte Grimasse entstellte Rossos Gesicht. »Ist es so wichtig für Euch, das zu erfahren?«

Andreas strenges Schweigen zwang ihn zu antworten.

»Eine Nonne der Celestia. Sie gab es mir für fünfhundert Dukaten …«

In diesem Moment begann die ganze *Sultana* zu beben. Ein Schrei ertönte. Das Deck dröhnte von den Schritten Hunderter Männer, die sich aufeinander stürzten, und auch die Matrosen, die mit dem Wasserabschöpfen beschäftigt waren, griffen zu ihren Waffen und eilten an Deck.

Die Fanti da Mar, die Matrosen und die Ruderer von Sebastiano Venier hatten abermals geentert, das Abschlachten begann von neuem. Bernardo fand sich im Zweikampf mit Hassan Agà Veneziano wieder, sein Knüppel gegen dessen Krummschwert. Die Venezianer kämpften sich bis zum Großmast vor, dann rief jemand einen Befehl, und wie bei einem Hofball drehten Sipahi und Janitscharen sich um sich selbst und warfen sich zu Boden. Hinter ihnen tauchte eine neue Reihe Soldaten auf, die die

ganze Breite der Galeere einnahm. Jeder zückte eine große Armbrust mit verlängertem Lauf.

»Sie feuern!«, schrie Bernardo. »Zurück! Zurück!«

Die türkischen Armbrustschützen spannten, die Stangen glitten in die Läufe, die Mischung aus Schwefel, Harz und Pech entzündete sich, und aus den Mündern kamen Wellen silberner Flammen, die die gesamte vorderste Linie der Christen erfassten und sich wie Kleider um ihre Körper legten. Viele schrien. Glühende Silhouetten stürzten sich ins Wasser. Andere fielen und verbrannten an Deck. Eine zweite Reihe Armbrustschützen drang auf die Kämpfenden ein, die sich in die äußerste rechte Ecke des Decks zurückgezogen hatten. Wieder flogen die Flammen, während die *Sultana* sich unter dem Gewicht der Menschen neigte und umzukippen drohte.

Im Kielraum schwappte das Wasser schäumend an die Bootswand, und alles, was nicht festgemacht war, rutschte und rollte von links nach rechts. Bepo Rosso schlug hart gegen die Wand des Gefängnisses. Andrea dagegen konnte sich am Gitter festhalten und hing nun in der Luft. Einer der großen Notanker löste sich aus der Halterung und fiel auf die Zelle, wo er zwischen den Gitterstäben steckenblieb. Die Galeere richtete sich wieder auf.

Andrea begriff sofort, dass dieser Anker ihre Freiheit bedeutete. Als das Schiff wieder gerade lag, packte er das Eisen, drehte es, damit der Schaft zwischen den Stäben hindurchglitt, und schuf so einen starken Hebel. Daran begann er mit aller Kraft zu ziehen. Die Gitterstäbe bogen sich leicht. Bepo half, er war kräftiger und schwerer. Die Stangen knickten, die Angeln im Holzrahmen der Gittertür lösten sich, es gab einen Knall, und sie waren frei. Bepo blickte sich im Kielraum um. Über ihnen lag die Luke zur Ankerkoje. Er prüfte ihre Fassung aus Eisen. Dann griff er nach einer der mit Kork ausgepolsterten Westen, die den Matrosen bei Stürmen die Illusion vermittelten, überleben zu können, und gab sie Andrea.

»Zieht sie über, schnell!« Er hatte zu seinem entschlossenen Kommandoton zurückgefunden.

»Was wollt Ihr tun?«

»Ich gehe zu meinem Sohn«, sagte der Werkmeister.

Andrea ergriff seinen Arm. »Sie werden Euch töten.«

Bepo zeigte auf das dunkle Gelass der Ankerkoje. »Bleibt dort, das ist der am besten geschützte Raum des Schiffes.« Er drückte Andreas Arm. »Gott möge Euch helfen. Vergebt mir.« Andrea sah ihn eine Eisenstange aufheben und durch das Wasser, das ihm bis an die Waden reichte, zum Heck gehen. Ein kräftiger Stoß, und die Decksluke öffnete sich. Er verschwand.

Das Buch und der Behälter lagen noch auf der Pritsche. Andrea steckte das Buch in das Kästchen, schloss den Deckel, verstrich den Rest Fett und schnallte sich den Behälter mit den Riemen auf den Rücken. Dann zog er seinen Kittel an und darüber die Korkweste. Das Dunkel der Ankerkoje verschluckte ihn. Über ihm tobte unvermindert der Schlachtlärm.

Bepo erreichte die Schottwand mittschiffs. Die Tür stand offen. Die der Pulverkammer ebenfalls. In der Kammer stand Wasser, alles war wild durcheinander geworfen. Die Pulverfässer hatten sich mit Wasser vollgesogen. Er öffnete eines. Die erste Schicht Pulver war noch trocken. In einer Kiste, die in einem Netz über ihm lag, fand er drei Brandflaschen, zwei große und eine kleine, gefüllt mit Pulver und bereits scharf gemacht. Er entdeckte noch mehr Zündschnur und ein Messer, mit dem er drei Stück Zündschnur abschnitt. Dann suchte er nach dem metallenen Kästchen mit den Zündern. Er fand es, kramte darin und holte einen trockenen Feuerstahl heraus. Er steckte die Brandflasche in ein Fass mit grobkörnigem Schießpulver, verlängerte die Zündschnur, schlug den Feuerstahl und zündete das Ende der Schnur an. Die Zündschnur begann zischend zu brennen. Er nahm die anderen beiden Brandflaschen an ihren Griffen aus Seil, ging aus der Pulverkammer und sperrte die gepanzerte Tür mit Riegel und Schloss zu.

Von der Höhe des Achterkastells aus sah der Großadmiral Müezzinzade Ali Pascha, wie die päpstliche *Capitana* von Marcantonio Colonna nach links wendete, um ihren Bug auf die *Sultana* zu richten, und wusste, dass dies das Ende war. Er schrie Befehle. Die Planken der Stege wurden herausgerissen und zu einer Verschanzung vor dem Bug aufgebaut. Zusammen mit Kisten, Fässern, Netzen, Matratzen, Kissen, Betten und Tischen sollten sie eine Barrikade zum Deck hin bilden und das Vorderkastell schützen. Zwanzig mit Arkebusen bewaffnete Janitscharen blieben zur Verteidigung des Großmasts zurück. Alle anderen verschanzten sich im Heck.

Am äußersten Ende des Hecks kroch Bepo Rosso zwischen Ratten durchs Wasser. Die Mine, die sie vom Ruderboot aus gezündet hatten, hatte das Steuerruder herausgerissen und ein großes Loch bis hinunter zur Wasserlinie in die Schiffswand geschlagen. Die türkischen Schiffszimmerer hatten die Lücke geschickt mit zwei Schichten provisorischer Bootshaut abgestützt, doch ohne Steuerruder, ohne Ruderer an den Bänken war das Schiff führerlos. Die Freiwilligen hatten gute Arbeit geleistet. Er schnitt ein Stück Zündschnur ab, damit verlängerte er den Zünder der größeren Brandflasche. Als die Zündschnur brannte, steckte er die Flasche zwischen die Pfähle, die die künstliche Bootshaut stützten. Dann eilte er zur Luke, die in das erste Deck des Achterkastells hinaufführte. Als er hustete, quoll Blut zwischen seinen Lippen hervor. Er hielt die Eisenstange an die Luke, drückte, und sie öffnete sich. Der Raum war leer. Ein Treppchen führte in das Zwischendeck. Es war die Kabine des Großadmirals, mit viel Seide und bestickten Vorhängen, Silber und Gold geschmückt. Auch die Kabine war leer. Er hörte einen Mann schreien und stellte sich an eines der Fenster. Auf dem Fallreep stand ein stattlicher Mann, der einen Turban mit großer Pfauenfeder und einen bestickten Rock mit eisernen Schulter- und Armpanzern trug. Er schimpfte mit zwei kleinen Jungen, die verängstigt weinend in einem Beiboot saßen. Das müssen

Müezzinzade Ali und seinen beiden Söhne sein, dachte Rosso. Er öffnete die Tür des Kastells. Alle Türken, die noch auf Deck waren, beugten sich über die Bordwand und schossen mit dem Bogen oder der Arkebuse. Zu seiner Linken luden zwei Artilleristen eine kleine drehbare Kanone. Neben ihnen stand Giorgio, sein Sohn. Er musste sich beeilen. Er zündete die letzte Brandflasche und trat hinaus in die Sonne.

»Giorgio!«

Der junge Mann drehte sich um. Die heftige Ohrfeige des Vaters traf ihn mitten auf die Wange und machte ihn benommen. Ein entschlossener, fester Tritt ließ ihn zurücktaumeln, er spürte, wie seine Oberschenkel gegen die Reling stießen, verlor das Gleichgewicht und fiel rückwärts in die Tiefe. Leere umgab ihn, dann das kalte Wasser. Er sah das blaue Meer und die silbrige Oberfläche.

Die beiden Artilleristen starrten Rosso fassungslos an. Er musste lächeln. Er fühlte sich gut: Er hatte für seinen Sohn getan, was er konnte. Die beiden schrien. Der Erste, der sich umdrehte, war ein Sipahi, ein Bogenschütze. Er schoss sofort. Bepo spürte den Schmerz nicht. Er sah Ali, der das Fallreep wieder hinaufstieg. Die Pfauenfeder an seinem Turban wogte. Bepo ging auf ihn zu. Ali zog den Säbel, streckte ihm die Waffe entgegen. Bepo breitete die Arme aus. Ein Vater, der einen anderen Vater umarmt. Er spürte keinen Schmerz. Das Letzte, was er tat, war, sich die Brandflasche mit dem zischenden Ende der Zündschnur genau in dem Moment an die Brust zu halten, als er sich an Ali drückte.

Andrea sah das weiße, blendende Licht. Er fühlte sich von einem glühenden Wind in die Höhe gehoben. Mehr nicht.

11

Sie schrien »Sieg! Sieg!« Sie knieten nieder. Bekreuzigten sich. Hoben Schwerter und Kruzifixe in die Höhe. Betrachteten ihre Hände, berührten die Gegenstände, staunten, dass sie am Leben waren. In der Ferne, Richtung Oxia und Koutsilaris, donnerten noch immer Kanonen gegen eine Handvoll türkischer Segel, die davongekommen waren.

Jemand warf Granzo eine Decke über die Schultern, zerzauste ihm die Haare und gab ihm ein Glas Aquavit. »Trink, Junge, denn wir haben gesiegt!«

Granzo sah ihn mit großen, verstörten Augen an. Er dachte, es sei Wasser und nahm einen tiefen Schluck, hustete und begann zu weinen, dann lachte er und hustete wieder.

Sebastiano Venier hatte den Schiffen befohlen, beizudrehen, damit das Geschwader sich wieder zur Schlachtordnung formierte. Die *Generale di Venezia* stampfte über das vom Schirokko aufgewühlte Meer. Venier stieg langsam, Sprosse für Sprosse, die Klüverleiter hinab. Seine Rüstung wog schwer und knirschte, aber er schickte alle fort, die ihm helfen wollten. Sein Knie war verletzt, am Bein hatte sich eine alte Wunde geöffnet. Doch vor allem hatte er das starke Bedürfnis, unbeobachtet zu weinen. Auf Deck blieb er vor dem Kastell stehen. Die Männer sahen ihn und klatschten Beifall. Er faltete die Hände und murmelte »Sieg!« Die ihm am nächsten standen, lasen ihm das Wort von den Lippen ab und riefen es laut, viele Male. Er hob den Blick nach Osten, wo schwarze, zerfranste Wolken aufstiegen. Es würde ein Gewitter geben. Er sah die Galeere von Don Juan mit vollen Segeln heranfahren. Also musste er es sofort tun. Er ging in seine Kajüte. Die Kugel eines Kanonenschusses hatte bei ihrem Eintritt kunstgerecht ein kreisrundes Loch geschlagen und auf der gegenüberliegenden Seite die halbe Kabinenwand mitgerissen. Drei Täubchen drehten sich gurrend auf den Stäben ihres Käfigs. Er hob den umgeworfenen Schemel auf, raffte Papiere und den Portolan zusammen und setzte sich an den Tisch. Er tunkte die Feder ins Tintenfass und schreib dreimal auf ein Papier: *In Hoc Signo Vinces*. Dann zerschnitt er das Blatt in drei Streifen, rollte sie zusammen und steckte sie in drei kleine Röhren, die er mit Siegellack versiegelte.

12

Zwischen Zitronen, Planken, Turbanen und Leichen öffnete Andrea die Augen. Das Meer war übersät mit Toten. Er hustete, spürte die Kälte und versuchte zu schwimmen. Die Korkweste hatte sich mit Wasser vollgesogen und trug ihn nicht mehr. Im Westen ging die Sonne hinter dem zackigen Umriss von Kefalonia unter. Im Osten donnerte es, die Wolken entzündeten sich und bekamen Säume aus Feuer. Der Wind und das Meer trieben ihn nach Norden, zusammen mit allem, was bis vor wenigen Stunden noch Soldaten, Schiffe und Hoffnungen gewesen waren. Andrea suchte nach etwas, woran er sich festhalten konnte. Nicht weit weg erblickte er ein großes, bauchiges Glasgefäß. Mit letzter Kraft schwamm er darauf zu und konnte sich fest an das Gefäß klammern. Es trug ihn, aber er würde nicht lange durchhalten, denn das Glas war rutschig und drohte immerzu umzukippen. Zu seiner Rechten, anderthalb Meilen entfernt, lag die Insel Oxia, doch die Strömung trieb ihn in die entgegengesetzte Richtung, aufs offene Meer hinaus. Er hörte das gurgelnde Wasser und sah die Rückenflossen großer Haie, die sich um einen Toten stritten. Er war überzeugt, dass er bald sterben würde. In Richtung Petala brannten Feuer, wahrscheinlich brennende Schiffe. Die Luft war nur noch von Donnergrollen erfüllt, die Kanonen schwiegen. Die Schlacht musste entschieden sein. Er betrachtete die überall umherschwimmenden Turbane, überlegte, ob er das Glas loslassen, die Weste abstreifen und sich verloren geben sollte. Damit er selbst entschied und dem

Meer ein würdiges Andenken hinterließ. Er hörte, wie sich eine Welle brach und wartete, dass sie ihn überspülte. Das geschah nicht. Wieder das Geräusch einer schwappenden Welle. Er stieß sich mit den Beinen herum. Etwa hundert Fuß entfernt ragte etwas aus dem Wasser wie der Rücken eines Wals. Es war der Kiel eines umgekippten Schiffes. Langsam schwamm er darauf zu.

13

Hassan Agà Veneziano hatte ein Inferno vor sich und konnte nicht erkennen, ob die brennenden Schiffe den Türken oder Venezianern gehörten. Einen Augenblick dachte er an seinen Vater Bepo und war kurz davor, die Planke, an der er sich festhielt, loszulassen. Er dachte an seine Frau Anné und die kleine Hava, seine Tochter. Er hatte sich mutig und loyal geschlagen. Wieder schaute er zu den Schiffen hin, die am Strand brannten. Da sah er eine Gruppe Menschen, hörte ihre Schreie. Sie halfen jemandem, aus dem Meer herauszukommen. Sie sprachen türkisch. Er dankte Gott und schwamm weiter.

14

Und er sprach: Siehe, ich will dir zeigen, wie es gehen wird zur Zeit des letzten Zorns; denn das Ende hat seine bestimmte Zeit.

Der Erzengel Gabriel hielt eine Lilie in der erhobenen Hand, er hatte zwei große, hellblaue Flügel, trug ein weißes Kleid, und seine Haare waren von einem schönen venezianischen Rot. Er streifte die Wellen und tauchte von Zeit zu Zeit ins Wasser.

Obwohl der Kapitän nicht einverstanden gewesen war, hatte der Schiffseigner Onfré Giustinian beschlossen, die Ruder einziehen zu lassen, die Setzborde anzubringen, das Besansegel für leichte Winde und das Focksegel zu setzen. Über ihnen flatterte der venezianische Löwe mit erhobenem Schwert knatternd in heftigen Südwestböen. Am Heck hatte der Steuermann das kleine dreieckige Brett ins Wasser geworfen, und die daran befestigte Schnur lief zwischen seinen Fingern hindurch. Er hatte zehn Knoten gezählt. Das war Wahnsinn. Bei dieser Geschwindigkeit würde die Kriegsgaleere *Angelo Gabriele con un giglio* drei Tage bis nach Venedig brauchen, um die gute Nachricht zu überbringen. Doch Onfré, ein erfahrener Seemann, wusste, dass sie früher oder später langsamer fahren mussten, wenn sie Schäden am Schiff vermeiden wollten.

Sie hatten den Archipel der nördlichen Curzolaren verlassen, wo die Flotte sich bei Petalas vor dem Südweststurm in Sicherheit gebracht hatte, und ihr Bug zeigte jetzt nach Westen, wo es auf den Meeresarm zwischen Ithaka und Santa Maura zuging. Was Sebastiano Venier beabsichtigte, bedeutete eine regelrechte Flucht. Denn der Befehl von Don Juan war unmissverständlich: die Nachricht vom Sieg sollte alle beteiligten Regierungen und Staaten gleichzeitig erreichen wie ein Strahl der aufgehenden Sonne. Venier aber, das war bekannt, handelte stets in seinem eigenen Interesse und dem der Serenissima.

Also hatte man die Toten gezählt, und es hieß, dass ihre Zahl allein bei den Venezianern über viertausendfünfhundert lag. Die Verletzten waren ebenso viele. Venier hatte die Schwerverletzten und die mit schweren Brandwunden von seiner Galeere schaffen lassen und der *Angelo* ein kurzes Schreiben mitgegeben, in dem er die Ereignisse in groben Zügen berichtete. Um die Mittagszeit hatte er das Schiff mit den verbliebenen Vorräten ausrüsten und in See stechen lassen.

An Bord herrschte Begeisterung und der Wunsch nach Heimkehr. Onfré wollte dieses Meer und seine Inseln so schnell wie möglich hinter sich bringen, konnte sich hier doch immer noch die Handvoll Galeeren von Uludsch Ali verbergen, die der Schlacht entkommen waren. Die jüngsten Gerüchte vermuteten sie mit Kurs auf Modone.

Von Zeit zu Zeit verkündete der Matrose oben im Mastkorb eine Sichtung, und es hatte den Anschein, als täte er es aus Spaß. Dann korrigierte der Ruderführer den Kurs um wenige Strich, und die Galeere streifte mit ihrer großen Bugwelle ein Fass, eine Kiste, eine Leiche, die schon aufgedunsen oder von Fischen zerrissen war. Als der Matrose jedoch den dunklen Umriss sah, überlegte er einen Moment. Aus dieser Entfernung schien es der Rücken eines Wals zu sein.

»Wrack, zwei Strich backbord!«, schrie er aus voller Kehle.

Onfré Giustinian beugte sich über die linke Bordwand. Es war der Kiel eines umgekippten Schiffs, und auf diesem Kiel schien jemand zu sitzen.

»Besansegel reffen! Ruderer bereit!«, befahl er sofort, und das Deck der Galeere belebte sich wieder.

15

Das Warten war quälend geworden, hatte sich in eine mit Händen zu greifende bange Vorahnung verwandelt. Dem erlauchten Messer Jacopo, stets bemüht, in den Gesichtern Gefühlsregungen einzufangen, konnte das natürlich nicht entgehen.

»Vostra Serenità«, sagte der Maler, »dies scheint mir kein günstiger Tag für Euch, denn was ich heute sehe, wird zu Form und Farbe werden und zu Euerm zukünftigen Andenken auf ewig erhalten bleiben. Soll ich zurückkehren, wenn Ihr wieder heiterer Stimmung seid?«

Der Doge Alvise Mocenigo, der auf einem hölzernen Podest in einem schlichten Scherenstuhl mit Armlehnen saß, rührte sich nicht.

»Fahrt ruhig fort, mein Freund. Ich möchte die Erinnerung an diese Zeit festhalten, um für den Tag des Jüngsten Gerichts gewappnet zu sein.«

Ein mildes Licht erfüllte den Raum, genau richtig zum Malen.

Die Sonne fiel durch zwei Glastüren, die sich auf eine Innenterasse zum Hof des Palazzo Ducale öffneten. Diese nach Süden gelegene, von der Westfassade und der Apsis des Markusdoms vor kalten Winden geschützte Terrasse war von Loredana, der Expertin für Botanik, in eine Art Paradiesgarten verwandelt worden.

Wie an jedem Morgen, seit Alvise gewählt und der Palazzo zur Residenz der Mocenigos geworden war, arbeitete Loredana in der Ecke mit seltenen, sonderbaren Pflanzen, die ihr Mann aus der Neuen Welt hatte kommen lassen. Alvise beobachtete sie, während sie Keime in einem kleinen Glashaus versetzte, das die zarten Pflänzchen vor der ersten Kälte schützte, wie sie in Padua von ihrem Lehrer für Botanik Melchiorre Guilandino gelernt hatte.

Plötzlich erschien eine Taube über der Terrasse und ließ sich nach einigen eleganten Kreisen in der Luft zielsicher auf der Brüstung nieder. Erst tippelte sie vor und zurück, den Kopf nach rechts und links drehend, als wollte sie sich vergewissern, dass dies ihr Zielort war, dann erhob sie sich wieder und flog zum Taubenschlag. Alvise spürte, wie Hitze in seiner Brust aufstieg, und diese innere Regung war so stark, dass Messer Jacopo Tintoretto sie wahrnahm, den Pinsel hob und abwartete. Der Doge schloss die Augen. Als er sie wieder öffnete, sah er, dass die Taube sich unruhig am Eingang des Taubenschlags drehte.

»Bitte entschuldigt mich.«

Der Maler zog sich mit einer Verbeugung von der Staffelei zurück.

Alvise stieß sich mit beiden Armen vom Stuhl ab und stand auf. Er stieg die zwei Stufen des Podests herab, ging mit langsamen Schritten, wie unentschlossen, zu einer der Glastüren, öffnete sie und trat auf die Terrasse. Loredana hörte ihn und drehte sich um. Ihre Miene war besorgt.

»Eine Botschaft«, sagte er nur.

Alvise nahm einen Rispen Hirse und bot ihn der Taube an.

Rasch packte er den Vogel, während Loredana mit einer Schere das an seinem Bein befestigte Röhrchen abschnitt. Alvise ließ die Taube frei, die gurrend nach der Hirse pickte.

»Was hier geschrieben steht, geliebte Gattin, bleibt in unseren Augen und Herzen verborgen.«

»So wird es sein.«

Loredanas Hände zitterten, als sie mit dem Daumennagel den Siegellack aufbrach, der das Röhrchen verschloss. Sie zog ein winziges, zusammengerolltes Papier heraus. Zögernd sah sie ihren Mann an.

»Bitte lies.«

Loredana rollte das Papier auf. Ihre Augen füllten sich mit Tränen, als sie es Alvise reichte. Er las, verharrte einen Augenblick stumm. Dann nahm er die Hand seiner Frau, führte sie an seine Lippen und küsste sie. Dabei gab er ihr das Billett zurück.

»Unsere Hoffnung hat sich erfüllt.«

Er ging zurück, stieg die zwei Stufen hinauf, setzte sich und blickte wieder starr zum erlauchten Jacopo Tintoretto. »Bitte fahrt fort«, sagte er, seine Positur einnehmend.

16

Er atmete kaum. Um ihn an Bord zu hieven, hatten sie das Beiboot ins Wasser gesenkt. Mittschiffs war der Kielraum der Galeere von Onfré Giustinian voller Verletzter, die meisten mit schweren Brandwunden. Der Priester hatte schon viele Letzte Ölungen gespendet, Leinensäcke und Steine für Seebestattungen gab es nicht mehr. Der Arzt arbeitete seit vierundzwanzig Stunden, er war zu Tode erschöpft. Als es kein Verbandsmaterial mehr gab, hatte er ein altes Segel in Streifen reißen, abkochen und in Öl tauchen lassen. Das legte er den Brandverletzten auf die Wunden. Den Schreien und dem Gestank hatte er sich ergeben. Nach allem, was er gesehen hatte, konnte er sie nun, da man Kurs auf die Heimat genommen hatte, leichter ertragen.

Andrea war im Kielraum dicht neben die Verankerung des Großmasts gelegt worden. Sie hatten das Strohlager eines soeben Verstorbenen umgedreht und ihn darauf gebettet, zwischen einem Mann mit Brandwunden, dessen Gesicht und Oberkörper verbunden waren, und einem anderen ohne Bein. Mit Hilfe von zwei Matrosen zog Dottor Hieronimo Dalessi ihn aus, nahm ihm die Lederriemen und das eigenartige Metallkästchen ab, das er auf dem Rücken trug, und untersuchte ihn auf schwere Verletzungen. Es waren nur Messerstiche, Blutergüsse, bereits verheilte oder genähte Wunden. An seinen schwieligen Händen erkannte er, dass es sich um einen Ruderer handelte. Er ließ ihn in eine Decke hüllen.

Dann konzentrierte er sich auf den Behälter. Erst zögerte er, ihn zu öffnen. Er überlegte, dass es eine Nachricht sein konnte. Wichtig genug, um sie am Körper zu tragen wie ein Kruzifix. Er öffnete den Deckel und erblickte ein winziges Buch. Wunderbarerweise unbeschädigt, trocken. Ein auf Griechisch geschriebenes Buch. Er hatte Hippokrates und Galen studiert, er konnte Griechisch. Aufs Geratewohl schlug er es auf.

»*Ihr Götter göttlichen Ursprungs*«, las er still, im Wunsch, den Schmerz, der ihn überwältigte, zu ersticken. Dann las er laut, für alle: »*Welcher Werke Urheber und Vater ich bin, die sind als durch mich hervorgebracht ohne meinen Willen unauflösbar.*« Er spürte einen Kloß im Hals, und fuhr fort: »*Nun ist alles, was verbunden ward, auch wieder auflösbar, aber frevelhaft wäre es, das gut Zusammengefügte und wohl Bestehende wieder auflösen zu wollen.*« Er konnte nicht weiterlesen.

Zuerst hörte Andrea die Schluchzer. Dann nahm er den stechenden Geruch von Essig wahr, vermischt mit dem Schmutz des Kielraums und der Körper. Er schlug die Augen auf: hölzerne Spanten, der mächtige Fuß des Großmastes einer Galeere, ein Mann in schwarzen Kleidern, kniend, das Gesicht in den Hän-

den, der schluchzte. Das musste ein Priester sein, und er war seinetwegen da. Er dachte an den Tod. Ohne zu leiden. Er bewegte den Kopf und sah sich um, sah die schwankenden Lichter, die Verletzten, den verbundenen Mann neben sich, den anderen, der vor Schmerzen stöhnte. Dann musterte er den knienden Mann, der ihn jetzt ansah. Er hatte sich einen Bart wachsen lassen, seine Haare waren grau, das Gesicht eingefallen, mit Falten, aber Andrea erkannte ihn trotzdem.

»Doktor Dalessi …«, sagte er mit schwacher Stimme.

Dem Arzt kam diese Stimme bekannt vor, doch er konnte sie keinem Namen zuordnen. Andrea bemerkte seine Verwirrung.

»Ich bin Andrea Loredan.«

»Ihr?«, fragte Dalessi ungläubig.

»Es scheint, als wäre viel Zeit vergangen«, sagte Andrea, wie um sich von der Last seiner Erschöpfung und dem Schmerz seiner Verletzungen zu befreien.

Der Arzt beugte sich über ihn, blickte prüfend in sein Gesicht, und als er Andreas Züge wiedererkannt hatte, ging sein Staunen in Freude über. Er wandte sich an einen Matrosen: »Hol mir abgekochtes Wasser und Zucker aus der Kombüse, schnell!« Und einem anderen Matrosen befahl er: »Ruf Messer Giustinian, er soll herkommen!« Dann drehte er sich wieder zu Andrea, um ihm fürsorglich wie ein Vater die Decke unters Kinn zu ziehen.

»Ich hatte Euch schon in die Liste der Toten und Helden aufgenommen. Wie schön, Euch hier wiederzusehen!«

»Sagt, mein Freund«, fragte Andrea. »Wie steht es in der Schlacht?«

Dalessi wich überrascht zurück. »Ihr wisst nichts? Uns gehört der strahlende Sieg! Endlich wird man Euch die gebührende Ehre erweisen!« Dann kam das Wasser, und Dottor Dalessi tat reichlich Zucker hinein. Er half Andrea, den Kopf zu heben. »Kleine Schlucke«, ermahnte er ihn, was Andrea zum Lächeln brachte. Ein Poltern auf der Treppe, Onfré Giustinian, begleitet vom Kapitän, dem Steuermann und zwei Offizieren kam in den

Kielraum. Alle hatten sich zum Zeichen des Respekts die Mützen abgenommen.

»Ohne das Verdienst der anderen Tapferen schmälern zu wollen«, erklärte Giustinian, sich umblickend, »es ist mir eine Ehre, Euch an Bord zu haben, Messer Loredan!«

»Die Ehre ist ganz meinerseits, Signore«, erwiderte Andrea, zunehmend getröstet.

»Ich lasse Euch sofort in eine Kabine am Heck bringen.«

»Es geht mir gut hier.«

Giustinian schüttelte ungläubig den Kopf.

»Wie habt Ihr das bloß gemacht?«

»Was, Signore?«

»Die *Sultana*! Alle sprechen davon!«

Andrea schwieg. Der Kapitän nicht.

»Ich war weit weg vom Mittelpunkt der Schlacht, doch der Gouverneur Guoro hat mir von Eurem heldenhaften Angriff auf das türkische Flaggschiff berichtet, von Eurem Mut und dem Eurer Kameraden.«

»Was ist aus ihnen geworden?«, fragte Andrea, der sich langsam wieder erinnerte.

»Durch göttliche Gnade sind zwei zurückgekehrt.«

»Und Werkmeister Rosso?«, unterbrach ihn Andrea.

»Man fand nur seinen Kopf, zusammen mit dem Kopf von Ali Pascha. Dann ist die Pulverkammer in die Luft geflogen. Die *Sultana* wurde vom Heck bis zum Bug aufgerissen, Luken und Decksplanken flogen über zweihundert Ellen weit durch die Luft. Nachdem die *Sultana* eingenommen war«, fuhr Giustinian begeistert fort, »und das Kruzifix aufgerichtet wurde, war der Sieg unser.« Er verbeugte sich. »Das verdanken wir Euch.«

Dalessi reichte Andrea das Buch mit dem Behälter. »Nehmt, es gehört Euch.« Er kam näher und flüsterte ihm verschwörerisch wie ein Freund zu: »Es muss sehr wichtig sein, wenn Ihr es auf diese Weise mit Euch herumtragt.«

»Das ist es.«

Der Arzt schüttelte den Kopf. »Mehr frage ich nicht. Versucht zu trinken. Später werdet Ihr gepökeltes Fleisch, Oliven und Schiffszwieback bekommen, nicht wahr, Messer Onfré?« Giustinian lächelte, und während das Ehrenkomitee wieder auf Deck zurückkehrte, verabschiedete Dalessi sich von Andrea mit dem Versprechen, bald wiederzukommen.

Erschöpft legte Andrea den Kopf auf das Strohlager, während die Atemzüge, das Keuchen und Stöhnen der Männer wieder wie eine Flut anstiegen, um jeden Winkel zu erfüllen, jedes Stück Holz zu durchtränken.

»Platon habe ich sehr gerne gelesen …«

Die Stimme war ein leises Flüstern, doch laut genug, damit Andrea sich zu dem Mann mit dem verbundenen Gesicht umdrehte. Der bewegte die Hand in der Luft, er suchte Kontakt mit Andrea wie ein Blinder. Er war blind.

»Dieses Höllenfeuer hat mir das genommen, was Platon unser größtes Gut nennt«, fügte er hinzu.

Andrea nahm seine Hand, drückte sie und empfand großes Mitleid mit dem armen Mann.

»Ich heiße Matteo Riato, es ist mir eine Ehre, Eure Bekanntschaft zu machen, Messere«, keuchte er.

Andrea spürte die Schwielen in seiner Handfläche, die vom Rudern stammten.

»Ihr wart auch am Ruder.«

»Es sind schon drei Jahre.«

»Was habt Ihr getan?«

»Ich war Hauslehrer bei einem vornehmen Mann. Wegen eines Diebstahls haben sie mir vier Jahre gegeben. Aber ich bin unschuldig. Und Ihr? Die Ruderstrafe ist nicht üblich bei Adeligen.«

»Ich bin geständiger Täter. Das Ruder habe ich selbst verlangt.«

Sie schwiegen.

»Platon wird uns auf dieser Reise Gesellschaft leisten. Lest Ihr?«

»Das werde ich tun, wenn Ihr möchtet«, antwortete Andrea.

17

Es war ein windiger Nachmittag. Jacomo stand in der Glashütte und formte das flüssige Glas, da loderten aus den drei Mündern des Brennofens plötzlich Flammenzungen auf. Das passierte immer, wenn eine Tür geöffnet wurde.

»Wer ist da?«, rief Jacomo ärgerlich. »Geh nachschauen!«, befahl er Pierin.

Der Lehrjunge hatte noch keinen Schritt getan, als am hinteren Ende des Raumes zwei bewaffnete Männer erschienen, denen zwei Frauen folgten. Jacomo erkannte die eine, und seine Sorge verflog. Dass sein Leben wieder in angenehmen Bahnen verlief, verdankte er nicht zuletzt ihr. Die *Dogaressa* Loredana Marcello kam lächelnd näher, begleitet von einer Hofdame, dem Hauptmann der Dogenwache Zaccaria und einem Knappen. Jacomo ging ihr entgegen.

»Vostra Serenità!« Er verbeugte sich.

»Wie geht es Euch, Maestro?«, fragte sie in liebenswürdigem Ton.

Jacomo hatte sich noch immer nicht an ihre unerwarteten Besuche gewöhnen können. Er wusste von Ottobon, dass Loredana sich nach dem Tod des Schriftstellers Alfonso de Ulloa im Juni vergangenen Jahres beim Dogen für ihn verwendet hatte, um einen weiteren tragischen Todesfall zu verhindern. Dann waren sie Freunde geworden, und kein Monat verging, ohne dass sie ihn besuchte. Loredana, eine gebildete und wissbegierige Frau, versuchte die Kunst der Glasbearbeitung und ihre Geheimnisse zwischen Alchemie, Chemie und Philosophie zu verstehen.

Doch jetzt war sie gekommen, um sich unter Tellern, Kelchen, Pokalen, Krügen, Trinkgläsern, Gläsern aus Cristalìn, Flaschen und Inghistere die schönsten Stücke auszusuchen, die sie verschenken wollte. Nachdem Loredana Glas für fünfhundert Dukaten bestellt hatte, ließ sie sich von ihrer Hofdame einen Korb reichen. Langsam wickelte sie den darin liegenden Gegenstand aus seiner schützenden Umhüllung roter Samttücher. Zuerst sah man eine winzige Hecklaterne, dann das Kastell mit den Decks, den Rahmen des Ruderdecks, die Masten mit den Segeln, schließlich das ganze Schiff bis zum Bug, dessen Rammsporn in Gestalt eines Drachens als Tülle diente, aus der das Wasser gegossen wurde.

Jacomo starrte reglos auf die kleine Galeere aus geblasenem Glas, die mit blauen, grünen und rosa Glasfäden verziert war.

»Bitte, Fürstin, darf ich erfahren, wie Ihr in den Besitz dieses Wasserkrugs gekommen seid?«, fragte er verwundert.

»Mein Vater hat ihn mir geschenkt. Er kaufte ihn auf dem Markt während der Festa della Sensa, als ich noch ein kleines Mädchen war.« Sie zeigte auf den Rammsporn in Form eines Drachens. »Ihr habt ihn gemacht, nicht wahr?«

Der Glasmeister zögerte und begnügte sich mit einem Kopfnicken, weil die Rührung ihm die Kehle zuschnürte.

»Sagt mir, könntet Ihr außer den Gläsern, die ich bei Euch bestellt habe, auch zwanzig solcher Galeeren herstellen?«, fragte die Dogaressa, indem sie ihm das kostbare Stück reichte.

Jacomo nahm den Wasserkrug, wog ihn in den Händen. »Natürlich kann ich das«, antwortete er, und ein neues Licht leuchtete in seinen Augen.

Loredana hakte den Maestro unter und zog ihn mit sich zum Brennofen. »Da ist noch etwas.« Sie holte ein sorgfältig gefaltetes kleines Blatt Papier aus dem Ärmel. »Aber Ihr müsst mir versprechen, dass Ihr mir keine Fragen dazu stellen werdet und jeden Gedanken, der Euch bei dem kommt, was ich Euch jetzt zeigen werde, unter allen Umständen für Euch behaltet.«

Stille trat ein, nur das dumpfe Brummen des Feuers und das Pfeifen des Windes zwischen den Dachbalken war zu hören.

»Ich verspreche es Euch beim Liebsten, das mir geblieben ist.« Loredana reichte ihm das Papier. »Lest.«

In der Mitte stand geschrieben: *In Hoc Signo Vinces*.

»Dieses Gotteswort sollt Ihr auf jedes Schiff gravieren.«

Gedämpft, wie ein Hintergrundgeräusch zu seinen wirbelnden Gedanken waren ihre Worte bei Jacomo angekommen, doch dann verbanden sie sich und wurden klar. Im selben Augenblick verstand er. Er hob die Augen zu Loredana. Sie schien kurz davor, zu lächeln, zu jubeln, ihn glücklich zu umarmen.

»Ja, Maestro«, sagte sie nur. »Es ist so, wie Ihr denkt.«

18

Sechshundert Meilen in neun Tagen. Eine gerade Linie mitten durch die Adria, neun Sonnenuntergänge über dem italienischen Festland. Als am neunten Morgen die Umrisse des Lido in Sicht kamen, brach an Bord der *Angelo Gabriele* ein fröhliches Durcheinander aus, eine große Maskerade mit Turbanen, Krummsäbeln, Piken, Standarten mit aufgesticktem Halbmond, und kein einziger Ruderer bewegte sich noch im Takt, kein Matrose achtete auf die Manöver, so dass Onfré Giustinian in die Luft schießen musste, um die Gemüter wieder zu beruhigen, Ordnung zu schaffen und seine Befehle durchzusetzen.

Drei Stunden später wurden sie mit Schreien und Jubelrufen von der Mannschaft der Galeasse begrüßt, die zum Schutz vor der Laguneneinfahrt der Due Castelli lag. Die große Kette, die die Durchfahrt zwischen den Festungen Sant'Andrea und San Nicolò versperrte, wurde lärmend eingezogen. Auf den Festungen und dem Schiff wurden Salven aus den Kolubrinen abgeschossen. Sechs Fregatten, auf denen die Rufe »Sieg! Sieg!« und »Viva San Marco!« ertönten, reihten sich als Geleit der Kriegsgaleere auf, um ein wenig vom Abglanz des Ruhms zu erhaschen, dem sie entgegenfuhr. Der Hafenlotse, der an Bord gekommen war, um sie durch die jüngst geschaffenen Fahrrinnen zwischen der Laguneneinfahrt und dem Arsenale zu geleiten, wagte es aus Respekt nicht, Giustinian das Steuerruder abzunehmen, er weinte und lachte vor Aufregung und rief immer wieder fassungslos: »Heilige Jungfrau Maria, wir haben gewonnen, wir haben gewonnen!«

Andrea verließ das Hospital, wie der mit Verwundeten gefüllte Kielraum getauft worden war, als Doktor Dalessi Weihrauch in den Kohlebecken entzünden und mit dem letzten Fass Wein, der zu Essig geworden war, die Bootswände befeuchten ließ. Über diese Essenzen legte sich der Gestank nach faulendem Fleisch, eiternden Wunden, Urin und Fäkalien, so dass man kaum noch atmen konnte. Sonst wäre Andrea niemals aus dieser schützenden Höhle hervorgekommen. Er hatte Verständnis für die Freude ringsum, aber er konnte nicht jubeln. Giustinian hatte der Mannschaft mittschiffs befohlen, die Ruder einzuziehen, über die Bänke und Gänge waren Bretter gelegt worden, und so war um den Großmast herum ein breites, einladendes Deck entstanden. Dort stand Andrea, die Steuerbordwanten umklammernd, um sich gegen das Schlingern der Galeere auf den letzten Meereswellen, die in der Lagune verebbten, abzustützen. Als sie die Festung Sant'Andrea passiert hatten, erschien zwei Strich steuerbord am Bug, auf dem Wasser schwebend, vom Himmel beschützt, Venedig. Ein Schrei ertönte. Einige brachen in Tränen aus. Andere knieten nieder und wieder andere schossen Salven in die Luft.

Andrea sah San Servolo wieder, die Kirche Sant'Antonio an der Spitze von Castello und dahinter San Giorgio. Er sah den Campanile von San Marco, doch er spürte, wie seine Ergriffenheit ihm fremd wurde und verflog. Die Galeere fuhr dicht am Kloster der Kartäuserpatres vorbei, und als die Mönche, die auf den Kirchplatz geströmt waren, die Siegesschreie hörten, hängten sie sich an die Glockenseile. Kurz darauf antwortete

Sant'Elena, und am Eingang des Canale San Marco war die Luft schon vom Geläut Hunderter Glocken erfüllt. Die Riva degli Schiavoni war schwarz von Menschen, alle Boote auf der Lagune verließen ihren Kurs und fuhren zur *Angelo Gabriele*. Die Marangona begann zu schlagen, die Mezzana und die Mittagsglocke fielen in ihr Läuten ein. Alle Fenster öffneten sich, bunte Tücher wurden über den Altane aufgehängt. Wer jung genug war, lief, so schnell er konnte, sprang über die Brücken. Über das ununterbrochen Läuten der Glocken legten sich Geklingel, Pfiffe und Schüsse, übertrugen sich bis zu den an der Dogana da Mar vor Anker liegenden Schiffen und allen an den Ufern vertäuten Booten aus dem Arsenale. Unterdessen vereinten sich die zunächst vereinzelten Stimmen der Menschen an Land im Ruf *Sieg! Viva San Marco!* zu einem großen Chor.

Andrea aber konnte keinen festen Halt finden, keinen einzigen Gedanken, der ihn erfreut hätte. Zunächst schien er bereit, sich vom Jubel mitreißen zu lassen, doch dann zog er sich zurück, stand stumm an der Bordwand, um zuzuhören und ins Leere zu blicken.

19

Sie hatten die bestellten Glasgefäße und die zwanzig kleinen Galeeren nebeneinander in einer Reihe aufgestellt, die zwei große Tische im kalten Zimmer, dem Lagerraum der Glashütte, einnahm.

Der größte Schmelzofen in der Mitte des Ofenraumes, ein kuppelförmiges Gebilde aus Ziegelsteinen, Mörtel, Schamottsteinen und Eisen, rauchte, schnaubte und zitterte wie ein gereizter Stier, der verletzt und erschöpft mitten in der Arena steht, und nur der Glasmeister durfte sich ihm noch nähern. Fünf Karren Erlenholz hatte er in acht Tagen Arbeit gefressen. Achthundert Pfund *fritta*, Materie, die zu Glas geschmolzen wurde, hatten

sie verarbeitet. Und als das Türchen aus Schamott und Gusseisen geöffnet wurde, war die herausschießende Stichflamme weiß wie die Augustsonne.

Um den Auftrag der Dogaressa erfüllen zu können, arbeitete die Glashütte seit acht Tagen ununterbrochen, mit zwei Nachtarbeitern, die im ersten Ofen die *fritta* zubereiteten und die Temperatur im Schmelzofen konstant hielten, damit er vom Sonnenuntergang bis Mitternacht beladen werden konnte und das Glas bei so großer Hitze geschmolzen wurde, dass es kochte wie Wasser. Denn so konnte die Luft entweichen und das flüssige Glas rein werden, kristallklar. Das dauerte bis kurz vor Sonnenaufgang, wenn ein heller Schein am Osthimmel auftauchte. Doch in diesen kalten Stunden bei Morgengrauen konnte der Schmelzofen sich in eine wilde Bestie verwandeln. Eine Flüchtigkeit genügte, eine falsche Bewegung aus Müdigkeit, wie die Klappe zu plötzlich zu öffnen, dann konnte der Ofen Feuer spucken. Der Atem des Drachen. Auch darum brannten Glashütten nieder.

Dieses Mal wollte es das Schicksal, dass Jacomo einen Schritt neben Pierin direkt vor der Ofenklappe stand. Er sah das Feuer sich zurückziehen und wie eine Welle am Ufer auf den Grund des Ofens sinken. Da packte er den Jungen und riss ihn weg. Im nächsten Augenblick kam aus der Luke eine mehrere Ellen lange horizontale Feuerzunge herausgeschossen, rollte sich am Ende auf, wurde zum Feuerball, der zwei Ellen hoch in die Luft stieg, und verpuffte in einer schwarzen Wolke, die sich unter den Dachbalken ausbreitete. Im Hintergrund wurde knallend eine Tür geschlossen.

Der junge Nachtarbeiter kam angelaufen, ohne auf die zornige Miene zu achten, mit der Jacomo ihn empfing. »Maestro!«, rief er Mann aufgeregt. »Ganz Venedig feiert! Wir haben den Türken besiegt!«

Genau in diesem Moment begannen die Glocken von Santo Stefano zu läuten, und der grimmige Ausdruck auf dem Gesicht des alten Glasmeisters verwandelte sich in gerührtes Staunen.

20

Der Kapitän Onfré Giustinian beschloss, vor den zwei Säulen der Piazzetta anzulegen, neben der linken Flanke der *Locanda del Redentore*, der Fusta, an der die Galeerenruderer ausgebildet wurden. Er befahl, den Anker am Bug vorzubereiten und ließ ihn zweihundert Fuß vor der Mole an der schnellen Trosse zu Wasser. Die an dieser Stelle vertäuten Gondeln räumten in höchster Eile die Anlegestelle und verteilten sich zu beiden Seiten.

Von der *Angelo Gabriele* aus war das Schauspiel so beeindruckend, dass die gesamte Mannschaft, auch die wildesten Hitzköpfe in türkischen Gewändern, nur noch stumm, an das lange Reep am Steg, die Wanten, Masten und Dollborde geklammert, zuschaute. Denn unter dem Lärm der Glocken hatte sich das ganze Ufer von der Ca' di Dio bis zur Paglia, von der Mole und der Piazzetta bis zur Zecca und den Kornspeichern von Terranova in ein einziges Menschenband verwandelt. Kein Himmelfahrtsfest, kein Karnevalsdonnerstag hatte je eine so massenhafte Beteiligung erlebt. Es wimmelte von Männern und Frauen, die einander umarmten, tanzten und schrien. Die Kinder auf den Schultern ihrer Eltern hatten die beste Sicht, überall wehten die Fahnen der Serenissima, und ein paar Menschen waren im Gedrängel schon ins Wasser gefallen. Auf den Loggien des Dogenpalasts, an den beiden Balkonen und an den großen Fenstern der Sala del Maggior Consiglio bis zu den Sälen der Quarantia und des Scrutinio drängten sich die Menschen, ja, sogar auf den Dächern standen Schaulustige. Die gesamte Belegschaft der Münze war nach draußen gekommen. Und der durch den Uhrenturm drängende Menschenstrom schien all jene überschwemmen zu wollen, die sich die Piazza San Marco schon erobert hatten.

Andrea hörte Giustinian mit den Gondolieri sprechen und den Fanti und Soldaten, die die Menge zurückzuhalten versuchten, etwas zurufen. Neben ihm stand Doktor Dalessi. Boote

wurden gebraucht, sofort, um die Verletzten ins Hospital Santi Pietro e Paolo zu bringen, wo man Brandwunden zu behandeln wusste. Andrea beschloss, zu Matteo zurückzukehren, seinem Nachbarn auf dem Strohlager. Aus der Decksluke kam ein warmer Pesthauch, der ihm den Atem nahm. Er stieg hinunter. Dort lag Matteo mit seinen ölgetränkten Verbänden, die die Farbe von Rost angenommen hatten. Er atmete schwer. Der andere Nachbar, der ein Bein verloren hatte, war vor zwei Tagen gestorben, sie hatten ihn vor Istrien dem Meer übergeben.

»Wir sind in San Marco, gleich gehen wir vom Schiff, und sie werden dich ins Krankenhaus bringen. Ich komme mit dir«, sprach er dem Blinden Mut zu.

»Genieß das Fest. Kümmere dich nicht um die Toten.«

»Rede keinen Unsinn!«

Ein Knirschen fuhr durch den Kielraum, es war das Ankertau, das sich spannte. Man hörte die Rufe der Matrosen am Bug.

»Auf Männer, wer gehen kann, kommt an Deck!« Das war die Stimme von Dalessi an der Luke.

»Ich helfe dir, versuch aufzustehen.« Andrea beugte sich über Matteo und nahm seinen Arm.

Francesco d'Angelo, der für die Gerichtsverhandlung der Quarantia Civil an diesem Morgen die schwarze Anwaltstoga des *avvocato straordinaio* trug, hatte sich einen Platz auf dem Balkon der Sala dello Scrutinio erobern können. Das Gedrängel hinter ihm war so stark, dass er sich, um nicht zwischen den Körpern und der Balustrade erdrückt zu werden, in die Ecke neben dem Türrahmen gestellt hatte. Eine ideale Position, um zu beobachten, was auf der Piazza San Marco, der Piazzetta und an Bord der *Angelo Gabriele* geschah. Als die ersten Verletzten aus dem Kielraum gebracht wurden, erreichte der Gestank dieser Körper die vordersten Zuschauerreihen auf der Mole und ließ die Freudenrufe verstummen. Die pestilenzialischen Gerüche aus der Galeere stiegen bis zu Francesco hinauf, der von dort oben das ungewöhnliche Schauspiel beobachten konnte, wie der Teil der Menge, der sehen und verstehen konnte, entsetzt schwieg, während der andere auf der Piazza in Richtung Mercerie, begleitet vom Festgeläut der Glocken, immer noch jubelte. Als Francesco wieder auf das Deck der *Angelo Gabriele* spähte, meinte er eine vertraute Gestalt zu entdecken. Der Mann war zu weit entfernt, um seine Gesichtszüge deutlich zu sehen, doch nah genug, um die Statur und Bewegungen zu erkennen, und vor allem die Bereitwilligkeit zu sehen, mit der er sich um die Verletzten kümmerte. Das musste Andrea sein! Beflügelt von dieser Ahnung, konzentrierte Francesco seine ganze Aufmerksamkeit auf ihn, und als der Mann vor zum Bug auf die Enterbrücke kam, erkannte er ihn trotz der kurzen Haare und des eingefallenen, sonnenverbrannten Gesichts. Unwillkürlich rief er seinen Namen, doch nur einmal, denn in diesem Getöse würde er niemals gehört werden. Entschuldigungen murmelnd, wühlte er sich, wie gegen einen reißenden Gebirgsbach anschwimmend, durch die Menge im Großen Saal und auf der Scala dei Censori. Im Innenhof aber kam er nicht weiter, er ertrank in einem Meer aus Menschen.

21

Wie versprochen, hatte Andrea den armen Matteo zum Hospital Santi Pietro e Paolo begleitet. Der Zwerg Taso, der Pförtner des Krankenhauses, hatte ihn nicht sofort erkannt, er war zu entsetzt über die Menge der Verletzten, die hereingebracht wurden. Auch wusste er nicht, was er tun sollte, darum irrte er mit Feder, Tintenfass und Verzeichnis zwischen diesen Gespenstern umher, statt die Namen der Eingelieferten aufzuschreiben und sie nach gesellschaftlichem Stand, Verletzung und Schwere der Verwundung zu verteilen, wie die Vorschrift verlangte. Jemand sagte ihm, sie seien alle Überlebende einer großen Schlacht gegen den Türken, und angesichts der vielen Verletzten dachte Taso sofort an eine tragische Niederlage der Venezianer. Dann hörte er, dass sie gewonnen hatten und dass die türkische Flotte nicht mehr existierte.

»Ja, wir haben gewonnen«, sagte Andrea, und als er ihn so verstört sah, fügte er hinzu: »Ich bin's, Taso, Andrea Loredan.« Der Pförtner begann zu stottern und schien noch verwirrter, ja, um nicht ganz den Verstand zu verlieren, versteckte er sich hinter seinem Schreibtisch, zitterte vor Aufregung und heulte wie ein verwundetes Tier.

Andrea ließ Matteo im lichterfüllten Eingang zurück, versprach, ihn bald zu besuchen, und trat hinaus in die Sonne und das Blau, das vom Rio Sant'Anna reflektiert wurde. Die Luft prickelte, lud sich immer mehr mit Licht und Irrsinn. Er blickte sich um, überlegte, welchen Weg er nehmen sollte. Die Fondamenta unter seinen Füßen schwankten und stampften wie ein Schiff bei schwerer See. Das war die Landkrankheit. Er stützte sich gegen eine Backsteinmauer. Alles kam aus den Häusern, strömte in die Calli nach San Marco. Er sah den Campanile von San Domenico und die schiefe Kirche. Mit der Erinnerung an den Aufstand der Arsenalotti gegen den Inquisitor kehrte der Gedanke an Sofia zurück. Er warf einen Blick auf sein Handgelenk, wo das zu wenigen kümmerlichen Fäden geschrumpfte Stoffarmband noch immer durchhielt, und beschloss, zur Bragola zu gehen, wo Sòfia gewohnt hatte. Don Zuànino oder die Nachbarn würden vielleicht etwas von ihr wissen.

Auf den Fondamenta von Sant'Andrea wimmelte es von Menschen, hier war ein Durchkommen unmöglich. Andrea versuchte es über die Fondamenta della Tana und gelangte zum Campo mit dem Tor des Arsenale. Seine Schritte durch dieses Venedig, das ihm immer noch fremd war, führten ihn in die Vergangenheit zurück. Jeder Ort, ob Rio, Brücke, Calle oder Campo, lag, wie von Sofias Wesen erfüllt, vor seinen Augen. Die Steine waren ihre Haut, in dieser Ecke dort war ihr Lächeln, in der anderen ihre Tränen, die Brücke enthielt ihre schnellen Schritte, die Calle die Süße ihrer Küsse, das Wasser ihre Sinnlichkeit

Die Kirchentür der Bragola stand weit offen, das Viertel war menschenleer. Ein gelähmter Alter, den die Familie auf einem Stuhl vor seinem Haus zurückgelassen hatte, damit er ein wenig von der Freude miterlebte, erklärte ihm, dass alle nach San Marco gelaufen seien, um die Flotte zu sehen, die siegreich aus dem Türkenkrieg zurückkehrte.

In Sofias Wohnung lebte eine andere Familie, Leute aus Treviso, und nur die Großmutter mit einem weinenden kleinen Mädchen in einem Weidenkörbchen war da. Die alte Frau hatte von der Hexe gehört, die in diesem Haus gewohnt hatte, und eben weil es noch voll bösem Zauber war, hatte es niemand gewollt, und sie hatten es zum halben Preis mieten können. Andrea entschied, dass es sinnlos sei, Sofia zu verteidigen.

Er überlegte, was er jetzt tun könnte. Zu seinem Bruder Alvise wollte er nicht, denn er hatte nicht die geringste Lust, zu erzählen, er wollte überhaupt nicht sprechen. Gerne wäre er zum Grab seines Vaters nach San Giobbe in Cannaregio gegangen, doch bei der Vorstellung, die Stadt im Begeisterungstaumel durchqueren zu müssen, verging ihm die Lust. Außerdem musste auch er gehörig stinken, danach zu urteilen, wie die Leute ihm auswichen. Ein Bad und ein Bett … Die Locanda della Torre fiel ihm ein. Dort mussten noch seine Kleider und Habseligkeiten sein. Zumindest hatte Francesco ihm das bei einer ihrer wenigen Begegnungen gesagt, bevor Andrea sich auf der Galeere einschiffte.

22

Alle Ärzte der Stadt waren in das Hospital Santi Pietro e Paolo gerufen worden, und weitere waren aus den umliegenden Orten gekommen. Man hatte die Männer mit Brandwunden nach der Schwere ihrer Verletzungen aufgeteilt. Die Erfahrung lehrte, dass der Tod durch Feuer besonders heimtückisch und schmerzhaft war, denn wer dachte, er sei noch einmal davongekommen, den konnte urplötzlich aus nichtigem Grund jenes Leiden befallen, das große Ähnlichkeit mit der Gangräne hatte. Leonardo Fioravanti behauptete, es sei nicht das Feuer, was töte, sondern jene teuflische Krankheit, die durch Körperöffnungen eindringe und sich dann ausbreite. Darum bestand die erste Behandlung darin, die Wunden mit einer gesegneten Salbe aus Terpentinöl und Myrrhe sauber zu halten.

Zunächst mussten also die schmutzigen Verbände entfernt werden – eine äußerst schmerzhafte Prozedur, denn trotz des Geschicks von Dottor Dalessi waren, nachdem auf der Galeere das Öl ausgegangen war, viele Verbände mit den Wunden verklebt, und das Stöhnen, die Schreie und Flüche erfüllten die Krankensäle. Man benutzte abgekochtes, lauwarmes Wasser. Es genügte, die Verbände damit zu tränken. Doch wenn sie vom Gesicht genommen werden mussten, wie bei Matteo, konnte die Wunde nicht ganz ins Wasser getaucht werden und bei der Empfindlichkeit dieses Körperteils und seiner Behaarung wurde die Behandlung zur Qual.

Der Ärmste schrie unter den Händen des Arztes, der die Verbände mit Wasser tränkte und löste, wieder tränkte und aufschnitt. Das griechische Feuer hatte seinen Schädel erfasst und ihm das Fleisch von der Stirn bis zum Nacken versengt. Trotzdem hatte er einen guten Teil seines Gesichts retten können, weil er die Geistesgegenwart besessen hatte, es mit seinen Händen zu bedecken, während er aus der Segelkoje stürzte. Der Rest war pures Glück, denn in diesem Moment waren zwei Artilleristen in die Pulverkammer heruntergekommen und hatten die arme menschliche Fackel eilig in Decken gehüllt. So hatte er seine Augen gerettet, obwohl er sich weiter als Blinder ausgab und teilnahmslos ins Nichts schaute oder Gesichter mit seinem leeren Blick nur streifte, statt ihn auf die Augen zu richten wie Sehende.

Die Idee, sich den Namen Matteo zuzulegen, war Angelo Riccio gekommen, als sie diesen verkohlten, wie ein Stockfisch vertrockneten Körper, der bis vor wenigen Stunden sein Freund aus Padua gewesen war, aus dem Kielraum des Flaggschiffs getragen hatten. Denn Matteo war zu vier Jahren am Ruder verurteilt, von denen nur noch sechs Monate blieben. Ihm dagegen hatten sie zwölf Jahre verpasst, von denen er zehn noch abbüßen musste. Verletzt, wie er war, und mit Verbänden so umwickelt, hätte zudem keiner behaupten können, er sei ein anderer. Als es dann zu der Begegnung mit Andrea Loredan gekommen war, hatte Riccio erkannt, dass jedes einzelne seiner Erlebnisse Teil eines göttlichen Planes war, der ihm alles zurückgeben würde, was man ihm genommen hatte: Freiheit, Würde und Reichtum.

23

Der Erste, dem Andrea begegnete, war der afrikanische Hausdiener, der mit einer Schüssel aus dem Hinterausgang der Locanda trat und zum Rio ging, um sie auszuschütten. Der junge Mann blieb stehen, weil er in den Zügen des Fremden etwas Vertrautes gewahrte. Als er ihn wiedererkannte, riss er verblüfft die Augen auf. »Eccellenza, hochverehrter, durchlauchtigster Herr«, stammelte er bestürzt.

Andrea wollte etwas erwidern, da erschien Graziosa an der Schwelle zur Küche. Sie trug ein großes Bündel Wäsche zum Aufhängen im Arm und war sichtlich in anderen Umständen. Auch ihre erste Reaktion war, wie vom Blitz getroffen innezuhalten und verdutzt auszurufen: »Ihr?« Dann ließ sie die Wäsche fallen, eilte auf Andrea zu, umarmte ihn und überschüttete ihn mit Ausrufen wie »Ihr seid gerettet! Ihr seid frei! Die Jungfrau hat mich erhört!«, bis ihr unter Tränen die Stimme brach.

Andrea rührte sich nicht, überrascht von diesem Beweis ihrer Zuneigung. Schließlich verebbten die Schluchzer, und Graziosa

trat einen Schritt zurück, um ihn verwirrt und schniefend zu betrachten. Der afrikanische Diener stellte sich neben sie.

»Wie schön, Euch wiederzusehen!«, rief sie lächelnd aus. »Es gibt so viel zu erzählen!« Strahlend legte sie einen Arm um den Hals des Dieners, küsste ihn auf die Wange und fragte Andrea: »Gefällt Euch mein Gatte?«

Der Diener verbeugte sich lächelnd.

Einen Augenblick lang stutzte Andrea verwundert, dann nickte er freundlich. Zu dritt gingen sie in die menschenleere Locanda. Graziosa erklärte, ihr Vater Lorenzo sei nach San Marco gegangen, um den Sieg zu feiern, und auch sie wäre gerne dabei gewesen, wäre da nicht das Kind, das sie erwartete. Andrea erfuhr, dass Maria die Familie verlassen hatte, um ein neues Leben mit einem Goldschmied aus Asolo zu beginnen. Graziosa hätte noch lange weitererzählt, wenn Andrea sich nicht entschuldigt und um warmes Wasser zum Waschen und ein Bett zum Schlafen gebeten hätte. Seine Bitten wurden sofort erfüllt.

Eine mächtige Rührung ergriff ihn, als er sein altes Zimmer direkt unter dem Altan betrat. Dort lagerten in der Abstellkammer die Kisten mit seinen Büchern und Kleidern, als hätte er das Zimmer am Abend zuvor verlassen. Wasser und Handtücher wurden gebracht, man richtete sein Bett. Als er allein war, zog er die schmutzigen Kleider aus, streifte den Behälter mit dem *Timaios* ab, wusch sich gründlich, zog ein sauberes Hemd an und streckte sich auf dem Bett aus. Das Laken duftete nach Enzian. Das Kissen war mit weicher gekämmter Wolle ausgestopft. Auch die Matratze. Er genoss die laue Wärme der Decke und schlief ein.

24

Erst nach einer Stunde Fußweg mit einem Umweg über Rialto erreichte Francesco d'Angelo das Hospital Santi Pietro e Paolo, denn Boote gab es keine, an den Anlegestellen der Fähren standen endlose Schlangen, und von San Marco bis zu den Schiavoni und dem äußersten Ende des Castello-Viertels war wegen der Menschenmassen kein Durchkommen.

Auch im Hospital war das Durcheinander auf dem Höhepunkt, denn nicht nur Verwandte und Freunde der Eingelieferten, auch alle anderen Venezianer, die einen Sohn, einen Bruder, einen Ehemann auf der unbesiegbaren Flotte hatten, waren herbeigeströmt. Jeder wollte Nachrichten, ein tröstliches Wort. Um dieses fortwährenden Ansturms Herr zu werden und die Ruhe der Leidenden zu gewährleisten, hatten die Ärzte die Arsenalotti vor den Toren aufmarschieren lassen. So versuchten viele hereinzukommen, aber nur wenigen gelang es. Francesco, der häufig wegen Obduktionen und Gesundheitsbescheinigungen in dieses Hospital kam, versuchte den Weg über San Gioachino erst gar nicht, sondern machte einen Umweg über San Daniele und betrat das Gebäude über den Garten durch die sogenannte Totentür, durch die die Leichname herausgebracht wurden.

Der Anwalt ging in das Stockwerk der Kranken hinauf, dem Menschenstrom und dem stechenden Geruch folgend. Im großen Saal, der von Stimmen und Schmerzensschreien widerhallte, erblickte er Dottor Dalessi.

Angelo Riccio hatte sich tastend erhoben, um Wasser zu lassen und einen Arzt um etwas Öl und Opium gegen seine Schmerzen zu bitten. Als er in den Saal zurückkehrte, erkannte er d'Angelo, der mit Dalessi an seinem Bett stand. Einen Augenblick war er versucht, sich zu verstecken, doch dann überlegte er, dass er auf die Verunstaltung durch das Feuer und die Verbände, die sein Gesicht wie eine Maske verbargen, vertrauen durfte. Also beschloss er, das Wagnis einzugehen, wie er es schon sein ganzes Leben lang tat. Er stellte sich als Matteo Riato aus Padua vor, ein Überlebender durch Gottes Gnade und Eingreifen. Die Fragen des Anwalts beantwortete er, konnte ihm aber nicht sagen, wohin Andrea gegangen war. Loredan habe ihm lediglich versprochen, ihn bald zu besuchen. Riccio sah Francesco erleichtert weggehen. Dann bat er Dalessi um zwei Gran Opium. Der Arzt gab sie ihm. Und so kam auch für Riccio ein sanfter Schlummer, zusammen mit einem letzten Gedanke an Rache.

25

Zuerst hörte Andrea die Schritte, dann die Stimmen, darunter auch die flehende von Graziosa: »Messer Loredan ruht, ich bitte Euch, hochverehrte Signori, kommt später wieder!« Ihr folgte eine entschlossene männliche Stimme: »Wir haben Befehle auszuführen, Signora!«

Andrea richtete sich auf, und die Benommenheit fiel von ihm ab. Er fuhr sich mit einer Hand übers Gesicht und sah zum Fenster. Ein goldenes Licht fiel durch die Läden. Die Glocken der Stadt läuteten ununterbrochen. Es musste später Nachmittag sein.

Die Schritte blieben vor seiner Tür stehen. Jemand klopfte. »Ser Loredan, öffnet bitte!«

Andrea legte sich den Mantel um und ging die Tür öffnen. Er blickte direkt in das bärtige, wohlbekannte Gesicht von Carlo Varotto, dem Missièr Grande in seiner Dienstkleidung.

»Ehre sei Euch, Messer Loredan«, sagte Varotto mit seiner Stentorstimme und verbeugte sich. »Verzeiht, dass wir Euch so abrupt wecken, aber man erwartet Euch im Palazzo.«

Einen Schritt hinter ihm erkannte Andrea Celso Calbo, der im Rang aufgestiegen war und die Uniform eines *Capitano minore* trug. Neben ihm zwei Fanti der Häupter der Zehn. Mit besorgten Mienen beobachteten Lorenzo und Graziosa die Szene vom Treppenabsatz aus.

Andrea fragte nach der Uhrzeit. Es hatte soeben Mittag geläutet, und Graziosa fügte hinzu: »Es ist Freitag, Messere.«

Er hatte einen Tag und eine Nacht lang geschlafen.

26

Das rotgoldene Banner Venedigs killte am Bug der Gondel des Zehnerrats. Der geflügelte Löwe hielt kein Schwert mehr, sondern hatte eine Tatze auf das Buch gelegt, auf dem geschrieben stand: *Pax Tibi Marce Evangelista Meus*.

Der Glockenklang erfüllte die Luft so natürlich wie der Wind. Andrea saß am Heck, sein Wams und Umhang waren blau, die Hosen gestreift, dunkel die Strümpfe und Stiefel. Er beobachtete das Geschehen auf der Riva degli Schiavoni, wo viele auf das vorüberfahrende Boot zeigten und »Sieg! Sieg! Viva San Marco!« riefen.

Der Missièr Grande hatte ihm berichtet, dass ganz Venedig schon von der Heldentat wusste, die er vollbracht hatte, indem er die *Sultana* »gekapert« und den türkischen Großadmiral Müezzinzade Ali Pascha geköpft hatte. Denn das anfängliche Staunen über den Sieg war unbändiger Begeisterung gewichen, und die ersten bruchstückhaften Nachrichten hatten sich, während sie von Mund zu Mund gingen, zu Legenden ausgewachsen, in denen jede Handlung mit Einzelheiten aus der Phantasie der Erzählenden angereichert wurde. Diese gingen bereits in der ganzen Stadt um und schrieben dem Schiff von Onfré Giustinian und seiner Besatzung das eigentliche Verdienst am Sieg über die Große Türkische Armada zu.

Andrea erwiderte die Grüße, doch auch jetzt fühlte er sich dem allgemeinen Jubel fremd. Anfangs hatte er diese innere Distanz seiner Müdigkeit zugeschrieben, dem Mangel an Schlaf, der alles verwandelt und verkehrt. Dann aber war das Gefühl der Leere geblieben. Er fühlte sich wie ein Spiegelbild, das auf

Bewegungen antwortet und dennoch nur auf der leeren, kalten Glasfläche existiert.

Eine Hundertschaft Arsenalotti stand vor den Bogengängen des Palazzo Ducale, der Mole und der Piazzetta aufgereiht, die endlich von den Tischen und Ständen der Notare, Anwälte, Zahnbrecher und Straßenverkäufer gesäubert waren. Andrea stieg am kleinen Ponte della Paglia aus und ging, begleitet vom Missièr, dem Hauptmann und den Fanti, bis zur Porta della Carta, dem Ehrenportal des Palazzo. Auch hier nahmen die Palastwachen Haltung an, während er in das kalte Dunkel der Galleria Foscari trat. Zurück blieben die Schritte auf den Backsteinen, verklingende Stimmen, dann schlossen sich die beiden Flügel des Portals, und vor Andrea erschien im Hintergrund des Innenhofs das milchige Weiß der Scala dei Giganti, auf der sich das Purpurrot einer die Stufen hinabeilenden Toga abzeichnete. Es war der Großkanzler Zuàn Francesco Ottobon. Als er einen Schritt vor Andrea stehenblieb, waren seine Augen schon feucht.

»Willkommen, Ser Loredan!« Er wollte sich verbeugen, aber Andrea hielt ihn am Arm fest und fiel ihm, die Etikette missachtend, um den Hals.

Alvise Mocenigo, der fünfundachtzigste Doge der Serenissima, erwartete ihn, angetan mit seinem Zeremoniengewand, der *dogalina*, dem Umhang mit Hermelinkragen und dem Corno Ducale, im Saal der Landkarten. Neben ihm, wunderschön in ihrem golddurchwirkten Kleid mit Schleier und Umhang, die Dogaressa Loredana Marcello.

Andrea ehrte sie mit einer Verbeugung. Darauf den Dogen.

»Principe Serenissimo«, grüßte er ihn, wie es vorgeschrieben war, ohne das Geringste zu empfinden.

»Euch wiederzusehen ist eine ungeheure Freude und große Ehre für mich, lieber Andrea«, sagte Mocenigo gerührt. »Was Sebastiano Venier uns schrieb, was Messer Giustinian berichtete, gereicht Euch zu ewigem Ruhm.«

Andrea fühlte sich unbehaglich, statt zu danken, erwiderte er: »Ich glaube nicht, dass ich mehr getan habe als die anderen, Vostra Serenità.«

Stille entstand in dem weiten, lichterfüllten Saal und dehnte sich quälend.

»Ich lasse Euch allein. Ihr sprecht besser ungestört.« Loredanas zarte Stimme hatte die Macht, diesen Moment der Verlegenheit zu beenden. Sie wechselte einen Blick des Einverständnisses mit ihrem Mann, grüßte Andrea und ging auf den langen mittleren Flur der Dogengemächer zu.

»Ich wollte Euch vor dem Eintreffen der Botschafter und der Delegationen von der Terraferma sprechen«, erklärte Mocenigo seinem Gast.

Andrea antwortete mit einer leichten Verneigung.

»Der Tod Eures Vaters, lieber Andrea, ist mir sehr nahegegangen«, fuhr Mocenigo fort. »Er war ein unbestechlicher Gegner, aber weit mehr noch ein Freund.«

Andrea verspürte einen spontanen Abscheu vor diesen Worten des Mannes, der seinen Vater unerbittlicher als jeder andere bekämpft hatte. Dennoch empfand er keinen Groll. Er begnügte sich mit Schweigen.

»Ich habe sein Andenken und euch alle, seine ganze Familie, zu schützen versucht. Das ist das Erste, was ich Euch sagen wollte.«

Andrea fiel ein, was sein Bruder Alvise ihm geschrieben hatte: Mocenigo hatte beim Senat erwirkt, dass die traditionelle Ernennung von Inquisitoren über das Leben des Verstorbenen, deren Aufgabe es war, das Werk Pietro Loredans und seiner Familie während seiner Amtszeit als Doge gründlich auf jeden Fehler zu untersuchen, verschoben wurde.

»Ich danke Euch, Eccellenza«, sagte Andrea ohne Emphase.

Mocenigo wartete, als genügten diese knapp bemessenen Worte nicht, um die Schuld wettzumachen. Er musste sich begnügen.

»Zwischen uns beiden hat es nie Einverständnis gegeben«, hub

er mit neuem Eifer an. »Und das bedaure ich, denn ich schätze Euch, Andrea, ich habe Euch immer geschätzt und bin überzeugt, dass Ihr unserer so ruhmvollen und verletzlichen Heimat sehr nützlich sein könntet.« Er machte eine Pause und beobachtete Andrea, um dessen Verhalten zu entnehmen, wie weit er gehen konnte. Andrea ließ keine Regung erkennen. »Ich will offen mit Euch sprechen. Der Krieg war ein Unglück, das sich nicht vermeiden ließ.« Mocenigo blickte ihm direkt in die Augen. »Denn mit Liebkosungen oder guten Worten wird der Hirte seine Herde sicher nicht vor dem Rachen des Wolfs bewahren.«

Während des nun folgenden Schweigens begriff Andrea, dass der Doge Zustimmung gerade bei denen suchte, die ihn am erbittertsten befehdet hatten. Und er überlegte, dass Mocenigo damit das enorme Gewicht seiner Entscheidung für den Krieg auf die verteilen wollte, die ihn erlitten hatten. Andrea beschloss, ihm nicht beizuspringen.

»Ich habe gekämpft, Vostra Serenità, und wer kämpft, sollte nicht über das sprechen, was er gesehen hat und ertragen musste.«

Mocenigo schloss die Augen. »Ich verstehe Euch«, sagte er seufzend. »Und Ihr sollt wissen, dass es keinerlei Sühne für die Gräuel geben kann, welche dieser Krieg gebracht hat. Auf meinem Gewissen lastet jeder einzelne Sohn der Stadt, jeder Verwundete …« Die Rührung gewann die Oberhand und zwang ihn, innezuhalten. »Vor Gott und dem Urteil der Geschichte werde ich dafür Rechenschaft ablegen müssen. Doch das Schicksal hat sich erfüllt, und dank unserer Tapferkeit und Gottes Wirken haben wir wie durch ein Wunder die ungeheure Übermacht eines anmaßenden Feindes besiegt. Wenn bis gestern noch die Zeit des Krieges geherrscht hat, so muss ab heute die Zeit des Friedens beginnen.« Er lächelte ihn an. »Während Eurer Abwesenheit ist in Venedig viel geschehen, lieber Andrea. Manches wisst Ihr schon. Anderes habt Ihr Euch wahrscheinlich vorstellen können. Wieder anderes wird Euch erstaunen. Just um über diese Dinge zu sprechen, habe ich Euch kommen lassen.« Er zeigte auf eine Ecke des Saals, die mit Teppichen, Sesseln und Tischchen in einen kleinen Salon verwandelt worden war. »Kommt, wir setzen uns, dabei spricht es sich leichter.«

Andrea zögerte nur einen Augenblick, dann folgte er ihm, vorbei an den großen Weltkarten und dem hellblau-grauen Wappen mit zwei Blumen des Hauses Mocenigo, welches das Wappen der Loredan ersetzt hatte.

Der Doge sprach sofort die beiden Themen an, die ihm besonders am Herzen lagen: die jüngsten Entwicklungen, den Mord an der Novizin Anna Tagliapietra betreffend, und die Verbrennung der Bibliothek von Lucrezia Cappello.

Von draußen drang der Lärm des Festes herein, das kein Ende nahm.

27

Blind zu sein kann sich als Vorteil entpuppen. Durch heldenhafte Taten bei den Curzolaren erblindet zu sein war ein Passierschein, der alle Türen öffnete. Also hatte Angelo Riccio an diesem Morgen die Ärzte gebeten, statt der ungesunden Ausdünstungen des Krankensaals ein wenig frische Luft schöpfen zu dürfen, und war in den Garten des Krankenhauses zwischen die am Vorabend in großen Kesseln mit kochendem Wasser gereinigte und nun zum Trocknen aufgehängte Wäsche der Toten und Verwundeten gebracht worden. Vorsichtig, als handelte es sich um ein soeben gekeimtes Pflänzchen, hatten die Krankenpfleger den Kriegsheimkehrer in einer sonnigen Ecke auf einen Schemel gesetzt, und niemand hatte ihn mehr gestört. So hatte er sich in aller Ruhe die Kleidungsstücke von den Leinen holen können: Strümpfe, dunkle Hosen, ein weißes Hemd, ein gelbes Wams, Mantel und Stoffmütze eines Galeerenruderers. Saubere

Kleidung, die nach Asche und Sonne roch. Er hatte sich an dem Geruch berauscht.

So eingekleidet und mit wiedergefundener Sehkraft, verließ Angelo, nachdem er den geeigneten Moment abgewartet hatte, inmitten einer Gruppe Paduaner, die gekommen waren, einen Landsmann zu beerdigen, das Hospital durch die Totentür. Er begleitete den kleinen Trauerzug bis zu dem Nachen, der auf dem Rio di San Daniele wartete, um den Leichnam nach Padua zu überführen. Von dort ging er weiter bis zur Spitze von Castello, wo man im Hospiz Messer Gesù Cristo notleidende Matrosen und Ruderer aufnahm. Dort wurde er beköstigt, und man gab ihm sogar zwanzig Soldi, damit er bis zum Abend versorgt war. Seine Wunden unter der Stoffmütze brannten, und er litt auch unter den Verbrennungen am Arm, die der Verband und das Hemd teilweise verdeckten, aber schmerzhaft aufscheuerten. Und jeder einzelne Schmerz verwandelte sich in glühenden, reinsten Hass, der seine Seele erfüllte. Hass auf jene, die ihn erst betrogen und dann verurteilt hatten.

Von Castello aus nahm Riccio die Fähre nach San Giorgio Maggiore und der Giudecca. Zu seiner Rechten lag Venedig, das immer noch von Kanonenschüssen, Musik, Gesängen und ununterscheidbarem, aber alles übertönendem Getöse widerhallte. So kam Angelo Riccio beim Läuten der Mezzana zum Kloster San Giacomo. Seine Erfahrung als Spion hatte ihn gelehrt, sich immer mehr als eine Gelegenheit zur Flucht offenzulassen. Und um zu fliehen, sich in Sicherheit zu bringen und sich zu rächen, brauchte er Geld. Die Kirche war offen, erfüllt von Rosenduft und Stimmen, die in diesem kühlen Halbdunkel des frühen Nachmittags den Rosenkranz beteten. Vor dem Altar, der dem heiligen Jakobus von Galizien geweiht war, breitete sich ein Teppich aus Rosen und Muscheln aus, Gläubige beteten kniend und dankten dem Schutzheiligen und Vorkämpfer im Krieg gegen die ungläubigen Muselmanen. Ein Mönch kniete vor ihnen und leitete das Rosenkranzgebet. Außer diesem Ordensmann und den Gläubigen war niemand in der Kirche.

Dort stand der Beichtstuhl, zehn Schritt entfernt, halb versteckt hinter den Säulen. So inbrünstig beteten die Menschen, dass keiner den Blick von dem bärtigen Antlitz des heiligen Jakobus wandte, der mit erhobenem Schwert und Kreuzritterschild auf einem weißen Pferd ritt. Riccio schob den violetten Vorhang beiseite und betrat den Beichtstuhl. Der Geruch nach Leder und Holz war noch derselbe. Auch das Knarren der Bretter. Er bückte sich, suchte unter der Kniebank, tastete im Dunkel mit den Fingerspitzen nach dem Einsatzstück, fand es, zog, und das kleine Brett ließ sich leicht anheben. Er griff nach dem Lederbeutel, der so schwer wog, wie er immer gewogen hatte. Es mussten fünfzig Golddukaten sein. Auch die Pistole mit dem Lederhalfter und einen hölzernen Behälter nahm er heraus. Dann legte er das Brettchen an seinen Platz zurück und verließ den Beichtstuhl. Keiner bemerkte ihn. Jetzt hatte er genug Geld und Waffen, um die Rechnungen zu begleichen.

28

Die Unterredung zwischen Andrea und dem Dogen zog sich nun schon weit über die vereinbarte Zeit hin, und mehrmals war der Großkanzler Ottobon an der Schwelle zur Saal dello Scudo erschienen, um die Ankunft neuer Gäste zu verkünden. Doch ob Botschafter, Prälaten, Bezirksvorsteher oder Statthalter von der Terraferma, die Antwort des Dogen war jedes Mal dieselbe: »Wenn sie Zeit haben, mögen sie warten, und Ihr entschuldigt mich bei Ihnen!«

Dass Anna Tagliapietra von ihrem Onkel getötet worden war, dem Edelmann, der sich für sie verbürgt hatte, damit sie als Novizin in die Celestia eintreten konnte, war durch sein Testament und Geständnis ans Licht gekommen. Der Adelige hatte es, bevor er sich für den Krieg eingeschifft hatte, Messer Catanio überlassen, dem Signor di Notte al Criminal, der die Ermittlungen in dem Mordfall leitete. Von Reue geplagt, gestand Tommaso Tagliapietra, ein Mann mit Aussicht auf eine vielversprechende politische Karriere, verheiratet und Vater zweier Kinder, in dem Schreiben alles: von der Beziehung zu seiner Nichte bis zum schrecklichen Ende durch seinen unbeherrschten Zorn, als Anna ihn, ihrer Schwangerschaft gewiss, aufgefordert hatte, zu seiner Verantwortung zu stehen.

Tommaso, der mit dem Schwert in der Hand auf der *Sultana* gefallen war, schloss sein Geständnis mit der flehentlichen Bitte um Vergebung an Andrea Loredan, dem zweiten unschuldigen Opfer seiner ruchlosen Tat. Denn um jeden Verdacht von sich abzulenken, hatte er keine Skrupel gehabt, falsche Zeugen zu bezahlen, damit sie Andrea des Mordes bezichtigten.

Zwar beseitige dieses Geständnis jeden entehrenden Schatten auf Andreas Ruf und schließe die traurige Geschichte der Novizin ab, fuhr Mocenigo fort, doch immer noch ungeklärt seien die anderen Todesfälle im Umkreis der Celestia: der Tod der Äbtissin Lucia Vivarini, des kleinen Tonino Ruis und der Suor Clara. Auch in diesen Fällen werde die venezianische Justiz unbeirrbar weiter ermitteln, versprach der Doge. Der Rat der Zehn habe Andreas Untersuchungen über den Tod des Maklers und den Erwerb eines Hauses in Burano durch einen armen Fischer fortgeführt und sei im Begriff, Verhaftungen unter hochrangigen Personen im Kloster San Giacomo auf der Giudecca und bei den Nonnen der Celestia vorzunehmen. Mehr musste er nicht sagen.

Darauf ließ Mocenigo die Dogaressa kommen und sprach in ihrer Gegenwart den zweiten Punkt an, der ihm besonders am Herzen lag: seine große Liebe zur Wissenschaft und den Künsten und darum auch zu Büchern. Lucrezias Büchern. Er sprach von der *Accademia della Fama*, 1558 durch Federico Badoer gegründet, von der umfangreichen Bibliothek aus vielen tausend

Bänden, die, ohne irgendeine Gattung auszuschließen, alles aus der Kunst, Dichtung, Philosophie und Mathematik bis zu den natürlichen und medizinischen Wissenschaften und den großen Abhandlungen zur Alchemie umfasste. Nachdem er so den Boden bereitet hatte, ging der Doge zurück in die Vergangenheit und erinnerte sich an seine Jugend, als die Liebe zur Kultur ihn bewogen hatte, in den Bund der Wächter einzutreten. An dieser Stelle vermied er es, Dinge anzusprechen, die Andrea wohlbekannt waren. Er erzählte nur, wie er sich immer bemüht hatte, alles zu retten, was er hatte retten können. Auch beim letzten Mal, als es ihnen gelungen war, den Angriff eines so geschickten Spions wie Angelo Riccio zu verhindern. Sein Gesicht leuchtete auf, als er Andrea anvertraute, dass die kostbarsten Bücher seiner Mutter Lucrezia, jene, die auf dem Index standen, endlich gerettet und in Sicherheit seien.

Die Begegnung endete beim Läuten der Pregadi-Glocke, die die Senatoren zur Versammlung rief, und diese völlig unerwarteten Enthüllungen, die Andreas Bild von Mocenigo gänzlich veränderten, hatten außerdem die wohltuende Wirkung, ihn von seiner inneren Leere zu befreien.

So verabschiedeten sich der Doge und die Dogaressa mit einem besonderen Geschenk: einer kostbaren, detailgetreuen Galeere aus geblasenem Glas zum unvergänglichen Gedenken an den Sieg. *In Hoc Signo Vinces* war in die Bordwand graviert.

»Ein Werk von Maestro Dragan«, erklärte Loredana.

Alvise umarmte Andrea und flüsterte ihm zu: »Denkt über das nach, was wir besprochen haben.«

Doch gründlich nachzudenken wollte Andrea, den die neuen Wahrheiten ohnehin benommen machten, bei dem Lärm, dem Wirbel aus Begegnungen, Umarmungen und Reden nicht recht gelingen. Was Mocenigo ihm angeboten hatte, war der Titel eines Cavaliere von San Marco und seine uneingeschränkte Unterstützung im Senat für Andreas Wahl zum Savio agli Ordini.

Als er den Saal der Landkarten verließ, erwartete ihn Zacca-

ria, der Hauptmann der Palastwache, mit seinen Getreuen. Alle verbeugten sich und tauschten stumme, gerührte Umarmungen. Andrea erblickte seinen Bruder Alvise auf dem Treppenabsatz der Scala d'Oro. Reglos stand er dort in der schwarzen Toga mit roter Schärpe eines Haupts der Zehn und sah ihn an. Er schien Andrea um zehn Jahre gealtert, der Bart und die fuchsroten Haare waren mit Grau durchsetzt. Andrea ging auf ihn zu. Sie umarmten sich. Alvise war so gerührt, dass er nicht sprechen konnte – er, ein Mann, der dem Meer mit bloßen Händen entgegentrat.

29

Alvises Frau Elena hatte das Festbankett zu Ehren Andreas so streng und schlicht wie eine Mensa beim Militär organisiert. Aufgrund ihrer eisernen pädagogischen Prinzipien waren die kleinsten Kinder an einen Nebentisch verbannt, damit die Erwachsenen frei sprechen konnten. An Themen gab es wahrhaftig genug, um die Nacht und den nächsten Tag zu füllen. Über die Ereignisse bei den Curzolaren war allerdings kein Wort gefallen, und Andrea hatte verstanden, dass auch hierüber genaue Befehle ergangen waren.

Ein einziger »Fremder« war eingeladen worden, Francesco d'Angelo, und das Wiedersehen mit seinem Mitarbeiter und treuen Freund hatte Andrea überglücklich gemacht. Zu seiner großen Freude erfuhr er, dass Francesco, seit er in den Stand der Avvocati Straordinari erhoben war, in der Stadt lebte und nun in jeder Hinsicht zur Familie Loredan gehörte. Denn Alvise hatte ihm drei Räume im Südflügel vermietet, wo er nicht nur seiner Anwaltstätigkeit nachging, sondern sich auch um die juristischen Belange des familieneigenen Handelsunternehmens kümmerte, mithin jene Rolle ausfüllte, die Pietro Loredan so gerne Andrea übertragen hätte.

Das Mahl krönte eine köstliche Süßspeise in Form einer türkischen Galeere mit allem Drum und Dran: einem rotgoldenen Rumpf, Rudern, Masten, Segeln und Flaggen. Es war die *Sultana* von Müezzinzade Ali, und dieses Dessert war die einzige Konzession an das ruhmreiche Ereignis. Alle aßen davon, auch Andrea. Nach dem Essen blieben die beiden Brüder allein, bis die feierliche Messe in San Pantaleone begann. Alvise bat Andrea, mit ihm in den Dachboden »der fernen Orte« hinaufzusteigen.

Von dort oben war der Blick auf das von Millionen Lichtern und Feuerwerken erleuchtete Venedig wirklich atemberaubend. Alvise zündete die Laterne dieses für ihn heiligen Orts an, der nach Meer und Wind roch. Überrascht erblickte Andrea auf dem großen, von allen Karten, Büchern und Werkzeugen leergeräumten Tisch das detailgetreue Modell einer Galeone.

»Sieh nur, wie schön«, sagte Alvise und drehte das Schiff auf seinem Sockel. »Drei Masten, Bugspriet, sieben Rahsegel und Besansegel. Bei gutem Wind schafft es hundertfünfzig Seemeilen in einem Tag. Es hat zehn Kanonen pro Flanke, zwei Kolubrinen am Bug, zwei weitere achtern, und nimmt achtzig Mann Besatzung auf.«

Die rechte Bordwand fehlte, so konnte man ins Innere des Schiffs sehen.

»Zwei Decks, das dreifache der Ladefläche einer Galeasse«, fuhr Alvise fort. »Ich habe das Schiff von den Engländern gekauft und auf den dalmatischen Werften in Curzola ausrüsten lassen. Im Frühjahr liefern sie uns ein zweites wie dieses. Was sagst du dazu?«

»Du hast es also getan«, bemerkte Andrea.

»Wenn du einverstanden bist, möchte ich es auf den Namen *Mondo Novo* taufen lassen.«

Andrea blickte ihn kopfschüttelnd an und lächelte. So war sein Bruder: erst entschied er, dann fragte er. Aufgeben würde er jedenfalls nie. Alvise erwiderte das Lächeln und fasste Andrea am Arm.

»Durch den Sieg über den Türken wird das Mittelmeer wieder zu einem offenen Meer, und mit den Spaniern haben wir schon vertraglich vereinbart, dass wir Waren im Wert von zwanzigtausend Dukaten über den Atlantik bringen können.« Er ging zu der großen Weltkarte des Mercator, die an der Wand hing, und zeigte auf einen Punkt. »Hier, nach Florida. Und wir werden mit Gold, Silber, Fellen, Edelhölzern, Gewürzen und allem, was der Kielraum der Galeone fasst, zurückkehren. Wenn das zweite Schiff fertig ist, werden wir schon über einen Hafen und Lagerräume in Tanger verfügen, die die Portugiesen uns vermieten, und dann beginnen wir mit regelmäßigen Fahrten der *Mondo Novo*. Mindestens vier im Jahr. Was sagst du dazu?«

Andrea antwortete mit Schweigen.

»Wenn du an meiner Seite bist, können wir es schaffen. Heutzutage liegt der Markt im Westen, jenseits des Ozeans.« Alvise war sichtlich erregt. »Je früher wir aufbrechen, desto eher werden wir ankommen!«

Das Glühen in den Augen seines Bruders war Andrea nur allzu vertraut. »Wann willst du denn aufbrechen? Lass hören!«, fragte er, wie um ihn herauszufordern.

Alvise setzte eine geheimnisvolle Miene auf. »Es ist ein bequemes Schiff mit hohen Bordwänden, starken Winden und schwerer See hält es gut stand«, erklärte er und zeigte auf eine Stelle im Modell der Galeone. »Hier würdest du eine große Kabine ganz für dich allein haben, mitsamt Koch und Dienern. Zwei Monate Fahrt und Ruhe!«

»Wann, Alvise? Los, sag es mir.«

»Wenn es nach mir ginge«, er zögerte einen Augenblick, dann brach es aus ihm heraus: »würde ich sofort in See stechen!«

Andrea blickte ihn prüfend an. In diesem Moment ging ein Feuerwerk auf dem Campo San Pantaleone los, und die Glocken der Kirche begannen zu läuten, dass Fensterscheiben und Wände vibrierten.

»Die Messe. Gehen wir!«, rief Alvise fast erleichtert aus.

30

Die Gemeinde von San Pantaleone war sehr groß, und wenn das Glockengeläut die Gläubigen zusammenrief, füllte sich nicht nur die Kirche, sondern auch der Platz davor. Nicht selten wurde ein zweiter Altar im seitlichen Portikus aufgebaut, damit das Volk auf dem Kirchplatz der Messe folgen konnte. So auch an diesem Abend.

Natürlich besetzten die Familien Loredan, Foscari und Dolfin, die im Viertel gut vertreten waren, die vordersten Plätze. Für die Loredan und Foscari waren die wenigen Bänke in der Apsis zu beiden Seiten des Hochaltars reserviert, während die Dolfin sich mit den ersten Reihen im Kirchenschiff begnügen mussten, was für Andrea Dolfin schon immer ein Stachel im Fleisch gewesen war.

Während der vom Patriarchen Trevisan zelebrierten, feierlichen Messe, sah Andrea Taddea wieder. Sie stand neben ihrem Bruder Lorenzo, die Haare im schmalen Nacken zu einem Knoten gebunden, in einem roten Kleid mit schwarzen Längsstreifen und Goldstickereien. Die Begegnung berührte Andreas unerwartet heftig.

Sie hat sich die Haare gefärbt, war sein erster, dummer Gedanke.

Nur ein Blick zu Beginn der Messe. Danach mieden sie den Augenkontakt. Doch es gab andere Blicke. Vor Andrea stand in den Weihrauchwolken, die alles umhüllten, Luca Foscari mit seiner mächtigen Gestalt und strengen Eleganz des Gewands aus schwarzer Seide. Andrea schien, als würde Luca sich mehrmals zu Taddea umdrehen, die seinen Blick jedes Mal erwiderte.

Wie ein vertrautes Paar blicken sie einander an, dachte Andrea und führte den Gedanken aus Nachsicht sich selbst gegenüber nicht fort. Auch näherte sich der Patriarch Trevisan gerade der Kommunionbank, um den dort knienden Gläubigen das Sakrament auszuteilen.

Gegenüber der Apsis, ganz im Hintergrund der Kirche, stand Angelo Riccio an einem Pfeiler und litt unter seinen entzündeten, mit den Kleidern verklebten Wunden. Der glühende Schmerz in seinem Fleisch nährte seinen grenzenlosen Hass auf Andrea Dolfin, den Mann, der sich mehr als alle anderen im Rat der Zehn darum bemüht hatte, ihn zur Höchststrafe am Ruder zu verurteilen.

Er malte sich die Freude aus, ihn schon bald tot zu sehen. Er würde ihn mit seiner Lieblingswaffe umbringen, dem Stilett mit der Klinge aus Eisenstahl, die eine Spanne maß und so dünn war wie eine Schusternadel, scharf wie ein Rasiermesser und stark genug, um das Kettenhemd einer Rüstung zu durchstoßen. Bei diesem Gedanken tasteten seine Finger nach dem hölzernen Futteral in seinem Ärmel. Es enthielt drei Stilette, jedes mit einer anderen Klinge. Er beschloss, bei Dolfin die gezackte Klinge zu benutzen. Er würde ihn in den Rücken stechen und das Stilett stecken lassen, dann würde der Tod langsamer und schmerzhafter sein und ihn selbst oder den, der versuchte, die Klinge herauszuziehen, zur letzten tödlichen Geste zwingen.

Die Spitze der Prozession bildete das große Kruzifix, hochgehalten von einem kräftigen Diakon, der den Fuß des Kreuzes in einem Lederbeutel mit Schulterriemen trug. Neben ihm gingen zwei weitere muskulöse Diakone, die ihm an schwierigen Stellen wie Brücken oder Sotoporteghi halfen. Hinter dem Kreuz wurde auf Pfeifen, schrillen Trompeten und Trommeln gespielt, es folgten der Patriarch unter einem Baldachin, Messdiener, Sänger und das gesamte Stadtviertel, fünftausend Menschen oder mehr: Adlige, Bürger und das Volk bunt durcheinander gemischt, die einander streiften, während sie den Dankesgesang anstimmten. So groß war die Menge, dass der Kopf der Prozession schon auf dem Campo dei Frari angekommen war, als das Ende noch in der Kirche San Pantaleone wartete. In jedem Fenster leuchtete ein Licht, alle waren mit Seidenstoffen und Teppichen geschmückt, und beim Vorüberziehen des Kruzifixes bekreuzigten sich die Menschen in den Fenstern und warfen Rosenblätter auf die Prozession.

Luca Foscari und Andrea Loredan fanden sich im letzten Teil der Prozession, Seite an Seite gehend, wieder. Als sie ins Freie kamen, vorbei am hohen Campanile aus Backsteinen, dessen Gesimse und Kehlungen mit Lichtern geschmückt waren, die den ganzen Rio San Pantaleone erleuchteten, beschloss Luca, das unpassende Schweigen zu durchbrechen.

»Ich freue mich, dass du zurückgekehrt bist«, sagte er, ein wenig die Stimme hebend, um das Tedeum zu übertönen, das wie eine Welle durch die Prozession lief. »Ich habe viel für dich gebetet ...«

»Gott muss dich erhört haben«, erwiderte Andrea.

Die Spitze der Prozession mit dem hoch über den Köpfen der Musiker, Sänger und Gläubigen schwankenden Kreuz bog in das Gewirr der Gassen ein, das nach San Tomà führte.

»Hör zu, Andrea«, stammelte Luca unbeholfen. »Ich muss dir etwas sagen ...«

Andrea wandte sich zu seinem Freund um und befreite ihn aus der Verlegenheit. »Du willst mit mir über Taddea sprechen?«

Einen Moment lang schien Luca verblüfft, dann nickte er.

Angelo Riccio musste schnell und präzise handeln. Er war fast auf dem Campo San Tomà angekommen. Hier würde er diesen elenden Venezianer töten, wenige Schritte vor dem Campo, wo das Gedränge am dichtesten war, um dann in der Menge untertauchen zu können. Die Familie Dolfin hatte sich unter das Volk gemischt, doch seinen strengen Richter, der durch Körpergröße und Hochmut herausragte, hatte Riccio nie aus den Augen verloren. Jetzt war er nur noch wenige Schritte von ihm entfernt. Lange durfte er sich hier nicht aufhalten, um nicht später von den Umstehenden erkannt zu werden. Mit der Rechten zog er das Stilett mit der gezackten Klinge hervor, mit der

Linken verbarg er es. Sie standen in einer dunklen Ecke. Riccio wartete eine neue Strophe des Tedeum ab, trat, als die Hymne einsetzte, einen Schritt vor, strich seitlich an Dolfin vorbei und stach auf der Höhe der Nieren zu. Das Stilett drang mühelos bis zum Schaft ein, eine Spanne tief. Dolfin röchelte, blickte in den Himmel und krümmte sich, die Hände zum Rücken führend. Riccio war schon weitergegangen, als er das Röcheln hörte und die Bewegung wahrnahm. Den Fehler, sich einen Weg durch das Gewühl zu bahnen und zu fliehen, machte er nicht. Er ging einfach weiter inmitten der Menge, die natürlich keine Augen für einen Einzelnen hatte und auch nicht so leicht anhalten konnte. Genau darauf hatte er gesetzt. Seelenruhig verließ er den Campo San Tomà, und noch immer gab es keinerlei Reaktionen.

Dolfin, dem der stechende Schmerz den Atem nahm, hatte sich unterdessen an eine Hauswand gelehnt und den winzigen Griff des Stiletts ertastet, doch als er versuchte, es herauszuziehen, wurde der Schmerz so unerträglich, dass ihm ein entsetzlicher Schrei entfuhr, der die Menschen ringsum verwirrte und die Ordnung der Prozession auflöste. Es war ein langanhaltender Schrei, der bis zu Riccio drang, sich in seine Seele senkte und ihm Erleichterung verschaffte. Mit diesem Wenigen begnügte er sich, denn dort zu bleiben wäre gefährlich gewesen. So vereinigte er sich mit dem Hauptteil der Prozession, der weiterzog, nachdem er seinen Schwanz verloren hatte wie eine Eidechse.

31

»Man hat Andrea Dolfin erstochen!«

Die Stimme kam aus dem wachsenden Lärm im stillstehenden Teil der Prozession. Luca und Andrea drängten sich sofort in die Menge, kürzten den Weg über ein Seitengässchen ab und waren etwa auf der Höhe von San Tomà angelangt, als sie erfuhren, dass man Seine Exzellenz in den Palazzo der Dolfin am Canal Grande gebracht hatte.

Dolfin lag wie tot auf einem Tisch im großen Saal im Erdgeschoss des Palazzo. Schon versorgten zwei Männer die Wunde, während Dolfins Bruder Lorenzo sie mit angespannter Miene keinen Moment aus den Augen ließ.

Taddea, die, umringt von ein paar Frauen, weinend in einer Ecke saß, sprang sofort auf, als Luca eintrat, und eilte auf ihn zu. Diesem genügte ein Blick, um zu erkennen, wie ernst Dolfins Zustand war und dass vor allem die Blutung gestillt werden musste.

Er forderte alle Anwesenden auf, hinauszugehen, bis auf Andrea und einen der beiden Freiwilligen, einen Student der Medizin aus Padua. Dann stellte er einige Laternen um den Tisch und ließ sich ein Kohlebecken mit einem Topf kochenden Wassers, Essig, Nadel und Faden bringen. Er operierte mit dem Wenigen, was er hatte, und bewies dabei großes Geschick. Das Stilett war in die Niere gedrungen und hatte eine Vene durchtrennt. Luca benutzte die noch im Fleisch steckende Waffe, indem er mit ihrer scharfen Klinge einen Spalt öffnete, durch den er bis zu der Vene vordringen und sie zunähen konnte, während Andrea und der Student alle Gegenstände, die für die Operation benutzt wurden, in kochendem Essigwasser wuschen. Eine Stunde später konnte Luca die Wunde mit drei Stichen zunähen und mit Essig tränken. Dolfins Herzschlag war schwach, doch die Blutung war gestillt. Taddea und Lorenzo durften hereinkommen, und Luca erklärte die Lage. Es blieb nur zu warten und zu beten. Draußen ging das Fest weiter, auf dem Canal Grande fuhren Boote voller Lichter, Musik und fröhlichem Lärm.

Luca setzte sich zu Andrea an die Fenster, die auf die Anlegestelle der Fähre von San Tomà blickten, wo eine Menschenmenge wartete. Er hielt das Stilett in der Hand und zeigte es ihm. Wirklich, es sah aus wie eine lange Nadel, und nur wenn man es

von nahem betrachtete, bemerkte man die Sägeklinge mit ihrem rautenförmigen Durchmesser.

»So feine Klingen habe ich noch nie gesehen«, sagte Luca leise. »Es muss Stahl von bester Qualität sein, deutscher Stahl. Er dringt ins Fleisch wie ein glühender Nagel in Wachs.«

Andrea sah zu Taddea hin. Luca hatte ihm erzählt, dass sie im Frühling heiraten wollten. Das war richtig, sie waren füreinander gemacht. Es würde eine vollkommene Ehe werden. So dachte Andrea und verspürte deutlich das quälend starke Verlangen, Sofia wiederzufinden. Er blickte auf die Reste des Stoffbands an seinem Handgelenk. Dachte an den Ring, den er ihr gegeben hatte, und an sein Versprechen.

Dolfin bewegte sich, tat einen tiefen Atemzug, als fände er mit der Luft zum Leben zurück, und schlug die Augen auf. Alle umringten ihn, Taddea streichelte ihn. Zunächst schien er nicht zu verstehen, nacheinander betrachtete er die Gesichter, die ihn besorgt musterten. Dann kehrte er zu den Augen seiner Schwester zurück und lächelte sie an.

32

In dieser Nacht der Lichter und Feste, in der nur der pechschwarze Himmel an die Nacht erinnerte, kehrte Andrea mit seinem Bruder Alvise und Francesco d'Angelo nach San Pantaleone zurück. Er war zu müde, um durch die ganze Stadt bis zur Locanda della Torre zu gehen.

Sie sprachen vom Wunder, das Luca vollbracht hatte, dem Dolfin sein Leben verdankte. Francesco verabschiedete sich, und Alvise begleitete Andrea in seine Zimmer im zweiten Stock, deren Fenster sich auf den Rio Foscari und Santa Margarita öffneten. Hier fand Andrea seine Bücher wieder, seine Kleider, Gegenstände, die er kannte. Einer der Räume war mit den Gemälden geschmückt, die sein Vater Pietro ihm hinterlassen hatte.

»Ich dachte, es würde dich freuen, das hier zu sehen.« Alvise hob die Laterne. An der Wand über dem Schreibtisch hing Lucrezias Porträt, gemalt von Lorenzo Lotto.

»Ja, sehr.« Andrea blickte den Bruder dankbar an.

Die duftenden Laken und die weiche, wollene Matratze trugen Andrea in den ersehnten Schlaf. Er versuchte, sich an das letzte Mal zu erinnern, als er in diesem Zimmer geschlafen hatte. Weihnachten 1567 war das gewesen, einen Monat nach der Wahl seines Vaters zum Dogen. Andrea hörte die vertrauten Geräusche des Wassers: das Glucksen der Schiffe auf dem Rio Foscari, die Ruderschläge, die kleinen Bugwellen, die sich bis zu den Mauern der Häuser am Ufer ausbreiteten und mit dem Gezeitenwechsel veränderten. Ein Boot mit Musik und Laternen fuhr vorbei, Andrea hörte die Welle an die Stufen der Wassertür direkt unter seinem Zimmer schlagen. Es musste die Mitternachtsflut sein, wenn das Meer in die Lagune drang. Durch das große dreibogige Fenster fiel ein Streifen Licht, der sich über die Zimmerdecke und die Wand bewegte, bis er auf das Gemälde von Lotto traf und ihm Leben verlieh. Andrea sah das Gesicht seiner Mutter mit dem melancholischen Ausdruck eines sich ankündigenden und doch nicht ausgedrückten Lächelns. Er war zu müde, um nachzudenken. In der Ecke des Bildes leuchtete etwas auf, doch dieser Blitz verlor sich im Schlaf, der Andrea unversehens überkommen hatte. Unterdessen fuhr das Boot auf den Canal Grande zu, mit ihm verschwanden Licht und Musik.

Später kam, mit dem Zurückfließen des Wassers, Wind von Norden auf, eine jener ständigen natürlichen Bewegungen, die Venedig zu einer Stadt machen, statt zu einem ungesunden Sumpf. Es war eine starke Tramontana, der die beiden Nordfassaden des Palazzo unbeeindruckt standhielten. Andreas Zimmer lag geschützt, nach Westen, doch trotzdem pfiff es durch alle Ritzen, als würde es atmen. Bei einem dieser Luftzüge öffnete sich ein nachlässig geschlossenes Fenster, bewegte die Vorhänge, kühlte das Zimmer ab und füllte es erneut mit den Geräuschen des trunkenen Festes. Wieder glitten zwei Boote langsam über den Rio, grobe Stimmen, Schreie und Gelächter stiegen bis zu Andrea auf. Bei dem Lärm und dem Laternenlicht öffnete er die Augen. Im ersten Moment blickte er sich verwirrt um, wusste nicht, wo er sich befand, und glaubte sich noch an Bord der Galeere. Doch Lucrezias Gesicht holte ihn zurück. Wieder sah er den schwachen goldenen Lichtreflex in der oberen Ecke des Bildes.

Das Quäntchen Schlaf hatte ihn gestärkt, dieses Mal erhob er sich, zündete die Laterne an, ging zu dem Bild und ließ das Licht darübergleiten. Lucrezia war stehend porträtiert, neben einem Tisch, auf dem ein Tuch lag. Ihr Kleid aus Seide und Samt mit roten und blauen Längsstreifen leuchtete von den Lichtreflexen eines stürmischen Tages mit Wolken und Sonne, der das Rechteck eines Fensters zur Rechten der Frau ausfüllte. Andrea kannte das Bild, doch so ungestört und aus dieser Nähe hatte er es noch nie betrachtet. Er schwenkte das Licht vor der Leinwand, der goldene Reflex wiederholte sich nicht. Als er das Licht nach links unten führte, sah er am Ringfinger ihrer linken Hand einen goldenen Ring aufblitzen. Er dachte an den Ring der Wächter, den er Sofia geschenkt hatte. Das konnte dieser Ring sein. Lucrezias Halskette bestand aus einem Bündel feiner Goldkettchen, an denen ein großer Smaragd hing, von vier kleineren Steinen eingefasst, die die intensive Farbe ihrer Augen hatten. Das Schmuckstück, für das Jacomo Dragan einen so hohen Preis gezahlt hatte. Auf dem Tisch lagen im Halbschatten viele Bücher, einige winzig klein, aufgestapelt, andere größer, hochkant gestellt oder unordentlich auf dem Tisch verstreut, als hätte ein Sturm sie umgeworfen. Lotto hatte große Mühe darauf verwandt, die Titel und einige bedruckte Seiten erkennbar zu machen. Man sah Ovids *Tristia e Metamorphoseon Libri XV*, *Canzoniere* und *Trionfi* von Petrarca, die *Summa de Arithmetica* und die *Divina Proportione* von Luca Pacioli, das *Dante col sito et forma dell'inferno* von Dante Alighieri, *De Recta Pronunciatione* von Erasmus von Rotterdam und die *Fiammetta* von Giovanni Boccaccio. Andrea erschauerte, als er zwischen diesen Titeln auch die griechischen Buchstaben des *Timaios* von Platon entdeckte. Das winzige Bändchen, im Format und der Farbe des Einbands identisch mit dem, das er von Bepo Rosso bekommen hatte, lag halb versteckt auf dem Tisch neben einem Häuflein Münzen und einer mit Asche gefüllten Schüssel.

Ein Windstoß schlug die Zimmertür auf. Eilig schloss Andrea die Tür und das Fenster. Dann suchte er etwas in den Schubladen seines Schreibtischs. Er zog eine Vergrößerungslinse hervor und kehrte zu dem Gemälde zurück. Als er die Asche durch das Glas betrachtete, erkannte er eine winzige Ecke bedrucktes Papier. *Laurentius LOTUS 1542* las man dort. Die Schüssel enthielt die Asche verbrannter Bücher.

Die Bücherverbrennungen, dachte er, und von nun an betrachtete er das Porträt wie ein Bilderrätsel.

Er musterte die Stadt, die man durch das Fenster im Hintergrund sah, und als er die Laterne bewegte, entdeckte er dort einen zweiten goldenen Lichtreflex zwischen Wolken und Himmel. Bei genauem Hinsehen zeigte sich ein winziges Dodekaeder, das über dem Dach einer Kirche schwebte. Andreas Herz begann wild zu klopfen. Mit Hilfe der Linse konnte er die Kirche, den Campanile, das Kloster mit Kreuzgang und auf der rechten Seite ein großes Stück Garten mit Pflanzen und Bäumen erkennen, hinter dessen Mauer eine Wasserfläche zu sehen war. Dies mussten die Kirche und das Kloster Santa Maria della Celestia vor 1564 sein, dem Jahr, in dem der Rat der Zehn zwei Drittel des Gartens für die Vergrößerung des Arsenale in Besitz genommen und dort die Pulverkammern erbaut hatte. Andrea trat einen Schritt zurück, um das ganze Bild in Augenschein zu nehmen. Wieder verspürte er eine starke Erregung, denn als er die Laterne nach unten hielt, schien seine Mutter ihm in diesem neuen Licht endlich zuzulächeln. Mehr noch, jetzt sah Andrea auch, was ihm immer entgangen war: die Falten ihres Kleides verbargen ihre Schwangerschaft nur ungenügend, und mit der linken Hand zeigte sie auf die Celestia, über welcher das Dodekaeder schwebte. Er näherte sich wieder mit dem Vergrößerungsglas, dann wurde ihm alles klar. Unter der Kirche war die Krypta abgebildet.

33

Die Böen der Tramontana hatten die meisten Lichter gelöscht und Draperien, Girlanden und Papierlaternen heruntergerissen, die nun durch die Gassen und Plätze rollten. Der Festlaune der Venezianer hatten sie freilich nichts anhaben können.

Andrea mied die Fährboote voll betrunkener Menschen, er wählte den Weg über Rialto, um durch die Calle San Lorenzo bis zur Kirche San Francesco della Vigna zu gelangen. Hier war alles festliche Leuchten und Funkeln erstorben. Hinter der Kirche standen die wiederaufgebauten Sagredo-Häuser, und etwas weiter sah man die hohe, dunkle, mit Zinnen bewehrte Mauer des Arsenale, auch sie wieder in ihrem ursprünglichen Zustand, wenngleich sich davor noch die freie Fläche der Explosion erstreckte. Wenig mehr als zwei Jahre waren seit jenem Septembertag vergangen, auch das Kloster der Celestia wuchs zu neuem Leben, um den Nonnen, die noch immer Gäste in San Giacomo auf der Giudecca waren, bald wieder ein Heim zu sein.

Andrea kletterte über die Palisade, die die Brache umgab, und näherte sich dem Baugerüst um das Kloster. Der Platz war menschenleer, die Trümmerreste auf dem Boden knirschten unter seinen Stiefeln, jeder Windstoß wirbelte Staub auf.

Er erkannte die Überreste des Campanile und daneben das Fundament der Kirche, das auf dem leeren Platz aufragte wie ein antiker Opferaltar. Die Apsis war mit Pfählen und Brettern gestützt. Er blickte sich nach dem Eingang zur Krypta um, dann entdeckte er im schwachen Licht der Sterne das dunkle Rechteck einer dicken, schweren Eisenplatte, die über den Eingang gelegt war. Vergebens versuchte er, die Platte anzuheben, sie war zu schwer. Er suchte in der Dunkelheit nach einem Hebel, und obwohl er die Laterne nicht anzünden wollte, um keine Aufmerksamkeit zu erregen, fand er schließlich in einem Haufen Geröll eine Eisenstange, mit der er die Platte aufstemmen konnte.

Er schob sich seitlich an der Platte vorbei in die Finsternis der Krypta und spürte die erste Stufe unter seinen Füßen. Tastend bewegte er sich vorwärts, eine Hand auf dem Seil der Wendeltreppe. Spinnweben wickelten sich um seine Finger, und Schimmelgeruch packte ihn an der Kehle. Der über den Boden streichende Wind blies durch den Spalt des Eingangs wie auf einer Flöte.

Als seine Füße den Boden der Krypta erreichten, zündete er mit dem Feuerstahl die Laterne an. Das Flämmchen gewann an Kraft, und sein Licht setzte Dutzende Kakerlaken und Würmer in Bewegung, die sich in dunkle Ecke verkrochen. Das Deckengewölbe war so dicht mit Spinnweben besetzt, dass es jede Symmetrie verloren hatte. Die sterblichen Überreste der Nonnen waren aus den Nischen entfernt worden. Auch der Schrein, der den vollständig konservierten Körper enthalten hatte, war leer. Die Laterne nach links und rechts schwenkend, ging Andrea weiter bis zur Mitte der Krypta, dort bückte er sich und stellte die Laterne ab. Hier war auf dem Boden unter dem Staub eine Intarsie aus Marmor zu erkennen. Die Form schien ihm bekannt, er wischte den Staub mit der Hand zur Seite, und zum Vorschein kam ein perfektes Dodekaeder. Er kniete nieder. Unter der geometrischen Figur befand sich eine Inschrift. Er blies den Staub fort:

$$\alpha\ \beta\ \gamma\ \delta\ \theta\ \eta\ \kappa\ \zeta$$

Lange starrte er auf die platonische Buchstabenfolge, die das innerste Wesen der Weltseele bezeichnete, die alles umfasst und enthält, vom Mittelpunkt bis zum entferntesten Himmel, und Ursprung des göttlichen Prinzips eines ewigen Lebens außerhalb der Zeit ist. Er richtete sich auf, machte zwei Schritte zurück und betrachtete die ganze Intarsie in der Mitte des Steins, der eine zweite Inschrift trug:

MEINE SEELE NEBEN DIR

Andrea spürte einen Stich im Herzen, der ihm den Atem nahm. Denn diese Inschrift schien ihm zu gelten.

Er hob die Augen, instinktiv. Ein Edelstein des Himmels, ein Dodekaeder aus Cristalìn, hing, eingehüllt in Staub und Spinnweben, direkt über dem Stein von der Decke herab. Andrea fiel die Geste der sterbenden Äbtissin ein, dorthin hatte sie mit der erhobenen Hand zeigen wollen, als der Tod ihre Bewegung unterbrach. Plötzlich fühlte er sich so müde, als wäre er in dieser Krypta, wo seine Reise begonnen hatte, auch an ihr Ende gekommen.

Sehr vorsichtig löste er das Dodekaeder vom Haken, wickelte es in seinen Mantel und verließ die Krypta.

34

In der ganzen Stadt fand sich kein freies Zimmer mehr, denn noch immer kamen Menschen von der Terraferma, um zu feiern. Also hatte der Senat in ungewöhnlicher Eintracht mit dem Rat der Zehn Hospizen, Klöstern, Priesterseminaren, Bruderschaften, Schulen und allen anderen Orten, in denen sich Schlafsäle einrichten ließen, gestattet, während der drei Feiertage Fremde zu beherbergen, ohne sie registrieren und den Wachen des Stadtviertels melden zu müssen. Sogar das Verbot, unter den

Bogengängen zu schlafen, war aufgehoben worden. Und die Behörden drückten beide Augen zu angesichts der zahlreichen illegalen Fähren, die sich zu den regulären gesellt hatten, um Tag und Nacht zwischen der Stadt und Lizza Fusina, San Giuliano, Chioggia und den Inseln der Lagune hin- und herzufahren.

Auch die Locanda della Torre war überfüllt, und Lorenzo hatte, ohne lang zu überlegen, sogar in der Küche und in der Osteria Betten und Matratzen bereitstellen lassen. Unter diesen Umständen suchte man ohnehin keinen Schlaf, sondern begnügte sich mit ein wenig Ruhe.

Andrea war in sein Zimmer unter dem Altan zurückgekehrt. Der *Timaios* lag in seinem Versteck auf einem Dachbalken. Als er das Dodekaeder gesäubert hatte, erschien das, was verborgen gewesen war, in aller Klarheit: die Seiten trugen Zahlen, auf jede war ein Gitter aus vielen kleinen Kreisen graviert. Legte man die sieben nummerierten Glasscheiben auf die Seiten des Buches, die die Zahlen I, II, III, IV, IX, VIII, XXVII trugen, ließ sich der griechische Text aus den Buchstaben in den Kreisen innerhalb einer Stunde zusammensetzen. Andrea schrieb ihn Buchstabe für Buchstabe auf ein Papier, dann übersetzte er.

Venedig, 4. Mai 1542. Im Namen Gottes und der Seligen Jungfrau Maria.

Andrea, mein geliebter Sohn, wenn du diese Zeilen liest, wie es mein ausdrücklicher Wille ist, wirst du ein Mann geworden sein, der die volle Bedeutung der Liebe, des Verzeihens und aller anderen Regungen der Seele zu verstehen vermag. Mir wurde die unendliche Freude zuteil, dich auf die Welt kommen zu sehen und dich gesund zu wissen. Gerne hätte ich dich geliebt wie jede Mutter. Der Allmächtige hat anders entschieden, und ich muss mich seinem Willen beugen. Es ist mir nicht gegeben, dir zu erklären, was nicht einmal die Unermesslichkeit des Himmels umfassen könnte, doch ich biete dir die Möglichkeit, meine Geschichte und die des Bundes der Wächter kennen und verstehen zu lernen, wenn du es willst. Ich hinterlasse dir diese Schrift mit vielen Geheimnissen über das Feuer, das Wasser, die Erde und die Luft. Anderes wirst du in den Büchern finden, die ich gesammelt und gerettet habe. Das alles wird in Murano im Viertel Santo Stefano in der Glashütte Vivarini aufbewahrt, wo das Glas geformt wird, um dann zu ruhen. Meiner geliebten Freundin Lucia Vivarini vertraue ich die Aufgabe an, dir zu helfen, damit du verstehst und den Weg weitergehst.

In unendlicher Liebe. Deine Mutter Lucrezia.

35

Das schmerzlindernde Mittel aus Öl, Fett und Ulmenrindenextrakt, das Angelo Riccio für zwei Lire bei einem Arzneihändler auf dem Campo Santi Filippo e Giacomo gekauft hatte, tat seine Wirkung. Der Apotheker, ein gewisser Santo Locatello, der seinem Namen alle Ehre machte, hatte ihm persönlich die Salbe auf die Verbrennungen gestrichen und sie mit Gaze verbunden. Riccio hatte sich sofort besser gefühlt. Andererseits war die Apotheke, wie viele andere auch, Tag und Nacht geöffnet, um die zahlreichen Verletzten durch Feuerwerkskörper, improvisierte Freudenfeuer und alle anderen unfreiwilligen Missgeschicke zu behandeln, die dieses tagelang andauernde Fest hervorrief.

Dergestalt durch die medizinische Versorgung gestärkt und von Rachegedanken getröstet, schickte dieser Frate, der das geistliche Gewand seit langem abgelegt hatte, sich an, den Weg der Bestrafung all jener, die ihn lächerlich gemacht hatten und der Grund für seine Leiden waren, in umgekehrter Richtung zurückzulegen. Dass Gott auf seiner Seite war, war ihm abermals bestätigt worden, als er, in der Kirche mit Andrea Dolfin auch Andrea Loredan und seinen *Timaios* wiedergefunden hatte.

Irgendwann im Morgengrauen war er Andrea durch halb Venedig fast bis zur Celestia gefolgt, hatte auf ihn gewartet, indem er sich unter die Feiernden in den Sagredo-Häusern mischte, und war wieder zu Andreas Schatten geworden, als dieser in die Locanda della Torre zurückkehrte. Er hätte sogar mit Gottes Hilfe das Schicksal herausgefordert und sich dort einquartiert, wenn es noch ein freies Bett gegeben hätte. Doch der Herr hatte anders verfügt, und so musste der afrikanische Diener ihm nur die großen Segel zeigen, die über den Campo San Lorenzo gespannt waren, um der Menge ein wenig Schutz zu bieten. Riccio hatte nicht gezögert und war über die dreibogige Brücke gegangen, um sich in diesen Menschenwirbel zu stürzen, den Ausgelassenheit und Wein in einen Reigen der Verdammten verwandelt hatte. Freilich war er bedacht gewesen, am Rand zu bleiben, am Ufer des Rio, um die Tür der Locanda im Auge zu behalten und gleichzeitig den Versuchungen des Festes zu entgehen.

36

Den Weg nach Murano durch die Lagune kennzeichnete eine Reihe beleuchteter Pfähle, die in der Gischt des vom Wind aufgepeitschten Wassers verschwand.

Wegen der starken Tramontana mussten die außerordentlichen Fähren, die die Nachtfahrten zwischen San Canciano und Murano versehen hatten, an der Mauer des Oratoriums der Crociferi Schutz suchen. Die Wellen waren hoch, man konnte den Fährdienst nur noch mit großen Segelbooten aufrechterhalten. Sie fuhren von der weiter nördlich gelegenen Santa Caterina los, wo der Wind sie seitlich traf, und kehrten aus Murano mit dem Heck voran nach Santa Giustina zurück.

Andrea hatte in dieser Nacht zum dreifachen Preis eine Tartane mit zwei Masten genommen, zusammen mit etwa fünfzig Einwohner Muranos, die ihren Rausch zu Hause ausschlafen wollten. Das Dodekaeder und den *Timaios* schützte ein hölzernes Kästchen, das er in einem Ledersack auf dem Rücken trug. Die Tramontana wehte so stark, dass man sie mit dem Nordwind

hätte verwechseln können. Doch die Fischer, die Eigentümer des großen Bootes waren und in dieser Nacht Fährleute spielten, hatten Erfahrung und wollten an den Fahrten verdienen. Nachdem sie die Passagiere beruhigt und am Großmast ein einziges, von zwei zusätzlichen Wanten gesichertes Segel gehisst hatten, das aus Holz gemacht schien, so dick war es, richteten sie den Bug auf den Leuchtturm von Murano, segelten im Windschatten an San Michiel vorbei und erreichten in weniger als einer halben Stunde das geschützte Ufer von Santa Chiara, wo Andrea sofort wieder den intensiven Geruch nach Glas wahrnahm.

Das sandige Ufer hatte eine beleuchtete Anlegestelle, und eilig liefen die fröstelnden Passagiere, deren Kleider von den Spritzern der Wellen völlig durchnässt waren, über die Holzbohlen. Die Nüchternen stützten die Betrunkenen, Frauen umarmten schützend ihre Kinder.

Andrea mischte sich unter die Menge und half einer alten Frau, die Trinkgläser in San Marco verkauft hatte. Im Vergleich zum lärmenden Irrsinn in der Stadt wirkte Murano wie eine Toteninsel, und das Heulen der Tramontana, die Bäume umbog und an den Häusern wetzte, machte den Anblick noch gespenstischer.

Zweifellos war es auch hier hoch hergegangen, denn die von den Böen gepeitschten Fondamenta Santo Stefano waren übersät mit Glasscherben, die unter den Schuhsohlen knirschten, und man musste achtgeben, sich nicht in die Füße zu schneiden. Hie und da standen noch nackte Tische vor den Osterien, Stühle und Bänke waren umgekippt, Tischtücher rollten über die Straße, Draperien flatterten im Wind. Andrea, der in der Festbeleuchtung und im Lärm Venedigs jegliches Zeitgefühl verloren hatte, erkannte, dass er sich in der trägen Phase des Tagesanbruchs befand, die noch ganz von der Nacht umfangen ist und die meisten Menschen schlafend antrifft, während sie Dieben freie Bahn verschafft.

Langsam löste sich die Gruppe auf, die Menschen kehrten

in ihre Häuser ein, und Andrea blieb allein zurück. Zwanzig Schritt hinter ihm beschloss Angelo Riccio, keine zufällige Begegnung zu riskieren und Andrea einen größeren Vorsprung zu lassen. Seine Hand fuhr in die Tasche seines Wamses. Er hatte fünf fertige Ladungen für die Pistole, Pulver und Blei zusammen in einem papiernen Behälter. Fünf Gelegenheiten, außerdem den Schuss im Lauf und zwei scharfe Stilette.

An den gegenüberliegenden Fondamenta des Rio färbten sich die hohen Fenster der Glasbrennereien von Zeit zu Zeit glühend rot, wenn das Feuer in den Brennöfen aufloderte, ein Zeichen, dass dort drinnen Menschen arbeiteten. Denn das Feuer ist das Leben der Glashütte, es muss immer brennen. Wie der Hass und die Liebe.

Die Glasbrennerei Vivarini trotzte den kalten Winden aus Nordost mit ihrer zum *Canal grando de Muran* gelegenen Seite, einer mit Efeu und Moos bewachsenen Wand aus Backsteinen, in deren Mitte sich das Einfahrtstor für den Transport des Materials vom oder zum Bootsanleger befand.

Der Haupteingang war, den Gesetzen der Luft und ihren Launen gehorchend, an der lauwarmen Südwand eingerichtet worden, wo ein kleiner, dicht mit Weißdornbüschen bewachsener Platz die Wucht des Schirokko und des Libeccio milderte. Die große rechteckige Eingangstür hatte zwei Flügel aus Kernholz, die mit bronzenen Einfassungen und kupfernen Beschlägen verstärkt waren. In einem der beiden Flügel befand sich ein kleines Türchen für den täglichen Gebrauch, um die Luftzüge, die schädlich für das Glas und gefährlich für die Brennöfen und Schmelztiegel waren, auf ein Minimum zu beschränken.

In dieser Nacht der Wirbelwinde aus allen Richtungen schaukelte das Schild mit dem Drachen knarrend hin und her. Es war kalt, und in der Luft lag bereits ein feiner, kristalliner Duft nach Schnee, den die über Alpengletscher fegenden Winde mit sich trugen.

Andrea blieb vor dem Eingang stehen. Er dachte an den »Edelstein des Himmels«, an den *Timaios*, an die Worte, die seine Mutter ihm hinterlassen hatte, an die liebevollen Briefe, die Jacomo Dragan ihm während seines Exils in Candia regelmäßig geschrieben hatte. Der erste Brief war eine Überraschung gewesen, der zweite hatte ihn mit ausführlichen Berichten über Neuigkeiten erfreut. Die folgenden wurden zu einem sehnlich erwarteten Geschenk, das ihm geholfen hatte, nicht aufzugeben. Auch in dieser Nacht musste er seinen Weg weitergehen. Ein stärkerer Windstoß drückte gegen das Türchen und bewegte es, als wollte er Andrea auffordern, einzutreten.

Die Glashütte empfing ihn mit einem Schwall warmer Luft in dem kurzen Korridor, der das Zimmer des paròn und das Empfangszimmer für die Kunden mit dem großen Raum verband, wo das Glas verarbeitet wurde. Am Ende des Korridors gab es eine Tür mit einem Fensterchen aus farbigen, runden Glasscheiben in einer Bleifassung. Hinter dieser Tür lag der Raum mit den Brennöfen, deren Münder nach Süden zeigten, darum hatte Andrea erwartet, den Feuerschein durch das Fensterchen zu sehen. Doch hinter dem Fensterchen war es dunkel. Er stieß die Tür auf. Der Raum war leer, die Klappen der Öfen geschlossen. Nur das Heulen des Windes zwischen den Dachziegeln und Tragbalken. An einer langen Kette hing eine brennende Laterne, die Luftzüge in dem Raum ließen sie schwanken, was das Gefühl der Leere verstärkte. Andrea blickte sich suchend um. Wo waren Pierin, Sgorlon und Tapegio und die Männer, die nachts die *fritta* zubereiteten, die Werkzeuge säuberten und bereitlegten? Wo waren die Regale voller Blasrohre, Scheren, Zangen, Klemmen, Pinzetten, Schneidwerkzeuge, Kellen, Lötkolben, Schmelztiegel, Waagen und Gussformen, die zum Bearbeiten des Glases dienten? Nur der *scagno* stand noch dort: ein breiter Schemel aus Holz und Metall, auf dem der Meister das Rohr drehte, um das Glas zu formen. In einer Ecke ein hoher Stapel Erlenreisig, der pyramidenförmig bis zur Decke reichte, außerdem mehrere Säcke mit »syrischer Asche«, der Sodaasche, die als Flussmittel beim Schmelzen verwendet wurde. Von allen anderen benötigten Materialien und vom lebhaften, produktiven Treiben der Glashütte war keine Spur mehr zu sehen.

Andrea nahm die Laterne vom Haken und ging in das Kalte Zimmer, das er von Gläsern überquellend erinnerte. Auch dieser Raum war zu einer großen leeren Hülle aus Backsteinen geworden, man hatte sogar die Tische entfernt. Nur die Kälte war geblieben. Er dachte an Dragans letzten Brief, der von einer emsig arbeitenden Hütte berichtete, von Aufträgen für das ganze nächste Jahr. »Wie sie den anspruchsvollsten Paròn glücklich machen«, hatte er geschrieben.

Als er in die Halle mit den Brennöfen zurückkehrte, spürte Andrea deutlich, wie die Temperatur wechselte: Von der Eiseskälte des Lagers kam man in die Wärme der Werkstatt. Also hatte er sich getäuscht, der nur scheinbar tote Organismus trug warmes Leben in sich. Sein Blick ging zu den drei Öfen, er trat zum größten, dem Kegel mit den drei Mündern, in dem das Glas geschmolzen wurde. Beim näheren Hinsehen erkannte er im grauen Halbdunkel, dass der Rand einer der Klappen über den Ofenmündern golden schimmerte. Das war Feuer! Er berührte die Wand und spürte die Hitze. Seine Hand näherte sich dem breiten Griff des Türchens.

»Halt! Da drin ist Feuer!«

Andrea wandte sich um. Die Tür zum Korridor hatte sich geöffnet, auf der Schwelle stand Jacomo Dragan, einen Stock in der Hand, und fixierte ihn.

»Maestro Dragan! Ich bin's, Andrea!«

Mit verblüffter Miene kniff Jacomo die Augen zusammen und neigte den Kopf.

Andrea ging auf ihn zu, und als beim Näherkommen mehr Licht auf ihn fiel und seine Gestalt sich deutlicher abzeichnete, wich Jacomos Misstrauen erst einem Lächeln, dann heller Freude. Er hatte ihn erkannt.

»Andrea …«, stammelte er und ließ den Stock fallen.

So verharrten sie eine Weile, einander gegenüberstehend. Jacomo von zu großer Rührung erfasst, um sich bewegen zu können, Andrea überrascht, weil er sah, wie die Augen des Alten sich mit Tränen verschleierten, seine Hände zu zittern begannen und sein Atem keuchend ging. Noch überraschter war er, als Jacomo plötzlich ungestüm auf ihn zukam, die Arme ausbreitete und ihn an sich drückte. Andrea, der ihn nicht durch sein Zögern beschämen wollte, erwiderte die Umarmung.

Der Alte löste sich und blickte ihm in die Augen.

»Andrea! Darf ich Euch so nennen?«

»Natürlich, Maestro.«

»Jacomo«, berichtigte er. »Nennt mich Jacomo. Das wäre mir angenehmer.«

Andrea nickte lächelnd.

»Francesco d'Angelo hat mir von Eurer Rückkehr erzählt«, sagte er. »Vorgestern ist er hergekommen, um Euch zu suchen. Er hängt sehr an Euch.«

Andrea musterte ihn fragend. »Ich habe Francesco gestern gesehen, aber er hat mir nichts davon gesagt.«

In der folgenden Stille hörte man den pfeifenden Wind und das Knarren des Holzes.

Andrea ließ den Schein der Laterne langsam ringsum über die traurige Leere wandern. »Was ist passiert?«

Einen Augenblick schwieg Jacomo verlegen, dann nahm er Andrea, im offensichtlichen Bemühen, das Thema zu wechseln, die Laterne aus der Hand. »Gebt her!« Er hängte sie zurück an den Haken.

»Darf ich es erfahren?«, beharrte Andrea.

Jacomo fuhr sich mit der Hand über das Kinn. »Wir ziehen um«, sagte er unvermittelt. Seine Augen blitzten vor Energie und List.

»Wohin?«, fragte Andrea, der diesen Ausdruck gut kannte.

Der Glasmeister zögerte, um eine Antwort verlegen.

»Auf die Terraferma. Wir werden eine neue Glashütte auf der Terraferma eröffnen!«

Andrea suchte in seinen Augen nach einem Grund für die Ungeheuerlichkeit und den Widersinn dieser Antwort. »Das ist doch Unsinn!«, rief er spontan aus. »Ihr verlasst die Glashütte, die Ermonia Euch vererbt hat?«

Jacomo setzte eine spitzbübische Miene auf, wie ein kleiner Junge, der beim Zuckerstehlen erwischt wird.

»Ihr sagt mir nicht die Wahrheit«, fuhr Andrea in nachsichtigem Tonfall fort. »Ihr habt mir geschrieben, dass alles aufs beste läuft, dass Ihr viel Arbeit habt.« Er machte eine Pause. »Und erzählt mir nicht, dass der Rat der Zehn Euch die Erlaubnis dazu gegeben hat. Und dass der Gastalde der Zunft Euch genehmigt hat, die Hütte zu schließen, aus Murano fortzugehen und Eure Kunst und Geheimnisse nach außen zu tragen!«

Wieder zögerte Jacomo, suchte eine plausible Antwort, nachdem er ein so unglaubwürdiges Vorhaben angekündigt hatte.

»Ihr glaubt mir nicht?« Er schien beleidigt.

Es war offensichtlich, dass er log.

»Nein. Ich glaube Euch nicht«, sagte Andrea bestimmt. Eigentlich wollte er nicht streiten. Jedenfalls nicht an diesem Tag. Er ließ das Thema fallen, blickte sich um und sah den *scagno*. Er zog das Kästchen aus seinem Ledersack, öffnete es und holte das Dodekaeder heraus. Vorsichtig legte er es auf die Arbeitsbank. Jacomo kam näher, blieb einen Schritt davor stehen und starrte auf das zwölfseitige Gebilde aus reinstem Cristalìn.

»Ihr könnt es ruhig in die Hand nehmen«, forderte Andrea ihn auf.

Der Glasbläser zögerte, dann bückte er sich, nahm es und betrachtete es im Gegenlicht.

»Ein Edelstein des Himmels …«, flüsterte er staunend und sah Andrea an. »Woher habt Ihr ihn?«

»Er war in der Krypta der Celestia.«

In diesem Augenblick begann der große Brennofen zu be-

ben, und bläuliche Flämmchen züngelten aus den Ritzen der Klappe.

Jacomo machte Andrea ein Zeichen, still zu sein, wies auf das Dodekaeder und murmelte: »Steckt es weg.«

Verwirrt nahm Andrea das Glas und legte es in das Kästchen zurück. Dann folgte sein Blick Jacomo, der den Stock ergriffen hatte und, sich nach allen Seiten umschauend, auf die Tür zuging, um dahinter zu verschwinden. Er hörte ihn den Riegel an der Eingangstür vorlegen. Als er zurückkam, wirkte er gelassener.

»Ich dachte, jemand wäre hereingekommen. So stark wie diese echte Tramontana hier weht, ist sie nirgendwo sonst auf Murano.«

Er zeigte auf das Kästchen, in das Andrea das Dodekaeder gelegt hatte. »Ohne den *Timaios* ist dieser Edelstein nur eine schöne Lampe, die man sich an die Decke hängen kann«, sagte er resigniert.

Andrea schwieg, steckte nur die Hand in den Sack, zog das winzige Buch heraus und reichte es Jacomo mit einer gewissen Befriedigung. Wieder zeichnete sich fassungsloses Staunen auf dem Gesicht des Glasmeisters ab. Und wieder zögerte er.

»Ist es das, was Ihr suchtet?«, fragte Andrea fast herausfordernd.

Die Finger des Alten zitterten. Er nahm das Buch, schlug es auf und las. Blätterte rasch darin. Seine Miene hellte sich auf. »Das ist er!« Er blickte Andrea in die Augen. »Das ist der *Timaios*, den Lucia Vivarini mir hätte geben sollen. Das gestohlene Exemplar!«

»Gestohlen von einer Nonne der Celestia und an einen Werkmeister des Arsenale verkauft«, fügte Andrea hinzu.

Jacomo sah ihn nur an, wieder fuhr seine Hand über das Kinn.

»Die Türken haben jahrelang danach gesucht«, sagte er mit einem Hauch Stolz in der Stimme. »Einen Edelstein des Himmels hatten sie gefunden, aber dieses Buch haben sie nie gefunden.«

Sie blickten sich an. »Ich habe versucht, den Text damit zu entschlüsseln, wie Ihr mich gelehrt habt«, sagte Andrea und reichte Jacomo das Blatt Papier.

Der Glasmeister zögerte, als machte ihm das Blatt Angst. Wieder zitterten ihm die Hände, ihm, der mit der Präzision eines Chirurgen Glas bearbeitete. Dann nahm er das Papier und las.

»Es müsste hier irgendwo sein …« Andrea machte ein paar Schritte auf den großen Brennofen in der Mitte zu. Dort begann er, den Fußboden zu untersuchen. Es dauerte nicht lang, bis er die in den Stein geritzte Zeichnung entdeckt hatte. Er kniete nieder und blies den Staub von der Marmorplatte. Ein winziges Dodekaeder. Er nahm eine Glasscherbe vom Boden und ritzte damit den Mörtel im Spalt um den Stein auf. Der Mörtel ließ sich leicht entfernen, er schien erst vor kurzem aufgetragen worden zu sein. Ein Druck mit den Fingern genügte, und der Stein ließ sich anheben. Darunter verbarg sich eine dunkle Höhlung, aus der Wind aufstieg.

»Die Bücher sind in Sicherheit, seid unbesorgt.«

Andrea hob den Kopf. Jacomo stand einen Schritt neben ihm und beobachtete ihn. Kniend fühlte Andrea sich noch lächerlicher. Er richtete sich auf.

»Nur das hier fehlte …«, fügte der Alte hinzu, den *Timaios* hochhebend.

»Ihr habt alles gewusst!«, rief Andrea aus. »Und noch immer spielt Ihr Verstecken mit mir!«

»Ich habe nur versucht, Euch zu schützen.«

»Warum solltet Ihr das tun?«

»Hört mir zu!« Jacomo trat näher und zeigte auf das Buch. »Dieses Buch ist das wichtigste von allen. Ihr habt die platonische Folge der sieben Zahlen benutzt, aber damit habt Ihr nur einen winzigen Teil enthüllt.«

Jacomo blätterte wieder in dem Buch, er suchte nach einer bestimmten Stelle. »*Darauf füllte er die zweifachen und dreifachen Abstände dadurch aus, dass er noch mehr Teile abschnitt und sie zwi-*

schen dieselbe stellte, so dass sich zwischen jedem Abstande zwei
Mittelglieder befanden, deren eines um denselben Teil der äußeren
das eine äußere übertraf, um welches es von den anderen übertroffen
wurde.«

Er schloss das Buch und sah Andrea an. »Es gibt unendlich viel
mehr Zahlenkombinationen, als Ihr denkt.« Er schwenkte das
Buch durch die Luft. »Auf diesen Seiten ist die Satzung des Bundes der Wächter verzeichnet, mitsamt aller Namen der Gründer
und der neu hinzugekommenen Mitglieder. Namen, die Euch
in Erstaunen versetzen würden, es sind Dogen dabei und sogar
ein Papst. Auch sind die Orte beschrieben, wo die Bücher versteckt wurden. Ihr versteht jetzt, dass der Besitz dieser Chiffre
ungeheure Macht bedeutet. Denkt nur, welchen Gebrauch die
Inquisition davon machen könnte.«

Jacomo gab Andrea das Buch zurück.

»Es gehört Euch, wie auch die anderen Bücher. Eure Mutter
hat sie Euch hinterlassen, damit Ihr sie beschützt.«

Andrea sah ihn an, er war außerstande, sich über ihn zu er-
eifern. Ein Gedanke überfiel ihn, und die Worte kamen ohne
sein Zutun: »Erzählt mir von ihr.«

Der Alte seufzte. Er konnte sich nicht mehr widersetzen. Er
wollte es nicht. Auch sie hätte es nicht gewollt.

»Ich habe Lucrezia geliebt«, sagte er mit einem feinen, melancholischen Lächeln und blickte Andrea dabei fest an. »Ich habe
sie immer geliebt.«

Andrea schlug die Augen nieder.

»Es begann genau hier, in dieser Glashütte. Ich habe es Euch
schon erzählt. Wie waren Kinder und spielten zusammen. Ich
war das Kind eines Glasmachers, Lucrezia die Tochter eines
Adeligen, eines sehr bekannten, sehr reichen Mannes.« Jacomos
Erzählung spann sich fort, nahm einen Weg, der Andrea glaubwürdig und aufrichtig erschien. Von jener glücklichen Kindheit
bis zur frühen Jugend wuchs diese heimliche Liebe mit ihnen.
Dann kam Lucrezias Vater eines Tages mit der Nachricht, dass

er eine ausgezeichnete Partie für sie gefunden habe: Pietro Loredan, ein Kaufmann aus der besten Gesellschaft, siebenunddreißig Jahre alt, doppelt so alt wie Lucrezia.

Jacomo verstummte, schloss die Augen, durchlebte jenen Schmerz noch einmal.

»In jenen Tagen«, hub er wieder an, »im Februar 1518, wurde mein Bruder Bernardo bei einem Streit getötet. Ich erfuhr, dass es ein gewisser Stefanin aus Korfu gewesen war. Ich schwor ihm Rache. Einen Monat später wurde er tot im Kanal gefunden. Man gab mir die Schuld. Sie hätten mich gehängt, wenn Lucrezia ihren Vater nicht überzeugt hätte, sich für mich zu verwenden. Ich bekam drei Jahre Gefängnis in Malpaga. Dafür musste sie Pietro heiraten.«

Das Meer nimmt. Das Meer gibt zurück, dachte Andrea. Alles war ihm genommen worden. Alles kehrte jetzt zurück. Man muss sich nur den Gezeiten überlassen, die Ebbe und die Flut nicht bekämpfen.

»Zwanzig Jahre später«, fuhr Jacomo fort, »1539, wurde ich von Pietro Loredan gerufen, um die Fenster des Palazzo San Pantaleone zu erneuern. Ich sah Lucrezia wieder. Sie überwachte die Arbeiten.« Seine Stimme zitterte. Er seufzte. »Sie leitete die Arbeiter an, als wäre sie der Baumeister. Sie wusste alles, kannte sich mit allem aus.« Er lächelte schwach. »Es war, als hätten wir uns erst gestern getrennt. Wir versuchten zu widerstehen, es war zwecklos.«

Das Feuer brummte im Ofen.

»Es tut mir leid, Andrea«, sagte Jacomo verlegen.

Andrea verspürte Schwindelgefühle, er schwankte, dann fand er das Gleichgewicht wieder.

»Dann war es mein Vater, der Euch bestraft hat«, sagte er. »Er hat Euch mit der Geschichte von den gestohlenen Juwelen das Leben ruiniert. Darum dieser Hass zwischen Euch …«, die Worte erstarben, als sie diese vergessenen Gefühle berührten.

Jacomo schien der alte Schmerz das Herz zu zerreißen.

»Das habe ich auch immer gedacht«, erwiderte er, die Worte abwägend. Er schüttelte den Kopf. »Aber so war es nicht.«

Eine lange Weile gab es nur ihre Blicke, verwundert der eine, bitter der andere.

»Wer war es dann?«

Jacomo antwortete nicht, senkte die Augen und schüttelte leicht den Kopf.

»Ich bitte Euch, sagt es mir. Wenn ihr es wisst«, flehte Andrea beinah.

Jacomo zögerte lange. »Euer Bruder …«, murmelte er schließlich fast beschämt.

»Alvise?«, rief Andrea ungläubig aus.

Jacomo nickte, dann hellte sich seine Miene ein wenig auf. »Er ist vor einiger Zeit zu mir gekommen, um mich um Verzeihung zu bitten und mir eine Entschädigung …« Jacomos Worte erstarben, als er Andreas Blick verfolgte.

Entsetzt starrte Andrea auf einen Punkt hinter ihm. Der Glasmeister wandte sich um.

Etwa zehn Schritt entfernt, dort, wo das Licht der Laterne vom Dunkel verschluckt wurde, zeichnete sich die noch dunklere, reglose Silhouette eines Menschen ab.

»Sehr erfreut, Euch wiederzusehen, hochverehrte Signori!«, kam die Stimme des Unbekannten aus dem Schatten. Er näherte sich und trat in den Lichtkegel. Er trug einen dunklen Umhang, das gelbe Wams und die Mütze eines Ruderers. In der Hand hielt er eine Pistole, mit der er auf sie zielte.

37

Am Hanfgeruch und durch die Berührung hatte Sofia Ruis erkannt, dass diese Segel aus der Umgebung von Turin kamen. Feinste Machart, zweifädig gewebt, mit Verstärkungen aus einer doppelten Lage Stoff um die Ösen für das Reffen bei starken

Winden oder Stürmen. Zusammen mit Clara Pozzo, der einzigen Segelnäherin, die den Mut gehabt hatte, bei der Unternehmung mitzumachen, faltete sie seit drei Tagen Segel, nähte und besserte aus, richtete Bindsel, Lieken und Beschlagseisinge, bereitete die Hanfsäcke zum Schutz der Segel vor, indem sie vergiftete Köder gegen die Ratten hineintat, und versah eine große Anzahl Rahsegel, Klüver, Focksegel, Lugger, Sprietsegel, Gaffer, Sturmuntersegel und Vormarssegel mit Nummern. Die Segelkoje war am Bug eingerichtet worden, wo der Fockmast sich mit dem Bootskörper verbindet, unterhalb des zweiten Kanonendecks. Der Reeder hatte keine Kosten gescheut, und wenn auch in verkleinertem Maßstab, so verfügte der in ein Lager und eine Werkstatt unterteilte Raum doch über die nötige Einrichtung, die Werkzeuge und den Stoff, um die Segel in perfektem Zustand zu erhalten oder sogar neue herzustellen, falls erforderlich. Denn das Leben auf diesem Schiff und sein eigenes Überleben hingen nicht nur von der richtigen Lenkung und Harmonie der Manöver ab, sondern vor allem vom richtigen Verhältnis zwischen den Segeln und dem Wind, ob er nun sanft oder drohend war. Segel, Segelnäherinnen und Winde wurden so zum wesentlichen Bestandteil dieser Reise. Ja, trotz der bösen Gerüchte über die Anwesenheit von Frauen an Bord, die jeder Matrose kannte, hatten die achtzig Mann Besatzung sie nur allzu gern empfangen. Und es war kein Problem gewesen, zwei Matrosen zu finden, die den beiden Segelnäherinnen zur Hand gehen sollten. Ihre Unterkunft befand sich im Heck, gleich neben der Kapitänskajüte, um den Frauen einen ruhigen, geschützten Schlaf zu sichern.

Am Ende der Nacht, als die Glocke zum Wachwechsel läutete, wimmelte es auf dem Schiff schon wie in einem Ameisenhaufen. Im Licht der Laternen sprangen die Männer, die sich bei ihren Arbeitsschichten ablösten, von Deck zu Deck, und kontrollierten zum hundertsten Mal das Material, die Waffen und die Lebensmittelvorräte an Bord.

In der Segelkoje hatte Sofia soeben einen großen Sack zu-

gebunden und ihn mit Claras Hilfe in der seitlichen Piek verstaut, als Gabriele, der zu einem jungen Mann gereift war, mit strahlender Miene an der Luke auftauchte.

»Mutter, kommt, es gibt große Neuigkeiten!«

Sofia kletterte gewandt die Treppe hinauf und betrat die Kajüte im Bug. Dort standen Francesco d'Angelo, neben ihm Filippo Tomei, und beide konnten ihre Freude nicht verbergen.

»Er lebt! Es geht ihm gut!«

Der Gesichtsausdruck der jungen Frau wechselte von ungläubigem Staunen zur Glückseligkeit. So verharrte sie, sprachlos, mit großen Augen, in die Tränen stiegen. Dann stürzte sie sich auf Francesco und umarmte ihn, drückte ihn an sich und begann zu weinen wie ein Kind.

Francesco, ebenfalls gerührt von so heftigen Gefühlen, hätte gerne noch mehr hinzugefügt, doch da er Sofias impulsives Wesen kannte, blieb er stumm. Gabriele erlöste ihn aus seiner Verlegenheit.

»Mutter! Andrea ist in der Stadt!«

Bei diesen Worten hörte Sofia schlagartig zu weinen auf und wich zurück. Misstrauisch blickte sie erst ihren Sohn, dann Francesco an.

»In Venedig?«, murmelte sie.

Der Anwalt lächelte sie an und nickte vorsichtig.

»Aber ich bitte Euch, Madonna Sofia, kein überstürztes Verhalten, Ihr kennt Eure Lage.«

Sie ließ ihm keine Zeit, weiterzusprechen, lief schon aus dem Raum. »Wo ist er? Ich will zu ihm?«

»Das kommt nicht in Frage! Ihr bleibt mit Eurem Sohn an Bord, die Amnestie ist noch nicht erlassen!«

Doch Sofia stürmte schon wie ein Wirbelwind zum Achterkastell und zur Kommandobrücke des Schiffs.

»Was fällt dir bloß ein?« Francesco schimpfte mit Gabriele, dann beeilte er sich, Sofia einzuholen. »Wartet, Sofia! Ich bitte Euch! Hört mich an!«

38

Angelo Riccio hatte Andrea mitten in der Halle niederknien lassen und Jacomo befohlen, ihm Hände und Füße sehr fest zu fesseln. Das gläserne Dodekaeder und der kleine *Timaios* lagen auf der Arbeitsbank im Licht der Laterne. Riccio dachte an den Preis, den er bezahlt hatte, um bis hierhin zu kommen, und daran, dass er wie ein dummer Junge in die Falle getappt war, die ihm der Bund der Wächter mit Hilfe von Filippo Tomei und Dragan gestellt hatte. Einen Augenblick war er versucht, den Glasmacher sofort zu töten und danach Andrea. Doch er hielt sich zurück, um die Rache auszukosten und nicht mit einem einzigen Schluck zu trinken. Also dachte er an die Reichtümer, die ihm diese beiden Gegenstände, die Lampe und das Buch, verschaffen würden, wenn er Drohung, Erpressung und Denunziation einsetzte. Diese Gegenstände waren die beste Waffe, die er je besessen hatte. Er würde bei seinem Wohltäter beginnen, dem Erzbischof von Florenz, Antonio Altoviti, und seine Forderung verdoppeln: vierzigtausend Florin für die Bücher, den *Timaios* und den Edelstein des Himmels.

Der kalte Lauf der Pistole drückte gegen Jacomos Nacken. »Stell dich an die Wand!«, befahl Riccio, und Jacomo bewegte sich unter dem Druck der Waffe, die ihn gegen die Wand aus Backsteinen schob. Riccio zwang ihn, sich mit dem Gesicht an die nach Salpeter und Schimmel riechende Wand gepresst hinzustellen, die Arme ausgebreitet wie ein Gekreuzigter.

»Bleib da stehen und rühr dich nicht!« Er ging rückwärts zu Andrea zurück, die Pistole weiterhin auf Dragan gerichtet.

Andrea, der Riccio aus dem Augenwinkel beobachtete, spürte den trunkenen Wahnsinn, der den Mann beherrschte, sah seine stolpernden Schritte und begriff, dass er krank war, wahrscheinlich glühte er vor Fieber wegen der infizierten Wunden, die den süßlichen, ekelerregenden Geruch der Gangräne verströmten. Er dachte, dass Jacomo und er auch bald tot sein würden, nur

weil es zu dieser schicksalhaften Begegnung auf dem Schiff von Onfré Giustinian gekommen war. Konnte dies das Ende sein? Er versuchte, seine Handgelenke zu bewegen, denn er hatte bemerkt, dass Jacomo das Seil nicht sehr fest angezogen hatte. Er musste aufpassen, damit Riccio ihn nicht ertappte. Das Seil gab ein wenig nach, die Schlinge weitete sich. Er zerrte noch einmal. Ja, er hätte sich befreien können. Doch dann musste er die Fessel um seine Füße lösen. Er durfte sich nicht bewegen, Riccio würde sofort auf ihn schießen. Plötzlich hatte er eine lange Nadel vor Augen – die feine Klinge eines Stiletts.

»Der *Timaios* und das Glas sind hier. Aber wo sind die Bücher?«, fragte Riccio.

Andrea hob den Blick zu dem von Verbrennungen verwüsteten Gesicht, in dem er jetzt die Züge des Frate wiedererkannte.

»Ich weiß es nicht. Ich weiß nichts von den Büchern.«

Etwas schnellte durch die Luft, dann drang die Spitze des Stiletts in Andreas Brust ein, auf der Höhe des Herzens. Sie bohrte sich zwei Fingerbreit in sein Fleisch, gerade tief genug, um steckenzubleiben wie ein kleiner Pfeil.

»Ich will die Bücher«, sagte Riccio und drückte auf das Stilett.

Der Schmerz breitete sich aus, fuhr ihm durch den Körper, und Andrea spürte das Blut, das ihm wie ein kleines Insekt über die Haut lief.

»Lass ihn in Ruhe, tu ihm nicht weh!«, schrie Jacomo.

Riccio ging zu ihm, hielt zwei Schritte vor der Wand an.

»Nun, Alter, sagst du mir, wo diese kostbaren Bücher sind?«

Schweigen.

»Ihr Alten habt mehr Mut«, fuhr Riccio schmeichlerisch fort. »Vielleicht weil der Tod euch schon nahe ist und euch begleitet.« Er wartete auf eine Antwort, die nicht kam. »Auch diese Nonne, Eure Freundin, die Äbtissin der Celestia, hat Mut gehabt. Auch sie hat nichts von den Büchern gesagt. Sie ist wirklich sehr würdevoll gestorben, das muss ich anerkennen«, fügte er lächelnd hinzu.

»Ah! Elender!«, schrie Jacomo und warf sich wütend auf Riccio, der nicht zurückwich. Er begnügte sich damit, ihm mit der Hand, in der er die Pistole hielt, hart ins Gesicht zu schlagen. Jacomo fiel mit einem Röcheln auf die Knie.

»Der Irrtum in dieser Nacht«, sprach Riccio weiter, den väterlichen Ton eines Lehrers gegenüber seinem Schüler anschlagend, »bestand darin, erst die Nonne und dann das Kind zu töten. Ich bin sicher, dass sie geredet hätte, wenn ich es umgekehrt gemacht hätte.« Er beugte sich zu dem auf dem Boden zusammengekrümmten Alten. »Sag mir, wo die Bücher sind, oder ich bringe deinen Anwalt um.« Seine Stimme zerschnitt die Luft.

»Verfluchter …«, stöhnte Jacomo.

Riccio kehrte zu Andrea zurück und bohrte ihm das Stilett mit dem Geschick des Schlächters einen weiteren Fingerbreit in die Brust.

»Die Bücher!«, knurrte er vor Andreas Gesicht. »Es fehlt nur noch ein Strohhalm bis zu deinem Herzen!«

Andrea hielt seinem Blick und der Folter des in seine Brust gepflanzten Eisens stand. »Vor Gott oder auf dieser Erde, dessen sei gewiss, wirst du für all das Böse bezahlen, das du getan hast.«

»Ja«, erwiderte Riccio ruhig, »aber vorher töte ich dich!«

Er streckte die Hand zum Griff des Stiletts aus. Andrea schloss die Augen und hörte auf zu denken und zu atmen, um den letzten Schmerz zu empfangen.

In der Stille ertönte wieder das schaurige Heulen des Windes.

»Du bekommst die Bücher! Du bekommst sie! Halt ein, um Himmels willen!«

Mit Jacomos Schrei hörte die Bewegung des Stiletts auf. Riccio wandte sich zum Glasmacher um. Das Eisen ließ er in Andreas Fleisch stecken.

»Wo sind sie?«

Jacomo schwieg eine Weile, um seiner Antwort mehr Gewicht zu verleihen.

»Dort hinten, in dem Ofen«, und mit diesen Worten zeigte er auf den dritten, den kleinsten Ofen, der mit Schamott verkleidet war und eine mit einer Klappe verschlossene Öffnung hatte wie die anderen.

Riccio musterte ihn misstrauisch, dann warf er einen Blick auf Andrea und ging zu Jacomo.

»Steh auf. Los!«, befahl er.

Jacomo stützte sich an der Mauer ab und richtete sich auf. Sein Gesicht schmerzte von dem Schlag. Sofort spürte er den Lauf der Pistole zwischen seinen Schulterblättern. Er hatte keine Angst, er war nicht verzweifelt, er hatte alles getan, was er tun konnte. Er fürchtete nur um Andrea. Denn er selbst kannte das Feuer, er hatte es am eigenen Leib gespürt. Er lauschte auf das kräftige Fauchen des Windes. Schließlich habe ich dieses Spiel schon als Kind gelernt, dachte er. Sicher, mit dem »Stillen« hatte er es niemals zu spielen gewagt. Es war Ermonia gewesen, die dem kleinsten Ofen diesen Namen gegeben hatte. Wegen seines Gewichts und der Klappe aus Gusseisen und Schamott, durch die kein Hauch, kein Brodeln des Feuers, das darin glühte wie die Sonne, nach außen drang. Er war der heißeste der drei Öfen, denn in seinem Bauch musste das Glas kochen, damit es Luft und Unreinheiten ausspuckte und klar wurde, durchsichtig wie die Luft.

Jacomo kam vor dem Stillen an. Nur das erfahrene Auge und Ohr eines Glasmachers hätte bemerkt, dass darin der Drache wütete.

»Die Bücher sind da drin?«, fragte Riccio argwöhnisch.

»Dort sind sie.«

Zögern. Dann drückte die Pistole gegen Jacomos Nacken.

»Los, mach auf!«, brüllte Riccio.

Jacomo wusste, dass der Griff glühend heiß war. Er wartete eine neue Bö der Tramontana ab. Als er das Brausen nahen hörte, ergriff er den Knauf mit beiden Händen. Seine Handflächen verschmorten wie Fleisch über dem Feuer. Die Klappe aus

Gusseisen und Schamott war schwer. Er nahm all seine Kräfte zusammen und öffnete den Ofen. Was nun geschah, dauerte nicht länger als ein Herzschlag: Jacomo spürte die Hitze wie feste Materie und den Stoß des Widders, sah, dass sich das rote Herz im Inneren zusammenzog wie eine Bestie, die sich zum Sprung duckt, sah es sich ausbreiten, die Farbe wechseln, blau und dann silbrig werden, um durch die Öffnung nach vorn zu schießen und sich der Luft zu bemächtigen.

Jacomo warf sich in dem Moment zur Seite, als er die Stichflamme auf sich zukommen sah. Der Atem des Drachen umhüllte Riccio, der hinter ihm gestanden hatte. Ein Schrei ertönte, dann ein Schuss, der Frate kleidete sich in Flammen und begann zu brennen wie eine Fackel, während der stille Ofen begonnen hatte, unheimlich zu brummen und zu beben. Riccio drehte sich um sich selbst, wand sich wie ein indischer Tänzer, schlug mit den Armen und trat mit den Füßen, um sich von dem Feuer zu befreien.

Obwohl Andrea die Augen nicht von diesem grauenhaften Anblick lösen konnte, schaffte er es, gegen den Schmerz ankämpfend, seine Hände aus der Schlinge zu befreien, sich das Stilett aus der Brust ziehen und damit die Fesseln um seine Füße durchzuschneiden.

Riccios Schreie wurden zu Geröchel, bei seinen verzweifelten Bewegungen fiel er gegen den Stapel Erlenreisig, der sofort zu brennen begann. Im zuckenden Licht des Feuers, das sich rasch ausbreitete, sah Andrea Jacomo über den Boden kriechen, um sich von dem Ofen zu entfernen. Sofort war er bei ihm.

»Maestro!«

Er hielt ihn in den Armen. Sein Kittel war blutgetränkt: Die Kugel war in seine Seite gedrungen. Andrea half ihm, aufzustehen.

»Es ist nichts!«, protestierte Jacomo, ein wenig Kraft schöpfend.

»Ich bringe Euch fort von hier!«

958

Andrea sah sich um. Der Ausgang war durch das Feuer versperrt, schon hatten die Dachbalken zu brennen begonnen, denn aus dem offenen Mund des Ofens loderte eine blaue Stichflamme, die sich kräuselte und dann in die Höhe schoss. Das Tor in der Nordwand war mit einem Riegel und einem dicken Schloss versperrt. Die Hitze wurde unerträglich, der Rauch vernebelte alles, die Luft ließ sich nicht mehr atmen.

»Wir gehen nach unten! Unter den Ofen, wo die Bücher versteckt waren«, sagte Jacomo. »Dort sind wir gerettet!«

Andrea brauchte einen Moment, um zu verstehen. Jacomo stützend, kehrte er zu dem größten Ofen zurück, dem mit drei Mündern.

»Beeil dich, mach auf!«, drängte der Alte.

Andrea ergriff den Stein und hob ihn an, danach ließ sich auch der Nachbarstein heben. Der starke Windstoß, der von dort unten aufstieg, gab dem Feuer noch mehr Kraft. Andrea begann zu husten, er packte Jacomo unter den Achseln und half ihm, in die unterirdische Höhle zu schlüpfen. Er hatte ihn gerade losgelassen und wollte ihm folgen, als er aus dem Augenwinkel eine Bewegung wahrnahm. Instinktiv hob er den Arm, um sich zu schützen, doch der Schlag mit dem Stock traf ihn, wenngleich abgeschwächt, am Kopf, ließ ihn taumeln und zu Boden stürzen. Kaum konnte er die Augen offen halten und Luft holen, da sah er, dass Riccio zum nächsten Schlag ausholte. Blitzschnell rollte er zur Seite und kam auf die Füße.

Riccio stand einen Schritt vor ihm. Sein Gesicht, seine Arme und der Oberkörper waren verkohlt, die Kleider rauchten, doch dieses Wesen der Hölle, das die Bisse des Feuers schon kannte, lebte noch immer und schwang den Stock. Andrea musste unbedingt vermeiden, getroffen zu werden, denn ein Schlag, nur ein Schlag, würde ihn betäuben, und das wäre das Ende gewesen. Ein brennender Dachbalken fiel herunter, Steine und Ziegel mit sich reißend. Sofort fand die Tramontana ihren Weg durch die Öffnung, und sie war wie ein Blasebalg, der auf die Glut bläst.

Es gab einen Blitz, eine Explosion. Riccio machte einen Sprung zur Seite, begann zu husten. Andrea tat einen tiefen Atemzug, kam geduckt auf ihn zu, wich um Haaresbreite einem Schlag aus und fand sich hinter seinem Gegner wieder. Er versetzte ihm einen Hieb in die Nieren. Riccio verdrehte brüllend den Oberkörper und versuchte, Andrea am Kopf zu treffen. Doch der konnte sich ducken und ihm einen gezielten Boxhieb, in den er sein ganzes Gewicht legte, auf Höhe der Leber versetzen. Riccio schnaubte, stieß Luft aus und schien in sich zusammenzufallen. Andrea dachte an Tonino, an Sofias Schmerz. Er dachte an Lucia Vivarini, an all das Leid, das dieses Ungeheuer verursacht hatte. Er dachte an die Barmherzigkeit und das Vergeben, während der andere sich abmühte, seine Kräfte zu sammeln. An all das dachte Andrea in einem einzigen Moment. Dann traf er Riccio mit der Rechten ins Gesicht, auf die Nase. Etwas gab nach, Knochen brachen, seine Fingerknöchel drangen zwischen den Augen ein. Riccio ließ den Stock fallen und bedeckte sich schreiend das Gesicht mit den Händen. Dann drehte er sich um sich selbst und fiel auf die Knie, neben dem *scagno*, auf dem das Dodekaeder und der *Timaios* lagen. Andrea sah das Buch Feuer fangen, er setzte zur Bewegung an, um es zu ergreifen und zu retten, doch im selben Augenblick sah er, wie der Stapel Holz, der zu einem riesigen Scheiterhaufen geworden war, sich nach vorn neigte, wie der untere Teil nachgab und das Ganze wie ein brennender Baum zu Boden stürzte. Zum Nachdenken hatte er keine Zeit. Zwei Schritt entfernt öffnete sich das dunkle Rechteck über dem unterirdischen Raum, er sprang, die Füße voran, hinein, als spränge er von der Klippe ins Meer.

Das lärmende Prasseln der Lawine aus Feuer ließ Riccio aufblicken. Er hatte nur noch Zeit, die Arme zu heben, dann umarmten ihn die Flammen.

Andrea und Jacomo krochen zwischen dem flackernden Widerschein des Feuers durch den unterirdischen Gang, dessen Wän-

de mit Holz und istrischem Stein verkleidet waren. Sie kamen zu der Wanne, die Kieselsand enthielt, die erste Komponente des Glasgemenges, dann zu dem überdachten Behälter für Glasbruch, der schon außerhalb der Glashütte lag. Die Flammen loderten hoch auf, kräuselten und streckten sich, wie Schlangen in der Luft tanzend. Die Glocke der Kirche Santo Stefano läutete bereits Sturm, und zwischen dem Knacken des Holzes, dem Klirren platzender Fensterscheiben und stürzenden Balken hörte man die ersten Rufe der Helfer.

Jacomo zeigte auf ein kleines Boot, das hinter der Glashütte an den Pfählen des Canal grando de Murano vertäut lag. Sie sprangen hinein. Andrea begann zu rudern. Die Stichwunde in der Brust schmerzte, doch mehr Sorgen bereitete ihm Jacomo, den er gerne in das kleine Krankenhaus in San Martino gebracht hätte.

»Schweig und rudere, wir verschwinden von hier!« Jacomos Befehl kam gebieterisch, trotz seiner Schmerzen verfügte er noch immer über ungeahnte Kräfte und schien sich sogar über diese Bootsfahrt zu freuen. Andrea erkannte, dass es sinnlos war, sich zu widersetzen, und gehorchte.

Der mit Sternen übersäte Himmel wurde vom Feuer erhellt, und die Wasserstraße des Kanals war gut sichtbar. Zwanzig Ruderstöße, dann kam das Boot hinaus auf die flache, schwarze Ebene der Lagune. Venedig war ein eigenes Firmament, von Cannaregio über die gesamte Länge der Fondamenta Nuova bis nach San Pietro in Castello erstrahlte es noch mit über tausend Lichtern, während sich im Osten der Himmel grau färbte. Obwohl sie den Wind im Rücken hatten, begann das Boot umso stärker zu schaukeln, je weiter sie auf die Lagune kamen. Andrea blickte sich um. Wohin fuhren sie?

»Seht Ihr diese Lichter?«, fragte der Meister, auf einige im Nichts schwebende Lichtpunkte zeigend. »Dorthin müssen wir fahren.«

Andrea sah die Lichter vor dem Bug und versuchte, sich

anhand der Lage von Murano und der Pfähle, die die Wasserstraße zwischen den Inseln San Michiel, San Cristoforo und Venedig markierten, zu orientieren. An der Stelle, die der Alte angezeigt hatte, gab es kein Land. Es konnte sich nur um ein vor Anker liegendes Schiff handeln. Ein großes Schiff. Er richtete den Bug mit Hilfe des linken Ruders auf die Lichter. Gerne hätte er gefragt, doch er wusste, dass Jacomo ihm nicht antworten würde. Also versuchte er, ihn zu erschrecken.

»Ihr spielt mit Eurem Leben, Ihr seid verletzt. Ist Euch das bewusst?«

»Rudern!« Dragan wandte sich zur Feuersbrunst in seiner Hütte um, die den Himmel rot färbte. »Sie werden mich für tot halten, umso besser!« Dann blickte er wieder Andrea an und schien jetzt wirklich zufrieden. »Es tut mir nur um meinen *scagno* leid, das war wirklich eine gute Arbeitsbank, so robuste Stücke finden sich heute nicht mehr.«

39

Auf der riesigen Galeone *Mondo Novo* waren inzwischen alle erwacht und nutzten nun die Bordwände, Stege und Decks an Bug und Heck, um wie Kompassnadeln alle in dieselbe Richtung zu blicken, angezogen von dem rötlich pulsierenden Schein der brennenden Glashütte. Von Zeit zu Zeit hörte man eine Stimme: »Das ist unsere Hütte!«, sagte Pierin zu Tapegio. »Nein, das ist die von Barovier!«, erwiderte der andere. »Ach was, es ist die von d'Angelo, sage ich euch!«, protestierte Sgorlon. »Mund halten, ihr dummen Jungen!«, schimpfte Francesco d'Angelo, als er diesen Namen hörte.

Am Achterkastell wandte Sofia, die sich in diesem Moment von Gabriele und Francesco unbemerkt wähnte, ihren Blick von dem Brand und stieg eilig die Treppe zu den unteren Decks hinab. Doch schon liefen die beiden hinter ihr her, um sie aufzuhalten. Der Lärm drang bis zum Kapitän, Lunardo Loredan, der das Fernrohr schloss, mit dem er das Feuer beobachtet hatte, und Sofia den Weg versperrte, bevor sie die letzte Treppe erreicht hatte, die zu dem kleinen Boot führte, das neben der Galeone im Wasser lag.

»Ihr werdet dieses Schiff nicht verlassen, Signora!«, sagte er streng. »Oder ich muss Euch einsperren lassen.« Der junge Kapitän war unerbittlich.

Sofia blies sich eine Haarsträhne aus dem Gesicht. »Versucht es doch«, sagte sie, wich zur Seite aus und war schon auf der Treppe.

»Nehmt sie fest!«, befahl Lunardo.

Sofort packten der Steuermann Pietro Sentini und der Bootsmann Sofia an den Armen. Sie wehrte sich heftig.

»Schaluppe backbord, zwei Strich vom Bug!«, schrie der wachhabende Matrose aus dem Ausguck am Großmast.

Der Schrei ließ alle Worte und Bewegungen an Bord erstarren, und wie ein einziger Mann wandten alle den Blick in die angegebene Richtung. Im Fächer der Lichtreflexe, die das Feuer auf die Wasseroberfläche warf, bewegte sich dort unten, etwa achtzig Fuß entfernt, der dunkle Umriss eines kleinen Bootes, das bei jeder Welle schwankte und schlingerte, ja sich zurückzuziehen schien, doch dann weiterfuhr. Dann hörte man den Aufschlag von Rudern aufs Wasser. Langsame, regelmäßige Schläge.

»Laternen an, backbord!«, befahl Lunardo, und innerhalb weniger Sekunden erzeugten zwanzig Feuerstahlblitze ebenso viele Flammen. Die gesamte Flanke der *Mondo Novo* vom Heck bis zum Bug wurde zu einer Lichterkette, und ringsumher nahm das dunkle, bewegte Wasser der Lagune Form an, so dass man die weißen Wellenkämme erkannte.

Andrea, der mit dem Rücken zum Schiff ruderte, sah zuerst den hellen Schein auf Jacomos Gesicht, das zu strahlen begann, als wäre wie durch ein Wunder die Sonne aufgegangen. Er hörte auf zu rudern und drehte sich staunend um. Vor ihm lag das

größte Schiff, das er je gesehen hatte, taghell erleuchtet, mit drei Masten, Bugspriet und einer Bordwand, die so hoch aufragte wie eines der siebengeschossigen Häuser im Ghetto. Und an dieser Bordwand, auf den Decks und den Kastellen, zwischen den Rahen der Masten, an die Stangen und Fallen geklammert, waren Menschen, sehr viele Menschen.

»Legt im Windschatten an, achtern an der Steuerbordwand!« Der Befehl tönte über die Entfernung hinweg und spornte Andrea zum Rudern an.

»Ihr werdet mir jetzt endlich erklären, was hier vor sich geht!«, schrie er Jacomo zu, den diese Reaktion zu amüsieren schien.

»Du hast es dir verdient, mein Junge …« Er brach abrupt ab und mimte Zerknirschung. »Es beleidigt Euch doch nicht, wenn ich Euch so nenne?«

»Tut, was Ihr wollt, aber gebt mir eine Erklärung!« Andrea wurde zornig.

Einige Augenblicke lang hörte man nur das Plätschern des Wassers und die Ruderschläge.

»Dein Bruder Alvise war sehr großzügig, wie ich dir schon sagte, um den Schaden wiedergutzumachen, den er mir vor dreißig Jahren zugefügt hat.« Jacomo holte Luft. Seine Wunde schmerzte, aber er versuchte es zu verbergen. »Dieses Schiff gehört ihm«, er verbesserte sich, »nein, es gehört euch beiden! Aber die Glasbläserkunst gehört mir! Zusammen werden wir große Dinge tun!« Und bei diesen Worten blitzten Jacomos Augen vor Stolz.

Wie Nebel, der im Wind verfliegt, begann Andrea nun, Zusammenhänge zu ahnen, und während sie neben der Galeone herglitten, wunderte er sich nicht mehr, als er am Heck unter der erleuchteten Fensterfront der Kommandoräume in großen goldenen Lettern den Namen las: Mondo Novo.

Das Schiff hatte den Bug ihm Wind und schuf mit seiner schieren Masse einen guten Windschutz am Heck, wo das Wasser kaum bewegt war. Ein Tau flog durch die Luft und fiel quer

über die Schaluppe. Andrea ergriff es und zog daran. Das Fallreep, um an Bord zu gehen, war bereit.

»Wage es nicht, mir zu helfen!«, drohte Jacomo, der sich schon anschickte, hinaufzuklettern. »Ich will diese Reise auf meinen eigenen Beinen beginnen.«

Andrea schwieg und begnügte sich damit, die Schaluppe dicht neben dem Schiff zu halten. Jacomo fand zu seiner Wendigkeit zurück und kletterte die Sprossen empor. Auf halber Höhe hielt er inne und blickte zu Andrea in der Schaluppe hinunter. »Na, was tust du da noch? Willst du einem armen Alten nicht helfen?«, rief er mit einem entwaffnenden Grinsen.

Andrea zögerte, dann kletterte er hinterher. Sie stiegen hinauf, bis sie das feste, starke Holz des Decks erreicht hatten. Dort erwartete sie Lunardo mit seinen Offizieren. Der Schiffsarzt kümmerte sich sofort um Jacomo, zwang ihn, trotz seines Protestes, sich auf einer Liege auszustrecken, und ließ ihn in die Krankenstube bringen.

Andrea wandte die Augen von dem rüstigen Alten ab und blickte sich in dem von Laternen erhellten, grauen Halbdunkel des anbrechenden Tages auf dem Deck um. Da sah er Sofia, neben ihr Gabriele, der gewachsen war, fast schon ein Mann. Nicht weit entfernt, Francesco d'Angelo. Sie erschienen ihm wie Schutzengel, vielleicht waren sie das.

Andrea und Sofia gingen aufeinander zu, nahmen sich bei den Händen, und ihre Lippen näherten sich, als wären sie einer des anderen Spiegelbild.

40

Die Galeone hatte sich zwei Stunden vor dem Höchststand der Flut in Bewegung gesetzt, der an diesem Samstag, dem 20. Oktober 1571, für die Zeit kurz nach der dritten Stunde angekündigt war. Zuvor hatte das Beiboot Francesco d'Angelo und

Filippo Tomei an Land gebracht. Der Hafenlotse war am Ruder, neben ihm Lunardo. Zwei Galeeren schleppten sie auf der für große Schiffe gefährlichen Strecke des Canale di Murano und des Canale San Nicolò bis zur Laguneneinfahrt mit ihrer engen, flachen Passage, wo es viele Untiefen gab. Sofia hatte Andrea das ganze Schiff gezeigt. Der Kielraum war voll mit Waren, Stoffen, Marmor und einer ungeheuren Menge Glas. Alles sorgfältig verpackt. Lucrezias Bücher lagen in gläsernen Schreinen, sogar in Glasvasen und Inghisteren, die mit Talg gut verschlossen waren. Ihre ganze Bibliothek aus über zehntausend Bänden war da. Natürlich auch die ganze Glashütte von Jacomo, einschließlich der Arbeiter und ihres Meisters. Nur die Brennöfen waren wegen ihres Gewichts an Land geblieben, außerdem jene Arbeitsbank, an welcher der Glasmeister so hing.

Es handelte sich um eine Ausreise, die die Zunftordnung der Glasbläser und die Gesetze der Serenissima streng verboten, aber Alvise Loredan, der Reeder und Eigentümer des Schiffs, hatte nachgeben müssen, als Jacomo Dragan ihm seine Absichten darlegte und erklärte, dies sei die ihm zustehende Wiedergutmachung. Also war die Glashütte erst aufgeladen worden, nachdem die Zollkontrolle stattgefunden hatte und der Zoll bezahlt war, heimlich, in zwei Nächten harter Arbeit und unter Bangen Alvises. Nach Murano konnte der Glasmeister nun keinesfalls mehr zurück, wenn er der Strenge des Gesetzes entgehen wollte. Doch darüber schien er sich nicht zu sorgen, im Gegenteil, er wirkte angesichts dieses neuen Abenteuers um zehn Jahre verjüngt. Trotz der nutzlosen Versuche des Arztes, ihn zurückzuhalten, hatte er schon begonnen, durch das Schiff zu streifen, kontrollierte die Ladung, begrüßte jeden und fragte: »Habt Ihr Andrea gesehen?«

Als er zum Achterkastell hinaufstieg, fand er ihn wieder, zusammen mit Sofia. Er meinte zu stören und wollte schon gehen, da lief sie hinter ihm her und bat ihn, zu bleiben. Sie ließ die beiden Männer allein.

Schweigend standen sich Jacomo und Andrea auf dem hohen Deck gegenüber. Dann wandte der Alte sich in Richtung Murano, das nur noch eine dunkle Linie war, und atmete tief ein.

»Riechst du den Duft?«

Andrea blickte ihn erstaunt an.

Jacomo tat wieder einen tiefen Atemzug. »Versuch es! Es ist wie Rosenduft, könnte aber auch Weißdorn sein. Der ist feiner. Man riecht ihn zwischen zwei Windstößen.«

Andrea füllte sich die Lungen und erkannte den Geruch. »Glas!«, sagte er sofort. »Der Duft von Glas!«

Jacomo nickte nur und lächelte ihn an, während seine Augen sich mit Tränen füllten. Dann zog er vorsichtig eine kleine Inghistera aus dem Sack, den er über der Schulter trug. Er zeigte sie Andrea. Sie enthielt ein vergilbtes Papier.

»Das ist von deiner Mutter«, brachte er nur heraus, denn die Rührung erstickte seine Stimme. »Du solltest es lesen.« Er legte Andrea das Glas in die Hände und stieg die Treppe hinunter.

Andrea blickte ihm nach, bis er auf dem unteren Deck verschwand. Er hob die Augen zu dem Gewirr aus Rahen, Wanten, Masten, Trossen und gerefften Segeln, das sich vor dem Blau des Himmels abzeichnete. Ein Matrose kletterte in den Mastkorb. Am Bug läutete die Glocke dreimal. Dann nahm er den Stopfen von der Flasche und zog den Inhalt heraus. Es waren zwei Pergamentblätter, mit zitternder Hand beschrieben.

Im Namen des Ewigen Gottes. Amen. Im Jahr 1542 nach Christi Geburt, am siebten Tag des Monats Mai …

Die letzten beiden Seiten ihres Tagebuchs. Am nächsten Tag war sie gestorben.

Andrea erschauerte und war einen Augenblick lang versucht, das Papier wieder zusammenzurollen, doch er nahm sich zusammen. Lucrezia bat um Vergebung ihrer Schuld und vertraute ihm ihre unendliche Liebe zu einem Glasmeister an, der, da er

von den Göttern abstammte, gelernt hatte, die Sterne des Himmels zu schmelzen und auf die Erde zu bringen, um mondlose Nächte zu erleuchten. Er hatte auch ihr Leben erleuchtet, indem er ihr einen Sohn geschenkt hatte.

Vor dieser ungeheuren Wahrheit angelangt, gedachte Andrea der Worte Platons, in denen er Sokrates vom Mythos des Er, des toten Kriegers, erzählen lässt, dem die Götter das Vorrecht gewährt haben, ins Leben zurückzukehren:

Und so, o Glaukon, ist denn diese Erzählung erhalten worden und ist nicht verlorengegangen und wird vielleicht auch unsere Seelen retten, wenn wir ihr nämlich folgen, wir werden dann glücklich über den Fluß Lethe setzen und unsere Seele nicht beflecken.

Wenn wir daher meiner Meinung folgen, so wollen wir fest daran halten, dass die Seele unsterblich ist und alles Üble und Gute ertragen kann, wollen immer den Weg nach oben im Auge haben, wollen mit vernünftiger Einsicht auf allen unseren Wegen Gerechtigkeit üben. Und so werden wir mit uns selbst in Frieden einig sein und mit den Göttern, sowohl in diesem Leben als auch dann, wenn wir die Siegespreise dafür davontragen, die wir wie siegreiche Kämpfer von allen Seiten einsammeln, und werden sowohl hier als auch in der beschriebenen tausendjährigen Wanderung glücklich sein.[*]

---

[*] Platon, *Der Staat*, 10. Buch, übers. v. Wilhelm Wiegand.

DANK

Ich danke meiner Frau Rosanna, der aufmerksamen Leserin und unerbittlichen Kritikern. Ihr gebührt das Verdienst der enormen und wichtigen Arbeit der Korrektur des Manuskripts. Ich danke ihr für die Geduld, mit der sie mich unterstützt und ertragen hat.

Ich danke meiner Tochter Francesca, die sich mit meinen unumgänglichen Abwesenheiten und Ausfällen abfinden konnte, während sie leicht wie ein Schmetterling von der Kindheit in die Jugend schwebte.

Von Herzen danke ich zwei weiteren treuen Lesern, allesfressende Romanverschlinger, die mich auch bei diesem Unternehmen mit der gewohnten Anteilnahme und Liebenswürdigkeit begleitet haben: Raffaela, meine Schwester, und Marco de Palma, mein Cousin.

Dank an Mariolina Venezia für den kräftigen Stoß, den sie mir damals gegeben hat, als ich beschloss, das Projekt aufzugeben.

Dieses Buch gäbe es nicht ohne die glückliche Begegnung mit Alessandro Lenarda, Venezianer, Meister der Form, großartiger Gestalter und profunder Kenner des Glases. Er hat mich unermüdlich unterstützt, angestachelt und mir wertvolle Kenntnisse über das Glas vermittelt.

Bei den Spaziergängen durch Venedig mit Carlo de Paoli, die er mit seinen Erzählungen begleitete, habe ich die Wasserwelt der Serenissima in allen Einzelheiten entdecken dürfen. Cinzia, seine Frau, eine ausgezeichnete Fremdenführerin, hat mir die Mäander des Dogenpalasts offenbart. Beide haben mir unendlich geduldig zugehört, mich korrigiert, beherbergt und beköstigt.

Dank an den Journalisten Dündar Keşaplı für seine wertvolle Beratung bei den Abschnitten auf Türkisch.

Carla Forcolin hat mir Grundkenntnisse der Rudertechnik in Venedig beigebracht. Ihr verdanke ich das Wissen um Ruder, Boote und die Lagune, das ich brauchte, um darüber zu schreiben. Danke für alles.

Ich danke Irene Graziano und ihrer Familie für die liebevolle Gastfreundschaft. Während meines Aufenthaltes in ihrem Haus mitten im Viertel Dorsoduro konnte ich der innersten Stimme Venedigs lauschen: dem unaufhörlichen Atmen des Wassers, konnte die Winde und den Wechsel der Farben verfolgen. Die nächtlichen Spaziergänge auf Du und Du mit der Stadt haben mich in eine Art Paralleluniversum versetzt, das mich jedes Mal wieder tief gerührt und erstaunt hat.

Ein besonderer Dank geht an das gesamte Personal der venezianischen Bibliotheken, Archive, Museen und Palazzi: Archivio di Stato, Museo Correr, Gallerie dell'Accademia, Museo Storico Navale, Palazzo Ducale, Biblioteca Marciana, das Museo del Vetro in Murano, Palazzo Mocenigo und die Universität Ca' Foscari. Ihre Leiter, Beamten und Mitarbeiter waren stets geduldig und hilfsbereit. Mein Dank geht auch an die Biblioteca Nazionale, die Biblioteca Casanatense und die Biblioteca dell'Angelica in Rom.

Dank an Barbara Griffini und Erica Berla, die sofort an diesen Roman geglaubt haben.

Ich danke auch Anna Malerba, ohne die ich Barbara und Erica nicht kennengelernt hätte.

Ich danke dem Aufbau Verlag, dass er dem Manuskript die Türen nach Deutschland geöffnet hat. Ein besonderer Dank geht an Amelie Thoma, der Wegbereiterin dieses Wunders, weil sie mich gelesen und wertgeschätzt hat. Und Dank an Annette Kopetzki, die das »venezianische Glas« gleich einer Glasmeisterin in geduldiger Arbeit in die wunderbare Sprache Goethes umgeschmolzen hat.

Dank an alle Venezianer von einst und heute, die ein einzigartiges, unvergleichliches Meisterwerk erbaut und erhalten haben, so dass Fremde wie ich es besuchen, daran teilhaben und davon erzählen dürfen.

Schließlich Dank an euch alle, Freundinnen und Freunde, die ihr das Buch gelesen oder es zumindest versucht habt. Ich danke euch von Herzen.

Zum Andenken an meine Mutter, meinen Vater und meinen lieben Freund Bruno Garbuglia.

g.f.

ANHANG

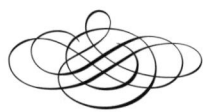

VENEDIG UM DAS JAHR 1569
VON ANNETTE KOPETZKI

Kolonial-, Handels- und Seemacht

In den Jahren 1569–71, in denen dieser Roman spielt, hatte für die **Serenissima**, die durchlauchtigste Republik des heiligen Markus, der Niedergang als Kolonial- und Handelsmacht bereits begonnen. Viele einst von Venezianern regierte Städte in der **Terraferma**, Venedigs eroberten Gebieten in Norditalien, waren bei Kämpfen mit den Stadtrepubliken und dem Kirchenstaat zurückerobert worden, und im östlichen Mittelmeerraum hatte das osmanische Reich seinen Einflussbereich ausgedehnt. Dennoch war die Finanz- und Handelsmetropole Venedig in dieser Zeit eine der größten und reichsten Städte Europas. Auf dem Territorium der Republik lebten zeitweilig 2 Millionen Menschen, davon 150 000 in der Stadt und der Lagune. Venedigs Reichtum verdankte sich vor allem der Glasindustrie, dem Schiffbau und dem Handel mit Salz, Getreide, Gewürzen und Luxuswaren aus dem Orient. Glas wurde schon vor dem Jahr 1000 in Venedig hergestellt. Wegen der Brandgefahr und um das Geheimnis der Glasherstellung zu bewahren, wurden 1295 alle Glasöfen auf die Insel **Murano** verlagert. Den Glasbläsern war es bei Todesstrafe verboten, Murano zu verlassen und ihr

Wissen weiterzugeben. Im 15. Jh. waren die kunstvollen Gegenstände aus dem transparenten, farblosen **Cristalìn** eine der ertragreichsten Industrien Venedigs. Schon damals gab es 41 Geschäfte nur für deren Verkauf.

Zur Sicherung der Handelswege im östlichen Mittelmeer, wo die **Uskoken-Piraten**, christliche Flüchtlinge aus türkisch besetzten Gebieten, osmanische wie venezianische Schiffe überfielen, dienten die **Mude**: Konvois aus 30–50 Handelsschiffen, die von bewaffneten Galeeren begleitet wurden. An der **Dogana da Mar**, der Zollbehörde am östlichen Ende des Stadtviertels Dorsoduro, wurden teure Waren verzollt und eingelagert. Sein Handelsimperium hat Venedig vor allem dem Schiffbau zu verdanken. Die Staatswerft, das **Arsenale**, war im 16. Jh. der größte Produktionsbetrieb Europas mit industriellen Fertigungsweisen, eine mit hohen Mauern befestigte Stadt in der Stadt, wo sämtliche Schiffsteile vom Rumpf über die Ruder und Masten, die Seile und Segel bis zu den Kanonen der Kriegsgaleeren gefertigt wurden. Über 3000 der sehr gut bezahlten und mit verschiedenen Privilegien ausgestatteten **Arsenalotti** bauten hier im Jahr 1570 in weniger als zwei Monaten 100 Kriegsschiffe, darunter sechs riesige **Galeassen,** die entscheidend zum Sieg in der **Seeschlacht von Lepanto 1571** beitrugen. Beim Sieg der **Heiligen Liga** zwischen Papst Pius V., Spanien, Venedig und Genua über die Osmanen spielte Venedig zum letzten Mal eine weltpolitische Rolle. Von diesen Ereignissen erzählt der Roman.

Inquisition und »Geheimdienst«

Im inneritalienischen Kräfteverhältnis kostete das Bündnis mit dem Papst Venedig Zugeständnisse an die **Inquisition**, die sich vor allem als Einschränkung der Meinungsfreiheit durch die Zensur der Buchproduktion bemerkbar machten. Mit seinen 50 Druckwerkstätten war Venedig im 16. Jh. die Buchpresse ganz Europas, doch als im Zuge des **Konzils von Trient** 1559 erstmals ein **Index** verbotener Bücher veröffentlicht wurde, war die berühmte Toleranz Venedigs in Glaubensfragen, z.B. gegenüber Juden und Protestanten, gefährdet. Immerhin durften Kirchenleute in Venedig keine Staatsämter bekleiden. Schon vor 1548 wurden in Venedig Bücher verbrannt, und die Zeit der Romanhandlung ist vom zunehmenden Einfluss vatikanischer Behörden geprägt. Dem aus Rom gesandten Inquisitor, ab 1560 ein Dominikanerpater, waren jedoch drei venezianische Patrizier zur Seite gestellt, die **Savi sopra l'eresia**, »Weise zur Kontrolle der Ketzerei«, die sich bemühten, die Urteile zu mildern. Im ganzen 16. Jh. vollstreckten sie in Venedig nur 14 Todesurteile. Freilich schuf sich der **Rat der Zehn**, eine weltliche Behörde für Staatssicherheit mit sehr weitgehenden polizeilichen Befugnissen, schon 1537 mit den **Esecutori contra la bestemmia** zur Verfolgung von Verbrechen gegen die Religion und zur Überwachung der Moral im Allgemeinen, ein Organ, um am wachsenden Einfluss der Kirche zu partizipieren. Die drei Esecutori, Mitglieder des Rats der Zehn, durften dessen Prozessrecht anwenden, d.h. Ermittlung, Prozess und Verurteilung waren geheim. Zwei Jahre später erweiterte der Rat der Zehn seine Macht abermals durch die Einsetzung der drei **Inquisitori di Stato**, »Staatsinquisitoren über die Weitergabe von Staatsgeheimnissen«, wie ihr Titel lautete. Im Volk hieß diese Geheimpolizei, die foltern, töten und Spitzel aus schwarzen Kassen bezahlen durfte, »die drei Schreckgespenster«. Ähnliche Aufgaben wie die Staatsinquisitoren hatten die drei **Capi dei Dieci**, die drei Oberhäupter des Rats der Zehn, ab 1539 eine eigene Behörde. Beide erhielten im Laufe des 16. Jh. immer mehr exekutive Macht.

Eine komplizierte Oligarchie

Die Tendenz des Rats der Zehn, in die praktische Politik einzugreifen, gehört zum historischen Hintergrund, vor dem das

Romangeschehen spielt. Sie zerstörte das seit dem Mittelalter über Jahrhunderte immer feiner austarierte Kräftegleichgewicht zwischen gesetzgebender, richterlicher und ausübender Gewalt. Wesentliches Merkmal dieses Gleichgewichts war die Ämterrotation durch die höchstens ein Jahr währende Bestellung in alle Staatsämter. Je wichtiger ein Amt, desto kürzer die Amtszeit. Ämter auf Lebenszeit hatten keine Befugnisse oder wurden stark kontrolliert. Demokratisch war Venedigs Verfassung allerdings nicht, denn der größte Teil der Bevölkerung blieb grundsätzlich von der Macht ausgeschlossen. Ein fester Kreis aus zwei Dutzend alten Adelshäusern und etwa 40 Patrizierfamilien regierte die Republik oligarchisch, hinzu kamen reiche Kaufleute. Sie alle bildeten den Souverän, den **Großen Rat.** Diesem obersten Organ der Republik gehörten nach den 1296 erstmals festgelegten Kriterien für die Mitgliedschaft alle über 25jährigen Männer aus den adeligen Familien Venedigs an. 1527 zählte der Große Rat 2746 Mitglieder, das war der Höchststand. Der Große Rat setzte alle Behörden der venezianischen Verwaltung ein und bestimmte ihre Befugnisse. Er war das oberste Gesetzgebungsorgan und wählte über eine Vielzahl von Kommissionen und Kollegien jedes Staatsamt. Außerdem entschied der Große Rat über Krieg und Frieden. Ab dem 14. Jh. verschob sich die tatsächliche Macht jedoch zugunsten des Senats und des Rates der Zehn.

»Dem Dogen die Ehre, der Kommune die Macht.« Dieser Satz galt vom 12. Jh. bis zum Ende der Republik für die Beziehung zwischen dem rein repräsentativen, mit byzantinischem Prunk dekorierten Oberhaupt Venedigs und der Verwaltung. Petrarca nannte den Dogen einen »Sklaven der Republik«. Der **Doge** wurde durch Wahlmänner gewählt, die verschiedenen Familien angehören mussten. Ein kompliziertes Verfahren bestimmte die Wahlmänner. Auf dem Markusplatz zog ein Knabe (*ballottino*) Kugeln (*ballotte*) für einen ersten von fünf Wahlgängen, die mit der Wahl von 41 Wahlmännern abschlossen. Der Doge wurde auf Lebenszeit gewählt – weshalb die meisten Dogen bei ihrer

Wahl schon im Greisenalter waren. Er durfte die Wahl nicht ablehnen und nicht abdanken, konnte jedoch jederzeit abgesetzt werden. Ohne Zustimmung seiner Berater, der **Consiglieri,** durfte er keine Entscheidungen treffen. Die sechs **Dogenberater,** auch **Savi grandi** genannt, um sie von den zahlreichen anderen **Savi** (Weisen) mit speziellen Aufgaben zu unterscheiden, wurden vom Großen Rat gewählt und waren mächtiger als der Doge selbst. Alle Urkunden und Beschlüsse mussten ihnen vorgelegt werden. Da der Doge jedoch den Vorsitz in allen Verfassungsorganen der Republik führte und das Recht hatte, Gesetzesanträge zu stellen, konnte er indirekt Einfluss auf die Politik nehmen. Seine eigentliche Macht lag in dem Wissen, das er durch schweigende Teilnahme an den Sitzungen sämtlicher Gremien erwarb. Das zeigen auch die Vorsichtsmaßnahmen, die seinen Familienmitgliedern auferlegt wurden: Dogensöhne und -brüder waren von allen öffentlichen Ämtern und kirchlichen Würden ausgeschlossen, sie durften keine Geschenke machen oder annehmen und hatten kein Stimmrecht im Senat und im Großen Rat.

Das Beratergremium des Dogen, ursprünglich **Consiglio minore,** kleiner Rat, entwickelte sich im 15. Jh. zu einem repräsentativen Staatsorgan, **Signoria** genannt, wie die Stadtregierungen anderer italienischer Städte. Es bestand aus dem Dogen, seinen 6 Beratern und drei Vorsitzenden der Quarantia. Die Signoria vertrat die Republik als eine Art kollektives Staatsoberhaupt nach außen.

Weit mächtiger als die Signoria mit ihren Repräsentationsaufgaben war der **Senat.** Ursprünglich bildete er ein gemeinsames Organ mit der **Quarantia,** dem Rat der Vierzig, der sich dann zum Obersten Gerichtshof der Republik entwickelte, während der Senat die Entscheidungen des Großen Rats in praktische Politik umsetzte: Er bestimmte die Innen- und Außenpolitik, hatte legislative Funktionen, war oberstes Verwaltungsorgan und Gerichtshof. Zeitweilig zählte er über 300 Mitglieder, zu denen die Prokuratoren von San Marco, die Signoria, der Rat der Zehn, die Avogadori di Comun, die Häupter der Quarantia, die Patroni (Leiter) des Arsenale und die Savi gehörten. Wie alle Verwaltungsorgane der Serenissima gab auch der Senat seine Macht an Ausschüsse und Gremien ab, wie z.B. das **Collegio** von 16 Savi, »Weisen« mit besonderen Regierungsaufgaben, also etwa unsere heutigen Minister. Das Collegio bildete zusammen mit der Signoria und den Häuptern der Quarantia wiederum das **Pien Collegio**, das die Beschlüsse des Senats durchführte. Im Laufe der Zeit gewann es immer mehr Macht, einzelne Savi konnten die Politik bestimmen.

Die einzige Institution, durch die das Bürgertum an der Macht beteiligt war, war die Dogenkanzlei, deren Leiter, der **Großkanzler**, ebenso wie andere hohe Beamte der Kanzlei, dem Bürgertum entstammte. Die Kanzlei bereitete Gesetzestexte vor und archivierte alle Akten der Serenissima. Der Großkanzler wurde vom Großen Rat auf Lebenszeit gewählt, nahm an allen Sitzungen der Verfassungsorgane teil, war also über die Politik, sogar über Staatsgeheimnisse informiert, hatte aber weder Rede- noch Stimmrecht. Ähnlich gut informiert waren die drei **Avogadori di Comun**, »Anwälte der Kommune«, die – ebenfalls ohne Stimmrecht – an allen Sitzungen staatlicher Gremien teilnahmen. Sie mussten darüber wachen, dass Verfassungsorgane und Amtsinhaber die Gesetze einhielten, hatten also die Funktion eines Generalstaatsanwalts. Außerdem prüften sie die Kassen und die Zahlung der Steuern. Kontrollfunktionen übten auch die neun **Prokuratoren von San Marco** aus, sechs waren für die sechs **Sestieri** (Stadtteile), drei für den Markusdom, den Campanile und das Vermögen des Markusdoms zuständig. Sie hatten ihren Amtssitz in den **Prokuratien** rund um den Markusplatz, waren lebenslang Mitglied des Senats und oft auch Savio im Collegio. Das Prokuratorenamt war nach dem des Dogen die höchste Würde Venedigs, und viele Dogen waren vor ihrer Wahl Prokuratoren gewesen.

Wege und Fortbewegung

In der auf Pfählen erbauten Lagunenstadt bewegten sich die Menschen ebenso selbstverständlich zu Wasser wie zu Land. Eine unüberschaubare Zahl an Bezeichnungen für unterschiedliche Bootstypen ist eine der Folgen. Aber auch die Fußwege und Plätze wurden sorgsam unterschieden: Unter anderem heißen die engeren Straßen **Calle**, die Straßen längs der Kanäle **Fondamenta** oder – im Fall der größeren Anlegestellen am Canal Grande – **Rive**. **Mercerie** sind die Straßen mit Geschäften. Ein **Campo** ist ein Platz, an dem eine Kirche steht, **Corti** sind die Innenhöfe der Häuser. Die Piazza San Marco hieß gemeinhin nur die **Piazza**, die **Piazzetta** hingegen ist der kleinere angrenzende Platz vor dem Dogenpalast. Ein **Sotoportego** schließlich ist ein Fußweg, der unter einem Haus, manchmal auch nur unter einem Bogen hindurchführt – benannt nach dem *portego*, dem Saal im ersten Geschoss.

Zeit und Datum

Bis zum Ende der Serenissima im Jahr 1797 begann das Jahr nach venezianischem Brauch am ersten März. Daher trugen die Monate Januar und Februar in den Akten, Dokumenten und Sendschreiben zum internen Gebrauch das Datum des vorangegangenen Jahres. Beim Briefwechsel mit dem Ausland folgte Venedig, um Missverständnisse zu vermeiden, dem Julianischen Kalender und, ab 1582, dessen Gregorianischer Korrektur. Zur Erleichterung der Lektüre entsprechen alle Datumsangaben im folgenden Roman dem Gregorianischen Kalender.

Außerdem bezieht sich der Text auf die 24 sogenannten italienischen Stunden und auf die liturgischen oder kanonischen Uhrzeiten, in die der Tag zur Zeit der Renaissance unterteilt war. Die 24 italienischen Stunden wurden ab dem Läuten zum Ave Maria eine halbe Stunde nach Sonnenuntergang gezählt. Es hieß demnach ein Uhr nachts, zwei Uhr nachts und so weiter, bis vierundzwanzig Uhr, also der Zeit kurz nach dem nächsten Sonnenuntergang. Die liturgischen oder kanonischen Stunden folgen aus der römischen Einteilung in zwei Mal zwölf Stunden und beziehen sich auf die Gebete, in die der Tag unterteilt war: Die **Matutin** (zwischen 2 und 3 Uhr nachts), die **Laudes** (bis zum Sonnenaufgang), die **Prim** (gegen 7 Uhr), die **Terz** (gegen 9 Uhr), die **Sext** (12 Uhr Mittag), die **Non** (zwischen 2 und 3 Uhr nachmittags), die **Vesper** (bei Sonnenuntergang) und die **Komplet** (nach dem Abendessen). Beide, die italienische wie auch die liturgische Stundenzählung, gründen auf der Mittagshöhe der Sonne und variieren mit dem Breitengrad und der Jahreszeit.

GLOSSAR

Arsenale – Name der Schiffswerft, des Zeughauses und der Flottenbasis der ehemaligen Republik Venedig.

arsenalotto/-i – Arbeiter des Arsenale, die dort in verschiedenen, den Schiffbau, die Kriegsführung, Bewachung und Verteidigung des Arsenale und der Republik Venedig betreffenden Berufen und Funktionen tätig sein konnten. Die Arsenalotti waren eine Kaste für sich in Venedig, hochangesehen, gut bezahlt, mit vielen Privilegien.

Astrolabium – Eine Art drehbare Sternkarte.

Avogador/-i di Comun – Siehe Avogarìa di Comun und Begleittext.

Avogarìa di Comun – Gremium aus drei vom Großen Rat gewählten Mitgliedern, das für die Einhaltung der verfassungsgemäßen Rechtsprechung verantwortlich war.

barena/-e – Für die Lagune von Venedig typische Form der Salzmarschen: morastige Gebiete, die regelmäßig vom Hochwasser überschwemmt werden und die Grenze zwischen Meer und Festland bilden.

baro/-i – Kleine Inseln, die durch das Spiel der Gezeiten und die Schwankung der Wassertiefen auf- und wieder abtauchen.

Berberei – Nordafrikanische Regionen zwischen Marokko

und Ägypten wurden vom 16. bis zum frühen 18. Jahrhundert so bezeichnet.

brìcola – Gruppe von Pfählen, die die befahrbaren Wasserstraßen in der Lagune markieren.

camauro – Hier: linnene weiße Mütze, die der Doge unter dem Corno Ducale trug.

Camerlenghi – Finanzbeamte der Republik Venedig.

Candia – Venezianischer Name für Kreta und die Stadt Iraklio auf Kreta in Mittelalter und Neuzeit.

Capi dei Dieci – Siehe Begleittext.

capitano – Hauptmann

Capitano General da Mar – Oberbefehlshaber der Fanti da Mar

casón/-i – Gefängnisse der Sestieri.

cesendelli – Kleine gläserne Votivlampen.

Conservatori alle leggi – 1553 vom Großen Rat eingeführtes Amt zur Überwachung der Einhaltung der Gesetze bei Gerichtsverfahren.

Consigliere/ -i – Ratgeber des Dogen.

Consiglio Criminale – Bei schweren Fällen gebildetes Ermittlungsgremium, das aus einem Avogador di Comun, einem Dogenberater und zwei der Zehn bestand. Es stellte die Prozessakten zusammen.

corno ducale – Kopfbedeckung und Würdezeichen der Dogen von Venedig, bestehend aus einem festen Kronenreif, auf den eine steife Kappe in Form einer phrygischen Mütze gesetzt war.

cristalìn – Besonders hochwertiges, klares Glas.

Curzolaren – Alte Bezeichnung für die Echinaden.

De Kremer – Berühmter Kartograph, besser bekannt unter dem erst latinisierten und dann eingedeutschten Namen Gerhard Merkator

Dogana da Mar – Venezianische Zollbehörde.

Dragoman – Dolmetscher für Arabisch, Türkisch, Persisch.

Drapperie – Ladenreihe von Stoffhändlern.

Esecutori contro la bestemmia – Siehe Begleittext.

Fante/-i da Mar – Zu Wasser und auf dem Land agierendes Infanteriekorps der Republik Venedig.

Festa della Sensa – Staatliche Feier Venedigs zu Himmelfahrt, auch als Hochzeit des Dogen mit dem Meer bekannt.

Giardini – Eigentlich Gärten, hier aber ein Gefängnis.

Giudici del Proprio – Die Giudici del proprio bildeten das älteste Stadtgericht der Signoria. Sie übten die Strafjustiz über Diebe und Mörder aus, die von den Signori di Notte festgenommen wurden.

gondola de casada – Familiengondel.

Hohe Pforte – Synonym für den Sitz der osmanischen Regierung.

In Hoc Signo Vinces – (lat.) In diesem Zeichen wirst du siegen.

in loco carceris – (lat.) anstelle des Gefängnisses: Hausarrest.

inghistera – Typisches venezianisches Haushaltsgefäß: eine Art gläserne Flasche oder Amphore.

Kasack – Dreiviertellanger Kittel.

marangoni – Schiffszimmerer des Arsenale.

Marranen – Unter Zwang zum Christentum bekehrte iberische Juden oder ihre Nachkommen.

Merceria – Das verwinkelte Einkaufsviertel Venedigs, das direkt hinter dem Uhrenturm am Markusplatz beginnt.

messer(e)/-i – In Italien im späten Mittelalter und über die Renaissance hinaus gebräuchliche höfliche Anrede.

Missièr Grande – Hauptmann der venezianischen Polizei.

Morisken – Zum Christentum konvertierte Mauren, viele blieben insgeheim Moslems.

Muda – Siehe Begleittext.

müteferrika – Mitglied eines staatlichen Reiterkorps, das nur der Elite vorbehalten war.

paròn – Venezianisch für padrone, (ital.) Herr.

Patrone/ Patroni d'Arsenàl – Die drei Aufsicht ausüben-den Abteilungsleiter, verantwortlich für Warenlager, Schiffs-ausrüstung und Finanzen, die dem Leiter des Arsenale (capo supremo) unterstanden, welcher stets ein Adliger war. Sie wohnten in drei Häusern auf dem Gelände des Arsenale, die nach Dantes Göttlicher Komödie Paradiso, Purgatorio und Inferno – Paradies, Limbus und Hölle – hießen.

Pax Tibi Marce Evangelista Meus – (lat.) Friede sei mit Dir, mein Apostel Marcus: Motto der Republik Venedig.

Pien Collegio – Siehe Begleittext.

Planiglobus – Kartennetz zur Darstellung der Erdoberfläche.

Portolan – Buch mit nautischen Informationen wie Land-marken, Leuchttürmen, Strömungen und Hafenverhält-nissen.

Principe Serenissimo – Durchlauchtigster Fürst: einer der Titel des Dogen.

Procuratore di San Marco de ultra – Siehe Begleittext.

Prokuratien – Siehe Begleittext.

Provveditore/-i alla sanità – 1489 vom venezianischen Senat ins Leben gerufene Gesundheitsbehörde, deren Auf-gabe es war, die Verbreitung von Krankheiten auf vene-zianischem Territorium zu verhindern und Totenscheine auszustellen.

Provveditore/-i sopra i monasteri – Staatliche(r) Aufseher über die Klöster.

Quarantia (Criminal) – Siehe Begleittext.

Riformatori dello Studio – Aus drei Patriziern bestehender gewählter Rat zur Kontrolle der Universität.

S M VENET – S(anctus) M(arcus) VENET(us): (lat.) Der heilige Markus von Venedig.

Savi agli Ordini – Die fünf Savi agli Ordini waren dem Senat unterstellt und für Seefahrt, die Marine und das Arsenale verantwortlich.

Savio/Savi – Siehe Begleittext.

Sbirre/ -n – Veraltet für italienische Polizeidiener.

scudieri – Leibwachen des Dogen.

Segretario alle Voci – Sekretär der Kanzlei, der die Abstimmungen im Großen Rat und im Senat protokollierte sowie die Eignung der Kandidaten und die Einhaltung der Amtszeiten überwachte.

Serenità, Sua oder Vostra – Ihre/Euer Durchlaucht: einer der Titel bzw. direkte Anrede des Dogen.

sestiere/-i – Bezeichnung der sechs Viertel der Altstadt Venedigs.

Signori della Notte al Criminal – Eine Art Kriminalpolizei aus sechs Richtern, einer für jeden Stadtteil. Sie waren für alle Verbrechen zuständig, die in der Nacht geschahen, daher der Name. Auch ihre Verhöre fanden nachts im Dogenpalast statt.

Signoria – Siehe Begleittext.

Sipahi – So wurden im Osmanischen Reich die Reiter genannt, die von den Inhabern der türkischen Kriegslehen gestellt werden mussten.

SIT T XPE DAT Q T REGIS ISTE DUCAT – SIT T(ibi) XPE (Christe) DAT(us) Q(uem) T(u) REGIS ISTE DUCAT(us): (lat.) Dir, Christus, der Du herrschst, sei dieses Herzogtum geweiht.

solecitadòr – Anwalt.

sotoportego – Siehe Begleittext.

Spezieria – Spezerei, Gewürzhandel, eine Mischung aus Drogerie und Apotheke.

Stadtvikar – Eine Art Stellvertreter des Bürgermeisters, ernannt vom Rat der Zehn und zuständig für die geistliche Gerichtsbarkeit in der Stadt.

terraferma – Festland: Siehe Begleittext.

Ufficio delle Rason Vecchie – Oberste Verwaltungsstelle für die Buchhaltung.

zaffi – Sbirren im Dienst der Zehn unter Leitung des Missièr Grande.

Zechinen – Bezeichnung für den Dukaten des venezianischen Typs. Auf der Vorderseite übergibt der hl. Markus dem knienden Dogen die Herzogsfahne, auf der Rückseite steht Christus in einer Mandorla. Die Umschriften nennen in abgekürzter Form den Namen des jeweiligen Dogen, den heiligen Markus und die Republik Venedig, und auf der Rückseite den Spruch SIT T XPE DAT Q T REGIS ISTE DUCAT.

zonta/-e – Ausschuss, Kommission.

INHALT

TIM WILLOCKS
Die Blutnacht
Roman
560 Seiten. Broschur
ISBN 978-3-352-00866-5
Auch als E-Book erhältlich

Die Wirren
der Bartholomäusnacht

Frankreich im Jahr 1572. Mattias Tannhäuser, ein Ritter des Johanniter-
ordens, macht sich nach Paris auf. Er sucht seine schwangere Frau,
die Contessa Carla, und gerät in die Kämpfe der Bartholomäusnacht.
Überall werden Hugenotten verfolgt und drangsaliert. Für Tannhäuser
beginnt eine wilde Jagd durch die Stadt – an seiner Seite nur ein paar
Kinder, die in den Wirren unterzugehen drohen.
Ein hochspannendes Epos über Glauben und Krieg – und die Macht der
Liebe.

»Willocks erzählt packend und zutiefst bewegend.« TANJA KINKEL

Mehr Informationen erhalten Sie unter www.aufbau-verlag.de
oder in Ihrer Buchhandlung

RL **rütten & loening**

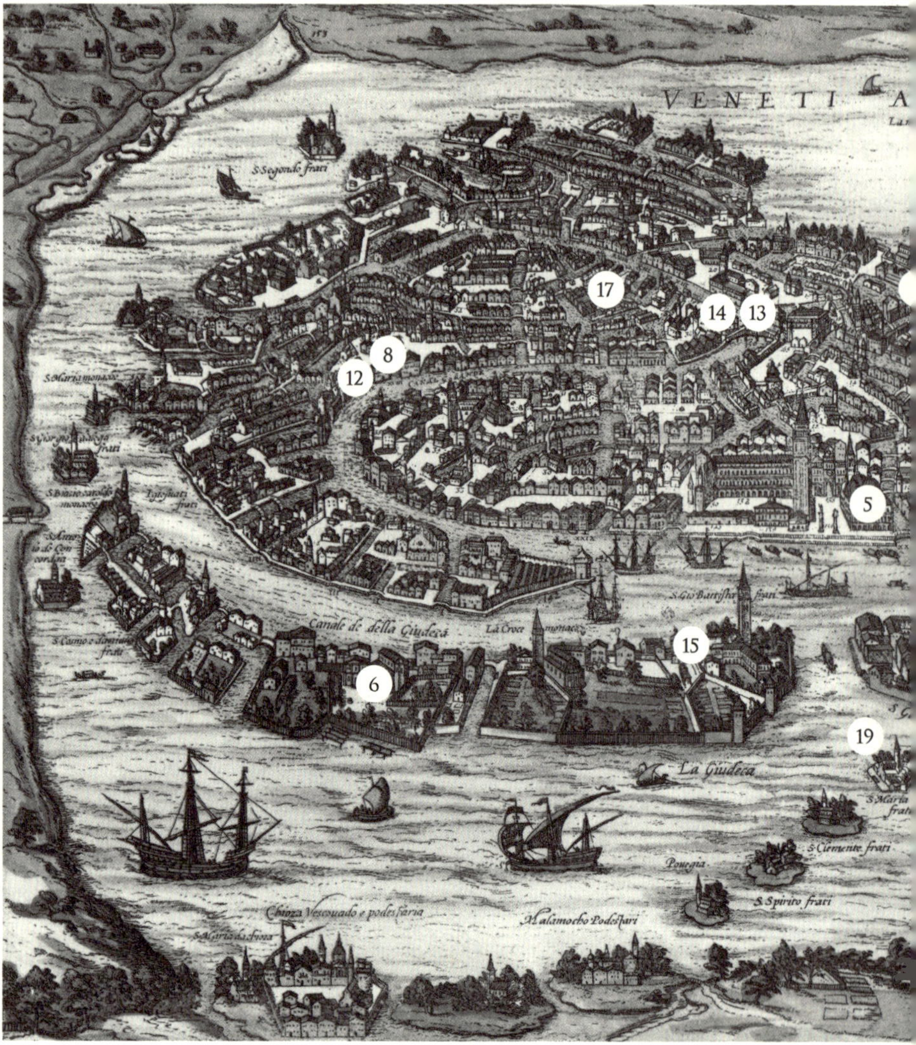

1 Locanda della Torre

2 Arsenale

3 Kloster Santa Maria della Celestia
(erhalten nur der 1571 wiederaufgebaute Kreuzgang und ein Gedenkstein)

4 San Francesco della Vigna

5 Palazzo Ducale

6 Kloster San Giacomo della Giudecca
(heute nicht mehr vorhanden)

7 Haus von Bepo Rosso am Rio della Panada

8 Palazzo Loredan

9 Haus von Sofia